41.1

Auf der Reise von Alpha nach Omega
Teil 1

Daniela Geßlein

Auf der Reise von Alpha nach Omega

Teil 1

Daniela Geßlein

www.wagner-verlag.de

Ein Buch aus dem WAGNER VERLAG

Lektorat & Layout: schmidt.petra@gmx.net
Umschlaggestaltung: post@kayserdesign.com

1. Auflage

ISBN: 978-3-86683-564-1

Bibliografische Information der Deutschen Bibliothek
Die Deutsche Bibliothek verzeichnet diese Publikation in der
Deutschen Nationalbibliografie; detaillierte bibliografische Daten sind
im Internet über http://dnb.ddb.de abrufbar.

Die Rechte für die deutsche Ausgabe liegen beim
Wagner Verlag GmbH,
Zum Wartturm 1, 63571 Gelnhausen.
© 2010, by Wagner Verlag GmbH, Gelnhausen
Schreiben Sie? Wir suchen Autoren, die gelesen werden wollen.

Das Werk ist einschließlich aller seiner Teile urheberrechtlich geschützt. Jede Verwertung und Vervielfältigung des Werkes ist ohne Zustimmung des Verlages unzulässig und strafbar. Alle Rechte, auch die des auszugsweisen Nachdrucks und der Übersetzung, sind vorbehalten! Ohne ausdrückliche schriftliche Erlaubnis des Verlages darf das Werk, auch nicht Teile daraus, weder reproduziert, übertragen noch kopiert werden, wie zum Beispiel manuell oder mithilfe elektronischer und mechanischer Systeme inklusive Fotokopieren, Bandaufzeichnung und Datenspeicherung. Zuwiderhandlung verpflichtet zu Schadenersatz. Wagner Verlag ist eine eingetragene Marke.
Alle im Buch enthaltenen Angaben, Ergebnisse usw. wurden vom Autor nach bestem Wissen erstellt. Sie erfolgen ohne jegliche Verpflichtung oder Garantie des Verlages. Er übernimmt deshalb keinerlei Verantwortung und Haftung für etwa vorhandene Unrichtigkeiten.
Die Charaktere und Handlungen in diesem Roman sind frei erfunden. Ähnlichkeiten zu wahren Personen und deren Handlungen sind auf Zufall zurückzuführen.

Druck: DIP *...angenehm anders,* Stockumer Str. 28, 58453 Witten für Mama

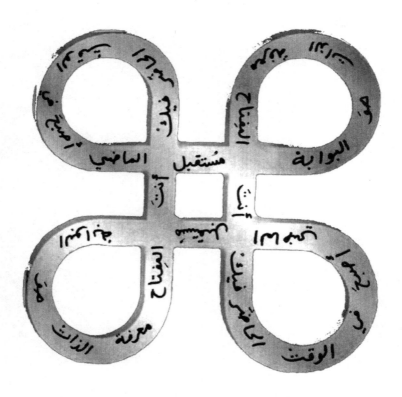

Abflug

Alles hatte damit begonnen, dass ich mein Studium erfolgreich abgeschlossen hatte, eine Sache, die ich vielleicht nicht gerade als ganz so gewöhnlich oder gar alltäglich einstufen würde. Doch im Vergleich zu den Ereignissen, die sich an die Prüfungszeit anschließen sollten, war das Staatsexamen gar nichts gewesen. Zunächst dachte ich mir noch nichts dabei, als Lissy mit dem Vorschlag kam, dass wir doch alle zusammen – Lissy, Ivy, Maria, Alex und ich – in den Urlaub fahren könnten, um uns für die anstrengende Zeit zu entschädigen und um etwas von der Welt zu sehen. Das Ziel stand schon wenige Tage später fest: Athen! Ich sagte blindlings zu – eine Entscheidung, die mein Leben verändern sollte!

Ich überwies das Geld für den Urlaub auf Lissys Konto, die sich um alles kümmerte, und erst ganz langsam wurde mir bewusst, was das überhaupt bedeutete: Athen ... Ich müsste zum ersten Mal in meinem Leben in ein Flugzeug steigen. – Hilfe! Aber damals dachte ich mir bloß, das sei noch ewig viel Zeit bis dahin und ich machte mir relativ wenig Gedanken über den Flug und über das Reiseziel selbst. Ich ließ es einfach auf mich zukommen. Ivy entschied sich dann leider doch gegen die Reise und beschloss, lieber an ihrer Diplomarbeit weiterzuschreiben. Das fanden wir alle zwar sehr schade, aber wir konnten ihre Gründe nachvollziehen. Also sollten wir nur zu viert nach Athen fliegen.

Die Zeit verging und ehe ich es mich versah, war der Tag der Abreise nach Athen gekommen und mein Vater lieferte uns am Nürnberger Flughafen ab, wo wir voller Vorfreude und wohl auch etwas nervös auf unseren Flieger warteten. Das geschäftige Treiben auf dem Flugplatz machte mich richtig kribbelig. Immer wieder sprang ich auf und rannte dreimal hintereinander zu den Toiletten, wohl nur, um irgendetwas zu tun. Ich glaubte nicht, dass ich Flugangst hatte, dennoch machte mir die Stimmung auf dem Flughafen zu schaffen, selbst wenn es sich nur um so einen kleinen Flughafen handelte, wie um den in Nürnberg.

Als unser Flug aufgerufen wurde, sprang ich so übereilt auf, dass ich meinen Koffer umstieß und mir den Knöchel aufrieb. Doch in der Aufregung bemerkte ich das gar nicht erst. Wir kamen alle problemlos durch die Kontrolle. Nur bei Maria piepte es, als sie graziös durch das Tor mit dem Metalldetektor hindurchschritt, weil sie ihren langen geflochtenen Zopf mit metallenen Haarspangen befestigt hatte. Als der Aufseher den Grund für das Piepsen erkannte, nickte er nur und ließ Maria ebenfalls durch. Dann warteten wir. Draußen konnte man bereits unser Flugzeug sehen, wie es mit den Koffern beladen wurde und dann eine neue Tankfüllung bekam. Ich drehte Däumchen und versuchte mir einzureden, dass doch gar nichts dabei war; dass doch so viele Flugzeuge tagein, tagaus starteten, landeten und schließlich seien Ivy, Maria, Alex und Lissy schon etliche Male geflogen und wieder wohlbehalten und im Ganzen auf die Erde zurückgekehrt.

Während ich wartete, schaute ich mich ein bisschen um. Er war mir sofort aufgefallen; erst aus dem Augenwinkel, aber dann konnte ich nicht anders und schaute ihn direkt an. Er blickte in die andere Richtung und bemerkte mich nicht: ein äußerst attraktiver Araber, mit dunkler Haut, einer schwarzen Cordhose, weißem Hemd, einer auffallenden Kette mit einem goldenen Medaillon um den Hals, auf dem eine geheimnisvolle Inschrift zu sehen war. Immer wieder schielte ich verstohlen zu ihm hinüber. Seine langen dunklen, kohlenschwarzen Haare, die er sich zu einem Zopf im Nacken zusammengebunden hatte, glänzten und schienen Funken zu sprühen, jedes Mal, wenn er sich in eine bestimmte Richtung drehte und das Licht der Lampen auf sie traf. Plötzlich drehte er sich um und unsere Blicke kreuzten sich. Mir wurde mit einem Male heiß und kalt zur gleichen Zeit. Ich fühlte mich ertappt und schaute beschämt in die andere Richtung, rechts neben mir aus dem Fenster aufs Flugfeld hinaus. Doch da stand der Flieger, der weiter beladen wurde, was mich wiederum so nervös machte, dass ich da auch nicht hinschauen konnte. Der Araber ließ sich nichts anmerken und ich wagte es nicht mehr, in seine Richtung zu schauen. Stattdessen ließ ich meinen Blick zwischen meinen Schuhen und meinem Handgepäck auf meinem Schoß immer wieder hin und her schweifen, bis mir davon regelrecht schwindelig wurde.

„Jippieh! Gleich geht's los!", hörte ich plötzlich Lissys aufgekratzte Stimme neben meinem linken Ohr, so laut, dass es beinahe wehtat. „Das ist ja so aufregend!" Alex und Maria quasselten am laufenden Band miteinander, aber ich verstand nichts von dem, was sie sagten. Schließlich drückte Alex seiner Maria einen Kuss auf die Wange. „Auf, Schatzi, es geht los!", sagte er. Das Blut rauschte in meinen Ohren, als wir letztendlich aufstanden, zur Gangway gingen, unsere Ausweise und Bordkarten dem Personal vorwiesen und dann schließlich hinüber ins Flugzeug schritten. Dort kämpften sich Lissy und Maria gleich zu den Zeitungen vor, von denen man sich kostenlos mitnehmen durfte. „Nimm du die Kosmos", sagte Maria zu Lissy. „Dann nehme ich die Geo." – „Du musst auch eine nehmen, Emmy", gebot mir Lissy. „Das kostet nix. Das muss man doch ausnutzen." Kurz entschlossen griff ich zur nächstbesten Zeitschrift. Mir war egal, welche ich mitnahm. Ich würde im Flugzeug eh nichts lesen.

Eine Stewardess grinste uns überfreundlich an und hielt uns eine Schüssel mit Bonbons entgegen. Ich nahm mir zaghaft einen, während Lissy und Maria eine ganze Handvoll grapschten und hämisch grinsten. Alex schüttelte den Kopf. „Nein danke, meine Freundin hat schon genug für uns beide mitgenommen", sagte er beschwichtigend zur Stewardess und zeigte sein bestechendes, blendend weißes Zahnpastalächeln.

Dann waren wir auch schon im Inneren der Boeing. „19 B, 19 B, heieiei", stöhnte Maria etwas genervt. „Wo ist denn 19 B?" – „Du bist grad dran vorbeigelaufen, Mausi", neckte Alex und zog seine Freundin an der Schulter zurück. „Gar nicht wahr", leugnete Maria. „Wir sind auf der falschen Seite. Da ist es. Uff!" Sie schob ihr Handgepäck unter den Sitz und ließ sich auf ihren Platz fallen. „Komm, Alex." Alex fand seine Sitzplatznummer direkt neben Maria und setzte sich ebenfalls mit einem lauten Seufzer hin. „Na Gott sei Dank, wir sitzen", freute er sich. „Und wir?", fragte Lissy etwas hilflos. „Ihr seid eine Reihe vor uns", stellte Maria fest. „Gleich da." – „Du hast den Fensterplatz, Emmy", bescheinigte mir Lissy, „cool! Da kannst du dann schöne Flugfotos machen." Ich sagte gar nichts. Mir glühten die Ohren und abwesend sah ich, wie mehr und mehr Menschen ins Flugzeug kamen und wenige Minuten später waren so gut wie alle Plätze besetzt. Es gab in dem Flieger immer Dreierreihen. Der äußerste Platz in Maria und Alex' Reihe blieb unbesetzt. Unserer zunächst auch. Doch dann schluckte ich kurz, als ich bemerkte, dass der Araber von vorhin, der mir gegenübergesessen hatte, seine Sitzplatznummer auf dem Zettel mit der über unseren Köpfen verglich, zufrieden nickte und sich dann grinsend neben Lissy auf dem Sitz niederließ. Er nickte uns bloß freundlich zu, sagte aber nichts und grinste uns breit an. Dann rückte er sich in eine fast liegende Position, schloss die Augen und ließ den ganzen Tumult um uns herum an sich vorbeiziehen.

Ich entdeckte in dem Gummizug an der Rückseite des Sitzes vor mir die Anleitung für das fachgemäße Anlegen der Schwimmweste und zog sie etwas unmotiviert heraus. „Haha", kicherte Lissy, als sie das sah, „das liest man auch nur, wenn man das erste Mal in seinem Leben fliegt." – „Wo sind denn die Kotztüten?", fragte ich nicht wirklich ernst gemeint. „Nur für den Fall ..." Noch während ich sprach, fand ich zwei Tütchen mit der Aufschrift der Fluggesellschaft in demselben Gummizug stecken. „Na hoffen wir mal, dass wir die nicht brauchen. Da passt ja fast nichts rein ...", schmunzelte Lissy und verschwand hinter ihrer Zeitschrift. Ich steckte meine unliebsam in den Gummizug und schaute aus dem Fenster. Da draußen fuhren interessant aussehende kleine Autos hin und her und beluden unser Flugzeug mit irgendetwas. *Wahnsinn, wie koordiniert das alles abläuft*, dachte ich mir und ich war froh, dass ich einfach nur sitzen bleiben und den Flug überstehen musste.

Regen prasselte gegen die runde Scheibe, die kurzerhand von innen beschlug. Ich holte meine Digitalkamera aus der Tasche und begann erste Bilder zu schießen. „Boah, mach doch nicht solche blöden Fotos", mischte sich Maria von hinten ein, „sonst hast du nachher keinen Speicherplatz mehr." – „Glaub das nicht", erwiderte Lissy mit einem breiten Grinsen im Gesicht, „die hat bestimmt Platz für 500 Fotos auf ihren 1000 Gigabyte Speicherkarten." – „Für 700", entgegnete ich emotionslos. „Siehst du. Unsere Fototussi. Wir brauchen selber gar keine Bilder mehr zu machen." – „Sag mal, willst du dir Athen in echt oder nur durch die Kameralinse anschauen?", machte sich Alex über mich lustig. „Na irgendeiner muss ja wohl die Fotos machen", entgegnete ich schnippisch, „ihr knutscht ja wieder bloß die ganze Zeit rum!" – „Ach, was die immer hat ..." Alex schüttelte den Kopf. „Wir knutschen doch nicht die ganze Zeit." Er zog Maria an ihrem Zopf zu sich und küsste sie lang und laut, wohl um mich zu provozieren. „Bist ja bloß eifersüchtig", gab Maria zurück, als sie sich von Alex freigekämpft hatte. „Soll ich dich auch mal busseln?", scherzte Alex nicht ernst gemeint. „Darauf kann ich gerade noch verzichten", entgegnete ich grinsend, „außerdem ist mir die Freundschaft mit Maria viel zu wichtig, als dass ich ihr ihren Macker ausspannen wollte. – Und bild dir ja nichts ein: Du bist eh überhaupt nicht mein Typ!" – „Dann sind wir uns ja einig!", grölte Alex. „Du meiner nämlich auch nicht." Maria lachte und boxte Alex scherzhaft gegen die Schulter.

„Juhu! Es geht los!", rief Lissy, die wieder hinter ihrer Zeitung aufgetaucht war. „Wir fahren schon!" – „Wir fahren nicht, wir rollen!", verbesserte Alex sie besserwisserisch. „Wir rollen auf das Rollfeld." – „Ja, ja, schon gut, alter Neunmalklug", maulte Lissy und drängte sich an meinem Kopf vorbei ans Fenster. „Mann, ist das ein Scheißwetter da draußen", meinte sie. „Was bin ich froh, dass ich mal ein paar Tage aus diesem verregneten Deutschland wegkomme. Das ist doch kein Sommer so was!"

Dann kratzte die Lautsprecheranlage und die Stimme des Kapitäns ertönte: „Meine sehr geehrten Damen und Herren. Ich bin Kapitän Hermann Burkhardt. Ich werde Sie auf diesem Flug begleiten. Die voraussichtliche Flugdauer beträgt zweieinhalb Stunden. Wir werden gegen 12.15 Uhr Ortszeit in Athen landen. Meine Kolleginnen werden sich während des Fluges um Sie kümmern. Sie bekommen zwei Heiß- oder Kaltgetränke umsonst und können zwischen einem Schinken- und einem Käsesandwich wählen. Wer möchte, kann auch das

Tagesmenü bestellen. Die Karte wird Ihnen in Kürze gebracht. Die Schwimmwesten befinden sich unter Ihrem Sitz. Während des Rollvorgangs wird Ihnen auf dem Monitor ein Film über das richtige Verhalten im Notfall gezeigt. Bitte bleiben Sie angeschnallt, solange das Anschnallzeichen nicht erloschen ist. Elektronische Geräte müssen während des Start- und Landevorgangs unbedingt ausgeschaltet bleiben. Bei Fragen wenden Sie sich bitte an das Personal. Ich wünsche Ihnen einen angenehmen Flug. Ihr Kapitän Hermann Burkhardt." – „Jawoll!", palaverte Alex.

Auf den Monitoren über unseren Köpfen spielte sich ein Film über die Sicherheitsvorkehrungen im Notfall ab. Mit gemischten Gefühlen schaute ich zu, wie sich eine grinsende Zeichentrickfigur die Rettungsweste anlegte und an einer Schnur zog, woraufhin sich das orangefarbene Teil aufblies. Im Flugzeug lachten und plapperten die Leute wild durcheinander. Keiner schien sich so richtig für den Film zu interessieren. Er lief insgesamt zweimal ab, bis wir schließlich an dem Punkt ankamen, an dem der Start beginnen sollte.

Nun wurde mir doch leicht übel, als das Geräusch der Turbinen lauter und lauter wurde. Es wurde langsam ernst. Ich saß in einem Flugzeug und wir würden in Kürze abheben. Auf was hatte ich mich da bloß eingelassen? Ich schaute in Richtung Gang und stellte fest, dass der Araber von vorhin seine Augen geschlossen hatte. Schlief der etwa? Wie konnte er bei dem Lärmpegel und bei der Anspannung bloß schlafen? Oh Mann! Ich klammerte mich krampfhaft an der Lehne des Vordersitzes fest.

„Juhuuuuuuuuuuu!", krakeelte Alex, als die Turbinen mehr Schub gaben, das Flugzeug beschleunigte und wir alle fest in den Sitz gedrückt wurden. Nervös fummelte ich an meinem Gurt herum. Ich hatte ihn in der Aufregung viel zu fest zugezogen und bekam ihn nicht mehr auf. Außerdem drückte der so auf die Blase! Draußen prasselte der Regen mit einem Stakkato gegen das Fensterglas, dass ich dachte, er wolle die Scheiben einschlagen. Die Startbahn und das Flughafengebäude sah ich nur verschwommen. Ich wischte mit meinem Ärmel über die Scheibe, woraufhin ich etwas besser sehen konnte und ich fand die perfekte Lösung gegen die Nervosität: Fotos schießen. Das beruhigte irgendwie und lenkte mich von dem tatsächlichen Startvorgang ab. Wir wurden schneller und schneller. An uns rasten die Runwaymarkierungen vorbei, der Regen zog Schlieren über die Fenster und wir wurden immer tiefer in den Sitz gedrückt.

„Und völlig losgelöst, von der Erde ...", begann Alex auf einmal zu singen, als wir schließlich abhoben. Ich hörte einen dumpfen Schlag. Das musste wohl Maria gewesen sein, die Alex gegen die Schulter knuffte, denn Alex verstummte daraufhin, allerdings nicht ohne vorher seine Empörung kundzutun.

„Boah genial!", freute sich Lissy neben mir. „Jetzt fliegen wir endlich." Es war ein komisches Gefühl. Es war, als ob vorerst nur mein Körper nach oben gerissen werden würde und mein Magen dagegen irgendwo unten auf der Erde vergessen worden wäre. Es rumorte in meinem Inneren und ich hatte so einen unglaublich starken Druck in meinen Ohren. „Gähnen", informierte mich Lissy, „du musst gähnen. Dann geht der Druck weg." Ich versuchte es. Doch natürlich konnte ich in genau jenem Moment nicht gähnen. Ich riss meinen Mund weit auf und machte komische Bewegungen mit meinem Unterkiefer. Irgendwann knackte es in meinem Ohr und mit einem Mal war es wieder besser. Ich hörte nicht mehr wie durch dicke Watte, sondern alles war wieder in bester Ordnung. – Mal abgesehen davon, dass wir immer höher stiegen und die Straßen, Häuser und Bäume unter uns immer kleiner und ferner wurden. Nach und nach wurde es immer nebeliger um uns herum. „Das sind die Wolken", erläuterte Lissy, als sie meinen verwirrten Gesichtsausdruck sah. Ich knipste mit meiner Kamera und knipste und knipste. Daher hatte ich später daheim von dem Start fast so etwas wie ein Daumenkino zur Verfügung, so dicht hintereinander hatte ich abgedrückt. Nur ein klein wenig später waren wir mitten in den weißen Wolken. Die Fenster beschlugen aufs Neue. Auf den Monitoren über uns erschienen die Flugdaten, Informationen über den Flugzeugtyp und die Fluggesellschaft, Außen- und Innentemperatur, Steigung, Höhenmeter, Wetterdaten und so weiter. Eigentlich interessierte mich das in jenem Moment nicht wirklich, aber ich schoss auch davon Fotos, damit ich später etwas zum Vorweisen hätte. „Sag mal, du fotografierst aber auch jeden Mist", stellte Lissy fest. „Na ja", murmelte ich bloß. Ich war zu aufgewühlt, um irgendetwas anderes zu entgegnen.

Irgendwann durchstießen wir die Wolkendecke und auf einmal lag das düstere schummrige Grau weit unter uns und vor uns nur noch weiß und hellblau. Die Sonne leuchtete über den Wolken, dass es eine wahre Pracht war. Die weißen Wolken sahen von da oben aus wie riesige weiche Wattebäusche, in die ich am liebsten hineingesprungen wäre; so schön sah das aus. Mir stand vor Staunen der Mund offen. Ich vergaß sogar den Druck in den Ohren und das flapsige Gefühl in der Magengegend. Es war einfach nur fantastisch! Ich lehnte mich entspannt zurück und schoss ein Foto nach dem anderen; Fotos von den verschiedensten Wolkenkonstellationen, denn eine Wolke fand ich schöner als die andere.

„Jeder kann deutlich sehen, dass du das erste Mal in deinem Leben in einem Flugzeug sitzt", stellte Lissy fest und vergrub sich wieder hinter ihrer Zeitschrift. Maria und Alex stritten sich um die Bonbons, die Maria ergattert hatte. „Gib her, du hattest vorher schon einen grünen. Jetzt will ich auch mal einen. Du kriegst dafür den gelben." – „Ich will aber keinen gelben. Die grünen sind viel besser", lästerte Alex. „Oooooooh! Mann! Du machst mich wahnsinnig! Dann such dir eben einen anderen grünen! Sind doch genug da. Da wird doch wohl noch einer dabei sein." – „Cool! Ich habe einen roten!" – „Echt? Gib her!"

Ich musste lachen. Mit diesen Chaoten in Urlaub zu fliegen, war schon jetzt ein Abenteuer. Nur schade, dass Ivy nicht mit dabei war ...

Die Zeit verging im wahrsten Sinne des Wortes wie im Flug und ich hatte einen Riesenspaß dabei, aus dem Fenster zu schauen und zu staunen. Bald flogen wir über die Alpen. Es war beeindruckend, als die Wolken sich lichteten und wir weiße und graue Berggipfel sahen, die von da oben wie winzige Hügel wirkten. Hier und da erspähten wir auch einen tiefblauen See. „Da! Da!", rief Maria aufgeregt aus und boxte gegen meinen Sitz. „Mach ein Foto, das ist der Königssee! Garantiert! Ich bin mir fast sicher!" Ich machte mehrere Bilder, mal mit Zoom, mal ohne. Einmal hatte ich vergessen, den Blitz auszuschalten. Ich drückte auf den Knopf mit dem Abfalleimer, um das vermurkste Bild zu löschen, da entdeckte ich das Gesicht des Arabers, das sich in der Fensterscheibe auf dem Bild widerspiegelte. Der Araber hatte genau in das Spiegelbild der Kameralinse geschaut, und als ich das Foto auf dem kleinen Monitor sah und die dunklen Augen, die mich daraus anblitzten, bekam ich eine Gänsehaut. Ich erschrak und kam noch einmal auf den Knopf, wodurch das Bild gelöscht wurde. *Na ja, ist eh ein schrottiges Bild gewesen*, dachte ich mir und drehte mich langsam zum Araber neben Lissy um.

Doch der schlummerte tief und fest vor sich hin. Das fand ich schon etwas seltsam. Stellte der sich vielleicht nur schlafend? *So ein Idiot*, dachte ich, *er verpasst den ganzen Flug. Na ja, selber schuld.* Ich wandte mich wieder dem Fenster zu und genoss den majestätischen Anblick. Ich konnte mich nicht daran erinnern, jemals etwas so Schönes gesehen zu haben!

Der Rest des Fluges ist schnell beschrieben. Wir bekamen unsere Heiß- und Kaltgetränke und das Sandwich. Bald flogen wir über das tiefblaue Meer und mehr und mehr Inseln tauchten am Horizont auf. „Cool", staunte Alex und drückte sich neben Maria die Nase an der Fensterscheibe platt, „das gehört alles schon zu Griechenland. – *Hellas!* Wir kommen!"
Die Inseln sahen aus wie wertvolle Perlen auf einem samtblauen Kissen. Wenn man genau hinsah, konnte man erkennen, wie sich schäumende Wellen an den Klippen der Inseln brachen. Es war ein verzaubernder Anblick. – Und der sonderbare Araber schlief immer noch, trotz des Lärms um ihn herum.

Wir bemerkten, dass wir allmählich in den Sinkflug übergingen, denn nach und nach wurden die Inseln größer und man konnte auch langsam einzelne Häuser voneinander unterscheiden oder edle Jachthäfen in den Buchten ausmachen. Bald flogen wir über das griechische Festland und über eine riesige Fläche hinweg, die mit einem wahren Häusermeer bedeckt war. „Das muss schon Athen sein", vermutete Maria freudig. „Ja", stimmte ich ihr zu, „Papa hat gesagt, dass wir wahrscheinlich erst über Athen hinwegfliegen und dann wenden würden. Das ist total aufregend alles." Und genauso wurde es auch gemacht. Der Flieger vollführte eine großzügige Schleife und flog über das Meer wieder zurück Richtung Athen. Dabei sank das Flugzeug eher so, als würde es eine Treppe hinuntergehen. Das war zum Teil ganz schön holperig und überraschte uns, weil wir damit nicht gerechnet hatten. Vielleicht musste das so sein wegen der Aufwinde über dem Meer, vermutete ich unwissend. Und natürlich trieb der Witzbold Alex wieder seinen Scherz damit. „Öh, bäh ... würg ... Ich glaub, ich brauch eine Kotztüte", wimmerte er gespielt. „Ui, ui, ui!", machte auch ich, als es mal eine besonders heftige Stufe gab. Einige der anderen Insassen machten es ähnlich wie wir und lachten oder murmelten verwirrt. Aber vielleicht hört es sich in der Beschreibung hier doch etwas schlimmer an, als es wirklich war. Denn obwohl ich mich vor genau so etwas gefürchtet hatte, bevor ich ins Flugzeug gestiegen war, empfand ich das nun, da ich in der Maschine saß, als gar nicht mehr so schlimm. Es war ein seltsames Gefühl in der Magengegend, das ja, aber nichts, was wir nicht ertragen konnten. Und immer rascher kam uns das Festland näher und immer größer wurden Häuser, Straßen, Bäume, Berge und schließlich sahen wir den Flughafen, die Landebahn. In einem Irrsinnstempo rasten Gebäude, Wälder, Autobahnen unter uns hinweg. Mein erster Eindruck war: Griechenland sieht rot aus, rot und braun. Und dann rumpelte es, wir landeten, die Triebwerke heulten auf. Das war wohl der Gegenschub, vermutete ich. Wir wurden langsamer und rollten aus. Die Erde hatte uns wieder und wir würden gleich griechischen Boden betreten! Hurra! Wir alle waren guter Dinge, als wir den Flieger nach einer Weile verlassen durften und über die unzähligen Rolltreppen und Laufbänder und unendlich langen Gänge in das Innere des Flughafens vordrangen. Um uns herum redeten mehr und mehr Menschen in einer uns unverständlichen Sprache. Die Leute, mit denen wir in demselben Flugzeug gesessen hatten, verstreuten sich. Manche ließen sich Zeit und blieben hinter uns zurück, andere jedoch eilten über die Laufbänder, als würden sie um ihr Leben rennen. Wir stellten uns auf die Laufbänder und ließen uns tragen. „Es dauert sowieso ewig, bis die Koffer ausgeladen sind und abgeholt werden können", sprach Maria aus Erfahrung. Den Araber hatte ich aus den Augen verloren.

„Wo ist denn eigentlich dieser Araber abgeblieben?", fragte Lissy. „Keine Ahnung", erwiderte ich und schaute mich um. „Hat sich in Luft aufgelöst", kommentierte Alex und lachte. „Na ja. Macht nix", meinte Lissy, „der war eh komisch."

Und dann wurde es mir zum ersten Mal so richtig bewusst: Wir waren in Griechenland, in Athen! – Urlaub! Juhu! Das Abenteuer konnte beginnen!

Odyssee

Und das Abenteuer begann! Als wir nach etwa einer halben Stunde alle wieder im Besitz unserer Koffer waren – welch ein Glück, dass keiner verloren gegangen war! –, rollten und zerrten wir unser Gepäck weiter über unendlich lange Laufbänder, Treppen hinauf und hinunter, bis wir ganz außer Atem im flughafeneigenen Bahnhof ankamen. Am Schalter für die Bahn in die Innenstadt stellten wir zum ersten Mal fest, dass es unter Umständen gar nicht so einfach war, in ein Land zu reisen, dessen Sprache man nicht im Geringsten verstand; ja, schlimmer noch: dessen Buchstaben man nicht einmal lesen konnte! Eigentlich hätte man sich damit im Vornherein auseinandersetzen müssen, dachte ich mir. Aber das hatte natürlich keiner von uns getan. So mussten wir also wieder auf das gute, alte Englisch zurückgreifen, was nicht immer so ganz einfach war.

„Do you speak English?", wandte sich Maria Hilfe suchend an die erstbeste Frau am Schalter direkt neben der Bahnhofstür. Die Frau guckte uns nur mit ihren großen unschuldigen Augen an und antwortete nicht. Stattdessen kam ein stämmiger Mann mit breiten Schultern an die Kasse und schaute uns voller Erwartung an. „Do you speak English?", wagte Maria noch einmal. „Lil bi, lil bi", war die verwirrende Antwort. Jetzt war es an uns, verwirrt zu gucken. Ja, was wollte dieser Mann uns mit seinem Satz wohl mitteilen? Es dauerte etwas, bis es mir schließlich dämmerte. „Er meint *a little bit*!", rief ich freudig aus. „We'd like to have four tickets into the city of Athens", versuchte ich gleich mein Glück. Es dauerte eine Weile, bis wir alles geklärt hatten, welchen Zug wir nehmen mussten und so weiter, aber mit Händen und Füßen und mit viel Fantasie schafften wir es, unsere Wünsche mitzuteilen und den Mann am Schalter zu verstehen. Somit konnte die Anreise fortgesetzt werden.

„Athen, wir kommen!", grölte Alex theatralisch, als wir schließlich den letzten U-Bahn-Schacht verließen, der direkt in unser Viertel führte: *Omonia*. Wir befanden uns auf einem geräumigen, runden Platz, um den etliche Autos herumfuhren. Es war ein mordsmäßig dichter Verkehr und mir wurde himmelangst bei der Vorstellung, was wäre, wenn ich hier entlang fahren müsste. Aber zum Glück musste ich das ja nicht. Ich schaute mich begeistert um. Hier und da waren auf dem Platz riesige Palmen gepflanzt, was mich in die totale Verzückung geraten ließ, da ich Palmen so gerne sehe. Es war heiß, aber eigentlich ging es von der Temperatur her gerade noch so. Um uns herum waren etliche große Einkaufshäuser, Eisdielen, Postkartenstände, Essstände und vieles andere mehr. Menschen wuselten um uns herum. Hauptsächlich Araber. Seltsam, dachte ich mir, offensichtlich war das ein Ausländerviertel.

„Wir sind fast da", verkündete Lissy freudig, „Maria, hast du den Plan?" Maria war wie immer auf Zack und hatte den Stadtplan griffbereit. „Halt mal", verlangte sie von mir und im Nu hielt ich das eine Ende des riesigen Stadtplans in der Hand, Lissy das andere. „Hier", begann Maria, „diese Straße, was weiß ich, wie man das ausspricht. Wo ist die?" Wir liefen einmal um den ganzen Kreisplatz herum, doch wir fanden keine Straße, die ähnliche Buchstaben enthielt wie die auf unserem Plan. „Komisch", wunderte sich Maria, „das kann doch nicht sein. Wir müssen was übersehen haben." Erneut rollten wir mit unseren Koffern im Schlepptau um den ganzen Platz herum. Es war anstrengend und ich nahm meine Aussage mit dem „So heiß ist es auch wieder nicht" unmittelbar wieder zurück. Auf einmal fand ich es nämlich doch ziemlich heiß und schwitzte wie verrückt. „Hm ... Kannst du lesen, was da drüben auf dem Schild steht?", fragte mich Maria. „Hm, nö", gab ich zurück. Das Schild war viel zu weit weg, als dass ich es noch hätte lesen können. „Warte mal." Ich holte meine Kamera heraus und zoomte das Schild im Sucher heran. „Blöd darf man schon sein", murmelte ich, „man muss sich bloß zu helfen wissen." Alex amüsierte sich königlich über mein „Fernglas". „Okay", sagte ich. „Hier steht Mpor ... Häh? Weiß nicht." – „Mist, das passt auch nicht", ärgerte sich Maria. Wir stellten uns in den Schatten eines Geschäftes. „Die Straße steht nicht mal im Plan." – „Sind wir überhaupt in *Omonia*?", fragte ich etwas zögerlich und rechnete schon mit dem Schlimmsten. „Ich frag da jetzt einfach mal jemand", beschloss Lissy und stürmte mitsamt ihrem Koffer auf die erstbeste Frau zu, die uns über den Weg lief. Fast wäre sie dabei mit jemand anderem kollidiert, weil ihr Koffer gefährlich ins Schlingern geriet und sie selbst ungeschickt darüber gestolpert war. Aber ein verärgertes Rütteln und ein nervöses

Schütteln brachte das Gepäck schließlich wieder in eine aufrechte Position und Lissy bequasselte die blonde Frau, die irgendwie überhaupt nicht griechisch aussah, auf Englisch. Die Frau grinste nur und antwortete auf Deutsch: „Ihr seid Deutsche, nicht wahr?" Das verwirrte uns nun doch etwas. „Ich komme auch aus Deutschland, aber habe mich nach Griechenland eingeheiratet. Ich habe gehört, wie ihr verzweifelt auf Deutsch debattiert habt." – „Das trifft sich ja sehr gut", freute sich Alex.

Lissy berichtete der Frau von unserer Problematik. „Hm. Hm, ja", machte diese, „ich verstehe, ja. Die Straße heißt schon lange nicht mehr so. Ihr richtiger Name ist folgendermaßen ..." Sie teilte uns den Namen der Straße mit, doch natürlich habe ich diesen inzwischen schon wieder vergessen. „Das ist genau ...", die Frau schritt an mir vorbei und deutete mit ihrem Finger in eine abzweigende Straße, „... diese hier. Viel Erfolg!" Wir bedankten uns recht herzlich bei ihr und machten uns dann auf den Weg.

Maria war etwas misstrauisch, da uns die Straße, die uns die Frau genannt hatte, in eine weitere Straße führte, die auf unserem Stadtplan überhaupt nicht eingezeichnet war. „Was ist denn das für ein Schrottplan?", brauste Maria auf, „der stimmt doch hinten und vorne nicht!" Alex schmunzelte und knuffte sie. „Schatz, vielleicht ist es auch bloß dieses Viertel, mit dem etwas nicht stimmt?" Maria zog verwirrt die Augenbrauen zusammen. „Blödmann!", blaffte sie ihn an, doch lächelte dabei.

Wir kämpften uns tapfer weiter voran. Beim Überqueren der Straße wurde ich beinahe von einem breitschultrigen Mann über den Haufen gerannt. Er rempelte mich einfach von der Seite an und lief ungebremst weiter über die Straße. Mir dagegen presste der Stoß die Luft aus der Lunge, der Koffer geriet ins Schlingern, kippte um und ich stieß mir den Knöchel schmerzhaft an, riffelte mir die Haut auf und wäre fast mitten auf der Straße hingefallen. Alex fing mich gerade noch rechtzeitig auf. Der Muskelprotz von Mann, der mich angerempelt hatte, drehte sich nicht einmal um, geschweige denn entschuldigte er sich bei mir. Ich schüttelte bloß den Kopf und schloss mich den anderen bei unserer Odyssee durch die Straßen von Athen an. Und – ob Sie es mir glauben oder nicht: Wir schafften es tatsächlich bis zu unserem Hotel. Der Stadtplan war uns dabei allerdings keine besonders große Hilfe gewesen. Es war mehr oder weniger Glück, dass wir das kleine, unscheinbare Schild mit dem Namen des Hotels entdeckten, das in einer winzigen Zweigstraße, an einem noch unscheinbareren Haus angebracht war, das einen unauffälligen gelb-orange-ockertonfarbigen Stich hatte. Der Asphalt auf dem Weg dorthin hatte Risse und es war eine äußerst holprige Angelegenheit, mit den Koffern sicher vor den Eingang des Hotels zu kommen. Außerdem mussten wir fast so etwas wie Slalom fahren, da es überall Obst- und Gemüsehändler gab, die ihre Stände, Waagen und Waren mitten auf dem Gehsteig ausgebreitet hatten.

Vom Zerren des Koffers tat mir schon der Arm weh und ich kam ganz schön ins Schwitzen. Aber wir waren guter Dinge und äußerten uns auch nicht negativ über das Hotel, das nicht gerade das „Ritz" zu sein schien. Aber das sollte uns egal sein. Schließlich wollten wir Athen besichtigen und nicht das schönste Hotelzimmer der Welt.

Im Hotel, an der Rezeption erwartete uns bereits die nächste Überraschung. Lissy hatte das Hotel gebucht und die Bestätigung per Post bekommen. Daher beschlossen wir, dass es ihre Aufgabe war, uns einzuchecken. Der Mann an der Rezeption war ein Bild von einem Mann, ein wahrer Adonis, und Lissys und meine Augen begannen zu leuchten. Alex sah unseren Gesichtsausdruck und wandte sich seiner Maria zu. „Wage es ja nicht, ihn auch so anzuglühen wie deine tussigen Freundinnen." – „Hey", schnauzten Lissy und ich ihn gleichzeitig an, „wir sind nicht tussig." – „Dann kümmert euch lieber um die Hotelzimmer, anstatt den Kerl da drüben anzuflirten." – „Das tun wir doch gar nicht." Schließlich wurde der Mann auf uns aufmerksam. „May I help you?", fragte er höflich mit einem fast schon britischen Akzent. „Bäh", flüsterte Alex, „da tropft ja regelrecht der Schleim. Ist das ein Spießer!" Maria boxte Alex scherzhaft gegen die Schulter. Dieser verstummte augenblicklich und beobachtete, wie Lissy den Zettel mit der Buchungsbestätigung herausholte und dem Mann unseren Fall schilderte. Dieser hackte etwas in seinen Computer und setzte einen etwas fragenden Blick auf. Dann jedoch verfinsterte sich kurz seine Miene, als er irgendetwas feststellte. Gleich im Anschluss daran setzte er jedoch ein nervöses Grinsen auf und erläuterte auf Englisch, dass bei der elektronischen Buchung ein Fehler unterlaufen sein musste, denn seltsamerweise sei im Computer nur ein Dreipersonenzimmer auf den Nachnamen Felix gebucht und keine zwei Doppelzimmer, wie es auf Lissys Buchungsbestätigung geschrieben stand. Lissy schnaubte verärgert. Das sei aber alles gar kein Problem, meinte der Adonis mit einem nervösen Grinsen im Gesicht. Sie könnten noch ein Klappbett in das Dreierzimmer hineinstellen und dann wäre das fast so gut wie ein Viererzimmer. Sie hätten leider keine zwei Doppelzimmer mehr frei, ob uns das was ausmachen würde? Na ja, was wäre uns in dieser Situation anderes übrig geblieben, als unsere Zustimmung zu geben? Klar, wir hätten uns auf die Suche nach einem anderen Hotel machen können, aber dazu waren wir nun doch etwas zu bequem. Immerhin war das Hotel hier bereits gebucht und bezahlt und wir waren schon da. Wahrscheinlich war es deshalb so billig gewesen, vermutete ich. Und wir hatten zu Hause noch gedacht, wir hätten uns verrechnet gehabt! Aber wegen der ganzen Lernerei für die Prüfungen hatte ich mich nicht um die Buchung gekümmert und Lissy hatte ja beteuert, dass alles in Ordnung sei. Auf dem Zettel, den sie dabei hatte, stand ja deutlich das mit den beiden Doppelzimmern geschrieben. Wir würden natürlich die zu viel gezahlte Summe für die Doppelzimmer zurücküberwiesen bekommen, versicherte uns der Schönling. Es war unmöglich, sauer auf ihn zu sein. Er hatte irgendetwas an sich, das uns total beschwichtigte, und während wir ihm so gegenüberstanden, konnte auch keiner von uns so wirklich schimpfen. Schließlich verkündete man uns nach ein paar Minuten Warten, dass das Klappbett in den Raum gestellt worden war und wir nach oben durften. Wir hatten natürlich das Zimmer im obersten Stock bekommen, im fünften. Es gab nur einen Aufzug und der war so eng, dass höchstens zwei Leute mit Koffer – und dann auch nur äußerst dicht aneinandergedrängt – hineinpassten. Das war schon etwas abenteuerlich. Aber was soll's, dachten wir. Das ist eben Athen.

Und als wir dann an unserem Zimmer ankamen und Maria die Tür aufsperrte, konnten wir nicht anders: Wir mussten lachen. Vor lauter Betten war das Zimmer total voll gestellt. Wir konnten kaum alle in dem Raum nebeneinanderstehen. Immer musste einer sich auf ein Bett setzen, damit jemand anderes daran vorbei gehen konnte. Wir amüsierten uns prächtig. – Hurra! Und so dicht nebeneinander sollten wir nun eine Woche aushalten! Das konnte ja heiter werden!

Maria und Alex ließen sich sofort auf das Doppelbett direkt neben dem Fenster plumpsen. War ja klar! Über ihrem Bett hing das Bild einer griechischen Gottheit, in einem verträumten Sepiaton gehalten und mit geschwungenen Linien verziert. Rechts und links an den Wänden waren runde Lampen angebracht und dem Bett gegenüber stand ein Fernseher auf einem winzigen Tisch, der leicht wackelte, wenn man ihn berührte. Neben dem Fernseher war auch ein großer Spiegel an der Wand angebracht worden. Lissy und ich standen noch etwas hilflos im Türrahmen und schauten uns an. Abwechselnd machten wir Probeliegen auf den beiden übrigen Betten. Das zusätzliche Klappbett war äußerst unbequem und keiner wollte es haben. „Na gut", gab ich mich schließlich geschlagen, „dann nehme ich eben das Fakirbett." – „Fakirbett ..." Lissy lachte und dann fragte sie: „Wirklich, Emmy? Stört dich das echt nicht?" – „Ach Quatsch", entgegnete ich leichtfertig, „wahrscheinlich sind wir eh immer todmüde, wenn wir von unseren Expeditionen zurückkommen und dann kann ich einfach überall einschlafen. Du kennst mich doch."

Meine drei Freunde blieben eine Weile lang erschöpft auf ihren Betten liegen. Sie ließen ihre Koffer für den Moment einfach nur Koffer sein und verschnauften erst einmal nach der langen Tortur durch die Straßen von *Omonia*, während ich kurz das Zimmer inspizierte. Ich kämpfte mich über Betten und Koffer steigend bis zum Fenster durch, das sich an der Wand gegenüber der Eingangstür befand, und schaute hinaus. Vor mir präsentierte sich ein nahezu unendliches Häusermeer. Die Wände der Gebäude waren allesamt weißlich-ockerfarben. Es sah hier schon fast etwas orientalisch aus, dachte ich. Das Hotel befand sich an der Ecke eines Wohnblocks, sodass man also auch einen Blick auf die Nachbarhäuser werfen konnte. Mir fiel sofort ein Balkon auf, der sich links schräg, ein Stockwerk unter unserem, vor unserem Hotelzimmer befand, in einer Entfernung von vielleicht fünfzig Metern. Der Balkon war mir deshalb aufgefallen, weil auf ihm aufrecht und unmotiviert ein riesiger Traktorreifen herumstand und noch ein anderes seltsames Gebilde, bei dem ich mir nicht sicher war, was das sein sollte. Es hatte die Form einer etwa kniehohen Urne und ein langer Schlauch war daran angebracht, den jemand um das obere Ende herumgewickelt hatte. Was sollte das wohl sein – und wozu hatte jemand einen großen Traktorreifen auf seinem Balkon stehen? Irgendwie war das alles etwas wunderlich. „Schaut mal, was wir für eine tolle Aussicht haben", sagte ich zu den anderen. Wir lachten uns alle halb kaputt über den Reifen auf dem Balkon. Und natürlich wusste Alex, unser Experte, gleich wieder Bescheid, um was für einen Gegenstand es sich bei der Urne mit dem Schlauch handelte. „Jede Wette, das ist eine Wasserpfeife", meinte er, „garantiert."

Eine Taube landete auf dem Balkon mit dem Traktorreifen. Keine graue, gewöhnliche gurrende Stadttaube, nein, nein, es war eine wunderschöne weiße Taube mit einem edlen schlanken Hals. Von ihrem reinweißen Gefieder schien beinahe ein Leuchten auszugehen. Wie eine Friedenstaube, fand ich. Fehlt nur noch der Ölzweig im Schnabel, dachte ich mir und schmunzelte.

„Poh, bin ich fertig", stöhnte Alex. „Ich auch", stimmte ihm Lissy zu. „Fix und fertig!", ergänzte Maria. Und synchron ließen sich die drei wieder zurück aufs Bett fallen. Ich schüttelte den Kopf, als ich meine Freunde so faul auf den Betten liegen sah, sagte aber erst mal noch nichts. Dann wandte ich mich erneut dem Fenster zu. Die weiße Taube war nicht mehr zu sehen. Ich zuckte mit den Schultern und beschloss, das Bad zu besichtigen, das sich direkt neben der Eingangstür befand. Es war zwar relativ klein, aber für unsere

Bedürfnisse ausreichend genug. Alles war da und wir würden uns prima damit arrangieren können, dachte ich.

Da so wenig Platz in unserem Hotelzimmer war, war es auch schlichtweg unmöglich, die Koffer auszupacken. Also ließen wir es lieber gleich bleiben. Der eine Schrank, der sich in dem Raum befand, hätte sowieso nicht für alle unsere Klamotten gereicht. Also beschlossen wir, dass wir unsere Koffer eben einfach unter das Bett schieben würden, und immer, wenn wir etwas daraus brauchten, würden wir es direkt aus dem Gepäck nehmen. Man musste es sich ja nicht unnötig schwer machen.

Aber langsam wurde ich etwas ungeduldig. „Also Leute, was soll das denn? Wir sind doch nicht nach Griechenland geflogen, um uns hier auf ein Hotelbett zu legen und sinnlos Zeit zu vergammeln, oder?", drängelte ich. „Auf, auf, jetzt! Ich will die Stadt sehen! Es ist gerade mal 16 Uhr. Wir können noch so viel besichtigen!" – „Ach, Emily ...", beschwerte sich Lissy. „Kann man sich denn bei dir nicht mal zehn Minuten ausruhen?" – „Nein, das kann man nicht", gab ich ungeduldig zurück. Ich hockte mich auf das Klappbett, zerrte meinen schwarzen Rucksack auf den Schoß, den ich im Flugzeug als Handgepäck dabei gehabt hatte, und holte aus dem vorderen Fach meine Bürste heraus, um mir die Haare zu kämmen. Dabei fiel ein kleiner weiß-gelblicher quadratischer Zettel auf den Boden, der total zerknittert war. Er hatte ungefähr die Größe eines Einkaufszettels, daher vermutete ich auch, dass es ein solcher war, und dachte mir nichts weiter dabei. Ich bückte mich, hob ihn auf und wollte ihn gerade in dem Papierkorb im Badezimmer entsorgen, als ich bemerkte, dass es gar kein Einkaufszettel war, sondern etwas vollkommen anderes. Auf der Vorderseite des Papiers verlief eine dünne, rote, unregelmäßig kurvige Linie von einem Rand des Papiers zum anderen. Die Linie war hier und da von seltsamen kurzen, schwarzen Strichen unterbrochen. Die Zeichen ergaben kein Muster. Es wirkte vielmehr so, als wären sie beliebig auf das Papier gekritzelt worden und es sah aus wie von Hand gemacht, also keinesfalls gedruckt, denn das Rote war an der einer Ecke leicht verwischt. Es sah aus, als wäre die Linie mit roter Tinte gezogen worden. In der rechten oberen Ecke des Zettels standen winzig klein geschriebene griechische Buchstaben, in etwa so: Ακρόπολη. Da ich keine Ahnung von der griechischen Sprache hatte, konnte ich mit diesen Zeichen natürlich nicht viel anfangen. Ich wunderte mich darüber und glättete das Papier sorgsam. Die Ränder des Papiers waren ausgefranst und unregelmäßig. Es sah so aus, als wäre der Zettel einst ein Bestandteil von einem größeren Stück Papier gewesen, aus dem eben dieses quadratische Stück abgerissen worden war. Ich konnte mir nicht erklären, wie dieses Papier in meinen Rucksack gekommen war. Ich hatte den Zettel jedenfalls noch nie zuvor gesehen und ihn auch auf keinen Fall selbst in den Rucksack gesteckt. Das musste irgendjemand anderes getan haben. Verwirrt drehte ich den Zettel um. Auf der anderen Seite stand riesig groß und wohl mit einem Kugelschreiber geschrieben nur ein einzelner geschwungener Buchstabe, das griechische Alpha: α. Was sollte das denn?

Etwas ratlos setzte ich mich wieder auf mein Bett zurück. „War das einer von euch Witzbolden?", fragte ich. „Was?" – „Na, das da." Ich reichte Lissy den Papierfetzen. Die richtete sich gerade auf dem Bett links neben mir auf. „Wo hast du denn das her?", wollte sie wissen. „Wenn ich das wüsste!" – „Hey, da steht was Griechisches drauf." – „Das hab ich auch schon festgestellt." – „Was könnte das bloß heißen?", wunderte sich Lissy. „Gib mal her", verlangte Alex. Lissy reichte das Papier weiter. „Das ist ja komisch", stellte Alex fest. „Also, der fünfte Buchstabe ist auf jeden Fall ein Pi und der vorletzte ein Lambda." – „Ja, toll und was soll das jetzt heißen?", fragte Lissy etwas gelangweilt. „Das weiß ich auch nicht. Ist doch auch egal, oder?", entgegnete Alex. „Na ja", murmelte ich, „ich würde eigentlich schon gerne wissen, was das soll." – „Na gut", sagte Maria, „das haben wir gleich." Sie dachte wie immer praktisch. „Wo ist denn mein Reiseführer, Alex?", fragte sie etwas hektisch. Alex murrte: „Such ihn doch selbst." Darauf entgegnete Maria: „Herzlichen Dank auch, Alex." Maria durchwühlte ihren Koffer. „Da ist er ja!" – „Was hast du vor?", fragte ich neugierig, stieg über die Koffer zu ihrem Bett hinüber und setzte mich neben sie. „Da gibt's doch so eine Tabelle mit den griechischen Buchstaben ... Wo war die doch gleich?" Sie blätterte durch das Buch. „Ha!", rief sie. „Ich hab's!" Und dann fuhr sie mit ihrem Finger über die Buchstaben in der Tabelle. „Also, das da ist ein Alpha, also A, dann kommt ein Kappa, K, dann Rho, Omikron, ..." Ich las laut mit und setzte die Buchstaben zusammen. „Akro..." Dann fiel mir auf einmal etwas auf. „Halt! Ich glaube, ich weiß, was das heißt!" Die anderen drei schauten mich verwirrt an. „Alex hat doch gesagt, das da ist ein Pi und das da drüben ein Lambda ... Dann heißt das – Akropolis!" – „Stimmt!", stellte Maria mit großen Augen fest. „Aber dann fehlt doch da ein Buchstabe!" Lissy deutete auf das η, das Eta, am Ende. „Da müsste doch laut Marias Liste noch ein Sigma hin oder so." – „Na ja", meinte ich, „vielleicht schreiben die das auf Griechisch einfach ein bisschen anders als wir. Kann doch sein." – „Hm", murmelte Alex, „oder der Schreiber war zu blöd und hat's falsch geschrieben." – „Ach, sehr witzig, Alex, echt", beschwerte sich Lissy. Dann fuhr sie fort: „Und du kannst dir wirklich nicht vorstellen, wie der Zettel in deinen Rucksack gekommen ist?" – „Keine Ahnung", gab ich zurück,

„absolut nicht." Ich schüttelte den Kopf. „Ich hab doch schon gesagt, dass ich den Zettel vorher noch nie gesehen habe. Vielleicht hat mir den jemand zugesteckt?" Maria rollte die Augen. „Warum sollte dir jemand einen Zettel zustecken, auf dem *Akropolis* steht? Wer sollte das denn gemacht haben?", fragte sie. „Das ergibt doch keinen Sinn. Ich glaube nicht, dass dir den jemand in den Rucksack getan hat." – „Aber was, wenn doch?" – „Wer sollte das denn getan haben?", fragte Alex und gab mir den Zettel wieder zurück. „Wer hätte denn Gelegenheit dazu gehabt?" – „Weiß nicht", murmelte ich abwesend, „vielleicht der Kerl, der mich angerempelt hat auf dem *Omonia*-Platz, als wir die Straße überquert haben?" – „Hm." Lissy machte ein nachdenkliches Gesicht. „Ach, was weiß ich", entfuhr es Maria. „Vielleicht ist der Zettel auch einfach aus deiner Zeitschrift gerutscht. Die, die du dir im Flugzeug mitgenommen hast. Die hast du ja auch in deinen Rucksack hineingestopft. Vielleicht war da der Zettel drin. Oder aber du hast den Zettel vorher doch schon gehabt und weißt es bloß nicht."

Mir kam es so vor, als würden meine Freunde das mit dem Zettel nicht ganz so ernst nehmen wie ich. Na ja, im Grunde hatten sie ja recht. Ich meine, es war ja nur ein Zettel. Es war nicht irgendetwas passiert oder so. Aber komisch fand ich das trotzdem und mir ging das einfach nicht mehr aus dem Kopf. Warum stand auf der einen Seite des Zettels *Akropolis* geschrieben und auf der anderen Seite das Alpha? Und was bedeutete diese seltsame, unregelmäßige rote Linie mit den schwarzen Strichen? Ich beschloss, den Zettel gut aufzuheben und später weiter darüber nachzudenken. Ich steckte ihn in meinen Geldbeutel und packte den Geldbeutel zurück in den Rucksack.

„Also, was ist jetzt?", fragte Maria und stand auf. „Wollen wir jetzt zu einer ersten Expedition aufbrechen, ja oder nein?" – „Na klar, ich bin dabei!", verkündete ich begeistert. „Ich hab jetzt irgendwie Lust auf Akropolis. Wie geht's euch? Die wollten wir doch sowieso besichtigen, oder? Damit können wir doch gleich anfangen", schlug ich vor. „Gute Idee!" Auch Alex richtete sich auf. „Na gut", murmelte Lissy. „Dann eben Akropolis. – Warum auch nicht?" Wir packten uns etwas zu trinken, ein paar Müsliriegel, Geld, die Sonnenbrillen und natürlich – ganz wichtig! – die Fotoapparate und den Stadtplan ein. Dann verließen wir das Hotel.

Alpha

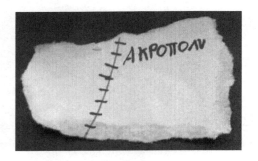

Nachdem wir uns an einem Automaten ein Metroticket gekauft hatten, das die ganze Woche über gültig sein würde (kostete nur 10 € – günstig!), fanden wir uns auch recht schnell mit dem Streckenfahrplan zurecht, stiegen in die richtige U-Bahn, verließen an der Station mit dem Namen *Akropoli* den dunklen Metroschacht und traten wieder ans Tageslicht zurück.

Zuerst war von der Akropolis noch weit und breit nichts zu sehen und Maria begann schon damit, sich zu beschweren: „Na toll, genauso hab ich mir das vorgestellt. Da liest man in jedem Reiseführer, dass man die Akropolis an nahezu jedem Ort in Athen sehen kann. – Wir sind jetzt schon fast fünf Stunden in Athen und haben die Akropolis noch kein einziges Mal gesehen!" – „Jetzt sei doch nicht immer so ungeduldig", versuchte ich sie zu belehren, „sie muss doch hier irgendwo sein. Wir sind bestimmt gleich da." Wir trotteten etwas ratlos weiter. „Wo müssen wir denn überhaupt hin?", wunderte sich Lissy. „Öh … Keine Ahnung", entgegnete Maria. „Eigentlich müssen wir doch nur den Menschenmassen folgen", erkannte ich, als ich sah, wie hinter uns immer mehr Leute aus der Metro kamen, die alle mit Kamera und Fotoapparat bestückt waren und zielstrebig auf eine Kreuzung zuliefen, die direkt vor unserer Nase lag und einen sanften Berg hinaufführte. „Da irgendwo liegt sie, wetten?", meinte ich und schritt langsam den Berg hinauf. Die drei anderen folgten mir in einem gewissen Abstand und es dauerte auch nicht lange, bis wir feststellten, dass wir auf dem richtigen Weg waren. „Haha! Was hab ich gesagt?", triumphierte ich, als wir um die Kurve bogen und sich vor uns ein beeindruckender Anblick präsentierte: die Akropolis von Athen! Ein gepflasterter Weg führte von dort aus um das historische Denkmal herum. Wir blickten von unten direkt auf gewaltige alte Gemäuer, die von unserem Standpunkt aus betrachtet fast wie eine Burg aussahen. Eine Burg aus orange-braunem Stein. Ehrlich gesagt war ich von diesem Anblick etwas überrascht. Ich hatte wohl vorher immer nur Bilder von oben gesehen und nicht aus dieser Perspektive, von der aus wir sie nun erblickten. Am oberen Rand der Mauern konnte man schwarze Punkte sehen, die sich bewegten: Menschen! Viele Menschen! Und hinter diesen schwarzen herumwuselnden Menschenköpfen, die vom Akropolishügel aus nach unten schauten, erblickte ich die bekannten Gebäude: die dreieckigen Dächer und die oberen Teile der mächtigen Säulen. Wie oft hatte ich davon schon Fotos gesehen, bevor ich nach Griechenland gekommen war! Aber dann wirklich selbst dort zu sein, ist noch einmal eine ganz andere Geschichte. Es war auf jeden Fall sehr beeindruckend für mich.

Wir beschlossen erst einmal unten um den Akropolishügel herumzugehen, so weit es eben möglich war, und uns umzuschauen, was es da alles gab, und anschließend wollten wir den Aufstieg wagen. Wir dachten, es wäre schön, bei Sonnenuntergang oben zu stehen und auf Athen hinunterzuschauen. Am Fuß des Akropolishügels gab es noch ein weiteres eingezäuntes Gebiet, in dem sich mehrere Säulen, Brocken von Statuen, von ehemaligen Gebäuden und so weiter befanden. Auch konnten wir aus der Entfernung Informationstafeln sehen. Der Hügel war mit dunkelgrünen Bäumen bedeckt, zum Teil waren es Nadelbäume, aber es gab dort auch kleine Olivenbäume und es sah richtig typisch griechisch aus, was mir wirklich sehr gut gefiel. Auf dem ansteigenden geräumigen, gepflasterten Weg, auf dem wir gingen, kamen uns von oben mehrere Kinder auf Inlineskates und Skateboards entgegen gerollt. Ein ganzer Pulk Menschen folgte uns den Berg hinauf und am Wegesrand saßen auf den kleinen Mäuerchen Straßenmusikanten, die fröhlich musizierten und die Stimmung nahezu perfekt machten. Links von uns befanden sich prächtige Villen, hier und da wehte eine blau-weiße griechische Flagge auf den Balkonen oder Dächern der Häuser und rechts von uns befand sich der Hügel mit der Akropolis.

An einigen Stellen waren die alten Gemäuer mit Planen und Gerüsten versehen und hier und da spitzte der Arm eines Krans hervor. „Das ist ja wie auf einer Baustelle", stellte Maria mit einem etwas enttäuschten Unterton in der Stimme fest. Ich versuchte, diese Baugerüste und Kräne zu ignorieren und mir vorzustellen, wie es hier wohl vor Tausenden von Jahren ausgesehen haben mochte, als die Tempel noch in ihrer ursprünglichen Pracht über dem Häusermeer Athens prunkten. Beinahe gelang es mir, aber die Souvenirstände, die Post und der Parkplatz, der über und über mit Bussen zugestellt war, lenkten doch ein wenig davon ab. Egal. Ich schaute eben einfach weniger nach links, sondern mehr nach rechts, wo sich die Akropolis befand.

Wir kamen an einer Treppe vorbei, die zur Kasse führte. „Wollen wir?", fragte Alex. „Oder schauen wir erst noch?" – „Wir könnten auch zuerst zum *Areopag* rauf laufen", schlug Maria vor. „Zu diesem Felsen, auf dem sich in der Antike der Oberste Gerichtshof Athens versammelt hat?", vergewisserte sich Lissy. „Genau. Und Sokrates hat da auch viele seiner berühmten Reden gehalten", erläuterte Maria. Ich wurde hellhörig und war neugierig auf den *Areopag*. Ich hatte keine Ahnung, wie ich mir diesen einst so wichtigen Ort vorstellen sollte. Schon lange, spätestens seitdem ich das Buch „Sophies Welt" von Jostein Gaarder gelesen hatte, hatte ich den berühmten Philosophen Sokrates bewundert, der mit seinen umstrittenen Reden die Leute zum Nachdenken gebracht hatte: über das Leben, die Menschheit, die Gesellschaft und Politik. Der bloße Gedanke, an einem Ort zu sein, wo vor fast zweitausendfünfhundert Jahren dieser berühmte Mensch selbst gestanden hatte, war für mich aufregend. Maria fuhr fort: „An der Kasse zur Akropolis stehen grad so viele Leute an. Wenn wir erst den *Areopag* machen, sind es vielleicht nachher weniger Leute bei der Akropolis." Wir anderen fanden Marias Idee gut. Wir hatten sowieso vorgehabt, den *Areopag* zu besichtigen. Im Reiseführer hatten wir zudem gelesen, dass man von diesem Felsen aus eine gute Sicht auf die Frontseite der Akropolis haben sollte. Diese Aussicht wollten wir uns natürlich nicht entgehen lassen.

Um zum *Areopag* zu gelangen, mussten wir einfach nur der Straße von vorhin weiter folgen. Schließlich erreichten wir einen kahlen Felsen, den *Areopag*. In Stein gehauene Treppenstufen, die zum Teil im unregelmäßigen Abstand zueinander lagen und die zudem schon recht abgelatscht aussahen, führten hinauf auf ein hügeliges Felsplateau. Ein zweisprachiges Schild am Fuße der Treppe warnte uns auf Griechisch und Englisch vor der Glätte der Stufen. Das Warnschild war nicht zu Unrecht dort angebracht worden! Um ein Haar wäre ich auf der fünfzehnten Stufe mit meinen glatten Sandalen auf der Steintreppe ausgerutscht und rücklings hinuntergefallen, aber Alex, der hinter mir die Stufen emporstieg, erwischte mich am T-Shirt und verhinderte somit das Schlimmste. Der Hügel war nicht sehr hoch, 115 Meter, informierte uns Marias Reiseführer, der immer griffbereit zur Verfügung stand, aber die Aussicht war trotz allem lohnend. Vor uns befand sich das Häusermeer Athens, zwischen dem sich hier und da eine orthodoxe Kirchenkuppel hervorhob oder eine malerisch schöne Ruine aus der Antike. Und hinter uns lag ein mit dunkelgrünen, spitz zulaufenden Bäumen bewachsener Hügel, aus dem sich zum Teil schroffe Felsen erhoben, auf denen die Akropolis errichtet worden war. Deutlich konnten wir die Menschenmassen sehen, die sich durch den engen Eingang der Säulen der *Propyläen* hindurchzwängten und hinter orange-ockertonfarbigen antiken Gebäuden verschwanden. Allerdings sah man von dort aus auch besonders viele Kräne und Baugerüste, die sich an die alten Gemäuer schmiegten und ihnen dadurch Halt verliehen.

Fast wäre ich noch einmal ausgerutscht, als ich voller Staunen über den Anblick rückwärts ging und nicht aufpasste, wohin ich meine Füße setzte. Doch ich wedelte wie wild mit den Armen und es gelang mir schließlich, das Gleichgewicht zurückzuerlangen. Durch die vielen Touristen, die tagein, tagaus den Hügel des *Areopags* bestiegen, waren die Felsen wirklich verdammt glatt geworden und man musste teuflisch aufpassen, um nicht auszurutschen und hinzufallen. Oft hielten wir einander fest, wenn wir einen weiteren Stein hochstiegen, um uns zum obersten Felsen des Plateaus emporzukämpfen.

Natürlich waren wir nicht die einzigen Touristen auf dem *Areopag*, aber ich fand eigentlich, dass sich die Anzahl der Leute noch in Grenzen hielt. Wir hatten jedenfalls alle genügend Platz auf dem Felsen und für eine Weile genossen wir die Aussicht. Selbstverständlich wurde auch das ein oder andere Foto geschossen. Es war warm, aber ein angenehm lauer Wind wehte uns ins Gesicht. Schließlich blieben wir stehen. Ich sog den einmaligen Anblick tief in mich auf, schloss die Augen und stellte mir abermals vor, wie es hier vor vielleicht zweitausendfünfhundert Jahren ausgesehen haben mochte, zur Zeit der griechischen Antike. Als ich meine Augen geschlossen hielt und der Wind mir die Haare nach hinten über die Schultern wehte und mir sanft über das Gesicht streichelte, war mir mit einem Male, als hätte ich einen kurzen Eindruck der damaligen Pracht der Akropolis vor Augen gehabt. Es war wie ein Blitz, so kurz und unvermittelt, und doch war der Eindruck echt und stark gewesen. Ich atmete überrascht auf. Mir war, als hätte ich kurz eine prächtige, lange Treppe gesehen, auf der einige Menschen in langen weißen Gewändern hinauf- und hinunterschritten. Ein Mädchen mit langen schwarzen wehenden Haaren stand zwischen zwei Säulen der *Propyläen* und schaute zum *Areopag* hinüber, direkt dorthin, wo ich mich gerade befand. Dann drehte sie sich um und verschwand im Inneren des Gebäudes. Hiermit war das Bild vor meinem inneren Auge auch schon wieder verschwunden und ich sah wieder wie zuvor die Ruinen vor mit, die von Baugerüsten zusammengehalten wurden. Ich lächelte und bewahrte den Anblick von vorhin in meinem Herzen auf.

Ich erschrak kurz, als dicht neben mir plötzlich eine laute Stimme imposant zu reden begann. Es war Alex. Er stand inzwischen auf dem höchsten Felsen des *Areopags* und hatte einen gespielt ernsthaften Gesichtsausdruck aufgesetzt. Er hatte seine Arme theatralisch weit auseinandergerissen und den Kopf hoch erhoben. Er öffnete den Mund, als wollte er gerade dazu ansetzen, eine Arie zu singen. Es sah absurd aus, aber gleichzeitig auch würdevoll. „Lasset uns philosophieren, wie einst Sokrates, der Großartige", begann er und augenblicklich wandten sich uns viele neugierige Blicke zu. „Sag mal, spinnst du?", fuhr Maria ihn an und wollte ihn von seinem Sockel herunterziehen. Doch Alex grinste nur und fuhr fort: „Nun sind wir also hier versammelt, um über die Mythen dieser Welt nachzugrübeln!" Inzwischen gafften uns *alle* Leute verwirrt an, die auf dem *Areopag* waren. „Was ist *dir* denn über die Leber gelaufen, Alex?", fragte Lissy lachend. „Komm mal wieder runter." Es war einfach zu komisch. Doch Alex ließ sich nicht beirren: „Was, wenn Atlantis nicht auf der Erde, sondern woanders zu suchen ist? Was, wenn in den alten Mythen und Legenden keine versunkene Stadt besungen wird, sondern eine versunkene Welt? Seht hinauf in den Himmel und ihr seht das Licht längst erloschener Welten.

Das Universum ist unendlich weit und birgt noch unglaublich viele Geheimnisse in sich!" – „Jetzt reicht's!", fauchte Maria ihn an. „Mit dir fällt man nur auf! Was ist bloß in dich gefahren? Du blamierst uns ja!" – „Ach was", gab Alex grinsend zurück, „die verstehen uns doch eh nicht. Lass mich doch ein bisschen philosophieren. – Das ist die Magie des Ortes, fühlst du sie etwa nicht?" – „Weißt du, dass du ein richtiger Blödmann bist?" Maria funkelte ihren Freund böse an, aber sie konnte sich ein Lächeln doch nicht verkneifen. Es war einfach zu komisch, wie die anderen Leute uns mit offenen Mündern anschauten und sich offensichtlich fragten, was wir wohl für seltsame Gestalten waren.

Und mit einem Male verstand ich, was Alex mit der „Magie des Ortes" gemeint hatte. Vielleicht war es bei ihm nur ein Scherz gewesen, aber für mich war es doch ernst und ich fühlte, ich musste auch etwas sagen. Ich wusste nicht was, aber ich wusste, dass ich das auch konnte: philosophieren – und zwar besser als Alex! Nachdem also Maria Alex vom Sockel gezerrt hatte, stellte ich mich meinerseits oben drauf und begann ebenfalls meine Stimme laut zu erheben. Ich war überhaupt nicht nervös, auch die verdatterten Blicke meiner Freunde und die der anderen Leute störten mich nicht. Ich kann mir bis heute nicht wirklich erklären, was in mir da auf dem Hügel des *Areopags* vorgegangen war. Ich hatte die *Propyläen* deutlich vor Augen, als ich zu meiner eigenen, vielleicht etwas verrückten Rede ausholte. Dabei sah ich aus dem Augenwinkel, wie Lissy lächelnd den Kopf schüttelte, Maria baff die Schultern hängen ließ und Alex sich vor lauter Lachen die Hand vor den Mund hielt. Klar, die drei waren so einen Anfall von mir nicht gewöhnt. Vielleicht genoss ich meinen Auftritt sogar ein wenig.

Das war in etwa, was ich sagte: „Was, wenn die Theorien, die wir vom Universum bisher hatten, alle total falsch sind? Es heißt, alles, was existiert, besteht aus Millionen und Abermillionen von kleinen Teilchen, die man Atome nennt. Was aber sind Atome? Sie bestehen aus einem Atomkern und Elektronen, die um ihn herumkreisen. – Was ist ein Sonnensystem? Ein Stern, um den Planeten herumkreisen. Ähnelt dies nicht unseren Vorstellungen vom Aufbau eines Atoms? Was, wenn also ein Sonnensystem wie das, in dem wir leben, auch wie ein Atom ist, das ein Bestandteil von etwas anderem, viel Größerem ist, in dem noch viel mehr solche Sonnensysteme wie dem unseren enthalten sind? Und diese großen Sonnensysteme oder Atome – nennt sie, wie ihr wollt – setzen wieder neue, noch größere Sonnensysteme zusammen. Immer weiter, immer größer bis in die Unendlichkeit, so groß und weit, dass wir uns das gar nicht vorstellen können, dass es einem davon regelrecht schwindelig werden kann, wenn man länger darüber nachdenkt! – Und genauso kann man das in die andere Richtung fortführen: Wir bestehen auch aus Atomen. Vielleicht sind diese Atome in uns drin wiederum wie viele kleine Sonnensysteme, die ebenfalls aus Atomen zusammengesetzt sind, die eigentlich Sonnensysteme sind, auf denen es Leben gibt. In uns drin sind so viele Atome; wie unglaublich viele Sonnensysteme könnten das sein, die in uns drin stecken?" Ich holte tief Luft und sah, dass meine Freunde beschämt zu Boden schauten und den Kopf schüttelten. Ich ließ mich aber nicht beirren. Irgendwie hatte ich mich jetzt richtig warm geredet. „Und wenn nun einer behauptet, dass in meiner Atomtheorie kein Platz für Gott ist, hat dieser sich gewaltig getäuscht. Gott ist doch gerade das Unbegreifliche, das Unfassbare, das *Mysterium fascinosum et tremendum*, uns aber immer nah, wenn wir uns im Gespräch mit ihm befinden. Gott ist in jedem kleinsten Atom, in uns und um uns und überall; im unendlich kleinen Atom, das so klein ist, dass wir es uns gar nicht mehr vorstellen können, und im unendlich großen Komplex von Sonnensystemen, Galaxien, dem Universum. Er ist überall. – Ich finde, diese Atomtheorie verwirft die Existenz Gottes nicht; nein, im Gegenteil: Sie stützt sie sogar!" Dann stieg ich mit einem hochroten Kopf vom höchsten Stein des *Areopags* herunter und lächelte erschöpft.

„Du bist mir ja eine Marke ..." Alex lachte. „Und ich dachte, *ich* wäre verrückt." – „Ihr spinnt doch beide total", meinte Maria kopfschüttelnd. Lissy kicherte. „Das war krank, Emmy, weißt du das? Krank, aber irgendwie auch krass."

Noch immer starrten uns die anderen Touristen mit großen Augen an. „Ein Glück, dass keiner den Käse verstanden hat, den ihr beide da von euch gegeben habt", sagte Maria. Wir stellten uns etwas abseits auf einen Felsen und schauten auf die Stadt Athen hinunter. Da kam plötzlich ein Mann neben mir zu stehen und wandte sich mir zu: »Vous – êtes Française?« Äußerst verdattert schaute ich ihn an und entgegnete auf Deutsch: „Ja, klar bin ich Französin. Deshalb habe ich auch gerade die ganze Zeit lang auf Deutsch geredet!" Der Mann runzelte verwirrt die Stirn und zog von dannen. „Boah, bist du frech", fand Lissy, „das hätte ich dir gar nicht zugetraut. Der arme Mann. Er hat doch nur gefragt." – „Na, ist doch wahr", gab ich bloß zurück, „eine blöde Frage verdient eine ebenso blöde Antwort."

„Also, gehen wir langsam weiter, bevor es hier zu peinlich wird", schlug Maria vor. „Ist gut. – Akropolis?", fragte ich. „Akropolis", antworteten die anderen drei wie im Chor. Im Gänsemarsch begannen wir langsam und äußerst vorsichtig damit, die steile Steintreppe des *Areopags* hinunterzuschreiten. Ich ging als Letzte.

Als ich noch oberhalb der Treppe stand, tippte mich jemand von hinten an die Schulter. Ich drehte mich um und bekam vor Überraschung erst einmal den Mund nicht mehr zu. Hinter mir stand der Araber aus dem Flugzeug, der mit dem langen schwarzen Zopf und den mysteriösen, dunklen Augen. Er grinste mich an und schaute mir direkt ins Gesicht. Mir lief eine Gänsehaut über den Rücken und ich wusste nicht, was ich sagen sollte. Wie kam der hierher? Was wollte der von mir?

„Das war eine sehr interessante Theorie über die Atome", sprach der Araber in perfektem Deutsch, „die muss ich mir unbedingt merken." Der Typ sprach Deutsch! Ich stand unter Schock. Hektisch drehte ich mich zu meinen Freunden um. Diese hatten inzwischen den Fuß der Treppe erreicht und schauten zu mir hoch. „Was machst du denn so lange, Emmy?", schrie Lissy zu mir herauf. „Komm endlich runter, oder hast du schon Wurzeln geschlagen?" Ich wandte mich noch einmal um, doch der Araber war auf einmal nicht mehr zu sehen. Vor Schreck zuckte ich zusammen, als sich dicht neben mir mit flappenden Flügeln ein Vogel in die Lüfte erhob: eine blendend weiße Taube! Ich blickte ihr noch lange nach. Sie flog direkt hinüber zur Akropolis und verschwand hinter einem der ockerfarbenen Gebäude.

„Emmy …", hörte ich wieder Lissys ungeduldige Stimme, „komm halt endlich!" Ich schüttelte mich und schließlich ging ich die Treppe hinunter zu den anderen. „Was war denn da oben los mit dir?", fragte Maria. „Habt ihr ihn auch gesehen?", entgegnete ich, anstatt zu antworten. „Wen gesehen?" – „Na, diesen Typen, den Araber." – „Den Araber? Welchen Araber?" – „Den aus dem Flugzeug, der mit dem langen Zopf", erläuterte ich. „Der, der neben mir gesessen hat?", fragte Lissy ungläubig. „Ja, der, der die ganze Zeit im Flugzeug geschlafen hat." – „Was soll mit dem sein?" – „Der war grad da oben." Mit meinem Kopf nickte ich in Richtung Treppe. „Auf dem *Areopag*?", fragte Maria. „Ja." – „Jetzt?" Meine Freunde schauten mich ungläubig an. „Ja." Ich nickte. „Er hat gerade mit mir geredet." – „Ja, sicher …" Maria runzelte ungläubig die Stirn. „Ja, echt, wenn ich es euch doch sage!" Es machte mich fast wahnsinnig, dass die anderen mir nicht glaubten. „Er war da und er hat mit mir geredet." – „Was hat er denn gesagt?", wollte Alex scherzhaft wissen, „*Salamaleikum*?" Er vollführte eine affige Verbeugung in meine Richtung und breitete seine Arme aus. „Ach Mensch, ihr seid echt blöd!" Beleidigt schubste ich Alex aus dem Weg, kehrte dem *Areopag* den Rücken zu und marschierte in Richtung Akropoliskasse. Die anderen folgten mir mit raschem Schritt. Lissy erreichte mich als Erste und drehte mich an der Schulter zu sich herum. „Jetzt sei doch nicht gleich beleidigt", bat sie. „Was hat dieser Araber denn jetzt eigentlich in echt gesagt? Hast du ihn verstanden?" Ich beschloss, offen zu sein und nicht mehr zu schmollen. „Ja, das ist es ja gerade. Er hat Deutsch geredet. Ich hab mich darüber total erschrocken", gab ich zu. „Na ja", mischte sich Maria schließlich versöhnlich ein, „warum sollte der Araber kein Deutsch sprechen können? Immerhin ist er ja auch in Nürnberg ins Flugzeug eingestiegen. Vielleicht lebt er ja sogar in Deutschland." – „Auch wieder wahr", gab ich etwas beschwichtigt zu. „Und was wollte er jetzt von dir?", drängte Lissy. Also gab ich endlich eine Antwort: „Er hat gesagt, dass er die Atomtheorie von mir gut fand und dass er sie sich unbedingt merken wollte." – „Das war's?" Alex konnte sich ein Lachen nun doch nicht verkneifen. „Ja, das war's", entgegnete ich trocken. „Du musst schon zugeben, dass diese Theorie von dir ein bisschen abgefahren war, oder?" Alex grinste und entblößte dabei seine blendend weißen Zähne. Maria schaute ihn vorwurfsvoll an. „Musst du immer gleich so übertreiben?", flüsterte sie ärgerlich. „Das war jetzt nicht böse gemeint", fügte Alex hektisch hinzu. „Gell, Emmy, nicht sauer sein." – „Schon gut. Schon gut", murmelte ich, „ich kenn dich ja."

Eine Weile gingen wir schweigend weiter. Hinter uns dudelte typisch griechische Musik. Ein paar Kinder tanzten zu der Musik und mehrere Zuschauer applaudierten fröhlich.

Eigentlich wollte ich die Sache hiermit auf sich beruhen lassen, da ich ja deutlich gesehen hatte, wie meine Freunde darauf reagierten, aber mir ging der Araber nicht mehr aus dem Kopf und ich musste einfach mit den anderen über meinen Verdacht reden. „Ist das nicht ein komischer Zufall, dass wir den Araber aus Nürnberg hier wieder getroffen haben?", ergriff ich erneut das Wort. „Ich meine, Athen ist doch nun wirklich verdammt groß. Dass wir uns ausgerechnet hier wieder über den Weg laufen …" Daraufhin sagte Lissy mit ruhiger Stimme: „Die Akropolis ist das Touristenziel Nummer eins. Klar, dass er da auch hingeht, wenn er als Tourist in Athen unterwegs ist, oder etwa nicht? – Wir sind ja auch gleich am ersten Tag hierher gekommen. Ist also nicht außergewöhnlich, dass sich Touristen hier treffen." – „Ja, aber etwas seltsam ist es schon." Ich war noch nicht ganz überzeugt. „Und warum ist er dann auf einmal so schnell verschwunden?", schob ich nach. „Er ist verschwunden?" Alex zog seine Stirn in Falten. „Das versuche ich euch doch schon die ganze Zeit zu erklären", brauste ich auf, „das war ja das Komische. Also, ich stehe da, völlig baff, dass der mich anspricht – und dann auch noch auf Deutsch! Und dann drehe ich mich zu euch um, weil ihr nach mir gerufen habt, und als ich mich wieder zum Araber umdrehe, ist der auf einmal weg! Verschwunden! Weit und breit nicht mehr zu sehen! Einfach weg!" – „Vielleicht ist er auf die andere Seite vom *Areopag* hinübergegangen", schlug Lissy vor. „Aber dann hätte ich ihn doch trotzdem sehen müssen", erwiderte ich überzeugt, „so groß ist der *Areopag* auch wieder nicht und man kann ihn von der Treppe aus komplett überblicken." – „Ich denke, er ist einfach weggegangen und du hast ihn nicht gesehen, weil er hinter ein paar anderen Leuten war." – „Nein, nein. Das kann nicht sein. Das hätte ich mitbekommen", leugnete ich vehement, „es war außerdem nur ein ganz kurzer Moment, dass ich mich umgedreht habe. Gleich danach hab ich doch schon wieder zu ihm zurückgeschaut und da war er auch schon weg. Kein Mensch kann so schnell verschwinden! Es war, als hätte er sich in Luft aufgelöst oder als wäre er auf einmal davongeflogen." Ich stockte und erneut bekam ich eine Gänsehaut. Mir fiel die weiße Taube wieder ein, die neben mir hochgeflattert war. „Und diese weiße Taube war wieder da", ergänzte ich. „Weiße Taube? Welche weiße Taube?", wollte Maria wissen. Nun schauten mich alle drei mit misstrauischen Blicken an. „Geht's dir gut, Emmy?", fragte Alex. Ich ignorierte ihn und fuhr fort: „Ja, die weiße Taube vom Balkon mit dem Traktorreifen." – „Hat sie dir wohl ihren Namen vorgegurrt?" Alex grinste mich breit an. „Namen gegurrt? Was ... wieso?" Ich verstand nicht, worauf er hinauswollte. Alex boxte mir scherzhaft gegen die Schulter. „Ist wirklich verdammt heiß hier, gell?", witzelte er. „Da kann man schon mal etwas durcheinander kommen und sich was einbilden ..." Ich funkelte ihn böse an. „Nein, natürlich hat sie mir *nicht* ihren Namen vorgegurrt! Aber ich weiß trotzdem, dass es genau diese eine Taube gewesen ist, die neben mir war!" Lissy nahm meinen rechten Arm und schwang ihn langsam hin und her. „Emmy ...", begann sie, „es gibt bestimmt viele weiße Tauben in Athen." Sie ließ meinen Arm los. „Aber nicht solche wie diese", behauptete ich stur.

Wir erreichten die Kasse vor der Akropolis und fummelten in unseren Rucksäcken nach unseren Geldbeuteln. „Emmy ..." Lissy strich mir sachte eine Haarsträhne aus dem Gesicht und sah mir in die Augen. „Du glaubst doch nicht allen Ernstes, dass der Araber sich in diese weiße Taube verwandelt hat, oder was?" Ich schaute sie wie versteinert an. „Du liest zu viel in deinen Harry Potter-Büchern, Emmy. Das ist nicht gut." – „Hey!" Ich entzog mein Gesicht ihren Händen. „Ich habe nie etwas von Verwandeln gesagt!" – *Aber gedacht*, ertappte ich mich in Gedanken selbst. Natürlich gab ich das vor meinen Freunden nicht zu. Sie hätten sich nur lustig über mich gemacht. – Sie hatten jedoch den Araber nicht gesehen. Sie wussten ja gar nicht, wie mysteriös das alles war! „Das ist doch völlig absurd so was!", rief ich erbost aus, als ob ich mich vor mir selbst rechtfertigen wollte. „Und lass die Harry-Potter-Bücher in Ruhe!", verteidigte ich meine Lieblingslektüre. „Ich kann sehr wohl noch zwischen Realität und Fiktion unterscheiden!"

„Four tickets for the Acroplis, please", sagte Alex inzwischen, der vorne an der Kasse stand. „Are you students? Do you have a student identity card?" Eine hübsche junge Frau grinste uns von hinter der Kasse aus an. „Aber das ist doch irgendwie voll komisch mit dem Araber, oder?", begann ich erneut. „Wo kann er denn auf einmal hingegangen sein?" Aber niemand ging darauf ein. „Emmy, hast du deinen Studentenausweis?", fragte Alex und drehte sich zu mir herum. „Der gilt doch diesen Monat noch. Als Student der

EU muss man überhaupt nichts zahlen, wenn man die Akropolis besichtigen will. Das ist doch super, oder?"

Und hiermit war das Gespräch über den Araber und die weiße Taube vorläufig beendet. Ich zog es auch vor, lieber nichts mehr darüber zu meinen Freunden zu sagen. Sie nahmen mich in dieser Hinsicht eh nicht ernst. Ich nahm mich ja selber nicht ernst. Dennoch, das alles erschien mir sehr, sehr merkwürdig und ich konnte nicht anders, als immer wieder darüber nachzugrübeln. Ich wusste ja selbst, dass es äußerst unrealistisch war, dass der Araber irgendetwas mit diesem geheimnisvollen Vogel zu tun hatte, aber ich wurde den Gedanken nicht los, dass wir uns am Anfang eines mysteriösen Abenteuers befanden, das langsam aber sicher dabei war, sich zu entfalten. Doch ich hatte natürlich noch keine Ahnung von dem, was alles noch geschehen sollte.

Nachdem wir alle unsere Ausweise an der Kasse vorgezeigt hatten, bekamen wir hübsche blau-orange Eintrittskarten mit der Aufschrift *Entrance Free* und dann konnte es auch schon losgehen. Wir folgten den vielen Leuten den hübsch angelegten, sanft ansteigenden Weg zur Akropolis hinauf. Überall standen Säulen, Informationstafeln, Gebäudereste und wundervolle Steinfiguren am Wegesrand. Es war ein wahres Fotoparadies! Und so knipste ich ein Bild nach dem anderen. Das machte mir riesig Spaß und außerdem half es mir dabei, nicht permanent an die mysteriöse Begegnung mit dem Araber zu denken. Ich war total fasziniert von den alten Kunstwerken und fand eines schöner als das andere. Ja, das war Athen, so, wie ich es mir vorgestellt hatte. Alex kicherte. „So kennen wir dich, Emily. Immer mit dem Fotoapparat bewaffnet. Komm, mach mal ein Bild von mir und Maria." – „Ja, ja", mahnte ich, „der Esel nennt sich immer zuerst." Er schaute mich mit seinen großen Augen vorwurfsvoll an.

„Klar, das mit dem Bild können wir machen", beschloss ich. „Aber ich denke, wir machen das da drüben. Das sieht interessant aus. Was ist das?" Vor uns befand sich ein großer halbkreisförmiger, mit cremefarbenen Steinen gepflasterter Platz. Als wir näherkamen, erkannte ich, dass ringförmig um ihn herum mehrere Steinstufen waren, die nach hinten hin anstiegen wie die Sitzbänke in einem Stadion. „Das ist ein Theater", stellte Lissy fest. „Das Dionysos-Theater von Athen", las Maria vor, die sofort wieder ihren Reiseführer zur Hand hatte. „Heute gilt das Dionysos-Theater als die Geburtstätte des europäischen Theaters. Schon im sechsten Jahrhundert vor Christus feierten die alten Griechen zu Ehren des Gottes Dionysos an diesem Ort ausgelassene Feste mit reichlich Tanzeinlagen und Chorgesängen ... Interessant." Sie las noch ein wenig weiter aus dem Buch vor, doch ich hörte nur mit halbem Ohr zu. Ich hatte bereits wieder meine Kamera hervorgeholt und begann viele, viele Fotos zu schießen. Der mittlere Teil und die vordersten Reihen der Sitzbänke waren mit Spannseilen abgesperrt, aber der Rest war frei zugänglich. Wir stiegen also am Rand die kleine Anhöhe nach oben und gingen in eine der obersten Reihen. Viele der Reihen waren nicht mehr komplett und aus einigen wuchsen feine grüne Grashalme, aber ich fand, für dieses Alter war das Denkmal noch recht gut erhalten. In der Mitte setzten wir uns hin und betrachteten uns das Dionysos-Theater. Vor uns lag der halbrunde Platz, an dessen Ende sich eine etwa hüfthohe Mauer befand, in die verschiedene Statuen eingelassen waren. Manchen von ihnen fehlte der Kopf, anderen dagegen fehlten die Arme oder Beine. Aber es war sehr schön anzusehen. Ich machte erst ein paar Bilder vom Dionysos-Theater ohne meine Freunde, dann beschloss ich, mein Versprechen Alex gegenüber einzulösen. Ein Stückchen

neben der Mitte entdeckte ich einen etwas größeren quadratischen Steinblock, in den mehrere griechische Buchstaben eingemeißelt waren:
ΜΑΡΚΟΝΑΙΡΗΛΙΟΝ
ΚΑΙΣΑΡΑΑΥΤΟΚΡΑ
ΤΟΡΟΣΑΝΤΩΝΙΝΟΥ
ΥΙΟΝΤΟΝΠΡΟΣΤΑ
ΤΗΝΑΘΗΝΑΙΟΙ
Keine Ahnung, was das zu bedeuten hatte! Jedenfalls veranlasste ich, dass Maria und Alex sich links neben diesen Stein setzten, was sie auch bereitwillig machten. Sie umarmten sich und grinsten in die Linse und dann drückte ich ab. Es war ein hübsches Bild und ich war zufrieden. „Jetzt noch ein Kussbild", verlangte Alex. „Oh ja, bitte", sagte auch Maria. „Na gut", willigte ich ein. Die beiden verknoteten sich nahezu bei ihrer nächsten Umarmung und knutschten was das Zeug hielt. Ich lächelte und machte das Bild. Wie gewohnt legte ich bei der Digitalkamera nach dem Knipsen den Hebel um, um festzustellen, ob das Bild auch scharf geworden war. Das Bild war gelungen. Der Vordergrund war scharf und die Farben gesättigt – und dann hielt ich vor Überraschung den Atem an, als ich noch etwas auf dem Bild erblickte – im Hintergrund. Oberhalb der restlichen steinernen Stufen des Theaters konnte man das satte Blau des Himmels sehen, in dem es nur ein paar wenige weiße Schäfchenwolken gab. Aber da im Himmel war noch etwas Weißes – und das war definitiv keine Wolke!
„Dürfen wir das Foto mal sehen?" Maria und Alex standen hinter mir und schauten mir über die Schulter. „Äh, klar doch", stammelte ich und gab ihnen die Kamera. „Das ist aber schön geworden", gab Maria anerkennend zu. „Schickst du mir das mal als E-Mail-Anhang?" – „Ähm, ja." – „Cool",

staunte da auf einmal Alex, „wie du diese weiße Taube im Flug fotografiert hast ... Sieht echt stark aus." – „Ja, die hab ich vorhin gar nicht gesehen", gestand ich. Auf dem Foto jedoch sah man klar und gestochen scharf über dem knutschenden Pärchen eine reinweiße Taube, die im Flug von links nach rechts festgehalten worden war. Instinktiv schaute ich in den Himmel, aber inzwischen war der Vogel natürlich nicht mehr da.

„Die mysteriöse weiße Taube von vorhin vielleicht?", schmunzelte Alex mit einem ironischen Unterton in der Stimme. „Die Arabertaube ..." Ehrlich gesagt fragte ich mich genau dies gerade selbst, aber ich beschloss, mich dazu lieber nicht zu äußern, denn ich hatte absolut keine Lust mehr darauf, wieder ausgelacht zu werden. „Ich wusste gar nicht, dass es in Athen so viele weiße Tauben gibt", wunderte sich Lissy, als sie ebenfalls das besagte Bild betrachtete. *Vielleicht gibt es ja auch gar nicht so viele weiße Tauben*, dachte ich, *sondern nur diese eine?* Aber ich behielt meine Vermutung lieber für mich. Dann kehrten wir dem Dionysos-Theater den Rücken zu und marschierten weiter, den anderen Touristen hinterher, den langsam etwas steiler werdenden Berg hinauf.

Die Aussicht über Athen wurde nach und nach immer beeindruckender und wir sahen, dass die Stadt von mehreren dunkelgrün bewaldeten Hügeln umgeben war. Auf einem von ihnen, der *Pnyx*, wie Maria uns sofort aufklären konnte, stand sogar ein beeindruckendes Denkmal, aber darüber soll an anderer Stelle noch mehr gesagt werden. Um uns herum blühten rosafarbene und weiße Oleandersträucher, die uns mit ihrem Duft betörten. Oberhalb des Odeons des Herodes Attikus, einem weiteren beeindruckenden Theater mit geschwungenen Fensterbögen, machten wir eine kurze Pause und nahmen einen großen Schluck aus unseren Wasserflaschen. Das tat gut! Obwohl es schon langsam Abend wurde, war es noch immer recht warm.

Als das Gedränge auf dem Weiterweg immer dichter wurde, vermuteten wir, dass es bis zur eigentlichen Akropolis nicht mehr weit sein konnte. Und tatsächlich! Nur wenig später zwängten wir uns mit vielen Japanern, Amerikanern und Menschen aller möglichen Nationen durch einen äußerst schmalen Eingang hindurch, der den Blick auf eine lange steinerne Treppe freigab, und rechts und links von uns befanden sich prächtige Säulenbauten, die *Propyläen*, deren vom Einsturz bedrohten Teile von Baugerüsten gestützt wurden. Es sah faszinierend aus, aber da immer mehr Leute nachströmten, blieb nicht viel Zeit dafür, die Bauten zu bewundern. Wir wurden regelrecht die Treppe hinaufgeschoben und diverse Reiseleiter baten uns permanent auf Englisch, auf den Treppen bitte nicht stehen zu bleiben. Um uns herum redeten so viele Menschen auf einmal und in so unglaublich vielen verschiedenen Sprachen miteinander, dass es sich anhörte, als würde man in einem brummenden Bienenschwarm spazieren gehen. Zum Glück wurde es weiter oben dann besser, da die Leute nicht mehr so dicht nebeneinander gehen mussten, sondern die Massen sich etwas verliefen. „Boah, das ist einfach unglaublich", murmelte Lissy, „so viele Leute …" – „Wir sind auf der Akropolis, was hast du erwartet?", fragte Alex. „Ich hab mich doch gar nicht beschwert", gab Lissy zurück, „ich meine ja bloß …"

Endlich verteilten sich die Menschenmassen vor mir ein wenig und gaben den Blick frei auf das wohl berühmteste Gebäude der Akropolis von Athen, den *Parthenon*-Tempel, welcher der Athene Parthenos geweiht war, der griechischen Göttin der Weisheit, der Kriegstaktik und Strategie, die auch als die Schirmherrin der Künste und Wissenschaften galt.

Obwohl der Tempel von vielen Baugerüsten und Kränen gestützt wurde, ging von ihm eine Anmut aus, die einfach unbeschreiblich war. Der Tempel wirkte harmonisch und architektonisch perfekt. Die Säulen, die in dieser Größe eigentlich wuchtig und plump hätten wirken müssen, taten nichts dergleichen, sondern sahen schlank und edel aus. Der dreieckige Giebel, der nicht mehr komplett erhalten war, die Fresken, die dessen Rand zierten ... Das alles sah einfach verzaubernd aus. Wieder schloss ich kurz die Augen und stellte mir vor, wie das vor zweitausendfünfhundert Jahren ausgesehen haben mochte, als die Gebäude noch nicht so zerfallen waren und außerdem noch Wände und Dächer gehabt hatten. Ich stellte mir ein blendend weißes Gebäude vor, die Stufen waren so glänzend, dass man sich fast darin spiegeln konnte. Der Dachgiebel war verziert mit Statuen in Menschengestalt. Nicht wie die beiden, die ich zuvor gesehen hatte, die lediglich aus Rumpf, Arm- und Beinstümpfen ohne Gesichter bestanden hatten, sondern komplette Statuen, formvollendet und Meisterwerke der antiken Kunst. Ich öffnete die Augen. Das Bild, das ich mir zuvor gemacht hatte, legte sich wie ein Schleier über den Tempel, wie er sich heute präsentierte, und ich sah wieder diese junge langhaarige Frau mit dem wehenden weißen Gewand. Sie stand zwischen der dritten und vierten Säule von links und schaute anmutig zu uns herunter. Dann drehte sie sich lächelnd um und verschwand im Inneren des Gebäudes. Daraufhin wurde das Weiß wieder leicht ockerfarben und ich nahm auch erneut die Kräne und Baugerüste wahr. Ich hatte schon immer eine lebhafte Fantasie gehabt und konnte mir Dinge und Landschaften gut vorstellen, aber dennoch war ich überrascht, wie stark diese Vorstellungsbilder in mir auf der Akropolis wurden. Es war nicht nur so, als würde ich es mir lediglich vorstellen, sondern vielmehr, als hätte ich es wirklich so gesehen. Das ist schwierig zu beschreiben, aber das Gefühl war intensiv. Ich denke, das muss man einfach selbst erlebt haben, um es sich genau vorstellen zu können. Natürlich durfte man in keinen der Tempel hineingehen. Der Zugang war mit Spannseilen versperrt, aber es war so auch schon ein unvergessliches Erlebnis, das ich nicht mehr missen möchte.

Wir gingen weiter zum *Erechtheion*-Tempel. Besonders eindrucksvoll fand ich die Vorhalle dieses Gebäudes. Anstatt von Säulen wurde sie von überlebensgroßen Mädchenfiguren aus Stein gestützt, die auch Karyatiden genannt wurden. Das wissen wir aus Marias Reiseführer. Von einem weiteren Gebäude, an dessen Namen ich mich nicht mehr erinnern kann, war nicht mehr viel übrig außer einigen weißen marmornen Mauerresten. Aber auch davon schoss ich gleich mehrere Fotos.

Während meine Freunde einstweilen die Aussicht auf Athen genossen, blickte ich mich noch immer aufgekratzt um und suchte nach den schönsten Fotomotiven. Es dauerte nicht lang und ich musste die erste Chipkarte auswechseln. 150 Fotos waren schon gemacht! Kaum war die Karte ausgewechselt, konnte die Suche nach Motiven weitergehen. Ich zuckte zusammen, als ich hinter mir ein Flattern vernahm, und drehte mich rechtzeitig genug um. Ich sah wieder diese wunderschöne, edle weiße Taube. Sie flog zielstrebig auf das moderne Gebäude zu, das da oben stand: das Akropolis-Museum. Dort landete sie auf dem Kopf einer steinernen Eulenfigur, direkt neben dem Eingang ins Museum. Sie blickte in meine Richtung und saß eine Weile selbst bewegungslos auf der Vogelstatue. Dann jedoch kam ein ganzer Schwung Menschen aus dem Museum heraus. Die Taube wurde aufgeschreckt und flog davon. Ich verlor sie aus den

Augen, aber wusste plötzlich, was es zu tun galt. Ich kehrte zu meinen Freunden zurück. Sie hatten die Taube offenbar nicht bemerkt, also zog ich es vor, über dieses Detail zu schweigen. „Hey Leute, da drüben ist ein Museum", verkündete ich, „wollen wir da mal reingehen?" – „Kostet das extra?", wollte Alex wissen. „Nee, sieht nicht danach aus", entgegnete ich, „da steht zumindest nichts an der Tür." – „Na, worauf warten wir dann noch?", meinte Maria, „das schauen wir uns auch noch an!"

Wie gesagt, so getan. „Hübsche Eule", stellte Lissy fest, als wir an der Statue des Vogels vorbeigingen. „Ich hab mal irgendwo gelesen, dass die griechische Göttin Athene oft in Bildern und Steinreliefs zusammen mit einer Eule abgebildet worden ist", fasste Maria für uns zusammen, „Eulen gelten ja auch als weise. Daher passt das auch prima zur Göttin der Weisheit, nicht wahr? Und, schau ...", Maria hielt mir eine Ein-Euro-Münze aus Griechenland vor die Nase, „sogar auf ihren Münzen haben die Griechen eine Eule abgebildet. Ist das nicht krass?" Ich nickte interessiert. Dann gingen wir in das Museum hinein und betrachteten uns etliche Statuen: Männerstatuen, Frauenstatuen, einige von ihnen waren nur noch bruchstückhaft vorhanden, andere jedoch noch erstaunlich gut erhalten, wie zum Beispiel die Statue einer gefährlich aussehenden Schlange oder die eines jungen Mannes, der ein Kälbchen auf der Schulter trug. Besonders schön fand ich die vielen Pferdeköpfe, die in dem Museum ausgestellt waren, und ein Schauer lief mir über den Rücken, als ich den gruseligen abgemagerten Hund entdeckte, der so aussah, als würde er jeden Moment zum Sprung ansetzen und denjenigen in der Luft zerreißen, der unbedacht vor seiner Glasvitrine vorbeiging.

Im fünften Raum blieben wir eine Weile stehen und betrachteten uns intensiv die Statue einer Frau, die leicht vornüber gebeugt dastand und ihren linken Arm nach vorne reckte, in dem sie etwas wie eine Waffe zu halten schien. Die Statue war bis auf den fehlenden rechten Arm nahezu unbeschädigt. Sie schaute anmutig und weise aus und lächelte erhaben. Vor ihr auf dem Boden sah man eine abgestützte Hand, aber die Figur, die dazugehörte, war nicht mehr vorhanden. Etwas weiter rechts befand sich noch eine weitere Figur, die zu dieser Szene dazugehörte: eine fast liegende männliche Statue, der der Kopf fehlte. Die männliche Figur war groß und die Körperhaltung verriet einen Todeskampf. Die Statue des Mannes lag nach hinten hin so aufgestützt, als wäre sie gerade gefallen und befand sich in einer Abwehrhaltung der stehenden weiblichen Figur gegenüber. Vielleicht stellte dieses Monument einen Kampf zwischen dieser Frau und dem gefallenen Mann dar, überlegte ich. Vielleicht hatte die Frau dem Mann gerade einen tödlichen Stoß versetzt. „Maria, kannst du mal in deinem Buch nachlesen, was das hier darstellt?", bat ich. Wir hatten beschlossen, nicht alles zu lesen, was in dem Reiseführer über die Statuen geschrieben stand, denn sonst wären wir wohl ewig beschäftigt gewesen, aber irgendwie interessierte mich diese eine steinerne Situation ganz besonders. Maria durchblätterte bereitwillig die Seiten ihres Reiseführers und hatte auch in Windeseile die richtige Stelle aufgeschlagen: „Der fünfte Saal wird von der Göttin Athene dominiert, die im Kampf einen Giganten tötet", las sie vor und ich nickte. So etwas Ähnliches hatte ich mir gedacht. „Diese Figurengruppe zierte dereinst den mittleren Teil des Giebels des alten Athene-Tempels der Akropolis. Die Göttin lächelt siegreich. – Mehr steht hier nicht darüber." – „Ist gut, danke", gab ich zufrieden zurück und betrachtete mir die Statuen eingehend.

Als wir nach einer Weile weitergingen, fiel mir rechts neben dem gefallenen Giganten außerhalb der Absperrung ein kleiner weißer Zettel auf, der unmotiviert auf dem Boden herumlag. „Diese Touristen", schimpfte ich missmutig, „lassen einfach ihren Müll hier rumliegen. Die sollten sich was schämen!" Ich konnte es nicht lassen und fühlte mich verpflichtet, den Müll zu beseitigen. Von meinen Freunden wurde ich belächelt, als ich mich nach dem fast quadratischen Zettel bückte und ihn aufhob, um ihn dann irgendwo in einen Abfalleimer zu entsorgen. Doch auf einmal stutzte ich. Ich betrachtete mir den Zettel, auf dem ein großes geschwungenes griechisches Beta geschrieben stand: β. Mein Puls beschleunigte sich, als ich den geheimnisvollen Zettel umdrehte. Auf eine mir unerklärliche Art und Weise machte mich dieser kleine Zettel ziemlich nervös. Ich wischte mir zitternd die schwitzigen Hände an meinem Hosenbein ab und dann betrachtete ich mir eingehend, was auf der anderen Seite des Papiers war: Ich sah zwei dünne, unregelmäßige Linien, die sich etwas rechts oberhalb der Mitte des Zettels kreuzten: eine rote Linie, die vertikal verlief und eine blaue, horizontale Linie. Wie auf dem Zettel, den ich im Hotelzimmer entdeckt hatte, wurden auch diese beiden Linien von kurzen schwarzen Strichen unterbrochen. Links unterhalb des Kreuzungspunktes der beiden Linien stand erneut ein Wort in griechischen Buchstaben: Βάγια und abermals war ich ratlos. Viele Touristen zogen inzwischen an mir vorbei, doch ich nahm das alles gar nicht mehr wirklich wahr.

„Was ist denn an diesem Papierfetzen so interessant?", wollte Lissy wissen und schaute mir neugierig über die Schulter. Wortlos gab ich ihr das Papier und Lissy und die anderen schauten es sich verwundert an. „Das ist ja komisch", wunderte sich Lissy, „schon wieder so ein merkwürdiger Zettel. Wer den hier wohl hingelegt hat?" Ich entgegnete gar nichts. „Da steht wieder was Griechisches drauf", stellte Maria fest, „wir sollten mal nachschauen, ob wir das lesen können." – „Kommt, wir beenden unsere Museumstour und du guckst draußen mal ins Buch", schlug Alex vor. „Okay", verkündeten Maria und Lissy wie aus einem Munde.

Wir durchquerten schnell die restlichen Säle des Museums und kamen wieder nach draußen. Dort setzten wir uns auf eine Mauer und Maria holte ihren Reiseführer hervor. In Kürze hatte sie die Seite mit der Buchstabentabelle aufgeschlagen.

„Also, der erste Buchstabe ist natürlich ein großes Beta, dann folgt Alpha. Das da ist ein Gamma. Der Strich da ein Jota und dann kommt wieder Alpha", schilderte Maria. Lissy las laut mit: „B-a-g-i-a? Hä? Bágia? Was soll das denn heißen?" – „Nein, du musst das Beta lesen wie ein deutsches V oder W." – „*Vágia*?", sagte Alex daraufhin und setzte einen fragenden Blick auf. „Wieso?", wollte Lissy wissen, „*Vágia*?" – „Weil es hier so steht", erläuterte Maria, „das griechische Beta wird wie ein V oder W ausgesprochen und das Gamma ist wie ein I oder J." – „Ach so", machte daraufhin Lissy. „*Váia* ..." Ich sprach das Wort ganz langsam und lauschte es nach irgendetwas ab, das mir bekannt vorkam, aber vergebens. „Und was soll das jetzt heißen?", formulierte Lissy schließlich die Frage, die uns allen durch den Kopf ging. „Keine Ahnung." Maria schüttelte den Kopf. „Ach, das ist doch doof. Was stressen wir uns überhaupt so rein wegen so einem blöden Zettel? Den hat irgendein Dödel hier liegengelassen und wir denken gleich wieder, dass das irgendwas zu bedeuten hat." – „Aber das hat doch ganz sicher was zu bedeuten", meinte ich etwas verärgert, „der erste Zettel hatte doch auch was zu bedeuten." – „Akropolis", schnaubte Maria, „na toll, auf dem anderen Zettel stand *Akropolis* drauf. Na und?" – „Du fragst allen Ernstes *na und?*" Ich konnte es nicht fassen. „Ja." Maria nickte. „Na und?!?", brauste ich auf, „dieser Zettel hier bedeutet ganz sicher etwas! Genauso wie uns der erste Zettel in die Akropolis geführt hat, führt dieser uns hier garantiert auch irgendwohin. Wir müssen bloß rausfinden, was *Váia* zu bedeuten hat. Ich bin mir fast sicher, dass wir dann einen dritten Zettel finden, der uns zu irgendwas führt, vielleicht zu einem neuen Hinweis und der dann vielleicht wieder zu einem Hinweis und so weiter." – „Du meinst, wie so eine Art Schnitzeljagd?", fragte Lissy und kratzte sich die Stirn. „Genau", stimmte ich ihr zu, „eine Schnitzeljagd durch Athen." – „Aber wo sollte die uns hinführen?", fragte Lissy immer noch etwas misstrauisch. „Und warum sollte jemand uns Zettel hinlegen, dass wir an einer Schnitzeljagd teilnehmen? Und warum ausgerechnet wir und nicht irgendjemand anderes?" – „Das weiß ich auch nicht, aber ist das nicht seltsam?" Ich ließ einfach nicht locker. „Das muss doch was zu bedeuten haben! Niemand legt so einfach Zettel in die Gegend und wartet darauf, ob jemand sie aufsammelt und den Hinweisen folgt, oder? Wenn ihr mich fragt, ich denke, wir sind einem großen Abenteuer auf der Spur." Alex schüttelte den Kopf. „Jetzt komm mal wieder runter, Emmy", sprach er leise, „das ist nun doch etwas weit hergeholt. Es ist doch nur ein Zettel." – „Es sind inzwischen *zwei* Zettel", widersprach ich. „Aber wir wissen nicht einmal, was draufsteht und es war bloß Zufall, dass du den Zettel überhaupt gefunden hast, Emmy", sagte Lissy, „wie leicht hätte ihn jemand anders aufheben und mitnehmen können oder wegwerfen." – „Aber das hat niemand getan", bekräftigte ich,

„weil es *uns* vorherbestimmt war, diesen Zettel zu finden, damit wir den Spuren weiter folgen können." – „Und was für Spuren sollen das bitte schön sein?", fragte Maria. „Ein paar krakelige Linien und dann dieses komische *Váia*-Dings-Wort. Also wenn du mich fragst, will uns da jemand gerade gewaltig veräppeln und du bist auch noch so doof und fällst drauf rein."

Eine Weile kehrte Schweigen ein. Ich drehte mich um und blickte nachdenklich von der Mauer der Akropolis hinunter auf die Stadt. Die beiden Zettel gingen mir einfach nicht aus dem Kopf. Das alles war äußerst mysteriös.

Der Anblick, der sich von unserem Sitzplatz aus bot, war wunderschön. Athen lag weiß und ockerfarben unter uns, eingerahmt von dunkelgrün bewachsenen Hügeln. In der Entfernung konnte man sogar schemenhaft das Meer sehen. Ein lauer Wind wehte mir die Haare aus dem Gesicht und der westliche Himmel färbte sich langsam orange. Es wurde Abend. Um 19 Uhr schloss man die Akropolis. Wir müssten langsam aber sicher an den Abstieg denken.

Plötzlich rumorte etwas leise links neben mir. Ich musste kichern, als ich feststellte, dass Alex' Magen dieses Geräusch verursacht hatte. Dann bemerkte ich, dass auch mein Magen so gut wie leer war. „Oh Mann, hab ich einen Hunger!", brach es aus Alex heraus. „Und ich erst", fügte Lissy an. „Ich würde vorschlagen, wir machen uns an den Abstieg und suchen uns ein gutes griechisches Restaurant unten in der *Plaka*", begann Maria. „Ich habe im Reiseführer gelesen, dass da, in der Athener Altstadt, das Essen ziemlich gut und preiswert sein soll. Und weit ist es ja auch nicht unbedingt bis dahin. Wir können uns ja unterwegs noch überlegen, ob wir die Metro nehmen wollen oder ob wir zu Fuß hingehen." – „Metro!", riefen Lissy und ich wie aus einem Munde und Alex lachte.

Wir standen auf und gingen langsam aber sicher wieder auf die *Propyläen* zu. Ich drehte mich noch einmal um und warf einen letzten Blick auf den *Parthenon*-Tempel. Das ein oder andere Foto wurde auch noch geschossen. Irgendwie war ich ein bisschen traurig darüber, dass wir die Akropolis nun hinter uns zurückließen. Ich hätte noch stundenlang damit zubringen können, mir die Wunderwerke antiker Baukunst anzuschauen, aber mir war auch klar, dass wir nicht ewig oben bleiben konnten. Außerdem gab es noch so viele andere Mysterien, denen wir im Verlauf unseres Urlaubs begegnen sollten. Ein weiteres davon befand sich inzwischen in meinem Geldbeutel und wartete nur darauf, gelöst zu werden.

Beta

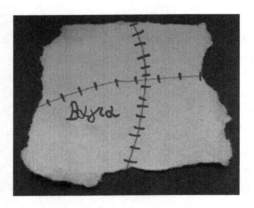

Wir erreichten die Metrostation *Akropoli* und begaben uns erneut in einen der dunklen U-Bahnschächte Athens. Eine Weile standen wir vor dem Streckenfahrplan und beratschlagten, wie wir zu fahren hatten, um in die *Plaka* zu gelangen. Wir fanden heraus, dass wir gleich an der folgenden

Station mit dem Namen *Syntagma* in eine andere U-Bahnlinie umsteigen mussten, um nach *Monastiraki* zu gelangen. Genauso wurde es auch gemacht und wir erreichten ohne Probleme unser Ziel. Als wir wieder ans dämmrige Tageslicht zurückkamen, sahen wir einen sehr lebhaften Platz, der vom Straßenhandel beherrscht wurde. Überall hatten Händler ihre Ware ausgebreitet und priesen Obst, Gemüse, Brot, Fisch, Postkarten, Schirmmützen, Zeitschriften und vieles andere mehr an. Viele Leute eilten geschäftig über den Platz. Einmal schob sich ein stämmiger Mann mit einem riesigen blauen Stoffsack an uns vorbei. Unsere Blicke kreuzten sich flüchtig, dann verschwand der ältere Herr in der Menschenmenge.

Rechts hinter uns konnten wir den Hügel mit der Akropolis sehen, rechts vor uns befand sich eine orthodoxe Kirche mit einem auffälligen Kuppeldach. Zu unserer Linken entdeckten wir einen McDonald's. „Mmmmm", machte Alex und leckte sich über die Lippen, „lecker. Gehen wir am besten doch gleich da rein." – „Ach nö ...", meinte Maria, „McDonald's gibt's doch bei uns auch. Lasst uns lieber ein griechisches Restaurant suchen. Die muss es hier doch wie Sand am Meer geben." – „Boah ... Ich hab Hunger", beschwerte sich Lissy, „ich könnte jetzt ein ganzes Pferd auf einmal verschlingen." – „Das arme Pferd", kommentierte Alex beiläufig. Ich schaute mich um. „Da drüben vielleicht ... Die Straße sieht doch gut aus, oder?" Ich deutete auf die Straße hinter uns. „Außerdem stehen da so antike Mauerreste rum. Die können wir uns doch auch noch anschauen, wenn wir schon mal da sind ..." – „Jetzt will die sich noch Mauern angucken", lästerte Alex, „ich fall gleich um vor Hunger und *die* will sich *Mauern* angucken!" – „Also, so viel Zeit wird doch wohl noch sein, oder?", neckte ich ihn und eilte schon mal zu den alten Gemäuern. Es handelte sich dabei um die Hadrians-Bibliothek, wie wir sogleich herausfanden, als wir das bereits sehr zerfallene Gebäude mit den Fotos aus Marias Reiseführer verglichen. Die Hadrians-Bibliothek war nicht frei zugänglich. Ein hoher Bauzaun verhinderte, dass man näher herangehen konnte. „Ich mach dann mal ein paar Fotos, okay?", verkündete ich. Alex rollte genervt die Augen, doch schließlich entgegnete er: „Na gut, aber bloß, wenn du mir versprichst, dass ich dann bald was zu essen kriege." – „Ich verspreche es dir", antwortete ich leichtfertig. „Schwörst du?" – „Ich ..." Doch weiter kam ich nicht. Ich fummelte gerade in meinem Geldbeutel herum, weil ich beschlossen hatte, dass das Metroticket im Geldbeutel viel besser aufgehoben wäre als in der Fototasche, wo ich es zuvor aufbewahrt hatte. Während ich also die Fahrkarte an ihren neuen Platz steckte, fiel mir auf einmal der mysteriöse Zettel mit dem β entgegen. Instinktiv bückte ich mich danach und hob ihn auf. Sofort überkam mich wieder dieses merkwürdige Gefühl. Es war beinahe so, als hätte der Zettel ein Eigenleben entwickelt und als wäre er absichtlich herausgefallen, um mich daran zu erinnern, dass sein Rätsel noch lange nicht gelöst war und ich mich gefälligst damit auseinandersetzen musste. Ich hielt das Papier konzentriert zwischen Zeigefinger und Daumen und starrte es an.

„Bist du auf einmal eine Statue geworden oder was?", nörgelte Alex. „Haaaaaaaalloooooo! Emmy! Was ist denn jetzt mit meinem versprochenen griechischen Essen?" – „Ja, ja, gleich", lenkte ich ab, „ich hab da grad so eine Idee. Warum bin ich nicht schon viel eher drauf gekommen?" – „Jetzt fängt die schon wieder mit diesem blöden Zettel an", resignierte Alex. „Was hast du vor?", fragte Lissy verwirrt. „Das hier ist doch griechisch, nicht wahr?" Ich deutete auf die seltsamen Zeichen auf dem Zettel. Auf einmal hielt mich nichts mehr.

Ich zitterte vor Aufregung. Lissy nickte. „Und hier laufen überall Griechen rum, oder?" Lissy ahnte etwas. „Du wirst doch wohl nicht ...", begann sie. Ich weiß nicht, ob sie daraufhin noch etwas sagte, denn ich wandte mich von meinen Freunden ab und eilte zielstrebig auf die erstbeste griechisch aussehende Frau zu, die herumstand, und sprach sie auf Englisch an: „Sorry, could you please help me with this ... I found this piece of paper. There is a Greek word written on it. I don't know what this means ..." Doch die Frau wirkte hilflos und ohne auch nur einen Blick auf den Zettel zu werfen, ging sie rasch davon. Im Nu war sie verschwunden. Also zuckte ich nur kurz mit den Schultern und steuerte auch schon mein nächstes Opfer an. Diesmal war es ein Mann mit dunklem Schnauzbart und kurzen Locken. „Sorry, could you help me with this piece of paper, please?", fragte ich ihn. „No English, no English", winkte der Mann nervös ab und verschwand ebenfalls. Ich sah, wie meine Freunde genervt und ungeduldig auf der Stelle traten. Offensichtlich schämten sie sich für mich. – Aber warum denn eigentlich? Ich wollte doch nur wissen, was dieses Wort auf dem Zettel zu bedeuten hatte. Zu blöd, dass kein Einziger von uns auch nur ein Wort Griechisch gelernt hatte, bevor wir zu dieser Reise aufgebrochen waren! Ich sah eine etwas ältere Frau mit großen Einkaufstüten und einem Kind im Schlepptau. Einmal noch, dachte ich, alle guten Dinge sind drei. Ich atmete noch einmal tief durch, räusperte mich und sprach die Frau an: „Excuse me, I don't speak Greek and I need to know what this word means." Ich hielt ihr den Zettel unter die Nase und deutete auf das besagte Wort: Βάγια. Die Frau stellte zögerlich ihre Einkaufstüten ab. Sie sah erst mich verwundert an, dann den Zettel. Sie deutete auf das Wort und las es laut vor: „*Váia.*" *Toll*, dachte ich, *so weit waren wir auch schon.* „And what does this mean?", hakte ich vorsichtig nach. „Could you maybe translate it for me into English?" Die Frau schüttelte den Kopf. Dann prasselte ein regelrechter Redeschwall in Griechisch auf mich ein, der von weit ausholenden Gestiken begleitet wurde. Die Frau fuchtelte regelrecht in der Luft herum und versuchte, irgendetwas pantomimisch darzustellen, aber das sah so absurd aus, dass ich einfach nicht verstand, was sie zum Ausdruck bringen wollte. „Sorry, I don't understand", unterbrach ich zerknirscht ihren Redeschwall. „Don't know word in English", erklärte die Frau ihr Verhalten. „How can I say? Don't know ... *Váia*, ..., *Váia*", wiederholte sie wieder und wieder. Sie ließ ihre Arme sinken und seufzte frustriert. Dann wurde jedoch auf einmal der kleine Junge aktiv, der die ganze Zeit still neben der Frau gewartet hatte. Er war ein Knirps von vielleicht vier oder fünf Jahren mit schulterlangen dunklen Haaren und mandelbraunen Augen. „*Váia, Váia*!", rief er und rannte davon. Innerhalb von ein paar Sekunden war er hinter einem Gebäude verschwunden. „Dimitri!", rief die Frau ihm entsetzt hinterher und schaute verdattert in die Richtung, in die er verschwunden war. Dann schrie sie noch etwas auf Griechisch und machte sich daran, ihre Einkaufstüten wieder hochzuwuchten und dem Kind hinterher zu rennen. „Wait", sagte ich zu ihr, „I'll help you with this." Ich hob eine ihrer Einkaufstüten hoch, sie nahm die andere und gemeinsam rannten wir dem kleinen Jungen hinterher. Die alte Frau keuchte erschöpft. Die raschen Schritte hinter mir ließen mich wissen, dass meine Freunde uns ebenfalls folgten. Was hatte der Junge bloß vor? Erneut standen wir an einer Kreuzung. Von Dimitri, dem kleinen Wirbelwind, war nichts mehr zu sehen. Verzweifelt rang die alte Frau nach Atem und fuhr sich verärgert durch die Haare. Ich hatte ein schlechtes Gewissen.

Irgendwie war es ja meine Schuld gewesen, dass Dimitri auf und davon gerannt war. Ich hoffte nur, wir würden ihn wiederfinden, sonst würde ich mir das nie verzeihen. Erneut murmelte die alte Frau etwas auf Griechisch, das ich nicht verstand. Dann aber spitzte Dimitris Gesicht um den Häuserblock. Die alte Frau seufzte erleichtert und begann, mit hoch erhobenem Zeigefinger mit ihm zu schimpfen. Er aber winkte uns zu sich heran. „*Váia*", sagte er erneut und rannte weiter. *Oh nein*, dachte ich, *jetzt geht das schon wieder los!* Aber diesmal rannten wir nicht mehr weit. Noch einmal bogen wir an einer Kreuzung ab und dann standen wir in einer Gasse, in der sich ein Restaurant an das andere reihte. Dimitri blieb vor einer mächtigen Palme stehen und deutete auf den Baum. „*Váia, Váia*", sagte er und berührte die Rinde des Stammes. „Diese Palme?", fragte ich, stellte die Einkaufstüte der Frau ab und ging zu dem Jungen. „Palme, *Váia*?" Ich fasste den Stamm ebenfalls an. Der Junge gestikulierte eifrig. „*Váia*", sagte er erneut. „This is *Váia*", sprach die alte Frau und nickte umständlich. Dann strich sie dem Jungen sanft über den Kopf und redete in Griechisch auf ihn ein. Sie lächelte und kniff ihm in die Backe. „Thanks a lot", bedankte ich mich bei den beiden. „Thanks ... äääh." Ich versuchte mich daran zu erinnern, was ‚danke' auf Griechisch hieß, aber natürlich fiel es mir nicht ein. „It's okay", sagte die Frau. Dann verabschiedeten wir uns voneinander, die Frau nahm wieder ihre schweren Einkaufstüten an sich und sie und Dimitri gingen fort. Ich schaute ihnen nach, bis sie hinter einem Gebäude verschwanden.

„Na, bist du jetzt zufrieden?", maulte Alex missmutig. „Und ob", murmelte ich und lief um die Palme herum. „Lustig, dass die beiden sich gar nicht darüber gewundert haben, warum ich das wissen wollte", meinte ich, „und sie haben auch gar nicht gefragt, was das überhaupt für ein Zettel war. Die waren echt hilfsbereit." Mit meinem Handrücken strich ich langsam über die raue Rinde des Baumes. Ich schaute den Stamm hinauf und wieder hinunter, bückte mich und begann ein bisschen in der Erde zu wühlen. „Äääääh", machte Lissy, „was treibst du da eigentlich?" Ich strich mir eine lästige Haarsträhne aus dem Gesicht und wischte mir den Schweiß von der Stirn. „Na, ich suche nach dem nächsten Zettel", erklärte ich und buddelte weiter. „Du glaubst doch nicht allen Ernstes, dass hier der nächste Zettel versteckt ist?", stöhnte Maria genervt. Dann antwortete sie für sich selbst: „Du glaubst es also doch ..." – „Das hat der Junge doch gesagt, dieser Baum hier heißt *Váia*. Auf dem Zettel steht *Váia*, also muss die nächste Spur hier irgendwo sein." – „Was, wenn *Váia* ganz schlicht und einfach *Palme* heißt?", fragte Lissy, „es muss ja nicht genau diese Palme sein. Schau ..." Sie deutete die Straße hinunter und ich begriff, was sie meinte. Genauso wie sich in dieser kleinen Straße *ein* Restaurant an das andere reihte, stand auch sozusagen *eine* Palme neben der anderen. „Willst du jetzt alle Palmen in Athen nach irgendwelchen Zetteln absuchen?", fragte Alex etwas skeptisch. „Das ist doch Blödsinn. Vergiss es einfach. Du wirst nichts finden." – „Das werden wir ja sehen", gab ich zurück und ging auf die nächste Palme zu. Doch ich fand nichts. Genauso erging es mir bei der folgenden Palme und auch bei der übernächsten. Einige Passanten schauten mich schon mit großen Augen an. „Ich glaube, du bist auf der falschen Fährte", bedauerte Lissy nach einer Weile. Etwas enttäuscht ließ ich die Schultern sinken. Ich begriff, dass meine Freunde recht hatten. *Palme* ... Was für eine präzise Angabe hier in Athen! Welche Palme war wohl gemeint? Es war schlimmer als die Suche nach der berühmten Nadel im Heuhaufen. – Und dabei wusste ich nicht einmal mit Gewissheit, dass es diese Nadel im Heuhaufen überhaupt gab! Ich war frustriert. Als der Junge auf die Palme gedeutet hatte, war ich mir so sicher gewesen, dass das Rätsel gelöst war, aber es war im Grunde nur noch schlimmer geworden. „Gib's auf. Lass den Zettel endlich Zettel sein und uns nach etwas Essbarem suchen, sonst fall ich hier noch um", drohte Alex. Etwas bedrückt folgte ich den anderen schließlich. Ich wollte mich eigentlich nicht geschlagen geben, aber andererseits, was hätte ich schon großartig tun können? Es war sehr unwahrscheinlich, den einen gemeinten Baum unter den Tausenden und Abertausenden von Palmen in Athen zu finden. Irgendwie waren wir nun alle etwas niedergeschlagen nach dieser Aktion und eine Weile sagte keiner ein Wort.

„Na ja, wenigstens sind wir hier in einer Straße mit einer großen Auswahl an Restaurants", stellte Alex bald fest, „da wird doch irgendetwas Passendes für uns dabei sein, oder?" Wir gingen am Straßenrand entlang und betrachteten uns die Fenster der Restaurants. Abwesend las ich die Schilder über den Gebäuden und fragte mich, ob ich irgendetwas übersehen hatte.

„Seht mal", meinte Lissy, „das hier sieht doch ganz okay aus, oder? Wollen wir da reingehen?" Sie deutete auf eines der Restaurants. Ich war noch ein paar Schritte weitergegangen als meine Freunde, doch dann entdeckte ich etwas, das mich ins Stocken geraten ließ. Wie versteinert blieb ich vor der Fassade eines Restaurants stehen. Als ich einigermaßen die Fassung zurückerlangt hatte, drehte ich mich zu den anderen um und rief: „Hey, Leute. Kommt mal alle her. Ich glaub das grad nicht!" – „Was ist denn los?", wollte Maria wissen.

Dann sahen auch sie das Schild mit dem Namen des Restaurants: ΒΆΓΙΑ.

„Hammer!", brach es aus Lissy. „Du sagst es", stimmte ich ihr zu. „Jede Wette, dass der Schreiber von dem Zettel dieses Restaurant gemeint hat." – „Hm." Alex und Maria schauten noch etwas skeptisch. „Also, was ist?", wandte ich mich entschlossen an sie, „gehen wir da jetzt endlich rein? – Alex, du wolltest doch was zu essen. Das hier sieht doch ganz lecker aus, oder?" – „Hm", machte Alex wieder, „eigentlich schon." – „Also, worauf warten wir dann noch?", drängte ich. „Na gut", sagten Alex und Maria wie aus einem Munde.

Wir holten noch einmal tief Luft und marschierten dann in das Restaurant hinein. Es war gut besucht. Viele Leute saßen an den runden Tischen des Restaurants und schoben sich äußerst lecker aussehende Speisen in die Münder. Der Duft war verführerisch und kurbelte unseren Appetit nur noch mehr an. Der Gastraum war wunderbar dekoriert mit dorischen Säulen, an denen sich Efeu nach oben rankte. Neben jedem Tisch stand eine hübsche Zierpalme. Aus Musikboxen dudelte leise griechische Musik. Mir gefiel es dort auf Anhieb und ich hatte ein aufgeregtes Kribbeln in der Magengegend, zusätzlich zum Knurren im Bauch, das immer stärker wurde. Ein äußerst attraktiver Grieche in einem schwarzen Anzug und einem reinweißen Hemd schritt elegant zu uns herüber, kaum dass wir die Tür geöffnet hatten. „Four persons?", fragte er gleich auf Englisch nach. Er musste es uns wohl angesehen haben, dass wir Touristen waren. „Yes." Wir nickten etwas schüchtern. „Follow me", forderte er uns höflich auf und geleitete uns an einen freien Tisch an der rechten Seite. Der Tisch befand sich direkt neben einem Fenster, von dem aus man auf die Palmenallee draußen blicken konnte und auf die Passanten, die an dem Restaurant vorbeikamen. Er zündete eine Kerze in der Mitte des Tisches an, verschwand kurz und brachte uns vier Speisekarten. Dann verbeugte er sich höflich und verließ unseren Tisch. Lissy kicherte leise. „Äußerst nobel hier", meinte sie, „cool!" Ich schaute mich noch etwas um. Unser Tisch hatte eine Glasplatte und in der Mitte unter dem Glas gab es eine Vertiefung, in die das Modell eines antiken griechischen Tempels eingelassen war. „Hübsch", bemerkte Maria. „Die Preise sind auch hübsch", murrte Alex etwas missmutig, als er durch die Karte blätterte. „Ach komm, Alex", beschwichtigte Maria ihn, „jetzt maul doch nicht schon wieder so rum. Dafür schmeckt es sicher auch besonders lecker." – „Na ja, und sooo teuer ist es auch wieder nicht", kam Lissy dazwischen, „das kostet nicht viel mehr als bei uns im Griechen, im *Naxos*. Und außerdem sind wir jetzt im Urlaub. Da kann man sich schon mal was gönnen."

Die Karte war zweisprachig verfasst worden: auf Griechisch und auf Englisch. Nach einer Weile hatten wir uns für unsere Getränke und Speisen entschieden und bestellt. Nun warteten wir auf unser Essen. Voller Erwartung schaute ich mich um. Vielleicht entdeckte ich irgendeine Spur, die mir verraten könnte, wie unsere Schnitzeljagd weiterging. Im richtigen Restaurant waren wir, das wusste ich. Aber wo würde sich wohl der nächste Hinweis befinden? Während ich mich so umschaute, sah ich einmal hinter dem Tresen einen gut gebauten Mann mit einem langen glänzenden Zopf. Ich blinzelte verwirrt. War das vielleicht der Araber? Arbeitete er hier in diesem Restaurant? Der Mann drehte sich um. – Nein, er war es nicht. Er war ein Grieche. Ein anderer Ober. Ich seufzte. Erst jetzt bemerkte ich, wie erschöpft ich eigentlich war. Wir hatten schon einiges erlebt an diesem ersten Tag in Athen! Mir kam es beinahe so vor, als wären wir schon ewig in Athen unterwegs gewesen. Ich genoss den Urlaub in vollen Zügen. Es war schön hier in Athen. Aufregend. Spannend. Mysteriös

– und lecker, stellte ich fest, als meine Gyrosplatte dampfend und duftend vor mir stand und ich die ersten Bissen zu mir nahm. „Mmmmmm, mmmmm!", mampfte Alex neben mir, „das Souvlaki ist einfach himmlisch! Da kannst du den Griechen bei uns daheim in die Tonne treten!" – „Und wie ist der Fisch?", fragte ich Maria. „Superlecker", lautete die Antwort, „willst du mal probieren?" – „Mein Bifteki ist auch klasse!", verkündete Lissy. Wir waren durch und durch zufrieden. Hierher zu kommen, war in der Tat die richtige Entscheidung gewesen, beschlossen wir hinterher, als wir alle pappsatt neben unseren geleerten Tellern saßen und die restlichen Schlucke Rotwein aus unseren Gläsern vernichteten. Alex rechnete das zu bezahlende Geld zusammen: 46,15 €. Wir legten zusammen. „Kommt, weil's so gut war, geben wir Trinkgeld. Machen wir 50 Euro, oder?", schlug ich vor. „Okay", stimmten mir die anderen zu und wir legten das Geld auf die dafür vorgesehene Schale, die der Ober von vorhin in der Mitte des Tisches platziert hatte. Nach einer Weile kam er zurück und nahm das Geld lächelnd und mit einer weiteren höflichen Verbeugung an sich. „The rest is for you", verkündete Maria. „It was a delicious meal." – „Thank you, thank you a lot", gab der Grieche freudig zurück und verschwand. Wir blieben noch einen Moment lang sitzen, aber gerade, als wir aufstehen und das Restaurant verlassen wollten, kam der andere Ober, der mit dem langen, schwarzen Zopf, zu uns und legte uns ein paar Münzen und einen Zettel auf den Tisch. Erneut blinzelte ich. Einen Augenblick lang dachte ich wieder, der Mann wäre der Araber aus dem Flugzeug gewesen, aber das konnte einfach nicht sein. Ich schaute noch einmal genauer hin. Sein Gesicht war etwas kantiger als das des Arabers. Er hatte zwar auch eine recht dunkle Haut und die gleichen dunklen Haare. Auch war die Körperhaltung ähnlich elegant und erhaben, aber doch war es nicht derselbe. Ich schaute ihm in die dunkelbraunen Augen und mir lief ein Schauer über den Rücken. Er lächelte und zwinkerte mir zu, dann drehte er sich um und verschwand wieder hinter dem Tresen. „Äh, halt, stopp!", rief ich ihm zerstreut hinterher. „The rest of the money is for you. You don't have to give it to us." Doch der Mann drehte sich nicht mehr zu uns um. „Seltsam, wollen die Griechen kein Trinkgeld?" – „Der hier jedenfalls nicht", stellte Maria fest. Dann hörte ich Lissys Stimme: „Also, diese eine Münze hier ist kein normales Geld und da ist auch wieder so ein komischer Zettel dabei." Noch während sie sprach, lief mir eine Gänsehaut über den Rücken. „Wie ... Münze?", stammelte ich nervös. Lissy gab sie mir. „Das ist kein Geld, das ist ein Medaillon oder so was", meinte Maria und schaute mir über die Schulter. Ich hielt einen silbernen Gegenstand in der Hand, der ungefähr die Größe einer 2-Euro-Münze hatte. Das Gesicht eines hübschen jungen Mädchens mit langen Haaren und einem weiten Gewand war in die Vorderseite des Medaillons geprägt. Die Augen der jungen Frau schienen beinahe lebendig und das Lächeln des Mädchens wirkte verzaubernd. Der Rand des Gegenstandes war leicht unregelmäßig und vom Alter gezeichnet. Die Musterung am Rand war kaum mehr zu erkennen, aber das Gesicht des Mädchens war noch deutlich zu sehen. Es musste sich um ein altes Fundstück aus der Antike handeln, dachte ich mir. Warum hatte der Ober es uns gegeben? Das war doch sicher sehr wertvoll! Ich drehte es nachdenklich in meinen Fingern und ein leichtes Zittern überkam mich. Am oberen Rand des Medaillons befand sich eine kleine Öse. Es sah ganz danach aus, als wäre es einst der Anhänger einer Kette gewesen. Ich drehte das Schmuckstück um und sah auf der Rückseite griechische Buchstaben eingraviert: Εμίλια. Dann nahm ich den Zettel an mich, den Lissy mir entgegenhielt. Noch bevor ich ihn ansah, ahnte ich bereits, dass es sich dabei wieder um so einen merkwürdigen Zettel handeln würde, wie bei den anderen beiden, die ich sicher in meinem Geldbeutel verwahrte. Und ich sollte recht behalten! Auf der einen Seite des Zettels war ein großes geschwungenes Gamma geschrieben: γ, und auf der anderen Seite ein verwirrendes Linienspiel. Diesmal waren da drei verschieden farbige unregelmäßige Linien zu sehen: eine grüne, die komplett von oben nach unten verlief; ein kurzes Stück von einer roten, die rechts oben anfing, sich ein kurzes Stück nach links oben erstreckte, dabei die grüne Linie kreuzte und dann schließlich am oberen Zettelrand aufhörte; und eine blaue Linie, die unten rechts anfing und in der grünen Linie endete. Alle Linien waren hier und da von schwarzen Strichen unterbrochen. Links oben in der Ecke des Papiers befanden sich sieben griechische Buchstaben: γείασας.

Wir verließen das Restaurant. Draußen war es inzwischen dunkel geworden. Wir stellten uns unter eine Straßenlaterne zwischen zwei Palmen und setzten uns auf eine Bank, die dort stand. Noch immer schaute ich verwirrt auf die beiden Gegenstände, die uns der Ober gegeben hatte. Ohne dass eine Aufforderung nötig war, holte Maria ihren Reiseführer aus der Tasche und blätterte sich durch das Buch, bis sie die Buchstabentabelle fand. „Gib mir mal das Medaillon", bat sie mich. Ich gab es ihr. „Epsilon, My, Eta, Lambda, Eta, Alpha", sagte sie und las dann selbst die Buchstaben zusammen: „*Emilia. Auf dem Medaillon steht Emilia!*" Ich konnte es mir nicht erklären, aber als Maria den Namen vorlas, zuckte ich zusammen. „Bestimmt gehörte dieses Medaillon einem Mädchen, das Emilia hieß", vermutete Lissy. „Schon ein krasser Zufall, Emmy", begann Alex nachdenklich, „und du heißt Emily. Ob das was zu bedeuten hat?" – „Ach was!", bezweifelte Maria die Aussage ihres Freundes. „Woher sollte der Ober denn wissen, dass sie Emily heißt, und selbst wenn er es wüsste, das ist doch immer noch kein Grund, Emmy dieses Medaillon zu geben. Das ist wertvoll. Das gehört in ein Museum, nicht in unsere Hände. Außerdem steht da ja Emilia drauf und nicht Emily. Das ist immer noch ein Unterschied." – „Und was steht eigentlich auf dem Zettel mit dem Gamma hintendrauf?", wollte Lissy wissen. „Moment", murmelte Maria, „die Zeichen sind mir sowieso irgendwie bekannt vorgekommen." – „Dir auch?", wandte ich mich verwundert an sie und schaute sie an. „Ja, diese Buchstabenkombination habe ich auf jeden Fall schon mal gesehen", entgegnete Maria. „Ich hab's gleich … Gamma, Epsilon, Iota, Alpha, Sigma, Alpha, Sigma … *Geiasas*?" – „So heißt doch unsere Straße!", brach es aus mir heraus, „die Straße, in der unser Hotel steht." – „Wusste ich's doch! Ich hab doch gesagt, dass ich die Buchstaben schon mal gesehen habe!", rief Maria. „Das trifft sich ja gut", sagte ich, „diesmal ist es einfach. *Geiasas* … Da wollten wir doch sowieso gerade hin, oder?" – „Ja." Maria nickte. „Es ist schon spät. Zeit für die Heimkehr, würde ich sagen. Eine kühle Dusche wäre jetzt nicht schlecht und dann ab ins Bett. Wir haben morgen wieder viel vor." – „Kehren wir wieder zur Metrostation auf dem *Monastiraki*-Platz zurück", schlug Alex vor.

Wie gesagt, so getan. Die ganze Zeit über hielt ich das mysteriöse Medaillon und den Zettel in der Hand. Das Schmuckstück fühlte sich in meiner Hand seltsam vertraut an. Ich konnte mir das selber nicht erklären. Ich war mir ganz sicher, so etwas noch nie zuvor gehabt zu haben und doch wurde ich das Gefühl nicht los, dass das Medaillon etwas mit mir zu tun hatte. Warum sonst hatte man es mir gegeben?

Warum sonst hatte ich dieses merkwürdige Gefühl in mir, wenn ich es anfasste und über die Gravuren strich? Und warum sonst stand auf der Rückseite *Emilia* geschrieben?

Gamma

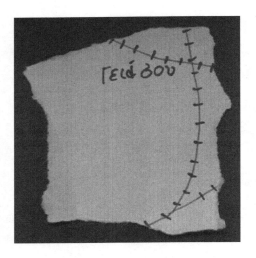

Wir erreichten die Metrostation, betrachteten uns eingehend den Streckenfahrplan und brachten somit in Erfahrung, welche U-Bahnlinie wir nehmen mussten, um zu unserem Hotel zu gelangen. „Das ist ja einfach", meinte Alex nach einem Blick auf den Streckenfahrplan. „Diesmal brauchen wir bloß die grüne U-Bahnlinie Richtung *Kiffisia* zu nehmen und die erste Station ist schon unser geliebter *Omonia*-Platz." Er grinste. „Das dürfte doch wohl zu schaffen sein." Als ich mir den Metrofahrplan eingehend anschaute, hörte ich Alex' Stimme nur noch schemenhaft zu mir durchdringen, wie durch dicke Watte. „Grüne U-Bahnlinie …", dachte ich,

„grüne U-Bahnlinie …", immer wieder. In meinen Ohren hörte ich ein seltsames Pfeifen und ich hielt einen Moment lang die Luft an. Mir war plötzlich etwas eingefallen und ich konnte nicht glauben, dass ich so dumm gewesen war, das nicht schon viel früher zu bemerken. Ich schlug mir gegen die Stirn und stöhnte. Aber meinen Freunden schien das entgangen zu sein. Aus einem der unterirdischen Gänge kam ein lautes Rattern. „Schnell, schnell!", brüllten mich meine Freunde an, „da kommt gerade eine Metro. Schnell, vielleicht schaffen wir die noch." Lissy packte mich am Arm und zerrte mich hinter sich her. Fast hätte ich den Zettel und das Medaillon fallen gelassen, weil ich mit dem überstürzten Aufbruch nicht gerechnet hatte, aber gerade noch rechtzeitig bekam ich die beiden Gegenstände in einen festen, sicheren Griff und ließ mich von den anderen mitziehen. Wir erreichten die Metro und ergatterten uns sogar noch vier Sitzplätze. Die Metro ratterte los und erschöpft verschnauften wir. Ich wühlte eifrig in meinem Geldbeutel herum. Ich musste unbedingt etwas nachsehen. Neugierig verfolgten mich die Blicke meiner Freunde. „Was ist denn los?", wollte Lissy wissen, „du bist auf einmal so blass." Ich hatte mich noch immer nicht ganz vom Schock der Erkenntnis erholt. „Mir ist gerade etwas aufgefallen", murmelte ich. „Tatsächlich?", sprach Alex. „Was denn?" Endlich hielt ich die drei seltsamen Zettel in den Händen. Ich schaute sie an, dann hob ich meinen Kopf und betrachtete mir den U-Bahn-Plan, der oben an der Wand der Metro angebracht war, dann blickte ich wieder auf die drei Zettel und legte sie nebeneinander auf meinen Schoß. Es musste einfach stimmen. Ich konnte mich nicht getäuscht haben! Ich probierte etwas aus. Den Zettel mit dem Alpha auf der Rückseite legte ich mit den Linien nach oben in die Mitte. Dann nahm ich den Beta-Zettel und platzierte ihn oberhalb des ersten Zettels. Die rote Linie auf dem zweiten Zettel war eine perfekte Fortführung des roten Strichs auf dem ersten Blatt Papier. Meine Vermutung bestätigte sich. Ich war total aufgeregt. Mit zittrigen Händen griff ich nach dem neuesten Zettel. Ich legte ihn links an das zweite Zettelchen an und staunte nicht schlecht, als ich feststellte, dass die blaue Linie vom zweiten Zettel ohne Brüche in die blaue Linie des dritten Papiers überging und die rote Linie, wenn auch ein Mittelstück fehlte, wurde vom dritten Zettel weitergeführt.

„Das sind Ausschnitte aus dem Metrofahrplan!", brach es schließlich aus Lissy. „Mensch, Emmy, du bist genial!" Maria verglich den Verlauf der roten, blauen und grünen Linien mit dem Fahrplan über unseren Köpfen. „Das stimmt genau", stellte auch sie fest. „Das sind die drei U-Bahnlinien! Und da, an der Stelle, wo *Geiasas* steht, das müsste auch die richtige Stelle sein, an der die Straße in echt auch ist!" – „Ich fass es nicht", rief Lissy voller Erstaunen aus, „das ist ein Plan von Athen! Das ist das U-Bahnnetz von Athen!" – „Und der Standort von der Akropolis und dem Restaurant, in dem wir waren, stimmt auch mit diesem Plan überein", erkannte Alex, „das hätte uns aber auch schon viel eher auffallen können." Lissy schüttelte fassungslos den Kopf und sagte: „Oh Mann! Das wird alles immer verrückter!" – „Ich bin mir sicher, dass wir in unserem Hotel oder in der Straße einen weiteren Hinweis finden werden", beteuerte ich. „Ist das nicht der totale Wahnsinn?"

Die Metro kam mit quietschenden Bremsen zum Stehen und die Türen öffneten sich. „Oh, oh! Schnell!", rief Maria, „wir sind schon da! Aussteigen!" Wir schafften es gerade noch rechtzeitig, uns aus der Tür zu zwängen, bevor sie auch schon zuging, die Metro anfuhr und mit einem ohrenbetäubenden Rattern und Scheppern im dunklen Tunnel verschwand.

Der Fußmarsch vom *Omonia*-Platz bis zu unserem Hotel verlief ereignislos. Es war ehrlich gesagt schon etwas gruselig, so im Dunkeln durch dieses Viertel zu gehen. Aber wir hatten ja Alex dabei. Eifrig diskutierten wir über unsere neueste Erkenntnis über die geheimnisvollen Zettel. Selbst Maria und Alex, unsere Skeptiker, die alles immer gleich bezweifelten und infrage stellten, konnten nun nicht mehr leugnen, dass wir einem Geheimnis auf der Spur waren. Doch obwohl nun acht aufmerksame Augen nach dem nächsten Hinweis Ausschau hielten, entdeckten wir nichts, das uns hätte weiterhelfen können, um endlich herauszufinden, von wem diese mysteriösen kleinen Zettel geschrieben worden waren und zu welchem Zweck überhaupt. Wir erreichten die Straße *Geiasas*, gingen ins Hotel, begrüßten im Vorbeigehen unseren netten Adonis am Schalter, der uns mit einem breiten Grinsen zuwinkte, zwängten uns zu viert in den engen Aufzug und fuhren in den fünften Stock zu unserem Zimmer hoch.

Inzwischen war es kurz vor 22 Uhr und die Müdigkeit von diesem anstrengenden Tag steckte uns allen tief in den Knochen. Wir alle wollten noch eine kurze Dusche nehmen, bevor wir ins Bett gehen würden. Maria und Alex machten den Anfang und gingen gemeinsam ins enge Bad. Es war lustig, den beiden zuzuhören, denn die Duschkabine war so eng, dass öfters einmal jemand von den beiden sich schmerzhaft den Ellenbogen an der Wand anstieß oder unabsichtlich das Duschgel von der viel zu kleinen Ablage schmiss. „Autsch, du stehst auf meinem Fuß", hörte ich Marias Stimme dumpf durch die Wand. „Und du bohrst mir deinen Ellenbogen in die Schulter", ertönte Alex' Stimme, „das ist auch nicht viel besser!" – „Wo hast du denn jetzt schon wieder den Waschlappen hin?" – „Da liegt er doch. Du stehst

drauf." – „Oh Mann! Das ist ja eine Zumutung mit dir! Nächstes Mal dusche ich allein."
„Soviel zu der romantischen Dusche zu zweit ...", schmunzelte ich. Lissy und ich lachten. „Was müssen sie auch zu zweit gehen ...", meinte Lissy, „ist doch klar, dass das nicht geht, so eng wie hier alles ist." Sie hatte sich lässig auf ihrem Bett ausgebreitet und blätterte durch Marias Reiseführer, um sich die Bilder anzuschauen. Ich füllte inzwischen eine meiner Wasserflaschen wieder auf und schaute abwesend aus dem Fenster. Plötzlich stutzte ich. Auf dem Balkon mit dem Traktorreifen bewegte sich etwas! „Da ist einer auf dem Balkon", flüsterte ich Lissy zu, „mach mal das Licht aus." Wenige Sekunden später war es stockdunkel in unserem Zimmer. Ich stieg vorsichtig über Betten und Koffer hinüber zum Fenster und zog den Vorhang sachte beiseite. „Stimmt, da ist wirklich jemand", meinte auch Lissy, die hinter mir ans Fenster schlich und ebenfalls durch den Vorhang spähte. Drüben auf dem Balkon war ein schemenhaftes Licht zu sehen, das aus dem Zimmer hinter dem Balkon kam. Ein gut gebauter junger, athletischer Mann saß – oder besser gesagt lag – auf einem Klappstuhl und rauchte aus der Wasserpfeife. Er stieß hin und wieder bläulich-weiße Rauchwolken in die Luft und lehnte sich genüsslich weit in seinen Stuhl zurück. Die Beine ruhten auf dem Balkongerüst. Er hatte nur helle Boxershorts an. Der Oberkörper war nackt. Lissy und ich kicherten und hatten eine Heidenfreude dabei, den Mann zu beobachten. Das Gesicht konnten wir bisher noch nicht sehen, da der Mann in eine andere Richtung blickte. Dann jedoch stand er auf und lehnte sich ans Balkongerüst. Er schaute direkt zu uns herüber. Ich erschrak und machte einige entsetzte Schritte vom Fenster weg. „Er kann uns nicht sehen", flüsterte Lissy beschwichtigend, „bei uns ist doch kein Licht an." Und doch, ich

fühlte mich irgendwie beobachtet. Es kam mir so vor, als könne der Mann uns trotzdem sehen. Ich schaute genauer hin und bekam eine Gänsehaut, als mir bewusst wurde, wer da auf dem Balkon stand: Es war der Araber mit dem langen schwarzen, glänzenden Zopf und den durchdringenden dunklen Augen! Ich hielt vor Schreck die Luft an. „Weg vom Fenster", gebot ich Lissy, „er kann uns sehen. Das ist der Araber aus dem Flugzeug." – „Echt?", zweifelte Lissy. „Das kann doch gar nicht sein." Ich machte ihr Platz. Lissy schritt näher ans Fenster. „Tatsächlich", stellte sie fest, „was macht *der* denn hier?" – „Weg vom Fenster", bat ich erneut. „Weg. Er kann uns sehen. Er schaut genau rüber." – „Blödsinn, Emmy", leugnete Lissy.

In genau diesem Moment waren Alex und Maria fertig mit Duschen und kamen aus dem Bad. „Die Nächste bitte", murmelte Maria und rubbelte sich dabei ihre tropfenden Haare mit einem Handtuch trocken. „Wieso ist es denn hier so dunkel?", wunderte sich Alex, der sich ein Handtuch um seine Hüfte geschlungen hatte. Er hob seine Hand in Richtung Lichtschalter. „Nicht das Licht anschalten!", rief ich erschrocken. Doch es war zu spät. Alex hatte den Lichtschalter schon betätigt. Wir standen noch immer direkt vor dem Fenster und der Araber schaute genau zu uns herüber, als das Licht bei uns anging. Nun war ich mir hundertprozentig sicher, dass er uns gesehen hatte. Hektisch zog ich den Vorhang zu. Der Vorhang klemmte und ließ sich einfach nicht zuziehen. Immer wieder zerrte ich daran, bis er schließlich nachgab und sich zuziehen ließ. Der Vorhang war dunkel. Man konnte nicht durch ihn hindurchsehen. Doch noch immer fühlte ich mich beobachtet. „Das musste ja jetzt sein, Alex", brummelte ich missmutig. „Was ist denn los? Ist da draußen wer?" Er stieg über uns hinüber und zog neugierig den Vorhang beiseite. „Alex!", fauchte Lissy ihn an. „Was denn? Da ist doch niemand", sagte er. „Freilich ist da jemand", korrigierte ich ihn, „der Araber aus dem Flugzeug!" – „Nein, da ist kein Mensch auf dem Balkon", beteuerte Alex erneut. Zaghaft lief ich zum Fenster zurück. Alex hatte Recht. Der Araber war nicht mehr auf dem Balkon. Seine Wohnung war stockdunkel. Nicht einmal mehr die Wasserpfeife dampfte vor sich hin. „Er war da", sprach ich langsam, „er war wirklich da." Alex sah mich mit hochgezogenen Augenbrauen an. „Wenn ich es dir doch sage …" Ich war verwirrt. „Er war echt da", unterstützte mich Lissy, „ehrlich." – „Ja, ja, sicher …", zweifelte Alex. „Ist doch egal", versuchte Maria zu schlichten, „warum sollte er nicht da gewesen sein? Kann doch sein, kann aber auch nicht sein. Macht lieber weiter mit dem Duschen, sonst kommen wir ja heute nie ins Bett."

Mir war noch immer unwohl, als ich meine Klamotten und Waschsachen zusammensuchte und mich auf den Weg ins Bad machte. Ich hob gerade die Hand an die Klinke, als es links neben mir an der anderen Tür klopfte. Erschrocken fuhr ich zusammen und ließ dabei das Duschgel los, das auf den Boden plumpste und mit einem dumpfen Rumsen gegen die Wand rollte. Wir hielten alle die Luft an. Erneut klopfte es. Zuerst leise und langsam, dann schneller und energischer. Je dreimal. Dann war wieder Ruhe. Wir standen da wie versteinert.

„Was machen wir denn jetzt?", flüsterte Lissy mit einem Anflug Panik in der Stimme. „Wer kann das bloß sein?", wunderte sich Maria. „Um diese Zeit noch …" Das Handtuch, das sie sich wie einen Turban um die langen Haare geschlungen hatte, war verrutscht und einzelne feuchte Haarsträhnen hingen ihr über die Schulter. „Wenn das jetzt der Araber ist?", flüsterte Lissy mit einem deutlichen Zittern in der Stimme. „Oh Gott, wenn der jetzt böse auf uns ist, weil wir ihn so angestarrt haben … Wenn das jetzt ein Triebtäter ist oder ein Attentäter oder …" Sie stockte.

„Wir machen einfach nicht auf", flüsterte Alex, „er wird wieder gehen, wenn wir nicht aufs Klopfen reagieren. Dann denkt er vielleicht, wir sind nicht da und er geht wieder." – „Er hat uns schon gehört", behauptete ich gelassen. Ich war selber erstaunt darüber, dass ich in dieser Situation dermaßen gut die Nerven behalten konnte. „Meinst du wirklich?" Erneut klopfte es. Wer auch immer da draußen vor der Tür stand: Er war äußerst hartnäckig. „Alex, mach du auf", bat Maria leise, „du bist ein Mann." – „Ich kann nicht", gab Alex zurück und deutete auf das Handtuch, das er sich um seine Hüfte gebunden hatte, „ich bin nicht angezogen."

„Hello?", ertönte eine männliche Stimme außerhalb der Tür. Sie klang sympathisch und kam mir irgendwie auch bekannt vor. „I saw light inside. You are awake?"

Ich atmete noch einmal tief durch, dann schritt ich mutig an die Tür heran und fragte: „Who's there?"

„Oh, I'm sorry", ertönte erneut die andere Stimme. „I should have said straight away who I am. It's me …" Ich hielt die Luft an. „… the man from the reception desk", führte er seinen Satz zu Ende. – *Der Adonis*, dachte ich und erleichtert atmete ich wieder aus. Die anderen taten es mir gleich. Ich überlegte nicht mehr länger, sondern öffnete schwungvoll die Tür. Alex verzog sich in die hinterste Ecke des Raumes und hob sich eine Bettdecke vor die Brust.

Draußen stand der attraktive Grieche, bei dem wir nachmittags ins Hotel eingecheckt hatten. Er fuhr sich mit seiner linken Hand immer wieder verlegen über die Haare und schaute uns etwas nervös an.

„Why are you here, at this time of the day?", richtete ich mich an ihn und erschrak über mich selbst. Meine Ansage hatte nicht gerade höflich geklungen. „Oh, erm ... I'm really sorry", entschuldigte sich der Grieche zerknirscht. „But I got a letter for Emily Ziegler." – „That's me", sagte ich verwundert. Mit einem unsicheren Grinsen hielt er mir einen weißen Umschlag entgegen. Langsam streckte ich meine Hand nach dem Brief aus und schaute ihn mir an. Es stand kein Absender auf dem Kuvert, aber mein Name in geschwungenen großen silbernen Lettern. Der Brief war mit rotem Siegelwachs verschlossen, in das die Umrisse einer Taube eingeprägt waren.

Dann sprach der Grieche erneut: „Normally I would have waited until tomorrow", begann er. „But the man said it was urgent and that you expected the letter to arrive. That's why I'm here now." – „The ... man?", fragte ich. „You said there was a man who gave you the letter?" Der Grieche nickte. „Which man?" – „I don't know his name", gab der Grieche beschämt zurück. „He looked Arab, but he spoke Greek fluently. That's all I can say. He told me you know him and that you expected the letter from him. So that's why I gave it to you now. That's all I can say." – „It's okay", beschwichtigte ich ihn. Deutlich konnte ich spüren, dass dem Griechen diese Situation äußerst unangenehm war. Es war wohl nicht seine Art, mitten in der Nacht Hotelgäste zu belästigen, vor allem nicht, wenn sich herausstellte, dass es den Hotelgästen nicht recht war. „I'm really sorry to have disturbed you", beteuerte er und biss sich auf die Lippe. „It's okay", wiederholte ich, „thank you for the letter." – „You're welcome", erwiderte der Grieche, „and in case you need something ..." – „We'll ask you", vollendete ich seinen Satz. „Yes, just ask me." Er nickte, immer noch etwas zerknirscht. „Okay then", murmelte er. „I'll go now. I wish you a good night, and enjoy Athens." – „Thank you. And a good night to you too." – „Bye." – „Bye." Der Grieche nickte verlegen, machte dann rasch kehrt, und als er im Aufzug verschwunden war, schloss ich die Tür hinter mir. Dann setzte ich mich auf mein Bett und betrachtete mir den Brief. Lissy und Maria setzten sich neben mich.

„Was war das denn?", fragte Maria verwirrt. „Was ist denn das für ein Brief?", wollte Alex wissen. Sein Handtuch rutschte herunter, aber mit einem leisen „Upps!" bekam er es noch rechtzeitig zu fassen und zog es wieder hoch, bevor wir anderen auch nur irgendetwas hätten sehen können. „Keine Ahnung", murmelte ich, „aber gleich werden wir es wissen." Ich brach vorsichtig das Siegelwachs und zog einen weißen Bogen Papier heraus, auf dessen Rückseite ein geschwungenes griechisches Delta zu sehen war: δ. Ich klappte den Zettel auf und dann las ich den Brief:

‚Liebe Emily,
aus ganzem Herzen hoffe ich, es gefällt dir und deinen Freunden hier in Athen. Ist die Stadt nicht wunderbar? Sie birgt unglaublich viele Geheimnisse in sich und einem davon seid ihr – dank mir – bereits auf der Spur. Ich freue mich, dass ihr bisher alle meine für euch hinterlegten Zettel gefunden habt. Ich gebe zu, es war nicht immer ganz einfach, aber ihr habt euch tapfer geschlagen und ich finde, ihr seid bereit für den nächsten großen Schritt auf der Reise von Alpha nach Omega.
Euer Bus fährt morgen um 7.30 Uhr vom Busbahnhof Odós Lióssion 260 ab (zu erreichen ab dem Síndagma-Platz mit Bus 024). Fahrkarten und Tickets für die Besichtigung liegen bei. Nehmt euch ausreichend Proviant mit. Wir sehen uns dann dort. Bis bald!

Euer Yunus Ἑρμής'

Verwirrt gab ich den Brief an meine Freunde weiter, die ihn ebenfalls durchlasen. Ich griff inzwischen ins Kuvert und zog mehrere kleine Karten heraus. Vier davon waren Busfahrkarten: Αθήνα – Δελφοί stand darauf, Athen – Delphi, und die anderen vier Karten waren Tickets zur Besichtigung der Monumente Delphis.

„Langsam wird das richtig unheimlich", meinte Alex, nachdem er den Brief zu Ende gelesen hatte. „Der redet mit uns, als würde er uns schon jahrelang kennen." – „Und dann zahlt er uns auch den Eintritt und den Bus nach Delphi!" Ich wedelte mit den Tickets. Alex nahm sie in seine Hand. „Der spinnt doch!", brach es aus Lissy, „wir werden da nicht hingehen, oder?" Sie blickte uns mit ihren großen dunklen Augen an. „Ich weiß nicht recht", murmelte Maria gedankenverloren. Lissy schaute uns alarmiert an. „Wer weiß, was der mit uns vorhat!" Sie befürchtete schon das Schlimmste. „Dieser ... dieser ... Yunus irgendwas – wie auch immer man seinen komischen Namen ausspricht – ... wie kommt der überhaupt dazu, uns diesen Brief zu schreiben? Reise von Alpha nach Omega ... Ts." – „Hm", machte ich, „jedenfalls haben wir jetzt endlich seinen Namen." Ich griff nach Marias Reiseführer, der noch immer auf Lissys Bett lag, und blätterte zur Tabelle mit dem griechischen Alphabet, um den zweiten Namensbestandteil zu entschlüsseln, der eindeutig griechisch war.

„Meinst du, das ist derselbe Araber wie der aus dem Flugzeug und der vom Balkon?", wollte Lissy wissen. „Da bin ich mir eigentlich sicher", murmelte ich. Endlich hatte ich die richtige Seite aufgeschlagen. „Epsilon, Rho, My, Eta, Sigma", brummelte ich mehr für mich selbst. Die anderen schauten mich ratlos an. „Ermis", las ich die Buchstaben schließlich zusammen. „Ermis? Jede Wette, das heißt auf Deutsch

Hermes", meinte ich. „Na, wenn das kein Zufall ist. Hermes der Götterbote. So ein Witzbold. – Ob der echt so heißt?", überlegte ich. „Yunus bedeutet bestimmt auch etwas. Das sieht aber gar nicht griechisch aus. Ist bestimmt arabisch. Das wäre zumindest am logischsten." Meine Freunde sagten im Moment gar nichts.

Während ich so vor mich hin überlegte, klingelte auf einmal mein Handy. Es kam uns allen so laut vor, dass wir vor Schreck zusammenzuckten. „Wenn das jetzt dieser Araber ist, dann leg auf, Emmy, ja?" Lissy war die Panik deutlich ins Gesicht geschrieben. „Oder geh am besten gar nicht erst ran." Doch ich ignorierte Lissys Ratschlag. Zögerlich nahm ich mein Handy aus dem Rucksack und schaute auf das Display. *Anruf* zeigte es an. Also keine Nummer, die ich eingespeichert hatte. Vielleicht rief jemand vom Festnetz aus an. Ich atmete noch einmal tief durch und dann ging ich ran. „Emily Ziegler", sagte ich vorsichtig. Ein bisschen fürchtete ich mich vor der Antwort am anderen Ende.

„Hi!", vernahm ich eine fröhliche Stimme, „ich bin's! Habt ihr mich gar nicht vermisst?" Ich lachte erlöst laut los. Die anderen sahen mich mit erwartungsvollen und auch etwas ängstlichen Augen an. „Es ist Ivy", teilte ich den anderen mit und ein erleichtertes Raunen ging durch meine Freunde.

„Hi Ivy", gab ich schließlich zurück, „was bringt dich denn dazu, so spät des Nachts noch anzurufen?" Es kam mir fast schon unrealistisch und komisch vor, mit Ivy zu reden, nach all dem, was uns vor Kurzem widerfahren war, aber es tat unheimlich gut, ihre Stimme zu hören und ich freute mich riesig über ihren Anruf.

„Ich dachte, ich versuch's einfach mal. Mir war grad langweilig. Die Diplomarbeit nervt. Ich hätte *doch* mitkommen sollen."

„Tja, meine Rede, Ivy", scherzte ich und ergänzte: „Bei uns ist übrigens schon halb zwölf."

„Ich weiß. Bei mir ist erst halb elf. – Ätsch! Aber ich hab mir schon gedacht, dass ihr noch wach seid."

„Kunststück", murmelte ich mit einem Lächeln im Gesicht, „bei dem, was hier alles los ist …"

„Wie?", fragte Ivy etwas verwirrt. „Was ist denn los? Erzähl, wie ist es denn jetzt so in Athen? Habt ihr schon die Akropolis gesehen?"

„Na, und ob! Das war doch klar, dass wir die gleich am allerersten Tag besichtigen würden. Ivy …" Ich holte tief Luft und schaute noch einmal kurz meine Freunde an. Diese blickten etwas ratlos drein. Sollte ich Ivy das mit den Zetteln, dem Araber und dem Medaillon erzählen oder doch lieber verschweigen? Einerseits war Ivy nicht bei uns und konnte daher auch nicht direkt eingreifen. *Aber andererseits*, so dachte ich weiter, *ist Ivy unsere beste Freundin und vielleicht wäre es gar nicht mal so unklug, jemand Außenstehenden einzuweihen, der einen ganz anderen Blickwinkel auf diese Sache hat. Vielleicht sieht sie etwas klar, was wir übersehen haben, und vielleicht kann sie uns irgendwann trotzdem einmal behilflich sein.* Ich beschloss, ihr also alles zu sagen.

„Du wirst mir nicht glauben, was ich dir jetzt erzähle …", begann ich geheimnisvoll, „aber es ist alles wahr. So wahr, wie ich jetzt hier gerade mit dir telefoniere …"

„Oje", meinte Ivy, „das hört sich ja unheimlich an."

„Das ist es auch", leitete ich die Kurzfassung der Erzählung ein und dann berichtete ich in knappen Worten von unserem ersten Tag in Athen. „… Ja, und jetzt sind wir am Überlegen, ob wir da morgen mit diesem Bus nach Delphi fahren sollen", endete ich schließlich meine Erzählung. Eine Weile herrschte verblüfftes Schweigen am anderen Ende. Ich dachte schon, das Telefonat wäre unterbrochen worden und fragte daher nach: „Bist du noch da, Ivy?"

„Äh, ja", stutzte sie, „ich weiß jetzt gar nicht, was ich sagen soll. Was ist das denn für ein Typ, dieser Araber? Wisst ihr hundertprozentig, dass er derselbe Araber ist wie der aus dem Flugzeug?"

„Hundertprozentig genau können wir das natürlich nicht sagen. Aber ich bin mir eigentlich ziemlich sicher. Er ist nett, wenn auch ein bisschen seltsam – und er spricht perfekt Deutsch."

„Also, wenn ihr mich fragt ... Ich würde da lieber aufpassen."

„Du meinst also, wir sollen nicht mitgehen?"

„Das habe ich nicht gesagt."

„Also wie jetzt? Mit oder nicht mit?"

„Ich weiß nicht."

„Was würdest du an unserer Stelle tun?", fragte ich schließlich direkt.

„Du fragst ja Sachen!", entrüstete sich Ivy. „Das weiß ich doch nicht! Aber andererseits ... wenn man das mal logisch betrachtet ... Wenn ihr nach Delphi mitfahrt ... Das ist ja ein Linienbus, stimmt's? Und Delphi ist ja jetzt auch nicht gerade eine verlassene Einöde. Da laufen doch so viele Leute rum, Aufseher und Touristen. Also ... Normalerweise kann er euch ja gar nichts tun."

„Das war auch meine Überlegung gewesen", fügte ich an, „und außerdem ... Wann bekommt man schon mal die Gelegenheit, nach Delphi zu fahren? Die Tickets sind schon bezahlt. Die kosten doch bestimmt ein Heidengeld. Wir hätten die uns wahrscheinlich nie selbst gekauft und hätten stattdessen was anderes gemacht."

„Also, Delphi ist an sich schon sehr interessant ...", überlegte Ivy.

„Auf jeden Fall", stimmte ich ihr zu. Ich bemerkte, wie Lissy neben mir ungeduldig mit ihrem Fuß zappelte. Sie wollte auch einmal mit Ivy sprechen und gab mir das mit mehreren Handzeichen zu verstehen. Ich winkte ab. „Gleich, Lissy", flüsterte ich ihr zu.

„Hm ... Vielleicht solltet ihr doch mitgehen", begann Ivy nachdenklich, „wenn schon mal jemand so großzügig ist und euch die Karten spendiert ... Vielleicht hat dieser Araber ja ein Auge auf dich geworfen, Emmy. Er kennt dich ja schließlich schon vom Flugzeug. Und möglicherweise ist er sonst beleidigt, wenn ihr nicht kommt."

„Oh weh ... Das wäre ja noch schöner ... Das hätte mir gerade noch gefehlt. Nee, das glaube ich nicht." Als Ivy nichts mehr sagte, fügte ich noch an: „Na ja, ich denke, wir werden ihm das Geld für die Tickets zurückzahlen, wenn er wirklich dort auftaucht ..."

„Meinst du denn, er wird kommen?"

„Ich denke schon. Er hat es ja in seinem Brief so geschrieben. Ich frage mich bloß, wie das dann sein wird, wenn wir uns gegenüberstehen. Ich meine, so wirklich gegenüberstehen und miteinander reden. Bisher haben wir ja nie wirklich miteinander geredet. Es war immer so seltsam alles."

„Also, habe ich dich jetzt richtig verstanden, Emmy? Du würdest dahin fahren?", fragte Ivy.

„Weiß nicht, allein jedenfalls nicht. Da hätte ich doch etwas Bammel, glaube ich. Aber wenn die anderen mitkommen ..."

„Werden sie denn mitgehen? Was sagen die anderen denn überhaupt dazu?"

„Warte, Ivy, ich geb dir Lissy."

„Na endlich!", brach es aus Lissy und sie grapschte mir gierig das mobile Telefon aus der Hand. „Hi Yvonne, schön, deine Stimme zu hören …" Leider bekam ich nun nicht mehr mit, was Ivy entgegnete, sondern nur noch Lissys Antworten: „Nein, du, also ich hab da gar keine Lust drauf … Wer weiß, was das für einer ist … Na ja, er hat eigentlich ganz nett ausgesehen … Er war ja neben mir, im Flugzeug und hat harmlos vor sich hingepennt … Wenn er denn nun überhaupt derselbe ist … Ja, keine Ahnung … eigentlich ist mir das gar nicht recht. Nee, ach weißt du … Du hast leicht reden … Du bist ja nicht dabei … Das ist irgendwie voll gruselig … Nee, … was? Meinst du wirklich? Wenn es doch nicht gleich morgen wäre … Das ist schon in … warte … gut siebeneinhalb Stunden … Oh Mann! Nein, also ich will da echt nicht hin … Nein, wirklich nicht. Ich geh da nicht mit! Vergiss es! Ich bin doch nicht lebensmüde! Hier hast du Maria." Lissy reichte das Handy weiter.

„Hi, du! Puh! Das ist schon was, nicht wahr?", begann Maria das Telefonat. „Nein, ich kann mir überhaupt nicht vorstellen, was der von uns will … Ja, der wohnt direkt schräg gegenüber in so einem Mietshaus … Der ist doch voll komisch … Am liebsten wäre mir, der würde uns in Ruhe lassen … Das gefällt mir eigentlich gar nicht, dass der bestimmt, was wir in unserem Urlaub zu tun und zu lassen haben. Hm … Hm … ja … Meinst du wirklich? Hm … ja … – Ja, ja. Klaro. Nee, also Alex weiß auch nicht so recht. Stimmt's, Alex?" Dieser schaute nur etwas hilflos drein und zuckte mit den Schultern. Inzwischen hatte er es endlich geschafft, seinen Schlafanzug anzuziehen. Er sah etwas verloren aus und als würde ihn die ganze Sache nicht wirklich betreffen. Ich schmunzelte etwas. Es war ein äußerst seltenes Ereignis, Alex einmal sprachlos zu erleben. Normalerweise hatte er immer die Schnauze vorne.

So aber nicht an diesem Tag. „Nee du, Ivy ...", fuhr Maria fort, „lieber nicht. Ich gebe dir wieder Emmy."

„Habt ihr euch geeinigt?", fragte ich Ivy.

„Nicht wirklich", gab Ivy zurück, „lasst mich aber auf jeden Fall wissen, was ihr macht, ja? – Wir müssen dann auch langsam abbrechen, sonst wird das Telefonat hier unbezahlbar."

„Ja, und *wir* müssen langsam zusehen, dass wir ins Bett kommen. Wenn wir morgen echt mit diesem Bus um halb acht in der Früh losfahren wollen, müssen wir ganz schön bald aufstehen."

„Und das nennt sich dann Urlaub ...", höhnte Ivy.

„Eines noch", fiel mir plötzlich ein, „du könntest mir einen Riesengefallen tun, Ivy."

„Worum geht's?"

„Du hast doch da dieses eine Buch über die Herkunft und Bedeutung ausländischer Vornamen."

„Ja", wunderte sich Ivy.

„Kannst du mal nachschauen, was *Yunus* heißt? Ob der Name arabisch ist und ob er vielleicht irgendetwas bedeutet?"

„Yunus – wie ...?"

„Ypsilon, u, en, u, es", buchstabierte ich. „Würdest du das machen?"

„Kann ich schon machen. Kein Problem. Meinst du, das bringt irgendetwas?"

„Weiß nicht. Es könnte eine Vermutung von mir stützen oder aber auch widerlegen."

„Klar, ich schau mal nach und schreib dir dann eine SMS, falls ich was rausfinde, okay?"

„Hört sich gut an."

„Und das mit Hermes schau ich auch gleich mal nach und wenn ich schon mal dabei bin ... Ich guck ins Internet wegen eurem Bus. Wie war das noch mal? – *Odós Lióssion* zweihundert…?"

„Genau, *Odós Lióssion* 260, um halb acht vormittags."

„Das schau ich jetzt gleich mal nach und ich schreib euch dann eine SMS, wenn ich was herausgefunden habe, okay?"

„Super. Danke, Ivy, bist ein Schatz."

„Man tut, was man kann."

„Bis bald."

„Schreibt mir, wie ihr euch entscheidet, ja?"

„Klar, machen wir."

„Bis dann."

„Bis dann." Und das Telefonat war beendet.

„Tja …", richtete ich mich an meine Freunde, „was für ein Tag …" Erneut suchte ich meine Duschsachen zusammen und machte mich auf den Weg ins Bad. Allerdings wurde mir bald bewusst, dass es vorerst noch etwas zu klären gab.

„Also, was ist jetzt mit morgen?", fragte Alex, als er seine Fassung wiedererlangt hatte. „Soll ich den Wecker jetzt stellen oder nicht?" Maria zuckte mit den Schultern und sah mich erwartungsvoll an. Ich wusste nicht, was ich sagen sollte. Plötzlich erhob Lissy ihre Stimme. Sie klang leicht hysterisch: „Ich geh da nicht mit, vergiss es, Emmy, ich geh da nicht mit", fuhr sie mich an und schüttelte immer wieder energisch den Kopf. „Wer weiß, was der mit uns vorhat!" – „Jetzt komm, Lissy", versuchte ich auf sie einzureden. „Was soll er denn großartig machen?" – „Was weiß ich!", schrie Lissy mich an, „wer weiß, aus welchem Irrenhaus der ausgebrochen ist? Vielleicht will er uns vergewaltigen oder umbringen oder er sprengt Delphi in die Luft, wenn wir grad dort sind, oder … keine Ahnung." – „Warum sollte er das denn tun?", fragte ich sie. „Keine Ahnung! Woher soll ich denn wissen, was in dem kranken Kopf von so einem Irren vorgeht?"

„Lissy ..." Ich wusste nicht, was ich sagen sollte. Doch Lissy war nicht mehr zu bremsen: „Es steht doch dauernd so ein Zeug in der Zeitung: Selbstmordattentäter, die sich in die Luft sprengen und Hunderte von unschuldigen Leuten mit in den Tod reißen oder Bomben in Bussen verstecken und ihren Spaß dabei haben, wenn alles explodiert. Vielleicht sind wir auch an so einen Irren geraten. Vielleicht treibt der da irgend so ein krankes Spiel mit uns und lacht sich halb kaputt über uns, dass wir auch noch so blöd sind und uns drauf einlassen." – „Lissy ...", begann ich, „glaubst du wirklich, dass Yunus so einer ist? Du hast ihn doch gesehen. Sieht er aus wie ein Attentäter?" – „Wie sieht ein Attentäter denn aus, hä?", fauchte Lissy mich an, „kennst du einen? Und nenn diesen Irren nicht Yunus, als würden wir ihn schon ewig kennen! Wir kennen diesen Kerl nicht! Warum sollten wir auf ihn hören und dahin gehen, wo er uns haben will?" – „Lissy ...", versuchte ich erneut ihren Redeschwall zu unterbrechen und nahm ihre Hand in meine, doch sie riss sich los und funkelte mich böse an. Lissy hatte sich regelrecht in Rage geredet. „Lass mich!", brüllte sie mich an und sprang auf. Ich hatte sie noch nie so erlebt. Irgendwie machte mir das Angst. „Wir haben doch alle keine Ahnung, was der vorhat!", schrie Lissy energisch, „vielleicht laufen wir ihm direkt ins Messer, wenn wir nach Delphi fahren. Vielleicht stammt er aus irgend so einer arabischen Untergrundorganisation und hat den Auftrag, möglichst viele Touristen zu killen. Vielleicht baut er uns auch unsere Nieren raus und versteigert sie auf dem Schwarzmarkt. Was weiß ich! Ich will da nicht hin. Ich geh da nicht hin! Vergiss es! Ein *Urlaub* in Athen war geplant. Ein *Urlaub*! Und jetzt ist es nur noch ein einziger Alptraum! Versteht ihr, ich wollte lebend wieder aus Athen zurückkommen und nicht in die Luft gesprengt werden von irgendeinem durchgeknallten

Araber!" – „Aber Lissy ..." Endlich schaffte ich es, zu Wort zu kommen. „Du übertreibst. Überleg doch mal. Warum sollte er uns denn die Tickets kaufen, wenn er uns umbringen will?" Lissy hielt kurz inne. Doch so richtig überzeugend wirkte mein Argument wohl doch nicht. Ich fuhr etwas hilflos fort: „Wenn er uns in die Luft sprengen wollte – warum auch immer –, könnte er das hier doch auch tun." – „Tsss!", schnaubte Lissy, „wie beruhigend." – „Außerdem ...", fügte ich an, „... sind wir denn so wichtig, dass man uns aus dem Weg räumen müsste? Wir haben ihm doch gar nichts getan, oder?" Noch während ich dies formulierte, bemerkte ich, dass es der falsche Satz gewesen war. Lissy sah mich an wie eine Fremde, schüttelte verständnislos den Kopf und sprach mit leiser, kühler Stimme: „Was war denn damals mit den Leuten in London – oder in Madrid ... Warum wollten die Attentäter *sie* aus dem Weg räumen? Haben *die* ihnen etwas getan? Wohl nicht, oder? Das interessiert doch die Attentäter einen Scheißdreck, ob die Leute, die sie in den Tod reißen, irgendwas gegen sie gehabt haben oder nicht." Ich wusste nicht, was ich noch sagen sollte. Schließlich kam mir Alex zur Hilfe. Er packte Lissy an der Schulter und drehte sie zu sich um. „Das macht doch keinen Sinn, Lissy", begann er, „überleg doch mal ... Du hast zwar Recht in dem Punkt, dass wir diesen Araber nicht kennen und dass seine Einladung wirklich etwas ungewöhnlich ist. Aber lass es uns doch einmal von *der* Seite betrachten: Er hat uns weder angegriffen noch sonst irgendwie bedroht. Er hat uns lediglich das Angebot gemacht, mit ihm nach Delphi zu fahren. An sich ist das doch ein nettes Angebot. Aber, wie gesagt, es ist ein *Angebot*. Ob wir hingehen oder nicht, ist unsere freie Entscheidung. Was kann er schon großartig machen? Er kann uns nicht zwingen, dahin zu gehen. Wenn wir nicht hingehen wollen, müssen wir auch nicht hingehen." Er holte tief Luft, dann schlug er vor: „Wir können ja morgen mal zu dieser Bushaltestelle hingehen und uns den Bus betrachten, und wenn es ein ganz normaler Reisebus ist, der auch wirklich nach Delphi fährt, dann müssen doch auch andere Leute drin sitzen. Wir sind nicht allein." Ich war überrascht über Alex' Reaktion. Offensichtlich war er noch derjenige, der am ehesten auf meiner Seite stand. Das hätte ich wiederum nicht erwartet. „Und was sollten diese anderen Leute ausrichten können, wenn er den Bus in die Luft sprengen will?", entgegnete Lissy immer noch hysterisch. Eine Weile lang fiel Alex nichts ein und er schwieg, dann jedoch machte er einen Vorschlag: „Lissy, was hältst du davon: Wir schlafen eine Nacht drüber und morgen entscheiden wir, ob wir gehen oder nicht. Wir stellen den Wecker auf ... sagen wir mal sechs Uhr ... und dann entscheiden wir uns, ob wir nach Delphi fahren oder nicht." Ich fand, das hörte sich vernünftig an. Alex ergänzte: „Klar, dass du jetzt aufgeregt bist, Lissy. Wir sind alle aufgeregt und durcheinander. Ist ja kein Wunder, nach dem, was heute alles passiert ist. Aber morgen sehen wir die Sache vielleicht aus einer ganz anderen Perspektive. Es ist der Schlaf, der uns fehlt. Also, was mich betrifft ... ich zum Beispiel bin total müde. Das muss euch doch auch so gehen, oder?" Maria und ich nickten. Lissy nicht. „Ich bin nicht müde, ich bin total wach jetzt. So wach war ich noch nie zuvor in meinem Leben! Und ich bleibe dabei: Ich gehe nicht mit und wenn ihr euch auf den Kopf stellt: Ihr könnt mich nicht zwingen. Ich habe mich entschieden. Ich gehe nicht mit! Wenn ihr euch unbedingt in die Luft sprengen lassen wollt, dann geht doch, aber ohne mich. Ich geh da nicht mit. Basta!" Dann drehte Lissy uns den Rücken zu, nahm ihre Duschsachen und verschwand im Bad. Mit einem lauten Krachen schlug sie die Tür hinter sich zu.

Niedergeschlagen ließ sich Alex auf sein Bett plumpsen. „Na ja, war wohl nix", brummelte er und ließ den Kopf hängen. „Mach dir nichts draus", tröstete ich ihn, „Lissy ist jetzt einfach total aufgeregt. Vielleicht tut ihr die Dusche gut. Vielleicht geht es ihr danach besser." – „Lissy übertreibt vielleicht ein bisschen", begann Maria zaghaft, „aber wir müssen auch in Betracht ziehen, dass an ihrer Befürchtung etwas dran sein könnte …" – „Glaubt ihr wirklich, dass Yunus zu so etwas fähig wäre?", wandte ich mich fragend an die anderen beiden. „Jetzt redest du schon wieder von diesem Araber, als würdest du ihn kennen", stellte Maria fest. Dann fuhr sie fort: „Na ja, sagen wir es mal so … Es ist schon noch ein Unterschied, ob man jetzt merkwürdige Zettel schreibt oder ob man jemanden umlegen will …" Maria überlegte kurz. „Oh Mann! Wenn ich das so sage … Das klingt irgendwie alles so absurd. Wie in einem idiotischen Hollywood-Film. Ich glaub's nicht, dass wir uns über so etwas Gedanken machen müssen! Aber …" Sie stockte, doch redete dann weiter: „Ich denke eben wirklich, wenn er was Böses vorhätte, dann hätte er das anders machen können. Sicher, es ist eine gute Strategie, wenn man sich das Vertrauen der Mordopfer erst mal erschleicht, sodass sie dann nichts Böses ahnen, wenn der Mörder zuschlägt und so. Aber andererseits … so wirklich hat er ja nicht unser Vertrauen gewonnen mit seiner Zettelschreiberei. Wenn das seine Strategie gewesen wäre, dann hätte er das auf jeden Fall auch anders machen können. Da gibt es doch tausend wirkungsvollere Methoden als so etwas … Merkwürdige Zettel schreiben und mitten in der Nacht einen Brief ausliefern lassen … Also, wenn ihr mich fragt … Ich glaube nicht, dass er uns umbringen will." Sie strich sich zerstreut über die Haare. „Oh Mann! Das klingt schon so absurd. Aber ich fühle mich trotzdem nicht wohl bei der

Sache, weil es so komisch ist. Irgendwas hat er mit uns vor. Das ist mir klar. Aber was kann das bloß sein?" Ich war ratlos und betrachtete mir abwesend meine Finger. In meinem Kopf rasten die Gedanken wild durcheinander. Ich war froh darüber, dass Alex und Maria ruhig und logisch argumentierten. Wenn sie ebenfalls so hysterisch geworden wären wie Lissy, hätte ich mir nicht zu helfen gewusst. „Ich glaube, das Medaillon stammt auch von diesem Araber, Emmy. Das hat *er* dir zukommen lassen. Vielleicht hängt das alles irgendwie zusammen", überlegte Maria weiter. Ich schaute auf. „Du hast doch selber mal gesagt, Emmy, dass du glaubst, dass wir einem Geheimnis auf der Spur sind. Vielleicht hängt das wirklich alles irgendwie zusammen. Ich habe zwar absolut keine Ahnung, wie das zusammenhängen soll, aber der Araber hat so zielstrebig *uns* ausgesucht beziehungsweise *dich*, Emmy. Er weiß deinen Namen. Irgendetwas hat er vor. Ich habe zwar absolut keine Ahnung, was es ist, aber ... Hm." Sie stockte kurz. „Einerseits denke ich, wir wären wahnsinnig, wenn wir dorthin gehen würden. Der gesunde Menschenverstand warnt mich mit allem, was ich habe, davor, mich auf dieses Angebot einzulassen und dahin zu fahren ... Aber andererseits ... Wenn wir nicht gehen, werden wir nie erfahren, was das alles mit dieser Sache auf sich hat. Vielleicht werden wir es hinterher bereuen, wenn wir uns nicht drauf einlassen. Ich verstehe mich selber nicht, aber irgendetwas sagt mir, dass wir es vielleicht doch riskieren sollten." Alex nickte langsam. „Mir geht es ähnlich, Maria", stimmte er ihr zu, „es ist ein total komisches Gefühl. Ich will eigentlich überhaupt nicht gehen, aber andererseits ..." Er vollendete seinen Satz nicht.

In diesem Moment piepste mein Handy zweimal. Das war das Zeichen dafür, dass ich eine SMS bekommen hatte. Ich nahm das mobile Telefon an mich. „Es ist die SMS von Ivy", gab ich bekannt. Ich las die Kurzmitteilung vor:

‚Hallo, ihr Lieben. Das mit dem Bus stimmt: Mo-Fr, 7.30 Uhr fährt 1 Linienbus von dieser Haltestelle aus nach Delphi und am Abend wieder zurück. Yunus/Junus ist Arabisch, in Hebräisch auch Jona, auf Deutsch: Taube. Ermis ist tatsächlich die griechische Schreibweise für den antiken Götterboten Hermes. Euer Freund hat also einen ziemlich hübschen Namen. Habt ihr euch schon entschieden? Ich denk an euch. LG, Ivy'

Ich schrieb rasch eine Antwort zurück:

‚Vielen Dank. Das hilft uns weiter. Wir sind noch am Diskutieren. Wahrscheinlich entscheiden wir uns erst morgen früh. Wir melden uns. Bis bald und gute Nacht! Emmy'

„Die Taube ..." murmelte ich, „was sagt man denn dazu? Das passt ja hervorragend."

Wenig später öffnete sich die Tür zum Badezimmer und eine Lissy im Schlafanzug kam heraus. Sie hatte sich offensichtlich etwas beruhigt. „Wir stehen morgen früh um sechs auf", begann Maria langsam. Lissy schaute sie an, ohne eine Gefühlsregung zu zeigen. „Dann entscheiden wir uns, ob wir mitfahren oder nicht, okay?" Ohne ein Wort zu sagen, ging Lissy zu ihrem Bett, kroch unter die Decke und drehte sich um. Ich seufzte traurig und warf Alex und Maria einen Blick zu, der so viel zu bedeuten hatte wie: „Redet noch mal mit ihr." Es gab nichts, was ich mehr hasste, als einen Streit, der zwischen meinen Freunden und mir stand. Und dann ausgerechnet auch noch mit Lissy, die doch immer das ruhige, ausgeglichene Gemüt in unserer Truppe war und uns immer zum Lachen bringen konnte, egal in was für einer blöden Situation wir auch gerade sein mochten ... Dass sie nicht mehr mit uns redete, belastete mich sehr und machte mich traurig.

Maria zwinkerte mir aufmunternd zu. Dann ging ich ins Bad. Ich genoss die Stille in dem kleinen Zimmer und das kühlende Nass, das beruhigend auf meine Haut regnete. Es tat richtig gut, einmal mit meinen Gedanken allein zu sein. Ich war total durcheinander und wusste nicht, was ich von der ganzen Sache halten sollte.

Als ich im Bad fertig war, kehrte ich langsam zu den anderen zurück. Alle drei lagen schon erschöpft im Bett. Nur Maria hatte noch die Nachttischlampe an. „Und?", flüsterte ich. „Wie gehabt", entgegnete Maria und nickte bedrückt in Lissys Richtung. Lissy hatte das Gesicht von uns abgewandt und rührte sich nicht. Entweder schlief sie schon oder aber sie stellte sich schlafend. „Oh je. Hoffentlich ist es morgen wieder besser", wisperte ich. „Ja." Maria nickte. „Wir sollten jetzt schlafen. Ich mach das Licht aus, okay?" – „Ist gut." Dann war es dunkel. Es dauerte nicht lange, bis ich das gleichmäßige Atmen meiner Freunde neben mir vernahm. Sie waren eingeschlafen. Ein bisschen beneidete ich sie darum. Ich war noch so aufgewühlt, dass an Schlafen gar nicht zu denken war. Ich drehte mich langsam um und schaute zu dem zugezogenen Vorhang des Fensters. Ob Yunus noch auf dem Balkon saß und zu uns herüberschaute? Ich traute mich nicht nachzusehen; erstens wollte ich die anderen nicht wecken und zweitens war mir bei dem Gedanken daran, dass er vielleicht immer noch da draußen saß, äußerst unwohl zumute. Ich legte mich auf den Rücken und schaute die Decke an. Irgendwann wurde ich doch von der Müdigkeit übermannt und schlief ein.

Thólossos

Es ist dunkel, stockdunkel um mich herum. Ich wache auf und reibe mir den Schlaf aus den Augen. *Wie spät ist es jetzt wohl?*, frage ich mich. Es muss noch mitten in der Nacht sein, denn es dringt kein Licht von draußen durch das Fenster. Ich suche routiniert nach meinem Wecker, der für gewöhnlich auf dem Nachttisch neben meinem Bett steht, aber ich finde ihn nicht. Einen Moment lang bin ich verwirrt. *Wo bin ich?* Es dauert eine Weile, bis es mir wieder einfällt. *Ach so, ich bin in Athen. Ich bin im Urlaub mit meinen Freunden.* Sofort fallen mir die seltsamen Ereignisse vom Vortag wieder ein. Noch immer bin ich bedrückt wegen dem Streit mit Lissy und ich frage mich, was wir wohl machen würden; ob wir die Reise nach Delphi antreten würden oder nicht. Ich setze mich in meinem Bett auf, vorsichtig, langsam, um die anderen nicht aufzuwecken. Meine Muskeln sind leicht verspannt. Das Bett ist nicht gerade das bequemste von allen. Ein Luftzug huscht sachte durch das Zimmer. Ich wundere mich darüber. *Haben wir vergessen, das Fenster zuzumachen?* Ich fröstele ein bisschen und entscheide mich dafür, das Fenster zu schließen. Nahezu lautlos richte ich mich auf und bewege mich vorsichtig auf das Fenster zu. Dabei fällt mir auf, dass etwas sanft meine Knöchel berührt und sie streichelt. *Was ist das denn?* Ich stelle fest, dass ich ein langes, dünnes Gewand aus weichem, feinem Stoff trage, das sich elegant an meine Haut schmiegt. Noch immer etwas schlaftrunken wundere ich mich darüber. *Ich habe doch einen Schlafanzug dabei gehabt und kein Nachthemd*, denke ich mir. Ich fasse mir verwirrt an den Hals. Meine Finger streichen dabei über feine Kettenglieder. Etwas erschrocken fahren meine Finger nach und nach immer weiter an der Kette nach unten, bis sie einen edlen Anhänger zu fassen bekommen. Meine Faust schließt sich schnell um das Schmuckstück. Ich kann es nicht sehen, da es noch immer dunkel um mich herum ist, aber ich spüre die Konturen des Anhängers. Es ist ein rundes Medaillon mit feinen Gravuren auf der Vorderseite und ich stelle fest, dass auf der Rückseite des Anhängers ebenfalls dünne Linien eingeritzt sind. Obwohl ich das Medaillon nun in der Dunkelheit nicht sehen kann, weiß ich sofort, um welchen Anhänger es sich handelt. Noch deutlich kann ich vor meinem inneren Auge die Gravuren sehen: das Gesicht der jungen Frau, die den Betrachter des Medaillons mit hübschen, unschuldigen Augen anblickt und einen in ihren Bann zieht ... Vor Überraschung halte ich die Luft an. *Wie kommt es, dass ich jetzt diese Kette trage? Ich habe sie doch nicht angelegt! Außerdem habe ich doch nur den Anhänger bekommen und keine Kette dazu! Und wie kann es sein, dass sich die Gravuren so klar und deutlich anfühlen?* Als ich das Medaillon letzten Abend bekommen habe, hat man die Konturen zwar auch fühlen können, aber sie sind keinesfalls so tief und so klar gewesen, wie sie das jetzt sind. Der Anhänger, den ich nun um meinen Hals trage, hat auch eine ebenmäßige, glatte Rundung und ist nicht so unregelmäßig geformt wie noch zuvor. Ich lasse die Kette los und bewege mich langsam durch den Raum. *Seltsam*, denke ich. Die Atmosphäre des Raumes fühlt sich einsam an. Keine Atemgeräusche von meinen Freunden; kein Deckenrascheln; kein Bettenquietschen, wenn sich einer von ihnen im Schlaf umdreht ...

Ich erreiche das Fenster und berühre einen weichen, dünnen Vorhang, der sich in der sanften Abendbrise sachte hin und her bewegt. Zaghaft ziehe ich den Vorhang beiseite. Das Fenster steht offen. Milchiges Mondlicht kämpft sich durch eine Wolke, die träge über den dunklen Himmel wandert. Einige Sterne blinken verspielt am Himmel. Als die Wolke weitergezogen ist, flutet das Licht des Mondes die Landschaft vor mir. Ich sehe einen großen gepflasterten Platz unterhalb meines Fensters. In der Mitte des Platzes plätschert fröhlich das Wasser eines Springbrunnens aus weißem Stein. Mehrere mittelgroße Gebäude reihen sich aneinander. Dazwischen stehen eindrucksvolle dunkle Zypressen, die nach oben hin spitz zulaufen und so hoch sind wie die höchsten der Gebäude hier um diesen Platz. Die Wipfel der Zypressen bewegen sich leicht im Wind, der leise durch das Geäst der Bäume und durch die Säulen einiger Häuser hindurchpfeift. Es ist ansonsten still auf dem Platz. Verwundert reibe ich mir die Augen. Ich kann nicht glauben, was ich da sehe. Der Anblick, der sich mir gerade bietet, unterscheidet sich so sehr von dem, was ich erwartet habe, dass der Unterschied extremer gar nicht mehr hätte sein können. *Wo bin ich?*, frage ich mich erneut. Ich bin mir sicher, dass ich diesen Ort noch nie zuvor gesehen habe, aber auf irgendeiner mir unerklärlichen Art und Weise kommt mir dieser Platz dennoch vertraut vor. Ich verbinde ein Gefühl mit ihm, ein Gefühl der tiefen Verwurzelung, der jahrelangen Vertrautheit und dennoch ist da noch ein anderes Gefühl. Zuerst ist es nur schwach, aber ich suche bewusst danach. Ich will wissen, was das ist, und dann ist mir das Gefühl mit einem Male zum Greifen nah. Ganz stark und es gewinnt die Oberhand. Es ist ein Gefühl des Hasses, der Ablehnung, der Angst und der Verzweiflung. Ein Gefühl des Eingesperrtseins, der Einsamkeit, und ich fühle, dass ich diesen Ort verlassen will, mit allem was ich bin und habe. Es ist mein größter Wunsch, so viele Kilometer wie nur möglich zwischen mich und diesen Ort zu bringen. Das Gefühl ist sehr stark. Es steckt in jedem Körperteil von mir. Vom Kopf bis zu den Zehenspitzen weigert sich jedes Atom in mir, noch länger als irgendwie nötig an diesem

Ort zu bleiben. Ich versuche, in mir den Grund für dieses Gefühl der Ablehnung zu finden, aber irgendwie stoße ich nicht darauf. Ich bin müde, sehr müde sogar und eigentlich möchte ich schlafen. Ich verstehe sowieso gerade nicht, was mit mir geschieht. Ich gehe zur Tür und versuche sie zu öffnen, aber noch bevor meine Hand die kalte metallene Klinke berührt, weiß ich schon, dass ich diese Tür nicht würde öffnen können. Ich behalte Recht. Sie ist verriegelt. – *Wie jeden Abend!*, fällt mir ein und doch wundere ich mich darüber. *Wie jeden Abend? – Wie komme ich denn darauf?*

Dann gehe ich wieder zum Fenster und schaue senkrecht nach unten. Ich entdecke eine edle weiße Taube auf einem der rautenförmigen Pflastersteine. Der Vogel putzt sich anmutig das Gefieder. Die Taube schaut zu mir hoch und hält inne. Kurz darauf öffnet sie graziös ihre Flügel, erhebt sich in die Lüfte und landet auf der Zypresse, die meinem Fenster am nahesten liegt. Sie schaut mich an und ein Lächeln stielt sich in mein Gesicht. „Ich komme", flüstere ich leise, „Jona, ich komme." Ich erschrecke über meine eigenen Worte. *Was bringt mich dazu, so etwas zu sagen?* Doch das Gefühl ist unglaublich stark. In mir dreht sich alles nur um einen Gedanken: *Ich muss zu Jona gelangen*. Wieder schaue ich nach unten. Ich versuche, die Höhe abzuschätzen. *Es ist zu hoch zum Springen*, denke ich wieder und immer wieder. *Ich hole mir den Tod. Das ist viel zu hoch!* Ich zittere, wenn ich nach unten schaue. *Es sind sicherlich zehn Meter*, denke ich mir, *vielleicht auch mehr*. Unter mir ist ein dichtes Gebüsch und neben dem Gebüsch kalte, harte Pflastersteine. In dem gespenstischen Mondlicht sieht das Geäst des Gebüsches unter mir beinahe bläulich aus. Wie die gierigen, knochigen Finger des Sensemannes höchstpersönlich recken sich die spitzen Äste des Busches nach oben. *Ich breche mir sämtliche Knochen, wenn ich da runterspringe*, denke ich. Und doch ... Es ist die einzige Möglichkeit, aus meinem Gefängnis auszubrechen. Wenn ich vermeiden will, mein Leben lang eingesperrt zu bleiben, muss ich diesen verzweifelten Sprung wagen. Ich bebe am ganzen Körper, als ich mich auf den Fensterrahmen setze und immer wieder nach unten schaue. Die Taube blickt mit ihren treuen Augen zu mir hoch und nickt sachte mit dem Kopf. Ich halte mich mit meinen Händen am Fensterrahmen fest und rücke langsam nach vorne. Meine Beine baumeln ins Leere. *Jetzt oder nie*, denke ich. Ich höre ein Geräusch hinter mir. Ein Schlüssel wird im Schloss herumgedreht. Ich wende mich hektisch um. Vor mir vernehme ich ein aufgeschrecktes Flügelflattern. Als ich mich danach umdrehe, sehe ich gerade noch, wie die Taube sich in die Lüfte erhebt und dem Mond direkt entgegenfliegt. Das Mondlicht blendet mich und die weiße Taube verschmilzt mit dem Licht. Ich kann sie nicht mehr sehen. Ich habe Angst. Mein Herz schlägt mir bis in den Hals. Ich sehe, wie sich die Tür hinter mir öffnet und ein heller Lichtstrahl von draußen im Flur in das Zimmer strömt. *Es ist zu spät*, denke ich, *es ist zu spät. Sie haben mich bemerkt*. Ich atme schwer. Ich schließe die Augen und lasse los. Ich falle. *Gleich werde ich aufschlagen*, denke ich. *Gleich ist es vorbei. Ich falle.*

⌘

Mit einem Ruck richtete ich mich in meinem Bett auf. Die Bettfedern quietschten erbärmlich, als ich das tat. Ich atmete noch immer schwer. „Was ist denn los?", murmelte Marias Stimme verschlafen. Ich fasste mir an die Stirn und versuchte mich zu zwingen, wieder zur Ruhe zu kommen. *Es war ein Traum gewesen*, redete ich mir ein, *nichts weiter als ein blöder, sinnloser und idiotischer Traum*. Die Bilder wirkten jedoch noch immer äußerst eindrucksvoll auf mich. Noch deutlich konnte ich vor mir sehen, wie der Boden mit den rautenförmigen

Pflastersteinen immer näher und näher kam und der Aufschlag nur kurz bevorstand. Ich zwang mich dazu, ruhiger zu atmen. „Ich hab nur schlecht geträumt", wisperte ich zurück, „nur schlecht geträumt ..." Wie eine Beschwörungsformel redete ich dies vor mich her, dann richtete ich mich an Maria: „Wie spät ist es denn?" – „Halb vier", stellte Maria nach einem Blick auf Alex' Wecker fest. „Noch zweieinhalb Stunden, bis der Wecker klingelt. Versuch weiterzuschlafen." – „Ja, du auch. Sorry, dass ich dich aufgeweckt hab." – „Ist schon gut." Ich hörte, wie Maria sich umdrehte und kurz darauf vernahm ich das gleichmäßige Atmen von meinen drei Freunden neben mir.

Doch so sehr ich es auch versuchte: Es gelang mir nicht mehr einzuschlafen. Ich hörte das Ticken meiner Armbanduhr auf dem Nachttisch. Aus Sekunden wurden Minuten und aus Minuten wurden Stunden. Neben mir wälzte sich Lissy unruhig in ihrem Bett hin und her. Einmal murmelte sie im Schlaf so etwas wie: „Ist das der Knopf? Ich drück da jetzt mal drauf, ja?" Dann wimmerte sie leise im Schlaf, wachte aber nicht auf und kurz darauf atmete sie wieder gleichmäßig und scheinbar traumlos. Ich seufzte. Offensichtlich war ich nicht die Einzige, für die diese Nacht eine wahre Zerreißprobe darstellte.

Auf dem Weg nach Delta

Ein ohrenbetäubendes Scheppern riss mich aus dem Schlaf. Es war so laut, dass ich vor Schreck beinahe aus dem Bett gefallen wäre. Ich fühlte mich wie gerädert nach dieser aufwühlenden Nacht. Offensichtlich war ich nach dem Traum doch noch einmal eingenickt. Die Bettdecken neben mir bewegten sich träge und ich hörte erste Proteste. „Oh nein! Stell dieses schreckliche Ding ab. Kann das wirklich sein, dass jetzt schon sechs Uhr ist?", hörte ich Marias Stimme. Alex lachte hämisch. „Es geht doch nichts über einen lauten Wecker, oder?" – „Mit dem Ding kann man Tote wieder zum Leben erwecken", murrte Lissy. Ich schaute verblüfft auf. Redete sie wieder mit uns? „Guten Morgen!", gähnte ich ihr entgegen. Lissy nickte mir nur kurz zu und verschwand daraufhin wieder unter ihrer Bettdecke. „Ich fühle mich so, als wäre ich gerade erst eingeschlafen", lallte Maria. „Wer will als Erstes ins Bad?", wollte Alex wissen. „Wenn's euch nichts ausmacht", begann ich, „dann gehe ich zuerst." – „Ist in Ordnung", gab Maria zurück, „ich brauch eh noch einen Moment, um so richtig aufzuwachen. – Was für eine Nacht!"

Als ich frisch angezogen und gewaschen vom Bad wieder zurückkam, sah ich, wie Alex und Maria gerade dabei waren sich anzuziehen. Lissy lag noch immer im Bett und rührte sich nicht. Als Nächstes verschwand Maria im Bad. Ich kämmte mir die schulterlangen kastanienbraunen Haare und betrachtete mich nachdenklich im Spiegel an der Wand gegenüber vom Bett. Ich war noch zu müde, um die entscheidende Frage zu stellen und außerdem dachte ich noch immer über den seltsamen Traum nach. Der Anblick des Medaillons, das direkt neben mir auf dem Nachttisch lag und im Spiegel reflektiert wurde, ließ mir erneut eine Gänsehaut aufkommen. Ich nahm das silberne Schmuckstück und verbarg es in meinem Geldbeutel gleich neben den mysteriösen Zetteln. Dann steckte ich den Geldbeutel nebst Digitalkamera, Sonnenbrille und Wasserflasche in meinen kleinen schwarzen Rucksack. Ich entschloss mich dazu, auch Yunus' Brief mitzunehmen. Man konnte ja nie wissen …

„Habt ihr was dagegen, wenn ich das Fenster einen Spalt öffne?", wandte ich mich an Alex und Lissy. Alex zuckte nur mit den Schultern, während Lissy es vorzog, mich anzuschweigen. Also stieg ich vorsichtig über die Koffer hinüber ans Fenster, zog den Vorhang beiseite und blickte etwas ängstlich nach draußen. Aber die Angst war unbegründet: Draußen sah ich den gewohnten Anblick des Häusermeers von Athen; keinen gepflasterten Platz mit einem Springbrunnen in der Mitte. Ich öffnete das Fenster und atmete tief durch. Ein laues Lüftchen wehte ins Zimmer und streichelte mir angenehm über das Gesicht. Ich schaute zu Yunus' Balkon hinüber. Der Traktorreifen stand noch aufrecht. Auch die Wasserpfeife war an ihrem altbekannten Platz, aber es war weit und breit kein Araber zu sehen.

Als Maria zurückkam, ging Alex ins Bad. Noch immer hatte keiner es gewagt, die Frage in den Raum zu stellen, ob wir nun nach Delphi gehen würden oder nicht. Offensichtlich wollte keiner den Anfang machen.

Ich war noch immer besorgt wegen Lissy. Es irritierte mich, dass sie einfach stumm im Bett liegen blieb, aber ich traute mich auch nicht sie anzusprechen, aus Angst, wieder etwas Falsches zu sagen. Kaum hatte Alex sich wieder zu uns gesellt, stand Lissy wie von der Tarantel gestochen auf, suchte ihre Klamotten und Waschsachen zusammen und verschwand im Bad.

„Wie geht es ihr heute?", fragte Maria zaghaft und nickte in Richtung Badtür. „Ich weiß es ehrlich gesagt nicht", gab ich bedrückt zurück. „Ist sie immer noch beleidigt?" – „Sieht ganz danach aus", vermutete Alex. „Mensch, wie bringen wir das bloß wieder in Ordnung?", fragte ich verzweifelt. „Das gefällt mir gar nicht." – „Wenn sie sich *wieder* querstellt …", begann Maria, „… wir können sie nicht zurücklassen." –

„Wenn sie nicht mitgeht, dann gehen wir alle nicht", bestimmte ich, „oder was meint ihr?" Alex zog die Augenbrauen zusammen, sagte aber nichts. „Sie ist unsere Freundin", fuhr ich fort, „entweder alle oder gar niemand." – „Einer für alle und alle für einen", bekräftigte Maria. „Ich glaube, das war's dann mit Delphi", befürchtete Alex, „wenn wir das so machen." – „Jetzt warte es doch erst einmal ab, Alex", gebot ich ihm. „Meinst du denn wirklich, dass Lissy heute anders über diese Sache denkt? Ich glaube es nicht", bezweifelte Alex. „Tja." Ich zuckte nur mit den Schultern und wusste nichts Vernünftiges zur Unterhaltung mehr beizusteuern. Inzwischen war es dreiviertel sieben. „Wird verdammt knapp", stellte Maria fest. „Wir hätten eher aufstehen sollen. Das schaffen wir doch gar nicht mehr mit dem Frühstück." – „Wir können uns doch auch unterwegs was kaufen und im Bus essen", schlug ich vor. „Gute Idee, so machen wir's", meinte Alex. Weitere zehn Minuten verstrichen und Alex, Maria und ich saßen immer noch ratlos auf unseren Betten. Schließlich kam Lissy aus dem Bad, fertig geschminkt und topp angezogen. Sie trug ein hellrotes langes Kleid und ihre dunklen Locken fielen weich über ihre Schultern herab. Wir starrten sie verwundert an. „Ich bin fertig", verkündete sie, „gehen wir?" – „Äh", stutzte Alex, „das glaub ich jetzt nicht. Hat man dich in der Nacht ausgetauscht? Wo ist denn unsere missmutige, schmollende Lissy hin?" Maria bedachte Alex mit einem düsteren Blick. Lissy kicherte. „Wieso ausgetauscht? Und wer behauptet, ich bin missmutig und schmollend, hä?" – „Heißt das, du kommst mit nach Delphi?", wandte ich mich vorsichtig an sie. „Was bleibt mir denn anderes übrig?", entgegnete Lissy und setzte einen gespielt ernsthaften Blick auf. „Da ihr drei so unvernünftig seid und gleich drauf los rennt, ohne Fragen zu stellen, denke ich, dass ihr jemanden dabei braucht, der auch mal etwas überlegt und der auf euch aufpasst." – „Und das willst ausgerechnet *du* sein?", fragte Alex misstrauisch. „Genau." Lissy nickte. „Einer für alle und alle für einen. Das wisst ihr doch noch. Unser Motto? Also los geht's, sonst verpassen wir den Bus!"

Es dauerte etwas, bis wir uns alle von der Überraschung erholt hatten. Woher kam wohl der plötzliche Gesinnungswandel?

Hektisch packten wir unsere Sachen zusammen und verließen dann nacheinander das Zimmer. Ungläubig schaute ich Lissy an. Wir drückten im Aufzug auf den Knopf mit 0 – Erdgeschoss, und der Lift setzte sich rumpelnd in Bewegung. Vorsichtig fragte ich. „Du warst doch gestern so total dagegen, Lissy. Warum willst du jetzt auf einmal doch gehen?" – „Man wird doch wohl seine Meinung ändern dürfen, oder?", erwiderte Lissy, „außerdem will ich endlich wissen, was es mit dieser komischen Einladung auf sich hat. – Schöne Grüße von Ivy übrigens." – „Hattest du heute schon Kontakt zu ihr?", fragte Maria verwundert. „Ja, sie hat mir eine SMS geschrieben", antwortete Lissy, „als ich im Bad war." *Ivy ist ein Schatz*, dachte ich, *bestimmt verdanken wir das ihr, dass Lissy nun doch mitkommt.* Was auch immer sie Lissy geschrieben haben mochte, es musste diesen Gesinnungswandel herbeigeführt haben. Ich war froh darüber. „Hast du Ivy schon gesagt, dass wir hinfahren?", wollte ich wissen. „Ja, hab ich", antwortete Lissy. „Ivy beneidet uns drum. Sie schreibt, sie würde auch gern mitkommen, aber sie muss sich heute mit Siegmund Freud rumschlagen für ihre Diplomarbeit. Bäh! – Ich soll dir ausrichten, Emmy, dass du tausend Fotos machen sollst, vor allem vom Orakel von Delphi und vom Apollontempel. – Und ich soll auf dich aufpassen, dass du nicht von irgendwelchen Arabern abgeschleppt wirst." Sie lachte. „Du bist aber heute verdächtig gut drauf, Lissy", stellte Alex fest. „Na ja ..." Lissy schaute beschämt zu Boden. „Vielleicht habe ich gestern doch ein bisschen übertrieben ..." – „Ein *bisschen* ist gut", brach es aus Alex, „du warst ja richtig hysterisch. Was du dir alles für Horrorszenarien ausgemalt hast ..." Die Tür des Aufzugs öffnete sich und wir verließen ihn im Gänsemarsch.

An der Rezeption saß diesmal ein anderer Grieche, ein älterer, der nicht ganz so hübsch war wie unser Adonis vom Vortag. Er schaute uns etwas verblüfft an. „No breakfast?", fragte er verwirrt. „No, we have to be quick. No time for breakfast", rief ich ihm entgegen und im Sauseschritt und breit grinsend verließen wir das Hotel. Im Nu hatten wir den *Omonia*-Platz erreicht. In einer Bäckerei kauften wir für jeden von uns zwei Sandwichs und jeweils noch so ein anderes Gebäck, das zwar etwas seltsam aussah, aber ganz gut duftete. Dann hetzten wir auch schon in die dunklen Gänge der Metro. Uns fiel auf, dass um diese Tageszeit kaum Leute unterwegs waren. Die wenigen, die aber bereits auf den Beinen waren, eilten mit großen Schritten voran. Vermutlich waren das die armen Seelen, die auf Arbeit gehen mussten, dachte ich mitleidig. Wir fuhren mit der roten U-Bahnlinie zur Station *Syntagma* und fanden dort ohne Probleme den Bus 024. Genauso wie es Yunus in seinem Brief beschrieben hatte, kamen wir in Kürze am Busbahnhof *Odós Lióssion 260* an, wo auch schon mehrere Busse zur Abfahrt bereitstanden. Ich hatte Herzklopfen. Vielleicht würden wir Yunus gleich sehen, von Angesicht zu Angesicht! Wo war er bloß? Ich schaute die Straße hinauf und hinunter. Aber er war weit und breit nicht zu sehen.

„Wo ist denn nun dieser Bus nach Delphi?", fragte Alex etwas nervös und schritt die Reihe der wartenden Busse ab.

Schließlich blieb er vor einem blauen Linienbus stehen. „Hier ist er! Kommt her!", rief er schließlich zu uns herüber. Mein Puls beschleunigte sich noch einmal, als wir uns dem Bus näherten, dessen digitale Anzeige abwechselnd auf Griechisch und Englisch folgende Schriftzüge aufwies: Αθήνα – Δελφοί und Athens – Delphi. „Das muss er sein", meinte auch Maria. „Hast du die Tickets?" Ich wühlte in meinem Geldbeutel nach den Fahrkarten und hatte sie sogleich zur Hand. „Wollen wir?", fragte Alex. Ich schluckte einen Kloß in meinem Hals hinunter. „Wir wollen!", entgegnete Lissy mit fester Stimme, nahm mir eine der Fahrkarten aus der Hand und schritt als Erste in den Bus, der gut zur Hälfte mit Touristen und Einheimischen gefüllt war. Etwas zögerlich setzte ich mich in Bewegung und folgte Lissy in das Innere des Busses. Wir zeigten dem Fahrer unsere Karten. Dieser zwinkerte bloß kurz mit den Augen und wir gingen weiter. Lissy fand einen freien Viererplatz. Sie und ich setzten uns in die Reihe in Fahrtrichtung, Maria und Alex nahmen uns gegenüber Platz. Ich schaute unauffällig durch den ganzen Bus. Yunus war nicht da. *Klar*, dachte ich weiter, *in seinem Brief hat er ja geschrieben, dass wir uns erst in Delphi treffen würden.* Ich wusste nicht, ob ich darüber froh oder enttäuscht sein sollte. Jedenfalls hatte ich ein seltsames Kribbeln in der Magengegend und war ziemlich nervös. Meinen Freunden schien es ähnlich zu gehen. Alle drei waren zappelig und schauten immer wieder aus dem Fenster. Ein paar Leute kamen noch, dann schlossen sich die Türen und der Bus fuhr langsam an. „So weit, so gut", murmelte Alex, „wir fahren." Noch einmal blickte ich zurück zur Haltestelle und aus dem Augenwinkel sah ich eine wunderschöne weiße Taube auf einer Straßenlaterne sitzen. Sie blickte dem Bus nach, dann öffnete sie ihre prächtigen Flügel und flog davon.

Die anderen Leute im Bus unterhielten sich eifrig in den verschiedensten Sprachen miteinander. Sie alle waren guter Dinge. Nur wir waren anfangs noch ziemlich nervös und wussten nicht so recht, was wir sagen sollten. Die Fahrt durch Athens Straßen dauerte lange, weil der Verkehr nach und nach immer dichter wurde, ständig irgendwelche Ampeln rot waren und vor uns viele Laster und andere Busse rangierten, auf die wir warten mussten. Doch unser Busfahrer steuerte sein Gefährt routiniert durch die engsten Gassen und steilsten Kurven, als wäre dies das Einfachste auf der ganzen Welt. Erst nach und nach wurde die Verkehrslage entspannter, die Straßen wurden freier und die Häuser weniger. Bald fuhren wir auf einer Autobahn. Vor uns lagen endlose dunkelgrüne Wälder, rot-braune Felder und eine hügelige Landschaft.

Als wir so die ersten Kilometer zurücklegten, waren wir noch ziemlich angespannt, schauten uns abwechselnd in die Gesichter und dann wieder aus dem Fenster, fast so, als würden wir darauf warten, dass jeden Moment etwas Unvorhergesehenes geschah. Aber als nichts dergleichen passierte, entspannten sich nach und nach unsere Gemüter und wir begannen langsam damit, an unserer Reise Spaß zu haben. Alex und Lissy holten eines ihrer Sandwichs aus ihren Taschen und kauten vergnügt darauf herum. Alex breitete dabei eine Landkarte auf seinem Schoß aus. „Pass auf, dass du keine Krümel drauf bringst", warnte Maria ihn. „Ja, ja, schon gut", brummelte Alex. Dann studierte er eingehend den Plan und murmelte vor sich hin: „Delphi liegt etwa 180 Kilometer nordwestlich von Athen. Ich denke, wir werden so ungefähr zwei bis drei Stunden unterwegs sein. Die Landschaft sieht auch gut aus … Berge, Schluchten und Täler und so. Vielleicht werden wir auch das Meer sehen können … Ich glaube, dieser Trip wird nicht mal so schlecht …"

Schließlich machten auch Maria und ich Frühstück. Die Sonne schien und es wurde schnell wärmer. Der Himmel war strahlend blau, wie in einem Bilderbuch, und nur vereinzelt zogen dünne schneeweiße Wolkenfetzen über den Himmel. Ein besseres Wetter hätten wir uns gar nicht wünschen können.

Maria holte ihren Reiseführer hervor: „Delphi war eines der bedeutendsten Heiligtümer der griechischen Antike", las sie vor. „Es galt als Mittelpunkt oder als ‚Nabel der Welt'. Die griechische Mythologie erzählt davon, wie Zeus dereinst von jedem der beiden Enden der Welt je einen Adler in die Luft steigen und aufeinander zufliegen ließ. Die Vögel trafen sich in Delphi." – „Interessant", kommentierte ich nachdenklich. „Die Ausgrabungen Delphis gehören zu den weitläufigsten und landschaftlich am schönsten gelegenen in ganz Griechenland", fuhr Maria fort. „In einer fast 600 m hohen zerklüfteten Gebirgslandschaft sind die eindrucksvollen Überreste von Schatzhäusern und Tempeln anzutreffen. Die steilen Felsen der *Phädriaden* und die antiken Denkmäler sind Bestandteile einer harmonischen Komposition aus Natur und antiker Baukunst. Von den Heiligtümern Delphis reicht der Blick über eine grüne Ebene mit Olivenbäumen bis hinüber auf das blaue Meer des Korinthischen Golfs." – „Klingt prima", meinte Lissy mampfend. „In Delphi wurde vor allem Apollon, der Gott des Lichts und der Künste verehrt. Noch heute geht von dem Tempel des Apollon eine erhabene Atmosphäre aus, die den staunenden Betrachter in eine andere Welt zu versetzen vermag. Fast spürt man noch die Anwesenheit der Pythia, die im Orakel von Delphi ihre Weissagungen für die Zukunft machte." – „Uha! Da bekommt man ja eine Gänsehaut", sagte Alex grinsend.

Wir kamen an den Städten *Thebes* und *Levadia* vorbei. Dörfer und Siedlungen wurden nach und nach immer weniger und die Gegend bergiger und abgeschiedener. Nach drei Stunden Fahrt hatten wir unser Ziel erreicht. Der Bus kam an der Haltestelle *Delphi* zum Stehen, die Türen gingen auf und die Passagiere stiegen aus. Langsam verließen auch wir den Bus. Wir sahen, wie die einzelnen Leute sich zielstrebig Führungsgruppen anschlossen oder hinter ein paar Bäumen oder Gebäuden verschwanden. Nur wir standen noch etwas hilflos da, fast ein bisschen wie bestellt und nicht abgeholt. Wir schauten uns um. Wohin sollten wir nun gehen? Wo war Yunus? Schließlich verharrte mein Blick auf einem kleinen Olivenbaum. Eine weiße Taube saß in seinem Wipfel und putzte sich anmutig das strahlende Gefieder. *Jona*, durchfuhr es mich, *Yunus* … Noch immer war mir der Zusammenhang zwischen dem Araber, dem Traum und der Taube nicht ganz klar, aber ich wusste, was wir zu tun hatten. Die Taube hielt inne, schaute erhaben zu uns herüber, öffnete ihre Flügel und flog davon. „Da entlang", bestimmte ich und deutete in die Richtung, in welche die Taube soeben verschwunden war. „Wie kannst du dir da so sicher sein?", wollte Maria nachdenklich wissen. „Vertraut mir einfach", meinte ich mit einem Augenzwinkern.

Delta

Wir verließen den Busparkplatz und kamen an einem größeren Gebäude vorbei. ΜΟΥΣΕΊΟ stand auf einem Schild: Museum. Viele Touristen steuerten zielstrebig eben dieses Haus an, doch wir ließen es hinter uns zurück. „Bist du dir sicher, dass wir hier richtig sind?", fragte Alex zögerlich nach, als wir ein paar Meter weit auf einem geteerten Fußweg entlang gegangen waren. Ich nickte langsam und schaute mich weiter um. Zu unserer Rechten verlief die Landstraße, die auch unser Bus benutzt hatte; links von uns wuchsen dicht nebeneinanderstehende, dunkelgrüne Bäume. Ab und zu lichteten sich die Bäume ein wenig und gaben den Blick frei auf ein weitläufiges grünes Gelände, aus dem sich hier und da die Überreste von alten Gemäuern erhoben. Dort oben sah ich auch eine lange gepflasterte Straße, die wie in Serpentinen einen Hang hinaufführte. Ein aufrechtes, kleines, quaderförmiges Gebäude mit Säulen fiel mir besonders in den Blick und etwas weiter oben auf dem Berghang erspähte ich noch mehr Säulen und Mauerreste. Zwischen den antiken Monumenten konnte ich schon einige Menschen ausmachen, die sich die Heiligtümer aus nächster Nähe betrachteten. Oberhalb der alten Denkmäler reckten sich schroffe Felsen in die Höhe, die hier und da grün bewachsen waren. Es sah einfach atemberaubend aus, unwirklich, gigantisch.

Vor und hinter uns waren schon etliche Touristen auf demselben geteerten Fußweg unterwegs wie wir. Offensichtlich befanden wir uns tatsächlich auf dem richtigen Weg. Ich weiß nicht, wie lange wir dieser Straße gefolgt waren, weil mich der Anblick der Ruinen und der Berge so unglaublich faszinierte, dass ich gar nicht bemerkte, dass wir ständig einen Fuß vor den anderen setzten. Den anderen schien es ähnlich zu gehen. „Wahnsinn", hörte ich Lissy immer wieder murmeln, „einfach unglaublich." – „Wo ist denn hier der Eingang?", wunderte sich Maria. Aber kaum hatte sie die Frage formuliert, machte unser kleiner Pfad eine Kurve und wir standen vor dem Eingang in das antike Delphi. „Und jetzt?", fragte ich etwas ratlos. „Was und jetzt?", gab Maria zurück, „wir stellen uns an natürlich."

Maria, Alex und Lissy reihten sich in die relativ kurze Warteschlange vor der Kasse ein. Etwas zögerlich folgte ich ihnen. „Aber sollten wir nicht eigentlich auf Yunus warten?", wandte ich mich an meine Freunde. Ich schaute mich um, aber weder die weiße Taube noch Yunus selbst waren in Sicht. Ich fand das schon etwas seltsam. Wo war Yunus bloß? „Siehst du ihn irgendwo?", fragte Alex. „Nee", entgegnete ich gedehnt. „Na also. Wenn er nicht da ist ... Pech gehabt. Er weiß doch, wann wir hier ankommen. Außerdem hat er in seinem Brief nichts von Warten gesagt, sondern nur ‚*Wir sehen uns dann dort*' – nicht wahr?", erinnerte uns Maria an den genauen Wortlaut. „Stimmt", gab ich zurück. „Vielleicht ist er ja schon drin", vermutete Lissy. „Oder aber er kommt gar nicht", meinte Alex. „Wie auch immer, wir stehen jetzt vor der Kasse und brauchen die Eintrittskarten, Emmy", sprach Maria fest und blickte mich an. „Oh, äh ... Moment", stammelte ich und wühlte in meinem Rucksack nach den Tickets. „Ich hab sie gleich." In Kürze hielt ich die Karten in der Hand und reichte jedem meiner Freunde eine. Wir zeigten sie dem jungen Mann an der Kasse und traten dann durch das Tor hindurch. Wir folgten einem abwärts führenden Stufenpfad hinunter und nur wenig später konnten wir schon die ersten Überreste von einstigen Prachtbauten bewundern. Ein Schild verkündete uns auf Englisch und Griechisch, um welche Bauten es sich handelte: Es war der Weihbezirk der Athena Pronaia, auch unter dem Namen *Marmaria* bekannt.

Wir sahen die Mauerreste von zwei dicht nebeneinanderstehenden tempelförmigen Bauwerken und mehrere verschieden große Altäre aus bräunlich-weißem Stein, dann, nach einer scharfen Rechtskurve die Überreste von einem etwas größeren Gebäude: dem Tempel der Athena Pronaia. Zwei Säulen standen noch aufrecht. Innerhalb der Mauerreste lag ein großer Felsbrocken, der wohl durch einen Erdrutsch dorthin gelangt sein musste. Wir schritten einmal andächtig um dieses Gebäude herum.

Es war ein wunderschöner Ort. Noch heute komme ich ins Träumen, wenn ich mir die Fotos ansehe, die ich da gemacht habe. Allerdings können Fotos auch nur ansatzweise die wahre Schönheit des Ortes wiedergeben. Wirklich dort zu sein, sich über den geschichtsträchtigen Boden zu bewegen und die Luft zu atmen, die um die Gebäude weht, ist noch einmal etwas völlig anderes und ein einmaliges und unvergessliches Erlebnis. Ich bin unglaublich dankbar dafür, dass wir dies erleben durften.

Die *Marmaria* war wie eine schmale bebaute Terrasse. Rechts von uns türmte sich eine Felswand in die Höhe und links von uns konnte man ins Tal des Flusses *Pleistos* hinunterschauen. Um uns herum waren dunkelgrün bewachsene Berge und überall gab es Olivenbäume. Über unseren Köpfen kreisten einmal zwei Adler und stießen ihren charakteristischen Schrei aus. Sofort musste ich an das zurückdenken, was uns Maria über die Adler des Zeus vorgelesen hatte und ein Lächeln stahl sich in mein Gesicht.

Langsam gingen wir weiter über den gelblich-braunen, erdigen Untergrund zwischen den Überresten von zwei weiteren kleinen Gebäuden hindurch. Schon von Weitem konnte man das wohl berühmteste Gebäude Delphis sehen: den *Tholos*. Er war ein Rundbau von vielleicht 15 m Durchmesser. Drei Stufen führten hinauf zu einer Standfläche. Um den ganzen Kreis herum konnten wir Säulenstümpfe sehen. Drei Säulen standen noch aufrecht. Sie waren grau-braun und sahen edel und gestreckt aus. Auf den Säulen ruhte ein Gebälk mit einem Relief, auf dem ich ein sich aufbäumendes Pferd erkennen konnte, sowie ein paar elegante Schnörkel und weitere Verzierungen. Andächtig und still standen wir vor diesem Gebäude, bei dem man sich heute noch darüber streitet, welchem Zweck es einmal gedient haben mochte.

Alle vier zuckten wir vor Schreck zusammen, als Lissys Handy piepste. Sie hatte eine SMS bekommen. Wir stellten uns in den Schatten eines Olivenbaumes. Mehrere Touristen passierten uns in der Zwischenzeit, bestaunten den *Tholos* und gingen miteinander quasselnd weiter zu den nächsten antiken Monumenten. Lissy holte ihr Handy aus ihrer Tasche hervor. „Es ist Ivy", verkündete Lissy wenig später. „Sie ist neugierig und wohl auch ein bisschen nervös." Lissy grinste. „Sie schreibt: *Hi, ihr vier Griechen! Wie sieht's aus? Seid ihr heil in Delphi angekommen? Ist dieser Yunus bei euch? Was hat er denn nun gesagt? Ich hoffe, es geht euch gut. Antwortet schnell. Ich kann mich sonst nicht auf die DA konzentrieren. Ivy.*" – „Na, dann wollen wir sie mal nicht so lange zappeln lassen, sonst heißt es am Ende, *wir* sind dran schuld, wenn sie ihre Diplomarbeit nicht rechtzeitig fertigbekommt", schmunzelte Alex. „Okay", murmelte Lissy. „Was soll ich schreiben? Diktiert mir was." – „Hm …" Wir überlegten. Maria begann: „Schreib: *Liebe Ivy, wir sind heil angekommen. Delphi ist fantastisch! Wir stehen gerade …*" – „Halt, halt!", protestierte Lissy. „Das geht viel zu schnell. – *Wir sind heil an-ge-kom-men …*" Lissy bearbeitete eifrig die Tasten. „*Delphi ist fantastisch*", setzte ich fort. Lissy tippte tapfer weiter. „*Wir stehen gerade vor dem Tholos*", diktierte Maria. „Okay", sagte Lissy, als sie so weit war. „*Yunus ist noch nicht aufgetaucht*", sprach ich und wartete, bis Lissy den Satz fertig geschrieben hatte. „*Vielleicht kommt er ja gar nicht*", fügte Alex an. „*Du brauchst dir keine Sorgen zu machen*", diktierte Maria. „*Wenn sich was Neues ergibt, melden wir uns.*" – „Hast du noch so viel Platz in der SMS?", fragte ich. „Ist egal", meinte Lissy, „sind, glaube ich, schon zwei SMS. Macht nix." Daraufhin ergänzte Maria:

„Okay, dann schreib noch: *Viel Spaß mit deiner DA. Liebe Grüße aus Delphi! Deine Griechen.*" – „Hast du alles?", fragte ich. „Ja." Lissy nickte. „Also, ich schick die SMS jetzt fort." – „Die Arme", bedauerte ich Ivy, „ich möchte jetzt nicht mit ihr tauschen. Hier ist es einfach genial." Meine Freunde nickten zustimmend. Ich schritt aus dem Schatten des Olivenbaumes heraus und machte mich daran, noch ein paar Fotos vom *Tholos* zu schießen. Es war inzwischen ziemlich heiß geworden. Die stechend heiße Mittagssonne Griechenlands schien uns auf die Köpfe und brachte uns ganz schön ins Schwitzen, aber das hielt uns nicht im Geringsten davon ab, die Monumente Delphis zu bewundern.

Ich ging noch ein paar Schritte weiter, um ein Foto aus einer anderen Perspektive zu machen, als mir etwas auffiel. Ich musste wohl so eine Art Vorahnung gehabt haben, als ich um das Gebäude herumging. Vom befestigten Weg aus hätte ich das jedenfalls nicht sehen können, was sich hinter einem der Säulenstümpfe verbarg. Dort hatte sich etwas sachte und unauffällig bewegt. Ein Zettel flatterte im Wind: ein kleines Stück Papier, auf dem ein Stein lag, sodass es nicht davonfliegen konnte. Sofort schlug mein Herz in einem schnelleren Rhythmus. Ohne zu zögern, ging ich dahin, hob den Stein hoch und nahm den Zettel an mich. Ich spürte, wie mich dabei die Augen meiner Freunde aufmerksam verfolgten. „Was ist los, Emmy?", fragte mich Lissy. „Hast du was gefunden?" – „Ja, habe ich." – „Was ist es denn?" – „Ein Zettel." Ich ging zu den anderen zurück und gemeinsam betrachteten wir meinen Fund. Ich hatte mich nicht getäuscht. Mein Gefühl war richtig gewesen: Der Zettel stammte hundertprozentig von Yunus! Mittlerweile kannte ich seine Handschrift schon ziemlich gut. Auf dem Zettel standen in geschwungenen griechischen Buchstaben folgende Worte:

Γνῶθι σαυτόν. Weiter gab es nichts zu lesen. „So ein Witzbold", murmelte ich und schüttelte den Kopf. „Langsam dürfte er doch wissen, dass wir kein Griechisch können", beschwerte sich Alex, als er sich den Zettel betrachtete. „*Gnothi sauton*", las Maria gedehnt. Mittlerweile schafften wir es immer besser, die griechischen Buchstaben zu lesen, ohne dass wir dafür extra Marias Reiseführer mit der Tabelle zurate ziehen mussten. Allerdings half uns das Aussprechen der Worte auch nicht gerade viel weiter. Nichts ahnend drehte ich den Zettel um und staunte nicht schlecht, als ich dort noch etwas stehen sah: *Nosce te ipsum.*

„Das ist doch Latein!", brach es aus Lissy. Ich stutzte, als ich auf einmal etwas begriff. „Und wir haben auch schon gehört, was das heißt." Maria erhob ihren rechten Zeigefinger und ergänzte: „Damals in der Schule, wisst ihr noch? Lissy, Emmy ... In Latein, beim Herrn Marschall!" – „*Nosce te ipsum*", las ich erneut vor und ließ die Worte auf meiner Zunge zergehen. Maria nahm mir den Zettel aus der Hand. „Erkenne dich selbst", übersetzte Maria stolz und grinste dabei bis über beide Ohren. „Das ist doch der Spruch, der am Eingang zum Orakel von Delphi gestanden haben soll, nicht wahr?", fragte Lissy ebenso begeistert. „Stimmt", bestätigte Alex, „du hast Recht." – „Erkenne dich selbst", wiederholte ich andächtig. „Jede Wette, dieses *Gnothi sauton* ist Griechisch für *Erkenne dich selbst.*" – „Und was sollen wir jetzt damit?", fragte Maria und runzelte die Stirn. Sie gab mir den Zettel zurück. Sorgfältig nahm ich ihn wieder an mich und steckte ihn zu den anderen Zetteln von Yunus. „Hm", machte ich und kratzte meinen Kopf. Ich überlegte. Yunus war vor Kurzem hier gewesen. *Er* hatte diesen Zettel hier für uns hinterlegt. Daran hegte ich keinerlei Zweifel. Vielleicht war er nun ganz in der Nähe und beobachtete uns. Eifrig schaute ich mich um.

Aber um uns herum spazierten nur andere Touristen, die sich die Denkmäler anschauten, kein Yunus.

Erkenne dich selbst ... Schon immer hatte ich diese Worte faszinierend gefunden. Sie waren einfach, aber doch so verdammt komplex. *Klar, um als Mensch leben zu können, muss man wissen, wer man ist, man muss sich ausweisen können, egal wo man sich befindet. Man gehört einer Familie an, hat einen bestimmten Namen, bestimmte Vorlieben, Hobbys, Neigungen und so weiter, die einen charakterisieren. – Man ist ein Individuum. Aber was macht dieses Individuum aus? Wäre ich anders, wenn ich nicht Emily heißen würde?,* überlegte ich. *Wäre ich ein anderer Mensch, wenn ich beispielsweise Daniela heißen würde oder Susi oder Nadine oder was weiß ich wie? Wer bin ich eigentlich?* Die Antwort schien so einfach zu sein und doch war sie das nicht. Ich kam ins Grübeln. *Wer bin ich? – Ich bin Emily Ziegler. – Aber wer ist Emily Ziegler?* Ich stellte fest, es war gar nicht so einfach, sich selbst zu erkennen. *Wer bin ich?* Warum *bin ich? Und was unterscheidet mich von anderen?*

Ich setzte mich auf einen Felsen und dachte nach. Meine Freunde gesellten sich zu mir. „Vielleicht soll uns dieser Spruch auf das Orakel einstimmen", vermutete Lissy und deutete auf den Zettel. „Oder vielleicht sollen wir darüber nachdenken, wer wir wirklich sind", schlug ich vor. „Das ist doch doof", maulte Alex etwas missmutig. „Wer wir sind? – Wir sind Emmy, Lissy, Maria und Alex. Punkt, aus, fertig." – „Du machst es dir ja einfach", grummelte ich. „Na ja!" Alex zuckte mit den Schultern. „Was soll man darauf schon antworten? Das ist doch eine rhetorische Frage. Darauf gibt es keine Antwort." Ich öffnete meinen Mund, wohl um ihm zu widersprechen oder aber um eine Diskussion über Selbsterkenntnis und die Schwierigkeit bei diesem Vorgang anzufangen, aber ich schluckte meine Worte unausgesprochen hinunter. Es wäre zu anstrengend, das jetzt mit meinen Freunden zu besprechen.

Fast schon etwas weggetreten starrte ich weiterhin die Ruinen des *Tholos'* an und fragte mich, was das für Leute gewesen waren, die so etwas Rätselhaftes errichtet hatten. Was für ein Motiv steckte dahinter, so etwas zu bauen? Wussten die Konstrukteure und Bauleute, wer sie waren und welche Aufgabe sie in der Welt zu erfüllen hatten? Wahrscheinlich schon. Sie erfüllten ja ihre Aufgabe, eben dadurch, dass sie dieses Gebäude errichteten. *Jeder Mensch hat doch eine Aufgabe, oder?*, richtete ich die Frage an mich selbst. – *Ja, sicher. Sonst wären wir ja nicht da, sonst gäbe es uns ja nicht. Aber weiß* jeder, *welche Aufgabe das ist, die er oder sie zu erfüllen hat? Findet* jeder *Mensch heraus, welche Aufgabe er oder sie hat? Was passiert, wenn man seine Aufgabe nicht herausfindet und daher auch nicht erfüllt? Ist man dann automatisch ein schlechter Mensch? Bin ich wirklich ich? Lebe ich gemäß meiner Bestimmung? Gibt es so etwas wie Bestimmung überhaupt?* Erkenne dich selbst ... Ich bin eine junge Frau, die jetzt gerade in diesem Moment in Delphi ist und meine Freunde sind auch da. Erkenne dich selbst ... *Wir sind da, weil wir Suchende sind. Wir suchen nach unserer Aufgabe in der Welt, im Leben. Die Suche hat uns nach Delphi geführt. Es ist kein Zufall, dass wir jetzt hier sind. Wir sind hier, weil wir* wir *sind und weil Yunus* uns *ausgesucht hat – wofür auch immer. Yunus weiß vielleicht schon, wer wir wirklich sind. Er hat uns schon erkannt. Vielleicht wird Delphi uns dabei helfen können,* uns zu erkennen.

„Warum zeigt sich uns dieser Yunus nicht?", wollte Lissy auf einmal wissen. „Was soll diese Geheimnistuerei? Entweder er will uns hier treffen oder er will uns nicht hier treffen. Erst großfressig einen Brief schreiben ... blabla ... *Wir sehen uns dann dort* – und dann kommt er einfach nicht!" – „Bist du denn so scharf darauf, ihn zu treffen?", bohrte Alex nach.

„Wenn ich dich mal daran erinnern darf ... Gestern sah das gar nicht danach aus! Da dachtest du noch, er will uns in die Luft sprengen." Erschrocken schaute ich Lissy an. Würde der alte Streit wieder aufgewärmt werden? Doch Lissy ließ sich nichts anmerken. Sie überlegte einen Moment lang, dann gab sie zurück: „Ob ich ihn sehen will? – Hm ... Muss eigentlich nicht sein. Es ist hier ziemlich schön, auch ohne ihn. Wahrscheinlich ist es ohne ihn sogar viel schöner, als es mit ihm sein würde. Von mir aus braucht er sich gar nicht blicken zu lassen." – „Aber er hat uns hierher eingeladen", erinnerte ich sie daran. „Wenn er uns nicht die Karten geschenkt hätte, wären wir jetzt sicher nicht hier." – „Selber schuld, wenn er uns die Karten geschenkt hat, oder?", meinte Lissy. „Es hat ihm keiner gesagt, dass er für uns die Karten kaufen soll." – „Ich frag mich bloß, wo er steckt", redete ich mehr mit mir selber. „Also ich brauche ihn nicht unbedingt." Lissy lachte. „Vielleicht geht's ja einfach weiter wie gehabt mit seiner Schnitzeljagd", tat Alex seine Vermutung kund. „Vielleicht finden wir ja noch mehr von diesen komischen Papierfetzen." – „Kann sein." Ich zuckte nur mit den Schultern. „Aber ein bisschen komisch ist es doch", fuhr ich fort. „Warten wir's ab", sprach Maria, „jetzt genießen wir jedenfalls erst mal diesen tollen Anblick. Yunus hin oder Yunus her. Ich find's jedenfalls ziemlich genial hier." – „Ich auch", stimmte Lissy ihr zu. Wir standen auf und gingen weiter.

Von den übrigen Monumenten, Tempeln und Schatzhäusern in der *Marmaria* waren nur noch Sockel und Basen vorhanden. Der Fußweg führte fast slalomartig um Mauerreste und Felsbrocken herum. Wir verließen den Weihbezirk der *Athena Pronaia* und folgten dem ansteigenden Pfad nach Westen, wo die Überreste des einstigen *Gymnasions* von Delphi zu sehen waren: Säulen, Umrisse von Bädern und die Fundamente eines längeren Säulenganges, wohl für das Lauftraining der Athleten.

Und weiter ging es, beständig bergauf. Es waren nicht mehr ganz so viele Touristen um uns herum wie noch am Anfang. Ich vermutete, dass sich die Leute nun einfach weiter über das Gelände verteilten und vielleicht schauten sich auch nicht alle Touristen alles an, so wie wir das allerdings taten. Die meisten steuerten zielstrebig den Tempel des Apollon an, aber wir wollten uns jenes bedeutende Bauwerk für den Schluss aufheben und alles sehen, was Delphi seinem aufmerksamen Besucher zu bieten hatte. Der schmale Pfad führte uns direkt auf eine enge Schlucht zwischen zwei riesigen Felswänden zu. Ich fragte mich gerade, ob der Weg nicht vielleicht in einer Sackgasse enden würde, als ich plötzlich ein Schild entdeckte, auf dem in Griechisch und Englisch verkündet wurde, was in jener Richtung lag: *The Castalia Spring*, die Kastalische Quelle. Ich überlegte angestrengt. Irgendetwas sagte mir dieser Name, aber ich kam einfach nicht darauf, was. Vielleicht hatte ich darüber mal kurz etwas gelesen, als ich durch die Seiten des Reiseführers geblättert hatte, vermutete ich. Der Name jedenfalls kam mir irgendwie bekannt vor.

Ich ging voraus. Die Sonne blendete mich, also hob ich die Hand an die Stirn und schirmte mir schützend die Augen ab. Lissy folgte mir. Ich schaute mich nach ihr um. Sie drehte sich ihre Haare zu einem gewundenen Zopf und band sie sich in einem eleganten Knoten im Nacken zusammen. Ihre Sandalen wirbelten den feinen hellbraunen Staub auf, der hier überall den Boden bedeckte. Das Schlusslicht bildete unser Händchen haltendes Pärchen, Maria und Alex. Ich lächelte verträumt. Doch das Lächeln sollte mir urplötzlich vergehen! *„Emily!"*, hörte ich eine klare Stimme hinter mir. „Ja?" Ich blieb stehen und drehte mich ruckartig um. Es kam zu einer

Kollision mit Lissy. Diese war nämlich noch immer mit ihren Haaren beschäftigt gewesen und hatte daher nicht aufgepasst, sodass sie schnurstracks in mich hineingelaufen war. Lissy stupste mich etwas empört an der Schulter an. „Was soll das? Warum bleibst du auf einmal stehen?", nörgelte sie. Doch anstatt mich zu rechtfertigen, fragte ich einfach: „Wer von euch hat meinen Namen gerufen?" Meine Freunde betrachteten mich verwirrt. „Niemand hat deinen Namen gerufen, Emmy", gab Lissy besänftigend zurück, „du musst dich getäuscht haben." Ich wunderte mich darüber, aber da keiner weiter etwas dazu beizusteuern hatte, drehte ich mich wieder um und setzte meinen Weg fort. Allerdings vernahm ich die Stimme nur wenige Schritte später erneut und hielt inne. *„Emily"*, hörte ich – klar und deutlich. Diesmal war ich mir sogar sicher, dass es eine männliche Stimme gewesen war. *Alex!*, durchfuhr es mich, *was für ein Spiel treibt der mit mir?* Verärgert fuhr ich abermals herum. Diesmal kam Lissy rechtzeitig zum Stehen. „Was ist denn jetzt schon wieder?", fragte Lissy leicht genervt und klopfte sich den aufgewirbelten Staub aus dem roten Kleid. „Was willst du, Alex?", schnauzte ich den einzigen Mann in unserer Gruppe barsch an. „Hä?", machte Alex verwirrt und ließ Marias Hand los. „Was hast *du* denn auf einmal für einen Anfall? Hast du irgendein Problem mit mir? Was ist denn los?" Sein Zeigefinger deutete drohend auf mich. „Tu nicht so unschuldig, Alex! Du hast doch nun schon zum zweiten Mal meinen Namen gerufen", motzte ich ihn energisch an. Doch dieser runzelte nur verwirrt die Stirn, zuckte die Schultern, riss die Arme weit auseinander und schüttelte ergeben den Kopf. „Was soll das, Alex? Willst du mich verarschen?" Alex schaute mich mit großen Augen an. „Ich *habe* deinen Namen nicht gerufen. Weder jetzt noch vorhin. Ehrlich. Ich schwöre." Maria nahm Alex in Schutz.

„Nein, Emmy, Alex hat wirklich nichts gesagt", unterstützte sie ihren Freund und hielt Alex ihre Hand an seine Brust. „Aber wer hat denn dann meinen Namen gerufen?" Nun war ich wirklich durcheinander. „Niemand hat deinen Namen gerufen, Emmy." – „Aber ich hab es doch gehört", beteuerte ich, „ihr etwa nicht?" Meine Freunde schauten mich alarmiert an, entgegneten aber nichts. „Also nicht", entnahm ich dieser Reaktion, „aber da war doch eine Stimme. Ich bin doch nicht gaga! Ich hab's doch gehört!" – „Du musst dir das eingebildet haben", meinte Maria. „Es steht eins zu drei für: Es hat niemand deinen Namen gerufen", sprach Alex und legte Maria seine Hand auf die Schulter, „da war keine Stimme." – „Komisch." Ich schüttelte den Kopf. „Das kann doch gar nicht sein ..." Doch dann beschloss ich, darüber lieber nichts mehr zu sagen. Es brachte sowieso nichts. Dennoch war ich mir hundertprozentig sicher, dass ich eine Stimme gehört hatte. Da konnten meine Freunde noch so sehr auf mich einreden ... Ich wusste doch, was ich gehört hatte und was nicht!

Wir marschierten also weiter in Richtung Quelle. Ich lauschte angespannt, ob ich die Stimme aus dem Nichts vielleicht noch einmal vernehmen würde, aber nichts dergleichen geschah. Die mysteriöse Stimme schwieg. Na ja, überlegte ich, vielleicht hatten meine Freunde ja doch Recht gehabt und ich hatte mir das wirklich alles nur eingebildet. Das war mir noch nie zuvor passiert, dass ich einfach so Stimmen hörte, wo es gar keine gab. Musste ich nun damit anfangen, mir Sorgen zu machen? War ich gerade dabei, verrückt zu werden? Ich schüttelte mich, als könne ich dadurch den Gedanken an die Stimme aus meinem Gedächtnis löschen. Ich versuchte, mich lieber auf die einmalige Umgebung zu konzentrieren. Die Felsenschlucht, auf die wir zugingen, sah schon eigenartig bizarr und verzaubernd aus.

Schließlich erreichten wir die Kastalische Quelle. Sie lag am Fuß eines der großen Felsen. Vor uns ragte der Berg mehrere hundert Meter nahezu senkrecht in die Höhe. Aus einem Loch im Felsen sprudelte klares Wasser hervor. Es plätscherte friedlich in ein aus Stein gehauenes Becken. Das Becken war sehr schmal, vielleicht einen halben Meter breit und in etwa 10 m lang. An der Vorderseite des Beckens konnte man noch die Sockel von steinernen Säulen erkennen. Die Säulen selber waren allerdings schon lange nicht mehr da. Vor dem Becken gab es einen gräulichen Felsen, der so behauen war, dass ein kleiner Platz entstand. Acht Stufen führten nach unten auf diesen Platz. Alex hielt seine Hände unter das sprudelnde Wasser. „Angenehm kühl", kommentierte er. „Spinnst du?", fauchte Maria ihn an, „das darf man doch bestimmt nicht." – „Siehst du hier irgendwo ein Verbotsschild?", gab Alex besserwisserisch zurück und schaute seine Freundin erwartungsvoll an. Er benetzte sich seine Gesichtshaut mit dem kühlenden Nass. „Oh, das tut gut", freute er sich. Er hielt seine Hände wie eine Schüssel in das Becken und schöpfte eine Handvoll Wasser. Er bot es Maria an, doch diese schüttelte nur genervt den Kopf. Alex zuckte mit den Schultern, dann führte er seine Hände an den Mund und nahm einen großen Schluck von dem Wasser aus der Kastalischen Quelle. Ungläubig beobachteten wir ihn bei seinem Tun. „Das ist lecker", staunte er überrascht, „angenehm süßlich, aber nicht so aufdringlich metallen wie bei anderen Quellen, die aus Felsen heraussprudeln. Das ist reinstes Trinkwasser in Topqualität. Total frisch. So was kriegt man nicht alle Tage. Köstlich. Probiert doch auch einmal." – „Du hast sie echt nicht mehr alle!" Maria schüttelte den Kopf und fügte an: „Nee, du … Das lassen wir mal schön bleiben.

Vielleicht kommt gleich eine Art Parkwächter und macht dich zur Schnecke. Ich hab keine Lust, Strafe zu zahlen."

Aber es kam niemand, der uns zurechtwies. Alex nahm noch einen weiteren Schluck. Ich überlegte gerade, ob ich meine Hände auch einmal in das verlockende Nass eintauchen sollte, als ich auf einmal, ganz leise, ein kaum hörbares Flügelflattern vernahm. Die Hände, die ich bereits über das Becken geführt hatte, zuckten zusammen und schreckten zurück. Ich fuhr erschrocken herum und rechnete fest damit, erneut die geheimnisvolle weiße Taube zu sehen. Aber so konzentriert ich mich auch umblickte, ich konnte den Vogel nirgends ausmachen. Um uns herum gab es nur karge Felswände und Olivenbäume. Ich bekam eine Gänsehaut trotz der sengenden Hitze hier zwischen den beiden Felswänden. Die Steine waren von der Sonne so aufgeladen, als wären sie im Ofen gebacken worden. Man musste die Wände nicht einmal berühren. Auch wenn man knapp an ihnen vorbeiging, spürte man die Wärme, die sie ausstrahlten. An meinen Händen klebte kalter Schweiß. Ich konnte mir selbst nicht erklären, warum ich auf einmal so nervös und unruhig wurde. Meine Freunde jedenfalls waren äußerst gut gelaunt. Lissy trällerte sogar ein fröhliches Liedchen vor sich hin. Vielleicht war es ja gar nicht diese weiße Taube gewesen, sondern irgendein anderer Vogel, redete ich mir ein. Ich wunderte mich darüber, dass sich keine weiteren Touristen hierher verirrt hatten. Der Weg war doch frei zugänglich gewesen und es hatte sogar ein Schild in diese Richtung gedeutet. Die Kastalische Quelle war doch sicherlich einer der Höhepunkte der Sehenswürdigkeiten in Delphi, oder etwa nicht? Ich kam ins Grübeln. – Oder aber es hatte jemand bewusst dafür gesorgt, dass sich in diesem Moment keiner hierher verirrte, überlegte ich weiter und erschauderte bei diesem Gedanken. Dann schüttelte ich mich und zwang mich dazu, wieder ruhiger zu atmen und mich stattdessen auf die altertümlichen Bauten zu konzentrieren. *Alles nur Hirngespinste*, redete ich mir ein, *ich sehe schon Gespenster* ...

Etwa fünfzig Meter tiefer lag noch ein weiteres Becken. Langsam, ganz langsam schritten wir den steilen Abhang hinunter. Schließlich erreichten wir das zweite Becken. Es sah etwas älter aus als das, bei dem wir zuvor gewesen waren. Auch am Rand jenes Beckens standen Überreste von Säulen. Davor war ein Hof mit Plattenbelag, zudem Steine, die so angeordnet waren, dass sie beinahe so aussahen wie Sitzbänke. Vielleicht waren sie das früher sogar einmal gewesen. Wer weiß?

Das Geräusch des plätschernden Wassers konnte man auch da unten gut hören. Es war unser ständiger Begleiter. Unermüdlich rauschte es aus dem Felsen, wie eine unerschöpfliche Quelle für die Ewigkeit. Ich fragte mich gerade, wo das Wasser eigentlich hinlief, ob es da nicht irgendwo eine Art Kanal gäbe. Ganz sicher versickerte es doch nicht einfach irgendwo in der Erde, oder? Ich konnte mir darauf keine Antwort geben. *Wie kommt es überhaupt, dass es hier so viel Wasser gibt?*, wunderte ich mich. *Wie kann das sein, dass jetzt immer noch Wasser aus dem Felsen kommt? Die Becken hier sind doch schon uralt.* Erneut überlegte ich, ob ich es Alex nicht gleichtun und das Wasser probieren sollte. Mit einem Male fühlte sich mein Mund so trocken an und mich dürstete regelrecht nach eben jenem Wasser, das aus dem Felsen kam. Es war ein merkwürdiges Gefühl. Ich wusste genau, dass wir etwas zu trinken dabei hatten. Bevor wir aufgebrochen waren, hatten wir morgens genug Wasser für uns in die Rucksäcke gepackt. Und dennoch wollte ich nicht aus unseren mitgebrachten Flaschen trinken. Fast schien es mir, als würde das Wasser der Kastalischen Quelle nach mir rufen. – Ich bin mir bewusst, dass das jetzt wahrscheinlich ziemlich merkwürdig klingt. Aber es war so. Das kann wohl keiner verstehen, der nicht so wie wir vor eben jenem Becken stand, in das unermüdlich klares, kühles Wasser hineinfloss, wie es das schon vor Hunderten, vielleicht sogar schon vor Tausenden von Jahren getan hatte, ohne Müdigkeit zu kennen, ohne sich zu erschöpfen. Ein angenehmer Duft lag in der Luft, wie von edlen Gewürzen. Das Wasser plätscherte friedlich vor sich hin. Der Duft der Zypressen und Olivenbäume vermischte sich mit der angenehm feucht-kühlen Atmosphäre, die die Wasserbecken umgab. Es roch nicht modrig. Keineswegs. Der Duft war angenehm und beschwichtigend.

Wie in Trance schaute ich dem plätschernden Wasser zu, wie es ins Becken sprudelte. Das Rauschen des Wassers war das einzige Geräusch, das wir in dieser Schlucht vernehmen konnten. Es war ein magischer Moment und er gehörte uns, uns ganz allein. Kein anderer Tourist befand sich in diesem Augenblick hier. Wir waren vollkommen allein. Ich atmete tief durch und sog die einmalige Stimmung in mich auf. *Nie werde ich diesen Anblick vergessen*, dachte ich mir, *nie, nie, nie.*

Dann plötzlich durchzog ein tiefer Schock meine Glieder, als ich mit einem Mal die Anwesenheit von jemandem spürte. Ich fühlte ganz stark, dass er da war, und das, obwohl ich ihn noch gar nicht gesehen hatte. Es war ein seltsames Gefühl, ein unbeschreibliches Gefühl, aber ganz intensiv und echt. Er war vollkommen lautlos aufgetaucht. Ich weiß nicht, woher er gekommen war. Keinen Schritt hatten wir gehört, kein Geräusch – nichts. Doch ich ahnte ihn, ahnte seine Gegenwart. Und dann hörte ich seine charakteristische Stimme – klar und deutlich – und diesmal war es definitiv keine Einbildung gewesen!

„Dreitausend Jahre", hörte ich seine angenehm klingende, tiefe Stimme, „dreitausend Jahre!" Erschrocken fuhren Maria, Alex, Lissy und ich synchron herum. Und da stand er! – Etwa fünf Meter über uns auf halbem Weg zwischen den beiden Becken. Er stand auf einem hervorstehenden, kahlen Felsen und blickte zu uns herunter. – Yunus! Sein langer, schwarzer Zopf bewegte sich sachte im Wind. Er hob sich mehr wie ein dunkler Schatten vor dem hellen, blendenden Sonnenlicht ab. Sein langes, dünnes Gewand rauschte leicht in einer kaum spürbaren Brise. Es war ein Anblick, der mir eine Gänsehaut aufkommen ließ. Alex, Maria, Lissy und ich standen wie versteinert neben dem Becken und schauten zu ihm hoch und nahezu bewegungslos blickte er weiter auf uns herab. Mit seiner tiefen Stimme fuhr er fort: „Seit dreitausend Jahren strömt dieses kristallklare Wasser ungebrochen aus der Kastalischen Quelle, die aus den beiden *Phädriaden* entspringt, *Hyampeia-Phlemboukos* im Osten und *Navplia-Rhodini* im Westen." Er hielt einen Moment lang inne. Ich dachte, er würde uns zurechtweisen, weil wir das Wasser unberechtigterweise trinken wollten. Ich hatte ein unangenehmes Kribbeln im Bauch, das ich jetzt nicht wirklich als Angst bezeichnen würde, aber wohl war mir trotz allem nicht zumute. Dieser Araber ... er hatte irgendetwas an sich, etwas Großes, etwas Unheimliches, das mir einen Schauer nach dem anderen über den Rücken jagte. Mir schlug das Herz bis in den Hals. Wie lange hatte ich auf diesen Moment gewartet, dass wir uns endlich gegenüberstehen würden, dass er sich uns endlich zeigte! Und nun war es so weit und ein innerer Reflex schaltete in mir auf Abwehrhaltung um, sodass ich mich schon gewaltig zwingen musste, nicht laut aufzuschreien und voller Panik davonzurennen. Aber wohin hätte ich schon flüchten können? Es gab keinen Ausweg. Um uns herum waren Felswände, die wir unmöglich umgehen, geschweige denn erklimmen konnten, und der einzige Weg zurück zu dem anderen Becken und von dort aus zurück auf den Weg, auf dem auch die anderen Touristen unterwegs waren, führte an Yunus vorbei. Was, wenn Lissy doch Recht gehabt hatte und Yunus uns tatsächlich etwas Böses antun wollte? Aber meine Gedanken sträubten sich gegen diese Idee. Ich konnte – ja, ich wollte – einfach nicht glauben, dass Yunus ein Verbrecher war und tief in meinem Inneren wusste ich auch, dass er das unmöglich sein konnte. Dazu war er viel zu gefühlvoll, zu … ich weiß nicht. Er war auf irgendeiner unerklärlichen Art und Weise unglaublich mysteriös; Furcht einflößend und faszinierend zugleich. Er konnte einfach kein schlechter Mensch sein. Aber wer oder was war er wirklich? Und wozu so ein dramatischer Auftritt, so ein beinahe schon Angst einflößendes Erscheinen? Warum konnte er sich uns nicht einfach wie ein ganz normaler Mensch vorstellen und uns direkt ins Gesicht sagen, was er von uns wollte? Ich konnte nicht verbergen, dass ich unkontrolliert am ganzen Köper zu zittern begann.

Yunus wies uns nicht zurecht wegen des Wassers. Eine Weile stand er regungslos und Respekt einflößend auf dem Felsen und schaute auf uns herunter. Niemand von uns wagte es, ein Wort zu sprechen. Ich sah aus dem Augenwinkel, dass Lissy kreidebleich im Gesicht geworden war. Maria hielt krampfhaft die Hand ihres Freundes Alex umklammert und schaute panisch von Alex zu mir, zu Yunus und wieder zu Alex zurück. Immer wieder.

„Vor nahezu dreitausend Jahren, als es das Orakel von Delphi noch gab", fuhr Yunus langsam und würdevoll fort, „musste jeder Mensch, der das Orakel befragen wollte, im Wasser eben dieser Quelle baden, um sich zu reinigen. Auch die Pythia selbst unterzog sich der Reinigung an diesem Ort. Erst danach konnte sie zum Tempel des Apollon hinüberschreiten und sich dort in Ekstase versetzen, um den Menschen ihre Weissagungen kundzutun. – Ihr dürft das Wasser ruhig trinken", fügte Yunus hinzu, „das tun alle hier. Es ist nicht verboten."

Dann senkte er den Kopf, verließ den Felsen, von dem aus er zu uns gesprochen hatte, und schritt langsam zu uns herunter. Lissy eilte hektisch hin und her. Sie erinnerte mich irgendwie an ein eingesperrtes Tier, das panisch vor der drohenden Gefahr davonlaufen wollte, aber nicht konnte, weil es an einer sehr kurzen Leine festgebunden war. Sie sah so aus, als würde sie jedem, der ihr auch nur einen Schritt zu nahe kam, die Augen auskratzen.

Schließlich erreichte uns Yunus. Noch immer standen wir regungslos da, wie festgenagelt. Er blieb stehen und schaute abwechselnd von mir zu Maria, zu Lissy, zu Alex und wieder zurück zu mir. Er trug eine reinweiße lange Hose und ein langes, weißes Hemd mit weiten Ärmeln, die am Rand mit Gold bestickt waren.

„Emily Ziegler, Luisa Felix, Maria Kupfer und Alexander Schwanninger", sprach er und streckte uns lächelnd die Hand entgegen. Da keiner die Initiative ergriff, reichte ich ihm zögerlich die Hand. Seine Finger umschlossen mit festem Griff die meinen. „Hi", sagte er und ein breites Grinsen stahl sich in sein Gesicht. „Wie schön, dass wir uns endlich treffen. Mein Name ist Hermes, Yunus Hermes. Ihr dürft mich Yunus nennen. Ich lege nicht viel Wert auf Etikette." Er zwinkerte mir zu. „Und wir sind natürlich per du", fügte er an.

„Äh, öm, ja, öh ..." Ich bekam in diesem Moment keinen vernünftigen Satz über die Lippen und ärgerte mich über mich selbst. Es gab so viel, was ich Yunus sagen wollte, was ich von ihm wissen wollte, aber ich war von dem Moment der Begegnung vollkommen überwältigt und konnte keine einzige Frage formulieren. Noch immer war mir nicht ganz klar, ob ich mich freuen sollte oder ob es nicht vielleicht wesentlich vernünftiger wäre, mit meinen Freunden vor dem Araber Hals über Kopf zu flüchten.

Als Yunus mir die Hand schüttelte, erfüllte mich mit einem Schlag ein Gefühl der Wärme. Es war nicht so, wie die Wärme, die uns umgab. Genau genommen ähnelte dieses Gefühl überhaupt keiner Wärme, die ich zuvor irgendwann einmal gespürt hatte. Die Wärme kam nicht von außen, sondern von innen, von mir. – Mir wurde *warm ums Herz*. Die Wärme durchströmte meinen Körper von innen nach außen, und als Yunus' Hand die meine hielt, war es beinahe so, als wäre eine Verbindung zwischen uns entstanden. Damit meine ich jetzt nicht die Verbindung unserer beiden Hände, sondern etwas Größeres. Es war fast wie eine gedankliche Verbindung zwischen uns. Wie ein Lichtblitz, so flüchtig, aber dennoch hell und voller statischer Elektrizität. Dann löste Yunus die Verbindung. Ich schaute ihm in die dunklen Augen und ein Schauer durchzog meinen Körper. Diese dunklen Augen! Sie waren so geheimnisvoll, beinahe wie das Tor in eine verborgene Welt – und doch so klar und beschwichtigend. Die schwarzen Haare waren wie Kohle und schienen Funken zu sprühen, wenn das helle Sonnenlicht in einem bestimmten Winkel auf sie traf.

Mein Blick fiel auf die schwere goldene Kette, die er um den Hals trug. Der Anhänger war ungewöhnlich markant. Er bestand aus einer dicken geschwungenen Linie, die vier Schleifen warf. Die Linie hatte keinen Anfang und kein Ende, sondern war in einem einzigen Stück gefertigt; in etwa so:

⌘

Auf der glatten goldenen Oberfläche des Anhängers waren merkwürdige Schriftzeichen eingraviert, mit denen ich nichts anfangen konnte. Die Kette reflektierte das auftreffende Sonnenlicht und blendete mich. Ich blinzelte verunsichert. Auf einer mir unerklärlichen Art und Weise kam mir dieses Medaillon bekannt vor. *Klar,* durchfuhr es mich, *ich habe es ja schon einmal gesehen, im Flughafen von Nürnberg, als wir auf den Flieger gewartet haben.* Und trotzdem ging meine Bekanntheit mit diesem Zeichen weit über die nur flüchtige Wahrnehmung hinaus. Mir war so, als hätte ich den Anhänger schon viel früher gekannt. Gleichzeitig wusste ich aber auch, dass dies nicht möglich sein konnte. Es widersprach jeglicher Vernunft, dass ich dieses Medaillon schon einmal vorher gesehen hatte.

Erneut schaute ich Yunus ins Gesicht und schluckte schwer. Ich hatte einen großen Kloß in meinem Hals und war noch immer ziemlich nervös. *„Du musst keine Angst haben."* Plötzlich hatte ich diese Worte in meinem Kopf. Hatte Yunus etwas gesagt? Ich war verunsichert. Mir war nicht aufgefallen, dass er seinen Mund bewegt hatte und doch ... Ich war mir sicher, dass ich diese Worte gehört hatte. Und wer sollte sie sonst gesagt haben, wenn nicht Yunus? Meine Finger zitterten immer noch, nachdem er meine Hand losgelassen hatte. Das war mir peinlich und ich hoffte, dass er es nicht bemerkt hatte. Ich konnte das Zittern nicht verhindern, also verbarg ich meine Hände beschämt hinter meinem Rücken. Noch immer wirkte das seltsame Gefühl der Wärme in meinem Herzen in mir nach. Ich schwankte leicht und stützte mich am Rand des Beckens ab, um nicht zu stürzen.

Nacheinander wandte Yunus sich meinen Freunden zu und schüttelte Hände mit ihnen. Lissy zögerte etwas, als sie an der Reihe war. Sie blickte etwas ängstlich in meine Richtung. Doch Yunus zwinkerte ihr aufmunternd zu. Dann stahl sich auch ein schüchternes Lächeln in Lissys Gesicht und sie gab ihm ihre Hand.

„So ...", begann Yunus mit seiner beruhigenden Stimme, „nachdem nun das Eis gebrochen ist und wir uns miteinander bekannt gemacht haben, schlage ich vor, dass wir nun auf der Heiligen Straße zum Tempel des Apollon hinaufgehen. Ich möchte euch dort einiges zeigen." Er drehte sich um und machte sich an den Aufstieg. Ich folgte Yunus ein paar Schritte, aber als ich bemerkte, dass meine Freunde nicht mitkamen, blieb auch ich stehen. Yunus machte überrascht kehrt und schaute uns an. „Was ist?", fragte er, „wollt ihr nicht mitkommen?" – „Nichts da", hörte ich plötzlich eine Stimme hinter mir und war ziemlich überrascht darüber. Ich schaute mich um. Alex hatte seine Sprache wiedergefunden. Er hielt Maria schützend an der Schulter fest und fuhr mit starker Stimme fort: „Herr ... Hermes ... Yunus ... – Wie auch immer. Wir werden nicht mitkommen, bevor Sie uns nicht ein paar Fragen beantwortet haben. Das Eis ist nämlich entgegen Ihrer Meinung noch lange nicht gebrochen. Sie wissen ja offensichtlich sehr gut über uns Bescheid. Wir allerdings wissen immer noch überhaupt nichts über Sie. Wer sind Sie überhaupt? Was für ein merkwürdiges Spiel treiben Sie mit uns? Was sollte das mit den Zetteln? Woher können Sie überhaupt so gut Deutsch? Und was bringt Sie eigentlich dazu, uns ständig zu verfolgen und aufzulauern?"

Verunsichert und wohl auch etwas erschrocken schaute ich in Yunus' Richtung. Wie würde er wohl auf Alex' Anschuldigungen reagieren? Würde er sich darüber ärgern? Doch ich stellte erleichtert fest, dass sich ein Grinsen in Yunus' Gesicht breitmachte. „Ja, natürlich", schmunzelte Yunus, „was habe ich denn für schlechte Manieren? Es tut mir leid. Ich kann schon verstehen, dass ihr mir nicht traut. Man läuft ja schließlich nicht blindlings einfach so einem wildfremden Mann hinterher. Also gut. Keine Geheimnisse mehr." Er klopfte sich den hellen Staub aus seiner blendend weißen Kleidung, kehrte zu uns zurück und setzte sich auf einen Stein. Wir taten es ihm gleich. Erneut kehrte angespanntes Schweigen ein. Nur das Plätschern der Kastalischen Quelle war im Hintergrund zu vernehmen und der Ruf eines einzelnen Adlers, der über einer der Klippen der *Phädriaden* seine erhabenen Kreise zog. Mit einem Blick, der Bände zu sprechen schien, verfolgten Yunus' Augen eine Weile den Flug des anmutigen Greifvogels, dann wandte er sich wieder uns zu, atmete tief ein und wieder aus und eröffnete, immer noch freundlich lächelnd, das Verhör.

„Aaaaalso ... Wo fangen wir an?", fragte Yunus und schaute uns voller Erwartung an. „Meinen Namen kennt ihr ja mittlerweile."

Maria räusperte sich und dann stellte sie mutig die erste Frage: „Woher kommen Sie eigentlich?"

„Ich komme aus Nürnberg", antwortete Yunus bereitwillig und legte seine Hände offen auf seinen Schoß.

„Ich meine jetzt nicht, von wo aus Sie nach Athen geflogen sind. Das wissen wir. Ich wollte eigentlich wissen: Wo *wohnen* Sie?", korrigierte Maria.

„In Nürnberg", wiederholte Yunus aufrichtig.

„Wirklich?", hinterfragte Lissy erstaunt.

„Ja. Ist das so ungewöhnlich?"

„Na ja", stutzte Lissy, „immerhin sind Sie kein Deutscher."

„Natürlich bin ich Deutscher."

„Aber Sie ..."

„Du!", korrigierte Yunus.

„Hä?", machte Lissy verständnislos.

„Wir haben uns doch darauf geeinigt, dass wir *du* zueinander sagen, ja? Ich bin weder Herr Hermes noch ein *Sie* noch sonst etwas. Ich bin ganz schlicht und einfach *Yunus* für euch, gut? – Ich bin doch auch nicht viel älter als ihr."

„Wie alt sind Sie ... äh, bist du denn?", fragte ich zögerlich.

„26."

„Aha." Wir vier nickten.

„Warum denkt ihr, ich sei kein Deutscher?"

„Nun ... du ... äh ... du." Ich bekam es nicht über die Lippen.

„Ich sehe aus wie ein Ausländer?", führte Yunus meinen Satz zu Ende.

„Wir dachten, du seiest ein Araber", erklärte Lissy langsam.

„Hm", machte Yunus nur.

„Bist du in Deutschland geboren?", wollte Lissy wissen.

„Nun ... Da fängt es schon an", begann Yunus langsam und schaute zu Boden. „Das kann ich euch nicht sagen. Das weiß ich nicht."

„Wie ... das weißt du nicht? Das kann doch nicht sein", stutzte Alex verwirrt. „Man weiß doch, wo man geboren worden ist. Wo haben denn deine Eltern gelebt?"

„Nun ... Die Sache ist die ... Ich weiß nicht, wer meine Eltern sind."

„Oh." Ich schaute Yunus betroffen an. „Hast du deine Eltern etwa nicht kennengelernt?"

„Nein." Yunus schüttelte den Kopf. „Ich wurde als etwa drei Monate altes Baby vor der Deutschen Botschaft in Athen abgegeben."

„Was??!!", riefen wir vier erschrocken wie aus einem Munde.

„Man hat mich im Eingang der Deutschen Botschaft in Athen gefunden", wiederholte Yunus. „Ich lag in einem Korb. Ich war in eine grüne Decke eingewickelt, auf der eine weiße

Taube aufgenäht war." Ich zuckte kurz zusammen, als er das mit der Taube erwähnte. Yunus fuhr fort: „Diese Kette hier …" Er hielt das goldene Medaillon kurz hoch, das er um seinen Hals trug, und ließ es dann wieder sinken. „Das ist das Einzige, was ich von meinen Eltern mitbekommen habe."

„Und dann?", fragte ich. „Kein Brief? Keine Erklärung, warum dich deine Eltern weggegeben haben? Kein Hinweis darauf, wer deine Eltern waren?"

„Keine Erklärung. Nur diese Kette und ein Zettel, auf dem mein Name stand: *Hermes*, in griechischen Buchstaben."

„Hermes …", wiederholte ich nachdenklich. Dann atmete ich tief durch und fragte weiter: „Was ist dann mit dir passiert?"

„Nun ja. Zuerst war ich eine Zeit lang im Heim. Dort gab man mir auch den Namen Yunus, arabisch für *die Taube* – wegen der Decke, wisst ihr. Ich bekam einen arabischen Namen, weil man feststellte, dass diese Zeichen hier …" Erneut deutete er auf seine goldene Halskette. „… arabische Schriftzeichen sind." Er hielt kurz inne, aber als niemand von uns etwas hinzufügte, fuhr er fort: „Die Heimleiter dachten sich, dass heutzutage doch niemand mit Vornamen Hermes heißen konnte, deshalb nahmen sie wohl an, dass Hermes mein Nachname sein sollte. Daraufhin hat die Polizei von Athen überall nach Leuten suchen lassen, die den Namen Hermes trugen, doch sie konnten niemanden ausfindig machen. Wegen meines Aussehens und der Kette wurde die Suche auch auf die Arabische Halbinsel ausgedehnt. Allerdings wurde man dort ebenso wenig fündig. Für Verwirrung sorgte außerdem die Tatsache, dass ich ausgerechnet vor der *Deutschen* Botschaft abgegeben worden war. Doch auch in Deutschland fand man keine Spur von einer Familie mit dem Nachnamen Hermes, die ein Baby ausgesetzt haben könnte. Die Behörden waren ratlos sozusagen und ich war ein Kind ohne Familie."

Lissy, Alex, Maria und ich schauten betroffen zu Boden. Yunus wirkte leicht geknickt, aber sofort schlich sich wieder dieses sympathische Lächeln in sein Gesicht, das irgendwie ansteckend wirkte. „Aber das Schicksal meinte es gut mit mir", redete er weiter. „Ich kam ganz schnell in eine Pflegefamilie in Athen. Das war ein Riesenglück für mich. Farid, mein Adoptivvater, stammte ursprünglich aus Israel und gehörte der arabischen Minderheit in diesem Staat an. Er war schon als junger Mann nach Griechenland ausgewandert, um dort zu leben und zu arbeiten. Farid hat in Athen die Liebe seines Lebens gefunden: meine Adoptivmutter, Athina, eine Griechin. Sie heirateten, und da sie zu jener Zeit keine Kinder bekommen konnten, aber unbedingt eines haben wollten, schauten sie sich in den Kinderheimen um. Da haben sie dann mich gefunden und sofort in ihr Herz geschlossen und adoptiert. Sie erzogen mich wie ihren eigenen Sohn, unterwiesen mich in der arabischen und in der griechischen Sprache, führten mich in Religion und Kultur ihrer Herkunftsländer ein und erzogen mich zu Toleranz und Nächstenliebe. Sie ließen mir auch die Freiheit, mich über andere Kulturen und Religionen zu informieren und mich frei zu entscheiden. – Etwa ein Jahr, nachdem ich adoptiert worden war, bekamen meine Adoptiveltern zu ihrer großen Freude einen eigenen Sohn: Aiman. – Ihr habt ihn übrigens schon kennengelernt." Yunus lächelte und wartete unsere Reaktion ab.

„*Váia*!", rief ich überrascht aus. „Der zweite Zettel! Jede Wette! *Aiman* ist der Ober in dem Restaurant in der *Plaka*!"

„So ist es!" Yunus freute sich offensichtlich sehr darüber, dass ich mitdachte.

„Ist Aiman nicht wunderbar?", fragte er.

„Ein netter Kerl", sinnierte Maria nach, „aber er wollte kein Trinkgeld von uns annehmen."

Yunus lachte. „Das sieht ihm ähnlich. Er ist immer so bescheiden."

„Er hat Postbote gespielt und uns einen deiner merkwürdigen Zettel gegeben", ergänzte Maria, „aber das weißt du ja. Ist immerhin auf deinem Mist gewachsen."

Yunus lächelte und fuhr mit den Fingern über seine Haare.

„Und das Medaillon, auf dem *Emilia* geschrieben steht!", erinnerte ich mich. „Das hat Aiman uns auch gegeben!"

„Ja." Yunus nickte und schaute erneut bedrückt zu Boden. Mir kam es fast so vor, als wollte er nicht über die Zettel und das Medaillon reden. Aber gerade zu diesem Thema hatten wir doch jede Menge Fragen! Es fiel uns jedoch unheimlich schwer, einen Einstieg in diese Thematik zu finden. Jeder wartete darauf, dass ein anderer die entscheidenden Fragen stellte und so geschah es, dass vorerst niemand darauf zu sprechen kam und Yunus fuhr fort: „Als ich 18 Jahre alt war, bin ich zum ersten Mal nach Deutschland geflogen und habe mich selbst auf die Suche nach meinen Wurzeln gemacht. Ich meine ... Athina, Farid und Aiman sind meine Familie. Ich liebe sie über alles und ich bin dankbar dafür, dass ich sie habe, aber tief in meinem Inneren spürte ich schon lange, dass noch etwas fehlte. Es machte mich fast wahnsinnig, nicht zu wissen, wer ich wirklich war."

Nosce te ipsum, fiel mir wieder ein, *erkenne dich selbst*.

„Die Tatsache, dass ich vor der *Deutschen* Botschaft abgegeben worden war, war der einzige Hinweis, den ich auf meine biologischen Eltern hatte. Warum hatten sie sich ausgerechnet die *Deutsche* Botschaft ausgesucht? – Zuerst wollte ich nur dieses Land kennenlernen, Deutschland, in dem ich meine biologischen Eltern vermutete. Ich war neugierig auf dieses Land. Ich lernte seine Sprache. Das Deutsche lag mir. Ich lernte schnell und leicht. Es machte mir sogar Spaß. – Ja, schaut nicht so." Yunus' Augen blickten uns aufrichtig an. „Das sage ich jetzt nicht nur, weil ihr Deutsche seid ..."

Yunus umfasste seinen langen schwarzen Zopf und legte ihn sich hinter die Schulter.

„Als ich dann in Deutschland war, begann ich systematisch mit der Suche. Ich bin von Norden nach Süden gereist, von Osten nach Westen und habe viel erlebt und gesehen. Aber ich bin nicht wirklich fündig geworden, zumindest was meine biologischen Eltern betrifft. Meine biologischen Eltern, sofern es sie überhaupt noch gibt, schienen wohl doch nicht in Deutschland zu leben. Ich befand mich in einer Sackgasse mit meiner Suche und wusste es nicht. Ja, ich verbrachte viel Zeit mit der Suche, zu viel Zeit, meinten Farid und Athina. Ein junger Mann wie ich, der so leicht und gerne lernt, sollte etwas aus seinem Leben machen, anstatt seine Zeit so sinnlos zu vergeuden. Meine Adoptiveltern waren todunglücklich darüber, dass ich so verbissen zu dieser monatelangen Reise aufgebrochen war. Sie lieben mich wie ihren eigenen Sohn und sie konnten es nicht mit ansehen, wie ich mein Leben mit einer Suche verbrachte, die offenbar zu nichts führte. Schließlich gab ich die Suche nach sieben Monaten auf. – Was wollte ich eigentlich? Ich hatte schon eine Familie, die mich liebt und die alles für mich tut. Warum überhaupt suchte ich nach einer Familie, die mich nicht haben wollte? Aber niemand, der bei seinen Eltern lebt, wird nachvollziehen können, wie das ist, wenn man seine wahren Wurzeln nicht kennt. Man fühlt sich haltlos, man schwebt luftleer irgendwo im Universum und weiß nicht, um welchen Stern man sich drehen soll. Jedes Elektron braucht aber seinen Atomkern, um den es kreisen kann, denn sonst fällt es irgendwann in sich zusammen und hört auf zu existieren." Er seufzte. „Irgendwann dachte ich, dass es vielleicht einfach nur Zufall gewesen war, dass ich im Eingang der Deutschen Botschaft gelandet war. Vielleicht hatten sich meine biologischen Eltern getäuscht oder aber sie waren einfach so herzlos, dass es ihnen egal war, wo ich war und wer mich fand, sodass sie mich einfach irgendwo hingelegt hatten. Dieser Gedanke tat mir im Herzen weh und ich war drauf und dran, Deutschland für immer den Rücken zuzukehren. Aber inzwischen war ich so viele Monate in jenem Land gewesen, dass ich schlichtweg mein Herz an Deutschland verloren hatte …" Er hielt kurz inne.

„Griechenland ist doch viel schöner als Deutschland", kommentierte ich.

„Stimmt", gab Yunus einsilbig zurück und grinste. Mit dieser Antwort hatten wir nach seiner Rede von eben überhaupt nicht gerechnet. Offensichtlich sah man uns das an, denn erneut brach Yunus in herzhaftes Lachen aus. „Nun ja, formulieren wir es so: Griechenland ist unnachahmlich. Vor allem die geheimnisvollen Überreste aus der Antike und die Landschaft und das Meer mit seinen vielen Inseln … Da kann Deutschland auf keinen Fall mithalten. – Aber, ob ihr es glaubt oder nicht: Deutschland hat auch seine schönen Seiten. Die Sprache, das Land, die Leute …"

„Das Bier, der Leberkäs, das Sauerkraut und die Bratwurst, die Dirndl und die Lederhosen", fuhr Alex spöttisch fort.

Yunus lachte. „Die Leute in Deutschland sind so aufmerksam und nett", sprach er unbeirrt weiter.

„Und geizig, eigenbrötlerisch, immerzu unzufrieden und schlecht gelaunt", steuerte Maria lächelnd bei.

„Nachdenklich und offenherzig. Bereit zuzuhören. Neugierig und liebenswert", widersprach Yunus mit hoch erhobenen Augenbrauen.

„Findest du wirklich?", fragte ich skeptisch.

„Ja, finde ich."

„Da musst du andere Deutsche kennengelernt haben als wir."

„Ich habe *euch* kennengelernt." Nachdem Yunus diesen Satz gesagt hatte, kehrte wiederum eine Weile Schweigen ein. Dann ergriff Alex das Wort: „Du hast also dein Herz an Deutschland verloren?"

„Ja, so ist es." Yunus nickte. „Ich blieb ein paar Jahre dort. Einmal in dieser Stadt, einmal in jener. Bis es mich schließlich vor Kurzem nach Nürnberg verschlagen hat. Zuvor wohnte ich ziemlich lange in Würzburg. Ich habe da sogar studiert."

„Was hast du studiert?"

„Arabistik, Islamistik, Denkmalpflege und Klassische Archäologie mit Schwerpunkt Griechische Mythologie", zählte Yunus an seinen Fingern ab.

„Wow!" Lissy und ich staunten beeindruckt.

„Warst du schon mal in Israel?", fragte Maria interessiert.

„Nein." Yunus ließ den Kopf hängen.

„Wolltest du nicht oder konntest du nicht?", fragte ich und ahnte nicht, dass ich damit einen wunden Punkt treffen würde.

„Das ist schwer zu sagen. Wollen würde ich schon. Aber ich habe keinen wirklichen Bezug zu Israel. Mein Adoptivvater kommt von dort, aus der Stadt Haifa. Es zerbricht mir jedes Mal das Herz, wenn ich mit ihm die Nachrichten schaue und ein Bericht oder eine Dokumentation über sein Heimatland ausgestrahlt wird. Er vermisst es sehr. Aber er sagt auch immer wieder, dass er nie mehr dahin zurückkommen kann. Er kann mir nicht erklären, warum er so denkt oder fühlt. – Warum sollte er nicht wieder nach Israel zurückgehen können? Wenigstens einmal für ein paar Wochen? Ich habe ihn in diesem Punkt nie wirklich verstanden. Aber Farid ist stur. Er sagt, er kann nicht mehr in seine einstige Heimat zurückkehren. Es ist nicht mehr seine Heimat. Er ist ein Baum, dessen Wurzeln man abgeschlagen hat. Die Wurzeln, die inzwischen wieder nachgewachsen sind, sind nicht stark genug, um ihn in seiner alten Heimat im Boden verankern zu können. Dafür haben sich seine Äste in Griechenland ausgebreitet und halten ihn im Gleichgewicht."

Ich seufzte. Yunus redete so schön in Metaphern.

„Griechenland ist jetzt Farids Heimat. Wenn er über Israel spricht, ist er immer so furchtbar traurig, dass er …" Yunus stockte. „Na ja, jedenfalls … Das ist nicht schön, wenn er so redet. Vielleicht habe ich mich deshalb selbst noch nicht dazu entschließen können, dahin zu fliegen. Vielleicht mache ich das irgendwann einmal. Aber im Moment macht mich der Gedanke an ein Heimatland, das vielleicht meines sein könnte, vielleicht aber auch nicht, nur schrecklich traurig. Wer weiß, vielleicht kamen meine biologischen Eltern auch aus Jordanien, Jemen, dem Libanon oder dem Irak. – Ich weiß es nicht." Er schüttelte langsam den Kopf. Doch dann räusperte er sich und sprach weiter: „Ich bin in zwei Ländern zu Hause: Deutschland und Griechenland", fasste Yunus zusammen. „So habe ich also die deutsche und die griechische Staatsbürgerschaft angenommen. Ich führe ein bisschen ein Vagabundenleben. Mir gefällt das." Wieder waren wir für eine Weile still.

„Du sagtest, dass auf deiner Kette arabische Schriftzeichen eingraviert sind", griff ich erneut auf.

„Ja?"

„Kannst du die nicht lesen?"

„Oh doch." Yunus nickte. „Das kann ich. Aber ich verstehe sie nicht, wenn ich ehrlich bin."

„Wieso das denn?"

„Es ist nicht ganz einfach zu übersetzen."

„Aber du *kannst* es übersetzen?", vergewisserte sich Alex.

„Ja."

„Was steht denn nun da drauf?", drängte Lissy ihn.

„Das wollt ihr wirklich wissen?" Yunus hob die Augenbrauen hoch.

„Keine Geheimnisse mehr", erinnerte ich ihn. „Wer sagte das vorhin so schön?"

„Keine Ahnung. Wer soll das denn gesagt haben?" Yunus grinste verschmitzt. „Ich kann mich gar nicht daran erinnern."

Ich blickte ihn vorwurfsvoll an.

„Ja, ist ja schon gut." Er hielt das Medaillon vorsichtig zwischen Daumen und Zeigefinger seiner linken Hand und fuhr mit seiner Rechten sanft an den Schriftzeichen entlang, während er mit geheimnisvoller Stimme den kurzen eingravierten Text vorlas, zunächst noch auf Arabisch:

„*Mostagbel Al-made Achaha Fe Al-oaget Al-hader feek. Anta Al-meftah; Maárefat Al-Dhat hoa Al-boabah.*"

Es hörte sich unheimlich an und ich bekam eine Gänsehaut.

Anschließend übersetzte Yunus tief in sich gekehrt und andächtig die Schriftzeichen für uns ins Deutsche: „*Die Zukunft der Vergangenheit wird gegenwärtig in dir. Du bist der Schlüssel; sich selbst erkennen ist das Tor.*"

Daraufhin kehrte wieder Schweigen ein. Hinter uns raschelte der Wipfel einer Zypresse und ungebrochen plätscherte das Wasser der Kastalischen Quelle in sein steinernes Becken. Die Sonne hatte inzwischen ihren höchsten Punkt erreicht und brannte erbarmungslos auf uns herab. Der Schatten, in dem wir uns bisweilen befunden hatten, war weitergewandert und ich schwitzte unter den steil eintreffenden Sonnenstrahlen. Aus dem Augenwinkel sah ich, wie sich Alex mit einem

Taschentuch den Schweiß von der Stirn wischte und Maria ihren Strohhut auf den Kopf setzte. Yunus jedoch schien die Hitze nichts anhaben zu können.

„Ja ... Jetzt wisst ihr es also", murmelte Yunus und ließ das schwere Medaillon wieder los. Die Kette hing weit hinunter über seine Brust und es blitzte hell auf, als das Medaillon das auftreffende Sonnenlicht reflektierte.

„Hübscher Spruch", kommentierte Lissy, „aber auch etwas mysteriös."

„Und du hast wirklich keine Idee, was das bedeuten könnte?", fragte Alex zaghaft nach.

„Nein. Keine Ahnung. Wenn ihr wüsstet, wie viele Tage und Nächte ich schon damit zugebracht habe, über diesen Spruch nachzudenken ..."

„Die Zukunft der Vergangenheit wird gegenwärtig in dir ...", überlegte Maria. „Kein Wunder, dass du so darauf versessen warst, deine Wurzeln zu finden. Kein Wunder, dass du unbedingt deine biologischen Eltern ausfindig machen wolltest."

„Wie meinst du das?" Aufmerksam richtete sich Yunus an Maria.

„Na, das ist doch wohl klar! Deine Eltern sind deine Vergangenheit. Du bist die Zukunft deiner Eltern. In dir wird also die Zukunft der Vergangenheit gegenwärtig."

„Ja, und aus genau diesem Grund haben mich meine biologischen Eltern abgegeben ..." Yunus runzelte skeptisch die Stirn. Der Sarkasmus in seiner Stimme war nicht zu überhören.

Resigniert ließ Maria die Schultern sinken, aber sie versuchte es noch einmal. Sie deutete mit ihrem Zeigefinger auf Yunus. Verwirrt betrachtete sich Yunus ihren Finger und lauschte Marias Worten: „Du bist der Schlüssel. Das Tor ist die Selbsterkenntnis. Wenn du dich selbst erkennst, kannst du durch das Tor hindurchgehen ..." Sie holte tief Luft. „Irgendetwas ist in der Vergangenheit geschehen und das hat mit dir zu tun. Du musst herausfinden, was damals geschehen ist und wann, und wenn du das weißt, dann wirst du auch erfahren, wer du wirklich bist. *Nosce te ipsum.* Erkenne dich selbst." Sie ließ ihren Zeigefinger auf ihren Schoß sinken.

Verblüfft schauten wir alle Maria an. Diese zuckte nur mit den Schultern.

„Hm", machte Yunus.

„Hm", entgegneten Lissy, Alex und ich. Dann fielen wir erneut in tiefstes Schweigen. Keiner wusste so recht, was er sagen sollte.

Von oberhalb des Platzes, auf dem wir uns befanden, kamen leise Stimmen. Nach und nach wurden sie lauter. Sie näherten sich uns. Yunus schaute nach oben. „Touristen", stellte er fest. „Wir bekommen Gesellschaft."

Wir waren so lange an diesem magischen Ort alleine gewesen, dass wir uns schon regelrecht an die Einsamkeit gewöhnt hatten. Aber natürlich war das dumm von uns gewesen. Selbstverständlich würden sich früher oder später andere Leute hier einfinden, noch dazu, wenn es sich um solch einen Höhepunkt der Sehenswürdigkeiten in Delphi handelte wie die Kastalische Quelle.

Es war noch längst nicht alles angesprochen worden, was zu Wort hätte kommen müssen, fand ich, aber die Anwesenheit der anderen Touristen versetzte uns in eine Art Aufbruchstimmung und wir wussten, dass wir weitergehen mussten.

Yunus war der Erste, der aufstand und sich das blendend weiße Hemd zurechtrückte.

„Ja ...", sagte er langsam, „wir sollten jetzt weitergehen. Tempel des Apollon. Kommt ihr?"

Etwas träge standen wir auf. Yunus machte sich bereits an den steilen Aufstieg zum anderen Becken fünfzig Meter über uns. Noch einmal blickte ich mich um. Dann folgte ich entschlossen meinen Freunden und Yunus, dem mysteriösen Araber, der uns eben offen seine Lebensgeschichte erzählt hatte. Allerdings machte ihn das nun nicht weniger mysteriös. Das Gegenteil war eher der Fall. – Wer war Yunus Hermes wirklich? Was hatte er vor? Warum hatte er sich ausgerechnet *uns* ausgesucht und wie würde es nun weitergehen? So viele Fragen – und keine Antworten.

Orakel

„So, wir befinden uns nun im *Temenos*, dem Weihbezirk des Apollon", verkündete Yunus erhaben. „Wir betreten ihn durch den südöstlichen Haupteingang, genauso wie das früher die Pilger gemacht haben, die über die Heilige Straße zum Apollontempel hinaufgestiegen sind. – Achtung, Emily. Da ist eine Stufe." Gerade noch rechtzeitig hob ich meinen Fuß hoch und konnte somit den drohenden Sturz abwenden. „Von den Mauern, die den *Temenos* einst umgeben haben, ist nicht mehr viel übrig geblieben, aber ihr müsst euch das so vorstellen: Hier bei diesen drei Treppenstufen begann der Weihbezirk und hier stand auch eine Mauer, die nach oben geführt hat, bis auf Höhe dieses Theaters, das ihr da oben seht, und noch ein bisschen weiter hinauf. Die Mauer ging auch noch ein kurzes Stück nach unten, hier links von uns, ungefähr bis zu diesem Baum und dann erstreckte sie sich in westliche Richtung. Die Mauer war aber nicht rundum geschlossen, sondern es gab mehrere Nebeneingänge. Da, bei diesem Schatzhaus, von dem ihr noch Mauerreste seht, da war ein Seiteneingang, dann ein bisschen weiter oben vor dieser gepflasterten Rampe, da war noch einer und ein Stück weiter oben ein weiterer. Aber das seht ihr von hier aus nicht. Auf der Westseite gab es ebenfalls einige Nebeneingänge. Auf diese Weise waren die Bewohner Delphis nicht gezwungen, die Heilige Straße zu benutzen, wenn sie das nicht wollten. Die war nämlich den Pilgern vorbehalten. – Aber *wir* benutzen die Heilige Straße heute. Genau genommen sind wir ja auch so etwas wie Pilger." Er räusperte sich verlegen. „Ja, und zudem ist das der gewöhnliche Weg für Touristen durch das Heiligtum."

Wir bewegten uns über einen gepflasterten Platz. „Diese Säulen, die ihr da rechts neben uns seht, gehörten einmal zu einer größeren Halle", erklärte Yunus. „Es handelt sich dabei um die *Römische Agora* von Delphi aus dem vierten Jahrhundert nach Christus. Sie wurde nachträglich errichtet, um den Bedürfnissen der Pilger gerecht zu werden, die sich auf dem Weg zum Apollontempel befanden. Vermutlich beherbergte diese Halle mehrere Geschäfte, wo die Pilger sich Nahrungsmittel, Stoffe und dergleichen kaufen konnten. Heute werden kleinere Fragmente der Ausgrabungen in den Hallen ausgestellt." Aufmerksam betrachteten wir uns alles, was Yunus uns zeigte. Hinter den Säulen standen steinerne Tafeln, die ein bisschen wie Altäre oder Grabsteine anmuteten.

Wir schritten langsam die wenigen Treppenstufen hoch. Rechts neben uns befand sich ein steinerner Sockel. „Auf diesem Sockel stand dereinst der Bronzestier von *Kerkyra*", erläuterte Yunus. „Er war eine Weihegabe von den Kerkyräern. Leider steht er nun nicht mehr da."

Rechts und links von uns sahen wir beigefarbige Basen von Mauern in rechteckiger Form. „In diesem Bereich waren früher mehrere Standbilder untergebraucht. Rechts vor einer Säulenhalle neun Stück insgesamt: Statuen von Apollon, Nike, Kallisto, Arkas und dessen Söhnen Helatos, Areidas, Azan, Trophylos und Erasos. Auch dies alles Weihegaben. Auf der linken Seite waren sogar achtunddreißig Bronzestatuen aufgestellt, darunter Zeus, Apollon, Artemis, Poseidon und Kastor. Ich hoffe, ich muss jetzt nicht alle aufzählen …?" Yunus grinste uns an. „Nein danke, nicht nötig", winkte Alex ab und grinste zurück.

Wir marschierten weiter über die Heilige Straße. Es war ein merkwürdiges Gefühl, über deren große Steinplatten zu gehen. Hier und da waren einige der Platten zerbrochen und es wuchs Moos oder Gras aus den Spalten im Stein. Aber im Großen und Ganzen war die Heilige Straße noch sehr gut erhalten und das, obwohl doch tagtäglich so viele Touristen darauf herumspazierten.

Vor und hinter uns waren mehrere verschiedene Leute unterwegs aus sämtlichen nur erdenklichen Nationen. – Aber niemand von denen hatte so einen interessanten Reiseleiter wie wir, dachte ich mir und lächelte. Ab und zu schoss ich ein Foto.

„Auf dem Sockel links vor uns stand – so sagt man – das Trojanische Pferd, eine Weihegabe der Argiver. Davor eine bedeutende athenische Weihung: ein Werk des berühmten Bildhauers Phidias. Das ist der, der auch am Bau des *Parthenon*-Tempels auf der Akropolis wesentlich beteiligt war. Ein Künstler mit Weltklasse, dieser Phidias. Sein berühmtestes Werk ist jedoch die zwölf Meter hohe Zeusstatue von Olympia gewesen, eines der sieben Weltwunder, das bedauerlicherweise einem Brand zum Opfer gefallen war." Er strich sich über die Stirn. „Na ja, jedenfalls stand hier links vor uns ein weiteres phänomenales Werk des Phidias: das sogenannte Marathonweihegeschenk von Delphi. Es bestand aus dreizehn Bronzestandbildern, welche die zehn Heroen darstellten sowie Apollon, Athena und Miltiades."

„Wow!" Ich versuchte, mir die Statuen vorzustellen und für einen kurzen Moment hatte ich ein Bild vor Augen, von dem *Temenos*, wie er früher ausgesehen haben könnte. Genauso wie am Tag zuvor in der Akropolis legte sich das Bild, das ich mir vor meinem inneren Auge gemacht hatte, über das, was ich nun vor mir sah und ich lächelte. Die Bronzestatuen glitzerten in der Sonne und Pilger in langen weißen Gewändern schritten andächtig die ansteigende Heilige Straße hinauf. Dann entdeckte ich auf halbem Weg zum Tempel des Apollon eine hübsche junge Frau in einem eleganten reinweißen Kleid. Sie drehte sich zu mir um und lächelte. Anschließend kehrte sie uns den Rücken zu und schritt zum Tempel hinauf. Ich blinzelte und die Vorstellung des früheren Delphis verschwand, ebenso die Pilger und die junge Frau. Stattdessen sah ich Mauerreste und Sockel und die großen Pflastersteine der Heiligen Straße. Ich schaute den Berghang nach oben. Schon aus der Entfernung konnte ich weitere Überreste von Gebäuden erblicken, die sich geschmeidig in das bewegte Gelände des Standortes einfügten. Ein Gebäude musste sich an das andere gereiht haben, als alles noch stand, dachte ich mir. Trotzdem wirkte Delphi keineswegs chaotisch, sondern vielmehr, als würde es einer ganz speziellen, ihm innewohnenden Eigengesetzlichkeit folgen. Es musste herrlich ausgesehen haben, vermutete ich. Würdig und verzaubernd. Ich holte tief Luft und folgte meinen Freunden und Yunus, der uns alles erklärte.

„In diesen beiden halbrunden Bauten waren noch mehr Weihegeschenke von verschiedenen Völkern aufgestellt", erläuterte Yunus. „Ich erspare es euch nun, die einzelnen

Weihegeschenke zu benennen, da sie ja sowieso nicht mehr hier stehen."

Auf unserem weiteren Weg wurde die Steigung der Heiligen Straße allmählich steiler.

„So, und nun kommen wir in den Bereich mit den Schatzhäusern", begann Yunus. „Viele von ihnen sind heute kaum mehr auszumachen, zumindest nicht für das ungeschulte Auge. Aber wenn man genau hinschaut ... Da ... Die Grasnarbe. Seht ihr das?" Er deutete auf die Wiese links neben uns. „Hier verläuft sie leicht anders als da drüben. Das ist ein deutlicher Hinweis darauf, dass sich hier früher ein Gebäude befand. – Viele Schatzhäuser sind heute nicht mehr vorhanden, aber es gab jede Menge davon, wie die Ausgrabungen gezeigt haben. Hier zum Beispiel stand das Schatzhaus von *Sikyon*." Er deutete nach links. „Das da drüben ist das der Siphnier. – Von dem sieht man noch etwas mehr. Dort das Schatzhaus von *Mégara*." Er zeigte nach rechts. „Daneben das Schatzhaus der Syrakusaner und so weiter und so fort." Er ließ uns eine kleine Verschnaufpause und blieb stehen.

„Woher weißt du das alles?", fragte ich ihn schließlich beeindruckt. „Ich schreibe meine Dissertation darüber", lautete die knappe Antwort. „Du ... schreibst ... eine Doktorarbeit ... über Delphi?", wollte Lissy verblüfft wissen. „Mmmm." Yunus nickte und nannte uns den vollständigen Titel seiner Arbeit: „Das Apollon-Heiligtum. Zwischen Mythos und Realität. – Untersuchungen zu Relevanz und Funktion des Orakels von Delphi." – „Das ist ja cool", brach es aus mir heraus. „Nur frustrierend, dass es so wenig treffende Literaturquellen gibt", bedauerte Yunus, „aber egal. Das ist nicht euer Problem. Weiter geht's!"

Die Heilige Straße beschrieb eine scharfe Rechtskurve und führte von nun an beständig weiter den Hang hinauf. In einiger Entfernung direkt vor uns lag der Tempel des Apollon. Er dominierte über alle anderen Gebäude und zog uns nahezu magisch an. Wie ein Magnet.

Links neben uns am Wegesrand stand das auffällige kleine quaderförmige Gebäude, das mir schon auf dem geteerten Fußpfad gleich neben dem Busparkplatz in den Blick gefallen war. Es hatte ein dreieckiges Podest, zwei Säulen und einen dreieckigen Giebel mit einem Figurenrelief. „Dies ist das Schatzhaus der Athener", informierte uns Yunus. „Es ist das am besten erhaltene Bauwerk Delphis. Das Relief zeigt die Heldentaten des Theseus und des Herakles. Außerdem sieht man Szenen aus dem Amazonenkampf."

Etwas oberhalb des Athener Schatzhauses befand sich ein großer Felsen, um den sich mehrere Touristen scharten und begeistert Fotos schossen. „Was ist das?", fragte ich neugierig und deutete auf den Felsbrocken. „Das ist der Felsen der Sibylle", schilderte Yunus nachdenklich. „Dieser unbearbeitete Felsen ist vermutlich dereinst von den *Phädriaden* heruntergerollt. Der Legende nach soll dort Sibylle erste Orakelsprüche gemacht haben. – Aber noch interessanter ist meiner Meinung nach dieser andere Felsen hier, der kleine rechts neben dem Felsen der Sibylle", fügte Yunus an. Wir betrachteten uns den Stein. „Warum?", wollte Alex wissen. „Nun, dies ist der Felsen der Leto." Yunus schaute uns erwartungsvoll an, doch wir zeigten keine Reaktion. „Kommt schon", drängte er, „ihr wisst doch wohl, wer Leto ist?" – „Nein." Wir schüttelten ratlos die Köpfe. „Hallo???!!!" Yunus schaute uns entgeistert an. „Leto? Tochter des Titanen Koios?" Wir blickten Yunus noch immer mit großen Augen an. Keiner von uns war in der griechischen Mythologie besonders bewandert. Schließlich seufzte Yunus ergeben und weihte uns ein: „Leto ist eine Geliebte von Zeus und die

Mutter der Zwillinge Artemis und Apollon. – Jetzt aber!" Schweigend betrachteten wir uns den Felsen der Leto. Yunus fuhr fort: „Auf diesem Felsen soll Leto ihrem Sohn Apollon Mut gemacht haben, den Kampf mit dem Python aufzunehmen. Der Python war eine todbringende Schlange, ein Ungeheuer, ein Kind der Gaia, und bewachte vor der Ankunft des Apollon die dort bereits existierende Orakelstätte. ‚Los, Knabe!', soll Leto ihrem Sohn Apollon zugerufen haben, woraufhin der junge Apollon dann all seinen Mut zusammen nahm, seinen Bogen spannte und den furchterregenden Python mit einem Pfeil durchbohrte. Durch diese Tat ging Delphi in Apollons Besitz über."

„Gut, dass wir dich dabei haben", meinte ich beeindruckt. Yunus drehte sich selbstzufrieden zu mir um. Sein Anzug war so weiß, dass er mich blendete. „Wären wir alleine hier entlang gegangen, wäre das für uns einfach nur irgendein Felsen gewesen", erläuterte ich. Yunus lächelte. „Das dachte ich mir", kommentierte er, „deshalb bin ich ja jetzt da." Dann marschierte er erneut impulsiv und mit ausholenden Schritten voran. Wir hatten große Mühe, mit ihm mitzuhalten. Ich hatte das Gefühl, dass Yunus, je näher wir dem Tempel des Apollon kamen, zunehmend ungeduldiger und aufgeregter wurde. Vor einem steinernen Sockel kam er ruckartig zum Stehen. Wir konnten die Kollision mit ihm gerade noch rechtzeitig verhindern. „Aua. Du bist mir auf die Ferse getreten", beschwerte sich Lissy bei mir. „Sorry, war keine Absicht", entschuldigte ich mich zerknirscht und machte einen kleinen Schritt rückwärts. „Bitte zerstört euch nicht gegenseitig", schmunzelte Yunus, „ihr braucht eure Füße noch. Wir sind hier noch lange nicht fertig!" Dann deutete er auf die Überreste des steinernen Sockels vor uns. „Hier stand mal ein besonderer Liebling von mir: die Sphinx der Naxier", schilderte der Araber wissend. „Allerdings hat man sie schon vor geraumer Zeit von hier abtransportiert und ins Museum gebracht. – Wenn ihr wollt, können wir sie uns nachher noch anschauen. Eure Karten gelten auch für das Museum."

„Ach, apropos Karten ...", begann Alex. „Ja, genau", griff Lissy dessen Worte auf, „warum hast du uns eigentlich das Eintrittsgeld und die Busfahrt spendiert?" Yunus grinste. „Ganz einfach: damit ihr nach Delphi kommt. Ohne Karten wärt ihr bestimmt nicht auf die Idee gekommen, hierher zu fahren, oder?" – „Da könntest du Recht haben", gab Maria zurück. „Ich konnte doch nicht zulassen, dass ihr euch so etwas entgehen lasst. – Ich meine, wenn ihr schon in Griechenland seid", sagte Yunus, „das muss man ausnutzen." – „Also, erst mal danke für die Karten", sprach ich für uns alle, „aber das können wir unmöglich annehmen. Das zahlen wir dir natürlich zurück." – „Nein, bitte, Emily", wiegelte Yunus verlegen ab und schaute zu Boden. – Bescheiden? Beschämt? Verärgert? Ich weiß es nicht. Seine Reaktion überraschte mich. „Behaltet euer Geld. Ich will das nicht." Ahnungslos fuhr ich fort: „Wir können doch nicht von dir verlangen, dass du uns das alles bezahlst." – „Wieso denn?", fragte Yunus und ein bedrohliches Funkeln zeigte sich in seinen Augen. Ich erschrak. „Das ... hat doch sicher ein Heidengeld gekostet." Über meine Lippen kam fast nur ein Flüstern. „Macht euch darüber keine Gedanken", wiegelte Yunus mit kühler Stimme ab, „ich habe euch eingeladen und damit ist es gut." – „Aber warum eigentlich?", bohrte Alex ahnungslos nach. „Womit haben wir das verdient? Hast du etwa zu viel Geld übrig?" Yunus lächelte gequält, doch dann verfinsterte sich sein Gesichtsausdruck erneut. „Nein, nein, ich habe euch eingeladen. Behaltet euer Geld. Betrachtet es als kleines Dankeschön von meiner Seite." – „Als Dankeschön?", wunderte sich Lissy. „Dankeschön wofür?" Yunus seufzte. Er öffnete den Mund, als wolle er etwas sagen. Doch dann schloss er ihn unverrichteter Dinge wieder. Seine Miene war ernst und ich verstand das nicht. Was war denn auf einmal los? Die ganze Situation kam mir vollkommen absurd vor und ich konnte mir selbst nicht erklären, warum wieder dieses nervöse Kribbeln im Bauch anfing, als hätte ich Angst vor Yunus. Ich versuchte mir einzureden, dass das Blödsinn war. Schon seit ein paar Stunden waren wir nun mit Yunus unterwegs gewesen und er hatte sich als äußerst sympathischer und offener Mensch erwiesen. Schließlich entschied sich Yunus doch dafür zu reden. „Irgendwann werdet ihr verstehen", sagte er langsam. „Jetzt ist es noch zu früh für eine Erklärung. Aber in ein paar Tagen ... werdet ihr verstehen." Yunus' merkwürdige Andeutungen verwirrten uns. „Was verstehen?", fragte Lissy. „Wofür ist es noch zu früh?" Ich bekam trotz der Hitze eine Gänsehaut, als sich Yunus' und mein Blick kreuzten. Yunus' wirkte so geknickt, so düster und unheimlich, als er weiterredete: „Ich bitte euch, fragt nicht mehr weiter. Ich kann es euch jetzt noch nicht sagen. Akzeptiert einfach, dass ich euch die Karten geschenkt habe und dass ich dankbar dafür bin, dass wir nun zusammen Delphi besichtigen können." – „Aber ...", begann Lissy erneut. Doch Yunus unterbrach sie rabiat: „Und jetzt kommt mir bitte nicht schon wieder mit dem verdammten Geld, sonst werde ich wirklich stinksauer!" Yunus' Augen funkelten uns böse an. Dann verschränkte er seine Arme vor der Brust, wandte uns den Rücken zu und blickte zu den Ruinen des Apollontempels hoch. Erschrocken verstummten wir.

Es war eine blöde Situation. Keiner wusste, was er sagen sollte und das nervte. Schließlich nahm ich mir ein Herz und tippte Yunus sachte an die Schulter. Dieser drehte sich zu mir um. Der dunkle Schatten in seinen Augen war mittlerweile verschwunden. „Tut uns leid, falls wir dich gekränkt haben sollten. Das war nicht unsere Absicht." Yunus blickte mir ins Gesicht und lächelte. „Ist schon gut, Emily. Ist schon gut." Seine Stimme klang freundlich, keine Spur mehr von der bedrohlichen Kälte von vorhin. Ich atmete erleichtert auf und versuchte, an etwas anderes zu denken.

Ein ganzer Pulk Touristen überholte uns. Eine Frau mit einem hoch erhobenen roten Regenschirm schritt voraus, wohl deren Reiseleiterin, und brabbelte in einer uns unverständlichen Sprache vor sich hin. Dabei deutete sie einmal nach rechts, einmal nach links und die Augen der Touristen folgten ihren Bewegungen wie ein Magnet. Wir warteten, bis die Gruppe vollständig an uns vorbeigezogen war, dann setzten auch wir uns wieder langsam in Bewegung.

„Gleich sind wir da", verkündete Yunus fröhlich. Er deutete auf die Fundamente einer länglichen Säulenhalle. „Dies ist die Halle der Athener. Sie wurde ungefähr fünfhundert Jahre vor Christus hier errichtet, um die Trophäen der Seesiege aufzunehmen. Sie wurde direkt an die Mauer angebaut, welche die Terrasse des Apollontempels abstützte." Mehrere Steinblöcke, Säulenteile und andere undefinierbare Fundstücke lagen zwischen den Säulen und am Rand der Heiligen Straße verteilt. Während wir uns alles anschauten, fuhr Yunus' Stimme fort: „Und hier, rechts neben der Heiligen Straße, seht ihr noch ein Schatzhaus, genauer gesagt, das der Korinther. Daneben finden sich zudem die Überreste eines weiteren Gebäudes. Man weiß nicht genau, welchem Zweck es gedient hat. Wahrscheinlich war es ein *Prytaneion*, das heißt so eine Art Verwaltungsgebäude. Aber genau kann man das heute auch nicht mehr sagen."

Der Weg wurde wieder steiler und vollführte eine Linkskurve. Auf der linken Seite der Heiligen Straße befand sich die Mauer der Terrasse des Apollontempels, auf der rechten Seite eine etwas kleinere Mauer, hinter der mehrere verschieden große bearbeitete Steinbrocken ruhten. Wir blieben einen Augenblick stehen und genossen die atemberaubende Aussicht, die sich uns nun bot: Unter uns lag eine beeindruckende tiefgrüne Schlucht und dahinter reckten sich die Gipfel der *Phädriaden* in den Himmel. Wir drehten uns wieder um und stiegen ein paar Stufen hoch. Auf der rechten Seite der Heiligen Straße fiel uns ein runder Sockel besonders auf. Yunus bemerkte, wohin unser Blick ging und erläuterte: „Das ist die Basis des sogenannten Weihdreifußes, den die Lakedämonier nach der Schlacht bei *Plataä* dem Heiligtum geweiht hatten."

Nun ist es nicht mehr weit, dachte ich mir, *gleich sind wir da.* Noch verbarg uns eine Mauer die freie Sicht auf den Apollontempel, aber dann führte uns der Weg um eine scharfe Linkskurve herum und plötzlich standen wir vor dem Tempel des Apollon!

Es war ein beeindruckender Anblick. Zwar befanden sich nur noch einige Überreste des einstigen Prachtbaus auf der Terrasse, aber die wenigen Säulen, Mauerreste und Verzierungen genügten schon, um mich in eine andächtige Stimmung zu versetzen. Die Heilige Straße endete direkt vor dem Tempel des Apollon. Eine Rampe führte hinauf auf die etwas höher gelegene Basis des Gebäudes. An der Frontseite standen noch vier Säulen aufrecht, an der linken Seite zwei. Von den restlichen waren nur noch Stümpfe vorhanden. Aber man konnte deutlich erkennen, dass sich der Säulengang wohl um das gesamte Gebäude herum erstreckt haben musste. Es versteht sich von selbst, dass meine Digitalkamera wieder einiges zu tun bekam.

Eine Weile ließ Yunus zu, dass wir uns ruhig die Überreste betrachteten und wie die anderen Touristen auch einmal die gesamte Länge des Gebäudes entlang schritten, um einen ersten Eindruck von der antiken Baukunst zu erhalten, dann winkte er uns zu sich heran. Als wir alle um ihn herumstanden, begann er mit einem verträumten Unterton in der Stimme: „Es ist wahrhaft bedauerlich, dass der Zahn der Zeit dermaßen erbarmungslos an diesem einmaligen Bauwerk genagt hat. Man kann es sich kaum mehr vorstellen, aber dieses Gebäude war früher wirklich von einer unsagbaren Eleganz und Grazie gewesen, sodass es auf jeden, der es auch nur von Weitem sah, eine unglaubliche Anziehungskraft ausübte und dem Betrachter nahezu den Atem raubte. Es war riesig, es war bezaubernd! Die Verzierungen des Giebels waren sehr fein bearbeitet, von Meisterhand erstellt. Die Gemäuer des Tempels waren reinweiß und erstrahlten im Sonnenlicht in ungekanntem Glanz. Unterhalb des Giebels verlief eine Musterung wie ein blau-rotes Band, das den gesamten Tempel umspannte. Oben auf der Spitze und an den Enden des Daches saßen Figuren von Sphinxen und geflügelten Mädchen. Der Eingang in das Heiligtum des Apollon war kolossal, schlichtweg überwältigend. Das Tor reichte bis fast nach ganz oben an den Giebel und war aus edelstem Holz gefertigt und mit silbernen Streben verziert. Außen um das Tor herum befand sich so eine Art Käfig aus purem Gold, der nur von den Priestern geöffnet und geschlossen werden konnte. Neben dem Apollontempel thronte eine überdimensional große Statue des Apollon, welche die wohlgesinnten Pilger am Ziel ihrer Reise willkommen hieß, vor der Ersuchung des Rates durch das delphische Orakel. Die Statue war unglaubliche 16 Meter hoch. Stünde sie heute

noch da, würde sie jetzt ihren Schatten auf uns werfen ..."
Yunus schloss die Augen. Seine Gesichtszüge waren weich und wirkten nahezu verliebt. Seiner Rede zufolge konnte man fast glauben, dass er das Gebäude in seiner einstigen Pracht mit seinen eigenen Augen gesehen hatte. So viele Details, wie sie Yunus uns mitteilte, verriet die bloße Betrachtung der Ruinen keineswegs. Ich fragte mich, woher Yunus diese Informationen hatte, ob sie zutreffend waren, ob er das vielleicht aus einem Buch hatte oder ob er sich das eben selbst zusammen fantasierte. Doch Yunus' Worte kamen so überzeugend aus seinem Mund, dass ich ihm einfach glauben musste. Yunus' Augen leuchteten regelrecht vor Begeisterung, als er uns auf mehr und mehr Details aufmerksam machte und uns an seinem Wissen über das archaische Gebäude teilhaben ließ.

„Der mythologischen Überlieferung zufolge war der erste Tempel an dieser Stelle lediglich aus den Ästen und Blättern der Lorbeerpflanze gefertigt", erzählte Yunus, „allerdings war er auf diese Weise natürlich nicht für die Ewigkeit gemacht, sodass bald ein neuer Tempel gebaut werden musste. Dieser zweite Tempel bestand aus Bienenwachs und Federn. Beide Materialien lieferte Apollon selbst für den Bau seines Tempels. Aber auch jener Tempel war vergänglich, sodass ein dritter errichtet wurde, der komplett aus Bronze bestand. Der vierte Tempel, der den aus Bronze ablöste, wurde schließlich von den Architekten Trophonios und Agamedes mithilfe des Gottes Apollon selbst errichtet, und zwar aus Stein. Während man für die Existenz der ersten drei Tempel keine Beweise mehr finden kann – verständlich, wenn man bedenkt, welche Baumaterialien verwendet wurden! –, gibt es aber eindeutige Hinweise darauf, dass es den vierten Tempel tatsächlich gegeben hat. Es wurden nämlich Stücke jenes Tempels ausgegraben, die bis in die zweite Hälfte des siebten Jahrhunderts vor Christus zurückdatieren. – Stellt euch dieses unglaubliche Alter vor! Rund 2700 Jahre!!! Und noch immer sind Überreste davon vorhanden! Leider brannte dieses sagenhafte Bauwerk um etwa 550 vor Christus fast völlig nieder. Im Jahre 505 vor Christi Geburt wurde mit Geldern verschiedener Leute ein völlig neuer Tempel an derselben Stelle errichtet, aber auch dieser sollte nicht lange stehen. Im Jahre 373 vor Christus gab es ein schreckliches Erdbeben, dem der Tempel des Apollon zum Opfer fiel. Äußerst bedauerlich, wenn ihr mich fragt. Der Tempel, dessen Überreste ihr jetzt gerade betrachtet, wurde im vierten Jahrhundert vor Christus gebaut und um 330 vor Christus geweiht. Die *Krepsis*, das heißt der dreistufige Unterbau, ist aus Kalkstein gefertigt, das Dach und die Giebelstrukturen waren aus Marmor gemacht. Die Giebelstrukturen konnten glücklicherweise weitgehend rekonstruiert werden. Die meiner Meinung nach sehr gelungenen Nachbildungen befinden sich im Museum von Delphi. Wenn ihr wollt und wir nachher noch genügend Zeit haben, können wir sie uns gerne anschauen. Ich denke, es ist der Mühe wert."

Nach einer kurzen Atempause fuhr Yunus fort: „Im *Adyton*, also im Allerheiligsten des Tempels, zu dem nur die Priester befugten Zugang hatten, befand sich der *Omphalos*. *Omphalos* heißt auf Deutsch so viel wie ‚Nabel'. Der Stein markierte den Nabel, also das Zentrum der Welt, an dem sich die beiden Adler getroffen hatten, die Zeus von den zwei Enden der Welt losgeschickt hatte, um den Mittelpunkt der Erde ausfindig zu machen. Der Sage nach soll der *Omphalos* vom Himmel gefallen sein, wie ein Meteor. Ihn hat man im Tempel des Apollon ruhen lassen. Unter ihm soll sich zudem das Grab des Dionysos befinden, des Gottes des Weines, der Fruchtbarkeit und der Ekstase. Der *Omphalos* sieht ein bisschen aus wie ein gigantischer Schoko-Dickmann's mit einem seltsamen Netzgeflecht außen herum." Wir kicherten über diese Beschreibung, aber es wirkte: Jeder von uns hatte ein deutliches Bild des *Omphalos* vor Augen. „Den ursprünglichen *Omphalos* gibt es nicht mehr, aber eine Nachbildung ist wiederum im Museum ausgestellt."

Yunus ging rechts an der Rampe vorbei, die in den Apollontempel hineinführte. Dann schritt er ein paar Meter an der Außenseite des Gebäudes entlang. In einigem Abstand folgten wir ihm. Yunus blieb stehen. Wir taten es ihm gleich und ließen eine Touristengruppe an uns vorbeiziehen, dann sprach Yunus andächtig weiter: „Kommen wir nun zum Herzstück des Apollontempels ... Wir ihr ja wisst, befand sich innerhalb dieser Gemäuer das berühmte Orakel von Delphi. Noch heute sieht man deutlich die Erdspalte, über welcher der Dreifußschemel der Pythia stand." Er deutete auf eine klar erkenntliche Vertiefung im Boden. „Aus diesem Erdspalt stiegen narkotisierende Gase auf, welche die Pythia in eine Art Trancezustand versetzten. Sie geriet daraufhin in religiöse Verzückung und machte ihre meist unverständlichen oder auch zweideutigen Prophezeiungen."

„Ja, genau", erinnerte ich mich plötzlich. „Lissy, Maria ... Wisst ihr noch? Damals in Latein ... Wir hatten doch da so einen Text über das Orakel von Delphi. Wie war das doch gleich ..." – „Du meinst das mit Krösus, der das Orakel befragte, ob er einen Krieg gegen Persien gewinnen könnte, oder?", fragte Maria. „Ich glaube, das war's", gab ich zurück. Yunus nickte anerkennend. „Und was hat die Pythia geantwortet?", richtete sich Yunus an Maria. „Den genauen Wortlaut kenne ich nicht mehr, aber ich denke, sie sagte so etwas wie: ‚Wenn du den Grenzfluss überschreitest ...' – äh, ich weiß den Namen nicht mehr." – „*Halys*", informierte

Yunus sie einsilbig. „*Halys?*", wiederholte Maria. „Na gut. – Also, die Pythia sagte: ‚Wenn du den Grenzfluss *Halys* überschreitest, dann wirst du ein großes Reich zerstören.' Krösus freute sich daraufhin königlich über diese Antwort und führte sein Heer siegessicher in den Krieg gegen Persien." – „Aber er hat nicht damit gerechnet, dass die Prophezeiung zweideutig sein könnte", warf ich enthusiastisch dazwischen. „Und letzten Endes *hat* er ein großes Reich zerstört", fuhr Maria fort, „allerdings nicht Persien, sondern sein eigenes." – „Das lydische Imperium, ja", stimmte Yunus ihr zu. „Ihr wisst ja offensichtlich doch etwas." Er grinste uns breit an. Wir überlegten kurz, ob wir beleidigt sein sollten, aber das war unmöglich, denn Yunus' Lächeln war äußerst ansteckend.

„Ich weiß auch etwas!", rief Alex motiviert dazwischen. „Die Ödipus-Prophezeiung!" – „Nur zu", ermunterte Yunus ihn, „es kann nicht schaden, wenn wir unser Grundwissen ein bisschen auffrischen." Alex räusperte sich und begann zu erzählen: „Der König von Theben befragte auch einmal das Orakel von Delphi und bekam die Prophezeiung, dass sein eigener Sohn ihn töten und Iokaste heiraten würde, mit der ja eigentlich der König selbst verheiratet war." – „Und?", fragte Yunus voller Erwartung. „Na ja, der König bekam es mit der Angst zu tun und daher ließ er sein Kind Ödipus irgendwo in der Wildnis aussetzen." – „In Korinth", korrigierte Yunus. „Äh … ja, von mir aus. Ödipus wuchs dann eben in Korinth auf, ohne zu wissen, dass er eigentlich ein Königskind war. Ödipus befragte dann auch irgendwann mal das Orakel und bekam prophezeit, dass er seinen Vater töten würde. Er wusste ja zu dem Zeitpunkt nicht, dass der Mann, der ihn aufgenommen hatte, gar nicht sein wirklicher Vater war. Deshalb verließ er das Land, damit er seinen vermeintlichen Vater nicht töten konnte." – „Und dann?", bohrte Yunus nach. „Ja, und dann geriet er nach Theben. Unterwegs begegnete Ödipus dem König und seinem Gefolge. Der König hielt ihn für einen Räuber und wollte ihn nicht durchlassen. Daraufhin tötete Ödipus ihn und die meisten seiner Anhänger. Die erste Prophezeiung hat sich damit also erfüllt. – Dann ... dann ... Wie war das doch gleich?" Yunus schaute Alex augenzwinkernd an. „Kannst du mir keinen Tipp geben?", flehte Alex ihn an. „Nur einen?" – „Sphinx", sprach Yunus verschmitzt. „Sphinx? Ach, Sphinx! Ja!" Alex fasste sich an die Stirn. „Theben wurde ja damals von so einer verrückt gewordenen Sphinx terrorisiert. Man konnte sie nur loswerden, wenn man ihr Rätsel löste." Yunus hob anerkennend die Augenbrauen. „Weiter", verlangte er. „Ödipus schaffte es, das Rätsel zu lösen und befreite somit das Königreich von der Sphinx. Zur Belohnung wurde Ödipus zum neuen König über Theben ernannt und er heiratete Iokaste, die Frau des alten Königs, die ja eigentlich die Mutter des Ödipus war. Also erfüllte sich auch die zweite Prophezeiung." – „Ganz genau." Yunus nickte erfreut. „Als Ödipus begriff, dass er der Mörder seines Vaters war und seine eigene Mutter geheiratet hatte, stach er sich selbst die Augen aus und Iokaste erhängte sich." Alex schaute triumphierend von einem zum anderen. „Gut, Alexander", lobte Yunus, „du hast deine Hausaufgaben gut gemacht." – „Das war doch nur Zufall, dass er mal was gewusst hat", neckte Maria ihren Freund und knuffte ihn. „Zufall? Ach was!", widersprach Alex. „Ich bin eben ein Genie." – „Aber schon krass irgendwie", murmelte Lissy, „da haben der König und sein Sohn einen Orakelspruch bekommen, der ihnen sagt, was geschehen wird und ausgerechnet beim Versuch, eben diese vorausgesagten Ereignisse zu verhindern, geschehen sie und das Unheil nimmt seinen Lauf." – „Schon dramatisch, nicht wahr?", kommentierte Yunus und betrachtete sich wieder einen Moment lang schweigend die Vertiefung im Apollontempel, über der einst die Pythia gesessen hatte.

„Heißt das, man kann seinem Schicksal nicht entfliehen?", schob ich eine Frage nach. „Heißt das, dass ich, egal was ich tue, immer nur das erfülle, was von vornherein für mich vorherbestimmt worden ist?" – „Hm", murmelten meine Freunde uneinig. Ich überlegte weiter: „Wo bleibt denn da der freie Wille? Die freie Entscheidung? Wozu sind wir dann überhaupt da, wenn wir doch sowieso nichts ändern können?" Ich suchte Yunus' Blick, doch der war mit seinen Gedanken offensichtlich ganz woanders oder aber er wollte mir seine Meinung zu diesem Thema nicht kundtun. Er wich mir aus. Meine Überlegungen waren aber noch nicht zu Ende gebracht. „Also, wenn das wirklich so ist und dass einem alles vorherbestimmt ist und man sowieso nichts am Lauf der Dinge ändern kann, dann ist es meiner Meinung nach besser, wenn es so etwas wie ein Orakel gar nicht gibt. Dass man gar nicht weiß, was passieren wird. Ich bin froh, dass das Orakel hier nicht mehr funktioniert." – „Wieso? Wäre doch nicht schlecht, wenn man einen kleinen Blick in die Zukunft werfen könnte", mischte sich Alex ein. „Welche Frage würdest du denn der Pythia stellen?", wollte Maria neugierig wissen. „Na, die wichtigste Frage überhaupt! Die, die wir uns alle in diesem Sommer stellen." – „Und welche sollte das bitte schön sein?", wollte Lissy wissen. „Wird Deutschland Weltmeister?", entgegnete Alex theatralisch. „Oh Mann, Alex!", stöhnte Lissy genervt, aber sie konnte sich ein Lachen nicht verbeißen, immerhin verfolgte sie genauso wie wir anderen auch voller Spannung die Fußball-WM, die dieses Jahr in Deutschland stattfand. „Ja, das ist wirklich eine Frage, die die Welt bewegt", kicherte Maria.

Yunus betrachtete sich noch immer andächtig den Erdspalt im Apollontempel. Entschlossen wandte ich mich an ihn und wechselte das Thema. „Wenn du doch gerade deine Doktorarbeit über das Orakel von Delphi schreibst, kannst du uns sicher noch mehr darüber erzählen, oder?", fragte ich Yunus. „Könnte ich, ja", gab dieser zurück. „Würdest du auch?" Yunus überlegte eine Weile. „Hm ... na gut", entgegnete er, senkte seinen Kopf und berichtete: „Zu seiner Blütezeit fand das Orakel an jedem 7. Tag im Monat statt. Außer in den Wintermonaten, denn da herrschte Dionysos über Delphi. Im Frühjahr, Sommer und Herbst, wenn also Dionysos weg war und stattdessen wieder Apollon in Delphi hauste, konnte das Orakel stattfinden. Wenn man einen Orakelspruch wollte, musste man sich in der Kastalischen Quelle reinigen, einen bestimmten Geldbetrag zahlen und eine Ziege opfern. Bevor das Orakel zu Wort kommen konnte, musste man ein Omen abwarten. Und zwar besprengte einer der obersten Priester des Heiligtums die Opferziege mit eiskaltem Wasser. Wenn die Ziege zitterte, galt dies als gutes Omen. Die Ziege wurde als Opfertier geschlachtet und auf dem Altar verbrannt." – „Na toll", murmelte Lissy, „arme Ziege." Unbeirrt fuhr Yunus fort. „Blieb die Ziege allerdings ruhig stehen, fiel das Orakel aus und die Ratsuchenden mussten bis zum nächsten Monat warten."

Ich schloss meine Augen und konzentrierte mich auf das, was Yunus sagte. Plötzlich zuckte ich zusammen, als wie ein Blitz für einen kurzen Moment ein Bild vor meinem inneren Auge auftauchte. Ich sah eine junge Frau in einem hellen, langen Gewand, das in einer lauen Brise flatterte und um die Beine der Frau rauschte wie ein Wasserfall. Sie hatte die Kapuze tief in ihr Gesicht gezogen. Lange schwarze Haare und ein blasses Gesicht kamen darunter zum Vorschein. Sie schritt schnell und würdevoll auf den Apollontempel zu. Zwei großen, dunkelhaarige Männer gingen mit ausholenden Schritten neben ihr her, einer rechts und einer links. In den Händen hielten sie merkwürdige Schalen, in denen etwas enthalten war, das ich nicht erkennen konnte. Dann verschwanden die drei geschlossen im Inneren des Heiligtums. Mir lief ein Schauer über den Rücken. Ich hatte nur einen kurzen Blick auf das Gesicht der jungen Frau erhaschen können, bevor sich meine ‚Vision' – ich nenne das jetzt mal so – verflüchtigte. Die Frau hatte traurig ausgesehen. Gefasst, aber traurig, und ich konnte diese tiefe Traurigkeit in mir spüren. Sie schnürte mir das Herz zu und ich verstand nicht, woher diese abgrundtiefe Traurigkeit kam, die von mir Besitz ergriff. Zum Glück hielt dieses Gefühl nicht lange in mir an und es schien auch keiner von den anderen gemerkt zu haben, was in mir vorging. Meine Freunde hätten das sicher nicht nachvollziehen können. Ich verstand es ja selbst nicht und war bloß froh, dass es vorbei war. Ich zwang mich dazu, wieder ruhiger zu atmen und versuchte, nicht an das zu denken, was ich gerade erlebt hatte. Stattdessen lauschte ich weiter Yunus' Ausführungen: „Zitterte also die Ziege, war dies ein gutes Omen für das Orakel und die Weissagungen konnten beginnen. Die Pythia begab sich zur Kastalischen Quelle, wo sie ein Bad nahm. So reinigte sie sich für die Prozedur des Orakels. Sie trank auch ein paar Schlucke des heiligen Wassers und begleitet von zwei Priestern ging sie dann zum Tempel des Apollon hinüber." Erschrocken atmete ich laut ein, als ich mich mit einem Schlag an meine ‚Vision' erinnert fühlte. Yunus betrachtete mich für einen Moment intensiv und mir lief erneut ein Schauer über den Rücken. Konnte Yunus Gedanken lesen? Ich brach den Blickkontakt ab, indem ich auf den Boden schaute und Yunus redete weiter, nun allerdings etwas langsamer und leiser als zuvor: „Die Priester und die Pythia gingen in den Tempel des Apollon hinein. Die Pythia setzte sich dann auf ihren Schemel. Einer der Priester reichte ihr Lorbeerblätter. Die Pythia nahm die Lorbeerblätter und kaute sie. Der andere Priester gab ihr eine Schale mit heiligem Wasser, von dem die Pythia trank. Die Weissagende saß auf ihrem Schemel und atmete den Dunst ein, der aus der Erdspalte aufstieg. Der aromatische Rauch hatte eine narkotisierende Wirkung und versetzte die Pythia in einen ekstatischen Trancezustand. Der Ratsuchende stellte seine Frage und unter dem Einfluss der Dämpfe machte die Pythia ihre Prophezeiungen. Man glaubt, dass in diesem entrückten Zustand der Gott Apollon selbst durch die Pythia zu den Menschen sprach." Yunus stockte kurz. Ich hob meinen Blick und schaute dem Araber ins Gesicht. Seine Augen glitzerten. Yunus schloss die Augen. Ich war irritiert, als ich feststellte, dass eine kleine Träne den geschlossenen Lidern entfloh und seine Haut benetzte. Meine Freunde hatten davon allerdings nichts mitbekommen. Alex stellte Yunus eine Frage: „Diese Dämpfe ... das hört sich an, als habe die Pythia bei ihren Weissagungen unter Drogen gestanden." Lissy und Maria lachten. Yunus räusperte sich und setzte ein Lächeln auf. „So ähnlich war es auch", erläuterte er mit fester Stimme. „Ob ihr es glaubt oder nicht, viele Forscher sind heute der Meinung, dass der Rauch, der aus dem Erdinneren kam, aller Wahrscheinlichkeit nach Ethylen gewesen war, das eine vergleichbare Wirkung wie Rauschmittel hat." – „Wow, die Pythia war also high", kommentierte Alex. „So kann man das auch ausdrücken." Yunus lächelte. „Religiöse Verzückung klingt allerdings besser." Dann fügte er noch an: „Wahrscheinlich waren deshalb die

Weissagungen oftmals sehr unverständlich und bedurften Übersetzungen durch die Priester."

„Wer war diese Pythia überhaupt?", wollte Lissy wissen. „Kannst du uns darüber auch etwas sagen?" Besorgt blickte ich Yunus an. Aber der kurze Anflug von Traurigkeit war verschwunden. Vielleicht hatte ich mir das mit der Träne auch nur eingebildet, versuchte ich mir einzureden. Doch so richtig gelang es mir nicht, diesen Anblick zu vergessen. Warum war Yunus in seinem tiefsten Inneren so schrecklich traurig? Er ließ es sich nicht anmerken, aber ich spürte trotzdem, dass es da irgendetwas gab, das ihn belastete, sehr sogar, und er zog es vor, mit uns nicht darüber zu reden.

„Es gab mehrere Pythien", sprach Yunus. „Pythia war lediglich die Bezeichnung, der Titel sozusagen, für die Priesterin im Orakel von Delphi. Meistens wurden für diese Aufgabe einfache Frauen aus der Stadt Delphi ausgewählt. Einzige Bedingung war, dass die Frau jungfräulich bleiben musste. Die Pythia war die einzige Frau, die den Tempel des Apollon betreten durfte. Ansonsten war dies nur Männern vorbehalten. Am Anfang wurden oft hübsche junge Mädchen ausgewählt. Aber es kam zu Übergriffen auf die Pythien durch frevelhafte Pilger, die ihr schnelles Vergnügen suchten. Deshalb entschied man sich später dazu, nur noch reife Frauen über 50 in dieses Amt einzusetzen."

„Oho", kommentierte dies Alex, „es gab also früher auch schon sexuelle Belästigung am Arbeitsplatz ..." – „Alex", mahnte Maria ihn. „Was denn?" Alex zuckte mit den Schultern. Doch Yunus ignorierte seine Äußerung und hüllte sich in Schweigen.

„Pythia zu sein, ist bestimmt keine leichte Aufgabe", sinnierte Lissy langsam, „immer diese Fragerei und der Rauch und überhaupt ... Nee, also das wäre nichts für mich."

Inzwischen hatten mehr und mehr Touristen den Apollontempel erreicht und tummelten sich um die beeindruckenden Ruinen. „Nun denn", sprach Yunus langsam, „ich würde vorschlagen, wir gehen weiter oder was meint ihr?" Wir nickten zustimmend. „Wohin jetzt?", fragte Maria. „Zum Theater, das ist gleich ein paar Meter weiter oben. Da entlang." Yunus deutete auf einen kleinen Fußpfad, der nach oben führte.

Nur wenige Augenblicke später befanden wir uns in einem großen Theater, so eines, wie wir es am Tag zuvor bei der Akropolis auch schon gesehen hatten. Das Theater von Delphi war aber wesentlich besser erhalten und das Schönste daran war die herrliche Aussicht über die gesamte Anlage Delphis und die beeindruckende Gebirgslandschaft außen herum. Es versteht sich von selbst, dass die Digitalkamera wieder verstärkt zum Einsatz kam.

Vom Theater aus ging es dann hinüber zum antiken Stadion, das mit seiner geräumigen Sandfläche regelrecht zu einem Wettlauf einlud. Wir wunderten uns darüber, dass der Platz frei zugänglich war und uns keine Spannseile oder Verbotsschilder daran hinderten, das Innere des Stadions zu betreten. Selbstverständlich konnte sich unsere Sportskanone Alex nicht zurückhalten. Mit einem Urschrei stürmte er das Stadion und drehte eine Runde für sich. Er wirbelte dabei einen Staub auf, dass es eine wahre Pracht war. „Offensichtlich nicht ausgelastet, der Typ." Lissy schüttelte verständnislos den Kopf. „Der hat doch einen Sonnenstich!" Als Alex wieder bei uns war, schnaufte er wie ein Ochse, sein Gesicht war leicht gerötet, aber er strahlte bis über beide Ohren. „Oh, das tut gut", murmelte er, „kommt, ihr faulen Säcke. Lasst uns um die Wette laufen! Schwingt die Hufe! Ein bisschen körperliche Aktivität kann euch auch nicht schaden." – „Ach geh, Alex", murrte Lissy halbherzig, „gegen dich haben wir doch eh keine Chance." – „Ich renne langsam. Versprochen", gab Alex zurück und machte dabei ein paar Dehnübungen. „Yunus? Wie sieht's aus?", wandte sich Alex an den Araber, „Lust auf ein kleines Wettrennen?" – „Oh, äh, nein, lieber nicht", entgegnete Yunus, „aber ihr vier könnt euch gerne austoben. Ich habe nichts dagegen." – „Ach, eigentlich könnten wir echt mal eine Runde drehen", überlegte Maria. „Kommst du mit, Emmy?" – „Nee, lass mal", erwiderte ich, „ich hab grad keine Lust. Später vielleicht." Ich hatte eben beschlossen, Yunus eine Frage zu stellen. „Lissy sieht doch so aus, als würde sie sich mit dir messen wollen, Maria", schlug ich vor. „Findest du?", fragte Lissy und deutete auf ihr Kleid. „Wie soll ich denn *damit* rennen?" Ich zuckte mit den Schultern. „Ach komm, Lissy", bettelte Alex. Dann mimte Maria unsere ehemalige Sportlehrerin, Frau Hillner: „Auf jetzt. Wir sind hier nicht am Strand, verdammt noch mal! Die Jugend heutzutage ... Nur Fernsehen und Cola und Chips ... Ist kein Wunder, dass sie nichts mehr aushalten. Wenn ihr nicht schleunigst was unternehmt, endet ihr alle als unbewegliche Pizzamamas." Wir konnten uns ein Lachen nicht verbeißen. Maria schaffte es hervorragend, Frau Hillners kehlige Stimme zu imitieren. Lissy gab sich schließlich geschlagen. „Hmmm, na gut. Eine Runde. Warum eigentlich nicht? Es kennt uns ja sowieso keiner hier." – „Emmy gibt das Startkommando", verlangte Alex. „Geht klar", sagte ich und holte die Digitalkamera heraus, um die sportliche Höchstleistung meiner Freunde für die Ewigkeit festzuhalten. Lissy, Maria und Alex stellten sich hinter eine imaginäre Startlinie und machten sich bereit. „Auf die Plätze, fertig, los!" Ich klatschte in die Hände und meine Freunde sprinteten begeistert davon. Schon nach wenigen Metern ging Alex in Führung. Ich machte gleich mehrere

Fotos. Als meine Freunde das andere Ende der Rennbahn erreicht hatten, verlangsamten sie ihren Schritt und brachen lachend zusammen. Erst träge setzten sie sich wieder in Bewegung und trotteten zu Yunus und mir zurück. Auf ihrem Weg trödelten meine Freunde und kamen nur sehr langsam voran. Für einen Moment lang war ich also mit Yunus allein. Längst hatte ich keine Angst mehr vor ihm. Ich kann jedoch nicht leugnen, dass er mir immer noch etwas unheimlich war. Yunus war eine rätselhafte Persönlichkeit und eigentlich wussten wir immer noch nicht, was er von uns wollte. Ich schaute mich aufmerksam um und stellte zu meiner Überraschung fest, dass Yunus sich wortlos auf einer der steinernen Sitzbänke niedergelassen hatte, die zum Stadion gehörten. Ich senkte die Kamera und ging langsam zum Araber hinüber. Längst hatte ich mich an seine Anwesenheit gewöhnt und es war mir klar, dass wir fortan zu fünft durch diesen Urlaub gehen würden. Vor ein paar Stunden hätte ich dies noch für ein Ding der Unmöglichkeit gehalten, aber mittlerweile gefiel mir die Vorstellung, einen privaten Reiseführer dabei zu haben, immer besser. Zudem war Yunus innerhalb dieser kurzen Zeit schon beinahe so etwas wie ein Freund für uns geworden. Wir vertrauten ihm und es war interessant, von ihm über die Anlage Delphis zu erfahren. Umso mehr verwirrte es mich, dass Yunus nun, seitdem wir den Tempel des Apollon verlassen hatten, so wortkarg geworden war, so verschwiegen und in sich gekehrt. Wenn man ihn etwas fragte, gab er Antworten, das ja, aber er wirkte längst nicht mehr so unbeschwert wie noch vor Kurzem. Irgendetwas bedrückte ihn. Doch ich wagte es nicht, ihn nach dem Grund zu fragen. Ich war außerdem noch immer ganz in Gedanken wegen der ‚Vision', die ich gehabt hatte, von dieser jungen Frau – der Pythia, durchfuhr es mich. Das, was ich gesehen hatte, war nicht nur eine bloße Vorstellung gewesen, sondern so real, so eindrucksvoll, als wäre das echt geschehen, als hätte ich die Frau und die Priester tatsächlich bei ihrem Gang in den Apollontempel gesehen. Aber das konnte doch alles nicht sein! Das widersprach jeglicher Vernunft.

Ganz in Gedanken versunken blickte ich in Yunus' Richtung und fragte mich, was eben in dessen Kopf vorging. Ich hatte das Gefühl, dass er uns noch längst nicht alles erzählt hatte. Yunus saß auf der Steinbank und schien ins Leere zu starren. Er kaute abwesend auf seiner Unterlippe herum. Ich setzte mich neben ihn und überlegte gerade, ob ich fragen sollte, was ihn so schrecklich bedrückte, als plötzlich etwas Merkwürdiges geschah, das mich alles andere vollkommen vergessen ließ. *„Du hast sie auch gesehen? Die Pythia?"*, hörte ich auf einmal eine Stimme in meinem Kopf. Ich zuckte erschrocken zusammen und sprang wie von der Tarantel gestochen auf. Es war Yunus' Stimme gewesen, die ich da gehört hatte. Das wusste ich, aber ich hatte gar nicht bemerkt, dass Yunus gesprochen hatte. – Und er *hatte* auch nicht gesprochen. Dessen war ich mir ganz sicher. Ich hatte sein Gesicht ja gesehen und die Lippen hatten sich definitiv nicht bewegt. Zudem hatte ich ein seltsames Gefühl im Kopf. Ich weiß nicht, wie ich das beschreiben soll. Es war beinahe so, als würden meine Gedanken beobachtet, als wäre mein Kopf ein aufgeschlagenes Buch, in dem jedermann nach Belieben lesen konnte. Ich spürte, wie die feinen Härchen auf meinen Armen zu Berge standen, als würde mein Körper unter Hochspannung stehen. Erschrocken starrte ich Yunus an. Doch dieser schaute erneut zu Boden, als wagte er es auf einmal nicht mehr, mir in die Augen zu blicken. „Wie hast du das gemacht?", richtete ich mich, immer noch stehend, an ihn. Meine Stimme klang seltsam verzerrt. Ich räusperte mich, doch der Frosch im Hals ließ sich dadurch nicht vertreiben. Yunus hob langsam seinen Kopf und schaute mir ins Gesicht. Wieder bekam ich eine Gänsehaut, als sich unsere Blicke kreuzten. „Was gemacht?", fragte Yunus. „Mit mir gesprochen, aber nicht laut. Es war so, als wärst du in meinem Kopf drin gewesen." Ich riskierte es einfach und sagte es geradewegs heraus. Yunus würde mich sicherlich für vollkommen verrückt erklären. Ganz sicher gab es eine vernünftige Erklärung. Bestimmt hatte ich nur nicht gesehen, dass Yunus die Lippen bewegt hatte und das seltsame Drücken im Kopf war nur ein Sonnenstich oder beginnende Kopfschmerzen oder so etwas in der Art. An meinen Fingern klebte kalter Schweiß. Ganz sicher, ganz, ganz sicher hatte ich mich einfach nur getäuscht und es gab eine logische Erklärung dafür, redete ich mir tapfer weiter ein. Yunus' Antwort überraschte mich. „Du hast es gehört?", fragte der Araber erstaunt und blickte mich mit weit aufgerissenen Augen an. „Also hast du wirklich etwas gesagt ...", vergewisserte ich mich verblüfft und wollte gerade erleichtert aufatmen. *Also doch*, dachte ich mir. Ich hatte lediglich nicht gesehen, dass Yunus geredet hatte. So einfach war das. Ich hatte nur nicht genau hingeschaut! – War es wirklich so einfach? Ich hatte da so meine Zweifel. Warum verließ mich dieses nervöse Kribbeln in der Magengegend nicht? „Du *hast* doch etwas gesagt?", wiederholte ich beinahe schon flehend. „Nein." Yunus schüttelte den Kopf und schaute wieder zu Boden. „Wie jetzt? Hast du etwas gesagt oder hast du nichts gesagt?" Ich bemerkte, dass ich am ganzen Körper zu zittern begann. Ich war mit einem Male wie elektrisiert. Am liebsten wäre ich auf und davon gerannt. Aber irgendetwas hielt mich davon ab. *„Du* hast *sie gesehen, oder?"*, hörte ich wieder in meinem Kopf und ich bekam es regelrecht mit der Angst zu tun. „Was tust du da?", fuhr ich Yunus verärgert und verängstigt an. „Was soll das?" Ich zitterte am ganzen Körper und wehrte mich vehement gegen seine Stimme in meinem Kopf. Ich spürte ein nervöses Prickeln unter meiner Kopfhaut. Es war unangenehm. Ich wollte das nicht. Ich trat auf der Stelle. Ich dachte, ich war gerade dabei, den Verstand zu verlieren und Yunus war schuld daran. Er musste irgendeinen Trick angewandt haben, dass ich dachte, er würde mit mir reden, ohne dabei den Mund zu bewegen. Yunus blickte mich mit seinen mysteriösen dunklen Augen an. Ich machte einen Schritt nach hinten. Yunus stand auf und fasste mir beschwichtigend an den Arm. „Beruhige dich, Emily", sprach er leise. Diesmal sah ich deutlich, dass er seine Lippen bewegte. „Ich werde es nicht mehr tun. Ich fürchte, es war noch zu früh dafür." – Jetzt hatte er es schon wieder gesagt! „Zu früh *wofür?*", fragte ich ihn, aber eigentlich wollte ich es gar nicht wissen. „Emily ..." Er schien angestrengt über irgendetwas nachzudenken. Man konnte ihm deutlich ansehen, dass er mit sich kämpfte, ob er es mir sagen sollte oder nicht. – Was auch immer ‚es' war. Ich hatte keine Ahnung. Schließlich fasste er sich mit einem beinahe schon schmerzverzerrten Gesicht an die Stirn. „Es gibt da etwas, das ich dir sagen muss ..." Er zögerte. „Es ist so ... du ... ich ... Ich weiß nicht, wie ich es dir sagen soll." Er stockte. Meine Freunde waren bei uns angekommen. Yunus schaute mich mit einem flehenden Blick an, der Bände zu sprechen schien, aber er drang nicht mehr mit seiner Stimme in meine Gedanken vor. Er hatte versprochen, es nicht mehr zu tun. Er hielt sich daran. Der Blick war intensiv. *Sag ihnen bitte nichts davon*, schien er mir mitteilen zu wollen. *Ts*, dachte ich, *den Teufel werde ich tun und ihnen davon etwas erzählen! Die werden mich für vollkommen bekloppt und hirnverbrannt erklären, wenn ich denen das sage.* Dann dachte ich weiter: *Ich bilde mir das alles ein. Yunus hat nichts zu mir über Telepathie gesagt. So etwas gibt es nämlich nicht. Ich hab mir das alles ... nur ... eingebildet.* Und dann fiel mir seine Frage wieder ein: *„Du hast sie auch gesehen? Die Pythia?"* – Ja, verdammt! Das hatte ich. Aber es war doch nur vor meinem inneren Auge gewesen, weil ich mir die Szene so lebhaft vorgestellt hatte. Ich konnte das. Ich hatte mir schon öfters Landschaften, Personen – was auch immer – genau vorstellen können, ohne sie tatsächlich sehen zu müssen. Aber das konnte doch wohl jeder, oder? *Jeder hat doch Fantasie. Es setzt nur nicht jeder seine Fantasie ein.*

„Was ist denn mit euch los?", fragte Maria, als sie uns sah. „Ihr schaut so ernst. Ist was passiert?" Yunus sagte nichts. Er setzte sich wieder auf die steinerne Bank des Stadions. „Nein, natürlich nicht", erwiderte ich etwas hektisch, „es ist alles in Ordnung." – „Oh Mann!", stöhnte Lissy. „Ich bin voll fertig." – „Ich auch", gab Maria zurück und setzte sich auf die Steinbank neben Yunus. Alex ließ sich neben ihr nieder. Lissy und ich setzten uns eine Steinstufe niedriger. Ich war froh um diesen Sitzplatz. So musste ich Yunus nicht direkt anschauen und es fiel trotzdem nicht auf, dass ich ihm auswich.

„Wie sieht's aus? Wollen wir endlich mal Mittagessen machen? Es ist inzwischen vier Uhr!" – „Was? Wirklich?", brach es aus Yunus. Er hatte wieder sein ansteckendes Grinsen aufgesetzt. Diesmal wusste ich, das Grinsen war nicht echt. Er verstellte sich nur. Seltsamerweise spürte aber auch ich, wie mein Puls sich langsam aber sicher wieder beruhigte, obwohl ich innerlich noch immer völlig aufgelöst war. *Es ist alles in bester Ordnung,* redete ich auf mich ein, als wollte ich mich selbst hypnotisieren, *es ist alles okay. Es geht mir gut und es ist überhaupt nichts Außergewöhnliches passiert.*

Irgendwann glaubte ich mir und bemerkte zum ersten Mal so richtig, dass mir der Magen knurrte. Wie die anderen auch, holte ich das Sandwich und das andere Gebäck aus dem

Rucksack und begann zu essen. „Willst du nichts essen?", fragte Alex den Araber mit vollem Mund. „Ich habe schon gegessen, danke", entgegnete Yunus. „Aber das ist auch schon mindestens vier Stunden her, oder?", bohrte Lissy nach. „Du kannst gerne was von mir abhaben", schlug Maria vor. „Das ist nett, aber ich brauche im Moment nichts, danke." – „Na gut, selber schuld", meinte Maria und aß genüsslich weiter. „Dieses merkwürdige Gebäck ist lecker", verkündete Lissy erfreut. „Da ist Feta-Käse drin. Das können wir ruhig noch einmal kaufen."

Cyrill

Die folgende Stunde war sehr angenehm. Es geschah nichts Außergewöhnliches mehr. Wir besuchten das Museum von Delphi und betrachteten uns viele Statuen, Skulpturen und Schmuckstücke. Yunus zeigte uns den *Omphalos*, die Sphinx der Naxier, die Nachbildungen des Giebels des Apollontempels und vieles andere mehr. Der Araber wusste zu nahezu jedem Ausstellungsstück eine interessante Geschichte zu erzählen. Die Besichtigung war so schön, dass ich jegliche Erinnerung an die ‚Vision' und die Stimme in meinem Kopf gekonnt verdrängte und entspannt und fröhlich an der Seite meiner Freunde lachen und staunen konnte. Es tat richtig gut.

Doch dann betraten wir den Saal 12. Kaum waren wir die wenigen Treppenstufen emporgestiegen, die in diesen Raum führten, fiel unser Blick auf eine beeindruckende Bronzestatue.

„Vor uns steht ein wahres Meisterwerk der Bronzebildnerei", verkündete Yunus mit Begeisterung in der Stimme. „Es handelt sich hierbei um den berühmten Wagenlenker von

Delphi. Er stammt aus dem Jahr 470 vor Christus und war einmal ein Teil einer größeren Bronzegruppe gewesen. Aber von dem Viergespann des Wagens und von dem Pferdeburschen, der vor den Pferden stand, um sie ins Hippodrom zu führen, ist nicht mehr besonders viel übrig geblieben. Deshalb wird der Wagenlenker hier auch alleine ausgestellt."

Wir blieben etwa fünf Meter von der Statue entfernt stehen und betrachteten sie uns. Der Wagenlenker war etwa 1,80 m groß, schätzte ich. Er trug ein langes Gewand, das unterhalb des Gürtels in geradlinigen strengen Falten herabfiel. Oberhalb des Gürtels warf das Gewand fließende Falten um Brust und Oberarme. Der linke Arm der Figur fehlte, in der rechten hielt sie die Überreste von bronzenen Zügeln. Die Statue war barfuß. Alle Zehen waren noch vorhanden und von Meisterhand herausgearbeitet. Der Gesichtsausdruck des Wagenlenkers war streng und erhaben. Plastisch deutlich herausgearbeitete Locken umspielten seine Schläfen. Auf dem Kopf wirkten die Haare allerdings fast wie eingraviert. Um die Stirn trug die Figur ein gemustertes Band.

„Geht ruhig näher heran", schlug Yunus vor, „und betrachtet euch das Antlitz des Mannes." Wir folgten seinem Rat und ich hielt vor Überraschung den Atem an. Das kantige Kinn, die betonten, vollen Lippen und die schmale gerade Nase; der strenge Bogen der Augenbrauen und die langen geraden Wangen ... Der Anblick jagte mir einen Schauer über den Rücken. Aber das Auffälligste an der Statue waren zweifelsohne die Augen! Die Augäpfel waren aus irgendeinem weißen Material gefertigt. Die Pupillen glänzten in zwei verschiedenen Farbtönen: dunkelbraun und schwarz. Kurze Bronzefäden stellten die Wimpern da. Die Augen des Wagenlenkers waren weit geöffnet und starrten ins Leere.

„Auf dem Sockel des Wagenlenkers fand man eine Inschrift, auf der geschrieben stand: *Polyzalos hat mich geweiht*", schilderte Yunus. „Polyzalos war im fünften Jahrhundert vor Christus der unglaublich strenge Tyrann von Gela in Sizilien und Sohn des Deinomenes. – Die übrige Inschrift ist nicht mehr lesbar. Bis auf ein weiteres Wort: *Apollon*. Aber das ist nicht weiter verwunderlich, wenn man weiß, dass die Bronzegruppe einst im *Temenos* des Apollon aufgestellt war."

„Ist dieser Wagenlenker also Polyzalos?", wandte sich Maria interessiert an Yunus.

„Das kann man so einfach nicht sagen", begann Yunus langsam. „Es ist sehr unwahrscheinlich, dass die Statue Polyzalos selbst darstellt. Ich denke, das können wir ausschließen. Möglicherweise war er ein Wagenlenker, der für Polyzalos arbeitete und für ihn an den Rennen teilnahm, denn die Rennen waren bei Weitem zu gefährlich für die meisten Pferdebesitzer, um selbst daran teilzunehmen. Bei jedem Wagenrennen gab es in etwa 40 Wagenlenker. Am allergefährlichsten waren die scharfen Wendungen um die Säulen an jedem Ende der Rennbahn, die Wendepunkte. Es wird von einem Rennen in Delphi berichtet, bei dem nur ein einziger von insgesamt 40 Wagenlenkern unverletzt nach Hause zurückkehrte. Es gab oft Tote und Schwerverletzte bei diesen wahnwitzigen Wagenrennen. Aber um noch einmal auf deine Frage von vorhin zurückzukommen, Maria: Bis heute wissen wir nicht, ob der Wagenlenker das Porträt von einer bestimmten Person ist oder ob der uns unbekannte Künstler mit seinem Werk vielleicht lediglich eine gelassene menschliche Größe vermitteln wollte", sprach Yunus. „Einen Wagenlenker, der unendlich ruhig, vollkommen befriedigt von seinem Sieg ist und sozusagen symbolisch für die heldenhaften Gewinner der gefährlichen Wagenrennen steht. Wie auch immer: Der Wagenlenker von

Delphi ist meiner Meinung nach das vielleicht vollkommenste Bronzeoriginal von allen seiner Art, die von der griechischen Antike bis heute überlebt haben."

Andächtig schritt ich einmal um die Bronzestatue herum. Meine Freunde folgten mir. Als ich das tat, ergriff wieder einmal ein merkwürdiges Gefühl von mir Besitz, das ich mir nicht erklären konnte. Es war ein Gefühl der Angst, der Ehrfurcht und der Hilflosigkeit, und der Mann, der hier reglos vor mir stand, in Bronze verewigt, war der Grund für diese Gefühle. Er kam mir seltsam bekannt vor, als wäre er eine wirkliche Person gewesen, der ich schon einmal zuvor begegnet war, obwohl ich gleichzeitig wusste, dass dies unmöglich der Fall sein konnte. Mein Herz schlug in einem schnelleren Rhythmus und ich schluckte schwer. Ich stellte fest, dass Yunus mich bei meinem Rundgang genauestens beobachtete. Ich zwang mich dazu, ruhiger zu atmen und versuchte, mir nichts anmerken zu lassen. Ich ärgerte mich selbst über die Unkontrollierbarkeit meiner Gefühle. Es schien immer schlimmer zu werden, seitdem wir beim Tempel des Apollon gewesen waren und ich verstand mich selbst nicht mehr. Ich hasste mich dafür. Warum konnte ich nicht einfach die Besichtigung genießen? Aber ich war so unglaublich durcheinander und ich wollte den Saal Nummer 12 so schnell wie nur irgendwie möglich verlassen.

Die restlichen Ausstellungsstücke konnte ich leider nicht angemessen würdigen, weil ich ständig darüber nachdachte, woher ich die Gesichtszüge des Wagenlenkers kannte und an wen sie mich erinnerten. Dass ich dem Wagenlenker vielleicht irgendwann einmal persönlich begegnet sein könnte und er mir daher so vertraut war, war eine viel zu unrealistische Vorstellung, als dass ich diese auch nur einen Moment lang in Erwägung gezogen hätte. Wahrscheinlich hatte ich die

Bronzestatue einfach schon einmal in einem Prospekt oder Reiseführer gesehen und kannte sie daher, beschloss ich und erklärte das Thema hiermit für beendet.

Ich war froh, als wir das Museum verließen und wieder nach draußen gingen. Es war inzwischen halb sechs. Aber noch immer war es recht warm und wir setzten uns auf eine Bank im Schatten eines Olivenbaumes. „Der Bus kommt in gut einer Viertelstunde", verkündete Yunus langsam. „Am besten, wir warten hier, dann verpassen wir ihn nicht. Es ist heute nämlich der letzte, der nach Athen zurückfährt." – „Oh ja, das wäre schlecht, wenn wir den verpassen würden", meinte Maria.

Während wir warteten, sprachen wir noch einmal über einige Höhepunkte des Tages.

Ein tuckerndes Motorengeräusch ließ uns aufschauen. Ein blauer Linienbus fuhr in den Parkplatz ein und öffnete mit einem lauten „Pfffffff!" die Türen. „Okay", sagte Yunus, „euer Bus ist da. Steigt lieber schnell ein, bevor er ohne euch fortfährt." – „Und was ist mit dir?", fragte ich ihn, „kommst du etwa nicht mit?" – „Nein. Ich bleibe noch einen Moment hier." – „Wie kommst du dann wieder nach Athen?", wollte Lissy wissen. „Macht euch darüber keine Gedanken. Ich komme schon zurecht." Yunus lächelte. „Hast du ein Auto dabei?", fragte Maria. „Nein, aber ich werde wieder nach Athen zurückkommen. Keine Sorge." Ich zuckte mit den Schultern. „So, und jetzt beeilt euch. Der Bus wartet nicht ewig", drängte Yunus. Erschrocken stellten wir fest, dass schon alle Passagiere außer uns eingestiegen waren. Hektisch eilten wir zur Bustür hinüber. Yunus blieb dagegen bei der Bank mit dem Olivenbaum stehen und schaute uns nach. „Sehen wir uns bald wieder?", rief ich Yunus zu. „Lasst euch überraschen", entgegnete der Araber mit einem Lächeln im

Gesicht. „Und wie geht es dann weiter?", fragte ich noch, während meine Freunde bereits ins Innere des Busses verschwanden und dem Fahrer die Karten vorzeigten. „Epsilon", entgegnete Yunus nur und nickte mit seinem Kopf in Richtung des Busses. Nun war ich an der Reihe, meine Fahrkarte vorzuzeigen. Ich fummelte nervös in meinem Geldbeutel herum und endlich bekam ich das Ticket zwischen meine Finger. Als der Busfahrer die Karte sah, lächelte er nur freundlich und ich folgte meinen Freunden zu einem Vierersitzplatz, der noch frei war.

Gleich nachdem ich mich gesetzt hatte, blickte ich zurück zu der Stelle, an der Yunus stehen geblieben war. Ich wollte ihm zum Abschied winken, aber Yunus befand sich bereits nicht mehr dort. Stattdessen erhob sich eine wunderschöne weiße Taube flatternd in die Lüfte und flog in Richtung Apollontempel davon. „Wo ist denn Yunus so schnell hin?", fragte Lissy verwundert. „Vielleicht ist er wieder zum Museum zurück", vermutete Alex, „oder er versteckt sich hinter einem der anderen Busse da drüben." – „Schon seltsam, dieser Araber, oder?", fragte Maria. „Eigentlich wissen wir jetzt immer noch nicht, was er von uns wollte und was das mit den Zetteln zu bedeuten hatte." – „Ich bin gespannt, ob wir ihn wiedersehen werden", überlegte Alex. „Na klar werden wir ihn wiedersehen", behauptete ich überzeugt, „immerhin wohnt er ja in dem Haus schräg gegenüber von unserem Hotel." – „Wenn ich mir überlege, welch eine Angst wir am Anfang vor ihm gehabt haben ..." Lissy lachte. „Das ist vollkommen unnötig gewesen. Yunus ist ein feiner Kerl. Ein bisschen komisch vielleicht, aber dann passt er ja zu uns!"

Der Bus kam langsam ins Rollen, dann wendete er und verließ den Parkplatz. Wir warfen noch einen letzten Blick auf die Monumente Delphis, die wir vom Bus aus sehen konnten, und dann fuhren wir die Landstraße entlang, wieder in Richtung Athen. Einen Moment lang schwiegen wir. Jeder war in seine Gedanken versunken und dachte über das Erlebte nach. Wir waren auch ziemlich erschöpft von dem anstrengenden Tag und still ließen wir vor den Fenstern die atemberaubende bergige Landschaft an uns vorüberziehen.

Nach einer Weile ergriff Maria das Wort: „Wisst ihr, was das Schönste ist?" Wir blickten sie verwundert an. „Was denn?" – „Dass wir morgen endlich einmal selbst entscheiden können, wo wir hingehen wollen." Alex lachte. „Stimmt! Keine merkwürdigen Zettel, keine ominösen Einladungen und seltsamen Briefe, die uns sagen, was wir zu tun und zu lassen haben. Wie schön!" Er lehnte sich entspannt in seinen Sitz zurück und verschränkte die Arme hinter seinem Kopf. „Endlich können wir einmal selbst über unseren Urlaub bestimmen!", freute sich Maria und kuschelte sich mit ihrem Kopf an Alex' Brust. Dieser streichelte ihr sanft über die Wangen und schaute sie verliebt an. Es verstrichen in etwa zehn Minuten. Dann räkelte sich Alex langsam und Maria setzte sich wieder aufrecht hin. „Also gut. Lasst uns mal nachschauen, wo wir morgen hingehen. Ich hol schon mal meinen Reiseführer heraus", beschloss Maria. „Jetzt haben wir drei Stunden Zeit, um uns zu überlegen, was wir machen können." – „Verbreite du hier mal keine Hektik", verlangte Lissy beschwichtigend, „wir haben noch so viel Zeit." Doch bis zur Planung von anstehenden Besichtigungen und Ausflügen kam es erst gar nicht.

„Hey, da auf dem Boden liegt etwas!", stellte ich überrascht fest und deutete auf einen kleinen quadratischen Zettel vor meinen Füßen. „War der vorhin auch schon da? Der ist mir gar nicht aufgefallen." – „Oh nein", stöhnte Alex, „ist es das, was ich fürchte, dass es ist?" Maria hob ihren Kopf. „Er kann es einfach nicht lassen", murmelte sie. „Yunus!", riefen Lissy, Maria, Alex und ich wie aus einem Munde. Ich bückte mich und hob den kleinen Zettel auf. Die Ränder des Papiers waren ausgefranst und leicht vergilbt. In einer uns inzwischen wohlbekannten Schrift stand ein großes geschwungenes griechisches Epsilon auf der einen Seite geschrieben: ε. Meine Freunde rückten sich neugierig in ihren Sitzen zurecht. „Warum hat er uns den Zettel nicht einfach gegeben?", wunderte sich Lissy. „Wir waren doch den ganzen Tag zusammen." – „Und wie hat er den Zettel überhaupt in den Bus gebracht?", fügte ich verwirrt an. „Er ist doch gar nicht mit eingestiegen – oder?" Alarmiert blickten wir uns im Bus um. Vielleicht war Yunus deshalb so schnell verschwunden, weil er durch eine der hinteren Türen eingestiegen und doch mitgekommen war? Aber er war nicht im Bus. Natürlich nicht! Er hatte ja gesagt, dass er noch eine Weile in Delphi bleiben wollte. Ich kaute nervös auf meiner Unterlippe herum und zeigte meinen Freunden das Papier. Alex schüttelte den Kopf. „Dieser Yunus ... Wir waren doch den ganzen Tag zusammen unterwegs. Hätte er uns nicht einfach sagen können, was er von uns will?" – „Das wäre wahrscheinlich zu einfach gewesen", vermutete Maria. „Offensichtlich steht er auf Rätselraten." – „Hurra, dann geht die Schnitzeljagd also weiter wie gehabt?", fragte Lissy und rollte vergnügt die Augen. „Was steht denn auf der anderen Seite?", wollte Maria wissen. „Wie aufwendig wird es diesmal?" Ich drehte den Zettel um. Über die linke untere Ecke verlief ein kleines Stück einer roten Linie, die hier und da durch schwarze Striche unterbrochen worden war. – Auch das war für uns inzwischen etwas Vertrautes. In der Mitte des Zettels stand gleich ein ganzer Wust an griechischen Worten:

Εθνικό Αρχαιολογικό Μουσείο
Ποσειδών

Als ich das sah, fing ich unvermittelt zu schielen an. „Gib mal her", verlangte Maria und plagte sich mit den Zeichen. „*Ethnikó Archaiologikó Mouseío*", las sie gedehnt vor. „Ethnisches Archäologisches Museum, wenn mich nicht alles täuscht. Damit muss das Nationale Museum Athens gemeint sein. Das ist nicht weit von unserem Hotel entfernt." – „Ach nein, nicht schon wieder ein Museum", stöhnte Lissy genervt. „Hey", beschwerte sich Maria, „nichts gegen das Nationale Museum. Da wollten wir doch sowieso rein, oder?" – „Ja stimmt, aber an zwei Tagen hintereinander in ein Museum?", entgegnete Lissy, „muss das sein?" – „Wenn Yunus das so sagt ...", begann Alex mit einem gespielt ernsten Gesichtsausdruck, „... dann müssen wir dahin. Gar keine Frage." – „Und was heißt das letzte Wort darunter?", fragte ich. „Das hast du doch noch nicht gelesen, oder?" – „Äh ... Pi... Po-sei-don. – Poseidon", las Maria. „Poseidon?" – „Der griechische Gott des Meeres", belehrte uns Alex mit erhobenem rechtem Zeigefinger. „Das weiß ich selber", schnauzte Maria ihren Freund an. „Was sollen wir mit Poseidon im Nationalen Museum?" – „Vielleicht steht da eine Statue von ihm, die wir uns anschauen sollen", vermutete ich. „Du, da könntest du Recht haben", meinte Lissy, „so was würde zu Yunus passen. Vielleicht will er uns da treffen und uns wieder etwas über die Statue erzählen oder so." – „Ja wahrscheinlich", überlegte Maria.

„Wie passt eigentlich der Zettel zu den anderen, die wir bisher gefunden haben?", erkundigte sich Alex. „Moment." Ich kramte die anderen drei Zettel aus meinem Geldbeutel und legte sie aneinander, wie ich das schon einmal gemacht hatte. Dann nahm ich den neuen Zettel in meine Hand und hielt ihn über die anderen drei. „Ganz leicht", stellte ich innerhalb kürzester Zeit fest, „der gehört hier hin." Ich legte den Zettel mit dem Epsilon oberhalb des Papiers mit dem Beta an und die kurze rote Linie war eine perfekte Fortführung des Strichs der gleichen Farbe auf dem Betazettel. Zudem ging die Linie auf dem Epsilonzettel bruchlos in die rote Linie auf dem Gammazettel über. „Passt perfekt!", stellte auch Maria fest. „Und die Lage des Museums stimmt auch, wenn man es mit dem Stadtplan vergleicht. Schaut her." Alex deutete auf den Plan und die Sehenswürdigkeit, die darauf verzeichnet war. „Nationales Museum von Athen. Du hattest Recht, mein Schatz." Er drückte Maria einen schmatzenden Kuss auf die Wange. „Ich habe immer Recht, Alex. Das weißt du doch." – „Ich bin stolz auf dich", sagte Alex und wühlte Maria durch die Haare. „Lass das!", fuhr Maria ihn an. „Du weißt doch, dass ich das nicht mag. Du machst meinen Zopf kaputt." – „Tue ich nicht." – „Wie sieht das denn jetzt aus? Bestimmt total verwüstet." – „Nein", widersprach Lissy, „du siehst doch aus wie immer." – „Na dann …" Maria schmunzelte. Dennoch öffnete sie ihren Zopf und flocht sich einen neuen, den sie dann in einem eleganten Knoten hochsteckte und mit einer Spange befestigte. Schon immer hatte ich bewundert, wie Maria ohne Spiegel immer so raffinierte Frisuren hinbekam – und dann auch noch so schnell.

„Nationales Museum", murmelte ich für mich selbst. „Wollen wir da morgen hingehen?" – „Hm, ehrlich gesagt habe ich nicht schon wieder Lust auf ein Museum", gestand Lissy, „aber …" Sie vollendete ihren Satz nicht. „Das Wetter ist so schön. Eigentlich total schade, wenn wir den ganzen Tag in einem Museum verbringen", begann Maria und schlug gleich im Anschluss vor: „Machen wir es halt so … Wenn das Wetter schlecht ist, gehen wir ins Museum. Wenn es aber schön ist, dann erklimmen wir endlich einen der Berge, die hier in Athen sind, den *Pnyx* zum Beispiel oder den *Lykavuttós* oder wie die alle so heißen." – „Ich bin dafür", stimmte Alex seiner Freundin zu und hob seinen Arm demonstrativ in die Luft. „Wer ist für einen der Berge?" Lissy und Maria hoben ihren Finger leicht an. „Was ist mit dir, Emmy?", fragte Maria. „Ich weiß nicht", begann ich langsam, „Yunus will, dass wir morgen in dieses Museum gehen. Vielleicht sollten wir das wirklich tun." – „Soviel zu dem Thema, wir können selbst entscheiden, wohin wir morgen gehen", murrte Alex. „Ach, weißt du …", Lissy gähnte, „… lassen wir uns das doch morgen entscheiden. Ich will mich jetzt nicht streiten." – „Wer streitet sich denn?" – „Im Moment noch niemand, aber wer weiß? Diese Diskussion führt heute doch zu nichts mehr. – Huch! Was ist denn das?" Lissy fuhr erschrocken zusammen, als es in ihrer Tasche zu vibrieren begann. Dann vernahmen wir den Klingelton ihres Handys. „Ach so, Anruf", bemerkte Lissy. „Jede Wette: Es ist Ivy!" Und so war es. „Wir haben sie wohl etwas lange im Unklaren gelassen." Lissy kicherte. „Na, dann werden wir ihr mal ein bisschen von Yunus erzählen. Die wird staunen!"

⌘

Ich falle. Ich spüre, wie mein Körper ins Leere stürzt. Ich falle, tiefer und tiefer. Die Dauer des Sturzes kommt mir wie eine Ewigkeit vor. Meine Augen sind geschlossen. Mir schlägt das Herz bis in den Hals. Äste zerkratzen mir das Gesicht, bohren sich in meinen Bauch, zerfetzen mir das Kleid. Dann treffe ich mit einem dumpfen Geräusch auf dem Boden auf. Der Aufschlag ist so heftig, dass er mir die Luft aus der Lunge presst. Ich huste. Es tut weh und ich halte mir die rechte Schulter. Sie fühlt sich komisch an. Irgendein Knochen ist nicht mehr an der richtigen Stelle. Bestimmt ist etwas gebrochen, denke ich mir. Hinter den geschlossenen Augenlidern tanzen Sterne. *Was ist geschehen?*, frage ich mich. *Wo bin ich?* Mir fällt die Busfahrt wieder ein, die schöne Landschaft; das leckere Essen in dem Imbiss in der Nähe vom *Omonia*-Platz; die Ankunft in unserem Hotel; dass in Yunus' Wohnung kein Licht gebrannt hat und wir daraus geschlossen haben, dass er noch nicht nach Hause zurückgekommen ist. Mir fällt wieder ein, dass wir uns alle nacheinander geduscht haben und ins Bett gegangen sind. *Ja, das ist es*, denke ich, *wir sind schlafen gegangen. Ich träume.* – *Seit wann spürt man so einen intensiven Schmerz, wenn man träumt?*, frage ich mich. *Warum wache ich nicht auf?* Reflexartig greife ich mir an den Hals. Ich trage wieder das silberne Medaillon, das ich am Vortag von Yunus' Bruder Aiman bekommen habe. Ich öffne verwirrt die Augen und sehe eine klaffende Wunde an meiner rechten Schulter. Im schemenhaften Mondlicht sieht das Blut unheimlich schwarz aus und in Kürze ist mein weißes Kleid blutdurchtränkt. Ich zucke vor Schmerz zusammen und versuche aufzustehen. Der erste Versuch will mir nicht gelingen. Alles dreht sich. Mir ist so furchtbar schwindelig. Ich halte mich an dem Stamm einer Zypresse fest und ziehe mich langsam an ihm hoch. „Da unten ist sie!", höre ich eine laute, durchdringende Stimme; die Stimme eines Mannes. Eine Stimme, die ich kenne. Ich hebe meinen Kopf und blicke ängstlich nach oben, zu dem Fenster, aus dem ich gerade gesprungen bin. „Sie ist gesprungen!", ertönt dieselbe Stimme noch einmal. Am Fenster steht ein großer, breitschultriger Mann mit kurzen schwarzen gelockten Haaren, die ein kantiges Gesicht umrahmen. Der Gesichtsausdruck ist brutal und voller Strenge. Um seinen Oberkörper hat er ein purpurnes Tuch geschlungen, fast wie eine Toga. Um den Hals und an den Fingern trägt der Mann edlen Schmuck. Ich erstarre unter seinem erbarmungslosen Blick und bin einen Moment lang unfähig irgendetwas zu tun. Voller Verachtung starrt der Mann auf mich herab. Mein Herz schlägt zum Zerbersten schnell.

„Wache! Ergreift sie!", donnert die Stimme des Mannes über den Hof. Hinter den anderen Fenstern sehe ich das flackernde Licht von angezündeten Kerzen. Ich bekomme vor Panik kaum noch Luft. Krampfhaft versuche ich erneut aufzustehen und sacke wieder zusammen. Ich höre das Marschieren von Soldaten. Ein stampfender Rhythmus, der an den Wänden der Gebäude widerhallt und sich in meiner Panik um ein Vielfaches verstärkt, sodass es beinahe unerträglich wird. Ich will mir die Ohren zuhalten. Ich will laut schreien, um den Lärm der stampfenden Füße zu übertönen, aber ich kann es nicht. Ich kann nicht aufstehen. Ich kann nicht flüchten. Ich kann nur abwarten, bis sie mich kriegen und dann wäre es um mich geschehen.

Ein Gurren über mir lässt mich umblicken. Eine weiße Taube sitzt in der Zypresse und schaut mitleidig auf mich herab. Sie öffnet ihre Flügel und schlägt sie zweimal auf und ab. Aber noch fliegt sie nicht davon. Sie scheint mir Mut machen zu wollen. „Jona", flüstere ich mit schwacher Stimme. „Jona, hilf mir. Bitte, hilf. Ich kann ... nicht. Hilfe!" – *„Nur Mut, Emilia"*, höre ich eine vertraute Stimme in meinem Kopf. *„Du kannst es. Du hast es beinahe geschafft. Nur Mut. Folge mir."* Die Taube flattert wieder mit ihren Flügeln, diesmal schneller und schneller. Dann hebt sie ab und fliegt in die Dunkelheit davon. „Warte", will ich schreien, doch mir versagt die Stimme. Es kommt nur ein erschöpftes Raunen über meine Lippen. Die Schritte hinter mir werden lauter. „Gleich haben wir sie", vernehme ich eine Stimme, „da liegt sie."

Die Verzweiflung versehrt mich mit einer Kraft, die ich nach dem Sturz nicht mehr für möglich gehalten hätte. Ich ziehe mich am Stamm der Zypresse hoch. Auf etwas wackeligen Beinen komme ich zum Stehen. *Ich kenne ein paar gute Verstecke in Thólossos, denke ich mir, so einfach werden die mich nicht kriegen.* Ich fange zu rennen an, doch stolpere und gerate ins Straucheln. Gerade noch rechtzeitig kann ich mich fangen. Entschlossen kicke ich die lästigen hochhackigen Schuhe weit von mir, von denen ich an beiden Füßen schon schmerzhafte Blasen davongetragen habe. Die umständlichen Schuhe wären bei der Flucht nur hinderlich gewesen. Ich beginne damit, barfuß über die rautenförmigen Pflastersteine des Hofes zu rennen. Hinter mir kommen die Soldaten aus dem Haus geschossen, aus dem ich gerade getürmt bin. Während ich vor ihnen flüchte, drehe ich mich ängstlich nach ihnen um. *Es sind mindestens fünf Männer, die er auf mich angesetzt hat*, denke ich.

Sie kommen rasch näher und sie sind bewaffnet. Ich sehe das Aufblitzen gefährlich scharfer Lanzen. *Sie werden mir nichts tun, solange er den Befehl dazu nicht gegeben hat*, denke ich. Aber das ist nur ein schwacher Trost für mich. *Wer weiß, was er mit mir machen lässt, wenn er mich wieder in seiner Gewalt hat. Ich darf nicht zulassen, dass seine Wachen mich finden.* Die Schritte der Männer dröhnen über den Platz. Ich halte mir mit schmerzverzerrtem Gesicht die Schulter und renne so schnell mich meine geschundenen Füße tragen, auf eine enge Gasse zwischen zwei hohen Gebäuden zu. Slalomartig bahne ich mir meinen Weg zwischen Tongefäßen und metallenen Behältern hindurch. Ich ducke mich und renne unter einer niedrigen Balustrade hindurch. Ich weiche einer Treppe aus, biege ab in eine noch engere Gasse. Dann springe ich über die Mauer, welche die Pferdeställe von dem Marktplatz trennt. Auf der anderen Seite geht es etwa zwei Meter in die Tiefe. Meine Gelenke protestieren. Ich gehe in die Knie und rolle mich ab. Ich falle in ein Meer aus Brennnesseln. Sofort beginnt die Haut unangenehm zu jucken und zu spannen. Ich ignoriere es, rappele mich auf und renne weiter. Zuerst überlege ich, ob ich Raona aus dem Stall holen und satteln soll, meine treue, dunkelbraune Stute mit dem feurigen Temperament, die nur mir gehorcht. Meine Hand berührt schon das Holz der Eingangstür. Im Inneren höre ich das beruhigende Mahlen und Kauen von Pferdezähnen und das leise unverwechselbare Wiehern von Raona. Gerade will ich die Tür öffnen, als ich bemerke, dass es in den Ställen noch hell ist. Sofort fällt mir wieder ein, dass der Palast diese Woche hohen Besuch aus dem Süden hat. *Cyrill,* wiederhole ich in Gedanken den Namen, mit dem er mir vorgestellt worden ist, *der zum Herrn Gehörende ... Bestimmt kümmert er sich gerade um seine siegreichen Pferde,* denke ich mir. Ich kann unmöglich unbemerkt in den Stall gehen. *Und wenn Cyrill mich sieht? Er ist doch auch auf seiner Seite.*

„Sie ist hier entlang gegangen", höre ich hinter mir die raue Stimme eines der Soldaten. Erschrocken ducke ich mich hinter einen Haufen Holzscheite und warte ab. Mein Herz schlägt so laut, dass ich denke, jeder könne es hören. „Wo ist sie?", schreit einer der Männer verärgert. Ich halte die silberne Kette ganz fest umklammert in meiner Faust und führe das Medaillon an meinen Mund. Meine Finger zittern wie die einer alten Frau. Ich küsse das Medaillon sachte. *„Athene wird dich beschützen, sie passt auf dich auf ... "* Ich erinnere mich an die sanften Worte von Jona, die er mir liebevoll ins Ohr geflüstert hat, während er die Kette um meinen Hals gelegt hat. *„Mit dieser Kette kann dir nichts mehr passieren, Emilia. Du stehst unter dem Schutz der Athene. Alles wird gut."*

„Ich habe sie zu den Ställen rennen sehen!", ruft einer der kräftigen Soldaten. Ich ducke mich tiefer hinter die Holzscheite. „Kann ich euch behilflich sein?", höre ich dumpf eine Stimme hinter der halboffenen Stalltür hervorkommen. Die

Tür geht schließlich ganz auf. „Nach wem sucht ihr?" Ein großer Mann mit würdiger Haltung und erhobenem Haupt schreitet aus dem Stall. Er trägt einen langen wogenden Umhang und ein auffälliges Band um seine Stirn. „Wir sind auf der Suche nach Emilia Polyzalosa Deinomenesia." – „Die Tochter des Herrn." Ich höre die Überraschung in der Stimme des Mannes, der aus dem Stall gekommen ist. „Sie ist flüchtig vor ihrer Pflicht", sprach einer der Wachen. „Der Herr hat befohlen, sie wieder zu fassen und in den Palast zurückzubringen." – „In welche Richtung ist sie verschwunden?" – „Sie muss sich irgendwo hinter den Ställen aufhalten." – „Dann kann sie nicht weit sein."

Ich weiche an der hölzernen Wand der Ställe noch weiter zurück. Vorsichtig bewege ich mich über Zweige und Disteln hinweg und versuche dabei, so leise wie möglich zu sein. Ein Zweig knackt erbarmungslos und bohrt sich in meine nackte Fußsohle. Eine Träne schießt mir in die Augen. Ich verfluche mich selbst und verharre für einen Moment reglos. *Haben sie mich gehört?* Ich atme erleichtert aus. Offensichtlich nicht, denn sonst wären sie schon längst da. In dem Schatten der Stallwand taste ich mich weiter nach hinten. Und dann ist mein Weg plötzlich zu Ende. Mit dem Rücken stoße ich an eine kalte, harte Mauer. Der Fluchtweg ist versperrt. Ich schaue panisch an der Wand nach oben. Sie ist um einiges höher als meine Körpergröße. Dennoch, ich muss es irgendwie schaffen hinüberzukommen. Sonst ist alles aus. Panisch kratzen meine Fingernägel über den festen Stein. Meine Hände finden keinen Halt in den Spalten zwischen den Steinen der Mauer. *So geht es jedenfalls nicht*, beschließe ich. *Was habe ich für Möglichkeiten?* Angestrengt überlege ich. Ich kann nach rechts an der Mauer entlang gehen, aber dann riskiere ich, dass ich gesehen werde. Links jedenfalls geht es nicht mehr weiter, denn da stoßen Stallwand und Mauer im rechten Winkel aufeinander.

Die Soldaten und der Mann aus dem Stall setzen sich in Bewegung und kommen direkt auf mich zu. *Wenn ich jetzt den Schatten der Stallwand verlasse, sehen sie mich auf jeden Fall. Ich muss irgendwie über diese Mauer kommen.* Ich wende mich von der Mauer ab und schaue stattdessen an der Stallwand empor. Sie besteht aus halben Baumstämmen, die übereinandergestapelt und miteinander verzapft sind. Durch diese Machart bleibt ein minimaler Raum zwischen den Baumstämmen, den man möglicherweise zum Klettern benutzen könnte. *Wenn ich mich anstrenge ... Vielleicht schaffe ich es, an der Stallwand so hoch zu klettern, dass ich über die Mauer steigen kann,* überlege ich. Einen Versuch ist es jedenfalls wert. Ich stelle zaghaft meinen Fuß auf den ersten Baumstamm und stütze mich an der steinernen Mauer ab. Es gibt nicht viel Platz für meine Füße und mehr als einmal rutsche ich fast an der Rundung des Holzes ab. Ein stechender Schmerz durchzuckt dabei meine Schulter. Ich beiße die Zähne zusammen und ziehe mich eine Stufe weiter empor. Auch die nächste schaffe ich. Der Schmerz und die Anstrengung erschöpfen meine Kräfte schnell. Ich sehe nur noch verschwommen und schemenhaft. *Ich darf nicht aufgeben,* denke ich mir. *Nicht aufgeben. Nur nicht aufgeben.*

„Wo kann sie denn nur stecken?", fragt einer der Soldaten. Der edel gekleidete Mann aus dem Stall blickt direkt in meine Richtung. Ich verharre für einen Moment stockstill und warte. Er sieht mich nicht. Er schaut wieder nach rechts. Ich nutze die Gelegenheit und ziehe mich zwei weitere Stufen nach oben. Inzwischen kann ich mit meinen Armen schon die Oberkante der steinernen Mauer berühren. Ich klammere mich fest und ziehe mich daran hoch. Einen Moment lang baumeln meine Beine hilflos in der Luft und ich versuche irgendwo an der Mauer Halt zu finden und eines der Beine über den Rand der Mauer zu ziehen. Der Schweiß kommt mir aus allen Poren. Der Schmerz in der Schulter wird unerträglich und ich spüre, wie mir die Kräfte schwinden. Ich atme noch einmal tief durch und versuche es noch ein weiteres Mal, mein Bein über die Mauer zu schwingen und es gelingt mir. Sofort ziehe ich auch das andere Bein über die Mauer und richte mich auf. Ich spüre einen pochenden Schmerz in meiner Schulter. Auf der anderen Seite der Mauer geht es ungefähr drei Meter in die Tiefe. Unter mir ist ein Gebüsch. Ich halte die Luft an, gehe in die Hocke und springe. „Da ist sie!", höre ich die Stimme eines Soldaten. Ich komme auf der anderen Seite der Mauer an und beginne unvermittelt zu rennen.

Ich renne über eine Wiese, die von hohen Zypressen umrahmt wird, und zielstrebig eile ich auf die Häuser am anderen Ende der Wiese zu. *Die Kellergewölbe,* durchfährt es mich. *Ich werde mich in den Kellergewölben verstecken und warten, bis die Soldaten an mir vorbei sind. Dann werde ich Thólossos ein für alle Mal den Rücken zukehren und zu Jona gehen. Jona ...* Der Gedanke an ihn gibt mir neue Kraft. Ich erreiche das Ende des Parks. Hinter mir höre ich lautes Geschrei. Es kommt von den Soldaten. Alle fünf sind offensichtlich um die gesamten Stallgebäude außen herumgelaufen, dorthin, wo es ein Tor in der Mauer gibt, von dem aus die Straße in die Stadt führt. Durch diesen Umweg haben sie viel wertvolle Zeit verloren und der Abstand zwischen uns hat sich wesentlich vergrößert. Ich grinse triumphierend. *Ich werde ihnen entkommen,* denke ich und schöpfe neuen Mut. Dann aber stelle ich fest, dass es doch jemand gewagt hat, über die Mauer zu klettern, so wie ich es getan habe: der edle Mann aus dem Stall. Der Abstand zwischen ihm und mir ist verschwindend klein. Eigentlich kaum vorhanden! Die Angst in mir steigt ins Unermessliche. Mit großen Schritten kommt der Mann immer näher. Er ist schneller als ich und er hat die bessere Kondition. Es ist nur noch eine Frage der Zeit, bis er mich eingeholt hat. Verzweifelt hole ich das letzte bisschen Kraft in mir hervor, das noch in mir steckt. Der Atem kommt nur noch stoßweise. Ich spüre ein quälendes Stechen in meiner Brust. Ich erreiche die dunklen Straßen von *Thólossos* und unnachgiebig zwinge ich meinen Körper dazu, weiter zu funktionieren, das Tempo nicht zu verlangsamen und immer weiterzurennen, zu rennen, zu rennen. Mir brennen die Fußsohlen und der Schmerz in der Schulter wird immer schlimmer. Ich presse meine Hand gegen die wunde Stelle. Das Kleid ist schon nicht mehr weiß, sondern rot von Blut. Der Mann kommt immer näher. Ich biege in eine kleine Gasse ein. Der Mann folgt mir. Ich kann schon seinen Atem hören. Er kommt schnell, aber gleichmäßig. Seine Schuhe klopfen ein beständiges Klick-Klack auf die Pflastersteine der Straßen. Ich biege noch einmal ab. Die Gasse ist so schmal und es stehen so viele Gegenstände in ihr, dass man höllisch aufpassen muss, sich nicht irgendwo zu stoßen. *Platsch!* Ich bin in eine Abwasserrinne getreten. Dann bleibt mein Kleid irgendwo an einem Futtertrog hängen. Unnachgiebig zerre und reiße ich daran. Ein Stück Stoff bleibt im Gestänge hängen. Ich schaue mich nicht mehr um, ich renne einfach weiter. Ich komme an Wohnhäusern vorbei, an Markthallen, an Essenshäusern. Ich springe über einen Haufen Holz, schlage einen Haken um Tonkrüge und andere Gefäße. Ich weiche einem Misthaufen aus und passiere eine Schmiede. Der Duft von glühendem Eisen liegt in der Luft. Zwei Männer mit abgenutzter Kleidung sitzen mit ihrem Rücken an der Wand auf der Straße und betrachten mich mit ihren müden Augen. Sie rufen mir etwas zu, aber ich verstehe sie nicht. Meine Beine tun höllisch weh und wollen ihren Dienst versagen, aber ich gönne ihnen keine Pause. Die Gassen werden immer zwielichtiger und düsterer. Ich bin im Armenviertel angelangt. Auf der Straße liegen Tonscherben. Erneut biege ich ab. Hinter mir höre ich einen dumpfen Schlag und einen Schmerzensschrei. Die Schritte hinter mir sind verstummt. Schnell biege ich einmal nach links und einmal nach rechts ab, bis ich beinahe selbst die Orientierung verliere. Habe ich ihn abgehängt? Ich komme hinter einer baufälligen Treppe zum Stehen und lausche. Aber bis auf meinen eigenen Herzschlag höre ich nichts. Es ist nicht mehr weit bis zu den Kellergewölben, denke ich mir und tapfer zwinge ich mich dazu weiterzugehen. Ich biege in eine etwas breitere Straße ein und sehe mich angestrengt um. Als ich niemanden entdecke, wage ich es, die Straße zu betreten. Ich lausche noch einmal aufmerksam. – Nichts. Zügig setze ich mich wieder in Bewegung und zwinge mich dazu, ruhig zu atmen, um mich nicht zu verraten. *Meine Schulter bringt mich um*, denke ich verzweifelt und presse nur noch fester gegen die tiefe Wunde. Noch einmal nach rechts, ein Stück an der Häuserwand entlang. Ich bin da. Eine große Falltür liegt vor mir. Ich bücke mich und hebe die schwere Tür an. Tiefste Schwärze gähnt mir entgegen. Aber ich habe keine Angst vor der Finsternis. Gerade als ich die lange Treppe in die Dunkelheit hinuntergehen will, packt mich eine feste Hand am Kragen. Meine Knie geben nach und ich stürze. Die starke Hand richtet mich wieder auf. „So nicht, Emilia Polyzalosa Deinomenesia", ertönt eine männliche Stimme. Mein Herz schlägt so schnell und laut, dass ich denke, es würde jeden Moment zerspringen. Ich wehre mich vehement gegen den festen Griff, aber ich merke sehr bald, dass ich keine Chance habe, und ergebe mich in seine Gewalt. „Weglaufen ist zwecklos", spricht der Mann. Das Atmen fällt mir schwer. Ich bekomme kaum noch Luft. Langsam drehe ich mich zu dem Mann um. Er hat ein kantiges Kinn, betonte, volle Lippen, eine schmale gerade Nase. Seine Augenbrauen sind hoch erhoben und dunkelbraun glänzende Augen schauen mich durchdringend an. Es ist Cyrill, der Wagenlenker des Polyzalos. Tiefes Grauen erfasst mich. *Es ist aus*, denke ich, *aus und vorbei.* Ein rhythmisches Stampfen kommt näher. *Das kann eigentlich nur eines bedeuten*, durchfährt es mich. Im schemenhaften Mondlicht sehe ich die fünf Wachmänner um die Kurve biegen. Als sie Cyrill und mich sehen, setzen sie ein zufriedenes Grinsen auf. Mein Blick fällt auf eine glitzernde Speerspitze. „Polyzalos wird sehr zufrieden mit uns sein", triumphiert die raue Stimme eines Soldaten.

⌘

Zitternd und schweißgebadet erwachte ich aus meinem Alptraum. Um mich herum herrschte tiefste Dunkelheit. Ich hörte das ruhige Atmen meiner Freunde und fasste mir an die kochend heiße Stirn, dann an die Schulter. Sie war heil, aber dennoch glaubte ich, noch immer einen leicht pochenden Schmerz in der Schulter zu spüren. Was für ein Alptraum! Der Mann, der mich in meinem Traum gefangen hatte, ging mir nicht mehr aus dem Kopf. Er hatte genauso ausgesehen wie die Bronzestatue im Museum von Delphi, und ein Schauer nach dem anderen jagte mir über den Rücken, als ich an diese unheimlichen, großen Augen dachte, die mich unnachgiebig angestarrt hatten. Noch immer wirkte der Traum intensiv in mir nach. Es hatte alles so echt gewirkt: die Anstrengung, die Umgebung, die Gebäude … alles hatte so ausgesehen, als könnte es diesen Ort tatsächlich gegeben haben. *Thólossos*, dachte ich mir, *noch nie gehört, diesen Namen.* Am liebsten hätte ich das Licht eingeschaltet, aber meinen

Freunden zuliebe unterließ ich es. *Es war nur ein Traum*, versuchte ich auf mich einzureden, *nur ein Traum* ... Aber es dauerte lange, sehr lange, bis ich mich wieder einigermaßen beruhigt hatte und in einen tiefen traumlosen Schlaf der Erschöpfung fiel.

Epsilon

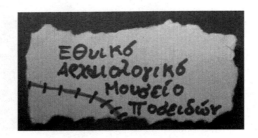

Noch bevor der Wecker klingelte, wurde ich unsanft aus dem Schlaf gerissen. Unnachgiebig prasselten dicke Regentropfen gegen die Fensterscheibe. Ein permanentes, blechernes *Klopf-Klopf-Platsch-Platsch* hielt mich davon ab, noch einmal einzuschlafen. Ab und zu blitzte es hinter dem Vorhang grell auf und nur wenige Sekunden später ertönte ein tiefes Donnergrollen, das haargenau so klang, wie man sich die Stimme eines prähistorischen Monsters vorstellte: durchdringend und Furcht einflößend. Langsam richtete ich mich auf. Das unheimliche Pfeifen des Windes ließ mir eine Gänsehaut aufkommen. *Na prima*, dachte ich mir, *ein Gewitter*. Verschlafen rieb ich mir die Augen und schaute mich um. Das sehr schummrige Licht, das sich halbherzig durch die Vorhänge bis in unser Zimmer hervorkämpfte, schaffte es nicht, den Raum ausreichend zu erhellen. Vermutlich war es noch relativ früh am Morgen. Meine Freunde jedenfalls schlummerten seelenruhig vor sich hin und befanden sich in einer Traumwelt, zu der ich keinen Zugang erhielt. Ich beneidete sie um die Fähigkeit, bei diesem Lärm schlafen zu können und wünschte, ich würde selber wieder zur Ruhe kommen. *Wie spät ist es wohl?*, fragte ich mich und griff schlaftrunken nach meiner Armbanduhr auf dem Nachttisch. Dabei stellte ich mich so ungeschickt an, dass ich einen kleinen, flachen, runden Gegenstand unbeabsichtigt auf den Boden beförderte. Mit einem leisen Klirren fiel das silberne Medaillon mit der Inschrift ‚Emilia' auf den Boden. Ich schaute ihm entgeistert zu, wie es eine Weile um sich selbst rotierte, die Schwingungen immer kleiner und schneller wurden, als handelte es sich nicht um einen bloßen Gegenstand, sondern vielmehr um ein flinkes Lebewesen, das verwirrend kleine Kreise um sich selber drehte; und schließlich, ein paar Augenblicke später, blieb es platt, unschuldig und ruhig auf dem Boden liegen. Aus dem kleinen flinken Lebewesen war wieder ein lebloses münzenähnliches ... Ding geworden. Als der nächste Blitz das Zimmer schemenhaft und für einen Bruchteil von Sekunden ausleuchtete, reflektierte der Anhänger das flimmernde Licht und blendete mich. Ich bekam eine Gänsehaut. *Hört das denn nie auf?*, fragte ich mich selbst. Warum nur fand ich diesen Anhänger so gruselig? Es war doch nur ein Anhänger. – Ein Anhänger, der es allerdings geschafft hatte, bis in meine Träume vorzudringen! Nach dem Blitz wurde es wieder dunkel um mich herum. Für eine Weile konnte ich nichts sehen. Ich wartete ab. Als sich meine Augen wieder an die Dunkelheit gewöhnt hatten, fand ich endlich meine Armbanduhr und nahm sie an mich. *Halb sechs*, durchfuhr es mich. *Eigentlich hätte ich noch gut und gerne zweieinhalb Stunden schlafen können.* Ich ärgerte mich und legte die Uhr beiseite. Dann beugte ich mich über das Bett, das dabei erbärmlich quietschte, und griff langsam nach dem Medaillon. Ich seufzte und legte meinen Kopf wieder auf das Kissen zurück, aber an Schlafen war natürlich nicht mehr zu denken. Ich hielt das Medaillon nachdenklich in meiner Hand und drehte es tief in mich gekehrt zwischen Daumen und Zeigefinger hin und her. Mit meinen Fingern spürte ich deutlich die Gravuren des Anhängers. *„Athene wird dich beschützen, sie passt auf dich auf ..."* Mit einem leichten Frösteln erinnerte ich mich an die Worte aus meinem Traum. *„Mit dieser Kette kann dir nichts mehr passieren, Emilia. Du stehst unter dem Schutz der Athene. Alles wird gut."*

Klopf, klopf, tropf, platsch, patsch ... Klopf, klopf ... Die Regenrinne an der Hauswand außerhalb unseres Zimmers musste undicht sein, vermutete ich. Der Wind pfiff zwischen den Gemäuern der umstehenden Häuser hindurch und jaulte hin und wieder laut auf. Irgendwo in unserer Nähe löste sich etwas außerhalb des Hotels und fiel scheppernd auf den Boden. Erneut wurde es hell im Zimmer. Der nächste Donnerschlag war so laut, dass ich vor Schreck zusammenzuckte. Schließlich wurden davon auch meine Freunde wach.

Lissy stöhnte genervt, drehte sich auf den Bauch und zog sich die Decke über die Ohren. Maria setzte sich langsam in ihrem Bett auf und rieb sich den Schlaf aus den Augen. „Oh nein, ein Sturm", stellte sie bedrückt fest. Neben ihr raschelte Alex' Bettdecke. Alex drehte sich auf den Rücken und öffnete noch etwas benommen die Augen. „Ich träumte, ich wäre auf hoher See mitten in einem Sturm", begann er langsam. Er gähnte, dann lachte er. „Yunus war der Kapitän und steuerte uns durch das Unwetter. Dann kenterte unser Schiff und wir gingen alle unter. Gott sei Dank war das nur ein Traum gewesen. – Aber das Gewitter war offensichtlich kein Traum." Alex wühlte sich durch die Haare. „Wie spät ist es?" – „Kurz nach halb sechs", gab ich zurück. „Viel zu früh zum Aufstehen", nuschelte Lissy unter ihrer Bettdecke, so leise, dass man es fast nicht hören konnte. Maria stand auf und zog den Vorhang beiseite. Schemenhaftes Tageslicht tastete sich in unser Zimmer vor. Am Himmel hingen dunkelblaue Wolken. „Oh weia, das sieht ganz danach aus, als würde das Unwetter noch eine Weile andauern", befürchtete Maria. „Na prima. Da geht man schon extra weg aus Deutschland, damit man besseres Wetter im Urlaub hat, und dann so etwas", beschwerte sich Alex missmutig. „Dann bleiben wir eben einfach im Bett, bis das Gewitter vorbei ist", schlug Lissy vor und ihr Gesicht tauchte hinter ihrer Bettdecke auf. „Na ja, wir können ja trotzdem schon mal aufstehen und uns für das Frühstück fertigmachen", meinte ich. „Ich bin dafür", beschloss Maria, „wenn keiner was dagegen hat ... Ich verschwinde mal kurz im Bad." Als niemand von uns widersprach, griff sie nach ihren Klamotten und Waschsachen und ging ins Badezimmer.

„Tja", murmelte ich, „irgendwie will man uns in Athen nie wirklich ausschlafen lassen ..." – „Das musste ja sein, dass wir heute so ein Scheißwetter bekommen", murrte Alex missmutig. „Na ja, machen wir das Beste draus", sprach ich versöhnlich, „dann tut es auch nicht so weh, wenn wir Yunus' Vorschlag folgen und ins Nationale Museum gehen, anstatt auf einen der Berge zu steigen ..." Als darauf keiner etwas entgegnete, fügte ich noch an: „Vielleicht wird das Wetter bis Nachmittag ja wieder besser." – „Haha, wer's glaubt", bezweifelte Lissy und drehte sich auf die Seite. „Mann, ich bin noch total müde! Wann hört denn dieses doofe, nervtötende Gerumpel endlich auf? Zu blöd, dass ich kein Ohropax dabeihabe!"

Erneut hörte ich ein ohrenbetäubendes Scheppern und Krachen, als würde etwas gegen eine Wand schlagen. „Was ist das bloß?", fragte ich mich und stieg über Koffer und Klamottenberge zum Fenster hinüber. „Oh weh", seufzte ich gedehnt, als ich feststellte, wie tief und bedrohlich die dicken Gewitterwolken über der Stadt hingen. Wenn die Sonne nicht auf die hellen Gebäude schien, wie sie das an den Tagen zuvor getan hatte, dann sahen die Häuser nicht mehr so weiß und orientalisch aus, sondern nur noch grau und traurig. Instinktiv wanderte mein Blick zum Haus schräg vor uns und blieb an einem gewissen Balkon hängen. Plötzlich wusste ich, woher das scheppernde Geräusch kam. „Das ist bei Yunus' Wohnung! Die Rollläden sind halb abgerissen und hängen herunter!", rief ich überrascht aus. „Tatsächlich", stellte auch Alex fest. „Und seine Wasserpfeife ist auch nicht mehr da!", ergänzte ich. „Vielleicht hat er sie mit reingenommen." – „Oder sie ist vom Balkon gefallen." – „Na, Hauptsache, der seltsame Traktorreifen ist noch da", schmunzelte Alex und kicherte. „Nee, jetzt mal ernsthaft", sprach ich, „das muss er doch gemerkt haben. Yunus, meine ich. Wenn sich sein Rollo löst ... Das macht ja einen Irrsinnskrach!" – „Vielleicht hat er einen besseren Schlaf als wir", mischte sich Lissy ein. „Oder aber er ist immer noch nicht zu Hause", schlug Alex vor. „Meinst du wirklich?", fragte ich etwas alarmiert. Ich wusste nicht wieso, aber irgendwie machte mich der Gedanke, dass Yunus nach unserem Treffen in Delphi immer noch nicht zurückgekehrt war, äußerst unruhig. „Kann doch auch sein, dass er diese Nacht bei Farid, Athina und Aiman war, oder?" – „Stimmt, Alex", gab ich etwas beruhigter zurück, „das kann natürlich auch sein. Er hängt ja sehr an ihnen." – „Aber trotzdem sollte ihm das mit dem Rollo jemand sagen", meinte Lissy. „Nicht, dass die Rollläden noch ganz herunterfliegen und jemanden erschlagen, der unten vorbeiläuft, und Yunus dann hinterher mächtig Scherereien mit den Nachbarn bekommt oder so."

„Findet ihr nicht auch, dass seine Wohnung irgendwie total verlassen aussieht?", wandte ich mich plötzlich an meine Freunde. „Ich habe mir das schon mal gedacht. Ich meine, keine Vorhänge und überhaupt ... Der Traktorreifen und so ... Das passt doch nicht wirklich zu ihm", überlegte ich langsam. „Na ja, vielleicht wohnt er ja nur übergangsweise hier", schlug Lissy vor, „und ist deshalb bisher noch nicht dazu gekommen, die Wohnung schön herzurichten. Er hat ja außerdem gesagt, dass er in Nürnberg wohnt. Also, wozu sollte er sich hier schön einrichten?" – „Aber dann wäre es doch logischer, wenn er solange bei Athina und Farid wohnt, oder?", fragte ich. „Ja, klar. Aber vielleicht ist bei denen nicht genug Platz, sodass er es vorgezogen hat, einstweilen in die kleine Wohnung da drüben zu ziehen." – „Hm." Wir schwiegen. „Vielleicht schläft Yunus ja noch und hat das mit dem Gewitter nicht mitgekriegt", grübelte Alex weiter. „So tief kann man gar nicht schlafen." Lissy kicherte. „Wir können ja nachher mal rübergehen und klingeln", schlug ich vor, „vielleicht hat er es wirklich nicht bemerkt, dass sein Rollo davon hängt." – „Das ist eine gute Idee", stimmte Lissy mir zu. „Dann können wir ihn auch gleich mal fragen, was das gestern mit dem Epsilonzettel sollte und warum er ihn uns nicht einfach gegeben hat." – „Vielleicht kommt er ja dann auch mit ins Museum", hoffte ich.

Nachdem Maria zurückgekehrt war, verschwand Alex als Nächster im Bad.

Während Maria und Lissy eifrig über Yunus' Rollläden diskutierten, setzte ich mich wieder auf das Bett und betrachtete mir das silberne Medaillon, das ich noch immer in meiner

Hand hielt. In meinem merkwürdigen Traum hatte ich den Anhänger um den Hals getragen. Aus einem Impuls heraus griff ich unter das Bett und zog meinen kleinen schwarzen Rucksack hervor. An meiner Sonnenbrille hatte ich vor dem Flug nach Athen ein schwarzes Nylonband befestigt, damit ich sie um den Hals tragen konnte, wenn ich sie nicht gerade aufhatte. Ich löste das Band von der Brille und steckte sie wieder in den Rucksack, den ich unter das Bett zurückschob. Dann fädelte ich den Anhänger auf und machte hinten einen Knoten. Nun konnte ich das Medaillon als Kette tragen. Ich wusste nicht, was mich dazu bewegte, das zu tun, aber ich hielt es für angebracht, den Anhänger von nun an um den Hals zu tragen. Das Medaillon fühlte sich auf meiner Haut kühl an. Ich stellte mich vor den Spiegel und beäugte mich mit kritischen Augen. „Und? Was meint ihr?", wandte ich mich an meine beiden Freundinnen und drehte mich demonstrativ einmal um die eigene Achse. Lissy kicherte. „Hübsch", kommentierte sie, „sehr hübsch. Und der Schlafanzug passt einfach hervorragend dazu." Ich runzelte die Stirn und machte mich daran, meinen Koffer zu durchwühlen. Was könnte ich wohl anziehen? Ob es draußen kalt war? „Ich frage mich immer noch, warum dir Yunus diese Kette hat zukommen lassen", überlegte Maria. „Wir hätten ihn fragen sollen." – „Nächstes Mal fragen wir ihn", beschloss Lissy und kroch unter ihrer Bettdecke hervor.

⌘

„Na ja", murrte Alex etwas enttäuscht, als er misstrauisch das Frühstücksbuffet beäugte, „besonders reichlich ist das Essen hier nicht gerade." – „Was ist das überhaupt für eine merkwürdige Wurst?", fragte Lissy mit einem skeptischen Blick. „Keine Ahnung", gab ich zurück, „probier sie doch einfach mal. Dann weißt du's." – „Nee, lieber nicht. Ich bleibe sicherheitshalber beim Käse." Immer noch etwas unzufrieden belud Alex seinen Teller mit Weißbrot, Käse und einem gekochten Ei. „Da haben wir gestern nichts verpasst, würde ich sagen", fasste er enttäuscht zusammen. Wir anderen kicherten. „Hauptsache, wir bekommen dich satt, oder?", wandte ich mich grinsend an ihn. „Das wird schwer", behauptete Alex. Aber entgegen seiner Meinung musste sogar er bald zugeben, gut gesättigt zu sein. „Das Weißbrot stopft", rechtfertigte er seinen gedämpften Appetit. „Ach komm", widersprach ich ihm, „so schlimm ist das Essen auch wieder nicht. Du bist einfach viel zu verwöhnt." – „Und *du* bist einfach viel zu leicht zufriedenzustellen, Emmy", kommentierte dies Lissy.

Nachdem wir also fertig gegessen und die Entscheidung getroffen hatten, vormittags ins Nationale Museum von Athen zu gehen, packten wir unsere Rucksäcke für den folgenden Ausflug zusammen und machten uns auf den Weg. „Ich hätte nicht gedacht, dass ich den hier brauchen würde", murmelte ich und deutete auf meinen Regenschirm. „Siehst du, deshalb hab ich auch gleich gar keinen mitgenommen", entgegnete Alex lächelnd. „Regen und Gewitter im Sommer – in Athen! Das glaubt uns doch niemand!" – „Komm mit unter meinen Schirm, mein Großer", sagte Maria liebevoll und hakte sich bei Alex unter.

Inzwischen hatte sich das Gewitter verzogen, aber noch immer regnete es in Strömen und der Wind peitschte uns heftig ins Gesicht. Es war nicht wirklich kalt, aber dennoch recht unangenehm und wir hatten mit so etwas nicht gerechnet. „Ich würde ja lachen, wenn bei uns daheim jetzt gerade strahlender Sonnenschein wäre", sprach Lissy. „Wir können ja mal Ivy fragen, wie es daheim so ist", schlug Maria vor. „Lieber nicht", meinte Lissy, „sonst ärgern wir uns hinterher bloß." – „Hoffen wir, dass das Unwetter sich bis heute Nachmittag wieder verzieht", äußerte sich Maria. „Ganz bestimmt", versicherte ich ihr. „Deine Zuversicht in allen Ehren, Emmy", grummelte Alex, „aber sieh dich doch mal um. Der Himmel ist von einer einzigen dicken, fetten Wolkenschicht bedeckt. Wenn ihr mich fragt, das sieht nicht gerade danach aus, als würde es heute Nachmittag sonderlich besser werden." – „Das wird schon", widersprach ich ihm, „habt Vertrauen. Ihr werdet schon sehen." – „Na egal, für das Museum brauchen wir jedenfalls nicht unbedingt schönes Wetter", erkannte Maria. „Ein Glück, dass wir *gestern* in Delphi waren. *Heute* wäre das bestimmt kein Vergnügen geworden." Wir stimmten Lissys Aussage nickend zu.

Wir bogen um die Ecke des Häuserblocks und schauten an einer beigefarbenen Hauswand empor. „Das ist das Haus", verkündete Alex mit fester Stimme. Der Regen zog dunkle Schlieren über den Putz des Gebäudes. Der Eingang war dunkel und sah nicht gerade einladend aus. Bei der Treppe, die zur Tür emporführte, fehlte das Geländer und die Stufen sahen ziemlich abgenutzt aus. Auf dem Gehsteig vor dem Haus gähnte uns ein tiefes Loch im Asphalt entgegen, das nicht abgesichert worden war. Von unserem Standort aus konnte ich mehrere Namensschilder an der Hauswand erkennen. „Wollen wir da jetzt echt klingeln?", fragte Lissy zaghaft. „Irgendeiner muss es Yunus doch sagen, dass seine Rollläden davon hängen", bestimmte ich pflichtbewusst, „oder seid ihr auf einmal anderer Meinung?" – „Nein, das nicht, aber irgendwie ... Dieses Haus ist mir nicht ganz geheuer." Lissy hatte Recht. Mir war auch nicht wohl bei dem Gedanken, in dieses Gebäude hineinzugehen. „Kommt ihr jetzt, oder muss ich alles allein machen?", wandte ich mich an meine Freunde, nachdem ich einmal kräftig durchgeatmet hatte und daraufhin meinen Fuß entschlossen auf die erste

Treppenstufe setzte. „Geh du mit, Alex", verlangte Maria von ihrem Freund und stupste ihn von hinten an der Schulter an. Zaghaft folgte mir Alex. Maria und Lissy blieben einstweilen unten stehen und schauten zu uns herauf. Die zwei ... Ich musste unvermittelt grinsen. Sie standen mit einem erwartungsvollen Blick in ihren Augen da und klammerten sich an ihren Regenschirmen fest. Alex gesellte sich mit unter meinen Schirm. Natürlich gab es bei dem Haus kein schützendes Vordach. „So, jetzt werde ich mal klingeln", kündigte ich an. „Hast du seinen Namen schon gefunden? Weißt du schon, wo du klingeln musst?" – „Warte." Konzentriert entzifferte ich einen Namen nach dem anderen. Es gab etwa 12 Mieter in diesem Haus. Beim ersten Durchlesen wurde ich nicht fündig. Also versuchte ich es ein weiteres Mal. „Schau du mal", gab ich mich schließlich geschlagen, „ich finde Yunus' Namen nicht an den Klingeln." Ich ging einen Schritt zur Seite, damit Alex die Namensschilder lesen konnte. „Nein, da steht sein Name nicht dabei", stellte Alex fest. „Habt ihr schon mal bei den Briefkästen geschaut?", rief Maria uns entgegen. Also untersuchten wir die Briefkästen ebenfalls. „Nein, da steht sein Name auch nicht", gab ich zurück. „Vielleicht hat er seinen Namen noch nicht draufgeschrieben", überlegte Lissy. „Kann sein", entgegnete ich, „es gibt da zumindest eine Klingel, an der gar nichts steht. Vielleicht ist das die für Yunus' Wohnung." – „Sollen wir da einfach mal klingeln?", wollte Alex wissen. „Ich weiß nicht", zweifelte ich, „wenn da jemand anderes wohnt ..."

In genau diesem Augenblick ging die Tür wie von selbst auf. Ein älterer Mann mit leicht gelockten gräulichen Haaren stand im Türrahmen. Er sprach uns auf Griechisch an. „Sorry, we don't speak Greek", erklärte ich zaghaft. Daraufhin schaute der Mann uns mit großen Augen an und verstummte. Es sah ganz danach aus, als wäre er der englischen Sprache nicht mächtig. *Egal,* dachte ich. *Ich probiere es jetzt einfach mal.* Ich deutete auf die Namen an den Klingeln. „Do you know Yunus Hermes? He lives here", versuchte ich zaghaft. Erneut schaute der Mann uns lediglich verwirrt an. „Yunus Hermes? Do you know him?" Der Mann schüttelte langsam den Kopf. Hm, dachte ich. Schüttelte er nun den Kopf, weil er Yunus Hermes nicht kannte oder weil er nicht verstand, was ich von ihm wollte? Erneut verfluchte ich mich dafür, dass ich kein Wort Griechisch gelernt hatte. Ich deutete auf das Haus, vor dessen Eingang wir standen. „Does Yunus Hermes live here?" Der alte Mann räusperte sich und zuckte die Schultern. „No Yunus Hermes", äußerte er sich schließlich. „He does not live here?", wandte ich mich abermals an ihn. Der Mann schaute mich nur an, sagte aber nichts. *So kommen wir jedenfalls nicht weiter,* beschloss ich. Ich startete einen letzten verzweifelten Versuch und deutete auf die Klingel, auf der kein Name stand. „Who lives there, in this apartment?", fragte ich. „No person ... in this apartment", gab der Mann stockend zurück. „No person?" – „No person. Empty apartment." Dann überschüttete der Mann uns erneut mit einem Wortschwall auf Griechisch. Etwas hilflos schaute ich ihn dabei an und zuckte meinerseits mit den Schultern. „Sorry, we don't understand you", bremste ich ihn nach einer Weile, „but thank you very much." Der alte Mann zuckte erneut mit den Schultern. Er wartete noch einen kurzen Moment, aber als niemand mehr sprach, verschwand er hinter der dunklen, schweren Tür. Mit einem Rumsen fiel sie vor unserer Nase ins Schloss.

„Das ist ja komisch", wunderte ich mich, als wir wieder bei den anderen angekommen waren. „Das ist doch Yunus' Wohnung. Wieso sollte die auf einmal leer stehen? Äußerst mysteriös." Ratlos schaute ich an der beigefarbenen Hauswand empor. Alex gesellte sich wieder zu Maria und berührte ihre Hand, die den Regenschirm hielt. Lissy zuckte nachdenklich mit den Schultern. „Es ist fast so, als würde es Yunus gar nicht geben", sprach Lissy auf einmal mit einem seltsamen Unterton in der Stimme. Ich schaute sie verständnislos an. „Sag doch so was nicht!" – „Na ja, ist doch wahr, oder nicht? Wo ist er denn auf einmal? Er ist wie vom Erdboden verschluckt und niemand kennt ihn." – „Farid und Athina kennen ihn", korrigierte ich sie. „Vielleicht gibt es Farid und Athina nicht." Lissys unglaubliche Vermutung irritierte mich. Meinte sie das wirklich ernst? „*Wir* kennen ihn", fügte ich hektisch an, „und wir haben einen Beweis, dass es ihn gibt. Wir haben immer noch seine komischen Zettel." Einen Moment lang wusste niemand, was er oder sie sagen sollte und wir standen etwas hilflos vor dem Haus herum. Auf einmal wurde mein Regenschirm von einer heftigen Windbö erfasst und stülpte sich um. Im Nu war ich patschnass. „Haha!", lachte Lissy und ich konnte mir ein Grinsen nicht verbeißen. Ich drehte den Schirm ruckartig in die Richtung, aus der der Wind kam, und stieß ihn rasch nach vorne. Auf diese Weise stülpte sich der Regenschirm automatisch wieder in die richtige Form. „So macht man das!", rief ich vergnügt aus, „igitt, igitt!" Ich schüttelte mich.

„Gehen wir?", fragte Lissy schließlich. „Und was ist jetzt mit dem Rollo?", erinnerte ich meine Freunde an den Grund für den Gang zu Yunus' Haus. „Nix", meinte Maria einsilbig, „wir haben's versucht. Keiner da." – „Vielleicht hätten wir dem Mann das mit dem Rollo sagen sollen", begann ich erneut. „Wie denn?", fragte Alex. „Der hat uns doch eh nicht verstanden. Und selbst wenn … Was hätte er denn machen können? Wenn die Wohnung doch leer ist …" – „Aber er hätte es dem Hausmeister ausrichten können, damit er die

Rollläden repariert." – „Lass es einfach, Emmy", wiegelte Alex ab. „Wir können es nicht ändern. Es ist auch nicht unsere Aufgabe, dafür zu sorgen, dass alle Rollos in Athen ordnungsgemäß angebracht sind." – „Und wenn die Rollläden ganz abreißen?" – „Dann reißen sie eben ab. So schlimm wird's dann schon nicht werden." – „Also gut", gab ich mich geschlagen, „und jetzt?" – „Am besten ist echt, wir gehen in dieses Museum, wie Yunus es verlangt. Das ist unsere einzige Spur von ihm. Vielleicht wartet er da ja auf uns", vermutete Maria, „dann können wir ihm endlich einmal ein paar Fragen stellen. – Und diesmal lassen wir nicht zu, dass sie unbeantwortet bleiben. Er ist uns mehr als nur eine Erklärung schuldig!"

⌘

Der Wind pfiff mit einem klagenden Seufzen durch die weiß gestrichenen Säulen des Nationalen Museums von Athen und peitschte durch die ausladenden Blätter der hohen Palmen, welche die parkähnliche Anlage umrahmten. Vor uns lag ein lang gestreckter Bau mit aprikotfarbenen Wänden. Die blauweiße Flagge Griechenlands flatterte stolz und energisch auf dem Dach des Museums und ließ sich dabei nicht von dem prasselnden Regen irritieren. Wir hetzten erschöpft die letzten Treppenstufen nach oben, die noch zwischen uns und den vor dem erbarmungslosen Unwetter schützenden Räumen des Gebäudes lagen. Endlich waren wir da! Der Weg war länger als vermutet gewesen und mehrere Male hatten wir befürchtet, dass wir falsch abgebogen waren, aber letzten Endes hatten wir unser Ziel dennoch erreicht. Das war alles, was zählte.

Tropfend verschnauften wir eine Weile vor dem überdachten Eingang ins Museum und schüttelten uns und unsere nassen Regenschirme. „Oh Mann", stöhnte Lissy, „was für ein

Wolkenbruch. Ich nehme alles zurück, was ich gestern über Museen gesagt habe. Ich *liebe* Museen und habe *sehr wohl* Lust darauf, in das Nationale Museum zu gehen." Wir lachten. „Warum bloß dieser plötzliche Gesinnungswandel?", schmunzelte Alex mit einem verschmitzten Lächeln im Gesicht. „Lasst uns endlich reingehen", schlug Maria vor und beäugte die dicken, dunklen Wolken misstrauisch. „Wenn wir wieder rauskommen, ist das Unwetter weitergezogen", versprach ich zuversichtlich, „glaubt mir." Alex bedachte mich mit einem zweifelnden Blick, zog es aber vor, nichts zu entgegnen.

Wieder einmal wurden wir von der Großzügigkeit der Griechen gegenüber europäischen Studenten überrascht: Der Eintritt war für uns frei! Wir gaben unsere Schirme an der Garderobe ab. Jacken hatten wir keine, da es trotz des Unwetters noch relativ warm war, fast schon schwül. Vielleicht würde es noch ein Gewitter geben, überlegte ich. Uns sollte es nur recht sein. Im Inneren des Gebäudes konnte uns das nichts anhaben. Die Räume des Museums waren allesamt angenehm temperiert und unsere nasse Kleidung war im Nu trocken, sodass wir die Besichtigung wahrhaft genießen konnten. Wir betrachteten uns die hübschen Statuen von Adonissen und Sirenen. Wir bestaunten Vasen und antiken Schmuck. Hin und wieder hielt ich Ausschau nach Yunus, doch der war wie vom Erdboden verschluckt. Anfangs hatte ich noch fest damit gerechnet, dass er uns im Museum erwarten würde. Ich dachte, es würde so weitergehen, wie es am Vortag geendet hatte, mit Yunus, der uns alles über die wichtigsten Sehenswürdigkeiten erzählte und mit lebhaften Geschichten illustrierte. Dem war aber nicht so. Schade eigentlich. Es gab zwar zu nahezu jedem Kunstwerk, das hier ausgestellt wurde, eine Informationstafel, die uns erklärte, worum es sich handelte, wo es gefunden worden war und welchem Zweck das ein oder andere Fundstück gedient hatte, aber mehr auch nicht. Als Yunus mit uns unterwegs gewesen war, war Geschichte lebendig geworden, hatte Gestalt angenommen und uns völlig in den Bann gezogen. Ich kann nicht leugnen, dass ich nun ein klein wenig enttäuscht war. Aber andererseits, so fiel mir ein, waren auch viele merkwürdige Dinge geschehen, als Yunus bei uns war; Dinge, an die ich nicht gerne zurückdachte: das ungute Gefühl, nachdem ich meine ‚Vision' von der Pythia gehabt hatte; die angespannte Stimmung, als Yunus uns nicht erklären wollte, warum er uns nach Delphi eingeladen hatte; Yunus' Stimme in meinem Kopf und seine komischen Andeutungen, dass er uns etwas momentan noch nicht erklären könne, dass wir es sowieso noch nicht verstehen würden, aber in ein paar Tagen schon; und mein Unwohlsein im Museum von Delphi, als wir dem Wagenlenker gegenübergestanden hatten. – *Cyrill*, durchfuhr es mich erneut und ich erschauderte, als ich mich an den Traum erinnert fühlte.

Reflexartig griff ich um meinen Hals. Unter dem Stoff meines T-Shirts spürte ich das feste, runde Medaillon. Es ruhte direkt auf meiner Haut und fühlte sich vertraut und kühl an. Ich weiß nicht, warum ich mir das Medaillon um den Hals gehängt hatte. Es erschien mir zu dem Zeitpunkt einfach angebracht und als das Natürlichste der Welt. Welchen Zweck erfüllte denn ein Anhänger, wenn man ihn nicht trug? Kurz bevor wir das Nationale Museum betreten hatten, hatte ich jedoch damit begonnen, mir Sorgen zu machen. Wenn jemand das Medaillon sah, würde derjenige nicht denken, dass ich es aus einem Museum gestohlen hatte? Immerhin war es ein antikes, wahrscheinlich wertvolles Schmuckstück. Damit kein misstrauischer Blick auf mein Medaillon geworfen werden konnte, hielt ich es unter meinem T-Shirt verborgen und da ruhte es noch immer und verstreute dieses prickelnde Gefühl der Vertrautheit und des Mysteriösen, das es noch zu erkunden galt. Ich fühlte mich gut mit der Kette um den Hals. Warum also sollte ich sie abnehmen?

Ich war überrascht, dass es – zumindest bei den meisten Ausstellungsstücken – erlaubt war, Fotos zu schießen. In dieser Hinsicht unterschied sich Athen schon um einiges von anderen europäischen Urlaubszielen. Ich fand es jedenfalls gut und nutzte es in vollen Zügen aus. Wieder bekam meine Digitalkamera jede Menge Arbeit zu tun.

Als wir den Saal betraten, der von einer übergroßen Bronzestatue beherrscht wurde, zuckte ein gleißender Blitz draußen vor dem Fenster vorbei und ein ohrenbetäubendes Donnern folgte, das uns und die anderen Touristen kurz vor Schreck zusammenfahren ließ. Dann kicherten wir beschämt und setzten unseren Rundgang fort.

Wie ein Magnet zog die Bronzestatue des großen, starken Mannes vor uns alle Blicke auf sich. Der bronzene Mann stand etwas erhöht auf einem Sockel und war komplett nackt. Wir sahen den muskulösen Oberkörper von vorne. Die Beine waren leicht gegrätscht. Während sein linker Fuß mit Ballen und Sohle fest auf dem Boden verankert stand, berührten von dem rechten Fuß lediglich die Zehenspitzen den Sockel, auf dem die Statue ausgestellt war. Das Gesicht der Figur schaute von uns aus gesehen nach rechts. Ein detailliert gestalteter Vollbart und kurze Locken umrahmten ausgeglichene, würdevolle Gesichtszüge. Seine Arme hatte der Mann weit auseinandergerissen. Die Haltung der Statue wirkte elegant, nicht gekünstelt, sondern vielmehr wie mitten in einer kraftvollen Bewegung für die Ewigkeit festgefroren. Die rechte Hand, welche seiner Blickrichtung abgewandt war, schien früher etwas gehalten zu haben, das nun, nach all den Jahren, allerdings nicht mehr vorhanden war. Es sah so aus, als würde der Mann mit seinem rechten Arm und Bein Schwung holen, um einen großen Gegenstand weit von sich weg auf einen Gegner zu schleudern. Die Darstellung wirkte so lebendig auf mich, dass ich dachte, der Mann vor mir würde jeden Moment seine Drehbewegung von uns aus gesehen nach rechts vollenden und irgendetwas, vielleicht einen Speer, weit von sich schleudern.

Ich bückte mich, um das Schild zu lesen, das beschrieb, um welch eine Statue es sich handelte. „Poseidon of Artemision", las ich leise flüsternd vor und erstarrte. „Poseidon!", rief ich erstaunt aus und deutete auf die Bronzestatue. „Jede Wette, das ist die Statue, die Yunus mit seinem Zettel gemeint hat!" Aufgeregt lief ich einmal um den Sockel herum, auf dem Poseidon ausgestellt worden war, doch kehrte, ohne etwas gefunden zu haben, wieder an meinen Ausgangspunkt zurück. Ich scannte mit meinem Blick jeden Zentimeter des Bodens um den Sockel der Statue herum ab. Dann blickte ich an der Bronzefigur nach oben, doch ohne irgendetwas zu finden. „Das gibt's doch nicht", zischte ich frustriert. „Hier muss doch was sein! Ein Hinweis, ein neuer Zettel, irgendwas!" – „Emmy ..." Lissy fasste mir beschwichtigend an die Schulter, doch ich ließ mich davon nicht beirren. Noch nie hatte ein Hinweis von Yunus in die Irre geführt. Immer hatten wir an der angegebenen Stelle einen neuen Zettel gefunden und ich war mir so sicher, dass wir am richtigen Ort waren. Auf dem Schild stand es doch geschrieben! Hier musste einfach etwas sein! Mitten in meiner Aufregung verharrte ich kurz, als mir siedendheiß etwas einfiel. Waren wir zu spät gekommen? Hatte vielleicht ein anderer Tourist den Zettel vor uns gefunden und mitgenommen? Hatte das Museumspersonal den Zettel entsorgt?

„Das ist das erste Mal, dass einer von Yunus' Hinweisen zu nichts führt", wunderte sich Lissy. „Er hat uns doch zu was geführt", widersprach Maria. „Zu was denn?" – „Zur Statue von Poseidon", sprach Maria und begann den Text auf der Informationstafel zu übersetzen: „Diese Statue repräsentiert Poseidon, der mit seiner erhobenen rechten Hand seinen Dreizack schwingt. Es ist das Original eines großen Bildhauers, wahrscheinlich des Kalamis. Es wurde aus einem Schiffswrack auf dem Grund des Meeres geborgen, in der Nähe des Kaps von Artemision im Norden von Euboea. – Hm ... Wo auch immer das liegen mag ... – Die Statue datiert in das Jahr 460 vor Christus zurück ..." Ich hörte ihr nur mit halbem Ohr zu. Noch immer suchte ich verzweifelt nach einem Hinweis, einem Zeichen von Yunus, doch ich fand nichts.

Lissy stellte sich grübelnd neben mich. Eine Weile schwieg sie, dann jedoch baute sie sich direkt neben der Statue auf und ahmte deren Körperhaltung nach. „Was tust du da?", wandte ich mich verwirrt an sie. „Ich überlege." – „Machst du das immer so?" Alex lachte. „Mach ein Foto davon, Emmy." Reflexartig griff ich zur Kamera, obwohl mir gerade gar nicht danach war, ein Foto zu schießen. Lissy riss die Arme auseinander, drehte ihr Gesicht nach rechts und machte einen großen Schritt zur Seite. Konzentriert korrigierte sie ihre Körperhaltung, indem sie immer wieder ihren Kopf in den Nacken legte, zu Poseidon emporlinste und ihr Gesicht dann erneut der Wand zuwandte, genauso wie ihr bronzenes Vorbild, gerade so, als wolle sie herausfinden, worauf Poseidons Blick gerichtet war. Aber rechts neben uns befand sich lediglich eine weiße Wand, nichts weiter. Als Poseidon einst seinen

Dreizack in der Hand gehalten hatte, mochte er gewiss etwas Bestimmtes anvisiert haben, dachte ich, so aber nicht hier im Museum, wo es jahrelang nichts weiter für ihn zu sehen gab als eine weiße Wand und Touristen, die an ihm vorbeigingen. *Netter Versuch, Lissy*, dachte ich, *bringt uns leider überhaupt nichts.*

Ich hatte die Kamera noch nicht einmal an mein Gesicht gehoben, als plötzlich eine entrüstete Museumswächterin auf uns zugestampft kam, wobei die umstehenden Glasvitrinen leicht ins Vibrieren gerieten. Die imposante Frau kam direkt vor uns zum Stehen. Eingeschüchtert wichen wir ein paar Schritte zurück, als sie uns mit schriller Stimme anfuhr: „No posing, no posing!" Unverrichteter Dinge ließ ich die Kamera sinken. „No picture like this! No posing!" Es dauerte etwas, bis ich begriff, was sie von uns wollte. Sie verbot uns, ein Bild von Poseidon zu schießen mit einem von uns in derselben Pose wie der Meeresgott selbst. Das sei entwürdigend und das wollte sie nicht. Ich schluckte beschämt. Es war keineswegs unsere Absicht gewesen, ein antikes Fundstück zu entwürdigen, aber wir wussten auch nicht, was wir zu der Frau hätten sagen können, um uns zu rechtfertigen. Mein Blick wanderte zwischen der aufgebrachten Frau und meinen Freunden hin und her, dann wieder an die Wand, die von Poseidon unbeirrt angestarrt wurde und auf welche Lissy gedeutet hatte. „No picture like this, okay?" Die Frau hatte einen strengen Blick aufgesetzt und kannte kein Erbarmen. „Okay", entgegneten wir schließlich zerknirscht, „no picture. Sorry." Zufrieden zog sich die Museumswächterin zurück, aber nicht ohne uns vorher noch einmal mit hoch erhobenem Zeigefinger zu drohen. „Am besten wir verschwinden von hier", murmelte Maria, „bevor es zu peinlich wird." – „Was soll denn der Blödsinn? Selbst wenn wir ein Foto gemacht hätten ... Deswegen hätten wir Poseidon doch nicht gleich entwürdigt", beschwerte sich Lissy. "Die Alte spinnt doch." – "Kommt, ruhig jetzt, und weiter", forderte Maria und winkte uns zu sich heran. Nur widerwillig setzte ich mich in Bewegung. Ich konnte noch immer nicht fassen, dass wir zwar Poseidon gefunden hatten, aber dass da kein neuer Hinweis auf uns wartete. Irgendetwas stimmte hier nicht.

Im Vorbeigehen schaute ich Poseidon noch einmal tief in die Augen und dann geschah es. Hinter den schmalen Fenstern des Raumes blitzte es gleißend hell auf, es gab ein ohrenbetäubendes Donnern und dann erloschen auf einen Schlag sämtliche Lichter im Museum. Wir standen im Dunkeln und sofort ging ein Raunen durch die Menschenmenge, die sich mit uns im Raum befand. "Was ist das denn?", hörte ich Lissys Stimme dicht hinter mir, "Stromausfall oder was?" Ich vernahm aufgeregtes Gemurmel und Rufe auf Griechisch überall um mich herum. Schritte. Vielleicht die von der Frau von vorhin. Vor mir erkannte ich die Umrisse Poseidons wie eine dunkle Schattengestalt, die sich vor dem schemenhaften Licht abhob, das durch die Milchglasfenster des Museums in das Innere des Raumes hervordrang. Mir war schwindelig. Mein Puls beschleunigte sich mit einem Male und ich atmete schwer. Ich blinzelte verwirrt und rieb mir die Augen. Ich sah alles nur verschwommen und wie in Zeitlupe. Ich hörte die Stimmen und die Scherze meiner Freunde wie durch dicke Watte und verlor jegliche Orientierung. Das Medaillon, das ich um meinen Hals trug, fühlte sich auf einmal richtiggehend heiß an auf meiner Haut. In meinem Kopf spürte ich ein unangenehmes Drücken und Schwärze schob sich unnachgiebig in meine Gedanken, in mein Blickfeld, in meine Gefühle. Würde ich jetzt ohnmächtig werden? Ich schloss die Augen und senkte den Kopf, um eben dies zu vermeiden. Doch der Druck in meinem Kopf wurde immer größer und ich spürte das Echo meines aufgeregten Herzschlags hinter dem Trommelfell.

--- Plötzlich höre ich die Stimmen wieder deutlicher und der Druck auf die Ohren verschwindet. Es sind zwei verschiedene männliche Stimmen, eine junge und eine etwas ältere Stimme. Die ältere Stimme kommt mir sehr bekannt vor. Ich habe sie schon oft gehört. Sie ist mir vertraut – und ich fürchte sie. Eine raue, brutale Stimme. Der Mann, dem sie gehört, scheint gerade sehr zufrieden mit sich zu sein. „Du kannst uns nicht entkommen", sagt die Stimme. Ein tiefes Grollen wie von Donner lässt mich erkennen, dass der Mann lacht. Ein stechender Schmerz fährt durch meine Schulter. Ich gehe in die Knie. Ich kann nicht mehr aufrecht stehen. Schwindel und Übelkeit überkommen mich. „Du wirst uns nicht mehr auf der Nase herumtanzen. Du nicht", vernehme ich. „Herr, wir sind dann so weit", spricht die andere Stimme zaghaft. Sie klingt weder zufrieden noch enttäuscht. – Gleichgültig? Ich weiß es nicht. „Habt ihr alles?", fragt die erste Stimme. „Ja, Herr, wir können anfangen." – „Gut", spricht die raue Stimme zu ihm. Dann wendet der Sprecher sich wieder mir zu: „Du hast es nicht anders gewollt, Emilia. Du hättest im Palast leben können. Aber mir scheint, der ist dir nicht gut genug." Für eine Weile verstummt die Stimme. Dann höre ich sie wieder. Sie ist etwas ruhiger, dafür direkt neben meinem Gesicht. Ich spüre seinen Atem auf meiner Haut. Er hat sich über mich herabgebeugt. Er fasst mir ins Gesicht. Ich spüre seine großen Hände an meinem Kinn. Er dreht mein Gesicht zu sich, damit ich ihn anschaue. Aber ich weigere mich. Ich wehre mich gegen seinen festen Griff und schließe die Augen. Ich will ihn nicht ansehen. Ich will ihn nie mehr wieder sehen! Ich hasse ihn! Ich habe so eine Angst vor ihm, dass es mir schlecht wird. Am liebsten würde ich ihn treten oder ins Gesicht spucken, aber nicht einmal dafür habe ich Kraft genug. Schließlich ergebe ich mich in seine Gewalt. Er schüttelt mich. Der gesplitterte Knochen in meiner rechten Schulter knackt unangenehm. Mir ist so übel, dass ich mich fast übergeben hätte. Der Schmerz ist unerträglich und mir schießen Tränen in die Augen. Doch ich will mir die Blöße nicht geben und vor ihm in Tränen ausbrechen, denn das ist genau das, was er erreichen will. Er will, dass ich ihn anflehe, dass ich auf Knien vor ihm robbe und ihn anbettele, mich wieder mit in den Palast zu nehmen. Er will, dass ich mich entschuldige, für das, was ich getan habe. Aber ich kann es nicht. Es fühlt sich falsch an. Ich würde meine Gefühle verraten, wenn ich zu ihm zurückkehren würde. Ich beiße mir auf die Lippen, damit ich nicht vor lauter Schmerz aufschreie. Denn das will er. Er will mich leiden sehen.

„Ich habe alles für dich getan, Emilia. Alles! Und du trittst es in den Dreck." Der Mann seufzt. „Jetzt musst du die Konsequenzen deines unmöglichen Verhaltens tragen. Du bist es nicht wert, dass man sich um dich kümmert. Abschaum bist du. Ein nutzloser Haufen Dreck! Schade um die Luft, die du atmest. Schade um den Platz, den dein Körper einnimmt. Zu den Ratten gehörst du, zu den Spinnen. Die sind genauso schmutzig und ekelerregend wie du. Mögest du von Hades in der Unterwelt deine gerechte Strafe erhalten und nie zum ewigen Frieden finden!" Seine Finger schließen sich um meinen Hals. Ich bekomme Panik und ringe nach Atem. Wird er mich umbringen? Hier unten? Mit seinen bloßen Händen erwürgen? Er tut es nicht. Seine Finger gleiten weiter nach unten, bis sie die Kette mit dem Medaillon der Athene umfassen. Seine Faust schließt sich um den silbernen Anhänger. Einen Augenblick verharrt er so, dann zerrt er brutal an der Kette. Es tut weh und die feinen Kettenglieder schneiden in meine Haut ein. Schließlich gibt die Kette nach und reißt entzwei. Einzelne Kettenglieder fallen leise klirrend zu Boden und verstreuen sich um mich herum. Das silberne Medaillon behält der Mann in seiner Hand. Tränen steigen in meine Augen und ich schlucke schwer. *Jetzt habe ich nichts mehr, gar nichts habe ich mehr von Jona. Alles hat man mir genommen.*

„Verflucht sollst du sein bis in alle Ewigkeit", fährt die raue Stimme grausam fort. „Niemand wird um dich weinen, niemand wird dich vermissen!" Seine starken Hände lassen mich los. „Nimm Abschied vom Tageslicht. Du wirst es nie wieder sehen! Nie wieder!" Er steht auf. Ich höre, wie seine Schritte sich von mir entfernen. Dann fällt eine Tür ins Schloss. Hinter der Tür höre ich mehrere Stimmen und verwirrende Geräusche. Etwas Großes wird vor die Tür geschoben. Dann höre ich Geräusche wie von schweren Spaten, die auf den kalten, harten Boden auftreffen, die Erde, Dreck und Steine aufnehmen und dies alles schließlich mit einem Rieseln und Rumsen vor der Tür abladen. Die Geräusche werden schnell dumpfer und entfernter. Ich erkenne, was geschieht. *Ich werde lebendig begraben*, durchfährt es mich. *Sie schaufeln den Eingang in mein Gefängnis zu.* Schnell erlischt das kleine Licht, das durch die Ritzen unterhalb und neben der Tür bis zu mir hervorgedrungen ist. Und in Kürze umhüllt mich Einsamkeit, kalte, grausame, traurige und ausweglose Einsamkeit, die mir das Herz zuschnürt. „Nein!", rufe ich verzweifelt und klopfe mit meinen Fäusten an das Metall der Tür. „Nein, nein, nein! Lasst mich hier raus, bitte!" Immer leiser werden die Geräusche der Spatenstiche und die Stimmen. „Nein, bitte, nicht. Nein, nein!"

Ich lehne mich mit meinem Rücken an die Wand und rutsche daran zu Boden. In der Dunkelheit scheinen die ohnehin schon eng anliegenden Wände noch näher zusammenzurücken. Ich habe schreckliche Angst und weine bittere Tränen. Ich bin allein. Gefangen. Ich werde hier unten sterben. Es gibt keinen Ausweg mehr. *Oh Jona, was soll ich bloß tun?* ---

„Lasst mich raus, lasst mich raus. Bitte!"
„Emily?"
„Hello, young woman? Everything's okay? Hello?"
„Geht's wieder?"
„Emmy?"
„Here, take her ... I'll ... just one moment."
„Hey, Emmy, was ist denn los?"
„What's going on? Do you need a doctor?"
„Was ist passiert?"
„Here, this is better. Like that."
„Endlich. Der Strom ist wieder da!"
„Was ist mit ihr?"
„Emmy, wach auf!"

Verwirrung erfüllte mich, als die Stimmen meiner Freunde und die von einigen anderen Menschen zu mir vordrangen, die um mich herumstanden und mich anstarrten. Ich lag auf dem Boden. Jemand hielt mir die Beine in die Höhe und jemand anderes stützte mir den Kopf und hielt mir ein Fläschchen mit einer beißenden alkoholischen Flüssigkeit unter die Nase. Die Schwärze an den Seiten meines Blickfeldes verflüchtigte sich langsam und ich sah wieder deutlicher.

„Komm wieder zu dir, Emmy. Was ist denn los?"
„Ich ...", begann ich, doch brach wieder ab. Ja, was war passiert? *Wo bin ich?*

Langsam kam ich zu mir. Es war wieder hell. Direkt vor mir stand Poseidon auf seinem Sockel. Reglos und stumm und um mich herum waren viele Leute versammelt: meine Freunde, einige Museumswächter, etliche Touristen. Die imposante griechische Aufseherin von vorhin kniete hinter mir und stützte mir den Nacken. Sie war es gewesen, die mir das Fläschchen unter die Nase gehalten hatte, wovon ich wohl wieder aufgewacht war. Alex hielt meine Beine nach oben. Das Blut floss langsam wieder zurück in meinen Kopf.

Erschrocken richtete ich mich auf. Doch die Museumsaufseherin bremste meine ruckartige Bewegung. „Slowly, slowly", flüsterte sie und hielt mich sanft zurück.

„Sagt bloß, ich bin ..."

„Du bist ohnmächtig geworden", schilderte Lissy mit ernster Stimme. „Kurz nachdem der Strom ausgefallen ist, sind deine Augen glasig geworden, du hast so komische Sachen gemurmelt, bist geschwankt und hast dir die Schulter gehalten, als würde sie dir wehtun."

„Dann hast du dich an die Wand gelehnt und bist an ihr heruntergerutscht", fuhr Maria fort, „dann warst du auch schon weg."

„Wir haben versucht, dich aufzufangen, aber ..." Lissy vollendete ihren Satz nicht. „Das war voll unheimlich, Emmy."

„Und dann hast du immer wieder gerufen: ‚Nein, nein, bitte nicht. Nein!' Uns ist ganz anders zumute geworden."

„Du bist ziemlich gruselig", stimmte Alex seiner Freundin zu.

„Wie lange war ich weg?", fragte ich verwirrt.

„Nicht lange, vielleicht eine Minute oder so", vermutete Maria. „Sobald der Strom wieder da war, bist du auch schon wieder langsam zu dir gekommen."

Die Blicke der anderen Touristen waren mir unangenehm. Ich wollte meine Ruhe haben. Ich war noch immer total durcheinander. Was ich erlebt hatte, während ich ohnmächtig gewesen war, hatte so authentisch auf mich gewirkt, so furchterregend, als wäre es wirklich geschehen und ich wusste nicht, was ich damit anfangen sollte, was ich davon halten sollte. „Können wir bitte …", begann ich und setzte mich auf. Die Museumswächterin ließ mich gewähren. Mir wurde auch nicht mehr schwarz vor Augen. „Können wir bitte von hier weggehen?", bat ich meine Freunde. „Ich möchte nicht … Die ganzen Leute … Das ist mir zu viel jetzt." Die Museumswächterin schaute meine Freunde mit einem fragenden Blick an. „Can … can we go now, please? She wants to go now", erläuterte Maria.

Die Frau schaute uns misstrauisch an. „You think this a good idea? – I don't think so." Dann wandte sie sich an mich: „You should sit for a while or see a doctor."

„I don't need a doctor", meinte ich. „I'm fine. It's just … It's really okay." Demonstrativ stand ich auf und bewies hiermit, dass mir nicht mehr schwindelig war. Dabei fiel mir auf, dass an der Stelle, an der ich gelegen hatte, ein kleiner quadratischer Zettel lag, auf dem ein griechisches Zeta abgebildet war: ζ. *Komisch*, dachte ich, *war das vorhin auch schon da gewesen?* Ich überlegte nicht länger, sondern bückte mich, hob es auf und ließ es unauffällig in meiner Hosentasche verschwinden. Dabei wurde ich von den neugierigen Blicken meiner Freunde aufmerksam verfolgt. Aber niemand sagte etwas dazu. „Handkerchief", schwindelte ich als Erklärung für die Umstehenden. „Fell out of my pocket." Ich richtete mich auf und blieb eine Weile probehalber stehen. Nein, schwindelig war mir wirklich nicht mehr. Ich war nur noch verwirrt; verwirrt und beschämt. In einem Museum in Athen ohnmächtig werden! Das konnte aber auch nur mir passieren. So was Peinliches!

Die Frau seufzte. „Maybe you should have a bite in the restaurant of the museum. This will do you good."

„That's a good idea", fand Alex. „We'll do that. Thank you."
Die Frau zwinkerte uns zu. „It's okay." Sie führte uns zum Restaurant des Museums, wo wir uns an einen leeren Tisch setzten. „Can I leave you here? – Really no doctor? Are you sure?" – „No, thank you. It's really okay", entgegnete ich. Dann bedankten wir uns noch einmal innig für ihre geistesgegenwärtige Hilfe, woraufhin sie bald verschwand. Wir blickten ihr noch lange hinterher.

„Tja ..." Lissy seufzte. „Was machst du nur für Sachen, Emmy?"

„Hm", brummte ich nur. Meine Freunde sahen mich mit besorgten Gesichtern an. Ich konnte das nicht ausstehen, wenn sie mich so bedrückt anstarrten. Irgendetwas musste ich sagen, um die Stimmung etwas aufzulockern. Ich setzte ein gequältes Lächeln auf und meinte: „Das war die Strafe, weil wir vor Poseidon ‚posing' gemacht haben." Dies brachte meine Freunde schließlich zum Lachen. Ich begann, die Speisekarte zu studieren, doch Maria legte mir ihren Arm auf die Schulter und runzelte die Stirn. „Nee, Emmy, jetzt mal im Ernst. Was war mit dir los?", fragte sie. Voller Erwartung blickten mich sechs Augen an. Schließlich holte ich tief Luft und begann zu erzählen.

Spekulationen

Meine Freunde lauschten aufmerksam, als ich ihnen von den beiden Träumen berichtete, die ich in den vergangenen Nächten gehabt hatte, und von meinen Wahrnehmungen während der kurzen Ohnmacht. Ich erzählte ihnen von Cyrill und den starken Gefühlen in mir, die mir mitteilten, dass alles irgendwie miteinander im Zusammenhang stehen musste. Das mit Yunus' Stimme in meinem Kopf und die Vision von der Pythia behielt ich jedoch vorerst für mich. Eine ganze Weile wurde ich nicht unterbrochen und meine Freunde hörten mir gespannt und mit besorgten Gesichtern zu.

„Diese Träume ... und das, was ich jetzt eben gesehen habe ... Das alles waren nicht einfach nur Hirngespinste", endete ich schließlich meine Schilderungen und schüttelte bedrückt den Kopf. „Für Hirngespinste war das alles viel zu lebensecht und zu detailliert ... Ich weiß auch nicht, wie ich das jetzt erklären soll. Ich habe so etwas noch nie zuvor gehabt. Das ist doch nicht normal so was, oder? Meint ihr, ich bin gerade dabei, verrückt zu werden? Drehe ich gerade durch und bilde mir das alles nur ein? Das kann doch nicht normal sein! Wie soll das nur weitergehen?" Maria erlangte als Erste die Fassung wieder. „Nun, was du da sagst, klingt wirklich ziemlich ungewöhnlich. Aber ... Wie soll ich es sagen ..." Maria stockte und schaute Alex Hilfe suchend an. „Es sind trotzdem nur Träume." – „Und eine Ohnmachtvision", ergänzte Lissy mit erhobenem Zeigefinger. „Ein Traum ist ein Dreck, wer dran glaubt, ist ein Geck", sprach Alex besserwisserisch, doch runzelte selbst die Stirn über seine Aussage, für die er sich einen vorwurfsvollen Blick von Maria einheimste. „Vielleicht bist du auch einfach nur übermüdet", vermutete Alex daraufhin. „Vielleicht ist der fehlende Schlaf daran schuld, dass du solche Visionen hast." So gerne ich seine Erklärung auch akzeptiert hätte, ich wusste, dass sie nicht zutreffend war und dass mich Emilias Geschichte fortan nicht mehr loslassen würde.

„Was wäre, wenn es diese Emilia wirklich gegeben hätte?", fuhr ich unbeirrt fort. „Wie meinst du das?", wollte Maria wissen. „Vielleicht hat es diese Emilia vor Tausenden von Jahren ja tatsächlich gegeben", fasste ich erneut auf. „Was wäre, wenn das alles, was ich träume, wirklich geschehen ist? Wenn es damals ein Mädchen gegeben hat, das lebendig begraben worden ist und ich kann sehen, was damals vorgefallen ist." – „Wie jetzt?", fragte Lissy langsam. „Meinst du, du bist so eine Art Medium und kannst sozusagen durch deine Augen wie durch die Augen von Emilia sehen, was sie einst erlebt hat?" – „Nun, das klingt jetzt etwas komisch, wie du das formulierst", überlegte ich, „aber im Grunde … ja … so ungefähr könnte es sein." – „Du glaubst doch nicht allen Ernstes an so einen Esoterikscheiß, Emmy?", brauste Alex mit hoch erhobenen Augenbrauen auf. „Nee, das heißt, …, ja … äh … Ich weiß es nicht. Bis vor Kurzem habe ich mir über so etwas noch keine Gedanken gemacht. Aber … Da hatte ich auch noch nicht diese merkwürdigen Träume gehabt …" Meine Freunde entgegneten nichts, also ergriff ich erneut das Wort: „Aber wenn es so ist, warum sollte ausgerechnet *ich* diese Fähigkeit haben, Emilias letzte Momente zu erleben, als wäre ich selbst dabei gewesen? Ich meine … ich bin doch nichts Besonderes, habe keine besondere Gabe oder so und bisher ist mir so etwas auch noch nie passiert. – Warum also ich?" – „Nun …", begann Lissy, „du heißt Emily." – „Na und? Es heißen auch etliche andere Mädchen so. Und die haben nicht so komische Träume und Ohnmachtsanfälle wie ich. – Und außerdem heiße ich, wie du schon richtig gesagt hast, Emily und nicht Emilia", widerlegte ich ihr Argument. „Das ist Haarspalterei", behauptete Lissy, „ob jetzt Emilia oder Emily, das sind zwei Formen ein- und desselben Namens."

„Also … ich weiß nicht recht." Alex schüttelte den Kopf. „Das sind doch alles nur wilde Spekulationen. So was wie Medien, Hellsehen und Botschaften durch Träume gibt es nicht. Kommt mal wieder auf den Boden der Tatsachen zurück." Doch Lissy ignorierte Alex und wandte sich an mich. „Du bist jetzt in Athen", betonte sie, „und du hast Emilias Medaillon bekommen. Die Visionen haben angefangen, als du das Medaillon bekommen hast." – „Von Yunus, ja", erinnerte uns Maria bedächtig. „Mir schwant, dass *er* eine Antwort darauf hätte, was eben mit Emily passiert ist." – „Meinst du etwa, *er* ist dafür verantwortlich, dass ich ..., dass ich ..." – „Dass du ohnmächtig geworden bist?", beendete Maria den Satz. Die Vorstellung ließ mir eine Gänsehaut aufkommen. „Nein, Emmy", widersprach Maria vehement. „Wo denkst du hin? Wie sollte *der* dafür verantwortlich sein, dass du ohnmächtig wirst? Der ist doch nicht allmächtig oder so. Er ist doch auch bloß ein Mensch." – „Aber du sagtest doch ..." – „Ich habe gar nichts dergleichen gesagt, ich meinte lediglich ..." Sie rang nach Atem, wohl um Zeit dafür zu gewinnen, die richtigen Worte zu finden. „Aber er könnte den Stromausfall verursacht haben", lenkte Lissy schnell ein. „Das könnte er auch als Mensch einrichten." – „Warum sollte er das denn getan haben?", bohrte Alex skeptisch nach. „Vielleicht ahnte er, wie Emmy darauf reagieren würde. Vielleicht weiß er, dass der Stromausfall zu diesem Zeitpunkt in Emmy eben diese Vision auslösen würde." – „Nee, also wirklich!", brach es aus Alex. „Hör dir mal selber zu, Lissy. Das glaubst du doch nicht im Ernst, oder?" – „Wieso denn?" Lissy zuckte mit den Schultern. „Was meint denn Emmy selbst dazu?" – „Ich?" Ich kaute mir abwesend auf der Unterlippe herum. „Keine Ahnung. Woher sollte Yunus denn wissen, dass ich ohnmächtig werden würde, wenn der Strom ausfällt?" – „Siehst du?" Alex grinste Lissy triumphierend an. „Nicht mal Emmy glaubt daran." – „Ich wusste ja selbst nicht, dass ich Ohnmacht gefährdet bin, wenn plötzlich das Licht in einem Museum ausgeht. Bisher bin ich noch nie ohnmächtig geworden, wenn der Strom ausgefallen ist. Ich bin mir nicht so sicher, ob der Stromausfall was mit der Ohnmacht zu tun hat." – „Außerdem", begann Maria, „ich glaube nicht, dass Yunus es einrichten könnte, den Strom abzustellen. Dazu müsste er schon ein Angestellter im Nationalen Museum sein, und das ist er ja unseres Wissens nach nicht." – „Ha!", prustete Lissy. „Was wissen wir schon über Yunus? Gar nichts!" – „Auch wieder wahr", kommentierte ich dies. „Aber einigen wir uns darauf, dass Yunus nichts mit der Ohnmacht und dem Stromausfall zu tun hat, okay? Das ist einfach zu unrealistisch", wandte sich Maria an uns. Wir anderen nickten kurz. „Den Stromausfall gab es sicher wegen dem Gewitter. Vielleicht ist auch eine Sicherung durchgebrannt oder so. Sie hatten es ja auch schnell wieder unter Kontrolle. Aber Yunus war das, glaube ich, nicht."

„Aber was meintest du *dann* damit, Maria, dass Yunus uns eine Antwort auf die Frage geben könnte, was mit Emmy passiert ist?", wollte Lissy wissen. „Das würde mich allerdings auch interessieren", sagte Alex langsam und schaute seiner Freundin tief in die Augen. Maria seufzte gedehnt. „Schaut mal: Wer bringt denn unsere Emmy die ganze Zeit durcheinander mit diesen merkwürdigen Zetteln? – Yunus! – Emmy ist nun mal diejenige von uns, die sich am leichtesten von anderen durcheinanderbringen lässt. Sie ist das perfekte Opfer für so etwas." – „Tatsächlich?" Ich schaute sie fragend an. „Ja, das ist doch nun wirklich kein Geheimnis. Das hat Yunus sicher auch schon mitbekommen." – „Na dann ... Wenn du das sagst ...", grübelte ich nicht ganz überzeugt. Maria fuhr fort: „Wer gibt unserer Emmy ein Rätsel nach dem anderen zu knacken? – Yunus! Wer hat sich ausgerechnet Emmy ausgesucht für seine merkwürdigen Handlungen? – Yunus! Wer hat Emmy dieses Medaillon gegeben, auf dem

‚Emilia' geschrieben steht? – Auch Yunus! – Yunus, Yunus, Yunus!" Wir schauten sie verwirrt an. „Einfach alles, was hier Merkwürdiges geschieht, ist auf Yunus zurückzuführen. Irgendeinen Grund muss er ja wohl gehabt haben, dass er das alles gemacht hat und noch immer tut", vermutete Maria. „Irgendwo im Hintergrund heckt er sicher schon den nächsten Überfall auf uns aus. Warum macht er das wohl?" – „Vielleicht weil er will, dass wir mehr über Emilia herausfinden", schlug Lissy vor. „Aber warum sollte er das tun? Und wer ist diese Emilia überhaupt, falls ...", begann Maria, doch wurde von Lissy unterbrochen: „Aha! Jetzt glaubst du also auch daran, dass es Emilia gegeben hat?" – „*Falls* es sie überhaupt gegeben hat", vollendete Maria ihren Satz. „Wer sollte dann diese Emilia gewesen sein?" – „Ich weiß es nicht." Ich schüttelte ratlos den Kopf. „Emilia Polyzalosa Deinomenesia ..." Ein seltsames Kribbeln überkam mich, als ich den Namen auf meiner Zunge zergehen ließ. „So hieß sie jedenfalls." – „Yunus sagte doch einen Namen, der diesem irgendwie ähnlich war", fiel Alex auf einmal ein. „Meinst du? Ich kann mich nicht daran erinnern", gab Lissy zu. „Aaaaaaaaaaaaah! Klar doch!" Maria schlug sich an die Stirn. „Jetzt weiß ich wieder, woher mir dieser Name bekannt vorkommt!" – „Wie jetzt?" Alle Blicke wandten sich Maria zu. „Erinnert ihr euch noch an das, was Yunus uns im Museum von Delphi erzählt hat? Wir standen gerade vor dem Wagenlenker, vor dieser Bronzestatue." – „Cyrill", ergänzte ich. „Ähm ... ja." Plötzlich fiel es auch mir wieder ein. „Die Statue war von einem Typen geweiht worden, der den Namen Polyzalos trug!", brach es aus mir heraus. „Genau", stimmte mir Maria zu. „Na, das ist doch schon mal was", freute ich mich, „ich bin doch nicht irre. Es gibt einen wahren Kern an der ganzen Sache." – „Und wie sollte dieser wahre Kern aussehen, wenn ich mal fragen darf?", mischte sich Alex skeptisch ein. „Polyzalos war ein strenger Herrscher, ein Tyrann, hat Yunus erzählt", sinnierte Maria. „Ich habe leider vergessen, wann der gelebt hat. Und ich denke auch, dass Yunus in diesem Zusammenhang den Namen Deinomenes erwähnt hat." – „Wer war Deinomenes?", fragte Lissy nach. „Wenn mich nicht alles täuscht, war das der Vater von Polyzalos", sagte ich. „Dann macht das alles auf einmal Sinn", sprach Lissy erfreut. „Inwiefern?", fragte Alex. „Nun ... Emilia heißt mit vollem Namen Emilia Polyzalosa Deimonesa ... äh ..." – „Deinomenesia", korrigierte ich sie. „Äh ... ja", stammelte Lissy. „Was für ein Name! Ich glaub, den krieg ich nie fehlerfrei über die Lippen. – Emilia Polyzalosa Deinomesina ... äh ..." – „Ja, wir wissen, wen du meinst", schmunzelte ich. „Jedenfalls ...", fuhr Lissy fort, „die Namen sind sich doch sehr ähnlich. Und in Emmys Traum war Emilia die Tochter eines Mannes, der von den anderen Soldaten, Wachmännern oder was auch immer, mit dem Titel ‚Herr' angesprochen worden ist. Es kann doch durchaus sein, dass der brutale Vater von Emilia eben genau jener Polyzalos gewesen ist, oder?" – „Und das soll jetzt dein wahrer Kern sein?", bezweifelte Alex ungläubig. „Äh, ja ... Ist das etwa nicht überzeugend und spricht das etwa nicht für die Richtigkeit von Emmys Traum?", wollte Lissy wissen. „Es kann auch dafür sprechen, dass Emmy die Namen unbewusst in ihren Traum eingebaut und verarbeitet hat", zerstörte Alex Lissys Vermutung. Ich ließ frustriert die Schultern hängen. Irgendwie verlief die Diskussion nicht gerade so, wie ich es mir erhofft hatte. „Aber ...", widersprach ich etwas hilflos, „wenn es *doch* nur Hirngespinste gewesen wären ... Warum sollte ich *dann* die Geschichte weitergeträumt haben? Warum passt alles so nahtlos ineinander und ergibt Sinn?" – „Wenn ihr mich fragt ... So viel Sinn ergibt das auch nicht gerade."

Alex schüttelte den Kopf. „Na ja, ganz so drastisch wie Alex würde ich es jetzt nicht formulieren", meinte Maria versöhnlich. „Vielleicht ist an der ganzen Geschichte ja doch etwas Wahres dran. Vielleicht aber auch nicht. Momentan können wir weder das eine noch das andere mit Bestimmtheit behaupten. Aber wir können auch nicht leugnen, dass die ganze Sache irgendwie mysteriös ist ... Ob wahr oder nicht wahr. Merkwürdig ist es auf jeden Fall."

An dieser Stelle wurde die Unterhaltung kurz unterbrochen, da ein Ober an unseren Tisch herangekommen war und uns nach unserer Bestellung befragte. Da keiner von uns eingehend die Karte studiert hatte, entschieden wir uns kurzerhand alle für einen kleinen Snack: ein Feta-Schinken-Sandwich mit einem kleinen griechischen Salat und einer Cola für jeden von uns. Zufrieden nickte der Ober und ließ uns wieder allein.

„Ob mich diese Träume und Visionen nun ewig weiterverfolgen werden?", stellte ich die Frage in den Raum. „Ich schätze, das werden wir noch erfahren", vermutete Alex. „Aber was mir im Moment noch viel mehr Bedenken bereitet, Emmy, ist die Tatsache, dass du ohnmächtig warst", äußerte sich Maria. „Ach das ..." Ich wehrte den Gedanken daran ab wie eine lästige Stubenfliege. „Das hat nichts zu bedeuten." – „Nimm das nicht auf die leichte Schulter", drohte Maria. „Wie soll das denn jetzt weitergehen mit dir?" – „Wie weitergehen?" – „Was ist, wenn der Grund für deine Ohnmacht etwas Schlimmes war? Wenn du krank bist, wenn was mit deinem Kreislauf nicht in Ordnung ist. Wenn ..." Maria holte tief Luft. „Ich weiß nicht. Vielleicht solltest du wirklich zu einem Arzt gehen." – „Ich brauche keinen Arzt", widersprach ich genervt. „Aber wenn ..." – „Nichts aber. Die Ohnmacht war harmlos. Was weiß ich, warum ich ohnmächtig geworden bin. Vielleicht war die Luft schlecht im Raum oder ich bin ein alter Schisser und habe auf einmal Angst vor Gewittern, wie auch immer ... Macht euch darüber mal keine Gedanken."

„Wie geht es dir jetzt im Moment? Bist du fit? Wird das noch mal passieren?", wollte Alex wissen. Langsam schüttelte ich den Kopf. „Ich glaube nicht, dass es noch mal passieren wird. Zumindest nicht einfach so. Ich fühle mich gut. Mir ist nicht mehr schwindelig oder so. Mein Puls geht auch wieder normal schnell und mir ist auch nicht mehr so komisch zumute. Ich weiß doch selbst nicht, was das war. Das war ... mit Poseidon und so und der Stromausfall ... Irgendwie hat mich wohl der Moment überwältigt. Keine Ahnung. Aber macht euch darüber keine Sorgen. Ich bin noch ganz die Alte."

„Da ist noch etwas, das ich komisch finde", begann Maria gedehnt. „Was meinst du?", fragte ich. „Wie hieß noch mal dieser Ort, von dem du geträumt hast, da wo diese Emilia wohnte?" – „*Thólossos*", sprach ich. *Wie könnte ich diesen Namen je wieder vergessen?* „Gibt es den in echt?", wollte Lissy wissen. „Es gibt nur eine Möglichkeit, das herauszufinden", meinte Alex. „Wir schauen in der Karte nach." Kurzerhand zog er aus Marias Tasche den Plan von Athen und Umgebung hervor. Er suchte ziemlich lange im Verzeichnis der Städtenamen. Maria blickte ihm dabei interessiert über die Schulter. Das nervöse Kribbeln von vorhin schlich sich wieder in meine Magengegend. Es könnte aber genauso gut Hunger gewesen sein. Das kann ich heute nicht mehr mit Bestimmtheit sagen. Schließlich tauchten Maria und Alex nach einer Weile wieder hinter der unhandlichen Landkarte auf. „Falls es diesen Ort jemals gegeben haben sollte", begann Maria nachdenklich, „heute gibt es ihn nicht mehr. Jedenfalls nicht in Griechenland." – „Aber *Thólossos* klingt doch so griechisch", merkte ich an. „Wenn es ihn nicht in Griechenland gibt, dann gibt es ihn nirgendwo sonst", behauptete ich.

„Wir müssen also davon ausgehen, dass es diese Stadt *heute* nicht mehr gibt", fasste Lissy zusammen. „Das heißt aber, dass es sie in der Vergangenheit gegeben haben könnte. Wahrscheinlich damals, als Emilia und ihr brutaler Vater Polyzalos noch am Leben waren."

„Wisst ihr was?", hörte ich auf einmal Marias entschlossene Stimme. Ihr Interesse war erwacht. „Wir finden das jetzt heraus." – „Wie willst du das denn herausfinden?", wunderte sich Lissy. „Wozu hat man denn jemanden zu Hause sitzen, der freien Zugang ins World Wide Web hat?" Langsam dämmerte es mir, was Maria vorhatte. „Wenn irgendjemand weiß, ob es diesen Ort gegeben hat oder nicht, dann ist es das Internet, nicht wahr? Ich frag jetzt einfach mal Ivy. Die kann zu Hause googlen und nachschauen." Entschlossen holte Maria ihr Handy aus der Tasche und bearbeitete übereifrig die Tasten. „Na, da bin ich aber mal gespannt", murmelte Alex und konnte sich ein Grinsen nicht verkneifen. „Meine Maria ..." Er kicherte.

Ich persönlich fand Marias Idee prima. Warum war ich nicht schon selbst darauf gekommen? Ivy würde uns sicher mit Begeisterung weiterhelfen. Sie war zwar nicht mit uns in Athen, aber irgendwie hatte sie schon während des gesamten Urlaubs aktiv an unserem Abenteuer teilgenommen.

„So, ich habe die SMS abgeschickt", verkündete Maria. „Was hast du geschrieben?", fragte Lissy. Maria las die SMS vor:

‚Liebe Ivy, wir haben einen Auftrag für dich: Schau mal im Internet nach, ob du unter dem Städtenamen Thólossos fündig wirst. Wo liegt/lag dieser Ort? Kannst du auch mal überprüfen, ob es was unter folgendem Namen zu finden gibt: Emilia Polyzalosa Deinomenesia? LG, deine Griechen'

Es dauerte nur ein paar Minuten, schon erhielten wir eine Antwort von Ivy:

‚Klar schau ich nachher mal nach, aber wozu braucht ihr diese Info? Bin gerade unterwegs und habe daher keinen Internetzugang. Ich meld mich bei euch, sobald ich was in Erfahrung gebracht hab. Gibt es was Neues von Yunus? Ivy'

Wir seufzten etwas enttäuscht. „Was gurkt die jetzt auch einfach so durch die Gegend?", stöhnte Lissy genervt. „Sollte sie nicht eigentlich über ihrer Diplomarbeit sitzen?" – „Also, jetzt komm ...", murmelte ich, „die arme Ivy. Lass sie doch auch mal ausspannen. Außerdem ... woher willst du wissen, dass sie zu ihrem Vergnügen unterwegs ist? Kann doch auch gut sein, dass sie gerade zur Bibliothek gefahren ist, um sich noch mehr Literatur für ihre Arbeit zu besorgen oder was weiß ich. Werde bitte nicht unfair. Immerhin sind *wir* im Urlaub, während *Ivy* schwer schuften muss." – „Ja, ja, ist ja schon gut", brummelte Lissy. „Bloß blöd, dass wir jetzt warten müssen. Wer weiß, wie lange die noch unterwegs ist." – „Jetzt haben wir es so lange nicht gewusst", meinte Alex, „da macht es auch nichts mehr aus, ob wir eine Stunde früher oder später Bescheid kriegen. Sei froh, dass wir überhaupt jemanden von außen befragen können, der Zugang ins Internet hat." – „Ich bin ja gespannt, ob Ivy überhaupt was rausfinden kann", grübelte ich. Aus dem Augenwinkel fiel mir auf, dass Maria schon wieder eifrig die Tastatur ihres Handys bearbeitete. Als sie fertig war, las sie uns ihre Kurznachricht vor:

‚Yunus haben wir seit gestern nicht mehr gesehen, aber es geht wie gehabt weiter mit den Zetteln. Wir wissen immer noch nicht genau, was er damit bezweckt. Klingt evtl. komisch: Die Info brauchen wir, weil Emmy von den Namen geträumt hat und wir wissen wollen, ob es die wirklich gibt/gab. Danke für Hilfe! Bis dann!'

Etwa fünf Minuten später ertönte erneut das Signal, das ankündigte, dass Maria eine SMS erhalten hatte. Maria las vor: ‚Wie geträumt? Das müsst ihr mir genauer erklären. Ich glaub, es ist mal wieder ein Anruf fällig. Ich ruf euch nachher mal an, falls ich was rausfinde. Bis dann! Ivy'

„Jaaaaaaa, Ivy", murrte Lissy ungeduldig, „schreib nicht so viel, sondern sieh lieber zu, dass du endlich nach Hause kommst und den Computer anschaltest!" Ich konnte mir ein Grinsen nicht verkneifen.

In diesem Moment kam der Ober von vorhin an unseren Tisch und brachte uns das bestellte Essen und die Getränke. Ich muss sagen, es tat richtig gut, etwas in den leeren Bauch zu bekommen. Von dem Schwindel und dem flauen Gefühl im Magen war nach dem Essen jedenfalls nichts mehr zu spüren. Die Lebensgeister waren wieder voll und ganz erwacht.

Während wir noch aßen, ließ Maria unmittelbar ihr Besteck sinken, stützte ihren Kopf mit ihren Händen und fasste sich seufzend an die Stirn. „Was ist, Schatz?", sorgte sich Alex. „Hast du Kopfschmerzen?" –„Nein, wieso?", fragte Maria verwirrt. „Na, du …" Doch Maria ignorierte ihn und sprach: „Nachdem du wieder zu dir gekommen bist, Emmy, da hast du dich gebückt und was Weißes aufgehoben." Mit einem Schlag erinnerte ich mich wieder. Maria fuhr fort: „Und jetzt mach mir bloß nicht weis, dass das ein Taschentuch war, das du da eingesteckt hast. Das nehme ich dir nämlich nicht ab." Ich nickte und hob meinen rechten Zeigefinger in die Höhe, dabei kaute ich hektisch das Essen, das ich noch in meinem Mund hatte, und schluckte es angestrengt hinunter. Fast hätte ich mich dabei verschluckt. Ich räusperte mich und spülte einen kratzenden Krümel in meinem Hals mit Cola hinunter. „Du hast tatsächlich Recht, Maria", sagte ich, als ich das

Essen erfolgreich hinuntergewürgt hatte. „Das war kein Taschentuch. *Einmal* dürft ihr raten, worum es sich handelt." – „Um einen neuen Zettel von Yunus?", brach es gleichzeitig aus meinen drei Freunden heraus. „Genau!" – „Na, dann red mal nicht so viel um den heißen Brei herum, sondern zeig endlich her!", drängte mich Lissy. „Ich hab ihn selber noch nicht angeschaut, wenn ich ehrlich bin. Ich war ein bisschen abgelenkt und hätte ihn sogar fast vergessen. – So, hier ist er."

Ich zeigte meinen Freunden das griechische Zeta auf der einen Seite des Zettels: ζ, dann drehte ich ihn um und legte ihn in die Mitte des Tisches, damit alle sehen konnten, was darauf abgebildet war. Zu unserer großen Überraschung fand sich diesmal weder eine rote noch eine blaue noch eine grüne Linie auf der Rückseite des Papiers, sondern eine orangefarbene, gestrichelte Linie, die oben links parallel zum Zettelrand anfing, sich ein paar Zentimeter geradeaus nach unten erstreckte, dann jedoch vollführte der Strich eine Wendung nach rechts bis fast ganz zum rechten Rand des Zettels hinüber, um dann nahezu in einem 90-Grad-Winkel kehrtzumachen und wieder auf den linken Papierrand zuzusteuern, wo er schließlich endete. Innerhalb der spitz zulaufenden Wendung konnten wir in Yunus' vertrauter geschwungener Schrift folgende griechische Wörter erkennen: Ζεύς/ΝΑΟΣ ΟΛΥΜΠΙΟΥ ΔΙΟΣ.

„Lasst mich mal versuchen zu lesen", bat Lissy. „*Zeus/Naos Olympioy Dios*, stimmt's?" – „Stimmt genau", stellte Maria fest. „Machen wir jetzt wohl sämtliche Götter durch oder was?", fragte Alex mit wenig Begeisterung in der Stimme. „Heute Poseidon und Zeus, morgen Aphrodite und Mars ... Was kommt noch?" – „Mars ist eine *römische* Gottheit", korrigierte ihn Maria, „in Griechenland heißt der *Ares*." – „Das interessiert doch jetzt kein Schwein", blaffte Lissy. „Wichtiger ist, worum geht es auf dem Zettel? Wohin müssen wir gehen?" Sie geriet ins Grübeln: „Hoffentlich ist das nicht schon wieder eine Statue in irgendeinem Museum. Langsam reicht's mir nämlich echt mit Museen." – „Ich glaube nicht, dass es sich wieder um ein Museum handelt", vermutete Maria gedehnt. „Weißt *du*, was damit gemeint ist?", fragte ich sie und deutete auf den Zettel. „Nein, leider nicht." – „Was bedeutet eigentlich diese orangefarbene Linie hier? Bisher war doch noch keine Linie auf dem Zettel orangefarben und auch nicht gestrichelt", fiel Alex auf. „Gibt es noch eine orangefarbene U-Bahnlinie in Athen?", fragte ich. Maria studierte eifrig den Plan in ihrem Reiseführer. „Nein, es gibt nur drei U-Bahnlinien in der Stadt: blau, rot und grün. Das Orangefarbene muss die Tram sein, die Straßenbahn." Sie deutete auf ihren Plan. „Schaut, die eine Linie der Straßenbahn hier ist auch orangefarben eingezeichnet." – „Na, dann haben wir es doch schon", freute sich Lissy. Sie nahm mir die anderen Zettel aus der Hand und legte sie so aneinander, wie wir das schon vorher einmal getan hatten. „Das heißt dann, dass der neue Zettel irgendwo hierhin muss …" Lissy legte den Zetazettel rechts neben den Alphazettel und die Risslinien am Rand des Papiers stimmten fehlerlos überein. „Tata! Das große Rätsel wäre gelöst!", verkündete Lissy erfreut. Alex verglich die Lage der orangefarbenen Linie mit dem Stadtplan und nickte begeistert. „So stimmt es, Lissy. Gut gemacht." Er zeigte auf eine Sehenswürdigkeit, die in der Karte links neben der Straßenbahnlinie vermerkt worden war. „Unser nächstes Reiseziel: Der Tempel des Olympischen Zeus, auch *Olympieion* genannt. Ich gratuliere: Wir werden immer besser." – „Super", jubelte ich, „darauf lasst uns erst einmal anstoßen!" Wir prosteten uns selbstzufrieden mit unseren Colagläsern zu und aßen daraufhin die Reste unserer Salate und Sandwichs auf.

„Dann wissen wir ja Bescheid. Tempel des Olympischen Zeus. Ich bin gespannt, was uns da wieder erwartet", sagte Maria.

⌘

„Cool!", freute sich Lissy, „es hat aufgehört zu regnen. Es sieht fast sogar so aus, als würde die Sonne sich durch die Wolken hindurchkämpfen. Vielleicht wird es am Nachmittag doch noch schönes Wetter." – „Hab ich euch doch gleich gesagt", triumphierte ich, „ihr hättet mir ruhig glauben können."

Wir hatten soeben das Nationale Museum verlassen und waren die lange Treppe hinuntermarschiert, als mein Handy zu klingeln begann. „Oha!", brach es aus mir heraus, „das ist Ivy. Macht euch auf was gefasst!" Schnell eilten wir zu einer der Sitzbänke vor dem Museum und scheuchten dabei einen ganzen Schwarm Tauben auf. Lissy und Maria trockneten die nasse Sitzfläche mit Papiertaschentüchern ab, während ich mein Handy aus der Tasche hervorkramte und abnahm.

„Hi Ivy", begrüßte ich unsere Freundin, „hast du was herausgefunden?"

„Das kann man wohl sagen, ja."

Wir setzten uns dicht nebeneinander auf die Bank. Meine Freunde drückten ihr Ohr ganz nah an den Hörer, um das Gespräch so gut es ging mitzulauschen. Wir waren alle zappelig und total aufgeregt und konnten kaum still sitzen.

„Na, dann rück mal raus mit deinen Neuigkeiten."

„Fangen wir mit dem Namen an ... Also, ich hab den Namen Emilia Polyzalosa Deinomenesia bei Google eingegeben. Da kam allerdings nichts. Dann habe ich die Namen einzeln eingegeben. Zuerst Polyzalosa. Daraufhin wurden mir ein paar Seiten angeboten, aber es war nicht wirklich was dabei, das darauf gepasst hätte. Außerdem war das in irgendeiner seltsamen Sprache mit lauter so komischen Zeichen. Ich versuchte es erneut mit verschiedenen Schreibweisen und so und dann kam schließlich die Anfrage: ‚Meinten Sie *Polyzalos*'?"

Ich hielt den Atem an. „Und?", drängte ich sie.

„Ja, ich hab das dann mal angeklickt und dann kam ein kurzer Eintrag von Wikipedia. Soll ich mal vorlesen?"

„Ja, klar." Jetzt würde sich herausstellen, ob Yunus uns die Wahrheit erzählt hatte, als wir im Museum von Delphi waren, dachte ich voller Aufregung.

„*Polyzalos von Gela*", begann Ivy vorzulesen, „*Polyzalos stammt aus der Familie der Deinomeniden. Im 5. Jahrhundert vor Christus war er als der Tyrann von Gela bekannt. Seine Brüder hießen Gelon und Hieron.*"[1]

„Deinomeniden …", überlegte ich, „da haben wir schon den zweiten Namensbestandteil. – Steht da noch was dabei?"

„Nein. Das war leider schon alles", negierte Ivy, „aber der Eintrag, finde ich, ist doch schon mal Beweis genug, dass es die Namen echt gegeben hat, von denen du geträumt hast. Das ist erstaunlich. – Ich habe dann auch den letzten Namensbestandteil gesondert eingegeben: Deinomenesia. Da kam erstmal auch nichts. Dann habe ich wieder verschiedene Schreibweisen ausprobiert und plötzlich kam: ‚Meinten Sie *Deinomenes*?' Ich habe draufgeklickt und dann kam folgender kleiner Beitrag auf Englisch: ‚*Deinomenes, sculptor, mentioned by Pausanias*'[2] – und dann steht da was über sein Leben und Werk. Aber irgendwie zweifelte ich daran, dass das derselbe Deinomenes war wie der, nach dem ihr gesucht habt. – Ein Bildhauer? Das passte einfach nicht. Ich hab dann ein bisschen nach unten gescrollt und fand dann noch etwas Interessantes: ‚*There is also another Deinomenes who has four sons: Gelo, tyrant of Gela and Syracuse, Hieron the first, tyrant of Gela and*

Syracuse, Thrasybulus, tyrant of Syracuse and'[2] – Haha! Und jetzt kommt's! – ‚*Polyzalos, tyrant of Gela.*'[2] Deinomenes ist also der Vater des Polyzalos und war wohl selber einmal ein Tyrann."

„Krass!", staunte ich über Ivys erfolgreiche Recherche im Internet. „Was hat sie gesagt? Was hat sie gesagt?", belagerten mich meine Freunde. Also berichtete ich rasch, was Ivy mir mitgeteilt hatte. „Es stimmt also, was Yunus uns gesagt hat", erkannte Lissy. Dann widmete ich Ivy wieder meine ganze Aufmerksamkeit.

„Alle Söhne des Deinomenes kann man anklicken und mehr Informationen über sie abrufen, nur bei Polyzalos gibt es keinen weiteren Link. Offensichtlich ist das der Tyrann, über den am wenigsten bekannt ist", vermutete Ivy.

„Das ist ja merkwürdig", kommentierte ich.

„Ja, aber über den Namen, den ihr mir eigentlich genannt habt, Emilia Polyzalosa Deinomenesia, konnte ich nichts finden. Wenn man Emilia alleine eingibt, werden einem Tausende von Seiten angeboten. Das bringt uns nicht weiter. Und dann *Thólossos* …"

„Ja?" Sofort wurde ich hellhörig.

„Also, wenn man das so eingibt, kommt nichts Gescheites raus. Es gibt da zwar so eine Seite, aber wenn man draufklickt, taucht eine Seite auf, die das Wort nicht einmal enthält."

„Komisch", bemerkte ich.

„Ja. Dann habe ich wieder verschiedene Schreibweisen ausprobiert und irgendwann öffnete sich eine Seite mit Beiträgen zu verschiedenen Themen. Ich dachte zuerst, ich sei hier falsch. Es gab da zum Beispiel Artikel über Atlantis oder die Mayapyramiden, über Stonehenge und die Hängenden Gärten der Semiramis und so weiter. Es schien mir so eine Art Meinungsforum zu sein, bei dem verschiedene Leute ihre Beiträge online setzen können und Vorschläge machen können, warum und ob es diese mysteriösen Orte und Gebäude überhaupt gegeben hat, wer sie gebaut hat und so. Da standen zum Teil echt irre Vermutungen drin. Ich hab mal ein paar überflogen. Die Seite heißt: Mysticae-Graecae-et-Mundi.com. Ich habe dann ein bisschen nach unten gescrollt und auf den Link mit dem Titel: ‚Mysteries in Greece' geklickt. Da fiel mir ein Beitrag mit dem folgenden Titel auf: ‚Thólossos = Theologos' und dahinter standen drei Fragezeichen geschrieben." Ivy hielt kurz inne.

Ich hielt vor Spannung die Luft an. „Lies vor", bat ich Ivy.

„Okay, also hier steht: ‚Thólossos has long been an object of interest for me. Is it a place? Is it a town, a village? Or is it just a long forgotten synonym for »Theologos«? The literal translation would be »word of God«. If so, this raises the question what »Theologos« stands for. Is it something written or said in the past? What could this possibly be? Or is it rather – and that is what I assume – a place where the »word of God« was uttered? Does this maybe refer to the mountain of Olymp where the ancient Greek Gods are said to have met? Or is it just a place in the people's imagination that has never existed in reality? During my researches in Greece I came across something interesting: In fact, there is an ancient little place in Greece, north of Potos, on the Green Island, which is called – still today! – Theologos. Whether this place could provide us with more information on that subject still remains to be seen.'"

„Abgefahren", kommentierte ich dies und berichtete schnell meinen Freunden von dem Internetbeitrag.

„Der Blog wurde am 20. Juni online gestellt, ist also nicht lange her", informierte uns Ivy. „Aber jetzt kommt der Hammer. Haltet euch fest: Der Autor des Beitrags nennt sich selbst: White Dove – Weiße Taube."

„Meinst du ... meinst du ..." Ich schnappte aufgeregt nach Luft. „Meinst du, das könnte *Yunus* geschrieben haben?"

„Das wäre schon ein verdammt großer Zufall", mischte sich Alex ein, „aber zu ihm passen würde es ja."

„Kann er denn Englisch?", fragte Ivy.

„Der kann doch alles", gab ich zurück, „ganz sicher kann der auch Englisch."

Schließlich fragte ich: „Kann man den Autor auf der Seite irgendwie kontaktieren?"

„Das weiß ich nicht", gab Ivy zu, „das müsste ich erst ausprobieren." Sie stoppte kurz, wahrscheinlich hatte sie den Telefonhörer beiseitegelegt, während sie den Computer bediente. Dann hörte ich ein Knacken und kurz darauf wieder ihre Stimme: „Wenn man ans Ende der Seite scrollt, gibt es da einen Hinweis, dass man zu den einzelnen Beiträgen seinen eigenen Kommentar schreiben kann, wenn man will. Hm ... Aber das ist nicht wirklich, was wir brauchen. Vielleicht ... wenn wir eine E-Mail-Adresse herausfinden könnten ... Halt! Wenn man auf den Namen des Verfassers klickt, öffnet sich Outlook Express! Wartet ... Uiuiuiuiui!"

„Was ist los? Was ist? Was sagt sie?"

„Jetzt drängelt doch nicht so!", wies ich die anderen zurecht. „Ich weiß es doch selber nicht! Ich glaube aber, sie hat irgendwas gefunden!"

„Okay, seid ihr noch da?", wollte Ivy wissen.

„Ja, klar. Was hast du gefunden?"

„Man kann tatsächlich eine E-Mail an den Verfasser des Artikels schreiben. Wenn man auf den Namen draufklickt, geht Outlook Express auf und man kann eine E-Mail schreiben. Im Feld ‚Empfänger' steht dann eine E-Mail-Adresse drin."

„Und wie lautet die?"

„yunus.hermes@uni-nuernberg.de."

„Ich pack's nicht. Ich pack's einfach nicht! Das kann doch nicht wahr sein!" Überrumpelt ließ ich das Handy sinken. Maria nahm es mir aus der Hand, bevor es zu Boden fallen konnte.

„Ist das wahr?", brüllte Maria in das Handy hinein. „Ist das wahr, Ivy, verarschst du uns auch nicht?" Maria schüttelte verständnislos den Kopf und wurde wieder ruhiger. Dann lachte sie laut und murmelte: „Das ist ja der Hammer. Dieser Yunus ... Oh Mann!" Offensichtlich hatte Ivy Maria von der Richtigkeit der Adresse überzeugt. „Das trifft sich prima!", sagte Maria wenig später. Dann haben wir ihn! Weißt du, Ivy, seit gestern haben wir Yunus nicht mehr gesehen und in seiner Wohnung ist er auch nicht aufzufinden. Angeblich steht sie leer. Das hat zumindest ein alter Grieche behauptet, der im selben Haus wohnt. Alles, was wir zu tun brauchen, ist es, Yunus eine E-Mail zu schreiben und abzuwarten, ob er sich darauf meldet. Wir können ihm jetzt praktisch alle Fragen stellen, die noch offen sind. Haha! Ich fass es nicht. Ivy, du bist Gold wert. – Was? Ach so ... Du willst wissen, warum wir das alles gefragt haben mit *Thólossos* und dem Namen und den Träumen. Klar, das ist nur fair. – Willst *du* es ihr erzählen, Emmy?" Ich winkte ab. „Mach du das bitte", bat ich sie, „ich mag das nicht schon wieder alles erzählen." –„Okay", beschloss Maria und begann zu berichten. Währenddessen überlegte ich angestrengt, was das alles bedeutete, was wir gerade erfahren hatten: Polyzalos war der Sohn von Deinomenes und ein einflussreicher Mann, ein Herrscher, ein Tyrann. Emilia war die Tochter des Polyzalos. Während Polyzalos im Internet einen kleinen Eintrag hatte, blieb Emilia unerwähnt. Offensichtlich war es nicht bekannt, dass er eine Tochter gehabt hatte. Vielleicht, weil sie von ihm persönlich umgebracht worden war? Weil Polyzalos selbst dafür gesorgt hatte, dass niemand etwas von seiner Tochter erfuhr? Polyzalos lebte im fünften Jahrhundert vor Christus, zur Blütezeit der griechischen Antike. Das Orakel von Delphi war in Betrieb, es gab schon die Athener Akropolis und Griechenland war eine vorherrschende Weltkultur. Es passte alles zusammen. Yunus hatte im Internet einen Artikel über *Thólossos* veröffentlicht. Während es durchaus sein konnte, dass ich die Namen Deinomenes und Polyzalos, die Yunus einmal erwähnt hatte, unbewusst in meine Träume eingebaut hatte, traf dies auf *Thólossos* nicht zu, denn diesen Ortsnamen – ich glaubte ebenso wie Yunus, dass es sich um einen konkreten Ort handelte – hatte Yunus nie genannt. Ich hatte ihn zum ersten Mal in meinem Traum im Kopf. Das bewies doch, dass meine Träume keine Hirngespinste waren, sondern dass sie sehr wohl ihren wahren Kern hatten und etwas bedeuteten. Nun hatten wir Yunus' E-Mail-Adresse. Wir könnten ihn kontaktieren, wenn wir wollten.

Langsam drang Marias Stimme wieder an mein Ohr. Sie hatte gerade den Bericht über meine Träume und die Ohnmachtvision beendet und sprach: „Also, machen wir es so: Wir gehen jetzt zum Tempel des Zeus, zum *Olympieion*, wie es auf Yunus' Zettel geschrieben steht, und wir schauen mal, ob Yunus diesmal wieder auf uns wartet und uns was zu erzählen hat. Wenn er nicht da ist, dann setzen wir zusammen eine E-Mail auf und du schreibst sie ihm dann, Ivy, okay? – Das kann er nicht mit uns machen, uns einfach so im Unklaren lassen und uns immer nur solche Zettel hinterlegen, jetzt, da er sich uns persönlich vorgestellt hat. – Machen wir's so, Ivy, mit der E-Mail? – Okay. – Also, Ivy, vielen Dank noch mal für deine gründliche Recherche. Was täten wir bloß ohne dich? – Ja, da hast du Recht. Gut, dass du doch nicht mitgekommen bist, sonst wüssten wir jetzt nichts. – Haha! Ja. Also, dann noch viel Erfolg bei deiner DA und wir melden uns dann bei dir. Machs gut!" Und hiermit war das Telefonat beendet. „Das wird eine Handyrechnung diesmal. Manometer!", brach es aus Maria.

„Gut, dann ist es also beschlossene Sache", bestimmte Alex, „gehen wir zum Tempel des Zeus! Bin schon gespannt, was da wieder auf uns wartet!"

Zeta

Erste zaghafte Sonnenstrahlen schafften es, sich erfolgreich durch die dicken Wolken hindurchzukämpfen und streichelten sachte unsere Gesichter, als wir den Stadtplan von Athen studierten. „Am besten, wir gehen zum *Omonia*-Platz zurück und nehmen von dort aus die rote U-Bahnlinie bis zur Akropolis-Haltestelle. Von da aus ist es nicht mehr weit bis zum Tempel des Olympischen Zeus", erkannte Maria. Und genauso wurde es auch gemacht. Wenig später traten wir an einem uns bereits vertrauten Platz ans Tageslicht zurück. Vor uns schoben sich etliche Touristen in Richtung Akropolis-Hügel. Nur wir schlugen diesmal einen völlig anderen Weg ein. Am Himmel lichteten sich die Wolken immer mehr und erste Stellen von heiterem, hellem Blau linsten zwischen dem Weiß der Wolkenfetzen hervor. „Ihr werdet sehen, es wird heute noch richtig schönes Wetter", verkündete ich fröhlich.

„Auf dem Weg zum *Olympieion* kommen wir auch am Hadrians-Bogen vorbei", stellte Maria fest. „Das trifft sich gut, den wollte ich sowieso mal sehen." – „Ist das der, der an der einen Straße liegt, die so verkehrsreich sein soll?", fragte ich. „Ich glaube, in deinem Reiseführer stand so etwas wie: Bitte überqueren Sie diese Straße nur, wenn unbedingt nötig." Maria lachte. „Ja, da hast du Recht. Das hab ich auch gelesen. Mal sehen, ob es wirklich so schlimm ist."

Und es war so schlimm! Die besagte Straße trug den eindrucksvoll klingenden Namen *Leofóros Amalías* und war hoch frequentiert von gleichermaßen Pkws, Lkws, Motorrädern und wohl lebensmüden Fahrradfahrern. Zudem verkündeten mehrere Stromleitungen oberhalb der Straße, dass hier auch die Linie der Tram entlangfuhr. Zwar befand sich in der Mitte der Straße eine Fußgängerinsel und eine Ampel, aber letztere schaltete so schnell von grün auf rot um, dass man regelrecht rennen musste, um rechtzeitig auf die andere Seite zu gelangen – und es dauerte nahezu eine Ewigkeit, bis die Ampel überhaupt einmal grün wurde! Wir hatten schon befürchtet, dass sie entweder kaputt oder eine Druckknopfampel war, deren Schalter wir nicht finden konnten. Aber irgendwann wurde die Ampel dennoch grün und wir hetzten hektisch auf die andere Seite hinüber, wo er uns auch schon erwartete: der Hadrians-Bogen. Er stand sozusagen inmitten der Autoabgase und war stellenweise schon vom Smog ungesund schwarz gefärbt. Er befand sich hinter einem Zaun, aber als wir ein paar Meter an der Absperrung entlang gegangen waren, stellten wir fest, dass das Monument für Touristen frei zugänglich war. Ein paar andere Menschen wuselten schon um das Bauwerk herum und schossen Fotos. Ich tat es ihnen gleich. Der Hadrians-Bogen war nach der typisch römischen Bauweise errichtet: Er bestand aus einem stattlichen Rundbogen, gestützt von festem Mauerwerk; oberhalb des Bogens waren noch ein paar Säulen aufgesetzt, über denen ein dreieckiger Giebel ruhte. Ging man auf die andere Seite des Bauwerks hinüber, welche der verkehrsreichen Straße abgewandt war, konnte man durch den Bogen hindurch einen wundervollen Blick auf die Akropolis werfen. Wir nutzten die Gelegenheit und sprachen eine herumstehende Frau an, ob sie ein Foto von uns vieren mit dem Bogen und der Akropolis im Hintergrund schießen könnte, was sie auch bereitwillig tat.

Anschließend wandten wir uns vom Hadrians-Bogen ab und folgten einem Schild mit der Aufschrift *Olympieion*. „Ich bin gespannt, ob wir Yunus dort treffen werden", sprach Lissy. „Glaubt ihr, er ist da?" – „Keine Ahnung", entgegnete ich. „Na, Hauptsache, du wirst nicht wieder ohnmächtig", wandte sich Alex mit einem leicht besorgten Gesichtsausdruck an mich. „Keine Angst, davon bin ich weit entfernt", gab ich zurück. „Dein Wort in Gottes Ohr ...", murmelte Alex mit hoch erhobenen Augenbrauen.

„Okay, wir sind da", verkündete Maria, als wir um eine Ecke bogen und auf die nächste große Sehenswürdigkeit zusteuerten. Wir hielten vor Überraschung den Atem an und blieben verblüfft stehen. Der Tempel des Olympischen Zeus war groß, riesengroß! Meterhohe dicke hellbraune Säulen reckten sich in den immer blauer werdenden Himmel empor. Die wenigen Touristen, die um das abgesteckte Gelände um den Tempel herumgingen, sahen gewaltig geschrumpft aus im Vergleich zu den Ausmaßen des alten Gebäudes. Die Sockel der Säulen waren gigantisch; die Säulen selbst wirkten jedoch, trotz ihrer unglaublichen Größe, schlank und elegant. Wir gingen näher an das monumentale Bauwerk heran und betrachteten es uns beeindruckt. Legte man den Kopf in den Nacken und schaute an den Säulen direkt nach oben, konnte einem von diesem Anblick leicht schwindelig werden. Ganz oben waren die runden Säulen mit blütenartigen Mustern verziert, welche dem Gebäude eine geschmeidige Anmut verliehen. Über einigen der Säulen lagen noch steinerne Balken auf, welche dereinst die schwere Decke gestützt haben mussten. Hier und da waren die verwendeten Steine geschwärzt; wie angekohlt sah das aus. Ich vermutete, dass dies alles Spuren von Abgasen und Smog waren.

„Die eindrucksvollsten Säulen Athens findet man beim *Olympieion*, dem Tempel des Olympischen Zeus", begann Maria mit feierlicher Stimme links neben mir aus ihrem Reiseführer vorzulesen. „Fünfzehn der mächtigen Säulen stehen noch aufrecht; dreizehn davon eng nebeneinander, zwei weitere in einiger Entfernung, sodass man die einstigen Ausmaße des Gebäudes erahnen kann. Eine sechzehnte ist liegend intakt geblieben. Einst besaß der Tempel 104 fast 17 Meter hohe Marmorsäulen mit einem Gesamtgewicht von 15.500 Tonnen." – „Wahnsinn", staunte Alex beeindruckt. „Da steht allerdings auch noch, dass der Tempel, den wir hier sehen, nicht der erste war, der an dieser Stelle für Zeus gebaut worden ist", informierte uns Maria. „Hier steht, die Baugeschichte des Tempels erstreckt sich über mehr als 700 Jahre. Der erste Tempel, der hier stand, war wesentlich kleiner und schon um etwa 550 vor Christus fertig. Von dem sieht man aber heute nichts mehr. Der Riesentempel, der danach gebaut worden ist, war erst um 130 nach Christus fertiggestellt."

„Schade, dass von dem Tempel nur noch 15 Säulen übrig geblieben sind", bedauerte Lissy.

„Ja, da steht noch was darüber, dass Erdbeben einen Großteil des Gebäudes zerstört haben", ergänzte Maria und klappte daraufhin ihr Buch zu. „Aber trotzdem ist es eine Gewalt, was wir hier vor uns haben", meinte ich ehrfürchtig. „Da hast du Recht", stimmte mir Maria zu. „Stell dir mal vor, wie das hier ausgesehen haben mag, als alle 104 Säulen aufrecht standen. Oh Mann!" Ich schüttelte den Kopf. „Wie gerne hätte ich das gesehen. Das war bestimmt beeindruckend!" Ich schaute mir die Ruine des einst so prächtigen Tempels an und blinzelte. Es schien mir fast, als wartete ich darauf, dass vor meinem inneren Auge – wie schon so oft – ein Bild des Gebäudes auftauchen würde, wie es früher ausgesehen hatte. Aber der Anblick blieb unverändert. – Klar, Maria hatte ja eben geschildert, dass der Tempel hier nicht der ursprüngliche war, durchfuhr es mich. Er konnte folglich nichts mit Emilias Geschichte zu tun gehabt haben, da diese schon viel früher gelebt hatte. Wahrscheinlich konnte ich ihn mir deshalb nicht in seiner einstigen Pracht vorstellen, dachte ich mir. Ich zuckte mit den Schultern und schlenderte mit meinen Freunden andächtig um das *Olympieion* herum.

Der Tempel des Zeus befand sich auf einem weitläufigen steinigen Platz, der von großen und kleinen Palmen umrahmt war. Hier und da stießen wir auch auf kleinere Fundstücke von der Ausgrabungsstätte: Steinbrocken, Reste von Wandreliefs und Verzierungen, Säulenreste und dergleichen mehr, die ordentlich am Rand des Platzes ausgestellt wurden und offenbar nur darauf warteten, dass man sie sich betrachtete.

Von diesem Platz aus hatte man einen wunderbaren freien Blick auf die Akropolis. Stolz flatterte die blau-weiße Fahne Griechenlands auf dem äußersten Erker der befestigten Mauer des Wahrzeichens von Athen. Auf der anderen Seite erblickten wir in einiger Entfernung einen wunderbar dunkelgrün bewachsenen auffälligen, pyramidenförmigen Hügel: den *Lykavittós*-Hügel, wie wir später erfahren sollten, auf dessen Spitze die blendend weiße Kuppel eines Gebäudes im Sonnenlicht hell aufblitzte.

Sobald die Sonne nahezu ungehindert auf den steinigen Boden herabschien, wärmte sich die Luft um uns herum rasch auf und das Gewitter vom Vormittag war nur noch eine ferne Erinnerung. Wir begannen nun doch wieder langsam zu schwitzen und zogen uns deshalb vorsorglich in den Schatten der Palmen zurück.

Im hellen Gras unterhalb der Bäume ruhten sich mehrere niedliche Hundewelpen aus. Ein kleiner schwarz-braun gestromter Mischling mit einem Steh- und einem Hängeohr kam neugierig und mit hoch erhobenem Schwanz zu mir herübergetrabt und beschnupperte erwartungsvoll die Hand, die ich ihm entgegenhielt. Als er aber feststellte, dass ich kein Futter für ihn dabei hatte, trottete er enttäuscht davon und ließ sich ins weiche Gras plumpsen. Dann hielt er mit seinen tapsigen Pfötchen ein kleines Stöckchen fest und kaute genüsslich darauf herum. In einiger Entfernung lag ein großer schwarzgräulicher Hund auf der Seite, alle viere weit von sich gestreckt; die Zunge hing ihm seitlich aus dem Maul. „Ist er … tot?", fragte Lissy mit einem leichten Zittern in der Stimme. In dem Moment setzte sich der alte Hund schwerfällig auf, gähnte mit unglaublich weit aufgerissenem Maul und kratzte sich wie in Zeitlupe hinter dem rechten Ohr, dann ließ er sich erneut mit einem lauten Stoßseufzer auf die Seite fallen, grunzte selbstzufrieden und nur wenige Augenblicke später begann er lautstark zu schnarchen. „Nee, der ist ganz gewiss nicht tot", schmunzelte Alex und lachte über das träge Tier, „der ist einfach bloß faul." Einer der Welpen kläffte leise und schubste einen kleinen Gefährten beiseite. Ich grinste. Die Hunde waren wirklich verdammt süß! „Warum hier wohl so viele Hündchen sind?", wunderte sich Lissy. „Am liebsten würde ich einen von denen adoptieren und mit nach Hause nehmen. Die sind einfach zu goldig!"

„Kommt, lasst uns weitergehen", bat ich nach einer Weile, „wir haben bisher noch kein Zeichen von Yunus gefunden." – „Sieht wohl ganz danach aus, als hätte unser Araber mal wieder keine Lust darauf, uns mit seiner Anwesenheit zu beglücken", murrte Alex etwas missmutig. „Ich hab's mir schon fast gedacht." – „Dann setzen wir nachher am besten gleich eine Mail für ihn auf", beschloss Maria. „Ich will endlich wissen, was los ist und wo der sich rumtreibt." – „Vielleicht forscht er ja auch inzwischen in *Thólossos* – oder *Theologos*, wie auch immer", grübelte ich. „Ob er da wohl was gefunden hat?" – „Sein Internetbeitrag klang schon ganz interessant", gab Lissy zu. „Aber ob an der Sache wirklich was dran ist?" – „Wenn er es nicht schon längst weiß, wird er es mit Sicherheit bald herausfinden", vermutete ich voller Zuversicht. „Du hältst aber ganz schön viel von Yunus und seinen Fähigkeiten, was, Emmy?", wandte sich Alex an mich. „Na ja, er ist aber auch ein Multitalent, bei dem, was er alles studiert hat, was er für Sprachen spricht und was er alles weiß", hob ich hervor. „Ich werde trotzdem den Gedanken nicht los, dass irgendetwas mit Yunus nicht stimmt", begann Maria langsam, „irgendwie ist er komisch. Und je länger wir ihn kennen und je mehr Zettel wir von ihm finden, desto komischer kommt er mir vor." – „Yunus ist nicht komisch", ergriff ich Partei, „er ist vielleicht ein bisschen ... nun ja ... mysteriös, weil er *anders* ist, aber das macht ihn noch lange nicht *komisch*. Er wird schon seine Gründe haben, dass er so handelt, wie er es tut." – „Ich bin gespannt, ob wir von diesen Gründen jemals etwas erfahren werden", bezweifelte Alex. „Schon auffallend, wie du Yunus verteidigst, Emmy." Lissy lächelte mich breit an. „Man könnte fast meinen, du hast dich ein bisschen in ihn verguckt ... Ich meine, so abwegig ist das doch gar nicht. Er ist doch recht attraktiv." – „Was soll *das* denn schon wieder heißen, Lissy? Ich? In Yunus verguckt? Das ist doch absurd!" – „Naaaaaa ... Ich weiß nicht. So, wie du ihn im Stadion von Delphi angestarrt hast, als wir dich einen Moment lang mit ihm allein gelassen haben ..."

Unvorbereitet lief mir wegen Lissys Worte ein Schauer über den Rücken. Den Moment, den Lissy ansprach, hatte ich lange Zeit gekonnt verdrängt, doch nun kam wieder alles in mir hoch. Lissy hatte, ohne Genaueres darüber zu wissen, den Augenblick angesprochen, in dem Yunus mit mir geredet hatte, ohne dabei seine Lippen zu bewegen – vielleicht über Telepathie, falls es so etwas wirklich geben sollte. Zum Glück hatte ich dieses Erlebnis vor meinen Freunden geheim gehalten, dachte ich mir. Die hätten mich für vollkommen verrückt erklärt. Ich schüttelte mich, als könne ich dadurch die Erinnerung an den unheimlichen Moment auslöschen und wandte mich an Lissy: „Ach, sei doch ruhig. Du immer ..." Mir fehlten die Worte. „Haha, du streitest es nicht ab. Du versuchst es nicht einmal! Also doch!" – „Das ist mir echt zu blöd. Denk doch, was du willst!" Beleidigt entfernte ich mich ein paar Schritte von ihr. „Ach komm, Emmy. Du weißt doch, wie's gemeint war. Das war doch bloß ein Witz." – „Sehr witzig", maulte ich. „Ich weiß doch, dass du dich *nicht* in Yunus verguckt hast. Wir kennen ihn ja gar nicht richtig. In *der* kurzen Zeit kann man doch gar keine Gefühle entwickeln und außerdem wäre der eh nichts für dich. Der ist viel zu sprunghaft, zu unberechenbar. Das weißt du. Auf so etwas würdest du dich gar nicht einlassen." – „Du hast es erfasst", bestärkte ich überzeugt ihren letzten Satz. „Ich wollte dich doch bloß ärgern." – „Das ist dir gelungen, Lissy", fand Maria und grinste zweideutig. Ich beschloss jedoch, nichts mehr zu der ganzen Sache zu sagen. Ich hatte mich schon genug aufgeregt. Ich – und in Yunus verguckt … Nein, also das war wirklich absurd!

Nachdenklich schlenderten wir weiter um den Tempel des Zeus herum und bestaunten das einmalige Bauwerk. Hin und wieder schoss ich ein Foto. Ich schaffte es, ein paar beeindruckende Schnappschüsse zu erzielen, indem ich mich so positionierte, dass die Sonne von den monströsen Querbalken verdeckt wurde. Dadurch wirkte das Gebäude fast schon mythisch und hob sich wie eine erhabene, dunkle Silhouette vor einem sehr hellen Hintergrund ab.

Die Palmen am Rand des Tempels gefielen mir. Sie wirkten auf mich wie riesige Ananasfrüchte, die aufrecht auf dem Boden standen. Die breiten, fast schon runden holzigen Stämme waren die Frucht und die weit ausladenden grünen Wedel der Palmen waren den Blättern oben an einer Ananas nicht gerade unähnlich. Die Vorstellung brachte mich unvermittelt zum Grinsen.

Ein Kläffen hinter mir ließ mich kurz zusammenzucken. „Wie süß", vernahm ich Lissys Stimme, „der kleine Schwarze ist uns gefolgt. Schaut mal wie goldig: Das eine Ohr steht, das andere schlappt herunter." Ich drehte mich zu dem Welpen um und sah, wie dieser mit wehendem Fell und heraushängender rosafarbener Zunge direkt in unsere Richtung gerannt kam. Doch es waren nicht wir, auf die er zusteuerte, nein! Er galoppierte schnurstracks an uns vorbei – und das in einem Irrsinnstempo, das man dem Kleinen gar nicht zugetraut hätte! Zielstrebig eilte er auf ein Gebüsch am Rand des steinigen Platzes zu. *Er jagt!*, verstand ich plötzlich. Als er das Gebüsch erreichte und abbremste, wirbelte er jede Menge Staub auf. Ich vernahm ein aufgeschrecktes Flügelflattern und kurz darauf erhob sich eine reinweiße, wunderschöne, edle Taube elegant in die Lüfte. Ihre anmutigen Schwingen reflektierten blendend weiß das helle Licht der Sonne. Verblüfft schaute ich der Taube nach, bis sie am Horizont in Richtung *Lykavittós* verschwunden war. *Jona*, dachte ich unvermittelt und schüttelte mich erneut.

„Na, wenn das Yunus wüsste", scherzte Lissy, „dass du kleiner Frechdachs seine Lieblingstiere jagst ..." Der kleine Hund bellte frustriert, weil ihm der Vogel entwischt war. Er hechelte und wedelte mit dem Schwanz. Dann betrachtete ich meine Freunde. „Denkt ihr, was ich denke?", fragte ich fast flüsternd. Von meinen Freunden kam keine Antwort. Mein Blick fiel wieder auf den kleinen Hund. Dieser stand noch immer neben dem Gebüsch, seine Schnauze hielt er eng über den Boden. Er machte prustende Geräusche und schleuderte Dreck und Steine weit hinter sich. Schließlich begriff ich, was der Welpe tat: Er buddelte! Er hatte irgendetwas gefunden und grub es aus. Ich zögerte nicht mehr länger, sondern ging zu dem Gebüsch hinüber und bückte mich neben dem Hund nieder. Ein kleiner glitzernder Gegenstand lag da, halb verdeckt von Kieselsteinen. Meine Neugier war geweckt. „Geh mal ein bisschen zur Seite, kleiner Kläffinski", bat ich und schob den Kopf des Welpen vorsichtig beiseite. Dieser protestierte, ließ mich aber gewähren und schaute mir aufmerksam dabei zu, wie ich die restlichen Kieselsteine mit meinen Fingern beiseite räumte und den Gegenstand an mich nahm. „Was ist das?", fragte Lissy neugierig. Inzwischen hatten sich meine Freunde alle zu mir gesellt. Sie waren ebenso aufgeregt, wie ich es war. „Ein Schlüsselbund", stellte ich fest und legte den Ring mit den drei Schlüsseln auf meine Handfläche. „Und ein neuer Zettel von Yunus", fügte ich an. Deutlich lächelte uns der griechische Buchstabe Eta entgegen: η.

„Darf ich mal?", fragte Maria und nahm mir die Schlüssel aus der Hand. „Ob die wohl jemand verloren hat?", wunderte sich Lissy. „Vielleicht sollten wir das melden. Vielleicht vermisst jemand seine Schlüssel und sucht sie schon überall?" – „Das glaube ich weniger", entgegnete Maria überzeugt. „Wieso?" – „Weil der Schlüssel Yunus gehört", lautete die verblüffende Antwort. „Wie kommst du …?", begann Alex, doch verstummte, bevor er seinen Satz fertig formuliert hatte. Maria hielt einen Schlüsselanhänger hoch, auf dem eine weiße Taube abgebildet war. Auf der Rückseite des Anhängers stand geschrieben: Ἑρμῆς, sein Nachname in der griechischen Schreibweise: Hermes; und eine Adresse: Ηκτονος 3η – 104 37, Αθήνα, *Iktonos 3i – 104 37 Athen*.

„Das ist der Schlüssel zu seiner Wohnung!", rief ich voller Überraschung aus. „*Iktonos* … So heißt die Straße, in der sein Haus ist und *3i* ist sicher die Wohnung, in der er zu Hause ist, die, die angeblich leer stehen soll!" – „Der spinnt total!", brach es aus Maria, „der hat doch einen an der Klatsche! Jetzt ist es amtlich! – Wisst ihr, wie riskant das ist, wenn man einfach seine Schlüssel irgendwo vergräbt? Die hätte sonst wer finden können!" – „Er hat halt gewusst, dass wir die Schlüssel finden", verteidigte ich ihn. „Nee, also das kann nicht einmal *er* gewusst haben", bezweifelte Alex. „Vielleicht hat er die Schlüssel ja auch wirklich verloren", schlug Lissy vor. „Und beim Verlieren hat sich der Zettel rein zufällig so fein säuberlich um die Schlüssel gewickelt?" Maria zog misstrauisch die

Augenbrauen hoch. „Der hat die nicht verloren, sondern absichtlich hier platziert."

Es waren drei Schlüssel: ein klobiger, ziemlich alt aussehender Schlüssel, der wohl für die große, schwere Eingangstür gemacht war, dann ein etwas kleinerer silberner mit einem verwirrend gezackten Bart und zuletzt noch ein winziger kupferfarbener, über dessen Verwendungszweck wir vorerst nur spekulieren konnten.

„Und was machen wir jetzt damit?", fragte Alex etwas ratlos. „Vielleicht sollten wir den Fund der Schlüssel trotzdem melden", überlegte Maria. „Wir können doch nicht einfach so einen fremden Schlüssel behalten." – „Der Schlüssel ist nicht fremd", widersprach ich. „Er öffnet uns die Tür in Yunus' Wohnung." Ich dachte nach, dann ergänzte ich: „Vielleicht ist es das, was Yunus will. Dass wir in seine Wohnung gehen."

„Und warum sollte er uns den *Schlüssel* zu seiner Wohnung geben?", fragte Maria zweifelnd. „Wenn er wollte, dass wir ihn besuchen, dann hätte er uns doch einfach einladen können und die Tür von innen aufmachen können. Das ergibt doch alles keinen Sinn." – „Aber vielleicht *kann* Yunus gerade selber nicht in seine Wohnung gehen und will, dass wir etwas für ihn herausholen", vermutete ich. „Wenn er den Schlüssel hierher legen kann, dann kann er auch selber in seine Wohnung gehen, um etwas zu holen", behauptete Maria, „dazu bräuchte er uns nicht extra. – Was sollte das überhaupt sein, was wir da rausholen könnten?" – „Ich weiß es doch auch nicht", gab ich zu, „aber vielleicht kann uns der Zettel mehr darüber verraten." – „Na, dann zeig mal her."

Mit zittrigen Händen drehte ich den kleinen Zettel um. Darauf war eine schräg verlaufende rote Linie zu sehen, die sich über die linke Ecke des Zettels spannte. Die Linie war wie gewohnt von kurzen schwarzen Strichen unterbrochen.

Routiniert hielt ich die anderen fünf Zettel bereit und las, was auf dem Papier geschrieben stand: Ηκτονος 3η. – Dieselbe Adresse wie auf dem Schlüsselanhänger!

„Sieht ganz danach aus, als wollte Yunus, dass wir als nächstes in seine Wohnung gehen", stellte Lissy fest. „Noch irgendwelche Zweifel?" – „Nee." Maria schüttelte den Kopf. „Aber warum er das will und warum er uns nicht einfach zu sich einlädt, wie jeder normale Mensch an seiner Stelle, ... das kann ich einfach nicht verstehen." Sie legte den Schlüsselbund wieder zurück in meine Hand. Ich drehte ihn abwesend zwischen meinen Fingern und dachte nach. Maria hatte Recht. Es war in der Tat äußerst seltsam, dass Yunus uns auf diese Weise seine Schlüssel zukommen ließ. Aber vielleicht gab es einen logischen Grund für sein Verhalten. Vielleicht hatte er wirklich selber gerade keine Gelegenheit dazu, in seine Wohnung zu gehen, aber brauchte jemanden, dem er vertraute und stattdessen in das Haus lassen könnte. – Und das sollten ausgerechnet wir sein? Warum nicht Aiman oder Farid und Athina? Und es war tatsächlich leichtsinnig von ihm gewesen mit dem Versteck der Schlüssel. Was, wenn wir sie nicht gefunden hätten? Was, wenn sie jemand anderes gefunden hätte? Auf dem Anhänger stand die Adresse. Jeder hätte nach Belieben in seine Wohnung eindringen, dort für Chaos sorgen und Yunus bestehlen können!

Ich schaute wieder zum Tempel des Zeus hinüber und ein Schauer überkam mich. *„Hier hat das Unheil seinen Lauf genommen"*, hörte ich eine tiefe männliche Stimme in meinem Kopf. *„Genau hier haben sie sich damals getroffen."* – „Was hat hier seinen Lauf genommen?", fragte ich naiv. „Wer hat sich hier getroffen?" Verständnislos drehten sich meine Freunde zu mir um. „Wie angefangen, Emmy? Wie getroffen? Wovon redest du?", wandte sich Lissy verwirrt an mich. „Äh ..." Ich spürte wieder dieses merkwürdige, unangenehme Drücken und Ziehen in meinem Kopf und wie sich jedes Atom in mir dagegen zur Wehr setzte, weil dieses Gefühl unangenehm war, befremdlich und Furcht einflößend. Ich hörte einen leisen hohen Pfeifton in meinen Ohren, der nicht von außen, sondern von innen kam, und sofort verstand ich: Es war niemand von meinen Freunden gewesen, der mit mir geredet hatte. Es war Yunus' Stimme gewesen, die in meinen Kopf vorgedrungen war. Er hatte wieder mit mir in meinen Gedanken geredet – wie auch immer er das anstellte. – Er hatte es wieder getan! Er hatte doch versprochen, er würde es bleiben lassen! Hastig drehte ich mich um und suchte nach ihm. Irgendwo ganz in der Nähe musste er sein. Doch ich fand ihn nirgends. Auf dem Ast eines Baumes in einiger Entfernung von uns entdeckte ich stattdessen die reinweiße Taube, die ruhig zu mir herüberschaute. Ich bekam eine Gänsehaut und blickte starr zurück.

Was hat hier angefangen, welches Unheil hat hier seinen Lauf genommen? Wovon redest du überhaupt? Wer hat sich hier getroffen und wann? – Verdammt noch mal, Yunus, zeig dich endlich! Das ist nicht fair, was du da mit mir machst! Hör endlich auf mit diesem Versteckspiel! Angestrengt und konzentriert dachte ich diese Worte wieder und immer wieder und richtete sie in Gedanken an die weiße Taube. Doch die tiefe männliche Stimme ertönte kein weiteres Mal mehr in meinem Kopf, auch das Pfeifen in meinen Ohren verstummte. Hatte ich mir das nur eingebildet? „Was ist los, Emmy?", fragte Lissy besorgt. „Ist es wieder so eine Vision? Was siehst du?" – „Nichts, nichts", log ich nervös. Wenn Lissy so redete, hörte sich das vollkommen absurd an, so blödsinnig, dass ich mich schämte. „Es ist wirklich nichts." – „Ist dir übel?", fragte Maria, „du bist so blass. Dir ist doch hoffentlich nicht wieder schwindelig, oder?" Die

Taube flog davon. „Nein, es geht mir gut, glaubt mir." Die Blicke meiner Freunde verrieten, dass sie mir das nicht abnahmen. „Was hast du da vorhin gemurmelt, Emmy?", bohrte Lissy unnachgiebig weiter. „Nichts. Ich hab bloß laut nachgedacht." – „Worüber denn?" – „Über nichts Bestimmtes. Lasst uns weitergehen." Etwas Feuchtes berührte meine Wade von hinten. Erschrocken fuhr ich zusammen, doch ich atmete erleichtert auf, als ich feststellte, dass mich die kleine, kühle Schnauze des Welpen angestupst hatte. Ich bückte mich und tätschelte dem niedlichen Hund sachte den Kopf. „Feiner Kläffinski", murmelte ich, „hast du prima gemacht. Wenn *du* nicht gewesen wärst, hätten wir den Schlüssel wahrscheinlich gar nicht gefunden." Der kleine Mischling wedelte freudig mit seinem Schwanz, aber gerade als ich ihn über den Rücken streicheln wollte, preschte er, fröhlich kläffend, in Richtung der anderen Welpen davon, mit denen er dann quietschfidel durch das Gras tobte.

„Also, was ist?", fragte Lissy nach einer Weile. „Wollen wir nun zu Yunus' Wohnung gehen?" – „Wir müssen sowieso wieder zum Hotel zurück, um unsere Wasserflaschen wieder aufzufüllen", erkannte Maria. „Yunus' Wohnung liegt sozusagen auf dem Weg. Es kann also nicht schaden, wenn wir mal einen Blick hineinwerfen." – „Vielleicht können wir dann auch sein Rollo reparieren", erinnerte uns Alex mit einem scherzhaften Augenaufschlag an unsere gescheiterte Rettungsmission vom Vormittag. „Eine wahrhaft blendende Idee", kommentierte dies Maria. „Wo soll das bloß noch hinführen? Eigentlich wollten wir *Urlaub* machen – und jetzt sollen wir uns um die Wohnungen von anderen Leuten kümmern? Ts, ts", machte Lissy gespielt abfällig, „das kann ja heiter werden!"

Eta

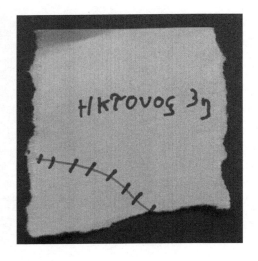

Zum zweiten Mal an diesem Tag standen wir nun schon vor dem großen, dunklen Eingang in das beigefarbene Mietshaus, das nicht gerade einladend auf uns wirkte. Mein Blick fiel auf die etlichen Namensschilder und Briefkästen an der Wand und ich kam ins Grübeln. *Warum dieses Haus, Yunus?*, fragte ich ihn in Gedanken, *warum ausgerechnet dieses Haus?* Doch natürlich bekam ich keine Antwort.

„Hoffentlich kommt jetzt nicht wieder der alte Grieche von heute Morgen raus", befürchtete Lissy, „der würde sich bestimmt wundern, was wir hier verloren haben und uns vielleicht sogar wegjagen. Der kam mir heute früh schon so unheimlich vor." – „Der alte Mann?", fragte Alex, „der war doch nicht unheimlich. Ist doch nicht seine Schuld, dass wir zu faul waren, Griechisch zu lernen, oder? Er war doch eigentlich ganz nett." – „Na ja, nett ist vielleicht ein bisschen übertrieben …" Lissy rollte die Augen. „Kam mir ehrlich gesagt ein bisschen vor wie Frankenstein – oder nee, wie hieß der, der sich nachts immer in ein Monster verwandelt ..." Alex kicherte. „Du meinst Dr. Jekyll alias Mr. Hyde?" – „Ja, genau, den meine ich!" Lissy lachte. „Hyde war das Monster, oder?" Maria prustete. „Jetzt übertreibt ihr aber – ihr beide!", protestierte sie. „Reißt euch mal zusammen. Der arme Mann. Das hat er nicht verdient." – „Was machen wir denn, wenn Mr. Hyde uns sieht?", fuhr Lissy unbeirrt fort. „Was sagen wir ihm dann?" – „Jetzt mal doch nicht gleich den Teufel an die Wand", wies Maria sie zurecht, „wahrscheinlich kommt er gar nicht. Und selbst wenn ... Wir haben einen Schlüssel. Wir brechen nicht ein. – Was sollte er denn gegen uns sagen? Wir haben die Erlaubnis, in dieses Haus hineinzugehen." Lissy sah sie noch immer mit zweifelnden Augen an. Doch Maria zuckte nur mit den Schultern und murmelte wohl für sich selbst: „Ich bin ja gespannt, wie das Haus von innen aussieht. Ob es da auch so duster ist wie von außen?"

Wir gingen die kurze Treppe hoch und standen dann direkt vor der Tür. Etwas hilflos schauten wir uns gegenseitig an. „*Du* hast die Schlüssel gefunden, Emmy. Daher hast *du* nun die ehrwürdige Aufgabe, das Schloss aufzusperren", bestimmte Alex. „Warum immer ich?", wehrte ich mich erst zaghaft. „Soll *ich* lieber?", bot sich Lissy bereitwillig an. Ich schüttelte hastig den Kopf. „Nein, ist schon okay", entschied ich, „ich mach's schon." – „Sicher?" – „Sicher bin ich sicher." Ich setzte ein gequältes Grinsen auf. Etwas nervös durchwühlte ich meinen Rucksack nach dem Schlüsselbund von Yunus. Schließlich bekam ich dabei den größten der drei Schlüssel zu fassen, den klobigen, alten, den wir höchstwahrscheinlich auch als ersten brauchen würden. Langsam und fast schon feierlich zog ich ihn aus der Tasche, als handelte es sich dabei um das Schwert Excalibur, das ich

soeben aus dem Felsen befreit hatte. Ich musste bei dieser Vorstellung unvermittelt grinsen. *Ganz schön bescheuert, Emmy*, dachte ich, *reiß dich mal zusammen. Es ist doch nur ein Schlüssel!*
„Also, macht euch auf was gefasst", sprach ich, als ich mit meinen Fingern über die glatte Oberfläche des Schlüssels strich und ihn anschließend vorsichtig in das Schloss steckte. Er ging problemlos rein und stieß auf keinen Widerstand. „So weit, so gut", flüsterte ich, „er stimmt schon mal. Jetzt bleibt nur noch die Frage, ob er sich auch drehen lässt." Lissy stand direkt hinter mir und hielt mich an der Schulter fest. Ich spürte, wie ihre Fingernägel sich vor Anspannung in meine Haut bohrten. Ich drehte den Schlüssel langsam im Schloss herum. Es klickte bestätigend und die Tür ließ sich auf einen leichten Druck hin nach innen öffnen. Ich hielt vor Schreck den Atem an, als mir ein überraschend frischer Luftzug aus der Dunkelheit entgegenkam, sobald die Tür einen Spaltbreit offen war. „Hier drin zieht's ganz schön", bemerkte Lissy mit ein wenig Skepsis in der Stimme. Sie schob sich vor mir in den Flur des Hauses hinein, schaute sich kurz um und drückte dann auf einen Lichtschalter links neben der Tür. Das Licht war nur schwach und leicht gelblich, aber es reichte aus, um uns einen ersten Eindruck von dem Zustand des Hauses zu vermitteln. Er war nicht gerade vertrauenerweckend.

„Ich nehme alles zurück, was ich je über unser Hotel gesagt habe. Im Vergleich zu dieser Bruchbude hier übernachten wir in einem wahren Palast", fand Lissy. „So schlimm ist es?", erkundigte sich Alex und linste neugierig an meinem Kopf vorbei ins Innere des Hauses. Nacheinander durchschritten wir die Tür. Ich zog den Schlüssel ab und ging als Letzte. Kaum waren wir alle drin, krachte die Tür hinter uns lautstark ins Schloss und die Wände zitterten leicht. Ich atmete tief durch und versuchte, mein Herz zu überreden, doch wieder in einen langsameren Rhythmus zurückzufallen. Nur widerwillig gehorchte es mir.

Wir schauten uns um. Der Boden war dunkelblau-gräulich gefliest, an den Wänden klebte eine erdbraune Tapete, die stellenweise feucht aussah und sich hier und da zu lösen begann. „Iiiieh!", kommentierte dies Lissy angewidert. „Da ist ja der Tempel des Zeus noch besser erhalten geblieben als diese Ruine hier!", übertrieb sie. „Ich kann gar nicht verstehen, dass Yunus in so ein Haus eingezogen ist", wunderte sich Maria. „Das passt so gar nicht zu ihm", fand auch ich.

Ein abgelatschter, fransiger Kaschmir-Teppich lag unmotiviert in der Mitte des Flurs herum. Er schien auch schon bessere Tage gesehen zu haben. In der Luft lag ein leicht muffiger Geruch. Es roch wie auf einer Baustelle, fand ich. Vor uns führte eine steile Treppe zu den einzelnen Stockwerken hoch. Daneben gähnte uns der Schlund eines stockdunklen Kellers entgegen.

In dem Haus war es wie ausgestorben. Kein Geräusch war zu vernehmen, obwohl doch um die zwölf Mieter hier ihr Zuhause hatten. „Merkwürdig", sprach Alex mit seltsam blecherner Stimme, „ein Geisterhaus. – Buhaaaaa!" Er entblößte dabei seine Finger, als wären sie gefährliche Krallen. Ich fröstelte kurz. „Blödmann", blaffte Maria ihren Freund an und klopfte ihm tadeln auf die Finger. Alex räusperte sich und fuhr sich verlegen über die Stirn. „Äh ja", wisperte er, „und jetzt?" – „Jetzt suchen wir die Wohnung von Yunus", beschloss ich wieder etwas gefasster und zuversichtlicher. „Na prima", frohlockte Alex leicht gekünstelt, „endlich! Also, los geht's!"

Neben den Türen, die in die einzelnen Wohnungen der Mieter führten, waren eiserne Buchstaben aus dem griechischen Alphabet angebracht; α und β befanden sich im

Erdgeschoss. „Dann gehen wir mal hoch", meinte ich und ärgerte mich darüber, dass ich das leichte Zittern in meiner Stimme nicht verbergen konnte. *Warum bin ich eigentlich so nervös?*, fragte ich mich, *gibt es irgendeinen Grund dafür? – Wohl kaum!* Dennoch konnte ich vor mir selbst nicht leugnen, dass mir äußerst unwohl bei dem Gedanken war, in Yunus' Wohnung einzudringen. Was würde uns da erwarten? Würden wir einen Hinweis darauf erhalten, wo Yunus sich im Moment aufhielt? Was wäre, wenn er sich gerade zu Hause befand und es ihm nicht recht war, dass wir bei ihm vorbeikamen? – Aber das war Blödsinn. Schließlich hatte *er* uns ja seine Schlüssel gegeben. Das hätte er garantiert nicht gemacht, wenn er nicht gewollt hätte, dass wir sie benutzten. – Aber war es wirklich seine Absicht gewesen, uns die Schlüssel zu geben? Immerhin war er nicht beim *Olympieion* gewesen. Er hatte uns den Schlüssel nicht persönlich überreicht. Die Taube – ja –, durchfuhr es mich erneut, die war da gewesen. Ich war immer noch fest davon überzeugt, dass die Taube im Zusammenhang mit Yunus stand. – Aber wie? Der Gedanke, dass er sich selbst nach Belieben in einen Vogel und wieder zurück in einen Menschen verwandeln konnte, war nun doch zu absurd, um wahr zu sein. – Oder? Auf einmal war ich mir selbst nicht mehr sicher. Es waren einfach schon zu viele merkwürdige Dinge passiert. *Emily!*, schimpfte ich in Gedanken mit mir selbst, *das ist doch Unfug! Das mag vielleicht in Fantasiegeschichten so vorkommen, aber wir befinden uns jetzt in der Realität. Da verwandeln sich Menschen nicht einfach so.* Ich dachte weiter. Was wäre, wenn Yunus etwas zugestoßen war? Wenn jemand ihn überfallen hätte und er deshalb seinen Schlüsselbund verloren hatte? Bei dem Gedanken an einen Überfall auf Yunus vor den Ruinen des *Olympieions* kam mir erneut eine Gänsehaut auf. Nein, dachte ich, das konnte nicht sein. Da waren zu viele Leute unterwegs. Das wäre aufgefallen, wenn ein Verbrechen stattgefunden hätte. Ganz sicher wäre ihm jemand zu Hilfe geeilt, sollte er tatsächlich angegriffen worden sein. – Aber was, wenn irgendetwas anderes vorgefallen war – ein Unfall vielleicht? Ich schluckte schwer. Daran wollte ich gar nicht erst denken. Ich verscheuchte den unangenehmen Gedanken, wie man eine lästige Fliege verscheucht. Yunus und überfallen worden? – Das war ja mindestens genauso absurd wie Lissys wahnwitzige Idee, dass *ich* mich in Yunus verguckt haben könnte. – Nämlich purer Blödsinn! *Yunus weiß sich sehr wohl zu helfen*, redete ich mir ein, *so einfach überfällt man ihn nicht. Und wenn ihm etwas passiert wäre, hätte er wohl kaum Zeit und Muse dazu gehabt, uns weiterhin seine berühmten Zettel zu schreiben. Nein, nein. Es ist sicher alles in bester Ordnung mit Yunus. Womöglich erlaubt er sich gerade einen Spaß mit uns und amüsiert sich prächtig über unsere Ratlosigkeit.*

Einige der Treppenstufen knarrten erbärmlich, wenn man auf sie trat und das Geländer schien auch nicht gerade das stabilste zu sein, sodass wir beschlossen, uns lieber nicht daran abzustützen. Leise hallten unsere Schritte an den Wänden wider. Wir erreichten das nächste Stockwerk. Links war der Eingang in die Wohnung mit dem Buchstaben γ, rechts gegenüber hing ein silbernes δ an der Wand. Schweigend stiegen wir weiter nach oben. Die Schlüssel in meiner Hand klirrten leise gegeneinander. Als wir an der Wohnung mit dem Buchstaben ε vorbeikamen, erschraken wir zutiefst, denn die Tür ging ohne Vorwarnung schwungvoll auf. Eingeschüchtert kauerten wir uns dicht aneinandergedrängt gegen die Hauswand und schauten in Richtung Tür, wo wir eine buckelige, alte Frau mit langen grauen Haaren erblickten, die ihr fast bis zur Hüfte reichten. Die Frau stand eine Weile reglos da und starrte uns mit dunklen, fast schwarzen Augen an, ohne auch nur einmal zu zwinkern. Dann griff sie wortlos nach einem Stock, der neben der Tür an der Wand lehnte, und hinkte langsam und schwerfällig aus ihrer Wohnung heraus. Sie schloss die Tür und machte sich an den Abstieg. Dabei würdigte sie uns keines Blickes mehr. Noch lange hörten wir ihre schlurfenden, ungleichmäßigen Schritte und ihren rasselnden Atem, bis schließlich nach einer Weile die große schwere Haustür mit einem lauten Krachen hinter ihr zufiel und wir wieder vollkommen alleine im Treppenhaus waren. „*Mrs.* Hyde", scherzte Lissy und nickte in die Richtung, in welche die alte Frau soeben verschwunden war. Alex hielt sich daraufhin kichernd die Hand vor den Mund. Maria schüttelte nur den Kopf. „Schon komisch", begann Lissy, „die Alte scheint sich nicht mal darüber gewundert zu haben, dass jemand Fremdes in ihrem Haus herumläuft." – „Vielleicht haben die Mieter hier nicht so viel Kontakt zueinander und kennen sich daher auch nicht", vermutete Maria, langsam sprechend.

Wir kamen an der Tür zur Wohnung ζ vorbei und sofort wurden wir wieder ernst, als wir weitergingen. „Im nächsten Stockwerk ist es so weit", verkündete Alex, „wir sind gleich da." Unser aller Atem ging bereits ein wenig schneller wegen der Anstrengung vom Treppensteigen und wahrscheinlich war auch ein bisschen Aufregung mit dabei. – Zumindest was mich betrifft. Wie es bei den anderen war, kann ich nicht mit Bestimmtheit sagen. Wir überwanden die letzten knirschenden Stufen, drehten uns erwartungsvoll nach links und fanden uns – wie erwartet – vor der Tür mit dem silbernen Buchstaben η wieder. In genau diesem Moment erlosch jedoch das Licht und wir wurden in völlige Dunkelheit gehüllt.

„Ah!", vernahm ich Lissys erschrockene Stimme neben mir. „Hilfe! Was ist jetzt?" – „Na prima", seufzte Maria genervt und stampfte verärgert mit ihrem Fuß auf, „das hat uns gerade noch gefehlt." – „Oh je", stöhnte ich ängstlich und klammerte mich mit einem Anflug von Panik an Marias Schulter fest. Diese wich daraufhin irritiert einen Schritt zurück, sodass ich sie wieder loslassen musste. „Keine Panik, Mädels", trumpfte Alex auf, „ich habe hier irgendwo neben der Tür einen Lichtschalter gesehen." – „Schön für dich", gab Lissys Stimme aus der Dunkelheit zurück, „dann empfehle ich dir, doch mal draufzudrücken." – „Stell dir vor, Lissy, genau das habe ich vor." Ich hörte, wie er suchend an der Wand entlang schritt und mit seiner Hand nach dem Schalter tastete. Nur wenige Sekunden später flutete erneut schemenhaftes gelbliches Licht den Flur vor Yunus' Wohnung. „Na endlich." Ich atmete erleichtert auf. „Das hat ja ewig gedauert! Warum hast du dir bloß so viel Zeit dabei gelassen?" – „Hey, ich wusste ja gar nicht, dass ihr Angst im Dunkeln habt", neckte Alex. „Haben wir auch nicht", gab Lissy zurück. „Das sah aber eben ganz anders aus", schmunzelte Alex. „Bäh!" Lissy streckte ihm die Zunge heraus. „Das ist aber nicht gerade ladylike", kommentierte er dies. „Du kannst mich mal." – „Wie könnt ihr jetzt bloß so herumblödeln?", empörte ich mich über die beiden Streithähne. „Reißt euch zusammen."

Fast schon synchron wandten wir uns dem Eingang in Yunus' Wohnung zu. Der Anblick der kahlen, dunkelbraunen Tür vor uns ließ schließlich auch Lissy und Alex verstummen. Ein beklemmendes Gefühl ergriff Besitz von mir. Welches Geheimnis verbarg diese Tür? Würde sie es uns preisgeben? *Wollten* wir es überhaupt wissen? – Kein Anzeichen verriet, dass es sich tatsächlich um Yunus' Wohnung handelte; kein Türschild, kein Name, gar nichts. Aber der Buchstabe neben der Tür stimmte: Eta. *Es nützt alles nichts,* dachte ich mir, *wenn ich nicht aufsperre, werde ich nie erfahren, was in der Wohnung drin ist.*

„Also, ich versuche jetzt, die Tür aufzusperren, okay?", wandte ich mich entschlossen an meine Freunde. Ich hörte, wie Maria einmal tief durchatmete. „Okay", entgegnete sie. „Na dann mal los", drängte Alex. „Ich bin schon mächtig gespannt", teilte uns Lissy mit.
„Nun gut ... Der Augenblick der Wahrheit ..." Ich steckte den silbernen Schlüssel in das Schloss und hielt den Atem an. Er passte! Ich drehte ihn sachte nach rechts – und drückte anschließend gegen den Griff. – Nichts tat sich. Ich zog am Griff und drückte wieder. Noch immer weigerte sich die Tür vehement dagegen, uns ihr Geheimnis preiszugeben. Hatte ich den Schlüssel in die falsche Richtung gedreht? Frustriert ließ ich den angehaltenen Atem aus meinem Mund entweichen und blies mir dabei eine widerspenstige Haarsträhne aus dem Gesicht. Warum – verdammt noch mal – ging die Tür nicht auf? Verwirrt zog ich am Griff herum. – Ohne Erfolg. Das Holz rumste leise in seinem Rahmen, aber die Tür blieb geschlossen. Ich spürte, wie mir das Gesicht rot anlief. „Vielleicht ist ja zweimal zugesperrt", vermutete Maria, „versuch es noch einmal." Ich folgte ihrem Rat und tatsächlich! Nachdem ich den Schlüssel ein zweites Mal umgedreht hatte, klickte es. Zaghaft drückte ich gegen die Tür. Sie quietschte erbärmlich, als sie widerwillig nach innen aufschwang und uns den Blick auf einen kargen teppichlosen Flur freigab. Wieder war mir, als würde mir ein kühler Windhauch entgegen wehen, kaum dass die Tür offen stand. Ich spürte, wie meine Haare sich sachte im Luftzug bewegten. Abwesend überkreuzte ich meine Arme vor der Brust und rieb mir mit den Händen über die Ellenbogen. Obwohl es nicht kalt war, standen die feinen Härchen auf meinen Armen zu Berge.

„Oh Yunus", seufzte Lissy, „was hast du dir da nur für eine Wohnung ausgesucht?" Sie schüttelte verständnislos den Kopf.

Die Wände des Flurs waren schmucklos und grau und an der Decke hing eine staubige Glühbirne ohne Lampenschirm in einer Fassung. An der linken Wand gab es eine weitere Tür und an der rechten noch zwei. Alle drei Türen waren geschlossen. Am Ende des Flurs befand sich jedoch ein Zimmer, zu welchem die Tür lediglich angelehnt war. Durch den Türspalt drang zaghaft schemenhaftes Sonnenlicht.

„Wollen wir?", fragte Alex und ohne eine Antwort abzuwarten, schritt er mutig in das Innere der Wohnung hinein. Maria und Lissy folgten ihm zögerlich. Sorgsam zog ich den Schlüssel ab und trat ebenfalls über die Schwelle. Der Holzboden knarzte unter meinen Füßen. Alex schaute sich nach einem Lichtschalter um. Als er gefunden hatte, wonach er suchte, drückte er nichts ahnend darauf. *Patsch!*, machte es und dicht vor ihm ging ein kurzer Funkenregen hernieder. „Woha!", rief Alex erschrocken und machte einen Satz rückwärts. Reflexartig riss er dabei schützend die Arme über seinen Kopf, auf den feine Scherben herabgeprasselt waren. Dann kehrte wieder Stille ein und Alex wischte sich die restlichen Glassplitter von den Haaren. Wir erkannten schnell, was vorgefallen war. Die einsame Glühbirne war zerplatzt, hatte dem Strom nicht standhalten können, der durch ihren feinen gewundenen Draht hindurchgeflossen war. Ein neuerlicher Windzug huschte an uns vorbei durch den Flur und die Tür hinter uns fiel scheppernd zurück ins Schloss. „Na toll", murrte Alex, „war ja klar." – „Dass hier aber auch nichts ohne großes Trara ablaufen kann", kommentierte Maria, „und jetzt?"

Nun, da die Korridortür geschlossen war, fand sich der Flur in ein düsteres Dämmerlicht gehüllt. Die einzige Lichtquelle war der Raum vor uns, der sich hinter der nur angelehnten Tür befand. Lissy ging zielstrebig darauf zu. „Yunus!?", hörte ich ihre Stimme, „Yunus? Bist du da?" Ihre Silhouette bewegte sich auf die angelehnte Tür zu. „Hallo? Ist da wer? Yunus?" Es kam keine Antwort. Sie öffnete die Tür. Gleißend helles Sonnenlicht ließ uns für einen Moment lang wie blind herumtappen. Wir hielten uns die Hände vors Gesicht und folgten Lissy durch die Tür hindurch. Das Licht kam von einem großen Balkonfenster direkt vor uns. Als wir uns an die Helligkeit gewöhnt hatten, sahen wir durch das Fenster hindurch unser Hotel. Wir standen in dem Zimmer, von welchem aus man auf den besagten Balkon gelangen konnte: den Balkon, auf dem wir Yunus am Abend unseres ersten Tages in Athen gesehen hatten. „Yunus ist nicht da", stellte Lissy mit ruhiger Stimme fest. – Nichts anderes hatte ich erwartet.

Der Raum, in dem wir uns gerade aufhielten, war für die beengenden Verhältnisse in dem Haus relativ geräumig, doch es standen kaum Möbel herum. An der rechten Wand befand sich ein schäbiges, braunes Sofa, das halb von einer blauen Bauplane abgedeckt war. Davor stand ein kleiner hölzerner Tisch mit zerkratzter Oberfläche. An der linken Wand war ein altertümlich anmutender Schrank aufgestellt. Alle Fächer waren weit geöffnet. Sie waren leer und der Staub lag zentimeterdick in den Regalen. „Da kann man ja ‚Sau' draufschreiben." Lissy kicherte und schrieb mit ihrem Finger die Buchstaben S A U in den Staub. „Hier hat schon seit einer halben Ewigkeit keiner mehr sauber gemacht", stellte ich fest. Einfach alles war staubig!

Der Teppichboden, der in dem Raum ausgelegt war, schlug Wellen und hatte Flecken. Die Tapete an der Wand schien mehr grau als weiß zu sein und das Ambiente war schlichtweg traurig und erbärmlich. „Ich hätte nie gedacht, dass Yunus so einer ist", äußerte sich Alex kopfschüttelnd. „Ich kann immer noch nicht glauben, dass das Yunus' Wohnung sein soll", murmelte Maria verständnislos. „Ich auch nicht", stimmte ich ihr zu, während ich mich weiter aufmerksam umschaute.

Vor der Balkontür lehnte ein alter grüner Klappstuhl. „Das ist der, auf dem Yunus gesessen hat, als er aus seiner Wasserpfeife geraucht hat!", rief ich überrascht aus. „Stimmt, ja." Maria nickte. „Also sind wir wohl doch in der richtigen Wohnung." – „Leider", bedauerte Lissy, während sie mit ihrer Hand die Baupläne leicht anhob, die auf dem Sofa ruhte. „Igitt!", ekelte sie sich, als ihre Hände klebrige Spinnenweben berührten. Sie wischte sich, so gut es eben ging, ihre Haut an der Plane ab.

„Lasst uns mal in die anderen Zimmer schauen", schlug Lissy kurz darauf vor. „Vielleicht finden wir da doch etwas." Sie schritt zielstrebig in den Flur zurück und öffnete die erstbeste Tür. „Leer", verkündete sie wenig später, „dieser Raum hier ist leer – und winzig!" Wir schauten ihr über die Schulter. Der Tür gegenüber befand sich ein Fenster mit Milchglas. Es war ein Loch in der Wand, in dem noch die Überreste eines Rohrs steckten. „Das war wohl das Bad", vermutete Alex. „Sieht aus, als wäre das Rohr der Anschluss an das fließende Wasser gewesen." Dicht neben dem Loch hingen einige Kabel aus der Wand. „Nicht sehr vertrauenerweckend", urteilte Maria. Rückwärts schoben wir uns wieder in den Flur zurück und Lissy machte die Tür zu. Maria öffnete die Tür, die dem Bad gegenüberlag. „Das dürfte wohl die Küche gewesen sein", vermutete sie und deutete auf ein Loch in der Decke.

„Hier könnte sich der Dampfabzug von einem Ofen befunden haben." Alex nickte anerkennend. „Da könntest du Recht haben, Schatz." In einer Ecke des Raumes stand unmotiviert eine Kiste herum. Lissy warf einen Blick hinein und hob eine blaue Bauplane an. „In der Schachtel ist auch nichts drin", teilte sie uns mit.

Ich öffnete anschließend die einzige Tür, die noch übrig blieb. Das Zimmer, das sich dahinter verborgen hatte, wirkte finster und eingeengt. Ein paar leere Kisten standen an der Wand, aber das war auch schon alles, was es in dem Raum zu sehen gab. „Ich tippe auf Schlafzimmer. Bett ist allerdings auch keines da. – Schon komisch", fand Lissy, „keine Möbel, rein gar nichts ... Hier kann man doch nicht wohnen!" – „Eine bewohnte Behausung sieht definitiv anders aus", stimmte ihr Alex zu, „sehr, sehr merkwürdig." – „Die Wohnung sieht tatsächlich unbewohnt aus", fand auch Maria. „Wenn ich es nicht besser wüsste", fügte Alex an, „dann würde ich sagen, Mr. Hyde hat Recht gehabt und die Wohnung steht tatsächlich leer." – „Aber vorletzte Nacht war Yunus definitiv hier gewesen", widersprach ich, „wir haben ihn auf dem Balkon gesehen." – „Hm", überlegte Maria, „vielleicht hat er die Wohnung erst vor Kurzem gemietet und ist noch nicht dazu gekommen, sie wohnlich herzurichten." – „Der Zustand der Wohnung würde jedenfalls erklären, warum er es gestern vorgezogen hat, lieber woanders zu übernachten", sagte Alex. „Wenn er diese Bruchbude tatsächlich gemietet hat", begann Lissy langsam, „dann beneide ich ihn nicht gerade. Da hat er noch eine Heidenarbeit vor sich, die Wohnung halbwegs bewohnbar zu machen." – „Aber warum sollte er überhaupt eine Wohnung in Athen mieten?", wunderte sich Alex. „Soweit ich weiß, wohnt er doch in Nürnberg. Zumindest hat er das behauptet. Wozu sollte er also so eine heruntergekommene Zweitwohnung in Athen brauchen – noch dazu, wenn seine Familie in der Stadt wohnt? Der hätte doch bestimmt für ein paar Nächte bei ihnen unterkommen können." Langsam schüttelte ich den Kopf. Das war alles sehr, sehr mysteriös. Schweigen kehrte ein. Die Stille, die im Haus vorherrschte, drückte aufs Gemüt und lastete schwer auf meinen Schultern.

Schließlich räusperte sich Lissy und kam zu Wort: „Na gut, jetzt sind wir also hier. Und jetzt? Was wird von uns erwartet? Warum sollten wir unbedingt hierher kommen?" – „Gute Frage, nächste Frage", verlangte Alex und ein klägliches Grinsen stahl sich in sein Gesicht. „Mir gefällt es hier nicht", offenbarte Lissy, „bestimmt wimmelt es hier nur so vor Ungeziefer."

„Ich frage mich bloß, wofür dieser kleine Schlüssel ist", sprach ich meinen immer wiederkehrenden Gedanken laut aus. „Ach ja, eben", fiel Lissy ein, „hast du eine Idee?" – „Nein", gab ich offen zu, „wir haben alle anderen Türen in der Wohnung ohne Schlüssel öffnen können. Er muss also für irgendetwas anderes sein." – „Aber wofür bloß?", wollte Maria wissen. „Wenn ich das wüsste …" – „Wie können wir das herausfinden?", fragte Lissy. Etwas ratlos standen wir im Flur herum.

Schließlich ging Alex entschlossen ins Wohnzimmer zurück, ins Zimmer mit dem Balkon. Die Dielen knirschten unter seinen weit ausholenden Schritten. Zaghaft folgten wir ihm. „Was hast du vor?", wandte sich Maria an ihren Freund. Alex blieb vor der Balkontür stehen und drehte sich zu seiner Freundin um. „Wenn wir schon mal da sind, können wir auch gleich das Rollo reparieren", schlug er vor. Wir schauten ihn verdattert an. „Ist das dein Ernst?", fragte Lissy mit einem skeptischen Blick im Gesicht. „Klar doch. Warum nicht? Wir haben doch eh grad nichts Besseres zu tun." Er legte die Stirn in Falten und sagte dann: „Ich versuch einfach mal mein Glück. Währenddessen könnt ihr überlegen, wofür der kleine Schlüssel ist, okay?" – „Ähm … ja", gab ich verwirrt zurück und beobachtete Alex, wie er sich an der Balkontür zu schaffen machte. „Kannst du das denn? Ein Rollo reparieren?", fragte Maria etwas misstrauisch nach und drehte Alex zu sich herum. „Ich wusste gar nicht, dass du so handwerklich begabt bist." Alex richtete sich zu seiner vollen Größe auf, zeigte sein blendend weißes Zahnpastalächeln und gab offen zu: „Hm, das wusste ich bis vor Kurzem auch nicht. Aber ich probier es jetzt einfach mal. Mehr als scheitern kann ich dabei nicht." – „Fall mir bloß nicht vom Balkon", drohte Maria mit hoch erhobenem Zeigefinger. „Sonst gibt's was auf den Hintern!" – „Das würde dir wohl so passen, was?" Alex grinste seine Freundin an und klopfte ihr sachte auf die Schulter. „So leicht wirst du mich nicht los", meinte er und widmete sich dem Griff der Balkontür. „Pass auf dich auf, ja?" – „Klar, aber erst mal muss ich … überhaupt … einmal da rauskommen." Alex mühte sich mit der Balkontür ab, die partout nicht aufgehen wollte. „Irgendwie muss doch das … blöde Ding, das blöde … aufzukriegen sein … Das gibt's doch nicht! So was Störrisches!" Er zog und zerrte an dem Griff der Balkontür herum. „Das ist total verzogen, das Teil", stellte er verärgert fest. „Dann lass es lieber bleiben, Alex", bat Maria. „Nicht, dass du noch irgendwas kaputtmachst. Ich will keinen Ärger mit dem Hausmeister." Doch Alex ließ sich nicht aufhalten. „Alles hier drin ist schrottreif", beschwerte er sich, „ein Fall für die Müllpresse. Wie kann man seine Wohnung bloß so verkommen lassen? – Na endlich!" Gerade als Maria ihrem Freund zu Hilfe eilen wollte, schaffte es Alex, den Griff zu bewegen und die Tür zu öffnen. Der Rahmen krachte verdächtig, als der Schließmechanismus sich gschlagen gab und die Tür aufging. „Ich wusste es doch: Mit Gewalt geht alles." Alex grinste triumphierend, dann trat er hinaus auf den Balkon. Misstrauisch beäugte er den mysteriösen Traktorreifen, der fast die gesamte rechte Hälfte des Balkons für sich beanspruchte, dann widmete er sich dem Fenster mit dem kaputten Rollo. „Sei bloß vorsichtig", warnte Maria ihn ein weiteres Mal. „Nicht, dass der Balkon noch abbricht oder so. Ich trau dem Frieden nicht." Alex besah sich die Bauweise des Balkons. „Der wird schon halten", schätzte er. „Wenn dem nicht so wäre, hätte der Hausmeister schon längst was machen müssen. Egal, ob jetzt einer in der Wohnung wohnt oder nicht." Alex blickte an der Hauswand nach oben und anschließend nach unten. „Die anderen Balkone an diesem Haus sind genauso gebaut", erläuterte er. „Schon komisch. Guckt mal ... Von da aus kann man genau in unser Hotelzimmer rüberschauen." Vorsichtig blickte ich an Alex' Schulter vorbei ins Freie. Er hatte Recht. Deutlich konnte man von dort aus hinter dem Vorhang unsere vier Betten erkennen und Lissys Koffer, der auf dem dritten Bett, von der Fensterseite aus gezählt, herumlag. „Na prima!", bemerkte Lissy kritisch. „Da hatte unser Araber einen Logenplatz vorletzte Nacht, als Alex das Licht eingeschaltet hat. – Erinnert mich bitte daran, dass wir nächstes Mal auch den dunklen Vorhang vors Fenster ziehen, wenn wir das Hotel verlassen." Maria schob sich an mir vorbei ins Freie und stellte sich neben Alex.

Unter uns lag ein großer geteerter Hof, auf dem mehrere Autos parkten. Vor uns erstreckte sich ein unendliches weißockerfarbenes Häusermeer bis zum Horizont. Die Sonne schien bestechend heiter vom Himmel herunter und verwandelte die Häuser in beinahe orientalisch anmutende Gebäude. Dieser Anblick war uns eigentlich schon von unserem eigenen Hotelzimmer aus vertraut und doch wirkte die Aussicht von Yunus' Balkon aus gesehen verändert. „Sieht fast schon ein bisschen aus wie eine Stadt in Israel. – Tel Aviv oder so", fand Lissy und grinste breit. „Findet ihr nicht auch?" – „Na ja ...", entgegnete Maria, „nicht wie Tel Aviv. Das ist so gar nicht orientalisch. Ich würde eher sagen wie Akko. Das ist eine tolle Stadt mit landestypischer gemischter traditioneller Architektur. Das kommt diesem Anblick hier schon näher." Lissy zuckte daraufhin lediglich mit den Schultern.

Alex drehte sich wieder zu den Rollläden vor dem Fenster um. „Der Wind hat ganz schön gewütet", stellte er fest. „Yunus kann von Glück reden, dass das eine Rollo nicht ganz davongeflogen ist. Das hätte leicht passieren können. Schaut." Er griff an das Rollo, das an den Rändern schon ganz schwarz aussah und zeigte, dass es nur noch an einem kurzen Stück wirklich Halt hatte. „Das hätte keine weitere solche Nacht gehalten", behauptete Alex. „Mit Reparieren ist da nichts, befürchte ich. Wir können es höchstens abnehmen und in die Wohnung tragen, damit es wenigstens niemanden unten auf der Straße erschlagen kann. Was meint ihr?" Maria nickte. „Ja, was anderes können wir mit unseren Mitteln wohl kaum machen. Das kann keiner von uns verlangen." Sie klopfte liebevoll auf Alex' Brust. „Siehst du, bist du mal wieder drum herum gekommen, Alex", schmunzelte sie. „Wurdest davor verschont, deine handwerklichen Fähigkeiten zur Schau zu stellen, Hausmeister Schwanninger ..." – „Tja, schade eigentlich", gab Alex grinsend zurück. „Ich hätte euch gerne gezeigt, was ich alles kann." – „Angeber, du bist doch froh, dass das Problem so leicht zu lösen war", scherzte Maria. „Hmmmmm, ja, vielleicht ein bisschen", gab Alex offen zu und zog Maria zu sich heran, um ihr einen kleinen Kuss auf die Wange zu geben. Als die beiden sich wieder voneinander gelöst hatten, sagte Maria: „Also komm, du links, ich rechts. Packen wir's an." Gemeinsam hoben die beiden die Rollläden aus ihrer Halterung und hievten sie in die Wohnung hinein, wo Lissy und ich dann mit anpacken konnten. Wir legten die Rollos sorgfältig auf den Boden und wischten unsere Hände an den Hosenbeinen ab. „Der Hausmeister wird sich bestimmt darüber wundern, wer die Rollos abgenommen hat, wenn er mal wieder einen Rundgang durch die Wohnung macht", vermutete ich. „Ach, meinst du wirklich?", fragte Maria. „Ich glaube, das fällt bei der Wohnung gar nicht auf, so wie es hier aussieht. Ich bezweifle außerdem, dass der Hausmeister hier ab und zu mal Rundgänge macht. – Wenn es hier überhaupt so etwas wie einen Hausmeister gibt!" Maria und Alex gingen wieder auf den Balkon hinaus und besahen sich das Fenster von außen. „So", murmelte Alex zufrieden, „jetzt kann hier nichts mehr runterfallen. Diese Rollläden können keine ahnungslosen Griechen mehr erschlagen. Das war unsere gute Tat für heute. Bin stolz auf uns. Das haben wir gut gemacht."

„Sagt mal, was hat es eigentlich mit diesem komischen Traktorreifen auf sich?", fragte plötzlich Lissy, als ihr Blick auf das wohl merkwürdigste Inventar der Wohnung fiel, den Reifen, der an der Wand lehnte. „Wie meinst du das?" Ich schaute sie verblüfft an. „Na, wozu steht der wohl so sinnlos auf dem Balkon herum? Kein normaler Mensch stellt sich einen Traktorreifen auf seinen Balkon, oder? – Darf ich mal?" Sie quetschte sich an mir vorbei aus der Balkontür. „Oh, Lissy", seufzte Maria leise, „ob das so eine gute Idee ist? Ich finde nicht, dass so viele von uns sich gleichzeitig auf den Balkon stellen sollten. Nicht, dass er noch einkracht." – „Der kracht schon nicht ein", meinte Lissy und kam neben dem Traktorreifen zum Stehen. Sie berührte das grobe Profil des Reifens. „Krass, im Gegensatz zu den Möbeln im Wohnzimmer scheint der hier noch ziemlich gut in Schuss zu sein. – Wobei ich immer noch nicht so ganz verstehe, was man mit einem Traktorreifen auf dem Balkon bezwecken will." – „Rallye fahren?", schlug Alex verschmitzt vor. Maria prustete. „Ja, bestimmt, zwei Meter nach links, einen nach rechts und dann ab in die Tiefe oder was?"

„Hey, da hinter dem Reifen ist was!" Lissys Stimme klang auf einmal ganz aufgeregt. Alarmiert drehte ich mich zu ihr um. „Wie, da ist was? Ist das dein Ernst?" – „Ja, echt, da. Hinter dem Reifen ... Da klemmt was zwischen dem Reifen und der Hauswand." – „Die Wasserpfeife vielleicht?" – „Nee, die ist es definitiv nicht", entgegnete Lissy, „ich kann nicht genau sagen, was das ist. Irgendwas Eckiges. Eine Schachtel oder so. Vielleicht ist da was drin." Lissy machte sich am Reifen zu schaffen. Vermutlich wollte sie ihn eigenhändig wegrollen. Doch das große Teil rührte sich keinen Millimeter von der Stelle. „Ooooooh! Der Reifen ist wirklich verdammt schwer! Warum muss es auch ein *Traktor*reifen sein? Hätte es nicht ein *Motorrad*reifen sein können? – Igitt! Und dreckig ist er auch noch!" Lissy besah sich ihre schwarzen Finger. „Jetzt steht nicht so blöd rum. Helft mir endlich." Nun drängten sich alle drei meiner Freunde um den Traktorreifen herum. Nur ich stand noch ratlos im Rahmen der Balkontür und schaute meinen Freunden zu, wie sie an dem fast mannshohen Reifen herumdrückten und -zerrten. Schließlich schafften sie es, ihn einen halben Meter auf die Seite zu bewegen. Sie stöhnten und lehnten ihn etwas weiter links wieder an die Wand. Maria bückte sich und hob einen kleinen eckigen Gegenstand auf, der in etwa die Größe eines Schuhkartons hatte. Er war dunkelbraun und sah aus wie ... „Das ist eine Truhe", brachte Maria meinen Gedanken zu Ende. „Und ich glaube, ich weiß jetzt auch, zu welchem Schloss der kleine kupferfarbene Schlüssel passt, Emmy."

Relikte

Die kleine Kiste, die Maria in ihren Händen hielt, war schlicht und eher unauffällig, dennoch ging eine nahezu magische Anziehungskraft von ihr aus. Sie war aus sehr dunklem Holz gefertigt und an den Ecken hielten kupferfarbene Platten die geleimten Brettchen zusammen. Kleine runde Füßchen an den vier Ecken der Bodenplatte verhinderten, dass die Truhe direkt auf dem Boden auflag. Garantiert war die Schachtel von Hand gefertigt. *Wahrscheinlich sogar von Yunus selbst*, überlegte ich. Das Schloss der Truhe bestand ebenfalls aus Kupfer und trug – wie konnte es anders sein? – eine Gravur in Form einer schlanken, edlen Taube, Yunus' „Wappentier". Auf dem Deckel war eine Schnitzerei aufgeklebt, die die gleiche Form hatte wie das Medaillon von Yunus' Halskette: die dicke ebenmäßige Linie, die keinen Anfang und kein Ende kannte, ja, die Anfang und Ende zugleich war – *Alpha und Omega*. Die Größe dürfte sogar maßstabsgetreu gewesen sein, wenn ich mich nicht täuschte. Nur die seltsamen Schriftzeichen fehlten dieser Kopie aus Holz. Vermutlich wäre das beim Schnitzen zu aufwendig gewesen, überlegte ich, und Yunus hatte vielleicht die feinen Werkzeuge nicht zur Hand gehabt, die für so eine Arbeit vonnöten gewesen wären. Mir lief ein kurzer Schauer über den Rücken, als ich an die geheimnisvollen Worte zurückdachte, die auf Yunus' Kette verewigt worden waren und die er aus dem Arabischen für uns ins Deutsche übersetzt hatte: *Die Zukunft der Vergangenheit wird gegenwärtig in dir. Du bist der Schlüssel; sich selbst erkennen ist das Tor.*

„Ich glaube, wir wissen, wem diese Kiste gehört", unterbrach Maria das Schweigen, das von uns Besitz ergriffen hatte. „Yunus", antworteten Lissy, Alex und ich wie aus einem Munde. Dies brachte Maria zum Schmunzeln. „Ein Glück, dass der Traktorreifen auf dem Balkon stand", meinte sie, „andernfalls wäre diese Kiste hier beim Unwetter völlig durchweicht worden und der Inhalt sicher auch." Wir starrten Maria noch immer verdattert an. „Na, was ist los mit euch?", fragte sie schließlich. „Gehen wir zurück in die Wohnung und schauen wir endlich nach, was in der Kiste drin ist?" Neugierig waren wir alle, also erwachten wir aus unserer Erstarrung und folgten Maria zurück ins Wohnzimmer, vorausgesetzt, man konnte diese Müllhalde überhaupt als Wohnzimmer bezeichnen. Aber das stand nun nicht mehr zur Debatte.

„Was ist mit der Balkontür?", wollte Lissy wissen. „Ach die …" Maria winkte ab. „Die lassen wir noch eine Weile offen. Ich denke, das tut dieser Wohnung ganz gut, wenn sie zur Abwechslung mal ordentlich durchgelüftet wird." – „Und wenn jemand sieht, dass die Balkontür offen steht?", gab Lissy ihre Bedenken kund, „dann merken die Anwohner doch, dass jemand in der Wohnung ist." – „Egal", entgegnete Maria, „dann sieht es eben jemand. Aber ich denke, es wird sowieso niemand etwas dagegen sagen. Wenn, dann hätten sie das sicher schon längst getan. Wir sind jetzt schon so lange in der Wohnung und niemand hat sich darum geschert. Ich denke mal, es ist den Leuten egal, was oben in der *leeren* Wohnung geschieht." – „Na gut, wenn du meinst", erwiderte Lissy nicht ganz überzeugt.

Maria beäugte skeptisch das schäbige Sofa an der Wand. „Ich glaube, die Plane lassen wir lieber drauf", beschloss sie. „Du willst dich allen Ernstes auf *dieses Sofa* setzen?", fragte Lissy alarmiert. „Ja, warum nicht?", entgegnete Maria, „siehst du sonst noch irgendeine andere Sitzgelegenheit?" – „Ja, tue ich", erwiderte Lissy, „und zwar diesen Klappstuhl. Der sieht wesentlich sauberer aus als das komische Ding da." Sie nickte abfällig in Richtung Sofa. „Ich nehme den Klappstuhl", verkündete Lissy, „ihr könnt euch gerne die Hosen schmutzig machen – aber ohne mich." Lissy griff enthusiastisch nach dem grünen Klappstuhl, der neben der Balkontür an der Wand lehnte. „Von mir aus", gab Maria zurück und strich über die blaue Plane, die auf dem Sofa lag. „Es wird schon gehen mit dem Sofa", sagte sie zu uns, „wir müssen ja nachher eh ins Hotel zurück. Wenn wir dreckig sind, können wir uns ja was anderes anziehen." Maria nahm auf dem Sofa Platz. Alex setzte sich rechts neben sie und ich links. Lissy stellte den Klappstuhl uns gegenüber hin und klappte ihn auf. Dann setzte sie sich. – *Knack!*, machte es und das morsche Holz zersplitterte unter ihr, als wäre es aus Stroh. Lissy landete unsanft auf dem Boden zwischen den Überresten des Stuhls und machte ein äußerst betröpfeltes Gesicht. „Autsch!", rief sie, „das tat weh!" Ich biss mir auf die Lippen, um nicht laut loszulachen, aber als meine Freunde einen Lachkrampf bekamen, konnte ich mich auch nicht mehr zurückhalten und fing zu kichern an. Es hatte einfach zu komisch ausgesehen. „Ja, ja", motzte Lissy, „lacht ihr nur. Das glaube ich, dass euch das wieder gefällt." – „Wer macht sich hier schmutzig, hä?", kommentierte Alex schadenfroh. Lissy stand frustriert auf und klopfte sich den Staub aus der Hose. „Du hast da was am A… am …, am …" Maria hielt sich den Bauch vor lauter Lachen und deutete auf Lissy. Lissy drehte sich einmal um sich selbst und hielt sich den Hintern. „Iiiiiiiiie! Iiiiiiiiiiiiiiiieeee! Igittigitt! Pfui Teufel!", krähte sie. Ihr Hintern war voller Spinnenweben. Hastig klopfte sie ihn ab, ging zu unserer Bauplane hinüber und wischte sich daran die Hände ab. „Hey!", protestierte Maria. „Mach unsere Decke nicht dreckig." – „Eure ... was?", brach es aus Lissy. „Wie nennt ihr dieses Ding? – Decke?!? Jetzt geht's aber los, oder was? Oh Mann." Sie schüttelte den Kopf. „Das setzt noch was, Yunus!", richtete sie ihre Stimme in den Raum, „dass du uns in diese Bruchbude geschickt hast ... Das hat noch ein Nachspiel, das verspreche ich dir!" Dann jedoch konnte Lissy nicht anders und musste selber über sich lachen. „War ja klar, dass ausgerechnet *mir* so was passieren muss", meinte sie kichernd, „echt typisch." – „Normalerweise bin *ich* immer der Kandidat für solche Fettnäpfchen", widersprach ich ihr. Lissy bedachte mich daraufhin mit einem fragenden Blick. „Immerhin bist *du nicht* in einem Museum in Athen ohnmächtig geworden", ergänzte ich. Lissy grinste. „Okay, da hast du einen Punkt", gewährte sie mir. „Ich glaube, in der Disziplin – Fettnäpfchen suchen – seid ihr beide Meisterinnen", fügte Alex an. „Wenn irgendwo ein Fettnäpfchen steht, schreit ihr beide doch gleich: ‚Halt, halt! Wir wollen auch noch reintreten!'" – „Sehr witzig, Alex", schmunzelte Lissy, „Hauptsache, *dir* passiert nie so ein Mist, oder?" – „Du sagst es!" Alex lehnte sich zufrieden im Sofa zurück, welches daraufhin erbärmlich knarzte. „Oh, oh, Vorsicht!", bat Maria, „nicht, dass du noch unser tolles Sofa kaputtmachst ..." Doch das Sofa hielt.

„Also doch Sofa ..." Lissy betrachtete sich das alte Möbelstück misstrauisch. „Ich glaub, ich bleib einfach stehen", entschied sie kurzerhand. „Ach was, wieso denn?", fragte ich sie. „Deine Hose ist doch eh schon dreckig. Da kommt es auf einen Fleck mehr oder weniger auch nicht mehr an." – „Auch wieder wahr", erkannte Lissy und nach kurzem Zögern nahm sie links neben mir auf der blauen Bauplane Platz.

„So, jetzt wäre eine schöne Tasse Cappuccino recht", seufzte Alex, „Yunus ist kein guter Gastgeber. Nächstes Mal gehen wir lieber in ein Café, wenn er uns zu sich in seine bescheidene Hütte einlädt, okay?" Wir nickten zustimmend, wurden aber sogleich wieder ernst, als Maria mir die dunkle Holzkiste überreichte. „Jetzt schauen wir mal, was da drin ist", meinte Maria mit einem merkwürdigen Hall in der Stimme. „Vorausgesetzt, der Schlüssel passt", merkte ich an. „Der passt", behauptete Maria selbstsicher.

Ich hielt die Kiste abwägend vor meine Brust und wog sie in meinen Händen. Sie war nicht besonders schwer. Ich rüttelte sachte und hörte ein leises Geräusch, als ob zwei Gegenstände, vielleicht auch mehrere, aneinander rieben und an die Wand der Schachtel stießen. *Was ist da bloß drin?*, wunderte ich mich, *gleich werde ich's wissen.* Ich atmete noch einmal tief durch, warf einen flüchtigen Blick auf das Schloss mit dem Emblem der Taube, dann betrachtete ich mir eingehend den kleinen kupferfarbenen Schlüssel. „Dass du mir auch ja in dieses Schloss reinpasst und dich problemlos drehen lässt, ja?", sprach ich mit ihm, als handelte es sich dabei um eine Person. Ich platzierte die Kiste sorgsam auf meinem Schoß und kurze Zeit später steckte ich entschlossen den Schlüssel ins Schloss. „So weit, so gut", flüsterte ich. Die Stimme hatte mir den Dienst versagt. „Dann wollen wir mal." Ich rieb mir die schwitzigen Hände an den Seiten meiner Hosenbeine trocken, dann schloss ich meine Finger um den Schlüssel und drehte ihn langsam im Uhrzeigersinn. Das Schloss gab klickende Laute von sich, der Schlüssel ließ sich ohne Probleme drehen. Angespannt verfolgten meine Freunde jede einzelne Bewegung, die ich vollführte. Ich drehte den Schlüssel so weit, bis es nicht mehr weiter ging. „Okay, dann mal los", wisperte Lissy atemlos neben mir. Ich hielt die Luft an, als ich langsam den Deckel der Truhe anhob. Ein Gegenstand blitzte hell auf, als er das auftreffende Sonnenlicht auffing und zurückwarf. „Was ist das?", fragte Maria rechts neben mir und schirmte sich die Augen ab. Ich neigte die Kiste ein klein wenig, sodass die Sonnenstrahlen in einem geringfügig veränderten Winkel auf den Gegenstand auftrafen, sodass dieser das Licht nicht mehr so stark reflektieren konnte. „Eine CD", erkannte ich verblüfft, „oder eine DVD." Die CD brach das Sonnenlicht in die schillernden Farben des Regenbogens und zauberte ein hübsches Bild an die Decke des ansonsten farb- und trostlosen Raumes, in dem wir uns gerade aufhielten. „Da steht was drauf", stellte Alex fest. Nach anfänglichen Hemmungen konnte ich mich letztendlich doch dazu aufraffen, in die Truhe hineinzugreifen und die CD herauszunehmen. Ich las, was Yunus in seiner geschwungenen Handschrift auf die CD geschrieben hatte: „Das Apollon-Heiligtum. Zwischen Mythos und Realität. – Untersuchungen zu Relevanz und Funktion des Orakels von Delphi." Ich zeigte es den anderen. „Das ist der Titel von Yunus' Doktorarbeit!", rief Lissy überrascht aus. „Stimmt." Alex nickte. „Das ist wohl eine Sicherheitskopie von seinem Text", vermutete er. „Hat Yunus eigentlich gesagt, ob er die Arbeit schon fertig geschrieben hat oder ob er noch daran arbeitet?", erkundigte sich Lissy. „Du, das weiß ich gar nicht", gab Maria offen zu. „Ich glaube, er arbeitet noch daran", schätzte ich. „Hoffentlich ist das nicht die einzige Sicherheitskopie, die er gemacht hat", sprach Alex weiter. „Wieso?", wollte ich wissen. „Na ja, wer weiß, ob diese CD hier die Daten noch fehlerfrei wiedergeben kann. Wer weiß, wie lange die schon draußen auf dem Balkon steht und Wind und Wetter ausgesetzt ist. Also … wenn Yunus mit derartig wichtigen Dateien so umspringt ... Ich meine ... Hallo!? – Das ist eine *Doktorarbeit*! Nicht irgendein popeliger Deutschaufsatz oder so, den man einfach noch mal schreiben kann, wenn er versaut ist. – Eine *Doktor*arbeit! Yunus stellt seine *Doktor*arbeit auf den Balkon und lässt sie bei einem Gewitter draußen! Wie leichtsinnig ist das denn?" – „Das ist echt dumm von ihm", stimmte Maria ihrem Freund zu. „Aber vielleicht ist die Schachtel ja wasserdicht", startete ich einen Versuch, Yunus zu verteidigen. „Wasserdicht? Diese Schachtel?" Alex schnaubte. „Nie und nimmer!" – „Also, langsam aber sicher zweifle ich immer mehr an Yunus' Verstand", offenbarte uns Maria, „der wird irgendwie immer wunderlicher. Was passiert als Nächstes? Vielleicht steht nächstes Mal sein Laptop im Regen oder er legt seinen Geldbeutel offen auf die Straße ... Also nein ..." – „Ach kommt, seid doch nicht so ... Der arme Yunus ..." Der Blick, den mir Lissy als Reaktion auf meine Aussage zuwarf, sprach Bände.

Irgendwie wollte ich die Vorwürfe meiner Freunde nicht auf Yunus sitzen lassen. Ich wusste, dass er nicht schlampig war, nicht nachlässig. Es sah eben bloß so aus, aber in Wirklichkeit ... Ich seufzte. Zwar wusste ich nicht mit Bestimmtheit, ob *ich* Recht hatte oder vielleicht doch meine Freunde, aber ich fühlte, dass Yunus für sein Verhalten einen triftigen Grund gehabt haben musste, auch wenn wir den jetzt vielleicht noch nicht nachvollziehen konnten. Mir fehlten jedoch die Worte, die ich für seine Verteidigung gebraucht hätte, also konnte ich bloß meine gegenteilige Meinung über Yunus hinunterschlucken. Deutlich konnte ich mir vorstellen, was Lissy mir wohl gerade eben am liebsten an den Kopf geworfen hätte: *Schon seltsam, wie du Yunus immer verteidigst, Emmy. Du hast dich wohl doch in ihn verguckt!* Aussagen dieser Art wollte ich auf jeden Fall vermeiden, deshalb zog ich es an dieser Stelle vor zu schweigen.

„Was ist denn noch so alles Schönes in der Kiste drin?", lenkte Maria wieder etwas versöhnlicher ab. „Fotos", informierte ich meine Freunde. „Fotos?" – „Ja. Zwei an der Zahl." Ich hob die beiden Bilder aus der Kiste und zeigte sie den anderen. Das zweite Bild war vorerst noch bedeckt und wir sahen nicht, was darauf zu sehen war. Wir widmeten uns zunächst dem ersten Foto. Darauf waren drei barfüßige Personen zu sehen: eine Frau mit langen schwarzen, wehenden Haaren, grünen Augen und einem mintgrünen eleganten, dünnen Kleid, das sanft ihre Knöchel umspielte. Auf dem Kopf trug sie einen hellen Strohhut, um den ein mintgrünes Band gebunden war. Sie lächelte liebevoll und hielt zärtlich mit ihren beiden Händen die Hand eines Mannes umschlossen, der neben ihr stand. Der Mann hatte dunkle Haut, einen schwarzen Vollbart, ganz dunkle Augen und schwarze, leicht gelockte kurze Haare. Er schaute etwas verhalten, hatte aber weiche Gesichtszüge und kam mir auf Anhieb sympathisch vor. Seine Körperhaltung war aufrecht und sehr männlich. Er trug ein weißes T-Shirt und eine helle kurze Hose. Hinter den beiden stand halb verdeckt, aber doch gut sichtbar, ein junger Mann mit einem langen kohlschwarzen Zopf, der in der Sonne Funken zu sprühen schien. Der Gesichtsausdruck des jungen Mannes war heiter, sein Mund war vor Freude leicht geöffnet und die dunklen Augen funkelten regelrecht vor Lebensfreude. Wenn man ihn anschaute, bekam man automatisch gute Laune. Eine unglaubliche Fröhlichkeit ging von ihm aus, die regelrecht ansteckend war. Die Gesichtszüge kamen mir äußerst vertraut vor und doch ganz anders. Die Arme hatte der junge Mann weit auseinandergerissen, als wolle er nicht nur die beiden Personen umarmen, die vor ihm standen, sondern als wolle er die ganze Welt in seine warme Umarmung mit einschließen. „Aiman", flüsterte ich leise. Ich wusste, ohne eine Erklärung dafür nötig zu haben, um wen es sich auf dem Foto handelte. Im Hintergrund sah ich schäumende Wellen, die auf einem malerischen Sandstrand ausliefen. Fast konnte ich das Rauschen des Wassers hören, wenn ich mich in das Bild hineindachte. „Das Foto ist wunderschön", staunte Lissy anerkennend. Ich drehte das Bild um und betrachtete mir die Rückseite. Sie war beschriftet:

,Kreta 06/20/1998'

Die Schrift war eindeutig die von Yunus. Bestimmt hatte er das Bild geschossen als Erinnerung an einen gemeinsamen Familienurlaub, vermutete ich. 1998 ... Das Jahr, in dem Yunus 18 Jahre alt geworden war, fiel mir wieder ein. Vielleicht war Yunus kurz nach diesem Familienurlaub zu seiner großen Reise nach Deutschland aufgebrochen, auf der Suche nach seinen biologischen Eltern, weil er sich dazu gedrungen fühlte, nach seinen Wurzeln zu suchen, wie er es formulierte. – *Niemand, der bei seinen Eltern lebt, wird nachvollziehen können, wie das ist, wenn man seine wahren Wurzeln nicht kennt* ... Deutlich erinnerte ich mich an Yunus' Worte vor der Kastalischen Quelle in Delphi. *Man fühlt sich haltlos, man schwebt luftleer irgendwo im Universum und weiß nicht, um welchen Stern man sich drehen soll. Jedes Elektron braucht aber seinen Atomkern, um den es kreisen kann, denn sonst fällt es irgendwann in sich zusammen und hört auf zu existieren* ...

Die Personen auf dem Foto waren so gekonnt und lebendig eingefangen worden, staunte ich. Das Bild konnte nur jemand geschossen haben, der die Menschen darauf über alles liebte.

„Jetzt wissen wir endlich, wie Farid und Athina aussehen", freute sich Maria, „Aiman sah damals schon genauso aus wie jetzt. Ein fröhlicher Kerl, Aiman. Ich wünschte, wir könnten ihn besser kennenlernen." – „Aber das können wir doch", meinte ich enthusiastisch, „das Einzige, was wir dafür tun müssen, ist, einfach noch mal in die *Plaka* zu fahren und in dem Restaurant *Váia* wieder mal Griechisch essen zu gehen." – „Wo sie Recht hat, hat sie Recht", stimmte mir Alex Kopf nickend zu. „Das machen wir", beschloss Maria. „Aber nicht jetzt. Jetzt sehen wir erst mal, was diese Kiste noch so alles zu bieten hat. – Emmy?", wandte sich Maria schließlich an mich, „du sagtest doch was von einem zweiten Foto?" – „Ja." Ich nickte übermotiviert und zog das andere Bild hervor. Gespannt und neugierig senkten wir unseren Blick über das Foto. Und dann verschlug es uns allen regelrecht den Atem, als wir sahen, was auf dieser Fotografie abgelichtet worden war, oder besser gesagt: wer.

„Woher hat Yunus dieses Foto?", fragte Maria mit einem leichten Zittern in der Stimme.

Das Bild zeigte niemand anderes als – uns selbst: Maria, Alex, Lissy, Ivy und mich – unsere alteingesessene Truppe, vollzählig und vereint auf einem Foto. Wir kannten das Bild sehr gut. Ich hatte eine Kopie davon vergrößern lassen und als Poster in meinem Zimmer aufgehängt. Ivy hatte das Foto damals mit ihrer neuen Kamera gemacht, per Selbstauslöser. Es war an Lissys 21. Geburtstag gewesen. Wir waren wandern gegangen. Unser Ziel war der Gipfel des Stufenberges gewesen, ein Berg ganz in der Nähe unseres Wohnortes. Ich konnte mich noch lebhaft an jenen Tag erinnern. Lissy hatte damals für uns gleich mehrere kalte Pizzastücke als Reiseproviant eingepackt, da ihr Geburtstag ausgerechnet auf einen Tag fiel, an dem die kleine Kneipe auf dem Berg geschlossen hatte. Es war ein lustiger Tag gewesen. Das Wetter hatte sich von seiner besten Seite gezeigt. Wir waren einen Großteil der

Zeit ganz allein auf dem Berg gewesen und konnten so ungestört in die sagenhafte Zwergenhöhle hinunterklettern. Dort, vor dem Eingang in die Höhle, hatten wir auch das Bild von uns gemacht. Wir saßen auf einem großen Felsbrocken vor dem Abgrund. Im Hintergrund sah man hellgrüne Wälder, weite gelbe Felder und die leuchtend roten Dächer der Häuser unserer Heimatstadt. Am Himmel waren kleine, dünne, weiße Wolkenfetzen vorbeigezogen.

Lissy saß auf dem Foto in der Mitte. Ich war links von ihr und zeigte mit meinen geöffneten Handflächen auf das Geburtstagskind neben mir. Lissy grinste bescheiden in die Kamera und fuhr sich mit ihrer rechten Hand durch die dunkeln Locken. Rechts neben Lissy hatte Ivy Platz genommen. Sie hatte ihre Augen weit aufgerissen und sah noch ein wenig abhetzt aus, weil sie den Fernauslöser programmiert hatte und gerade noch rechtzeitig an ihrem Platz angekommen war, bevor die Kamera ausgelöst hatte. Ihre blonden Haare schimmerten engelsgleich im strahlenden Sonnenlicht. Neben Ivy saß Alex, braun gebrannt, mit einem kurzen Poloshirt und seinem betörenden Lächeln im Gesicht. Alex war halb verdeckt von Maria, die auf seinem Schoß hockte. Von hinten schlang Alex seine Arme liebevoll um Maria und blickte über die Schulter seiner Freundin hinweg direkt in die Kameralinse. Maria lehnte sich zufrieden an seine Brust zurück und grinste stolz bis über beide Ohren.

Irritiert über diesen Fund in Yunus' Truhe drehte ich das Foto um und las, was auf der Rückseite geschrieben stand:

‚23. Mai 2003: Lissys Geburtstag auf dem Stufenberg'

„Hey!", rief auf einmal Maria aus. „Das ist *meine* Schrift! Das ist *mein* Bild! *Mein* Abzug davon. Wie kommt Yunu..." Sie stockte. „Das kann nicht wahr sein! Ich suche dieses Bild nun schon seit einer halben Ewigkeit! Ich dachte, ich hätte es ver-

loren! Ich glaub's nicht!" Ich bekam eine Gänsehaut, als sie das sagte. "Wie kann das sein, dass Yunus mein Bild hat?!!??"
Eine Weile wagte niemand mehr etwas zu sagen. Die Tatsache, dass Yunus im Besitz eines Bildes von uns war, erklärte zumindest schon mal eines: woher er uns kannte. Dies warf allerdings gleich jede Menge neue Fragen auf: Wie war er an das Bild gekommen? Hatte er es irgendwo gefunden? – Wenn ja, wo? Hatte er uns möglicherweise schon viel länger gekannt und beobachtet? – Warum? Das Foto erklärte zudem immer noch nicht, woher er unsere *Namen* kannte.

"Wieder was, das wir in der E-Mail an Yunus unbedingt erwähnen müssen", merkte Alex an, als handelte es sich um eine gedankliche Fußnote. "Wenn das so weiter geht, wird das eine ewig lange E-Mail", befürchtete Lissy.

"Ist da noch mehr Zeug von uns drin?", fragte Maria leicht beunruhigt und beugte sich über die kleine Truhe. "Nein", stellte ich erleichtert fest, "da ist so ein kleines Buch mit etlichen einzelnen Zetteln als Lesezeichen drin ... und das da ..." Ich zog einen kleinen Gegenstand heraus, von dem ich zuerst nicht wusste, was er darstellen sollte. Er bestand aus einer langen dünnen silbernen Platte, die leicht gebogen war. Auf der gewölbten Seite waren die Umrisse einer Taube eingraviert. Auf der anderen Seite befanden sich eine metallene Halterung und eine feine Nadel, die man aufklappen konnte. "Das ist eine Haarspange", stellte Lissy fest, als sie mir den Gegenstand aus der Hand nahm. "Was will Yunus denn mit so einer Haarspange? Die ist doch für Frauen", wunderte sich Maria. "Wartet mal", bat ich und nahm das Schmuckstück wieder an mich. "Findet ihr nicht auch, dass die Spange ziemlich antik aussieht?", begann ich. "Ja", murmelte Alex, "da könntest du Recht haben. Wenn man da so die Nadel anguckt ... Die ist schon ein wenig verwittert, aber ich finde, sie ist noch ziemlich gut erhalten." – „Vielleicht hat die Spange mal Emilia gehört", flüsterte ich kaum hörbar. Ich wusste selbst nicht, was mich dazu trieb, das zu sagen, aber ich hatte auf einmal diese Gedanken in meinem Kopf. Ich drückte die Haarspange an mein Herz und horchte in mich. Plötzlich durchzuckte mich ein flüchtiges Bild wie ein Blitz. Kaum war es da, schon war es wieder weg. Ich hielt vor Überraschung den Atem an. Meine Freunde hatten nichts bemerkt. Sie waren wohl noch zu sehr mit dem Schock über das gefundene Foto beschäftigt. Maria hielt es zumindest immer noch in den Händen. Ich blinzelte und versuchte, das Bild vor meinem inneren Auge festzuhalten, um es genauer zu erkennen. Einen kurzen Moment gelang es mir sogar. Unter mir sah ich eine wunderschöne dunkelgrün bewaldete Landschaft, die sich bis in die Unendlichkeit zu erstrecken schien. Hinter mir befand sich ein einmaliges Bauwerk, ein Tempel. Keine Ruine, sondern ein Tempel in seiner wahren Pracht. Unvergänglich. Bezaubernd schön und beeindruckend. Ich trug ein langes, reinweißes Kleid, das mir sanft um die Knöchel wehte. Ich war allein. Nirgends war ein Auto, kein einziges Hochhaus trübte die Sicht, kein Flugzeug zog seinen Kondensstreifen über den golden gefärbten, wolkenlosen Himmel. Ich stand auf dem höchsten Punkt eines Hügels, oberhalb eines weiten Tals. Die untergehende Sonne war ein orange-rot leuchtender Feuerball, der sein warmes Licht auf die Erde warf und die Landschaft vor mir in eine orange-schimmernde Märchenwelt verwandelte. Der Wind wehte mir leicht durch das lange dunkle Haar, welches von einer silbernen Spange aus meinem Gesicht gehalten wurde, und ein wohliger Schauer durchströmte meinen Körper. Plötzlich spürte ich, wie mich zwei starke männliche Arme liebevoll von hinten umarmten und eng an einen muskulösen Körper heranzogen. Ich schloss genüsslich die Augen, lehnte mich entspannt nach hinten zurück und atmete tief durch. *Jona*, dachte ich, *du machst mein Glück vollkommen.*

Als ich die Augen wieder öffnete und mich nach Jona umblicken wollte, bemerkte ich, dass ich auf einem alten schäbigen Sofa in einer heruntergekommenen Wohnung saß und dass sich auf meinem Schoß eine kleine, dunkelbraune Truhe befand. Ich seufzte aus tiefstem Herzen. Von allen ‚Visionen', die ich bisher gehabt hatte, war dies zweifelsohne die schönste gewesen. Ich wünschte, ich wüsste, wo sich dieser verzaubernde Ort befand, ob es ihn tatsächlich gab und ich sehnte mich unglaublich stark danach, endlich einmal Jona in die Augen zu blicken. Schade, dass ich das Bild und das Gefühl des absoluten Vertrauens nicht halten konnte, das mich durchströmt hatte, als ich zugelassen – ja, aus ganzem Herzen genossen hatte, dass mich die starken Hände von hinten umarmten. Schade, dass der Eindruck nur so flüchtig und von kurzer Dauer gewesen war.

„Toll", vernahm ich die sarkastische Stimme von Alex, „eine CD, zwei Fotos, eine Haarspange und dieses Buch hier. Echt klasse, Yunus. – Was sollen wir jetzt damit?" – „Lasst uns doch mal einen Blick in das kleine Buch werfen", schlug Lissy vor, „vielleicht gibt's da drin ja endlich mal eine Erklärung für das alles." – „An der Zeit wär's ja", murrte Maria. „Erstens will ich gefälligst endlich wissen, wie der an mein Foto herangekommen ist und zweitens wird es langsam Zeit, dass wir diese grässliche Wohnung verlassen. Ich hab die Schnauze gestrichen voll. Wir sind nach Athen gekommen, um uns die *Stadt* anzugucken und nicht die ganze Zeit in so einer Bruchbude zu vergammeln. Es ist inzwischen schon 14 Uhr!"

Zögernd nahm ich den letzten Gegenstand aus der Kiste und legte die anderen wieder sorgsam zurück. Es handelte sich um ein kleines, dunkelrotes, ledergebundenes Buch, so eines, wie man es für persönliche Notizen benutzt, um Termine aufzuschreiben beispielsweise oder um Tagebuch zu führen. Ich drehte es um. Weder auf der Vorder- noch auf der Rückseite stand irgendetwas geschrieben. „Schlag es auf", drängte Lissy neben mir, „na los." Vorsichtig öffnete ich das Buch auf der ersten Seite. Ich wollte vermeiden, dass irgendeiner der Zettel aus den Seiten herausfiel. Ja, ich wollte, dass Yunus das Buch, wenn wir es wieder in die Truhe zurückgelegt hatten, in genau demselben Zustand wiederfinden würde, wie er es verlassen hatte. Die erste Seite war weiß und leer. Ich blätterte einmal um. Oben rechts auf der ersten beschrifteten Seite stand ein Datum geschrieben: 06/20/1998. – Der Tag, an dem das Foto von Yunus' Familie auf Kreta geschossen worden war. Darunter sahen wir einen langen Text – auf Griechisch. Meine Augen fingen an zu schielen, als ich diesen Wust an griechischen Schriftzeichen vor mir sah und erneut verfluchte ich mich dafür, so faul gewesen zu sein und kein Griechisch gelernt zu haben. Wir hatten absolut keine Chance zu verstehen, was da geschrieben stand. Ich blinzelte, bis ich wieder scharf sehen konnte. Zärtlich strich ich mit meinem rechten Zeigefinger einige der Buchstabenformen nach. *Das hat Yunus geschrieben*, dachte ich mir und ein Schauer überkam mich, *das hat er geschrieben, als er 18 Jahre alt war* …

„Das ist sein Tagebuch", mutmaßte Lissy. „Vielleicht sollten wir es wieder zurücklegen", schlug ich langsam vor, „das ist nun doch zu privat. Vielleicht sollten wir nicht in seinen privaten Sachen herumschnüffeln." – „Das hätte er sich vorher überlegen sollen", meinte Alex, „außerdem hat er eh nichts zu befürchten. Wir können doch sowieso nicht verstehen, was hier geschrieben steht." Da hatte Alex Recht, dachte ich. Insgeheim bedauerte ich jedoch zutiefst, dass wir dermaßen unkundig in der griechischen Sprache waren. Vielleicht wäre es wichtig gewesen zu erfahren, was Yunus aufgeschrieben hatte. Aber es nützte alles nichts. Ich blätterte weiter. Auf den folgenden Seiten bot sich uns kein alternativer Anblick. Griechisches Schriftzeichen reihte sich an griechisches Schriftzeichen. Klar, Griechisch musste die Muttersprache für Yunus sein. – War Arabisch dann seine *Vater*sprache? *Gibt es das Wort überhaupt?*, überlegte ich verwirrt. Als ich ein drittes Mal umblätterte, fiel mir ein Wort in dicken roten Buchstaben auf. Yunus hatte es mit einem anderen Stift geschrieben, um es hervorzuheben. Warum wohl? Γερμανία stand da und direkt daneben – ebenfalls in Rot – ein Wort, das wir sehr wohl lesen konnten: *Deutschland*. Die restliche Seite war mit griechischen Schriftzeichen vollgeschrieben. „*Germanía*", entzifferte Alex etwas unbeholfen das griechische rot geschriebene Wort. „Sieht ganz danach aus, als hätte Yunus hier seine Entscheidung festgehalten, nach Deutschland zu reisen." Ich nickte langsam. „Das ist gut möglich." – „Echt zu blöd, dass wir das nicht lesen können", bedauerte Maria, „das könnte interessant sein." Ich blätterte besonnen weiter durch das Buch. Der nächste Eintrag war vom 30. Juni 1998. *Berlin* stand in großen, geschwungenen Buchstaben und für uns lesbar als Überschrift über einem weiteren griechischen Text. Offenbar begann ab hier Yunus' Zeit in Deutschland. Es musste ein außergewöhnliches Leben gewesen sein, überlegte ich: als arabisch aussehender Grieche in Deutschland auf der Suche nach Eltern, von denen es weit und breit keine Spur gab ... Der nächste Eintrag datierte auf den 15. Juli 1998. „So hat das keinen Sinn", resignierte Lissy, „wir können das ganze Buch durchblättern und verstehen doch bloß Bahnhof. – Warum musste er auch alles auf Griechisch schreiben?" – „Wäre es besser gewesen, wenn er es auf Arabisch geschrieben hätte?", fragte Alex mit hoch erhobenen Augenbrauen. „Na ja, nicht wirklich", entgegnete Lissy grinsend. „Schon ärgerlich, dass keiner von uns Griechisch spricht." – „Die Frage ist die …", begann ich langsam, „… *will* Yunus, dass wir das hier verstehen? Dann könnten wir sicher Mittel und Wege finden, dass jemand für uns den Text übersetzt." – „Och nee", protestierte Maria genervt, „das würde doch Ewigkeiten dauern." – „Genau", räumte ich ein, „deshalb glaube ich auch nicht, dass es das ist, was Yunus will." Aufmerksam drehten sich meine Freunde zu mir um und schauten mich mit großen Augen an. Ich fuhr nachdenklich fort: „Vielleicht sollen wir uns nur mit Ausschnitten aus seinem Buch beschäftigen. Das würde erklären, warum Yunus so viele Zettel reingesteckt hat." – „Genau!", entfuhr es Maria. „Vielleicht sollen wir bloß die markierten Stellen lesen." Inzwischen hatte mir Lissy das Buch aus der Hand genommen, und während wir noch überlegten, schlug sie unbedacht die ein oder andere beliebige Seite auf und landete schließlich an einer erheiternden Stelle, an der wir nun doch etwas länger verharrten. Der Eintrag trug das Datum vom 12. Dezember 1998.

‚Mein Name heißt Yunus', stand da plötzlich geschrieben in deutschen Buchstaben.

‚Ich will die Deutschsprache lernen und muß noch ausprobieren viel. Die Deutschsprache ist besser als die Griechischsprache, aber Arabischsprache mehr leicht für mich. – Natürlich!

Ich jetzt ausprobiere.

Du ausprobierst.

Er ausprobiert.

Wir ausprobieren.

Ihr ausprobiert.

Sie ausprobieren.
Meiner Deutsche ist langsam verstehlich, ich hoffe.'
Anschließend verfiel Yunus wieder in die griechische Sprache.
„Sein Deutsch ist echt sehr verstehlich", scherzte Lissy amüsiert, „oh Yunus ... Der Kerl ist echt Gold wert. Süß!" Wir anderen konnten uns ein Grinsen nicht verkneifen. „Macht euch nicht über ihn lustig", bat ich energisch. „Er hat sich das ganz allein beigebracht. Das war bestimmt nicht einfach. Und außerdem ... Ihr habt ja selbst gehört, wie gut er jetzt Deutsch spricht." – „Makellos", gab Alex anerkennend zu. „Das muss ihm erst einmal einer von uns mit Griechisch oder Arabisch nachmachen", fand ich. „Stehen da noch mehr Deutschversuche von ihm drin?", fragte sich Lissy und blätterte erwartungsvoll durch das Buch. „Komm, lass", bat ich sie, „das ist nicht fair. Wir haben uns außerdem darauf geeinigt, uns nur die markierten Seiten anzuschauen, ja?" – „Jaaaaaahaaa", maulte Lissy enttäuscht, „Spielverderber ..." – „Außerdem", fuhr Maria fort, „wir wollten uns doch nicht mehr länger als nötig in dieser Wohnung aufhalten. Wir haben noch so viele andere Dinge vor. Besichtigungen zum Beispiel. Da haben wir jetzt keine Zeit dafür, stundenlang irgendwelche Tagebücher zu lesen, oder?"

„Na gut", gab Lissy sich geschlagen, „dann eben nur die markierten Stellen." Etwas enttäuscht gab sie mir das rot gebundene Büchlein wieder zurück. Ich fuhr mit meinem rechten Zeigefinger zwischen die Seiten mit der ersten Markierung und schlug das Buch an dieser Stelle auf. Der Eintrag war auf den 17. März 1999 datiert. Sorgsam nahm ich das dünne, poröse, mehrfach gefaltete Papier an mich, das zwischen den Seiten geruht hatte, faltete es auf und betrachtete es mir aufmerksam. Es war eindeutig als Kopie eines

Zeitungsartikels zu erkennen. Der Artikel war auf Griechisch abgefasst, also wanderte mein Blick zunächst auf das kleine Schwarz-Weiß-Bild, das in der linken unteren Ecke abgedruckt worden war. Es zeigte eine Art Tunnel oder Höhle, in der verschiedene komplizierte technische Gerätschaften herumstanden, auf die ich mir keinen Reim machen konnte. Im Vordergrund stand eine Gruppe von Bauarbeitern, die zufrieden in die Kamera grinsten. Zu ihren Füßen waren mehrere Tonscherben, Amphoren und sonstige altertümlich aussehende Gegenstände aufgereiht. Der Mann in der Mitte der Gruppe kam mir auf Anhieb bekannt vor. „Das ist doch Farid!", rief plötzlich Lissy überrascht aus. „Der da!" Sie deutete auf den Bauarbeiter in der Mitte. „Stimmt", stellte ich mit einem Mal total aufgeregt fest. Auch Maria und Alex nickten nachdenklich. „Das könnte wirklich Farid sein." Die beiden verglichen das Urlaubsfoto aus der Kiste mit dem Bild des Zeitungsartikels. „Das ist er, ganz sicher", behauptete ich euphorisch. „In dem Artikel muss es um Ausgrabungen gehen oder so", vermutete Lissy. „Ist Farid Archäologe?", stellte ich die Frage in den Raum. „Oder Bauarbeiter?", schlug Alex vor. „Ach, wenn wir doch bloß lesen könnten, was neben dem Bild steht ...", resignierte Lissy. Leider ergab sich für uns das altbekannte Problem: Wir konnten den Text neben dem Bild nicht entziffern. „Langsam aber sicher wird das ziemlich frustrierend", meinte Maria, „wenn man ständig mit dem Kopf darauf gestoßen wird, dass man die Landessprache überhaupt nicht beherrscht ..." Aus einem unbestimmten Impuls heraus drehte ich das Papier um und hätte mich vor Aufregung fast verschluckt, als ich feststellte, dass auf der Rückseite etwas mit Bleistift in *deutscher* Sprache festgehalten worden war. Die Spuren, die der Bleistift dabei auf dem Papier hinterlassen hatte, waren schwach, aber dennoch deutlich lesbar. Ich hatte keinen Zweifel daran, dass diese Schrift die von Yunus war und ein warmes Gefühl der Dankbarkeit durchströmte mich. „Erneut fördern Bauarbeiten an Athener Metrolinie Fundstücke aus der Antike zutage", las ich die unterstrichene Überschrift vor. „Cool! Das ist die Übersetzung des Artikels auf der Vorderseite!", erkannte ich voller Freude, „Yunus hat den Artikel für uns übersetzt!" – „Wie weitsichtig von ihm", sagte Alex, „wird aber auch langsam mal Zeit." – „Lies bitte vor, Emmy", bat Maria. „Okay", willigte ich ein.

‚Beim Voranschreiten der Bauarbeiten an der Athener Metrolinie zwischen *Monastiraki* und *Doukissis Plakentias* ist man auf dem Verbindungsstück zwischen den Haltestationen *Evangelismos* und *Ethniki Amyna* auf einen bislang verborgenen Hohlraum unter der Stadt gestoßen, der Relikte aus der Antike beherbergt. Die Bauarbeiten werden so lange stillgelegt, bis sichergestellt ist, dass der freigelegte Hohlraum kein Risiko für den Bau der U-Bahntunnel darstellt. In der Zwischenzeit legt ein kompetentes Team, bestehend aus Archäologen und Technikern, zahlreiche Tongefäße, Schmuckstücke, Gebäudefundamente und Werkzeuge frei. Ersten Schätzungen zufolge sind die Fundstücke rund 2.500 Jahre alt. Die Relikte werden gegenwärtig ins Nationale Archäologische Museum von Athen gebracht, wo sie professionell gereinigt und untersucht werden.'

„Krass", kommentierte Lissy. „Und Farid gehört diesem kompetenten Team an ..." – „Äußerst interessant", fand auch Maria. Erneut betrachteten wir uns das Bild aus dem Zeitungsartikel. Dann widmeten wir uns wieder dem roten ledergebundenen Buch Yunus'. Zu unserer großen Freude war auch der folgende Tagebucheintrag auf Deutsch verfasst.

„17. März 1999", las ich vor. ,Nächstes Monat beginnt mein erster Semester an der Universität von Würzburg. Ich denke, das Grund genug ist, um Deutschsprache weiter zu trainieren. Ich soll meine Notizen ab nun oft auf Deutsche schreiben. Heute habe ich Farids Brief bekommen, den er versprochen. Schon am Telefon war er aufgeregt, als er mir das erste Mal erzählt hat: von Baustelle für die neue Metro. Er, der Projektleiter ... Er war so stolz. Den Zeitungsartikel, den er mir mit geschickt, kann ich jetzt schon auswendig. Ich habe so oft gelesen schon. Die Metro, ja ... Ich habe nie gedacht, dass wir zu Metro einmal müssen sagen Danke, dass wir noch mehr über die griechische Antike können erfahren. Vielleicht finden sie ja noch mehr bei Baustelle.

20. April 1999. Gestern hat Farid angerufen und über neueste Fund auf Metrobaustelle berichten. Diesmal haben sie einen Sarkophag ausgegraben! Ich frage mich, wie viele Schätze aus der Antike sich noch unter der Stadt Athen verstecken!'"

„Wahnsinn", meinte Alex. „Stellt euch das mal vor. Da haben die Athener ihre Häuser und Straßen einfach auf die alten Gemäuer drauf gebaut und unten drunter befinden sich noch unentdeckte Relikte aus der Antike." Er schüttelte den Kopf. „Ich glaube auch, mir dämmert langsam, warum auf Yunus' Zettel immer Metrolinien eingezeichnet sind", begann ich langsam. Meine Freunde schauten mich aufmerksam an. „Zuerst dachte ich immer, dass die Metrolinien nur eine Art Orientierungshilfe sind, damit wir wissen, wo ungefähr unser nächstes Ziel liegt, das wir ansteuern sollen." – „Ja, und was denkst du jetzt?", fragte Alex. „Jetzt denke ich das auch noch, aber ich glaube, dass es noch mehr zu bedeuten hat. Vielleicht müssen wir auch irgendwann irgendwas in einer U-Bahnstation suchen oder machen. Könnte doch sein, oder?" – „Gut möglich." Maria nickte. „Die Athener Metro ist aber auch was Besonderes." – „Ja", stimmte ich ihr zu. „Ich dachte, sie wäre vielleicht so wie die Metro in Paris oder London", überlegte Lissy, „oder wie in einer anderen großen europäischen Stadt. Aber die Athener Metro hat irgendwie doch ihren eigenen Charme." – „Ja", erinnerte ich mich und versuchte wiederzugeben, was ich glaubte, in der Metroansage stets gehört zu haben: „*Ebomini stasie... Panepepistimio.*" Lissy lachte über mich und knuffte mich verschmitzt.

„Die meisten Stationen sind auch total neu gebaut und sauber und stinken auch nicht so abgestanden", fuhr Maria fort. „Ich hab mal irgendwo gelesen, dass die meisten U-Bahnstationen erst gebaut worden sind, als die Olympischen Spiele in Athen ausgetragen worden sind, damit die Leute besser zu den Stadien gelangen konnten und so und damit auch mehr Touristen nach Athen kommen würden." – „Wann waren denn die Olympischen Spiele in Athen?", erkundigte ich mich. „Das war 2004", wusste Alex Bescheid. „Seitdem hat sich viel getan bei der Metro", ergänzte Maria. „Es hat sich gelohnt", fand ich und dachte an ein paar der schönsten Stationen zurück, die wir bisher gesehen hatten. Mein absoluter Favorit war wohl die Akropolis-Station, in der etliche Fundstücke in den Hallen zur Schau gestellt worden waren. Vielleicht waren auch ein paar Relikte dabei, an deren Entdeckung Farid maßgeblich mit beteiligt gewesen war, überlegte ich und musste lächeln.

„Weiterlesen?", fragte Maria. „Weiterlesen", gab ich zurück und senkte meinen Blick wieder über das rote Buch.

‚5. Mai 1999: Die Träume kommen wieder öfter. Ich weiß nicht, warum ich so oft diese merkwürdigen Träume habe. Ich weiß aber, dass sie mehr als nur Träume sind und dass sie eine Bedeutung haben. Es muss einfach so sein.'

„Träume?", fragte Alex verblüfft. „Solche wie unsere Emmy zurzeit hat? Das könnte interessant werden. – Weiterlesen", gebot er mir. Ich blätterte um, doch seufzte enttäuscht. Auf der nächsten Seite reihte sich wieder ein griechisches Schriftzeichen an das nächste und wir waren hoffnungslos aufgeschmissen beim Versuch, das Geschriebene zu verstehen.

„Wolltest du nicht Deutsch schreiben, Yunus?", fluchte Lissy niedergeschlagen. „Jetzt wo es interessant wird, schreibst du wieder Griechisch, Mann! Schäm dich!"

„Machen wir bei der nächsten markierten Stelle weiter?", fragte ich. „Ja", antwortete Maria. „Bleibt uns ja nichts anderes übrig."

Als Lesezeichen für den folgenden Eintrag diente diesmal ein Ticket für eine historische Stätte. „Eine Eintrittskarte für Delphi", stellte ich überrascht fest. „Am 29. Dezember war Yunus in Delphi. Offenbar war Yunus über Weihnachten in Griechenland bei seiner Familie." Als Lissy feststellte, dass die folgenden Tagebucheinträge auf Deutsch verfasst waren, begannen ihre Augen zu leuchten. „Darf *ich* mal lesen?", fragte sie. „Klar", erlaubte ich und reichte ihr das kleine ledergebundene Buch.

„28. Dezember 1999", las Lissy mit klarer Stimme laut vor.

‚Mit Farid war ich gestern zu Besuch auf der Baustelle der neuen Metrolinie. Der Bau schreitet rasch voran. Farid meint, dass – wenn alles nach Plan verläuft – die blaue Linie bereits Ende Januar nächsten Jahres in Betrieb genommen werden kann. Damit wird dann das U-Bahnnetz endlich direkt an den Zugverkehr zum Flughafen angeschlossen und Reisen wird um einiges einfacher in Athen, was ich persönlich nur befürworten kann.

Während der Bauarbeiten ist Farids Mannschaft noch auf mehrere außergewöhnliche Fundstücke gestoßen, darunter zum Beispiel auch auf ein sehr wichtiges römisches Badehaus. Der geplante *Amalias*-Schacht musste deswegen sogar extra verlegt werden, damit die Relikte nicht durch die Bauarbeiten zerstört werden würden.

Ich persönlich bin vor allem sehr interessiert an den Schriftzeugnissen, die nahe *Panormu* gefunden worden sind. Aufgrund der Bodenfeuchtigkeit und der Verwitterung, welcher das Pergament über so lange Zeit hinweg ausgesetzt gewesen war, hat die Tinte wohl sehr gelitten. Wahrscheinlich ist das der Grund dafür, dass diese Fundstücke hinter Schloss und Riegel im Nationalen Museum von Athen verschwunden sind und man sie nicht besichtigen kann. Nicht mal Athina hat sie bisher zu Gesicht bekommen, dabei ist *sie* als Restaurateurin des Nationalen Museums bereits mit der Aufgabe betreut worden, sich um die weniger stark beschädigten Relikte zuerst zu kümmern. Vielleicht kommt sie irgendwann ja doch an die Schriftstücke. Das wäre großartig.'

„Athina arbeitet im Nationalen Museum von Athen?", fragte Maria ungläubig, „das ist ja äußerst interessant!" – „Mir scheint, dass Yunus all die wichtigen Leute kennt", überlegte ich. „Kein Wunder, dass er so viel über die Vergangenheit weiß."

„Kann ich weiterlesen?", wollte Lissy wissen. Maria nickte und wir rückten uns alle gespannt auf dem Sofa zurecht.

Pythia

‚29. Dezember 1999: Dunkelgrüne Nadelwälder rauschen an mir vorbei. Es ist später Nachmittag, doch es wird schon langsam dunkel. Zu meiner Rechten müsste der Korinthische Golf liegen, aber ich sehe in dieser Richtung nur dichte

Nebelschwaden. Ich befinde mich im Bus von Delphi zurück nach Athen. Wir haben noch gut zwei Stunden Fahrt vor uns. Aiman sitzt neben mir und schnarcht. Ich glaube, die Spätschicht im *Váia* und dann das frühe Aufstehen, um mit mir nach Delphi zu fahren, sind ihm nicht ganz so gut bekommen. Daher lasse ich ihn lieber in Ruhe und nutze für mich die Zeit, um über das Schreiben wieder zu klaren Gedanken zu kommen. Ich bin mir allerdings nicht sicher, ob mir das gelingen wird. Seit die merkwürdigen Träume wieder vermehrt aufgetreten sind, drängt es mich dazu, wieder einmal Delphi zu besuchen. Ich weiß nicht, wie ich das formulieren soll. Es geht in Griechisch nicht und es geht in Arabisch nicht. Wie soll ich dann die richtigen Worte in Deutsch finden? – Dieser Ort – Delphi, das Orakel – übt eine magische Anziehungskraft auf mich aus. Es ist mir, als würde ich den Ort schon lange kennen. Sicher, einerseits tue ich das auch. Immerhin war ich nun insgesamt schon sechs-, nein, siebenmal in Delphi. Aber das ist nicht, was ich meine. Ich kenne es schon viel länger. Von früher. Was auch immer »früher« bedeutet. Gibt es so etwas wie ein früheres Leben? Kann man sich daran erinnern? Oder können Erinnerungen wie Gene an die Nachkommen weitervererbt und wachgerufen werden, wenn man zur richtigen Zeit am richtigen Ort ist? Ich bin heute mit Aiman nach Delphi gefahren, um festzustellen, ob die Erinnerungen echt sind oder ob der Traum mir vielleicht nur Wunschbilder zeigt. Aber würde man sich ein Wunschbild erträumen, das man nicht versteht? – Das kann ich mir nun doch nicht vorstellen.

Den letzten Traum hatte ich in der Nacht von gestern auf heute. Wieder war er sehr intensiv und gefühlsecht. Ich träumte von einem beeindruckenden Tempel, der von einer unsagbaren Eleganz und Grazie gewesen war, sodass er mir nahezu den Atem raubte. Er war riesig und bezaubernd. Seine Gemäuer waren reinweiß und erstrahlten im frühen Licht der Morgensonne in ungekanntem Glanz. Der dreieckige Giebel des Tempels war sehr fein bearbeitet, das Relief bestand aus detaillierten Figuren, die beinahe lebendig zu sein schienen. Unterhalb des Giebels verlief eine Musterung wie ein blaurotes Band, das den gesamten Tempel umspannte. Auf dem Dach breiteten steinerne Sphinxen ihre anmutigen Flügel aus und an den Rändern des Daches saßen Figuren von hübschen jungen Mädchen. Ich stand im Schatten einer riesigen, nahezu 16 Meter hohen Bronzestatue, die direkt vor dem Tempel ihren Platz hatte. *Apollon*, dachte ich, und wunderte mich dabei über mich selbst. Wie kam ich bloß darauf?

Ich war nicht der einzige Mann, der vor den untersten Treppenstufen des Tempels auf Einlass wartete. Die Warteschlange vor mir war lang und hinter mir noch viel, viel länger. Alle Männer trugen wogende helle Gewänder, die fast bis zum Boden reichten und von einer Kordel um den Bauch zusammengehalten wurden. Als ich an meinem Körper nach unten schaute, stellte ich fest, dass ich ein ebenso ausgefallenes Gewand trug. Ich wunderte mich kurz, aber dachte nicht weiter darüber nach. Immerhin sahen die anderen auch alle so aus. Erschrocken griff ich um meinen Hals, als ich feststellte, dass das vertraute Gefühl der schweren Kette um meinen Hals fehlte. Ich hatte die Kette schon ewig nicht mehr abgelegt. Seit ich denken kann, war sie mein ständiger Begleiter gewesen. Aber diesmal hatte ich sie nicht dabei. Seltsam. Ich zuckte mit den Schultern und versuchte, mich auf die Geschehnisse um mich herum zu konzentrieren.

Ich verspürte eine Art Vorfreude und auch ein Gefühl der Nervosität. Ich hatte die Frage, mit der ich beauftragt worden war, klar und deutlich in meinem Kopf: *Ist Athen der lukrative*

Handelspartner für das Unternehmen meines Herrn? Das Opfer hatte ich ordnungsgemäß dargebracht, den Wegzoll bezahlt und mich gebührend in der Heiligen Quelle gereinigt. Ich hatte die Wachen passiert, war auf meinem Weg nicht gebremst worden und hatte mit den anderen Pilgern ganz legal das Orakel erreicht. Meine Haare trug ich offen und sie fielen mir bis fast zur Hüfte hinunter. Eine feine Windbö wehte mir durch das Gewand und streichelte meine Haare.

Der Eingang in das Heiligtum war kolossal, schlichtweg überwältigend. Das riesige Tor, das aus dunklem Holz gefertigt und mit starken, silbernen Streben verstärkt worden war, reichte bis fast nach ganz oben an den Giebel. Während ich das Bauwerk in seiner handwerklichen Größe und Finesse staunend begutachtete, hätte ich fast verpasst, dass sich unten vor dem gigantischen Tor etwas regte. Zwei Männer in reinweißen langen Gewändern steckten einen riesigen goldenen Schlüssel in das Schloss an dem Käfig, der sich vor dem Eingang ins Heiligtum befand. Der Käfig musste aus purem Gold sein. Als die beiden Männer – die Priester, fiel mir auf einmal ein – das Tor öffneten, blitzte das wertvolle Metall hell auf und blendete mich. Neugierig und aufgeregt versuchte ich, wie viele andere der Anwesenden auch, einen Blick in das Innere des Heiligtums zu erhaschen. Einer der beiden Priester schüttelte langsam den Kopf und erhob den rechten Zeigefinger in unsere Richtung, wohl um uns darauf hinzuweisen, dass es uns noch nicht erlaubt war, in das Innere des Tempels hineinzuschauen, bevor wir an der Reihe waren. Dann ertönte ein Signalhorn, woraufhin die beiden weiß gekleideten Männer erhabenen Schrittes zur Seite abtraten, einer nach rechts, der andere nach links. Sie stellten sich an den Flügeln des großen Tores auf und warteten auf jemanden oder etwas. Sie verhielten sich dabei so still und steif, dass man denken könnte, es handelte sich bei ihnen um Statuen anstatt um lebende Personen. Ein Raunen ging durch die wartenden Pilger, gleichzeitig drehten sich alle fast synchron in die Richtung der Heiligen Straße um – und dann sah ich sie: die Pythia. Sie trug ein langes, helles Gewand, das in einer lauen Brise flatterte. Der Saum des Kleides rauschte um ihre nackten Füße wie das Wasser eines Wasserfalls. Sie hatte eine Kapuze tief in ihr Gesicht gezogen. Lange schwarze Haare und ein blasses Gesicht kamen darunter zum Vorschein. Ihre Körperhaltung war anmutig und majestätisch zugleich. Sie ging schnell und schaute weder nach links noch nach rechts. Sie wurde von zwei weiteren weiß gekleideten Priestern flankiert, die mit weit ausholenden Schritten neben ihr her gingen. Einer von ihnen trug eine Schale mit einer hellen Flüssigkeit darin, der andere ein Gefäß mit duftenden Gewürzen. Die Gesichter der Priester wirkten kühl, fast schon emotionslos und streng. Sie widmeten uns Pilgern nur einen kurzen, fast schon vorwurfsvollen Blick und schauten dann weiter starr geradeaus. Die Pythia und die Priester gingen zielstrebig auf den Tempel des Apollon zu. Die Männer, die wie ich vor dem Eingang warteten, senkten ehrfürchtig die Köpfe und wichen respektvoll in den Schatten des Tempels zurück, als die mythische Prozession uns erreichte. Ich tat es ihnen gleich, doch immer wieder warf ich verstohlene Blicke in die Richtung der Pythia. Ich konnte nicht anders. Von ihr ging eine unglaublich starke Aura aus, die mir nahezu den Atem raubte. Für einen kurzen Moment erhaschte ich einen Blick in das Gesicht der Pythia. Eine Gänsehaut überkam mich. Die Frau war unglaublich jung. Sie war bildhübsch und würdevoll. Doch ich konnte eine unglaubliche Traurigkeit in ihren Gesichtszügen erkennen. Diese Traurigkeit erhielt auch Einzug in mein eigenes Herz. Das Gefühl war so stark, dass es mir regelrecht das Herz zuschnürte und mein größter Wunsch war es, dieser jungen Frau zu helfen, ihr ein bisschen die Traurigkeit zu nehmen, um ihr beim Tragen ihrer unglaublichen Last behilflich zu sein. Sekunden nachdem die Pythia an mir vorbeigezogen war, war sie auch schon mit den beiden Priestern im Inneren des Tempels verschwunden. Ich musste schwer schlucken und kämpfte gegen die Traurigkeit, die mit einem Male von mir Besitz ergriffen hatte. Schließlich wurde ich davon wach und konnte die ganze Nacht über kein Auge mehr zutun. Der Traum war so authentisch gewesen, dass ich erst eine Weile benötigte, um wieder ins Hier und Jetzt zurückzukehren. Ich wünschte, ich hätte den Traum zu Ende träumen können. Von allen, die ich von dieser Art bisher gehabt hatte, war dieser der klarste und lebendigste gewesen. Das erklärt mir jedoch noch immer nicht, was er zu bedeuten hat.

Als ich heute mit Aiman vor den Ruinen des Apollontempels stand, hatte ich die Bilder aus meinem Traum noch deutlich vor Augen. Das geht mir einfach nicht mehr aus dem Kopf. Ich will wissen, was es mit diesen Träumen auf sich hat!'

Lissy hielt inne. Insgeheim war ich unglaublich froh, dass es nicht *ich* gewesen war, die diesen Tagebucheintrag von Yunus vorgelesen hatte. Ich hätte mir ein Zittern in der Stimme garantiert nicht verkneifen können. Vielleicht wäre ich auch mittendrin aufgesprungen und hätte das Buch vor Schreck weit weggeschleudert. In meinem Kopf gab es ein Chaos an unterschiedlichsten Gedanken. Deutlich konnte ich die beschriebene Szene vor meinem inneren Auge sehen. Die Pythia, die auf den Tempel des Apollon zuschritt ... Die tiefe Traurigkeit, von der ich ebenfalls einen Bruchteil gespürt hatte, als wir am Tag zuvor die Ruinen des Apollontempels besichtigt hatten ... *„Du hast sie auch gesehen? Die Pythia?"*, hörte ich das Echo von Yunus' Stimme in meinem Kopf. Woher hatte er das gewusst? Hatte ich in meiner ‚Vision' womöglich dasselbe gesehen wie Yunus in seinem Traum? Davon war ich überzeugt.

„Na, das ist aber mal krass", fand Lissy. „Mir schwant, dass du, Emmy, und unser merkwürdiger Araberfreund was gemeinsam habt: das Talent, gruselige Träume zu haben!"

„Vielleicht steht weiter hinten noch mehr über diese Träume", überlegte Maria langsam. „Wie sieht's aus?" – „Soll ich den 30. Dezember vorlesen?", fragte Lissy. „Nur zu, wenn er auf Deutsch ist." – „Er ist auf Deutsch – Gott sei Dank!"

Ich hielt mir angespannt die Hände vor den Mund und kaute nervös auf meinen Fingernägeln herum, als Lissy zu lesen begann. Das hatte ich schon seit Jahren nicht mehr getan. Aber in jenem Moment konnte ich einfach nicht anders.

Lissy las weiter aus Yunus' Tagebuch vor:

‚Letzte Nacht träumte ich die Fortsetzung von dem merkwürdigen Traum. Ich will alles aufschreiben, wobei ich nicht glaube, dass ich den Traum vergessen würde, falls ich ihn nicht aufschreiben sollte. Aber ich schreibe ihn doch lieber auf. Wer weiß, wofür es gut ist.'

„Es ist dafür gut, dass wir auch davon erfahren", kommentierte Alex. Lissy las unbeirrt weiter:

‚In meinem Traum stand ich wieder vor dem Eingang in den Tempel des Apollon. Ich wartete, bis ich an der Reihe war, einen Orakelspruch zu erhalten. Nach und nach wurde die Warteschlange vor mir immer kürzer. Die Männer, die ihren Orakelspruch erhalten hatten, kamen mit mehr oder weniger zufriedenen, ratlosen oder bedrückten Gesichtern heraus und entfernten sich nur langsam von der Terrasse des Tempels. Mir fiel ein imposanter Mann auf, der seine schwarzen Haare kurz trug und dessen dichte Augenbrauen sich in der Mitte trafen. Seine Körperhaltung, die erhabenen Gesichtszüge und das vornehme Gewand zeugten von seinem hohen Stand in der Gesellschaft. Eine Brosche in Form einer Krähe hielt das Gewand vor der Brust zusammen. Unsere Blicke kreuzten sich flüchtig. Dann ging der Mann weiter und ich verlor ihn aus den Augen.

Mittlerweile war die Warteschlange hinter mir so lang, dass sie sich über die Heilige Straße bis hinunter zur Halle der Athener erstreckte und noch immer nahm der Pilgerzustrom keinen Abriss. Der Himmel war strahlend blau, und wenn ich nach links schaute, konnte ich bis hinüber zum Korinthischen Golf blicken und eine herrliche Aussicht über tiefgrüne Wälder genießen. Unter mir lagen die beeindruckenden Schatzhäuser vieler Generationen von Pilgern, die zum Dank für die Orakelsprüche Apollon Weihegaben aller Art widmeten. Obwohl ich nicht leugnen kann, dass ich von diesem prächtigen Anblick wie verzaubert war, beherrschten andere Gedanken jedoch wesentlich stärker mein Gemüt: Wer war diese Pythia? Warum war sie so abgrundtief traurig? Wie könnte ich ihr helfen? Noch immer sah ich deutlich ihre traurigen Gesichtszüge vor mir, das wunderschöne Gesicht, die geheimnisvollen Augen, die starke Aura, die von ihr ausging ... Ich musste mich zwingen, immer wieder die Frage in meinem Kopf zu wiederholen, mit der ich beauftragt worden war: Ist Athen der lukrative Handelspartner für das Unternehmen meines Herrn? Doch als ich schließlich an der Reihe war und die beiden Priester neben den weit geöffneten Torflügeln mir bestätigend zunickten, waren alle Gedanken an mein Heimatland und meinen Arbeitgeber vergessen.

Im Heiligtum war es im Vergleich zur strahlenden Sonne außerhalb stockdunkel. Ich brauchte erst eine gewisse Zeit, bis sich meine Augen an die Dunkelheit im Tempel gewöhnt hatten. Unbeholfen und mit einem beklemmenden Gefühl in meinem Hals ging ich langsam über den gefliesten Boden im Tempel. Wie es sich gehörte, senkte ich meinen Kopf und schaute weder nach rechts noch nach links. Ich spürte die Anwesenheit von Statuen und anderen Heiligtümern um mich herum, doch mein Weg führte starr geradeaus auf die kleine hölzerne Kabine im Zentrum des Tempels zu. Ein starker Duft von Kräutern und Gewürzen drang in meine Nase und noch ein anderer wesentlich dominanterer Geruch. Es roch nach etwas, das ich noch nie zuvor gerochen hatte, als käme der Duft aus dem tiefsten Inneren der Erde, fern von jeglicher menschlichen Behausung. Ein heiliger Duft, ein Duft, der einem die Sinne raubte. Ich schwankte und wäre wohl fast gestürzt, wenn ich nicht rechtzeitig die hölzerne Kabine erreicht hätte, an der ich mich erst einmal abstützte. Ich atmete tief durch. Meine Augen tränten leicht von den Dämpfen und ich musste stark blinzeln. Einer der weiß gekleideten Priester öffnete mir von innen die Tür der hölzernen Kabine und nach einem kurzen Zögern schritt ich hindurch.

Der Anblick, der sich mir bot, raubte mir nahezu den Atem. Ich wusste, wie das Orakel ablief. Schon viele Leute hatten mir davon erzählt, aber als ich dann so vor ihr stand, vor der Pythia ... Es war einfach unbeschreiblich und erneut wurde mir sehr, sehr schwindelig zumute. Ich hielt mich an der hintersten Wand der hölzernen Kabine aufrecht. Die wabernden Dämpfe vernebelten mir die Sicht. Nur schemenhaft konnte ich einen weiblichen Schatten vor mir ausmachen, der auf einem hohen, dreifüßigen Stuhl thronte, nahezu bewegungslos und tief in sich gekehrt. Unter dem Stuhl befand sich die berühmte Erdspalte, aus der die Dämpfe strömten, mit deren Hilfe die Pythia zum Werkzeug des Apollon wurde und ihre Weissagungen machen konnte. Rechts und links von der Pythia standen die beiden Priester, regungslos und erhaben. Für einen kurzen Moment war der Nebel an einer Stelle weniger dicht und ich erhaschte einen Blick auf das Gesicht der Pythia. Es war hoch konzentriert und die Augen schienen auf etwas Bestimmtes oberhalb von mir in der Entfernung zu blicken. Weit, weit weg von hier, weit weg von allem Irdischen. Jenseits von allem Fassbaren. Ich erschrak. Ich wusste, dass es verboten war, in die Augen der Pythia zu schauen. Aber was soll's? Es war so viel Qualm im Raum … Die beiden Priester konnten unmöglich sehen, dass ich die Pythia anschaute.

Die Pythia senkte ihre Augen und für einen kurzen Moment kreuzten sich unsere Blicke. Obwohl es stickig schwül in dem Raum war, überkam mich eine Gänsehaut und ich fröstelte. Der Blick der Pythia ruhte auf mir und sie blinzelte kein einziges Mal. Ihr Blick war fesselnd. Ihre Augen klar. Sie waren wie bodenlose Ozeane, in denen man hilflos ertrinken würde, wenn man in sie eintauchte. Wie viele tausend Geheimnisse bargen diese Augen? Was sahen sie – nun, da sie mich erblickten? Ich stellte fest, dass die Pythia schluckte und ihre Augenlider leicht zu flattern begannen. Sie schloss die Augen und hob ihren Kopf leicht an. Dann atmete sie die schweren Dämpfe um sich herum ein. Erneut überfiel mich tiefste Traurigkeit und mein Herz wurde mir in meiner Brust so schwer, wie es noch nie zuvor gewesen war. Ich spürte jeden einzelnen Herzschlag, wie das Hämmern eines Spechtes gegen meine Brust von innen. Das Atmen fiel mir unsagbar schwer. Die Dämpfe waberten wieder dichter um die Pythia und um ihren Stuhl herum. Die Priester, die an ihrer Seite standen, waren kaum mehr als dunkle Silhouetten. Ich vergaß fast, dass sie sich überhaupt mit im Heiligtum aufhielten.

Ich räusperte mich schwerfällig. Es war nun an der Zeit, meine Frage zu stellen. Ich schloss die Augen und atmete tief durch. Ich fing an zu schwitzen, als ich feststellte, dass ich die Frage vergessen hatte, mit der ich beauftragt worden war. Ich bewegte meine Lippen, doch sie konnten die Worte nicht formen, die ich so oft in meinem Kopf wiederholt hatte. Abgehackte sinnlose Laute entfleuchten meinen Lippen. Dann jedoch hörte ich mich selbst reden, wieder etwas fester, aber mit einer äußerst merkwürdig blechern klingenden Stimme: „W... Wie kann diese Traurigkeit überwunden werden?", fragte ich. Noch während ich sprach, fiel mir die Frage meines Auftraggebers wieder ein: Ist Athen der lukrative Handelspartner für das Unternehmen meines Herrn? – Nichts erschien mir in jenem Moment unbedeutender als die Frage meines Auftraggebers, doch ich bekam ein schlechtes Gewissen, dass ich sie nicht gestellt hatte. – Nur *eine* Frage pro Person, lautete das Gebot für Orakelsprüche. Nur *ein* Orakelspruch für jeden Pilger. – *Wie kann diese Traurigkeit überwunden werden?*, dachte ich erneut. Was hatte mich dazu gebracht, diese Frage zu formulieren? Würde die Pythia sie überhaupt als Frage annehmen? Angespannt blickte ich in ihre Richtung. Aus dem Augenwinkel vernahm ich ein kurzes Zucken neben ihrem Stuhl. Obwohl ich die Priester in den Nebelschwaden nicht deutlich erkennen konnte, bemerkte ich doch, dass diese über meine Frage wohl ziemlich erstaunt waren.

Die Pythia indessen rückte sich auf ihrem Stuhl zurecht, senkte ihren Kopf über den betörenden Rauch und atmete tief durch. Dann hielt sie sich die Hände vor die Augen und verharrte eine Weile bewegungslos, als wäre sie soeben zu Stein erstarrt. Erneut bekam ich einen Schwall der Dämpfe ab und musste husten. Ich rieb mir die brennenden Augen, doch wandte mich sofort wieder der Pythia zu. Dann erinnerte ich mich daran, dass man die Pythia nicht anschauen durfte und ich senkte meinen Blick aufs Neue. Was würde jetzt geschehen?

Die Pythia atmete langsam und hörbar mehrere Male tief ein und aus. Ich sah, wie ihre Schultern sich hoben und senkten, dann senkte sie ihre Arme, hob den Kopf und sprach mit lauter Stimme: „Die Zukunft der Vergangenheit wird gegenwärtig in dir. Du bist der Schlüssel; sich selbst erkennen ist das Tor." Daraufhin schloss sie die Augen, ließ die Schultern hängen und beugte sich weit nach vorne. Sie zitterte am ganzen Körper, dann beruhigte sie sich und blieb reglos in sich zusammengesackt sitzen. Der Rauch verhüllte mir die Sicht. Ich sah nur noch grau-weißen dichten Dampf und musste erneut husten. Mir war so schwindelig, dass sich alles um mich herum zu drehen begann. Schließlich spürte ich, wie mich eine Hand an der Schulter packte und aus der hölzernen Kabine hinausgeleitete. Es war einer der Priester. Mit einem emotionslosen Gesichtsausdruck nickte er mir stumm zu und deutete mit seinem Arm auf den Ausgang des Apollontempels. Ein weiteres Mal hustete ich, dann strich ich mir über die Haare und verließ das Heiligtum.'

Mehrere Male rief einer meiner Freunde oder ich selbst vor Erstaunen laut auf, als Lissy uns diesen Tagebucheintrag vorlas. Nachdem sie geendet hatte, kehrte zunächst einmal tiefes Schweigen ein. Dann hüstelte Lissy und verkündete: „Ja, also das war's zu diesem Eintrag. Anschließend schreibt Yunus wieder auf Griechisch weiter."

„Oh Mann, oh Mann, oh Mannomann", seufzte Maria und schüttelte den Kopf. „Du sagst es", stimmte ihr Alex zu. Es war selten, dass Alex die Worte fehlten, aber in jenem Moment wusste sogar er keinen Kommentar.

„Ihr und eure Träume", begann Lissy nachdenklich, „Yunus und du, ihr solltet Schriftsteller werden und eure Träume aufschreiben – oder gleich einen Film drehen. Das wäre noch besser."

„Yunus träumt von Jona", wisperte ich kaum hörbar, als mich mit einem Schlag die Erkenntnis durchzuckte. „Was sagst du da?" Maria sah mich erstaunt an. „Yunus träumt von Jona", wiederholte ich etwas lauter, „der Mann in Yunus' Traum ... Das ist Jona." – „Wie kommst du darauf?" – „So, wie ich in meinen Träumen durch die Augen von Emilia schaue, schaut Yunus in *seinen* Träumen durch die Augen von Jona." Alex und Maria blickten ziemlich skeptisch drein, aber sie wussten auch nichts, was sie hätten sagen können, um meine Vermutung zu widerlegen. Es war seltsam, aber je länger ich darüber nachdachte, desto plausibler kam mir meine Vermutung vor. „Deshalb hat sich Yunus *uns* ausgesucht", fuhr ich fort, „deshalb ausgerechnet *wir* und niemand sonst." – „Du meinst wohl, er hat *dich* ausgesucht", verbesserte mich Lissy, „*du* bist diejenige, die diese seltsamen Träume hat." Sie zögerte kurz, als wolle sie etwas anfügen, doch schloss ihren Mund gleich wieder, ohne noch etwas zu sagen.

„Na schön", redete Maria weiter, „nehmen wir mal an, dass du Recht hast, Emmy. Wenn Yunus also von Jona träumt ... Was schließen wir daraus? Wer ist dieser Jona? Was können wir über ihn sagen?" – „Hm." Ich verfiel in Schweigen. „Bisher wissen wir noch nicht viel über ihn", überlegte Alex, „außer dass er aus einem fremden Land kommt. Griechenland ist nicht seine Heimat. Dann wissen wir noch, dass er für jemanden arbeitet, seinen Auftraggeber, der irgendwo ein Unternehmen hat. Jona ist nach Delphi geschickt worden, um einen Orakelspruch für seinen Boss einzuholen." Ich nickte. „Und wir wissen, dass Jona dieser Pythia total verfallen war", ergänzte Lissy mit einem breiten Grinsen im Gesicht. „So, wie

der auf sie reagiert hat und dass er dann, als er vor ihr stand, seine Frage vergessen hat und so total durcheinander war ..." Als wir nichts entgegneten, fuhr Lissy fort: „Der Arme ... Yunus hat uns doch erzählt, dass Pythien jungfräulich bleiben müssen ..."
„Und was wäre, wenn *Emilia* die Pythia in Yunus' Traum ist?", schob ich eine weitere Vermutung nach. Meine Freunde wurden hellhörig. „Ach nein ...", zweifelte schließlich Alex, „das kommt mir nun doch etwas zu weit hergeholt vor." – „Das finde ich wiederum nicht", widersprach Lissy, „ich glaube, du hast Recht, Emmy. Emilia ist die Pythia. So macht das alles Sinn." – „Inwiefern?", fragte Maria nicht ganz überzeugt. „Erinnert ihr euch noch an das, was Emmy gesagt hat ...", begann Lissy langsam, „in allen Träumen von ihr taucht ein gewisser Jona auf. Zwar nie persönlich, aber Emilia denkt oft an ihn. Emmy hat das ziemlich eindrucksvoll erzählt. Emilia versucht in ihren Träumen immer zu Jona zu gelangen. Jona, Jona ... Das ist nahezu alles, woran Emilia denkt. Von Jona hat sie auch die Halskette mit dem Anhänger der Athene bekommen." *Und ich habe dieselbe Halskette von Yunus bekommen,* dachte ich weiter, schluckte den Kommentar aber hinunter und lauschte lieber Lissys Ausführungen. „Yunus schaut in seinem Traum durch die Augen von Jona und Emmy schaut in ihren Träumen durch die Augen von Emilia. Wenn also Emilia immerzu nur an Jona denkt und Jona sich in die Pythia verliebt, dann können wir daraus schließen, dass *Emilia* die Pythia sein muss. – Beweispunkt Nummer eins." Lissy klatschte begeistert in die Hände.

„Na ja ... Diese Beweisführung ist nicht gerade besonders überzeugend", merkte Alex an. „Das war ja auch nur der *erste* Beweispunkt", brauste Lissy fast schon verärgert auf. „Wart erst mal ab, bis ich fertig bin." – „Soll das etwa heißen, da kommt noch mehr?" – „Ja, Alex, da kommt noch mehr. Und eigentlich denke ich, dass ihr da auch von selbst drauf kommen könntet." – „Nein, hilf uns auf die Sprünge, bitte", gab Alex gelangweilt zurück. „Wir können nicht so periphertangential-transzendental-polnisch rückwärts denken wie du." Lissy rollte genervt die Augen und wollte gerade energisch kontern. Doch Maria kam ihr zuvor: „Ich glaube, ich weiß, was du meinst, Lissy." – „Ja?" Lissy schaute Maria erwartungsvoll an und vergaß dabei völlig, dass sie gerade vorgehabt hatte, Alex anzubrüllen. „Hat der zweite Beweispunkt was mit Polyzalos zu tun?", erkundigte sich Maria. Lissy nickte begeistert. „Ja." Maria grübelte, dann begann sie nachdenklich: „In der Ohnmachtvision von Emmy ... Da hat Polyzalos so was gesagt wie ... dass Emilia irgendetwas Verbotenes getan hat, etwas Schlimmes, und dass sie dafür bestraft werden müsse." – „Und deshalb ist sie lebendig begraben worden", ergänzte ich. „Hast du das gemeint?", fragte Maria. „Genau", entgegnete Lissy, „das ist doch nun überzeugend, oder?" – „Hm", machte Maria langsam. „Es würde auf jeden Fall Sinn ergeben ..." – „Was würde Sinn ergeben, he? Sagt schon: Was würde Sinn ergeben? Ich verstehe nicht ..." – „Steh mal auf, Alex", bat Maria. „Wieso?" – „Du sitzt auf der Leitung." – „Ich sitze ... Was? Nein! Also, komm ... Ich ...", stammelte Alex. „Ach Schatz", seufzte Maria. „Denk doch mal nach ... Was könnte Emilia so Schlimmes getan haben, dass sie so eine Strafe verdient?" Alex schaute sie nur ratlos an, also antwortete Maria selbst: „Sie war verbotenerweise mit einem Mann zusammen. Mit Jona." – „Genau, und sie wurde dabei erwischt", mischte sich Lissy ein. „Und als Pythia darf sie mit keinem Mann zusammen sein", vollendete Maria diesen Punkt der Beweisführung. „*Emilia* ist die Pythia. Sie wurde bestraft für etwas, das sie getan hat. Etwas, das ihr Amt ihr verboten hat. Sie als Pythia darf mit keinem Mann zusammen sein. Emilia ist – oder besser gesagt: war – für eine gewisse Zeit lang die Pythia von Delphi. *Quod erat demonstrandum.*" – „Das ist doch überzeugend, oder?", fragte Lissy erneut. Ich nickte. Alex blickte noch immer etwas skeptisch drein. „Das ist eine Vermutung, ja", gab er schließlich zu. „Vielleicht würde es so sogar Sinn machen. Aber letzten Endes ist es trotzdem nur eine *Vermutung*. Wir haben keinen Beweis, dass Emilia wirklich die Pythia ist. Emmy hat noch nie was davon erzählt, dass sie einen Traum hatte, in dem sie die Pythia war." – „Nein, ich hatte auch nie einen Traum von der Pythia", gab ich zu. „Seht ihr, seht ihr", trumpfte Alex auf, „alles Humbug." – „Aber ich hatte eine Art ‚Vision' davon", redete ich unbeirrt weiter. „Sie hatte eine Art ...", begann Alex noch immer mit diesem zufriedenen Grinsen im Gesicht, als er meine Worte zu wiederholen begann. Aber als er den Sinn der Aussage in sich aufnahm, gefror sein Gesichtsausdruck und das Lächeln verschwand. „Sie hat ... du hast ... *was*?!"

„Das ist mir allerdings auch neu", bekannte Lissy. „Du hattest eine *Vision* von der Pythia? Wann war das denn? Warum hast du das denn nicht gleich gesagt? Das könnte Beweispunkt Nummer drei sein!" – „Ich ... äh ... das ... ja", stammelte ich. *Sei nicht so blöd*, schimpfte ich mit mir selbst in Gedanken, *du hast A gesagt, jetzt musst du auch B sagen.* „Ja, also, ähm ... ich, äh ... ich habe bisher nichts davon gesagt, weil ich dachte, ihr würdet mich für blöd erklären. Wisst ihr ... Das klingt so komisch. Eine *Vision* gehabt ... Da muss man einfach mit dem Kopf schütteln, wenn man so was hört. Das ist alles so verrückt." – „War irgendetwas an diesem Urlaub noch nicht verrückt?", fragte Maria mit einem ironischen Unterton in der Stimme. „Also komm, erzähl. Viel verrückter kann es auch nicht mehr werden." – „Wer's glaubt ...", flüsterte Alex kaum hörbar und lehnte sich mit verschränkten Armen in das alte Sofa zurück, welches daraufhin erbärmlich quietschte. „Also hopp, erzähl", forderte Lissy unnachgiebig. Ich atmete noch einmal tief durch. Dann jedoch berichtete ich davon, was ich gesehen hatte, als wir am Tag zuvor mit Yunus neben dem Apollontempel gestanden hatten. Ich ließ nichts aus, auch nicht die starke Traurigkeit, die von mir Besitz ergriffen hatte, als ich die Pythia vor mir vorbeiziehen sah. Ich bekam erneut eine Gänsehaut. *Soll ich das mit der Stimme in meinem Kopf auch erzählen?*, überlegte ich. Nein, das nicht. Die ‚Vision' war erst einmal genug.

Als ich geendet hatte, nickte Maria besonnen. „Das, was du gesehen hast, deckt sich mit dem, was Yunus geschrieben hat. Bemerkenswert." – „Emilia ist die Pythia", bekräftigte Lissy überzeugt, „jetzt ist es klar." Ich nickte langsam. „Das könnte echt stimmen", meinte ich. „Ähm, halt", protestierte Alex und wir alle sahen ihn an, „einen Kritikpunkt gibt es an dieser Stelle noch." – „Was ist denn jetzt schon wieder, alter Zweifler?", wandte sich Maria an ihren Freund. Alex trommelte dramatisierend auf seine Oberschenkel. Als er damit aufhörte, teilte er uns seinen Gegenbeweis mit: „Bisher hat Emmy, wenn sie von Emilia geträumt oder Visionen gehabt hat, immer alles durch Emilias Augen selbst gesehen. Diesmal aber hat sie Emilia *von außen* gesehen. – Emilia ist also *nicht* die Pythia!" – „Wie meinst du das?", hakte ich vorsichtig nach. „Du hast erzählt, dass die Pythia in deiner Vision an dir *vorbeigegangen* ist", betonte Alex. „Also kann Emilia *nicht* die Pythia sein, denn sonst hätte Emmy in ihrer Vision *selbst* in den Tempel hineingehen müssen. Das ist sie aber *nicht*. Sie ist draußen vor dem Tempel stehen geblieben. Daraus schlussfolgere ich, dass Emilia *nicht* die Pythia sein kann." – „Hm ..."

Ich musste zugeben, dass Alex in dieser Hinsicht einen Punkt hatte, auch wenn ich ihm das nicht zugestehen wollte. Wir alle verstummten für eine Weile bedrückt. „Ha!", rief Alex erfreut aus. „Hab ich euch! Jetzt sagt ihr nichts mehr, was?" – „Und wenn Emmy diesmal einfach eine *fremde* Erinnerung gesehen hat?", startete Lissy einen zaghaften Versuch, unsere Theorie von der Pythia zu retten. „Wie das?", wollte Maria wissen. „Vielleicht hat Emmy diesmal durch *Jonas* Augen gesehen." – „Erst Emilia, dann Jona ... Was kommt noch?", zweifelte Alex. „Ich weiß doch auch nicht", resignierte Lissy schließlich, „aber die Theorie von der Pythia klingt einfach zu plausibel, als dass sie nicht wahr sein könnte. Vielleicht hat Emmy ja wirklich Yunus' Traum gesehen. Ausschnitte davon." – „Wie soll das denn gehen?" – „Keine Ahnung. Aber vielleicht geht das ja irgendwie." – „Haha", lachte Alex, „hörst du das, Lissy? Deine Theorie ist ganz schön am Bröckeln." – „Ach, sei doch ruhig, du ... du ..." Lissy fehlten die Worte. „Hm", machte schließlich Maria frustriert, „ich schätze, wir können an dieser Stelle nichts mehr weiter zu dem Thema sagen. Hören wir lieber auf damit, bevor wir uns noch streiten." – „Themenwechsel?", fragte Lissy versöhnlich. „Themenwechsel", erwiderte Alex, „ist besser, glaube ich."

„Findet ihr es nicht auch bemerkenswert, dass der Spruch, der auf Yunus' Kette geschrieben steht, in dem Traum aufgetaucht ist?", fragte ich schließlich. „Ja, und im Traum selbst hat Yunus die Kette noch nicht getragen", erinnerte sich Alex, „äh, ich meine *Jona* natürlich." Alex rollte belustigt die Augen. So ganz ernst schien er unsere Theorie immer noch nicht zu nehmen. „Genau. Also, soviel wissen wir schon mal: Der Spruch auf der Kette ist der Orakelspruch", fasste Maria zusammen. „Jona muss sich eine Kette gemacht haben, auf der er den Spruch verewigt hat", vermutete ich. „Und da die

Schriftzeichen arabisch sind, können wir wohl auch davon ausgehen, dass das fremde Land, aus dem Jona stammt, irgendein arabisches Land war, oder?", fragte Lissy. „Ja, das könnte sein." Ich nickte zustimmend. „Und wie ist die Kette dann an Yunus gelangt?", fragte Alex skeptisch. „Vielleicht ist die Kette von Generation auf Generation weitervererbt worden", schlug Maria vor. „Du meinst, dass Jona ein Vorfahr von Yunus war?" Aufgeregt fuhr ich mir durch die Haare. „Ja, das würde doch Sinn ergeben, oder?" – „Oh Mann!", stöhnte ich, „ich kann echt gut verstehen, warum es Yunus so wichtig ist, seine wahren Wurzeln zu finden. Wenn er vielleicht die gleichen Gedankengänge gehabt hat wie wir eben ... Ich glaube, ich würde durchdrehen, wenn ich an seiner Stelle wäre." – „Meint ihr, Yunus wird irgendwann seine biologischen Eltern finden?", fragte Alex. „Es könnte vielleicht einiges zur Aufklärung beitragen." – „Das ja", stimmte ihm Maria zu. „Aber die Chancen, seine Eltern jetzt noch zu finden – nach all den Jahren –, sind wohl relativ gering. Außerdem hat Yunus selbst schon monatelang nach ihnen gesucht, ohne dabei auf eine Spur zu stoßen." Wieder verfielen wir in tiefes Schweigen.

„Tja", seufzte schließlich Maria nach einer Weile. „Es bringt nichts, wenn wir hier den ganzen Tag sitzen bleiben und warten, bis die Zeit vergeht." Sie nickte in Richtung des ledergebundenen Buches, das Lissy noch immer in ihren Händen hielt. „Wie viele markierte Seiten gibt es noch in dem Buch?", wollte sie wissen. „Sind schon noch ein paar", stellte Lissy fest, als sie sachte mit ihrem Finger über die Blätter fuhr, die wie eine Art Lesezeichen aus den Seiten des Buches herausragten. „Ich weiß nicht, wie lange ich noch aufnahmefähig bin", gab Maria offen zu und sprach mir dabei aus der Seele. „Wir müssen jetzt ja auch nicht unbedingt *alles* lesen", meinte Lissy. „Das kann Yunus nicht von uns verlangen. Immerhin sind wir im Urlaub und wollen was von der Stadt sehen. Sagen wir vielleicht ... Einen Eintrag noch?" – „Okay", willigten die anderen ein. „Danach gehen wir rüber ins Hotel, ziehen uns um und dann machen wir mal wieder was", beschloss Maria, „es reicht mir langsam mit dieser Wohnung hier. Und außerdem müssen wir das gute Wetter ausnutzen." – „Willst *du* diesmal lesen?", fragte Lissy und hielt Maria das Buch einladend unter die Nase. „Okay, mach ich", willigte Maria ein, steckte ihren Finger sorgsam zwischen die nächsten beiden markierten Seiten und schlug das Buch an der neuen Stelle auf. Ein kleiner quadratischer Zettel fiel uns entgegen, und noch bevor Maria ihn aufgehoben hatte, ahnte ich schon, dass es sich dabei um einen weiteren Zettel für unsere Sammlung handeln würde. Wie erwartet, befand sich darauf der nächste griechische Buchstabe aus dem Alphabet – das Theta: θ. „Das trifft sich gut", meinte ich. „Offenbar sollte es sogar so sein, dass wir bis hierher lesen und erst danach unsere Erkundungsreise fortsetzen." – „Was ist auf der Rückseite?", wollte Lissy wissen. Maria drehte das Papier um und zeigte es uns. Über die linke obere Ecke verlief ein kurzes Stück einer unregelmäßigen grünen Linie. In der Mitte stand nur ein einziges Wort: Θησείο. „*Thiseío*", las Alex vor. Während Maria in ihre Tasche griff, um routiniert ihren Reiseführer hervorzuholen, breitete ich die übrigen Zettel von Yunus auf meinem Schoß aus. Die dunkelbraune kleine Truhe hatte ich solange an Lissy weitergegeben. Wie gewohnt legte ich die Zettel so aneinander, wie wir es bereits herausgefunden hatten. Auch für den neuen Schnipsel fand sich sofort der richtige Ort: links neben dem Alphazettel und unterhalb vom Gammazettel. Die grüne Linie des Gammazettels wurde bruchlos im Thetazettel fortgeführt. „Ich habe zwar keine Ahnung, was *Thiseío* heißt", gab ich zu, „aber ich schätze mal, dass Maria das schnell herausfinden wird, nachdem der Zettel ja schon angibt, wo sich die nächste Sehenswürdigkeit befinden soll." – „Erwarte bloß nicht zu viel von mir", entgegnete Maria leicht angespannt, „ich kann mich nämlich auch nicht daran erinnern, jemals *Thiseío* gelesen zu haben. Ich schau mal ins Register ... Vielleicht ..." Aufmerksam fuhr sie mit ihrem Finger über die alphabetischen Einträge der Sehenswürdigkeiten. Schon nach relativ kurzer Zeit deutete ihr Finger siegessicher auf eine Zeile. „Ha!", rief Maria. „Da ist es: *Thiseíon*, auch unter dem Namen Hephaistostempel bekannt. Seite 237, D5. Mal sehen ..." Sie schlug die genannte Karte auf und nur wenig später hatten wir die Lage des *Thiseíons* ausfindig gemacht. Es war ein Bauwerk inmitten einer historischen Stätte mit dem Namen: *Antike Agorá*.

„Das ist gut", urteilte Maria, „auch ein Ort, an den wir sowieso gehen wollten." Sie klatschte freudig in die Hände. „Und was das Beste daran ist", fuhr Maria fort, „es ist *kein* Museum, sondern ein offenes Gelände mit Gebäuderesten und so." – „Also, was ist jetzt?", fragte Lissy nach. „Gehen wir gleich oder lesen wir noch einen Eintrag?" – „Wie lange ist denn der folgende Eintrag?", wollte Alex wissen. Mit zusammengekniffenen Lippen blätterte Maria durch das kleine ledergebundene Buch. „Drei Seiten", stellte sie fest. „Und danach geht's wieder unleserlich weiter." Ihre Hand ruhte auf einer der Seiten. „Huch! Was ist denn das?", rief sie überrascht aus. „Diesmal geht es dann sogar auf Arabisch weiter! Krass, das sieht total interessant aus. All die Balken und Schnörkel und Punkte und Bögen ... Abgefahren! Wollt ihr auch mal sehen?" Begeistert hielt Maria uns das Buch unter die Nase. „Was ist denn jetzt auf einmal mit Yunus los?", wunderte sich Lissy. „Warum schreibt er jetzt plötzlich auf Arabisch weiter?" – „Vielleicht hatte er mal Lust auf seine

*Vater*sprache – oder aber es ging gerade auf eine Prüfung in Arabisch zu", überlegte Alex, „er hat ja immerhin auch Arabistik studiert." – „Muss schon cool sein, wenn man so viele verschiedene Sprachen so gut sprechen kann wie er und wenn man mehrsprachig aufgewachsen ist", grübelte ich nach. „Ich täte mich damit bestimmt total schwer", vermutete Lissy, „bestimmt verwechselt man dann immerzu die Sprachen und es fällt einem mal ein Wort nur in der einen Sprache ein, die man gerade nicht spricht. Und mit der Grammatik kommt man bestimmt auch voll durcheinander." – „Nein, das glaube ich eigentlich nicht", tat Maria ihre Meinung kund, „wenn man von Anfang an mit den verschiedenen Sprachen aufwächst ... – Aber egal jetzt, das ist nun nicht das Thema." Sie räusperte sich und rückte sich auf dem Sofa zurecht. „Also, weiterlesen?", fragte sie. „Weiterlesen!", antworteten wir im Chor und ich bereitete mich insgeheim schon auf die nächste große Überraschung vor.

‚28. Januar 2000: Heute wurde die neue Metrolinie eingeweiht. Farid war so stolz. Er hat mir versprochen, die Fotos von der Einweihung zu schicken, sobald sie entwickelt sind. Ich bin schon mächtig gespannt und freue mich darauf, bald selbst mit der neuen Metro zu fahren. Allerdings muss ich damit noch bis zu den Semesterferien warten, da ich erst dann wieder Zeit haben werde, nach Athen zu fliegen.

Athina meint, dass sie möglicherweise bald an die Schriftzeugnisse herankommen könnte, die man während der Bauarbeiten gefunden hat. Das wäre wirklich fantastisch! Ich bin so gespannt, was auf dem alten Pergament geschrieben steht!

Letzte Nacht hatte ich wieder einen dieser unheimlichen Träume. Diesmal war er besonders beunruhigend. Mir wird jetzt noch kalt, wenn ich daran zurückdenke. Ich schreibe ihn am besten gleich auf. Vielleicht geht es mir danach ein wenig besser.

Ich träumte, ich war auf so einer Art Marktplatz. Um mich herum eilten geschäftig mehrere Leute mit langen Gewändern von einem Gebäude zum nächsten. Kinder spielten neben einem sprudelnden Springbrunnen. Männer hetzten mit wogenden Gewändern an mir vorbei. Einige von ihnen hatten wichtig aussehende Schriftrollen unter ihren Arm geklemmt. Es passierten mich auch ein paar Frauen mit schwer gefüllten Obstkörben auf dem Rücken. An Ständen boten Händler lautstark und durchdringend ihre Waren feil. Ich kam an einem langen weißen Säulengang vorbei, in dem noch mehr Marktwaren angepriesen wurden. Ich sah mehrere prunkvolle Gebäude und über allem thronte die bekannte Silhouette der Akropolis, oben auf ihrem Hügel, in all ihrer Pracht und Größe – nicht zerfallen, sondern schön wie eh und je. Ich überlegte angestrengt und begann langsam zu begreifen. Zielstrebig ging ich auf einen Hügel zu, auf dem sich ein mir ebenfalls vertrautes Gebäude befand. *Das Thiseion*, fuhr mir durch den Kopf, *ich bin in der Antiken Agorá!*

Schließlich erreichte ich das *Thiseion*. Es war ein blendend weißer Tempel mit beeindruckendem Relief und starken Säulen. Mehrere Leute gingen aus und ein, um zu beten oder um einfach nur für ein paar Minuten der Hektik auf dem Markt zu entfliehen. Ich überlegte gerade selbst, ob ich einmal kurz hineingehen sollte, als mich eine starke Hand an der Schulter packte. „Pst", flüsterte eine Stimme dicht neben meinem Ohr, „hierher!" Ein Mann zog mich hinter sich her in ein Gebüsch. Verwirrt kam ich vor dem Mann zu stehen und irritiert rückte ich mein Gewand zurecht. Der Mann trug einen unauffälligen, braunen Umhang und hatte sich seine Kapuze tief ins Gesicht gezogen. Er hatte ein kantiges Kinn, betonte, volle Lippen und eine lange, schmale, gerade Nase. Ich kannte ihn.

„Was soll das, Cyrill?", hörte ich überraschend meine eigene Stimme. „Pst, nicht so laut", flehte der Mann, „niemand darf wissen, dass ich hier bin, Jona", flüsterte er angespannt. Ich konnte fühlen, dass er sehr aufgeregt war. Hektisch schaute er sich um, wohl um sich zu vergewissern, dass uns niemand gefolgt war. „Ich hatte gehofft, dich hier zu treffen. Es darf niemand sehen, dass ich mich jetzt mit dir unterhalte. Das wäre mein sicherer Tod." – „Cyrill", erwiderte ich leise, „was hat das alles auf sich? Was ist denn los?" Sein Atem ging rasch und abgehackt. „So beruhige dich doch erst einmal, mein Freund", beschwichtigte ich ihn und tätschelte ihm die Schulter. Cyrill schüttelte betroffen den Kopf. „Ich kann mich nicht mehr beruhigen." – „Was ist denn los?", wisperte ich und verspürte ein unangenehmes Kribbeln in der Magengegend. Vielleicht ahnte ich in jenem Moment bereits, dass ich gleich etwas Furchtbares erfahren würde. Nicht ohne Grund war Cyrill, der Wagenlenker des Polyzalos, so nervös. Ich konnte deutlich erkennen, dass es Cyrill viel Überwindung kostete, mir in die Augen zu blicken und mir das mitzuteilen, was ihm auf dem Herzen lag. „Es ist wegen Emilia ...", flüsterte er schließlich. Sofort zuckte ich alarmiert zusammen. „Was ist mit ihr?" Ich blickte ihn entgeistert an und ich spürte, wie das Herz in meiner Brust schneller zu schlagen begann. „Du musst ... Du hast vielleicht nicht mehr viel Zeit. – *Ich* habe vielleicht nicht mehr viel Zeit. Du musst ..." Es raschelte in dem Gebüsch vor uns. Cyrill brach ab. Panisch schaute er sich überall um. Eine braune Landschildkröte schob ihren Kopf durch das Geäst des Gebüsches und blickte uns mit dunklen, verständnislosen Augen an. Erleichtert atmete Cyrill auf, als er begriff, dass es sich bei dem Angreifer aus dem Hinterhalt um keinen Menschen, sondern lediglich um eine harmlose Landschildkröte handelte, dann fuhr er fort. Seine Stimme war dabei so leise, dass ich sie fast nicht mehr hören konnte: „Letzte Nacht ist Emilia aus dem Palast geflüchtet. Sie wollte zu dir. Die Wachmänner haben sie verfolgt und ich habe sie schließlich im Armenviertel der Stadt *Thólossos* zu fassen bekommen und in den Palast zurückgebracht ..." – „Du hast WAS gemacht!!??" Fassungslos starrte ich ihn an und stieß ihn weit von mir. „Wie konntest du?" – „Ich ... ich", stammelte Cyrill und ich erkannte, dass er genau diese Reaktion von mir erwartet und gefürchtet hatte. Es fiel ihm sehr schwer weiterzureden. „Jona, bitte ...", begann er erneut, „du musst verstehen ... Die Wachmänner haben mir von Emilias Flucht berichtet. Ich musste ihnen bei der Verfolgung helfen. Sie wären misstrauisch geworden, wenn ich es nicht getan hätte." Er sah mir wieder in die Augen. Sein Gesichtsausdruck war verzweifelt. „Ich wollte unser Vorhaben nicht gefährden. Es war noch zu früh, um unseren Plan durchzuführen. Ich konnte Emilia nicht einfach davonlaufen lassen. Emilia weiß noch nicht, dass ich auf eurer Seite stehe. Ich hätte ihr das in der Hektik nicht erklären können. Sie hätte mir sowieso nicht geglaubt und außerdem waren die Wachmänner sofort zur Stelle und vor allem durfte Polyzalos noch nicht erfahren, dass ich längst nicht mehr auf seiner Seite stehe. Deshalb habe ich die Verfolgung zusammen mit den Soldaten aufgenommen. Ich wusste ja nicht, dass ..., dass ..." – „Schon gut", unterbrach ich Cyrill, „du hast richtig gehandelt." – „Es tut mir leid, Jona." – „Was ist jetzt mit Emilia?", fragte ich vorsichtig und fürchtete mich vor der Antwort. „Wird es irgendwelche Konsequenzen für sie geben?" Cyrill schluckte schwer. Er nickte und seufzte, schließlich fuhr er fort: „Mein ... Herr ... Polyzalos ... Ich hörte ihre Unterhaltung ... Diesen Morgen. Polyzalos und sein oberster Wachtmeister ... Sie trafen sich am *Olympieion* und sprachen über Emilia. Dabei dachte ich ... ich dachte ... Oh Jona ..." – „Worüber haben sie sich unterhalten?" – „Über Emilias Bestrafung." – „Emilias ... Bestrafung?" Ich fing an zu zittern. „Ja, weil sie ... mit dir ..." Ich verstand mit einem Male, was er meinte. „Was hat dieses Monster mit ihr gemacht?", wollte ich wissen. „Hast du gehört, was er mit ihr vorhat?" – „Ja." Cyrill nickte und schaute betroffen zu Boden, dann wisperte er kaum hörbar: „Er hat Emilia lebendig begraben lassen." – „Er hat ... er hat ... Was???!!!" Fassungslos starrte ich Cyrill ins Gesicht. „Wann?" – „Gestern Nacht." Ich hielt mir vor Entsetzen die Hand vor den Mund und ging in die Knie. Meine Beine versagten mir den Dienst. Mir war schwindelig. Mein Puls raste und ich hörte alles wie durch dicke Watte. *Emilia*, dachte ich, *Emilia, mein Leben, meine Hoffnung, mein Sinn, ... Emilia ...*

Cyrill kniete sich neben mir nieder und richtete mich auf. „Jona, mein Freund, Jona ... Komm zu dir." – „Ich bin bei mir", entgegnete ich. „Wo ... hat er ...? Wo ... ist Emilia?" – „Sie ist in Th..." Ein Ruck ging durch Cyrills Körper, seine Knie zitterten und mit einem gequälten Seufzen sank Cyrill langsam vornüber. Seine Augen waren weit aufgerissen und Blut floss aus seinem Mund. Seine Augenlider flackerten, der Atem kam nur noch abgehackt und stoßweise. Cyrill sackte in sich zusammen. Ich bekam ihn gerade noch rechtzeitig unter den Armen zu fassen und setzte ihn sorgsam auf den Boden nieder. Mit Horror stellte ich fest, dass ihn von hinten ein Pfeil durchbohrt hatte. Cyrill bebte am ganzen Körper. Ich stützte ihm den Rücken. „Lauf", presste er unter Schmerzen hervor, „bring dich in Sicherheit." – „Und du?" – „Zu spät. Ich werde es nicht schaffen." – „Cyrill, du ..." – „Nein, lauf.

Sie sind da. Sie werden dich auch töten. Sie wissen von dir. Emilia ... braucht dich ... Du musst sie finden." – „Wo ist Emilia?" – „Krypta ... Hermes ... Theolog..." Cyrills Augen wurden glasig und er verstummte – für immer. Leblos sackte sein Körper in meinen Armen zusammen. Ich schloss Cyrills Augen und kämpfte gegen die Tränen an, die hinter meinen Lidern brannten. Die Landschildkröte blieb unschuldig neben mir stehen und betrachtete mich mit ihren dunklen Augen. Ich zitterte.

„Da ist er!", hörte ich eine raue Stimme. Dann lautes Lachen. „Volltreffer!" – „Und da ist auch der andere. Das wird ein Leichtes! Er kann uns nicht entkommen. Das haben wir gleich." Ein erster Pfeil flog surrend in meine Richtung und bohrte sich tief in den Stamm eines Baumes. Kurz darauf eröffneten die Soldaten einer regelrechten Hagel von Pfeilen auf mich. Noch immer unter Schock stehend legte ich Cyrills Körper sanft auf den Boden. Dann stand ich auf und ohne mich noch einmal umzuschauen, sprang ich über das Gebüsch und rannte davon.'

Theta

Wortlos ließ Maria das rote ledergebundene Buch auf ihren Schoß sinken. Abwesend klappte sie es zu und legte ihre Hände übereinander auf den Buchdeckel. Ihre Augen starrten ins Leere. Für eine Weile wagte keiner von uns, das tiefe Schweigen zu unterbrechen. *Cyrill*, dachte ich und schmerzhafte Trauer erfüllte mein Herz. Ich spürte, wie mir eine heiße Träne über die Wange lief und ich schluckte schwer. Einerseits erinnerte ich mich noch deutlich an die starken Gefühle, die ich empfunden hatte, als ich im Museum von Delphi der Statue des Wagenlenkers gegenübergestanden hatte. Und ich erinnerte mich ebenfalls intensiv an den Traum, in dem Emilia auf ihrer Flucht von Cyrill gefasst worden war; an die Angst, die Ablehnung und den puren Hass; an die Gefühle, die ich während des Traumes Cyrill gegenüber empfunden hatte … Aber andererseits bemerkte ich nun, wie die Erinnerung an jene Gefühle mehr und mehr verblasste und stattdessen die Trauer überhandnahm. Cyrill war auf Emilias Seite gewesen. Er hatte Jona und Emilia helfen wollen. Er hatte Emilia aus den Händen ihres Peinigers befreien wollen. Zusammen mit Jona. Er hatte vorgehabt zu retten, was noch zu retten war und als er festgestellt hatte, wie schlecht es um sie alle stand, hatte er sein eigenes Leben aufs Spiel gesetzt, um seinen Freund Jona zu warnen. Seinen Mut und seine Freundschaft hatte er mit dem Leben bezahlen müssen. Ich seufzte aus tiefstem Herzen und schluckte einen großen Kloß in meinem Hals hinunter.

„Tja", sagte schließlich Alex mit ziemlich heiser klingender Stimme, „das ist ganz schön schwer verdaulicher Stoff." Er rieb sich mit seinen Fingerspitzen angestrengt über die Schläfen. Neben mir atmete Lissy ganz tief durch. „Ob Jona es geschafft hat, den Soldaten zu entkommen?" Sie hatte Sorgenfalten auf der Stirn. „Ob wir das jemals erfahren werden?", fragte sich Maria mit ernster Miene. „Eines wissen wir jetzt jedenfalls sicher", begann Alex leise, „ihr hattet Recht mit der Vermutung, dass der Mann in Yunus' Traum Jona ist und dass Emmy in ihren Träumen durch die Augen von Emilia gesehen hat. Ihr hattet von Anfang an Recht und ich hatte Unrecht. Wahrscheinlich habt ihr auch in dem Punkt Recht, dass Emilia die Pythia ist." Obwohl wir uns natürlich darüber freuten, dass Alex uns letztendlich Glauben schenkte, empfand keiner von uns Genugtuung dabei. Zu sehr fühlten wir noch mit Jona, Emilia und dem verstorbenen Cyrill mit. Wenn ich mir vorstellte, dass wir uns nun bald an den Ort begeben würden, an dem der Mord an Cyrill begangen worden war, kam mir eine Gänsehaut auf.

Erneut hüllten wir uns in bedrücktes Schweigen. Es war totenstill in dem Haus und nur leise drangen die Geräusche der Stadt zu uns hervor. Draußen fuhr ein Mofa mit tuckerndem Motor vorbei. Eine Taube wurde aufgeschreckt und flog mit flatterndem Flügelschlag davon. Instinktiv blickte ich aus dem Fenster, um nachzuschauen, ob es sich dabei um eine weiße Taube handelte, doch ich konnte den Vogel von meinem Sitzplatz aus nicht sehen.

Jeder von uns war in jenem Moment mit seinen eigenen Gedanken beschäftigt und niemand wusste, was er sagen sollte. In der Wohnung nebenan schlug plötzlich eine Tür zu. Es gab einen ohrenbetäubenden Krach, als die Tür ins Schloss fiel, so laut, dass die Wände erzitterten. Vor Schreck fuhren wir zusammen. Vielleicht hatten wir das gebraucht, um wieder ins Hier und Jetzt zurückzufinden. Noch etwas benommen standen wir schließlich auf und strichen uns abwesend über die staubigen Hosen.

„Hm ... ja ... ähm ... Es ist jetzt viertel vier", stellte Maria nach einem kurzen Blick auf ihre Armbanduhr fest, „ich denke, wir sollten dann langsam ..." Sie vollendete ihren Satz nicht. „Ja, ist wahrscheinlich das Beste", stimmte ihr Alex zu. „Und der Balkon ...", begann ich zaghaft. „Ich mach die Tür zu", beschloss Lissy und stieg zum Balkon hinüber. Als ich ihr beim Schließen der Tür zusah, kam mir das strahlende Sonnenlicht, das von draußen in die Wohnung drang, total unrealistisch und fehl am Platz vor. Der betörend blaue Schönwetterhimmel irritierte mich vollkommen. Das Gewitter vom Vormittag und der gießende Regen hätten viel besser zur momentanen Stimmung gepasst. Trotzdem ... Die Welt drehte sich weiter. Sie hatte sich schon 2.500 Jahre lang nach Cyrills Tod weitergedreht und sie tat es noch immer. Auch wenn wir das in eben jenem Moment nicht fassen konnten.

„Was machen wir mit Yunus' Kiste?", fragte ich zaghaft, als mein Blick auf das wertvolle Kleinod fiel. „Hm ..." Meine Freunde zögerten mit ihrer Antwort. „Wenn ich ehrlich bin", begann ich nachdenklich, „ich würde die Truhe am liebsten mitnehmen. Dann wissen wir mit Sicherheit, dass sie nicht wegkommt. Wir haben das Buch auch noch nicht zu Ende gelesen und ... ja, Yunus weiß ja, wo wir zu finden sind, wenn er seine Kiste wiederhaben will." Maria nickte langsam. „So ist es wahrscheinlich am besten", meinte sie, „vielleicht war es auch so gedacht, dass wir sie mitnehmen. Wir können sie ihm ja wiedergeben, wenn er sie zurückhaben will." – „Ja, hoffentlich treffen wir Yunus bald wieder", äußerte sich Lissy und sie sprach mir dabei aus der Seele. So langsam aber sicher begann ich, mir Sorgen um Yunus zu machen. Ich hätte nicht gedacht, dass wir so lange nichts von ihm hören würden.

Nachdem dies geklärt war, gingen wir noch einmal aufmerksam durch die Wohnung und vergewisserten uns davon, dass wir alles so verließen, wie wir es angetroffen hatten. Den zerstörten Klappstuhl verbargen wir hinter dem Sofa. Wir schlossen alle Türen hinter uns und verließen anschließend das Apartment. Sorgfältig sperrte ich die Wohnungstür zweimal zu und drückte anschließend dagegen, um mich zu vergewissern, dass sie wirklich zu war. Wir würdigten der Tür noch einen kurzen Blick, dann schritten wir langsam die Treppe hinunter. Das Licht im Treppenhaus flackerte kurz, ging aber zum Glück nicht einfach aus. Als wir an der Tür mit dem Buchstaben α vorbeikamen, schwang diese auf und der alte Grieche kam heraus, dem wir bereits am Vormittag begegnet waren. – Wie lange schien das schon in der Vergangenheit zu liegen, dachte ich. Und doch war es nur sechseinhalb Stunden her, dass wir ihn gefragt hatten, ob ein Yunus Hermes in diesem Haus wohnte. Als der alte Mann sah, wie wir von oben herunterkamen, schaute er uns erstaunt und verwirrt an. Offenbar erkannte er uns wieder.

„Want to move into empty apartment?", fragte er mit seinem stark akzentuierten Englisch und grinste uns erwartungsvoll an. Ich war in dem Moment zu verdattert, um darauf zu antworten. „Surely not", reagierte Alex geistesgegenwärtig. Als er feststellte, dass er noch eine Erklärung nachliefern musste, erfand er eine kleine Notlüge: „We visited a friend of ours." – „Aaaaah", machte der Grieche erstaunt. Er öffnete seinen Mund, wohl um zu fragen, wer denn unser ominöser Freund war, aber offensichtlich fehlten ihm für diese oder eine andere Frage die richtigen Worte auf Englisch, sodass er verstummte und uns lediglich überenthusiastisch zunickte. „Until next time", entgegnete er schließlich mit einem freundlichen Grinsen im Gesicht. „Ja, ja", nuschelte Alex. „Until next time. – Was hoffentlich nicht so schnell sein wird", fügte er noch an. Der Grieche grinste höflich und winkte uns zum Abschied. Dann verließen wir endgültig das Haus mit der Adresse *Iktonos 3* und gingen die Treppe hinunter auf die Straße.

„Da war er wieder, unser Mr. Hyde ...", murmelte Alex und setzte ein gequältes Grinsen auf. „Der fragt doch tatsächlich, ob wir in die leere Wohnung einziehen wollen ..." – „Nein, danke", schnaubte Lissy. Ein kurzes Lächeln stahl sich in ihr Gesicht, aber offensichtlich wurde auch sie durch die Erinnerungen an Yunus' Träume daran gehindert, wieder so unbeschwert und fröhlich wie sonst zu sein.

In Kürze erreichten wir unser Hotel, füllten in unserem Zimmer die Wasserflaschen wieder auf und zogen uns neue Hosen an. Yunus' braune Truhe verstaute ich sicherheitshalber in meinem Koffer. Danach rückten wir den dunklen Vorhang vor unserem Fenster zurecht und machten uns auf den Weg zur *Antiken Agorá*.

⌘

Wir betraten die *Antike Agorá* über einen hübsch angelegten Fußweg. Etliche andere Touristen befanden sich schon in dem abgesteckten Gelände, aus dem sich hier und da Mauerreste, Sockel und vereinzelte Statuen erhoben. In einiger Entfernung von uns erblickten wir den Akropolishügel, der majestätisch über der *Agorá* thronte, genauso wie es in Yunus' kleinem Büchlein beschrieben war.

Wir betrachteten uns die Ruinen des einstigen Markplatzes und ich versuchte mir vorzustellen, wie das ausgesehen hatte, als die Menschen von früher geschäftig von hier nach dort eilten, Waren kauften, mit den Händlern feilschten oder gerade auf dem Weg zu einem wichtigen Termin mit dem Stadtverwalter waren. Durch Yunus' Beschreibungen hatte ich davon schon ein gewisses Bild im Kopf.

„Hier liegen ja bloß Bröckerla rum", bemerkte Maria anfänglich leicht enttäuscht, als sie die isolierten Felsklötze und Fundamente sah, die hier und da verstreut im Gras herumlagen und den Kiesweg säumten, an dem wir entlanggingen.

Wir kamen an einem Gebäude an, das eine riesige Säulenhalle als Vorbau hatte. Es handelte sich dabei um den Nachbau einer der Markthallen, die nun, in der Gegenwart, jedoch ein Museum beherbergte, in welchem Statuen und Reliefs ausgestellt waren, die man in der *Agorá* gefunden hatte. Wir zogen es allerdings vor, nicht ins Museum hineinzugehen, sondern uns stattdessen lieber auf dem Gelände etwas genauer umzuschauen.

Zwischen Säulenresten und anderen Denkmälern befand sich eine kleine braun-beigefarbene orthodoxe Kirche, die wir uns auch kurz von innen besahen. Als wir sie wieder verließen und weiter dem angelegten Fußweg folgten, entdeckten wir in der Ferne auf einem kleinen Hügel einen Tempel, der noch ziemlich gut erhalten aussah. *Der Hephaistostempel*, durchfuhr es mich mit einem Mal, das *Thiseion*, und ich spürte, wie sich mein Herz zusammenkrampfe. Es war *eine* Sache, antike Gebäudereste zu betrachten und zu fotografieren – als unbeteiligter und neugieriger Tourist. Aber es war etwas völlig anderes, auf ein Gebäude zuzugehen, von dem man wusste, dass dort ein Mord stattgefunden hatte. Es zog uns nicht wirklich dahin, aber wir wussten, dass uns nichts anderes übrig blieb, als dem Weg zu folgen. Andernfalls würden wir Yunus' nächsten Hinweis nicht finden und das wollten wir nicht riskieren. Außerdem konnten wir nicht leugnen, dass von dem Tempel auf dem Hügel ein gewisser Zauber ausging. Es gab nicht viele Tempel in Griechenland, die dermaßen gut erhalten geblieben waren, bei denen alle Säulen noch aufrecht standen, ein vollständiger Giebel vorhanden war und der Großteil der Reliefs sich noch an seinem ursprünglichen Platz befand. Nein, wir konnten nicht anders. Wir *mussten* dem *Thiseion* einen Besuch abstatten.

Der Hephaistostempel war ein Publikumsmagnet. Nahezu alle Touristen gingen direkt darauf zu. Wir auch. Und schließlich erreichten wir ihn. Andächtig blickten wir an seinen hohen Säulen empor und begannen damit, einmal um ihn herum zu schreiten. Doch plötzlich ließ uns ein Rascheln direkt neben uns im Gebüsch vor Schreck zusammenzucken. Erschrocken drehten wir uns um und erblickten einen kleinen flachen bräunlichen Kopf, der sich langsam zwischen die Äste und das Laub der Hecke hindurchschob. Kurz darauf kam dahinter ein schuppiger, reptilienartiger Hals zum Vorschein und nur wenig später trottete eine braune Landschildkröte aus dem Gebüsch heraus und setzte ihren Spaziergang gemächlich und ohne Hektik auf dem Kiesweg fort. Ich atmete tief durch, ein Schauer zog durch meinen Körper und ich blickte abwechselnd von meinen Freunden zur Schildkröte und wieder zurück zu meinen Freunden. „Denkt ihr auch, was ich gerade denke?", fragte Maria leise. Man konnte deutlich spüren, dass ihr nicht besonders wohl zumute war. „Ganz schön gruselig", stimmte ihr Alex nickend zu. Wir brauchten keine weiteren

Worte, um zu verstehen, was der oder die andere von uns jeweils fühlte. Zu frisch war die Erinnerung an die Schilderung in Yunus' Buch. Cyrill und Jona hatten ebenfalls eine Landschildkröte gesehen, als sie sich in ihrem Versteck unterhalten hatten. *Vielleicht hat das Unheil genau an dieser Stelle seinen Lauf genommen*, überlegte ich und bekam erneut eine Gänsehaut. Aus einem unbestimmten Impuls heraus senkte ich meinen Blick, geradeso, als würde ich nach einer verräterischen Blutlache Ausschau halten. Natürlich war nichts dergleichen zu sehen – und falls es diese Blutlache an eben jenem Ort tatsächlich gegeben haben sollte, war im wahrsten Sinne des Wortes inzwischen Gras darüber gewachsen. Ich seufzte. Es dauerte eine Weile, bis wir uns dazu entschlossen, weiter um den Hephaistostempel herumzugehen.

Von dem Hügel des *Thiseions* aus war die Aussicht auf die Akropolis besonders schön. Andächtig und schweigend stellten wir uns vor den Abhang und blickten zu den antiken Denkmälern hinüber.

„Da seid ihr ja schon", hörten wir auf einmal eine vertraute und sympathische Stimme hinter uns, „oh, es tut so gut, euch wiederzusehen." Überrascht drehten wir uns um und bekamen vor Erstaunen den Mund nicht wieder zu. „YUNUS!!!", riefen wir gleichzeitig voller Freude aus. Und tatsächlich! Da stand er! Direkt vor uns. Er trug ein langes, weißes T-Shirt und eine hellbeige lange Hose. Sein schwarzer Zopf wehte sachte im Wind und Yunus strahlte übers ganze Gesicht. Er war eine beeindruckende Erscheinung, wie er so da stand, die rechte Hand in die Hüfte gestützt, den Kopf leicht gesenkt und diese Augen … Er war es wirklich! Ich zitterte. Und dann konnte ich nicht anders. Stürmisch eilte ich auf ihn zu und fiel ihm um den Hals. „Uff!", machte Yunus, als ihm meine Umarmung die Luft aus der Lunge presste. „Endlich", seufzte ich und legte meinen Kopf an Yunus' Schulter, „wir haben uns ja solche Sorgen gemacht." Yunus war von meiner Reaktion völlig überrumpelt. Etwas hilflos stand er da und ließ es einfach mit sich geschehen. Dann tätschelte er mir unbeholfen zweimal den Rücken und ließ daraufhin seine Arme wieder herabhängen. Schließlich ließ ich ihn los, und als mir bewusst wurde, was ich eben getan hatte, lief ich knallrot an im Gesicht und hüstelte verlegen. Ich wich gleich mehrere Schritte zurück und versteckte mich hinter Alex. Dabei hörte ich das Kichern meiner Freunde. Auch Yunus lachte.

„Wo warst du denn die ganze Zeit?", richtete sich Maria an den Araber. „Das würde mich allerdings auch brennend interessieren", fügte Alex an. „Wo ich war?", fragte Yunus mit einem breiten Grinsen im Gesicht. „Nun, mal hier, mal da. – Unterwegs." – „Unterwegs", wiederholte Alex. „Genau." – „Was für eine präzise Auskunft." – „Und, wo genau war dieses Unterwegs?", fragte Lissy. „Kann es vielleicht sein, dass du in *Theologos* warst?", vermutete Maria. „In Theo…", stutzte Yunus ertappt. „*Theologos*? Woher wisst ihr …" – „Woher wir das wissen? Haha!", freute sich Alex. „Wir haben eben so unsere Quellen." – „Ihr habt eben so eure Quellen", wiederholte Yunus und lächelte verhalten. „Lasst mich raten. Eure Quelle heißt Yvonne Heer?" Yunus blickte uns siegessicher an und strich sich über die glänzenden Haare. „Ähm … ja", stammelte Alex. Nun war es an uns, erstaunt zu sein. „Und woher weißt du das mit Yvonne?", fragte Maria verblüfft. „Ich habe eben auch so meine Quellen", schmunzelte Yunus geheimnisvoll und lachte sein angenehmes, tiefes Lachen. „Also, warst du jetzt in *Theologos*, ja oder nein?" Lissy ließ nicht locker. „Eure Vermutung ist richtig", gab Yunus schließlich mit einem Kopfnicken zu. Alex hob verblüfft die Augenbrauen. „Ja, ich war in *Theologos* – oder zumindest an dem Ort, den ich bis vor Kurzem noch für *Theologos* hielt." – „Was heißt hier: hielt? Das musst du uns jetzt aber genauer erklären", verlangte Maria. „Was wisst ihr über *Theologos*?", kam Yunus mit einer Gegenfrage. „Das, was du im Internet geschrieben hast", antwortete Lissy, „auf dieser Homepage: *Mysticae Graeca et mundi* – oder wie die hieß." – „Diese Seite habt ihr gefunden? Respekt", gab Yunus anerkennend zu. „*Ivy* hat sie gefunden", wälzte Maria das Lob auf die wahre Entdeckerin ab, „wir haben sie beauftragt, im Internet nach Emilia Polyzalosa Deinomenesia zu suchen – und nach *Thólossos* und dann ist sie dabei auf einen Beitrag von dir gestoßen, der übrigens sehr interessant war." – „So, fandet ihr?" Erneut grinste Yunus uns an. „Dann wisst ihr ja auch bereits, wo ich war." – „Auf dieser ... ähm ... grünen Insel, nördlich von Polos?", fragte Alex. „Potos", korrigierte ihn Yunus, „ja." Er nickte und senkte seinen Blick. „Ja, ... und ...?", drängelte Lissy unnachgiebig. „Muss man dir jedes Wort aus der Nase herausziehen? Nun sag schon: Hast du was herausgefunden? Hast du vielleicht etwas Neues über Emilia und Jona erfahren?" Als Yunus diese Frage hörte, riss er vor Erstaunen die Augen weit auf, ein wohliges Grinsen stahl sich in sein Gesicht. Offenbar war er sehr zufrieden mit unserem Wissensstand. Er befeuchtete sich zaghaft die Lippen mit seiner Zungenspitze, bevor er zu sprechen begann. „Die grüne Insel ist ein wunderschöner Ort, ein verträumter Ort mit viel Sandstrand, hübschen Hotels, weiten grünen Ebenen, Olivenhainen und so. Der Ort, der *Theologos* heißt, ist ein kleines Bauerndorf. Die Zeit scheint dort stillzustehen. Es finden sich auch einige antike Baudenkmäler dort. Aber es ist nicht das, was ich erwartet habe." – „Inwiefern?", fragte Alex neugierig nach. Yunus' Gesicht wurde ernst. „Die grüne Insel kann nicht das *Theologos* sein, das wir suchen. Es passt einfach nicht", entgegnete er schließlich nach einer Weile und zucke frustriert mit den Schultern. „Woher willst du das so genau wissen?", erkundigte sich Lissy. „Nun ... Habt ihr den Eintrag vom 28. Januar 2000 fertig gelesen?", erwiderte er. Sofort fiel uns wieder der Traum ein, den Yunus an dieser Stelle in seinem Tagebuch geschildert hatte. Wir nickten synchron und ließen daraufhin traurig die Köpfe hängen. „Als ... als Cyrill im Sterben lag, fragte Jona seinen Freund, wo Polyzalos Emilia lebendig begraben hatte", begann Yunus mit todernster Stimme, „Cyrill antwortete mit den Worten: Krypta, Hermes, *Theologos*." Wir nickten bedrückt. Deutlich konnten wir uns daran erinnern und erneut durchzog ein Schauer meinen Körper. „Ich nahm an, dass er damit einen Tempel meinte, einen Tempel, der dem Hermes geweiht war und der eine Krypta hatte, einen unterirdischen, verborgenen Raum, so eine Art Keller." Wir nickten, als wir Yunus' Schilderungen nachvollzogen. Seine Vermutungen klangen plausibel. „Ich denke, dass *Theologos* und *Thólossos* zwei Namen für ein- und denselben Ort sind. Der Wortstamm ist der gleiche. *Thólossos* scheint mir dabei der ältere der beiden Begriffe zu sein. Wahrscheinlich existierten die beiden Bezeichnungen zu der Zeit, in der Emilia und Jona gelebt hatten, gleichberechtigt nebeneinander." – „Schon krass, wenn man sich vorstellt, dass Polyzalos seine eigene Tochter ...", begann Alex, doch verstummte, als er Yunus' ernsten Gesichtsausdruck sah. „Dass er sie ausgerechnet in einem Tempel begraben ließ ...", flüsterte Maria kaum hörbar, „das ist doch krank." Sie schüttelte betroffen den Kopf. „Ja, das ist es", stimmte ihr Yunus zu. Er seufzte. „Aber so konnte Polyzalos sichergehen, dass niemand Emilia finden würde. Der Zutritt in die Krypta eines griechischen Tempels war für gewöhnliche Menschen strengstens verboten. Außerdem hätte niemand vermutet, dass ausgerechnet ein Tempel Schauplatz für einen so grausamen und niederträchtigen Mord gewesen sein könnte. So war sichergestellt, dass niemand Polyzalos' Verbrechen bemerkte. Zudem befanden sich unter manchem altem Tempel viele verwirrende Gänge und eine Unzahl von Räumen, in denen man leicht einen Menschen unbemerkt verschwinden lassen könnte. Vielleicht war es auch so bei dem Hermestempel in *Theologos* gewesen." – „Gut möglich", stimmte Alex ihm zu.

„Dieser Polyzalos war ein eiskalter, berechnender Mann", presste Lissy zwischen ihren Lippen hervor. Sie ballte ihre Hände zu Fäusten, als wolle sie einem unsichtbaren Gegner einen Kinnhaken verpassen.

„Jedenfalls kann das *Theologos* auf der grünen Insel nicht das *Theologos* sein, in dem Emilia ihren Tod fand", griff Yunus wieder auf, „weil es auf der grünen Insel keinen Hinweis auf einen Hermestempel gibt, geschweige denn eine Krypta – und außerdem, wenn ihr aufmerksam gelesen habt, dann müsstet ihr auch auf etwas gestoßen sein, das darauf hindeutet, dass unser *Theologos* oder auch *Thólossos* an einem völlig anderen Ort zu finden sein muss."

Ich räusperte mich und ein gehauchtes „Ja" kam über meine Lippen. Yunus wandte sich mir zu. „Weißt du, was ich meine?", fragte er mich. „Ich glaube schon. Und zwar gibt es das Problem der Entfernung." Yunus nickte zustimmend und ich fasste Mut, meine Vermutung weiter auszuführen. „Die Leute hatten damals keine Autos oder sonstige Verkehrsmittel. Sie mussten Entfernungen mit Kutschen und Pferden zurücklegen. Da ist man schon eine Weile unterwegs. Wenn *Thólossos* also auf der grünen Insel liegen würde, hätten Polyzalos und die anderen nach dem Mord ein Schiff aufs Festland nehmen müssen und dann hätten sie mit Pferdekutschen weiter nach Athen fahren müssen. Das ist doch sicher eine große Distanz, oder?" Yunus nickte. „Etwa 200 Kilometer über das Ägäische Meer und dann noch einmal ungefähr 150 Kilometer übers Land bis nach Athen", illustrierte der Araber. „350 Kilometer", summierte Alex und pfiff laut. „Das heißt, Polyzalos wäre von *Thólossos* nach Athen eine ganze Weile unterwegs gewesen", fasste ich zusammen. „Durch Yunus' Traum haben wir allerdings erfahren, dass Polyzalos schon am Morgen, nachdem er Emilia lebendig begraben hatte, wieder in Athen gewesen war. Genauer gesagt am Tempel des Olympischen Zeus. Cyrill hat ihn dort gesehen, als Polyzalos sich mit seinem obersten Wachtmann über Emilia unterhalten hat …" Erneut nickte Yunus zustimmend. „Daher kann *Thólossos* also nicht so weit weg sein. *Thólossos* muss sich irgendwo in direkter Nähe von Athen befinden", schlussfolgerte ich. „Das war auch mein Gedankengang", sprach Yunus, „deshalb war ich auch so aufgeregt, als bei dem Bau der Metro mehr und mehr Relikte aus der Vergangenheit ans Tageslicht traten. Früher war Athen noch nicht so groß, wie es das heute ist. Vielleicht war *Thólossos* ein Vorort gewesen. Ich hoffte, dass man bei den Bauarbeiten an der neuen Metrolinie vielleicht auf einen konkreten Hinweis stoßen würde …" – „Und? Ist man das?", fragte Alex nach. Yunus zuckte lediglich mit den Schultern. „Nichts Konkretes", gab er resigniert zu, „obwohl nicht von der Hand zu weisen ist, dass einige der Fundstücke sehr interessant sind …"

„Ich vermute, dass *Thólossos* irgendwo auf der Strecke zwischen Athen und Delphi liegen muss", überlegte ich. Yunus und meine Freunde wandten sich mir aufmerksam zu. „Wie kommst du darauf?" – „Also …", holte ich aus. „Emilia war die Pythia." Ängstlich schaute ich in Yunus' Richtung. Würde er mir widersprechen? Er tat es nicht. Im Gegenteil:

Er lächelte mir sogar anerkennend zu! Das betrachtete ich als Aufforderung, meine Theorie weiter zu entfalten. „Emilia musste also die meiste Zeit in der Nähe von Delphi sein, damit sie jederzeit dorthin gelangen konnte, um ihre Arbeit im Orakel auszuführen." – „Außer in den Wintermonaten, ja", ergänzte Yunus. Verwirrt blickte ich ihn an. „Das Orakel hatte im Winter geschlossen", lieferte Yunus eine Erklärung nach. „Das sagte ich doch bereits – gestern?" – „Ach so." Wir nickten. „Im Winter war Emilia also nicht in Delphi", fuhr ich fort. „Nein, da war sie höchstwahrscheinlich in Gela mit Polyzalos", erwiderte Yunus und runzelte die Stirn. „Gela?", wunderte sich Alex. „Polyzalos war doch der Tyrann von Gela", erinnerte sich Maria. „Ach so, stimmt!", fiel Alex ein. „Und den Rest vom Jahr verbrachte sie wohl irgendwo in der Nähe von Delphi", vermutete ich. „Das ist anzunehmen, ja." Yunus nickte zufrieden. „Gute Arbeit, ihr vier", gab er anerkennend zu, „ihr habt schon viel herausgefunden in der kurzen Zeit. Alle Achtung."

„Aaaah!", rief auf einmal Lissy laut auf und machte einen Satz nach vorne. „Hilfe!" – „Was ist denn los?", fragte Maria, die bei Lissys Fluchtversuch unsanft angerempelt worden war. „Ich weiß nicht", gab Lissy offen zu. „Da war was an meinem Bein." Sie drehte sich um und auch wir blickten in dieselbe Richtung. Lissy stöhnte halb erleichtert und halb verwirrt laut auf, als sie sah, von wem sie attackiert worden war: Es war die große, braune Landschildkröte gewesen. Sie musste wohl gegen Lissys Bein gestoßen sein. „Die Schildkröte ist uns gefolgt", stellte Lissy überrascht fest. Nachdenklich betrachteten wir uns das Reptil, welches nun stehen geblieben war und sich träge überall umschaute. Wahrscheinlich wunderte es sich darüber, was gerade geschehen war und warum sich ihr ein Hindernis in den Weg gestellt hatte.

Einerseits sah die Schildkröte ziemlich drollig aus, andererseits war sie aber auch schuld daran, dass uns ein Schauer über den Rücken lief. Uns allen war jedenfalls nicht im Geringsten zum Lachen zumute.

„Ob Jona es geschafft hat, den Soldaten zu entkommen?", fragte Lissy erneut. Gespannt blickten wir in Yunus' Richtung. Wenn es eine Antwort auf diese Frage gab, dann musste sie Yunus haben, dachte ich mir. Doch Yunus schwieg. „Yunus?", fragte Maria zaghaft an. Dieser seufzte, schaute traurig zu Boden und schüttelte dann langsam den Kopf. Ich schluckte einen großen Kloß in meinem Hals hinunter. „Nein", antwortete er schließlich mit kaum hörbarer Stimme. „Er hat es nicht geschafft." – „Woher …", begann ich, doch die Stimme versagte mir ihren Dienst. „Hattest du einen weiteren Traum, Yunus?", fragte Maria. „Mmmm", machte Yunus und verstummte erneut. „Hast du geträumt, dass Jona …, dass er …" Yunus atmete tief durch und strich sich über die Haare. „Kommt mal eben mit", forderte er uns auf und schritt an der Wand des Hephaistostempels entlang. „Ich möchte euch etwas zeigen."

Kappa

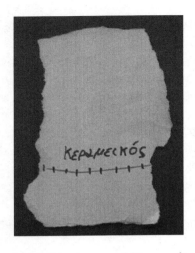

„Wie weit ist es von hier aus noch?", wandte sich Alex an Yunus, der schweigend vor uns her ging. Wir hatten inzwischen die *Antike Agorá* hinter uns zurückgelassen und waren etwa zehn Minuten unterwegs gewesen. „Es ist nicht mehr weit. Wir sind gleich da", entgegnete Yunus, ohne sich zu uns umzudrehen. Lissy beschleunigte, bis sie neben Yunus lief. „Und wohin gehen wir?", fragte sie. „Kappa", murmelte Yunus, „Kappa." Ich begriff, dass wir gerade eben auf dem Weg zu unserem nächsten Buchstaben im griechischen Alphabet waren, ohne dass wir diesmal einen von Yunus' Zetteln bekommen hatten. „Und was ist mit Iota?", wollte Alex wissen. „Iota?" Maria, Lissy und ich runzelten verwirrt die Stirn. „Eigentlich müsste nach Theta erst mal der Buchstabe Iota kommen", beschwerte sich Alex. Ich bemerkte, wie auf diese Anmerkung hin ein flüchtiges Grinsen über Yunus' Gesicht huschte. „Für Iota passte leider keine Sehenswürdigkeit", schmunzelte Yunus, „dieser Buchstabe wird außerdem mehr *innerhalb* von

Wörtern verwendet. Nicht so sehr am Wort*anfang*. Daher ... Na ja, und außerdem ist da etwas, das ihr wirklich sehen solltet. *Kerameikós*. – Wir sind da."

Wir standen vor einem großen eisernen Tor. Κεραμεικός stand auf einem Informationsschild geschrieben, *Kerameikós*. Eine Mauer umgab einen geräumigen Platz, aus dem mehrere Steine emporragten, Säulen, Gebäudereste und ... ja, und noch etwas. „Das sieht aus wie Grabsteine", fand Maria. „Yunus, das ... das ist ein Friedhof", stutzte Lissy. „Ich weiß", entgegnete Yunus, „und zwar handelt es sich hier um den ältesten seiner Art in Athen. Da es früher verboten war, Tote innerhalb der Stadtmauern zu begraben, entstand an diesem Ort hier in der Antike ein Friedhof gerade außerhalb der Stadtmauern. *Kerameikós* heißt der Friedhof deshalb, weil er auf einem Gebiet errichtet wurde, auf dem es etliche Töpfereiwerkstätten gegeben hatte. – Hier drüben könnt ihr sogar noch Reste von den antiken Stadtmauern sehen." Yunus deutete nach rechts. „Bedenkt, dass diese Mauern zur Zeit des Themistokles bis zu vier oder fünf Meter hoch waren", fuhr Yunus fort, „sie wurden mehrfach teilweise zerstört und wiederaufgebaut, daher sieht man deutlich verschiedene Schichten, die aus unterschiedlichen Baumaterialien bestehen. Die Stadtmauern von Athen waren damals unglaublich berühmt, weil sie nahezu uneinnehmbar waren. Oft wurden sie kopiert, erreicht wurde ihre Standhaftigkeit jedoch nirgendwo sonst." Yunus schloss die Augen und atmete tief durch. Als er seine Augen wieder öffnete, schritt er entschlossen durch das Eingangstor in den Friedhof hinein. In einigem Abstand folgten wir ihm.

Es war unglaublich, welch Ruhe und Frieden von diesem Ort ausgingen, dachte ich. Die Geräusche der Stadt, das Hupen der Autos, das Aufröhren von Dieselmotoren, das

Piepen von Baukränen und so weiter drangen nur sehr gedämpft bis zu uns hervor. Die Atmosphäre, die von *Kerameikós* ausging, ließ das geschäftige Treiben außerhalb seiner Mauern fast völlig verstummen. Das nervöse flatterige Gefühl in meinem Magen quälte mich jedoch noch immer. Mir war unwohl bei dem Gedanken an das, was Yunus uns so dringend zeigen wollte. Ich hatte bereits eine starke Vermutung, was unser Ziel sein würde. Ich zwang mich aber dazu, nicht allzu sehr darüber nachzudenken, sondern stattdessen lieber Yunus' Schilderungen zu folgen. Ich genoss es, seiner klangvollen Stimme zuzuhören. Das wirkte stets so beruhigend und vertrauenserweckend auf mich, dass ich nahezu alles andere um mich herum vergessen konnte.

„Nicht viele Touristen verlaufen sich hierher", sprach Yunus. „Das erklärt, warum die Atmosphäre noch so ruhig, andächtig und friedvoll ist."

Wir gingen über einen hübsch angelegten Kiesweg, der rechts und links von hellgrünen Rasenstreifen gesäumt war. Ich war erstaunt darüber, wie grün es auf dem Friedhof war. Hier und da wuchs eine Palme zwischen den Grabsteinen. Dunkle, spitz zulaufende Zypressen reckten sich gen Himmel und ein kleiner durchsichtiger Bach plätscherte fröhlich mitten durch die Anlage.

„Dieser Bach heißt *Erídanos*", schilderte Yunus. Er betonte dabei die zweite Silbe des Wortes. „Er macht aus *Kerameikós* eine grüne Oase. Viele Landschildkröten haben hier, auf dem Friedhof, ihr Zuhause gefunden." *Landschildkröten*, dachte ich und ein erneuter Schauer durchströmte meinen Körper.

„Dieses Gebäude links neben uns ist ein Museum." Yunus deutete eine Baumallee hinunter. „In ihm sind Töpferwaren, Grabsteine, Grabbeigaben und dergleichen ausgestellt. Ich denke aber, es ist nicht nötig, dass wir uns diese Fundstücke ansehen. Das Museum schließt sowieso gleich. Es ist sinnvoller, wenn wir weitergehen, um uns bald die eigentlich wichtige Sehenswürdigkeit anzuschauen ..." Er blickte uns zweideutig an. Dann ging er weiter.

Der Himmel über uns färbte sich langsam rötlich. Die Abenddämmerung hatte eingesetzt. „Ausgerechnet am Abend müssen wir auf einen Friedhof gehen", murmelte Lissy leise, „das wird bestimmt noch ganz schön gruselig." *Gruselig*, dachte ich, *ja, ob das das richtige Wort dafür ist?* Das quälende Gefühl der düsteren Vorahnung in meinem Magen wich nicht mehr von mir.

Wir erreichten eine breitere gepflasterte Straße. „Dies ist die Heilige Straße. Als sie noch vollständig war, führte sie von Athen aus durchgängig direkt bis nach *Eleusis*, was immerhin ganze 30 Kilometer nordwestlich von Athen liegt. In *Eleusis*, so sagt zumindest die Legende, soll das Tor in die Unterwelt, in den Hades, zu finden sein. Heute ist *Eleusis* jedoch eine Industriestadt am Saronischen Golf, die sehr unter der Umweltverschmutzung zu leiden hat. Vor dem Ufer liegen ausgemusterte alte Frachtschiffe und Öltanker herum. Kein schöner Anblick. – Und mitten in diesem erschreckenden Szenario stießen Archäologen auf die mysteriöse Stätte von *Eleusis* ..."

Vor einem rechteckigen großen Platz, der von Säulenstümpfen und Mauerresten gerahmt wurde, kamen wir kurz zu stehen. „Dieses Gebäude heißt *Pompeion*", erklärte Yunus, „*Pompeion* ist altgriechisch und bedeutet soviel wie ‚Prozession'. Hier versammelten sich alle vier Jahre die Pilger und veranstalteten eine große Prozession zu Ehren der Athene. Von hier aus pilgerten die Menschen hinauf zu dem Tempel der Athene, dem *Parthenon* in der Akropolis." Yunus deutete auf die Fundamente eines früher wohl sehr beeindruckenden Tores. „Dies

ist das *Dipylon*-Tor", erläuterte er, „das bedeutet ‚Doppeltor'. Es war der größte Eingang von den insgesamt 15 Eingängen in die antike Stadt Athen. Das *Dipylon*-Tor war so gebaut, dass es ein Leichtes war, den Eingang in die Stadt vor Feinden zu verteidigen."
Yunus drehte sich wieder zu uns um. „Und nun lasst uns in die Gräberstraße einbiegen …" Sein Blick verfinsterte sich leicht. Er schlug einen kleineren Pfad ein, der nach links führte. Rechts und links von uns standen große und kleine Grabsteine mit mysteriösen Inschriften. Auf manchen Gräbern saßen trauernde Gestalten in Marmor gehauen. Hier und da reckten sich hohe weiße Stelen in den Himmel. Auf einer davon thronte zum Beispiel ein Stier, eine andere zeigte ein Relief von Pferd und Reiter. Manche Gräber wurden von urnenförmigen Gefäßen geziert und auf einem weiteren Grab saß ein steinerner Löwe mit eindrucksvollen, großen Pranken. Während viele der Gräber noch nahezu unbeschädigt aussahen, waren diejenigen, die sich etwas abseits des Fußweges befanden, bereits sehr viel weiter zerfallen oder fast völlig mit Moos und Efeu zugewachsen. Zielstrebig steuerte Yunus ein kleineres, fast schon unscheinbares Gräberfeld an, das sich im Schatten einer riesigen Zypresse befand. Ein lauer Wind wehte durch die nadelförmigen Blätter des eindrucksvollen Baumes und ließ mich kurz frösteln. Als Yunus auffiel, dass ich den Baum so eingehend studierte, kommentierte er dies mit folgenden Worten: „Zypressen sind heute eine weitverbreitete Baumart in Griechenland. Es wird davon ausgegangen, dass die ersten Zypressensamen aus Phönizien nach Griechenland gebracht worden sind. Seitdem waren Zypressen häufig Symbol und Attribut für verschiedene antike Gottheiten. Sie standen für die Unterwelt, symbolisierten gleichermaßen Tod und Trauer, aber auch Langlebigkeit. Kein Wunder, dass

diese eindrucksvollen Bäume seit jeher zur Friedhofsbepflanzung verwendet werden ... Sie haben eine sehr starke Symbolkraft, diese Bäume ..."

Yunus verstummte wieder und führte uns etwas abseits vom befestigten Weg weiter in das Gräberfeld hinein. Die Grabsteine dort muteten wie Säulenstümpfe an und fielen hinter den großen Stelen, Denkmälern und Statuen der Gräber einflussreicher Leute beinahe nicht auf. „Dies sind die Gräber von Nichtathenern", erläuterte Yunus. „Das heißt von Menschen, die nicht in Athen geboren sind, die zwar lange Zeit in Athen gelebt und gearbeitet haben, die aber offiziell nicht zu den Bürgern der Stadt gehörten. Meistens waren die Menschen, die in diesem Gräberfeld beerdigt wurden, Ausländer, die es aus verschiedenen Gründen nach Athen verschlagen hat. Zu Lebzeiten hatten sie weitaus weniger Rechte als gebürtige Athener, aber im Tod waren sie alle gleich und durften auf demselben Friedhof beerdigt werden. Meistens kamen Verwandte oder Freunde der Ausländer für die Grabsteine und die Kosten der Beerdigung auf."

Alle Gräber in jenem Feld sahen aus der Entfernung gleich aus. Grau und unscheinbar. Ein Grab reihte sich an das andere. *Ein Ding der Unmöglichkeit, einen bestimmten Grabstein ausfindig zu machen*, dachte ich. Eine Weile gingen wir so weiter, schweigsam und nachdenklich, doch schließlich kam Yunus ruckartig vor einem dieser unscheinbaren Grabsteine zum Stehen. Er war grau – genauso wie die anderen, und etwa hüfthoch. Er sah aus wie eine nicht zu Ende gebaute Säule. Die Inschrift auf dem Stein war sehr stark verwittert und nur noch einige der Buchstaben waren erkennbar. Was aber wesentlich mehr ins Auge stach, war ein Relief am oberen Rand der Stele. Mit einem Meißel war aus dem Stein die Gestalt einer edlen Taube herausgearbeitet. Die Taube war von der Seite dargestellt. Sie hatte einen anmutig gebogenen Hals, ihr Schnabel war weit geöffnet und die eleganten Flügel hatte sie ausgebreitet, als würde sie sich gerade mitten im Flug befinden. Sie sah wunderschön aus. *Jona*, dachte ich, und ich spürte, wie sich meine Augen mit Tränen füllten. Angestrengt schluckte ich einen großen Kloß in meinem Hals hinunter. Ich wusste, schon bevor Yunus zu sprechen begann, um wessen Grab es sich handelte. Auch meine Freunde ließen bedrückt die Köpfe hängen.

„Jona, Sohn des Sidoros, ein Phoiniker", las Yunus die Grabinschrift mit ernster Stimme vor. Einen Moment lang verharrte er ruhig. Das Laub der umstehenden Bäume raschelte leise und ein lauer Windzug wehte durch unsere Haare. Yunus holte tief Luft. Anschließend fuhr er fort: „Das Sterbedatum lautet in der heutigen Zeitrechnung ausgedrückt: 20. Juni 464 vor Christus. Das heißt, das Grab ist 2.470 Jahre alt. Die Inschrift ist zweisprachig verfasst worden: einmal in Altgriechisch und zusätzlich noch in der Sprache der Phoiniker." Er drehte sich langsam zu uns um. „Ihr müsst wissen: *Phoinike* ist die griechische Bezeichnung für Phönizien, ein Land, dessen Bewohner im 5. Jahrhundert vor Christus als Seefahrer und Händler weltbekannt waren. Die Einwohner selbst nannten ihr Land Kanaan. Phönizien lag da, wo heute der Libanon und Syrien liegen." Er hielt kurz inne, damit wir die neue Information in uns aufnehmen konnten. *Es ergibt alles Sinn*, dachte ich, *das Puzzle ist dabei, sich mehr und mehr zusammenzusetzen.*

Yunus sprach andächtig weiter: „Wir wissen, dass Jona Händler war. Wir wissen auch, dass Jona aus einem fernen Land kam. Wir sehen die edle Taube auf der Stele. Ich glaube, wir können davon ausgehen, dass dieses Grab das Grab von *unserem* Jona ist, der durch die Wachen des Polyzalos ums

Leben kam." Alex und Maria nickten zustimmend. Ich konnte in diesem Moment gar nichts erwidern und schaute nur betroffen zu Boden.

Lissy starrte weiterhin ungläubig den grauen Grabstein an. Dann schüttelte sie noch immer fassungslos den Kopf. Yunus betrachtete sie fragend. „Du glaubst mir nicht?" – „Nein, äh, doch", entgegnete Lissy unsicher, „das heißt ... Ich *will* das nicht glauben. Jona ... ermordet? – Genauso hinterrücks wie Cyrill? Woher wollen wir wissen, dass Jona wirklich von Polyzalos getötet worden ist? Wir haben als Beweis nur diesen Traum und im Traum wurde – soweit ich weiß – kein Datum genannt. Wir können nicht mit Sicherheit davon ausgehen, dass Jona an demselben Tag ums Leben gekommen ist wie Cyrill. Vielleicht hat Jona es geschafft, den Wachen zu entkommen. Vielleicht hat Jona es geschafft, Emilia zu befreien! Wir wissen doch nichts! Vielleicht ist Jona erst viel später gestorben." Erneut schüttelte Yunus traurig den Kopf. „Was gäbe ich darum, diese Zuversicht mit dir teilen zu können, Luisa", wandte sich der Araber unglücklich an Lissy. „Leider weiß ich aus sicherer Quelle, dass Jona an genau demselben Tag gestorben ist wie sein Freund Cyrill." – „Woher?", fragte Maria zaghaft. „Nun ..." Yunus senkte seinen Kopf und biss sich angespannt auf die Unterlippe. „Da drüben ist ..." Er stockte. „Folgt mir." Yunus führte uns noch ein paar Meter nach links weiter, bis wir schließlich vor einem weiteren gräulichen, säulenartigen Grabstein zu stehen kamen. Eine kleine Landschildkröte trottete gemächlich über das Gras neben der Stele und schaute uns mit ihren großen unschuldigen Augen an. Der Grabstein war genauso schlicht wie die übrigen. Am oberen Rand der Stele gab es ein zum Teil stark verwittertes Relief, das eine bemannte Kutsche zeigte, die von zwei Pferden gezogen wurde. Mit heiserer Stimme übersetzte

Yunus uns die Inschrift jenes Denkmals: „Cyrill, Sohn des Adrianós, Wagenlenker. Sterbedatum: 20. Juni 464 vor Christus."

„Jona ist an demselben Tag gestorben wie sein Freund Cyrill", fasste Alex mit seltsam blechern klingender Stimme zusammen. Yunus nickte zustimmend. Alex schüttelte fassungslos den Kopf.

Yunus fuhr fort: „Es ist ganz schnell gegangen. Jona ist nicht weit gekommen. Es waren einfach zu viele Soldaten. Er hatte keine Chance ..." Daraufhin fielen wir alle in tiefes Schweigen. Keiner wagte es, ein Wort zu sagen. Der Wind frischte auf und ich spürte, wie die feinen Härchen auf meinen Armen zu Berge standen. Ich rieb mir angespannt die Arme, doch es wurde mir dadurch nicht wärmer. Ich spürte, wie die Kälte sich ihren Weg in mein Herz bahnte und wie die Trauer nach außen hervorbrechen wollte.

Yunus schaute mir mit einem fragenden Blick direkt in die Augen. Ich fing unvermittelt zu zittern an, als ahnte ich bereits, was Yunus mit mir vorhatte. „*Möchtest du sehen, wie es passiert ist?*", hörte ich seine Stimme in meinem Kopf und zuckte vor Schreck kurz zusammen. „*Ich kann es dir zeigen, aber nur, wenn du es willst, Emily. Wenn du es nicht willst, lass ich es bleiben.*" Erneut spürte ich dieses elektrisierende Drücken und Ziehen unter meiner Kopfhaut, aber diesmal war es nicht ganz so unangenehm wie die beiden Male zuvor, weil ich es zuließ, weil ich mich nicht dagegen zur Wehr setzte. Vielleicht, weil ich zu aufgewühlt war, um mich dagegen zu wehren. Meine Freunde zeigten keinerlei Reaktion. Daraus schloss ich, dass sie Yunus' Stimme im Gegensatz zu mir nicht gehört hatten. Ich schluckte schwer, erwiderte jedoch standhaft seinen Blick und nickte zaghaft. „*Schließe die Augen*", vernahm ich seine Stimme. Ich tat, was er sagte und spürte, wie mich etwas an einen anderen Ort zog, obwohl ich noch immer mit beiden Füßen fest verankert auf dem Boden stand. Der Anblick des Friedhofs von *Kerameikós* rückte in die Ferne, stattdessen fühlte ich die Präsenz des Hephaistostempels rechts neben mir und am Rande meines Herzens verspürte ich ein Gefühl der Panik, der Todesangst, das sich mit meinen Gefühlen der Trauer und der Verwirrung vermischte. Kurz darauf lief vor meinem inneren Auge die Fortsetzung von Yunus' Traum ab.

--- Jona legt seinen Freund Cyrill sachte auf dem Boden ab. Cyrills Körper ist noch warm, aber es ist kein Leben mehr in ihm. Im Gras unter Cyrill entsteht eine dunkelrote Blutlache. Jona ist vor Trauer wie betäubt. Alles um ihn herum geschieht wie in Zeitlupe. Er hört das laute Surren von Pfeilen um sich herum. Überall sind Pfeile! Ein Geschoss bohrt sich in den Baumstamm direkt neben Jona. Wäre er nicht so schnell gewesen, hätte ihn der Pfeil direkt am Kopf getroffen. Er duckt sich tiefer in das Gebüsch. *Niemand außer mir weiß, wo Polyzalos Emilia begraben hat*, denkt er, *wenn ich sterbe, dann stirbt auch Emilia. Das darf ich nicht zulassen.*

Jonas Herz schlägt in einem Irrsinnstempo, das Blut in seinen Ohren rauscht so laut, dass er die Rufe der Soldaten nur wie durch dicke Watte hört. Für einen kurzen Moment erwägt Jona, in das Getümmel des Marktes zurückzukehren. Vielleicht könnte er in den Massen untertauchen. Er könnte es schaffen, sich unbemerkt davonzuschleichen. Aber er entscheidet sich dagegen. Er will nicht riskieren, dass ein anderer Mensch, ein Unbeteiligter, zu Schaden kommt. Die Soldaten des Polyzalos sind in einem regelrechten Blutrausch. Bestimmt würden sie es billigend in Kauf nehmen, dass Unschuldige zu Tode kommen, solange sie nur weiter Jagd auf Jona aufnehmen können. Das wäre nicht das erste Mal!

Die Soldaten kommen in Sicht. Mit großen Schritten preschen sie die Anhöhe zum *Thiseion* hinauf. Es sind so unglaublich viele – und alle sind bis auf die Zähne bewaffnet! „Ergreift den Schänder unserer Pythia!", ruft einer der Wachmänner mit durchdringender Stimme. Jona sieht, wie mehrere Menschen, die aus dem *Thiseion* herauskommen, sich mit Verwirrung in den Gesichtern nach ihm umdrehen. „Das ist der Mann!", ertönt die Stimme des Soldaten ein weiteres Mal. Er zeigt mit seinem Finger in Jonas Richtung. „Er hat die Pythia von Delphi geschändet und sie danach kaltblütig ermordet!" Vor Schreck weichen die Menschen auseinander. Nur zögerlich nehmen einige von ihnen, die mutig genug sind, ebenfalls die Verfolgung auf. Doch Jona schafft es, sich freizukämpfen. Völlig außer Atem erreicht er die hintere Wand des Tempels. Für einen Moment lang ist er vor dem Pfeilhagel der Wächter sicher. Doch plötzlich stellt sich Jona ein großer Mann mit schulterlangen schwarzen Haaren und einem beigefarbenen Gewand in den Weg, der sich bisher hinter dem Hephaistostempel aufgehalten hat. *Er ist keiner von den Soldaten*, erkennt Jona, *er ist Phönizier, ein Landsmann. Vielleicht will er mir helfen.* Doch nur wenige Sekunden später wird Jona klar, dass der Mann ihm keineswegs helfen will. – Im Gegenteil! Er will ihn ergreifen und den Soldaten ausliefern. Der Gesichtsausdruck des Mannes ist bitter und erbarmungslos, voller Verachtung, und sein Griff ist stark. Mit brutaler Präzision dreht der Mann ihm die Arme hinter den Rücken und macht ihn dadurch nahezu bewegungsunfähig. Es würde sich nur noch um Sekunden handeln und die Soldaten hätten die andere Seite des Tempels und somit auch Jona erreicht. Und was dann geschehen wird, ist Jona klar. Das Adrenalin, das durch seine Adern jagt, raubt ihm fast den Verstand. Doch der Gedanke an Emilia gibt ihm neue Kraft. *Ich darf nicht aufgeben*, denkt er immer und immer wieder, *ich darf nicht zulassen, dass Polyzalos gewinnt.*

Jona kämpft gegen den starken Griff des Phöniziers an. Er rollt sich ab und reißt somit auch den Phönizier zu Boden. Schließlich muss der Mann ihn loslassen, sonst hätte er wohl seinen eigenen Arm ausgekugelt. Jona nutzt den Moment, springt auf und rennt davon. Er ahnt, dass der Phönizier inzwischen auch wieder auf den Beinen ist und die Verfolgung aufgenommen hat. Ohne sich noch einmal umzuschauen, rennt Jona auf die Bäume und Gebüsche zu, die hinter dem Hephaistostempel ganz dicht nebeneinander wachsen. *Vielleicht kann ich durch das Unterholz unbemerkt verschwinden*, hofft Jona. Doch seine Hoffnung wird enttäuscht. Der Phönizier verfolgt ihn hartnäckig. Jona würde sich nicht vor ihm verstecken können. Der Phönizier ist ihm dicht auf den Fersen.

Die Wachen sind noch nicht in Sicht, doch der Regen von Pfeilen beginnt aufs Neue. Die Luft um Jona ist erfüllt vom Surren und Wuschen der dicht an ihm vorbei fliegenden Geschosse. Und dann nimmt das Unheil seinen Lauf! Mitten im Sprung über ein Gebüsch wird Jona an seinem linken Bein von einem Pfeil getroffen. Spitzes Metall bohrt sich ins Fleisch. Er schreit vor Schmerz laut auf. Er verliert das Gleichgewicht, als er unsanft auf der anderen Seite des Gebüsches ankommt und verstaucht sich dabei den Knöchel. Sein Bein gibt unter ihm nach und er fällt vornüber auf den Bauch. Die Wucht des Aufpralls presst ihm die Luft aus der Lunge. Doch sein Sturz ist noch lange nicht zu Ende. Hinter dem Gebüsch hat sich ein steiler Abhang verborgen und Jona stürzt, tiefer und tiefer. Ohne dass er etwas dagegen tun könnte, rollt er weiter den Abhang hinunter. Seine Hände finden keinen Halt an den Wurzeln und Ästen der Bäume und

Büsche. Es ist ausweglos. Er hört hinter sich laute Schreie, alle reden plötzlich wild durcheinander. Doch Jona hat keine Zeit, sich umzuschauen. Verzweifelt versucht er, irgendwo Halt zu finden und wieder aufzustehen, doch er rollt immer weiter den Abhang hinab. Äste und Steine zerkratzen ihm dabei die Hände, die Beine, das Gesicht. Die Umgebung vor ihm verschwimmt zu dunklen zusammenhangslosen Schlieren. Er verliert die Orientierung. Ihm ist schwindelig und übel. Schließlich schlägt sein Kopf hart gegen einen Felsen, ein Ruck geht durch seinen Körper. Es fühlt sich an wie eine Explosion in seinem Kopf und plötzlich wird alles dunkel und still um ihn herum. ---
Die Bilder vor meinem inneren Auge endeten abrupt. Die Präsenz des Hephaistostempels rückte immer mehr in den Hintergrund. Stattdessen drängte sich zunehmend die Stimmung des Friedhofs von *Kerameikós* in meinen Kopf. Die Panik und Todesangst, die ich am Rande meines Herzens empfunden hatte, nahmen ab und ließen nur noch Trauer und pures Entsetzen in mir zurück. Ich öffnete die Augen und zitternd und schwitzend zwang ich mich dazu, ruhiger zu atmen. Yunus blickte mich besorgt an. Er hatte seine quälende Erinnerung mit mir geteilt, vielleicht hatte er auf diese Weise einen Teil des Grauens, das die Erinnerung mit sich brachte, auf mich abgewälzt. Womöglich hatte er deshalb nun ein schlechtes Gewissen. Jedenfalls wagte er es nicht mehr, in meine Gedanken vorzudringen.

„Geht es dir gut?", fragte mich Lissy alarmiert, als sie mich dermaßen außer Atem und am Schwanken sah. Sie bot mir ihren Arm als Stütze an. Dankbar nahm ich ihre Hilfe an und hielt mich an ihr fest. Ich atmete tief durch und es gelang mir, mich etwas zu beruhigen. „Ja, es geht schon wieder. Ich ...", begann ich, doch dann fehlten mir die Worte. Ich suchte Yunus' Blick, doch seine Augen wichen mir aus.

Ich dachte an Jona und das, was ich eben gesehen hatte. Ich kämpfte gegen die bitteren Tränen an, die mir in den Augen brannten, und strich mir über die Stirn. Es tat beinahe weh. 2.470 Jahre war es her, dass Cyrill und Jona ihr Leben auf grausamste Art und Weise verlieren mussten. Und auf einmal wurde mir die schreckliche Wahrheit in all ihren Ausmaßen bewusst. „Jona ist an demselben Tag gestorben wie Cyrill. Das heißt, niemand wusste davon, wo Emilia lebendig begraben wurde", brach es mit Entsetzen aus mir heraus, „das heißt, niemand konnte Emilia retten." Betroffen nickte Yunus. „So ist es", stimmte er mir zu, „Emilia musste in ihrem Gefängnis kläglich verhungern und verdursten. Niemand war da, der ihr beistand. Niemand war da, der um sie weinte, als sie starb. Niemand war da, der sie in den Arm nahm und sie tröstete ... Niemand." Yunus fuhr sich langsam über die Haare und ich sah, wie sich eine kleine Träne ihren Weg aus seinem Auge bahnte und seine Haut benetzte. Der Anblick schnürte mir das Herz zu. „Und Emilias Seele ist gefangen, irgendwo tief unten in der Krypta eines Tempels, wo ihre sterblichen Überreste noch immer ruhen. Gefangen in der Ewigkeit, ohne Ausweg. Nicht einmal im Tod konnte Emilia ihren Frieden finden." Er schaute uns mit seinen dunklen Augen an. „Und deshalb habe ich mich an euch gewandt. Deshalb habe ich euch die ganzen Zettel geschrieben. Deshalb habe ich euch auf eine Schnitzeljagd quer durch Athen geschickt, euch dazu bewegt, die Stationen in Emilias Leben zu durchleben, mit mir mitzudenken, nach Hinweisen zu suchen, nachzuvollziehen, was ich bisher herausgefunden habe und ich habe so vielleicht Anstöße dazu gegeben, dass ihr herausfindet, was ich bisher noch nicht klar gesehen habe. Deshalb bitte ich nun um eure

Hilfe." Nie werde ich den abgrundtief traurigen Klang seiner Stimme vergessen, als er mit uns sprach. Der auffrischende Wind blies durch die Blätter der riesigen Zypresse und der Himmel färbte sich zunehmend dunkelrot. Es sah aus, als würde der Himmel in Flammen stehen. Schweigend und stumm lag vor uns das Grab Cyrills in schummriges Dämmerlicht gehüllt.

Es war ein unwirklicher Moment, ein ergreifender Moment, der gerade dadurch, dass er so emotional war, dennoch wirklicher wurde als alles andere, was ich je erlebt hatte. Ich spürte, dass wir nun vor einem Wendepunkt in unserem Athenaufenthalt standen. Nun war es nicht mehr nur eine Suche nach Zetteln, ein verspieltes abenteuerliches Unternehmen im Urlaub, eine spielerische Suche auf dem Weg von einem Rätsel zum nächsten. Nein, nun wurde es zu einer Aufgabe, einer Mission mit einem klaren Ziel, von dessen Erreichen so viel abhing.

„Luisa, Maria, Emily und Alexander …", begann Yunus mit beinahe schon feierlich klingender Stimme. „Ich bitte euch darum: Helft mir herauszufinden, *wo* Emilias dunkles Grab liegt. Helft mir dabei, ihre Seele zu befreien, sie aus der ewigen Finsternis zu erretten. Emilia hat es nicht verdient, die Ewigkeit im Dunkeln zu verbringen. Sie hat es vielmehr verdient, gerettet zu werden. – Ich schaffe das nicht allein. Aber ich weiß, ich werde niemals zur Ruhe kommen, wenn Emilias Seele nicht gerettet wird. Ich weiß nicht, wieso mich Emilias und Jonas Geschichte dermaßen gefangen hält. Ich weiß lediglich, dass es an mir liegt, ihnen zu helfen – und an euch, wenn ihr dazu bereit seid, mit mir nach Emilias letzter Ruhestätte zu suchen. Nur so können Jona und Emilia ihren Frieden finden. Ich bitte euch darum: Helft mir dabei, den Weg von Alpha nach Omega zu beschreiten. Ihr seid ihn schon bis Kappa mit mir gegangen. Werdet ihr mich auch auf dem Rest des Weges begleiten?"

Ich schaute meinen Freunden in die betroffenen Gesichter. Lissy, Alex und Maria ... Sie alle standen reglos da, schockiert von Yunus' Rede und wohl auch gerührt von den Schicksalen Emilias, Jonas und Cyrills. Maria nickte als Erste, zuerst langsam und zögernd, dann jedoch fest und bestimmt. Sie streckte ihre Hand nach vorne aus mit der Handfläche nach unten. „Ich helfe dir, Yunus", sagte sie. Daraufhin räusperte sich Alex und sprach mit Überzeugung in der Stimme: „Ich auch." Dann legte er seine Hand über die von Maria. „Ich bin dabei", hauchte ich und legte meine eigene Hand über die von Alex. „Wir können nicht zulassen, dass Polyzalos gewinnt", meinte Lissy, „wir helfen dir dabei, den Mord aufzuklären und Emilias Seele zu befreien." Ich spürte Lissys Hand über meiner. Yunus atmete tief durch. Eine weitere Träne floss über seine Wange und ein zaghaftes Lächeln zeigte sich in seinem Gesicht. „Ich danke euch", flüsterte er und legte seine eigene Hand über die von uns. Eine Weile standen wir so da und hielten die Verbindung unserer Hände aufrecht. Ein wohliger Schauer durchzog meinen Körper. Es war, als hätten wir soeben ein Bündnis miteinander geschlossen. Nichts würde fortan mehr so sein wie zuvor. Wir hatten eine Lebensaufgabe und wir würden nicht aufgeben, bevor wir das Rätsel nicht vollends gelöst hatten.

Abenddämmerung

„Hier, im Sinne der Vollständigkeit ... das ist für euch", sprach Yunus und drückte mir einen kleinen quadratischen Zettel in die Hand, auf dem ein griechisches Kappa zu sehen war: κ. „Ursprünglich hatte ich vor, den Zettel am *Thiseion* für euch zu hinterlegen, aber dann habe ich mich doch dafür entschieden, euch persönlich zu treffen." – „Es freut uns sehr, dass du dich umentschieden hast", beteuerte Maria. „Wir haben uns ehrlich gesagt schon darüber gewundert, dass du dich den ganzen Tag über nicht hast blicken lassen." – „Wirklich?" – „Ja." Wir alle nickten zustimmend. Ich drehte den Zettel um und betrachtete mir, was darauf zu sehen war. Eine grüne Linie verlief vom rechten Zettelrand schräg nach unten auf den linken Rand des Papiers zu. Oberhalb des Strichs stand folgendes Wort geschrieben: Κεραμεικός.

Wortlos holte ich die anderen Zettel hervor, rückte mich auf der Mauer, auf der wir eben saßen, zurecht und breitete die Papierschnipsel auf meinem Schoß aus. Dann legte ich sie aneinander, wie wir das schon so oft vorher getan hatten. Der Platz für den neuen Zettel war schnell gefunden: links neben dem Thetazettel – und wie erwartet wurde die grüne Linie auf dem alten Zettel bruchlos von der auf dem neuen fortgeführt. Yunus lächelte zufrieden. „Es ist schön zu sehen, dass ihr die Zettel alle aufgehoben habt", freute sich Yunus. „Ich bin wirklich froh, dass ich euch kennenlernen durfte und dass ihr mir bei meiner Suche helfen wollt." – „Das tun wir doch gerne", entgegnete Lissy, „aber sag ... Wie geht es denn jetzt weiter, Yunus? Wo ist der nächste Zettel? Hast du noch einen? Wohin gehen wir als Nächstes?" – „Tja." Yunus zuckte mit den Schultern. „Das ist eine gute Frage, Luisa. Wohin gehen wir als Nächstes?" Er ließ bedrückt die Arme hängen. „Wenn ich das nur wüsste ... Aber ich weiß es nicht. Nein, ich habe keine weiteren Zettel, weil ich mich selbst im Kreis drehe. Mir ist nicht klar, wie es nun weitergehen soll. Mit Lambda, natürlich. Aber wo liegt das? Ich fürchte, ich habe die Spur verloren und ich brauche euch, um die Spur wiederzufinden. Ansonsten sind wir zum Scheitern verurteilt und werden Emilias Grab nie finden." Das waren nicht gerade erbauliche Neuigkeiten und wir verfielen in tiefes Schweigen.

Ich betrachtete mir die einmalig schöne Umgebung, die sich vor mir auftat. Wir saßen nebeneinander auf einer Mauer in der *Römischen Agorá*. Yunus hatte uns erzählt, dass dieser weitere Marktplatz Athens viel später als die *Antike Agorá* gebaut worden war, von den Römern, als diese im zunehmenden Maße in Athen angesiedelt hatten, um etwa 20 vor Christus. Die Anlage war nach dem Vorbild der *Antiken Agorá* erbaut worden und schloss sich in östliche Richtung direkt an sie an. Hinter uns befand sich der Turm der Winde, ein beeindruckender achteckiger weißer Turm, der damals als Wetterwarte gedient hatte und heute noch ziemlich gut erhalten war. Zu unserer Linken befand sich eine Treppe, die von Säulenresten und einem Bogen gerahmt war. Vor uns lag ein großer rechteckiger weißer Platz, aus dem hier und da – dem harten Boden zum Trotz – ein paar vereinzelte Grashalme herauswuchsen. Hinter dem großen Platz konnten wir die *Fethyie-Moschee* sehen, ein wunderschönes bräunlich-weißes Gebäude, ganz aus Stein gebaut mit mehreren kleinen Kuppeln. Das Gebäude war von weiß und violett blühenden Oleandersträuchern und einer großen Palme umgeben. Yunus hatte uns erzählt, dass diese Moschee unmittelbar nach der türkischen Eroberung Athens im Jahre 1465 gebaut worden war. Heute wurden in ihrem Inneren lediglich Fundstücke aus der *Römischen Agorá* aufbewahrt. Links hinter der Moschee sahen wir den Giebel eines Tores mit vier dorischen Säulen, das Tor der *Athene Archegetes*, wie uns Yunus belehrt hatte. Daneben stand eine riesige Palme, die fast genauso hoch war wie das Tor selbst.

Der inzwischen dunkelrot gefärbte Himmel tauchte die historische Stätte in ein geheimnisvolles, fast schon mythisches Licht. Ein lauer Wind wehte mir durch das Haar und trug einige der Zettel davon, die ich auf meinem Schoß ausgebreitet hatte. Sofort sprang ich von der Mauer herunter, um die Zettel wieder einzufangen. Es gelang mir. Dann entschied ich mich dazu, sie vorsichtshalber in meinem Geldbeutel zu verstauen, wo sie hingehörten.

„Es ist schön zu sehen, dass du Emilias Kette trägst", sagte Yunus auf einmal. „Findest du?", entgegnete ich, als ich mühsam wieder auf die Mauer zurückkletterte und mich zu den anderen setzte. „Ich wusste zuerst nicht, ob es recht war, dass ich mir die Kette umhängte. Aber aus einem unbestimmten Gefühl heraus habe ich sie mir heute Morgen angelegt. – Das Band ist ein bisschen doof", gab ich zu, „das ist das Nylonband von meiner Sonnenbrille. Aber ich hatte gerade nichts anderes da." – „Das macht nichts", fand Yunus, „der *Anhänger* ist das Wichtige. Ich finde es jedenfalls gut, dass du die Kette trägst, die Emilia damals getragen hat." – „Und du trägst ja auch die Kette von Jona", gab ich zurück. „Ja." Yunus nickte.

„Du hast gesagt, dass du die Kette wohl von deinen biologischen Eltern bekommen haben musst", mischte sich Maria ein.

„Das stimmt auch. Als man mich gefunden hat, im Eingang der Deutschen Botschaft von Athen, da trug ich sie um meinen Hals."

„Der einzige Hinweis, den deine Eltern dir auf deine Herkunft hinterlassen haben", fasste Alex zusammen.

„Ich glaube, deine Eltern haben irgendetwas mit Jona zu tun. Vielleicht sind sie Nachkommen von Jona. Vielleicht stammst *du* von Jona ab, Yunus", überlegte ich. „Das könnte erklären, warum du so eine starke Verbindung zu ihm fühlst. Warum du durch seine Augen sehen kannst. – Hast du dir das nicht auch schon manchmal gedacht?"

„Ehrlich gesagt, ja. Ich habe mit solchen Gedanken auch schon gespielt, Emily." Er blickte mir tief in die Augen. „Aber es kann nicht sein."

„Warum kann es nicht sein?"

„Jona hatte keine Kinder. Jona ist gestorben, bevor er Kinder haben konnte. Jona wurde vor seiner Zeit ermordet. Jona ... kann kein Vorfahr von mir sein."

„Vielleicht stammst du von einem Bruder von ihm ab oder einem anderen Verwandten", vermutete Alex. „Das könnte doch sein, oder?" Yunus zuckte nur mit den Schultern. „Ja, das könnte sein", gab Yunus zu. „Aber ich weiß nicht, ob ich daran glauben kann."

„Warum denn nicht?", wandte sich Lissy an ihn.

„Ach, ich weiß auch nicht."

„Wenn wir doch nur einen Hinweis darauf hätten, wer deine wahren Eltern sind. Sie könnten uns garantiert mehr darüber sagen", grübelte Maria nach, „warum du im Besitz der Kette bist; warum du von Jona träumst; wer deine Vorfahren sind ..."

„Ja, aber wie gesagt: Sie haben es vorgezogen, mich im Unklaren zu lassen und mich stattdessen einfach auszusetzen."

Wir wussten, dass es für Yunus ein heikles und schmerzvolles Thema war, über seine biologischen Eltern zu reden, daher beschlossen wir, es lieber dabei bleiben zu lassen.

„Und wo hast du eigentlich den Anhänger von Emilia gefunden?", fragte Maria plötzlich. „Ja genau!", pflichtete ich ihr bei, „das würde mich auch interessieren." – „Mich auch!", sagte Alex. „Und mich sowieso", quakte Lissy. Das brachte Yunus schließlich zum Lachen. „Na gut, wenn euch das so brennend interessiert ... Dann werde ich euch lieber nicht länger im Unklaren lassen. – Aber ihr hättet es heute Abend sowieso noch erfahren." – „Wie das?" Ich guckte ihn mit großen Augen an. „Na, ihr habt doch noch ein paar Seiten in dem rot gebundenen Buch zu lesen, oder?" – „Ach ja, stimmt!", fiel Alex ein, „darin steht wohl geschrieben ..." – „Wie ich an das Medaillon von Emilia gekommen bin. Genau", vollendete Yunus seinen Satz. „Also, wie jetzt?", fragte Lissy, „spuck's schon aus." Erneut grinste Yunus über Lissys Ungeduld. Dann begann er zu erzählen: „Also gut ... Es war an meinem 20. Geburtstag – also vor etwas mehr als sechs Jahren inzwischen. Ich habe einen Brief von Athina bekommen. Sie hat mir ein besonderes Geschenk gemacht. Eines, mit dem ich überhaupt nicht gerechnet hatte. Ich bekam etwas sehr, sehr Interessantes ..." Er unterbrach kurz und schmunzelte. „Nein, Leute, egal was ihr jetzt tut: Ihr werdet es nicht schaffen, mich dazu zu überreden, das auch noch zu verraten." Er hielt uns gespielt drohend seinen rechten Zeigefinger unter die Nase. „Dafür müsst ihr noch etwas Geduld haben. Ich will euch doch nicht den ganzen Spaß verderben. Es ist schon viel genug, dass ich euch das mit dem Medaillon erzählen muss ..." Nun war es an uns, ihn verdattert anzuschauen. Er schien es regelrecht zu genießen, uns dermaßen auf die Folter zu spannen.

„Nun sag schon endlich", drängte Lissy.

„Ja, also, zusätzlich zu dem anderen Interessanten, was ich bekommen habe ..." – er lachte verschmitzt, als er sah, wie wir genervt mit den Augen rollten – „... erreichte mich außerdem ein kleines Päckchen. Und *einmal* dürft ihr raten, was in diesem Päckchen drin war." – „Das Medaillon von Emilia?" – „Ja, genau. Ihr seid wirklich sehr schlau." Alex schnaubte und nickte abfällig. „Das war ja jetzt soooooooooooo schwer zu erraten", kommentierte er, „aber wie … Ich meine … Woher hatte Athina den Anhänger?"

„Sie hat ihn auf einem Flohmarkt erstanden", antwortete Yunus, „bei der Metrostation *Monastiraki*. Da sind immer viele Händler und verkaufen alle möglichen Sachen. Manchmal allerdings kann man da einen echten Glücksgriff machen und wahre Schätze aus der Antike zu einem Spottpreis bekommen. Die Händler wissen manchmal gar nicht, was für unglaublich wertvolle Gegenstände sie verschleudern. Athina kennt sich da aus. Sie ist Restaurateurin im Nationalen Museum. Ihr kann man in dieser Hinsicht nichts vormachen. Sie kann auf den ersten Blick unterscheiden, was authentische antike Fundstücke sind und was lediglich billige Kopien von Scharlatanen."

Wir schauten ihn mit großen Augen an. „Krass", steuerte Lissy bei. „Ich glaube, wir müssen da auch einmal einkaufen gehen."

Yunus lachte und fuhr fort: „Athina fand das Medaillon hübsch."

„Das ist es auch", stimmte ich ihr zu.

„Das ist es in der Tat", meinte auch Yunus, „jedenfalls dachte sie, sie könne mir damit eine Freude bereiten. Immerhin ist der Anhänger ein Glücksbringer mit der Athene vorne drauf. *Damit dir nichts passiert, wenn du alleine in Deutschland unterwegs bist*, hat sie geschrieben, *damit du erfolgreich dein Studium abschließen kannst und dich das Glück nie verlässt*. Das Medaillon war lange Zeit mein Glücksbringer und ich habe es überall mit hingenommen." Er stockte kurz und es war mir, als wäre ein dunkler Schatten über sein Gesicht gezogen. *Bis zu dem Tag, an dem ich es zu Hause habe liegen lassen*, glaubte ich in seinem Blick lesen zu können. Aber der Eindruck war ziemlich flüchtig gewesen, sodass ich mir letztendlich nicht sicher war, ob ich es wirklich wahrgenommen oder es mir vielleicht nur eingebildet hatte. Ich entschied mich dafür, dass es Einbildung gewesen war, denn Yunus lächelte wie eh und je und redete fröhlich weiter: „Ja, der Anhänger hat mir viel Glück gebracht. Als ich beispielsweise damals in Bielefeld unterwegs gewesen war …" – „WAS???!!!", rief Maria vor Überraschung laut aus, „du warst in BIELEFELD???!!! Was hast du denn da gemacht?" – An dieser Stelle muss ich vielleicht nachliefern, dass Maria in Bielefeld studierte. – Verblüfft schaute Yunus Maria ins Gesicht. „Wieso? Darf ich denn nicht nach Bielefeld oder was?" – „Nein … äh … ich meine, ja … doch. Von mir aus. Aber … Warum? Was wolltest du denn in Bielefeld?" – „Die Unibibliothek benutzen … Ich brauchte Bücher für Sprachwissenschaften und ich hörte, dass die Bibliothek in Bielefeld in dieser Hinsicht die beste sein soll …" – „Nee, du …", stammelte Maria fassungslos, „das ist jetzt nicht wahr. Du warst nicht in Bielefeld, Yunus."

„Doch, natürlich ist das wahr. Warum glaubst du mir denn nicht?"

„Oh Mann", stöhnte Maria, „das wird alles immer verrückter hier. Ich glaub das nicht." – „Bist du wenigstens fündig geworden in der Bibliothek?", fragte Alex verschmitzt.

„Ja natürlich, aber ich brauchte eine gewisse Zeit, bis ich mich halbwegs auskannte."

„Und wie fandest du Bielefeld?", wollte Lissy grinsend wissen, „im Vergleich zu Würzburg?"

Yunus grinste. „Ehrlich gesagt … Ich war froh, als ich wieder in Würzburg war. Die Uni in Bielefeld hat mir nicht so zugesagt. Zu groß, zu steril, zu … ähm …"

„Zu grau, zu grässlich?", fuhr Maria leicht belustigt fort.

„Ich wollte es eigentlich nicht so direkt sagen. Immerhin studierst du da noch."

„Na und? Du kannst ruhig über Bielefeld motzen. Das ist mir egal. Ich fang höchstens noch damit an mitzumotzen."

Wir alle amüsierten uns köstlich über Marias und Yunus' Unterhaltung. „Also, erzähl ... Bielefeld ... Du ... Was hat das mit dem Medaillon von Emilia zu tun?", fragte Lissy nach.

„Ich sagte doch, dass das Medaillon mir Glück brachte, ja?", begann Yunus.

„Ja, soweit kommen wir gerade noch mit", meinte Alex spöttisch.

„Jedenfalls ging ich durch diese lange, dunkle Eingangshalle in der Uni von Bielefeld, die ein bisschen so aussieht wie ein stillgelegtes Flughafengebäude, meiner Meinung nach ... Und da gibt es doch diese Stelle, an der ein Zwei-Euro-Stück auf dem Boden liegt, das festgeklebte ..."

Maria fing an, herzhaft zu lachen. „Ja, ja ... Das ist immer so lustig. Die Neuen bücken sich danach, weil sie denken, es ist echtes Geld und dann können sie es nicht aufheben. Das ist so ein alter Gag an der Uni."

„Was übrigens seeeeeeehr witzig ist", kommentierte Yunus kopfschüttelnd.

„Du hast dich auch danach gebückt." Es war mehr eine Feststellung als eine Frage. Maria grinste Yunus erwartungsvoll an.

„Sicher, du etwa nicht an deinem ersten Tag an der Uni?", entgegnete Yunus. Maria zog es vor, darüber zu schweigen.

„Jedenfalls fiel mir das Amulett von Emilia daraufhin aus der Tasche, als ich mich nach dieser Münze gebückt hatte. Erschrocken und frustriert bin ich dem Medaillon nachgerannt und es ist zum Glück in Sichtweite liegen geblieben. Als ich es aufheben wollte, habe ich festgestellt, dass es direkt neben einem Foto lag."

Ich war daraufhin so überrascht, dass ich um ein Haar das Gleichgewicht verloren hätte und von der Mauer heruntergefallen wäre. Yunus hielt mich gerade noch rechtzeitig zurück und ich erlangte das Gleichgewicht wieder. „Das Medaillon lag neben dem Foto von uns, oder?", fragte ich, „das Foto von Lissys Geburtstagsfeier auf dem Stufenberg?"
Yunus nickte und fuhr fort: „Ich nahm es an mich und schaute es mir an. Die Leute, die darauf abgebildet waren, kamen mir auf Anhieb sympathisch vor und ich wünschte, ich könnte sie persönlich kennenlernen."
„Ja sicher ...", plapperte Alex dazwischen.
„Wenn ich es euch doch sage ..." Yunus nickte übereifrig und sein Zopf wippte auf und ab dabei. „Na gut ... Dann stand ich also da ... mit dem Foto in der Hand und wusste nicht, was ich damit machen sollte. Ich dachte, jemand hatte es verloren und daher schaute ich mich überall um, aber da war niemand, der so aussah, als würde er eventuell ein Foto vermissen. Also habe ich es mitgenommen."
„Du hast mir einfach mein Foto geklaut", brauste Maria auf.
„Nein, das habe ich nicht", widersprach Yunus, „ich habe es *gefunden*. Das ist ein Unterschied." Erneut lachten wir. „Ihr habt es ja jetzt wieder", beschwichtigte Yunus uns. „Das ist wahr", gab Maria zu. „Dir sei also vergeben."
„Du bist zu gütig."
„Ja, gell?" Maria kicherte. „Oh Mann! Ich kann es immer noch nicht glauben! *Du*, in Bielefeld! Wann war das denn eigentlich?"
„Ende Juli oder Anfang August 2003", antwortete Yunus.
„Stell dir mal vor, wir wären uns damals schon begegnet!" Maria schüttelte über diese Überlegung fassungslos den Kopf.
„Vielleicht sind wir das auch schon, wer weiß?"

„Ich glaube nicht", verneinte Maria, „so jemand wie du wäre mir bestimmt aufgefallen."

„Meinst du?"

„Ja, das meine ich. – Schon komisch", fuhr Maria fort, „eigentlich verliere ich nie einfach so Sachen. Ich verstehe das ehrlich gesagt nicht. Das ist mir noch nie passiert. Ich hab mich ewig darüber geärgert, dass ich das Bild verloren habe."

„In diesem Fall war es eine gute Sache, dass du das Foto verloren hast. Auf diese Weise habe ich euch schon kennengelernt, bevor ich euch richtig kennengelernt habe."

„Wie das?", fragte ich, doch noch während ich diese Frage formulierte, dämmerte es mir. „Stufenberg! Auf der Rückseite vom Foto. Du konntest eingrenzen, wo wir ungefähr wohnen. – Warst du wohl auch schon mal in Oberfranken??!!" Meine Freunde wurden hellhörig.

„Sicher war ich schon mal in Oberfranken."

„Hast du uns schon einmal gesehen? Ich meine, in echt, nicht nur auf dem Foto?"

„Ja. Alle fünf von euch. Inklusive Yvonne." Yunus grinste verschmitzt.

„Wann?" – „Wo?" – „Wieso haben wir dich nicht gesehen?" Wir redeten vor Aufregung alle wild durcheinander.

„Also, das erste Mal habe ich euch vor drei Jahren auf dem Korbmarkt gesehen, in eurer Heimatstadt. Da war ja der Teufel los!"

Maria lachte daraufhin so sehr, dass sie Tränen in den Augen hatte. „Das glaube ich jetzt nicht", presste sie angestrengt zwischen den einzelnen Lachern hervor. „Auf dem Korbmarkt ... Ausgerechnet!"

„Ja, ich überlegte gerade, ob ich euch ansprechen sollte. Aber dann sagte Maria so etwas wie: ‚Oh Mann! Hier ist mir zu viel Getümmel. Schieben wir uns ins *Café Krah*. Vielleicht kann man sich da besser unterhalten.'" Wir lachten herzhaft und hielten uns die Bäuche. „Dann habe ich euch aus den Augen verloren und im Café war so viel los, dass ich gar nicht mehr hineingehen konnte. – Das zweite Mal habe ich euch in Bamburg gesehen, am ... wie sagen die Franken so schön? Ähm ... Gabelmo ..."

„Gobelmo", korrigierte ich zwischen zwei Lachanfällen, „der Neptunbrunnen ... oder ... sollten wir lieber sagen: *Poseidon*brunnen ...?"

„Was haben wir da gemacht?", fragte Alex nach.

„Ihr habt über euren Urlaub in Athen diskutiert. Luisa hatte die Unterlagen für den Flug dabei und erklärte euch das mit der komplizierten Buchung mit Kreditkarte ..."

„Und daher wusstest du auch Bescheid, wo wir hinfliegen würden", fasste Maria schließlich zusammen.

„Genau, und ich packte die Gelegenheit beim Schopfe und buchte denselben Flug."

„Ganz schön hinterrücks, weißt du das?" Maria drohte Yunus nicht ganz ernst gemeint mit ihrem hoch erhobenen Zeigefinger.

„Ich verstehe trotzdem nicht, wie wir so jemanden wie dich übersehen konnten", wunderte sich Alex.

„Na ja, ihr ward jedes Mal ganz ins Gespräch vertieft oder mit etwas anderem beschäftigt. Außerdem habe ich mich auch stets relativ unauffällig verhalten."

Der Himmel über uns war purpurrot gefärbt. Es sah einfach verzaubernd aus. Die Unterhaltung in der *Römischen Agorá* tat uns richtig gut, bemerkte ich. Nach all der Aufregung, der Angst, der Wut und der Verzweiflung hatten wir so etwas bitter nötig gehabt und ich spürte, wie wir uns nach dem ganzen Stress etwas entspannten und uns mehr aneinander gewöhnten. Längst war Yunus nicht mehr der unheimliche fremde Araber, vor dem man sich fürchten musste. Nein, er war ein richtig guter Freund für uns geworden und es fühlte sich großartig an, mit Yunus befreundet zu sein. Als ich spürte, dass ich erneut von der Mauer herunterzufallen drohte, rutschte ich schnell ein Stück nach hinten zurück und berührte dabei aus Versehen Yunus' Hand. Yunus schaute mir daraufhin lächelnd in die Augen und ich wette, mein Gesicht lief dabei knallrot an. Zum Glück zog Yunus es aber vor, nichts dazu zu sagen. Ich versuchte, die flüchtige Berührung ebenfalls zu ignorieren, doch ich konnte das kurze Prickeln auf der Haut nicht vergessen, das ich gespürt hatte, als meine Hand die seine gestreift hatte.

Während ich so vor mich hinsinnierte, kam plötzlich eine ältere griechische Dame auf uns zu. Sie baute sich vor uns auf und begann auf Griechisch mit uns zu reden. Wir sprangen alle synchron von der Mauer. Nachdem die Frau geendet hatte, antwortete Yunus – ebenfalls auf Griechisch. Dann winkte er uns zu sich heran. „Wir müssen gehen", übersetzte er schließlich für uns, „sie schließen die *Römische Agorá* für heute. Es ist spät."

Gemeinsam verließen wir die historische Stätte und machten uns zu Fuß auf den Weg in Richtung *Plaka*.

„Eines musst du mir noch erklären, Yunus", begann Maria nach einer Weile nachdenklich. „Wenn dir an dem Medaillon von Emilia so viel liegt und es dir dein ganzes Leben lang so viel Glück gebracht hat ... Warum hast du es dann Emmy geschenkt? Man verschenkt doch nicht einfach solch ein wertvolles Stück."

Yunus nickte nachdenklich. „Ja, einfach war es nicht, davon Abschied zu nehmen", gab er zu, „aber ich wusste, dass das Medaillon nicht mehr meines war. Es hatte sich einen neuen Besitzer ausgesucht und ich wusste, dass es richtig war, Emily das Medaillon zu geben. Immerhin war es ihr so möglich, mehr über Emilia zu erfahren." – „Ja", pflichtete ich ihm bei, „ich denke, dass es mit diesen ganzen Träumen, Visionen und so weiter erst so richtig angefangen hat, als ich das Medaillon hatte. Vielleicht brauche ich es, damit ich durch Emilias Augen sehen kann."

„Ja", stimmte mir Yunus zu, „das war auch mein Gedankengang gewesen. Deshalb habe ich es dir zukommen lassen."

„Aber warum hat *Aiman* Emmy das Medaillon überreicht und nicht du?", fragte Alex.

„Ich war zu dem Zeitpunkt verhindert. Ich wusste nicht, wann ihr im *Váia* ankommen würdet. Daher habe ich Aiman sozusagen damit beauftragt, den Anhänger an euch weiterzugeben, sobald ihr bei ihm auftauchen würdet", erläuterte Yunus. Erneut glaubte ich, einen dunklen Schatten in Yunus' Gesicht zu sehen, der kam und wieder verschwand, kaum dass ich ihn bemerkt hatte. Ich blinzelte. Yunus' Gesichtszüge waren aufs Neue freundlich und entspannt. Hatte ich mich getäuscht?

„Kennt Aiman uns also auch?", wollte Maria wissen.

„Flüchtig, vom Sehen her."

„Na toll", palaverte Alex. „Am Ende kennt uns ganz Griechenland und nur wir haben keine Ahnung davon."

„Ganz so schlimm ist es auch wieder nicht." Yunus grinste. „Weiter habe ich niemandem von euch erzählt. – Ehrlich."

„Kommen wir nun zu einem anderen wichtigen Punkt", begann auf einmal Lissy mit überraschend ernsthafter Stimme. „Wir haben noch eine Rechnung offen, Yunus!"

„Rechnung offen?", wunderte sich dieser und runzelte verwirrt die Stirn. „Ich verstehe nicht, was du meinst."

„Was ich meine? Ich meine ganz einfach das: Deine Wohnung stinkt! Sie ist hässlich, alt und staubig und ein wahres Drecksloch! Was hast du nur mit dieser Wohnung gemacht? Und was verdammt noch mal fällt dir ein, uns in diese Bruchbude einzuladen? Also wirklich! Ich hätte Besseres von dir erwartet! Schäm dich!"

„Oh, ähm ..."

„Nichts ‚oh', Yunus. Dafür ... gibt es keine Entschuldigung! Was hast du zu deiner Verteidigung zu sagen?"

„Ich ... ja ... Ich weiß, dass die Wohnung nicht gerade im allerbesten Zustand ist ..."

„Pffff! – Das kannst du laut sagen!", prustete Lissy. „Absolut schrottreif, die Bude! Eine Zumutung!"

„Apropos schrottreif ... Lissy hat deinen Klappstuhl geschrottet", informierte ich Yunus kichernd, wofür mich Lissy mit einem strafenden Blick bedachte und ich mir jeglichen weiteren Kommentar dazu lieber verkniff.

„Was??!!", brauste Yunus gespielt ernst auf. „Du hast meinen schönen Klappstuhl kaputtgemacht??!! Ich lade euch – großzügig, wie ich bin – in meine Traumwohnung ein, ganz uneigennützig und so – und ihr verwüstet meine Einrichtung?"

„*Lissy* verwüstet deine Einrichtung", verbesserte ihn Alex, „*wir* sind unschuldig. Wir haben uns brav aufs Sofa gesetzt."

„Ha-ha", murrte Lissy, „der beknackte Stuhl war eh schon ganz porös. Ein Wunder, dass er *dich* überhaupt ausgehalten hat, Yunus! Bei *deiner* Größe!"

„Du musst eben schonend mit den Möbeln umgehen, dann lieben sie dich und halten auch länger", scherzte Yunus.

„Sehr witzig, Komiker!", schnaubte Lissy.

„Ach, Luisa", beschwichtigte Yunus sie schließlich, „das war doch nur Spaß. Der Stuhl war Schrott. Ich gebe es zu. – Die ganze Wohnung ist Schrott! Alles muss raus. Der verrottete Teppich, die vergammelten Dielen, das knarzende Sofa ..."

Er schüttelte den Kopf. „Ehrlich gesagt schäme ich mich, dass ihr die Wohnung in diesem Zustand sehen musstet. Ich hätte euch lieber in eine Luxusvilla eingeladen, aber leider habe ich zurzeit keine zur Verfügung. – Außerdem lag die Truhe, die ihr finden solltet, auf *jenem* Balkon und auf keinem anderen. Deshalb musstet ihr in eben *jenes* Haus kommen. Ich hoffe, ihr seid mir deswegen nicht böse. Ich meine, ihr habt es doch überstanden, oder?"

„Ja, sieht ganz danach aus. Sonst würdest du dich jetzt wohl kaum mit uns unterhalten können", meinte Alex.

„Wie kommst du überhaupt dazu, in so einer schrottigen Wohnung zu leben? – Du lebst doch nicht wirklich da drin, oder?", schob Lissy nach.

„Noch nicht, nein."

„Der alte Grieche, dieser Mr. Hyde, aus der unteren Wohnung – Alpha – hat gesagt, dass die Wohnung oben – Eta – leer steht", erinnerte sich Alex.

„Mr. Hyde? So nennt ihr ihn?" Yunus lachte. „Er weiß es nicht besser. Ich glaube, er hat mich noch nie gesehen. Ich habe die Wohnung im April gemietet, als ich das letzte Mal in Athen gewesen war. Ich wollte sie noch herrichten, sie wohnlich machen. Ich bin aber blöderweise noch nicht dazu gekommen. Irgendwie ist immer etwas dazwischen gekommen und ja ... jetzt ist der Juni schon beinahe vorbei und es hat sich noch immer nichts getan ... Das muss ich zu meiner Schande gestehen."

„Wohnst du nicht eigentlich in Nürnberg?"

„Ja – noch. Der Mietvertrag in Nürnberg läuft aber Ende Juli aus. Ich bin auch kein Student mehr. Meiner Doktorarbeit wollte ich noch schnell den letzten Schliff verpassen. Noch ein paar Zitate nachschlagen und so, und sie dann abgeben. Danach wollte ich versuchen, in Athen Arbeit zu finden.

Irgendetwas mit Denkmalpflege. Vielleicht auch so etwas machen wie Athina. Das interessiert mich."

„Also hast du definitiv vor, wieder nach Athen zu ziehen?"

„Ja, das war zumindest mein Plan."

„Was heißt hier: *war*?", fragte Maria.

„*Ist* ... Ich muss wohl sagen: *ist*. Ich habe mich ungeschickt ausgedrückt. Entschuldigt." Verwirrt schaute ich Yunus an. Irgendetwas ging in ihm vor, doch ich wurde aus seinem Gesichtsausdruck nicht schlau.

„Und warum wohnst du nicht bei Farid und Athina?", wollte Lissy wissen.

„Ich möchte auf eigenen Beinen stehen", antwortete Yunus, „so eine eigene Wohnung ist schon etwas Schönes."

„Na ja, aber nicht so eine, wie *du* sie hast", äußerte sich Lissy.

„Aus der Wohnung kann man sicher noch etwas machen", behauptete Yunus, „ihr werdet schon sehen!"

„Na, wenn du meinst ... – Da hast du aber noch jede Menge Arbeit vor dir", schätzte Alex.

„Das lasst mal meine Sorge sein. Ich schaff das schon."

„Warum steht eigentlich dieser komische Traktorreifen auf dem Balkon?", fragte Lissy. Yunus lachte verhalten. „Ich dachte schon, dass ihr das früher oder später fragen würdet."

Ich blickte Yunus ins Gesicht. Ein Bild von einem Traktorreifen blitzte plötzlich vor meinem inneren Auge auf. Und ein gleißend helles Licht. Dann verschwand der Eindruck wieder und ich blieb verwirrt und ratlos zurück. Ich blinzelte und schüttelte mich. Dann wandte ich mich wieder Yunus zu. Dieser lächelte immer noch. „Ich habe keine Ahnung, warum da ein Traktorreifen steht. Das müsst ihr schon den Vormieter fragen."

„Und wer ist der Vormieter?", wollte Maria wissen.

„Das weiß ich auch nicht."

„Na prima. Du weißt aber auch gar nichts", behauptete Alex frech.

Eine Weile gingen wir schweigend nebeneinander her. Wir erreichten die *Plaka*.

Ich erinnerte mich an etwas und öffnete meinen Rucksack.

„Hier hast du deine Schlüssel wieder, Yunus", sagte ich schließlich, als ich diese aus meinem Rucksack gefischt hatte. Zögerlich nahm sie mir Yunus aus der Hand und ließ sie in seiner Hosentasche verschwinden.

„Das war übrigens sehr leichtsinnig von dir, dass du die Schlüssel einfach so am *Olympieion* hingelegt hast", belehrte Maria den Araber.

„Wieso? Ihr habt sie doch gefunden."

„Ja, aber wir hätten auch genauso gut daran vorbeigehen können."

„Das seid ihr aber nicht." Die Antwort war so knapp und verblüffend einfach, dass wir nicht wussten, was wir darauf hätten erwidern können.

„Ich habe schon aufgepasst, dass ihr die Schlüssel findet und nicht irgendjemand sonst", fügte Yunus an.

„Warst wohl ganz in der Nähe und hast uns beobachtet?", wollte Alex wissen.

„So ähnlich", entgegnete Yunus. Mit einem Schlag fiel mir die weiße Taube wieder ein, die von dem kleinen Hund vertrieben worden war.

„Hm", machten wir. Eine andere Antwort fiel uns darauf nicht ein.

„Wo pennst du eigentlich diese Nacht?", richtete sich Alex an Yunus.

„Wo ich ... penne ...?"

„Wo du übernachtest", formulierte Maria die Frage um.

„Ich weiß schon, was pennen heißt", sagte Yunus und grinste. Als ich ihm ins Gesicht blickte, stellte ich fest, dass zwar sein Mund grinste, aber die Augen lächelten nicht mit. Ich wurde den Gedanken nicht los, dass Yunus uns etwas verschwieg, etwas, worüber er nicht mit uns reden wollte oder konnte.

„Schläfst du bei Farid und Athina, solange deine Wohnung noch nicht fertig ist?", schlug Maria vor.

„Mmmmm", machte Yunus bloß. In diesem Moment kamen wir am *Monastiraki*-Platz an und Lissy rief erstaunt aus: „Oh, guckt mal! Da sind die Händler. Das ist doch da, wo Athina das Medaillon von Emilia entdeckt hat. Vielleicht finden wir da auch etwas Schönes." Im Nu war die Frage mit dem Übernachten vergessen. Yunus schien das nur recht zu sein. *Was verschweigst du uns?*, versuchte ich ihn in Gedanken zu fragen. Ich konzentrierte mich stark auf diese Worte, doch es gelang mir offensichtlich nicht, Yunus auf diese Weise zu kontaktieren. Noch immer wusste ich nicht, wie er das machte – mit mir zu reden, ohne dass er dabei den Mund bewegte – und der bloße Gedanke an diese Telepathie – oder wie auch immer man das nennen sollte – brachte meine Kopfhaut abermals zum Kribbeln.

Eine Weile betrachteten wir uns die Waren der Händler. Einige der Schmuckstücke, die dort zum Verkauf angeboten wurden, sahen in der Tat edel und altertümlich aus.

„Schau mal, Emmy ... Diese Haarspange sieht fast ein bisschen so aus wie die, die wir in Yunus' Kiste gefunden haben." Aufgeregt deutete Lissy auf eine silberne Haarspange, die eine leichte Wölbung aufwies. „Nur die Gravur der Taube fehlt." Ich nickte langsam. Ein wohliger Schauer durchzog mich bei dem Gedanken an die ‚Vision', die ich gehabt hatte, als ich mir die Haarspange an das Herz gehalten hatte. Die wunderschöne Aussicht, der bezaubernde, strahlend weiße Tempel hinter mir, der majestätische Sonnenuntergang und die zärtliche Umarmung von hinten ... Mit der rechten Hand fasste ich mir an die linke Schulter, dorthin, wo ich die Berührung Jonas gespürt hatte. Wie ein Echo klang diese Berührung in mir nach und ich schüttelte mich kurz mit einem verschmitzten Lächeln im Gesicht. Dabei bemerkte ich, wie mich Yunus' Blick aufmerksam verfolgte.

„Hast du die Haarspange aus der Kiste auch von hier?", fragte Lissy und drehte sich zu Yunus um. „Ja." Yunus nickte. „Die habe ich damals von demselben Händler erstanden, bei dem auch Athina war. Von diesem alten Mann mit dem auffälligen Schnurrbart und den silbergrauen Haaren ..."

„Wie der wohl an die Sachen von Emilia herangekommen ist ...", grübelte Lissy vor sich hin und auf einmal stellte ich fest, dass Yunus' Augen nach der Äußerung Lissys vor Staunen riesengroß wurden. „Was hast du eben gesagt, Lissy?", fragte er mit einem deutlichen Zittern in der Stimme. „Öh ... ich habe mich bloß darüber gewundert, wo der Händler die Sachen herhat, die einmal Emilia gehört haben."

„Das ist es!", rief Yunus voller Begeisterung aus. Diesmal stellte ich fest, dass das Strahlen in seinem Gesicht durch und durch echt war und Yunus vor Unternehmungslust beinahe überschäumte. Aufgeregt lief er auf dem *Monastiraki*-Platz auf und ab. Etwas ratlos folgten wir ihm. Im Zickzack hetzte er kreuz und quer von einem Stand zum anderen und blieb keinen Moment lang stehen. Irgendwie fühlte ich mich unvermittelt an die Situation erinnert, als wir ähnlich ratlos einem kleinen Jungen namens Dimitri hinterher geeilt waren, der uns zeigen wollte, was man sich unter einer *Váia* vorzustellen hatte. „Das ist es! Das ist es!", wiederholte Yunus wieder und immer wieder. Dann murmelte er ein paar Worte in ... war es nun Arabisch oder doch Griechisch? – Oder vielleicht beides miteinander vermischt? – Ich wusste es nicht. „*Was* ist es?", stutzte Alex, der von uns allen die beste Kondition hatte und Yunus in Kürze einholen konnte. Schließlich kam Yunus zum Stehen und wir hätten ihn fast unfreiwillig angerempelt, weil wir nicht damit gerechnet hatten, dass er so plötzlich stehen bleiben würde. Endlich weihte er uns in den Grund für seine Aufregung ein: „Der Händler! Das ist vielleicht ein Hinweis! Wir müssen unbedingt diesen Händler finden!" Ich begann zu begreifen, was ihn dermaßen in Aufregung versetzte: „Du meinst, er könnte uns vielleicht einen Hinweis darauf geben, wo *Thólossos* gelegen hat? Wenn er uns sagt, woher er die Sachen hat, die einmal Emilia gehört haben?" – „Genau", stimmte mir Yunus begeistert zu. „Wir müssen auf jeden Fall diesen Händler finden." Und sofort ging die wilde Jagd weiter. „Würdest du ihn denn wiedererkennen, wenn du ihn sehen würdest?", fragte Alex. „Ja, da bin ich mir hundertprozentig sicher. Er hatte ein ganz markantes Gesicht ... und dieser Schnurrbart ... Er hatte immer eine große blaue Decke dabei, die er zu einem Sack zusammenschnürte. Immer wenn er seine Ware anbot, schnürte er den Sack auf und breitete die Schmuckstücke auf der Decke aus. Er hatte keinen Stand. Er ist ein Wanderhändler oder wie man das nennt." Eifrig schaute Yunus sich weiter um. Wir umrundeten den Platz insgesamt etwa dreimal, doch der Händler war nicht ausfindig zu machen.

„Schade", fand Lissy. „Einfach zu blöd", pflichtete ihr Alex bei. „Pech gehabt", meinte Maria. „Kann man nichts machen", seufzte ich, „müssen wir eben morgen noch mal hierher kommen. Vielleicht haben wir dann mehr Glück." – „Das wäre auch zu schön gewesen", bedauerte Yunus, „tja ..." Er ließ resigniert die Schultern hängen.

„Und was machen wir jetzt?", fragte Lissy.

„Ich bin dafür, dass wir endlich was essen gehen", fand Alex.

„Das ist eine prima Idee", brach es gleichzeitig aus Maria und mir heraus.

„Wie sieht's aus?", begann Maria, „wollen wir ins *Váia* gehen? Wir sind eh schon fast da. Dann sehen wir Aiman wieder."

„Super, das machen wir!", beschloss Lissy. „Du kommst doch mit, oder Yunus?" Erwartungsvoll schauten wir den Araber an. Schüchtern scharrte er mit seinem Fuß auf dem Boden. „Lieber nicht", entgegnete er. „Wieso das denn?", fragte Lissy ihn verdattert, „das verstehe ich jetzt aber überhaupt nicht. Willst du deinen Bruder etwa nicht sehen?"

„Ähm, ich habe anderweitig noch zu tun", gab Yunus zurück.

„Was denn?", bohrte Lissy nach.

„Das kann ich euch nicht sagen."

„Oh Mann!", brach es aus Lissy, „nach all dem, was wir zusammen durchgemacht haben ... Nach dem Schwur und so. Und jetzt lässt du uns einfach im Stich? Ich bin echt enttäuscht."

Ich bemerkte, wie sehr Yunus diese Worte trafen, auch wenn er krampfhaft versuchte, sich nichts anmerken zu lassen. Ich fühlte, dass er nichts lieber getan hätte, als uns ins *Váia* zu begleiten, aber es gab da irgendetwas, das ihn daran hinderte mitzukommen. „Hast du Streit mit Aiman?" Lissy ließ nicht locker. „Ist irgendetwas vorgefallen, von dem wir nichts wissen?"

Yunus schüttelte den Kopf. „Glaubt mir, ich würde liebend gerne mitkommen, aber ..." Er zuckte mit den Schultern.

„Ich kann nicht." – „Ach komm, das ist doch eine faule Ausrede! Was ist denn los? Uns kannst du es doch sagen."
Ich spürte, dass dem Araber die Situation äußerst unangenehm war und dass er nicht wusste, wie er darauf reagieren sollte. Schließlich beschloss ich, ihm zu helfen. „Lass ihn, Lissy. Wenn er doch keine Zeit hat ... Er wird schon seine Gründe haben. Wir können doch auch alleine gehen." – „Aber ... Ich verstehe das nicht. Er kann doch mitkommen. Was soll denn der Blödsinn?"
„Du hörst doch, dass er nicht mitkommen kann. Das müssen wir akzeptieren."
„Na gut, wenn's denn unbedingt sein muss. Aber ich verstehe es trotzdem nicht."
„Du musst auch nicht immer alles verstehen, Lissy", entgegnete ich.
„Also ... Dann gehen wir allein – oder wie?", fragte Alex.
„Ja, sieht wohl so aus", meinte Maria.
„Schade, aber dann ist es wohl so."
„Wann sehen wir uns dann wieder?", richtete ich mich an Yunus.
„Ähm ..." Yunus überlegte kurz. „Was haltet ihr davon, wenn ich euch morgen um halb neun vor dem Hotel abhole?"
„Halb neun klingt gut, oder?", wandte ich mich an meine Freunde.
„Ja schon. – Aber nicht, dass du wieder einen halben Tag lang einfach so verschollen bleibst ... Dann werde ich nämlich echt sauer", drohte Lissy. „Wir wollten doch zusammen die Sache aufklären. – Das tun wir doch, oder?"
„Ja, sicher. Das Gegenteil hat auch niemand behauptet", sagte ich.

„Versprichst du uns, dass du morgen um halb neun wirklich vor dem Hotel stehst und wir dann gemeinsam weitersuchen?"

„Ja, klar", entgegnete Yunus, „ich verspreche hoch und heilig, dass ich euch morgen um halb neun vor dem Hotel abholen werde!" Ein angespanntes Grinsen zeigte sich in seinem Gesicht.

„Wir nehmen dich beim Wort."

„Das könnt ihr ruhig tun. Ich werde euch – zumindest in dieser Hinsicht – nicht enttäuschen."

„Na, dann ist es ja gut."

„Eines noch, Yunus ...", begann ich, „was ist nun eigentlich mit deiner Truhe? Willst du sie wiederhaben? Wir haben sie im Hotel gelassen."

„Nein, nein. Behaltet sie erst einmal", sprach Yunus, „ihr habt ja auch noch ein paar Seiten in meinem Buch zu lesen." Er schaute uns abwechselnd an. „Bitte lest die restlichen markierten Seiten durch, ja? Es ist nicht mehr besonders viel, aber es ist vielleicht noch etwas Wichtiges dabei. Es könnte sein, dass ich etwas übersehen habe. Bitte lest das Buch – wenn möglich – heute noch zu Ende, damit wir morgen den gleichen Kenntnisstand haben, in Ordnung?"

„Geht klar, Yunus", meinte Alex, „das machen wir. Schade, dass du nicht mitkommen kannst."

„Komm gut nach Hause, ja?", richtete ich mich an ihn. Er blinzelte mir verhalten zu und nickte leicht. „Grüß Athina und Farid von uns", sagte Lissy. „Mmmmm", machte Yunus und schaute nervös zur Seite. „Denk schon mal ein bisschen über Lambda nach, okay?", sprach Maria. „Ihr auch." Yunus nickte uns aufmunternd zu. „Und ... ähm, dann bis morgen. Schlaft gut." – „Du auch, Yunus." – „War schön, dass wir einander heute wieder getroffen haben", sagte ich. „Fand ich auch", entgegnete Yunus, „und danke noch mal für alles." – „Wir haben doch nichts gemacht", winkte Maria ab. „Doch, ihr habt sogar ganz viel gemacht." Verwundert schauten wir ihn an. „Also dann … Guten Appetit", wünschte uns Yunus. „Bis bald." – „Macht's gut." Daraufhin drehte sich Yunus um und kehrte in das Getümmel auf dem Flohmarkt zurück. Wir blickten ihm noch lange nach, bis er schließlich hinter ein paar Warenständen verschwand.

„Was sagt ihr denn zu *dem* Auftritt?", brach es dann aus Lissy, „das war doch jetzt komisch, oder?" – „Schon irgendwie", fand auch Maria. „Er wird schon wissen, was er tut", verteidigte ich ihn. „Morgen sehen wir ihn wieder. So, und jetzt lasst uns was essen gehen." Wir bogen in die schmale Straße ein, die von der beeindruckenden Palmenallee gesäumt war. *Váia*, dachte ich und musste grinsen. Der Himmel war noch immer knallrot gefärbt und es wurde langsam aber sicher dunkel.

Katarráchtis

Mit einem dumpfen Geräusch fielen die Türen der Metro hinter uns zu. Ein lautes „Pfffff!" kündigte an, dass die Bremsen gelöst wurden und dann setzte sich die U-Bahn ruckartig und rumpelnd in Bewegung. Ungeschickt und tollpatschig hangelten wir uns an den Haltestangen und -griffen bis zu einem freien Vierersitz vor und ließen uns dann erschöpft und etwas außer Atem auf die Plätze fallen. Maria richtete ihren prüfenden Blick nach oben, schräg über unsere Köpfe, wo der Fahrplan der U-Bahnlinie angebracht war. „Bei der nächsten Station müssen wir schon raus", belehrte sie uns. „Also nix mit Ausruhen", bedauerte Alex und massierte sich schwerfällig die Schläfen. „Wir haben uns jetzt die ganze Zeit im Restaurant schon ausgeruht", wies ihn Maria zurecht. „Na ja, aber trotzdem ..." – „Liegen dir deine Tintenfischringe wohl schwer im Magen?", wollte Lissy wissen und belächelte Alex schräg von der Seite. „Ich habe dir gleich gesagt, dass du das wahrscheinlich nicht magst", tadelte Maria leicht schelmisch. „Was heißt hier: nicht magst?", empörte sich Alex. „Die Tintenfischringe waren gut. Da kann man gar nichts dagegen sagen. Der letzte Ouzo muss schlecht gewesen sein." – „Ja, sicher ..." Maria grinste. „Das waren doch nur vier ..." – „Fünf", verbesserte Alex, „du vergisst, dass Lissy ihren nicht trinken wollte. Und dann war da noch der gute Imiglikos ..." – „Dass du aber auch nie merkst, wann du genug hast ..." Maria schüttelte vorwurfsvoll den Kopf. „Jetzt hast du den Salat." – „Brummschädel trifft's wohl eher", murmelte Alex und lehnte seinen Kopf an die Glasscheibe der Metro. In diesem Moment ging ein Ruck durch den Waggon und Alex stieß mit seiner Stirn hart gegen das Fenster. Er stöhnte laut auf und stützte sich seinen Kopf mit den Armen. „Nie mehr Ouzo", schwor er sich. Mitleidig schaute ich Alex an. „Der wird schon wieder", meinte Maria, als sie meinen Blick bemerkte, „Unkraut vergeht nicht." – „Was du nicht sagst", kam Alex' Stimme dumpf zwischen seinen Fingern hervor, die er sich vor das Gesicht hielt, „ich armes Unkraut bin grad ziemlich am Verwelken. Ich fühl mich wie ausgerupft."

„Schade, dass Aiman keine Zeit für uns hatte", bedauerte Maria. „Es war aber auch Wahnsinn, was da heute im *Váia* los war", staunte Lissy, „so viele Leute waren da letztes Mal nicht." – „Na ja, das Essen ist aber auch sehr lecker da – und relativ preiswert", kommentierte ich, „so was spricht sich halt rum." – „Schade, dass Aiman uns dieses Mal nicht bedient hat", fand Maria, „so hatten wir gar keine Gelegenheit, mit ihm zu reden." – „Glaubt ihr, er hat uns überhaupt wiedererkannt?", fragte Lissy nach. „Ich denke schon", sagte Maria, „er hat doch mal kurz zu uns rübergegrinst." – „Hat er das?", fragte Lissy. „Ja, doch." Maria nickte bestätigend, dann schaute sie zappelig aus dem Fenster. „Ähm ... Leute ... Wir sind da: *Omonia*. Aufstehen! Raus! Zack, zack!" – „Och nein ...", murrte Alex mit zerbrechlich klingender Stimme, „ich will noch nicht aussteigen." – „Dann bleib doch sitzen und fahr nach Timbuktu weiter!", schnauzte Maria ihn an. „Wir steigen jetzt jedenfalls aus." Missmutig stampfte Maria zur Tür hinüber. Schulterzuckend folgten ihr Lissy und ich. Alex seufzte herzzerreißend. „Oh Mann, ist mir schlecht", hörte ich ihn stöhnen. Dann: „Wartet auf mich. Ich komme doch schon." Alex schaffte es gerade noch rechtzeitig, sich aufzuwuchten und die Metro zu verlassen, bevor die Tür wieder zuging.

⌘

Obwohl wir uns diesmal geschworen hatten, es nicht wieder so spät werden zu lassen, bevor wir ins Bett gingen, dauerte es erneut eine halbe Ewigkeit, bis wir alle geduscht und die Schlafanzüge angezogen hatten. Außerdem hatte Ivy sich per SMS gemeldet. Sie war ganz empört darüber gewesen, dass wir sie so lange im Unklaren gelassen hatten und sie wollte wissen, ob sie nun eine E-Mail an Yunus schreiben sollte oder nicht. Da es viel zu umständlich gewesen wäre, ihr alles per SMS zu erklären, entschloss Lissy sich kurzerhand dazu, Ivy einfach anzurufen und ihr alles haarklein zu erzählen. An die horrende Handyrechnung, die uns nächsten Monat erwarten würde, wollten wir gar nicht erst denken. Fast schien es, als wäre Ivy enttäuscht darüber, dass sie nun doch keine E-Mail

an Yunus zu schreiben brauchte. Vielleicht bedauerte sie es inzwischen, dass sie nicht mit nach Athen gekommen war. Während Lissy mit Ivy telefonierte, spähte ich neugierig zum Balkon mit dem Traktorreifen hinüber. Aber Yunus war nicht da. Die Wohnung hinter dem Fenster war dunkel, wie ausgestorben. Ich musste unwillkürlich grinsen bei dem Gedanken daran, dass wir am Nachmittag in der Wohnung gegenüber gewesen waren.
Als Lissy geendet und uns allen schöne Grüße von Ivy ausgerichtet hatte, setzten Maria und Lissy sich erwartungsvoll auf die Betten. Ich griff unter mein eigenes Bett und zog die geheimnisvolle Truhe von Yunus hervor. Ich platzierte mich im Schneidersitz auf der Bettdecke, stellte die Kiste vor mich hin und öffnete sie. Das kleine rote Buch lag oben. Verführerisch steckten die Lesezeichen zwischen den Seiten. Ich schlug die nächste Stelle auf, die wir zu lesen hatten. „Seid ihr bereit?", fragte ich. „Aber immer doch", krähte Lissy. „Jetzt bin ich aber mal gespannt", freute sich Maria. Dann wandte sie sich zu ihrem Freund um, der ausgestreckt und sichtlich erschöpft auf dem Bett lag und keine Regung mehr machte. „Alex! Nicht schlafen!" Maria boxte Alex unliebsam in die Seite. „Umpf!", machte dieser und drehte sich wie in Zeitlupe zu uns um. „Musste das denn sein?", murrte er, „ich hab doch gar nicht geschlafen. Ich hätte euch schon gehört."
– „Setz dich mal anständig hin, Alex", pflaumte Maria ihren Freund an, „wir alle müssen voll bei der Sache sein, wenn Emmy aus dem Buch vorliest. Vielleicht schnappt einer von uns einen Hinweis auf, den die anderen nicht mitbekommen."
– „Ist ja schon gut", maulte Alex und setzte sich aufrecht hin. Er stützte seinen Rücken an der Wand ab und drehte sich mit den Augen blinzelnd zu uns um.

Ich nahm das Lesezeichen in die Hand, welches zwischen den Seiten geruht hatte, und drehte es verwirrt um. Es war eine Klappkarte, auf der ein Strauß roter Tulpen abgebildet war. In der Karte stand etwas auf Griechisch geschrieben, das ich nicht entziffern konnte. Irgendetwas mit γενέθλια – *genéthlia* oder so ähnlich. Die Handschrift war uns bisher unbekannt. Sie war sauber, fein und irgendwie weiblich. Ich hatte eine starke Vermutung, wer die Verfasserin des Kartentextes sein könnte und meine Vermutung bestätigte sich auch. „Das sieht doch aus wie eine Geburtstagskarte, oder?", wandte ich mich an meine Freunde und hielt ihnen die Karte entgegen. Lissy beugte sich über ihr Bett und nahm die Karte an sich. Ich deutete auf die drei verschiedenen Unterschriften am unteren Rand des Textes. „Die Namen da unten sehen doch so aus, als könnten sie Athina, Farid und Aiman heißen. – Oder was denkt ihr?" – „Mmmm ..." Maria nickte zustimmend. „Cool", fand Lissy und fuhr vorsichtig mit ihrem Finger einige der Buchstaben nach. „Athina muss die Karte geschrieben haben", vermutete Maria, „schade, dass wir sie nicht lesen können." – „Aber der dazugehörige Eintrag im Buch ist auf Deutsch", stellte ich fest, „soll ich vorlesen?" – „Ja, Emmy, fang schon endlich an", gähnte Alex, „je eher wir anfangen, desto eher sind wir fertig." – „Also, wenn du schon mit so einer Einstellung an die Sache herangehst, Alex, dann ..." Maria fehlten die Worte, um ihre Drohung eindrucksvoll enden zu lassen, also verstummte sie wieder. „Tut mir ja leid", gab Alex zerknirscht zurück, „mir geht es halt nicht so gut." – „Selber schuld", blaffte Maria ihn an, dann jedoch bekam sie Mitleid mit ihm und strich ihm sachte über die Haare. „So schlimm?", fragte sie. „Wenn du *das* machst, wird es gleich viel besser." – „Spinner", lachte Maria. „Wenigstens hast du deine Lektion gelernt." – „Ja, ab jetzt trinke ich keine fünf

Ouzo mehr, sondern nur noch fünf Bier. Besser ist das." – „Einfach unverbesserlich, der Kerl", schnaubte Maria und ließ von Alex ab. „Hey", beschwerte sich dieser, „das war doch grad so schön." – „Nix da", gab Maria streng zurück, „jetzt konzentrieren wir uns auf Yunus' Buch." – „Ach Manno", murrte Alex, setzte sich daraufhin jedoch aufrecht auf sein Bett und versuchte, so gut es ihm möglich war, aufmerksam zuzuhören.

„20. Juni 2000", las ich vor. Lissy legte die Klappkarte auf ihren Nachttisch und lehnte sich entspannt an die Wand hinter ihrem Bett zurück.

‚Heute, an meinem 20. Geburtstag, bekam ich ein überraschendes Geschenk mit der Post von Athina.'

„Jetzt kommt wohl die Stelle, an der er darüber schreibt, wie er an Emilias Medaillon gekommen ist", vermutete Lissy. „Yunus hat am 20. Juni Geburtstag?", staunte Maria. „Das ist ja höchst interessant!" – „Wieso? Was ist denn daran so besonders?", wollte Alex wissen. „Am 20. Juni ist das Foto von Aiman, Farid und Athina auf Kreta geschossen worden", erinnerte sich Maria, „und am 20. Juni hat Yunus auch seinen Artikel über *Thólossos* ins Internet gesetzt." – „Am 20. Juni sind auch Cyrill und Jona gestorben", fiel mir auf einmal ein und ein Schauer lief mir über den Rücken. „Schon alles ein verrückter Zufall, nicht wahr?", flüsterte Alex kaum hörbar und rieb sich dabei die Augen. „Da fällt mir was Witziges auf", begann Lissy. Verwirrt drehten wir uns zu ihr um. „Am Zwanzigsten Null Sechsten im Jahr Zwanzig Null Sechs ist Yunus 26 Jahre alt geworden. Cool, oder?" Ich nickte. „Ja, das ist schon irgendwie cool", überlegte Alex, „aber wahrscheinlich trotzdem nichts anderes als Zahlenspielerei." – „Na ja, wer weiß", sinnierte Maria, „es sind oftmals die unauffälligen Dinge, hinter denen sich ein Hinweis verbergen könnte ..."

„Ich les jetzt weiter, okay?", richtete ich mich an die anderen. Da niemand widersprach, fuhr ich fort:

‚Athina hat mir einen Anhänger geschenkt, auf dem eine Gravur von Athene zu sehen ist. *„Damit dir nichts passiert, wenn du alleine in Deutschland unterwegs bist"*, hat sie in die Karte geschrieben, *„damit du erfolgreich dein Studium abschließen kannst und dich das Glück nie verlässt."* Ich finde das Medaillon einfach wunderschön und ich werde es von jetzt an überall mit hinnehmen.'

„Schön und gut", kommentierte dies Alex. „Das wissen wir doch schon längst. Komm endlich zum Punkt, Yunus. Es ist spät." In der Tat war es das, stellte ich nach einem Blick auf die Uhr fest. Es war inzwischen dreiviertel zwölf und wir hatten einen äußerst langen, aufwühlenden und anstrengenden Tag hinter uns. Aber ich verspürte ein ruheloses Kribbeln in der Magengegend, als ich das rote, ledergebundene Buch in der Hand hielt. Ich hätte jetzt sowieso nicht schlafen können, vermutete ich. Ich ahnte, dass wir in Kürze etwas Aufregendes erfahren würden, und war schon ganz gespannt.

‚Athina hat die Texte von den Schriftzeugnissen aus den Metroschächten für mich abgeschrieben. Die, die Farids Team damals auf der Baustelle gefunden hat und die so lange vom Nationalen Museum unter Verschluss gehalten worden sind. Athina arbeitet nun schon seit Wochen an der Restauration der alten Pergamente. Wie sie es nur geschafft hat, das solange vor mir geheim zu halten? Sie muss vor Spannung doch beinahe geplatzt sein! Also ich wäre das ganz sicher an ihrer Stelle.'

„Oha", brach es aus Lissy, „die Schriftzeugnisse von der Metrobaustelle! Die hätte ich beinahe vergessen." – „Ich hab mich schon darüber gewundert, ob wir jemals erfahren werden, was auf ihnen geschrieben steht", sagte Maria.

‚Die Schriftstücke sind tatsächlich fast 2.500 Jahre alt, schreibt Athina. Das haben zumindest die C14-Untersuchungen ergeben. Es handelt sich dabei um Gedichte.'

„Um Gedichte?", stutzte Lissy. „Was soll das denn?"

‚Insgesamt sind es drei Gedichte. Eines davon habe ich bereits übersetzt. Das mit dem Titel *„Katarráchtis"*.'

Irgendetwas regte dieses Wort in mir, obwohl ich nicht wusste, was es auf Deutsch bedeutete. Vor meinem inneren Auge blitzte kurzfristig ein Bild von einer rauschenden Wasserwand auf. Das Wasser glitzerte und das von jenseits dem Wasserfall eintreffende Sonnenlicht zauberte einen Regenbogen an eine Felsenwand an der Seite. Doch der flüchtige Eindruck verschwand, noch ehe ich ihn zu fassen bekam.

‚Die Gedichte sind in altgriechischer Sprache verfasst und handschriftlich festgehalten worden. Athina schreibt, dass es nicht ganz einfach gewesen war, das alte Pergament zu restaurieren und die zum Teil schon stark verblichenen Farbpigmente so einzufärben, dass sie wieder lesbar gemacht werden konnten. An manchen Stellen blieben schließlich Lücken, aber vom Textzusammenhang her konnte Athina auf die fehlenden Zeichen schließen. Athina schreibt, dass die Texte als große Überraschung kamen und dass die ganze Belegschaft des Nationalen Museums mit so etwas überhaupt nicht gerechnet hatte. Dieser Fund zählt also zu den außergewöhnlichsten, die man je in Athen gemacht hat.

In der Übersetzung gehen natürlich der Reim und das Metrum verloren, aber ich habe mich darum bemüht, die Satzstruktur und Strophenform beizubehalten. Hier ist meine Übersetzung: *„Katarráchtis"* – Wasserfall.'

Ich las die Überschrift vor und geriet ins Stocken. Erneut durchzuckte mich das Bild von der rauschenden Wasserwand.

Ein angenehmes Gefühl begleitete die Stimmung dieses Anblicks. Sofort spürte ich, dass es eine Erinnerung von Emilia sein musste und ich rückte mich aufgeregt und erwartungsvoll auf dem Bett zurecht, bevor ich weiterlas.

,Eine Zukunft ohne deine Gegenwart
Ist eine Vergangenheit,
Die es nicht wert ist,
Erinnert zu werden.'

Zitternd und nervös schaute ich auf. Der Klang der Worte war anders, aber der Inhalt war mir vertraut. Er weckte etwas in mir. Ich musste erst einmal schlucken, bevor ich fortfahren konnte:

,Eine Gegenwart ohne Aussicht
Auf eine Zukunft mit dir,
Ist vergangen,
Noch bevor sie überhaupt angefangen hat.'

Ich ließ das Buch auf meinen Schoß sinken. Es war mir nicht möglich weiterzulesen. „Bitte, lies du weiter, Lissy", wandte ich mich an meine Freundin im Bett neben mir. „Wieso? Das ist doch hübsch", fand Lissy. Ich nickte und schluckte. „Das ist es ja gerade", flüsterte ich. „Bitte, lies du weiter … Ich … ich kann nicht." – „Na gut. Ich fang noch mal von vorne an, okay?"

,Wasserfall

Eine Zukunft ohne deine Gegenwart
Ist eine Vergangenheit,
Die es nicht wert ist,
Erinnert zu werden.

Eine Gegenwart ohne Aussicht
Auf eine Zukunft mit dir,

Ist vergangen,
Noch bevor sie überhaupt angefangen hat.

Eine Vergangenheit ohne die Erinnerung
An die süße Begegnung mit dir
Kennt keine Zukunft,
Kein Jetzt und kein Hier.

Der Tag, an dem ich dich kennenlernte,
War wie meine zweite Geburt.
Zuvor atmete ich vielleicht und aß und lachte,
Doch zu leben begann ich erst mit dir.

Heimlich und süß sind unsere Treffen
Hinter dem Wasserfall, der uns beschützt.
Wo der Fluss des Sonnenkindes sein Alpha hat
Und der Weg zum Omega ist noch gar weit.

Durch dich bin ich ganz.
Du gibst mir Kraft.
Mit dir werde ich Mensch.
Ohne dich bin ich nichts.

Meine Liebe zu dir
Lässt sich nicht in Worten ausdrücken.'

„Zu groß ist das Gefühl.
Es ist so schön, von dir geliebt zu werden",
vollendete ich das Gedicht mit geschlossenen Augen. „Äh ... ja", stutzte Lissy erstaunt. „Woher kennst du das Ende vom Gedicht?" – „Das würde ich allerdings auch gerne wissen", mischte sich Maria ein. „Emmy fängt schon wieder damit an,

gruselig zu werden", sprach Alex mit leiser Stimme. Noch immer hielt er sich die schmerzende Stirn. „Also, sag schon, Emmy. Woher kennst du den Text?" Ich überlegte angestrengt und trommelte dabei mit meinen Fingern auf Yunus' Kiste herum. „Wenn ich das wüsste", murmelte ich, „das Gedicht kommt mir irgendwie total bekannt vor. Als du das vorgelesen hast, Lissy ... Das war ... Das war beinahe wie ein Déjà-vu oder so. Ich kenne das Gedicht. Der Klang ist anders, aber der Inhalt stimmt." – „Klar, das Original war ja auch auf Griechisch", erkannte Maria, „vielleicht hast du das Original gehört." – „So ein Blödsinn", leugnete Alex. „Emmy kann doch kein Griechisch." – „Aber *Emilia* konnte Griechisch", sagte Maria. „Soll das heißen ...", stutzte Alex.

„Ich glaube, Emmy hat wieder einmal durch die Augen von Emilia gesehen – oder besser gesagt: mit den Ohren von Emilia gehört." Lissy kicherte. „Das hast du schön gesagt, Maria", fand sie.

„Glaubst du denn, das könnte so sein?", wandte sich Maria an mich. Ich nickte nur. „Hast du auch was *gesehen*?", fragte Lissy weiter. „Du hattest deine Augen geschlossen, als du das Gedicht zu Ende aufgesagt hast. Du hast irgendwie ... ähm ... weggetreten ausgesehen." – „Es war nur ein flüchtiger Eindruck", gab ich zu. „Da war ein Wasserfall und ein Regenbogen an der Felsenwand. Ich habe mich wohlgefühlt, so geborgen und glücklich. Hinter dem Wasserfall war eine Höhle. Ich war nicht allein in der Höhle. Es war ein schöner Moment." – „Oh Mann", stöhnte Alex. „Wer von uns beiden ist hier besoffen? Wenn ich es nicht besser wüsste, würde ich sagen, unsere Emmy hat irgendwas genommen." – „Hab ich *nicht!*", erboste ich mich. „Das weiß ich doch", schlichtete Alex, „war doch nur Spaß. – Autsch!" Er fasste sich an die Stirn. „Das geschieht dir recht", meinte Maria, „schön soll es wehtun, nach diesem Kommentar." – „Jetzt werde mal nicht ungerecht, ja?", rechtfertigte sich Alex. „Ich darf doch wohl noch meine Meinung sagen, oder?" – „Ja, ja, alles klar", murrte Maria. „Also noch mal, Emmy. Du warst hinter einem Wasserfall in einer Höhle", fasste Lissy zusammen, „und in der Höhle war noch jemand." – „Genau." Ich nickte. „Weißt du, *wer* noch in der Höhle war?" – „Jona", antwortete ich, ohne großartig darüber nachdenken zu müssen. „Hast du ihn auch gesehen?" – „Nein, das nicht, aber ich habe ihn gehört. Er hat das Gedicht vorgelesen." – „*Jona* hat das Gedicht verfasst?", fragte Maria. „Das nehme ich an, ja." Ich rieb mir abwesend die Hände und versuchte, den Anblick des Wasserfalls wieder heraufzubeschwören. Doch es wollte mir nicht mehr gelingen. „Weißt du auch, *wo* dieser Wasserfall gewesen ist?", fragte Lissy. „Vielleicht könnte das eine weitere Spur sein?" – „Verflixt, ja, das könnte wirklich ein Hinweis sein. Verdammt noch mal!", fluchte ich. „Was ist los mit dir?", wollte Lissy wissen. „Weißt du jetzt, wo der Ort liegt, ja oder nein?" – „Das ist es ja: Ich weiß es *nicht*. Ich kenne den Ort, aber ich kann nicht sagen, wo der liegt." – „Na prima", stöhnte Alex, „eine weitere Sackgasse." – „Jetzt denk doch nicht gleich wieder so negativ", belehrte ihn Lissy, „noch haben wir nicht das ganze Buch gelesen. Vielleicht kommt ja noch was, das Emmy auf die Sprünge hilft."

„Irgendwie erinnern mich die ersten drei Strophen sehr an den Orakelspruch auf Yunus' Kette", fand Maria. „Stimmt", sagte Lissy, „ich finde das Gedicht cool." – „Jona war wirklich sehr verliebt in Emilia", stellte Maria fest. „Wenn er so ein Gedicht schreibt ..." – „*Heimlich und süß sind unsere Treffen hinter dem Wasserfall, der uns beschützt ...*", wiederholte ich zwei Verse aus dem Gedicht. „Offensichtlich haben sich Jona und

Emilia an diesem Ort heimlich getroffen, da, wo der Wasserfall ist." – „Emilia war ja die Pythia", erinnerte sich Lissy, „die beiden durften sich offiziell nicht treffen. Klar mussten sie das heimlich tun. – Ich verstehe bloß das mit dem Fluss nicht", lenkte Lissy ein, „was sollen diese Verse ..." Sie griff erneut nach dem Buch und las dann vor: „*Wo der Fluss des Sonnenkindes sein Alpha hat und der Weg zum Omega ist noch gar weit* ... – Das hört sich an wie eine Wegbeschreibung, aber eine sehr komische, auf die ich mir keinen Reim machen kann." – „Fluss des Sonnenkindes ...", wiederholte Maria, „das klingt schon sehr ungewöhnlich." – „Alpha und Omega werden doch manchmal synonym zu den Worten Anfang und Ende gebraucht, oder?", begann auf einmal Alex zu reden. Ich fuhr vor Schreck kurz zusammen, weil ich beinahe vergessen hatte, dass Alex auch noch anwesend war. „Du, Alex ... Das ist das Beste, was du heute seit Ewigkeiten gesagt hast", gab Maria anerkennend zu. „Ehrlich?" Alex richtete sich triumphierend auf dem Bett auf und grinste. „Wo der Fluss des Sonnenkindes seinen Anfang hat und der Weg zum Ende ist noch gar weit ...", formulierte Maria die Verse um, „so ergibt der Satz Sinn." – „Ahaaaaaaa!", staunte Lissy, „es geht um einen Fluss, der bei dem Wasserfall seinen Anfang nimmt. – Es handelt sich also um eine Quelle, die aus einem Felsen kommt und der Fluss fließt von da aus noch lange weiter, bevor er sein Ende nimmt ..." – „Genau! Ey super! Ich glaube, wir sind gerade dabei, das Rätsel zu lösen", freute sich Maria. „Jetzt müssen wir nur noch herausfinden, wo es hier in der Gegend einen Fluss gibt, der aus einem Felsen entspringt." Wir waren alle guter Stimmung nach dieser Feststellung. Alle? – Nun ja ... Alle bis auf Alex vielleicht. Dieser spielte sich mal wieder als Freudensbremse auf. „Halt!", rief er. „Frage: Wo gibt es schon so einen komischen Fluss, der *Fluss des Sonnenkindes* heißt? Das ist Quatsch! So etwas kann doch gar nicht stimmen." – „Hm ...", machte ich. „Tja", entfleuchte es Alex und er zuckte mit den Schultern, „Sackgasse." „Vielleicht ist das ein symbolischer Name. Vielleicht verschlüsselt der Name irgendetwas. Oder vielleicht hat Yunus auch falsch übersetzt", überlegte Maria nachdenklich. „So kommen wir jedenfalls nicht weiter", stellte Alex fest. „Was heißt eigentlich ‚Sonne' auf Griechisch?", grübelte ich vor mich hin. „*Helios*", entgegnete Alex einsilbig. „*Helios?*", wunderte ich mich. „Ja, *Helios*", wiederholte Alex. „Woher weißt du *das* denn?", brach es aus Lissy. „Das weiß doch jedes Kind, das sich schon mal für Astronomie interessiert hat", verkündete Alex sehr zu unserer aller Verblüffung und hickste, „oder habt ihr noch nie was vom Heeeeeeeliozentschen Weltbild gehört?" Beim vorletzten Wort geriet seine Zunge ins Stolpern und er hickste noch ein weiteres Mal. Er hatte Schluckauf. „Heliozentrisches Weltbild", sinnierte Maria nachdenklich vor sich hin. „Oh Alex! Du bist der Wahnsinn! Im besoffenen Zustand haust du noch intelligentere Sachen raus als im nüchternen." – „Hihi – hicks! – Da siehst du mal! Außerdem bin ich nicht besoffen." – „Wahrscheinlich stand im Original des Gedichts irgendwas mit *Helios*", vermutete Maria, „und deshalb hat Yunus das dann mit *Sonne* übersetzt. Ich werde aber den Gedanken nicht los, dass die Übersetzung nicht ideal ist. Yunus muss es falsch übersetzt haben, oder vielleicht etwas ungeschickt. Ich wette mit euch, *Helios* hat noch eine andere Bedeutung ..." Sie kratzte sich nachdenklich die Stirn. „Glaubt ihr, Ivy ist noch wach?", fragte ich vorsichtig an. „Hm ...", überlegte Maria, „einen Versuch ist es wert ..." – „Es ist wieder an der Zeit, Ivy mit Arbeit zu versehen", beschloss Lissy und kramte ihr Handy aus der Tasche. Sie rutschte sich auf ihrem Bett zurecht, das unter ihr erbärmlich knarzte und quietschte, und dann tippte sie eine Nachricht in die Tastatur:

‚Hi Ivy! Bist du noch wach? Hoffentlich! Wir haben eine Aufgabe für dich: Bitte finde heraus, ob das griechische Wort „Helios" auf Deutsch noch etwas anderes bedeutet als „Sonne". Es könnte wichtig sein. Erklärung später. Danke!'

Eine Zeit lang warteten wir hoffnungsvoll ab. Ungeduldig hatte ich wieder damit begonnen, auf Yunus' Truhe herumzutrommeln. Alex hickste weiter vor sich hin und Maria schimpfte mit ihrem Freund. „Du nervst", fauchte sie ihn an. „Trink was, damit der Schluckauf vergeht." – „Das mach ich – hicks! – doch schon – hicks! Aber es bringt einfach ni – hicks!" Als uns Lissys Handy jedoch anschwieg, ließen wir enttäuscht die Köpfe hängen. „Ach Mensch", bedauerte Lissy, „sonst ist Ivy immer *ewig* wach. Warum muss sie ausgerechnet *heute* schon so früh schlafen gehen? Es ist doch erst viertel eins, das heißt, in Deutschland ist es gerade mal viertel zwölf. – Das ist doch normal noch keine Zeit für Ivy ..." Schließlich entschieden wir uns dafür, dass es das Beste wäre, in Yunus' Buch weiterzulesen, damit wir endlich vorankämen. Doch in genau diesem Augenblick klingelte Lissys Handy. „Ivy, auf dich ist eben doch Verlass", freute sich Lissy voller Begeisterung und nahm den Anruf unserer Freundin entgegen.

„Hi Ivy, schon lang nichts mehr voneinander gehört, gell?" Sie lachte.

Sofort drängten wir uns dicht aneinander und ich stellte fest, dass ich, wenn ich mein Ohr ganz nah an das Handy hielt, noch ausreichend mithören konnte, um das Telefonat zu belauschen.

„Klar bin ich noch wach", hörte ich Ivys Stimme, „ich war grad im Internet wegen der DA und deshalb konnte ich auch so schnell für euch recherchieren."

„Umso besser", freute sich Lissy, „sag schon, hast du was herausgefunden?"

„Ja, hab ich", antwortete Ivy, „ich les mal kurz vor: *Helios war in der griechischen Mythologie der Sonnengott, der den Sonnenwagen lenkte und somit die Erde mit Licht und lebensspendender Wärme versorgte.*"

„Der Sonnengott, ach so", murmelte Lissy, „mach mal weiter."

„Der Legende zufolge bat der Sohn des Helios, Phaeton, seinen Vater darum, nur für *einen* Tag auch einmal den Sonnenwagen lenken zu dürfen ..."

Ich stieß Maria aufgeregt in die Seite: „Das Sonnenkind!", flüsterte ich. Maria nickte begeistert. „Vielleicht haben wir ihn!", wisperte sie zurück.

Ivy fuhr unbeirrt fort: „Ein Wunsch, den Helios seinem Sohn nicht abschlagen konnte. Phaeton lenkte den Sonnenwagen allerdings so schnell, dass er dabei ein Loch in den Himmel riss, aus dem dann die Milchstraße wurde. Anschließend verlor er völlig die Kontrolle über den Wagen. Das Ergebnis davon beschreibt Ovid in seinem Werk ‚Metamorphosen' eindrucksvoll: *‚Die Erde geht in Flammen auf, die höchsten Gipfel zuerst, tiefe Risse springen auf, und alle Feuchtigkeit versiegt. Die Wiesen brennen zu weißer Asche; die Bäume werden mitsamt ihren Blättern versengt, und das reife Korn nährt selbst die es verzehrende Flamme ... Große Städte gehen mitsamt ihren Mauern unter, und die ungeheure Feuersbrunst verwandelt ganze Völker zu Asche.*"[3]

„Oh Mann", seufzte Lissy, „da hat Phaeton ganz schön was angerichtet."

„Ja, es geht noch weiter", sprach Ivy. „Die Erdgöttin Gaia bat Zeus verzweifelt um Hilfe, er möge doch bitte retten, was noch zu retten sei. Zeus war daraufhin so böse auf Phaeton, dass er einen Blitzschlag gegen ihn schleuderte, sodass dieser aus dem Sonnenwagen herausfiel. Phaeton stürzte in den Fluss *Erídanos* und starb."

Ich hielt für einen Moment lang den Atem an. Ich konnte nicht fassen, was wir da gerade erfahren hatten. „*Erídanos* …", hauchte ich nur. „*Erídanos* …", wiederholte Maria erstaunt. „*Wo der Fluss des Sonnenkindes sein Alpha hat und der Weg zum Omega ist noch gar weit …*", murmelte Lissy leise. „Der Fluss des Sonnenkindes ist der *Erídanos*!"

„Ähm … Was?", fragte Ivy verwirrt. „Was redest du da?"

„Oh, entschuldige, Ivy", sagte Lissy, „du hast uns vielleicht gerade sehr weitergeholfen. – Ich glaube, ich muss dir etwas erzählen …" Und dann berichtete Lissy unserer Freundin von dem Gedicht.

„Hieß der Bach auf dem Friedhof von *Kerameikós* nicht auch so?", fragte Alex langsam. „Ja." Maria nickte begeistert. „Das kann doch kein Zufall sein, oder?" – „Vielleicht ist mit dem Fluss *Erídanos* derselbe Fluss gemeint wie der in *Kerameikós*", überlegte ich. „Aber der *Erídanos* dort war doch nur ein kleiner Bach", kritisierte Alex. „Ja, aber das heißt doch nicht, dass er früher auch nur ein kleiner Bach war, oder?", merkte Maria an. „Womöglich war er früher ein großer Fluss. „Jetzt müssen wir bloß noch herausfinden, wo der *Erídanos* seine Quelle hat", meinte ich. „Vielleicht finden wir dann auch den Wasserfall, hinter dem sich Emilia und Jona immer getroffen haben." Wir waren wieder guter Dinge und zuversichtlich, dass wir einen weiteren Hinweis gefunden hatten. „Gib mir mal bitte die Karte", bat ich Alex. Dieser wühlte daraufhin in Marias Tasche herum und nur wenig später hatte er den Stadtplan hervorgezaubert. „Jetzt passt auf", murmelte ich erwartungsvoll und breitete die Karte auf meinem Bett aus. Maria kletterte neugierig zu mir herüber, und während Lissy weitertelefonierte und unserer Freundin das Gedicht vorlas, studierten wir eingehend den Plan.

„Also, schaut ... hier. Da ist *Kerameikós*." Ich deutete auf die Darstellung des Friedhofes. „Und das blaue Gestrichelte hier soll wahrscheinlich der Fluss sein, der *Erídanos*. – Hmmmmm ...", grübelte ich, „hier ist er mal ein kurzes Stück als blaue Linie durchgezogen ..." Ich deutete auf die Karte. „Und da drüben ist er wieder gestrichelt ... da wieder durchgezogen ... Das verstehe ich nicht", gab ich leicht verwirrt zu." – „Warte mal", sagte Maria, „ich schau mal eben was nach." Sie stieg zu Alex hinüber und nahm ihre Tasche an sich. Wenig später kam sie mit ihrem Reiseführer zurück und suchte im Register nach *Erídanos*. Sie schlug eine Seite auf, welche über *Kerameikós* informierte und schnell erlangte ein Satz ihre ganze Aufmerksamkeit. Ihr Finger zitterte leicht, als sie auf eine gewisse Textstelle deutete. „Woooooou!", rief sie überrascht aus und las vor: „Besonders eindrucksvoll sind die Grabmonumente zu beiden Seiten des jetzt hauptsächlich *unterirdisch verlaufenden Flüsschens Erídanos* ... – Unterirdisch verlaufend: daher wahrscheinlich an manchen Stellen die gestrichelten Linien", vermutete Maria. „Und jetzt kommt's", kündigte sie an, „*Erídanos*, der am Berg *Lykavittós* entspringt!" Sie schnappte aufgeregt nach Luft. „*Lykavittós* ... Das ist eine Sehenswürdigkeit in Athen! Das ist dieser Berg mit der Seilbahn, die nach oben fährt. Der Berg mit dieser weißen orthodoxen Kirche oben drauf. Wir haben den Berg damals schon vom *Olympieion* aus gesehen." Aufgeregt zogen wir den Stadtplan auf unseren Schoß. Alex war inzwischen auch näher an uns herangetorkelt und beugte sich über unsere Schultern. „Da ist er, der *Lykavittós*." Maria deutete auf eine große grüne Fläche auf der Karte, auf der viele verwirrende weiße Linien eingezeichnet waren – die Fußwege um den Berg herum und auf den Berg hinauf –, und eine schwarze, gerade Linie, welche die Seilbahn symbolisierte. „Und da taucht auch wieder unsere blaue gestrichelte Linie auf, der *Erídanos*. Schaut!" – „Aaaaaaah!", rief ich vor Freude laut aus und fiel Maria begeistert um den Hals. „Wir haben's! Wir haben's!"

„Äh, warte mal, Ivy. Bei uns tut sich grad was", unterbrach Lissy das Telefonat. „Was habt ihr?" – „Die Quelle des *Erídanos*!", sagte Maria und zeigte ihr die Stelle auf der Karte. „Den Fluss des – hicks! – Sonnenkindes", fügte Alex hinzu. „Die Stelle, an der der Fluss des Sonnenkindes sein Alpha hat und das Omega ist noch gar weit", zitierte ich aus dem Gedicht. Schnell informierte Lissy unsere Freundin über die neueste Erkenntnis. „Ja, Ivy", hörte ich Lissys Stimme daraufhin, „das ist wirklich aufregend. Oh Mann! Ich glühe jetzt richtig im Gesicht." Sie fasste sich an die Stirn und die Wangen. „Das ist bestimmt was, das Yunus noch nicht herausgefunden hat", meinte Maria. „Ja, sonst hätte er wohl schon längst was darüber gesagt", stimmte ihr Alex zu. „Ich glaube, der *Lykavittós* wird morgen unser erstes Reiseziel, oder?", fragte ich. „Das ist eine gute Idee", meinte Maria, „da wollten wir sowieso schon seit Ewigkeiten hin. Vielleicht finden wir da auch etwas Neues über Emilia und Jona heraus." – „Ganz bestimmt", entgegnete ich zuversichtlich und meine Freunde nickten zustimmend.

„Wisst ihr, was lustig wäre?", wandte ich mich an die anderen. „Was denn?" – „Diesmal könnten doch *wir* einen solchen Zettel für Yunus hinterlegen. Das wäre nur fair, nach all dem, was er *uns* immer zugemutet hat." – „Haha", amüsierte sich Alex, „das wäre ein Spaß." – „Kannst du denn so einen Zettel schreiben?", fragte mich Maria. „Wäre doch gelacht, wenn nicht", gab ich zurück. „Genau. Was Yunus kann, das kann unsere Emmy schon lange", sprach Alex und hikste lautstark.

„Hat mal jemand einen Zettel für mich?", wandte ich mich an meine Freunde. „Ähm, ja, ich", sagte Lissy und wühlte einhändig in ihrer Tasche herum, während sie weiterhin mit Lissy telefonierte. „Hier." Sie riss für mich einen Zettel aus ihrem Notizblock und gab ihn mir. „Was? Ach so ... Nein ... Emmy schreibt grad so einen Zettel, wie wir sie bisher immer von Yunus bekommen haben. Sie wollen ihn morgen damit überraschen oder so ähnlich. Weiß auch nicht genau wie. Ja, ahahaha ... Cool. Echt."

Inzwischen hatte ich die alten Zettel bereits alle nebeneinander auf dem Bett ausgebreitet und aneinandergelegt. „Gebt mir mal bitte einen Metrofahrplan und die Stadtkarte", bat ich. Alex rückte den Stadtplan vor mir zurecht und Maria holte den Streckenfahrplan der Metro aus ihrer Tasche. „Das haben wir gleich", meinte ich und grinste. „Kuli bitte und einen schwarzen und einen blauen Stift", verlangte ich. Nur wenig später hielt ich die drei gewünschten Stifte in der Hand und rutschte an den Rand des Bettes, sodass ich auf dem Nachttisch schreiben konnte. Ich riss ein kleines Stück Papier ab, das ungefähr die gleiche Größe hatte wie die Schnipsel, die wir immer von Yunus bekommen hatten. Dann begann ich damit, ein geschwungenes griechisches Lambda auf eine Seite des Zettels zu malen: λ. Maria kicherte neben mir und ich hörte Lissys nicht weniger aufgeregte Stimme: „Das muss ich mir ansehen, Ivy." Und auch sie kam zu meinem Bett herüber. Ich legte den Zettel mit der unbeschriebenen Seite nach oben rechts neben dem Betazettel an. „Das ist echt cool", kommentierte dies Lissy. „Jetzt zeichnet Emmy eine blaue unregelmäßige Linie auf die andere Seite des Zettels", erläuterte sie für Ivy am Handy. „Haha, und jetzt macht sie so schwarze kleine Striche auf die Linie – genauso, wie Yunus es immer gemacht hat. – Genial! Die Linie geht nahtlos in den Strich auf dem Betazettel über." – „So, jetzt brauch ich mal die Liste mit dem griechischen Alphabet", verkündete ich und sofort hatte Maria das Buch an der richtigen Stelle aufgeschlagen. „Emmy schreibt jetzt *Lykavittós* in griechischen Buchstaben oberhalb der blauen Linie auf", fuhr Lissy ihre Erklärung fort, „genauso, wie Yunus es immer gemacht hat."

Mühsam setzte ich die Buchstaben zusammen: Λυκαβεττός schrieb ich, zwar etwas schwerfällig, aber doch leserlich, wie ich fand. „Ich hab zwar keine Ahnung, ob man das so auf Griechisch schreibt", gab ich zu, „aber das ist mir jetzt egal. Yunus wird's schon lesen können." – „Auf jeden Fall hat er was zu lachen morgen früh", schätzte Alex. „Ganz bestimmt", meinte auch Maria. „Ob der ahnt, dass wir schon was rausgefunden haben? Ob er uns das zutraut?", fragte ich. „Das werden wir morgen ja sehen", sprach Alex. „Hey, dein Schluckauf ist weg", stellte Maria fest. „Tatsächlich?", wunderte sich Alex. „Tatsächlich!" – „Na, Gott sei Dank", freute sich Maria, „das wurde aber auch langsam Zeit!" – „Find ich – hicks! – auch", sagte Alex. Dann: „Oh nein! Zu früh gefreut. Scheiß Ouzo! Hicks!"

„Wow", staunte Lissy, „jetzt haben wir schon fast den kompletten U-Bahnplan von Athen vor uns liegen. Noch ein wenig mehr Zettel, und der Plan ist perfekt." Anschließend redete Lissy weiter: „Ja, Ivy ... Also, ich denke, wir müssen jetzt langsam aufhören mit Telefonieren. Es wird sonst echt verdammt teuer. Aber noch mal ganz herzlichen Dank für die schnelle Hilfe. Das hat uns echt viel gebracht. Wir sind jetzt viel weiter als noch vor zehn Minuten. – Ja, klar. Wir werden dich auf dem Laufenden halten. Dir noch viel Erfolg bei deiner DA. – Übertreib's nicht, ja? Du musst auch mal schlafen ... – Wir? Nee, wir haben noch ein Buch fertig zu lesen. Also, ja ... ist gut ... klar ... Dann bis morgen wahrscheinlich. Mach's gut, Ivy. Und danke noch mal. Ciao!" Das Telefonat war beendet.

„Hammer, oder?", wandte sich Lissy verblüfft an uns. „Das mit *Lykavittós*." – „Hammer", stimmten ihr Maria und ich zu. „Hicks!", lautete Alex' Kommentar dazu.

„Kommt, lasst uns weiterlesen", bat ich daraufhin. „Vielleicht finden wir ja *noch* etwas." – „Diesmal bin aber *ich* wieder dran mit Lesen, okay?", bestimmte Maria. „Von mir aus", nuschelte Lissy und gähnte, „oh Mann! Und so was mitten in der Nacht ... Fluss des Sonnenkindes ..." Lissy schüttelte noch immer fassungslos den Kopf. „Bin gespannt, was da noch so alles rauskommt ..."

Maria lehnte sich mit ihrem Rücken an die Wand und legte das rot gebundene Büchlein auf ihren Schoß. Dann atmete sie noch einmal tief durch und schlug das Buch an der nächsten markierten Stelle auf. Drei gefaltete DIN-A4-Zettel fielen ihr entgegen. Sie faltete sie sorgsam auf und betrachtete sie sich. „Das sind die Gedichte", stellte sie fest, „so, wie sie auf Griechisch von Athina abgeschrieben worden sind. Schaut, da ..." Sie deutete auf die Überschrift eines der Gedichte: καταρράχτης. „*Katarráchtis*. Das haben wir schon gelesen." Sie hielt uns die Abschriften entgegen. Athinas Schrift war ausgewogen und schwungvoll. Sie sah aus wie die Handschrift einer Frau, die genau wusste, was sie wollte, die aber gleichzeitig auch viel Sinn für das Schöne hatte und sich bewusst Zeit dafür nahm, jeden einzelnen Buchstaben so zu gestalten, dass jeder gesondert für sich bereits wie Poesie auf den Betrachter wirkte.

Maria gab die Zettel an uns weiter. Als sie bei mir ankamen, wagte ich es zuerst nicht, sie anzufassen. Ganz vorsichtig nahm ich sie zwischen meine Finger, am Rand des Papiers, als handelte es sich dabei um einen äußerst zerbrechlichen Gegenstand. Behutsam legte ich die Gedichte auf dem Nachttisch ab und lenkte meine ganze Konzentration auf das, was Maria uns nun vortrug.

‚25. Juni 2000: Seit dem Traum von Cyrill und Jona hatte ich keine derartigen Träume mehr. Einerseits bin ich darüber sehr erleichtert, denn die Träume haben mich ziemlich beunruhigt. Andererseits geht mir das alles aber nicht aus dem Kopf und ich weiß, dass mehr dahinter steckt als nur Träume. Das alles war so real, als hätte es tatsächlich stattgefunden. Es war wie Erinnerungen an etwas, das ich erlebt habe, aber ich weiß, dass ich es *nicht* erlebt habe. Nicht *ich*, nicht in *diesem* Leben. Es sind die Erinnerungen von jemand anderem. Von Jona. Aber wie kommt es dann, dass *ich* davon geträumt habe? Ich verstehe das alles nicht.

30. Juni 2000: Das Medaillon mit der Athene zieht mich völlig in seinen Bann. Der Grund ist nicht etwa nur, dass es ein offensichtlich wertvolles Stück aus der Antike ist. Es ist noch weitaus mehr als das. Manchmal, wenn es spät in der Nacht ist und ich vom Lernen so unglaublich erschöpft bin, dass mir die Augen am Schreibtisch beinahe wie von selbst zufallen; wenn ich mich also irgendwo zwischen Wachsein und Einschlafen befinde, durchzucken mich Bilder, Eindrücke, Gefühle, die ich nicht einordnen kann, die mir aber auf einer unerklärlichen Art und Weise vertraut vorkommen. Wie zum Beispiel gestern Nacht: Ich saß an meinem Schreibtisch und lernte. Das Medaillon hielt ich dabei zwischen meinen Fingern und drehte es hin und her und her und hin, ohne dabei an etwas Besonderes zu denken. Mit meinen Fingern fuhr ich die feinen Gravuren nach. Da blinzelte ich auf einmal, und als ich meine Augen wieder öffnete, war mir,

als hätte ich für den Bruchteil einer Sekunde eine bildhübsche junge Frau vor mir gesehen, die mich anlächelte. Ein warmes Gefühl der Vertrautheit und der Sehnsucht überkam mich und ich spürte das Echo einer herzlichen Umarmung auf meiner Haut, die mir fast den Atem raubte. Das Gefühl war einfach unbeschreiblich. Dann war die Vision auch schon wieder vorbei und ich sah vor mir meinen Schreibtisch und die aufgeschlagenen Bücher. Die junge Frau kam mir so bekannt vor. Ich schloss meine Augen, um das Bild noch einmal heraufzubeschwören, aber es gelang mir nicht. Stattdessen hörte ich in meinem Inneren Worte widerhallen, wie eine Erinnerung an etwas, das ich selbst gesagt hatte, vor langer, langer Zeit. „Athene wird dich beschützen, sie passt auf dich auf …", flüsterte die Stimme – meine eigene. „Mit dieser Kette kann dir nichts mehr passieren, Emilia. Du stehst unter dem Schutz der Athene. Alles wird gut."

Auf der Rückseite des Medaillons ist ja der Name „Emilia" eingraviert. Der Name, der auch in meinen merkwürdigen Träumen auftaucht. Der Name, an den ich so oft denken muss, ohne dass ich weiß, warum das so ist. Emilia … Die junge Frau aus meinen Träumen. Die, die lebendig begraben worden ist, von Polyzalos. Die, die Jona retten wollte. Jona, der genauso wie sein Freund Cyrill den Tod fand. Während ich dies hier schreibe, bekomme ich aufs Neue eine Gänsehaut. Diese Träume lassen mich nicht mehr los. Wenn ich doch nur wüsste, was sie zu bedeuten haben!

1. Juli 2000: Noch immer bin ich völlig fasziniert von den Gedichten, die man beim Bau der Metro gefunden hat. Sie rühren mich. Sie machen mich traurig und fröhlich zugleich. Ich bin unglaublich dankbar dafür, dass ich sie lesen durfte. Sie geben mir so viel. Sie machen mich irgendwie vollständiger.

Ich habe heute die restlichen beiden Gedichte versucht, ins Deutsche zu übertragen:
Ich beginne mit περιστέρι (Peristéri) – Taube.

Taube

Auf weißen Schwingen schwebt sie herbei,
Anmutig und schön, edel und frei.
Berge und Täler, Pfähle und Mauern –
Kein Hindernis behindert sie jemals auf Dauer.

Unsere Liebe ist wie des Vogels Flug.
Nur mit beiden Flügeln trägt der Wind gut.
Wir fliegen im Einklang, direkt nebenher.
Nichts kann uns trennen, zu zweit sind wir eins.

Unser Atem geht synchron.
Im gemeinsamen Rhythmus schlagen unsere Herzen.
Die Dauer eines einzigen Flügelschlags mit dir
Ist wertvoller als eine ganze Lebenszeit ohne dich.

Wenn du bei mir bist, erklingt Musik
In meinen Ohren, frohlockt meine Seele.
Bei dir hat sie ihr Zuhause gefunden.
Ich fühle mich geborgen.

Wie der Flug der Taube,
So soll unsere Liebe sein.
Anmutig, erhaben, frei von Etikette und Zwang.
Unerreichbar für andere Menschen.

Lass die Zukunft Zukunft sein. Gräme dich nicht. Das Jetzt ist es, das zählt. Wir sind zusammen. Und ich halte den Moment für die Ewigkeit fest. Nichts und niemand kann uns trennen!'

Ich wischte mir verstohlen eine Träne aus dem Augenwinkel, als Maria geendet hatte. Die Worte des Gedichts hatten eine starke Wirkung auf mich. Sie waren einfach und doch eindrucksvoll gewählt und man konnte deutlich die Liebe spüren, die der Dichter zum Ausdruck bringen wollte. Ich seufzte.

„Die Gedichte haben alle eine starke Symbolkraft", äußerte sich Lissy dazu. „Zuerst das mit dem Sonnenkind und dem Alpha und dem Omega. Jetzt das mit der Taube ..." – „Ja", stimmte ihr Maria zu, „die Taube war irgendwie schon immer ein verbindendes Zeichen in Jonas und Emilias Geschichte gewesen. – Weiterlesen?" – „Weiterlesen!"

‚Das dritte und letzte Gedicht hebt sich von den anderen beiden völlig ab. Ich glaube, es wurde von jemand anderem verfasst. Da es aber an derselben Stelle gefunden worden ist wie *Katarráchtis* und *Peristéri*, nehme ich trotzdem an, dass Jona und Emilia es gekannt haben müssen. Es trägt den Titel θεολόγος – *Theologos*.'

„Oha!", rief Alex vor Überraschung laut aus. „Das könnte interessant werden!" Mir fiel auf, dass sein Schluckauf urplötzlich geendet hatte und auch nicht wiederkehrte.

‚Der Titel machte mich stutzig, da ich mich noch sehr gut an die letzten Worte Cyrills in meinem Traum erinnern kann: „Krypta, Hermes, Theologos ..." Als ich das Gedicht zum ersten Mal in meinen Händen hielt, konnte ich die Spannung beinahe nicht ertragen. Mit einem Schlag war mir klar, dass die Gedichte mit Emilia und Jona zu tun haben *mussten*; dass es nicht nur eine unbegründete Vermutung von mir gewesen war, aus einem Gefühl heraus, das ich mir nicht erklären konnte; sondern dass die Gedichte in der Tat und unwiderlegbar ein Beweis dafür sind, dass meine Träume von Emilia und Jona nicht nur Hirngespinste sind, sondern einen wahren Hintergrund haben – und meine Neugier und Aufmerksamkeit war erwacht. Vielleicht würde ich durch das Gedicht einen Hinweis darauf erhalten, wer Jona und Emilia wirklich waren, ob ihre Geschichte wirklich so grausam endete, wie ich es geträumt hatte – und was hatte es wohl mit diesem mysteriösen Ort – *Theologos* – auf sich? War es ein wirklicher Ort? Wenn ja, wo befand sich dieser?

Die Übersetzung fiel mir nicht sehr leicht, aufgrund des ungewöhnlichen Metrums und der Wortwahl. Ich habe nahezu ewig dazu gebraucht und an manchen Stellen bin ich mir ehrlich gesagt immer noch recht unsicher. Hier ist mein Übersetzungsvorschlag:

Theologos

Dort, wo das Wort Gottes die Erde küsst,
Das grüne Wasser in den Felsen fließt,
Die Festung schon seit Jahrtausenden stark steht,
Im Verborgenen ungesehen ein Unrecht geschieht.
Obwohl sie um das Drohende wissen,
Lässt sich das Unvermeidliche nicht abwenden.
Des Peinigers Plan: Verdammnis auf ewig,
Die fernhält von der Erlösung im Jenseits.
Schmerzhaft und einsam
Schlagen zwei Herzen gemeinsam
In einem melancholischen Takt.
In Trauer geeint und doch getrennt.'

„Warte mal, Maria, warte mal", bat Lissy aufgeregt, sobald Maria das Gedicht zu Ende vorgetragen hatte. „Es bleibt mir sowieso nichts anderes übrig. Es geht hier wieder auf Griechisch weiter", stellte Maria fest. Sie blätterte durch das Buch. „Es geht hier durchgängig auf Griechisch weiter. Schade. Auch was Yunus zu den Gedichten geschrieben hat, können wir wohl nicht lesen. Zu blöd. Ich wüsste ehrlich gesagt schon sehr gerne, was er dazu gesagt hat."
„Das letzte Gedicht ...", grübelte Lissy angestrengt, „irgendwie bringt mich das auf eine Idee ..." Wir wandten uns ihr verblüfft zu. „Wie meinst du das?", richtete ich mich an sie. Noch immer klangen die schwerwiegenden Worte des Gedichtes in mir nach. „Findet ihr nicht auch, dass das Gedicht irgendwie anders klingt?" – „Ja, klar. Es ist diesmal kein Liebesgedicht", entgegnete Alex und rieb sich die Stirn. „Stimmt, ... ja", winkte Lissy ab, „aber das meine ich jetzt nicht einmal." – „Was denn dann?" Maria hob erwartungsvoll die Augenbrauen. „Der Ton des Gedichts ... Er ist irgendwie so ... so ... unpersönlich ... so kühl und hoffnungslos. Ganz anders als bei den anderen beiden Gedichten. Findet ihr nicht auch?" Ich nickte. „Und was heißt das jetzt deiner Meinung nach?", wollte Alex wissen. So genau konnte ich ebenfalls noch nicht nachvollziehen, was Lissy zum Ausdruck bringen wollte. „Es ist auch mehr so ein Gefühl von mir", gab Lissy zu, „ich glaube fast, dass dies ein weiterer Orakelspruch ist." – „Orakelspruch?", wiederholte Maria erstaunt. „Ja, Orakelspruch." Lissy nickte und nahm das Buch an sich. Sie überflog die Zeilen des Gedichtes und begann aufs Neue. „*Dort, wo das Wort Gottes die Erde küsst, das grüne Wasser in den Felsen fließt, die Festung schon seit Jahrtausenden stark steht, im Verborgenen ungesehen ein Unrecht geschieht* ... – Vielleicht ist das die Ankündigung dessen, was mit Emilia passiert. – Soweit ich weiß, heißt ‚das

Verborgene' auf Griechisch ‚Krypta', oder?" Ich schnappte aufgeregt nach Luft. „Das ist wahr", pflichtete ihr Maria bei. „Und die drei Zeilen am Anfang, das mit dem Wort Gottes, dem grünen Wasser und der Festung ist ganz einfach eine Ortsbeschreibung", fuhr Lissy fort. „Und der gemeinte Ort ist *Theologos*", beharrte ich. „*Wo das Wort Gottes die Erde küsst*, damit muss *Theologos* gemeint sein, das auch unter dem Namen *Thólossos* bekannt war!" Noch deutlich erinnerte ich mich an den Internetbeitrag, in dem Yunus den Namen *Theologos* mit ‚the word of God' übersetzt hatte. „Genau", stimmte mir Lissy zu. „*Obwohl sie um das Drohende wissen, lässt sich das Unvermeidliche nicht abwenden*", zitierte Lissy aus dem Gedicht. „Vielleicht hat Emilia einen Orakelspruch für sie beide gemacht und das ist das Ergebnis davon." – „Diese Theorie könnte wirklich stimmen", überlegte Maria, „eine Stelle im zweiten Gedicht würde das auch stützen. – Darf ich mal?" Maria deutete auf das rote Buch auf Lissys Schoß. „Klar." Lissy reichte es ihr. „Da", sprach Maria und deutete auf eine Zeile im Gedicht *Peristéri*. „*Lass die Zukunft Zukunft sein. Gräme dich nicht. Das Jetzt ist es, das zählt.*" Maria legte das Buch auf ihrer Bettdecke ab und strich sich nachdenklich über das Kinn. „Wahrscheinlich wussten die beiden schon im Voraus, dass ihnen etwas Grausames droht", spekulierte Maria, „immerhin war Emilia die Pythia. Was liegt also näher, als dass sie auch etwas über ihre eigene Zukunft in Erfahrung gebracht haben könnte?" – „Das würde auch erklären, warum Emilia immer so schrecklich traurig war", ergänzte ich, „sie wusste vielleicht schon im Voraus, dass es mit ihr und ihrer Liebe ein furchtbares Ende nehmen würde." – „Es muss grausam sein, wenn man genau weiß, dass etwas Furchtbares geschehen wird und man es trotzdem nicht abwenden kann", grübelte Lissy. „Ich kann mir gut vorstellen, dass es nicht leicht ist, mit solch einem Wissen leben zu müssen", meinte Maria. „Ja, aber weder Jona noch Emilia wussten, wie es letzten Endes ausgehen würde", merkte Alex an, „das beweisen eure Träume, Emmy. Emilia hat nicht geahnt, dass sie von ihrem eigenen Vater lebendig begraben werden würde, genauso wenig wusste Jona davon." – „Ja, aber Jona hatte gleich eine düstere Vorahnung, als Cyrill ihm sagte, er käme wegen Emilia", fügte Maria hinzu, „irgendetwas wussten die beiden schon die ganze Zeit über. Aber ja ... Wie wir wissen, machte das auch nichts besser. Vermeiden konnten sie es nicht."

„Ja, und dann diese Stelle ..." Lissy zitierte: „*Des Peinigers Plan: Verdammnis auf ewig, die fernhält von der Erlösung im Jenseits ...*" Ich ballte meine Hände unvermittelt zu Fäusten, als ich über diese Worte nachdachte. „Polyzalos hat geschafft, was er vorhatte. Emilia starb einsam und allein und niemand war da, der um sie weinte – genauso, wie es die Prophezeiung vorausgesagt hat", redete Lissy weiter.

Wie ein Echo hallte die grausame Stimme Polyzalos' in mir wider, so, wie ich sie während meiner Ohnmacht im Nationalen Museum neben der Statue des Poseidon gehört hatte: *Mögest du von Hades in der Unterwelt deine gerechte Strafe erhalten und nie zum ewigen Frieden finden. – Verflucht sollst du sein bis in alle Ewigkeit! Verflucht sollst du sein! Verflucht sollst du sein!* Dann fielen mir die Worte Yunus' ein, die er am Friedhof von *Kerameikós* geäußert hatte: *Und Emilias Seele ist gefangen, irgendwo tief unten in der Krypta eines Tempels, wo ihre sterblichen Überreste noch immer ruhen. Gefangen in der Ewigkeit, ohne Ausweg. Nicht einmal im Tod konnte Emilia ihren Frieden finden ...*

Polyzalos hatte gewonnen! Vor Wut biss ich mir auf die Unterlippe, bis sie wehtat, dann ließ ich apathisch die Schultern sinken und starrte ins Leere.

„*Schmerzhaft und einsam schlagen zwei Herzen gemeinsam in einem melancholischen Takt. In Trauer geeint und doch getrennt*", wiederholte Maria die letzten Worte des Gedichts und ich spürte, wie bittere Tränen hinter meinen Lidern brannten. Maria seufzte und wir ließen bedrückt die Köpfe hängen.

Krypta

Es dauerte lange, bis wir uns dazu entschließen konnten weiterzulesen. Diesmal griff Lissy wieder zum kleinen rot gebundenen Buch. Sie schlug Yunus' Tagebuch an der nächsten markierten Stelle auf. Diesmal diente ein kleines Papiertütchen als Lesezeichen, das schon ziemlich zerknittert aussah. Dadurch, dass es sich allerdings schon lange zwischen den Seiten befand, waren die Knitterfalten platt gedrückt und zogen sich wie zarte Äderchen durch die feinen Fasern des Papiers. Verwirrt und mit zusammengekniffenen Augen betrachtete sich Lissy das Tütchen von allen Seiten. Auf der Rückseite befand sich ein leicht verwischtes, gerade noch lesbares aufgestempeltes Siegel:
Μιχάλης
Αδριανού
Μοναστηράκι
Sie gab das Tütchen an mich weiter und ratlos drehte und wendete ich es zwischen meinen Fingern, während ich zuhörte, wie Lissy aus dem roten Büchlein vorlas.
‚21. Juli 2003.'
„Uh", entfleuchte es Alex, „diesmal haben wir aber einen großen Sprung nach vorne gemacht. 2003 ..."

„Es steht auch nicht mehr so viel im Buch drin", erläuterte Lissy und fuhr vorsichtig mit ihren Fingern über die Seiten, „nach dieser Markierung gibt es nur noch eine einzige. Dann sind wir durch."

„Na gut", meinte Alex. „Dann schaffen wir das heute wirklich noch mit dem Buch. Dann ist das noch machbar."

„Also, ich les dann mal, ja?", verkündete Lissy.

‚Seit einer Woche bin ich bereits in Athen. Es tut gut, nach dem ganzen Prüfungsstress einmal etwas zu entspannen. Eine Woche werde ich noch da bleiben, dann muss ich wieder zurück, eine Seminararbeit in Sprachwissenschaften schreiben.'

„Das ist die Seminararbeit, wegen der er nach Bielefeld musste", erinnerte sich Maria mit einem verschmitzten Lächeln im Gesicht.

‚Mit Athina war ich heute auf dem Flohmarkt bei *Monastiraki*. Wie es der Zufall so wollte, trafen wir auf den Händler, bei dem Athina damals das Medaillon der Emilia entdeckt hatte. „Vielleicht hat er ja wieder antike Kostbarkeiten dabei", erhoffte sich Athina, also betrachteten wir uns eingehend die Ware des sympathischen Mannes, die er wie gewohnt auf seiner blauen Decke ausgebreitet hatte. Er grinste uns freundlich an und witterte sofort ein Geschäft mit uns. Er winkte uns eifrig zu sich heran und deutete auf mehrere antik aussehende Töpferwaren und Teller. Doch Athina verneinte und fragte ihn zielstrebig nach „echten" Kostbarkeiten. Daraufhin zog der Mann einen kleinen Gegenstand hervor, den ich zuerst nicht deutlich erkennen konnte. Es war irgendetwas Silbernes, das stumpf glitzerte und das Sonnenlicht reflektierte. Er hielt es Athina entgegen und pries es in den höchsten Tönen an: „Sehr schönes Stück", betonte er, „wertvoll. Aber von Ihnen zu einem Freundschaftspreis zu erwerben." An Athinas nervösem, leicht hochgezogenem

Mundwinkel konnte ich erkennen, dass es sich dabei um etwas Authentisches handeln musste. Sie versuchte jedoch, dem Händler ihre Begeisterung nicht spüren zu lassen, sonst wäre er wohl mit dem Preis gewaltig nach oben gegangen. „Wie viel verlangen Sie dafür?", fragte Athina mit ruhiger Stimme. „Mit 100 Euro sind Sie dabei!", lautete die Antwort. Ich rümpfte leicht die Nase. „Das ist viel zu teuer", erwiderte Athina. Sie gab den Gegenstand an mich weiter, damit ich ihn mir betrachten konnte. Vorsichtig nahm ich ihn zwischen die Finger und drehte und wendete ihn in meiner Hand. Es war eine silberne Haarspange. Sie war noch sehr gut erhalten, aber ich fühlte dennoch, dass sie alt war, dass sie mir eine Geschichte erzählen wollte. Ich drehte sie noch einmal herum und dann entdeckte ich die feine Gravur einer Taube darauf. Die Linien waren schwach, aber noch deutlich zu spüren und ich bemerkte, dass der Gegenstand mit sehr viel Liebe und Hingabe angefertigt worden war. Die Taube schien mich anzuschauen, ich blinzelte und stellte mir vor, wie eine junge, bildhübsche Frau mit dunklen wehenden Haaren in einer lauen Brise stand. Ihre Haare wurden von eben jener Haarspange aus dem Gesicht gehalten. Das silberne Schmuckstück glitzerte in der Sonne ... Ein wohliger Schauer durchzog meinen Körper. Auf einmal wusste ich, dass ich diese Haarspange haben *musste*.

„50 Euro", feilschte Athina. „Nein, nein, nein!" Der Händler wirkte entsetzt. „Sie machen mich bankrott. Wovon soll ich denn leben? 100 Euro!" – „60 Euro", sprach Athina. „Liebe Frau. 60 Euro? Das ist viel zu wenig! Dieser Schmuck ist wertvoll. Antik! Sehr wertvoll! 100 Euro ist fast geschenkt! Dieser Schmuck ist doch mehr wert als 60 Euro. Ich bitte Sie." – „60 Euro", wiederholte Athina. „Letztes Angebot." – „Nein, das geht nicht." Der Mann wirkte leicht verärgert. „Ich kann diesen Schmuck nicht für 60 Euro verkaufen. Dann kann ich ihn gleich zu den Fischen ins Hafenbecken von Piräus werfen." – „70 Euro", bot ich zu meiner Verwunderung selbst an. „70 Euro? Junger Mann ..." Der Händler drehte sich grinsend zu mir um und entblößte eine Reihe schiefer Zähne. „Das ist ein Angebot. 70 Euro ... Viel ist es nicht gerade. – Der Schmuck ist viel mehr wert, aber weil Sie es sind ... 70 Euro. Okay. 70 Euro für den freundlichen jungen Mann. Wir sind im Geschäft." Aus dem Augenwinkel sah ich, wie Athina mich neugierig beäugte. *Du musst verrückt sein, Yunus*, dachte ich, *was willst du mit einer Haarspange, die 70 Euro kostet?* Aber ich konnte nicht anders. Ich wollte – ja – ich *musste* diese Haarspange haben. Koste sie, was sie wolle! Hastig suchte ich nach meinem Geldbeutel und lief rot an im Gesicht, als ich feststellte, dass ich nur 65 Euro und ein paar Cent dabeihatte. Ich hatte nicht wirklich damit gerechnet, heute so viel Geld auf einmal auszugeben. „Verdient man als studentische Hilfskraft in Deutschland so viel Geld, dass man sich einfach so für 70 Euro eine Haarspange kaufen kann?", schmunzelte meine Adoptivmutter. „Hm ... Nein, da verdient man nur so viel, dass man sich für *65 Euro* eine Haarspange kaufen kann", entgegnete ich leicht nervös. „Wärst du so gut und könntest du mir bitte 5 Euro leihen? Ich gebe sie dir so bald wie möglich zurück." Athina lachte herzhaft. „Heißt das, ich muss nachher auch noch das Brot beim Bäcker selbst bezahlen?" Ich lief noch röter an im Gesicht, falls das überhaupt möglich war. „Äh, ja", gab ich zerknirscht zu, „das geht dann wohl nicht anders ..." – „In Ordnung, Yunus." Sie gab mir seufzend die restlichen 5 Euro und zwinkerte mir zu. „Dafür, dass du ein richtiges Schnäppchen gemacht hast ... Da will ich mal nicht so sein. Betrachte die 5 Euro als nachträgliches Geburtstagsgeschenk." – „Danke, Athina, das ist echt

lieb von dir. Aber ich gebe dir das Geld irgendwann zurück."
Schließlich übergab ich dem Händler mit dem gezwirbelten metallic-grauen Schnurrbart die 70 Euro. Zufrieden grinste dieser mich breit an. Er nahm die Haarspange noch einmal an sich, steckte sie in eine kleine, weiße Papiertüte und gab sie mir mitsamt dem wertvollen Inhalt. Dann verließen wir den *Monastiraki*-Platz.'

„Wow, 70 Euro für eine Haarspange", murmelte Lissy und schüttelte den Kopf.

Maria griff zielstrebig nach dem kleinen Papiertütchen, das dieses Mal als Lesezeichen gedient hatte, und betrachtete es sich eingehend. „Das ist die Tüte, in der die Haarspange gewesen war!", begriff Maria. „*Michális, Adrianou, Monastiraki*", entzifferte sie schließlich das aufgestempelte Siegel. „Das ist eine Adresse", erkannte Alex. „Zumindest so was Ähnliches." – „Michális hieß der Kerl also …", sinnierte Maria. „Ob das sein Vorname oder sein Nachname ist?" – „*Monastiraki* ist klar", kommentierte Lissy, „das ist der große Platz, auf dem der Flohmarkt immer stattfindet, direkt neben der Metrostation und vor dieser großen Kirche. – Aber was heißt *Adrianoú*?" Maria hatte inzwischen den Stadtplan auf ihrem Schoß ausgebreitet. „Das ist eine der Straßen, die vom *Monastiraki*-Platz abzweigt", stellte sie wenig später fest. „Vielleicht gibt das an, auf welcher Seite vom *Monastiraki*-Platz dieser Michális immer seinen Verkaufsstandort hat." – „Das könnte sein", stimmte ihr Lissy zu, „aber wir haben heute Abend doch den ganzen *Monastiraki*-Platz abgesucht und da war der Händler nicht da." – „Vielleicht ist er nur an bestimmten Tagen da", spekulierte Alex. „Jedenfalls müssen wir ab jetzt regelmäßig am *Monastiraki*-Platz vorbeigehen", bestimmte Maria, „vielleicht haben wir ja Glück und finden den Mann irgendwann einmal."

„Und somit haben wir auch schon den übernächsten Buchstaben: My", verkündete ich und brachte meine Freunde damit zum Lachen. „Yunus wird Augen machen, wenn wir ihm das morgen alles erzählen!"

„Auf jeden Fall", stimmte mir Alex zu. Doch dann durchzuckte mich plötzlich ein weiterer Gedanke wie ein Blitz. „Sagt mal ...", begann ich zaghaft. „*Adrianou* ... Das erinnert mich an etwas. – Hieß nicht Cyrills Vater *Adrianós*?" Verblüfftes Schweigen war die Antwort. Maria hatte sich als Erste wieder gefasst. Sie nickte, erst langsam, dann schneller. „Cyrill, Sohn des Adrianós, Wagenlenker", wiederholte sie die Worte auf dem Grabstein. „Du hast Recht, Emmy. Meinst du, das hat etwas zu bedeuten?" – „Na, purer Zufall ist das sicherlich nicht", pflichtete ihr Lissy bei. „Oh ja ... Langsam fügt sich das Puzzle zusammen ... Möglicherweise stammt der Händler sogar irgendwie von Cyrill ab!!!" – „Na, mal langsam", bremste Alex, „das ist nun doch etwas weit hergeholt, oder? Noch haben wir keine Beweise." – „Keine Beweise?", brauste Lissy auf. „Was für Beweise brauchst du denn noch? Wie soll der Händler denn sonst an die Sachen von Emilia herangekommen sein?" – „Vielleicht wohnt er auch nur an einem Ort, an dem er Emilias Sachen gefunden hat", schlug Alex vor, „und Adrianou steht wirklich bloß für die Straße beim *Monastiraki*-Platz." – „Hm, gut", stimmte ihm Maria zu, „das kann natürlich auch sein. Auf alle Fälle ist das aber nicht weniger aufregend. Der Händler ist so oder so eine ziemlich heiße Spur, glaube ich. Wenn der uns sagen kann, wo er die Sachen herhat, haben wir vielleicht einen Hinweis darauf, wo *Thólossos* liegt."

„Ich les dann mal weiter", kündigte Lissy an und wir alle wandten unsere ganze Aufmerksamkeit wieder Yunus' Buch zu.

‚Athina lachte noch immer über mich. „Was willst du eigentlich mit einer Haarspange, Yunus?", fragte sie. „Nun ... Sind meine Haare etwa nicht lang genug?" Scherzhaft wühlte ich mir selbst durch die Haare, die ich heute ausnahmsweise offen trug, und brachte sie dadurch ganz schön durcheinander. Athina beäugte mich schräg von der Seite. „Auch wieder wahr, aber bei deinem Pelz ..." Erneut lachte sie. Ich bückte mich und ließ meine Haare nach vorne über meinen Kopf fallen, dann schüttelte ich mich, fuhr mit den Fingern durch die langen Haare und schleuderte sie schwungvoll nach hinten. „So, wieder gekämmt", scherzte ich, holte einen Zopfhalter aus meiner Tasche und band mir die Haare im Nacken zusammen. „Aber jetzt im Ernst", begann ich erneut, während wir die Adrianou Straße entlanggingen und die Silhouette der Akropolis am Horizont auftauchte, „diese Haarspange ist doch wirklich alt." Athina stimmte mir zu. „Das auf jeden Fall, ja", gab sie zu, „auf den ersten Blick würde ich sie auf ein Alter von zweitausend Jahren schätzen. Vielleicht ist sie sogar noch älter. Das müsste ich genauer untersuchen. Die Machart lässt auf Antike schließen. Das ist auf jeden Fall ein seltenes Stück, das du da hast." Zufrieden grinste ich. „Wusste ich's doch." – „In Wahrheit hätte der Händler wohl das Zehnfache verlangen können, wenn er gewollt hätte", offenbarte mir Athina. „Ich vermute, er weiß gar nichts davon, dass dieser Gegenstand noch viel mehr wert ist. Mit anderen Worten: Yunus, du hast tatsächlich ein Schnäppchen gemacht."

Ich genoss den Ausflug mit Athina sehr. Wir sehen uns sowieso viel zu wenig. Zurzeit frage ich mich immer öfter, warum ich überhaupt so viel Zeit darauf verschwendet habe, nach meinen biologischen Eltern zu suchen. Ich fühle mich so wohl mit Athina, Farid und Aiman. Sie sind die beste Familie, die man sich wünschen kann. Ich sollte mich glücklich schätzen, in so einer wunderbaren Familie aufgewachsen zu sein.'

„Und dennoch wollte Yunus heute Abend nicht mit zu Aiman gehen", griff Lissy erneut auf. „Irgendetwas ist faul an der ganzen Sache ..." Da wir aber keine Ahnung hatten, was wir zu diesem Thema noch hätten sagen sollen, fuhr Lissy mit dem Lesen fort:

,7. August 2003: Gestern Nacht habe ich noch lange an meiner Seminararbeit geschrieben. Irgendwann muss ich wohl eingenickt sein, denn als ich aus meinem Albtraum aufschreckte, lag mein Kopf auf den Büchern aus Bielefeld. Ich hatte erneut diesen Traum über Jona und Cyrill. Ein weiteres Mal sah ich Cyrill sterben – und Jona kurz darauf. Schon lange hatte ich nicht mehr davon geträumt. Warum diese Nacht wieder? Ich brauchte lange, um mich wieder einigermaßen zu beruhigen. Das Seltsame an der ganzen Sache war, dass auf meinem Schreibtisch, direkt auf einem der SpraWi-Bücher das Foto lag, das ich in der Uni Bielefeld gefunden hatte; das mit den fünf jungen Leuten. Wie kam das dahin? Ich hatte es doch in der Truhe aufbewahrt! Bin ich schlafgewandelt? Hatte ich das Bild, während ich schlief, auf den Tisch gelegt? Das beunruhigt mich nun doch.

9. August 2003: Da war er wieder: der Traum – zum dritten Mal in Folge. Ich kann das nicht ignorieren. Ich muss der Sache auf den Grund gehen.'

„Ja, und hier geht's wieder auf Griechisch weiter", sprach Lissy. Sie blätterte durch das Buch. Ich schaute ihr über die Schulter und mir fielen mehrere unterstrichene Wörter auf. Mühsam versuchte ich, diese zu entziffern. Mehrere Male entdeckte ich die Worte *Theologos* und *Thólossos*, *Krypta* und hier und da tauchte auch *Hermes* auf. „Mir scheint, Yunus ist an dieser Stelle gerade dabei, mit seiner Suche anzufangen", vermutete ich. „Sieht ganz danach aus", pflichtete mir Maria bei. „Schade, dass wir nicht lesen können, was er sich für Gedanken gemacht hat und wie er auf die ersten Hinweise gestoßen ist", bedauerte Lissy. „Was waren eigentlich die ausschlaggebenden Punkte für ihn, mit der Suche anzufangen?", grübelte Maria und fasste für sich selbst zusammen. Dabei zählte sie die einzelnen Punkte an ihren Fingern ab. „Erstens: Der Traum ließ ihn nicht mehr in Ruhe; zweitens: das Medaillon von Emilia; drittens: der Kauf der Haarspange; viertens: die Gedichte von der Metrobaustelle und fünftens: vielleicht die Tatsache, dass der Orakelspruch aus seinen ersten Träumen auch auf seiner Halskette geschrieben steht – aber das erwähnt er in seinem Buch gar nicht." – „Trotzdem ...", überlegte ich, „der wirklich ausschlaggebende Punkt wird meiner Meinung nach nicht deutlich genannt ... Zumindest nicht in dem deutschen Teil." – „Hm ...", machte Lissy und blätterte weiter durch die Seiten des Buches. „Lissy", tadelte ich, „wir sollen doch nur die markierten Stellen lesen ..." – „Wir können doch eh nichts von den anderen Einträgen entziffern", gab Lissy zurück. „Na, dann brauchst du auch nicht durch die anderen Seiten zu blättern, oder?", mahnte ich sie. „Da ist doch nichts dabei", maulte Lissy und blätterte weiter, bis sie auf eine Seite stieß, auf der uns etwas ins Auge stach. Die Sprache, in welcher der Text hier verfasst worden war, war weder Deutsch noch Griechisch, sondern einmal wieder Arabisch. Das jedoch war nicht der Grund, weswegen ausgerechnet diese Seite unsere Aufmerksamkeit erlangt hatte. Mitten im fließenden Text stand ein unterstrichenes Wort oder besser gesagt: ein Name – mein Name: *Emily Ziegler* stand da, inmitten arabischer Schriftzeichen, mit roter Farbe unterstrichen. Ich stutzte. „Was soll das denn?", fragte Lissy verwirrt und blätterte zurück und wieder vor. Doch mein Name befand sich nur ein einziges Mal dermaßen gekennzeichnet in dem Buch. „Wieso steht da dein Name?" Ich schluckte angestrengt. Mein Mund war mit einem Male sehr trocken und ich wusste nicht wieso. *Da hast du deinen ausschlaggebenden Punkt, Maria,* dachte ich mir, *ich bin der Grund dafür, dass Yunus mit der Suche angefangen hat,* durchfuhr es mich, doch ich konnte mir absolut nicht erklären, wie ich auf diesen Gedanken kam und ob er überhaupt zutreffend war. „Komm, lass", bat ich Lissy, „wir sollen das nicht lesen. Wir wissen nicht, dass da mein Name steht." – „Natürlich wissen wir es. Wir haben es doch eben gesehen", widersprach Lissy und wehrte meine Hand ab, mit der ich ihr das kleine Büchlein abnehmen wollte. Das Datum oberhalb des arabischen Eintrags war der 21. September 2004. „Echt zu blöd, dass wir das jetzt nicht lesen können." Lissy stöhnte genervt auf. „Offensichtlich hat Yunus zumindest *deinen* Namen schon viel länger gekannt, als wir angenommen haben, Emmy", sagte Maria langsam. „Woher er wohl den Namen kennt?" – „Wieder etwas, das wir Yunus fragen müssen, wenn wir ihn morgen sehen", fügte Alex an. „Nein, bitte nicht", sprach ich. „Sonst weiß Yunus doch, dass wir auch die anderen Seiten angeschaut haben." – „Er ist doch selber schuld daran", meinte Lissy, „immerhin hat er uns das ganze Buch gegeben." – „Lassen wir's lieber", flehte ich und wunderte mich selbst darüber, dass ich so dagegen war, Yunus auf diese Sache hin anzusprechen. Einerseits drängte es mich selbst danach zu erfahren, warum an dieser Stelle mein Name stand und wie Yunus auf ihn gekommen war, aber andererseits, so sagte mir ein Gefühl, war es wahrscheinlich besser, davon gar nichts zu wissen. Keine Ahnung, warum ich so fühlte. Es war jedenfalls eine äußerst merkwürdige Situation für mich und ich spürte, dass alle Blicke auf mich gerichtet waren. Das war mir äußerst unangenehm. „Lasst uns lieber den letzten markierten Eintrag lesen", bat ich. „Sonst kommen wir heute nie ins Bett." – „Na gut", gab Lissy schließlich nach. „Wer will?" – „Ach, lass mich mal", sagte Alex. „Ich durfte noch gar nicht." – „Okay, wenn du willst ..." Lissy gab Maria das Buch. Maria reichte es an ihren Freund weiter. Alex schlug das Buch an der letzten markierten Stelle auf. Es fiel ihm ein gefalteter DIN-A4-Zettel entgegen. Er faltete ihn auf und betrachtete ihn sich. „Das ist ein Zettel mit Flugdaten drauf", verkündete er. „Das ist der Flug, den wir auch genommen haben. Der von Nürnberg nach Athen am 26. Juni." Er legte den Zettel neben sich ab. „Aber der Tagebucheintrag datiert auf den 20. Juni 2006, seinen 26. Geburtstag", erinnerte sich Alex. Er blätterte eine Seite weiter. „Das ist außerdem die letzte beschriftete Seite in dem Tagebuch. Danach hat Yunus nichts mehr reingeschrieben." – „Na, so was", kommentierte Lissy, „na, dann lies mal vor."

,20. Juni 2006: Gerade eben habe ich meinen Internetartikel über *Thólossos* online gesetzt. Mit den paar Verbesserungen, die ich noch daran vorgenommen habe, lautet er nun folgendermaßen: „*Thólossos* has long been an object of interest for me ..."

„Bla, bla, bla", blubberte Alex, „muss ich das ganze Zeug noch mal vorlesen? Ich meine ... Wir wissen das doch schon alles." – „Nein, überspring es einfach", erlaubte ihm seine Freundin. „Offensichtlich hat Yunus uns wirklich nicht zugetraut, dass wir den Artikel selber finden", nuschelte Lissy.

,In sechs Tagen fliege ich nach Athen. Dann werde ich auch endlich Emily und ihre Freunde persönlich kennenlernen. Ich überlege noch immer angestrengt, wie ich ihnen das mit Emilia beibringen soll. Auf keinen Fall darf ich einen Fehler machen. Ich hoffe, sie helfen mir bei meiner Suche. Nur mit ihrer Hilfe kann das Rätsel gelöst werden. Sie sind meine einzige Hoffnung.'

„Dann endet der Eintrag", informierte uns Alex. „So, Leute, das war's. Wir sind durch mit dem Buch." Er klappte das Buch theatralisch schwungvoll zu und legte es auf der Bettdecke ab. „Wir sind seine einzige Hoffnung ...", grübelte Maria. „Oh weh! Dieser Mensch neigt leicht zur Übertreibung." – „Wir wissen ja schon, dass er dramatische Auftritte liebt", schmunzelte Lissy. „Oh ja", stimmte ihr Maria zu. „Das wissen wir." – „Ich bin gespannt, was er zu den Dingen sagen wird, die wir heute herausgefunden haben", sprach Lissy. „Das mit dem Zettel machen wir aber, oder?", wollte Alex mit einem breiten Grinsen in seinem Gesicht wissen. „Klar, machen wir das", bestimmte Maria, „der soll ruhig mal sehen, wie komisch das kommt, wenn da bloß so ein merkwürdiger Zettel rumliegt." – „Der wird Augen machen", vermutete Lissy. „Ich freu mich schon auf sein Gesicht, wenn er den Zettel findet." – „Wie spät ist es denn jetzt?", fragte Maria. Alex drehte sich zu seinem Wecker um. „Kurz vor halb zwei", stellte er fest. „Oh Mann!", brach es aus Lissy. „Es ist höchste Zeit, dass wir ins Bett kommen. In sieben Stunden müssen wir schon vor dem Hotel antanzen." – „Das wird eine weitere kurze Nacht", bedauerte Alex gedehnt. „Hauptsache, es hält uns nicht wieder ein Gewitter wach!", hoffte Maria.

Nacheinander verschwanden wir alle noch einmal kurz im Bad und dann wurde es schnell ruhig im Zimmer. Uns allen lag die Anstrengung noch tief in den Knochen. Obwohl ich hundemüde war, musste ich noch eine ganze Weile über das nachdenken, was wir an dem vergangenen Tag erlebt hatten. Vor allem das mit meinem Namen in dem Buch beschäftigte mich und dann durchzogen mich wieder Bilder von *Kerameikós*, den beiden Grabsteinen, und schließlich ging mir der Traum von Yunus nicht mehr aus dem Kopf, der, den er mir gezeigt hatte, und ich bekam eine Gänsehaut. Ich zog die Decke bis ans Kinn hoch und drehte mich auf die Seite.

⌘

Es ist dunkel um mich herum, stockdunkel. Tiefste Schwärze umgibt mich und die einzigen Geräusche, die ich hören kann, sind mein eigener flacher Atem und der rasende Herzschlag. Jede Bewegung, jedes Geräusch – das Rascheln meiner Kleidung, die Schritte auf dem Steinboden, das verzweifelte Kratzen meiner Fingernägel über die harten, unnachgiebigen Mauern ... – alles klingt dumpf und irritiert mich. *Müsste es in einem Grab nicht vollkommen ruhig sein?*, frage ich mich. *Aber ich lebe. – Noch.* Es ist kalt hier unten und ich habe nichts, mit dem ich mich wärmen könnte. Ich trage nur das dünne, zerfetzte Kleid, mit dem ich aus dem Palast geflüchtet bin. Ich reibe mir mit schmerzverzerrtem Gesicht über die wunden Finger. Hoffnungslos habe ich mit ihnen an den Wänden herumgekratzt, versucht, irgendwo einen lockeren Stein zu finden und diesen dann aus der Wand zu reißen. Aber es ist mir nicht gelungen. Die Wände sind glatt und stehen fest. Es riecht modrig. Die Decke liegt zu weit über mir. Ich kann sie nicht erreichen und auch der Boden ist aus hartem Stein gemacht. Es gibt keinen Ausweg. *Wie lange bin ich schon hier unten in diesem finsteren Loch?* Ich überlege, doch ich habe in der Dunkelheit mein Zeitgefühl verloren. Ist es Tag? Ist es Nacht? Ich habe keine Ahnung. Kein einziger Lichtstrahl dringt in mein Gefängnis hervor. Ich befinde mich irgendwo tief unter der Erde. Mein Magen knurrt und mein Mund ist so trocken, dass er sich anfühlt, als wäre er aus Papier. Die Lippen sind hart und rissig. *Wie lange kann ein Mensch überleben, bis er verdurstet? – Zwei Tage, drei Tage?* Ich kann mich kaum mehr auf den Beinen halten. Ich bin geschwächt und ich weiß, dass ich es nicht mehr lange aushalten werde. *Hoffentlich geht es Jona gut,* denke ich, *hoffentlich hat er es geschafft, den Soldaten zu entkommen. – Vielleicht findet er mich hier.* Doch die Hoffnung ist schwach und schwindet mit jedem Atemzug, den ich nehme. *Wie lange wird wohl der Sauerstoff in der Luft vorhalten, bis er verbraucht ist?,* überlege ich weiter. Dann: *Was ist weniger schlimm: verdursten oder ersticken?* Ich weiß es nicht.

Ich sitze auf dem Boden, mit dem Rücken an die Wand gelehnt. Zaghaft streiche ich über die Wölbung meines Bauches und spüre, wie sich unter meiner Bauchdecke etwas ganz sachte bewegt. „Es tut mir leid, Kleines", flüstere ich resigniert, „es tut mir so unendlich leid ..." Ich blinzele ein paar Tränen aus meinen Wimpern und fasse mir an die fiebrige Stirn. „Oh Jona", seufze ich verzweifelt. „Oh Jona, Jona!" Doch es kommt keine Antwort.

⌘

Fassungslos und mit rasendem Pulsschlag erwachte ich aus meinem Traum. Ich setzte mich senkrecht im Bett auf. Ich zitterte und war schweißgebadet. Die Dunkelheit um mich herum war drückend und fast schon panisch sprang ich auf und rannte ins Bad. Ich machte die Tür hinter mir zu, schaltete das Licht an und setzte mich auf den geschlossenen Toilettendeckel. Eine Weile saß ich einfach nur da und wippte nervös auf und ab. Irritiert stellte ich fest, dass mir unaufhörlich Tränen aus den Augen flossen und dass meine Wangen schon ganz nass waren.

„Emmy?", hörte ich von draußen die flüsternde Stimme von Maria. „Ist alles in Ordnung bei dir?" Ich schluckte schwer, aber bekam kein Wort über die Lippen. „Darf ich reinkommen?" – „Ja", gelang es mir schließlich leise zu antworten. Mit einem besorgten Gesichtsausdruck ging Maria neben mir in die

Hocke und legte mir beschwichtigend ihre Hand aufs Knie. „Was ist denn los?", fragte sie bekümmert. Ein paar Mal atmete ich tief durch. Schließlich flüsterte ich kraftlos: „Sie war schwanger." Ich schluckte. „Emilia war schwanger."

Daraufhin konnte Maria erst einmal nichts antworten. Sie blickte mich mit sorgenvollen Augen an und strich mir mitleidig über das Knie. „Wenn du reden willst ...", begann sie zaghaft, doch brach wieder ab. Ich nickte langsam und dann erzählte ich ihr mit knappen Worten von dem Traum. Maria seufzte leise. Eine Zeit lang blieben wir noch im Bad und schwiegen. Es gab einfach nichts mehr, was man dazu hätte sagen können. Schließlich ergriff Maria das Wort: „Es ist erst halb vier. Vielleicht sollten wir versuchen, noch ein bisschen zu schlafen." Ich nickte langsam. „Versuch, dich ein wenig zu entspannen, Emmy." Erneut nickte ich und wischte mir die Tränen aus dem Gesicht. „Gehen wir schlafen", wisperte ich schwach und ergriff dankbar Marias Hand, die sie mir hilfreich entgegenstreckte. Leise öffnete Maria die Badtür, schaltete das Licht aus und wir schlichen von den anderen unbemerkt zu unseren Betten zurück. Ich kroch unter die Decke und drehte mich auf den Rücken. Meinen Blick richtete ich an die Zimmerdecke. Obwohl ich dachte, dass ich in dieser Nacht kein Auge mehr zutun würde, schlummerte ich ein weiteres Mal ein. Diesmal schlief ich tief und traumlos.

Lambda

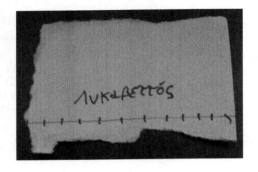

Rasselnd und scheppernd riss uns Alex' Wecker aus dem Tiefschlaf. Nur langsam und äußerst widerwillig kehrten wir ins Wachleben zurück. Erste zaghafte Sonnenstrahlen kämpften sich tapfer durch den dunklen Vorhang hindurch und kitzelten mir das Gesicht. Alex zog den Vorhang von seinem Bett aus vorsichtig zurück. Als sich meine Augen an die Helligkeit gewöhnt hatten, schaute ich zum Fenster hinüber. Der Himmel hinter der Scheibe war strahlend blau und, soweit ich das von meinem Platz aus beurteilen konnte, es befand sich keine einzige Wolke am Firmament.

„Guten Morgen!", gähnte Lissy und streckte sich. „Oh, ich habe gut geschlafen. So richtig gut. Das hab ich mal wieder gebraucht." – „Wenn die Nacht doch nur ein klein wenig länger gewesen wäre …", wünschte sich Alex.

„Wie hast du geschlafen?", wandte sich Maria mit leicht sorgenvollem Blick an mich. „Es ging. Nach dem Traum habe ich dann geschlafen wie ein Stein", gab ich aufrichtig zu. „Ein Glück", fand Maria. „Und du?", stellte ich die Gegenfrage. „Ich hab auch gut geschlafen."

„Was heißt hier *Traum*?", fragte Alex verblüfft, „Emmy, hattest du wieder einen dieser Träume?" Ich setzte mich an den Rand des Bettes und starrte noch völlig schlaftrunken auf meine Beine. Ich bewegte abwesend meine Zehen und patschte mit den nackten Fußsohlen ein paar Mal auf den Boden. „Ja, hatte sie", antwortete Maria für mich, „ihr kriegt aber auch gar nichts mit, was?" – „Wart ihr beide nachts wohl wach?", fragte Lissy. Ich nickte langsam. „Aber nur ganz kurz", sagte ich. „Was hast du denn geträumt?", wollte Lissy wissen und kroch unter ihrer Bettdecke hervor. Sie rieb sich den Schlaf aus den Augen. Maria drehte sich alarmiert zu mir um, fast so als befürchte sie, dass ich bei der Erinnerung an den Traum erneut in Tränen ausbrechen würde. „Ist schon gut", sprach ich. „Es geht inzwischen wieder. Es war bloß nachts so schlimm. Da war ich noch mitten im Traum." Und dann begann ich zu erzählen. Lissy neben mir schluckte schwer, nachdem ich geendet hatte.

„Na, das ist ja der Hammer", kommentierte Alex. „*Das* war also das Schlimme, das Emilia getan hat", begriff Lissy, „sie erwartete ein Kind von Jona." – „Das durfte natürlich gar nicht sein", fügte Alex an, „sie, als Pythia …" – „Das wirft jetzt natürlich ein völlig neues Licht auf die ganze Sache", fand Maria, „Polyzalos hat nicht nur Cyrill, Jona und Emilia auf dem Gewissen, sondern auch noch ein ungeborenes Kind." – „Furchtbar." Lissy schüttelte den Kopf. „Wie kann ein Mensch nur so grausam sein?" – „Ob Yunus das mit dem Baby schon weiß?", fragte sich Maria. „Keine Ahnung." Ich zuckte mit den Schultern. „Ich glaube aber nicht. Das hätte er sonst bestimmt erwähnt." – „Ich frage mich, wie er das aufnehmen wird", überlegte Maria, „ihn nimmt das mit *Emilia* schon ziemlich mit. Wie wird er erst reagieren, wenn er davon erfährt, dass Emilia auch noch schwanger war?" – „Yunus ist eben ein sehr emotionaler Mensch", deutete ich. „Das ist er", stimmte mir Lissy zu, „so wie du, Emmy. Ich kann mir vorstellen, dass dich der Traum sehr mitgenommen hat." Sie berührte mich sachte an der Schulter und drehte mich zu sich um. „Tut mir leid, dass ich nicht für dich da war." – „Schon gut", entgegnete ich gerührt, „ihr seid alle immer für mich da. Ohne euch wäre ich schon längst durchgedreht. Ich bin so froh, dass ich euch habe." – „Oh Mann", seufzte Alex, „wer hätte gedacht, dass unser Urlaub dermaßen ausarten würde?" – „Tja", ächzte Lissy etwas hilflos. „Es geht jetzt schon längst nicht mehr um unseren Urlaub", begann ich zaghaft, „es geht um viel mehr als das. Ein Unrecht, das vor 2.500 Jahren begangen worden ist, muss aufgeklärt werden. Und das machen wir auch. Ich bin mir sicher, dass wir das schaffen. Wir *müssen* das einfach schaffen. Sonst kommen wir wohl nie mehr zur Ruhe." – „Du redest schon wie Yunus", fand Alex, „so dramatisch ..." – „Es *ist* dramatisch, oder etwa nicht?", stellte ich die Frage in den Raum. Daraufhin konnte niemand etwas entgegnen. „Also fangen wir damit an, uns fertigzumachen", beschloss ich mit fester Stimme, „es ist schon nach sieben Uhr. Wir wollen doch rechtzeitig zum Treffen fertig sein, oder? Wer geht als Erstes ins Bad?"

⌘

„Noch zwei Minuten", wisperte Lissy aufgeregt direkt neben meinem Ohr, „ich bin gespannt, ob Yunus pünktlich ist." – „Er wird pünktlich sein", versicherte ich ihr, „hundertpro." Wir standen im Foyer des Hotels, genauer gesagt schräg hinter dem Eingang, von wo aus man die Glastür gut im Blick hatte, durch die man gehen musste, wenn man ins Hotel wollte. Den Zettel mit dem Lambda auf der einen Seite hatten wir in die Tür geklemmt, sodass man ihn gerade noch sehen konnte. Der Adonis an der Rezeption schaute noch immer verständnislos zu uns herüber, aber er stellte keine weiteren Fragen mehr, nachdem Alex ihm erklärt hatte, dass wir „just playing a trick on a friend of ours" waren. So richtig schien der Adonis damit nichts anfangen zu können, aber er ließ uns gewähren. Das fanden wir sehr anständig von ihm. Zappelig und neugierig harrten wir in unserem Versteck aus. „Wo bleibt er denn?", wunderte sich Maria. „Da ist er doch schon", brach es kurz darauf aufgeregt aus mir heraus, als Yunus plötzlich, wie aus dem Nichts, vor der Tür aufgetaucht war und sich verwirrt umschaute. Sofort zogen wir uns tiefer in den Schatten neben der Tür zurück. Lissy kicherte neben mir. „Jetzt siehst du mal, wie das immer ist, Yunus, wenn man keine Ahnung hat, was man tun soll", meinte sie schadenfroh. Durch das Glas der Tür sah ich, wie Yunus einen Schritt auf den Eingang zuging, durch die Scheibe schaute, dann wieder einen Schritt zur Seite machte, die Straße hinauf- und hinunterblickte und anschließend einen Moment lang regungslos dastand. Kurz darauf kehrte er wieder zur Tür zurück und linste ein weiteres Mal durch die Scheibe. Dann erfolgte ein Blick auf seine Armbanduhr. Ungeduldig scharrte Yunus mit seinem Fuß über den Boden. – Dann ein weiterer Blick auf die Uhr. „Oh Mann, braucht der lang, um zu kapieren", stöhnte Lissy leicht genervt auf, „wenn wir auch immer so schwer von Begriff gewesen wären wie er gerade …"

In diesem Moment drehte sich Yunus ein weiteres Mal zum Eingang ins Hotel um. Er hob seine Hand an den Türknopf. Mitten in der Bewegung jedoch ließ er die Hand wieder sinken und verwirrt bückte er sich. Keine Frage, er hatte unseren Zettel entdeckt. Verdutzt zog er seine Augenbrauen zusammen und kratzte sich an seinem rechten Nasenflügel. Dann griff er nach dem Zettel und zerrte daran. Der Zettel kam nicht frei. Also drückte er sachte von außen gegen die

Tür, welche daraufhin mit einem leisen Schnappen aufging. Yunus fing geschickt den Zettel auf, bevor er zu Boden segeln konnte, und betrachtete ihn eingehend. Gespannt beobachteten wir seinen Gesichtsausdruck. Zuerst bekundete er totale Verblüffung und Ratlosigkeit, dann jedoch schlich sich ein Grinsen in sein Gesicht. Vermutlich hatte er eben das Lambda auf der einen Seite des Zettels entdeckt. Anschließend drehte er das Papier herum. Sein Grinsen wurde noch breiter, als er sich den Hinweis auf unser nächstes Reiseziel besah. Er hob seinen Kopf und öffnete die Tür einen Spalt weit. „Kommt schon heraus aus eurem Versteck", sprach er. „Wo seid ihr?" Prustend und kichernd verließen wir den Schatten hinter dem Eingang und gesellten uns zu ihm. Warme Luft schlug uns entgegen, als wir das Hotel verließen.

„Ihr seid mir ja welche ...", murmelte Yunus und schüttelte lächelnd den Kopf. „Wie du uns, so wir dir", schmunzelte Alex. „Wie kommt ihr darauf, dass *Lykavittós* unser nächstes Ziel sein soll?", fragte Yunus interessiert. Rasch erläuterten wir ihm abwechselnd, zu welchem Schluss wir gekommen waren, als wir das Gedicht *Katarráchtis* gelesen hatten. Wir weihten ihn ein, dass wir glaubten, bei dem Fluss des Sonnenkindes handele es sich um den *Erídanos* und wir erläuterten weiter, dass es an der Quelle einen Wasserfall gegeben hatte, hinter dem sich Jona und Emilia stets heimlich getroffen hatten.

„Gute Arbeit", gab Yunus anerkennend zu, „so habe ich das noch gar nicht gesehen. Ich wusste schon, warum ich ausgerechnet *euch* um Rat gefragt habe ..." Er brummelte einige der Zeilen aus dem Gedicht *Katarráchtis* auswendig vor sich her, zuerst auf Deutsch, dann auf Griechisch. „Fluss des Sonnenkindes ... *Helios* ... *Erídanos* ... Ja, so kann man das auch sehen ... Das ergibt Sinn ... Hm ...", redete Yunus mehr mit sich selbst, „darauf bin ich noch gar nicht gekommen ... Hinter einem Wasserfall ..."

„Cooler Zettel, nicht wahr?", wandte sich Alex verschmitzt an Yunus und er nickte in Richtung des Lambda-Zettels, den der Araber noch immer zwischen den Fingern hielt. Yunus lächelte. „Ja, in der Tat ... Das habt ihr raffiniert gemacht, aber ..." Er grinste noch breiter. „*Lykavittós* schreibt man auf Griechisch mit Eta und nicht mit Epsilon", schmunzelte er. „Ooooooooooooooooh Yunus!", fauchte ich ihn verspielt ärgerlich an und trommelte ihm sachte mehrere Male auf den Rücken, was er sich vergnügt gefallen ließ. „Das ist doch so was von egal!" – „Du sagst es", stimmte Yunus mir zu, „aber nächstes Mal weißt du es, klar?" Yunus hielt mir belehrend seinen erhobenen Zeigefinger unter die Nase. „Öh", wich ich irritiert zurück und meine Freunde lachten lauthals. „Ja, dann ... ähm ...", stammelte Yunus. „*Lykavittós*?" – „*Lykavittós*!", antworteten wir im Chor, „auf geht's."

⌘

Von *Omonia* aus fuhren wir mit der roten Metrolinie bis *Syntagma*. Dort stiegen wir in die blaue Linie um und nur eine Station später erreichten wir *Evangelismos*, wo wir die Metroschächte verließen und wieder ans Tageslicht zurücktraten. „Heute wird's so richtig heiß", vermutete Maria, als sich uns erneut eine regelrechte Hitzewand in den Weg stellte, sobald wir aus dem Untergrund kamen. „Da könntest du Recht haben", stimmte ihr Alex zu.

Auf dem Weg zum *Lykavittós* berichteten wir Yunus, was wir noch alles erfahren hatten. Maria erzählte enthusiastisch von unseren Gedankengängen über den Händler vom *Monastiraki*-Platz und dass wir diesen zu unserem folgenden Reiseziel erklärt hatten, gleich nach dem *Lykavittós*. Wie erwartet, war Yunus von unseren Fortschritten begeistert. „Das könnte wirklich zutreffen", meinte er, „dass dieser Michális uns weiterhelfen könnte." – „Wenn er nur da ist ...", bremste Alex die Freude. „Er wird da sein", behauptete ich zuversichtlich. „Emmy denkt immer so positiv", erläuterte Alex. „Irgendeiner muss das ja tun", sagte ich, „und außerdem werde ich Recht behalten. Michális wird da sein. Wir werden ihn finden. Glaubt mir."

Die Stimmung schlug um, als ich auf meinen Traum zu sprechen kam. Tatsächlich hatte Yunus nichts von Emilias Schwangerschaft gewusst und geknickt befeuchtete er sich gleich mehrere Male die Lippen mit der Zunge. Ich bemerkte, dass er seine rechte Hand zornig zu einer Faust ballte und dass er seine Zähne fest zusammenbiss, als ich ihm von Emilia in der Krypta erzählte. Aber er bemühte sich darum, beherrscht zu wirken. „Umso wichtiger ist es jetzt, dass wir *Thólossos* finden und die Seelen von Emilia und ihrem Kind befreien", beendete Yunus dieses Thema, „hoffentlich hat Polyzalos seine gerechte Strafe für seine Tat erhalten ..." Darauf entgegneten wir lieber nichts. Was hätte man dazu schon großartig sagen können? Außerdem waren wir innerhalb kürzester Zeit völlig außer Atem. Der Weg wurde steil und beschwerlich. Wir stiegen zwischen immer enger werdenden Gassen langsam nach oben. Parallelstraßen wurden von schmalen, stark ansteigenden Treppen miteinander verbunden.

„Wollen wir den langen und einfachen Weg oder den kurzen, etwas beschwerlicheren gehen?", fragte Yunus schließlich. „Den kurzen!", antworteten Maria und ich. „Den einfachen", baten Alex und Lissy. „Hervorragend", entgegnete Yunus ironisch, „da sind wir wieder einmal mehr völlig einer Meinung ..." – „Du entscheidest", schnaufte ich. „Den steilen", beschloss Yunus. Lissy und Alex stöhnten resigniert. „Also weiter!", gebot uns Yunus und schritt ausholend und rasch vor uns her. Von der Anstrengung war ihm nichts anzumerken. Wenn wir Treppen zu steigen hatten, nahm er jeweils zwei Stufen auf einmal und seine weite Hose rauschte um seine langen schlanken Beine. „Wie oft bist du da schon hochgejoggt, Yunus?", fragte Lissy keuchend. „Noch nicht so oft", entgegnete Yunus entspannt. „Zehn oder elf Mal. Wir hätten ja auch mit dem Bus hinauffahren können, aber wo bleibt da der Spaß?" – „Es ... gibt einen ... Bus, der da ... rauffährt?", wiederholte Lissy abgehackt und zwischen angestrengten Atemzügen. „Warum ... sagst du das ... erst jetzt?" Yunus lachte hämisch. „Weil du sonst darauf bestanden hättest, den Bus zu nehmen", erwiderte er. „Ja klar, welchen Zweck ... erfüllt ein Bus denn sonst, ... wenn niemand ... mit ihm fährt?" – „Busfahren ist doch etwas für alte Leute", unterstützte ich Yunus, „solange wir noch Beine haben, mit denen wir Bergsteigen können, sollten wir das auch tun." – „Ja, klar", motzte Lissy, „und das ... nennt ihr dann ... Urlaub. Ganz ... prima." – „Ach, Lissy ...", mischte sich Alex ein, „das wäre doch gelacht, wenn wir es nicht schaffen sollten, diesen läppischen Berg zu erklimmen. – Denk an den Stufenberg. So viel schlimmer kann dieser hier auch nicht sein." Er, als Sportler, gab sich große Mühe, sich die Anstrengung nicht anmerken zu lassen. Von uns allen – abgesehen von Yunus, denn der war einfach unschlagbar – hatte Alex wohl die beste Kondition, dennoch konnte er nicht verbergen, dass auch an ihm die Steigung nicht spurlos vorüberging. Sein Gesicht hatte eine schöne rote Farbe angenommen – wie meines wohl auch, fiel mir ein. Zum Glück musste ich mir meine rote Visage nicht selbst ansehen. „Haha", seufzte Lissy gequält und wischte sich eine Schweißperle von der Stirn, „hast du schon gesehen ... wie weit es da noch hochgeht …? Ich fass es nicht … Da fährt ein Bus rauf … und wir … müssen zu Fuß … Das ist mal wieder typisch … Ich frage mich, warum ich jedes Mal … wieder mit euch … in Urlaub fahren will. Ist doch immer wieder … dasselbe Theater. Ein Bus … Und wir … zu Fuß! Wegen Leuten wie uns … gehen die armen … Busunternehmen pleite." Daraufhin fing Maria zu prusten an. „Spar dir lieber deinen Atem, Lissy", riet sie unserer Freundin. „Ich mache … mit meinem Atem …, was ich … will", bestimmte Lissy.

„Aber wir fahren dann *schon* den Rest mit der Seilbahn rauf, oder?", fragte ich nach. „Ja, klar." Yunus nickte. „Wir müssen es ja nicht übertreiben. Außerdem würde das viel zu viel Zeit kosten, wenn wir den ganzen Weg zu Fuß gehen würden. Wir haben heute ja noch einiges vor." – „Einiges vor …", stöhnte Lissy. „Oh Mann … Auf was haben wir uns da bloß eingelassen …" – „*Ihr* habt doch den *Lykavittós* zu unserem nächsten Reiseziel erklärt, nicht ich", erinnerte Yunus sie grinsend. „Ja, da wussten wir ja noch nicht, … was das für eine Tortour … werden würde." – „Aber die Aussicht ist wirklich lohnend", versprach Yunus, „selbst wenn wir möglicherweise nicht fündig werden sollten und wenn die Spur an dieser Stelle nicht weiterführt …", begann Yunus nachdenklich, „die Aussicht ist auf jeden Fall einen Umweg wert." – „Glaubst du denn, dass diese Spur eventuell ein Blindgänger ist?", wandte sich Alex Rat suchend an den Araber. „Ich glaube nicht, dass der Weg umsonst ist", wich Yunus aus, „ich hoffe zumindest, dass wir einen weiteren Hinweis – welcher Art auch immer – finden werden, aber versprechen kann ich natürlich nichts. Es wäre einfach zu schön, wenn ihr Recht habt und es von hier aus weitergehen würde. Aber es kann natürlich auch sein, dass wir uns völlig auf dem Holzweg befinden."

Wir kamen an mehreren kleinen Souvenirläden vorbei, die sich direkt neben der steil ansteigenden Treppe befanden. Auf Mauern und Fensterbrettern waren kleine Töpferwaren, Miniaturen von Amphoren und Statuen, griechischen Tempeln und vielem anderen mehr nebeneinander aufgereiht. Außerdem gab es Postkarten und Poster von Sehenswürdigkeiten in Athen. „Sehr hübsch", fand Maria, „vielleicht können wir nachher, wenn wir wieder hier vorbeikommen, mal in den ein oder anderen Laden reingehen und ein paar Souvenirs einkaufen." – „Mal sehen", gab Yunus zurück und marschierte weiter vor uns her. Als ich mich einmal am Treppengeländer festhielt und mich nach hinten umschaute, wurde mir fast schwindelig, als ich feststellte, wie viele Treppenstufen schon hinter uns lagen und wie hoch wir inzwischen gekommen waren. Noch schwindeliger wurde mir jedoch, als ich mich wieder nach vorne umdrehte und erkannte, wie viele Treppenstufen noch *vor* uns lagen! Die letzten Höhenmeter legten wir schweigend zurück.

Schließlich kamen wir schnaufend und keuchend vor dem kleinen Häuschen an, von dem aus die Seilbahn nach oben zum Gipfel fuhr. „Gott sei Dank", seufzte Lissy erschöpft und lehnte sich mit ihrem Rücken an die Wand des Gebäudes. Auch ich musste zugeben, dass das Blut in meinen Ohren gehörig am Rauschen war. Ich fasste mir an die Wangen. Sie waren kochend heiß und wir alle – außer Yunus – waren mächtig am Schwitzen. Hinter dem Gebäude reckte sich ein grün bewachsener Hügel in die Höhe.

„Ich kann gar nicht glauben, dass der *Lykavittós* bloß 277 Meter hoch ist. Das sieht viel höher aus", fand ich. Alex und Maria holten beinahe synchron ihre Wasserflaschen aus den Rucksäcken, legten ihre Köpfe in den Nacken und schütteten sich das kühlende Nass in den Hals, als wären sie halb am

Verdursten gewesen. „Das ist eine sehr gute Idee", fand Lissy, und sie und ich taten es den beiden anderen gleich und leerten unsere Wasserflaschen in etwa zur Hälfte. „Okay, verschnauft noch ein wenig. Ich erledige einstweilen das mit den Tickets", beschloss Yunus und verschwand im Inneren des Häuschens. Fasziniert lauschte ich seiner Stimme auf Griechisch, dieser Sprache, die für mich noch immer irgendwie rätselhaft und unnachahmlich klang. Nur wenig später kam er wieder zu uns zurück. „Wenn ihr wollt, kann es sofort losgehen", verkündete er, „es ist heute noch gar nicht so viel los." – „Na ja, ist ja auch erst halb zehn", stellte Alex nach einem Blick auf seine Armbanduhr fest, „wir sind ja noch recht früh dran." – „Eigentlich müsste man diesen Berg bei Sonnenuntergang besteigen", überlegte Maria, „das sieht bestimmt genial aus von da oben." – „Stimmt." Yunus nickte. „Aber ich fürchte, wir haben nicht die Möglichkeit, aus unseren Zielen frei zu wählen." Daraufhin bedachte ihn Maria mit einem zweideutigen Blick, aber sie zog es vor, dazu lieber nichts zu sagen.

Yunus überreichte jedem von uns ein Ticket und dann folgten wir ihm in das Häuschen hinein. Eine Seilbahn stand schon abfahrbereit. Das Gefährt sah in etwa so aus wie eine Zahnradbahn in den Alpen. Es bot Platz für schätzungsweise zwanzig Leute, war stufenartig gebaut und es gab einige Sitzbänke und Haltestangen. Wir nahmen Platz. Alex, Maria und Yunus gegen die Fahrtrichtung und Lissy und ich in Fahrtrichtung. Dann saßen wir da und warteten eine Weile. Nach und nach füllte sich die Seilbahn, als weitere Touristen das Häuschen erreichten. Vor uns lag ein dunkler Tunnel, der in den Berg gebohrt worden war. Es sah ein bisschen aus wie ein Metroschacht, der allerdings steil bergauf führte. Der Tunnel war blau beleuchtet. „Sieht fast ein bisschen aus wie eine

Geisterbahn", fand Lissy. „Uha!", machte sie, als sich das Gefährt schließlich ruckartig in Bewegung setzte. Zuerst ging es relativ gemächlich voran, dann jedoch nahm unser Wagen Fahrt auf und beschleunigte ein wenig. Hier und da waren an den Wänden Werbeplakate für Imiglikos- und bestimmte Ouzosorten angebracht. „Wäh!", kommentierte dies Alex unlustig, „euer Gesöff könnt ihr selber trinken." – „Hast du etwas gegen Ouzo?", fragte Yunus mit einem Grinsen im Gesicht. „Nicht direkt gegen Ouzo", schmunzelte Maria, „aber gegen die Kopfschmerzen danach, wenn man ein Gläschen zu viel abbekommen hat ..." – „Ach so." Yunus nickte einsichtig und lächelte. Er sah geheimnisvoll aus in diesem blauen Licht, dachte ich mir. Fast schon mythisch. Seine langen, dunklen Haare schimmerten schwarz-bläulich und seine Augen funkelten so lebendig, dass sie mir beinahe den Verstand raubten. Yunus trug diesmal eine lange schwarze Stoffhose und ein blendend weißes kurzärmeliges Hemd. Als sich unsere Blicke kreuzten, fühlte ich mich ertappt und schaute beschämt zu Boden.

Die Fahrt dauerte nicht lang und nur wenig später ratterte unser Wagen auf dem Gipfel des Berges in ein weiteres kleines Häuschen, die Türen gingen auf und wir verließen die Seilbahn. Zielsicher führte uns Yunus einen schmalen Gang entlang, eine kleine Treppe hinauf und schon wehte uns eine frische Brise um die Ohren. Wir gingen um eine Kurve und dann fielen uns vor Staunen die Kinnladen herunter. Wir standen vor einer Absperrung und blickten direkt hinunter auf das Häusermeer von Athen. Die Sonne strahlte, dass es eine wahre Pracht war. Klare Fensterscheiben reflektierten hier und da das Sonnenlicht und blitzten hell auf. Auf dem Berg wuchsen lilafarbene Oleandersträucher, bizarr aussehende Kakteen mit bananenstaudenähnlichen Blüten und hier und da reckte sich ein Zypressenwipfel gen Himmel. Zarte gelbe Schmetterlinge flatterten anmutig um die Blütenpracht herum.

„Da drüben seht ihr die Akropolis." Yunus deutete in die Ferne. Deutlich konnten wir die Felsen des uns mittlerweile vertrauten Hügels ausmachen, die starken Mauern der Festung und den *Parthenon*, der majestätisch und zentral auf dem Hügel thronte. Schwarze Punkte wuselten über den Hügel und wir stellten fest, dass schon etliche Touristen auf der Akropolis unterwegs waren.

„Das links dahinter ist die *Pnyx* mit dem *Philopáppos*-Denkmal", erläuterte Yunus weiter, „und in der Ferne … – Oh!" Yunus staunte. „Die Sicht ist heute so klar … – In der Ferne könnt ihr sogar das Meer sehen. Das ist der Saronische Golf. Ganz am Horizont seht ihr die Insel *Ägina* und die Gipfel des *Peloppones*." – „Das ist wunderschön", hauchte ich fassungslos und blickte Yunus ins Gesicht. Sein langes schwarzes Haar wehte sachte im Wind und Yunus grinste bis über beide Ohren und zwinkerte mir zu. „Ich habe mir gleich gedacht, dass euch die Aussicht gefällt." – „Wahnsinn", murmelte Alex, „mach Fotos, Emmy, mach viele Fotos, bitte." Fast schon automatisch holte ich meine Kamera aus der Tasche und schoss ein Bild nach dem anderen. Einmal mit uns im Vordergrund, einmal ohne uns.

„Da ist das *Olympieion*", erkannte Maria und deutete auf die uns wohlbekannten Säulen etwas entfernt links von der Akropolis. „Und das da ganz in der Nähe ist das Panathenäische Stadion", verkündete Yunus, „das modernisierte antike Olympiastadion." – „Krass, was man von hier oben aus alles sieht", bewunderte Lissy begeistert, „und dass da um Athen herum so viele Berge sind … Das habe ich gar nicht gewusst." – „Einfach klasse, die Aussicht", freute ich mich. Wir schritten langsam am Geländer entlang, so weit es eben ging.

Wir passierten die beiden Gaststätten, die es da oben auf dem Berg gab, ein teures Nobelrestaurant und ein etwas billigeres, aber nicht weniger attraktives Restaurant. „Das Essen ist hier sehr gut", kommentierte Yunus. „Aber sicher sehr, sehr teuer", vermutete Alex. „Nun, es geht", meinte Yunus, „aber man bekommt zu jeder Bestellung einen ganzen Brotkorb dazu, auch wenn man ihn gar nicht haben will – und man muss ihn bezahlen natürlich. Das kann bei unerfahrenen Touristen schon für ein wenig Verwirrung sorgen …" Er lachte, womöglich hatte er einmal ein derartiges Erlebnis gehabt.

Abgesehen von uns befanden sich nur noch ein paar vereinzelte Touristen auf dem Gipfel des *Lykavittós*, die – wie wir – die verzaubernde Aussicht und das herrliche Wetter genossen. „Wenn ihr eine Stärkung braucht", wandte sich Yunus an uns, „dann nur zu. Ihr müsst es nur sagen." Er nickte in Richtung der beiden Restaurants. „Die haben da auch Kaffee und Kuchen." – „Nett von dir, Yunus", bedankte sich Maria und schaute durch die Runde, „aber ich glaube, dass wir erst einmal nichts brauchen, oder?" Wir anderen brummten zustimmend. „So etwas nenne ich sparsam", gestand uns der Araber zu. „Nein", widersprach Alex verschmitzt, „so etwas nennt man knauserig. – Diese drei Mädels hier bringen es tatsächlich fertig, vier Stunden oder länger an einer heißen Schokolade oder Tasse Tee zu schlürfen, wenn sie irgendwo in einem Café beieinandersitzen und tratschen", offenbarte Alex, „das ist echt unglaublich. Das muss man mal erlebt haben." Alex grinste schelmisch und auch Yunus konnte sich ein Lächeln nicht verkneifen. „Ein Wunder, dass sie noch nie aus einem Café rausgeworfen worden sind …", meinte Alex.

„Musst du uns so bloßstellen vor Yunus?", fuhr Maria ihren Freund leicht verärgert an. „Wieso bloßstellen?" Yunus blinzelte uns zu. „Das ist doch niedlich." – „Niedlich?", wiederholte Maria perplex. „Du findest uns niedlich?" – „Ja, warum denn nicht?"

Wir erreichten die hübsche, blendend weiße Sankt-Georgs-Kapelle – auf Griechisch auch *Agios Georgios* genannt – ein prächtiges Gebäude mit vielen Erkern, Türmchen und Kuppeln. Auch die Dachziegel waren reinweiß. Der Stil war eindeutig byzantinisch und doch wirkte die Kirche aufgrund ihrer Farbgebung und Lage nahezu orientalisch. Sie gefiel mir jedenfalls sehr gut.

In ein paar Metern Entfernung, der Kapelle direkt gegenüber, befand sich ein cremefarbener, hoher Glockenturm. Neben ihm reckte sich ein metallener Fahnenmast nach oben, auf dessen Spitze eine blau-weiße Griechenlandflagge stolz im Wind flatterte.

Maria, Lissy, Alex und ich setzten uns auf eine kleine Mauer direkt vor dem Geländer in den Schatten des Glockenturmes und genossen die Aussicht, die sich uns bot. Yunus blieb neben uns stehen. Mit seinen großen, schlanken Händen stützte er sich am Geländer ab. Sein Blick war in die Ferne gerichtet, der Gesichtsausdruck nachdenklich und tief in sich gekehrt. Yunus schien mit seinen Gedanken gerade ganz woanders zu sein. Ein weiteres Mal bewunderte ich seine langen kohlenschwarzen Haare. Noch nie zuvor hatte ich einen Mann mit derartig langen, auffällig glänzenden Haaren gesehen. Yunus atmete tief durch, wandte sein Gesicht direkt gegen den Wind und schloss andächtig die Augen. – *Wenn ich doch nur wüsste, was er denkt*, dachte ich mir wohl schon zum etwa tausendsten Mal.

Der Anblick des weißen Häusermeers unter uns war einfach atemberaubend und mächtig. Wir konnten weit in die Ferne blicken und von oben sah Athen unbeschreiblich majestätisch aus.

Ich lehnte mich entspannt mit dem Rücken gegen das Geländer, legte den Kopf in den Nacken und schaute zur blau-weißen Fahne hoch. Die Flagge flatterte kräftig im Luftzug und es war eine wahre Freude, ihr dabei zuzusehen, wie sie sich einmal dem Wind ergab und schlaff herunterhing oder aufs Kleinste zusammengeknüllt wurde, sich kurz darauf jedoch voller Eifer und Geltungsvermögen aufs Neue aufrichtete und stolz ihre Nationalfarben zur Schau stellte. Die Fahne wirkte nahezu lebendig in ihren Bewegungen und in meinen Augen sah es beinahe so aus, als tanze sie einen lustigen Reigen mit dem Wind als Partner.

Ich liebte das peitschende Geräusch, welches der Wind verursachte, wenn er mit festem Griff den Stoff packte und herumwirbelte. Ich mochte auch das blecherne Schlagen des Seilzuges gegen die Fahnenstange, das gelegentlich ertönte. Der fast gleichmäßige Rhythmus, das Rütteln und Klopfen hatten eine äußerst beruhigende Wirkung auf mich und der betörende Duft der Kaktus- und Oleanderblüten sowie der laue Luftzug, der mir über das Gesicht streichelte, machten mich fast schläfrig. Vielleicht trugen auch die Müdigkeit und die Anspannung der letzten Tage einen Teil dazu bei, dass mir langsam aber sicher die Augen zufielen.

--- Es ist dunkel um mich herum, aber ich fürchte mich nicht. Die Dunkelheit ist angenehm, wie Balsam auf meiner Haut und ein wohliger Schauer durchzieht meinen Körper. Ich trage ein dünnes, weißes Gewand. Der Stoff schmiegt sich sachte an meine Schultern, meine Hüften und kitzelt meine nackten Füße. Ich stehe auf einem Hügel, der vor mir sehr steil in die Dunkelheit hin abfällt, am Himmel blitzen und blinken Tausende und Abertausende von Sternen und es ist mir, als befände ich mich inmitten der Sterne, als flöge ich frei und völlig losgelöst mitten durch das Universum. Die Sterne kleben nicht wie Pinnnadeln an einer Käseglocke, die über die Erde gestülpt ist, wie es sonst so häufig aussieht, wenn Fremdlicht den Sternen an Leuchtkraft stielt; sondern es ist deutlich erkennbar, dass einige der Sterne näher, andere jedoch weiter von der Erde entfernt sind. Es ist mir, als könne ich so tief wie noch nie zuvor ins All schauen. Die Sicht ist klar und die Pracht ungebrochen.

Ich fühle mich frei und platze beinahe vor Glück. Die Stadt unter mir ist dunkel und schweigsam, beinahe so, als existiere sie gar nicht, und ich atme entspannt durch. Ich nehme mich und meine Umgebung ganz intensiv und mit allen Sinnen wahr. Ich bin vollkommen ruhig und lausche den Geräuschen der Nacht. Ich höre das Zirpen der Zikaden, ab und zu das kaum hörbare Flattern von Fledermausflügeln, das einsame Quaken eines Frosches in einem Tümpel neben mir und ich höre das beständige beruhigende Plätschern und Rauschen von Wasser, irgendwo in einer gewissen Entfernung hinter mir. *Katarráchtis*, denke ich und lächle verschwörerisch. Ich fasse mir mit meinen vor der Brust überkreuzten Armen an die Schultern und reibe mir die Schulterblätter. – Nicht etwa, weil mir kalt ist, sondern weil dort die Haut noch so wunderbar prickelt von einer zärtlichen Berührung, die nicht lange her ist. Mir ist warm ums Herz und ich bin unglaublich glücklich. Ich weiß, dass ich etwas Verbotenes getan habe, doch ich habe nicht einmal ein schlechtes Gewissen dabei. Ich setze mich auf einen Felsen und tauche in das Universum ein. Während die Stadt mir dunkel, nichts ahnend und schweigend zu Füßen liegt, genieße ich den Anblick der strahlenden

Sterne. Die Milchstraße sehe ich so hell und deutlich vor mir wie noch nie zuvor. Kein störendes Fremdlicht lenkt mich ab und hemmt die Leuchtkraft der Himmelskörper. Einige der Sterne sind so betörend hell in dieser Nacht und scheinen so nah zu sein, dass ich denke, ich müsse nur meine Hand nach ihnen ausstrecken und schon könne ich sie vom Himmel pflücken. Kurz orientiere ich mich und finde mithilfe des Sternzeichens Großer Bär seinen kleinen Kollegen und dadurch schließlich auch den Polarstern und Norden. Ich höre leise Schritte hinter mir, nackte Füße, die durch das Gras schreiten. Sofort weiß ich, dass *er* es ist, der kommt. *Jona, mein Ein und Alles, meine Seele.* Ich weiß, dass er versucht, sich unbemerkt anzuschleichen, um mich von hinten zu überraschen, doch er kann mir nichts vormachen. „Komm schon her zu mir, Jona", flüstere ich leise und meine Stimme klingt fast schon unwirklich in der Stille der Nacht. „Du hast mich gehört?" – „Ich höre dich immer", antworte ich und lächle ihn an. „In der Nacht höre ich dich, am Tag … Ich höre deine vertraute Stimme sogar, wenn du gar nicht bei mir bist. Du bist in meinem Kopf, in meinen Gedanken. Jetzt und immerfort. Du lässt mich einfach nicht mehr in Ruhe." – „Oh", stutzt Jona verschmitzt, „ist das schlimm?" – „Das ist ganz schlimm, Jona", schmunzele ich, „du raubst mir den Verstand. Ich kann ohne dich gar nicht mehr sein. – Jetzt komm schon endlich her!"

Er ist fast nur ein dunkler Schatten, der sich schemenhaft vor dem Hintergrund der blinkenden Sterne abhebt, aber die Umrisse seiner Statur sind mir so vertraut wie mein eigener Körper. Die breiten Schultern, der schlanke und doch muskulöse Oberkörper, die langen Beine und seine lange, wogende Haarpracht, die ihm fast bis zur Hüfte reicht. Beinahe scheint es mir so, als würden seine Haare selbst im

Dunkeln wie glühende Kohle Funken sprühen. Er ist eine beeindruckende Erscheinung, fast schon mythisch. Er setzt sich hinter mich auf den Felsen. Ich rücke näher an ihn heran und lehne mich entspannt gegen seine Brust. Ich spüre, wie sich sein Brustkorb hinter mir hebt und senkt und nur wenig später haben wir den gleichen Atemrhythmus. Jonas Haut fühlt sich noch kühl an. Er kommt gerade vom Wasserfall und er hat mir zu Trinken mitgebracht. Dankbar nehme ich einen Schluck. Dann setze ich die Schale neben mir ab und genieße den Augenblick. Dass ich einfach so bei ihm sein darf, seinen Atem an meiner Gesichtshaut spüren, seine große schlanke Hand in der meinen halten darf ... das macht mich zur glücklichsten Frau auf der Welt. Ich lebe nur noch für diesen Augenblick. Alles andere ist unreal und weit, weit weg. Es betrifft uns nicht. Jona deutet in die Ferne und dann wird meine Wahrnehmung auf einmal undeutlich und verschwommen.

„Und? Was jetzt?", vernehme ich plötzlich eine Stimme neben mir, die gar nicht in diese Situation passt. „Was machen wir jetzt?" Ich begreife, dass es Alex' Stimme ist und im nächsten Moment stelle ich schmerzhaft fest, dass ich gerade dabei bin, die ‚Vision' zu verlieren. Zunehmend werden die Eindrücke verworren und unklarer. Ich sehe Jonas Hände und meine Beine vor mir sowie die funkelnden Sterne, als handele es sich um ein Spiegelbild im Wasser, das durch die sich kräuselnden Wellen entstellt wird. Ich werde wieder unsanft in die Gegenwart zurückgeholt. Ich sehe gerade noch, wie Jona seine Lippen bewegt und etwas zu mir sagt, doch ich verstehe ihn nicht und ärgere mich darüber. Verzweifelt versuche ich, die ‚Vision' zu halten, doch sie entgleitet mir mehr und mehr. Wie durch dicke Watte vernehme ich jedoch noch ein einziges isoliertes Wort von Jona. ---

Frustriert und verärgert öffnete ich die Augen und sah Alex, der sich vor uns aufgebaut hatte, die Arme vor der Brust überkreuzt. „Was machen wir jetzt?", fragte er und langsam regten sich auch die anderen neben mir. „Meint ihr, es gibt diese Quelle überhaupt? So schön der *Lykavittós* auch ist ... Ich wage es zu bezweifeln, dass wir hier auf unserer Suche irgendwie weiterkommen." – „Was hast du erwartet, Alex?", entrüstete sich Maria, „dass uns der nächste Hinweis auf dem Präsentierteller vor die Nase gelegt wird? Dass es nicht einfach werden wird, haben wir gleich gewusst. Lasst uns also lieber überlegen, wo sich der Wasserfall befinden könnte." – „Also, hier oben ist er ganz bestimmt nicht", meinte Lissy, „vielleicht sollten wir weiter unten am Berg suchen." – „Ich schlage vor, dass wir den Fußweg nach unten nehmen und nicht die Seilbahn", begann Yunus, „vielleicht fällt uns da etwas auf." – „Das ist eine gute Idee", meinte Lissy, „also gehen wir." Hiermit war dies beschlossen. Noch einmal drehte ich mich zu der herrlichen Aussicht hinter mir um, dann folgte ich meinen Freunden. Wir erreichten eine lange steile Treppe, die von weißen und lilafarbenen Oleandersträuchern gesäumt war, und begannen mit dem Abstieg. Ich war von der ‚Vision' noch immer wie betäubt und befand mich in einer Art Traumzustand zwischen der Realität und der Vorstellung. Das Wort, das ich zuletzt von Jona gehört hatte, ging mir einfach nicht mehr aus dem Kopf, obwohl ich absolut keine Ahnung hatte, was es heißen könnte und ob es überhaupt eine Bedeutung hatte.

Während meine Freunde noch eifrig miteinander über die Existenz des Wasserfalls debattierten, fasste ich einen Entschluss. „Du, Yunus ..." Der Araber wandte sich mir überrascht zu. „Kannst du mir sagen, was dieses Wort heißt: *Achernar*?" Erstaunt zuckte Yunus zusammen. „*Acher*

A'Naherr?", wiederholte er langsam mit hoch erhobenen Augenbrauen. Er betonte das Wort leicht anders, als ich es getan hatte und ich stellte fest, dass es bei ihm genauso klang, wie ich es eben von Jona gehört hatte. Wir kamen am Ende der Treppe an. Ein kleiner Fußpfad führte uns um eine Kurve und dann ging es beständig bergab. „Ja." Ich nickte zustimmend. „Heißt das etwas? Ist das Griechisch?" Yunus ging neben mir her und rieb sich über das Kinn. „*Acher A'Naherr* ist Altarabisch." Nun war es an mir zu stutzen. „Woher kannst du denn auf einmal Altarabisch, Emmy?", wunderte sich Lissy verblüfft. „Und was heißt das jetzt?", fragte ich ihn. Yunus blieb stehen. Wir anderen taten es ihm gleich. „Das Ende des Flusses", übersetzte er, „*Acher A'Naherr* heißt ‚das Ende des Flusses'." Er atmete tief durch. „Emily ...", begann er aufs Neue und hielt mich an der Schulter fest. „Weißt du etwas Neues? Hast du etwas erfahren? Es könnte wichtig sein. Bitte erzähle es uns." Ich überlegte nicht länger, sondern klärte meine Freunde über meine neueste ‚Vision' auf. Gebannt hörten die vier zu. Am Ende nickte Yunus und bewegte seinen rechten Zeigefinger einige Male auf und ab, dabei nickte er mit seinem Kopf. „Die Spur ist richtig. Das mit *Lykavittós* stimmt", behauptete er, „Emilia und Jona waren hier." – „Und was ist jetzt mit *Acher*-Dings?", fragte Lissy. „Und mit dem Wasserfall?", fügte Maria an.

„Sagt mal ...", begann Alex nachdenklich, „wie hieß dieses Wort noch einmal genau?" – „*Acher A'Naherr*", wiederholte ich und gab mir Mühe, es richtig auszusprechen. „Das Wort kommt mir irgendwie bekannt vor ...", brummte Alex gedehnt. „Wie jetzt ...", entgegnete Maria baff, „sagt bloß, mein Freund spricht auf einmal auch Altarabisch ... Dann dreh ich durch." – „*Achernar*", grübelte Alex zerstreut und sprach das Wort mit deutschem Akzent aus. Dann fasste er sich wieder und sprach: „Soweit ich weiß, heißt so ein Stern." – „Ein Stern?" Vor meinem inneren Auge blitzte kurz das Bild von einem herrlich funkelnden Sternenhimmel auf. Alex stöhnte laut und schlug sich mit seiner flachen Hand an die Stirn. „Was ist denn los mit dir?", fragte Maria ihren Freund irritiert. „Bist du nicht mehr ganz richtig im Kopf?" – „Oh Mann! Ich glaub's nicht!", platzte es aus Alex. „Warum ist mir das nicht gleich aufgefallen?" – „Was aufgefallen? Wie …? Alex, nun sag schon!", bat Lissy ungeduldig. „Das Sternbild … Es gibt ein Sternbild mit dem Namen ‚Fluss Eridanus'." Er betonte dabei die dritte Silbe des Wortes. „Eridanus!", rief Maria verdattert aus. Alex fuhr fort: „Es ist auf der nördlichen Halbkugel nur im Winter zu sehen und in Deutschland auch nur zum Teil. Aber ich weiß nicht … Griechenland liegt ja weiter südlich. Vielleicht kann man da mehr von dem Sternbild sehen. Jedenfalls … Der Fluss Eridanus ist eines der am weitesten ausgedehnten Sternbilder am Himmel überhaupt. Es beginnt direkt rechts neben Rigel, dem hellsten Stern im Orion, und verläuft dann eine ganze Strecke nach unten. Seine Sterne sind nicht besonders auffällig, aber vor allem *Achernar*, der unterste und letzte Stern in diesem Sternbild ist für die Astronomie interessant. Er ist in Anführungszeichen *nur* 144 Lichtjahre von der Erde entfernt und daher der nächste Nachbarstern zu uns, mal abgesehen von der Sonne. Er sieht ein bisschen so aus wie ein platt gedrückter Ball, was wahrscheinlich daher kommt, dass seine Rotationsgeschwindigkeit so hoch ist. – Ich habe letzthin erst etwas darüber gelesen. – *Achernar …*" – „Ja, aber Eridanus … Mensch, Alex, wieso sagst du uns das erst jetzt?", fragte ihn Maria, „*Erídanos* – Eridanus … Das hat doch was zu bedeuten! Das ist doch dasselbe Wort. Nur der letzte Vokal und die Betonung unterscheiden sich voneinander."

„Es gibt das Sternbild Eridanus, ja", sprach Yunus langsam, „der Mythologie zufolge soll es den Weg verkörpern, den der Sonnenwagen eingeschlagen hat, als Phaeton am Steuer saß und ihn lenkte, kurz bevor er abstürzte und starb." – „Und der Fluss?", fragte Maria nach. „Und ja … es gibt auch den echten Fluss *Erídanos*." Yunus betonte nun die zweite Silbe. „Der Fluss, der durch Athen floss, der heute allerdings nur noch ein kleiner Bach ist." – „Dessen Quelle wir gerade suchen", ergänzte Lissy. „Eridanus ist der lateinische Name für das griechische Wort *Erídanos*", erläuterte Yunus weiter. „Ist jetzt in dem Gedicht das Sternbild Eridanus gemeint oder der echte Fluss *Erídanos*?", überlegte Lissy. „Hat Jona mit *Achernar* den *Stern* gemeint?", fragte ich weiter. „Oder das Ende des Flusses *Erídanos*, der durch Athen fließt?" – „Also, ich glaube, Jona hat den Fluss gemeint, der durch Athen fließt", verkündete Maria ihre Ansicht. „Was meint ihr?" – „Also, ich bin mir ehrlich gesagt nicht so wirklich sicher", gab ich zu, „immerhin saßen Emilia und Jona auf dem Berggipfel und betrachteten sich zusammen die Sterne. Es kann auch gut sein, dass er ihr etwas über die Sterne erzählt hat. Jona hat in die Ferne gedeutet, als er *Achernar* gesagt hat." – „Wohin hat er genau gedeutet?", hakte Yunus nach. „Das kann ich leider nicht sagen. Nach vorne eben. Nicht besonders weit nach oben. Rein theoretisch könnte er sowohl den Fluss als auch den Stern gemeint haben." – „Na toll, das bringt uns jetzt aber sehr viel weiter", motzte Alex. „Maul nicht so rum", wies ich ihn zurecht. „Immerhin war es *deine* Schuld, dass ich die ‚Vision' so bald verloren habe. Vielleicht wäre sie noch weitergegangen, wenn du da oben nicht zu labern angefangen hättest." – „Na toll, jetzt bin *ich* wieder Schuld daran", palaverte Alex. „Jetzt streitet euch doch nicht, bitte", redete uns Lissy ins Gewissen. „Wir streiten uns doch gar nicht", behaupteten Alex und ich wie aus einem Munde. Wir waren nur ein wenig gereizt und frustriert. Es war aber auch zum Aus-der-Haut-Fahren! Wir waren so nahe dran, ein weiteres Rätsel zu knacken. Wir fühlten es, und doch kamen wir nicht auf die Lösung.

Wir setzten uns nebeneinander auf eine Mauer, hinter der lilafarbene Oleanderblüten ihren betörenden Duft verströmten, und wir schauten unzufrieden den gewundenen Weg nach unten, der noch vor uns lag.

„Mal angenommen, Jona hat mit *Achernar* das Ende des Flusses in Athen gemeint …", begann Yunus versöhnlich und schaute uns abwechselnd an. „Was denkt ihr? Was könnte am Ende des Flusses liegen?", fragte der Araber. „Vielleicht …", begann ich. „*Thólossos*??!!", brach es aus Lissy, Maria, Alex und mir wie im Chor.

Eine Gruppe Touristen bog schnaufend und keuchend um eine Kurve unterhalb von unserem Sitzplatz. Alle miteinander hatten knallrote Gesichter und sahen ziemlich abgekämpft aus. Insgeheim war ich froh, dass wir mit der Seilbahn nach oben gefahren waren. Der Aufstieg sah wirklich äußerst mühselig und anstrengend aus. Wir warteten, bis alle an uns vorbei waren, dann fuhr Yunus fort: „Wenn ihr Recht hättet … Das wäre natürlich großartig. Dann hätten wir eine Chance, *Thólossos* zu finden." – „Was heißt, dann hätten wir eine *Chance*?", hakte Alex nach. „Dann finden wir *Thólossos* auf jeden Fall!" – „Das Problem ist, dass der Fluss *Erídanos* heute kaum mehr vorhanden ist", eröffnete Yunus. „Niemand weiß so genau, wo er entlang geflossen ist, als er noch ein starker Strom war. Schon in der Antike hatten die Athener den Fluss begradigt, kanalisiert und zum größten Teil unterirdisch geführt. Im Laufe der Zeit wurde er mehr und mehr zugebaut und ist nach und nach verschwunden. Erst beim Bau der neuen Metrolinien ist man stellenweise auf ausgetrocknete Flussbetten gestoßen, die darauf hindeuten, wo *Erídanos* einst verlaufen ist. Bei *Syntagma* beispielsweise. An einer Wand, hinter einer Glasscheibe ist das ausgetrocknete Flussbett ausgestellt." – „Hm, äh, ja ...", stammelte Maria verlegen, „irgendwas war da. Ich erinnere mich düster." Wir mussten zu unserer Schande gestehen, dass wir die bei *Syntagma* freigelegten Ausgrabungen bisher noch nicht gebührend gewürdigt hatten, sondern wohl stets stur daran vorbeigehetzt waren, ansonsten würden wir uns wohl deutlicher daran erinnern.

„Weißt du, wie der ursprüngliche Verlauf des Flusses gewesen ist?", wandte ich mich an Yunus. „Leider nein", gab er offen zu. Enttäuscht blies ich mir eine störende Haarsträhne aus dem Gesicht. „Ich kann nur das wiedergeben, was ich von Farid weiß", betonte Yunus. „Beim Bau der Metro ist man hier und da auf Spuren vom *Erídanos* gestoßen. Man weiß, dass er vom *Lykavittós* aus weiter zur *Antiken Agorá* geflossen sein muss und von da aus unterirdisch zum heutigen *Syntagma*-Platz. Da ist – wie gesagt – ein Teil von seinem ehemaligen Bett hinter Glas ausgestellt. Von dort aus verlief er unterirdisch weiter, wo sich heute die Straßen *Filellinon*, *Othonos* und *Mitropoleos* befinden. Anschließend muss er wohl in der Nähe der *Adrianou* Straße entlang geflossen sein, wo ein kleines Stück von seinem alten Kanal freigelegt worden ist." – „*Adrianou* Straße!", wiederholte Maria aufmerksam, „die Straße, die vom *Monastiraki*-Platz abzweigt. Der Straßenname steht auch auf dem Tütchen vom Händler, von dem du die Haarspange gekauft hast." Yunus nickte langsam. „Ja, der Fluss muss wohl auch irgendwo neben oder unterhalb vom *Monastiraki*-Platz verlaufen sein. Von dort aus floss er dann zum Friedhof *Kerameikós* weiter, wo wir ihn schon gesehen haben. Dort verlief er mehrere hundert Meter oberhalb der Erde, bevor er erneut in einen unterirdischen Kanal verschwand. So viel ist sicher über den Flusslauf." – "Na immerhin", kommentierte Alex, "das ist schon mal was. Aber wo ist nun das *Ende* des Flusses?" – "Tja." Yunus zuckte mit den Schultern. "Nach *Kerameikós* verliert sich die Spur und die Spekulationen fangen an. Der *Erídanos*, so wie wir ihn heute kennen, versickert im Boden und fließt nicht mehr weiter. Es wird jedoch davon ausgegangen, dass der Fluss früher länger war und nicht in *Kerameikós* endete. Man nimmt an, dass der Fluss in den *Kiphissos* mündete. – Das war ein anderer Fluss in Athen, dessen Reste heute noch immer unterirdisch parallel zur *Pireos* Straße verlaufen." – "Die *Pireos* Straße führt doch sicherlich nach Piräus, oder? Zum Hafen", schlussfolgerte Maria. "So ist es." Yunus nickte zustimmend. "Kann es also sein, dass der *Erídanos* nach Piräus geflossen ist und dass das Ende des Flusses irgendwo dort liegt?", spekulierte Maria. "Vielleicht mündete der *Erídanos* ins Meer?" Yunus zuckte mit den Schultern. "Das könnte so sein, ja. Aber Beweise haben wir dafür keine."

"Sollte *Thólossos* tatsächlich am Meer liegen?", grübelte Lissy, "ich weiß nicht recht." Ich zuckte mit den Schultern. "Wir können außerdem auch nicht davon ausgehen, dass *Thólossos* sich tatsächlich am Ende des Flusses befindet", begann Maria, "wir können mit unserer Vermutung auch genauso gut falsch liegen." Sie strich sich nachdenklich über die Haare. "Warum sollte Jona überhaupt auf *Thólossos* deuten, wenn er und Emilia auf dem Berg sitzen und den Abend genießen? Immerhin war *Thólossos* ja so etwas wie Emilias Gefängnis, aus dem sie ausbrechen wollte. Warum sollte sie es sich von da oben aus angucken? Und außerdem kannte Emilia Athen. Sie wusste sicherlich, in welcher Richtung *Thólossos* lag. Vielleicht hat Jona ihr auch etwas ganz anderes gezeigt."

„Tja, womit wir wieder am Anfang der Diskussion angelangt wären", fügte Alex bei. „Stern oder Fluss?"

„*Achernar*", wiederholte Lissy und schüttelte den Kopf, „schon krass ... So viele Hinweise, aber trotzdem wissen wir nicht, was sie zu bedeuten haben. Das ist wie eine Suche nach einer Nadel im Heuhaufen." – „Ja, aber wir dürfen die Hoffnung nicht aufgeben", ermunterte uns Yunus, „denn, wie sagt ein arabisches Sprichwort so schön? – Ohne die Hoffnung würde alles im Leben fehlgehen." – „Genau", stimmte Lissy ihm zu, „die Hoffnung stirbt zuletzt. Daher sollten wir auch, anstatt nur rumzumaulen, lieber aufstehen und weiter nach der Quelle suchen. Vielleicht finden wir ja doch etwas."

„In meiner ‚Vision', die ich auf dem *Lykavittós* hatte, kam es mir so vor, als befände sich der Wasserfall ganz in der Nähe", sinnierte ich. „Wir waren auf dem Gipfel des Berges, also ich denke, dass wir gar nicht so weit nach unten gehen brauchen. Die Quelle muss hier irgendwo in der Nähe sein. Ich erinnere mich noch genau daran, dass ich von da oben das Rauschen des Wassers gehört habe."

„Von dem Wasserfall werden wir wahrscheinlich nichts mehr zu sehen bekommen", vermutete Yunus, „ansonsten wäre sicherlich etwas über seine Existenz bekannt. Soweit ich weiß, wird nirgends etwas von einem Wasserfall erwähnt. Das, wonach wir Ausschau halten müssen, ist so etwas wie ein ungleichmäßiger Felsen, eine außergewöhnliche Felsformation, die einmal eine Höhle gewesen sein könnte oder so etwas in der Art." Wir schauten uns aufmerksam um. Rechts und links von uns befand sich ein weites mit Kakteen und Oleandersträuchern bewachsenes Gebiet. Etwas weiter vom Fußweg entfernt ragten blanke, karge Felsen zwischen den Pflanzen hervor. Das Gelände war abschüssig und es war abzusehen, dass es sehr riskant wäre, sich zwischen diesen Steinen zu bewegen. „Ich glaube kaum, dass es erlaubt ist, abseits vom angelegten Fußweg über den Berg zu spazieren", befürchtete Maria. „Hm", brummte Yunus zustimmend. Wir standen auf und folgten dem Fußweg weiter bergab.

Átomos

Der Weg schlängelte sich in engen Kurven weiter nach unten. Alle fünf schauten wir uns aufmerksam nach irgendeinem auffälligen Felsen um, doch da wir nicht genau wussten, wonach wir überhaupt Ausschau halten sollten, erwies sich die Suche als äußerst fruchtlos und enttäuschend. Langsam trotteten wir voran. Der steile Abstieg belastete die Knie und das permanente Abbremsen beanspruchte unsere Gelenke enorm.

„Wie kann es eigentlich sein, Yunus, dass Emmy diese Erinnerungen von Emilia sieht, aber du siehst keine mehr von Jona?", eröffnete Lissy schließlich eine interessante Unterhaltung. Der Araber zuckte nachdenklich mit den Schultern. „Das weiß ich nicht", gab er zu und breitete ratlos seine Arme aus, während er ging, „diese Erinnerungen kommen nicht auf Befehl, sie setzen sich durch, wann sie wollen – oder eben auch nicht."

„Das stimmt allerdings", pflichtete ich ihm bei, „wenn man sich mit all seinen Gedanken konzentriert und sich einredet, man müsse doch etwas sehen, erfahren, hören, dann geht das meistens schief. Man kann keine solche Erinnerung halten, wenn sie sich verflüchtigt. Genauso wenig kann man sie bewusst abbrechen, wenn sie erst einmal läuft. Diese Erinnerungen sind sehr eigenwillig, wenn man das so sagen kann."

„Aber ich verstehe das immer noch nicht ganz", gab Lissy zu. „Wenn Emmy doch durch Emilias Augen sehen kann und du, Yunus, durch die Augen von Jona siehst ... – warum auch immer –, dann müsstest du doch eigentlich auch eine Erinnerung von jener Nacht auf dem *Lykavittós* haben. Immerhin waren Emilia und Jona *zusammen* auf dem Berg. Sie müssten also mehr oder weniger die gleiche Erinnerung haben. Aber du hast keine, ansonsten hättest du bestimmt schon längst etwas darüber gesagt, oder?"

Yunus überlegte eine Weile, dann begann er zu sprechen: „Das ist eine komplizierte Sache mit diesen Erinnerungen. Wie Emily schon sagte: Sie sind sehr eigenwillig. Wir haben keine Kontrolle über sie. Sie kommen entweder oder sie bleiben einfach aus, ohne dass wir darauf Einfluss nehmen könnten." Er atmete tief durch und betrachtete sich aufmerksam die felsige Umgebung um uns herum. „Ich muss ehrlich zugeben, dass ich von dem Wasserfall und der Nacht unter dem Sternenhimmel keine konkrete Vorstellung hatte, bevor Emily davon erzählt hat."

„Du siehst also nicht alle Erinnerungen von Jona", fasste Maria zusammen.

„Nein, das tue ich nicht. Aber Emily sieht auch nicht alle Erinnerungen von Emilia. Das geht nicht."

„Warum nicht?", wollte Alex wissen.

„Diese Erinnerungen sind zweitausendfünfhundert Jahre alt. Viele davon sind verloren gegangen. Es ist ein Wunder, dass sich überhaupt noch welche davon erhalten haben und dass es möglich ist, dass wir sie besitzen."

Lissy runzelte misstrauisch die Stirn.

Andächtig schritten wir weiter zwischen Kakteen und Oleandersträuchern hindurch. Je weiter wir gingen, desto geringer wurde meine Zuversicht, dass wir noch auf die Quelle stoßen würden, nach der wir suchten.

„Du sagtest, dass du keine konkrete Vorstellung von dem Wasserfall und der Nacht unter dem Sternenhimmel hattest, *bevor* Emmy davon erzählt hat", griff Lissy erneut auf. „Heißt das, dass du jetzt *schon* eine Vorstellung davon hast, jetzt, *nachdem* Emmy davon erzählt hat?"

Yunus seufzte. „Nun, wie soll ich sagen ... Als Emily zu erzählen begonnen hat ... Irgendetwas bewegten diese Erinnerungen in mir und ich wusste sofort, dass da etwas war. Es ... ist schwierig zu beschreiben, Luisa. Diese Erinnerungen sind meine, aber irgendwie auch nicht. Es ist in etwa mit einem Film zu vergleichen, den man gesehen hat und der so authentisch gewesen ist, dass man sich daran erinnert, als wäre man selbst an der Handlung beteiligt gewesen. Ich würde dir zeigen, wie sich das anfühlt, wenn ich es könnte, aber ich kann es nicht." – „Schade, dass das nicht geht." Lissy grinste und setzte einen meiner Meinung nach ganz merkwürdigen Gesichtsausdruck auf. „Telepathie müsste man können ...", nuschelte meine Freundin unbedacht vor sich hin und ihre Worte ließen mich kurz zusammenzucken. Das Gespräch hatte mit einem Mal eine merkwürdige Wende genommen. Wie kam es, dass die beiden sich plötzlich über so etwas wie Telepathie unterhielten? Einerseits war ich noch felsenfest davon überzeugt, dass Telepathie in den Bereich des Übersinnlichen gehörte, also zu etwas, das im normalen Leben nichts verloren hatte. Aber andererseits erinnerte ich mich noch zu gut an die Momente, in denen Yunus mit mir in meinen Gedanken geredet hatte und ebenso lebhaft erinnerte ich mich noch an seinen Traum, den er mich in *Kerameikós* durch meine eigenen Augen hatte sehen lassen. Fast so, als hätte er eine CD in eine Art DVD-Player in meinem Kopf eingelegt, auf welcher sein Traum abgespeichert gewesen war, der dann von mir abgespielt werden konnte, als wäre es das Normalste auf der Welt. Und genauso war es damals in Delphi gewesen, als ich die ‚Vision' von der Pythia gehabt hatte. Ich hatte damals nicht durch Emilias Augen gesehen, weil es nicht meine Erinnerung gewesen war, sondern die Yunus'. Das wurde mir auf einmal bewusst. Aber wie hatte Yunus mir diese Bilder übermittelt? Und wie hatte er mit mir in meinen Gedanken geredet? – Was könne man denn überhaupt als Telepathie bezeichnen, wenn nicht dies? Aber das würde dann heißen, dass Yunus wahrhaftig dazu fähig wäre, Telepathie zu betreiben. Er hatte sie bei mir angewandt. Er müsste folglich auch dazu fähig sein, sie bei Lissy anzuwenden. Er könnte Lissy auf diese Weise sehr wohl übermitteln, was er meinte. – Warum nur tat er es dann nicht? Warum zeigte er ihr nicht einfach, wie es sich anfühlte, solche Erinnerungen zu haben? Bei mir konnte er es doch auch. – Oder *wollte* er nicht preisgeben, dass er Telepathie anwenden konnte? Sollte ich es meinen Freunden verraten? Ich schaute Yunus an, dann Lissy. Anschließend schüttelte ich sachte den Kopf. *Lieber nicht*, dachte ich, *es ist eh schon alles verrückt genug.*

„Es ist nur irgendwie so ... Ich verstehe nicht, warum ausgerechnet *ihr* diese Erinnerungen haben solltet. Warum nicht Maria oder ich?", fragte Lissy weiter. „Ihr seid genauso wenig wie wir Jona und Emilia. Wie sollt ihr dann deren Erinnerungen haben?" Lissy strich sich mit ihrer Hand eine dunkle Locke aus dem Gesicht. „Erinnerungen kann man nicht einfach so übertragen. Das geht doch nicht", bezweifelte sie, „Mensch, diese Dinge sind vor zweitausendfünfhundert

Jahren passiert. Dass ihr sie sehen könnt, widerspricht jeglicher Vernunft. – Warum habt ihr diese Erinnerungen?"
„Wäre ich jetzt Demokrit, hätte ich darauf eine eindeutige Antwort", entgegnete Yunus. Er lächelte betrübt. „Wer oder was ist Demokrit?", fragte Alex verunsichert. Yunus hüstelte amüsiert. „Wer – oder *was* fragst du?" Anschließend räusperte sich der Araber und legte los: „Demokrit war ein altgriechischer Gelehrter, der um etwa 400 vor Christus als erster Mensch die Vermutung äußerte, dass die Welt aus unteilbaren Teilchen besteht, aus *átomos*, also Atomen. Dazwischen soll sich nichts weiter als leerer Raum befinden. Alle Stoffe dieser Welt sind seiner Meinung nach aus diesen Atomen zusammengesetzt und bilden je nach Dichte, Form, Anziehung und Abstoßung dieser Teilchen untereinander die verschiedenen Elemente, Menschen, Tiere, Pflanzen, ja sogar Wasser, Luft und alles andere. – Übrigens … so unähnlich ist seine Vorstellung der unsrigen gar nicht!" – „Mmmmm", brummte ich zustimmend. „Aber bei Demokrit besteht *alles* aus Atomen", setzte Yunus fort, „sogar die menschliche Seele ist laut Demokrit aus Atomen zusammengesetzt. Stirbt ein Mensch, so fällt die Seele auseinander und die Seelenatome fliegen in allen möglichen Richtungen davon. Wenn das geschieht, so Demokrit, dann können sich diese Seelenatome einer anderen Seele anschließen, die gerade neu entsteht." Yunus runzelte vielversprechend die Stirn. „Vielleicht hätte Demokrit an meiner Stelle auf Luisas Frage folgende Antwort parat: Emilia und Jona sind gestorben. Die Atome, aus denen ihre Persönlichkeit zusammengesetzt war, sind in alle Richtungen davongestoben und Emilys und meine Seele haben zweitausendfünfhundert Jahre später einen Teil von ihren Atomen aufgenommen. Tja, und in eben diesem gewissen Teil waren rein zufällig Erinnerungen von ihnen ent-

halten, die *wir* nun haben, sodass wir uns an etwas erinnern können, was nicht wir selbst, sondern Emilia und Jona erfahren haben."

„Hm, tja ... ganz schön abgefahren, diese Theorie", wertete Alex ab.

„Wieso?", fragte Maria. „Ich finde diese Theorie ganz niedlich und brauchbar. Warum eigentlich nicht?"

„Ich finde sie doof", urteilte ich und war über meine eigene brutale Aussage überrascht.

„Warum das?", wollte Yunus wissen.

„Nun ...", überlegte ich langsam, „ich als Christ glaube fest an das Leben nach dem Tod und an die unsterbliche Seele. Das verträgt sich nicht mit Demokrits Theorie." Erwartungsvoll blickte mich Yunus an. Das empfand ich als Aufforderung weiterzureden. „Angenommen, Demokrit hat Recht und die Seele fällt nach dem Tod tatsächlich auseinander, dann würde das heißen, dass jeder Mensch, dass du, dass ich, dass wir alle nach dem Tod einfach so weg sind, aufhören zu existieren, als wären wir nie dagewesen."

„Das ist nicht ganz richtig", widersprach Yunus.

„Wie muss ich das verstehen?", wandte ich mich interessiert an den Araber.

„Demokrit sagt nicht, dass wir nach dem Tod einfach so verschwinden. Du, ich, wir alle hören auf, in unserer alten *Form* zu existieren, aber die Teilchen, aus denen wir vor unserem Tod zusammengesetzt waren, verschwinden nicht. Sie sind noch da und werden neu miteinander kombiniert. Wir leben trotz allem weiter. – Aber in einer anderen *Form*. Also sind wir auf diese Weise ebenso unsterblich."

Ich spürte, dass dies nicht Yunus' wahre Überzeugung reflektierte, aber er provozierte eine Diskussion und ich glaubte, dass ihm diese Unterhaltung mit uns sogar Spaß bereitete.

Ich holte noch einmal tief Luft, bevor ich meinen Standpunkt vertrat: „Trotzdem, die Christen glauben, dass die Seele eine Einheit bildet und bleibt – auch nach dem Tod. Sie fällt nicht einfach so auseinander und kombiniert sich neu wie in einem Baukasten oder so", beharrte ich.

Yunus lächelte verschwörerisch.

„Wie auch immer. In unserem Fall funktioniert Demokrits Theorie sowieso nicht", beteuerte Maria.

Verwirrt blickten wir sie an und sie begriff, dass sie eine Erklärung nachliefern musste. „Nun ja", begann sie, „als Emilia starb, war sie eingesperrt." Aus dem Augenwinkel registrierte ich, wie Yunus auf Marias Worte hin unwillkürlich zusammenzuckte. Doch bis auf diesen kurzen Moment der Schwäche ließ er sich nichts anmerken. Er verfolgte weiterhin interessiert Marias Ausführungen: „Emilia starb tief unten in der Krypta, fernab von anderen Menschen. Ihre Atome hätten gar nicht davonfliegen können. Sie befanden sich hinter den Mauern der Krypta und kamen nicht durch. Ihre Atome hätten gar nicht in andere Seelen eingebaut werden können. Für Emmy hätte sich nie die Gelegenheit geboten, Emilias Atome in ihre Seele einzubauen."

Es war äußerst bizarr, diese Atomtheorie dermaßen ernsthaft zu diskutieren. Einerseits klangen unsere Überlegungen total absurd, doch auf der anderen Seite schienen dennoch einige der Argumente zu greifen.

„Andererseits betont doch schon Demokrit, dass sich zwischen den Atomen leerer Raum befindet", überlegte Alex, „vielleicht sind die Seelenatome klein genug, um durch die Zwischenräume der Maueratome hindurchzufliegen."

„Klingt wie das Rutherford'sche Atommodell." Yunus zwinkerte Alex schelmisch zu. Alex antwortete seinerseits mit einem breiten Grinsen.

„Hm ... Dann allerdings erübrigt sich unsere Mission von selbst", grübelte Maria weiter, „denn dann hätte sich Emilias Seele ja von selbst befreien können und wir müssten gar nicht nach ihrem dunklen Grab suchen."

Wir seufzten ergeben.

„Jetzt aber mal wieder ernsthaft", verlangte Lissy.

„Wir sind schon die ganze Zeit über ernsthaft", bekräftigte Alex grinsend, doch Lissy ignorierte seine Aussage.

„Das mit den Erinnerungen klingt immer noch äußerst mysteriös in meinen Ohren", gab sie aufrichtig zu, „und ich weiß immer noch nicht, was ich davon halten soll. Wenn ich es nicht besser wüsste, würde ich sagen, eure Erinnerungen können nicht echt sein, ihr müsst euch das eingebildet haben."

„Willst du damit sagen, dass Yunus und ich verrückt sind – und dass die Träume und Visionen nur Hirngespinste sind?", entrüstete ich mich.

„Nein, das habe ich nicht gemeint", korrigierte sich Lissy hektisch, „ich wollte nur sagen, dass eure Träume und Visionen äußerst ... nun ja ... ungewöhnlich sind und dass man als Außenstehender leicht ins Zweifeln geraten könnte. Ich habe zuerst auch gezweifelt, muss ich ehrlich zugeben. Aber inzwischen haben wir schon so viele Beweise dafür, dass die Erinnerungen doch echt sind. Schon allein die Tatsache, dass ihr *beide* unabhängig voneinander von Emilia und Jona geträumt habt und dass alles so nahtlos zusammenpasst, deutet darauf hin, dass etwas Wahres dran ist. Aber das mit Demokrits Theorie ... so niedlich sie auch klingt ... So ganz kann sie das mit den Erinnerungen – meiner Meinung nach –

nicht erklären. – Was das mit der Seele und den Atomen angeht ... Da bin ich ganz auf der Seite von Emmy. Der *Körper* besteht aus Atomen, das ja, aber die *Seele*? Die Seele ist doch nichts Materielles, das man anfassen kann. Die Seele ist Geist und metaphysisch. Sie ist nicht aus Atomen zusammengesetzt, folglich kann man sie auch nicht in kleinere Teile zerlegen. Die Seele fällt *nicht* in sich zusammen. Sie bleibt immer und ewig ganz und eins."

„Ah, jetzt spricht wohl das Theologiestudium aus dir", kommentierte Alex.

Wir schritten inzwischen so langsam voran, dass wir beinahe auf der Stelle traten. Deutlich konnte ich erkennen, dass Yunus unsere Diskussion Vergnügen bereitete. Und insgeheim musste ich ihm Recht geben: Wahrscheinlich wäre kein Ort angebrachter als Athen, um über das Leben und den Tod zu philosophieren; in dem Land, das so viele namhafte Philosophen hervorgebracht hatte, allen voran Sokrates, Platon und Aristoteles. Vielleicht wirkte der geschichtsträchtige Ort ansteckend auf uns.

Yunus zog es erst einmal vor, stummer Zuhörer zu bleiben und wartete gespannt ab, was wir noch alles zu Wort bringen würden.

„Vergessen wir doch mal kurz das mit den Seelenatomen", meinte Alex, „und gehen zu etwas anderem über, das vielleicht den Konflikt mit der Unsterblichkeit der Seele lösen kann. – Was haltet ihr von der Theorie der Gehirnnutzung des Menschen?"

„Gehirnnutzung?", wiederholte ich verwirrt.

„Ja, eine Theorie besagt, dass wir Menschen bisher nur an die zehn Prozent unserer Gehirnkapazität aktiv nutzen und dass wir eigentlich noch viel mehr Kapazität hätten, aber dass wir bisher nicht wissen, wie man darauf zugreifen kann."

Ich nickte zustimmend. Das hatte ich irgendwann schon einmal gehört.

„Wenn das stimmt", fuhr Alex andächtig fort, „was kann man mit diesen ungenutzten Bereichen anfangen? *Kann* man mit ihnen überhaupt etwas anfangen? Könnte es vielleicht sogar sein, dass in ihnen bereits etwas abgespeichert ist, auf das wir keinen Zugriff haben?"

Maria zog misstrauisch die Augenbrauen zusammen und Lissy schnaubte abfällig. Doch Alex ließ sich davon nicht beirren. „Könnte es vielleicht sogar sein, dass diese restlichen 90 Prozent unseres Gehirns Erinnerungen an die Vergangenheit beinhalten? Erinnerungen, die von Generation auf Generation weitervererbt wurden, ohne dass wir uns dessen bewusst sind? Womöglich weiß unser Gehirn viel mehr, als wir persönlich erfahren haben? – Was haltet ihr denn davon?" Er entblößte triumphierend seine blendend weißen Zähne und schaute uns abwechselnd an. Ich war mir nicht sicher, ob er seinen Vorschlag ernst meinte oder ob er sich eben über uns lustig machte. Daher zog ich es vor, mich zunächst aus der Unterhaltung herauszuhalten und abzuwarten, in welche Richtung sie sich entwickeln würde.

„Ist das nicht komisch: Nur zehn Prozent der Gehirnkapazität werden aktiv von uns genutzt", wiederholte Alex. „Warum nur so wenig? Warum können wir nicht auf die restlichen 90 Prozent zugreifen?"

„Ich weiß auch nicht." Lissy zuckte mit den Schultern.

„Na, ob das mit den zehn Prozent wirklich so stimmt …", merkte Maria kritisch an.

„Vielleicht können manche Menschen ja doch auf diese Bereiche zugreifen und die Erinnerungen an die Vergangenheit abrufen", schlug Alex plötzlich vor und ich wurde hellhörig, „vielleicht ist es genau das, was Emmy und Yunus tun, wenn sie sich an Emilia und Jona erinnern. Vielleicht passiert genau das, wenn man auf die angeblich ungenutzten Bereiche zugreift."

„Nee, also Alex … also … nein …" Maria schüttelte sich. „Was ist denn das für eine absurde Theorie? Wie kommst du denn auf so etwas? Sind das noch die Nachwirkungen vom Ouzo gestern?"

„Hmmmm, also jetzt mal ehrlich … So absurd finde ich diese Theorie gar nicht", lenkte Lissy ein, „je länger ich darüber nachdenke …" Sie kratzte sich am Kopf. „Ja, wozu sollten wir Menschen denn so viel Speicherplatz haben, wenn darin gar nichts abgespeichert ist? Das macht doch keinen Sinn. Wenn es sich mit der Zeit herausgestellt haben sollte, dass diese große Kapazität zu nichts nütze ist, dann wäre sie doch im Laufe der Evolution verkümmert und wieder zurückgegangen. Das ist sie aber nicht."

„Bei manchen Menschen vielleicht schon", flüsterte Maria kaum hörbar und kicherte leise, als sie ihren Freund von hinten beäugte.

Unbeirrt fuhr Lissy fort: „Es kann doch auch gut sein, dass nur ein paar wenige Menschen gelernt haben, wie man auf diese restlichen 90 Prozent zugreifen kann: diese Gedächtniskünstler beispielsweise, die sich ewig lange Zahlenreihen oder Kartenanordnungen merken können und sie auch noch ewig später korrekt wiedergeben können; oder die Menschen mit übersinnlichen Fähigkeiten, die zum Beispiel in die Zukunft sehen können …"

„Wie die Pythia beispielsweise?", fiel mir spontan dazu ein.

„Ja, genau", stimmte mir Lissy zu. „Warum nicht? Oder Menschen, die Gedanken lesen können, die Telepathie anwenden können, oder die, die mit bloßer Gedankenkraft Löffel verbiegen können, wie dieser Uri Geller oder so." Lissy hatte sich jetzt richtig warm geredet. „Es gibt doch so viele ungeklärte Phänomene auf dieser Erde. Vielleicht lassen die sich auf diese Weise erklären."

„Hmmmm", machte ich. Maria neben mir zuckte nur mit den Schultern.

„Vielleicht sind in den Gehirnbereichen, die wir normalerweise nicht benutzen können, unter anderem auch tatsächlich solche Erinnerungen abgespeichert, auf die wir keinen direkten Zugriff haben", ergänzte Lissy, „aber vielleicht gibt es hin und wieder Momente, in denen auch bei normalen Menschen wie bei uns diese sonst verschlossenen Bereiche aktiv werden."

„Sind wir wohl normale Menschen?", schmunzelte Alex.

„Was meinst du? Welche Momente?", fragte Maria.

„Ich meine zum Beispiel, wenn wir schlafen oder wenn wir in so einer Art Trancezustand sind", erläuterte Lissy. „Was sind denn Träume eigentlich? Bisher gibt es doch dafür immer noch keine eindeutige Erklärung, oder? Warum träumen wir überhaupt? Was passiert da in unserem Gehirn?"

Als keiner von uns etwas entgegnete, fuhr Lissy andächtig fort: „Vielleicht lassen sich so Visionen und Träume erklären. Vielleicht sind Träume und Visionen das Ergebnis von der Aktivität von eben diesen zusätzlichen Bereichen im Gehirn, die ansonsten nicht genutzt werden. Sie werden zum Beispiel nachts im Schlaf aktiv oder wenn wir müde oder durcheinander sind und wenn wir sonst irgendwie die Kontrolle über unsere Gehirnaktivität verlieren."

„Kontrolle über unsere Gehirnaktivität verlieren …", murmelte Alex, „das hört sich nun doch wieder an wie Verrücktwerden."

„Nein, nein", widersprach Lissy vehement, „das habe ich damit überhaupt nicht gemeint."

„Das hat sich aber ganz danach angehört."

„Ihr habt mich falsch verstanden. So habe ich das überhaupt nicht gemeint."

„Ja, was hast du denn dann damit gemeint?"

„Ich wollte sagen, dass wir tagsüber, wenn wir wach sind und der gewohnte Alltag abläuft, normalerweise nicht auf diese bestimmten Bereiche unseres Gehirns zugreifen können. Der Zugriff ist uns verwehrt. Warum auch immer. Jedenfalls ist das nicht so, wenn wir müde sind und schlafen. Dann werden möglicherweise diese sonst verschlossenen Bereiche aktiv, dringen mit ihrem Inhalt in unser Bewusstsein vor und wir erfahren, was in ihnen gespeichert ist: in Form von Träumen, Visionen, Ideen, Vorstellungen und so weiter. Vielleicht will uns unser Gehirn in unseren Träumen etwas mitteilen und wir sind nur nicht in der Lage dazu, konstruktiv mit diesen Botschaften umzugehen. Vielleicht kommen sie uns daher oft so zusammenhangslos und verworren vor."

„Du meinst also, dass dieser große Speicherplatz von *Träumen* in Anspruch genommen wird?", vergewisserte sich Alex.

„Hm, äh, ja, das könnte doch sein, oder?"

„Ganz schön viel Speicherplatz für so was Unwichtiges wie Träume", meinte Alex.

„Träume sind ganz und gar nicht unwichtig", protestierte ich.

„Und warum erinnern sich so wenig Menschen an ihre Träume?", fragte Maria ebenfalls nicht ganz überzeugt.

„Weil wir tagsüber die Kontrolle über die Gehirnaktivität wiedererlangen und dadurch automatisch der Zugriff auf diese Daten gesperrt wird. Deshalb erscheint uns das Wenige, an das wir uns nach den Träumen noch erinnern können, häufig als unsinnig und wir tun es als Hirngespinste ab", antwortete Lissy.

„Kontrolle heißt also Zugriffsverlust", fasste Alex skeptisch zusammen, „das klingt ja vielversprechend." Doch Lissy ging darauf nicht ein.

„Warum sollte denn der Zugriff überhaupt gesperrt sein?", wollte Maria wissen.

„Das weiß ich doch auch nicht. Das ist halt so." Lissy riss ratlos die Arme weit auseinander und schaute in den Himmel. „Keine Ahnung. Vielleicht ist das eine Art Schutzfunktion unseres Gehirns."

„Und was soll das schon wieder heißen?", fragte Maria.

„Vielen Menschen machen Visionen und hellseherische Träume Angst", begann Lissy, „weil es etwas Ungewöhnliches ist, etwas, das über den Alltag hinausgeht; weil es etwas ist, das wir uns nicht erklären können – und alles, was wir uns nicht erklären können, was also mysteriös ist, ist auch irgendwie Furcht einflößend."

„Oh ja." Ich nickte zustimmend. „Solche Träume können einen ganz schön aus der Bahn werfen ..." Ich dachte an den Traum von der Krypta und bekam sofort wieder eine Gänsehaut, obwohl die Sonne unbarmherzig und heiß vom Himmel stach.

„Und was Furcht einflößend ist, wird gerne verdrängt und vergessen", endete Lissy.

An diesem Punkt der Unterhaltung griff Yunus ein und stellte Alex eine zielgerichtete Frage: „Inwiefern soll nun die Theorie über die Gehirnnutzung den Konflikt mit der Unsterblichkeit der Seele lösen?"

Alex überlegte einen Moment lang, dann räusperte er sich und entfaltete einen weiteren, bislang unausgesprochenen Teil seiner Theorie über die Gehirnnutzung: „Nun ... Demokrits

Theorie mit den Atomen verträgt sich nicht mit unserem Glauben vom ewigen Leben. Lissy und Emmy haben hervorgehoben, dass eine Seele eine Einheit ist und nicht geteilt werden kann. Daher können auch keine Seelenatome in die Seelen anderer Menschen eingebaut werden. Erinnerungen können also nicht über Seelenatome an andere Menschen übertragen werden. – Wie aber ist das mit den Gehirnatomen, wenn ein Mensch stirbt?" Alex wandte sich mit großen Augen an uns Frauen.

„Du meinst, dass es nicht die Seelenatome sind, die sich neu zusammenfinden, wenn jemand gestorben ist, sondern die Gehirnatome, oder wie?", fragte Lissy nicht ganz überzeugt nach.

„Könnte doch sein, oder?"

„Und du meinst, dass die Erinnerungen in den Gehirnatomen enthalten sind und nicht in der Seele?", vergewisserte sich Maria.

„Möglicherweise, ja." Alex nickte. „Wo sind denn Erinnerungen abgespeichert?", fragte Alex nach und antwortete kurz darauf für sich selbst: „Doch wohl im Gehirn, oder? Das Gehirn zerfällt ja auch, wenn ein Mensch stirbt. Alles Fleisch verwest, so auch das Gehirn. Wenn wir also bei Demokrits Theorie von den Atomen bleiben ..." Er schaute abwechselnd von einem zum anderen. „Vielleicht werden einfach Gehirnatome in die Köpfe neuer Menschen eingebaut. Es ist doch auch so, dass neue Zellen immer nur aus alten Zellen entstehen können", zitierte er unseren früheren Biologielehrer, Herrn Attila. „Woher kommt denn das ganze Biomaterial, das hier auf diesem Planeten kreucht und fleucht? Es geht keine Biomasse verloren im Kreislauf des Lebens. Abgestorbene Biomasse wird wieder in neue, lebendige eingebaut, sei es durch Nahrung, Atmung oder sonstige chemische Prozesse."

„Ääääh, das ist eine komische Vorstellung, Teile von einem fremden Gehirn im Kopf zu haben ..." Lissy schüttelte sich. „Ist auch irgendwie Blödsinn, wenn ihr mich fragt. Immerhin liegen Leichen ja nicht irgendwo herum und verwesen öffentlich vor sich hin. Das war vielleicht mal so, aber heute doch längst nicht mehr. Also können dann auch die Atome nicht einfach so durch die Gegend fliegen und in andere Gehirne eingebaut werden. Das klingt mir zu sehr nach Frankenstein."

„Aber wenn eine Leiche in der Erde verwest, dann wird sie ja von Würmern, Bakterien und so weiter zersetzt, die dann auch aus dem Boden herauskommen können und selber irgendwann sterben und aufgefressen werden und so weiter", fuhr Alex fort. „Und die Biomasse wird immer weiter verarbeitet, bis nur noch irgendwelche Gase, Partikel oder so übrig bleiben und die fliegen dann wirklich in der Luft herum und können dann sehr wohl eingebaut werden, wenn sie zum Beispiel über die Atmung oder Nahrung aufgenommen werden und über das Blut der Mutter in den Säugling gelangen ..."

„Bäh ... Igitt, Alex. Hör auf. Es reicht mit deinen Verwesungsgeschichten. Mir ist schon ganz schlecht!", wehrte sich Lissy angewidert gegen das, was Alex sagte und hielt sich demonstrativ die Ohren zu.

„Aber das ist doch Schwachsinn", fand Maria, „Erinnerungen sind doch nicht in Partikeln oder Gasen gespeichert ..."

Alex lachte. Er genoss es sichtlich, über dieses Thema zu reden und breitete seine Verwesungsgeschichten noch ein wenig weiter aus. Ich jedoch driftete mit meinen Gedanken ab. Ich war bei einer Frage hängen geblieben, die mich nicht mehr losließ.

Wo überhaupt sind Erinnerungen abgespeichert?, überlegte ich für mich selbst. *Das ist gar keine schlechte Frage. Aber was für eine Antwort gibt es darauf?* Ich erinnerte mich an das, was ich während des Studiums in Gedächtnispsychologie erfahren hatte: dass Erinnerungen im Gehirn gespeichert werden, indem synaptische Verbindungen aktiviert werden, wodurch es zu biochemisch messbaren, mehr oder weniger langfristig andauernden strukturellen Veränderungen in der Verbindung der Neuronen im Gehirn kommt. Solange diese Verbindungen aufrechterhalten bleiben, können wir uns an das, was auf diese Weise enkodiert worden ist, erinnern. So geschwollen und schlau das auch klingen mag, so richtig überzeugt hat mich das noch nie. Standen so seltsame mikroskopisch kleine Veränderungen an Nerven also für die Erinnerung an den letzten Urlaub beispielsweise oder für das erste Kapitel aus *De Bello Gallico* von Caesar, das wir damals – warum auch immer – in der Schule auf Anweisung des Herrn Marschall auswendig lernen mussten und das ich komischerweise bis heute noch nicht vergessen habe? – *Gallia est omnis divisa in partes tres ...*

Ich dachte über die verschiedenen Gedächtnismodelle nach, den Mehrebenenansatz, die Mehrspeichermodelle, das Sensorische Register, das Kurzzeit- und das Langzeitgedächtnis und wie sie alle miteinander zusammenhängen. Das Thema hatte mich schon immer fasziniert. Ich hatte es damals fast sogar gerne gelernt, aber so richtig zufriedengestellt hatte es mich trotz allem nicht, und anstatt meine Fragen zu dem Thema zu beantworten, hatte es nur noch viel mehr neue Fragen aufgeworfen. Ich finde, gerade in der Gedächtnisforschung wird viel außen herum geredet und das Wesentliche nicht auf den Punkt gebracht. Woran das wohl liegt? Ich glaube, der Grund dafür ist, dass die Wissenschaft – so viele Fortschritte sie bereits getan haben mag – noch immer nicht genau nachvollziehen kann, was eine Erinnerung überhaupt ist, geschweige denn, wie sie gespeichert wird und warum.

Der Gedanke daran, dass lediglich veränderte Synapsen dafür verantwortlich sein sollten, dass ich mich an etwas erinnerte, befriedigte mich ganz und gar nicht. *Erinnerung hat doch wohl mit etwas Psychischem zu tun, oder? Es kann doch nicht sein, dass Erinnerung, Gedächtnis und so weiter nur auf biochemische Veränderungen zurückzuführen sind. Wo bleibt denn da der Geist, der Verstand, die Seele? Sind Erinnerungen also doch in der Seele gespeichert?* Ich bemerkte, dass ich an dieser Stelle nicht vorankam. Schmunzelnd musste ich an die Worte zurückdenken, die ich während meiner Schulzeit einst von Herrn Attila gehört hatte, als wir gerade dabei waren, das Gehirn im Unterricht durchzunehmen. Er verglich damals das menschliche Gehirn mit einem Computer: „Kein Computer kann verstehen, wie er selbst funktioniert. Er funktioniert einfach. Wenn er verstehen würde, wie er funktioniert, dann müsste er ja viel schlauer sein, als er ist und wenn er dann so viel schlauer wäre, könnte er sich wieder nicht verstehen, weil er dazu nur noch schlauer sein müsste, was er ja nicht ist." Damals hatten wir sehr über seine Aussage gelacht, aber ich glaube, ich kann inzwischen nachvollziehen, was er damit gemeint hatte.

Rechts und links vom Fußweg wurde der Boden zunehmend felsig. Sporadisch wuchsen bizarre Kakteen zwischen den Steinen. Während ich so nachdachte, was wohl in meinem Gehirn passierte, wenn es sich an etwas erinnerte, und während wir Schritt für Schritt, Meter für Meter, den *Lykavittós* weiter hinuntergingen, war mir mit einem Male, als hätte ich ein Geräusch gehört. Ich blieb kurz stehen, um zu lauschen, doch das Geräusch war entweder verstummt oder aber ich hatte mich getäuscht und es hatte dieses Geräusch niemals gegeben. Ein weiterer Trupp Touristen kam uns entgegen. Wir stellten uns an die Seite des Fußweges und ließen sie an uns vorüberziehen.

Lissy und Alex unterhielten sich noch immer angeregt über verwesende Gehirnatome, doch ich hörte ihnen bei ihrem Gespräch gar nicht mehr richtig zu. Ab und an gab Maria ihren Senf dazu, aber auch sie schien nicht besonders begeistert von Alex' Ausschmückungen zu sein, und Yunus schwieg. Schließlich zuckte ich mit den Schultern und setzte mich mit den anderen erneut in Bewegung. Doch kaum hatten wir ein paar Schritte getan, vernahm ich das Geräusch aufs Neue und diesmal war ich mir sicher, es als das Rauschen von Wasser erkannt zu haben. *Katarráchtis*, dachte ich mit einem Male und noch im selben Moment kamen Zweifel in mir hoch. Das konnte doch gar nicht sein. Ich musste mich getäuscht haben. Doch das Geräusch war da. Zwar leise, aber doch beständig. *Das gibt es doch nicht*, dachte ich und blieb stehen.

„Was ist denn los?", fragte Maria, der es als Erste aufgefallen war, dass ich ihnen nicht mehr folgte. „Hört ihr das auch oder drehe ich gerade durch? Dieses Geräusch …", entgegnete ich, anstatt eine Antwort zu geben. „Welches Geräusch?" — „Das Rauschen." – „Rauschen?" Maria beäugte mich misstrauisch. „Aus welcher Richtung kommt es denn?", fragte mich Yunus und ich wunderte mich schon ein wenig über seine Frage. „Also hört ihr es nicht?", fragte ich verwirrt. „Wie hört es sich denn an?", wollte Lissy wissen. „Wie Wasser", entgegnete ich, „es kommt von … von …" Ich überlegte und drehte mich mehrere Male um mich selbst, um das Geräusch zu orten.

Schließlich deutete ich nach links schräg vor uns. Schroffe, karge Felsen befanden sich dort. Sie waren nicht weit entfernt vom Fußweg.

„Na, das werden wir dann ja gleich sehen", meinte Alex und marschierte entschlossen und schnellen Schrittes auf dem Fußweg weiter nach unten. Falls es bei den Felsen etwas zu sehen gab, so müssten wir dies normalerweise auch vom Fußweg aus erkennen können. Maria und Lissy folgten Alex.

Ich drehte mich zu Yunus um und schaute ihm ins Gesicht. Ich atmete erschrocken ein und hielt kurz die Luft an. Für den Bruchteil einer Sekunde war mir, als hätte ich in die Augen von jemand anderes gesehen. Er hatte die Augen von Yunus, er sah aus wie Yunus, er hatte auch dieselbe Statur wie Yunus und doch war es jemand anderes, der da vor mir stand. Er lächelte mich an und hielt mir einladend eine Hand entgegen. Für einen kurzen Moment war ich wie zu Stein erstarrt, doch dann verschwand der Eindruck auch schon wieder. Erneut blinzelte ich und schüttelte mich. Es war wieder Yunus, der vor mir stand und mich sorgenvoll anblickte. „Alles in Ordnung, Emily?", fragte er mich. „Ja, alles in Ordnung", log ich. Yunus öffnete seinen Mund, als wolle er noch etwas sagen, aber er schloss ihn wieder, ohne ein Wort zu äußern. Langsam gingen Yunus und ich ebenfalls den steilen Weg an den Felsen entlang nach unten. Wir hielten uns dabei an dem Geländer fest, das am Rand des Weges angebracht war, und gesellten uns zu den anderen. Je weiter wir kamen, desto leiser wurde das Rauschen in meinem Kopf, stattdessen hörte ich ein lautes Pfeifen, wie bei einem Tinnitusanfall. Ich neigte meinen Kopf und bohrte mit meinem Finger ins Ohr. Langsam verebbte das unangenehme Pfeifen. Ein starker, aber doch warmer, fönartiger Windzug brachte das Laub der umstehenden Bäume zum Rascheln. War es das, was ich vorhin gehört hatte? Wie Wasser klang das allerdings nicht im Geringsten. Ich begann damit, an meinem Verstand zu zweifeln. Nein, da war definitiv kein Wasserrauschen zu hören. Ich überlegte gerade krampfhaft, wie ich mich am besten bei meinen Freunden herausreden könnte, ohne dass diese mich für total bekloppt und durchgeknallt halten würden, aber mir fiel einfach nichts Vernünftiges ein, womit ich mich hätte rechtfertigen können. Ich entschied mich schließlich für das einzig Richtige: die Wahrheit. Als ich bei den anderen ankam, stammelte ich so etwas wie: „Ähm ... Ich ... äh ... Ich muss mich wohl getäuscht haben ... Irgendwie ... Auf einmal höre ich gar kein Wasserrauschen mehr. Ähm ... Vielleicht habe ich das Laub rascheln gehört und habe mir dann gedacht, dass es Wasser war oder ... äh ... Es kann auch sein, dass ..., dass es ... oder dass ich mir das bloß eingebildet habe. Dann ... Aber ... Ich weiß auch nicht ... So ... Irgendwie ..." – „Jetzt hör doch endlich mit diesem sinnlosen Gebrabbel auf", tadelte mich Lissy, „und schau dir lieber das hier an." Sie deutete auf einen schroffen, ungleichmäßigen Felsen in einiger Entfernung vor uns.

„Das mag zwar kein Wasserfall sein", bekannte Maria, „aber wenn ihr mich fragt ... diese Felsen hier könnten tatsächlich zu einer Höhle gehört haben." Inzwischen befanden wir uns fast am Fuße des *Lykavittós*. Maria deutete auf große bizarre Felsen in etwa zwanzig Metern Entfernung. Dort fiel der Hang für ein kurzes Stück noch steiler ab, als er das bei uns tat. Der Untergrund war steinig, aber wenn man gewollt hätte, hätte man wohl sicheren Fußes zu den besagten Felsen hinübergelangen können. Allerdings wies uns eine Absperrung darauf hin, dass dies verboten war. Wir wollten gegen keine Regeln verstoßen, also blieben wir, wo wir waren. Von unserem Standpunkt aus hatten wir die mutmaßliche

Höhle gut im Blick. Der ungleichmäßige Felsen wies einen Hohlraum auf, der vermutlich durch Erosion entstanden war. Einige größere Felsbrocken lagen auf dem Boden vor dem Loch. Womöglich waren diese im Laufe der Jahrtausende von der Decke der eigentlichen Höhle abgebrochen, wodurch sie kleiner geworden und nun kaum mehr als das zu erkennen war, was sie früher einmal dargestellt hatte. Mit ein bisschen Fantasie konnte man sich vorstellen, dass sich an der hinteren Wand so etwas wie eine steinerne Sitzbank befand, die wohl Platz genug für zwei Personen geboten haben könnte. Ich schloss meine Augen und das Bild von der rauschenden Wasserwand präsentierte sich mir erneut so, wie ich es in der Nacht zuvor gesehen hatte, als das Gedicht *Katarráchtis* von Lissy vorgetragen worden war.

„*Heimlich und süß sind unsere Treffen hinter dem Wasserfall, der uns beschützt, wo der Fluss des Sonnenkindes sein Alpha hat und der Weg zum Omega ist noch gar weit*", zitierte ich aus dem Gedicht. Yunus antwortete mit der folgenden Strophe auf Griechisch, dann brach er jedoch unvermittelt ab, bevor er die letzten vier Verse formulierte.

Ich atmete tief durch und rieb mir über die Schultern. Unwillkürlich hatten sich die feinen Härchen auf meinen Armen senkrecht aufgestellt. „Puh ...", seufzte ich. Mehr konnte ich dazu nicht sagen. „Ich nehme an, das ist der besagte Ort", folgerte Maria. Ich nickte nur. Alex ging den Weg noch ein Stück weiter nach unten. Der Pfad machte eine Linkskurve, sodass man direkt unterhalb der *Katarráchtis*-Felsen vorbeikam. Er bückte sich und berührte mit seinem Finger einen moosigen Stein. „Feucht", verkündete er, „hier fließt Wasser, wenn auch nicht gerade viel, aber das ist sie dann wohl: die Quelle des *Erídanos*."

My

„Das ist ein eigenartiges Gefühl, wenn man feststellt, dass die eigenen Träume und Visionen einen wahren Hintergrund haben", überlegte ich. „Ich verstehe sehr gut, was du meinst", pflichtete mir Yunus bei, „mir ging es so, als ich vor dem Tempel des Apollon stand, in Delphi." – „Und vor der Statue von Cyrill", unterstellte ich. „Ja, da auch. Da ganz besonders." Yunus nickte andächtig. „Die Statue ist ihm wirklich wie aus dem Gesicht geschnitten …" – „Und in den Prospekten steht er nur erwähnt als ‚der berühmte Wagenlenker von Delphi'", sinnierte Maria nachdenklich, „nur wir scheinen seinen wahren Namen zu kennen." – „Nur wir und sein Grabstein", fügte Alex an und machte eine vergrämte Grimasse.

Inzwischen hatten wir den *Lykavittós* verlassen und marschierten langsam um den Berg herum, bis wir wieder an der Stelle ankamen, wo die steilen Treppen nach unten führten.

„Was machen wir jetzt?", wollte Alex wissen und gab sich selbst die Antwort. „*Monastiraki*?" Yunus nickte. „Ich denke, das ist am besten, oder was meint ihr?" – „Ja, klar." Maria nickte ebenfalls. „Schauen wir mal, ob sich dieser Michális irgendwo herumtreibt", äußerte sich Alex, „scheint, als wäre der im Moment unsere einzige Spur, oder?" – „Ja, und der Lauf des *Erídanos*", ergänzte Yunus. „Ich kann euch die Stellen zeigen, von denen man definitiv weiß, dass der Fluss dort entlang geflossen ist. Vielleicht hilft uns das ja auch ein wenig weiter. Wer weiß?"

Erneut kamen wir an den kleinen Souvenirläden vorbei, die uns bereits beim Aufstieg aufgefallen waren. Maria kaufte dort zwei hübsche nachgemachte kleine Amphoren als Geschenk für ihre Eltern und verstaute sie sicher und gut abgepolstert in ihrem Rucksack, dann gingen wir weiter.

Die Sonne stand unterdessen hoch am Himmel und brannte heiß und erbarmungslos auf unsere Köpfe herab. Maria setzte ihren Strohhut auf und ich meine Schirmmütze. Wir schwitzten und waren sehr froh, den mühsamen Aufstieg bereits hinter uns zu haben. Ab und zu kamen uns schnaufende und ermattete Touristen entgegen. Mitleidig nickten wir ihnen zu.

Eine Weile später erreichten wir die Metrostation *Evangelismos* und begaben uns in den Untergrund. Wir bahnten uns zielsicher unseren Weg durch die Gänge und die Treppen hinab, bis wir letztendlich das Bahngleis erreichten. Nahezu routiniert überprüfte Maria auf dem Streckenfahrplan, in welche Richtung wir zu fahren hatten und wie viele Stationen wir abwarten mussten, bis wir *Monastiraki* erreichen würden. „Zwei Stationen, ohne Umsteigen", verkündete Maria. Lissy nickte einsichtig. „Ich bin ja gespannt, ob wir Michális finden werden."

Etwas überrascht waren wir von dem hohen Andrang, der an dieser Station herrschte, aber es störte uns nicht weiter. „Ist wahrscheinlich, weil hier das Krankenhaus in der Nähe liegt", vermutete Maria. Sicherlich hatte sie damit Recht. *Maria hat so gut wie immer Recht*, dachte ich mir.

Nur wenige Minuten später kündigte sich ratternd und dröhnend eine U-Bahn an. Gleißend helle Scheinwerfer durchbrachen das Dunkel des Tunnels links neben uns. Der Zug stampfte heran, näher und näher. In die umstehenden wartenden Passagiere kam langsam Bewegung. Diejenigen, die sich kurzfristig auf eine Bank am Rande des Bahnsteigs gesetzt hatten, standen auf und gesellten sich zu uns. Einige der Menschen schritten weiter nach vorne und kratzten sich unruhig die Bärte oder Haare. Einige der Waggons rumpelten an uns vorbei, der Zug verlor an Geschwindigkeit und kam schließlich Bremsen quietschend und seufzend zum Stehen. Ein pneumatisches Zischen ertönte und die Türen öffneten sich. Ein ganzer Schwall Passagiere strömte uns entgegen. Aufmerksam schaute Maria an der Außenwand des Zuges nach links und nach rechts. Durch die aussteigenden Fahrgäste wurde ich von meinen Freunden abgedrängt. Yunus stand wie ein Fels in der Brandung. Deutlich konnte ich seinen hoch erhobenen Kopf mit den langen schwarzen Haaren erkennen. Hektisch versuchte ich, zu ihm zu gelangen. „Wir nehmen die andere Tür", hörte ich Marias Stimme über das Schnattern der vielen Menschen hinweg, „da vorne ist nicht so viel los."

Aus dem Augenwinkel sah ich, wie meine Freunde nach links an der Seite des Zuges entlanggingen und zielstrebig einen anderen Eingang ansteuerten. Ich wollte es ihnen gleichtun, doch in genau diesem Augenblick stiegen zwei Frauen mit riesigen Koffern aus dem Waggon und versperrten mir den Weg und die Sicht auf die anderen. Schließlich verlor ich auch Yunus aus den Augen. Fast schon panisch eilte ich hin und her und probierte, an den beiden Frauen vorbeizukommen, doch die blieben stehen und zupften sich seelenruhig ihre Frisuren zurecht. *Herrschaftszeiten!*, fluchte ich innerlich. *Was müssen die mit ihren Monsterkoffern im Weg herumstehen?*

„Sorry, please, can I ...", stammelte ich und versuchte, irgendwie an ihnen vorbeizukommen. Doch unvermittelt rempelte mich ein Mann von hinten heftig an. Der Aufprall presste mir die Luft aus der Lunge und ich stürzte unsanft vornüber auf die Knie und brachte dabei einen der Monsterkoffer zum Umkippen. Eine der beiden Frauen begann empört herumzuzanken und richtete grimmig ihren Koffer auf. Sie funkelte mich mit ihren braunen Augen vorwurfsvoll an. Der Mann, der mich angerempelt hatte, streckte mir hilfsbereit seine Hand entgegen und half mir auf die Beine zurück. An seinem zerknirschten Gesichtsausdruck merkte ich, dass die Kollision unbeabsichtigt gewesen war und er entschuldigte sich mehrere Male bei mir auf Griechisch, und als er feststellte, dass ich ihn nicht verstehen konnte, auf Englisch. Erst als ich ihm beteuerte: „It's okay. No problem", gab er sich zufrieden und stapfte schwerfällig davon. Die beiden Frauen meckerten noch immer auf Griechisch über mich und meine stürmische Begegnung mit dem Koffer. Dabei konnte ich doch gar nichts dafür! – *Egal! Es gibt Dringenderes*, beschloss ich. Ich schaute am Gleis auf und ab und hielt Ausschau nach meinen Freunden. Doch die waren weit und breit nicht in Sicht. Durch den Aufprall hatte ich nicht mitbekommen, in welchen Waggon sie eingestiegen waren. *Verdammt! Wo sind die bloß?!*, jagte mir durch den Kopf und ich überlegte kurz, ob ich in Panik ausbrechen sollte. Ich – allein in der Athener Metro?

Hilfe! Dann jedoch schüttelte ich mich und tat das einzig Richtige, was ich hätte tun können: Ich entschied mich dafür, in die Metro einzusteigen. *Was soll's?*, dachte ich, *ich weiß ja, dass sie im Zug sind.* Ich werde eben einfach einsteigen und dann so lange durch den Zug laufen, bis ich sie finde. Das kann ja wohl nicht so schwer sein. Außerdem wusste ich ja, wohin wir wollten. Falls ich sie im Zug nicht finden sollte, würde ich eben einfach bei *Monastiraki* aussteigen und die anderen dort ausfindig machen. Sie würden doch sicherlich auf mich warten. Und selbst wenn alle Stricke reißen und ich sie am Ausgang der Metrostation nicht sehen sollte, hätte ich ja immer noch mein gutes altes Handy, mit dem ich sie kontaktieren könnte. Diese Gedankengänge beruhigten mich ein wenig, doch die Zuversicht sollte nicht lange anhalten. Mein beherzter Entschluss, in den Zug einzusteigen, kam zu spät. Direkt vor meiner Nase fiel die Tür mit einem fast schon ironisch klingenden Rumsen zu und es war mir, als rutsche mir das Herz in die Hose, als sich mit einem lauten, höhnischen „Pffffffffffff" alle Bremsen lösten und sich das metallene Ungetüm langsam und schnaufend in Bewegung setzte und mich arme Emily draußen zurückließ. Die beleuchteten Fenster zogen an mir vorbei. Entgeistert starrte ich den Zug an und erwachte erst wieder aus der Erstarrung, als ich ein dumpfes Klopfen gegen die Innenseite eines der Fenster vernahm. Und prompt erblickte ich die bestürzten Gesichter meiner Freunde hinter der Glasscheibe. Alex brüllte offensichtlich irgendetwas und schien mir was mitteilen zu wollen, doch natürlich war es mir unmöglich, ihn durch das dicke Glas hindurch zu verstehen.

Mit dem bisschen Gebärdensprache, das ich konnte, versuchte ich, meinen Freunden zu vermitteln, dass ich einfach den nächsten Zug nehmen würde und dass sie am Ausgang auf mich warten sollten. Allerdings hatte ich keine Ahnung, ob meine Freunde mich verstanden hatten. Erstens konnten sie selbst nicht gebärden und zweitens hatte der Zug inzwischen gehörig an Fahrt aufgenommen und die letzten Gebärdenzeichen meinerseits waren ungesehen gegen den immer schneller vorbeiratternden Zug gerichtet gewesen. Im Vorbeirauschen war mir kurz so, als hätte ich Yunus' Stimme in meinem Kopf gehört: *„Ausgang ... Monastiraki"*, vernahm ich. Doch diesmal war ich mir überhaupt nicht sicher, ob ich mir die Stimme lediglich eingebildet hatte oder ob sie tatsächlich vorhanden gewesen war. Wie dem auch sei: Maria, Lissy, Alex und Yunus waren weg und ich war allein. Allein in der Athener Metro.

Als die U-Bahn, in der meine Freunde saßen, im dunklen Tunnel rechts von mir verschwunden war, hallte noch lange das Rattern der Waggons an den Wänden wider und der Boden schien leicht zu zittern. Schließlich wurde das Geräusch leiser und letztendlich verstummte es; auch das Beben des Bodens hörte auf. Die Leute, die bei *Evangelismos* ausgestiegen waren, verließen nach und nach den Bahnsteig und sehr bald befand ich mich völlig allein am Gleis. Panisch wühlte ich in meinem Rucksack nach meinem Handy. *Wo ist denn das Mistding?*, fluchte ich innerlich. Ich ärgerte mich über diese blöden Tussen, die mir den Weg versperrt hatten, und noch viel mehr ärgerte ich mich über mich selbst, dass ich so langsam gewesen war und ewig dazu gebraucht hatte, bis ich mich dazu durchgerungen hatte, in die Metro einzusteigen. – Bis es zu spät war! *Oh Mann!*

Endlich fand ich mein Handy und traktierte es wild. Aber es kam natürlich, wie es kommen musste: In den Metroschächten hatte ich keinen Empfang! Also hatte ich keine Möglichkeit, meine Freunde zu kontaktieren. So was Blödes aber auch! War ja klar, dass ausgerechnet mir das passieren musste! *So ein verfluchter Mist!*

Nach und nach kamen neue Fahrgäste auf den Bahnsteig. Ich ließ mein Handy im Rucksack verschwinden und wischte mir die schwitzigen Hände an den Hosenbeinen ab. *Denk doch mal logisch nach, Emmy,* redete ich in Gedanken mit mir selbst. *Was für Möglichkeiten hast du? – Ich könnte entweder durchdrehen und Panik schieben, einfach bleiben wo ich bin und darauf hoffen, dass Yunus und die anderen zu mir zurückkehren. – Oder aber ich könnte mich beruhigen, mich zusammenreißen, ganz cool bleiben und ganz einfach alleine nach Monastiraki fahren.* Ich kannte das Ziel meiner Freunde. Ich wusste, dass ich nur zwei Stationen abzuwarten hatte. Meine Freunde würden doch sicherlich auf mich warten, wenn sie bei *Monastiraki* ankamen. Das wäre doch das Einfachste. *Genau,* dachte ich, wieder etwas entspannter. So würde ich es machen. Ich würde einfach auf die nächste U-Bahn warten und dann ganz ruhig und gelassen nach *Monastiraki* fahren. Da war doch nichts dabei. Alles kein Problem. Nur keine Panik. Es war doch nichts passiert. Alles war in bester Ordnung ... Ich spürte, wie sich bei diesen Gedanken der rasende Pulsschlag ein wenig beruhigte.

Wie lange dauert es wohl, bis die nächste Metro kommt?, überlegte ich und schaute auf die Uhr. *Fünf Minuten? Zehn Minuten? – Hoffentlich werden meine Freunde nicht unruhig. Nicht, dass sie tatsächlich zurückfahren, um mich abzuholen, und ich fahre dann nach Monastiraki und wir verpassen uns ... Das wäre blöd.* Ich konnte nur darauf hoffen, dass meine Freunde so schlau waren und am Ausgang auf mich warten würden. Aber Yunus hatte mir das ja noch mitgeteilt durch seine etwas eigenartige Methode, kurz bevor der Zug im Schlund des Tunnels verschwunden war. – Das glaubte ich zumindest. Aber vielleicht war die

Stimme in meinem Kopf auch nur Einbildung gewesen. Ich könnte mich genauso gut getäuscht haben.

Ich atmete tief durch, setzte mich auf eine der Bänke an der Wand und wartete ab. Um mir die Zeit zu vertreiben und um vor Nervosität nicht durchzudrehen, begann ich von 100 an rückwärts zu zählen – auf Französisch. Keine Ahnung warum. Das hatte jedenfalls schon immer beruhigend auf mich gewirkt. Warum nicht dieses Mal wieder? Allerdings kam ich bloß bis quatre-vingt-onze, 91, bevor ich ins Stocken geriet und mit dem Zählen aufhörte. Zuerst war er mir kaum aufgefallen, dieser breitschultrige Mann mit den grauen Haaren. Aber dann kam er näher ans Gleis heran. Er blieb stehen und stellte ächzend einen unübersehbar riesigen Stoffsack vor sich ab. Der Stoffsack war blau und prall gefüllt mit Gegenständen unregelmäßiger Größe und Form. Verblüfft schaute ich von seinem Gepäck nach oben auf seine Hand, die auf der Kordel ruhte, mit der er den Sack zugebunden hatte. Dann wanderte mein Blick von seiner Hand, über seinen Arm weiter hinauf in sein Gesicht. Der Mann kaute Kaugummi. Graue Haare rahmten sein fast rundes Gesicht. Er hatte kleine dunkle Augen, eine große dicke Knollennase und einen markanten gezwirbelten Schnurrbart, auch silbergrau. Er kratzte sich am Ohr und schniefte. Dabei schaute er in den dunklen Tunnel und stampfte ungeduldig mit seinem Fuß auf. Er wartete auf die nächste Metro – genauso wie ich. Schließlich ertönte ein Brausen und Zischen und der nächste Zug fuhr ein. Verblüfft beobachtete ich den Mann, wie er seinen großen blauen Sack wieder anhob und zielstrebig auf eine der geöffneten Metrotüren zuging. Ich erwachte aus meiner momentanen Versteinerung und folgte dem Mann in die U-Bahn.

Er setzte sich auf den erstbesten Platz in seiner Nähe und legte seinen riesigen blauen Stoffsack auf dem Sitz neben sich ab. Ich nahm diagonal hinter ihm Platz und beobachtete ihn verblüfft von hinten. Ich konnte es noch immer nicht fassen. Keine Frage: Dieser Mann war Michális, *der* Michális. Der Händler, den wir suchten. Yunus' Beschreibung passte perfekt auf ihn. Ja, er *musste* es einfach sein. Ich hatte keinerlei Zweifel, dass er derselbe Händler war, der Yunus die Haarspange von Emilia verkauft hatte. Aber noch konnte ich mich über diese Entdeckung nicht wirklich freuen. Zu verblüfft war ich von der Begegnung und der Erkenntnis. Eigentlich war es ein regelrechter Glücksfall gewesen, dass mir diese beiden Frauen mit ihren Riesenkoffern den Weg versperrt hatten und dass ich so unsanft angerempelt worden war, sodass ich schließlich die Metro verpasst hatte. Wer weiß, ob wir Michális sonst begegnet wären. Womöglich hätten wir ihn in *Monastiraki* total knapp verpasst und unsere Suche wäre nicht weitergegangen.

Ich überlegte, ob ich den Händler einfach ansprechen sollte, doch irgendetwas hinderte mich daran. Ich wagte es jedenfalls nicht, mich direkt an ihn zu wenden. Wie hätte ich ihn überhaupt ansprechen sollen? Auf Englisch? Was, wenn er der englischen Sprache nicht mächtig wäre? Nein, beschloss ich schließlich. Wozu hatten wir denn Yunus dabei? Sollte *er* sich doch mit ihm unterhalten. Es würde eh nicht mehr lange dauern und wir kämen in *Monastiraki* an. Oh, was war ich gespannt auf die Gesichter meiner Freunde, wenn ich ihnen mit Michális entgegenkommen würde! Sollte ich ihnen vielleicht Bescheid geben? Erneut zog ich mein Handy aus der Tasche, doch noch immer hatte ich keinen Empfang. War ja klar, dachte ich und runzelte missbilligend die Stirn. Was nützte einem die ganze Technik, wenn sie im entscheidenden Moment versagte? Ich überlegte angestrengt, wie ich das alles arrangieren sollte. Einerseits musste ich meine Freunde so schnell wie möglich wiederfinden und andererseits durfte ich den Händler dabei auf keinen Fall aus den Augen verlieren. Die Metro erreichte die Haltestation *Syntagma*. Ein ganzer Schwall Touristen und Einheimischer stieg hinzu und füllte den Waggon, aber von meinem Sitzplatz aus hatte ich Michális trotz allem gut im Blick. Er war sitzen geblieben. Mit einem abwesenden Gesichtsausdruck schaute er aus dem Fenster der Metro und zwirbelte sich dabei den Schnurrbart. *Hervorragend*, dachte ich, *er fährt auch nach Monastiraki*. Besser ging es gar nicht. In meinem Magen entstand ein Gefühl der freudigen Erwartung, so ein Kribbeln, das sich in meinem ganzen Körper ausbreitete. *Die anderen werden Augen machen*, dachte ich und grinste vor mich hin.

Schließlich kam Bewegung in den Händler, als die Stimme vom Band ankündigte, was die nächste Haltestation war: „*Ebomini Stasie – Monastiraki.*" – Oder so ähnlich klang es zumindest. Michális nestelte nervös an seinem blauen Stoffsack herum, wuchtete ihn sich schwerfällig über die Schulter und begab sich langsam zur Tür der Metro. Ich wartete einen Moment ab, dann folgte ich ihm unauffällig. Hintereinander verließen wir die Metro. Ein paar andere Personen passierten uns. Ich schaute mich bereits eifrig um, ob ich meine Freunde irgendwo auf dem Gleis stehen sah, aber da waren sie nicht. Klar, es war weitaus sinnvoller, direkt am Ausgang zu warten. Hier, in dem Gewusel am Bahnsteig wäre es ein Leichtes, blind aneinander vorbeizulaufen, ohne sich dabei zu sehen. Am schmalen Ausgang, wo die Leute nacheinander durch die Tür gehen mussten, würde es wesentlich leichter fallen, eine bestimmte Person ausfindig zu machen. Sicherlich würden meine Freunde direkt am Ausgang auf mich warten.

Ich war dicht hinter dem Händler, aber nicht zu dicht, damit es ihm nicht auffiel. Siegessicher nahm ich an, dass er den gleichen Weg wie ich einschlagen würde. – Ha! Und da war auch schon das Schild, auf dem folgendes Wort geschrieben stand: έξοδος – *exodos*, Ausgang. *Gleich bin ich wieder bei den anderen*, dachte ich frohen Mutes, *mit Michális, meiner Entdeckung!* Doch ich hatte mich zu früh gefreut. Michális ging zielstrebig und mit großen Schritten direkt am Ausgang vorbei. Wo auch immer er gerade hinwollte, es war jedenfalls nicht der *Monastiraki*-Platz. *Verflixt!*, fluchte ich innerlich. *Und jetzt?* Würde ich zum Ausgang gehen, um meine Freunde zu holen, könnte es passieren, dass ich zu viel Zeit bei der Suche nach ihnen verlieren würde und Michális könnte bis dann schon sonst wohin verschwunden sein. Ich durfte ihn nicht entwischen lassen! Wer weiß, ob wir ihm jemals wieder über den Weg laufen würden! Also tat ich das Einzige, was mir in dieser Situation einfiel: Ich folgte ihm. Mein Magen krampfte sich erneut zusammen, als ich am Ausgang vorbeiging und von meinen Freunden weit und breit keine Spur zu sehen war. Insgeheim hatte ich gehofft, dass ich ihnen irgendwie zuwinken könnte und dass sie mir dann ebenfalls folgen würden, aber anscheinend befanden sie sich draußen vor dem Ausgang und nicht drin, im Untergrund, sodass sie mich nicht sahen. *Verdammt, verdammt, verdammt*, dachte ich, *aber egal*, überlegte ich weiter. Irgendwann würde Michális die Metrogänge verlassen und wenn das geschah, hatte ich ja wieder Empfang mit meinem Handy und ich könnte die anderen kontaktieren und ihnen mitteilen, wo ich mich gerade befand. Hoffentlich würde das nicht mehr allzu lange dauern bis dahin, wünschte ich mir insgeheim. Etwas unwohl war mir schon, bei dem Gedanken daran, weiterhin alleine in Athens Metro unterwegs zu sein, auf der Jagd nach einem mir eigentlich wildfremden Mann. *Wenn doch wenigstens Yunus dabei wäre! Dann wäre mir um*

Einiges wohler. Wirklich zu blöd, dass ich keine Telepathie anwenden kann.

Michális lief rasch einen langen Gang entlang. Im Vorbeigehen entdeckte ich eine der Informationstafeln. *Piraeus – Kifissia*, entzifferte ich und begriff: Michális stieg in die grüne U-Bahnlinie um! In welche Richtung würde er wohl fahren? Diese Frage war innerhalb kürzester Zeit beantwortet. Michális bog an einer Weggabelung entschlossen nach links ab: *Richtung Piräus*, stellte ich fest. – Sollte ich ihm folgen? Ich atmete tief ein und wieder aus. *Ja*, beschloss ich. Wenn ich jetzt kehrt machte, wäre alles umsonst gewesen. Ich würde Michális aus den Augen verlieren und er wäre weg – und wer weiß, ob wir ihn dann jemals wieder treffen würden. Michális beschleunigte, als er das Heranrattern einer Metro am Ende des Ganges vernahm. Er wollte offensichtlich diesen einen Zug noch erwischen. Auch ich beschleunigte unauffällig. Mein Herz verfiel unvermittelt in einen schnelleren Rhythmus. Als wir am Gleis ankamen, standen die Türen bereits offen. Michális stieg ein und fand einen Sitzplatz für sich und seinen blauen Stoffsack. Ich schaffte es gerade noch rechtzeitig in denselben Waggon, bevor die Türen zugingen und die U-Bahn mit einem heftigen Rucken anfuhr. Beinahe wäre ich gestürzt, aber ich griff entschlossen nach einer Haltestange und konnte mich aufrecht halten. Noch immer hatte ich keinen Empfang mit meinem Handy. *Verdammt noch mal!* Was würden jetzt wohl meine Freunde denken? Sie mussten mitbekommen haben, dass die nächste Metro von *Evangelismos* inzwischen in *Monastiraki* angekommen war. Vielleicht hatten sie auch bereits festgestellt, dass ich nicht unter den Passagieren gewesen war, die auf den Ausgang zugingen. Würden sie sich schon Sorgen machen oder noch eine weitere Metro abwarten? Hoffentlich würden sie nicht wieder nach

Evangelismos zurückkehren oder sonst irgendwohin fahren. Bestimmt würden sie versuchen, mich auf meinem Handy zu kontaktieren. Aber das ging ja nicht. Mein blödes Handy fand absolut kein Netz. Ich fand einen freien Sitzplatz zwei Reihen hinter Michális und setzte mich erschöpft hin. Mein Herz schlug mir noch immer bis in den Hals nach der rasanten Verfolgungsjagd durch die Metrogänge. Aber offensichtlich war Michális nichts aufgefallen. Immerhin waren wir beide nicht die Einzigen gewesen, die bei *Monastiraki* in die andere Linie umgestiegen und zur nächsten abfahrenden Metro gehetzt waren. Michális ahnte nicht, dass er verfolgt wurde. Sollte ich ihn jetzt ansprechen? Irgendwie wagte ich es immer noch nicht und ich beschloss, dass es vielleicht besser wäre, erst einmal abzuwarten, wo er denn aussteigen und hingehen würde.

Ratternd und scheppernd beschleunigte die Metro. Werbeplakate und Lichter rasten in grellfarbenen Schlieren an den Fenstern vorbei, dann wurde es außen dunkel und das Rumpeln der Radreifen auf den Gleisen klang dumpfer, als wir in den Schlund des Tunnels vordrangen. Wir passierten die Haltestation *Thissio*. Michális blieb sitzen. Er hatte sich entspannt in seinem Sitz zurückgelehnt. Sein Arm ruhte auf dem blauen Stoffsack. Er sah nicht so aus, als würde er bei der folgenden Station die U-Bahn verlassen. *Oh Mann!*, dachte ich. *Wo fährt der bloß hin?* Langsam aber sicher wurde mir doch unwohl zumute. War ich gerade dabei, die größte Dummheit meines Lebens zu begehen? Es war nicht ganz ungefährlich, als junge Frau alleine in einer Großstadt unterwegs zu sein – noch dazu in einem Land, dessen Sprache man nicht beherrschte. Wir erreichten *Petralona* und noch immer regte Michális sich nicht. *Tavros*. Ein paar weitere Passagiere stiegen hinzu. Die Türen schlossen sich und die Metro setzte ihren

Weg fort. *Kalithea* ... Langsam aber sicher bekam ich Panik. Die Namen der Stationen klangen völlig unbekannt. Noch nie zuvor waren wir so weit nach Westen gefahren. Inzwischen war es schon beinahe eine halbe Stunde her, dass ich meine Freunde zum letzten Mal gesehen hatte. – *Wäre ich doch bloß nie Michális hinterhergelaufen*, dachte ich nun. Ein weiteres Mal versuchte ich, mich mit Rückwärtszählen auf Französisch zu beruhigen, aber ich konnte mich absolut nicht konzentrieren und meine Gedanken schweiften immer wieder ab. *Moschato* – die nächste Haltestelle. Ein paar Leute verließen die Metro, ein paar weitere stiegen ein. Michális gähnte und riss dabei seinen Mund so weit auf, dass ich dachte, er würde sich dabei seinen Unterkiefer ausrenken. Dann schmatzte er und spuckte seinen Kaugummi in den Abfall. Anschließend spielten seine Finger erneut mit dem gezwirbelten Schnurrbart. *Faliro*, lautete die nächste Haltestelle. *Oh Mann*, dachte ich erneut, *wie weit denn noch?* Inzwischen war mir vor Nervosität richtiggehend übel. Was hatte ich mir nur dabei gedacht, Michális zu folgen? Ich hatte keinen Stadtplan dabei. Den hatte Maria. Was, wenn ich mich bei der weiteren Verfolgungsjagd hoffnungslos verlaufen würde? Ich schluckte schwer. Ein paar weitere Minuten verstrichen, in denen ich aufgeregt Däumchen drehte und nervös mit meinen Beinen zappelte. Schließlich stellte ich fest, dass alle Passagiere, die sich mit mir in dem Zug befanden, aufstanden und sich auf die Türen der Metro zubewegten. „*Ebomini stasie* ... *Piraeus*", hörte ich. – Die Endstation! Wir waren bis zur Hafenstadt gefahren, die vor Athen lag. – Piräus! Oh Mann! Und ich war ganz allein. Hastig sprang ich ebenfalls aus meinem Sitz und suchte mit meinen Augen nach Michális und seinem blauen Stoffsack. *Verdammt!* Er war weg! Nervös schaute ich im Waggon auf und ab. Nein, er war nicht weg, stellte ich etwas erleichtert fest. Er war lediglich zu einer anderen Tür hinübergegangen, vor der weniger Leute standen und den Weg blockierten. Schließlich kam der Zug zum Stehen und die Türen gingen auf. Verzweifelt schob ich mich an trödelnden Menschen vorbei, um den Anschluss an Michális nicht zu verlieren. Er hatte erneut ein Irrsinnstempo drauf und ich nahm kaum etwas wahr von der architektonischen Schönheit der Haltestelle von Piräus. Ein geschäftiges Treiben herrschte auf dem Bahnsteig. Viele Menschen wuselten herum. Das machte es nicht gerade einfach, jemand Bestimmtes in den Massen ausfindig zu machen. Ein Glück, dass sich Michális dank seines großen Stoffsackes so deutlich von den anderen Personen abhob.

Die Haltestation von Piräus ähnelte mehr einem Bahnhof als einer Metrostation, vor allem auch, weil die Haltestelle oberhalb der Erde war und sich strahlend helles Sonnenlicht durch das gläserne Dach über unseren Köpfen hindurchkämpfte und die Halle erleuchtete. Das Gebäude war riesig und überall um mich herum hetzten geschäftige Leute über die Bahnsteige. An der hohen Wand vor mir hing eine große Uhr, die mir mitteilte, dass es inzwischen halb eins war, und darunter war ein Schild angebracht, auf dem Folgendes geschrieben stand: ΠΕΙΡΑΙΕΥΣ – *Piraeus*.

Ich blickte mich um und für einen Moment erfüllte mich Panik, da ich dachte, dass ich Michális verloren hatte. Ich überlegte gerade, ob es nicht besser wäre, mich einfach wieder in die Metro zu setzen und zu den anderen zurückzufahren. Doch dann erspähte ich seinen großen blauen Stoffsack und seinen breiten Rücken, auf dem das schwere Gepäck ruhte. Michális steuerte zielstrebig auf den Ausgang der Station zu. Gleißend helles Licht strömte mir entgegen, als die Tür aufgestoßen wurde, und mein Blick fiel auf die großen Hafenbecken von Piräus. Etliche Frachter ankerten vor dem Dock.

Eines der großen Schiffe wurde soeben entladen. Autos, Laster und Passagiere verließen das Schiff aus verschiedenen Ausgängen. Eine salzige Brise Meeresluft schlug mir entgegen und ich hielt vor Staunen den Atem an. Der Andrang auf dem Platz war riesig. Doch mir blieb keine Zeit, das Spektakel zu betrachten. Rasch eilte Michális die Hauptstraße hinunter und ich musste mich sputen, um mit ihm mitzuhalten. Vor uns lag eine äußerst dicht befahrene Straße. Laster, Pkws, Motorräder rasten hupend und dröhnend an uns vorbei. Ich hoffte aus tiefstem Herzen, dass Michális nicht vorhatte, diese Straße zu überqueren, denn dabei hätte ich ihn garantiert aus den Augen verloren! Er lief nach links weiter an der verkehrsreichen Straße entlang, die auf der linken Seite von grauen Hochhäusern und auf der rechten Seite von den eindrucksvollen Hafenbecken gerahmt war. Es kam mir so vor, als würde der Händler weiter beschleunigen. Wie konnte er nur so schnell laufen mit diesem riesigen Sack auf seinem Rücken? Und der Jüngste schien er ja auch nicht gerade zu sein. Ich passte auf, dass immer ein gewisser Abstand zwischen uns war, damit ihm nichts auffallen würde. Mein Herz hämmerte nervös gegen den Brustkorb. Noch schien dem Händler nicht aufgefallen zu sein, dass er von mir verfolgt wurde. Ich überlegte mir, was ich machen sollte, wenn er mich bemerkte. Ich fragte mich, wie ich darauf reagieren sollte, wenn er an seinem Ziel ankommen würde – was auch immer sein Ziel wäre. Würde ich ihn dann ansprechen? Was wollte ich ihm eigentlich sagen? Hätte ich überhaupt den Mut dazu, ihn anzusprechen? – Oh, warum musste ich so etwas auch unbedingt auf eigene Faust unternehmen? Ich musste verrückt gewesen sein, als ich den Entschluss gefasst hatte, ihm zu folgen. – Aber was hätte ich sonst tun sollen, fragte ich mich. Ihm zu folgen, war die einzige Möglichkeit gewesen sicherzustellen, dass er uns nicht entwischte.

Er bog in eine etwas schmalere Seitenstraße ein. Der Verkehr war dort weniger dicht, dennoch befanden sich noch viele Menschen auf den Gehsteigen. Ich bog ebenfalls um die Kurve und ließ Michális' blauen Stoffsack keine Sekunde lang aus den Augen. Der Händler überquerte eine Straße und nahm eine weitere Biegung. Langsam aber sicher war ich dabei, die Orientierung zu verlieren. Die Ampel schaltete vor mir auf Rot um, doch ich rannte noch schnell über die Straße. Ein Autofahrer, der extra wegen mir bremsen musste, hupte verärgert und zeigte mir erbost seinen Mittelfinger. Ich ignorierte ihn und blieb auf der anderen Straßenseite erst einmal schnaufend stehen. Ich wischte mir den Schweiß von der Stirn und blickte mich um. Es war verdammt heiß und man konnte regelrecht sehen, wie die warme Luft über dem Asphalt wabernd nach oben stieg. Die Straße sah aus, als wäre sie nass, aber das Phänomen der Luftspiegelung war mir bekannt und ich schenkte ihm aus ersichtlichen Gründen keine Aufmerksamkeit. Wo war Michális?

Gerade noch rechtzeitig entdeckte ich einen Zipfel von Michális' blauem Stoffsack, bevor er völlig hinter einem weiteren Häuserblock verschwand. Mit zügigen Schritten setzte ich ihm nach. Wie lange waren wir schon unterwegs gewesen? Zehn Minuten? Eine Viertelstunde? Ich konnte es nicht genau sagen. Ich hatte völlig mein Gefühl für die Zeit verloren. Es kam mir so vor, als wäre ich dem Händler schon ewig gefolgt und die Verfolgungsjagd schien einfach kein Ende nehmen zu wollen.

In genau diesem Augenblick bemerkte ich, dass mein Handy klingelte. Hastig zog ich es aus meiner Tasche und schaute dabei nach vorne. In der Straße war so viel los und es hielten sich auch mehrere Menschen quasselnd ihre Handys ans Ohr. Es würde also nicht auffallen, wenn ich dies ebenfalls tat. Ich nahm den Anruf an und hörte Marias aufgeregte Stimme.

„Wo bist du, Emmy? Wieso hattest du über eine halbe Stunde lang dein Handy ausgeschaltet?"

„Es war nicht ausgeschaltet. Ich hatte keinen Empfang. Ich war in der Metro."

„Wieso warst du so lange in der Metro? Wo bist du, Emmy, nun sag schon endlich! Wir haben uns Sorgen gemacht. Geht es dir gut? Du keuchst so!"

„Es geht mir gut", erwiderte ich, „ich bin bloß ein wenig außer Atem."

„Warum das denn? Wo bist du? Und warum flüsterst du?"

„Damit es ihm nicht auffällt."

„Wem?"

„Michális."

„Michális? Wie jetzt? Du meinst diesen Händler da?"

„Ja."

„Emmy, *wo* ..." Es knackte in der Leitung. Einen Moment lang dachte ich schon, die Verbindung wäre abgebrochen, aber sie war noch da. „...st du?", hörte ich.

„Piräus. Ich bin ihm gefolgt."

„Piräus? Spinnst du? Warum bist du in Piräus?"

„Ich wollte eigentlich zu euch nach *Monastiraki* fahren. Aber dann tauchte plötzlich dieser Händler auf, mit seinem blauen Sack und dem grauen Schnurrbart. Das ist der Typ, den wir suchen. Ganz bestimmt!"

Ich hörte, wie Maria am anderen Ende der Leitung vor Schreck die Luft anhielt.

Unbeirrt fuhr ich fort: „Er ist in dieselbe Metro eingestiegen wie ich. Ich dachte, er fährt nach *Monastiraki*. Aber er ist dann in die grüne Linie umgestiegen. Ich bin auch umgestiegen.

Und vor etwa zehn Minuten oder so sind wir hier angekommen."

Im Hintergrund vernahm ich aufgeregte Stimmen, die wild durcheinander quasselten. Allen voran hörte ich Yunus' entsetzte Stimme: „Sie ist ... wo? In Piräus!!!??? Wir müssen da sofort hin!" Lissy sagte auch etwas, aber ich verstand sie nicht und Alex' Bass brummelte ebenfalls etwas für mich Unverständliches.

„Verdammt!", fluchte ich.

„Was ist denn los?", wollte Maria wissen.

„Er ist weg! Wo ist er denn jetzt auf einmal hin?"

„Emmy ..."

„Ach, da ist er wieder. Er ist noch mal abgebogen. Ich ..."

„Emmy ... Das ist viel zu gefährlich. Folge ihm nicht weiter. Bitte, Emmy."

„Wo geht der bloß hin?"

Dann knackte es erneut in der Leitung. Plötzlich war Yunus am Telefon. „Emily", sagte er mit ernster Stimme, „wo genau bist du? Wohin gehst du? In welche Richtung?"

„Ich weiß das doch auch nicht so genau", gab ich zu. Ich stellte fest, dass die Straßen, die Michális einschlug, immer schmaler und einsamer wurden. Ich konnte nicht leugnen, dass mir das etwas unheimlich war. Aber noch schien er nicht bemerkt zu haben, dass er verfolgt wurde. Ich passte immer auf, dass ich hinter parkenden Autos verborgen war, oder zog mich in den Schatten von Hauswänden zurück und ging nur weiter, wenn er mir den Rücken zugekehrt hatte.

„Emily ... Siehst du irgendein Straßenschild?"

„Oh Mann! Autsch! Verflucht!"

„Was ist los?"

„Nichts, ich bin bloß gestolpert."

„Wo bist du, Emily?"

„Da ist ein Straßenschild ... ähm ... *Tsamadou* oder so ähnlich."

„*Tsamadou* ...?"

„Weißt du, wo das ist, Yunus?", hörte ich Marias sorgenvolle Stimme im Hintergrund.

„Wir sind gerade an so einer Art Park vorbeigekommen", fuhr ich fort.

„*Platia Deligianni*?", fragte Yunus hoffnungsvoll nach.

„Ich weiß es nicht."

„Hast du eine Ahnung, in welche Richtung ihr geht?", wiederholte Yunus.

„Ich weiß nicht, ich glaube Osten. Da steht was, warte ... da ist ein Schild, das in die Richtung zeigt, in die wir unterwegs sind. Da steht Mik..., äh Mikro..., *Mikrolímano* oder so. Sagt dir das was? – Hallo? Hallo Yunus? Hallo? Bist du noch da?" Plötzlich setzte mein Handy aus, es rauschte kurz, dann machte es ‚*Piep!*' und es verstummte. „Verflixt noch mal!", fluchte ich, und während ich verärgert mein Handy beäugte, bog ich um die nächste Ecke, hinter der Michális verschwunden war. *Na toll*, stellte ich fest, *der Akku ist leer. Hervorragend.* Mein Handy machte keinen Mucks mehr, egal, wie sehr ich es traktierte. Hatte Yunus meinen letzten Satz noch gehört? Wusste er, wo ich war? Ich selbst wusste es inzwischen längst nicht mehr. Ich hatte total die Orientierung verloren. Wütend steckte ich mein Handy in meinen Rucksack. Als ich wieder aufblickte, war Michális verschwunden. Erschrocken atmete ich ein und schaute mich um. Die Straße war eine Sackgasse. Michális musste in irgendeines der Gebäude verschwunden sein, vermutete ich. Aber in welches? Ratlos ging ich auf dem Gehsteig entlang und blickte an den hohen Häuserwänden empor. Die Häuser waren grau und sahen in meinen Augen äußerst unheimlich aus. Das Lärmen und Dröhnen vom Piräushafen war von hier aus nicht mehr zu hören. Zu weit war ich inzwischen von den Schiffsbecken entfernt, als dass das geschäftige Treiben der Hafenstadt von meinem Standort aus zu hören gewesen wäre. Die Straße war total ausgestorben. Keine Menschenseele ging hier entlang und es war unglaublich ruhig. *Was mach ich jetzt bloß?*, fragte ich mich. *Wenn ich doch nur wüsste, wo ich gerade bin. Ich hätte niemals alleine die Verfolgung aufnehmen dürfen. Jetzt hab ich den Salat.*

Ich überlegte: *Am besten, ich gehe zu dieser Straße zurück, Tsamadou, die ich Yunus genannt habe. Wenn die anderen mich suchen, dann wohl dort.* Aber ich war mir auf einmal gar nicht mehr so sicher, ob ich diese andere Straße überhaupt wiederfinden würde. Zu oft waren wir seitdem abgebogen. Ich hatte mich hoffungslos verirrt. Ich ärgerte mich über mich selbst und fuhr mir angespannt über die Stirn. Plötzlich fassten mich zwei starke Hände von hinten an der Schulter. Entsetzt atmete ich ein und fuhr herum. Gleichzeitig drückte mich jemand mit aller Kraft gegen die Wand eines der Häuser hinter mir und nagelte mich somit unbarmherzig und mit festem Griff an die Mauer. Eine mir bislang unbekannte männliche Stimme sprach mich auf Griechisch an und das Blut gefror mir in den Adern, trotz der unsäglichen Hitze. Ich verstand nicht, was er von mir wollte. Ich hatte panische Angst und wehrte mich verzweifelt gegen seinen rabiaten Griff, doch er packte nur noch fester zu und drückte mich an die Wand. Ich blickte in das runde Gesicht des Händlers. Die Augen waren zu engen Schlitzen zusammengezogen und die Lippen aufeinander gepresst, sodass sie nunmehr aussahen wie zwei dünne Striche. Die Stirn des Mannes war in Falten gezogen und sein Gesicht knallrot. Schweiß perlte von seiner Stirn und er atmete schwer. „Why are you following me??!!", fuhr er mich schließlich auf Englisch an und schüttelte mich.

„I... I...", stammelte ich. „I'm sorry ... I..." Die Stimme versagte mir ihren Dienst und mir zitterten die Knie. Nur sein fester Griff und der Druck gegen die Hauswand verhinderten, dass die Beine unter mir nachgaben und ich kläglich in mich zusammensank.

„I don't like being followed", grummelte Michális, wobei er mich ein weiteres Mal hart gegen die Wand drückte. Daraufhin ließ er mich los und kraftlos rutschte ich an der Mauer nach unten. Ich war zu fertig mit den Nerven, als dass ich etwas hätte unternehmen können. Zur Flucht oder gar zu einem Kampf wäre ich in diesem Moment keineswegs fähig gewesen. Ich war wie gelähmt vor Schock. Michális thronte wie ein dunkler Schatten vor mir, breitschultrig und unverwüstlich – und vor allem aufgebracht und wütend. Ich wusste, ich hatte einen riesengroßen Fehler begangen und es gab keine Möglichkeit, diesen Fehler wiedergutzumachen. Ich rechnete schon mit dem Schlimmsten. Was würde jetzt geschehen? Ich schluckte schwer und das Medaillon von Emilia fühlte sich mit einem Male glühend heiß an auf meiner Haut.

Ein lautes Flattern ertönte hinter uns in der engen Gasse. Irritiert drehten wir uns zu dem Geräusch um und sahen gerade noch rechtzeitig, wie sich eine blendend weiße Taube in die Lüfte erhob, mit eleganten Schwingen über uns hinwegschwebte und dann schließlich flügelschlagend jenseits der grauen Dächer aus dem Blickfeld entschwand. Wie gerne hätte ich es der Taube gleichgetan und wäre einfach davongeflogen, aber ich war nicht einmal dazu imstande aufzustehen.

Ich zitterte wie Espenlaub, als sich Michális erneut mir zuwandte. „You won't follow me again", mahnte er mit erhobenem Zeigefinger. Dann fuhr er sich angespannt über die Stirn. „Never! – You understand?" Das Weiße in seinen

Augen blitzte mich bedrohlich an. Ich zwang mich dazu, die Kontrolle über meinen Körper wiederzuerlangen und wenigstens so etwas wie ein Nicken zustande zu bekommen. Etwas unbeholfen neigte ich meinen Kopf, schloss meine Augenlider und öffnete sie kurz darauf wieder. Das Herz klopfte so schnell gegen meinen Brustkorb, dass mir regelrecht übel davon wurde. Voller Angst wartete ich ab, was nun geschehen würde. Michális hustete, schniefte und spuckte hinter sich auf den Boden. Erneut drohte er mir mit seinem Zeigefinger, dann drehte er sich zu seinem blauen Stoffsack um, der an einer Hauswand lehnte. Er wuchtete ihn sich über die Schulter und wandte sich daraufhin von mir ab. *Er lässt mich gehen*, durchfuhr es mich und ich brauchte eine Weile, bis ich begriff, was das bedeutete. *Er wird mir nichts tun. Er lässt mich gehen*. Als diese Erkenntnis in mich vordrang, war ich so unglaublich erleichtert, dass mir unkontrolliert Tränen aus den Augen kullerten und ich am ganzen Körper zu beben begann. Noch immer saß ich auf dem Boden, mit dem Rücken an eine Wand gelehnt.

„*Thee mou, oh, ti symbainei edo?*" Der Händler stellte seinen Stoffsack wieder neben sich ab und schaute mir ins Gesicht. Er seufzte und zuckte etwas ratlos mit den Schultern. Anschließend kam er zu mir zurück und streckte mir hilfsbereit seine Hand entgegen. Ich blinzelte mir eine Träne aus den Wimpern und wischte mir mit meinem Handrücken über die Augen. Verwirrt betrachtete ich mir zuerst seinen ausgestreckten behaarten Arm, dann schaute ich ihm zögerlich ins Gesicht. Es war noch immer gerötet und irritiert, aber er sah nicht so aus, als würde er mir irgendetwas antun wollen. Langsam breitete sich ein zaghaftes Lächeln in seinem Gesicht aus. „Just take my hand", schlug er vor und nickte mir aufmunternd zu. „No need to cry. I won't hurt you. Take my hand." Ich schluckte und nahm schließlich seine Hand in meine. Er half mir auf die anfangs noch ziemlich wackeligen Beine zurück. Ich stützte mich an der Hauswand ab und wusste nicht so recht, wohin ich schauen sollte. „Thank you", flüsterte ich heiser und räusperte mich. Noch immer war ich mit der Situation überfordert und wusste nicht, was ich tun sollte. Einerseits riet mir mein Verstand, so schnell wie möglich zu flüchten. Aber auf der anderen Seite war ich noch immer wie an diesem Ort festgefroren und konnte mich nicht rühren. Verunsichert blickte ich meinen Gegenüber an, aber ich wagte es nicht, ihm direkt ins Gesicht zu schauen.

„I'm sorry that I scared you", sprach Michális weiter. „It's just ... You have been following me for quite a long time already. I tried to make you lose my trail, but you've never given up. This irritated me. – You are not one of *them*, I guess. You can't be."

„One of *whom*?", schaffte ich es, verblüfft zu fragen.

Michális seufzte erneut. Anschließend berichtete er mir von einer Gruppe Jugendlicher, deren Mitglieder ihm seit einiger Zeit schon das Leben schwer machten, ihn verfolgten und ständig versuchten, seine Ware zu stehlen. Im ersten Moment hatte er gedacht, ich gehörte ebenfalls zu dieser Bande, aber er hatte inzwischen begriffen, dass ich nicht eine von ihnen sein konnte. Erstens stammte ich nicht aus Athen – ich war nicht einmal eine Griechin; zweitens war ich alleine unterwegs gewesen, während die Jugendlichen immer mindestens zu zweit auftauchten; und drittens hatte er an meiner Reaktion deutlich gesehen, dass ich unmöglich zu diesen „bullies" – so nannte er sie – gehören konnte, da ich dazu viel zu fein besaitet und sensibel sei.

„By the way ... My name is Michális Adrianou", stellte er sich mir offiziell vor. Ich nickte langsam. Das war mir von vornherein klar gewesen. Wir hatten uns – was den Händler betraf – tatsächlich nicht getäuscht. „And you are …?" – „I'm Emily Ziegler", sagte ich zögerlich. „Okay, then … Emily Ziegler … Let's leave this sad place here now", schlug Michális schließlich vor und nickte in die Richtung, aus der wir gekommen waren. „Let's go to *Mikrolímano*. That's where I wanted to go to. Come." Er hievte sich den schweren blauen Stoffsack über die Schulter und begann, die Gasse zurückzugehen.

„So what?", fragte er, als er mein Zögern bemerkte. Sollte ich ihm folgen? So ganz wohl war mir bei der Sache trotz allem nicht. Er hatte mir nichts getan, aber das hieß nicht, dass er mir später nicht vielleicht doch etwas antun würde, überlegte ich. Aber andererseits, wenn er mir etwas hätte antun wollen, wäre diese abgeschiedene Gasse der perfekte Ort dafür gewesen. – Keine Menschenseele war weit und breit in Sicht. Niemand hätte uns gesehen. Niemand hätte eingreifen können, wenn tatsächlich etwas passiert wäre. Ich versuchte, lieber gar nicht erst darüber nachzudenken, was alles hätte passieren können. Außerdem konnte ich nicht leugnen, dass der Name des Ortes etwas in mir rührte; der Name, den Michális genannt hatte: *Mikrolímano*. Das war der Ort, dessen Name ich auf dem Verkehrsschild gelesen hatte, kurz bevor der Kontakt zu meinen Freunden abgebrochen war. Womöglich hatte Yunus noch gehört, dass ich das Schild vorgelesen hatte. Falls ja, dann würden meine Freunde mich womöglich dort suchen, oder? Sollte ich Michális also tatsächlich folgen? Oder sollte ich mich vielleicht lieber auf den Rückweg zur Metrostation von Piräus machen, wo ich auf meine Freunde stoßen würde? Aber ich kannte den Weg zurück nicht und womöglich würde ich meine Freunde verpassen und mich hoffnungslos in dem Straßenlabyrinth verirren und nie wieder zurückfinden. Ich schluckte schwer und stellte verwirrt fest, dass ich mich längst in Bewegung gesetzt hatte und Michális wahrhaftig hinterher stapfte, zwar in einem gewissen Abstand, aber ich ging ihm nach. Nennen Sie mich naiv, wahrscheinlich bin ich das auch, aber irgendetwas sagte mir, dass ich dem Händler vertrauen konnte. Noch immer spürte ich die Wärme, die das Medaillon von Emilia ausströmte. Irgendwie beruhigte mich das. Mit einem herzhaften Seufzer umfasste ich durch den Stoff hindurch mit meiner Hand den silbernen Anhänger, der sich unter meinem T-Shirt befand. Langsam aber sicher verebbte die Aufregung und mein Herz schlug nicht mehr so schnell wie noch vor Kurzem. Die ganze Situation erschien mir unwirklich – und ich folgte Michális. Ich folgte ihm einfach und überlegte gar nicht mehr so sehr, ob es falsch oder richtig war.

Wir gingen nicht weit. Genau genommen bogen wir nur noch einmal um eine weitere Ecke und dann ließen wir das graue Häusermeer hinter uns zurück. Von einer Uferstraße aus hatten wir einen wunderschönen Blick auf eine herrliche Bucht, in der hellblau-türkises Wasser in der Sonne funkelte und glitzerte, dass es eine wahre Pracht war: *Mikrolímano*, begriff ich. Es handelte sich dabei um einen Jachthafen. Ein Schiff reihte sich ans andere und die Jachten schaukelten sachte in einer leichten Brise hin und her. Etliche Menschen flanierten an der Uferstraße entlang. Ein Boot legte an einem Steg an und zwei Männer stiegen aus. Eine Polizistin patrouillierte über den Gehweg. Straßenhändler boten ihre Ware feil und es gab etliche Restaurants. Vom Meer kam ein angenehm lauer Wind. Ich atmete die leicht salzig riechende Luft und spürte, wie dies meinen Lungen guttat und wie ich langsam aber sicher entspannte.

„It's a beautiful sight, isn't it?", wandte sich Michális an mich. Ich nickte zaghaft und konnte mich an den Schiffen gar nicht mehr sattsehen. „Been here yet?" – „No, it's the first time I've been here", gab ich zu. „This ship is mine", verriet mir der Händler mit vor Stolz geschwellter Brust. Er deutete mit seinem Zeigefinger auf eine der kleineren Jachten. Sein Schiff war weiß und ein blauer Streifen verlief rundum über Bug und Heck und Seiten des Schiffes ungefähr in der Mitte des Rumpfes, oberhalb der Wasserlinie. Die Reling war silbern und in der Mitte des Schiffes befand sich ein Aufbau, in dem bequem zwei Leute Platz hätten nehmen können. Zusätzlich war noch ein kleines Schlauchboot als Rettungsboot hinten angebunden und ein Tisch und ein Klappstuhl standen an Deck. Das Schiff sah liebevoll gepflegt aus. Eine blau-weiße Griechenlandflagge und eine gelbe Fahne mit einem schwarzen doppelköpfigen Adler flatterten untereinander im Wind oberhalb des Aufbaus auf dem Schiff. Aber was mich wirklich ins Stocken geraten ließ, war der Name des Schiffes, der mit roter Farbe an der Seite des Buges aufgemalt worden war: Εμίλια – *Emilia*. Konnte es wirklich sein, dass … Weiter kam ich mit meinen Gedanken nicht.

Michális ging an dem Schiff vorbei und deutete auf eine Bank im Schatten einer Palme. „So, now you tell me why you followed me, okay?", wandte er sich an mich. Ich entdeckte eine wunderschöne weiße Taube, die auf der Palme neben der Bank saß und uns zu beobachten schien. Vielleicht war es sogar dieselbe wie die, die wir kurz zuvor in der kleinen Gasse gesehen hatten. Der Anblick der Taube verlieh mir ein Gefühl der Sicherheit und ich spürte, wie die Anspannung nun vollständig von mir abfiel. „Okay", willigte ich schließlich ein und nahm neben Michális Platz. Es war nur fair, dass ich ihm den Grund für mein Verhalten nannte. Nun kam es also doch zu dem Gespräch, das wir eigentlich für *Monastiraki* geplant hatten. Aber offensichtlich hatten wir uns getäuscht und der Buchstabe My stand in unserem Fall nicht, wie angenommen, für *Monastiraki*, sondern für *Mikrolímano*. Die Taube nickte anmutig mit ihrem Kopf, wartete noch einen Moment ab, dann erhob sie sich flatternd in die Lüfte und flog in Richtung der grauen hohen Häuser davon.

Noch immer kam mir die Situation irreal vor. Da saßen wir nun: Michális, ein mir wildfremder Mann, der mir erst vor Kurzem einen Mordsschrecken eingejagt hatte, nun aber erwartungsvoll und interessiert lächelte und sich seinen metallicgrauen Schnurrbart um die Finger zwirbelte – und ich, noch immer leicht zitternd, aber schon wesentlich entspannter als noch vor ein paar Minuten. Und vor uns auf dem Boden lag Michális' unförmiger blauer Sack, in dem womöglich Plunder direkt neben wertvollen antiken Funden ruhte. – Wer wusste das schon? Von unserem Sitzplatz aus überblickten wir herrlich den Jachthafen *Mikrolímano* und konnten weit hinaus aufs türkisfarbene, leicht gekräuselte Meer blicken. Draußen auf dem Wasser erspähte ich schemenhaft die Konturen eines riesigen Kreuzschiffes. Ein Schwarm herrlich durcheinander kreischender Möwen flog über unsere Köpfe hinweg und aufs weite Meer hinaus. Vermutlich befanden wir uns auf der anderen Seite der Halbinsel Piräus; nicht auf der Seite, an welcher die Metroendstation lag, sondern auf der gegenüberliegenden, der östlichen, überlegte ich und versuchte mir die Landkarte im Geiste vorzustellen, die ich schon vor langer, langer Zeit – so kam es mir zumindest vor – studiert hatte. Ich lehnte mich entspannt und ruhig auf der Sitzbank zurück, erwiderte Michális' Blick und begann zu erzählen.

Zuerst war ich mir nicht sicher, wie viel ich dem Händler überhaupt offenbaren sollte und was er nicht zu wissen brauchte, aber irgendetwas oder irgendwer leitete meine Gedanken und so auch meine Worte und ich musste gar nicht großartig über das nachdenken, was ich formulieren sollte. Die Sätze entstanden in meinem Kopf nahezu wie von selbst. Ich musste lediglich meine Stimme benutzen und die Laute artikulieren. Insgeheim dankte ich der englischen Sprache dafür, dass sie existierte und von meinem Gegenüber nahezu makellos beherrscht wurde. Hätte er nur Griechisch gesprochen, hätte dies das Gespräch wohl unmöglich gemacht und ich hätte mein Verhalten niemals rechtfertigen können.

Ich erzählte dem Händler, dass ich mit meinen Freunden Urlaub in Athen machte, dass wir inzwischen den vierten Tag in Griechenlands Hauptstadt verbrachten, dass uns die Stadt wunderbar gefiel und wir schon jede Menge erlebt hatten. Das Beste an der ganzen Sache war – so fuhr ich fort –, dass wir einen neuen Freund gewonnen hatten, der uns ein bisschen die Stadt zeigte. Augenzwinkernd eröffnete ich Michális, dass er unserem Freund ebenfalls schon begegnet war. Daraufhin wurde Michális hellhörig und drängte mich dazu, ihm zu verraten, um wen es sich dabei handelte. „You'll hear in a minute", versprach ich ihm. Mit einem fragenden Gesichtsausdruck kratzte sich Michális am Kopf.

Schließlich berichtete ich ihm, dass meine Freunde und ich von *Evangelismos* aus auf dem Weg zum *Monastiraki*-Platz gewesen waren, in der Hoffnung, ihn – Michális – dort anzutreffen. Verwundert runzelte der Händler die Stirn, überkreuzte seine Beine und neigte sich mir gespannt zu. Ich erzählte ihm davon, wie ich die U-Bahn verpasst hatte und meine Freunde alleine weitergefahren waren, da sie zuerst nicht mitbekommen hatten, dass ich zurückgeblieben war. Dann erzählte ich, wie ich zufällig ihn – Michális – am Gleis entdeckt hatte, der – so wie ich – auf die nächste Metro

wartete, und dass ich ihn seitdem bereits verfolgte. „Since then already?", wunderte sich Michális verblüfft. „I did not know. I realized you were following me when we left Piraeus station." Ich grinste daraufhin verschwörerisch. „Yes, but ... why?", fragte Michális weiter. „Why did you follow me?"
„Because we needed to talk to you."
„Talk to me?"
„Yes." Ich nickte und fragte mich, ob meine Freunde inzwischen in Piräus angekommen waren und ob sie mich bereits suchten. Hoffentlich sorgten sie sich nicht zu sehr um mich. Vor allem Yunus hatte am Telefon nahezu hysterisch geklungen. Dabei gab es dazu doch gar keinen Grund, dachte ich.
„We needed to talk to you because of ..." Ich zog das Medaillon von Emilia unter meinem T-Shirt hervor. Es fing das Sonnenlicht und blitzte hell auf. „... This." Ich ließ den Anhänger los, der von dem schwarzen Nylonband um meinen Hals festgehalten wurde.
„This?" Michális stutzte und beugte sich leicht vornüber, um besser sehen zu können. Er wagte sich aber nicht näher als einen Meter an mich heran und zwinkerte ungläubig.
„Do you know it? Do you remember?", fragte ich ihn. Er atmete langsam ein und neigte den Kopf, dann schaute er wieder auf. „Is it the one with the inscription on the backside?", fragte er. Ich drehte das Medaillon um und zeigte es ihm. „Emilia", las er mit leicht traurig klingender Stimme vor.
„So you know it?", fragte ich ihn.
„Of course I know it. I sold it. I gave it to a ... – Did I give it to you, I wonder?" Er kratzte sich die Nase und fuhr dann selbst fort: „No, I would have remembered that. I didn't sell it to you. You were not in Greece then. I sold it several years ago."

„You sold it to a Greek woman, long black hair, curls, green eyes …", schilderte ich. Michális wirkte noch nicht ganz überzeugt. „The woman gave it to our friend, and our friend gave it to me. Now I have it."

„Are you not content with it?", wollte Michális alarmiert wissen. Seine Stirn zeigte bedrohlich tiefe Furchen, so sehr hatte er sie in Falten gezogen.

„Not content?" Ich wusste nicht sofort, was er meinte.

„Not satisfied, I mean, because you wanted to talk to me … about it. Do you want to sell it back to me?"

„No, no." Ich schüttelte vehement den Kopf. „That's not the reason. In fact, I'm absolutely content with it. It's really great! I love it!"

„Then why …?"

„The reason we needed to talk to you was that we wanted to know where you bought this or where you found it. You know … our friend also bought something else from you once … a … a … Verflixt! Wie heißt das bloß?" Mir fiel ‚Haarspange' auf Englisch einfach nicht ein, obwohl ich wusste, dass ich das Wort eigentlich kannte. „Something for hair, to put it into the hair so that it binds back the hair, so that the hair cannot fall into the face …" – „A barrette." Es war eine Feststellung, keine Frage. Michális wusste genau, was ich meinte. „A barrette with a beautiful dove on it, right? I sold it for 70 € to a young man with very long black hair", ergänzte er. Übereifrig nickte ich.

In genau diesem Augenblick verspürte ich ein seltsames Drücken und Ziehen in meinem Kopf. Die Kopfhaut prickelte und kurze Zeit war ich verstört und irritiert. Dann jedoch begriff ich, was das zu bedeuten hatte und ich versuchte, mich zu entspannen und das seltsame Gefühl zu ignorieren. Yunus versuchte, Kontakt zu mir aufzunehmen und ich ließ es zu. *„Emily!"*, vernahm ich seine Stimme klar und deutlich, als würde er neben mir stehen und zu mir sprechen, aber ich wusste, dass nur ich diese Stimme hören konnte und seufzte. Ich würde mich wohl nie an diese seltsame Art der Kommunikation gewöhnen ... *„Emily! Emily! Bist du hier irgendwo?! Zeig dich bitte, wenn du kannst! Emily?"* Deutlich spürte ich die Unruhe und Sorge, die mich mitsamt seiner Botschaft erreichte und es rührte mich, dass er sich solche Sorgen um mich machte.

„And this guy who bought the barrette with the dove is ...", begann Michális, doch ich unterbrach ihn mitten im Satz, legte ihm bremsend eine Hand auf die Schulter und stand auf. „He's over there", verkündete ich und deutete grinsend die Uferstraße hinunter. Tatsächlich hatte ich Yunus' schwarze Haarpracht in einiger Entfernung von uns ausfindig gemacht. Hektisch eilte er von hier nach dort und sah sich überall um. Ein paar Meter hinter ihm konnte ich drei Silhouetten ausmachen, die selbst aus der Distanz total abgehetzt und erledigt aussahen: Alex, Maria und Lissy. Mein Herz machte vor Freude einen Purzelbaum und ein wohliges Gefühl der Wärme und der absolut tiefen Freundschaft überkam mich. Sie hatten nach mir gesucht. *„Emily!"*, vernahm ich ein weiteres Mal die klagende Stimme in meinem Kopf. Sie klang regelrecht verzweifelt.

„Wait a moment, please", bat ich Michális und verließ den Schatten der Palme. Ich trat hinaus auf den Gehweg neben der Uferstraße, formte mit meinen Händen einen Trichter und rief ungeachtet der anderen Passanten laut aus: „Hallo Yunus! Maria, Lissy, Alex! Hier! Hallo!" Dabei wedelte ich wild mit den Armen, um ihre Aufmerksamkeit zu erregen. Ich sah, wie Maria Yunus ihren Arm auf die Schulter legte und mit ihrer freien Hand in meine Richtung deutete. Daraufhin riss Yunus seine Arme erleichtert weit auseinander, schüttelte fassungslos den Kopf und ließ die Arme anschließend wieder hängen. Dann rannten meine vier Freunde auf mich zu, lachend und wild durcheinander quasselnd. Die patrouillierende Polizistin schaute alarmiert in unsere Richtung, doch als sie erkannte, was sich vor ihren Augen abspielte, lächelte sie und wandte sich amüsiert ab.

„Uff!", machte ich, als mir Yunus' Umarmung die Luft aus der Lunge presste. „Da bist du ja! Endlich", seufzte er, „wir haben uns solche Sorgen um dich gemacht, Emily." Ich war von Yunus' Reaktion völlig überrumpelt. Etwas hilflos tätschelte ich ihm zweimal die Schulter und konnte mir ein Grinsen nicht verkneifen. Als der Araber jedoch erkannte, was er gerade getan hatte, löste er sich aus der Umarmung und wich meinem Blick geniert zur Seite aus. Aus dem Augenwinkel bemerkte ich, wie Lissy erstaunt die Augenbrauen hob und die Situation belächelte, dann jedoch wurde sie wieder ernst und schimpfte mit mir: „Warum hast du das gemacht, Emmy? Warum bist du einfach so diesem Mann gefolgt? Das war total wahnsinnig! Dir hätte sonst was passieren können." Ich lief rot an im Gesicht. „Mach so was ja nie wieder!", tadelte mich Maria. Anschließend kam Alex zu Wort: „Gebracht hat deine irre Aktion eh nichts." – „Woher willst du *das* denn wissen?", fragte ich ihn. „Dieser Michális ist dir trotzdem entwischt", behauptete Alex. „What did he say about me?", kam eine sympathische Stimme aus dem Schatten der Palme hinter uns. Dann stand Michális auf und stapfte mit ausholenden Schritten zu uns herüber. Er grinste bis über beide Ohren. Sein Schnurrbart kringelte sich noch mehr als sonst und seine Pausbäckchen waren leicht rot gefärbt. „Is this *him*, Emily?", fragte der Händler mich und nickte amüsiert in Yunus' Richtung. „Yes, this is our friend. *He* bought your barrette."

Für einen kurzen Moment fielen Yunus' Mundwinkel vor Verblüffung nach unten. „And you are Michális", stutzte der Araber. Ich musste grinsen. Noch nie hatte ich Yunus Englisch sprechen gehört. Es klang äußerst niedlich. Ich hätte ihn dafür am liebsten geknuddelt, wagte es aber nicht und außerdem, so dachte ich weiter, wäre das in diesem Moment wohl doch etwas unangebracht gewesen. „Erm ... I mean ..." Und dann fiel Yunus in die griechische Sprache zurück, mit der er sich deutlich wohler zu fühlen schien. Nachdem Yunus geendet hatte, brach Michális in schallendes Gelächter aus und klopfte dabei Yunus vergnügt auf die Schulter. Was auch immer der Araber dem Händler gesagt haben mochte, es war auf meine Kosten gewesen, aber ich fragte nicht nach. *Lass ihm doch den Spaß*, dachte ich mir gönnerhaft, n*ach dem Schreck hat Yunus sich das verdient.* Noch immer wirkte ein Echo des sorgenvollen Klangs von Yunus' Stimme in meinem Kopf nach. Nur langsam verebbte es und ich war überwältigt davon, dass Yunus sich dermaßen um mich gesorgt hatte.

Yunus wollte wissen, wie es kam, dass ich zusammen mit Michális in *Mikrolímano* gelandet war, also lieferte ich ihm eine Kurzfassung der Ereignisse ab. Während sein Gesichtsausdruck intensiv, jedoch unleserlich für mich blieb, reagierten Maria, Lissy und Alex heftig auf die einzelnen Details, die ich von der Begegnung mit Michális schilderte. Auf Griechisch informierte Yunus Michális darüber, dass ich gerade erzählte, wie ich ihn verfolgt hatte. Michális machte eine abwinkende Bewegung mit seiner flachen Hand und lachte erneut sein lautes, schallendes Lachen, das weit über den ganzen Hafen trug, sodass sich mehrere Passanten irritiert zu uns umdrehten und brüskiert den Kopf schüttelten. Als ich meine Erzählung geendet hatte, einigten wir uns schließlich darauf, dass Yunus fortan unser Griechisch-Deutsch-Dolmetscher sein würde und wir anderen in unserer Muttersprache reden sollten, um dem Sprachenwirrwarr vorzubeugen. So war es für alle Beteiligten gleich um einiges leichter. Maria, Lissy und Alex setzten sich nebeneinander auf die Bank unter der Palme, Michális nahm auf seinem blauen, unförmigen Stoffsack Platz und Yunus und ich hockten uns der Bank gegenüber auf den Boden.

Ny

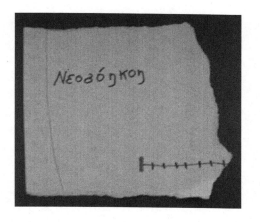

Es machte riesigen Spaß, sich mit Michális zu unterhalten. Er war ein netter Mensch, und wenn er sich nicht gerade darüber aufregte, dass er verfolgt wurde, war er richtig fröhlich und sympathisch. Seine Mundwinkel waren permanent nach oben gezogen und der nach oben gezwirbelte Schnurrbart verstärkte zusätzlich noch den Eindruck eines ständig grinsenden Gesichtes. Selbst seine Augen – waren sie auch klein und eher unscheinbar – lachten mit und Michális' schallendes Gelächter wirkte sehr ansteckend auf uns. Die Stimmung war gut und wir verstanden uns alle prima miteinander. Eine Weile unterhielten wir uns über dies und das: Sehenswürdigkeiten in Athen, das schöne Wetter und den herrlichen Anblick des türkisfarbenen Meeres vor uns. Doch über kurz oder lang kamen wir auf das Thema zu sprechen, wegen dem wir uns überhaupt erst mit Michális treffen wollten. Der Händler selbst war es, der das Thema zu Wort brachte. – Ja, warum wollten wir ihn eigentlich so dringend sprechen?, fragte uns der Händler. Wegen des Medaillons? Aber wieso? Wollten wir wissen, ob er noch mehr Gegenstände dieser Art zum Verkauf anzupreisen hatte? Als wir mit unserer Antwort etwas zögerten, machte sich Michális bereits daran, die Kordel um seinen blauen Stoffsack aufzuknoten, die sich momentan zwischen seinen Beinen befand. Offenbar witterte er ein lukratives Geschäft mit uns. Doch Yunus bremste ihn zaghaft. Wir seien in erster Linie da, um etwas anderes mit ihm zu besprechen, erläuterte er. Was denn?, wollte Michális neugierig wissen und ließ etwas enttäuscht von der Kordel ab. Schließlich räusperte ich mich und wiederholte entschlossen die Frage, die ich bereits einmal an Michális gerichtet hatte, bevor Yunus und die anderen aufgetaucht waren: die Frage, auf die der Händler mir noch immer keine Antwort gegeben hatte: Woher hatte Michális die Haarspange und das Medaillon? Yunus zögerte etwas mit seiner Übersetzung. Dabei wusste ich doch genau, dass diese Frage allen voran Yunus am meisten interessierte. Vielleicht wollte er Michális nicht so direkt mit der Frage konfrontieren, sondern viel lieber einen strategischen Plan entwickeln, wie man dem Händler diese wertvolle Information am geschicktesten entlocken könnte. Aber die Frage war nun gestellt und Michális bestand darauf, dass Yunus alles ins Griechische übertrug, was gesprochen wurde, also blieb Yunus nichts anderes übrig als zu übersetzen. Gespannt warteten wir anderen ab und schauten Michális ins Gesicht. Dieser stockte kurz, als er die Frage gestellt bekam, aber sein Gesichtsausdruck blieb unverändert. Immer noch lächelnd antwortete er auf Griechisch. „Nein, nein", übersetzte Yunus, „kein Händler verrät jemand anderem, woher er seine Ware bekommt. Auf diese Weise würde er nur sein eigenes Geschäft ruinieren. Nein, das kommt gar nicht infrage, darauf eine Antwort zu geben. Das wird nicht verraten." – „Ach bitte", baten wir Michális, „bitte, bitte. Wir verraten es auch niemandem weiter und wir versprechen hoch und heilig, dass wir dir das Geschäft nicht ruinieren werden." – „Nein!", lautete die definitive Antwort. Enttäuscht seufzten wir. Auch Yunus ließ resigniert die Schultern hängen. Es erschien fast so, als würden wir uns auf unserer Suche nach Hinweisen in einer Sackgasse befinden und Michális war der Einzige, der uns auf den richtigen Weg zurückweisen könnte, aber er wollte es nicht.

So kommen wir jedenfalls nicht weiter, dachte ich frustriert und überlegte krampfhaft, wie man Michális dennoch die entscheidenden Informationen entlocken könnte. Das durfte doch wohl nicht wahr sein, dass der ganze Aufwand, die Anspannung, die Verfolgungsjagd und nicht zuletzt die Angst, die ich ausgestanden hatte, völlig umsonst gewesen sein sollten!

Ich spürte die wohltuende Wärme des silbernen Medaillons durch den Stoff des T-Shirts und strich mit meinem Finger über die feinen Gravuren. Plötzlich fiel mir etwas ein. „Michális' Schiff heißt übrigens *Emilia*", eröffnete ich meinen Freunden. „Tatsächlich?" Yunus runzelte die Stirn und richtete sich dolmetschend an Michális. Dieser lächelte zustimmend. „Warum heißt das Schiff *Emilia*?", fragte Alex. „*Emilia* ist so ein schöner Name, ein klangvoller Name, der nach Melancholie und Geschichtsträchtigkeit klingt", übersetzte Yunus. „Hat Michális den Namen zufällig gewählt oder gibt es dafür irgendeinen Grund?", wollte Maria wissen. „Das ist eine lange Geschichte", übersetzte Yunus. Michális nickte verschwörerisch und lächelte uns verschmitzt zu. „Eine lange, lange Geschichte, die in Michális' Familie von Generation zu Generation weitererzählt worden ist", dolmetschte Yunus. „Kann er uns die Geschichte vielleicht auch erzählen?", fragte Lissy hoffnungsvoll. „Wenn wir das wollen, tut er das gerne", übersetzte Yunus, „unter einer Bedingung: Wir müssen ihn zum Essen in sein Lieblingsrestaurant einladen." Alex lachte. „War ja klar, dass die Sache einen Haken hat. Na ja ... Wenn's weiter nichts ist ... Welches ist denn sein Lieblingsrestaurant?" – „Das da drüben, *Neosoikoi*, ein Fischrestaurant." Yunus deutete an der Uferstraße nach links. „Die Idee ist nicht mal so schlecht", fand Lissy, „es ist mittlerweile schon Mittag vorbei und wir hatten noch gar kein Mittagessen ... in der ganzen Aufregung ..." Zustimmend knurrte mein Magen und wir alle brachen in Lachen aus. „Also, ich bin dafür", verkündete Alex frohen Mutes. „Du bist doch immer dafür, wenn es ums Essen geht", schmunzelte Maria. „Okay, dann gehen wir essen", beschloss Yunus und stand auf.

⌘

Das *Neosoikoi* war ein hübsches kleines Restaurant mit einer Terrasse, von der aus man einen herrlichen Blick auf das Meer hatte. Zielstrebig führte uns Michális an Stühlen und Tischen vorbei, bis er auf der Terrasse ankam. Außer uns befanden sich nur vier weitere Personen in dem Lokal. Michális wählte einen Tisch mit sechs Stühlen im Schatten eines Sonnenschirmes und setzte sich wie selbstverständlich an die Kopfseite. Wir anderen verteilten uns um den Tisch herum und nahmen ebenfalls Platz. Vom Meer kam eine angenehm frische Brise und ich atmete zufrieden tief durch.

Ein dunkelhaariger, südländischer junger Ober brachte uns unaufgefordert die Speisekarte und balancierte dabei äußerst geschickt ein Tablett mit sechs kleinen Gläsern, die randvoll mit stark nach Medizin riechendem Ouzo gefüllt waren. Er stellte die Gläser auf dem Tisch ab, verbeugte sich höflich und ließ uns dann erst einmal in Ruhe wählen. Kaum war die Bedienung aus unserem Blickfeld verschwunden, rümpfte Alex angewidert die Nase. „Pfui Teufel! Ouzo!", schnaubte er. „Mag er wohl keinen Ouzo?", fragte Michális hoffnungsvoll durch Yunus. „Er hat mal einen zu viel abgekriegt", kommentierte Lissy, „und daher ist er wohl vom Ouzotrinken kuriert." – „Wenn er ihn nicht trinken will, könnte ich dann vielleicht …?" Maria prustete, als Alex bereitwillig sein Glas zu Michális hinüberschob. Michális prostete Alex daraufhin verschmitzt zu und leerte das Glas auf Ex, ohne dabei auch nur einmal mit der Wimper zu zucken. Verblüfft schauten wir dem Händler dabei zu. Dieser leckte sich verzückt die Lippen und schaute erwartungsvoll in die Runde. „Wenn du willst, kannst du meinen auch haben", äußerte sich Lissy und deutete ihrerseits auf ihren Ouzo. „Gerne", freute sich Michális und zog das Glas zu sich heran, ließ es aber fürs Erste neben seinem stehen. Anschließend studierten wir die Speisekarte. Das heißt, wir schauten lediglich mit großen Augen in das Heft, denn alle Speisen waren nur auf Griechisch geschrieben und wir hatten keine Ahnung, was da eigentlich stand. Innerhalb kürzester Zeit hatte Michális gewählt. Er leckte sich begeistert über die Lippen und deutete auf eine Zeile, neben der der teuerste aller Preise abgedruckt war: 29,80 €. „War ja klar", brummelte Alex hinter vorgehaltener Hand, „dass der sich das teuerste Essen aussucht, wenn wir zahlen müssen." – „Sieht so aus, als müssten wir uns seine Geschichte ganz schön was kosten lassen", flüsterte Maria zurück, „na, hoffentlich lohnt es sich wenigstens."

„Was ist das alles?", fragte ich Yunus ratlos und deutete auf die Speisekarte. „Das, was Michális bestellt hat?" – „Ja, und alles andere auch." – „Ja, bitte", bat Maria, „hilf uns, Yunus!" – „Also, Michális hat das Schwertfischfilet bestellt. Dann gibt es hier noch gebackene Forelle, gebratene Seezunge, gegrillte Garnelen, Tintenfischringe, gebratene Muscheln, Krabben, Schollenfilet ..." Yunus übersetzte die ganze Karte für uns. „Bäh, da gibt es ja bloß Fisch", stellte Lissy fest. „Tja ... Das hat ein Fischrestaurant wohl so an sich", neckte Alex. Lissy boxte ihn daraufhin scherzhaft in den Rücken. „Oh Mann, was nehm' ich denn da?", fragte sich Maria. Wir waren alle noch ein wenig konfus und unvorbereitet auf die angebotenen Speisen. Michális rieb sich bereits in freudiger Erwartung die Hände, leerte das zweite Glas Ouzo und lehnte sich entspannt in seinem Stuhl zurück. „Was nimmst *du* denn?", wandte ich mich an Yunus. „Ich bestelle nichts", erwiderte er. „Nichts?" Ich schaute ihn verwundert an. „Hast du denn gar keinen Hunger?" – „Nein, ehrlich gesagt nicht. Nach der ganzen Aufregung ... Nein. Ich habe keinen Hunger." – „Aber du hast doch den ganzen Tag über nichts gegessen!" – „Ich hatte ein ausführliches Frühstück." – „Aber ..." Ich wusste nicht, was ich dem noch hinzufügen sollte. „Du kannst ja bei mir mithelfen", bot Maria an, „wenn ich meine Portion nicht schaffe." – „Ja, und bei uns anderen auch", sagte ich. „Mal sehen", murmelte Yunus und blickte hinaus aufs herrliche Meer. In der Nähe schwebte ein Schwarm Seemöwen dicht über die leicht gekräuselte Wasseroberfläche. Die Vögel streckten ihre Füße aus und glitten sachte immer weiter nach unten, bis sie schließlich auf dem Wasser landeten. Fröhlich paddelten sie durch die kleinen Wellen und ab und zu stieß eine Möwe ihren charakteristischen Schrei aus.

Wenig später hatten wir alle bestellt. Lissy versuchte ihr Glück mit der gebackenen Forelle, Alex entschied sich erneut für die Tintenfischringe. „Die waren gestern so gut", erläuterte er. Und ich wählte schließlich das gleiche wie Maria: Seezungenfilet. Maria hatte mir garantiert, dass dies ein genießbarer Fisch sei und dass ich ihn lieben würde. Die Preise jedenfalls waren insgesamt ganz schön beachtlich, aber Fisch war nun einmal das teuerste Essen, erläuterte Maria. Und immerhin waren wir im Urlaub. Da sollte man mit seinem Geld nicht so geizen.

Das Restaurant war hübsch dekoriert. In Ecken und Nischen waren Glasflaschen aufgestellt, in denen sich Modelle von verschiedenartigen Schiffen befanden. Allen waren aber mehrere Dinge gemeinsam: Sie waren lang gestreckt, hatten ein oder zwei große Segel, einen auffälligen, nach oben gebogenen Bug mit einer Spitze am oberen Ende und an den Seiten der Schiffe befanden sich etliche dünne Paddel. Die Schiffe unterschieden sich nur durch Größe, Bemalung, Verzierung, Anzahl der Paddel und Bugfiguren, sofern es welche gab. Auf der Terrasse fühlte ich mich beinahe selbst wie auf einem Schiff. Der Boden war aus Holz gefertigt und wir sahen vor uns nur Wasser, das weite Meer, und ich hörte das leise Plätschern des Wassers, das die Konstruktion des Gebäudes umspülte.

Neosoikoi, wiederholte ich in Gedanken den Namen des Restaurants. War das der Ort für den nächsten griechischen Buchstaben auf unserem Weg von Alpha nach Omega? Nach My kam Ny, wusste ich. *Neosoikoi* würde also passen. Hatte das Wort eine Bedeutung? Entschlossen wandte ich mich an Yunus: „Was heißt eigentlich *Neosoikoi*?" Aus dem Augenwinkel bemerkte ich, wie Michális wissbegierig aufblickte. Yunus teilte ihm auf Griechisch mit, was ich gerade gefragt hatte, dann begann der Araber, meine Frage zu beantworten: „*Neosoikoi* waren überdachte Konstruktionen, die sich direkt am Meer befanden, ungefähr so wie dieses Restaurant, nur direkt im Wasser und es befanden sich natürlich keine Tische und Stühle darin, sondern die griechischen Triere." – „Triere? Das sind doch die großen griechischen Schlachtschiffe, nicht wahr?", mischte sich Alex interessiert ein. „Ja." Yunus nickte.

„Diese Triere, oder auf Latein auch Triremen genannt, wurden, wenn sie nicht im Dienst waren, in den *Neosoikoi* untergebracht. Der Boden der *Neosoikoi* war geneigt, sodass die Schiffe leichter zu Wasser gelassen und auch wieder an Land gezogen werden konnten. In jedem dieser *Neosoikoi* konnten nebeneinander zwei Triere untergebracht werden. In den drei Häfen von Piräus – dem Haupthafen *Kentriko Límani Pireas*, dem kleineren Hafen *Pasalímani* und auch hier, also in *Mikrolímano* – gab es damals etliche *Neosoikoi*." Yunus wandte sich auf Griechisch kurz an Michális, um etwas nachzufragen. Schließlich antwortete Michális durch Yunus' Übersetzung mit folgenden Worten: „Man sagt heute, dass es im fünften Jahrhundert vor Christus, zur Zeit der persischen Kriege, insgesamt 378 dieser *Neosoikoi* gegeben hat, das heißt, dass in den Häfen von Piräus insgesamt 756 Triere untergebracht werden konnten." – „Das ist sehr interessant", kommentierte ich nachdenklich. „Ja", stimmte mir Yunus zu, „und Triere oder Trireme – also ‚Dreiruderer' – hießen diese Schlachtschiffe, weil sie drei gestaffelt angeordnete Reihen von Riemen, also Rudern, hatten. Zur Besatzung einer griechischen Triere gehörten ungefähr 170 *Rojers*, das heißt Ruderer, darüber hinaus circa zehn bis zwanzig Matrosen, inklusive Offizieren und außerdem noch zehn Soldaten, die sogenannten *Hopliten*, die für den Enterkampf verantwortlich waren, und außerdem gehörten dazu noch Bogenschützen zur Bekämpfung des Feindes mit Pfeilen und Wurfspeeren. Eine Triere wurde von einem sogenannten *Trierarch* kommandiert. In der Regel handelte es sich dabei um einen reichen Bürger, der das Schiff auf eigene Kosten instand hielt, es ausrüstete und die Mannschaft anheuerte. Die eigentlich seemännischen Aufgaben lagen jedoch beim Steuermann. Diesem waren ferner ein Beobachter der Wind- und Wasserverhältnisse untergeordnet, ein Schiffszimmermann und die einzelnen Matrosen." Michális zwinkerte zustimmend, als hätte er eben verstanden, was Yunus erzählt hatte.

Yunus fuhr fort: „Die Wasserverdrängung einer solchen Triere betrug in etwa 45 Tonnen, das hat man bei Versuchen mit Nachbauten feststellen können, und die Schiffe waren durchschnittlich in etwa sieben Knoten schnell, das heißt, ungefähr dreizehn Kilometer pro Stunde. Am Bug jeder Triere gab es einen bronzeummantelten Rammsporn, mit dem man ein Schiff aus der gegnerischen Flotte rammen und durchbohren konnte. Zum Rammen während einer Schlacht konnte man das Schiff bis auf zehn Knoten beschleunigen, wenn man es richtig anstellte. Triere waren außerdem so leicht gebaut, dass es sogar möglich war, Hafensperren zu überwinden, indem einfach ein Großteil der Besatzung nach hinten zum Heck ging, woraufhin sich dann der Bug hob und das Schiff einfach über die Sperre hinwegfahren konnte. Die griechischen Triere waren sehr erfolgreich in Seeschlachten und haben sich auch in den persischen Kriegen bewährt."

In diesem Moment wurden von zwei Kellnern fünf dampfende Teller an unseren Tisch gebracht und vor uns hingestellt. „Uh!", rief Lissy überrascht aus, als sie erkannte, wie riesig die Portionen waren. Michális leckte sich erwartungsvoll über die Lippen und auch ich muss zugeben, dass mir das Wasser im Munde zusammenlief, als ich meinen prall gefüllten Teller erblickte. Kaum waren die beiden Ober verschwunden, begann Michális gierig in sich hineinzuschlingen.

„Kannst du uns etwas mehr über die Persischen Kriege erzählen?", bat Alex den Araber. „Du isst ja nicht, also kannst du reden, oder?" Yunus lachte. „Natürlich kann ich das. Wenn euch das wirklich interessiert ..." – „Klar interessiert uns das", meinte Maria und schnippelte an ihrem Seezungenfilet herum. Yunus übersetzte schnell für Michális, worüber wir eben gesprochen hatten. Dieser machte kauend und mit vollgestopftem Mund eine lässige Armbewegung. Das sollte wohl so viel heißen wie: nur zu. Rede du nur. Mich interessiert das eh nicht. Oder vielleicht hieß es auch: Ja, mach du nur. Ich weiß das eh schon alles.

Und Yunus begann zu erzählen, während wir uns die Bäuche mit delikatem Fisch füllten. „Alles begann im Jahre 490 vor Christus. Der persische König Daraios überfiel Griechenland. Es sah äußerst schlecht aus für Griechenland, denn seine Gegner waren zahlenmäßig weit überlegen. Aber völlig unerwartet schafften es die griechischen Streitkräfte in der Ebene von *Marathon*, die Perser zu besiegen. Der Triumph war groß und ein griechischer Bote rannte mit der erfreulichen Nachricht in das 40 Kilometer entfernte Athen." Yunus lachte. „Dieser Lauf gilt bis heute als die Geburtsstunde des Marathonlaufs." Lissy verschluckte sich nach dieser Aussage an einem Stück Forelle. Maria klopfte ihr hilfsbereit auf die Schulter. Gequält hustete Lissy zwei-, dreimal, dann war alles wieder in Ordnung und wir lauschten weiter Yunus' Bericht: „480 vor Christus rückten die Perser jedoch ein weiteres Mal gegen Griechenland vor. König Xerxes, der Sohn des Daraios, wollte die Niederlage seines Vaters rächen und griff Griechenland an einer wunden Stelle an: *Thermopylen*. Das ist eine schwer zu verteidigende Landenge, circa 200 Kilometer nordwestlich von Athen. Nur 300 griechische Soldaten waren da, um diesen Ort gegen die Eindringlinge zu verteidigen. Die Perser dagegen rückten mit einem Heer von 120.000 Fußsoldaten an. Zusätzlich hatten sie 1.200 Schiffe und es war nahezu aussichtslos, gegen diese Streitmacht etwas auszurichten. Und dann kam es, wie es kommen musste: Die Perser metzelten die 300 griechischen Soldaten bei *Thermopylen* nieder und rückten unaufhaltsam weiter in das Landesinnere vor. Athen war nicht mehr weit entfernt. Und wenn Athen erst einmal von den Persern erobert worden wäre, wäre dies das endgültige Aus für Griechenland gewesen. Voller Verzweiflung und Angst schickte der Hohe Rat von Athen Gesandte nach Delphi, um das Orakel um Rat zu fragen."

Ich ließ Gabel und Messer auf den Rand des Tellers sinken und schenkte Yunus meine gesamte Aufmerksamkeit. Ich dachte weiter. 480 vor Christus ... Emilia war 464 vor Christus mit Jona zusammen gewesen. Das war 16 Jahre später. In Yunus' Traum war Emilia aber noch sehr jung gewesen. Sie konnte zu dem Zeitpunkt noch nicht die Pythia von Delphi gewesen sein. Falls sie überhaupt schon auf der Welt gewesen war, dann wäre sie damals sicherlich noch ein kleines Kind gewesen. Yunus schien meine Gedanken gelesen zu haben, denn er blinzelte mir kurz zustimmend zu, bevor er fortfuhr: „Die Prophezeiung durch das Orakel war furchtbar. Die Pythia schilderte ein Horrorszenario, wie es das noch nie zuvor in der ganzen Geschichte des Orakels gegeben hatte. Sie erwähnte Ströme von Blut, Athen in Schutt und Asche, die Herrschaft von Feuer und Schwert. Nur die Flucht und das Preisgeben von Athen wären laut der Pythia die einzige Chance auf Rettung gewesen. Aber die Delegierten wollten mit dieser schrecklichen Prophezeiung nicht nach Athen zurückkehren. Aus diesem Grund befragten sie das Orakel ein weiteres Mal. Die Pythia kehrte in sich und berichtete daraufhin von einer hölzernen Mauer, die den Bewohnern von Athen Schutz versprach. Eine hölzerne Mauer, die Zeus unüberwindlich machen würde. Sie verwies auch mit düsteren Worten auf die Insel *Sálamis* als Entscheidungsort für die Schlacht. *Sálamis* ist eine kleine Insel, die beinahe in Sichtweite von Athen liegt." Yunus deutete nach Nordwesten. „Da ungefähr in dieser Richtung liegt die Insel."

„*Sálamis* ... *Sálamis*", mischte sich Michális mampfend und schmatzend ein. Er leerte sein drittes Glas Ouzo auf Ex und nuschelte etwas für uns Unverständliches. „Was sagt er?", wollte ich wissen. „Er sagt, dass er auf *Sálamis* wohnt", dolmetschte Yunus. „Das ist ja interessant", meinte Maria, „dann fährt er mit seinem Schiff wohl immer zwischen Piräus und *Sálamis* hin und her und treibt Handel mit der Hauptstadt ..."

„Na ja ... Jedenfalls ...", so sprach Yunus weiter, „diese Prophezeiung von der Insel *Sálamis* erschien dem Hohen Rat von Athen äußerst abstrus und sie konnten sich nicht vorstellen, dass so eine unbedeutende kleine Insel so eine wichtige Rolle in der Schlacht gegen die Perser innehaben sollte. – Und jetzt kommt ein altbekannter Freund von uns ins Spiel: Themistokles."

„Das ist der, der die Stadtmauern errichten ließ, stimmt's?", erinnerte ich mich, „die, die wir bei *Kerameikós* gesehen haben, und das *Dipylon*-Tor."

„So ist es." Yunus nickte anerkennend. „Ihr passt auf. Das ist schön." Er strich sich andächtig über die Haare. „Ja ...

Themistokles ... Er deutete die Worte der Pythia folgendermaßen: Die hölzerne Mauer, von der das Orakel sprach, war die Flotte der Griechen, also die Triere, mit denen schon viele Seeschlachten geführt worden waren. Alle wehrfähigen Männer wurden in die Schlacht eingezogen und Athen bereitete sich auf die wohl wichtigste Seeschlacht seiner gesamten Geschichte vor. Die Stunde der Wahrheit war gekommen. Würden die Perser die griechische Flotte besiegen? – Dann wäre dies das Aus, nicht nur für Athen, sondern für das gesamte Griechenland."

Vor Spannung konnte ich nicht weiteressen. „Wie ging es dann aus?", wollte Lissy wissen.

„Nun ..." Yunus grinste verschwörerisch. „Themistokles fasste einen riskanten, aber sehr, sehr raffinierten Plan. Alle Frauen und Kinder wurden aus Athen evakuiert und die Stadt Athen dem Feind unbewacht preisgegeben. Zudem schickte Themistokles einen Abgesandten in die Reihen der Feinde, um denen mitzuteilen, dass ein Großteil der Griechen auf der Seite der Perser stünde und ihnen die Flotte kampflos überlassen würde. Auf diese Weise täuschte Themistokles die Kapitulation vor und lockte die feindlichen Streitmächte in den Hinterhalt."

„Poh!", staunte Alex. „Und dann? Sind die Perser darauf hereingefallen?"

„Und ob sie das sind", trumpfte Yunus auf, „siegessicher segelten die persischen Schiffe in den Saronischen Golf, in die Enge zwischen der Insel *Sálamis* und dem griechischen Festland. In dieser Meeresenge wurden die riesigen Schiffe der Perser nahezu manövrierunfähig. Die eleganten griechischen Triere jedoch waren schnell und wendig und überfielen die Feinde völlig unvorbereitet aus dem Hinterhalt. So wurde schließlich *ein* feindliches Schiff nach dem anderen versenkt.

König Xerxes von Persien musste verzweifelt vom Festland aus der Katastrophe zusehen, ohne etwas dagegen unternehmen zu können. Er hatte seine Flotte ins Verderben geführt und anstatt seinen Vater zu rächen, kam es zu einer vernichtenden Niederlage für die Perser."

„Nicht schlecht", räumte Alex anerkennend ein und stopfte sich einen weiteren Tintenfischring in den Mund. „Alle Achtung", meinte auch Maria, „wozu doch Orakelsprüche nicht alles gut sind ..."

„Apropos ... hm", machte ich, „wollte uns Michális nicht erzählen, warum sein Schiff *Emilia* heißt?" Als er seinen Namen hörte, schaute Michális von seinem Teller auf. Noch immer mampfte er. Als Einziger von uns hatte er seinen Teller schon so gut wie geleert. Helle Soße tropfte von seinem Mund und er schluckte laut hörbar. „Lasst ihn erst fertig essen", riet Yunus, „danach kann er immer noch erzählen."

Sarónikos

„Und du willst echt nichts vom Fisch abhaben?", wandte sich Maria an Yunus. Inzwischen waren wir alle pappsatt. Alex und Michális hatten alles aufgegessen, doch auf Lissys, Marias und auf meinem Teller befanden sich noch ein paar Reste. Es war lecker gewesen, aber einfach viel zu viel, um alles zu essen. Michális schleckte sich die Reste der gelblichen Soße aus seinem Schnurrbart und seufzte gesättigt und zufrieden. „Nein, nein, danke", winkte Yunus ab, „ich kann jetzt wirklich nichts essen. Es ist lieb gemeint von dir, aber danke." – „Hm", grummelte Maria. „Wenn du so weiter frisst, Kollege, platzt du bald aus allen Nähten", schäkerte Alex und klopfte dem Araber scherzhaft auf die Schulter. Yunus zog daraufhin irritiert seine Stirn in Falten und blickte mich Rat suchend an. Doch ich zuckte lediglich mit den Schultern und hielt mich aus der Angelegenheit heraus. „Du isst doch nie etwas, Yunus", fiel Maria auf. „Das ist nun schon das dritte Mal, dass du einem Essen mit uns aus dem Weg gehst", ergänzte Lissy. „Liegt es vielleicht an uns?", blödelte Alex. „Oder bist du auf Diät?", fragte Lissy. „Weder noch", entgegnete Yunus genervt, „ich habe einfach keinen Appetit. Akzeptiert das doch bitte endlich." – „Aber nicht, dass du uns vom Fleisch fällst, ja?", neckte Alex weiter. „Wir brauchen dich noch." – „Sicher. Ich melde mich, wenn ich kurz vor dem Verhungern bin", gab Yunus zurück und damit war das Thema erledigt.

Wir schoben die Teller an den Rand des Tisches. Michális linste hoffnungsvoll auf Yunus' noch immer nicht angerührtes Ouzo-Glas. „Nimm schon", brummte der Araber und schob Michális das Glas hinüber. Dieser grinste dankbar, legte den Kopf in den Nacken und kippte sich die beißend scharfe Flüssigkeit in den Hals, als handelte es sich dabei um nichts anderes als Leitungswasser. Dann leckte er sich genießerisch über die Lippen und lehnte sich in seinem Stuhl zurück. Als der Ober kam, um die Teller abzuräumen, bestellte Michális noch einen Schnaps. „Mann, der nutzt das ganz schön aus, dass wir für ihn zahlen!", protestierte Lissy. „Sch", machte ich, „schließlich wollen wir ja noch etwas von ihm hören." – „Was ist nun mit seiner Geschichte?", fragte Alex etwas ungeduldig. Yunus dolmetschte. Daraufhin nickte Michális vielversprechend und begann zu erzählen. Yunus übersetzte so flüssig und synchron, dass ich mir beinahe so vorkam, als verfolgte ich ein Fernsehprogramm, in dem zwar ein fremdsprachlicher Sprecher vorhanden war, aber in dem dessen Stimme so weit heruntergeregelt wurde, dass die Übersetzung eindeutig im Vordergrund stand.

„Die Geschichte wird in meiner Familie schon seit vielen, vielen Jahrhunderten erzählt", begann Michális, „sie spielt im Jahre 480 vor Christus, also in dem Jahr, in dem die Schlacht von *Sálamis* ihren Anfang nahm und in dem es um die Zukunft des Landes so schlecht bestellt war. Es heißt, dass ein Vorfahr von mir unvermittelt an dieser Schlacht beteiligt gewesen war. – Es ist natürlich nicht bewiesen, dass diese Geschichte tatsächlich so passiert ist, wie wir sie uns heute erzählen, aber ich möchte doch glauben, dass sie so oder so ähnlich passiert sein könnte. Der Name meines Vorfahren lautete Adrianós." Vor Schreck hielt ich den Atem an. Wie ein Blitz tauchte vor meinem inneren Auge das Bild eines Grabsteins auf mit folgender Inschrift: ‚Sohn des Adrianós' und ich wusste mit einem Schlag wieder, wieso mir der Name so vertraut vorkam. Aus dem Augenwinkel erkannte ich, wie Maria sich überrascht an Alex' Arm festkrallte. Auch Yunus hob überrumpelt den Kopf und rückte an den Rand seines Stuhls, als er mit der Übersetzung fortfuhr: „Adrianós? Eh! Das ist meinem Nachnamen Adrianou nicht unähnlich, oder? Womöglich verdanke ich diesem Adrianós meinen Nachnamen? Könnte doch sein, oder?" Fröhlich drehte Michális seinen Schnurrbart um seinen Finger. Wir waren zu verdattert, als dass wir darauf etwas hätten erwidern können.

„Adrianós war jedenfalls ein einflussreicher Diplomat, der regen Kontakt zu den Abgeordneten Athens pflegte und ebenso zu Herrschern anderer Staaten wie beispielsweise zu Polyzalos, dem Tyrannen von Gela." Der Fluss von Yunus' Übersetzung wurde kurz unterbrochen, da dieser fassungslos nach Atem rang. Ich bemerkte außerdem, wie Yunus unvermittelt seine Hände unter dem Tisch zu Fäusten ballte, als er den Namen *Polyzalos* aussprach, und auch ich zuckte vor Schreck kurz zusammen und fragte mich insgeheim, wie viele altbekannte Namen wohl noch in Michális' Geschichte genannt werden würden.

Michális seufzte und leerte seinen Schnaps in einem Zug. Er bestellte noch einen weiteren, bevor er frohgemut weiterredete: „Dieser Polyzalos, der Geschäftspartner von Adrianós, war aber nicht nur der Herrscher von Gela – nein. Darüber hinaus war er auch ein *Trierarch*, das heißt, er nannte eine der eleganten griechischen Triere sein Eigen. Er rüstete mithilfe seines unsagbaren Vermögens das edle Schiff aus, versah es mit Proviant, Waffen und allen anderen Dingen, die man noch so brauchte, um in den Krieg zu ziehen. Seine Triere war ein extravagantes Schiff, lang gestreckt, aus feinstem Holz gezimmert und rundum mit vielen edlen Schnitzereien vom Meeresgott Poseidon und einem Heer aus Walen, Fischen und Delfinen versehen. Das riesige Segel war aus dem besten und reißfestestem Stoff gemacht, den man für Gold bekommen konnte. Polyzalos hatte keine Kosten gescheut und er hatte die besten Männer mit dem Bau seiner Triere beauftragt. Man sagt, Polyzalos' Triere war die schönste, die jemals gebaut worden war. Die eigenwilligste – ja, vielleicht –, aber auch die effizienteste ihrer Art. Doch in erster Linie war sie natürlich trotz allem ein Kriegsschiff, ein Schlachtschiff, bewaffnet vom Bug bis zum Heck, bis unter die Wasserlinie. – Durch und durch eine tödliche Waffe, die auf ihren ersten Einsatz gegen die feindlichen Streitkräfte wartete. Ein wahrhaft mächtiges Schiff, mit einem gefährlichen Rammsporn in Form eines Dreizacks, der nur darauf wartete, feindliche Schiffe zu durchbohren und sie auf Nimmerwiedersehen in den Abgründen des Meeres verschwinden zu lassen …" Michális' Augen funkelten abenteuerlustig und er blickte verträumt sehnsuchtsvoll in die Ferne. Fast schien es mir, als würde der Händler in jenem Moment nicht uns vor Augen haben und auch nicht die Terrasse des Restaurants, sondern vielmehr jenes prachtvolle Schiff, das er gerade so verliebt beschrieb.

„Polyzalos nannte seine Triere *Emilia*", informierte uns Michális und lachte sein schallendes durchdringendes Lachen, in welches wir diesmal jedoch nicht einstimmten. Etwas irritiert verstummte schließlich auch Michális und hüstelte mehrere Male verlegen.

„Und daher heißt auch *dein* Schiff jetzt *Emilia*?", mutmaßte Lissy. „Du hast es nach der Triere benannt? Weil du sie so gut fandest?"

Ich spürte, wie sich meine Finger instinktiv um das silberne Medaillon schlossen, das ich um meinen Hals trug.

Michális nickte. „Wie nostalgisch von mir, nicht wahr? Aber meine *Emilia* hat wohl nicht besonders viel mit einem griechischen Schlachtschiff gemein, oder?" Er nickte in Richtung seiner kleinen Jacht, die sanft in den Wellen schaukelte und von der Terrasse des Restaurants aus gerade noch sichtbar war.

„Wie kommt man darauf, ein Schlachtschiff ausgerechnet *Emilia* zu nennen?", wunderte sich Lissy. Doch die Frage blieb unbeantwortet, da Michális unbeirrt weiterredete und Yunus mit Übersetzen beschäfig war.

„Polyzalos' Triere war im November des Jahres 480 vor Christus fertiggestellt worden und bisher war sie noch nie zum Einsatz in einer Schlacht gekommen. Aber der Moment für ihren großen Auftritt nahte mit riesigen Schritten. – Ich nehme an, ihr wisst inzwischen grob Bescheid über die Seeschlacht der Perser gegen die Griechen, nicht wahr?" Lissy, Alex, Maria und ich nickten. „Das hat uns Yunus vorhin so schön erklärt", sagte Lissy, woraufhin Yunus ihr dankbar zuzwinkerte und kurz für Michális übersetzte. Dann fuhr Michális mit seiner Geschichte fort und Yunus dolmetschte synchron: „Für die wohl bedeutendste Seeschlacht aller Zeiten wurde jede einzelne Triere gebraucht, die Griechenland zur Verfügung hatte. Auf Anordnung des Themistokles, dem damaligen Feldherrn und Strategen Athens, wurden sämtliche Triere im Verborgenen auf die große Schlacht vorbereitet, in den *Neosoiokoi*, damit die Perser keinen Verdacht schöpften. Auch das Schiff des Polyzalos wurde für den Krieg gerüstet. Zwar stammte Polyzalos eigentlich aus Gela, doch er fühlte sich schon immer im Grund seines Herzens als Athener und war mit dem Land aus eigenem Interesse aufs Tiefste verbunden. Daher war es nur selbstverständlich, dass er sich dazu bereit erklärte, sein Schiff mit in den Krieg ziehen zu lassen. Aber so ein Schlachtschiff ist natürlich nicht komplett ohne seine Mannschaft. – Und das ist nun der Zeitpunkt, an dem mein Vorfahr ins Spiel kam." Michális machte eine kurze Pause, wohl um die Spannung zu steigern und um unsere Reaktion abzuwarten. Wir waren wie gefesselt von seiner Art zu erzählen und seine Begeisterung, mit der er das Geschehen schilderte und lebendig machte, steckte uns regelrecht an und wir waren ganz und gar in seine Geschichte vertieft.

„Adrianós heuerte im Auftrag Polyzalos' starke Männer an: erfahrene Matrosen, Offiziere, Ruderer, Bogenschützen und *Hopliten*. Im Nu war die Mannschaft komplett. Die jungen Männer rissen sich nahezu um die Plätze auf Polyzalos' Schiff. Es war eine große Ehre für einen jungen Athener, mit so einem prächtigen Schiff in den Krieg zu ziehen und tapfer und siegessicher seine Heimat gegen den Feind zu verteidigen, auch wenn die Schlacht noch so aussichtslos erschien ..." Michális seufzte ergeben. „Ich glaube, ich hätte damals auch auf Polyzalos' Triere angeheuert, wenn ich damals schon gelebt hätte ..."

Ich bekam eine Gänsehaut. Eine dermaßen fast schon kriegsverherrlichende Ansicht wie Michális teilte ich keineswegs. Krieg ist meiner Meinung nach immer eine schreckliche Sache, die es um jeden Preis zu vermeiden gilt. Denn – egal wie ein Krieg auch ausgehen mag – es gibt immer nur Verlierer – und zwar auf beiden Seiten. Unbezahlbar sind die verlorenen Menschenleben und der Verlust an Menschenwürde, sowohl der durch die Schlacht Getöteten als auch der Überlebenden, die töten mussten, um selbst überleben zu können. Jeder Krieg lässt die Menschen eine Spur an Menschlichkeit verlieren.

Ich schüttelte mich und konzentrierte mich wieder voll und ganz auf Michális' Geschichte: „Die Mannschaft für Polyzalos' Triere war schnell gefunden. Es galt nur noch, das wichtigste Amt auf dem Schiff zu besetzen: das des Steuermannes. Nur ein besonders fähiger Mann durfte das Schiff befehligen und gegen die Feinde lenken. Polyzalos war mit keinem Kandidaten einverstanden, der sich bei ihm vorstellte. Keiner war ihm gut genug. Schließlich kam Adrianós mit einem für Polyzalos sehr überraschenden Vorschlag: Adrianós riet Polyzalos dazu, seinen Sohn als Steuermann einzusetzen: Cyrill."

Vor Überraschung hielten wir alle die Luft an, doch Michális schien unsere Reaktion nicht aufgefallen zu sein. *Cyrill ...*, dachte ich und erneut erfüllte sich mein Herz mit Trauer, als ich an den jungen Mann dachte, der sich für Jona und Emilia geopfert hatte. Ich schüttelte mich, als ich feststellte, dass Michális bereits eifrig dabei war weiterzuerzählen, und ich widmete mich wieder Yunus' Übersetzung.

„Cyrill, der Sohn des Adrianós, mein Urahne, war damals erst 16 Jahre alt gewesen. Blutjung und viele hielten ihn für zu jung und unerfahren für eine derartige Aufgabe. Polyzalos selbst war anfangs wenig begeistert von Adrianós' Vorschlag und lehnte entschieden ab. ‚Nein, nein. Das können wir nicht tun', meinte er, ‚Cyrill ist viel zu jung für dieses Amt. Er ist mit den Aufgaben des Steuermannes überfordert. Er könnte mein Schiff nicht in den Sieg führen.' Doch Adrianós ließ sich nicht so schnell von seiner Idee abbringen. ‚Cyrill ist ein intelligenter junger Mann. Er sieht Lücken in den Reihen der Feinde, die andere – ältere – Seeleute womöglich nicht so leicht sehen würden. Er ist geschickt, mutig, kräftig und tapfer genug, um so einen Auftrag anzunehmen. Er hat Erfahrung auf See. Er ist schon viel gereist und er kennt sich aus im Nahkampf. Er scheut sich nicht, für Euch zu töten. Er scheut sich nicht, sein Leben für die Heimat aufs Spiel zu setzen. Das Wohl Griechenlands geht ihm über alles. Er wird Euch treu dienen und Euch sicher nicht enttäuschen.' Adrianós redete und redete und legte dabei eine dermaßen große Überzeugungskraft an den Tag, dass er es schließlich schaffte, Polyzalos dazu zu überreden, das Amt des Steuermannes seinem Sohn Cyrill zu überlassen."

„Poh", kommentierte dies Lissy, „der schickt seinen eigenen Sohn in den Krieg!" Sie schüttelte den Kopf. „Damals wussten sie ja noch nicht, dass sie es tatsächlich schaffen würden, die Perser zu besiegen ... Das war ja ein regelrechtes Himmelfahrtskommando. Welcher Vater schickt denn seinen Sohn zu so etwas?"

„Die Zeiten waren damals anders, Lissy", mischte sich Alex ein, „damals war es noch eine Ehre, wenn man für das Vaterland kämpfen durfte. Damals war man wer, wenn man so für seine Heimat eintrat. Ich kann mir gut vorstellen, dass viele junge Männer ganz heiß auf so einen Job gewesen waren. Es ist wahr: Steuermann auf so einem noblen Schlachtschiff zu sein, ist schon was wert ..."

„Also für mich definitiv nicht", erwiderte Lissy abfällig.

„Klar, du verstehst das auch nicht. Du bist eine Frau", sprach Alex.

„Aber du, als sogenannter Mann, verstehst wohl alles, oder was?" Lissy schüttelte erneut den Kopf. „Nein, also irgendwie finde ich das schon ziemlich krass. Ich frage mich, wie Cyrill darauf reagiert hat, dass sein Vater ihn einfach so in den Krieg schickt. – Mit 16 Jahren!"

Yunus übersetzte für Michális das kleine Intermezzo. Der Händler grinste daraufhin nur leicht verschmitzt und erzählte weiter: „Cyrill war jedenfalls völlig überrumpelt, als er von Polyzalos den Auftrag bekam, dessen Schiff gegen die Streitmächte der Perser zu führen. Als sein Vater ihm die überwältigende Nachricht überbrachte, musste Cyrill sich erst einmal hinsetzen. Sein Herz schlug ihm wohl bis in den Hals. Immerhin bekommt man so ein Angebot nicht alle Tage. Zudem war die Gefühlslage sowieso schon gewaltig angespannt gewesen. Jeden Tag kamen die Delegierten nach Athen und berichteten weiter darüber, wie schlimm es um die Stadt stand, wie viele hundert neue Schiffe der Perser herannahten und wie weit die Fußsoldaten bereits ins Landesinnere vorgedrungen waren. Erste Spekulationen erreichten Athen, dass die Perser bereits große Teile Griechenlands brutal annektiert hatten und über kurz oder lang das ganze Land in Besitz nehmen würden. Cyrill hatte Angst, aber er wollte auch etwas unternehmen. Er wollte kämpfen. Er wollte seine Heimat vor den Eindringlingen verteidigen. Er war allerdings noch zu jung, um ins Heer aufgenommen zu werden. – Und jetzt sollte er gar Steuermann auf einem riesigen Schlachtschiff werden und beinahe 200 Männer befehligen?

‚Du machst dich doch über mich lustig, Vater', sprach Cyrill, als er den ersten Schock verwunden hatte. ‚Es kann doch nicht wahr sein, dass so jemand Hochangesehenes wie

Polyzalos sich dazu herablässt, mich für sich arbeiten zu lassen. – Ausgerechnet mich! Ich, der ich bisher keinerlei Erfahrung als Steuermann habe.' – ‚Du hast ihn überzeugt durch dein kraftvolles Auftreten, deine Kampfkunst im Gymnasion, deine Schnelligkeit und Ausdauer, deine Charakterstärke …', zählte Adrianós auf, ‚du bist schon sehr reif für dein Alter und du kannst etwas erreichen. Ich habe große Hoffnung in dich, mein Sohn. Du wirst Polyzalos' Schiff in den Sieg über die persische Flotte führen. Du wirst deiner Familie zu Ruhm und Ehre verhelfen. Durch dich wird Griechenland den Feind besiegen. Du bist der Stolz der Familie. Du wirst schaffen, was andere nicht für möglich halten. Du hast Polyzalos überzeugt. Jetzt überzeuge auch die Perser davon, dass es keinen Wert hat, sich mit meinem Sohn anzulegen. Du wirst den Persern schon noch das Fürchten lehren!'

‚Ich fühle mich geehrt, Vater, dass du so großes Vertrauen in mich hegst', gab Cyrill bescheiden zurück, ‚aber ich fürchte, dieser Aufgabe bin ich nicht gewachsen. Es ist eines, im Gymnasion gegen Altersgenossen anzutreten oder mit anderen Wagenlenkern um die Wette zu fahren. Aber es ist etwas völlig anderes, gegen einen echten Feind zu kämpfen, der dich umbringen will, der dein ganzes Land und seine Bevölkerung abgrundtief hasst, der nichts anderes im Sinn hat, als dich zu vernichten. Ich … Ich kann das nicht. Diese Aufgabe ist mir zu groß, Vater. Bitte rede noch einmal mit Polyzalos. Versuche ihn davon zu überzeugen, dass ich nicht der Richtige für diese Aufgabe bin. Es gibt doch sicherlich etliche Bewerber auf diesen Platz. Warum sollte ausgerechnet *ich* Steuermann auf Polyzalos' Triere werden?'

‚Es ist nur natürlich, dass du dich jetzt fürchtest, Cyrill', versuchte Adrianós seinen Sohn zu beruhigen, ‚das ist sogar gut so. Wenn du dich nicht fürchtest, ist dir alles gleichgültig.

Dann verlierst du. Es geht nichts über einen gesunden Anteil Furcht, wenn man zur Schlacht antritt.'

‚Aber, Vater ... Wenn ich versage ...'

‚Du wirst nicht versagen, glaube mir. Ich spüre das. Das sagen mir meine Träume. Das sagt mir mein Gefühl', sprach Adrianós mit ruhiger Stimme. ‚Du fühlst dich jetzt möglicherweise noch überfordert und glaubst, du hast eine unlösbare Aufgabe vor dir. Aber das bleibt nicht so, mein Sohn, glaube mir. Du wirst in deine Aufgabe hineinwachsen. Du schaffst das. Vertraue auf die stützende Kraft der Götter und alles wird gut. In ein paar Tagen ist die Schlacht entschieden und die Herrschaft der Furcht und des Schwertes ist ein für alle Mal vorüber.' – *Und wir sind wahrscheinlich alle tot*, dachte Cyrill mit Schaudern, aber er wagte es nicht, seinem Vater zu widersprechen. ‚Heute Abend findet die erste Versammlung der Steuermänner im *Prytaneion* von Piräus statt. Du wirst da hingehen, Cyrill.' Die Stimme Adrianós' ließ keine Widerrede zu. Cyrill schluckte schwer und fügte sich. ‚Ja, Vater. Ich werde tun, was man von mir verlangt.' Adrianós strich seinem Sohn aufmunternd über den Rücken. ‚Na, siehst du. Das ist mein Sohn. Ein gesitteter junger Mann. Du wirst deine Aufgabe ehrenvoll erfüllen. Ich bin stolz auf dich.'

Er hat gut reden, dachte sich Cyrill, *er muss ja auch nicht die Verantwortung über fast 200 Menschen tragen und das Schiff eines dermaßen einflussreichen und furchterregenden Mannes wie Polyzalos in eine nahezu aussichtslose Schlacht gegen die Perser führen. Ich würde auch viel lieber als Fußsoldat an der Küste warten, bis der Feind an Land kommt und ihn dann aufspießen, so wie es mein Vater tun wird. – Oh, ihr mächtigen Götter, steht mir bei und helft mir aus dieser Zwickmühle heraus. Was soll ich tun? Wie soll ich diese Aufgabe bewältigen? Ich bin doch bloß ein unbedeutender Baustein im Gemäuer dieser Erde. Ich bin weder Erker noch Turm noch Tor noch Schlüssel. Was soll ich nur gegen die Flotten des Feindes ausrichten?*

Die Versammlung der Steuermänner, in der über das strategische Vorgehen der Schlacht geredet wurde, verunsicherte Cyrill nur noch mehr. Erstens fehlten ihm jede Menge kriegsstrategische Fachbegriffe, die er sich mühevoll selbst erarbeiten musste, und zweitens fühlte er sich den skeptischen Blicken seiner Kollegen ausgeliefert, die ihn aufgrund seines Alters und seiner eher mittelständischen Herkunft offenbar nicht ernst nahmen. Viele der anderen Steuermänner waren ehrwürdige Personen, die ein wichtiges Amt in der Stadt innehielten und die Cyrill daher vom Aussehen her kannte. Die meisten von ihnen waren sogar schon in vorhergegangenen Schlachten Steuermänner gewesen und hatten daher Erfahrungen sammeln können, wie man sich im Krieg zu verhalten hatte, um seine Mannschaft und sich selbst möglichst lange erfolgreich durch die Reihen der Gegner hindurchzukämpfen und dabei am Leben zu bleiben. Viele der Anwesenden hatten das Elend eines Krieges schon erlebt und waren abgehärtet. – So nicht Cyrill. Er hatte in dieser Hinsicht noch keinerlei Erfahrung. Er war noch viel zu weich besaitet, zu gefühlvoll und konnte nicht ausklammern, was es hieß, Krieg zu führen: dass Menschen das Leben genommen wurde, dass man anderen Menschen absichtlich Schaden zufügte, ihnen Schwerter in die Brust rammte, deren Schiffe versenkte, Leute gewaltsam ertrinken ließ oder sie mit Pfeilen durchbohrte ... Und dass dasselbe auch mit einem selbst passieren könnte. Je länger der Vorstand der Versammlung über das möglichst effiziente Morden, Versenken, Entern, Erstechen und Abschießen sprach, desto unsicherer fühlte sich Cyrill und er wünschte sich nahezu an jeden anderen Ort, nur nicht auf die Triere als Befehlshaber in einem Krieg. Aber er hatte keine andere Wahl. Er musste seinem Schicksal ins Auge blicken. Und er tat es.

Nach und nach begann Cyrill damit, sich mit dem Schiff und seiner Mannschaft vertraut zu machen. Er redete mit den Soldaten und Offizieren, besprach mit ihnen die Kriegsstrategie und lernte sein Team so wesentlich besser kennen. Sehr zu seinem Erstaunen stellte er fest, dass sich auch viele seiner Kollegen unsicher waren, dass sie Angst hatten und verzweifelt beteten, dass die Sonne auch für sie am nächsten Tag noch einmal aufgehen würde. Cyrill stellte also fest, dass es ganz normal war, vor einer Schlacht Angst zu haben und dass es nicht nur ihm alleine so ging. Selbst die erfahrenen Matrosen beteten regelmäßig um Erlösung aus der Not. Cyrill war erstaunt darüber, dass seine Untergebenen Respekt vor ihm hatten und dass sie ohne zu zögern seinen Befehlen Folge leisteten. Er hatte mit Misstrauen und Widerstand gerechnet. Aber zu keiner Minute war jemand ihm gegenüber ungehorsam. Womöglich hatte dies damit zu tun, dass Cyrills Vater von dem *Trierarchen* Polyzalos so geschätzt wurde und dass Polyzalos sich bewusst für Cyrill als den Steuermann seiner Triere entschieden hatte. Vielleicht war aber der wesentlichste Grund auch ganz einfach der, dass es für den einzelnen Soldaten, Ruderer, Offizier und so weiter wesentlich einfacher war, die Aufgaben eines Befehlshabers zu erfüllen, der anscheinend wusste, was es zu tun galt, als ständig selbst darüber entscheiden zu müssen, was man denn unternehmen sollte. – *Das Problem an der ganzen Sache ist allerdings, dass ich selber nicht weiß, was das Richtige ist*, dachte sich Cyrill und hoffte, dass man ihm diese Unsicherheit nicht anmerken würde. Er war verantwortlich für das Wohl dieser fast 200 Personen starken Mannschaft. Er würde es sich nie verzeihen, wenn diese

Menschen wegen eines tragischen Fehlers von ihm das Leben lassen mussten.

Jedes Mal, wenn Cyrill an den *Neosoikoi* vorbeikam und das leise Plätschern des Wassers vernahm, das den Rumpf seiner ihm anvertrauten Triere umspülte, bekam er eine Gänsehaut und leichte Übelkeit machte sich in ihm breit. Die Steuermänner der Triere übernachteten zu jener Zeit in einem Gebäude am Ufer des Saronischen Golfs und warteten auf Befehle des Themistokles. Viele schlaflose Nächte brachte Cyrill in seinem Bett zu und grübelte über die bevorstehende Schlacht nach. Jeden Tag könnte es nun so weit sein.

Themistokles' Plan war einfach und doch raffiniert. Am Morgen der Schlacht sollten alle Triere kampfbereit hinter der Insel *Sálamis* auf den Feind warten, der ahnungslos in den Saronischen Golf einfahren würde. Befänden sich die schweren feindlichen Schiffe erst einmal in der Meerenge zwischen der Insel *Sálamis* und dem Festland, sollten die griechischen Triere die gegnerische Flotte aus dem Hinterhalt angreifen und deren Schiffe versenken. Die Triere waren wesentlich wendiger und kleiner als die großen Schlachtschiffe der Perser. Die griechischen Schiffe waren in der Meerenge eindeutig im Vorteil, und wenn die Perser tatsächlich ahnungslos und unvorbereitet in den Saronischen Golf einfuhren … – Der Plan könnte tatsächlich funktionieren. Cyrill klammerte sich mit aller Kraft an den dünnen Strohhalm, der seine Hoffnung war. – Was aber, wenn der Plan schiefgehen würde? Die Perser kamen mit viel mehr Schiffen und Soldaten an, als es wehrfähige Griechen gab. Vielleicht könnte es gelingen, einen Teil der persischen Flotte zu versenken. Was aber, wenn der Rest der Gegner den Hinterhalt bemerken und sie mit aller Kraft attackieren würde? Cyrill mochte sich gar nicht ausmalen, was das für Folgen haben würde.

Täglich fanden inzwischen Versammlungen von Strategen, Trierarchen und Steuermännern statt und nach langen Unterredungen war man übereingekommen, dass Cyrills Triere die erste sein sollte, welche Fahrt gegen den Feind aufnehmen würde. Polyzalos' Schiff war wendig, schnell und sehr gut ausgerüstet. Es könnte den ersten ahnungslosen persischen Angreifern einen wirkungsvollen Schlag verpassen und für Verwirrung und Aufregung in den Reihen der Feinde sorgen. Anschließend würden zwanzig weitere Triere hinter *Sálamis* zum Vorschein kommen und sich um die nachfolgenden Schiffe kümmern und nach und nach würden sich dann die restlichen Triere präsentieren und den Kampf mit dem Feind aufnehmen, bis keiner der Gegner mehr übrig war. – So lautete zumindest der Plan.

Es war inzwischen der 27. Dezember und jeden Tag rechnete man mit dem Angriff der Perser. *Morgen ist es so weit*, durchfuhr es Cyrill mit einem Male, als er – wie so oft – nachdenklich an Deck seiner ihm anvertrauten Triere saß und sich den Kopf über die bevorstehende Schlacht zerbrach. *Morgen ist es so weit* ... Er wusste nicht, woher er dieses Wissen nahm, aber er war sich sicher, dass es stimmte und erneut schickte er ein Stoßgebet gen Himmel: ‚Ihr Götter, bitte lasst uns in dieser schweren Stunde nicht im Stich. Haltet eure schützenden Hände über uns und entreißt uns aus der Macht unserer Feinde ...' Er wünschte, er könnte wirkungsvollere Worte formulieren, doch er fühlte sich klein und hilflos und nicht dazu imstande, große Worte zu machen.

Es war Nacht. Das Wasser plätscherte leise gegen den Rumpf der Triere, auf der er saß, und durch ein kleines Fenster in der Außenwand und das untere offene Ende der

Neosoikoi konnte er Ausschnitte des Himmels sehen. Er war sternenklar, aber kein Mond befand sich am Firmament. Die Sterne besaßen in jener Nacht jedoch eine unglaubliche Leuchtkraft, sodass Cyrill die Umrisse der Triere neben ihm und die, auf der er saß, deutlich sehen konnte. Das Meer lag dunkel und ruhig und glatt vor ihm, wie die Oberfläche eines Spiegels. Der Sternenhimmel reflektierte sich im Wasser, sodass es aussah, als wäre überall um Cyrill herum Himmel und er schwebe irgendwo mitten im luftleeren Raum und doch atmete er. *Atme ich morgen immer noch?*, fragte er sich und seufzte aus tiefstem Herzen. Er hüllte sich tiefer in die wärmende Decke, die er sich um den Körper geschlungen hatte. Es war verdammt kalt und er sah schemenhaft, wie weiße Atemluft aus seiner Nase und seinem Mund entwich. Unbeschreibliche Angst schlich sich in sein Herz und nahm von seinem ganzen Körper Besitz. Er wippte nervös auf und ab und strich sich mehrmals über die Haare. Er wusste, er konnte diese Nacht nicht in das Gebäude zurückkehren, in dem seine Mannschaft ruhte. Sie zu sehen, würde ihn nur noch nervöser machen. Er konnte ihnen nicht in die Augen blicken, diesen tapferen Männern, die ihm sogar in den Tod folgen würden. Nein, Cyrill wusste, dass er in dieser Nacht kein Auge zutun würde. Zu viele Gedanken beschäftigten ihn und hielten ihn wach. Ein Schauer durchzog seinen Körper und dann rief er laut aus: ‚Ihr Götter, bitte gebt mir ein Zeichen! Sagt mir, was ich tun soll! Ich werde euch nie mehr um etwas bitten. Aber bitte gebt mir heute und hier ein Zeichen. – Was soll ich tun?'

Als keine Antwort kam, zog er sich bedrückt tiefer in die *Neosoikoi* zurück, wo es noch etwas wärmer war, und lehnte sich an das Holz der Triere. Er stützte sich den Kopf mit seinen Händen ab und hielt sich die Augen zu. Lange, lange

Zeit starrte er in die Dunkelheit hinter seinen Handflächen und bemerkte dabei nicht, dass er der Angst und der Nervosität zum Trotz dennoch eingeschlafen war."

Michális pausierte kurz und leerte sein Schnapsglas, dann jedoch fuhr er sich abwesend durch die Haare und erzählte weiter:

„In jener Nacht hatte Cyrill einen Traum. – Womöglich kann man sagen, dass dieser Traum die Antwort auf Cyrills Stoßgebet war. In seinem Traum erschien ihm ein kleines Mädchen. Es war vielleicht gerade mal vier oder fünf Jahre alt. Es sah friedlich aus, ruhig und zufrieden, und von dem Kind ging eine unglaubliche Wärme aus, die alle Kälte, alle Furcht aus Cyrills Gliedern verschwinden ließ. Das Mädchen trug ein langes weißes Kleid, hatte dunkle Augen und langes, schwarzes Haar. Ein unerklärliches Leuchten ging von dem Kind aus und erhellte die Gegend um Cyrill und um sich herum. Sie saßen sich im Schneidersitz gegenüber auf dem hölzernen Boden der Triere. Um sie herum war Nacht, dunkelste Nacht. Das Mädchen lächelte ihn an. Das bloße Anschauen dieses Kindes erfüllte Cyrill mit Hoffnung und Zuversicht.

‚Wer bist du?‘, fragte Cyrill das Kind und wunderte sich darüber, dass seine Stimme so seltsam blechern und entfernt klang. ‚Du musst keine Angst haben‘, sprach das Mädchen mit zarter Stimme, ‚wenn die Sonne den Dreizack blendet, ist es an der Zeit, aus dem Schatten zu treten und dem Löwen sein gezücktes Schwert zu entreißen. Der Löwe wird mit viel Gebrüll untergehen.‘

‚Wer bist du?‘, fragte Cyrill das Mädchen noch ein weiteres Mal. ‚Emilia‘, antwortete das Kind, ‚mein Name ist Emilia.‘ – ‚So wie der Name des Schiffes von Polyzalos?‘ – ‚Ja, und so wie der Name seiner Tochter.‘ – ‚Polyzalos hat eine Tochter?‘

Cyrill war verwirrt. Davon wusste er gar nichts. Während er noch darüber nachgrübelte, ob Polyzalos tatsächlich eine Tochter hatte oder nicht, stellte er fest, dass er geträumt hatte und soeben aus dem Schlaf erwacht war. Rötliches Licht drang zaghaft von außen in die *Neosoikoi* hervor. Es dämmerte. Der Tag der Wahrheit war gekommen! Mit einem Schlag war Cyrill wach und rannte hinüber ins *Prytaneion*, um die anderen zu wecken. Doch ein Bote des Themistokles befand sich bereits im Gebäude und überbrachte soeben die grausige Nachricht: ‚Die Perser sind da! Sie steuern ihre Schiffe in den Saronischen Golf. Themistokles gibt den Befehl, die Triere fertigzumachen und wie besprochen hinter der Insel *Sálamis* zu verbergen, bevor der Angriff erfolgt.'

Cyrill gefror das Blut in den Adern. Nun war es also so weit! Die Hektik, die auf diesen Moment hin folgte und alle Anwesenden von Kopf bis Fuß erfüllte, lässt sich mit Worten nicht beschreiben. Das blanke Entsetzen war den jungen Soldaten, Ruderern und Offizieren ins Gesicht geschrieben. Einige von ihnen hatten sich ängstlich auf dem Boden zusammengekauert und schickten noch ein letztes Stoßgebet gen Himmel, bevor sie sich ankleideten und für den Gang zu ihrer jeweiligen Triere aufrappelten, um sich in ihr Schicksal zu ergeben. Die etwas älteren, kriegserfahrenen Männer unter ihnen hatten nahezu stoische Gesichtszüge aufgesetzt, die sie wie eine unbewegliche Maske trugen, starr, fest und scheinbar gefasst – oder vielleicht doch hoffnungslos ergeben? Cyrill wusste es nicht. Jedenfalls glaubte er auch jenen erfahrenen Männern die Furcht deutlich ansehen zu können und er spürte, wie seine Hände anfingen zu zittern und wie ihm der Angstschweiß aus allen Poren kroch, während er seine Mannschaft zu seiner Triere hinüberführte. Er verbarg seine bebenden Hände unter den langen, glockenförmigen Ärmeln seines Gewandes, damit niemandem seine Nervosität auffiel. Cyrill konnte sich nicht daran erinnern, jemals so nervös und unruhig gewesen zu sein wie an jenem Morgen und doch musste er einen kühlen Kopf bewahren. Es hing so viel davon ab, dass er klare Gedanken hatte und richtig reagierte. Seine Mannschaft erwartete Führungsqualitäten von ihm. Er konnte sich nicht mehr dahinter verstecken, dass er erst 16 Jahre alt war und noch nie zuvor eine Triere in eine Schlacht gesteuert hatte. In diesem Moment war er der Befehlshaber eines Teams, das sich voll und ganz auf ihn verließ. Er musste sich zusammennehmen und Ruhe bewahren. Aber so einfach, wie das klang, war es keineswegs. Als er die *Neosoikoi* betrat, leuchtete ihm die rote Schrift an der Seite der Triere entgegen: *Emilia*, stand in deutlich lesbaren Lettern an der Backbordseite des Buges geschrieben. *Schon seltsam*, dachte Cyrill, *so ein großes Schlachtschiff ausgerechnet* Emilia *zu nennen. Wie ein kleines unschuldiges Mädchen* ... Er konnte sich selbst nicht erklären, wie er ausgerechnet in solch einem entscheidenden Moment über so etwas Unbedeutendes nachdenken konnte, wie über den Namen eines Schiffes. Doch die Erinnerung an seinen Traum drängte sich mit aller Kraft wieder in sein Bewusstsein hervor. Es ging ihm nicht mehr aus dem Kopf, welch eine leuchtende Stärke von dem jungen Mädchen ausgegangen war und wie ihn der bloße Anblick des Kindes seiner Furcht und Verzweiflung zum Trotz beruhigt und verzaubert hatte. ‚*Du musst keine Angst haben*', hallte das Echo der zarten Stimme in ihm nach, ‚*der Löwe wird mit viel Gebrüll untergehen.*'

Der Löwe steht doch sicher für Persien, oder? Cyrill konnte sich düster daran erinnern, dass die Flagge des Perserreiches einen zähnefletschenden Löwen zeigte. Oh, wenn er doch nur schnell ein paar Stunden in die Zukunft schauen und in Erfahrung bringen könnte, ob es wirklich keinen Grund gab, sich dermaßen große Sorgen zu machen. Aber er konnte es nicht und die Erwartung der Schlacht, die jeden Moment beginnen würde, raubte ihm nahezu den Verstand.

Innerhalb kürzester Zeit waren die Triere fertiggemacht und eine nach der anderen verschwand hinter der Insel *Sálamis*. Die Schlachtschiffe der Perser würden sich bald in Sichtweite befinden. Es konnte nicht mehr allzu lange dauern.

Im Osten schien der Himmel in Flammen zu stehen. Ein gleißender, orange-rot leuchtender Feuerball schob sich langsam und gemächlich über die Berggipfel des *Hymettos*-Gebirges und offenbarte Cyrill ein ungewohntes Bild, das ihm eine Gänsehaut aufkommen ließ: der Hafen von Piräus – verlassen, wie ausgestorben, leer gefegt, dem Feind schutzlos ausgeliefert; ganz so, wie es Themistokles' Plan vorgesehen hatte. Niemand war im und am Hafen zu sehen, alle Schiffe waren weg; keine Wachen, keine Passagiere, keine Händler. Nichts und niemand befand sich mehr in Piräus. Der Feind sollte denken, dass die Griechen ihre Hafenstadt den Persern kampflos überlassen hatten.

Cyrill gab das Zeichen zum Auslaufen aus dem Hafen, die Taue wurden losgemacht, das Schiff verließ die *Neosoikoi*. Wasser schwappte gegen den Bug, gegen die Seiten des Schiffes, gegen das Heck. Geräuschlos und elegant glitt die *Emilia* in das Meer. Das Wasser war noch immer verdächtig ruhig. Es gab nahezu keine Wellen. Unschuldig plätscherte das Wasser gegen den Kiel. Keiner der Ruderer, Soldaten und Offiziere wagte es mehr, ein Wort zu sagen. Selbst die Möwen waren verstummt und spurlos verschwunden. Schweigend und wie eins warf die Mannschaft einen letzten Blick auf den heimatlichen Hafen, der in unheimlich rotes Licht getaucht war. Gebäude, Palmen, Zypressen, Gemäuer ... Alles sah unwirklich aus, als würden lodernde Flammen an ihnen emporkriechen und sie doch nicht verbrennen. *So muss es im Hades, in der Unterwelt, aussehen,* dachte sich Cyrill und erschauderte. Langsam stieg der gleißende Feuerball höher in den Himmel. Seine geisterhaften Strahlen berührten die Erde wie die Finger eines leuchtenden Giganten, der sich nach der Erde ausstreckte, um sie unter sich zu zerquetschen.

Im Südosten lag das Meer ruhig und glatt wie eine Spiegeloberfläche. Dunkelrot und violett. *Aus dieser Richtung werden in Kürze die Perser kommen,* dachte Cyrill. *Bald wird das Wasser nicht mehr so schweigend und still hier liegen, sondern es wird aufgewühlt werden durch die scharfen Kiele der riesigen Schlachtschiffe und das Meer wird toben von Kampfgeschrei und splitterndem, zerberstendem Holz.* Noch war keines der feindlichen Schiffe in Sicht. Doch Cyrill ließ sich von dieser Ruhe nicht beirren. Der Kampf war unausweichlich. Das Warten wurde zu einer wahren Zerreißprobe.

Cyrill dirigierte seine Triere in Richtung *Sálamis*. Dunkel und riesig erschien die Insel vor ihnen aus dem Morgennebel, wie ein versteinerter Koloss, der vor sich hin schlummerte. Ein Luftzug blähte das gewaltige Segel auf, als das Schiff in die Meerenge zwischen *Sálamis* und dem Festland einlief, und beschleunigte die Triere. Cyrill fröstelte und schlang sich seinen Mantel höher um die Schultern. Er ließ sein Schiff die Ostseite der Insel umrunden und steuerte das Versteck hinter den Felsen der Insel an, wo auch schon die anderen Triere auf ihren Einsatz warteten.

Cyrill orderte, dass die *Emilia* gewendet wurde. Synchron stießen die *Rojers* der Steuerbordseite ihre Paddel ins Wasser. *Hoch, Ziehen, Hoch, Ziehen, Hoch, Ziehen!* Die Mannschaft war vom Rhythmus her wunderbar aufeinander abgestimmt und funktionierte wie eine Einheit. Die Männer auf der Backbordseite des Schiffes hielten ihre Ruder hoch in die Luft. Wassertropfen platschten an den langen Holzstielen hinunter zurück in das Meer. Für die Wendung bot die Meerenge nicht viel Platz. Der Bug kam der Felswand der Insel mehrere Male gefährlich nahe, doch Cyrill hatte alles unter Kontrolle. Er wusste um die Wendigkeit seiner Triere und dass sie es schaffen konnte. Und nur wenig später befand sich die *Emilia* in den Reihen der anderen Triere. Sie war die vorderste und wartete auf ihren Einsatz an der Front.

‚Holt das Segel ein', gebot Cyrill und sofort wurde seinem Befehl Folge geleistet. Drei starke Seemänner zogen geeint an den Seilen, an denen der schwere Stoff befestigt war und nach deren Kraftakt war das Segel ebenso wie auf den anderen wartenden Trieren gesichert. Auf diese Weise war spontane Wendigkeit der Schiffe garantiert sowie freie Sicht der nachfolgenden Triere auf die gegnerische Flotte.

Es war ein ungewohnter Anblick: so viele Triere so dicht nebeneinander. Cyrill konnte von seinem Standort aus nicht einmal alle Schlachtschiffe ausmachen, da die griechische Flotte sich rund um die Insel in Position gebracht hatte, um von beiden Seiten angreifen zu können. Das Wasser zwischen den Felsen der Insel und den Kielen der Schiffe gurgelte und gluckerte. Ab und an wurden Paddel ausgestreckt, um zu verhindern, dass die Schlachtschiffe gegeneinander trieben oder an die Felswand von *Sálamis* gedrängt wurden. Die Bäume der Insel dampften und nur langsam lichtete sich der Nebel um sie herum.

Mit gemischten Gefühlen blickte Cyrill zum Steuermann auf der Triere neben seiner. Dieser stand steif wie eine Statue am Bug und schirmte sich mit seiner Hand die Augen vor der Sonne ab. Es war eindeutig ein Nachteil, dass der Feind aus dem Osten kam. Während die Perser die Sonne im Rücken hätten, müsste die griechische Flotte direkt gegen die Sonne ausschwärmen. Das machte Cyrill Sorgen. Im schlimmsten Fall würden die Griechen so sehr geblendet, dass sie die einzelnen Schiffe der Perser gar nicht ausmachen konnten. Wenn dies geschah, wäre die Katastrophe schon vorprogrammiert. Doch Cyrill stellte zu seiner Erleichterung fest, dass am östlichen Horizont langsam aber sicher eine Wolke entstand, die sich vor die glühende Scheibe der Sonne schob. Goldenes Licht umströmte die Ränder der dünnen Wolke und ergoss sich über das Meer und die Küste Griechenlands.

Es lag eine Spannung in der Luft, wie sie heute noch ihresgleichen sucht. Es war unheimlich still. Das Gluckern und Blubbern des Wassers, welches die Triere leicht zum Schaukeln brachte, und das Schlagen seines eigenen Herzens waren die einzigen Geräusche, die Cyrill von seinem Versteck aus hören konnte. Seine Mannschaft verharrte ruhig, nahezu so, als hätten alle Matrosen, Ruderer und Soldaten vor Anspannung die Luft angehalten.

Aus Sekunden wurden Minuten und aus Minuten Stunden. Die Zeit schien still zu stehen und das Warten wurde zur Qual für die Steuermänner und ihre Mannschaften. Cyrill blickte hinaus auf das Meer und strengte seine Augen an, um am Horizont etwas zu sehen. Er blinzelte. Hatte er an der Linie, welche Himmel und Wasser voneinander trennte, soeben einen schwarzen Punkt ausgemacht? Sein Puls beschleunigte sich unmittelbar nach dieser Feststellung und ein flatteriges Gefühl der Übelkeit schlich sich in seinen Magen. Er schloss kurz die Augen, atmete einmal tief durch und blickte abermals auf das weite Meer hinaus. Er schirmte sich seine Augen gegen das goldene Sonnenlicht ab. Tatsächlich! Am Horizont zeichneten sich dunkle Punkte ab, die eindeutig Fahrt auf Piräus aufgenommen hatten. Es gab nun kein Zurück mehr. Die feindlichen Schiffe liefen in den Saronischen Golf ein. Sie hatten Rückenwind. Es konnte nicht mehr lange dauern und die Seeschlacht würde beginnen.

Einige der vorderen Steuermänner hatten die herannahenden Schiffe ebenfalls erspäht und es wurden erste Befehle gerufen. Bewegung geriet in die vor Furcht erstarrten Mannschaften. Cyrill blickte über sein eigenes Deck und in die angstvollen Gesichter der Ruderer. Die meisten von ihnen waren kaum älter als er. Seine Offiziere gesellten sich zu ihm und tauschten sich mit ihm aus. Cyrill wunderte sich insgeheim darüber, wie ruhig und gefasst seine eigene Stimme klang und wie er koordiniert und bedacht Befehle geben konnte. Die ans Deck gezogenen Ruder wurden wieder ins Wasser getaucht und jeder Mann befand sich an seinem Platz, bereit für den Angriff. Cyrill sah, wie dem *Rojer* in seiner Nähe der Schweiß von der Stirn perlte und wie der junge Mann seine zitternden Hände zögerlich um den Griff seiner Paddel schloss. Beruhigend legte Cyrill seine Hand auf die des Ruderers und nickte ihm aufmunternd zu. Dann wandte er sich mit starker Stimme an seine Mannschaft: ‚Es ist nun so weit. Die Stunde der Wahrheit ist gekommen.' Ein Raunen ging durch die gesamte Mannschaft und wie gebannt lauschten die Männer Cyrills Rede. Cyrill war noch nie ein Mann der großen Worte gewesen. In der Tat hatte er sich immer davor gescheut, vor einem großen Publikum aufzutreten, hatte sich unsicher gefühlt und mickrig. So aber nicht in jenem Moment. Dies war seine Stunde und er wusste es. Wie von selbst kamen die Worte in seinen Kopf und er motivierte seine Mannschaft: ‚Was auch immer jetzt geschieht, Männer, wir werden unsere Heimat nicht kampflos dem Feind preisgeben. Wir werden kämpfen und wir vertrauen darauf, dass die Götter uns in dieser schweren Stunde nicht im Stich lassen. Ich fühle mich geehrt, mit einer Mannschaft Eurer Größe und Tapferkeit in die Schlacht ziehen zu dürfen. Ich fühle mich geehrt, einer von Euch zu sein. Und ich bin mir sicher, dass wir, wenn wir zusammenhalten und uns nicht einschüchtern lassen, den Sieg davontragen können. Wir können es schaffen. Und wir *werden* es schaffen! Nur Mut, Männer. Vertraut auf Euch und den göttlichen Beistand. Vertraut auf das, was die Pythia unserer Flotte prophezeit hat. Unsere Flotte ist die hölzerne Wand, die Zeus so gestärkt hat, dass sie undurchdringlich geworden ist. Den Persern wird das Lachen noch vergehen. Ihre Schiffe werden an unserer hölzernen Wand zerschellen wie Tonscherben an Stein. Sie werden einknicken wie ausgedörrte Grashalme, über die ein Pferdegespann fährt. Sie werden untergehen, wie ein Stein, den man ins Meer wirft! Liebe Matrosen, Soldaten und Ruderer, meine lieben Kollegen … Fürchtet Euch nicht! Heute Abend schon werden wir wieder zusammen mit unseren Familien in unseren Häusern speisen. Morgen schon wird die Erinnerung an die Angst, die wir ausgestanden haben, verblassen – und zurückbleiben wird nur das Gefühl des Triumphes, des Stolzes. Generationen nach uns werden noch von unserem Sieg berichten und unseren Mut in den höchsten Tönen loben. Meine lieben Kollegen, seid stark. Wir schaffen das. Wir werden aus dieser Schlacht als Sieger hervorgehen. Ich verspreche Euch: Wir schaffen das! Lang lebe Griechenland!'

Als Cyrill geendet hatte, kehrte erst einmal Ruhe ein, dann begann der junge *Rojer*, dem Cyrill beruhigend die Hand aufgelegt hatte, zu applaudieren. Seine Augen waren noch immer geweitet vor Furcht, doch er saß nun aufrecht und mit geradem Rücken auf der Ruderbank und nickte Cyrill respektvoll zu. Schließlich steckte dies auch den Rest der Mannschaft an und die Männer jubelten Cyrill zu und stampften lärmend mit den Füßen auf das Deck. Der Enthusiasmus seiner Mannschaft machte Cyrill Mut. Entschlossen wandte er sich wieder nach vorne, um aufs Meer hinauszuschauen. Er erstarrte. Die schwarzen Punkte am Horizont waren sehr schnell größer geworden. Schneller, als er das für möglich gehalten hatte. Inzwischen konnte er schon die gewaltigen Segel der Schiffe erkennen, die vom Wind weit aufgebläht waren und rasch und immer rascher stießen die Schlachtschiffe der Perser in die Bucht von Piräus vor.

Auf ein Zeichen von Cyrill hin verstummten die Jubelschreie seines Teams und konzentriertes Schweigen kehrte ein. Immer deutlicher wurden die Konturen der Kriegsschiffe. Cyrill versuchte, sie zu zählen, aber aufgrund der unglaublichen Menge verlor er den Überblick und beschloss, es sei gar nicht wichtig, über die genaue Anzahl der Gegner Bescheid zu wissen. Der Anblick ließ ihm das Blut in den Adern gefrieren und er fühlte sich, als laste ein ungeheures Gewicht auf seiner Brust, das ihm das Atmen erschwerte. Deutlich spürte er das fast schon schmerzhaft laute Hämmern seines Herzens gegen den Brustkorb. Er senkte seinen Blick und atmete tief durch. *Nur nicht die Nerven verlieren*, redete er mit sich selbst, *denk nach, Cyrill, denk nach. Nur nicht die Nerven verlieren* ... Er spürte die nervösen Blicke seiner Mannschaft hinter sich, doch er konnte sich nicht mehr von den herannahenden Schiffen der Perser abwenden. Sie kamen näher und näher. Ihre Kiele durchschnitten das Wasser und stießen immer weiter in die griechischen Gewässer vor.

Wann ist der perfekte Zeitpunkt für den Angriff gekommen?, fragte sich Cyrill, *noch nicht ... Noch nicht. Es dauert noch ...* Die ersten Schiffe hatten schon die Insel *Ägina* passiert und drehten in Richtung des Hafens von Piräus ein. Cyrill blickte an den Horizont und verspürte ein leichtes Übelkeitsgefühl, als er erkannte, dass Unmengen von Schiffen nachkamen; dass sich über die gesamte Strecke bis hin zum Horizont schwarze Punkte über das Meer verteilt hatten und diese schwarzen Punkte bewegten sich allesamt auf das Festland zu. Es waren so viele! So unglaublich viele! Cyrill hätte nie gedacht, dass er es mit dermaßen vielen persischen Schlachtschiffen zu tun bekommen würde. Er schwankte leicht aufgrund des Schocks, doch ermahnte sich selbst: *Jetzt reiß dich zusammen, Cyrill. Es bringt nichts, wenn du jetzt in Panik gerätst.* Er zwang sich dazu, sich aufrecht gegen den Wind zu stellen und er atmete die salzige Meeresbrise. Er spürte, wie dies seinen Lungen guttat und wie er dabei neuen Mut fasste.

Die ersten Schiffe waren inzwischen so nah, dass Cyrill flatternde Flaggen an den Masten erkennen konnte und Leute, die an Deck standen und zum griechischen Festland hinüberblickten. Keiner schenkte jedoch der Insel *Sálamis* seine Aufmerksamkeit, hinter der die mutigen Griechen ausharrten, bis ihr Moment gekommen war.

Das erste persische Schiff drehte bei, um in Piräus einzulaufen. Es war vielleicht noch 200 Meter vom Versteck der griechischen Flotte entfernt. Cyrill erblickte das Wappen des Perserreiches übergroß auf dem Stoff der Segeltücher: ein aufrecht stehender Löwe, der sein Maul weit aufgerissen hatte. Und mit einem Male fiel ihm wieder ein, was das kleine Mädchen in seinem Traum gesagt hatte: ‚*Wenn die Sonne den Dreizack blendet, ist es an der Zeit, aus dem Schatten zu treten und dem Löwen sein gezücktes Schwert zu entreißen. Der Löwe wird mit viel Gebrüll untergehen.*‘

In diesem Augenblick zog die Wolke, die sich vor die Sonne geschoben hatte, weiter. Cyrill fühlte sich unmittelbar geblendet und schaute sich verwirrt um. Schließlich bemerkte er, was der Grund für die Reflexion des Sonnenlichtes gewesen war: Der bronzeummantelte Rammsporn der *Emilia* fing die

Strahlen der Sonne und blitzte hell auf. Der Rammsporn hatte die Form eines Dreizacks!

... Wenn die Sonne den Dreizack blendet ...

Cyrill sah, wie das Schiff der Perser in den Hafen von Piräus einlief und der griechischen Flotte die ungeschützte Breitseite präsentierte.

... ist es an der Zeit, aus dem Schatten zu treten ...

Entschlossen zog Cyrill sein Schwert aus der Scheide und reckte es gen Himmel.

‚AAAAAAAAAAAANGRIIIIIIIIIIIIIIIIIIFF!', brüllte er mit lauter Stimme und nahezu im selben Augenblick setzte sich die *Emilia* ruckartig in Bewegung, die *Rojers* hatten gleichzeitig und im festen Rhythmus damit begonnen, mit ihren Rudern die Wasseroberfläche zu durchstoßen, wieder und wieder und immer wieder. Die Triere beschleunigte und das Schiff nahm noch mehr Fahrt auf. Der Wind schien gedreht zu haben, denn Cyrill war mit einem Male so, als würden sie durch eine weitere Kraft noch schneller vorangetrieben. Oder war es die schier unglaubliche Willenskraft, die Menschen bekamen, die – wenn es um ihr Überleben ging – sie dazu antrieb, stärker und effizienter zu arbeiten, als sie das jemals für möglich gehalten hätten?

Immer schneller wurde die Triere, die Bogenschützen gingen in Position und die *Hopliten* machten sich für das Entern des persischen Schiffes bereit. Die *Rojers* ruderten wie die Wahnsinnigen und schienen keine Müdigkeit zu kennen. Rasch kam der Rumpf des persischen Schiffes näher. Der Fahrtwind zog und zerrte an Cyrills Haaren und sein langes Gewand flatterte im Wind. Immer näher kamen sie an das persische Schiff heran. Cyrill stellte fest, dass die ersten Perser irritiert in die Richtung der griechischen Triere deuteten. Das Segel des Schlachtschiffes wurde unmittelbar in eine andere Richtung gerissen. Die Perser versuchten, ihr Schiff zu wenden, doch es war viel zu langsam und zu schwerfällig, um noch rechtzeitig der flinken griechischen Triere seinen Rammsporn zuzuwenden. Bald schon stand der Rumpf des persischen Schiffes wie ein hölzerner Berg vor Cyrill und seiner Mannschaft. Es war gut und gerne zweimal so lang wie die Triere und nahezu doppelt so hoch. Die Bogenschützen schossen erste Pfeile auf die Perser ab. Laute Schreie erklangen. Ein Mann stürzte mit schmerzverzerrtem Gesicht von Deck und tauchte in das eiskalte Wasser des Saronischen Golfes ein. Cyrill hörte überall um sich herum Kriegsgeschrei. Die Luft war erfüllt davon. Er wusste nicht, was die anderen Triere machten. Er wusste nur, dass er dieses persische Schiff auf den Grund des Meeres befördern musste. Alles andere war in diesem Moment egal. Noch immer drehte das persische Schlachtschiff langsam und seine Bugfigur kam in Sicht: ein Löwe, wie der auf dem persischen Segel, der sein Maul weit aufgerissen hatte. Der Rammsporn war ein Schwert, welches der Löwe in seinen Pranken hielt.

... und dem Löwen sein gezücktes Schwert zu entreißen ...

Mit aller Kraft rammte die griechische Triere den Dreizack in die Breitseite des persischen Schlachtschiffes. Holz splitterte mit einem ohrenbetäubenden Krach und gab unter der Wucht des Aufpralls nach. Teile vom Deck stürzten in sich zusammen. Ein wüstes Heer aus Paddeln, Menschen, Stoffen, Gerätschaften und anderen Dingen regnete in das Meer hinab. Der Mast knickte und das Segel begrub etliche Perser unter sich. Der Stoff des Segels bewegte sich, als die verzweifelten Menschen, die darunter gefangen waren, versuchten, aus ihrer Falle zu entkommen. Ein Mann fiel mit einem dumpfen Geräusch auf das Deck der griechischen Triere herab direkt vor Cyrills Füße. Weinend und um Erbarmen flehend kroch der Mann näher an Cyrill heran, umklammerte den Saum seines Gewandes und redete abgehackt und unter herzergreifenden Seufzern in einer Sprache mit ihm, die Cyrill nicht verstand. Irritiert und etwas hilflos wich Cyrill einen Schritt zurück, doch der Mann ließ ihn nicht mehr los. Er rutschte vor Cyrill auf den Knien herum und unaufhörlich flossen ihm Tränen aus den Augen. Der oberste Offizier zwinkerte Cyrill grinsend zu und durchbohrte den Perser daraufhin mit seinem Schwert. Sofort lockerte sich der Griff um Cyrills Beine und der Perser sank kraftlos mit dem Gesicht nach unten auf den Boden. Blut floss aus der klaffenden Wunde in seinem Rücken. Der Offizier kickte dem leblosen Körper mehrere Male in die Seite und beförderte ihn so über Bord. Cyrill atmete erschrocken ein, doch er bewahrte Fassung. *So ist es in einem Krieg*, redete er sich ein, *so ist es ...*

Das Chaos auf dem persischen Schiff war vollkommen. Planlos rannten die Matrosen über das Deck und versuchten, sich irgendwie vor dem Pfeilhagel der Griechen in Sicherheit zu bringen. Dies war der Moment, auf den die *Hopliten* gewartet hatten. Todesmutig enterten sie das persische Kriegsschiff und metzelten dessen Mannschaft nieder. Einige der Perser waren so verzweifelt, dass sie gar ins Wasser sprangen und riskierten, von herunterfallenden Decksaufbauten unter Wasser gedrückt und ertränkt zu werden.

Wasser strömte in das Innere des Schiffes. Cyrill vernahm das panische Rufen von Menschen, die um ihr Leben fürchteten, die sich die Seele aus dem Leib brüllten und sich verzweifelt an irgendetwas festklammerten. Die für Cyrill unverständlichen Befehle des Kommandanten hallten unbeachtet und hysterisch weit über das Meer. Schließlich wurde auch der Kommandant von einem Pfeil getroffen und verstummte auf ewig.

Immer mehr Wasser floss in das persische Schiff, es hatte bereits eine bedrohliche Schräglage. Die *Hopliten* kehrten auf die griechische Triere zurück und überließen die restlichen Perser ihrem Schicksal. Schließlich bäumte sich der mächtige Rumpf auf, verdeckte die Sonne und hob sich wie ein bedrohlich dunkler Schatten vor dem Horizont ab. Er sah aus wie ein riesiges Tier im letzten Todeskampf, als das Wasser unnachgiebig nach hinten in das unterste Deck strömte und ganze Abteilungen füllte. Die griechische Triere hatte ihm in nur einem einzigen Anlauf den Todesstoß versetzt und das Schiff sank mit dem Heck voraus unter lautem Getöse und den verzweifelten Rufen der Mannschaft in die Tiefen des Meeres hinab.

... der Löwe wird mit viel Gebrüll untergehen ...

Innerhalb kürzester Zeit war die Seeschlacht in vollem Gange. Die nachfolgenden persischen Schlachtschiffe waren auf die Attacke der griechischen Triere vorbereitet und drehten langsam bei. Die Luft war erfüllt von hastig gerufenen Befehlen und von den Schreien der Matrosen. Cyrill ließ seine Triere wenden und die Breitseite des nächsten Schiffes ansteuern. Dabei war es unvermeidbar, über die Trümmer und über die Überlebenden des ersten gesunkenen Schiffes hinwegzufahren. Bei jedem Knirschen, bei jedem dumpfen Aufprall eines Körpers an den Seiten des Bugs, bekam Cyrill eine Gänsehaut. Aber er hatte eine Aufgabe zu erfüllen. Er durfte sich keine Schwäche leisten. Er richtete seinen Blick geradeaus, auf die Linie seiner Feinde, und er wusste genau, was er zu tun hatte. Er erfüllte seine Aufgabe mit Bravour. Unter seinem Befehl wurden binnen weniger Minuten drei weitere Schlachtschiffe auf die gleiche Weise versenkt und viele Feinde verloren dabei ihr Leben. Zwar waren die Perser nun vorgewarnt, doch es dauerte lange, bis ihre riesigen

Schiffe beidrehten. Für die kleinere Triere war es wesentlich leichter, sich durch die Meerenge hindurchzumanövrieren und einem Angriff der gegnerischen Flotte auszuweichen. *Aber über kurz oder lang werden sich die Perser neu formiert haben*, dachte sich Cyrill, *bald wird unsere Strategie alleine nicht mehr ausreichen.* Als Cyrill die Triere gegen das fünfte Schlachtschiff steuerte, musste er feststellen, dass dieses ihnen den Rammsporn zugekehrt und Fahrt auf sie aufgenommen hatte. Es war also unmöglich, von dieser Seite her anzugreifen, ohne dabei zu riskieren, selbst durchbohrt zu werden, und als Cyrill hinter das attackierende Schiff blickte, sah er zu seinem Entsetzen, wie die anderen Schlachtschiffe sich ebenfalls drehten und ihnen ihre Frontseiten zuwandten.

‚Hart Steuerbord! Hart Steuerbord!', dröhnte Cyrills Stimme über das Deck und die Antwort kam sofort in Form einer zackigen Kurve, welche die Triere vollführte. Dies sah der Kommandant des attackierenden Schiffes als Chance zum Angriff auf die Breitseite der Triere und das Schlachtschiff nahm gehörig an Fahrt auf. Im Wenden mochten diese Schiffe zwar träge und plump sein; fuhren sie jedoch schnurstracks geradeaus, wurden sie zu pfeilschnellen tödlichen Kampfmaschinen und zu einer wahren Bedrohung für die griechische Triere.

Jeder Außenstehende hätte vermutet, dass Cyrill eine Wendung vollziehen lassen und anschließend die Flucht gen Westen anordnen würde. So dachten auch seine Feinde. Ihr Verhalten – einfach stur direkt auf die Triere zuzuhalten – zeigte, dass sie nichts anderes annahmen. Aber Cyrills Plan war ein ganz anderer als die Flucht. Sicher hätte er den Feind in die Bucht hinter *Sálamis* locken können, wo die anderen Triere noch immer auf ihren Einsatz warteten, aber noch wollte Cyrill nicht preisgeben, dass mehrere Triremen bereitstanden, um die persische Flotte zu zerstreuen. Nicht, bevor sich nicht *alle* Schiffe des Feindes in der Meerenge befanden, wo sie aufgrund ihrer Größe nahezu manövrierunfähig gemacht werden würden.

‚Hart Backbord! Hart Backbord!', schrie Cyrill und hielt sich an der Reling fest, um von der ruckartigen Wendung nicht ins Meer geworfen zu werden. Aus dem Augenwinkel erkannte Cyrill das entsetzte Gesicht seines ersten Matrosen. Kein Zweifel – der Mann musste denken, sein Kommandant hätte soeben völlig den Verstand verloren und gäbe in seiner Verzweiflung sinnlose Befehle, welche sie alle in den Tod führen würden. ‚Herr ... Herr ...', stammelte er und schluckte einen großen Kloß in seinem Hals hinunter. ‚Ich ... ähm ... wage es zu bezweifeln, dass dies eine besonders gute Idee ist.' – ‚Wartet es ab', murmelte Cyrill. ‚Das ist noch nicht der ganze Plan.' Inzwischen hatte sich die *Emilia* frontal in die Fahrtrichtung des persischen Schiffes gedreht. Der Dreizack zeigte direkt in die Richtung des Rammsporns des persischen Schlachtschiffes. ‚Geradeaus! Volle Fahrt voraus!' – ‚Herr ... Auf diese Weise versenkt Ihr auch unser Schiff', befürchtete der Matrose und sah sich nervös und doch machtlos überall um. ‚Das werden wir ja sehen', meinte Cyrill und blickte stur geradeaus, direkt auf die in der Sonne hell aufblitzende Spitze des Rammsporns des Gegners. Die Distanz zwischen Triere und Schlachtschiff verringerte sich bedenklich. Noch fünfzig Meter, noch dreißig Meter, noch zwanzig Meter ... Cyrill stellte fest, dass die Ruderer seiner Mannschaft sich ängstlich hin und wieder über die Schulter schauten, aber keiner wagte es, seinem Befehl Widerstand zu leisten. Sie wussten, Cyrill hatte einen Plan, aber sie konnten nicht nachvollziehen, was denn Cyrills Intention war und sie hatten Angst. Zu seiner Zufriedenheit stellte Cyrill aber auch fest, dass der

Kommandant auf dem gegnerischen Schiff ebenfalls verunsichert war. Womöglich war er gerade dabei, seine Strategie – geradeaus auf die Triere zuzusteuern – zu überdenken und wollte abdrehen. Aber sicherlich war ihm auch bewusst, dass die Zeit zum Wenden nicht mehr ausreichen würde. Womöglich verließ er sich darauf, dass Größe und Pomp sich gegen Zierlichkeit durchsetzen könnte. Jedenfalls erfolgte kein Befehl zum Wenden. ‚Hart Steuerbord!', rief Cyrill plötzlich. Die Triere reagierte sofort auf die Veränderung und drehte nach rechts. Nun zeigte der Bug der Triere im spitzen Winkel am Rammsporn des Schlachtschiffes vorbei. ‚Alle Ruder Backbord einziehen!', befahl Cyrill und die *Rojers* auf der linken Seite holten ihre Paddel an Bord.

Fünf Meter, zwei Meter, ein Meter ... Ein Ruck ging durch die Triere und alle Männer hielten sich krampfhaft an den Bänken fest, auf denen sie saßen. Die Triere schrammte mit ihrer Backbordseite am Rand des persischen Schlachtschiffes entlang. Metallene Sporne, Spitzen, Kanten und Ecken, die an den Seiten der Triere angebracht waren, bohrten sich tief in den Rumpf des persischen Schlachtschiffes, zerstörten die Ruder des Gegners, rissen tiefe Löcher in den Kiel und zogen lange Furchen durch das Holz, ohne dass dabei die Triere selbst Schaden nahm. *Polyzalos hat beim Bau seiner Triere wahrhaftig keine Kosten gescheut*, freute sich Cyrill insgeheim. ‚Bogenschützen!', orderte Cyrill dann und augenblicklich prasselte ein tödlicher Regen aus Pfeilen auf die unvorbereiteten Perser herab, bis die Triere vollends an der Breitseite des Schlachtschiffes vorbeigezogen war. Cyrill drehte sich nach hinten um. Das Schiff der Perser hatte gehörig Schlagseite und drohte zu kippen. Die Mannschaft rannte panisch über das Deck. Einige wenige Soldaten schossen ihrerseits mit Pfeilen auf die Besatzung der griechischen Triere. Doch wie durch Magie verfehlten die Geschosse ihr Ziel, wurden vom Wind davongetragen und platschten gefahrlos in das Meer, wo sie harmlos untergingen."

Michális hielt einen Moment inne und befeuchtete sich die Lippen mit der Zunge. Verschmitzt strich er sich über seinen Schnurrbart und schaute interessiert in die Runde. Ich stellte fest, dass Maria und Lissy ganz schön blass um die Nase geworden waren und wie versteinert auf ihren Stühlen saßen. Wahrscheinlich sah ich nicht viel besser aus, vermutete ich. Michális' detaillierte Beschreibung der Seeschlacht hatte uns ganz schön zugesetzt. Zwar wussten wir, dass Cyrill den Perserkrieg überlebt hatte, aber trotz allem fieberten wir mit ihm und seiner Mannschaft mit. Wir waren regelrecht an das Geschehen in Michális' Geschichte gefesselt. Ich ertappte mich zudem dabei, dass ich vor lauter Anspannung damit begonnen hatte, auf meinen Fingernägeln herumzukauen. Das tat ich sonst nie. Beschämt senkte ich meine Arme und setzte mich auf meine Hände, damit ich ja nicht in Versuchung kam, mit dieser Unart fortzufahren. Ich schaute nachdenklich auf das türkisfarbene Meer hinaus, das unschuldig vor uns lag. Leichte Wellen schwappten gegen die Küste und umspülten die hölzernen Pfosten, welche die Terrasse des Restaurants stützten. *Hier, in diesen Gewässern hat die tödliche Seeschlacht stattgefunden*, grübelte ich, *genau hier. Vielleicht wurde gerade an der Stelle, wohin ich jetzt schaue, ein persisches Schlachtschiff versenkt – oder eine griechische Triere*, dachte ich weiter, *das könnte ja auch sein*. Ich bekam eine Gänsehaut, als ich länger darüber nachdachte und insgeheim war ich unheimlich dankbar dafür, dass mich von dieser Schlacht keine Bilder, keine Visionen und Träume heimsuchten. Das hätte ich womöglich nicht verkraftet.

„Dass der aber auch alles so ausführlich beschreiben muss …", flüsterte Lissy verhalten, „mir ist schon ganz schlecht."

Michális wollte wissen, was Lissy gesagt hatte, also dolmetschte Yunus. Daraufhin grinste Michális und gab über Yunus zurück: „So ist es nun einmal in einer Seeschlacht. – Ihr wollt doch die ganze Geschichte, oder etwa nicht?"

„Ja, ja, alles klar", murmelte Lissy ironisch, „wir wollten auch haargenau und bis ins kleinste Detail geschildert bekommen, wie jeder einzelne Perser niedergemetzelt worden ist …" Yunus rollte die Augen, zog es aber vor, den letzten Kommentar lieber nicht zu übersetzen und es erübrigte sich auch von selbst, da Michális inzwischen beschlossen hatte, dass es an der Zeit war, mit seiner Geschichte fortzufahren und sie langsam aber sicher zu einem Ende zu bringen.

„Und der Kampf ging weiter. Der spektakuläre letzte Angriff Cyrills sorgte für Furcht und Schrecken unter den Persern und riss eine Lücke in die sonst so geordnet vorstoßenden Reihen der Schlachtschiffe, sodass Cyrills Triere erfolgreich zwei, drei, vier weitere Holzberge attackieren und aus dem Weg räumen konnte. Rasch verlor Cyrill den Überblick darüber, wie viele Schlachtschiffe bereits versenkt worden waren. Seine Strategie war wirksam und lehrte den Persern Respekt vor dem Mut der Griechen. Doch ein kühler Kopf in den Reihen der Feinde sorgte dafür, dass sich die gegnerische Flotte erneut formierte und geeint tiefer in die Bucht von Piräus eindrang. Dies empfand Cyrill als den geeigneten Zeitpunkt, sich näher an die Insel *Sálamis* zurückzuziehen, wo die anderen Triere noch immer auf sein Zeichen zum Angriff warteten. Auf diese Weise wollte er den Feind direkt in die Falle locken. Und der Plan ging auf! Nahezu alle persischen Schlachtschiffe befanden sich inzwischen in der Meerenge des Saronischen Golfs und kamen rasch näher. Es war ein unglaublicher Anblick, ein furchterregender Anblick! Das Meer war bedeckt von Schlachtschiffen. Überall tummelten sich

Schlachtschiffe und die Flotte war bereit, es mit dem griechischen Widersacher aufzunehmen! Es konnte doch nicht wahr sein, dass ein dermaßen mickriges Schiff es mit einer ganzen Flotte von mächtigen, vom Heck bis zum Bug bewaffneten persischen Schlachtschiffen aufnehmen konnte! – So dachten wohl die persischen Kommandanten und lachten sich ins Fäustchen. Dem Winzling würden sie schon noch das Fürchten lehren! Was konnte ein einzelnes Schiff schon gegen die Massen der persischen Kampfmaschinen ausrichten?

Cyrill stellte fest, dass die persische Flotte versuchte, ihn an die Felsen der Insel *Sálamis* zu drängen, wo die Triere wohl entweder zerschellen würde oder dem Angriff von Hunderten von Schlachtschiffen hilflos ausgeliefert wäre.

Cyrill befahl seiner Mannschaft, so weit wie nur möglich an die Insel heranzufahren, ohne dabei den gefährlichen Felsen zu nahe zu kommen. Das aufgewühlte Wasser rauschte gegen die Felswand und gluckerte, als es wieder zurück gegen den Bug der griechischen Triere strömte. Rasch kamen die gegnerischen Schiffe näher. Cyrill ließ die Triere beidrehen, sodass sie sich parallel zur Insel befand. Anschließend wandte er sich gen Westen. Er wusste, dass der Steuermann, der vor Beginn des Angriffs neben ihm gewartet hatte, ihn von seinem Ankerplatz aus gut sehen konnte. Mit einem durchdringenden Urschrei, der ihm unvermittelt über die Lippen kam, riss Cyrill eine riesige schwarze Fahne in die Luft, auf der eine glühend rote Fackel abgebildet war – das Symbol für Ares, den Kriegsgott der Griechen. Er schwenkte die Flagge gut sichtbar zweimal auf und ab und wies anschließend damit vom nördlichen Rand der Insel auf die Reihen der angreifenden persischen Schlachtschiffe links vor ihm. Von hinter den Felsen der Insel ertönte daraufhin ein noch viel lauteres Geschrei von Tausenden von angriffslustigen Griechen und plötzlich erschienen wie von Geisterhand zwanzig Triere in der Meerenge zwischen dem griechischen Festland und der Insel *Sálamis*, in fünf Reihen, also immer vier Schiffe nebeneinander. Mit einem Irrsinnstempo hielten sie direkt auf die gegnerische Flotte. Das Kriegsgeschrei war unglaublich laut und brachte das Blut in Cyrills Ohren zum Rauschen.

Cyrill beobachtete den Vorstoß seiner Kollegen. Erste Unsicherheit machte sich in den Persern bemerkbar. Es kam Cyrill so vor, als hätten deren Ruderer aufgehört, die Schiffe voranzutreiben. Doch dann vernahm Cyrill eine unglaublich laute, schrill sich überschlagende und lange widerhallende Stimme aus den Reihen der Perser, die einen Befehl über die hohen Decks hinwegdonnerte, woraufhin die persischen Ruderer erneut zu ihren Paddeln griffen und frontal die neu hinzugekommenen Triere attackierten. In Kürze zischten die ersten Pfeile über das Meer, trafen Perser, trafen Griechen. Holz krachte gegen Holz. Menschen stürzten über Bord, Decksaufbauten lösten sich und versanken in dem aufgewühlten wogenden Meer. Ruder barsten, Holz splitterte, Schreie erfüllten die drückende Luft, Enterhaken wurden an Decks geworfen, Schwerter klirrten gegeneinander. Das Wasser des Saronischen Golfs färbte sich rot vom Blut der Kontrahenten und schien zu kochen.

Cyrill ließ sein Schiff wenden und den südlichen Rand der Insel *Sálamis* anlaufen. Erneut hob er die schwarz-rote Flagge und brüllte, bis er ganz heiser davon wurde. Fünfmal schwenkte er die Fahne auf und ab, dann bewegte er sie vom südlichen Rand der Insel in Richtung der Breitseiten der persischen Schlachtschiffe, die ihren Rammsporn gerade den anderen Trieren zugewandt hatten. Unvermittelt verließen fünfzig weitere Triere ihr Versteck und griffen von der anderen Seite aus an. Die Ordnung der Perser war durchbrochen, nun, da sie von beiden Seiten angegriffen wurden. Alle Vorstöße der Perser wirkten fortan unkoordiniert und verzweifelt. Es war nicht selten, dass sich die großen Schlachtschiffe bei ihren schwerfälligen Manövern selbst im Weg standen. Beinahe hysterisch wurden Befehle wild durcheinander über das Meer gebrüllt, die Ruderer hatten keinen gemeinsamen Rhythmus mehr und das Chaos war vollkommen. Es war deutlich zu erkennen, dass die persischen Kommandanten den Überblick verloren hatten, da sie nicht im Geringsten mit einem derart erbitterten und gut durchorganisierten Angriff aus dem Hinterhalt gerechnet hatten. Und so war es nicht weiter verwunderlich, dass es den griechischen Trieren gelang, ein persisches Schlachtschiff nach dem anderen zu versenken und etliche der Feinde ins Jenseits zu befördern. Binnen kürzester Zeit schwammen überall abgerissene Segeltücher, zerbrochene Masten, Teile von Schiffsrümpfen und leblose Körper auf der Wasseroberfläche herum und erschwerten den massigen Perserschiffen mit dem beträchtlichen Tiefgang das Manövrieren zusätzlich um einiges.

Das Meer verwandelte sich in einen tobenden Kessel; der Saronische Golf wurde zum Schauplatz der erbittertsten Seeschlacht aller Zeiten. Es grenzte nahezu an ein Wunder, dass Cyrill in diesem Chaos die Nerven behielt und mit kühlem Kopf weitere Befehle erteilen konnte.

Nachrückende Perser versuchten, die neu hinzugekommenen Triere einzukesseln und an die Insel zu drängen, aber die großen Schiffe befanden sich in der Meerenge eindeutig im Nachteil und konnten kaum mehr gelenkt werden.

Ein letztes Mal riss Cyrill die schwarze Fahne in die Luft, bewegte sie mehrere Male rasch auf und ab, schwenkte sie hin und her und legte sie dann beiseite. – Dies war das Zeichen dafür, dass *alle* bisher noch verborgen gehaltenen Triere ihr Versteck verlassen und den Kampf gegen den bedrängten Feind aufnehmen sollten.

Ein Pfeil zischte knapp an Cyrills Kopf vorbei und bohrte sich in den Mast der *Emilia*. Gerade noch rechtzeitig ging Cyrill in Deckung. Anschließend befahl er seiner Mannschaft, sich in die Reihen der anderen Triere einzufügen und an ihrer Seite zu kämpfen."

Michális hustete und strich sich über das Kinn. Eine seltsam durchdringende Stille machte sich breit, nun, da Michális und Yunus innehielten. Während die beiden noch geredet hatten, war es mir fast so vorgekommen, als könne ich ein Echo des Kriegsgeschreis und des splitternden Holzes hören. Als dann jedoch alles ruhig war, vernahm ich ein befremdliches Klingeln in meinen Ohren, das mich irgendwie ganz zappelig machte und mich überall nervös umschauen ließ.

In der Küche des Restaurants fiel scheppernd Besteck auf den Boden und dies beförderte mich schließlich unsanft, aber äußerst wirksam in die Realität zurück.

„Ja, und das Ende der Geschichte kennt ihr bereits", fuhr Michális durch Yunus' Übersetzung fort. „Durch Geschick, die richtige Taktik, ein unglaubliches Gespür dafür, zur richtigen Zeit am richtigen Ort zu sein, und wahrscheinlich auch durch eine gehörige Portion Glück gelang es den griechischen Trieren, über die einst zahlenmäßig weit überlegenen Perser die Oberhand zu gewinnen und dem Feind den Garaus zu machen. Ich will hier nichts beschönigen oder den Krieg verherrlichen …" Michális schüttelte den Kopf. „Nichts läge mir ferner als das. – Kein Krieg ist schön! Und eine Seeschlacht schon gar nicht! Die Griechen hatten ihren Sieg mit einem hohen Preis bezahlt. Etliche junge Männer verloren an jenem schicksalsträchtigen Tag ihr Leben, gingen mitsamt ihrer Triere unter, verschwanden auf Nimmerwiedersehen in den Tiefen des Saronischen Golfs. Aber Cyrill überlebte. Cyrill und ein Großteil seiner Mannschaft. Cyrill, der erst 16 Jahre alt gewesen war und noch nie zuvor an einer Schlacht teilgenommen hatte ... Er bewährte sich in der wohl brutalsten Seeschlacht aller Zeiten. Womöglich hat Griechenland es überhaupt ihm – meinem Vorfahren – zu verdanken, dass das Land weiterhin Bestand hatte und nicht von den Persern annektiert worden war. Stellt euch das einmal vor! Um ein Haar hätte Griechenland aufgehört zu existieren!"

Michális riss seine Augen theatralisch weit auf. „Haaaaa!", machte er und nickte langsam.

„Das wäre schrecklich gewesen", meinte Alex.

Michális fand noch ein paar abschließende Worte für seine Geschichte: „Polyzalos war überwältigt von den Heldentaten des jungen Steuermannes und bot Cyrill eine ranghohe Stelle in seinem Dienst an. Als engster Vertrauter des Tyrannen sollte er in seinem Namen wichtige diplomatische Verhandlungen mit anderen Nationen machen und im Kriegsfall Angriffs- und Verteidigungsstrategien ausarbeiten und vorlegen. Cyrill lehnte jedoch dankend ab und zog sich aus politischen Angelegenheiten völlig zurück. Noch immer sah er vor sich die Bilder aus der Schlacht: das Blut, das sich mit dem salzigen Wasser des Meeres vermischte; die blinde Wut, mit der die verfeindeten Menschen aufeinander einschlugen; das Entsetzen in den Gesichtern der tödlich getroffenen Menschen ..." Michális rang nach Atem. „Nie würde Cyrill diesen Anblick vergessen können. Nie würde er die Schreie aus seinem Gedächtnis löschen können, welche die Schlacht begleiteten. Nie wieder in seinem ganzen Leben. Das wusste er bereits in jenem Augenblick und er konnte sich nichts

Schlimmeres als einen erneuten Krieg vorstellen. Daher entschloss sich Cyrill dazu, Polyzalos' Angebot nicht anzunehmen.

Polyzalos bedauerte dies zutiefst und sprach von verschenktem und vergeudetem Talent, doch er respektierte Cyrills Wunsch und bot ihm eine Alternative an, die Cyrill eher zusagte, da sie seinen Neigungen entsprach, und diese Alternative war mindestens genauso ehrenvoll wie das Amt des engsten Vertrauten des Tyrannen."

Er ernannte ihn zu seinem persönlichen Wagenlenker, dachte ich.

„Polyzalos machte Cyrill zu seinem persönlichen Wagenlenker", sprach Michális durch Yunus' Übersetzung und ich nickte zufrieden. Das wussten wir bereits.

„Das passt", kommentierte dies Maria unschuldig.

„Yep", stimmte ihr Alex zu und zwinkerte in Yunus' Richtung.

„Wer hätte das gedacht?", schmunzelte Lissy leicht verschwörerisch.

„Tja, ja." Mehr konnte ich dazu nicht sagen.

Ich war ganz in meinen Gedanken versunken und erschrak regelrecht, als Michális plötzlich durchdringend zu lachen begann. „Was ist denn los?", fragte ich Yunus etwas ratlos. „Habe ich irgendeine Pointe verpasst?"

„Hm, ich weiß ehrlich gesagt auch nicht, was Michális hat", gab Yunus zu und wandte sich sogleich auf Griechisch an den Händler. „Ach so." Yunus kicherte. „Michális hat sich gerade gefragt, ob er etwas von Cyrill geerbt hat. Seine Sportlichkeit sei es anscheinend nicht." Michális klopfte demonstrativ auf seinen Bauch, um seine Aussage zu illustrieren.

„Oh du, sag das nicht", lenkte ich ein, „sportlich genug bist du, was das Laufen angeht. Wenn du denkst, du wirst verfolgt, hast du einen ganz schönen Zahn drauf. – Ich weiß, wovon ich rede!" Noch deutlich erinnerte ich mich an die spektakuläre Verfolgungsjagd durch die U-Bahn-Gänge und durch die Straßen von Piräus.

„Haha, findest du?" Michális lachte erneut. „Na, vielleicht habe ich dann doch etwas von Cyrill geerbt ... Aber ich glaube kaum, dass ich es als Wagenlenker zu etwas gebracht hätte ... Ich kann ja nicht einmal Autofahren", gab Michális durch Yunus zu, „deshalb nehme ich auch immer die Metro, wenn ich in Athen unterwegs bin. – Aber Cyrill ... – Ihr jungen Leute, ich sage euch: Cyrill war als Wagenlenker unglaublich erfolgreich und heiß umjubelt. Bei vielen Rennen war er der Favorit und machte sich sehr schnell einen Namen. Er war im ganzen Land bekannt – und sicherlich auch über die Grenzen des Landes hinweg. In Italien auf jeden Fall – dank Polyzalos. Cyrill war äußerst zufrieden mit dem Kurs, den sein Leben eingeschlagen hatte."

Michális seufzte. „Oh, was gäbe ich darum, könnte ich einmal ein solches Wagenrennen mit eigenen Augen sehen. Wie gerne würde ich über diesen meinen Ahnen mehr in Erfahrung bringen ..."

Instinktiv drehte ich mich zu Yunus um. *„Sollen wir ihm erzählen ...?"*, vernahm ich Yunus' Stimme in meinem Kopf. Diesmal zuckte ich nur geringfügig zusammen. Sollte ich mich tatsächlich langsam an Yunus' merkwürdige Art der Kommunikation gewöhnen? – Nein, ich wagte es zu bezweifeln. Noch immer spürte ich das leicht unangenehme Prickeln unter der Kopfhaut und ich kratzte mir den Kopf, um es möglichst schnell wieder loszubekommen. – *Sollen wir ihm erzählen ...?* Ich wusste sofort, was Yunus meinte, obwohl er mitten in seinem Satz abgebrochen hatte. Ich schaute ihm tief in die Augen und zuckte leicht mit den Schultern. Ich wusste es nicht. Vielleicht sollten wir Michális wirklich einweihen. Er als Nachkomme

Cyrills hatte doch wohl ein Recht darauf zu erfahren, was mit seinem Vorfahren geschehen war, oder? Und dass der Händler tatsächlich ein Nachkomme Cyrills war, daran hatte ich keinerlei Zweifel mehr. Seine Geschichte war Beweis genug und die Gegenstände, die Yunus durch Michális erworben hatte – die Haarspange und das Medaillon –, hatte er sicherlich von seiner Familie vererbt bekommen. Warum er sich aber dazu entschlossen haben sollte, diese wertvollen Erinnerungen an die Vergangenheit auf einem Markt zu verscherbeln, konnte ich allerdings überhaupt nicht nachvollziehen. Ich an seiner Stelle hätte das bestimmt niemals gemacht. Aber ich bin auch jemand, der alle möglichen Sachen aufhebt. Sachen, die mir auf irgendeiner Art und Weise Geschichten erzählen. Sachen, die mir etwas bedeuten. Vielleicht hängt nicht jeder an solchen alten Dingen, wie ich das tue. Vielleicht hatte Michális aber auch andere Gründe dafür gehabt, diese Gegenstände zu verkaufen. Vielleicht hatte ihn damals die Geldnot geplagt oder sonst irgendetwas. – Was dachte Michális sich wohl dabei, wenn er den Namen *Emilia* auf der Rückseite des Medaillons las? Dachte er dabei an die griechische Triere? Sein eigenes Schiff? Oder an das kleine Mädchen, das Cyrill in seinem Traum erschienen war? *Emilia* … – Sollten wir Michális einweihen? Sollten wir ihn zu unserem Verbündeten machen? Erneut blickte ich Yunus direkt ins Gesicht, doch sein Ausdruck war genauso ratlos wie meiner.

Bevor wir zu einem Entschluss kommen konnten, fuhr Michális fort und Yunus übernahm wieder die Aufgabe des Dolmetschers. *Sein Mund muss doch inzwischen ganz fusselig geredet sein*, dachte ich mir, *so viel, wie der heute schon übersetzen musste* … Aber Yunus war ganz routiniert bei der Sache. Es machte ihm offensichtlich überhaupt nichts aus, permanent zu dolmetschen und seltsamerweise schien er sich dafür auch gar nicht besonders anstrengen zu müssen. Ich bewunderte ihn dafür unheimlich.

„Als die Seeschlacht vorüber war und ihre Spuren nach und nach beseitigt wurden, baute man das Land wieder auf. Auch die *Emilia* wurde wieder auf Vordermann gebracht. Obwohl sie sich tapfer geschlagen hatte, war der Krieg nicht spurlos an ihr vorübergegangen. Die kunstvollen Schnitzereien an ihren Seiten hatten sehr unter den Rammattacken gelitten, der Rammsporn war abgenutzt und an der Seite hatte das Schiff Schrammen, Dellen und einzelne Löcher. Ein Teil des Hecks war verloren gegangen und das Segel hatte einen Riss abbekommen, aber wie durch ein Wunder war das Schiff seetauglich geblieben. Und Polyzalos' Geld richtete alles. Ein paar Korrekturen hier und ein paar Retuschierungen dort – und ein paar Tage später war die Triere wieder so schön, stark und edel wie zuvor."

Michális grinste bis über beide Ohren.

„In meiner Familie erzählt man sich diese Geschichte schon so lange ... Vielleicht ist einiges erfunden oder dazugedichtet worden. Ich weiß es nicht. Ich kann nicht garantieren, dass die Version, die ich euch heute erzählt habe, noch die ursprüngliche ist. Aber eines trifft auf jeden Fall zu: So lange ich meine Familiengeschichte zurückverfolgen kann ... alle, wirklich alle Schiffe, die in den Besitz meiner Familie gekommen sind, bekamen den Namen *Emilia*. – *Emilia* ...", sinnierte Michális, „der Name ist doch wie gemacht für ein Schiff, oder? *Emilia* ..."

Alex prustete und hätte sich dabei fast verschluckt. Michális' verträumter Gesichtsausdruck sah aber auch einfach zu komisch aus.

„Apropos Emilia ...", begann ich, doch Michális ließ mich nicht ausreden.

„Ein wichtiges Detail in meiner Geschichte habe ich bisher noch nicht erzählt", sprach der Händler durch Yunus, „das kleine Mädchen Emilia ..."

Ich wurde hellhörig.

„In der Tat war es so, dass Cyrill sich viele, viele Gedanken über das kleine Mädchen gemacht hatte, das ihm im Traum erschienen war. Er fragte Polyzalos, ob er eine Tochter hatte, die genauso hieß wie seine Triere. Daraufhin lachte Polyzalos aus vollem Halse und fragte Cyrill, wie er denn auf solch eine Idee käme; er habe natürlich keine Tochter. Cyrill zuckte nur mit den Schultern und meinte, dass Emilia ein unglaublich schöner Name war, der doch viel eher zu einem hübschen jungen Mädchen passen würde als zu einem mächtigen Kriegsschiff. Das sei allerdings auch wieder wahr, stimmte Polyzalos ihm zu und versprach Cyrill, dass er – sollte er jemals eine Tochter bekommen – diese unbedingt Emilia nennen würde. – Ja, und jetzt ratet mal, was nur ein paar Monate später geschah!" Mit einem erwartungsvollen Gesichtsausdruck schaute Michális in die Runde.

„Er bekam eine Tochter", erwiderte Alex wie aus der Pistole geschossen und Yunus übersetzte ebenso prompt.

„Ganz genau!" Michális runzelte die Stirn. „Woher weißt du ...?"

„Ich habe geraten", log Alex, „war auch nicht besonders schwer ... Nach dem, was du vorher gesagt hast ..."

Ein paar Monate nach der Schlacht ... Ich rechnete nach. Das heißt, Emilia ist im Jahr 479 vor Christus geboren. Das wiederum würde bedeuten, dass sie 464 vor Christus, also in dem Jahr, in dem sie lebendig begraben wurde, 15 Jahre alt war. Sie war erst 15 Jahre alt gewesen! Ich konnte es gar nicht glauben.

„Na gut ...", murmelte Michális, „jedenfalls nannte Polyzalos seine Tochter, ohne lange darüber nachzudenken, Emilia. Es schien ihm einfach passend, nach dem, was sein Wagenlenker ihm gesagt hatte. Und sicherlich konnte man von dem Kind Großes erwarten. Wenn man bedenkt, dass sie schon als Fünfjährige die Fähigkeit hatte, Prophezeiungen für die Zukunft zu machen ..."

Michális grinste triumphierend, doch wir starrten ihn lediglich mit großen Augen an. Der Kreis hatte sich geschlossen.

Ich geriet ins Grübeln. Es war haargenau so wie mit der Frage nach der Henne und dem Ei. Was war zuerst da: die Henne oder das Ei? Genauso konnten wir nun fragen: Was war zuerst da?: das Baby Emilia, das nach der Schlacht von *Sálamis* auf die Welt gekommen war, oder das fünfjährige Mädchen Emilia, das Cyrill vor der Schlacht im Traum erschienen war? Unter Berücksichtigung der Naturgesetze, dem chronologischen Gang des Weltgeschehens, ist die Beantwortung dieser Frage einfach. Logisch: Zuerst musste das Baby da gewesen sein, bevor das Kind überhaupt erst fünf Jahre alt werden konnte. Aber andererseits ... Wäre Emilia dem jungen Cyrill als Fünfjährige nicht in seinem Traum erschienen, wäre das Baby womöglich nicht Emilia genannt worden. Aber im Traum hatte sich das kleine Mädchen bereits als Emilia, Tochter des Polyzalos' vorgestellt, obwohl das Baby Polyzalos' noch gar nicht auf der Welt war. In welche Richtung man auch ging mit den Überlegungen zu dieser Frage ... Man drehte sich immer im Kreis und kam nicht vorwärts. War der Name in Cyrills Traum Zufall gewesen? War die Emilia im Traum gar nicht unsere Emilia, die Tochter des Polyzalos', sondern eine andere gewesen? Oder handelte es sich um eine Art prophetischen Traum, den Cyrill gehabt hatte? Aber wie konnte jemand, der noch gar nicht auf die

Welt gekommen war, bereits Prophezeiungen für die Zukunft machen, die für die prophezeiende Person bereits Vergangenheit ist?

– *Äääääääh ... Hilfe!* In meinem Kopf begannen sich die Gedanken zu drehen, und ohne dass ich mich dagegen hätte wehren können, musste ich unwillkürlich an Zeitreisende denken. Nur eine Zeitreise könnte erklären, wie die fünfjährige Emilia – sollte es tatsächlich sie gewesen sein und nicht ein anderes Mädchen mit demselben Namen – in der Vergangenheit mit Cyrill reden konnte, zu einer Zeit, zu der sie noch nicht einmal auf der Welt gewesen war. Das würde auch erklären, woher sie so gut über die Zukunft Bescheid wusste. Aber andererseits ... Ich schüttelte mich heftig. So etwas wie Zeitreisen gab es nicht! Das war doch absurd. Das war ... Nein! Also wirklich! Ich beschloss, darüber gar nicht mehr nachzudenken. *Emilia eine Zeitreisende, ha! So etwas Absurdes! Warum überhaupt sollte eine Fünfjährige auf Zeitreisen gehen? So ein Blödsinn!* Das mit dem Traum musste also doch eine unsichere Stelle in Michális' Geschichte sein. Womöglich war hier die Wahrheit irgendwo auf der Strecke geblieben oder jemand hatte sich mit den Daten vertan oder etwas erfunden, um die Geschichte dramatischer zu gestalten. Vielleicht waren die Namen in der Geschichte auch nur Zufall gewesen. Aber komischerweise glaubte ich seit einigen Tagen überhaupt nicht mehr an so etwas wie Zufall. Seit wir in Athen waren, war alles immer auf einen bestimmten Zweck hin ausgerichtet gewesen und so abstrus manch ein Ereignis anfangs auch schien ..., irgendwie fügte sich das Puzzle immer weiter zusammen.

Überfahrt

Wenig später beschlossen wir, dass es an der Zeit war, das Restaurant zu verlassen. Es dauerte eine Weile, bis Alex, Maria, Lissy und ich ausreichend Geld zusammengeklaubt hatten, um die horrende Rechnung begleichen zu können. Wir legten die Münzen und Scheine auf den kleinen Teller, den man uns eigens zu diesem Zweck hingestellt hatte. Der nette südländische Ober nahm das Geld an sich und zog sich in die Küche zurück. Nun gab es keinen Grund mehr für uns, noch länger im *Neosoikoi* zu bleiben. Wir nahmen also unsere Taschen, standen auf und schoben die Stühle zurück unter den Tisch. Lissy, Alex, Maria, Yunus und ich hatten bereits ein paar Schritte auf den Ausgang zu gemacht, als wir schließlich feststellten, dass Michális uns gar nicht gefolgt war, sondern immer noch unbeweglich auf seinem Stuhl hockte, als wäre er daran festgewachsen.

„Kommt er nicht mit raus?", wunderte sich Maria. Verwirrt drehten wir uns zu Michális um. Der saß auf seinem Stuhl mit einem perplexen Gesichtsausdruck. Sein Mund stand halb offen und seine Augen waren vor Erstaunen weit aufgerissen. Das kam mir äußerst merkwürdig vor.

„Wo schaut der denn hin?", fragte sich Alex und drehte sich in die Richtung, in welche Michális blickte. „Der glotzt Yunus an. Warum glotzt der Yunus so an?", stutzte Lissy. „Der guckt ja, als hätte er einen Geist gesehen", meinte Alex. Ich spürte, dass Yunus der durchdringende Blick des Händlers unangenehm war und dass seine Augen nervös von einer Ecke des Raumes zur anderen schweiften, nur damit er Michális' Blick nicht erwidern musste. Yunus schluckte. Ich konnte ihn gut verstehen. Würde ich dermaßen irre angegafft werden, bekäme ich es wohl auch mit der Angst zu tun. „Was hat

Michális denn auf einmal? Er ist so komisch", fand Maria. „Keine Ahnung", brach es aus Lissy. „Der spinnt doch." Sie schüttelte verwirrt den Kopf.

„What's up?", fragte ich Michális schließlich, da Yunus keine Anstalten machte, unsere Fragen ins Griechische zu übersetzen. Doch Michális ignorierte meine Frage. „What language ist this?", fragte der Händler stattdessen, als er seine Fassung halbwegs wiedererlangt hatte. „What language?" Ich verstand nicht, was er meinte. „The language on the ... on the ... necklace?" – „Yunus' Kette?", wunderte sich Lissy. „Is this Arabic?", fragte Michális weiter und deutete mit zitterndem Finger auf den großen, schweren Anhänger, den Yunus um seinen Hals trug. „Yes", entgegnete ich. „Why ...?" Michális stand auf und schritt rasch zu Yunus hinüber. „May I have a closer look?", fragte er. Yunus schaute etwas hilflos zu, wie der Händler mit seinen dicken Fingern nach dem Anhänger griff und ihn mit großem Interesse von allen Seiten betrachtete. Er strich andächtig über die Gravuren auf dem Anhänger. Yunus wich so weit vom Händler zurück, wie es ihm die Kette um seinen Hals erlaubte, und blickte irritiert auf die Hände des Händlers herab, die seine Kette betatschten. „Yeah ... This really looks like it", bestätigte Michális mit leicht rauer Stimme. „Like what?", fragte ich nach. Es irritierte mich, dass Yunus nicht mehr für uns dolmetsche. Ein ungebremster Redeschwall Michális' prasselte auf uns hernieder, unverständlich für uns, da er auf Griechisch war. „Yunus ...", mahnte Alex. „Hallo! Bist du noch da? Übersetzen bitte!" – „I think I should show you something." Michális verfiel erneut in die englische Sprache. Seine Augenbrauen hatte er so weit angehoben, dass sie beinahe unter der grauen Lockenpracht seiner Haare verschwanden. „Wanna have a little boat trip to *Sálamis*? My ship *Emilia* is waiting for you!"

⌘

„Wer hätte das gedacht? Wir fahren nach *Sálamis*!" Maria schüttelte noch immer fassungslos den Kopf. Wir standen auf einem der vielen Bootsstege im Jachthafen *Mikrolímano* und schauten Michális dabei zu, wie er sein Schiff für die Überfahrt fertigmachte. Yunus hatte sich inzwischen wieder gefasst und wir belagerten ihn. „Was hat er denn jetzt genau gesagt?", wollte Alex wissen. „Wieso will er mit uns nach *Sálamis* fahren?" – „Hast du etwas aus ihm herausbekommen können?", fragte Lissy. „Hat er was Bestimmtes gesagt?" – „Nein, nur dass er offensichtlich irgendetwas hat, auf dem Schriftzeichen sind – und dass diese Schriftzeichen so aussehen wie die, die auf meiner Kette sind." – „Also Arabisch", schlussfolgerte ich. „Ja, das ist anzunehmen." Yunus nestelte an seiner schweren goldenen Kette herum. „Mann! Vielleicht ist das eine weitere Spur!", brach es aus Lissy. „Vielleicht erfahren wir etwas Neues von Emilia und Jona!" – „Das wäre genial", stimmte ihr Maria zu, „aber was sollte das schon sein?" – „Bestimmt irgendetwas von Jona", überlegte ich, „*Jona* sprach Arabisch. Oder aber wir erfahren vielleicht, was es mit Yunus' Kette auf sich hat." – „Oder wir bekommen einen Hinweis darauf, wer Yunus' biologische Eltern sind", spekulierte Maria.

In diesem Moment rief uns Michális etwas auf Griechisch zu. „Er ist dann so weit", vermittelte Yunus, „wir können an Bord gehen." – „Oh Mann", stöhnte Lissy. „Soll ich euch mal was verraten?" – „Was denn?", erwiderte ich. „Irgendwie ist mir das nicht so ganz geheuer." – „Dass wir mit Michális' Boot fahren?" – „Ja. Es ist doch seltsam, dass der uns plötzlich unbedingt mit auf diese Insel nehmen will." – „Ich glaube, der ganze Kerl ist seltsam", schmunzelte Alex. „Ja, das schon", gab Lissy leicht grinsend zurück, „aber mir gefällt das gar nicht, dass wir so auf du und du mit ihm sind. Eigentlich wollten wir doch bloß wissen, woher er das Medaillon und die Haarspange hat. Aber ausgerechnet *das* will er uns nicht verraten." – "Vielleicht ist er gerade dabei, uns das zu verraten?", grübelte ich. "Wie meinst du das?", wollte Lissy wissen. "Ich meine ... Vielleicht hat er die Sachen ja auf *Sálamis* gefunden oder sie sind an ihn weitervererbt worden. Er stammt doch von Cyrill ab. Vielleicht hat er die Sachen von seiner Familie", zog ich in Erwägung. "Hm. Ja, das kann schon sein. Aber ... Ich bin mir trotzdem nicht so sicher, ob wir ihm vertrauen sollten", gab Lissy weiter zu bedenken, "eigentlich kennen wir ihn doch überhaupt nicht." – "Das ist wahr", bestätigte ich, "aber du musst zugeben, dass er uns schon viel weitergeholfen hat." – "Weitergeholfen hat?", zweifelte Lissy. "Na, immerhin stützt seine Geschichte das, was wir bisher schon über Cyrill, Jona und Emilia herausgefunden haben und ich finde, wir sollten dranbleiben. Es kann gut sein, dass wir auf der richtigen Spur sind. Wir haben wahnsinnig viel Glück gehabt, dass wir Michális begegnet sind." – "Dass *du* ihm begegnet bist, musst du sagen", korrigierte Maria.

"Hey Mädels", rief Alex, "was ist denn los mit euch? Wollt ihr auch mitkommen oder sollen wir euch hier am Steg zurücklassen?" Michális, Yunus und Alex befanden sich bereits an Deck der Emilia. Es würde eng werden, wenn wir uns alle auf die Jacht begeben würden. Aber Michális hatte uns versichert, dass das Schiff mit uns allen als Fracht keineswegs überladen sein würde. "Na hoffentlich hat der überhaupt einen Bootsführerschein", murmelte Lissy, als sie langsam über den Steg auf die *Emilia* zuging. Yunus hielt ihr hilfsbereit seine Hand entgegen. Lissy knickste ihm leicht albern zu, nahm aber sein Hilfsangebot an und wagte einen beherzten Sprung vom Steg hinüber auf das Schiff.

Die *Emilia* schaukelte sachte auf dem Wasser und ihre blank polierte Reling blitzte im Sonnenlicht hell auf. Das Schiff war sehr liebevoll gepflegt und sah meines Erachtens sehr vertrauenerweckend aus. „Na dann ... Dann wollen wir mal." Maria zuckte mit den Schultern und begab sich als Nächste an Bord der *Emilia*. Ich zögerte etwas, als ich an der Reihe war. Grübelnd blickte ich auf das türkisfarbene, fröhlich plätschernde Wasser, das den hölzernen Steg umspülte, und beobachtete ein kleines Stöckchen, das auf den Wellen hin und her schwamm und her und hin, und erneut musste ich an die versenkten Schlachtschiffe denken. „Kommst du jetzt endlich?", drängte Alex. Ich blinzelte und riss mich zusammen. „Ja klar. Ich bin schon da. Ich bin ja schon da." Yunus zwinkerte mir aufmunternd zu und streckte mir ebenfalls seine große schlanke Hand entgegen. Ich griff nach seiner Hand, machte einen weiten Sprung hinüber aufs Schiff und bremste meinen Schwung an dem Deckaufbau ab. „Und hiermit sind alle an Bord!", verkündete Alex frohgemut und zeigte seine blendend weißen Zähne. Deutlich konnte man ihm ansehen, dass er sich auf die kurz bevorstehende Schifffahrt freute. „Ich habe mir gewünscht, dass wir auf eine der Inseln fahren würden", verriet er uns, „und das Tollste an der ganzen Sache ist ja, dass uns diese Überfahrt gar nichts kostet." – „Ha! Weißt du das?", dämpfte Maria ihren Freund. „Noch sind wir nicht drüben – und erst recht noch nicht wieder zurück. Wer weiß, ob der Typ uns nicht hinterher doch unser Geld abknöpfen will? – Außerdem war der uns schon teuer genug." Wir kicherten, als wir an das Mittagessen zurückdachten. „Praktisch, dass er kein Deutsch versteht", warf Lissy dazwischen, „da können wir immer über ihn motzen und er kriegt es gar nicht mit." – „Sei dir da mal nicht so sicher", gab Maria schelmisch zurück, „vielleicht kann er ja deine düsteren Gedanken lesen – egal, in welcher Sprache du denkst. – Und wenn du nicht aufpasst, wirft er dich über Bord." – „Haha, Maria", erwiderte Lissy, „wie witzig du doch bist." – „Hoffen wir mal, dass mein Traum nicht wahr wird", warf Alex plötzlich dazwischen. „Traum?", wandte ich mich alarmiert an ihn. „Was für ein Traum?" – „Der von dem Unwetter auf hoher See. Ich hatte doch da diesen komischen Traum, dass wir mit einem Schiff unterwegs waren und in einen Sturm geraten sind. Yunus war unser Kapitän und wir sind kläglich abgesoffen. Alle miteinander." – „Mensch Alex, musstest du das jetzt sagen?", fauchte Maria ihren Freund an. „Schau, was du angerichtet hast! Emmy ist fix und fertig." Mir war in der Tat ein bisschen komisch zumute, aber nicht etwa aus Angst vor der Überfahrt, sondern weil sich meine Einstellung Träumen gegenüber ziemlich geändert hatte, seitdem wir in Athen waren.

„Emmy ... Vergiss, was Alex gesagt hat", entschuldigte sich Maria für das Verhalten ihres Freundes und strich mir aufmunternd über die Schulter. „Das ist Blödsinn. Wir werden nicht sinken. Außerdem ist doch kein Sturm." – „Und obendrein war in unserem Traum kein Michális dabei", ergänzte Alex schelmisch. „Warum glaubt ihr überhaupt, dass ich Angst vor der Überfahrt habe?", fuhr ich meine Freunde etwas barscher an, als ich das beabsichtigt hatte. „Weil ... äh, weil ..." – „Ich *habe* nämlich keine Angst vor der Überfahrt." Entschlossen schritt ich an die Reling heran und blickte auf das weite Meer hinaus. „Ich freue mich sogar auf die Überfahrt!", behauptete ich. „Na dann ...", begann Maria, „dann ist ja alles in Ordnung." – „Das ist es auch", bekräftigte ich. Und es traf zu. Die frische, salzige Meeresluft tat mir gut und beruhigte mich ungemein. Ich spürte, wie sich mein Körper entspannte und wie ich tatsächlich damit begann, auf *Sálamis* neugierig zu werden. So viel hatten wir schon von dieser Insel gehört. Jetzt war es an der Zeit, dass wir Fuß auf diesen geschichtsträchtigen Boden setzten. – *Sálamis*, wir kommen!

Michális löste das Tau, mit dem sein Schiff an dem Steg festgemacht war, und schob uns weiter auf das Wasser hinaus. Der Händler wies uns darauf hin, dass er in Kürze den Motor anlassen würde und deutete auf die Sitzbank am Rand der Reling im hinteren Bereich des Schiffes. Alex setzte sich neben Maria an die Backbordseite. Lissy, Yunus und ich an die Steuerbordseite. Michális selbst begab sich in das kleine Häuschen in der Mitte der Jacht und setzte sich hinter das Steuer. „No one gets seasick, I hope?", drang Michális' Stimme dumpf zu uns hervor. „No, no", gaben wir im Chor zurück. „No one seasick." – „If you should get seasick", fuhr Michális fort. „Please don't throw up into my ship, okay?" – „Geht klar", erwiderte Alex grinsend. „Wenn wir seekrank werden, dann kotzen wir einfach über die Reling. Die Fische freuen sich." – „Bäh, red du nur so weiter und ich kotze wirklich", maulte Lissy, „aber dann auf deinen Schoß!" – „Es reicht, ihr beiden Kotzbrocken", empörte sich Maria, „Schluss jetzt. Niemand kotzt!"

Das Deck der *Emilia* vibrierte leicht, als Michális den Motor anließ, aber der Händler fuhr butterweich an und beschleunigte langsam aber kontinuierlich. Sachte glitten wir aus der Parkposition heraus und Michális manövrierte das Schiff vorsichtig und gekonnt an den anderen Jachten vorbei. Nur wenige Minuten später verließen wir das Hafenbecken von *Mikrolímano* und vor uns lag nur noch das weite, türkisfarbene Meer. In der Ferne konnten wir bereits schemenhaft die Konturen von Land ausmachen. „Ist das …?", begann ich zu fragen. Yunus schien meine Gedanken erraten zu haben. Langsam schüttelte er den Kopf. „Nein, Emily", sprach er mit seiner beruhigenden Stimme, „das ist nicht *Sálamis*. Was du hier siehst, ist die Insel *Ägina* und dahinter liegt *Peloponnes*. *Sálamis* sehen wir ... gleich." Yunus drehte sich nach Westen. „Sobald wir die Halbinsel von Piräus umrundet haben, werden wir die Insel sehen. *Mikrolímano*, also der kleinste der Häfen von Piräus, liegt nämlich auf der Ostseite der piräischen Halbinsel, der Haupthafen dagegen auf der westlichen Seite. Der Haupthafen ist es, in den die Perser eingelaufen sind. Von da aus ist es nicht mehr weit bis zur Insel *Sálamis* und von dort aus kann man sie auch sehen."

Wir tuckerten gemächlich über das Wasser. Weiter draußen erspähten wir Segelboote und einige andere Jachten. Eine sanfte Brise streichelte mir über das Haar und wehte es mir aus dem Gesicht. Es war wunderschön und ich genoss den Augenblick mit all meinen Sinnen. Ein paar vereinzelte Möwen kreisten über uns und stießen ihren charakteristischen Schrei aus.

Plötzlich tauchte Michális' Gesicht hinter der kleinen Tür auf. „Very nice, isn't it?", fragte Michális stolz und wandte sich direkt dem Fahrtwind entgegen. „I love it!", klärte er uns auf. „It's wonderful", bekräftigte ich begeistert. „Thanks." – „At your service." Michális nickte mir fast schon feierlich zu, dann verschwand er wieder in seiner kleinen Kabine.

Etwas neidisch beäugte ich Maria und Alex, die nebeneinander auf der Sitzbank saßen. Sie schauten sich tief in die Augen und lächelten einander total verliebt an. Maria schlüpfte aus ihren Sandalen und berührte zärtlich Alex' nackte Unterschenkel mit ihren Füßen. Dann schlang Alex seine Arme um Marias Oberkörper, zog sie näher an sich heran und gab ihr einen innigen Kuss. Er öffnete Marias Haarspange und strich den Zopfhalter ab. Maria saß unbeweglich da und ließ ihn gewähren. Wie ein Vorhang aus purem Gold fielen Marias lange Haare über ihre Schultern herab. Maria bewegte ihren Kopf leicht hin und her, um ihre Haarpracht zu bändigen. Dabei brachte das eintreffende Sonnenlicht ihre Haare zum Schimmern. Alex strich ihr liebevoll durch das Haar und küsste seine Freundin leidenschaftlich. Maria schloss genüsslich die Augen und ignorierte alles andere um sich herum.

Ich wandte mich von ihnen ab und blickte stattdessen auf das weite Meer hinaus. Ich empfand den Moment zwischen den beiden zu privat, als dass ich ihnen dabei länger hätte zusehen können.

Innerhalb kürzester Zeit hatten wir die Halbinsel von Piräus umrundet und unmittelbar danach präsentierte sich uns ein beeindruckender Anblick: die Insel *Sálamis*. Von dem Ort aus, an dem wir uns befanden, wirkte die Insel wie ein breiter Berg, der sich aus dem Wasser emporhob. Felsig und dunkelgrün bewachsen und riesig. Ich hielt vor Staunen den Atem an und drehte mich zu Yunus um, der neben mir saß. „*Sálamis*", hauchte ich kaum hörbar. Yunus nickte und blickte mir tief in die Augen. Genauso wie damals in Delphi, als mir Yunus dermaßen tief in die Augen geschaut hatte, bekam ich eine Gänsehaut und zur gleichen Zeit wurde mir unglaublich warm ums Herz. Diesmal jedoch wich ich seinem Blick nicht aus, sondern schaute einfach zurück und ich spürte, wie mein Herz unmittelbar schneller zu schlagen begann. Yunus lächelte und ich bemerkte, dass auch ich lächelte. Es war ein Gefühl wie tausend Geburtstage und Weihnachten auf einmal, wie ein Sonnenaufgang auf einem majestätischen Berggipfel, auf Adlerschwingen getragen durch ein Meer aus Sternen, schwerelos und ohne sich anstrengen zu müssen. Wie Freiheit und wunderschöne Musik. Strahlend blauer Himmel und Tauchen, ohne die Luft anhalten zu müssen. Wie Frühling und duftende

Blüten, zwitschernde Vögel und unbeschwerte Heiterkeit. – Und noch viel mehr als das. Es war beispiellos intensiv und schön. Die Welt schien stillzustehen. Ich hatte alles andere um mich herum völlig vergessen. Es gab nur noch Yunus und mich. Seine Augen. Diese dunklen geheimnisvollen Augen ... Ich fiel in ihre bodenlosen Tiefen und verlor mich völlig in ihnen und dann sah ich mich selbst in seinen Augen gespiegelt. Yunus schaute mich an. Mich. Emmy. Nur kurz zuckte ich vor Überraschung zusammen, als ich eine kleine zaghafte Berührung auf meinem Handrücken wahrnahm. Yunus' lange schlanke Finger suchten nach meiner Hand und ich ließ sie von ihm finden. Vorsichtig schloss er seine Hand um meine und das warme Gefühl breitete sich mit einem Schlag in meinem ganzen Körper aus.

Noch immer blickten wir uns in die Augen und Yunus hielt meine Hand.

„Oho!", vernahm ich auf einmal eine Stimme neben mir: Lissys, die mich wieder in das Hier und Jetzt zurückbeförderte. „Was sagt man denn dazu?", amüsierte sich Lissy. Rasch ließen Yunus und ich einander los. Insgeheim bedauerte ich es, aber auf der anderen Seite spürte ich, wie mein Gesicht zu glühen begann. Jede Wette, ich lief gerade knallrot an. Auf jeden Fall wagte ich nun nicht mehr, Yunus direkt anzuschauen. Zwischen uns war gerade etwas passiert, das ich mir nie hätte erträumen können. Dieses Gefühl der gegenseitigen Vertrautheit, diese Wärme von innen, die mich mit Freude und Zuversicht erfüllte ... Und doch ... Ich konnte nicht glauben, was eben geschehen war. Yunus hatte meine Hand gehalten. *Er* hatte damit angefangen und ich hatte ihn gewähren lassen. Mehr noch: Ich hatte es in vollen Zügen genossen.

Ich schaute flüchtig zu Alex und Maria, die mir gegenübersaßen, und lief nur noch röter an, falls das überhaupt möglich war. „Ihr könnt ruhig weiter Händchen halten", meinte Maria verschmitzt, „wir wissen doch schon lange, dass es zwischen euch beiden gewaltig knistert." Maria lächelte verheißungsvoll. „Nur zu. Wir hindern euch nicht daran." Etwas schüchtern suchte ich nach Yunus' Hand. Ich schaute seinen Arm an, dann sein Gesicht. Er sah irgendwie so hilflos aus in diesem Moment und das fand ich unheimlich süß von ihm. Vorsichtig griff Yunus nach meiner Hand. Zaghaft schlich sich ein erneutes Lächeln in sein Gesicht. Ich erwiderte sein Lächeln und legte meine andere Hand über seine und so verharrten wir für den Rest der Bootsfahrt. Ein zufriedenes Gefühl stellte sich ein und wir schauten glücklich auf das glitzernde Wasser, in dem sich die Sonne wunderbar spiegelte.

„Na toll", brummelte Lissy neben mir, „und für mich bleibt bloß noch Michális übrig. Das ist ja mal wieder typisch."

Wir anderen lachten. Erneut tauchte das Gesicht des Händlers aus der nur angelehnten Tür auf. „What is with me?", wollte Michális wissen. „What did you say?" Doch als niemand darauf reagierte, zog er sich wieder in seine Kabine zurück und steuerte die *Emilia* weiter über das Meer auf die Insel *Sálamis* zu.

Immer deutlicher wurden die Konturen der Insel. Wir sahen große Felsen, gegen die das türkisfarbene Wasser schwappte, Äste und Wurzeln, die weit über den Rand der Insel hinauswuchsen, Schwarzkopfseemöwen, die im Wasser schwammen und auf den Wellen schaukelten, die unser Schiff verursachte. Die Vögel ließen sich erst dann verscheuchen, wenn wir bis auf ganz wenige Meter an sie herangekommen waren.

„Wir müssen ein Stück um die Insel herumfahren", teilte uns Michális durch Yunus' Übersetzung mit, „der Hafen ist etwas versteckt auf der anderen Seite der Insel. Die Vorderseite ist uneinnehmbar mit den Felsen und dem steilen Ufer. Wir müssen also an der Stelle vorbeifahren, wo die antike *Emilia*, Cyrills Triere, vor dem Angriff versteckt worden war, bevor sie aus dem Hinterhalt angegriffen hatte."

Die Jacht umrundete einen hervorstehenden Felsen und tuckerte friedlich weiter. Ein Schwarm von Seemöwen wurde von uns aufgeschreckt und flog herrlich kreischend davon. Wir konnten nun rechts und links von uns Land sehen: links die Insel und rechts von uns das griechische Festland. Wir waren in der berühmt-berüchtigten Meerenge des Saronischen Golfs angekommen. Ich spürte, wie mir eine Gänsehaut über den Rücken lief, zuerst aufgrund der Erinnerung an Michális' Geschichte und kurz darauf, als ich fühlte, wie Yunus meinen Handrücken zärtlich streichelte. Ich schaute zuerst auf die Felsen von *Sálamis*, dann wanderte mein Blick zu Yunus, wieder zu den Felsen und schließlich erneut zu Yunus. Ich rutschte näher an ihn heran, sodass ich sein Bein an meinem spürte und alles wurde bunt und schön. Ich hätte nie gedacht, dass eine einzige Berührung so intensiv sein könnte. Yunus lächelte zufrieden und ich wusste mit einem Male, dass von diesem Zeitpunkt an alles anders sein würde.

Michális verringerte die Geschwindigkeit des Schiffes. Ein paar Minuten glitten wir dahin, dann bogen wir um einen weiteren Felsen und unser Blick fiel auf eine weite grüne Bucht, in der mehrere Boote, Jachten und Flöße an Stegen festgemacht waren. „Der Hafen von *Sálamis*", übersetzte Yunus, „wir sind da."

Pläne

Nachdem Michális sein Schiff an einem Pflock ordentlich festgemacht hatte, verließen wir nacheinander die *Emilia*. Alex und Yunus boten sich an, den großen blauen Stoffsack Michális' zu tragen, aber der Händler lehnte dankend ab und wuchtete sich das schwere Gepäck lieber selbst über die Schulter. Im Gänsemarsch schritten wir über den Holzsteg hinüber an das Ufer der Insel *Sálamis*. Es war eine schöne Insel. Sie war dunkelgrün bewachsen und noch sehr naturbelassen. Einige vereinzelte Häuser standen hier und da, es gab ein paar wenige Geschäfte und schmale Straßen, die in das Innere der Insel hineinführten, und es befanden sich keine anderen Touristen da. Die Atmosphäre war angenehm und ich konnte mir vorstellen, dass es schön sein musste, diesen Ort als seine Heimat bezeichnen zu können. Michális winkte uns zu sich heran und erklärte uns, dass es sich hier um einen privaten Hafen handelte, den die Bewohner von *Sálamis* mit ihren Schiffen und Booten benutzten. Es gab noch einen größeren Hafen, den offiziellen, etwas weiter nördlich von hier, aber den benutzte er nie. Michális führte uns eine Straße entlang, die rechts und links von hohen Bäumen gerahmt wurde. Dann bog er in einen ungepflasterten Weg ein, in dessen Mitte kniehohes Gras wuchs. Ein paar Meter weiter blieb er in der Einfahrt vor einem hübschen einstöckigen Haus stehen. „Home, sweet home", verkündete er frohgemut und wies uns mit einer ausholenden Armbewegung darauf hin, dass es uns erlaubt war einzutreten. Etwas schüchtern folgten ihm Alex, Lissy und Maria durch ein kleines Gartentor. Yunus und ich bildeten Händchen haltend das Schlusslicht.

Ein fast hüfthoher fröhlich kläffender Hund kam uns entgegen. Er hatte kurzes braunes Fell und kleine spitze Ohren, die uns aufmerksam zugewandt waren. Ich hatte keine Ahnung, welcher Rasse er angehörte. Wahrscheinlich war er ein Mischling. Er sah jedenfalls freundlich und zutraulich aus. Freudig mit dem Schwanz wedelnd sprang er an Michális hoch und leckte ihm über das Gesicht. „Ah, Orpheus", begrüßte ihn Michális, „sch, sch ... Orpheus." Der Hund hechelte und entblößte seine blendend weißen Eckzähne. Aber er sah trotz seiner unglaublich kräftigen Statur und seiner Größe keineswegs bedrohlich aus. Neugierig näherte er sich uns und beschnupperte unsere Füße und Hände. Michális sprach beruhigend und mit angenehm sanft klingender Stimme mit seinem Hund auf Griechisch. Lissy zuckte kurz misstrauisch zurück, als der Hund ihr über die Hand leckte. Dann jedoch nahm sie all ihren Mut zusammen und streichelte Orpheus' Rücken. Dies ließ sich der Hund gerne gefallen. Er stupste Lissy mit seiner feuchten Schnauze an und Lissy kraulte ihm die Ohren. Zufrieden grunzte das Tier und wich fortan nicht mehr von Lissys Seite. „Das ist wohl der Beginn einer wunderbaren Freundschaft", kommentierte Alex fröhlich und tätschelte seinerseits den Kopf des freundlichen Hundes. Michális führte uns nach hinten in den Garten seines Hauses. Ein liebevoll angelegter Kiesweg führte uns zwischen einer Thuja-Hecke und weiß blühenden Rosenbüschen links an dem Haus vorbei in eine niedliche Gartenlaube. Die Gartenlaube war rundum mit Efeu bewachsen und wirkte beinahe wie eine natürlich geschaffene Höhle. Unter dem hölzernen Dach waren ein Tisch und zwei Bänke aufgestellt. „Wir dürfen Platz nehmen", übersetzte Yunus, „Michális ist gleich wieder da. Er geht nur schnell was holen."

Yunus und ich setzten uns nebeneinander auf eine Seite des Tisches. Lissy nahm neben uns Platz. Alex und Maria setzten sich uns gegenüber. Interessiert schauten wir uns in Michális' Garten um. Auf den ersten Blick konnten wir feststellen, dass Michális ein Händchen für Pflanzen hatte. Alle Bäumchen, Blumen, Hecken und Beete sahen ordentlich gepflegt aus, gesund und atemberaubend schön. Hinter der Gartenlaube summte etwas und neugierig linsten Lissy und Maria um die Ecke. „Er hat Bienenkörbe", schilderte Lissy wenig später freudig erregt, „krass, er ist Imker. Er hat Honigbienen. Er macht sich seinen eigenen Honig." – „Der Mann überrascht mich immer mehr", meinte Maria. „Wer hätte gedacht, dass er *so* einer ist?" – „Also ich nicht", gab Lissy ehrlich zu, „irgendwie finde ich Michális richtig cool." – „Ob der hier wohl alleine wohnt?", fragte sich Maria. „Ich weiß es nicht", antwortete Alex, „aber ich kann mir irgendwie nicht vorstellen, dass er eine Frau hat." – „Warum eigentlich nicht?", wollte Lissy wissen. Alex zuckte mit den Schultern. „Nur so ein Gefühl." – „Wenn doch, werden wir das sicher bald herausfinden", vermutete Lissy.

„Wo ist Michális jetzt überhaupt hin?", fragte ich. „Weiß nicht", erwiderte Lissy, „vielleicht holt er die Sachen, die er uns zeigen will." – „Ich bin ja gespannt, was das ist", meinte Maria. „Ob es uns auf unserer Suche weiterhelfen wird?" – „Hoffentlich", wünschte ich mir, „sonst weiß ich nicht, wo wir weitersuchen sollen." – „Was meint ihr? Wollen wir Michális in unser Geheimnis einweihen?", fragte Maria. „Wollen wir ihm von Emilia und Jona erzählen? Sagen wir ihm das von Cyrills Grab?" – „Hm", brummte Alex. „Ob Michális von der Statue in Delphi weiß?", wunderte ich mich. „Es würde ihn sicher interessieren, wie sein Vorfahr ausgesehen hat, oder?" Maria nickte. „Ganz bestimmt", meinte sie. „Und er wird uns glauben, denn es passt alles zu seiner Geschichte, die er uns erzählt hat", argwöhnte Lissy. „Ich finde, wir sollten es ihm erzählen", tat ich meine Meinung kund. „Was meinst du, Yunus?" Yunus zuckte mit den Schultern. Dann nickte er langsam. „Ja, vielleicht sollten wir es ihm tatsächlich sagen. Immerhin geht es ja auch um *seine* Vergangenheit. Er hat wohl noch mehr Recht darauf als wir, davon zu erfahren." – „Wie meinst du das?", fragte Alex verwirrt. „Nun ja, er ist mit einer Hauptperson der Geschichte unmittelbar verwandt, wir nicht." – „Du bist mit Jona verwandt", widersprach ich mit fester Stimme. Er blickte mich mit seinen dunklen Augen an. „Das nehmen wir an", gab er zu, „aber wir wissen es nicht. Bei Michális *wissen* wir es, dass er mit Cyrill verwandt ist." – „Achtung, Michális kommt!", warnte uns Maria vor. „Was hat *der* denn alles dabei?", wunderte sich Lissy. Verblüfft blickten wir in die Richtung, aus welcher der Händler kam. Er trug einen großen unförmigen Sack und außerdem ein mit Gläsern und Flaschen beladenes Tablett, das er gefährlich vor sich her balancierte. Bei jedem Schritt, den Michális tat, klirrten die Gläser leise gegeneinander und die Flaschen gerieten bedrohlich ins Schwanken. Etwas umständlich änderte Michális seinen Griff um die Kordel des braunen Sacks, dabei geriet das Tablett aus dem Gleichgewicht und ich machte mich bereits auf das Klirren und Scheppern gefasst, das sicherlich gleich erklingen würde. Doch wie durch ein Wunder schaffte es Michális, dass kein einziges Glas zu Bruch ging, indem er das Tablett mit einer schwungvollen Bewegung aus dem Handgelenk wieder in eine vollkommen horizontale Lage brachte. Etwas unsanft ließ er den braunen Sack auf den Boden plumpsen und stellte das Tablett mit den Getränken nahezu graziös auf dem Tisch vor uns ab. „You may take what you want", sprach er und deutete auf die Flaschen. „Water, limonade, coke, beer, Ouzo." – „Wow, was für ein Service", kommentierte dies Alex, „also, ich weiß schon mal, was ich auf jeden Fall *nicht* nehme." Maria kicherte leise und knuffte Alex sachte in die Seite. „Du mit deiner Ouzoallergie ...", flüsterte sie ihm ins Ohr.

Maria und Alex rutschten ein bisschen zur Seite, sodass Michális neben ihnen Platz nehmen konnte. Der Händler seufzte laut, wischte sich ein paar Schweißtropfen von der Stirn und schenkte sich sogleich ein Glas Ouzo ein. Verblüfft betrachtete Alex den Händler von der Seite, zuckte dann jedoch mit den Schultern und grinste amüsiert. „Na, wenn er meint", glaubte ich von seinen Lippen ablesen zu können. Maria und ich gossen uns jeweils ein Glas Wasser ein. Alex griff zielstrebig nach einer Bierflasche und Lissy entschied sich für Cola. Yunus wartete noch ab.

„Ein schönes Haus hast du hier, Michális", bewunderte Maria aufrichtig. Michális wartete Yunus' Übersetzung ab, dann lächelte er begeistert und richtete sich auf Griechisch an unseren Dolmetscher. „Er bedankt sich für das Kompliment", sprach Yunus, „er liebt sein Haus auch sehr und würde es um nichts in der Welt wieder hergeben. Er hat es von seinen Großeltern geerbt. Seine Brüder wollten es nicht. Sie sind beide aufs Festland gezogen. Das mit der Insel und den Schiffen war ihnen zu aufwendig und lästig." – „Aber das ist doch gerade das Schöne", lenkte Lissy ein, „auf einer Insel zu wohnen und eine eigene Jacht zu haben ... Wer hätte so etwas nicht gerne?" – „Oh, so eine Jacht ist nicht ganz billig", klärte uns Michális auf, „sie frisst ganz schön ins Geld. Ich musste einiges dafür aufgeben." – „Hast du daher die Kette und die Haarspange verkauft?", fragte Maria. „Um deine Jacht bezahlen zu können?" Erwartungsvoll blickten wir ihn an.

Michális schaute einen kurzen Moment betroffen. Ich bemerkte, wie er einen flüchtigen, sehnsuchtsvollen Blick auf meine Halskette warf, dann jedoch hob er seinen Kopf und ein erneutes breites Grinsen stahl sich in sein Gesicht. „Glaubt ihr tatsächlich, mit dem Verkauf der Kette und der Haarspange wäre das Geldproblem gelöst gewesen?" Er hob seine Augenbrauen hoch an. „Da hätte ich wohl etwas mehr Geld für die guten Stücke verlangen müssen. Nein, nein. Das war doch alles nur ein Tropfen auf dem heißen Stein. Dafür musste ich einiges mehr verkaufen. Mehr als mir lieb war, um ehrlich zu sein. Ich habe einige Schätze aufgeben müssen." – „Was denn zum Beispiel?", wandte sich Lissy neugierig an den Händler, welcher bereitwillig den Mund öffnete, um zu antworten. Doch mittendrin überlegte er es sich anders. Er erhob scherzhaft drohend seinen Zeigefinger. „Das geht euch überhaupt nichts an", übersetzte Yunus Michális' Reaktion, „ihr seid viel zu naseweis und versucht es immer wieder, mich über mein Geschäft auszuquetschen. – Ich bin aber schlauer, als ihr denkt. Ich verrate euch nichts." – „Das ist schade", bedauerte Maria und strich sich grübelnd über das Kinn. Eine Weile herrschte Schweigen. Nur das kontinuierliche Summen der Honigbienen war noch zu vernehmen. Es wirkte unglaublich beruhigend und entspannend auf mich. „Du willst uns also nicht verraten, woher du deine Ware beziehst", begann Maria aufs Neue. Michális schüttelte energisch den Kopf. „Auch nicht, wenn wir einen Deal hätten?", begann Maria plötzlich. „Einen Deal?", Michális runzelte misstrauisch die Stirn. Verwirrt fragte ich mich, worauf Maria hinauswollte. Auch Alex schaute seine Freundin skeptisch an. „Was solltet ihr schon für einen Deal vorzuschlagen haben, der interessant für mich sein könnte?", gab Michális durch Yunus zurück. „Oh … du. Der Deal könnte sogar sehr interessant für dich sein." Maria nickte verheißungsvoll. „Ich habe einen Vorschlag", begann Maria langsam und beugte sich verschwörerisch näher an Michális heran. „Was wäre, wenn wir dir etwas über deine Vergangenheit zu erzählen hätten? Über deinen Vorfahren Cyrill? Das interessiert dich doch sicherlich, oder?" *Oh, dachte ich, das ist es also, was Maria vorhat. Ganz schön raffiniert* ... Ich war gespannt, ob Michális darauf eingehen würde. Während Yunus übersetzte, neigte Michális argwöhnisch den Kopf. Als der Araber geendet hatte, brach Michális in schallendes Gelächter aus. „Was solltet *ihr* denn von Cyrill zu erzählen haben?", kritisierte er, „bis vor knapp zwei Stunden wusstet ihr doch noch nicht einmal, dass es Cyrill gegeben hat, geschweige denn, was er alles geleistet hat!" Er führte das kleine Ouzoglas an seinen Mund und leerte es in einem Zug. Er schluckte lautstark und stellte das Glas mit einem heftigen Schlag neben die Flasche. Dann wedelte er mit seinem Zeigefinger vor Marias Nase herum und sprach: „Nein, nein. Ich lasse mich von euch nicht hereinlegen. Vor allem nicht hier auf meinem Grundstück. Ich bin ein seriöser Händler und will auch so behandelt werden." – „Es hat auch keiner das Gegenteil vor", versicherte ihm Maria. „Dann schlagt mir nicht so seltsame Handel vor", riet Michális, „sonst überlege ich es mir vielleicht noch anders und behalte das Geheimnis, das ich mit euch teilen wollte, doch lieber für mich." Er nickte in die Richtung des unförmigen braunen Sacks. *Was da wohl drin ist?*, fragte ich mich. Doch ich hatte absolut keine Idee.

„Wenn hier einer einen Handel vorschlägt, dann bin ich das", bestimmte Michális, „damit das klar ist!" Er schaute uns mit ernstem Gesicht an und zupfte erhaben an seinem Schnurrbart herum. Etwas unsicher blickten wir zurück und wussten nicht, was wir sagen sollten. Auf keinen Fall wollten wir, dass Michális sein Geheimnis für sich behielt. Also schwiegen wir vorerst und ich nestelte hilflos an der Kette herum, die ich um meinen Hals trug. Dann brach Michális ein weiteres Mal in schallendes Gelächter aus und ein erneuter Redeschwall auf Griechisch prasselte auf uns hernieder. „Was hat er gesagt?", wandte ich mich Hilfe suchend an Yunus. „Er macht sich über uns lustig. Er hat gemeint, dass unsere Gesichter gerade so amüsant gewesen wären. Dass wir so geschockt ausgesehen hätten. Und dass er uns mag und für würdig empfindet, sein Geheimnis kennenzulernen. Er will uns die Pergamente zeigen, obwohl wir eigentlich viel zu frech sind. Ja. Das hat er gesagt." – „*Das* hat er gesagt?", wiederholte ich. „Was für Pergamente?", wunderte sich Lissy, „sind die da wohl in diesem komischen Sack drin?" – „Ich weiß nicht", gab Yunus zurück, „vermutlich. Wir werden es wohl bald sehen, oder?" – „Ja, wenn er es sich nicht wieder anders überlegt", befürchtete Alex. Doch Michális überlegte es sich nicht mehr anders. Er hatte sich längst entschieden und griff entschlossen nach dem Sack auf dem Boden. Der erste Versuch war unkoordiniert und Michális griff daneben. „Hoi, was ist denn mit mir los?", meinte er durch Yunus, „ich brauche wohl noch mehr Ouzo. – Zielwasser …" Ein zweites Mal suchten seine Hände nach der Kordel des braunen Sacks. „Da ist er ja." Er zog ihn zu sich heran, wuchtete ihn hoch und stellte ihn vor uns auf dem Tisch ab. Ein metallenes Klacken ertönte. Irgendetwas Schweres befand sich in dem Sack. „Der macht es aber spannend", kommentierte Alex. „Komm schon. Pack jetzt endlich aus."

Michális schaute erwartungsvoll in die Runde und hob abwechselnd die linke, dann die rechte Augenbraue hoch. Und dann noch einmal: links und wieder rechts. Schließlich fummelte er an der Kordel herum und knotete einen Faden auf. Anschließend stülpte er den Sack über einen dunklen, kantigen Gegenstand. Ich konnte nicht gleich erkennen, worum es sich handelte. Was ich aber sofort begriff, war, dass der Gegenstand alt war, sehr, sehr alt, und obendrein stellenweise beschädigt. Kanten und Ecken waren abgenutzt, an manchen Stellen war das Metall dünner und abgeschürft. Es sah aus, als hätte jemand die scharfen Kanten mit einem harten Werkzeug abgeschliffen. Was war das bloß? Neugierig beugten wir uns alle über den Gegenstand in unserer Mitte. Michális zog ihn vollständig aus dem Sack heraus und stellte ihn auf dem hölzernen Tisch ab. „Das ist er, mein geheimnisvollster Fund", offenbarte uns Michális und zog seine Hände zurück, sodass wir das Ding zum ersten Mal komplett sahen. Es war eine Truhe! Ich schluckte. Die Truhe wirkte auf Anhieb vollkommen vertraut. Sie sah der von Yunus sehr ähnlich. Nur dass diese hier nicht aus dunklem Holz, sondern aus irgendeinem Metall gefertigt worden war. Womöglich bestand sie aus Kupfer. Wäre sie aus Holz gewesen, hätte sie sicherlich nicht so lange Zeit überdauert. Holz wäre bestimmt innerhalb der 2.500 Jahre verwittert. Ich war mir sicher, dass diese Truhe aus der griechischen Antike stammte. Ich kann mir nicht erklären, was mir diese Sicherheit verlieh, aber ich war felsenfest davon überzeugt, dass diese Kiste in der Zeit von Emilia und Jona angefertigt worden war und dass sie auch etwas mit den beiden zu tun gehabt hatte. Es musste einfach so sein!

Die Truhe war dunkel, schlicht und eher unscheinbar, dennoch ging eine nahezu magische Anziehungskraft von ihr aus. Kleine runde Füßchen an den vier Ecken der Bodenplatte verhinderten, dass die Truhe direkt auf dem Boden auflag. Es gab an einer Seite ein Schloss, das ebenfalls aus Kupfer gefertigt war, und es trug eine uns mittlerweile schon vertraut gewordene Gravur: eine schlanke edle Taube, die ihre Flügel weit geöffnet hatte und so aussah, als würde sie sich gerade mitten im Flug befinden. *Jona*, dachte ich unvermittelt und hielt den Atem an. *Diese Kiste gehörte Jona!* Der Deckel der Truhe war leicht eingedellt. Man konnte deutlich sehen, dass sich an dieser Stelle dereinst etwas befunden haben musste, irgendein runder Gegenstand, der zwar einen schwärzlichen Abdruck hinterlassen hatte, aber keinen Hinweis darauf, was diesen Abdruck verursacht haben könnte. Ich schaute verblüfft zu Yunus und wieder zur Kiste zurück. In Gedanken verglich ich diese Truhe mit der, die wir durch Yunus erhalten hatten. Wie konnte das sein, dass Yunus sich eine Kiste gebaut hatte, die fast haargenau so aussah wie eine, die es bereits in der griechischen Antike gegeben hatte? Wie konnte Yunus das gemacht haben, ohne das Vorbild zu kennen? Das konnte doch kein Zufall sein, oder? Ich stellte fest, dass Maria und Lissy vor Staunen der Mund offen stand. Alex beäugte die Kiste skeptisch, beinahe so, als würde er seinen Augen nicht trauen und er blinzelte mehrere Male verwirrt. Doch die Kiste blieb, wo sie war. Sie war keine Einbildung gewesen.

Ich geriet ins Grübeln und starrte weiterhin auf den eingedellten Deckel der Truhe. Auch auf Yunus' Kiste hatte den Deckel etwas Bestimmtes geziert, erinnerte ich mich. Eine Schnitzerei ... *Alpha und Omega* ... Anfang und Ende ... Je länger ich auf die Kiste schaute, desto verschwommener sah ich und dann fing ich unvermittelt zu schielen an. Und mit einem Male wusste ich Bescheid. Als ich begriff, wurde mir plötzlich total schwindelig und ich griff aufgeregt nach Yunus' Arm, um mich an ihm festzuhalten. Aus dem Augenwinkel bemerkte ich, wie Yunus mich aus einer Mischung von Verblüffung und Sorge anblickte. Er fasste mich an der Schulter an und drehte mich zu sich herum. Ich schüttelte mich und das Blut kehrte in meinen Kopf zurück. Der kurze Schwindelanfall verflüchtigte sich und ich sah wieder klar. Mit klopfendem Herzen schaute ich von der Kiste zu Yunus. Mein Blick wanderte an seiner Brust nach unten zu der großen goldenen Kette, die er um den Hals trug, und erneut betrachtete ich mir die Kiste. Neben mir bemerkte ich, wie Lissy erschrocken einatmete und sich dabei die Hand vor den Mund hielt. Kein Zweifel, sie hatte eben auch erkannt, was mir durch den Kopf gegangen war. „D… d… das …", stammelte Maria und deutete sprachlos auf die Kiste. „Das …" Doch Maria schaffte es nicht, einen vernünftigen Satz über die Lippen zu bringen.

Michális grinste triumphierend und redete auf Griechisch mit uns. Da aber auch Yunus zu überrascht war, um für uns zu übersetzen, seufzte Michális genervt auf und verfiel in die englische Sprache. „It is an interesting box, isn't it? First, there is the dove." Michális deutete mit seinen dicken Fingern auf das Schloss mit der Gravur. „I suppose that it belonged to the same person who made or who owned the barrette." Ich nickte zustimmend. Das Bild auf dem Schloss sah dem auf der Haarspange wirklich verdammt ähnlich. „Second, the top of the box … I think that it was decorated with something valuable once. An amulet maybe. Probably gold." Erneut nickte ich. Ich war mir ziemlich sicher, dass Michális Recht hatte. Mit dem, was er sagte, bestätigte er das, was ich mir bereits gedacht hatte. Michális fuhr fort: „I think so because the black stuff here …" Er deutete auf die Delle im Deckel der Kiste. „Well … It contains remains of some gold powder. I think there was a golden amulet once. However, it was taken away, maybe stolen or lost." *Oder aber es befindet sich direkt vor unseren Augen*, dachte ich mir und blickte erneut in Richtung des goldenen Amuletts von Yunus; die in sich verschlungene

Linie, die weder Anfang noch Ende kannte, sondern in einem Stück gefertigt war ... Der Händler grübelte in der Zwischenzeit auf Englisch weiter: „I don't know where it is. Too bad it's gone. But nevertheless, the box is quite interesting. I opened the lock some time ago. I was very careful not to destroy anything. We can look into the box now. Shall we have a look inside?" – „Ja", krächzte ich heiser und nickte energisch. Michális lachte. Ich räusperte mich und wiederholte mit festerer Stimme: „Ja, yes please." Und Michális hob langsam den Deckel der Kiste an.

Zuerst konnte ich nicht deutlich erkennen, was in der Truhe enthalten war, doch Michális griff beherzt hinein und zog einen ganzen Stapel verfranzter, ziemlich alt aussehender Papiere heraus und legte sie neben die Truhe auf den Tisch. An den Seiten waren die einzelnen Pergamentstücke mit brüchigen Fäden zusammengebunden, die stellenweise gerissen waren. Einige der Blätter waren lose und standen an den Seiten etwas weiter heraus als diejenigen, die noch durch den Faden befestigt waren. Auf dem obersten Blatt konnte ich eine ziemlich verwischt aussehende Schrift erkennen, die hauptsächlich aus Strichen, Bögen, Schnörkeln und Punkten bestand. Hier und da war die Tinte – oder mit was auch immer der Text geschrieben worden sein mochte – kaum mehr als ein schwärzlich-bläulicher Fleck auf vergilbtem, porösem Papier und es war schwierig, einzelne Schriftzeichen deutlich als solche zu erkennen. Ich fand, das Pergament sah so aus, als hätte es längere Zeit im Wasser gelegen. Womöglich hatte Michális die Truhe mit den altertümlichen Papieren im Meer gefunden. – Oder in einem Fluss, überlegte ich weiter. *Achernar*, fiel mir wieder ein, *das Ende des Flusses. Erídanos* ...

„Das ist in der Tat Arabisch", stellte Yunus verblüfft fest und er beugte sich interessiert über das Schriftzeugnis aus längst vergangenen Zeiten. „Darf ich …?", fragte er auf Deutsch, schüttelte sich dann und richtete sich auf Griechisch an Michális. Der Händler wirkte enthusiastisch und schob die Pergamente näher an Yunus heran. Er wies uns aber auch darauf hin, dass wir äußerst vorsichtig mit den Papieren umgehen sollten.

Yunus wagte es erst nicht, die Pergamente zu berühren. Er schaute sich die erste Seite mit einem äußerst konzentrierten Gesichtsausdruck an und legte seine Stirn in Falten. Erwartungsvoll beobachtete Michális ihn dabei. „Ist das alles echt?", fragte Alex misstrauisch. „Authentic?", wandte er sich an Michális, welcher ihm sofort ausgiebig zustimmte. „Antique", hob er hervor, „never showed it to anyone. You are the first." – „Thanks, but why?", wollte Lissy wissen. „Because I think your friend can tell me what the text says. He looks like it." Sah Yunus momentan wirklich so aus, als könne er den Text lesen? Gespannt blickte ich ihm ins Gesicht. Ich konnte ihm die Anstrengung deutlich ansehen. Fast glaubte ich, die Gedanken hören zu können, die wild durcheinander rasten und sich einander abwechselten. *Wenn ich doch nur wüsste, was in seinem Kopf vorgeht*, dachte ich wohl schon zum tausendsten Male.

„Und?", fragte Maria wissbegierig. „Hm", machte Yunus bloß, drehte sich zu Michális um und fragte ihn etwas. Der Händler grinste daraufhin aufmunternd und blätterte für Yunus eine Seite um. An dieser Stelle fiel mir auf, dass oben auf jeder Seite griechische Buchstaben mit Bleistift aufgemalt waren. – Mit Bleistift? Daraus folgte meiner Meinung nach, dass diese Buchstaben nachträglich eingefügt worden waren. Wahrscheinlich von Michális selbst, damit die Blätter in der

Reihenfolge markiert waren, in der er sie aufgefunden hatte. Yunus schaute sich eine Weile das zweite Blatt an und nickte verheißungsvoll. Dann blätterte er wieder zu der ersten Seite zurück, auf der klein und unscheinbar ein α aufgemalt worden war.

„Und?", wiederholte Alex die Frage seiner Freundin, welche Yunus noch immer nicht beantwortet hatte. Yunus seufzte und lehnte sich einen Moment auf der Bank zurück. Dabei blitzte die Kette um seinen Hals hell auf und blendete mich. „Kannst du lesen, was da geschrieben steht?", fragte ich hoffnungsvoll. „Nun sag schon endlich", drängte Lissy. Auch Michális plapperte ungeduldig auf Yunus ein.

„Ich kann nicht alles deutlich lesen", gab Yunus schließlich zu, „und die Sprache, in der der Text verfasst worden ist, ist schon sehr, sehr veraltet. An manchen Stellen muss ich raten, weil die Schrift auch schon sehr verwaschen ist. Aber das, was ich lesen kann, ist eindeutig." Yunus übersetzte für Michális. Ich stellte bald fest, dass Michális vor Staunen seinen Mund nicht mehr zubekam. Offenbar hatte Yunus dem Händler bereits mehr erzählt als uns. Erneut verfluchte ich mich dafür, dass ich kein Griechisch verstehen konnte. Als Yunus geendet hatte, gestikulierte Michális eifrig eine Weile mit ihm. Maria, Alex, Lissy und ich saßen währenddessen hilflos und im Stich gelassen da und wussten nicht so recht, was wir tun sollten.

Schließlich stand ich auf und beugte mich über die Truhe in der Mitte des Tisches. Ich konnte mir selber nicht erklären, was mich dazu trieb, das zu tun. Ich agierte nicht, ich reagierte nur. Irgendetwas sagte mir, dass ich in die Kiste schauen sollte, sagte mir, dass es da etwas gab, das interessant für mich sei und das ich unbedingt sehen musste. Es war komisch, denn gleichzeitig dachte ich mir auch, dass es blödsinnig sei, in die Kiste zu schauen, denn gesetzt dem Fall, es befände sich tatsächlich noch etwas Interessantes darin, würde Michális uns dies sicherlich ebenfalls zeigen. Die Tatsache, dass er uns überhaupt diese Truhe gezeigt hatte, bewies doch schon, dass er uns zumindest in einem gewissen Maße vertraute. Wenn ich mich geduldete, würde ich doch eh erfahren, ob sich noch etwas in der Kiste befand oder nicht. Aber ich *wollte* mich nicht gedulden und beugte mich über die kleine metallene Truhe, während Yunus und Michális sich noch über die ersten beiden Seiten der Pergamente unterhielten.

Aus dem Augenwinkel sah ich, dass mich Maria, Lissy und Alex irritiert von der Seite betrachteten. „Was hast du vor?", hörte ich Marias Stimme neben meinem Ohr, doch ich ignorierte sie. Irgendetwas befand sich in dieser Schachtel, das nach mir rief, das mich regelrecht wie mechanisch bediente, als hätte ich keine Kontrolle mehr über mich selbst, sondern als würde ich ferngesteuert. Ich griff nach der Truhe und hob sie hoch. Ich war überrascht davon, wie schwer sie sich anfühlte und ich wog sie auf meinen Handflächen. Das Kupfer war kalt; an den Seiten, Ecken und Kanten glatt geschliffen und irgendwie fühlte es sich seltsam an. Ich spürte, wie sich die feinen Härchen auf meinen Armen wie elektrisiert aufstellten, als ich die Truhe berührte. Vorsichtig strich ich mit meinen Fingern über die Innenseiten der Truhe und suchte zielstrebig nach etwas. Wonach? Oh, das wusste ich selbst nicht so genau. Aber ich suchte nach etwas, das ich wiedererkennen würde, sobald ich darauf stoßen würde. Meine Freunde schüttelten entgeistert den Kopf, als hielten sie das, was ich tat, für nicht richtig. Schließlich hoben auch Michális und Yunus ihre Köpfe und für einen kurzen Moment blickte ich nervös in deren Richtung. Würde Michális sauer sein und mir die Truhe abnehmen? Das Recht dazu hatte er. Immerhin war er der Besitzer der Kiste und ich hatte sie einfach an mich genommen, ohne ihn vorher um seine Erlaubnis zu fragen. Ich schluckte schwer, als mir siedendheiß der Gedanke durch den Kopf jagte, dass Michális sich möglicherweise dafür entscheiden könnte, die Kiste wieder wegzubringen, weil ich gegen eine Regel verstoßen hatte; eine Regel, die zwar nie klipp und klar ausgesprochen worden war, die aber im Raum oder, besser gesagt, in der Gartenlaube stand und an die es sich zu halten galt, und diese Regel lautete ganz einfach: Rühre die Truhe nicht an! Aber andererseits, so dachte ich weiter ... Michális hatte die Kiste herausgebracht. Er wollte sie uns zeigen. Da war es doch nur natürlich, dass man neugierig wurde und das Rätsel näher untersuchen wollte, oder?

Ich stellte fest, dass Michális zwar ziemlich verunsichert schaute – genauso wie übrigens auch meine Freunde –, aber er griff nicht ein. Spürte er vielleicht – ebenso wie ich –, dass ich gerade dabei war, etwas herauszufinden, von dem selbst er bisher noch nicht das Geringste geahnt hatte?

Schließlich fand ich, wonach ich gesucht hatte und war selber davon überrascht, denn ich konnte mir nicht erklären, woher ich wusste, dass diese Vertiefung in der einen Wand der Truhe da war: auf der Seite, an der das Schloss angebracht war. Wie auch immer, die Vertiefung war da und mein kleiner Finger passte gerade so hinein. Ich bog ihn nach oben und kratzte ein bisschen Dreck, Moder, Staub und etwas anderes Ekliges aus dem Loch und erneut steckte ich den Finger in die Vertiefung. Ich ertastete eine Art winzigen Hebel und betätigte einen uralten Mechanismus. Würde er noch funktionieren? – Er tat es! Es klickte und ein Teil der Innenwand ließ sich aufklappen. Dahinter befand sich ein kleiner Hohlraum. Michális blies sich überrascht die Atemluft aus dem Mund und machte ein seltsames Geräusch, als hätte er gerade noch verhindern können, sich zu verschlucken. Er sagte ein paar Sätze auf Griechisch und etwas zeitlich verzögert hörten wir die Übersetzung: „Er hat sich schon immer gewundert, warum die eine Wand der Kiste so viel dicker ist als die anderen. Michális hat angenommen, dass es wegen des Schlosses ist und dass darin der Schließmechanismus für den Deckel der Kiste verborgen gewesen ist. Er hat die Kiste ja sozusagen aufgebrochen und deshalb nie geahnt, dass die dicke Wand gar nicht wegen des Schlosses so dick ist, sondern wegen etwas völlig anderem. Und die Vertiefung am unteren Ende der Wand … Er hat gedacht, dass sie zufällig entstanden ist; vor allem auch, weil so viel Dreck drin war. Er hat sich nichts dabei gedacht, geschweige denn geahnt, dass dahinter etwas verborgen sein könnte." – „Was ist denn nun in der Seitenwand drin?", fragte Lissy ungeduldig und drängte sich näher an mich heran.

„Ein weiteres Pergament", eröffnete ich langsam und zog einen mehrmals gefalteten Zettel aus dem bisher verborgenen Fach der Kiste. „Ich falte ihn auf, ja?", sagte ich und klappte vorsichtig das poröse, altertümliche, schwere Papier auf. An den gefalteten Stellen war das Papier so dünn, dass es leicht einriss. „Oh, oh", stöhnte ich angespannt und wischte mir mit der zittrigen linken Hand über die Stirn. Auf keinen Fall wollte ich etwas zerstören, das so viele Jahre lang geschützt in einem Geheimfach geschlummert hatte. Mir schlug das Herz bis in den Hals. Ich war mir so sicher, dass das Pergament uns auf unserer Suche nach Emilias Grab weiterhelfen oder uns zumindest einen weiteren Hinweis darauf geben würde, wie ihre Geschichte weiterverlaufen war. Ich hatte keine Ahnung, woher ich diese Sicherheit nahm, aber sie war da und ich fühlte sie ganz stark. Ich hatte so zielsicher nach dem Geheimfach gesucht, als hätte ich gewusst, dass ich dort auf etwas stoßen würde. Es war ganz seltsam. Aufregend! Das

Pergament war dreimal – nein! – viermal gefaltet, und als ich es fast komplett ausgebreitet hatte, fiel mir überraschenderweise ein kleiner silberner Gegenstand entgegen, der im Sonnenlicht hell aufblitzte und dann klirrend zu Boden stürzte.

„Ah!", schrie ich erschrocken auf und ich verfolgte den Fall des Gegenstandes mit meinen Augen. Als ich mich reflexartig danach bücken wollte, kam mir Orpheus, der große Mischlingsrüde Michális' zuvor und beschnupperte das antike Stück neugierig. „Sch .... Sch ..., Orpheus!", verscheuchte Michális das Tier und drückte seine Schnauze sachte beiseite. Michális kniete sich neben Orpheus nieder und hob den kleinen Gegenstand hoch. „Was ist es?", fragte Alex ungeduldig. Ich konnte zuerst nicht sehen, worum es sich handelte, da Michális' Schulter im Weg war. Der Händler richtete sich schwerfällig auf und setzte sich zurück auf die Bank, wo er den Gegenstand interessiert zwischen seinen Fingern drehte und wendete. Noch immer schwänzelte Orpheus anteilnehmend um uns herum, doch als ihn keiner beachtete, begann er leise zu winseln. Beschwichtigend kraulte Lissy dem Hund das Fell. Orpheus hockte sich zufrieden grunzend neben Lissy nieder.

„*Kleidí*", sagte Michális schließlich. „Was?", fragte Maria verständnislos. Michális legte den Gegenstand offen auf den Tisch, sodass wir ihn alle sehen konnten. „Ein Schlüssel!", riefen Maria, Alex und ich gleichzeitig verblüfft aus. „Zu welchem Schloss der wohl gehört?", fragte sich Lissy. „Er sieht eigentlich nicht sehr eindrucksvoll aus", kommentierte Maria, „aber ich wette mit euch, er spielte mal eine große Rolle. Wenn wir doch bloß wüssten, welche ..." Fasziniert betrachtete ich mir den kleinen silbernen Schlüssel. Er war dünn und lang und am oberen Ende befand sich ein glatter, schnörkelloser Bogen, an welchem ein brüchiger Faden festgeknotet war. Der Bart des Schlüssels war ebenso schlicht und bestand genau genommen nur aus zwei verschieden langen Zacken. *Seit wann gibt es denn überhaupt schon Schlüssel und Schloss?*, grübelte ich nachdenklich, *hat es sie schon in der Antike gegeben?* Ich wurde mir nicht einig, aber dieser Schlüssel sah eindeutig alt aus, und da die Kiste ohne jeglichen Zweifel aus der Antike stammte, musste der Schlüssel logischerweise ebenso alt sein. Vor Schreck fuhr ich kurz zusammen, als ich eine Berührung an meinem linken Handrücken verspürte. Yunus! Er blickte mich mit vor Erstaunen weit aufgerissenen Augen an. „Ich kenne den Schlüssel!", hörte ich seine Stimme in meinem Kopf und dann noch ein Wort, das mir auf einer unerklärlichen Art und Weise vertraut vorkam, obwohl ich es nicht verstand: *Eiríni*. Ich wusste nicht einmal, welche Sprache das war. *Eiríni?* Verwundert blickte ich Yunus an. *Woher kennst du den Schlüssel?*, fragte ich ihn in Gedanken, obwohl ich insgeheim schon eine Vermutung hatte. Yunus antwortete mir nicht. Noch immer war es mir ein Rätsel, wie Yunus das anstellte, in meinen Gedanken mit mir zu kommunizieren und ob ich selbst jemals dazu in der Lage sein würde, ihn ebenso zu kontaktieren. Bisher hatte ich noch nie die Gelegenheit gehabt, ihn auf seine außergewöhnliche Fähigkeit hin anzusprechen, obwohl ich mir das bereits so oft vorgenommen hatte. Fragend schaute ich Yunus ins Gesicht, doch dieser nickte nur in Richtung des Pergaments, das ich noch immer in der Hand hielt. „Schon krass", murmelte Lissy neben mir, „ist da einfach so ein Schlüssel in der Seitenwand …" – „Was ist denn nun auf diesem anderen Pergament?", fragte Maria zielstrebig, „vielleicht erhalten wir einen Hinweis darauf, wozu der Schlüssel gut ist." – „Ja, das könnte sein", pflichtete Alex seiner Freundin bei. Daraufhin breitete ich das alte Pergament vollständig aufgefaltet auf dem Tisch aus und wir senkten alle unsere Köpfe darüber. Eine Weile sprach keiner ein Wort. Dann schließlich fasste sich Lissy als Erste wieder: „Das sieht aus wie eine Landkarte oder so etwas."

In der Tat befanden sich auf dem alten Papier verwirrend viele Linien, Quadrate, Striche und anderes undefinierbares, zum Teil schon sehr verwaschenes Gekritzel in ausgeblichenen Farben. Die meisten Linien waren in rostroter Farbe, aber es gab auch Stellen, die früher sicher einmal blau gewesen waren. Irgendwie erinnerte mich der Anblick von der Aufmachung her an die kleinen Papierschnipsel, die wir am Anfang unserer Reise immer von Yunus bekommen hatten. Bei ihm hatten die Striche stets Metrolinien symbolisiert. Dies konnte hier allerdings kaum der Fall sein. Wahrscheinlich standen die Linien für Straßen oder Flüsse, dachte ich mir. Im Zentrum des Pergaments konnte ich ein rostrotes, verhältnismäßig großzügiges Quadrat ausmachen, in dessen Mitte sich ein kleiner bläulicher Kreis befand. Von diesem bläulichen Kreis ging eine gestrichelte blaue Linie aus, die sich beinahe über das ganze Papier erstreckte, die an manchen Stellen durchgezogen war und an anderen wieder gestrichelt weiterverlief. Ich entdeckte an einem Punkt der blauen Linie eine fast schon leuchtend gelbe Markierung in der Nähe eines der rostroten Quadrate. Doch ich konnte mir absolut keinen Reim darauf machen, was das zu bedeuten hatte. Der gelbe Punkt war zweifelsohne die auffälligste Stelle auf dem gesamten Pergament. Ich betrachtete mir die angrenzenden Linien und Formen. Um das große Quadrat im Zentrum herum befanden sich lang gestreckte, zum Teil sehr symmetrisch angeordnete Rechtecke, ebenfalls rostrot umrandet. Ich begann unwillkürlich zu blinzeln. Je länger ich auf diese verwirrende Anzahl von Linien, Quadraten, Rechtecken und

Kreisen blickte, desto verschwommener sah ich. Mir wurden die Augen träge und ich schaffte es nicht mehr, sie auf das Pergament scharf zu stellen. *Was ist denn das jetzt auf einmal?*, fragte ich mich irritiert und starrte angestrengt auf das Papier vor mir.

--- Ich sehe einen großen gepflasterten Platz. In der Mitte des Platzes plätschert fröhlich das Wasser eines Springbrunnens aus weißem Stein. Mehrere mittelgroße Gebäude reihen sich aneinander. Dazwischen stehen eindrucksvolle dunkle Zypressen, die nach oben hin spitz zulaufen und so hoch sind wie die höchsten der Gebäude hier um diesen Platz. ---

Ich schüttelte mich. Die Bilder, die sich gerade in mein Bewusstsein drängten, kannte ich. Eindeutig konnte ich sie meinem ersten Traum zuordnen. Doch ich verstand nicht, weshalb sie mir von meinem Gehirn ausgerechnet in diesem Moment so klar und deutlich präsentiert wurden. Erneut blinzelte ich und es gelang mir, meine Augen wieder auf das Pergament scharf zu stellen.

Je weiter es auf den oberen Rand des Pergaments zuging, desto unsymmetrischer wurden die Linien, Quadrate und Kreise. Ich sah eine schwarze durchgezogene Linie.

--- Ich bin völlig außer Atem und renne so schnell mich meine geschundenen Füße tragen, auf eine enge Gasse zwischen zwei hohen Gebäuden zu. Slalomartig bahne ich mir meinen Weg zwischen Tongefäßen und metallenen Behältern hindurch. Ich ducke mich und renne unter einer niedrigen Balustrade hindurch. Ich weiche einer Treppe aus, biege ab in eine noch engere Gasse. Dann springe ich über die Mauer, welche die Pferdeställe von dem Marktplatz trennt. Auf der anderen Seite geht es etwa zwei Meter in die Tiefe. ---

Ich schüttelte mich und rieb mir die Augen. Noch etwas weiter oben auf dem Pergament konnte ich erneut zwei große

lang gestreckte Rechtecke ausmachen, an die eine dicke doppelte schwarze Linie angrenzte. Erneut verschwammen die Linien vor meinen Augen und wirbelten in einem bunten Chaos durcheinander, sodass mir nahezu schwindelig davon wurde und mir der Kopf schmerzte. Instinktiv schloss ich meine Augen und atmete ein paar Mal tief durch, um wieder zur Ruhe zu kommen, doch es wollte mir nicht gelingen.
--- „In welche Richtung ist sie verschwunden?", vernehme ich eine mir vertraute Stimme, die mir eine Gänsehaut aufkommen lässt, nun, da ich weiß, welche Rolle Cyrill in der ganzen Angelegenheit spielt. „Sie muss sich irgendwo hinter den Ställen aufhalten", spricht eine raue, grausame Stimme. „Dann kann sie nicht weit sein", sagt Cyrill. Ich weiche an der hölzernen Wand der Ställe noch weiter zurück. In dem Schatten der Stallwand taste ich mich weiter nach hinten. Und dann ist mein Weg plötzlich zu Ende. Mit dem Rücken stoße ich an eine kalte, harte Mauer. ---
Ich ließ einen Stoßseufzer los, als ich urplötzlich begriff, warum ich dermaßen intensiv die Bilder aus meinen Träumen präsentiert bekam. Das Pergament, das vor uns auf dem Tisch ausgebreitet dalag, war in der Tat eine Karte. – Eine Karte von dem Ort *Thólossos*! Ich hatte diesen Ort genauso geträumt, wie er auf dem alten Pergament abgebildet worden war. Ich hatte ihn in meinen Träumen gesehen, als wäre ich tatsächlich schon einmal dort gewesen, als hätte ich ihn gekannt und ich konnte mich noch genau an einzelne Details erinnern: die lang gestreckten Ställe, die dicke, hohe Mauer ... Und das Verrückte an der ganzen Sache war, dass die Karte, die vor mir lag, mit meinen Erinnerungen an die Träume perfekt übereinstimmte! Das große Quadrat im Zentrum war der Marktplatz, den hohe Gebäude einrahmten. Eines dieser Gebäude war das, aus welchem Emilia in meinem ersten Traum verzweifelt

durch ein Fenster geflüchtet war. Der erste durchgezogene Strich war die kleine Mauer, welche den Marktplatz von den Pferdeställen abgrenzte. Die beiden lang gestreckten Rechtecke standen für die Pferdeställe und die doppelte, dick durchgezogene Linie war die Mauer, über die Emilia auf der Flucht vor den Soldaten geklettert war.

Ich verfolgte die fette doppelte Linie mit meinen Augen nach links und stellte fest, dass sie nur an einer Stelle kurz unterbrochen wurde und etwa einen Zentimeter weiter links ging die Linie genauso dick und beständig weiter bis an den linken Rand des Pergaments. Die Stelle, an welcher die Linie unterbrochen worden war, war dunkelrot markiert.

Jenseits der dicken Linie befand sich ein weites freies Gebiet, welches grün angemalt war, dahinter häuften sich erneut rostrot gerahmte Quadrate und Rechtecke in einem heillosen Durcheinander.

--- Ich klettere über die Mauer und springe in die Tiefe. Ich renne über eine Wiese, die von hohen Zypressen umrahmt wird, und zielstrebig eile ich auf die Häuser am anderen Ende der Wiese zu. Ich erreiche das Ende des Parks. Hinter mir höre ich lautes Geschrei. Es kommt von den Soldaten. Offensichtlich sind sie um die gesamten Stallgebäude außen herumgelaufen, dorthin, wo es ein Tor in der Mauer gibt, von dem aus die Straße in die Stadt führt. ---

Das Tor ist die dunkelrot markierte Stelle, begriff ich, *es muss ein bewachtes Tor gewesen sein.*

Eingehend betrachtete ich mir die restlichen Linien und Quadrate. *Das Armenviertel von Thólossos*, begriff ich, *irgendwo hier hat Cyrill Emilia gefasst.* Ein Schauer lief mir über den Rücken, als ich an das Ende meines zweiten Traumes zurückdachte. Oberhalb der zahlreichen, kleinen rostroten Quadrate gab es ein merkwürdiges Gebilde zu sehen. Ein unregelmäßig geformter Kreis, mit vielen Ausbuchtungen und Eindellungen, eigentlich kaum mehr als Kreis zu bezeichnen. Innerhalb des unregelmäßigen Kreises befand sich noch ein etwas kleinerer, mindestens genauso unregelmäßig geformter Kreis und noch einer und noch einer. Irgendwie erinnerte mich das an kartografische Höhenringe eines Berges. Und in der Mitte dieser seltsamen Ringe gab es ein weiteres rostrotes Rechteck, in dem folgendes Wort geschrieben stand: Ἑρμής. Etwas schwerfällig versuchte ich es zu lesen. „Ermís …" Mein Finger zitterte, als ich darauf deutete. Ich drehte mich zu Yunus um. Dieser nickte langsam. „Die griechische Schreibweise von Hermes", sprach er schließlich das aus, was mir in meinem Kopf herumschwirrte, „ganz genau." Es schien, als hätte er geahnt, was ich gerade dachte. „Das ist eine Karte von *Thólossos*!", eröffnete ich schließlich den anderen, total baff und dennoch überzeugt von dem Wahrheitsgehalt meiner Botschaft. Maria, Lissy und Alex stutzten, sagten aber erst einmal nichts. Michális stupste Yunus immer wieder verwirrt an und quasselte auf Griechisch auf ihn ein, doch der Araber hatte im Moment den Kopf nicht frei, um für den Händler zu dolmetschen. „What is *Thólossos*?", wandte sich Michális schließlich zappelig an Alex. „What does Hermes mean in this context? What the hell is *Thólossos*? Can anyone finally tell me? Hey! I'm talking to you!" Er schlug energisch mit seiner rechten Faust auf den Tisch, sodass die Gläser und Flaschen schepperten und klirrten. Doch wir alle ignorierten den Händler. Orpheus begann zu winseln, da ihm niemand mehr das Fell kraulte.

„Das ist also der Hermestempel, in dem Polyzalos Emilia begraben hat", redete ich weiter. „Polyzalos?", brach es aus Michális, als er den Namen erkannte. „Emilia? What is with them? The ship or the girl or what? What is going on with you? Emilia? Polyzalos? What the …?" – „Wir haben hier also tatsächlich den Stadtplan des antiken Ortes *Thólossos* vor uns", wiederholte Yunus und ein flüchtiges Grinsen schlich sich in sein Gesicht, „eine weitere Spur …" – „Ja, aber … Der Plan sagt uns immer noch nicht, wo wir *Thólossos* suchen müssen", gab ich zu bedenken. „Das ist leider wahr", bedauerte Yunus. „Aber hier steht doch noch etwas", fiel Maria auf und sie zeigte mit ihrem Finger auf den obersten Rand des Pergaments, „hier neben dem Pfeil." Tatsächlich war ganz oben ein kleiner gelber Pfeil zu sehen. Daneben stand ein Wort geschrieben: ειρήνη. „*Eiríni*", las Maria schwerfällig vor und ich zuckte zusammen. Vor nur ganz kurzer Zeit hatte ich eben genau dieses Wort gehört – von Yunus, im Zusammenhang mit dem Schlüssel. „*Eiríni* … Was heißt das?", fragte ich Yunus und ich konnte ein nervöses Zittern in meiner Stimme nicht verhindern. „Frieden", erwiderte Yunus und klang traurig, als er das sagte. Er seufzte. „Ich glaube, ich weiß, was wir hier vor uns haben", erzählte ich langsam, „den Fluchtplan, den Jona und Cyrill zusammen geschmiedet haben. Den Fluchtplan, mit dem sie Emilia aus den Fängen von Polyzalos befreien wollten, bevor …" Ich schluckte schwer. „Bevor Polyzalos Cyrill, Jona, Emilia und ihr Baby hat umbringen lassen."

„Und wie sollte dieser Fluchtplan ausgesehen haben?", grübelte Alex. „Also, ich glaube ja, dass dieser gelbe Punkt ausschlaggebend ist", sinnierte ich und deutete auf das Pergament, „da, in der Nähe des Marktplatzes." Yunus nickte zustimmend und auch meine Freunde sahen ganz danach aus, als könnten sie nachvollziehen, was ich konstruierte. „Vielleicht war das irgendein Versteck oder ein Treffpunkt oder …" Ich zuckte ratlos mit den Schultern. „Das war der Eingang in die Kanalisation", sagte Yunus mit einer Festigkeit in der Stimme, dass man annehmen musste, er wüsste voll und ganz über das bescheid, was er da behauptete. „Ein Eingang in die Kanalisation?" Alex machte große Augen. „What are you talking about? What are you talking about?", mischte sich Michális ungeduldig ein, doch noch immer ignorierten wir ihn. Wir hatten im Moment keine Zeit, Rücksicht auf ihn zu nehmen, geschweige denn, für ihn zu dolmetschen. Er konnte einem fast schon leidtun.

„Ja. Genau hier, an dieser Stelle, direkt hinter dem Marktplatz, da, wo dieser gelbe Punkt ist, befand sich ein öffentliches Bad, zu dem zumindest die Bürger aus den oberen Schichten freien Zugang hatten." Während Yunus sprach, begannen meine Augenlider nervös zu flattern. Ich schloss meine Augen und starrte eine Weile in die schwarze Leere.

Ich hörte die Stimmen meiner Freunde, die sich noch immer angeregt darüber unterhielten, was das alles für unsere Suche bedeuten könnte. Auch Michális plapperte hin und wieder auf Griechisch dazwischen. Doch noch immer ging keiner auf ihn ein, was seine Stimme im zunehmenden Maße frustrierter und genervter klingen ließ. Ich spürte, wie die Stimmen immer weiter in den Hintergrund rückten und wie stattdessen etwas anderes in mein Bewusstsein hervordrang. Die Schwärze hinter meinen geschlossenen Augenlidern währte nicht lange und unvermittelt spulten sich vor meinen Augen bewegte Bilder ab, beinahe so, wie in einem zu schnell ablaufenden Film und ich hielt unvermittelt den Atem an.

--- Im Zeitraffer sehe ich, wie die Sonne hinter den hohen Gebäuden des Marktplatzes aufgeht, wie der Schatten des Springbrunnens, der erst lang und breit ist, zunehmend kleiner wird, je höher die Sonne in den Himmel emporsteigt und wie er sich im Uhrzeigersinn um den weißen Marmor herumbewegt. Ich sehe Leute, die über den Marktplatz eilen mit rauschenden Gewändern, manche zu zweit, mache alleine und wiederum andere sind in Gruppen unterwegs. Schließlich setze ich mich selbst in Bewegung und gehe zielstrebig am Springbrunnen vorbei. Ich trage meine Haare in einer eleganten Steckfrisur und werde von zwei Wachsoldaten begleitet. Es nervt mich, dass sie mich auf Schritt und Tritt verfolgen, aber ich kann nichts dagegen tun. So ist es eben. Schließlich erreiche ich mein Ziel: ein beeindruckendes flaches Gebäude mit einem breiten Eingang und einem aufwendigen Säulenvorbau. Ein großer Mann mit würdiger Haltung und erhobenem Haupt kommt mir entgegen. Er trägt einen wogenden Umhang und ein auffälliges Band um seine Stirn. Seine gelockten Haare sind nass und einzelne feuchte Strähnen umspielen seine Schläfen. Er hat betonte, volle Lippen, eine lange schmale gerade Nase und ein kantiges Kinn. – Cyrill! Der Mann räuspert sich und befeuchtet sich die Lippen mit der Zunge. Er schaut mich kurz mit seinen durchdringenden braunen Augen an, dann nickt er mir höflich zu. Respektvoll und etwas eingeschüchtert neige ich mein Haupt und gehe schließlich weiter. Ich betrete das Gebäude vor mir und schlüpfe aus meinen Sandalen. Ich nicke den Soldaten zu. Diese drehen sich wortlos um und warten im Vorraum, während ich in eine Kabine verschwinde und mich entkleide, um ein Bad zu nehmen. ---

Der Eindruck verschwand, als ich meine Augen öffnete.

„Das Bad war einer der beliebtesten Orte in *Thólossos*", fuhr Yunus fort. „Emilia ging dort auch oft schwimmen", bestätigte ich und meine Freunde blickten mich verwirrt an. „Cyrill ebenso", ergänzte Yunus. „Cyrill? Cyrill?", gatzte Michális beinahe schon hysterisch dazwischen. „Emilia und Cyrill sind sich dort gelegentlich über den Weg gelaufen", erinnerte ich mich. „Emilia hatte unglaublichen Respekt vor

Cyrill, dem Fremden aus dem Süden", sprach ich weiter, die Begegnung von eben noch immer deutlich vor meinen Augen. „Sie hatte ja keine Ahnung davon, dass er eigentlich auf ihrer Seite war und mit Jona schon fleißig Fluchtpläne schmiedete", unterstützte mich Yunus. Michális' wildes Herumfuchteln irritierte gewaltig, aber ich versuchte, es nicht weiter zu beachten. „Das Schwimmbad erfüllte im wahrsten Sinne des Wortes eine Schlüsselfunktion für den Fluchtplan", offenbarte Yunus und zwinkerte mir verschwörerisch zu.

„Ich zeige dir, was ich gerade gesehen habe", hörte ich Yunus' Stimme in meinem Kopf, *„der kleine silberne Schlüssel aus dem Geheimfach hat vor ein paar Minuten diese neue Erinnerung in mir ausgelöst."* Erneut schloss ich die Augen und ein weiteres Mal liefen vor mir Bilder wie in einem Film ab. Ich wusste, dass es sich diesmal um Erinnerungen von Yunus handelte, die er mir gerade zeigte.

--- „Ich habe heute Emilia getroffen, als sie auf dem Weg zum Schwimmbad war", spricht Cyrill leicht bedrückt, „sie ist sehr traurig. Sie vermisst dich wirklich sehr." – „Ich vermisse sie auch schrecklich", gibt Jona zu, „es ist nun schon beinahe drei Monde her, dass ich sie das letzte Mal in meinen Armen gehalten habe … Eine Ewigkeit." Jona seufzt aus tiefstem Herzen. „Ich glaube, Emilia fürchtet sich vor mir", gesteht Cyrill, „das bedrückt mich." – „Sie weiß nicht, dass du auf unserer Seite stehst", verteidigt Jona seine Geliebte, „sie glaubt, dass du Polyzalos treu ergeben bist und ihm alle Wünsche von den Augen abliest. Immerhin bist du sein persönlicher Wagenlenker und sein Schützling. Außerdem bist du nicht oft genug am Hof, sodass sie dich gar nicht wirklich kennenlernen konnte. Aber ich bin mir sicher, dass sie dich auch mögen würde, wenn sie um deine wahre Persönlichkeit wüsste." – „Hm", macht Cyrill, „ich weiß nicht, wie lange wir noch unbeobachtet sind, also kommen wir am besten gleich zur Sache. Hier, mein Freund." Cyrill überreicht Jona einen kleinen silbernen Gegenstand. „Das ist der Schlüssel. Es war nicht einfach, ihn Polyzalos zu entwenden, aber ich glaube, er hat den Verlust noch nicht bemerkt." – „Ich danke dir, mein Freund", entgegnet Jona erleichtert, „ich weiß gar nicht, wie ich dir danken soll." – „Schon gut, Jona. Du würdest das Gleiche für mich tun", erwidert Cyrill. Dann spricht er mit ernster Stimme weiter: „Zweite Tür rechts, am großen Schwimmbecken vorbei, Treppe nach unten, den Gang bis ganz nach hinten gehen. Dort findet ihr die Tür, welche durch diesen Schlüssel hier geöffnet werden kann. Durch sie betretet ihr Polyzalos' privates Bad. Von dort aus gelangt ihr über eine weitere Treppe in die Kanalisation von *Theologos*. Folgt dem unterirdischen Kanal bis unter den Hermestempel, dort, wo der Kanal sich mit dem *Erídanos* vereint und in den Felsen fließt. Steigt die Steilküste hinab, dort wartet ein Boot auf euch, das euch über *Eiríni* in die Freiheit führen wird." – „Du hast wirklich an alles gedacht, Cyrill. Was würde ich nur ohne dich tun?" – „Weiter sinnlos ausharren wie bisher, nehme ich an." Cyrill lacht leise. „Und wissen wir schon, wie wir die Wachen umgehen?", fragt Jona nervös nach. „Ich habe da schon so eine Idee ..." Cyrill zwinkert Jona verschmitzt zu. „Ich lasse Polyzalos' Lieblingspferde frei. Das wird für die nötige Ablenkung sorgen. Du kannst in den Palast und Emilia befreien und dann macht euch auf den Weg in die Freiheit. Ihr habt es euch verdient." – „Oh, danke, Cyrill", bricht es aus Jona. „Ich ... ich weiß nicht, wie ich dir jemals danken soll ..." – „Du wiederholst dich, mein Freund", schmunzelt Cyrill. „Es sieht wirklich so aus, als könnte der Plan aufgehen." Jona seufzt. „Der Plan wird aufgehen. Du wirst sehen ... In ein paar Tagen ist der Albtraum vorbei und ihr beide seid für immer vereint – und ein paar Monde später seid ihr dann zu dritt ..." Jona strahlt bis über beide Ohren. „Ja, wir freuen uns schon so darauf ..." Cyrill legt seine Stirn in Falten. „Ihr habt Glück, dass Polyzalos noch nichts davon mitbekommen hat." – „Ja, in der Tat." Jona nickt eifrig. „Ich glaube nicht, dass der Tyrann von Gela sonderlich begeistert davon wäre, wenn er erfahren würde, dass seine Tochter, die Pythia von Delphi, mit einem dahergelaufenen Phönizier ..." – „Ja, ja, Cyrill", unterbricht Jona seinen Freund, „reibe es mir nur jedes Mal unter die Nase, dass ich hier nichts zähle." Er lacht. „So habe ich das nicht gemeint", entgegnet Cyrill, „für mich zählst du weitaus mehr als das Geld des korrupten Tyrannen." – „Und doch arbeitest du für ihn", merkt Jona kritisch an. Cyrill zuckt hilflos mit den Schultern. „Was soll ich tun? Ich habe eine Familie zu ernähren und bei Polyzalos bin ich mir meiner Arbeitsstelle sicher ..." – „Kommst du zurecht, wenn ich weg bin?", fragt Jona vorsichtig an. „Ich muss", entgegnet Cyrill, „und ich werde. Ich bin bisher gut zurechtgekommen und ich werde auch weiterhin gut zurechtkommen." – „Und wenn Polyzalos davon erfährt, welche Rolle du bei Emilias Flucht spielst?", fragt Jona mit einem besorgten Ausdruck im Gesicht. „Er wird davon nichts erfahren", meint Cyrill zuversichtlich. „Dein Wort in Hermes' Ohr", flüstert Jona leise. „Und wann setzen wir den Plan in die Tat um?", wendet sich der Phönizier ratsuchend an seinen Freund. „Hast du schon ein bestimmtes Datum im Auge?" – „Ja, in der Tat, das habe ich", gibt Cyrill freudestrahlend zu, „und das Datum ist perfekt. Von heute aus gezählt in exakt zwei Tagen." – „Was ist an diesem Tag?", fragt Jona leicht irritiert nach. „Das weißt du nicht? Sag mir bloß nicht, dass du das nicht weißt!", brüskiert sich Cyrill. „Nein, ich weiß es wirklich nicht", gibt Jona zu, „nun klär mich doch bitte endlich auf."

– „Es handelt sich dabei um den Abreisetag der Wagenlenker", erläutert Cyrill grinsend, „ich habe doch in Kürze meinen großen Auftritt in der Arena von Delphi. In zwei Tagen brechen wir mitsamt den Pferden und Wagen und einer riesigen Gefolgschaft von Pferdeburschen, Sklaven und Schaulustigen zur Orakelstätte auf. Jedermann wird mit Packen beschäftigt sein. Und jetzt stell dir vor, für welch ein wunderbares zusätzliches Chaos ein paar freigelassene Pferde sorgen werden, die eigentlich schön sauber angespannt auf die Abreise warten sollten ..."

Langsam aber sicher stiehlt sich auch in Jonas Gesicht ein breites Grinsen. „Mann und Maus werden sich in Bewegung setzen, um die Pferde wieder einzufangen. Immerhin sind sie ja die Hauptpersonen, sozusagen, ohne die gar nichts geht. Keine Pferde heißt keine Teilnahme am Wagenrennen – und das wäre doch furchtbar, oder?" Jona lacht leise. „Keine Pferde heißt außerdem, dass das Gefolge nicht aufbrechen kann. Aber das Gefolge *will* um jeden Preis aufbrechen! Ich werde also dafür sorgen, dass die Pferde möglichst viel Vorsprung haben werden und nicht so leicht zu finden sind. Dann werde ich kurz nach Sonnenaufgang in Polyzalos' Palast stürmen und voller Panik verkünden, dass die Pferde des Tyrannen geflohen seien und dass sie unbedingt gefasst werden müssen ... Polyzalos gehen doch seine geliebten Pferde über alles. Er wird Hals über Kopf sein Gemach verlassen und wahrscheinlich alle seine Soldaten mitnehmen. Das ist dann der Zeitpunkt, an dem du Emilia aus ihrem Zimmer befreien und retten wirst. Den Rest des Plans kennst du bereits."

„Oh Cyrill, oh Cyrill ... Mir fehlen die Worte ... Du ... Du bist einfach unglaublich!" – „Ich weiß, ich weiß." Cyrill lacht und fährt sich durch die dunklen Locken. Dann schaut er sich

aufmerksam um. „Ähm ... ja ... Ich glaube, es wird Zeit. Sie kommen", stellt Cyrill fest. Erschrocken dreht sich Jona um und schaut gen Westen. Tatsächlich! Die Soldaten drehen ihre allabendliche Runde. „Ich verschwinde dann besser", beschließt Jona, „vielen Dank noch mal für alles und ... äh ... Wann sehen wir uns wieder?" – „Ich weiß es nicht." Cyrill schüttelt den Kopf und blickt sich nervös um. „Ich schicke dir eine Brieftaube, ja?", wispert Jona. „Ist gut. Viel Glück, Jona." – „Dir auch, Cyrill. Viel Glück. Auf bald!" ---
Und die Vision endete.

„Jona hat von Cyrill diesen Schlüssel hier bekommen, der zum Schloss von Polyzalos' privatem Bad passte", fasste ich zusammen. „Von Polyzalos' Bad aus konnte man in die Kanalisation von *Thólossos* gelangen. Der Plan lautete, dass Emilia und Jona durch den unterirdischen Kanal ungesehen aus der Stadt flüchten sollten, an deren Ende der Hermestempel stand. Dort vereinte sich der Abwasserkanal mit dem *Erídanos* und trat ans Tageslicht zurück. Das ist auch die Stelle, an welcher der *Erídanos* zusammen mit dem Abwasserkanal in einen Felsen hineinfloss." – „*Acher A'Naherr*", wiederholte Yunus, „das Ende des Flusses." – „*Dort, wo das Wort Gottes die Erde küsst und das grüne Wasser in den Felsen fließt ...*", zitierte ich etwas anderes, das mir gerade in diesem Augenblick lebhaft wieder einfiel. „Krass!", brach es aus Lissy. „Und dann?", drängte Maria. „Dann sollten Emilia und Jona eine Steilküste hinunterklettern." – „Ich frag lieber nicht nach, woher du das auf einmal alles weißt", meinte Alex und kratzte sich die Stirn, „denn das würde ich eh bloß wieder nicht verstehen." Ich ging nicht auf ihn ein, sondern fuhr unbeirrt fort: „Das ist ein weiterer Hinweis. *Thólossos* lag an einer Küste! Das grenzt die Suche immerhin ein bisschen ein!" – „Ooooooooooh!", freute sich Lissy. „Das ist so aufregend!" – „What? What?

What?", fragte Michális wieder und immer wieder und fluchte auf Griechisch wie ein Irrer. Ein Glück, dass wir die Schimpfwörter nicht verstehen konnten, die er uns an den Kopf warf. Yunus indessen zuckte oftmals irritiert zusammen, wenn Michális ein Wort besonders heftig zwischen seinen Zähnen herauspresste. Aber der Araber zog es vor, momentan lieber nicht zu übersetzen. „Soon we'll explain", erbarmte ich mich schließlich. „We'll tell you in a minute." Empört schnaubte Michális, füllte sich einen neuen Ouzo ein und leerte ihn mit einem einzigen großen Schluck. „Und an der Küste sollte ein Boot auf Emilia und Jona warten, mit dem sie über einen Ort flüchten sollten, der *Eiríni* hieß. – Frieden ..." Ich schwieg für einen Moment. „Wo mag dieser Ort wohl liegen?", wunderte sich Maria. „Wenn ich das wüsste", gab ich zurück. „Tja, jetzt kennen wir den Fluchtplan. Aber wie wir wissen, ist ja leider alles ganz anders gekommen", bedauerte ich, „Emilia ist zu früh geflüchtet. Sie hatte ja keine Ahnung ..."

Mit einem ohrenbetäubenden Krachen schlug Michális sein Glas auf den Tisch. Die Flaschen und Gläser schepperten und klirrten. Wie durch ein Wunder stürzte aber nichts um. „If you don't tell me now, I'll throw you out of my estate!", brauste er auf. Orpheus knurrte bedrohlich, als würde er der Aussage seines Herrchens dadurch Ausdruckskraft verleihen wollen. Synchron seufzten Alex, Maria, Lissy und ich laut auf. „Wollen wir es ihm endlich erzählen?", fragte Maria gequält. „Ja bitte", bat Lissy, „damit der endlich mal Ruhe gibt."

Xi

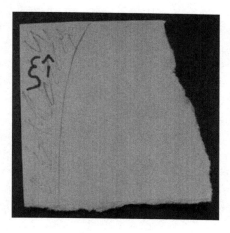

Und wir erzählten Michális alles, was wir wussten. Wir erzählten ihm von den Träumen, von den Visionen, von Emilia, Jona und Cyrill. Besonders wenn Cyrill angesprochen wurde, begannen die Augen des Händlers zu funkeln und seine Wangen zu glühen. Er wollte alles wissen. Wenn es ihm zu schnell ging, fragte er nach und anhand seiner Fragen bemerkten wir, dass er unseren Schilderungen gut folgen konnte und uns ohne jegliche Widerrede Glauben schenkte. Sein Blick verfinsterte sich jedoch, als er davon erfuhr, wie sein Vorfahr umgekommen war. „Und ich hielt immer so viel von Polyzalos, dem großen Trierarchen", vermittelte Michális uns über Yunus' Übersetzung. „Ich habe diesen Menschen so sehr bewundert …" Er ballte seine Hände zu Fäusten. Kurz darauf ließ er seine Schultern jedoch sinken und ich sah, wie eine kleine Träne seinen Augen entfloh. Irritiert schaute ich beiseite und eine Weile sprach keiner ein Wort. Schließlich fasste sich Michális wieder und Yunus übersetzte: „Michális sagt, dass er so bald wie möglich wieder nach Athen fahren wird, um das Grab von Cyrill zu besuchen und um seinem Vorfahren die Ehre zu erweisen. Er ist uns unglaublich dankbar dafür, dass wir es ihm möglich gemacht haben, mehr von seinem Ahnen zu erfahren und davon, wie er gewesen ist. Es erfüllt ihn mit Stolz, mit so einem großartigen Menschen verwandt zu sein und es bedeutet ihm wirklich sehr, sehr viel, dass er nun einen Ort weiß, an den er gehen kann, um mit seinem Vorfahren zu reden."

Ich schluckte einen großen Kloß in meinem Hals hinunter. Michális war ein sehr emotionaler Mensch. Seine Gefühle seinem fernen Verwandten gegenüber waren außerordentlich intensiv und echt. „Warst du schon einmal in Delphi?", wandte ich mich an Michális. Der Händler blickte mich mit großen Augen an, doch er reagierte nicht auf mich; auch nicht, nachdem Yunus ihm meine Frage ins Griechische übersetzt hatte. „Warst du schon einmal im Museum von Delphi?" Schließlich schüttelte sich Michális. „Er geht nicht oft in Museen", dolmetschte Yunus, „Museen sagen ihm nichts." – „Dieses eine Museum wird dir allerdings schon etwas sagen", redete ich weiter, „Michális ..." Der Händler erwiderte meinen Blick zaghaft. „In diesem Museum kannst du einen Blick auf eine Statue von Cyrill werfen. Es ist einfach unglaublich, wie ähnlich deinem Vorfahren diese Statue ist. Michális ... Du kannst sehen, wie Cyrill ausgesehen hat. Wenn du nach Delphi gehst ..." Erneut blinzelte Michális eine kleine Träne aus seinen Wimpern. „Wenn du möchtest ... Wenn du ..." Ich schluckte. Michális' Rührung setzte mir ebenfalls ziemlich zu. „Wenn du möchtest, kann ich ..." Ich deutete etwas hilflos auf meine Digitalkamera, aber als Michális keine Regung machte, öffnete ich die Stofftasche und zog vorsichtig den Fotoapparat heraus. Ich suchte die Speicherkarte, die ich in Delphi dabeigehabt hatte, steckte sie in die Kamera und klickte durch das Menü, bis der Bildschirm die Fotos zeigte, die ich im Museum von Delphi geschossen hatte. Ich schaltete weiter bis zum ersten Bild vom Wagenlenker von Delphi und hielt Michális anschließend den Fotoapparat entgegen. Nur zögerlich nahm der Händler die Kamera an. Er zuckte ehrfürchtig zusammen, als er die Bronzestatue zum ersten Mal sah. „Der berühmte Wagenlenker von Delphi", sagte ich. „Cyrill", flüsterte Michális und verstummte. Wortlos betrachtete er sich das Foto eine Weile. „Du kannst hier zoomen und da drüben schaltest du weiter", erklärte ich, „ich habe noch ein paar Bilder von der Statue gemacht. Auch ein paar Nahaufnahmen."

Michális schaute sich die Bilder lange an und atmete mehrere Male tief durch. Dann gab er mir die Kamera zurück. „Ich danke dir", sagte er durch Yunus und ein zaghaftes Lächeln schlich sich in sein Gesicht, „jetzt weiß ich, wie Cyrill aussah. Vielen Dank." – „Ich kann dir eine Kopie von den Bildern machen und sie dir schicken", schlug ich vor. Michális nickte langsam und senkte seine Augenlider. Womöglich dachte er gerade über seine Familiengeschichte nach.

Eine Weile schwiegen wir alle andächtig und ließen uns das Gespräch noch einmal ausführlich durch den Kopf gehen. Hinter der Gartenlaube summten die Honigbienen des Händlers in einem beruhigenden Bass und eine Taube gurrte fröhlich vom Dach des Hauses herunter. Instinktiv drehte ich mich zu dem Vogel um. Es handelte sich dabei um eine graubraune Taube. Trotzdem musste ich grinsen, als ich den Vogel sah. *„Ich schicke dir eine Brieftaube, ja?"*, vernahm ich erneut die flüsternde Stimme Jonas. *Dazu also die Tauben*, dachte ich mir, *sie waren Jonas Botschafter. Sie überbrachten Nachrichten. Bestimmt hat Jona eine Taube dazu abgerichtet, Emilia Botschaften zu überbringen, sodass sie miteinander im Kontakt blieben, ohne dass*

Polyzalos etwas davon mitbekam. Vielleicht hat Jona Emilia so auch das ein oder andere Gedicht zukommen lassen, überlegte ich. Es überkam mich ein warmes Gefühl, als mir bewusst wurde, wie groß und wie aufrichtig die Liebe zwischen Emilia und Jona gewesen war und ich drehte mich zu Yunus um. Dieser erwiderte meinen Blick und nickte langsam. Unsere Hände fanden einander und ließen nicht mehr los. Auch in meinen Augen entstand daraufhin eine kleine Träne, die, als sie sich löste, eine feine Spur auf meiner Wange hinterließ. Ich glaube aber nicht, dass meine Freunde davon etwas mitbekommen hatten. Was Yunus angeht ... Er bemerkte die kleine Träne. Yunus hob seine freie Hand an mein Gesicht und spurte mit seinem Zeigefinger sanft den Lauf der Träne auf meiner Haut nach. Ein wohliger Schauer überkam mich und ich seufzte leise.

„Und wie geht es jetzt weiter?", fragte Alex nach einer Weile. „Wie finden wir heraus, wo *Thólossos* lag?" Ich zuckte ratlos mit den Schultern. „Der Ort lag jedenfalls am Ende des *Erídanos*. Soviel wussten wir schon", fasste Maria zusammen. „Das Blöde ist nur, dass niemand weiß, wo das Ende des Flusses anzutreffen war", erinnerte uns Lissy. „Was wir neu wissen, ist, dass *Thólossos* sich an der Küste befand", lenkte ich ein. „Die Frage ist bloß an welcher?" – „*Thólossos* kann nahezu überall sein", gab Maria frustriert zu, „in Griechenland gibt es so eine lange Küstenlinie und außerdem sind da noch die ganzen Inseln. Es kann ja durchaus sein, dass *Thólossos* vielleicht auf einer Insel gelegen hat." – „Echt zu blöd, dass diese alte Karte nicht mehr hergibt", bedauerte Lissy. „Aber wir wissen zumindest, dass *Thólossos* an einer *Steilküste* gelegen hat", fiel mir wieder ein, „das heißt, dass unsere erste Annahme falsch gewesen ist." – „Welche Annahme?", fragte Alex. „Die, dass das Ende des Flusses irgendwo bei Piräus gewesen sein könnte", erläuterte ich. „Stimmt." Maria nickte. „An dieser Seite des Saronischen Golfs gibt es keine Steilküste. Sie scheidet also schon mal aus." – „Aber … die ausgegrabenen Flussbetten des *Erídanos*?", gab Lissy zu bedenken. „Yunus sagte doch, dass der Fluss von *Lykavittós* aus nach *Kerameikós* verlaufen ist." – „Ja." Der Araber nickte mit dem Kopf. „Soviel ist sicher. Dafür gibt es eindeutige Beweise und die habt ihr auch schon gesehen." Wir nickten zustimmend. Michális lauschte unserem Gespräch aufmerksam. Ich war gespannt, was er dazu beizusteuern hatte. Immerhin hatte er sich mit der Thematik noch nicht so intensiv auseinandergesetzt wie wir, aber möglicherweise fiel ihm dabei etwas auf, das wir vor lauter Grübeleien gar nicht mehr deutlich sehen konnten. Für den Moment hielt sich der Händler jedoch bewusst zurück und bat Yunus ab und zu um zusätzliche Erklärungen auf Griechisch, welche der Araber ihm gerne lieferte.

„Und dann hat Yunus noch gesagt, dass der *Erídanos* wahrscheinlich in diesen anderen Fluss mündete, den es damals in Athen gegeben hat", fuhr Lissy fort. „Ja, genau", pflichtete ihr Yunus bei, „in den *Kiphissios*. Aber das ist nicht sicher. Es ist *wahrscheinlich*. Es deutet vieles darauf hin, aber bewiesen werden konnte das bisher nicht." – „Und dieser *Kiphissios* floss nach Piräus", vergewisserte sich Lissy. „Ja. In Richtung Hafen", sprach Yunus. „Das heißt rein theoretisch, dass der *Erídanos* ebenfalls nach Piräus geflossen sein könnte, aber dass es nicht zwangsläufig so gewesen sein muss, oder?", fasste Maria noch einmal zusammen. „Genau. Theoretisch könnten die beiden Flüsse vereint nach Piräus geflossen sein", erläuterte Yunus. „Und praktisch?", fragte Alex. „Praktisch könnte der *Erídanos* aber auch einen ganz anderen Pfad eingeschlagen haben", entgegnete Yunus, „und an einen völlig anderen Ort geflossen sein. Wie gesagt, die Wissenschaft heute hat keine Ahnung davon." – „Hm", grübelte Alex versonnen. „Man bedenke ferner, dass die Athener im fünften Jahrhundert vor Christus ihre Flüsse schon begradigt und kanalisiert haben", schilderte Yunus weiter. „Es kann auch gut sein, dass sie den Lauf des Flusses bewusst geändert haben oder dass sie einen *Teil* des *Erídanos* umgeleitet haben, um Wasser an einen Ort zu bringen, an dem sie es benötigten, also nach *Thólossos* beispielsweise. Es könnte sein, dass die Menschen von früher den *Erídanos* für ihre Zwecke umgeleitet haben könnten." – „Aber dann müsste es doch Spuren davon geben", merkte Maria kritisch an, „dann müsste man doch Reste von Kanälen, Mauern und so weiter finden. Dann müsste man das doch irgendwie beweisen können." – „Nicht unbedingt", lenkte Yunus ein. „Du vergisst, wie lange das schon her ist, Maria. Bauten von Menschen sind vergänglich. Die einen vergänglicher als andere. Vielleicht ist der *Erídanos* dereinst versiegt. Dann nützte der Kanal auch nichts mehr. Womöglich hat man dann die Steine für die Mauern, Kanäle und so weiter für andere Gebäude wiederverwendet, als sie als Mauern eines leeren Kanals keinen Zweck mehr erfüllten." – „Ja, das kann sein", überlegte Alex. „Oder aber man hat, wenn der Kanal unterirdisch verlaufen ist, einfach darüber gebaut und der Kanal ist in Vergessenheit geraten, weil die nachfolgenden Generationen ihn nicht mehr gesehen haben und nichts von ihm wussten", überlegte Yunus. „Es kann gut sein, dass unterhalb von Athen noch Überreste aus der Antike vorhanden sind, von denen die heutigen Athener keine Ahnung haben." – „Aber gibt es denn keine Möglichkeit, solche antiken Überreste aufzuspüren? Gibt es da nicht solche Detektoren oder so etwas?", bezweifelte Lissy. „Lissy ...", begann Alex langsam, „solche Kanäle sind aus Stein gefertigt ...

Es gibt Metalldetektoren, aber Steindetektoren ... Nee. Da würde kein Detektor ausschlagen. Die Athener haben einfach ihre Häuser drübergebaut und niemand weiß mehr, was sich darunter befindet und man kann schließlich nicht auf irgendeinen Verdacht hin sämtliche Häuser einreißen, den Boden umgraben und schnell mal nachschauen, ob sich darunter möglicherweise antike Überreste befinden. Stell dir das mal vor ..." Lissy kicherte. „Athen umgraben. Hihi. Das klingt lustig." – „Nee, also das kann man ja nicht einfach so machen", hob Alex hervor. „Vielleicht befinden sich unter den Häusern echt noch antike Überreste und die Athener ahnen gar nichts davon. Wäre nicht das erste Mal. Siehe Bau der Metro", erinnerte uns Maria. „Ja. Es sind bereits neue Metrolinien in Planung", eröffnete uns Yunus, „vielleicht tauchen da in naher Zukunft noch mehr Funde auf. Aber fürs Erste müssen wir akzeptieren, dass wir nicht genau wissen, wo der *Erídanos* verlaufen ist." – „Das ist frustrierend", fand Lissy, „es kommt mir so vor, als wären wir nur sooooooo kurz vor der Lösung des Rätsels." Sie hielt ihre beiden Handflächen demonstrativ etwa fünf Zentimeter auseinander. „Und doch kommen wir nicht drauf. Das ist doch zum Aus-der-Haut-Fahren, oder nicht?" – „Ja, da hast du Recht", stimmte ich ihr zu.

Eine Weile herrschte Schweigen, doch dann ergriff Maria erneut das Wort: „Kommen wir nun zu diesem seltsamen Ort, über den Emilia und Jona flüchten sollten ..." – „*Eiríni* ...", grübelte ich. „Sagt das irgendjemandem von euch etwas?", fragte Maria. „Sagt das *dir* vielleicht etwas, Michális?" Doch auch der Händler hatte keine Idee. „Wie kann es überhaupt einen Ort geben, der *Frieden* heißt?", überlegte Alex, „das ist doch merkwürdig." – „Vielleicht war das auch nur ein Codewort oder so etwas", spekulierte ich, „eine Art Bezeichnung für etwas, das in Wirklichkeit anders hieß." – „Oder es steht ganz einfach für den Frieden, den Emilia und Jona dann gefunden hätten, wenn ihnen die Flucht gelungen wäre", schlug Lissy vor. „Ach nein", widersprach Maria, „das glaube ich nicht. Wenn dem so wäre, würde das sicher nicht auf dem Pergament stehen, oder? Aber auf dem Pergament steht *Eiríni* geschrieben, neben einem gelben Pfeil, der in eine bestimmte Richtung weist. Ich nehme schon an, dass es sich dabei um einen echten Ortsnamen handelt. Womöglich gibt es diesen Ort eben einfach nicht mehr oder aber er heißt heutzutage anders." – „Gut möglich, aber das bringt uns dann auch nicht weiter", behauptete Alex. „Wirklich zu blöd, dass nicht wenigstens die Himmelsrichtungen eingezeichnet sind. Schade, dass das Pergament so nichtssagend ist."

„Apropos Pergament!", brach es aus mir heraus. „Was ist denn nun mit den anderen Blättern aus der Kiste?" Sofort geriet wieder Bewegung in meine Freunde. „Ja, genau!", rief Lissy begeistert aus. „Die haben wir in der Aufregung ganz vergessen. Du sagtest doch, dass du sie lesen kannst, Yunus. Was steht denn nun drauf?" – „Ich sagte, ich kann sie zum Teil lesen", korrigierte Yunus mit einem breiten Grinsen, „ich habe mich vorhin schon kurz mit Michális über die ersten beiden Seiten der Pergamente unterhalten. Wir sind beide der Meinung, dass sie sehr interessant sind." – „Ja, aber helfen sie uns auch weiter?", fragte Alex. „Das weiß ich noch nicht so genau. Bisher haben wir ja auch nur die ersten beiden Seiten angeschaut." – „Dann wird es höchste Zeit, dass wir uns den Rest auch noch anschauen", verlangte Maria, „und vor allem bestehe ich darauf, dass auch wir Nichtgriechen endlich gesagt bekommen, worum es auf den ersten beiden Seiten geht." Yunus grinste verschwörerisch. „Ach ja, genau ... Wie konnte ich euch nur so vergessen ... Michális schmunzelt auch schon. Er meint, jetzt würdet ihr endlich mal erfahren, wie das ist, wenn man nicht weiß, worüber die ganze Zeit geredet wird, wenn man ausgeschlossen und ignoriert wird. Er hat vorgeschlagen, dass wir euch ruhig noch eine Weile länger schmoren lassen sollten." – „Hey!", empörten Lissy, Maria, Alex und ich uns und drehten uns zu Michális um. Dieser zuckte lediglich mit den Schultern und fuhr sich durch die grauen Locken. „Aber ich dachte mir dann, dass es besser wäre, keine Zeit zu verlieren und euch lieber ebenfalls einzuweihen", sprach Yunus, „außerdem kann es gut sein, dass ihr etwas seht, was wir vielleicht übersehen haben. Wäre nicht das erste Mal, dass euch etwas auffällt – so spitzfindig, wie ihr immer seid." – „Mal sehen, ob wir diesmal auch wieder so spitzfindig sind, wie du es so schön formulierst, Yunus", belächelte Maria. „Also, wann geht es denn jetzt endlich los? Fang an! Fang bei Alpha an", bat sie. Noch immer scheute sich Yunus davor, das alte Pergament direkt anzufassen. Doch Michális schob es ihm einfach unter die Finger und Yunus deutete auf die Zeilen, welche er Stück für Stück übersetzte.

„Hier unter dem Alpha steht: Ankunftsort Piräus, früher Nachmittag ..." Er deutete auf die ersten Schriftzeichen und räusperte sich. „Wenn man das Datum umrechnet, müsste man auf irgendwann im Juni oder Juli 466 vor Christus ankommen, wenn mich nicht alles täuscht. Ich habe leider meine Umrechnungstabellen nicht dabei und kann nur ungefähr schätzen. Wisst ihr ... Das ist immer so eine Sache mit der Zeitrechnung ... vor allem auch, weil die antiken Völker verschiedene Kalender verwendeten und den julianischen Kalender gab es ja noch lange nicht ... Ja, und die Griechen verwendeten damals so etwas wie einen Lunar-, also Mondkalender. Und für ein Lunarjahr mit 12 synodischen Monaten oder 13 siderischen Monaten ergibt sich eine Jahreslänge von

354 bis 355 Tagen, weshalb also das lunare Jahr ungefähr 10 bis 12 Tage kürzer ist als unser bekanntes Sonnenjahr und weshalb ich mich bei meiner Berechnung gut und gerne leicht vertun könnte und ..." – „Sag mal, Yunus, was wird *das* denn jetzt?", neckte Alex. „Willst du uns jetzt einen Vortrag über antike Kalender halten oder willst du mit der Übersetzung weitermachen?" – „Ähm", stockte Yunus verlegen, „ich dachte ja nur ..." – „Ist schon okay", beschwichtigte Maria den Araber. „Mein Freund ist wieder viel zu ungeduldig. Aber ... Ja. Einigen wir uns einfach darauf, dass wir uns im fünften Jahrhundert vor Christus befinden und dass es die Zeit ist, in der Emilia, Jona und Cyrill noch am Leben gewesen sind. Das genaue Datum ist nicht so wichtig." Yunus nickte. „Vielleicht hast du Recht, Maria", besiegelte Yunus, „also, beschließen wir einfach, es ist Sommer im Jahre 466 vor Christus."

„Was steht sonst noch auf dem Pergament?" – „Hier ist leider eine Stelle ziemlich verwischt und ich kann sie nicht lesen. Das Arabisch hier ist wirklich sehr, sehr alt. Wenn das mein Professor für Arabistik in die Hände bekommen würde ..." – „Yunus", mahnte Lissy, „du tust es schon wieder ..." – „Was tue ich?" – „Ausweichen. Von der Sache abkommen. Unnötig weit ausholen. Abschweifen. Uns die Übersetzung vorenthalten ..." – „Tue ich das?" Er grinste vielsagend. „Na gut. Schluss damit! Weiter geht's!" Erneut deutete er mit seinem Finger knapp über die Zeilen, die er übersetzte.

„Geladene Fracht: 1.000 *pugon* feinste phönizische Seide. – *Pugon* ist eine antike Maßeinheit", erklärte er, „und entspricht der *homerischen Elle*, also etwa einem halben Meter oder zwei *pous*, also Fuß. Ein griechisches Fuß entspricht 31,6 Zentimeter. Ein *pugon*, also zwei Fuß, das sind dann 63,2 Zentimeter." – „Mann, haben die Griechen große Füße!", kommentierte Alex scherzhaft. „Und ihre Ellen sind erst lang", stimmte Lissy kichernd ein. Ich fing unvermittelt zu prusten an, als ich sah, wie sich Michális verwirrt seinen eigenen Fuß anschaute und dann seine Elle, fast so, als wären Alex' und Lissys Aussagen an seinen Fuß und an seine Elle gerichtet worden. „1.000 *pugon* sind 1.000 mal zwei, also 2.000 *pous*, das wiederum entspricht 2.000 mal 31,6 Zentimeter, also 63.200 Zentimeter, ist gleich 632 Meter." Er hielt kurz inne und kratzte sich nachdenklich das Kinn. „Stimmt das?" Er rechnete noch einmal nach. „Ja, müsste stimmen", redete er mit sich selbst, „also dann steht hier: Geladene Fracht: 632 Meter feinste phönizische Seide." – „Ganz schön viel auf einem Haufen", meinte Lissy. „Dann steht da ein *Talent* Essenz der Purpurschnecke", fuhr Yunus fort. „Ein *Talent* entspricht 60 *mina*. Eine Mine sind wiederum 100 *drachma*. 60 *mina* entsprechen daher 6.000 *drachma* und ..." – „Ääääääääääääh, Yunus", protestierte Lissy, „hör auf damit. Bei mir dreht sich ja schon alles." Doch Yunus fuhr unbeirrt fort. Sein Gesichtsausdruck wirkte dabei sehr konzentriert und irgendwie entrückt. Ich musste mich sehr beherrschen, nicht in Lachen auszubrechen, denn während Yunus in seinem Kopf rechnete, schob er dabei unbewusst seine Unterlippe nach vorne. Das sah gleichermaßen niedlich und witzig aus. „Und 6.000 *drachma* sind dann schließlich 6.000 mal 6 Gramm, also ... äääääääääähm ..." Yunus kratzte sich nervös über die Haare, während er nachdachte. „Wird das jetzt eine mathematische Einführung in antike Maße und Gewichte?", scherzte Alex. „Das sind ... das sind ... Wartet ... Sechs mal sechs ist 36, dann die Nullen ... eins, zwei, drei ... ähm ... 36.000 Gramm. Das sind dann 36.000 geteilt durch 1.000, das sind ... 36 Kilogramm. Uff!" Er wiederholte die Rechnung ein weiteres Mal halblaut, und als er zu demselben Ergebnis kam, verkündete er frohlockend: „36 Kilogramm Essenz der

Purpurschnecke ..." – „Was will man denn mit der Essenz der Purpurschnecke?", fragte sich Lissy verwirrt. „Und dann gleich mit 36 Kilo?" Yunus schüttelte sich nach der Rechnung, fast so, als würde er dadurch wieder einen freien Kopf bekommen. „Wisst ihr denn nicht, wofür die Phönizier so berühmt waren?", fragte Yunus. „Nö, wofür denn?", entgegnete Lissy ahnungslos. Ich schüttelte ebenfalls den Kopf. „Also ...", begann Yunus langsam, „die Griechen nannten die Phönizier *Phoiniker*." – „Das hast du schon mal erwähnt", erinnerte sich Alex. „Ja, genau." Yunus nickte. „Das stand auf Jonas Grabstein", fiel Lissy wieder ein. „Ja ... Jedenfalls ... *Phoinike* ist das altgriechische Wort für Purpur. *Phoinike* war also das Purpurland", schilderte Yunus. „Purpur ist eine Farbe, wie ihr wisst. Das ist so ein Farbton, der von Rosa über Lila bis Violett reicht. Das Färben von Stoffen mithilfe der Essenz der Purpurschnecke war ein typisch phönizisches Handwerk und die Griechen waren ganz versessen auf purpurne Gewänder und Stoffe aller Art für die Weiterverarbeitung. Sie importierten wie verrückt purpurne Stoffe von den Phöniziern, und Staatsmänner kleideten sich gerne in Purpur." – „Polyzalos trug Purpur", erinnerte ich mich und vor meinem inneren Auge erblickte ich für einen kurzen Moment einen breitschultrigen imposanten Mann, der von einem Fensterrahmen aus auf mich herabblickte. Der Mann trug ein purpurnes Tuch um seine Schulter geschlungen, fast wie eine Toga. Ich erschauderte und blinzelte und kurz darauf war der Eindruck verschwunden. *Zum Glück*, dachte ich und wandte meine ganze Aufmerksamkeit wieder den Schilderungen Yunus' zu. Sein Finger fuhr eine Zeile weiter nach unten. „Hier steht noch: edelster phönizischer Wein. Ich kann die Zahl nicht deutlich lesen, aber ich glaube, das heißt 150 *kotulai*, also 150 mal 0,275 Liter, ist gleich 41,25 Liter Wein."

„Gehe ich also recht in der Annahme, dass es sich hier um eine Auflistung von Waren handelt?", fragte Alex nachdenklich, „dass dies hier ein Zettel ist, auf dem ein phönizischer Händler die Waren aufgeschrieben hat, die er mit seinem Schiff nach Piräus gebracht hat, um sie dort an die Athener zu verkaufen?"

Nachdem Yunus für Michális übersetzt hatte, teilte uns der Grieche seinerseits enthusiastisch etwas durch Yunus mit. „Genau", sprach der Araber, „das ist das, worüber wir beide vorhin geredet haben, bevor Emily das Geheimfach in der Truhe gefunden hat. Wir nehmen an, dass dies die Auflistung einer Schiffsladung ist." – „Ich glaube, inzwischen können wir sogar noch etwas Weiteres annehmen", fügte ich an. „Was denn?", wollte Alex wissen. „Dass dies die Auflistung der Waren ist, die *Jona* in Athen eingeführt hat." Meine Freunde nickten zustimmend. „Das ist es!", rief Lissy überzeugt aus, „die Kiste gehörte Jona. Wer sonst sollte diese Auflistung geschrieben haben, wenn nicht er?" – „Oh Mann", stöhnte ich, „das ist die Handschrift von Jona!" Erneut bekam ich eine Gänsehaut und mir ging es wie Yunus: Ich konnte das Pergament mit meinen Fingern nicht anrühren. Ich hatte zu großen Respekt davor, als dass ich mich das getraut hätte. „Was hat Jona noch so alles nach Griechenland eingeführt?", wollte Alex interessiert wissen. „Libanonzeder", antwortete der Araber und deutete auf die vorletzte Zeile auf dem ersten Blatt, „die Zedern aus dem Libanon waren sehr schönes, widerstandsfähiges und trotzdem leicht verarbeitbares Holz. Die Phönizier bauten alle ihre Schiffe aus diesem Holz und die Griechen importierten viel phönizisches Zedernholz, zum Beispiel, um damit ihre Tempel zu bauen oder ihre Triere. Leider kann ich hier die Zahl nicht genau lesen, aber ich denke, dass es eine ganz schöne Menge gewesen sein muss.

Und als Letztes stehen da noch ein paar Worte, die ich nicht kenne. Ich nehme an, dass es sich um verschiedene Lebensmittel handeln muss, um phönizische Spezialitäten, die es heute nicht mehr gibt. Das ist echt sehr, sehr interessant. Ich wüsste nicht, dass schon einmal irgendwo eine derartige Auflistung von Produkten aufgefunden worden ist. Wenn das bekannt werden würde …" Yunus geriet ins Grübeln. „Das gäbe eine Weltsensation!"

Michális blätterte zum nächsten Pergament weiter. „Und hier stehen noch mehr Waren aufgelistet: Fleisch, Salz und Pfeffer in Massen. Das da dürften Namen für verschiedene Heilkräuter sein. Hier Gewürze … Die Phönizier waren für ihren Handel mit Gewürzen und Kräutern bekannt. Sie wussten viel über Heilpflanzen und handelten mit ihnen." Michális zeigte uns das dritte Pergament, an dessen oberem Rand ein griechisches γ aufgemalt war. Eine Weile starrte Yunus angestrengt auf das Blatt, denn er hatte diese Seite selbst noch nicht gesehen. Dann verkündete er: „Und es stehen hier noch mehr Sachen: Samen von Zypressen, Holzschnitte, Lacke, kleinere Skulpturen, bearbeitete Steine … Die genauen Mengen könnte man auch noch ausrechnen, wenn man das wollte …" – „Oh Mann! Wie viel hatte der denn noch auf sein Schiff geladen?" – „Ich nehme an, es handelte sich um eine Flotte phönizischer Handelsschiffe, die zusammen mit Jona angekommen waren", spekulierte Yunus. „Für ein einziges Schiff wäre die Ladung viel zu groß gewesen."

Auf den Pergamenten Delta bis Zeta waren noch mehr Waren und Produkte aufgelistet. Manche davon konnte Yunus lesen, während die Namen anderer Yunus nichts sagten und hin und wieder war eine Zeile vollkommen unleserlich, aber Yunus kämpfte sich tapfer durch den Stapel hindurch und gab sein Bestes. „Hätte ich doch nur mein

Wörterbuch für Altarabisch dabei", ächzte er hin und wieder. In meinem Kopf begann sich schon alles zu drehen.

Schließlich erreichten wir das Pergament mit dem Eta in der rechten oberen Ecke. Am oberen Rand des antiken Papiers waren schemenhaft die Konturen einer gezeichneten Taube zu erkennen; wie ein Siegel sah das aus. Darunter stand in altarabischer Schrift der volle Name Jonas geschrieben. Ich musste kichern, denn der Name war endlos lang und Yunus las ihn uns zum Spaß vor. Leider habe ich keine Ahnung, wie man so einen Namen in der deutschen Schrift festhalten könnte, daher kann ich das an dieser Stelle bedauerlicherweise nicht tun. Im Anschluss daran waren die Namen von Jonas obersten Offizieren aufgelistet, ebenso die der anderen Seefahrer. Die Namen klangen zum Teil so befremdlich, dass wir uns darüber köstlich amüsierten. „Das ist ein sehr interessantes Dokument, das für die Wissenschaft von größter Bedeutung sein könnte", sprach Yunus nachdenklich. „Vielleicht sollten wir es später an ein Museum übergeben", schlug Lissy vor. Als Yunus für Michális übersetzt hatte, legte der Händler seine Hände schützend über das alte Pergament und beteuerte, dass er die Pergamente keinesfalls weggeben würde. Nach einer Weile blätterte er zur nächsten Seite weiter: Theta. Darauf fand sich die Zeichnung eines Schiffes. Es war ein bezauberndes Schiff mit hohen Steven und einem quadratischen Segel. Das Schiff hatte einen einzelnen Mast mit einem Ausguck. Der Bug war rundlich und bot ausreichend Platz für zahllose Waren und Handelsgüter. Das Schiff hatte auch Ruder und als Bugfigur eine Taube, die ihre Flügel weit geöffnet hatte. Eine Friedenstaube, begriff ich, als Symbol dafür, dass das Handelsschiff in friedlicher Absicht unterwegs war und keinerlei Waffen mit sich führte. An der Seite des Bugs war auf Arabisch der Name des Schiffes angedeutet.

„*Hamāma*", las Yunus den arabischen Namen des Schiffes vor. – Die Taube. „*Peristéri*", sagte ich nachdenklich und bemerkte aus dem Augenwinkel, wie mich Michális verblüfft von der Seite her anschaute. Wahrscheinlich konnte er es nicht fassen, dass ich ein griechisches Wort kannte.

„Ich denke, das ist eines der Schiffe aus Jonas Flotte. Wahrscheinlich sein eigenes", überlegte Lissy. „Das kann durchaus sein", pflichtete ihr Yunus bei. „Ein herrliches Schiff", fand Michális und seine Augen leuchteten. „Ich habe dieses Bild schon oft angeschaut und damit angefangen, ein Modell zu bauen, das genauso aussieht wie dieses Schiff. Es steht in meinem Wohnzimmer." Also war Michális auch noch ein leidenschaftlicher Bastler, begriff ich. Der Händler hatte in der Tat einige Eigenschaften und Vorlieben, die ich ihm gar nicht zugetraut hätte. Aber das alles machte ihn nur noch sympathischer, als er mir ohnehin schon gewesen war und ich war froh, dass ich so einen interessanten Menschen kennenlernen durfte.

Michális blätterte ein weiteres Mal um. Inzwischen waren wir bei Iota angekommen und erneut blickten uns reihenweise altarabische Schriftzeichen entgegen und ich blinzelte verwirrt, als die Linien, Punkte und Bögen vor meinen Augen zu tanzen begannen. Wie konnte Yunus diesen Schnörkeln nur eine Bedeutung entnehmen? Mein Respekt vor ihm stieg noch mehr an, wenn das überhaupt noch möglich ist. „Aaaaaaaaaaaalso", begann Yunus. Die Konzentration stand ihm deutlich ins Gesicht geschrieben. „Ich übersetze …" Er hielt seinen Finger unter die erste Zeile und sprach: „Da steht zunächst wieder ein Datum geschrieben … Das ist drei Tage nach dem Datum auf dem ersten der Pergamente. Also wieder im Juni oder Juli 466 vor Christus, nehme ich an. Und dann geht es los … Mir scheint, das ist so eine Art Tagebucheintrag oder Reisebericht ... Moment ... Ja." Er räusperte sich und übersetzte dann mit klarer, deutlicher Stimme: „Da stand ich nun. Ich dachte immer, seine Anmut, Grazie und Leuchtkraft seien eine Legende, aber in Wahrheit ist er noch viel schöner, als ich mir das jemals ausmalen konnte: der Apollontempel." Vor Überraschung hielten Alex, Maria, Lissy und ich den Atem an und auch Yunus geriet ins Stocken. Schließlich übersetzte Yunus auch für Michális das, was er eben vorgetragen hatte und der Händler fasste sich verblüfft an den Mund.

„Der Apollontempel war riesig und bezaubernd. Seine Gemäuer waren reinweiß und erstrahlten im frühen Licht der Morgensonne in ungekanntem Glanz. Der dreieckige Giebel des Tempels war sehr fein bearbeitet, das Relief bestand aus detaillierten Figuren, die beinahe lebendig zu sein schienen. Unterhalb des Giebels verlief eine Musterung wie ein blaurotes Band, das den gesamten Tempel umspannte ..." – „Kneif mich mal bitte", bat Maria ihren Freund. „Ich glaub das nämlich grad nicht." Alex gehorchte und zwickte Maria in den Unterarm. „Autsch!", fauchte Maria Alex an und boxte ihn gegen die Schulter. „Was sollte das denn?" – „Du sagtest doch ..." – „Ja, aber musste das gleich so fest sein? Alter Spinner!" Dann jedoch strich sie ihm versöhnlich über die Wange und drückte ihm einen Kuss auf den Mund. „Wieder gut?" – „Wieder gut", entgegnete Alex. „Also, wenn mich nicht alles täuscht", griff Lissy auf, „dann ist das hier auf dem Pergament mehr oder weniger derselbe Wortlaut wie der in Yunus' Tagebuch." Yunus und ich nickten synchron. Das war uns auch schon aufgefallen. Yunus übersetzte noch ein wenig weiter im Text, blätterte um zu Kappa, zu Lambda und schnaubte dann vor Verblüffung laut. „Das ist die Geschichte, wie Jona Emilia im Orakel von Delphi zum ersten Mal gesehen hat. Das ist, wie alles begann", stellte der Araber fest.

„Jona hat alles aufgeschrieben. Genauso wie du deinen Traum aufgeschrieben hast", wandte ich mich an Yunus. „Sag du ja nicht noch einmal, dass du nicht mit Jona verwandt bist, Yunus." Maria hielt Yunus ihren Zeigefinger drohend unter die Nase. „Du bist ja total seelenverwandt mit ihm! Nicht nur, dass du seine Erinnerungen träumst, so lebhaft, als wärst du dabei gewesen. Nein! Mehr noch! Du schreibst diese Erlebnisse sogar noch haargenau so auf, wie Jona es getan hat! Du benutzt sogar denselben Wortlaut! Das ist einfach unfassbar!" Ihr Gesicht glühte vor Aufregung und mir ging es ähnlich.

Yunus überflog den Text, den er vorliegen hatte, und nickte zustimmend. „Das ist genau wie in meinem Traum", stellte er fest. „Hier zum Beispiel: Und dann sah ich sie: die Pythia. Sie trug ein langes, helles Gewand, das in einer lauen Brise flatterte. Der Saum des Kleides rauschte um ihre nackten Füße wie das Wasser eines Wasserfalls. Sie hatte eine Kapuze tief in ihr Gesicht gezogen. Lange schwarze Haare und ein blasses Gesicht kamen darunter zum Vorschein. Ihre Körperhaltung war anmutig und majestätisch zugleich. Sie ging schnell und schaute weder nach links noch nach rechts. Sie wurde von zwei weiteren weiß gekleideten Priestern flankiert, die mit weit ausholenden Schritten neben ihr her gingen." Yunus blätterte auf die Seite mit dem My am oberen Rand um. „Oder da: Die Pythia atmete langsam und hörbar mehrere Male tief ein und aus. Ich sah, wie ihre Schultern sich hoben und senkten, dann senkte sie ihre Arme, hob den Kopf und sprach mit lauter Stimme: *Die Zukunft der Vergangenheit wird gegenwärtig in dir. Du bist der Schlüssel; sich selbst erkennen ist das Tor.*" Ich bekam eine Gänsehaut, als Yunus dies für uns übersetzte und auch Michális zuckte kurz zusammen. „Das ist ziemlich unheimlich", fand er und ich musste ihm Recht geben. Auf der Seite Ny endete die Geschichte mit folgenden

Worten: „Schließlich spürte ich, wie mich eine Hand an der Schulter packte und aus der hölzernen Kabine hinausgeleitete. Es war einer der Priester. Mit einem emotionslosen Gesichtsausdruck nickte er mir stumm zu und deutete mit seinem Arm auf den Ausgang des Apollontempels. Ein weiteres Mal hustete ich, dann strich ich mir über die Haare und verließ das Heiligtum."

Ein letztes Mal blätterte Michális um, denn das Pergament Xi war das letzte Blatt, und da es den griechischen Buchstaben Xi trug, der ja bekanntermaßen auf den Buchstaben Ny folgte, handelte es sich vermutlich um einen weiteren wichtigen Schritt auf unserem Weg von Alpha nach Omega, dachte ich mir. Umso wichtiger war es nun, mit höchster Konzentration anwesend zu sein und auf alle Details zu achten, auch wenn sie am Anfang womöglich noch so klein und unbedeutend erscheinen mochten. Das erste Detail fiel sogar uns sofort auf und dazu musste man nicht einmal Arabisch sprechen können! „Das letzte Pergament ist auf Griechisch!", erkannte Lissy sogleich und versuchte unmittelbar die Überschrift laut vorzulesen, doch der Klang der Worte lieferte uns keinen Hinweis darauf, welch eine Bedeutung sich dahinter verbarg. Michális sprach durch Yunus: „Die letzte Seite ist die merkwürdigste von allen. Erstens ist sie nicht auf Arabisch verfasst worden, sondern auf Griechisch. – Aber das macht sie deswegen keineswegs leichter verständlich. Auch nicht für mich, obwohl ich Griechisch spreche. Es ist altes Griechisch. Sehr schweres Griechisch. Und zweitens ist es in einer ungewöhnlichen Versform verpackt. Ja, es handelt sich dabei um ein Gedicht, und obwohl ich die meisten der Worte verstehen kann, begreife ich trotzdem nicht, was dieses Gedicht aussagt und ob es überhaupt etwas aussagt. Es ist so komisch, weil es gar nicht zu den anderen Texten dazupasst.

Es hebt sich total ab. Vielleicht hat es auch jemand anderes geschrieben." – „Nein, das glaube ich jetzt eigentlich nicht", widersprach ich dem Händler, „wir haben schon Gedichte von Jona gelesen. Wir wissen, dass er gelegentlich Gedichte geschrieben hat." Yunus nickte zustimmend, während er fließend für Michális übersetzte. „Die anderen Gedichte, von denen wir dir schon erzählt haben, waren auch nicht gerade einfach zu übersetzen und wir haben sie wahrscheinlich noch immer nicht vollständig ausgelegt." – „Ich habe das Gedicht schon so oft gelesen, so unglaublich oft – und dennoch ist es mir ein Rätsel", beteuerte Michális. „Worum geht es denn in dem Gedicht?", wollte Lissy ungeduldig wissen. „Das werden wir sicher gleich erfahren", vermutete ich und drehte mich erwartungsvoll zu Yunus um. „*Wenn* jemand das Gedicht so übersetzen kann, dass man es versteht, dann ist das Yunus." Bescheiden senkte der Araber seinen Blick. „Traut mir bloß nicht zu viel zu, ja?", bat uns Yunus. „Ich weiß auch nicht alles." – „Aber vieles", sagte Alex anerkennend, „du wirst es schaffen und betrachte es mal von *der* Seite: Es sind ja nur noch vier Zeilen, die du übersetzen musst. Dann ist es geschafft." – „Das ist es ja gerade", gab Yunus nervös zurück, „wenn Gedichte so kurz sind, sind sie meistens noch schwerer zu verstehen als lange Gedichte, in denen man viele Informationen bekommt. Wenn Gedichte allerdings mit wenigen Worten auskommen müssen, sind die Botschaften oft unglaublich verdichtet und Wortspiele werden leicht übersehen, sodass man den eigentlichen Sinn des Gedichtes nicht entnehmen kann." Während er redete, betrachtete er sich bereits eingehend die Satzstruktur und Versform des Gedichtes und verschaffte sich einen groben Überblick über die Thematik. Dabei bemerkte ich den sorgenvollen Blick Yunus' und die Fragezeichen, die durch sein Gehirn rasten, während er versuchte, den Worten einen Sinn zu entnehmen. Mehr unbewusst musterten meine Augen die Schriftzeichen auf dem Pergament, doch urplötzlich blieb mein Blick an einem Wort in der zweiten Zeile haften und ich blinzelte nervös, um mich zu vergewissern, dass das Wort tatsächlich da war und nicht nur Einbildung. Das Wort blieb, wo es war, und ich konnte es lesen: ειρήνη, *Eiríni* – Frieden. Irgendetwas sagte mir, dass es von unglaublicher Wichtigkeit sein würde, dieses Gedicht zu verstehen. Ich glaubte fest daran, dass es einen entscheidenden Hinweis darauf enthielt, wo *Thólossos* zu finden sei, und ich hielt mit meiner freien Hand das Medaillon von Emilia fest umklammert, als könne es uns dabei helfen, die verschlüsselte Nachricht zu decodieren.

„Gebt mir einen Zettel und einen Stift und ein paar Minuten Ruhe", bat Yunus. Er wandte sich mit derselben Bitte auf Griechisch an Michális, welcher aufgeregt in seinen Taschen und auf dem Tablett mit den Getränken herumfummelte, dabei allerdings nicht fündig würde und daher kurz in seinem Haus verschwand, um nur ein paar Sekunden später wieder mit Papier und Kugelschreiber bewaffnet und völlig außer Atem zu uns zurückzukehren. Ächzend hockte er sich neben Maria auf die Bank und füllte sich ein weiteres Glas Ouzo ein. Yunus griff nach Papier und Stift und wandte uns seinen Rücken zu. Er wirkte sehr konzentriert und angespannt, während er sich der Übersetzung widmete, und wir waren so respektvoll und schwiegen in der Zwischenzeit. Das kontinuierliche Summen der Honigbienen war in diesem Moment das einzige Geräusch, das wir vernehmen konnten. Schließlich senkte Yunus den Kugelschreiber über das Papier und begann zu schreiben. Hin und wieder hörten wir das Rascheln des Papiers oder das Geräusch der Kugelschreiberspitze, als sie ihre blauen Spuren auf dem Zettel hinterließ. Manchmal strich

Yunus bereits Geschriebenes hektisch wieder durch und kritzelte kreisförmig über die als falsch empfundene Übersetzung hinweg.

Ich beobachtete aus dem Augenwinkel Michális, der noch immer sein Ouzoglas fest in der Hand hielt, aber noch nicht zu trinken begann. Er schaute abwesend in das Glas hinein und drehte es in seiner Hand, sodass die helle, durchsichtige Flüssigkeit darin einen kleinen Strudel bildete. Er hob sich das Glas unter die Nase und roch abwesend daran. Dann stellte er es vor sich auf dem Tisch ab. Eine Weile drehte sich der Strudel in seinem Glas weiter, bis die Schwerkraft die Oberhand über die kinetische Energie gewann und den Schwung der Flüssigkeit mehr und mehr abbremste, bis sie schließlich zum Stillstand kam und eine ebenmäßig glatte Oberfläche bildete.

Wir befanden uns alle in einer andächtigen Stimmung. Wir hatten innerhalb der letzten Stunde eine Menge erfahren. Die Existenz dieser Pergamente, die hier in relativ gutem Zustand vor uns lagen, war wie ein Geschenk des Himmels für uns. Die alten Dokumente bewiesen die Wahrheit der Geschichte von Emilia und Jona, sie lieferten wertvolle Informationen über den internationalen Handel in antiker Zeit und sie schilderten den Ablauf des Orakels von Delphi so detailliert, wie das in keinem Schriftzeugnis je zuvor geschehen war. Und doch waren die Pergamente authentisch und keine Fälschung. Dessen war ich mir hundertprozentig sicher. Die Wissenschaft könnte sehr viel von diesen Aufzeichnungen lernen. Es war ein aufregendes Gefühl zu wissen, dass man zu den wenigen eingeweihten Menschen gehörte und es war noch viel aufregender, wenn man sich vorstellte, was man mit der Hilfe der alten Dokumente, mit den Hinweisen, die sie enthielten, womöglich noch alles herausfinden könnte.

Etwa fünfzehn Minuten später drehte sich Yunus wieder zu uns um. Seine Wangen glühten und er sah erschöpft, aber dennoch zufrieden aus. „So", verkündete er, „besser wird's nicht. Hier ist mein Übersetzungsvorschlag. Mal sehen, ob ihr was damit anfangen könnt." Yunus trennte den Zettel in zwei Teile. Einen Teil schob er in Michális' Richtung, den anderen legte er in die Mitte des Tisches. Mir fiel auf, dass er zwei Versionen des Gedichtes niedergeschrieben hatte: Für Michális hatte er den altgriechischen Text in eine neugriechische Fassung gebracht und für uns hatte er eine deutsche Übersetzung angefertigt. Grinsend beobachtete ich, wie Michális wissbegierig nach seinem Zettel grapschte und sein Gesicht so dicht über das Papier hielt, dass er es beinahe mit seiner Nasenspitze berührte. Maria nahm schließlich den deutschen Text in ihre Hand und betrachtete sich interessiert und mit gerunzelter Stirn die Überschrift und die vier Verse. Yunus lehnte sich währenddessen entspannt auf der Bank zurück und gähnte hinter vorgehaltener Hand. „Übersetzen macht eben doch müde auf die Dauer, nicht wahr?", kommentierte Alex, als er dies sah. „Kein Wunder, so viel, wie du heute schon gedolmetscht hast", meinte Lissy. „Was täten wir nur ohne dich?", wandte ich mich an ihn. „Einen anderen fragen, nehme ich an", erwiderte Yunus. „Ach, Yunus …", begann ich, „ich glaube kaum, dass ein anderer so gut übersetzen könnte wie du." – „Übertreibe nicht. Wollt ihr nicht endlich lesen, was ich übersetzt habe?", lenkte der Araber schnell vom Thema ab, bevor ihm die Situation zu peinlich wurde. „Klar", brach es aus Lissy, „lies vor, Maria." – „Okay." Erneut senkte Maria ihren Blick über das kurze Gedicht und mit fester Stimme trug sie vor:

‚Glückliche Fügung,
zwei Monde, nachdem mein Leben erst richtig begann

Wo dereinst schon in grauer Vorzeit der Spruch Gottes die Erde berührte,
Um eine Stadt zu errichten auf des Friedens naher Schwester, auf dem Lande, dem festen,
Genau dort nahm Äonen später mein Schicksal seine entscheidende Wende:
Wiedersehen, Beginn eines Vertrauens, das keinerlei Worte bedarf – und ich bleibe.'

„Uff", stöhnte Lissy, „das klingt wirklich wesentlich schwieriger als die anderen. Das muss ich mir noch einmal in Ruhe angucken." Sie griff zielstrebig nach dem Zettel und beäugte sich die Zeilen in Yunus' Handschrift. In der Zwischenzeit drehte ich mich zu Michális um, der noch immer auf seine Übersetzung starrte, hin und wieder energisch nickte, dann wieder den Kopf schüttelte, sich Yunus zuwandte und auf die ein oder andere Stelle deutete. „Es ist immer noch sehr schwer zu verstehen", gab Michális zu, „aber ich muss sagen, dass es schon wesentlich durchsichtiger geworden ist." – „Gehen wir das Gedicht doch mal Schritt für Schritt durch", schlug Maria vor, „dann sehen wir ja, was wir verstehen und worüber wir noch mehr nachdenken müssen. – Worum geht es in dem Gedicht?" – „Um das Wiedersehen", entgegnete Lissy überzeugt. „Von wem?" – „Von Emilia und Jona natürlich", fügte Lissy an. „Das lyrische Ich ist definitiv Jona", erkannte ich, „und mit der glücklichen Fügung ist das Wiedersehen mit Emilia gemeint." – „Das zwei Monde nach Jonas Besuch in Delphi stattgefunden hat", vollendete Maria den Satz. „Zwei Monde, das bedeutet ungefähr zwei Monate, nicht wahr?", fragte Alex nach. „Ein bisschen weniger, glaube ich. 28 Tage?" – „Fast", erwiderte Yunus wissend. „Ein Mondzyklus beträgt ungefähr 29½ Tage, ja." – „Du sagtest ja, dass die Athener von damals Lunarkalender benutzten", erinnerte sich Maria. „Genau." Yunus nickte. „Also waren etwa zwei Monate vergangen, seitdem Jona die Pythia zum ersten Mal gesehen hatte", schlussfolgerte Lissy. „Und dann ist er ihr ein weiteres Mal begegnet", fuhr ich fort. *„Zwei Monde, nachdem mein Leben erst richtig begann ..."* Lissy atmete gerührt tief ein und wieder aus. „Das klingt so schön. Jona war so unglaublich romantisch. In dem ersten Gedicht, das wir von ihm gelesen haben, hat er doch auch schon so etwas Ähnliches geschrieben, nicht wahr?" – *„Der Tag, an dem ich dich kennenlernte, war wie meine zweite Geburt"*, zitierte ich aus dem Gedicht *Katarráchtis*, *„zuvor atmete ich vielleicht und aß und lachte, doch zu leben begann ich erst mit dir."* Ich wunderte mich selbst darüber, dass ich das Gedicht innerhalb dieser kurzen Zeit schon so verinnerlicht hatte, dass ich es auswendig wiedergeben konnte. „Och, das ist so romantisch", wiederholte Lissy verzückt, „warum gibt es solche Männer wie Jona heute nicht mehr? Ich würde so einem Mann auf der Stelle total verfallen." Instinktiv drehte ich mich zu Yunus um und tauschte einen zweideutigen Blick mit ihm aus, dann widmeten wir uns jedoch wieder der Gedichtsinterpretation. Yunus stellte dabei sicher, dass auch Michális immer auf dem Laufenden blieb und keinen wichtigen Aspekt in der Diskussion verpasste.

„Also können wir davon ausgehen, dass Jona Emilia etwa zwei Monate, nachdem er in Delphi war, in *Thólossos* wiedergetroffen hat", fasste ich zusammen. Meine Freunde nickten, doch Michális wandte sich fragend an uns: „Entschuldigt, wie kommt ihr darauf, dass das Wiedersehen ausgerechnet in *Thólossos* stattgefunden haben soll?" – „Wegen der ersten Zeile, Michális", entgegnete Maria hilfsbereit und deutete auf die entscheidenden Worte. „*Wo dereinst schon in grauer Vorzeit der Spruch Gottes die Erde berührte* ... Mit dieser Zeile ist eindeutig der Ort *Thólossos* gemeint. *Thólossos* oder auch *Theologos* genannt heißt übersetzt: das Wort Gottes." – „Ah." Der Händler senkte seinen Blick erneut über das Papier.

„Wir erfahren in diesem Gedicht auch endlich, warum die Stadt so heißt", meinte Lissy. „Hier: *Wo dereinst schon in grauer Vorzeit der Spruch Gottes die Erde berührte, um eine Stadt zu errichten auf des Friedens naher Schwester* ... Wahrscheinlich hörte jemand vor Tausenden von Jahren an jenem bestimmten Ort das Wort Gottes oder in anderen Worten ausgedrückt: Wahrscheinlich hatte jemand die Eingebung, eben genau an jenem bestimmten Ort eine Stadt zu errichten und dieser Jemand tat es, da es ja ein Befehl von oben gewesen war, ein Spruch Gottes, und dem musste man ja schließlich Folge leisten. Vielleicht ist dieser Spruch Gottes einhergegangen mit Visionen oder sonstigen mythischen Ereignissen, die eine Bezeichnung mit diesem Namen rechtfertigen." – „Das könnte sein, ja", stimmte Maria zu, „aber was bedeutet das mit *des Friedens naher Schwester* und *auf dem Lande, dem festen*?" – „Das verstehe ich auch nicht", gab Michális offen zu. „Ich hab auch keine Ahnung." Alex schüttelte ratlos den Kopf. „Das klingt komisch. Bist du sicher, dass du das richtig übersetzt hast, Yunus?" – „Nun ja ...", überlegte der Araber, „da stand das Wort *Eiríni* geschrieben. Das heißt – wie bereits gesagt – auf Deutsch *Frieden*. Wir haben vorhin schon darüber diskutiert, ob es sich dabei um den Namen eines konkreten Ortes handelt oder ob es für den Frieden steht, den Jona und Emilia dann gehabt hätten, wenn ihnen ihre Flucht gelungen wäre." – „Wir waren uns doch einig, dass es sich um einen Ort handelt, oder?", fragte Lissy nach. „Ja, das waren wir", gab Yunus zu, „aber das würde nicht wirklich Sinn ergeben. Wie sollte ein Ort eine Schwester haben?" – „Hm ... Das klingt echt ein bisschen komisch", gab Maria zu, „aber die *Schwester des Friedens?* Das klingt auch nicht gerade viel besser, oder? Wie sollte denn der Frieden eine Schwester haben?" – „Ich weiß auch nicht." Michális schüttelte den Kopf. „*Schwester des Friedens?* Das könnte doch auch *Nachbarin des Friedens* heißen, oder?", wollte der Händler wissen. „Ja, das könnte auch sein", erwiderte Yunus direkt an den Anschluss an seine Übersetzung. „*Schwester des Friedens? Nachbarin des Friedens?* Ich weiß auch nicht. Was ist denn da besser? Irgendwie sind beide Wörter seltsam in diesem Zusammenhang", fand Alex. „Hm." Yunus hob ratlos die Schultern. „Wenn aber das *Wort Gottes* ein Ort sein soll, also *Thólossos* oder *Theologos*, dann müsste es sich bei *Frieden* beziehungsweise *Eiríni* ebenfalls um einen Ort handeln", kombinierte Maria weiter. „Ich glaube ja fast, dass dies hier eine Ortsbeschreibung ist. In diesem Vers wird vielleicht verdeckt gesagt, wo sich *Thólossos* befindet. Ich glaube, das ist genau der Schlüsselvers, der uns verraten könnte, wo wir nach *Thólossos* suchen müssen." Ich konnte deutlich spüren, wie Aufregung in meinem Herzen zu lodern begann und sich mein Puls automatisch beschleunigte. „Wenn es tatsächlich so ist, wie du sagst", begann Lissy nachdenklich, „und ich möchte das liebend gerne glauben, wenn ich ehrlich bin ... Was sagen uns dann diese Worte? Wo liegt *Thólossos*?"

Einen Moment lang vertiefte sich Maria in den Wortlaut des Gedichts und murmelte die Verse halblaut vor sich hin, dann ergriff sie erneut das Wort: „*Thólossos* ist des Friedens nahe Schwester oder des Friedens nahe Nachbarin. Das bedeutet, dass sich die beiden Orte sehr nahe sind, dass sie dicht nebeneinanderliegen." – „Na gut, das kann man nachvollziehen", akzeptierte Alex. „Auf dem Lande, dem festen ...", grübelte

Maria weiter. „Das deutet darauf hin, dass *Thólossos* auf dem Festland lag. Wenn ich das richtig verstehe, können wir also ausschließen, dass sich *Thólossos* auf einer Insel befand." – „*Thólossos* lag also auf dem griechischen Festland", schlussfolgerte Lissy. „Klar, ansonsten könnte es ja auch nicht am Ende des *Erídanos* liegen. Der entspringt ja immerhin auch auf dem Festland." Maria nickte nachdenklich, als wir Stück für Stück das Puzzle zusammenfügten oder es zumindest versuchten.

„*Thólossos* befand sich allerdings auch an einer Steilküste", erinnerte ich meine Freunde an ein weiteres Detail. „Stimmt", bekräftigte Yunus. „Was ist dann mit dem Frieden, mit *Eiríni*?", fragte ich. „Wo lag jener Ort? Auch auf dem Festland? Auch an der Steilküste oder ist *Eiríni* möglicherweise eine Insel in der Nähe der Steilküste?" – „Das weiß ich nicht", gestand Maria. „Das Gedicht sagt darüber nichts aus." – „Mir schwant, dass wir unbedingt herausfinden müssen, wo und was *Eiríni* tatsächlich ist oder war", verkündete Alex. „Ansonsten werden wir trotz dieser Ortsbeschreibung, wenn es denn nun eine ist, wohl nicht weiterkommen."

„Schauen wir uns doch den Rest des Gedichtes an", beschloss Lissy. „Der Rest ist, glaube ich, einfacher zu interpretieren." Sie zog den Zettel mit der deutschen Übersetzung zu sich herüber und senkte ihren Blick über die Worte. „Auf der Schwester des Friedens, also auf *Thólossos*, nahm Jonas' Schicksal seine entscheidende Wende. – Ist klar. Weil er dort Emilia wiedersah. *Beginn eines Vertrauens, das keinerlei Worte bedarf* ...", grübelte Lissy. „Das ist der Beginn der großen Liebe zwischen Emilia und Jona. Ohne Zweifel. Ihre Liebe war sogar so groß, dass sie sich ohne Worte verständigen konnten. Oh, wie romantisch das doch ist!"

Ihre Liebe war sogar so groß, dass sie sich ohne Worte verständigen konnten, wiederholte ich in Gedanken und linste flüchtig in Yunus' Richtung. Doch der Araber schaute gerade nicht in meine Richtung. *Sich ohne Worte verständigen ... Das klingt doch irgendwie nach Telepathie, oder? Das klingt ganz nach dem, was Yunus gelegentlich mit mir macht. – Konnte Jona womöglich ebenfalls mit Emilia in ihren Gedanken reden?*, fragte ich mich insgeheim. Wie war das wohl für Emilia gewesen? Konnte sie auf dieselbe Art antworten oder war diese Methode für sie ebenso ungewohnt und unheimlich, wie sie es für mich war? Ich spürte, wie ich bei diesen Gedanken eine leichte Gänsehaut bekam.

„Die Schwester des Friedens", überlegte Maria noch immer nachdenklich. Deutlich konnte man ihr die Konzentration ansehen, doch nach einer Weile klopfte sie enttäuscht auf den Tisch. „Ich komme einfach nicht drauf. Das ist so frustrierend. Ich habe das Gefühl, dass wir an der Lösung ganz nahe dran sind, aber ich komme einfach nicht drauf." – „Ich auch nicht", pflichtete ihr Alex bei und nahm ihre Hand in seine. „Wie geht es denn jetzt weiter?", fragte Lissy vorsichtig. „Wir haben alle Pergamente durchgemacht und trotzdem wissen wir nicht, wo wir weitersuchen sollen. Das ist doch doof." – „Ja, ich hätte auch gedacht, dass uns diese Truhe irgendwie weiterhilft", offenbarte Maria. „Wir haben zwar jede Menge erfahren und es war auch alles interessant und so – gar keine Frage, aber der Hinweis auf *Thólossos* bringt uns nicht wirklich weiter. Wahrscheinlich sind einfach zu viele Jahre inzwischen vergangen. Vielleicht hätte man früher gewusst, was mit der Schwester des Friedens gemeint gewesen sein könnte, aber heute weiß man das nicht mehr." – „Meint ihr, man könnte darüber etwas im Internet herausfinden?", fragte Lissy hoffnungsvoll. „Du meinst ... wir sollten mal wieder Ivy anrufen?", entgegnete ich. „Ja, warum nicht?", meinte Lissy,

„kann ja nicht schaden, oder?" – „Hm ... Ich glaube nicht, dass sie was im Internet über *Eiríni* finden würde", vermutete daraufhin Maria, „immerhin ist es ja heute zumindest kein Ortsname mehr. Sie wird höchstens auf irgendwelche griechischen Seiten stoßen, auf denen etwas über Frieden steht. Also ... Ich denke nicht, dass wir Ivy damit belästigen sollten. Sie hat sicher genug mit ihrer Diplomarbeit zu tun." Enttäuscht ließen wir die Schultern hängen.

Plötzlich räusperte sich Michális und alle Blicke wandten sich ihm neugierig zu. „Ich denke, ich muss euch nun etwas verraten", eröffnete er und Yunus übersetzte. „Ihr habt mir so viel über Emilia und Jona erzählt. Und über meinen Vorfahren, über Cyrill. Ihr habt mir gesagt, wo ich sein Grab antreffen kann, wo ich mit ihm reden kann und ihr habt mir erzählt, wie Cyrill wirklich gewesen war, was für ein großartiger Mensch er war, und ihr habt mir geholfen, diese alten Pergamente zu verstehen. Das alles habt ihr getan. Bereitwillig und ohne eine Gegenleistung von mir zu erwarten – und was tue ich? Ich verschweige euch die einzige Information, die ihr je von mir erbeten habt." Erstaunt blickten wir ihn an. „Ihr habt gefragt, woher ich das Medaillon und die Haarspange habe. Ich werde es euch sagen und ich werde euch auch sagen, woher ich diese Truhe habe. Ich weiß, dass ihr keine schlechten Menschen seid. Ihr verdient es, die Wahrheit zu erfahren."

Erwartungsvoll setzten wir uns wieder aufrecht hin. „Du wolltest es uns nicht sagen, weil du dachtest, wir würden dir dein Geschäft ruinieren", erinnerte sich Lissy. „Du dachtest wohl, dass wir sofort an diesen Ort fahren und alle anderen wertvollen Gegenstände für uns selbst in Anspruch nehmen würden." Michális lachte. „In erster Linie habe ich es euch wohl nicht gesagt ganz einfach aus dem Grund, dass ich es euch nicht sagen *wollte*", gab er zu. „Es ist nicht meine Art, Informationen freizügig aus mir herauszuposaunen." Er schniefte grinsend. „Warum sollte ich auch? Ihr ward wildfremde Leute für mich. Ich dachte, es ginge euch nichts an, woher ich meine Schmuckstücke hatte. Schlimm genug, dass ich sie überhaupt verkaufen musste. Aber ja ..." – „Wenn du sie unbedingt wiederhaben willst", begann ich zaghaft und strich liebevoll über das glänzende Medaillon von Emilia. „Nein, nein", winkte Michális ab, „behaltet die Sachen. Bei euch sind sie in den richtigen Händen. Das steht auch gar nicht mehr zur Debatte. Ihr habt die Gegenstände rechtmäßig erworben. Also gehören sie euch. Das Medaillon und die Haarspange haben genau die richtigen Besitzer gefunden. Sie haben sich ihre Besitzer wahrscheinlich selbst ausgesucht."

Michális' Aussage machte mich nachdenklich. Ja, es war schon eine unglaubliche Verkettung von glücklichen Zufällen gewesen, dass das Medaillon und die Haarspange bei uns gelandet waren, dachte ich mir und ich drückte mir den Anhänger ganz fest ans Herz. Schließlich sprach Michális weiter: „Der Grund, den ich euch angegeben habe, war auch nur vorgeschoben. Wie könntet ihr mir das Geschäft ruinieren? Erstens seid ihr gar keine Händler und habt wahrscheinlich auch gar kein Interesse daran, Handel mit antiken Gegenständen zu betreiben, oder?" Wir schüttelten die Köpfe. „Und zweitens glaube ich kaum, dass ihr an dem Ort, an dem ich diese Gegenstände erworben habe, überhaupt noch einmal fündig werden würdet. Dazu ist dieser Ort ... nun ja ... wie soll ich es formulieren?" Er kicherte und zwirbelte sich verlegen den Schnurrbart. „Zu zugebaut? Zu besetzt?" Er lachte sein schallendes Lachen, das immer so ansteckend auf uns wirkte und auch wir konnten uns ein Lächeln nicht verkneifen, obwohl wir gerade überhaupt nicht wussten, worum es ging. „Zu besetzt?", wunderte sich Lissy. „Was soll das denn bitte schön heißen?" Yunus hob ratlos die Schultern. „Ich habe nur übersetzt, was Michális gesagt hat. Ich verstehe seine Wortwahl auch nicht." – „Kannst du bitte etwas konkreter werden, Michális?", bat Maria den Händler. „Gut, wenn ihr es genau wissen wollt: Ich bin beim Bau eines Toilettenhäuschens auf das Medaillon, die Truhe und die Haarspange gestoßen", deckte Michális auf. „Beim Bau eines – Toilettenhäuschens?" Lissy runzelte verblüfft die Stirn. „Wie? Wo? Was?" – „Also, noch einmal ganz langsam zum Mitschreiben", meinte Michális verschmitzt, „ich half auf einer Baustelle mit. Das mache ich öfter, so kleine Gelegenheitsjobs. Ich war für die Verlegung der Wasserleitungen des Toilettenhäuschens zuständig. Ja ... Und dabei bin ich auf die genannten Gegenstände gestoßen." – „Ist nicht wahr, oder?", brach es aus Alex. „Doch, es ist wahr", entgegnete Michális durch Yunus. „Das könnt ihr mir ruhig glauben. Ich habe an jenem Tag länger gearbeitet, weil ich das Geld und die Überstunden dringend brauchte. Mir war so, als hätte man vor Tausenden von Jahren schon einmal genau jenen Ort dazu benutzt, eine Kanalisation einzurichten, nur war diese im Laufe der Zeit verschüttet gegangen und wir gruben die Erde – Jahre später – wieder auf und dabei fand ich rein zufällig das Medaillon, die Truhe und die Haarspange. Ich habe sie einfach mitgenommen, ohne den Fund zu melden. Ich habe mir hinterher lange überlegt, ob das nicht unrecht gewesen war, aber irgendwie überredeten mich diese Gegenstände dazu, sie einfach mitzunehmen und ich hatte nicht einmal ein schlechtes Gewissen dabei. Es war so, als hätte mich das Schicksal in genau diese Position gebracht, damit ich die Sachen finden würde. Ich und niemand anderes. Warum sonst sollte ich genau zu jenem entscheidenden Zeitpunkt alleine auf der

Baustelle gewesen sein, wenn es mir nicht vorherbestimmt gewesen wäre, all diese Dinge zu finden? Es war im Jahre 2004", sprach Michális durch Yunus' Übersetzung. „Und *wo* war das?", fragte ich plötzlich, fast so, als hätte ich bereits eine Vorahnung, dass wir gleich einen weiteren wichtigen Hinweis für unsere Reise von Alpha nach Omega bekommen würden. „*Olympiako Athlitiko Kentro Athinon*", antwortete Michális und Yunus erläuterte: „Das ist das Olympiastadion von Athen, das im Jahre 2004 neu gebaut worden ist." – „Omikron!", brach es voller Begeisterung aus mir heraus. „Omikron?", wunderte sich Michális verwirrt. „Der nächste Buchstabe", redete ich weiter, „zuletzt waren wir bei Xi. Das war das letzte Pergament mit dem Gedicht. Nach Xi kommt Omikron. – Mensch, Leute! Das ist unser nächster Buchstabe! Der Weg geht weiter!" – „Du glaubst doch nicht allen Ernstes, dass das Olympiastadion *Eiríni* ist, oder? Noch dazu das Toilettenhäuschen!", wandte sich Maria an mich. „*Eiríni*?", stutzte ich. „Nö, wieso? Das hab ich doch gar nicht behauptet. Ich glaube nicht, dass wir bei Omikron auf *Eiríni* stoßen würden. Das wäre Quatsch. Aber Omikron ist unser nächstes Reiseziel und ich bin mir sicher, dass das Olympiastadion unser nächster Buchstabe ist und dass wir da so schnell wie möglich hin müssen. Ich glaube, dass wir dort einen neuen Hinweis bekommen werden. Vielleicht hilft es uns, wenn wir dorthin gehen, dass wir darauf kommen, wo *Eiríni* gewesen sein könnte. Außerdem …" Ich fuhr mir aufgeregt durch die Haare, „überlegt doch mal: Irgendwie hat vieles hier mit Kanalisation zu tun, mit unterirdisch geführtem Wasser. Das unterirdische Bett des *Erídanos*, der Fluchtweg von Emilia und Jona … Die Pergamente, die Farids Team damals beim Bau der Metro gefunden hat … Vielleicht ist der *Erídanos* ja auch unterhalb des Ortes verlaufen, an dem das Olympiastadion gebaut worden ist. Michális sagt, dass er denkt, dass unterhalb des Toilettenhäuschens, das er gebaut hat, früher bestimmt auch einmal so etwas wie eine Kanalisation gewesen ist. Vielleicht hat er Recht. Vielleicht ist darunter tatsächlich ein Seitenarm des *Erídanos* geflossen oder Abwasser oder … Ich weiß nicht. Könnte doch sein, oder? Jedenfalls bin ich dafür, dass wir da hingehen. Am besten heute noch!" – „Aber ihr werdet nichts mehr finden", prophezeite Michális, „der Bau ist längst abgeschlossen und es sind viel zu viele Leute auf dem Olympiagelände unterwegs, als dass man einfach den Boden umgraben könnte." – „Das will ich ja auch gar nicht", sagte ich, „alles, was ich will, ist, dahin zu gehen und mir den Ort ansehen. Vielleicht weckt er etwas in mir, vielleicht bringt er mich auf Gedanken, die uns weiterhelfen können. Oder vielleicht erinnert sich Yunus dort wieder an etwas. Das könnte doch sein, oder nicht?" – „Aber das Olympiastadion gab es doch zu der Zeit noch gar nicht, zu der Emilia und Jona gelebt hatten", kritisierte Maria. „Klar gab es das noch nicht", stimmte ich ihr zu, „aber die Kanalisation oder den *Erídanos* gab es dort. Und irgendetwas anderes wird an jenem Ort schon gestanden haben. Lasst uns bitte dorthin fahren und dann sehen wir weiter. Ist doch immer noch besser, als tatenlos hier weiter herumzusitzen, oder? Ihr habt doch vorhin selbst festgestellt, dass wir momentan gar nicht vorankommen. Vielleicht hilft uns ein Standortwechsel weiter. Einen Versuch ist es doch wert, oder?" – „Hm", überlegte Alex, „ich finde, Emmy hat Recht. Wir sollten wirklich dorthin fahren. Ich wollte mir das Olympiastadion sowieso anschauen. Das ist doch interessant. Und wenn wir dabei etwas erfahren sollten, das uns weiterhilft … Umso besser. Und wenn wir nichts erfahren sollten … Was soll's? Wir haben es dann wenigstens versucht." – „So ist es", pflichtete ich ihm bei. „Also, was ist? Wollen wir?"

Telepatheia

„Was willst du denn mit diesen Blumen?", fragte Lissy Michális verwirrt, als sie ihn dabei beobachtete, wie er mit einem kleinen Messer einige seiner schönsten weißen Rosen abschnitt und zu einem beeindruckenden Strauß zusammenband. „Die sind für Cyrill", antwortete Michális über Yunus' Übersetzung. „Für ... Cyrill?", stutzte Lissy. „Wie meinst du das?" Maria verstand auf Anhieb: „Du willst Cyrills Grab besuchen und die Blumen dort ablegen?" – „Genau", erwiderte Michális. „Soll das heißen, du kommst nicht mit uns zum Olympiastadion?", wollte Lissy wissen. „Nein", entgegnete Michális daraufhin, „ihr müsst wissen ... Es zieht mich regelrecht zum Grab meines Vorfahren. So lange habe ich nicht gewusst, dass es ein Grab von ihm gibt. Und jetzt, da ich davon erfahren habe, möchte ich es gerne sehen und Cyrill die letzte Ehre erweisen." – „Das kann ich gut verstehen", sah ich ein, „und ich finde es schön von dir, dass du das machst." – „Das heißt also, dass du uns in der Metro nur noch ein Stück begleitest, nicht wahr?", forschte Alex nach. „Genau", antwortete Michális, „bis zur Station *Thissio*." – „Das bedeutet, dass wir uns bald voneinander verabschieden müssen", stellte Maria fest. „Wann und wo sehen wir uns dann wieder?", schob ich besorgt die Frage nach. „Du *willst* uns doch wiedersehen, oder?" Gespannt warteten wir die Reaktion des Händlers ab. „Ich habe leider vormittags zu tun", bedauerte Michális, „aber wir können uns gerne wieder zum Mittagessen im *Neosoikoi* treffen. Was haltet ihr davon?"

Ich zuckte mit den Schultern und wandte mich an die anderen. „Von mir aus gerne", willigte Alex ein. „Ich habe auch nichts dagegen", sagte Lissy. „Es würde mich freuen", meinte ich. „Warum nicht?" Yunus zuckte mit den Schultern. „Um wie viel Uhr?", fragte ich. „Gegen zwölf?", schlug Michális vor. „Okay", klärte Maria, „das wäre abgemacht."

⌘

„Ihr fahrt am besten bis zur Metrostation *Maroussi*", schilderte der Händler durch Yunus, sobald wir in der Metro Richtung Innenstadt Platz genommen hatten. „Das ist ein ganz schönes Stück. Ich glaube, das sind ... 19 oder 20 Stationen ..." Er überlegte und zählte die Namen auswendig an seinen Fingern ab. „21!", rief er aus, „*Maroussi* ist die 21. Station. Da steigt ihr dann aus und folgt direkt den Hinweisschildern zum Olympiastadion."

„Wie sollen wir nur ohne dich das Toilettenhäuschen finden?", wandte sich Alex an Michális. Michális blinzelte daraufhin verschmitzt. „Keine Sorge. Das findet ihr schon. Es ist nicht zu übersehen. Ihr kommt automatisch daran vorbei, noch bevor ihr überhaupt das Stadion erreicht." Er zupfte an den Blättern seiner herrlichen Rosen herum, bis der Strauß perfekt war. Keine Gärtnerei hätte einen schöneren Strauß binden können, fand ich.

Als die Metro in die Station *Thissio* einfuhr, verabschiedeten wir uns von Michális. „Mach's gut", sagte ich und umarmte ihn herzlich, „grüß Cyrill von uns." – „Das mach ich", entgegnete Michális gerührt und klopfte mir auf die Schulter, „das mach ich. Und euch wünsche ich viel Erfolg beim Olympiastadion. Hoffentlich findet ihr etwas Neues heraus." – „Ja, das hoffen wir auch", pflichtete ihm Maria bei und umarmte ihrerseits den Händler. „Bis morgen dann", sagte Alex und schüttelte die große Hand Michális'. „Ja, bis morgen beim *Neosoikoi*. Ich freue mich darauf." Michális zwinkerte Yunus noch einmal verschmitzt zu, dann hüstelte er verlegen und eilte auf den Ausgang der Metro zu. Wir schauten ihm noch lange hinterher, bis schließlich die Metro anfuhr und wir ihn aus den Augen verloren. „Ein netter Kerl", fand Lissy. „Ja, das ist er", pflichtete ich ihr bei. „Es ist gut, dass wir ihn morgen schon wiedersehen werden", fand ich. „Schade, dass Michális keine Frau und keine Kinder hat", bedauerte Maria, „er wäre sicher ein guter Vater gewesen." Ich nickte zustimmend.

Anschließend kehrte eine Weile Schweigen ein und wir ließen die verschiedenen U-Bahn-Stationen an uns vorbeiziehen, bis Lissy unvermittelt eine merkwürdige Unterhaltung einläutete. „Sag mal, Yunus", begann sie, „glaubst du an so etwas wie Telepathie?" Ihre Frage traf den Araber total unvorbereitet und ich war wohl ebenso baff wie er. Neugierig hob ich meinen Kopf und wandte mich ihm zu. Ich war gespannt auf seine Antwort. Yunus ließ überrascht meine Hand los. „Ähm, ja ... was? Ich meine, wie kommst du denn auf so etwas, Luisa?", wich Yunus zunächst noch aus und strich sich verlegen über die langen schwarzen Haare. Seinen Zopf legte er sich hinter die Schulter und er schaute kurz aus dem Fenster, vor dem soeben eine weitere Metrostation vorbeizog: *Victoria*. „Glaubst du an Telepathie, ja oder nein?", wiederholte Lissy unbeirrt ihre Frage. „Ich weiß nicht genau. Warum fragst du?", entgegnete der Araber. „Wegen Emilia und Jona und wegen des Gedichtes, das wir gelesen haben. Das auf dem Pergament aus der Truhe, auf dem Zettel mit dem Xi." – „*Beginn eines Vertrauens, das keinerlei Worte bedarf*", zitierte ich die betreffende Zeile. „Wow", staunte Lissy, „du kannst das schon wieder auswendig, Emmy?" Ich zuckte mit den Schultern. „Das war eine Stelle, die mir besonders gefallen hat", rechtfertigte ich mich und Lissy wandte sich daraufhin wieder dem Araber zu. Ich griff zaghaft nach seiner Hand und strich über seine Haut. Ich spürte, wie Yunus eine Gänsehaut bekam, und musste unwillkürlich grinsen. *Nun sag's uns schon*, dachte ich angestrengt, als versuchte ich, ihn über pure Gedankenrede zu erreichen, obwohl ich genau wusste, dass ich das eh nicht konnte. *Du weißt doch, dass es so etwas wie Telepathie gibt. Du könntest es uns sogar beweisen.*

„Ich weiß nicht, ob mit dieser Zeile tatsächlich Telepathie gemeint ist", wich Yunus aus. „Wieso nicht?", fragte Lissy überrascht und auch ich schaute Yunus verblüfft ins Gesicht. Mit dieser Antwort hatte ich nicht gerechnet. „Was sollte damit denn sonst gemeint sein?", wollte Lissy wissen. „Na ja ... Das, was da steht vielleicht? Dass sich die beiden, Jona und Emilia ..., dass sie sich eben gut verstanden haben, ohne jedes Mal viele Worte miteinander austauschen zu müssen", entgegnete Yunus. „Hm ... Meiner Meinung nach hört sich das aber immer noch genauso an wie das, was man unter Telepathie versteht", kritisierte Lissy unzufrieden. „Wieso? Es gibt doch auch noch Mimik, Gestik und so weiter", widersprach Maria, „durch nonverbale Kommunikation, durch Körpersprache, kann man auch jede Menge vermitteln. Dazu braucht man keine Telepathie anzuwenden." – „Och nö", hielt Lissy dagegen, „das glaube ich nicht, dass damit bloß Gestik und Mimik gemeint sind ... Das ist doch total unromantisch ..." – „Finde ich nicht", lenkte Alex ein, „Körpersprache kann ganz schön romantisch sein, nicht wahr?" Er grinste seiner Freundin verschmitzt zu. „Außerdem ... das sagt man doch so: dass Liebende sich oft ohne Worte verstehen, oder etwa nicht? Dazu braucht man keine Telepathie." Alex drehte sich zu seiner langjährigen Freundin um. „Also, ich verstehe mich blendend mit Maria. Manchmal reicht es schon, wenn ich sie bloß auf eine bestimmte Art und Weise anschaue … So zum Beispiel …" Er grinste breit und klimperte mit seinen Augendeckeln. „Du Komiker", kommentierte Maria die Aussage ihres Freundes und boxte Alex scherzhaft gegen die Schulter.

„Körpersprache", schnaubte Lissy abfällig, „ich kann mir schon genau vorstellen, was du damit meinst …" – „Hey!", protestierte Alex, „unterstell mir nicht solche Sachen, ja? Ich bin ein anständiger Kerl. Frag Maria." – „Anständig auf den Kopf gefallen", flüsterte diese, doch wir alle konnten ihre Aussage deutlich hören. „Siehst du …", scherzte Alex, „Worte sind manchmal gar nicht nötig. Diese hier zum Beispiel. Die waren vollkommen überflüssig. Die hätte ich sehr gerne gegen ein bisschen Mimik und Gestik ausgetauscht. Das wäre wesentlich romantischer gewesen." Daraufhin brachen wir alle in gelöstes Lachen aus. Wir erreichten soeben die Metrostation *Attiki*. Jede Menge Leute verließen den Zug an dieser Stelle und ein paar vereinzelte stiegen hinzu. *Noch elf Stationen*, notierte ich in meinem Kopf.

„Also, ich persönlich bin der Meinung, dass zwei sich Liebende, die sich schon über eine lange Zeit hinweg kennen, die viel miteinander erlebt haben, sich vollkommen vertraut sind und die sich wirklich innig und aus dem Tiefsten ihrer Herzen lieben …, dass die auch oft völlig ohne Worte auskommen können", sprach schließlich Yunus langsam und nach Worten ringend, „weil sie wissen, wie der andere denkt; weil sie wissen, wie der andere fühlt; weil sie wissen, welcher Gesichtsausdruck beispielsweise bei welchem Gefühlszustand, ähm … – Wie heißt das Wort? – aufgelegt wird?" Er stockte unsicher und ich konnte mir ein Grinsen nicht verkneifen. Ich hatte noch nie erlebt, dass Yunus dermaßen mit der richtigen Wortwahl zu kämpfen hatte und Yunus selbst schien nicht besonders zufrieden mit dem zu sein, was er soeben geäußert hatte.

„Du meinst also, dass mit dieser Stelle im Gedicht nicht mehr gemeint ist als Gestik und Mimik", fasste Lissy zusammen, „und keine Telepathie oder so?" – „Oder so?" Alex hob misstrauisch seine Augenbrauen hoch. Yunus zuckte mit den Schultern. Ich wurde aus ihm in diesem Moment nicht schlau. Ich schüttelte den Kopf über ihn, ohne dass es mir bewusst war und sogleich spürte ich die Blicke meiner Freunde auf mir lasten. „Wieso schüttelst du den Kopf, Emmy?", wunderte sich Lissy. „Glaubst du nicht, dass es so etwas wie Telepathie gibt?" – „Ich äh ... Was fragt ihr *mich* das?", erschrak ich, „keine Ahnung. Woher soll *ich* das wissen? *Ich* kann's jedenfalls nicht." *Fragt Yunus*, lag mir auf den Lippen, doch ich schluckte den Kommentar gerade noch rechtzeitig hinunter. Wenn er es hätte sagen wollen, dann hätte er das sicherlich schon längst getan. Womöglich wollte er nicht, dass die anderen über seine Fähigkeit Bescheid wussten und es war auch nicht meine Absicht, ihn bloßzustellen. Also zog ich es vor, darüber lieber nichts zu verraten.

Erwartungsvoll blickten mich meine Freunde an, als ahnten sie, dass gerade etwas in mir vorging; als ahnten sie, dass ich mit mir selber kämpfte und wesentlich mehr zu diesem Thema beizusteuern hätte, als ich preisgab. Aber ich wollte es ihnen nicht sagen und so wandte ich mich von ihnen ab. Ich fühlte, wie mein Gesicht sich langsam aber sicher rot färbte und mir die Wangen glühten. Auf einmal fand ich, dass es im Inneren der Metro unheimlich schwül und unerträglich heiß war, und ich drehte mich schnell zum Fenster um, vor dem die dunklen Wände der U-Bahnschächte vorbeiratterten.

Prima gemacht, Yunus, dachte ich, *jetzt muss ich es ausbaden. Was soll ich ihnen denn jetzt sagen? Soll ich ihnen sagen, dass* du *Telepathie an-*

wenden kannst? Die halten mich doch für total irre, wenn ich das sage. Komm schon, sag was, Yunus. Von mir aus auch in meinen Gedanken. Insgeheim bereitete ich mich auf das unangenehme Gefühl vor, das mich jedes Mal befiel, wenn er mich in Gedanken kontaktierte. Doch natürlich zog Yunus es ausgerechnet in jenem Moment vor, es nicht zu tun, auch wenn ich einen privaten Rat von ihm jetzt sehr begrüßt hätte.

„Was denkst du, Emmy?", fragte Lissy erneut und ich bemerkte, wie ich zu schwitzen begann. „Gibt es Telepathie oder nicht?" – „Ähm ... Ja .. äh ... Ich ... hm ...", stammelte ich und dann kam mir Yunus doch zur Hilfe. „Was genau verstehst du denn überhaupt unter Telepathie, Luisa?", kam er mit einer Gegenfrage. Ich atmete erleichtert aus. Fürs Erste war ich gerettet, dachte ich. Aber mir war auch klar, dass meine Freunde auf die Beantwortung der Frage bestehen würden und dass wir nur ein wenig Zeit gewonnen hatten. Yunus lehnte sich mit einem entspannten Gesichtsausdruck in den Sitz zurück und überkreuzte seine Beine. Er sah aus, als hätte er die Situation wieder vollkommen unter Kontrolle und in der Tat entwickelte sich eine Unterhaltung, die sich zunächst noch auf sicherem Terrain zu befinden schien. Und nun war es an Lissy, verlegen zu sein und sich durch die dunklen Locken zu streichen. „Was verstehe ich unter Telepathie?", überlegte sie und sammelte ihre Gedanken. „Gar keine so schlechte Frage", lenkte Alex ein, „jetzt bin ich aber gespannt."

Schließlich räusperte sich Lissy und sprach: „Telepathie heißt Gedankenübertragung. Wie ein siebter Sinn oder so. Jemand, der die Fähigkeit zur Telepathie besitzt, kann die Gedanken von jemand anderem lesen und er kann auch seine eigenen Gedanken der anderen Person zeigen, ohne dass er dazu Worte benutzen muss, also ohne dass er laut redet beispielsweise." – „Du meinst also, dass sich solche Leute gegenseitig ins Gehirn schauen können und aus den Köpfen anderer Menschen lesen können, wie aus einem aufgeschlagenen Buch oder so?", fragte Maria mit gerunzelter Stirn. Ich konnte mich gerade noch daran hindern, ausholend zu nicken, denn genau diese Gedankengänge hatte ich auch schon einmal gehabt, kurz nachdem Yunus mit mir in Gedanken geredet hatte. Doch das hätte wohl sehr verdächtig auf meine Freunde gewirkt. Daher versuchte ich, möglichst interessiert, aber nicht wirklich betroffen auszusehen, was mir meine Freunde offensichtlich abnahmen. *Uff, noch mal Glück gehabt,* dachte ich insgeheim und wischte mir einen kleinen Schweißtropfen von der Stirn.

„Äh", machte Lissy, doch verstummte sogleich wieder. „Ich weiß nicht", zweifelte Maria und schüttelte den Kopf, „so etwas gibt es doch nicht. Ich glaube nicht an Telepathie."

Lissy überkreuzte nun ihrerseits die Beine und fuhr fort: „Telepathie … Meiner Meinung nach funktioniert sie eher so wie das Senden von Nachrichten mit einem Handy." – „Wie wenn man eine SMS schreibt?", erkundigte sich Alex mit einem ironischen Unterton in der Stimme und Lissy nickte daraufhin. „Ja, warum nicht?", meinte sie. Maria zog misstrauisch ihre Augenbrauen zusammen und Alex kicherte leise vor sich hin. „Das wird ja immer besser hier", amüsierte sich Alex. Doch Lissy ließ sich davon nicht beirren. „Nicht so wie ein aufgeschlagenes Buch, nein", widersprach sie langsam, „ich glaube nicht, dass jemand einfach die Gedanken von jemand anderem lesen kann, wenn dieser es nicht will oder zulässt. Gedanken sind privat. Da kann man nicht einfach eindringen." *Was du nicht sagst,* dachte ich und erschauderte kurz, als ich an das merkwürdige Gefühl dachte, das direkt unterhalb der Kopfhaut entstand, wenn Yunus mit mir in

Gedanken kommunizierte. „Und das ist auch gut so, dass Gedanken privat bleiben", meinte Maria leicht schnippisch. „Stellt euch das mal vor: wenn jeder gleich wüsste, was man von ihm hält ..." Lissy ignorierte diesen Kommentar und fuhr fort: „Wenn man Telepathie anwendet, konzentriert man sich einfach ganz fest auf das, was man der anderen Person mitteilen will und denkt an nichts anderes als an diese Botschaft und man schickt diese Botschaft direkt in den Kopf der betreffenden Person. Wenn die andere Person bereit ist, die Botschaft zu empfangen und weiß, wie man sie abruft, dann nimmt sie die Gedanken des Senders wahr." – „Beim Schreiben von einer SMS ist es aber nötig, dass man die richtige Nummer kennt, damit die SMS überhaupt ankommt", sagte Alex in einem Ton, der deutlich erkennen ließ, dass er sich über Lissy lustig machte. „Meinst du also, es gibt auch so eine Art *Nummer* oder *Code* für die verschiedenen Menschenköpfe, damit die telepathischen SMS empfangen werden können?" – „Ähm ... Wenn du das so sagst ...", grübelte Lissy mit einem ernsten Gesichtsausdruck, der Alex zum Prusten brachte, „so ähnlich zumindest könnte es sein, ja." – „Was heißt hier: so ähnlich?", forschte Alex nach und war schon ganz rot im Gesicht vom unterdrückten Lachen.

„Man muss die Person, der man eine telepathische Nachricht übermittelt, zumindest schon gut kennen. Man muss wissen, wie diese Person ‚tickt' sozusagen", vermutete Lissy, „also, wenn man das so betrachtet ... Ich glaube, das kann man mit so etwas wie einem Code oder einem Passwort vergleichen." – „Oh weia", seufzte Alex und Maria schüttelte verständnislos den Kopf. „Was denn?", brauste Lissy auf. „Nix", entgegnete Alex, „erzähl ruhig weiter." – „Ich äh ... Was soll ich denn weitererzählen?", fragte Lissy. „Ich hab fürs Erste alles gesagt. – Glaube ich." – „Schade", bedauerte Alex sarkastisch,

„davon hätte ich gerne noch mehr gehört." Er hüstelte und hielt sich dabei die Hand vor den Mund, um nicht zu zeigen, dass er sich noch immer köstlich über Lissys Ausführungen amüsierte.

„Hm", machte Yunus und ich schaute ihm lange ins Gesicht. Sein Ausdruck war sehr nachdenklich, aber ich wurde einfach nicht schlau aus ihm. „Und was verstehst *du* unter Telepathie?", wandte sich Maria entschlossen an Yunus. Bevor er die Frage beantwortete, bedachte er mich mit einem langen Blick seiner tiefgründigen, dunklen Augen. Yunus ließ sich mit seiner Antwort lange Zeit. Unsere Metro hielt an der Station *Agios Nikolaos* und wenig später ratterte der Zug auch schon wieder weiter über die Gleise.

„Ich finde Luisas Ansatz nicht schlecht", gab Yunus schließlich zu, „aber ich würde vielleicht ein paar andere Worte benutzen." – „Und welche wären das dann?", fragte Maria etwas skeptisch nach. Es wurde deutlich, dass Maria nicht besonders viel von unserem momentanen Gesprächsthema hielt und wohl am liebsten über etwas anderes geredet hätte.

„Nun …" Yunus atmete tief durch und setzte sich wieder aufrecht hin. Während er sprach, schaute er niemand Bestimmtes von uns an. Sein Blick war in die Ferne gerichtet, wohl auf einen der leeren Sitzplätze im Waggon vor uns, aber seine Augen schienen nicht das Innere der Metro wahrzunehmen, sondern gerade wo ganz anders zu sein. „Das Wort ‚Telepathie' kommt aus dem Griechischen", eröffnete er. „Klar, woher sonst?", mischte sich Alex ungeniert ein. Yunus fuhr fort: „Von *tele*, das heißt ‚fern', und *patheia*, ‚Empfindung' oder ‚Empfänglichkeit'. Telepathie bezeichnet die Fähigkeit, Informationen von einem Menschen auf einen anderen Menschen zu übertragen, und das so, dass keine direkte, sinnlich wahrnehmbare Einflussnahme erkennbar ist. Das heißt also, es gibt weder eine optische noch eine akustische, taktile, geschmackliche oder olfaktorische Einflussnahme von dem einen Menschen auf den anderen. Es ist ganz einfach so, dass man miteinander in Kontakt tritt, ohne dabei die herkömmliche Methode zu benutzen." – „Und was soll daran jetzt anders sein als meine Erklärung?", wunderte sich Lissy und auch ich musste zugeben, dass ich Yunus' Erläuterung nicht nachvollziehen konnte. *Hoffentlich wird er noch konkreter*, wünschte ich mir.

„Es ist so, dass ihr noch zu sehr in dem verhaftet seid, was ihr in eurem Alltag wieder und wieder erfahrt", schilderte Yunus. „Wir ... verhaftet im Alltag, öhm, hä?" Lissy verzog ihren Mund zu einer Grimasse, als sie zu begreifen versuchte, aber es nicht schaffte. „Jetzt kapier ich gar nichts mehr." – „Muss ich das verstehen?", fragte auch Maria verwirrt und Alex lachte. „Klasse!", kommentierte er, „das ist witzig." – „Also, wie jetzt?", fragte Lissy erneut.

„Bei Telepathie handelt es sich um etwas Parapsychologisches", erläuterte Yunus, „etwas, worüber sich die Wissenschaftler streiten und die Menschen sich uneinig sind, weil man es nicht beweisen kann. Aber man kann es nicht beweisen, da man Telepathie nicht aufzeichnen kann. Dennoch soll es Hinweise darauf geben, dass manche Menschen dazu fähig sind, so etwas wie Telepathie anwenden zu können und diejenigen, die dazu fähig sind, können es sich selbst nicht erklären, warum sie das können oder wie genau sie dabei vorgehen, wenn sie es tun. Jedenfalls ... Was auch immer Telepathie im Einzelnen sein mag ... Glaubt mir, es ist mit der normalen Kommunikation, der Sprache, keineswegs zu vergleichen. Es ist sicherlich nicht so, dass man Worte hört oder Schriftzeichen liest oder sonst etwas ins Gehirn eingepflanzt bekommt, das man ‚lesen' könnte wie ein Buch oder eine SMS oder was auch immer." Ich befeuchtete mir angespannt die Lippen mit der Zunge. War Yunus gerade dabei, uns zu erklären, wie man vorgehen musste, wenn man Telepathie anwenden wollte? Ich ließ seine Hand los, denn er war mir gerade ziemlich unheimlich und ich spürte, wie mein Herz wieder einen schnelleren Rhythmus einschlug.

„Deshalb sagte ich auch, dass ihr noch zu sehr in eurem Alltag verhaftet seid", fuhr Yunus fort, „ihr kennt die verbale Kommunikation. Ihr benutzt Worte, um euch zu verständigen, wie alle anderen Menschen – wie ich auch: Schriftsprache und Lautsprache; und ihr benutzt auch noch andere Signale, hauptsächlich optische Signale wie Mimik und Gestik, die wir alle im Alltag verwenden." – „Körpersprache", lenkte Alex ein. „Von mir aus nennt es auch Körpersprache", erlaubte Yunus, „wie auch immer: Ihr seid es gewohnt, dass es etwas mit den fünf Sinnen Wahrnehmbares ist, das euch miteinander kommunizieren lässt: Sehen, Hören, Fühlen, Schmecken, Riechen vielleicht noch und ja … Dann hört es aber auch schon auf." – „Es gibt aber auch nichts weiter Wahrnehmbares", behauptete Alex stur, „was sollte es denn noch geben außer diesen Sinnen?" – „Nur weil *wir* uns das nicht vorstellen können, Alexander, heißt das nicht, dass es keine anderen Wahrnehmungskanäle gibt", belehrte ihn Yunus, „zudem unterscheiden sich die Wahrnehmungskanäle untereinander ebenfalls gewaltig. Was manche Lebewesen mit ihren Ohren und Augen beispielsweise problemlos wahrnehmen können, erkennen andere überhaupt nicht. Die Tatsache zum Beispiel, dass für uns Menschen nur bestimmte Wellenlängen des Lichts sichtbar sind, heißt nicht, dass es kein anderes Licht gibt. Wir sehen Licht von einer Wellenlänge von etwa 380 Nanometern – dies ist die Farbe, die wir als violett bezeichnen – bis hin zu einer Wellenlänge von 760 Nanometern – das ist rot. Das ist nur ein minimaler Bereich aus dem gesamten Lichtspektrum, den wir überhaupt wahrnehmen. Wir nehmen die unterschiedlichen Wellenlängen des Lichts als Farben wahr. Wir können Farben sehen, weil unsere Augen dementsprechend aufgebaut sind und unser Sehorgan in Zusammenarbeit mit der zuständigen Schaltzentrale im Gehirn diese Reize so verarbeitet, wie wir das gewohnt sind. Aber das heißt wie gesagt nicht, dass das Licht, das wir wahrnehmen können, das einzig mögliche Licht ist, das es auf dieser Welt gibt. Und genauso wenig heißt das, dass andere Lebewesen genau dieselben Farben wie wir sehen und keine anderen. Hunde beispielsweise sehen den Spektralbereich von Gelb über Grün und Blau. Aber die Objekte, die für uns Grün sind, erscheinen Hunden gräulich, und rote Gegenstände sehen für sie Gelb aus. Rot ist also eine Farbe, die Hunde nicht kennen. Pferde dagegen sehen zwar Rot, dafür aber kein Blau. Doch das stört diese Tiere nicht, genauso wenig wie es uns Menschen stört, dass wir mit unseren Augen kein ultraviolettes Licht sehen können, das dagegen für viele Insekten, einige Reptilien und ein paar Vogelarten sichtbar ist. Alles nur eine Frage der Wahrnehmung. – Oder betrachten wir uns das Hörorgan: Das durchschnittliche gesunde menschliche Gehör nimmt Frequenzen von etwa 16 Hertz bis maximal 20.000 Hertz wahr. Alles, was darunter oder darüber liegt, ist für uns Menschen schlichtweg nicht hörbar. Elefanten können jedoch noch tiefere Frequenzen hören, den sogenannten Infraschall, den für uns nur elektrische Messgeräte aufzeichnen können. Aber unser Gehör lässt uns dabei kläglich im Stich. Auf der anderen Seite gibt es eine Reihe von Tieren, die sogar wesentlich höhere Frequenzen wahrnehmen können: den Ultraschall. Tiere wie Hunde, Delfine und ganz bekannt natürlich: Fledermäuse sind für den Ultraschall empfänglich. Wieder heißt die Tatsache, dass wir Ultra- und Infraschall nicht wahrnehmen können, keineswegs, dass es diese nicht gibt. Daher können wir auch nicht mit Bestimmtheit behaupten, dass unsere Sinnesorgane die einzig möglichen sind, die es gibt. Manche Tiere können zum Beispiel auch mit einem Sinnesorgan das Erdmagnetfeld wahrnehmen. Dazu sind wir nicht fähig, Zugvögel allerdings schon und auch die Taube beispielsweise."

Ich setzte mich wieder aufrecht in den Sitz und nahm mir vor, dass ich Yunus irgendwann auf seine besondere Beziehung zu Tauben hin ansprechen würde. „Über Tauben – und das gilt übrigens nicht nur für Brieftauben", betonte Yunus, „wurden in jüngerer Zeit etliche wissenschaftliche Arbeiten veröffentlicht, in denen ausführlich dargelegt wird, dass diese Vögel ein zusätzliches Sinnesorgan besitzen, eine Art Magnet-Sensor am oberen Teil des Schnabels, mit dem sie die Stärke des Magnetfelds messen können und mithilfe dessen sie sich im Flug orientieren."

„Das ist ja alles hochinteressant", beteuerte Alex, „doch ich fürchte, wir kommen so langsam aber sicher vom Thema ab. Was hat das denn alles noch mit Telepathie zu tun?" – „Nun …", begann Yunus langsam und überlegte, wie er es uns am besten erklären sollte. Dann fiel ihm Lissy ins Wort: „Ich glaube, Yunus wollte uns damit sagen, dass es verschiedene Wahrnehmungskanäle gibt, die nur für bestimmte Reize empfänglich sind. Genauso wie manche Lebewesen nur gewisse Farben sehen oder nur gewisse Tonhöhen wahrnehmen können, können auch nur bestimmte Menschen Telepathie anwenden. Ist das so?", wandte sie sich Zustimmung suchend an den Araber. „Äh, hm", grübelte er. „Was hm?", drängte Lissy ungeduldig. „Stimmt das jetzt so oder nicht?" – „Der erste Teil von dem, was du gesagt hast, ist vollkommen korrekt", bestätigte er, "es gibt verschiedene Reize, die nur von bestimmten Lebewesen entsprechend wahrgenommen und weiterverarbeitet werden können. Das ist vollkommen richtig." – "Okay, das kann ich auch gut nachvollziehen", verkündete Maria, "bis hierher ist auch alles noch wissenschaftlich erklärbar und logisch." – "Ja, aber welchen Platz hat jetzt hier die Telepathie?", erkundigte sich Lissy. "Nun", eröffnete Yunus, "nach dem, was wir eben festgehalten haben, also dass es eine ganze Menge an Reizen gibt, die täglich auf uns einprasseln und dass davon einige weiterverarbeitet werden können, andere jedoch nicht ..." – "Wegen der verschiedenen Sinnesorgane, die es gibt", ergänzte Lissy hoffnungsvoll. "Ja, genau, wegen der verschiedenen Sinnesorgane", stimmte ihr Yunus zu, "da könnte es doch durchaus sein, dass es so eine Art Sinnesorgan für Parapsychologisches gibt, welches ermöglicht, dass der ein oder andere auch für parapsychologische Reize empfänglich ist, also für Reize, die wir mit unseren gewöhnlichen Sinnesorganen *nicht* wahrnehmen können und die wir daher auch *nicht* so ohne Weiteres mit unserem alltäglichen Sprachgebrauch erklären können. Und doch heißt die Tatsache, dass die meisten Menschen *nicht* dazu fähig sind, Telepathie anzuwenden, *keineswegs*, dass es keine Telepathie gibt." Yunus zuckte mit den Schultern.

"Also glaubst du an Telepathie?", fasste Maria skeptisch zusammen. "Das habe ich damit nicht gesagt", widersprach Yunus und ein zaghaftes Lächeln stahl sich in sein Gesicht. "Na toll", brüskierte sich Alex, "und was *hast* du dann damit gesagt?" Unser Zug verließ die Metrostation *Ano Patissia*. "Dass es *möglich* ist, dass es so etwas wie Telepathie gibt", begann Yunus, "und dass wir es nicht beweisen können, dass es sie *nicht* gibt. Aber genauso wenig können wir beweisen, *dass* es sie gibt, es sei denn, wir könnten sie selbst anwenden, aber dann *müssten* wir es nicht mehr beweisen, denn dann *wüssten* wir es ja, dass es sie gibt." – "Oh Mann", stöhnte Lissy und fasste sich an den Kopf, "das ist ganz schön kompliziert, mit dir über Telepathie zu reden, weißt du das?" – "Ich habe nie behauptet, dass es ein einfaches Thema ist", entgegnete Yunus grinsend. Ich staunte über seine Redegewandtheit. Er schien sich einfach aus jeder Situation elegant herausreden zu können.

"Also ist es *möglich*, dass Emilia und Jona dazu imstande gewesen sein könnten, Telepathie anzuwenden", fasste ich zusammen, "aber es ist nicht notwendigerweise so gewesen. Es *kann* sein, es *muss* aber nicht sein." – "Genau." Yunus nickte zustimmend. "Und die Zeile aus dem Gedicht: *Beginn eines Vertrauens, das keinerlei Worte bedarf* ... Die muss auch nicht notwendigerweise dafür stehen, dass die beiden Telepathie angewandt haben." Erneut nickte Yunus. "So ist es." – "Und was haben wir durch diese langwierige Diskussion jetzt letztendlich gewonnen?", fragte Alex. "Nichts", entgegnete Maria. "Das ist nicht wahr", widersprach ich, "wir haben dadurch die Erkenntnis gewonnen, dass es außerhalb von unseren alltäglichen Wahrnehmungen noch vieles gibt, von dem wir keine Ahnung haben; vieles, das aber trotzdem da ist und uns umgibt; dass die ganze Welt ein einziges Rätsel ist und wir nur einen Bruchteil von dem wahrnehmen, was es gibt. Das ist doch eine große Erkenntnis, oder etwa nicht?" – "*Alles, was ich weiß, ist, dass ich nichts weiß*", zitierte Alex den großen Philosophen Sokrates. "Hm, na ja", gab Maria beschwichtigend zu, "wenn man das so sieht ... Aber trotzdem bin ich mehr für das, was ich mit meinen Sinnen erfassen kann. Darauf kann ich mich wenigstens verlassen. Da weiß ich, was ich vor mir habe – zumindest meistens. So etwas wie Telepathie und so mystische Sachen ... Schön und gut. Man kann darüber nachdenken und es ist auch sicherlich sehr interessant und so, aber zu einem Ergebnis kommt man damit auch nicht. Wir wissen immer noch nicht, ob Emilia und Jona Telepathie angewandt haben." – „Wie würde das überhaupt aussehen, wenn jemand Telepathie anwendet? – Mal abgesehen von irgendwelchen Gedanken-SMS, die man von *einem* Kopf in den anderen schickt?", erinnerte sich Alex an Lissys Schilderung von vorhin.

Inzwischen hatten wir die Station *Pefkakia* erreicht. Noch fünf Stationen, stellte ich fest. „Also, Yunus hat ja gesagt, dass man bei Telepathie keine Gedanken ‚liest', wie man beispielsweise ein Buch liest", sinnierte Lissy, „Yunus hat außerdem gesagt, dass es nicht wie Hören ist, aber auch nicht wie Sehen; es ist nicht wie Schmecken und auch nicht wie Riechen oder Tasten ... Wie ist es dann?" – „Es ist ein ganz merkwürdiges Gefühl", begann ich auf einmal unüberlegt, „es fühlt sich komisch an, wie ein unangenehmes Ziehen und Drücken unter der Kopfhaut, ein Prickeln, ein ... Man ahnt schon vorher, dass gleich eine Nachricht kommen wird. Es ist wie eine Stimme, die einen erfüllt, aber es ist nicht wie eine Stimme, die man mit den Ohren hört, sondern eher wie eine Stimme, die man mit dem *ganzen Körper* hört, die man im ganzen Körper *fühlt*. Die Worte kommen nicht als Worte an, sondern als Inhalt. Man versteht den Inhalt der Nachricht, ohne auf die einzelnen Worte achten zu müssen. Man ... Hm." Ich stockte, als mir mit einem Male bewusst wurde, was ich gerade tat. „Was redest du denn da, Emmy?", wunderte sich Lissy. „Du redest, als hättest du Telepathie selbst schon einmal erlebt, als würdest du aus Erfahrung sprechen. – Sprichst du etwa aus Erfahrung?" – „Ich äh ...", stammelte ich und erneut spürte ich, wie meine Wangen zu glühen begannen. Ich warf Yunus einen Hilfe suchenden Blick zu, doch dieser grinste nur schelmisch und zuckte leicht mit den Schultern. *Na toll*, ärgerte ich mich über mich selbst, *das hast du ja prima hingekriegt, Emmy. Und jetzt?* „Ich meine ... Ich hätte es anders formulieren müssen ... Nicht, es *fühlt* sich komisch an, sondern: Es *muss* sich doch bestimmt komisch anfühlen", verbesserte ich mich, „ich denke, es ist wie ein Prickeln unter der Kopfhaut und es fühlt sich sicher unangenehm an. Zumindest glaube ich das." – „Du hast es also noch nicht selber erlebt?", erkundigte sich Lissy. „Ähm, ich ...", gab ich hilflos zurück. „Natürlich hat sie es noch nicht selber erlebt", ging Maria dazwischen, „wie sollte sie auch? Von uns kann keiner Telepathie anwenden. So ein Blödsinn. Es reicht mir langsam mit diesem Thema. Können wir nicht endlich mal über etwas anderes reden?" – „Hm", murrte Lissy unzufrieden, „na gut." Uff! Ich atmete erleichtert aus. Das war gerade noch einmal gut gegangen. Ich stellte fest, dass Yunus mir ein verschmitztes Grinsen zuwarf und sich insgeheim ins Fäustchen lachte. Verärgert zog ich die Augenbrauen zusammen und rümpfte die Nase in seine Richtung, doch das fand er noch komischer, sodass er hinter vorgehaltener Hand ein Prusten in Hüsteln verwandelte und niemand Verdacht schöpfte.

„Worüber möchtest du denn gerne reden, Maria?", fragte Yunus, nachdem er seine Fassung wiedererlangt hatte. „Erzähl uns doch zum Beispiel etwas über das Olympiastadion, bei dem wir gleich ankommen werden. Was weißt du darüber?" – „Das Olympiastadion", wiederholte Yunus, „hm, na gut. Ein paar Sachen weiß ich darüber ..."

Während Yunus redete, bemerkte ich, wie ich immer wieder mit meinen Gedanken abdriftete und über das Gespräch von eben zurückdachte. Die Gedanken drehten sich in meinem Kopf und ich wurde fast wahnsinnig davon. Warum hatte

Yunus nicht offenbart, dass er selbst Telepathie anwenden konnte? Er hätte doch wesentlich mehr darüber gewusst, als er verraten hatte. Er hätte es womöglich sogar vorführen können. Aber ich hatte ja gesehen, wie skeptisch auf der einen Seite Maria der Diskussion gegenübergestanden hatte und wie sich Alex auf der anderen Seite darüber lustig gemacht hatte. Wahrscheinlich hätten meine Freunde – bis auf Lissy vielleicht – ihm sowieso nicht geglaubt, wenn er es ihnen gesagt hätte. Über Telepathie zu reden, Vermutungen anzustellen, das war nun doch etwas ganz anderes, als wahrhaft ernsthaft davon auszugehen, dass es sie tatsächlich gab. Vielleicht war es wirklich besser, wenn die anderen nichts weiter darüber wussten. Allerdings wurde es dadurch aber auch nahezu unmöglich, Näheres zu diesem Thema von Yunus in Erfahrung zu bringen und ein ernsthaftes und alles klärendes Gespräch mit ihm zu führen. Ich versuchte, erst einmal nicht mehr weiter darüber nachzudenken, sondern lieber Yunus' Informationen über unser nächstes Reiseziel anzuhören.

„*Olympiako Athlitiko Kentro Athinon*, kurz auch OAKA genannt, der Olympiasportkomplex Athen, liegt im Vorort *Maroussi*, der sich zehn Kilometer nordöstlich des Stadtzentrums von Athen befindet", eröffnete Yunus. „Für die Olympischen Sommerspiele 2004 wurde es nach einem Entwurf von dem spanischen Architekten Santiago Calatrava teilweise neu errichtet. Der Sportkomplex besteht insgesamt aus fünf verschiedenen Wettkampfstätten: das Wassersportzentrum, das Velodrom, das Tenniszentrum, die Olympiahalle und das Olympiastadion Spyridon Louis. Wir werden uns wahrscheinlich nur letzteres ansehen, denn das ist dasjenige, von dem Michális gesprochen hat und das, das frei zugänglich ist, auch wenn gerade keine Veranstaltungen sind. Heute ist das Olympiastadion Austragungsort vieler verschiedener sportlicher Ereignisse. Im Jahr 2007 wird es beispielsweise der Gastgeber für das Endspiel der UEFA-Champions League sein." – „Das ist ja interessant", fand Alex, „da dürfte man fast noch einmal nach Athen fliegen, um das zu sehen."

„*Neratziotissa*", sagte ich und verwirrt wandten sich meine Freunde mir zu. „Hä?", machte Lissy verstört. „Was für ein Zeug?" – „*Neratziotissa*", wiederholte ich schwerfällig, „die Metrostation da draußen. Bei der nächsten müssen wir raus." – „Ach so." Lissy lachte. „Ich dachte schon, du hättest wieder so einen komischen Anfall. – Neratziblabla ... Mann! Wer denkt sich bloß solche komischen Namen aus? Das ist doch wohl mit Abstand der bescheuertste Name, den wir je gehört haben, oder?" – „Na ja, der schönste ist es jedenfalls nicht", stimmte ihr Maria zu.

Wir rückten uns wieder aufrecht in unseren Sitzen zurecht. Wir waren noch nie so lange am Stück mit der Metro gefahren. Eine dreiviertel Stunde war sicherlich vergangen, seitdem wir bei Piräus eingestiegen waren. Womöglich sogar noch mehr. Nur gut, dass uns nie der Gesprächsstoff ausgegangen war.

Omikron

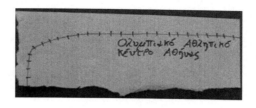

Vor uns lag ein weitläufiger sauberer geteerter Platz. Man sah ihm deutlich an, dass er noch nicht besonders alt war. Hier und da waren junge kleine Bäumchen gepflanzt, die bisher noch nicht viel Zeit dazu gehabt hatten zu wachsen.

Der Platz hatte sofort etwas von der Atmosphäre eines Olympiastadions, fand ich. Bisher hatte ich zwar lediglich das Olympiastadion von München gesehen, doch ich musste feststellen, dass dieser Ort hier in gewissen Maßen ähnliche Charakterzüge aufwies und ich atmete tief durch, um die Stimmung in mich aufzusaugen. „Vielleicht war München ja auch ein klein wenig das Vorbild für das Olympiastadion von Athen gewesen?", vermutete Maria nachdenklich. Sie deutete auf eine hohe, lange halbröhrenförmige Konstruktion aus weißem Stahl, die sich mehrere hundert Meter über den Platz erstreckte und auf die Gebäude des Sportkomplexes zulief.

Der Platz war riesig und wahrscheinlich hatten dort dereinst Hunderte – nein! – Tausende von Autos geparkt, als die Sommerspiele ausgetragen worden waren. Aber an jenem Abend war der Platz nahezu wie leer gefegt. Die paar Menschen, die sich wie wir das Gelände betrachteten, verteilten sich so gut, dass man glaubte, man befände sich beinahe allein an jenem Ort.

Zielstrebig steuerten meine Freunde den Anfang der röhrenförmigen Konstruktion an, die vor uns lag, doch ich blieb kurz stehen, da ich dachte, ich hätte soeben etwas gehört. Einen Rhythmus, wie von leiser Musik. Tatsächlich war er da, wenn auch nur ganz schwach. Der Rhythmus war stampfend und heiß. Er gefiel mir und ich nickte sachte mit dem Kopf im Takt. „Da läuft Musik irgendwo", teilte ich den anderen mit. „Ach, was du wieder hörst ...", winkte Lissy ab und ging weiter. Ich holte sie rasch auf und hielt sie am Ärmel fest. Schließlich blieb sie ebenfalls stehen und lauschte angestrengt. „Du hast ja Recht", stellte sie nur wenig später fest, „da läuft wirklich Musik! Wahrscheinlich trainieren da irgendwo welche."

Wir überquerten den großen Platz und erspähten hohe weiße Masten, auf denen Lautsprecher angebracht waren. Es gab nahezu unendlich viele solcher Masten, die sich über das ganze Gelände verteilten. „Da muss ja ganz schön was los gewesen sein, 2004", vermutete Lissy. „Puh! Das kannst du laut sagen", kommentierte Alex, „wenn die Sommerspiele laufen ... Jede Wette, da war der Teufel los!" – „Das hätte ich gerne gesehen", verkündete ich. „Ach, so ist es doch viel besser", meinte Maria, „vom Olympiastadion selber sehen wir so viel mehr. Als die Spiele waren, hat man doch vor lauter Leuten gar nichts gesehen. Die Austragung der Olympischen Spiele kann man sich ja auch am Fernseher angucken. Aber die Konstruktion schaut man sich lieber in natura an." – „Hihi", kicherte ich plötzlich, als ich zwei gelbe Telefonzellen erblickte, „ein Emmy-Telefon und ein Lissy-Telefon", verkündete ich und deutete auf die beiden Zellen vor uns. Bei der linken war das Telefon in etwa einem Meter Höhe angebracht, bei der rechten befand es sich vielleicht eineinhalb Meter oberhalb des Bodens. „Das linke ist das Telefon für Zwerge wie dich, Emmy", stimmte Alex in meinen Witz mit ein, „und wo ist dann das für mich?", fragte er scherzhaft und richtete sich zu seiner beeindruckenden Größe von 1,90 m auf.

„Haha, sehr witzig", entgegnete daraufhin Maria und umarmte ihren Freund von hinten. Alex drehte sich fröhlich zu seiner Freundin um und verrenkte sich nahezu dabei, um ihr einen Kuss zu geben. Dann setzten wir uns wieder in Bewegung und gingen links an den Telefonzellen vorbei.

„Aaaaaaah!", rief ich auf einmal überrascht aus und blieb stehen. „Was ist denn los?", fragte Maria alarmiert und drehte sich zu mir um. Ich hob meinen Finger hoch und deutete auf ein Schild, das an einem der hohen Masten befestigt worden war. „Was ist denn?", drängte Lissy und schob sich an mir vorbei, um zu erkennen, in welche Richtung ich wies. „Toilets", las ich das Schild vor. „Musst du wohl aufs Klo?", neckte Alex. „Du Dödel", gab ich zurück. „Wieso denn? Das war doch eine ganz normale Frage, oder etwa nicht?" – „Es könnte doch gut sein, dass das hier das Toilettenhäuschen ist, das Michális gebaut hat, oder?", wandte ich mich Zustimmung suchend an die anderen und deutete in die Richtung, in welche das Hinweisschild zeigte. „Möglich ist es, ja", erwiderte Yunus. „Ich glaube, das ist nicht nur möglich, sondern es ist auch so", freute sich Lissy. „Haha! Wir haben es gefunden!" – „Kommt! Los, lasst es uns näher anschauen!", schlug Maria vor und steuerte das beigefarbene, quaderförmige Häuschen an, das oben und unten jeweils von einem braunen Streifen geziert wurde. „Schon verrückt", kommentierte Alex kopfschüttelnd und setzte sich schwerfällig in Bewegung, „normale Leute kommen hierher, um das Olympiastadion zu besichtigen und wir kommen hierher, um uns ein Toilettenhaus anzuschauen. Ts, ts." – „Hast du immer noch nicht begriffen, Alex?", fragte Lissy fröhlich. „Wir sind keine normalen Leute. – Kommt! Lasst uns alle aufs Klo gehen!" Und Lissy beschleunigte. Auch ich musste unwillkürlich lachen, als ich Maria, Alex und Lissy in Richtung Toilettenhäuschen folgte.

Ich drehte mich noch einmal zu Yunus um, der es vorzog, draußen auf uns zu warten, und lächelte ihm zu. Doch als ich mich wieder von ihm abwandte, war mir auf einmal, als wäre ein Schatten rasch über mich hinweggezogen. Instinktiv schaute ich nach oben und wurde von der Sonne geblendet. Ich schloss meine Augen für einen Moment und beobachtete eine Weile die bunten Lichtpunkte, die hinter meinen geschlossenen Lidern tanzten. *Merkwürdig*, dachte ich, und als ich meine Augen wieder öffnete, blickte ich mich aufmerksam überall um, doch der Himmel war blau wie eh und je und es gab auch keine Anzeichen von einer Wolke, welche den mysteriösen Schatten auf mich geworfen haben könnte. *Ist bestimmt ein Vogel gewesen*, beschloss ich, zuckte mit den Schultern, dachte mir nichts mehr weiter dabei und betrat schließlich das Toilettenhäuschen.

Als wir es wenig später wieder verließen, empfing uns Yunus mit einem schelmischen Grinsen im Gesicht. „Und? Wie war's?", fragte er uns. „Ganz prima", verkündete Maria und rollte scherzhaft die Augen, „ich hatte kein Klopapier." – „Ich auch nicht", teilte ich mit. „Und bei mir ging die Spülung nicht", äußerte sich Lissy.

Ich hatte bereits damit begonnen, um das Häuschen herumzugehen, um mir eingehend die Wände zu betrachten. „Bei den Männern war die Kabine ‚out of order', also bin ich ans Becken gegangen", frohlockte Alex. „Ähm ja … So genau wollten wir es jetzt eigentlich gar nicht wissen", kicherte Lissy und klopfte abenteuerlustig mit ihrer Faust gegen die Wand.

„Was machst du da? Willst du das Häuschen zum Einsturz bringen?", witzelte Alex. „Oder die Wände nach Hohlräumen abklopfen?" – „Ja! Genau! Warum nicht?", stimmte Lissy nicht ernst gemeint ein. „Wir könnten uns eine Raupe holen und das Häuschen platt walzen. Vielleicht hat Michális ja doch etwas übersehen." – „Ihr Komiker", tadelte Maria, „es war doch von vornherein klar, dass wir hier bei den Toiletten nichts mehr finden werden. Lasst uns lieber weitergehen, bevor es noch peinlich wird. Die haben bestimmt Überwachungskameras hier. Die werden sich schon wundern, was wir so lange bei den Toiletten zu suchen haben." – „Meinst du?", fragte Lissy und zog extra ein paar Grimassen in Richtung der weißen Masten, auf denen sie noch am ehesten Kameras vermutete. Maria prustete. „Du schlechte Kartoffel", mahnte sie lachend und schüttelte den Kopf. „Eine Kartoffel bin ich, ja? Dann bist du aber eine Bohne!", meinte Lissy. „Von mir aus. Bohnen schmecken eh besser als Kartoffeln", erwiderte Maria. „Aber Kartoffeln sind nahrhafter", bemerkte Lissy, „und du kannst sie für beinahe alle möglichen Speisen als Beilage verwenden. Bohnen nicht." – „Ich geh ja auch nicht mit jedem jungen Gemüse zusammen weg", gab Maria zurück. „Ich wohl?", fragte Lissy. „Du sagtest doch, Kartoffeln passen zu allem." – „Ich bin halt wenigstens anpassungsfähig." – „Und ich ...", begann Maria und suchte nach den richtigen Worten. „Du lässt einfach die anderen an dich anpassen?", stimmte Alex in den Witz ein. „Genug über Gemüse geschwafelt, ihr Melonen", bestimmte ich, „lasst uns jetzt in Richtung Musik gehen. Ich bin doch so neugierig." Lissy seufzte theatralisch und Alex und Maria hielten Händchen und schwenkten sie vor und zurück, vor und zurück, während sie dem Kopf schüttelnden Yunus, Lissy und mir folgten.

Wir waren kaum zehn Schritte vom Toilettenhäuschen entfernt, als mich plötzlich ein unheimlich starker Kopfschmerz durchzuckte. Es war nur wie ein ganz kurzer Stich, der ebenso schnell verschwand, wie er gekommen war. Ich schüttelte mich, fast so, als könne ich dadurch die Erinnerung an den Schmerz vergessen. Maria und Alex, die davon nichts mitbekommen hatten, überholten Yunus und mich und ich wurde immer langsamer und schließlich blieb ich stehen, als ich ein weiteres Mal einen dunklen Schatten über mich hinwegfliegen sah. Erneut blickte ich nach oben, doch ich konnte den Verursacher nicht ausmachen. Abermals durchzuckte mich ein intensiver Schmerz. Ich beugte mich vornüber und hielt mir die Stirn.

„Was ist denn los?", fragte mich Yunus und seine Stimme hörte sich seltsam blechern und weit entfernt an. Der Schmerz wurde zu einem kontinuierlichen Pochen. „Nichts, ich glaub, ich krieg grad ziemlich starke Kopfschmerzen." – „Willst du dich einen Moment hinsetzen?", fragte Yunus. Seine Stimme war so leise, dass ich ihn kaum verstehen konnte und das, obwohl er doch direkt neben mir stand. Ich war gerade dabei, den Kopf zu schütteln, als der mysteriöse Schatten ein weiteres Mal über mich hinwegzog, diesmal war er größer und er verschwand nicht gleich, sondern schien über mir zu kreisen und ich hörte ein merkwürdiges Rauschen, das wie Wasser klang oder vielleicht doch nicht wie Wasser, sondern eher wie das Rauschen von Flügeln. Ich schaute nach oben, doch am Himmel befand sich nichts. Dennoch war der bedrohliche Schatten da. Ich spürte, wie mir die Haare zu Berge standen. Ich drehte mich mehrmals um die eigene Achse und blickte mich beinahe panisch überall um. Die Umgebung um mich herum sah seltsam verzerrt aus und zog bunte Schlieren, als ich mich um mich selbst drehte. Dann war mir, als hörte ich tiefe Stimmen, ein Krächzen, Stimmen, die wie aus einer fremden Welt zu kommen schienen und es waren viele und es wurden noch mehr. „Was ... Was ist das?", fragte ich und blinzelte verwirrt, weil mir das Licht mit einem Male so verdammt grell erschien. Und der Kopf schmerzte unsagbar stark. Es war wie ein regelrechter Migräneanfall. „Was ist *was*?", fragte Yunus besorgt. „Dieser Schatten!" – „Schatten?" Ich schloss die Augen für einen Moment, da ich das grelle Sonnenlicht nicht ertragen konnte. „Und dieses Geräusch ..." Ich öffnete meine Augen wieder und stellte fest, dass das Licht inzwischen weniger grell war, auch das Stechen in meinem Kopf wurde weniger. „Welches Ge...", begann Yunus, doch dann nickte er. Er deutete in den Himmel in südwestliche Richtung, wo ich ein kleines Sportflugzeug am Himmel ausmachen konnte, das seine Kreise über Athen zog. Mein Blick fiel auf den Schatten, den die Maschine auf den Boden warf. Deutlich konnte man den Körper des Flugzeugs erkennen: die zwei lang gestreckten Flügel, das Heck des Fliegers ... War es das, was ich vorhin gesehen hatte? Ich war vollkommen durcheinander. Noch immer hatte ich eine Gänsehaut. „Ist alles in Ordnung mit dir?", fragte Yunus und er nahm zärtlich meine beiden Hände in seine. „Ich, äh", stammelte ich und runzelte ungläubig die Stirn. Fassungslos blickte ich dem kleinen Flugzeug hinterher, als ob es mir verraten könne, was eben in mir vorgegangen war.

„Hast du etwas gesehen?", fragte Yunus. „Hast du etwas Neues erfahren?" Ich kaute abwesend auf meiner Unterlippe herum, dann wandte ich mich schließlich Yunus zu. Ich schüttelte den Kopf. „Weiß nicht", gab ich zu, „ich glaube nicht. Ich dachte, da wäre ein Schatten gewesen ... Aber dann war es nur das Flugzeug. Komisch." – „Wie geht es deinem Kopf? Hast du große Schmerzen?" Er strich mir eine Haarsträhne aus dem Gesicht und fasste mir sachte an die Stirn. Ich erzitterte unter seiner Berührung. „Öhm, nein", stellte ich zu meinem eigenen Erstaunen fest, „die Kopfschmerzen sind wie weggeblasen. Das ist ja merkwürdig."

Er ließ meine Hände wieder los. „Du würdest es mir sagen, wenn du etwas Neues weißt, nicht wahr, Emilia?", fragte Yunus und bedachte mich mit einem ernsten Gesichtsausdruck.

Emilia?, wunderte ich mich. *Warum hat mich Yunus Emilia genannt?* Ihm war sein Fehler selbst nicht aufgefallen, denn er korrigierte sich nicht. Ich strich mir über das Kinn, die Wangen, die Stirn. Tatsache! Die Kopfschmerzen waren wie weggeblasen und das Licht empfand ich auch nicht mehr als grell und unangenehm. Irgendetwas Merkwürdiges war vorgefallen, das ich mir nicht erklären konnte, aber als Neuigkeiten über Emilia und Jona konnte man das garantiert nicht bezeichnen. „Klar würde ich es dir sagen, Yunus, wenn ich etwas Neues wüsste. Aber da ist nichts. Ich glaube, ich war einfach zu lange in der Sonne gewesen", diagnostizierte ich für mich selbst. Yunus bedachte mich ein weiteres Mal mit einem sorgenvollen Blick, doch ich zuckte nur mit den Schultern und setzte ein schüchternes Grinsen auf, das verkünden sollte, dass auch wirklich alles in Ordnung war.

Ich folgte meinen Freunden links in die röhrenförmige Konstruktion aus weißem Stahl hinein, die zwar gewaltig, aber keineswegs wuchtig wirkte. Unter ihren schlanken gebogenen Pfeilern kam ich mir dennoch ziemlich geschrumpft vor und ich musterte eingeschüchtert die vielen dünnen Querstreben, welche ein eigentümliches Muster aus Licht und Schatten auf den geteerten Fußweg warfen. Yunus blickte sich mehrere Male aufmerksam zu mir um und wartete auf mich. Schließlich schloss ich wieder zu den anderen auf. Schweigend gingen wir nebeneinander her und schauten uns um. Der überdachte Gang machte einen geschwungenen Bogen nach rechts und schmiegte sich an den Rand eines hübsch eingefassten, mit unregelmäßigen Steinen gefliesten Wasserbeckens. Die Stahlkonstruktion endete vor einem weiteren großen Platz, von dem aus die Musik wesentlich besser zu hören war. Offenbar waren wir kurz davor herauszufinden, woher die Musik kam.

Ein Fahrradfahrer fuhr an uns vorbei auf ein beeindruckendes Gebäude zu. Ein paar Leute kamen uns von dort entgegen und noch ein paar weitere schlugen denselben Weg ein wie wir: auf das eigentliche Olympiastadion Spyridon Louis zu. Es war ebenso wie der röhrenförmige Gang ganz in Weiß gehalten. Spitz aufeinander zulaufende dicke Pfeiler erweckten den Eindruck eines riesigen Zeltes. Die Zuschauertribünen lagen unterhalb von durchsichtigen Glasdächern, welche ebenfalls nicht einfach gerade, sondern vielmehr elegant geschwungen waren, sodass das Stadion zwar bewegt, aber dennoch harmonisch aussah und seinem Verwendungszweck meiner Meinung nach alle Ehre machte. Rechts und links vom Stadion befanden sich weiße Bögen, in denen wie in einem feinen Spinnennetz Drahtseile aufgehängt waren, welche das schwere Glasdach und die Konstruktion zusammenhielten. Weitere große weiße Masten fielen ins Auge, welche sich leicht nach außen neigten und die Drahtseile spannten. Mir gefiel der Anblick und ohne ein Wort zu sagen, steuerten wir zielstrebig den Eingang in das Stadion an, ohne uns überhaupt Gedanken darüber zu machen, ob es uns erlaubt war einzutreten. Mit dem Anblick jedenfalls, der sich uns dann bot, hatten wir auf jeden Fall nicht gerechnet. Der Anblick war so überwältigend, dass ich das merkwürdige Erlebnis von vorhin, das mit dem Schatten, dem Geräusch und den unerklärlichen Kopfschmerzen, völlig vergaß.

Es war uns nicht nur erlaubt einzutreten, stellten wir fest, sondern wir hatten sogar das große Glück, Sportlern verschiedener Disziplinen beim Training zuschauen zu können. Kaum hatten wir den Eingang passiert, fiel unser Blick auf eine Aschenbahn, auf der gerade Männer und Frauen verschiedenen Alters ihre Ausdauer trainierten; auf dem tiefgrünen Rasen in der Mitte des Stadions übten sich einige junge Athleten im Speerweitwurf; an der Kopfseite war eine Stange für Stabhochsprung aufgebaut, welche zwei schlanke Frauen mit eng anliegender Sportkleidung abwechselnd zu überwinden versuchten. Hin und wieder ertönte eine Stimme aus den Lautsprechern, die irgendwelche Ansagen machte, die wir nicht verstehen konnten, und im Hintergrund vernahmen wir den stampfenden Beat der Musik, die einheizte und Stimmung machte. Geradeaus vor uns auf der anderen Seite des Stadions war eine schwarze Tafel angebracht, auf der in leuchtend weißen Buchstaben der Punktestand verschiedener Sportler sowie deren Namen preisgegeben wurden. Ich konnte auf den ersten Blick gar nicht alles erfassen, was in dem Stadion vor sich ging. Nicht wenige Menschen hatten sich auf den Sitztribünen am eingangsnahen Rand niedergelassen und betrachteten sich das Spektakel.

„Wollen wir uns auch hinsetzen?", fragte Lissy. „Klar, warum nicht?", meinte Maria. „Da wird einem ja richtig was geboten." – „Krass", staunte Lissy, „da schauen wir jetzt mal ein bisschen zu." – „Gern", sagte Alex, „hoffentlich machen die auch mal Hürdenlauf. Ich liebe Hürdenlauf." – „Wenn du es selbst machst oder wenn du faul zuschauen kannst?", forschte Lissy nach. „Wenn ich zuschauen kann", gestand Alex ehrlich, „obwohl ich zugeben muss, dass ich es auch gerne einmal selbst ausprobieren würde." – „Jedenfalls wirst du nicht ins Vergnügen kommen, auf der Aschenbahn ein paar Runden zu drehen", stellte Maria fest. „Das ist ein bisschen schade", bedauerte Alex, „aber na ja. Zuschauen ist auch schon was wert." – „Gott sei Dank müssen wir nicht wieder selber dran glauben und da unten herumrennen", sagte Lissy erleichtert, „ich glaube, heute würde ich zusammenbrechen." – „Ja, es ist immer noch recht warm", erkannte ich, „obwohl es doch schon relativ spät ist, oder? Wie spät ist es denn eigentlich?" – „Kurz nach sieben", antwortete Maria. „Doch schon so spät", entgegnete ich überrascht.

„Ach, irgendwie ist das cool hier." Lissy lehnte sich entspannt in ihrem Sitz auf der Tribüne zurück. „Schön, wenn sich andere einen abstrampeln und man einfach bloß zuzuschauen braucht." – „Boah! Hast du diese Stabhochspringerin gesehen?", fragte Alex begeistert. „Ist ja Wahnsinn, wie die über diese hohen Stangen drüber kommt." – „Was ist denn das da unten für einer?", wunderte sich Maria und deutete mit ihrem Finger auf einen Mann mit einem riesigen Bauchladen. Hin und wieder rief der Mann etwas, warf einem Zuschauer ein Tütchen zu, erhielt daraufhin Geld und stapfte anschließend weiter durch die Reihen. „Der verkauft Süßigkeiten", stellte Lissy fest, „ist ja witzig. Jetzt komm ich mir wirklich fast so vor wie bei den Olympischen Spielen." – „Da auf den Matten steht sogar noch geschrieben: Athens 2004 und dann das Zeichen für die Olympischen Spiele", verkündete Maria, „jede Wette, das sind die Matten, die auch damals bei den Olympischen Spielen verwendet worden sind." – „Die müssen ja riesig stolz drauf sein, dass die Olympischen Spiele bei ihnen stattgefunden haben", vermutete Lissy. „Na klar, was denkst du denn?", fragte Alex, „bei uns in Deutschland ist es doch heuer genauso. Die Stadien, in denen die letzten Spiele der WM ausgetragen werden, betrachten wir hinterher sicher auch mit ganz anderen Augen." – „Apropos WM …", begann Lissy nachdenklich, „wann ist denn da eigentlich das nächste wichtige

Spiel?" – "Morgen", verkündete Maria, "Deutschland gegen Argentinien. Zu blöd, dass wir das nicht sehen können. Das wird garantiert *das* Spiel." – "Einmal, wenn was los ist in Deutschland, machen wir Urlaub in Athen", nörgelte Alex. "Wer konnte auch ahnen, dass die Deutschen so weit kommen würden?", meinte Lissy. "Ich habe es gleich gewusst!", trumpfte ich auf, "wir werden Weltmeister!" – "Na ja, so ganz sicher bin ich mir da nicht", bezweifelte Maria, "die Argentinier sind eine harte Nuss. Wenn wir die allerdings schaffen sollten, haben wir eine reelle Chance." – "Na ja, wir werden sehen", erwiderte Lissy, "aber vielleicht können wir das Spiel ja doch anschauen." – "Wie kommst du denn darauf?", fragte ich skeptisch. "Na, wir haben doch einen Fernseher in unserem tollen Superior Vierbettzimmer, das eigentlich ein Dreierzimmer ist", frohlockte Lissy. "Und du meinst, dass das griechische Fernsehen die WM in Deutschland ausstrahlt?", bezweifelte Maria. "Warum nicht?", entgegnete Lissy, "immerhin ist es die WM! Könnte doch gut sein, dass sich die Griechen auch für Fußball interessieren."

سلام

Wir genossen es, auf der Tribüne zu sitzen und den Sportlern zuzuschauen. Den Athleten selbst schien es nicht im Geringsten etwas auszumachen, dass sie beim Training beobachtet wurden. Wahrscheinlich waren sie das bereits gewohnt und beachteten uns gar nicht.

"Es ist richtig schön hier, nicht wahr?", wandte ich mich Zustimmung suchend an Yunus. Der Araber nickte langsam, sah aber nicht wirklich zufrieden mit sich aus. Mir war aufgefallen, dass sich Yunus in der letzten halben Stunde sehr schweigsam verhalten hatte. „Was ist denn los?", fragte ich ihn schließlich. „Stimmt irgendetwas nicht?" – „Das ist es nicht." Yunus schüttelte den Kopf, grinste schüchtern und nahm daraufhin meine Hand in seine. Erneut durchzog mich augenblicklich ein wohliges Gefühl und ich seufzte, was Yunus zum Lachen brachte. „Eigentlich ist alles in Ordnung", erwiderte er grinsend. „Warum bist du dann so traurig?", forschte ich nach. „Traurig? Ich?" Yunus schüttelte den Kopf. „Ich bin doch nicht traurig." – „Aber besonders fröhlich siehst du auch nicht gerade aus", unterstützte mich Lissy von der Seite. „Fehlt dir irgendetwas?" – „Nein, es ist nur so …", begann Yunus langsam, „ich weiß nicht. Jetzt sind wir hier und kommen doch nicht weiter." Ich nickte. Das hatte ich mir gleich gedacht, dass dies der Grund für Yunus' Nachdenklichkeit war. „Ich weiß nicht, was ich erwartet habe", gestand Yunus, „ich dachte, dass uns etwas auffallen würde, dass wir etwas Neues erfahren würden, dass wir vielleicht einen Hinweis bekommen würden, wie unsere Suche weitergehen soll. Ich dachte, dass du, Emily, dich womöglich wieder an etwas erinnerst oder dass ich mich wieder an etwas erinnere oder dass wir wenigstens darauf kommen würden, wo oder was *Eiríni* wirklich gewesen ist. Aber so, wie es aussieht, bringt uns das Olympiastadion nicht weiter." Er ließ bedrückt den Kopf hängen. Ich zog seine Hand näher zu mir heran und strich ihm über die Haut. Yunus lächelte verhalten. „Eigentlich ist alles schön und gut und hier ist es wirklich wunderbar und ich freue mich, mit euch in Athen unterwegs zu sein und ganz besonders freue ich mich natürlich darüber, dass Emily … Ja …, dass …" Er verstummte, aber wir alle wussten, was er meinte. Ich lief wohl gerade knallrot an in meinem Gesicht. Für uns beide war es noch immer äußerst ungewohnt, unsere Gefühle dermaßen offen zu zeigen. Lissy hüstelte neben mir, doch ich wusste genau, dass sie auf diese Weise ein nicht zu unterdrückendes Lachen tarnte. „Ich müsste glücklich und zufrieden sein", fasste Yunus zusammen. „Ja, eigentlich müssten wir das alle sein", stimmte ich ihm zu, „aber nun, da wir es uns zur Aufgabe gemacht haben, Emilias Seele aus der Krypta vom Hermestempel zu befreien, kommen wir eben nicht zur Ruhe, bevor das Geheimnis nicht voll und ganz aufgeklärt ist. Ich glaube, ich kann gut verstehen, was du meinst, Yunus." – „Es ist jetzt aber auch blöd", brach es aus Lissy, „ich glaube, die Hinweise verlaufen sich so langsam aber sicher im Sand. Ob es überhaupt noch neue Hinweise gibt? Oder sind wir vielleicht schon am Ende der Hinweise angekommen und es gibt gar keine mehr?" – „Das glaube ich nicht", bezweifelte ich. „Wie kannst du dir da so sicher sein?", fragte Lissy. „Nun ja, wir sind jetzt bei Omikron. Das griechische Alphabet endet aber nicht bei Omikron. Danach kommen noch neun Buchstaben. Neun Etappen müssen wir noch durchmachen." – „Wer sagt uns denn, dass wir das ganze griechische Alphabet durchlaufen müssen?", fragte Maria. „Vielleicht hat die Suche ja gar nichts mit dem Alphabet zu tun. Vielleicht war das alles nur ein großer Zufall, dass die Orte, an denen wir neue Hinweise fanden, immer genau zum griechischen Alphabet gepasst haben." – „Ganze vierzehn Mal Zufall? Ach nein, das glaube ich nicht", widersprach ich. „Das kann nicht alles Zufall gewesen sein." – „Die Tatsache, dass alles bisher immer so gut zum Alphabet gepasst hat, heißt noch lange nicht, dass es bis Omega genauso weitergeht, oder?", hinterfragte Maria. „Aber das wäre doch dann nicht richtig", insistierte ich, „vielleicht hört sich das komisch an, aber ich glaube wirklich, dass wir das vollständige Alphabet durchlaufen müssen, bevor wir das Rätsel ganz und gar lösen können. Sonst wären das doch nur halbe Sachen und das würde einfach nicht passen. Das wäre falsch." – „Hm." Mehr fiel Maria dazu nicht ein.

In genau diesem Augenblick ließ uns ein durchdringendes Klingeln vor Schreck zusammenfahren. „Was ist das denn jetzt?", wunderte sich Alex. „Ein Handy natürlich", rief Maria genervt aus. „Mann! Kann da nicht endlich mal jemand rangehen? Das nervt ja schon fast!" Auf einmal fing Lissy wie irre zu kichern an. „Ich glaube, das ist *dein* Handy, Maria", erkannte sie, „zumindest kommt das nervtötende Bimmeln aus deinem Rucksack." – „Oh ja, tatsächlich!", begriff Maria. „Wie peinlich", neckte Alex. „Na ja. Sonst klingelt immer Emmys Handy oder das von Lissy. Ich bin nicht gewohnt, dass mein Handy auch mal klingelt. Wer kann das bloß sein?" – „Da brauchst du noch zu fragen?", brach es aus Lissy. „Jede Wette: Das ist Ivy. Oh, jetzt gibt es bestimmt Mecker. Wir haben uns schon so lange nicht mehr bei ihr gemeldet. Den ganzen Tag haben wir uns nicht bei ihr gerührt, obwohl wir ihr versprochen haben, dass wir uns melden würden, sobald wir was Neues wüssten." Endlich hatte Maria ihr Handy gefunden. Sie nahm den Anruf an und wir rückten eng zusammen, damit wir wenigstens halbwegs mithören konnten, was unsere Freundin zu sagen hatte.

„Hi Ivy!", begrüßte Maria sie fröhlich. „Schon lang nichts mehr voneinander gehört, nicht wahr?"

„Das kannst du laut sagen! So eine Frechheit! Ich versuche schon seit Stunden, auf Emmys Handy anzurufen. Aber die hat es einfach ausgeschaltet!", schnauzte Ivy Maria an.

„Hat sie nicht. Ihr Akku ist leer", erwiderte Maria.

„Kann sie nicht besser aufpassen und ihr Handy rechtzeitig aufladen?", erboste sich Ivy.

„Nein, kann sie nicht. Ivy … das ist eine lange Geschichte. Es gibt einen Grund dafür, warum ihr Akku leer ist."

„So, und Lissys Akku ist dann wohl auch leer oder was?"

„Mein Akku leer?", wunderte sich Lissy. Mit der einen Hand kratzte sie sich die Nase, mit der anderen durchwühlte sie ihre Handtasche, bis sie endlich ihr Handy in ihren Fingern hielt und es aus der Tasche herausziehen konnte. „Oh!", machte Lissy. „Meins ist ausgeschaltet!" Schuldbewusst schaltete sie ihr Handy ein, obwohl es dafür inzwischen zu spät war.

„Ihr seid mir ja ein paar Chaoten!", gab Ivy verständnislos zurück. „Also, was ist? Wo seid ihr? Gibt es was Neues? Ich sitze schon den ganzen Tag wie auf Kohlen und warte auf eine Nachricht von euch."

„Und ob es was Neues gibt", brach es aus Maria, „wir haben heute viel über Cyrill erfahren ..."

„Cyrill?"

„Ja, der Wagenlenker des Polyzalos."

„Ich weiß, wer Cyrill ist. Aber er ist doch getötet worden."

„Ja, aber ... Er hat vorher einen Plan ausgearbeitet ..."

„Mit Jona zusammen", gatzte ich dazwischen.

„Und dann war da noch die Seeschlacht bei *Sálamis*", mischte sich Alex ein.

„Wir haben *Katarráchtis* gefunden", gab ich meinen Senf dazu.

„Und noch ein Gedicht", sagte Alex.

„Und wir haben Michális kennengelernt", ergänzte ich, „er stammt von Cyrill ab."

„Wir waren heute auf der Insel *Sálamis*", platzte es aus Alex, „und jetzt sind wir im Olympiastadion."

„Nee, also kommt, Leute ... Wenn ihr so durcheinander erzählt, verstehe ich bloß Bahnhof."

„Und das Beste ist ...", Lissy riss Maria ungeduldig das Handy aus der Hand und brüllte Ivy die Neuigkeit regelrecht ins Ohr, „unsere Emmy ist kein Single mehr."

„Emmy ist kein Single mehr?", wiederholte Ivy ungläubig. „Wie habe ich das zu verstehen? Hat sie jemanden kennengelernt? Diesen Michális vielleicht?"

„Diesen ... Michális?" Lissy fing zu prusten an. „Haha! Emmy und Michális, das wär's ja. Ein echtes Traumpaar. – Nee, das ist ja schon meiner", scherzte sie, „Blödsinn, Michális ist zwar echt okay, aber doch einen Deut zu alt für uns, nehme ich an, und außerdem ist er überhaupt nicht Emmys Typ. Emmy steht auf langes schwarzes Haar und dunkle durchdringende Augen ..." Lissy runzelte verschwörerisch die Stirn und drehte sich zu mir um.

„Nee, du", begann Ivy, als sie langsam begriff, „sag bloß ..."

„Was?"

„Sag bloß ... Emmy ... und Yunus ...?"

„Wie kommst du denn darauf?", fragte Lissy scherzhaft.

„Was jetzt: ja oder nein?"

„Frag die beiden doch selber", sagte Lissy und reichte mir das Handy. Ich war so verdattert, dass ich es beinahe fallen gelassen hätte. „Ach nein, komm", wehrte ich mich und bekam das Handy gerade noch zu fassen, „was soll ich denn jetzt sagen?"

„Sag einfach, wie's ist", meinte Lissy.

„Hi Ivy", eröffnete ich schließlich.

„Und?"

„Was und?"

„Stell dich nicht so blöd. Seid ihr jetzt zusammen, du und Yunus, ja oder nein?"

„Öhm ... äh ... ich ... ähm." Mehr bekam ich in diesem Moment nicht über die Lippen.

„Oh Mann! Mit dir ist aber auch nix los!", entnervte sich Lissy, riss mir das Handy aus der Hand und gab es dem völlig überrumpelten Yunus.

„Äh ... Hallo? Yvonne?", sprach er vorsichtig in den Hörer.
„Ja, eben die. Und du bist Yunus?"
„Ja", gab Yunus verwirrt zurück.
„Das ist ja schön, dass ich dich endlich einmal persönlich spreche. Du klingst zumindest schon mal ziemlich nett. Wahrscheinlich bist du das auch, ansonsten würde sich Emmy gar nicht mit dir abgeben. So, und jetzt bist du also mit unserer Emmy zusammen?" Sie wartete Yunus' Antwort nicht ab. „Dass du sie auch immer anständig behandelst, ja? Denn sonst gibt's mächtig Ärger mit mir."

„Natürlich", entgegnete Yunus, „ich werde mir Mühe geben."

„Na hoffentlich", erwiderte Ivy und wir begannen zu lachen.

Wir quasselten noch ein wenig über dieses und jenes, doch dann beschloss Ivy, dass es endlich an der Zeit war, über das Wesentliche zu reden. Yunus gab über mich das Handy wieder an Maria zurück und Maria begann damit, Ivy alles haarklein zu erzählen: von unserem Marsch hinauf zum *Lykavittós*, der Vision, die ich dort hatte, von meinem Traum mit der Krypta, von der Verfolgungsjagd durch die Hafenstadt Piräus, von Michális' Geschichte, der Fahrt zur Insel *Sálamis*, der geheimnisvollen Truhe, die Michális beim Bau des Toilettenhäuschens gefunden hatte, und dem mysteriösen Inhalt, welcher uns einiges an Neuinformationen geliefert hatte, und schließlich gelangte sie an der Stelle an, an der wir uns gerade befanden und die eine Sackgasse zu sein schien. Schließlich schwieg Maria und wartete Ivys Reaktion ab.

„Schwester des Friedens", grübelte Ivy. Sie kam zu einigen Überlegungen, die wir auch bereits hinter uns hatten, doch dann äußerte sie etwas, womit wir überhaupt nicht gerechnet hatten, etwas, das alles ändern sollte: „Sagt mal ... Was heißt denn eigentlich ‚Frieden' auf Arabisch? Habt ihr euch das schon einmal überlegt?" – "Was hat sie gesagt?", fragte Yunus leicht verunsichert. "Habe ich richtig verstanden?" – "Sie will wissen, was ‚Frieden' auf Arabisch heißt", wiederholte Maria und ließ dabei unbedacht den Hörer sinken. "Sag bloß, das hilft uns weiter?", fragte sie, und als sie bemerkte, dass Ivy weiterplapperte und sie sich den Hörer gar nicht mehr ans Ohr hielt, korrigierte sie dieses Fehlverhalten augenblicklich und hob das Telefon wieder an ihr Gesicht.

"Was heißt ‚Frieden' denn nun auf Arabisch?", drängte Lissy ungeduldig. "*Shalom*?", versuchte sie. "Nein, das ist Hebräisch", entgegnete Yunus und fasste sich an die Stirn. "Was heißt es denn jetzt, Yunus? Wieso bist du denn so blass?", wollte ich wissen. Der Araber atmete tief durch, dann fasste er sich ein Herz: "Frieden, *Eiríni*, heißt auf Arabisch *Selam* oder auch *Salâm*. Es wird so geschrieben ..." Er holte einen Fetzen Papier aus seiner Tasche und einen Kugelschreiber und hinterließ folgende für mich unlesbare Schriftzeichen auf dem Zettel:

سلام

Interessiert und fasziniert schauten wir auf das Blatt Papier. "*Salâm*", wiederholte Lissy nachdenklich, "klingt schön. Und jetzt? Warum bist du auf einmal so komisch, Yunus? Hab ich irgendetwas verpasst?"

"*Eiríni* ist das griechische Wort für ‚Frieden'", fasste Ivy für uns zusammen. "*Salâm* das arabische. – Ich glaub, mich laust der Affe! *Eiríni* ist *Salâm*. Das wiederum klingt doch fast so wie *Sálamis*. Der Name der Insel könnte doch von dem arabischen Wort für ‚Frieden' abgeleitet worden sein. Mensch Leute! *Eiríni* ... das ist *Sálamis*!"

"Oh, oh, oh ... Wouuuuuuuuuuh!", machte Alex daraufhin fassungslos und schlug sich verblüfft mit der flachen Hand gegen die Stirn.

„*Eiríni, Sálamis?*", fragte sich Lissy verwirrt.

„Das ist es!", brach es aus Maria und sie fuhr sich mehrere Male aufgeregt durch die Haare.

„Denkst du dasselbe wie Ivy?", wandte ich mich an Yunus. Dieser nickte. „Warum ist mir dieser Gedanke nicht gleich gekommen?", fragte er sich und schüttelte fassungslos den Kopf. „Das gibt es doch nicht. Da lag die Lösung so nahe vor uns und ich ... – Und das, obwohl ich beide Sprachen spreche. Dass mir das nicht aufgefallen ist ..."

„Tja, das ist eben unsere Ivy", lobte Maria, „durch und durch clever. Was täten wir bloß ohne sie?"

„Ha!", machte Ivy lediglich am anderen Ende der Leitung, „da müssen die Griechen erst mit Deutschland telefonieren, um so etwas herauszufinden ..."

„Oh Ivy", freute sich Maria und zappelte aufgeregt mit den Beinen, „du könntest tatsächlich Recht haben!"

„Also, heißt das jetzt, dass *Thólossos* auf *Sálamis* lag?", überlegte Lissy. „Mann! Und wir waren schon dort und sind einfach wieder weggefahren!"

„Nein", widersprach ich, „*Thólossos* liegt eben *nicht* auf *Sálamis*."

„Wieso?", wunderte sich Lissy. „Jetzt verstehe ich gar nichts mehr."

„*Thólossos* lag auf der *Schwester des Friedens*", erinnerte ich sie, „hast du das Gedicht vergessen? Darin stand geschrieben: *Wo dereinst schon in grauer Vorzeit der Spruch Gottes die Erde berührte, um eine Stadt zu errichten auf des Friedens naher Schwester, auf dem Lande, dem festen ...*"

„Ach so, ja, stimmt ja", sah Lissy schließlich ein. „*Die Schwester des Friedens* ... Ganz vergessen. Wir waren uns ja außerdem einig, dass *Thólossos* auf dem griechischen Festland liegen musste."

„An einer Steilküste", ergänzte ich.

„In der Nähe von der Insel *Sálamis*", vervollständigte Maria.

„Das grenzt unsere Suche um einiges ein", meinte Alex, „zumindest wissen wir nun, an welcher Küste des Saronischen Golfs *Thólossos* gelegen haben muss." Er griff zielstrebig nach Marias Landkarte und faltete sie sorgsam auf seinen Knien auf. Gespannt senkten wir unsere Blicke über den Plan.

„Also, ich denke ja, dass *Thólossos* ...", begann Alex langsam, doch genau in diesem Augenblick zog überraschend ein heftiger Windzug auf, welcher mich kurz frösteln ließ. Der Wind war nicht kalt, aber er war unheimlich und ließ mir unwillkürlich eine Gänsehaut aufkommen. Die Landkarte, die auf Alex' Schoß ausgebreitet dalag, wurde von dem Wind erfasst. Alex schnappte instinktiv nach der Karte, doch er bekam das Papier nicht mehr rechtzeitig zu fassen. Im hohen Bogen flog die Landkarte davon. Sie segelte über die Tribüne hinweg, als wolle sie sich unserem Blick entziehen. Ein paar Leute, an denen das Papier vorbeiflatterte, kratzten sich irritiert die Köpfe, aber anstatt dass einer danach griff und sie uns zurückgab, empörten sie sich lieber darüber, dass ihnen die Karte um die Ohren flog. Gerade so, als ob Alex sie absichtlich hätte davonfliegen lassen! „Herrschaftszeiten noch einmal!", fluchte Alex. Hektisch sprang er auf und stieß dabei Marias Rucksack um, dessen Inhalt sich daraufhin über ihre Füße ergoss. Der Reiseführer kullerte nebst Apfel, Taschentüchern und Wasserflasche aus der Tasche. Maria rettete gerade noch rechtzeitig ihre Sonnenbrille vor den großen Füßen Alex'.

„Hey!", entrüstete sich Maria. „Pass doch auf!" – „Ich muss die Karte unbedingt zurückholen", rechtfertigte sich Alex, „wir dürfen sie nicht verlieren. Vor allem nicht jetzt!" Und ohne weiter zu diskutieren, sprintete er der Karte hinterher.

Die ersten paar Reihen der Tribüne übersprang er noch. „Da hat er jetzt seinen Hürdenlauf", kommentierte Maria hämisch und räumte ihre Sachen zurück in den Rucksack. „Haha", kicherte Lissy, „das hat er sich aber bestimmt ein bisschen anders vorgestellt."

„Was ist denn los?", fragte Ivy am anderen Ende der Leitung. Ich hatte für einen Moment völlig vergessen, dass Ivy noch immer am Telefon war. „Unsere Landkarte hat ein Eigenleben", gab Maria leicht genervt zurück, „sie ist uns soeben davongeflogen. Alex ist gerade dabei, sie wieder einzufangen."

Es sah komisch aus, wie Alex über die einzelnen Sitzreihen sprang. Die Landkarte segelte noch immer unbeirrt weiter nach unten. Es sah ganz danach aus, als wolle sie auf dem Boden direkt vor der Absperrung zur Aschenbahn landen. „Na Hauptsache, sie fliegt nicht mitten ins Feld", hoffte Lissy, „oder noch weiter weg." – „Dass da aber auch plötzlich so ein komischer Wind kommt ...", wunderte sich Maria. „Sollen wir Alex nicht helfen?", fragte ich die anderen. „Ach nein", erwiderte Maria, „lasst ihn ruhig rennen. Er wollte doch eine Runde im Olympiastadion drehen. Das hat er nun davon. Er hätte die Karte ja auch besser festhalten können, der Trottel." – „Gerade jetzt, wo wir fast gesehen hätten, wo *Thólossos* liegt", maulte Lissy missmutig.

„Vielleicht ist die Karte ja auch davongeflogen, damit wir *nicht* sehen, wo *Thólossos* gelegen hat", grübelte Yunus, „vielleicht ist es uns nicht vorherbestimmt, dass wir erfahren, wo *Thólossos* gelegen hat." Sofort drehten wir uns erstaunt zu ihm um. „Wieso sagst du denn so etwas?", wunderte ich mich und schaute Yunus tief in die Augen. Sie waren klar und betörend, wie immer, aber da war noch etwas in ihnen, das ich mir nicht erklären konnte. War das womöglich ein Funken

Furcht, der durch seine Augen an die Oberfläche drang? Ich schüttelte mich. – Wie kam ich denn auf so etwas Absurdes? Wovor sollte Yunus sich denn fürchten? Aber in der Tat musste ich zugeben, dass in dem Moment, als Alex die Karte auf seinen Knien ausgebreitet hatte, auch meine Handflächen nervös zu schwitzen begonnen hatten. Kalter Schweiß – und dann dieser unheimliche Wind ... Etwas Mysteriöses ging hier vor ... Vielleicht sollten wir tatsächlich nicht sehen, wo *Thólossos* gelegen hatte ... *Nein, redete ich mir daraufhin ein, das ist doch völliger Blödsinn. Ich reagiere jetzt nur über, weil wir so kurz vor der Auflösung des Rätsels stehen. Da ist es doch nur natürlich, dass man etwas nervös wird, oder?*

Wir schauten Alex weiter zu, wie er der Karte nachsetzte. Weiter unten auf der Tribüne saßen mehr Menschen, daher zog Alex es vor, lieber in den Mittelgang zu gehen und dort die Treppe hinunterzurennen. Weit konnte das Papier doch nicht mehr fliegen, oder? Immerhin schien der Windzug bereits wieder abgeflaut zu sein.

„Oh nein, was macht er denn da?", brach es aus Maria, „Alex sollte mal lieber drauf achten, wo er hinrennt. Der läuft gleich den Mann da unten über den Haufen!" Tatsächlich kam Alex dem Mann mit dem riesigen Bauchladen gefährlich nahe; dem Mann, der Süßigkeiten an die Zuschauer verkaufte. Alex sah ihn nicht, weil er nur nach links schaute, auf die Landkarte, die sich immer noch im Flug befand. „Oh, oh, oh!", vernahm ich die entsetzte Stimme des Mannes. Er wich ein paar Schritte zur Seite aus, doch es war zu spät, um die Kollision noch zu vermeiden. Alex stieß dem armen Mann mit vollem Karacho in die Seite und beide stürzten in einem heillosen Durcheinander von Armen und Beinen, Bauchladen und Süßigkeiten auf den Boden. Alex fiel sogar noch zwei, drei Treppenstufen nach unten und stieß sich schmerzhaft die

Knie. Entsetzt sprang Maria auf. Sie ließ dabei unbedacht ihr Handy fallen und eilte die Treppe hinunter zu ihrem Freund. „Und wir?", fragte Lissy. „Gehen wir auch runter?" Anstatt eine Antwort zu geben, griff ich nach dem Handy Marias und stand auf. „Wir rufen dich gleich zurück", sagte ich hektisch zu Ivy. Ich hörte, dass Ivy noch weiterredete und eine Frage stellte, doch ich ignorierte sie und legte einfach auf. Das Handy steckte ich in meinen eigenen Rucksack und nahm zusätzlich zu meiner auch Alex' und Marias Taschen mit. „Kommt!", forderte ich meine Freunde auf. „Die da unten brauchen unsere Hilfe."

Der alte Mann, der unter seinem Bauchladen begraben war, schimpfte wie ein Rohrspatz, machte aber keinerlei Anstalten aufzustehen. Inzwischen waren die Ansagen unten im Stadion verstummt, selbst die Sportler hielten in ihrem Training inne und die Zuschauer starrten alle unverblümt den armen Alex und den Süßwarenverkäufer an, die auf dem Boden lagen. Einige der Schaulustigen lachten lauthals und wieder andere quasselten wild durcheinander und deuteten schamlos mit ihren Zeigefingern direkt auf Alex. Dieser richtete sich sprunghaft auf. Ein Glück! Ihm war nichts weiter zugestoßen außer ein paar Schürfwunden an den Knien vielleicht. Zerknirscht half Alex dem Verkäufer zurück auf die Beine, welcher fuchsteufelswild gestikulierte und ohne Unterlass fluchte und Verwünschungen ausstieß. Als Maria bei Alex unten ankam, wäre sie beinahe auf einer Packung Smarties ausgerutscht und ebenfalls hingefallen, aber Alex griff ihr unter die Arme und rettete sie somit vor dem Fall.

„I'm terribly sorry", entschuldigte sich Alex bei dem Mann. „It was not my intention to run into you." Der Mann schimpfte unbeirrt auf Griechisch weiter und deutete immer wieder auf seine Ware, die verschüttet auf dem Boden lag:

Popcorn, Hotdogs, Hamburger, andere Speisen, Getränke und Süßigkeiten. „We'll pay for the loss, of course", entschied schließlich Maria. „How much?", richtete sie sich an den Mann. „How much?" Er antwortete nicht, also drückte Maria ihm einfach einen 50-Euro-Schein in die Hand. „Ich werde es bereuen", meinte sie, „aber ich will hier so schnell wie möglich weg. Das ist ja megapeinlich."

„Wo ist denn die Karte?", fragte Lissy. „Da drüben." Ich deutete nach links. Da lag die Karte, etwa 30 Meter von uns entfernt, auf dem Boden. Tatsächlich war sie direkt vor der Absperrung zur Aschenbahn liegen geblieben. Lissy und ich gingen an der Absperrung entlang nach links. Die Athleten, die mitten in ihrem Training innegehalten hatten, gafften uns verwirrt an. „Nur gut, dass uns keiner kennt", meinte ich. „Hi!", grüßte Lissy mit einem gequälten Lächeln im Gesicht und winkte den neugierigen Athleten zu. „Ihr könnt weitertrainieren. Wir holen nur unsere Karte." Schüchtern winkten drei der Athleten zurück. Ich musste unwillkürlich grinsen. Lissy verstand sich darauf, eine blöde Situation – war sie auch noch so peinlich – in eine lustige zu verwandeln. Doch das Grinsen verließ schon wenige Sekunden später mein Gesicht.

Da lag die Karte. Direkt vor uns. Wir brauchten uns nur danach auszustrecken und schon gehörte sie wieder uns. Unschuldig und friedlich lag sie da, als hätte sie nie etwas Spitzbübisches vorgehabt. Doch die Karte war nicht allein. Auf ihr saß ein Vogel. Ein großer Vogel. Ein ziemlich unheimlicher Vogel, wie ich fand: eine Krähe. Eine pechschwarze, bedrohliche Krähe, die uns mit ihren dunklen Augen anblitzte, als wolle sie uns mitteilen, dass wir gefälligst die Finger von der Karte lassen sollten. Der Anblick der Krähe jagte mir eine Gänsehaut über den Rücken. Reglos verharrte sie auf der Landkarte. Hatte ich jemals zuvor eine dermaßen große Krähe gesehen? Ich konnte mich nicht daran erinnern. Reflexartig wich ich ein paar Meter zurück.

„Schu ... schu", machte Lissy, wedelte mit ihren Armen und ging dabei zögerlich näher an die Krähe heran, doch diese schien sich nicht daran zu stören, dass Lissy sie verscheuchen wollte. „Das gibt's doch nicht", entrüstete sich Lissy, „was ist das bloß für ein Viech?" Die Krähe neigte ihren Kopf und pickte mit ihrem Schnabel mehrere Male auf das Papier. „Hey! Mach unsere Karte nicht kaputt!", rief Lissy. „Viech! Ich warne dich!" Lissy nahm ihre Handtasche von der Schulter und fuchtelte damit vor der Krähe herum. Der Vogel hob seinen schweren Kopf und blickte uns überheblich an. Ich erstarrte und konnte mich nicht mehr rühren. „Was ist? Hau endlich ab!", verlangte Lissy. „Ansonsten setzt's was!" Schließlich krächzte die Krähe mit tiefer Stimme, öffnete ihre kohlschwarzen Schwingen und erhob sich in die Lüfte. Das Flattern ihrer Flügel kam mir unnatürlich laut vor und ich fühlte mich unmittelbar an das Erlebnis erinnert, welches mir direkt neben dem Toilettenhäuschen widerfahren war. Der Schatten, den der Vogel auf den Boden warf, erschien mir außergewöhnlich groß und ich schüttelte mich, um wieder einigermaßen die Fassung zu erlangen. Eine tiefschwarze Feder schwebte langsam zu Boden. Lissy bückte sich und hob die Feder und die Karte auf. Wir blickten der Krähe noch lange hinterher, bis sie über das Stadion hinweggeflogen war und wir sie nicht mehr sehen konnten. Noch immer zitterte ich leicht. „Irgendwie war mir das Viech nicht so ganz geheuer", gab Lissy zu. „Mir auch nicht", gestand ich.

Wir gesellten uns zu Maria, Yunus und Alex. Zerstreut gab ich Maria und Alex ihre Rucksäcke zurück. „I'm really sorry, man", entschuldigte sich Alex ein weiteres Mal bei dem Griechen, den er so unsanft angerempelt hatte. Der Verkäufer brummelte noch immer missmutig vor sich hin, drückte Alex dann jedoch fünf zermatschte Hotdogs und eine Riesentüte Popcorn in die Hand und klopfte ihm versöhnlich auf die Schulter. Das sollte wohl so viel heißen wie „Entschuldigung angenommen".

Noch immer waren alle Blicke auf uns gerichtet, was uns ziemlich unangenehm war. „Also kommt", meinte schließlich Maria, „lasst uns von hier verschwinden." So schnell wie möglich stiegen wir die Treppe von der Tribüne wieder nach oben und gelangten zum Ausgang. „Gott sei Dank", brach es aus Lissy, sobald wir das Stadion hinter uns zurückgelassen hatten. „Das war der peinlichste Moment in meinem Leben", verkündete Alex, „Zielscheibe des Gespötts mitten im Olympiastadion von Athen." – „So etwas kann aber auch bloß dir passieren", kommentierte Lissy. „Mensch, Alex", wies Maria ihn zurecht, „hättest du nicht besser aufpassen können?" – „Ich hatte nur noch Augen für die Karte", rechtfertigte sich Alex, „ich habe alles andere um mich herum gar nicht wahrgenommen. Ich wollte doch bloß die Karte retten." – „Die Karte konnte doch gar nicht weiter wegfliegen", meinte Maria, „du hast doch mitbekommen, dass sie dann vor der Absperrung liegen geblieben ist. Dein ganzer Stunt war völlig umsonst gewesen."

Wir erreichten erneut die weiße halbröhrenförmige Konstruktion, neben der sich das Wasserbecken befand. Dahinter ging gerade eine glühend rote Sonne unter und tauchte die Landschaft in bezauberndes, geheimnisvoll aussehendes warmes Licht. Im Westen schien es etwas Nebel zu geben, der das Licht streute und es an gewissen Stellen gebündelt wie in roten Scheinwerferstrahlen auf die Erde herabsandte. Es sah mächtig aus.

Wir marschierten durch die Halbröhre und erreichten erneut den großen Platz, der zur Zeit der Olympischen Spiele sicherlich als Parkplatz gedient hatte. Am Rand dieses Platzes fanden wir eine Sitzbank für uns, auf die wir uns alle nebeneinander quetschten. „Will jemand einen Hotdog?", fragte Alex und hielt uns die zermatschten Dinger unter die Nase. „Ääääääääh", machte Lissy, „die sehen ja sehr appetitlich aus." – „Was erwartest du?", scherzte Maria. „Sie haben auf dem Boden gelegen." – „Hihi." Lissy kicherte. „Sollen wir die wirklich essen?" – „Warum nicht?", fragte Alex und biss herzhaft in den erstbesten Hotdog, den er sich in den Mund schieben konnte. „Schmeckt nicht einmal schlecht", meinte er, „und wir brauchen uns nun keine Gedanken mehr darüber zu machen, wo wir unser Abendessen herbekommen. Hier, nehmt mir mal was ab." Alex legte die riesige Popcorn-Tüte auf seinen Schoß und reichte die restlichen Hotdogs an uns weiter. „Nee, also so was …" Lissy schüttelte fassungslos den Kopf, „irgendwie war das jetzt lustig." – „Lustig nennst du das?", entrüstete sich Alex. „Ja, wie würdest *du* das denn nennen?", erwiderte Lissy. „Blamabel", entgegnete Alex, „blamabel und schmerzhaft." – „Oh Alex", seufzte Maria und richtete ihren sorgenvollen Blick unmittelbar auf Alex' aufgeschlagene Knie. „Hast du dir sehr wehgetan?" Sie legte ihren Hotdog auf ihre Knie und zog ein Päckchen Taschentücher aus ihrem Rucksack. Sie nahm eines und tupfte vorsichtig das Blut an Alex' Knien ab. „Autsch!" Alex wich schreckhaft zurück, doch dann mimte er den tapferen, schmerzlosen Mann und biss die Zähne zusammen, bis Maria fertig war. „Zum Glück hat es nicht stark geblutet", sagte Maria erleichtert, „du hast dir nur ein bisschen die Knie verkratzt. Das wird schon wieder." – „Na dann." Alex setzte erneut sein blendend weißes Zahnpastalächeln auf. „Du bist eben mein Alex aus Stahl", sprach Maria stolz und gab Alex einen Kuss auf den Mund. „Mein tapferer Alex. Mmmm! Du schmeckst nach Senf." Maria leckte sich über die Lippen, dann hob sie ihren eigenen Hotdog hoch und biss ihrerseits hinein. Ich blickte verstohlen zu Yunus hinüber, der ebenfalls einen Hotdog in der Hand hielt. Würde er diesmal endlich etwas essen? Noch hielt er das Brötchen lediglich fest, biss aber nicht hinein.

„Was ist eigentlich mit Emmy los?", fragte Alex plötzlich. „Wieso? Was sollte denn mit mir los sein?", entgegnete ich etwas durcheinander. Ich schüttelte mich, als mich erneut vor meinem inneren Auge der Anblick von der unheimlichen Krähe heimsuchte. „Du bist so seltsam still und du siehst aus, als hättest du eben einen Geist gesehen", meinte Alex. „Vielleicht hat sie das auch", antwortete Lissy verblüffenderweise für mich. „Was!?", rief Maria überrascht aus. „Was sagst du denn da?" Und dann berichtete Lissy davon, wie wir die Karte wiedergewonnen hatten, wie wir die riesige Krähe verscheucht hatten und wie wir von den unheimlichen dunklen Augen des Vogels angestarrt worden waren. Zur Illustration wedelte Lissy mit der langen schwarzen Feder vor den Gesichtern unserer Freunde herum; mit der Feder, welche die Krähe bei uns zurückgelassen hatte, als sie laut flatternd davongeflogen war. Yunus neben mir schluckte und ließ den Hotdog auf seinen Schoß sinken, ohne auch nur einmal abgebissen zu haben.

„Das ist echt seltsam mit der Krähe", fand Alex. „Verhalten sich Vögel so komisch?" – „Ich weiß auch nicht", gab Lissy Schulter zuckend zu und nahm einen weiteren Bissen, „es war fast ein bisschen so, als wolle die Krähe nicht, dass wir die Karte wiederbekommen." – „Wir sollen nicht herausfinden, wo *Thólossos* gelegen hat", wiederholte Yunus das, was er bereits schon einmal erwähnt hatte, und erneut bekam ich eine Gänsehaut. Was, wenn er Recht hatte?

„Das ist doch purer Blödsinn!", widersprach Maria. „Warum sollten wir denn nicht erfahren dürfen, wo *Thólossos* gelegen hat? Wer sollte uns das denn verbieten? Außer uns weiß doch niemand davon, dass es diesen Ort überhaupt gegeben hat." Yunus zuckte mit den Schultern. „Vielleicht will *Polyzalos* nicht, dass wir Emilia finden", tat ich meine Vermutung kund und biss mir auf die Lippen. Wie kam ich denn darauf, so etwas zu sagen? „Polyzalos ist seit knapp 2.500 Jahren tot!", entrüstete sich Maria. „Er hat uns gar nichts mehr zu sagen. *Der* schon gleich zehntausend Mal nicht!" Sie schnaubte verärgert. „So ein Schwachsinn!" Ich wagte es nicht mehr, noch etwas zu sagen. Stumm mampften wir unsere Hotdogs. Als Alex mit seinem fertig war, riss er gierig die Tüte Popcorn auf und stopfte massenweise das süße Zeug in sich hinein, dass mir beinahe übel wurde, wenn ich nur in seine Richtung blickte. Mit knapper Müh und Not würgte ich meinen Hotdog hinunter und wischte mir die Hände an der Hose ab. *Da! Schon wieder! Kalter Schweiß an meinen Fingern! Warum bloß?* Ich schüttelte mich und wandte mich an Yunus. „Magst du wieder nichts essen?", fragte ich ihn sorgenvoll. Yunus schüttelte den Kopf. „Hier, Alex", sagte er, „du siehst so aus, als könntest du noch einen Hotdog vertragen." – „Willst du mir echt deinen Hotdog abgeben?", forschte Alex nach. „Ja, sonst hätte ich es ja nicht vorgeschlagen, oder?" Der Araber reichte Alex das Brötchen, welcher es zögernd, aber mit Begeisterung im Gesicht annahm. „Warum isst du denn schon wieder nichts?", wunderte sich Maria. „Machst du gerade Ramadan oder was?" – „Ramadan?" Yunus runzelte amüsiert die Stirn. „Fastest du?", fragte Maria weiter. „Sieht fast so aus", gab Yunus zu, „aber der Ramadan beginnt heuer am 24. September." – „Und warum fastest du dann heute schon?", fragte Lissy. „Ich *faste* nicht, ich *verzichte*", entgegnete der Araber. „Und wo ist da bitte schön der Unterschied?", bohrte Lissy nach, doch Yunus ignorierte sie. „Außerdem ist die Wurst bestimmt aus Schweinefleisch gemacht", redete Yunus weiter, „ich esse kein Schweinefleisch." – „Ach so", erwiderte Lissy mampfend, „das dürft ihr Araber ja nicht. Aber stört es dich dann, wenn wir …" Sie schluckte einen großen Brocken Brötchen auf einmal hinunter und verschluckte sich daran. Ich klopfte ihr hilfsbereit den Rücken, um das Schlimmste zu vermeiden. „Nein, nein, das stört mich nicht", entgegnete Yunus offen, „es muss jeder selber wissen, was er tut und was nicht." – „Na gut", stimmte Maria zu, „Popcorn willst du auch nicht?" Sie hielt ihm die Tüte unter die Nase. „Nein, danke." Yunus schüttelte den Kopf. „Ich habe wirklich keinen Hunger." – „Das verstehe ich zwar nicht", offenbarte Alex, „aber na ja. Selber schuld." Und Alex holte sich die Tüte Popcorn von Maria zurück, sobald er den zweiten Hotdog vernichtet hatte. „Wo du das bloß hinfrisst", scherzte Maria und klopfte Alex sachte auf seinen Waschbrettbauch. Alex kicherte und küsste Maria liebevoll auf die Stirn.

„Und was machen wir jetzt?", fragte Lissy nach einer Weile. „Wir müssen Ivy zurückrufen", erinnerte ich die anderen. „Aber es ist doch sinnvoller, wenn wir erst die Karte anschauen und nach *Thólossos* suchen", meinte Maria, „dann haben wir gleich was, das wir Ivy erzählen können." – „Okay", willigten Lissy und Alex ein. „Ich bin schon ganz gespannt, ob wir was rausfinden", offenbarte Maria. „Und ob sich mein Stunt überhaupt gelohnt hat", fügte Alex grinsend hinzu. „Oh, erinnere mich bitte nicht daran", scherzte Maria. „Das hat bestimmt schlimmer ausgesehen, als es war", winkte Alex ab. „Komm, laber nicht so viel", forderte Maria, „und hilf mir lieber mit der Karte." Sie begann die große Landkarte auf ihrem Schoß auszubreiten, dann korrigierte sie sich: „Oh, vielleicht sollte lieber jemand anderes ... Bevor Alex die Karte wieder davonfliegen lässt ..." – „Klar, wer den Schaden hat, braucht für den Spott nicht zu sorgen", murmelte Alex. Schließlich hielt Maria das eine Ende der Karte fest in ihren Händen, Lissy nahm das andere und wir senkten unsere Köpfe über den Plan.

Yunus zögerte etwas, aber dann betrachtete auch er sich eingehend die Landkarte. „Das ist doch Blödsinn", schalt er sich selber, „warum sollten wir nicht herausfinden dürfen, wo *Thólossos* liegt? Wir haben es uns zum Ziel gesetzt, Emilias Grab zu finden und das werden wir auch tun." – „Genau, ganz meine Rede", pflichtete Maria dem Araber bei, „das mit der Krähe hat nichts zu bedeuten." – „Oh ... Da wäre ich mir nicht so sicher ...", begann Lissy mit einem seltsamen Unterton in der Stimme, „schaut mal her", verlangte sie und deutete aufgeregt auf die Karte, „unser schwarzer gefiederter Freund hat ein Loch in die Karte gepickt." – „Haha! Am Ende hat er uns gar markiert, an welchem Ort *Thólossos* liegt!", witzelte Alex. „Von wegen, wir dürfen nicht erfahren, wo *Thólossos* war. Vielleicht wollte uns die Krähe sogar *zeigen*, wo wir weitersuchen müssen!" – „Nee", widersprach Maria, „das ist ja noch weiter hergeholt als das, was Yunus und Emmy vorhin behauptet haben." – „Na, aber guck doch mal genau hin", sagte Alex. „Wo ist das Loch in der Karte?" – „*Mégara*", las Maria den Namen des Ortes vor, welcher dem Loch am nächsten lag. „*Mégara*", wiederholte sie, „ja, und?" – „Schau noch mal hin", bat Alex, „hier siehst du die Insel *Sálamis* oder auch *Eiríni* oder Frieden genannt. *Thólossos* lag, wie wir wissen, auf der *Schwester des Friedens*, auf dem Lande, dem festen. Wenn du von *Sálamis* aus direkt nach Norden schaust, was liegt da?" – „Die Halbinsel *Mégaris*", stellte Maria fest. „Und was ist diese Halbinsel?" – „Die Schwester des Friedens?", fragte Lissy langsam. „Könnte doch sein, oder?", meinte ich. „Das ist ganz bestimmt so", behauptete Alex siegessicher. „Schaut, hier … Das könnte doch eine Steilküste sein, oder? Da, direkt an der Stelle, wo die Umrisse von *Sálamis* aufhören und die Küste gar nicht weit von der Insel entfernt ist." Er deutete auf die Stelle, welche von dem Schnabel der Krähe durchbohrt worden war. Einzelne grüne strahlenförmig angeordnete Striche markierten einen Aussichtspunkt an der Küste. „Ich glaube, wir haben unseren geheimnisvollen Ort gefunden", meinte Alex und klatschte theatralisch in die Hände.

Maria und Lissy ließen die Karte nachdenklich auf ihren Schoß sinken. Eine Weile sprach keiner ein Wort, dann schließlich fasste sich Maria wieder: „Ich glaube, es ist nun an der Zeit, dass wir Ivy anrufen. Sie interessiert sich bestimmt auch brennend dafür, wo *Thólossos* denn nun gewesen sein könnte. Sie wird sich schon fragen, warum wir uns nicht mehr bei ihr melden." – „Dann sollten wir das schnellstens nachholen", bestimmte Alex, „sonst kriegen wir hinterher wieder mächtig Ärger mit ihr." – „Es ist aber auch unfair", fand Lissy, „wir erleben die ganzen Abenteuer hier und sie hockt zu Hause und muss sich mit dieser doofen Diplomarbeit herumärgern. Da würde mir ehrlich gesagt auch der Kragen platzen." – „Selber schuld", entgegnete Maria, „sie hätte mitkommen können. Wir haben sie mehrmals gefragt. Sie wollte ja nicht." – „Ja, wer hätte auch ahnen können, was alles passiert?", meinte Lissy mit einem gespielt ernsthaften Augenrollen. „Also, ich ruf sie jetzt an", verkündete Maria und wählte die Nummer. Es klingelte keine zwei Mal, schon hatte Ivy den Anruf entgegengenommen. Wieder rückten wir enger zusammen, damit wir alle so gut wie möglich mitlauschen konnten. „Wird aber auch langsam mal Zeit", schnauzte uns Ivy ungeduldig an, „ich gebe euch den Tipp mit *Sálamis* und ihr ruft mich dann einfach nicht mehr an. So eine Frechheit! Was war denn überhaupt los? Eure Landkarte ist weggeflogen? Warum habt ihr denn einfach aufgelegt?"

„Das ist eine etwas längere Geschichte", gab Maria bekannt und begann zu erzählen.

„Aha", machte Ivy, als Maria am Ende angelangt war, „und was ist jetzt mit der Karte? Habt ihr inzwischen herausgefunden, wo *Thólossos* liegt?"

„Vielleicht", eröffnete Maria und erzählte Ivy von unserer Vermutung.

„Das ist ja verrückt", äußerte sich Ivy, „wartet, ich bin gerade online. Ich schaue mal im Internet nach, damit ich auch eine Vorstellung davon bekomme, wo sich dieser geheimnisvolle Ort befinden könnte ..." Es dauerte eine Weile, bis Ivy wieder mit uns redete. „Ja, also, ich habe jetzt eine Karte von Griechenland vor mir. Schön. Ja, klingt alles gut und schön, was ihr da sagt, aber können wir uns jetzt sicher sein, dass *Thólossos* tatsächlich auf dieser Halbinsel liegt? Fassen wir doch mal alles zusammen, was wir wissen."

Yunus begann zu erzählen, also reichte Maria das Handy an den Araber weiter, welcher es zaghaft an sich nahm, sich räusperte und Ivy begrüßte: „Hallo Yvonne", begann er.

„Hi Yunus", entgegnete Ivy überfreundlich und voller Erwartung, „schön, dich zu hören. Gut, ich bin so weit. Leg los."

„Also ... Meiner Meinung nach klingt *Mégaris* tatsächlich logisch. Viele der von uns genannten Kriterien passen auf die Halbinsel." Er zählte die einzelnen Aspekte an den Fingern seiner Hand ab: „Erstens: *Mégaris* liegt am Saronischen Golf in direkter Nachbarschaft zur Insel *Sálamis*. – Das bestätigt das, was in dem Gedicht aus Michális' Truhe geschrieben steht."

„Gut", kommentierte Ivy, „das spricht definitiv für *Mégaris* als *Thólossos*. – Weiter."

„Zweitens: *Mégaris* ist nicht weit von Athen entfernt. Auf dem Landweg sind das vielleicht 30 Kilometer und über den Saronischen Golf sogar noch weniger. Man könnte durchaus innerhalb von einer einzigen Nacht von *Mégaris* nach Athen gelangen und umgekehrt. Auch mit den Verkehrsmitteln, welche den Griechen früher zur Verfügung standen."

„Stimmt ja", erinnerte sich Lissy an den Traum Yunus', „Polyzalos war ja schon am Morgen, nachdem Emilia lebendig begraben worden war, wieder in Athen unterwegs gewesen."

„Ja, am Tempel des Olympischen Zeus", ergänzte Ivy.

„Richtig", stimmte Yunus den beiden zu. „Drittens: *Mégaris* befindet sich ungefähr in der Mitte des Weges zwischen Athen und Delphi. – Ein weiteres Kriterium war ja gewesen, dass *Thólossos* auch von Delphi nicht allzu weit entfernt sein durfte, damit Emilia immer schnell nach Delphi gelangen konnte, um dort ihrer Arbeit als Pythia nachzukommen. Auf der anderen Seite von der Halbinsel liegt der Korinthische Golf. Über das Wasser ist es nur ein Katzensprung bis nach Delphi. Ich denke, dass Emilia immer über den Seeweg von *Thólossos* nach Delphi gebracht worden ist und umgekehrt."

Alex nickte zustimmend und ich atmete tief durch. Es erschien mit einem Male alles so logisch!

„Viertens", fuhr Yunus fort, „diese Halbinsel hat eine Küstenlinie mit Steilküsten. *Thólossos* lag an einer Steilküste. Das wissen wir durch Cyrills Fluchtplan."

„Es spricht also wirklich einiges für diese Halbinsel", fand Ivy, „wartet mal, ich schaue rasch was nach." Ich hörte ein schnelles, klackendes Geräusch aus dem Telefon, gerade so, als ob Ivy eine Tastatur bediente. Dann brabbelte Ivy leise vor sich hin, sodass ich sie nur sehr, sehr schlecht verstehen konnte. Anschließend räusperte sie sich jedoch und fuhr fort: „Und fünftens ... Ich zitiere aus dem Internet ... *Mégara*, die Hauptstadt der Halbinsel *Mégaris*, gilt als eine der ältesten Städte in Griechenland überhaupt. Sie liegt im Verwaltungsgebiet *Attika*, ca. 30 Kilometer westlich von der Landeshauptstadt Athen auf der Landenge, die Mittelgriechenland mit der Insel *Peloponnes* verbindet. *Mégara* besaß einen der wichtigsten Häfen des Landes und etliche griechische Eroberungen und Kolonisationen gingen von jener Stadt aus. Im Laufe der Jahrhunderte verlor *Mégara* durch die Vorherrschaft Athens jedoch einiges an Einfluss und heute hat sie nur noch knapp 20.000 Einwohner und ist längst nicht mehr so bedeutend wie noch zur Zeit der griechischen Antike." Ivy holte tief Luft, bevor sie fortfuhr: „Es wäre also nicht nur möglich, sondern auch sehr wahrscheinlich, dass sich außen herum um dieses ehemalige Ballungszentrum weitere kleine und große Städte gebildet hatten, unter denen *eine* durchaus auch unser gesuchtes *Thólossos* sein könnte. Warum nicht? Möglicherweise gibt es auf der Halbinsel *Mégaris* noch immer ein paar unerforschte Flecken Landschaft, fern von den Augen der Archäologen und Wissenschaftler, in denen sich Reste aus der Antike bis heute unentdeckt erhalten haben und nur darauf warten, dass man sie findet."

„Irgendwie werde ich mir immer sicherer, dass wir die Lösung haben", verkündete Maria aufgeregt. „Wenn wir jetzt noch wüssten, ob der Fluss *Erídanos* früher einmal tatsächlich bis auf die Halbinsel *Mégaris* geflossen ist, könnten wir uns hundertprozentig sicher sein, dass wir auf der richtigen Spur sind."

„Ja, aber ich denke, dass die Punkte, die Yunus und Ivy bisher aufgezählt haben, schon ausreichen, um die Zweifel auszuschalten, oder?", vergewisserte sich Lissy. Alex und ich nickten zustimmend. „Es sind einfach zu viele Aspekte, die hier greifen, als dass es sich um einen Irrtum handeln könnte", fand Yunus.

„Also nehmen wir einfach mal an, dass sich *Thólossos* auf dieser Halbinsel befand", fasste Ivy zusammen, „wollt ihr da morgen hingehen?" – „Na klar!", riefen Alex und Lissy wie aus einem Munde. Ich schaute Yunus nachdenklich an. Ihm war offensichtlich noch immer etwas mulmig zumute und ich musste zugeben, dass es mir nicht anders erging. Angenommen, wir lagen tatsächlich richtig mit unserer Vermutung ... Das würde heißen, dass wir kurz vor dem Ziel unserer Mission standen. Wenn dieser Ort wahrhaftig das *Thólossos* war, das wir suchten, dann hieß das, dass wir über kurz oder lang auf Emilias Grab stoßen würden. Was würde uns dort erwarten? Würden wir wissen, was wir zu tun hatten, sobald wir an unserem Ziel angelangt waren? Würden wir Emilias Skelett finden? Ich bekam eine Gänsehaut, als ich daran nur dachte. Wie befreite man überhaupt eine Seele aus ihrem uralten Gefängnis? Würde es genügen, ein paar Steine hochzuheben und Luft in Emilias Jahrtausende altes Gefängnis eindringen zu lassen? Aber woher sollten wir wissen, dass wir ihr Grab vor uns hatten, wenn es doch nur noch Trümmer und Ruinen davon zu sehen gab, die vielleicht nicht einmal mehr als solche zu erkennen waren? Würden wir diese Ruinen überhaupt finden? Immerhin waren die Menschen vor uns auch nicht darauf gestoßen oder aber sie waren es und es wusste nur niemand, worum es sich bei jenen Trümmern handelte, sodass die Relikte unerwähnt blieben und schlichtweg Gras über die ganze Angelegenheit gewachsen war. Vielleicht hatten aber auch Wind und Wetter dermaßen stark an den alten Gemäuern gezehrt, dass nichts mehr von ihnen übrig geblieben war oder aber man hatte die Steine abgetragen und für den Bau von anderen Gebäuden benutzt oder einfach darüber gebaut, ohne dass man bemerkt hatte, dass das steinerne Fundament in Wahrheit aus Jahrtausende alten Ruinen einer Stadt bestand, die außer in Jonas Dokumenten nirgendwo sonst schriftlich erwähnt wurde.

„Wie wollt ihr denn dahin kommen?", warf Ivy die Frage auf. „So wie das aussieht, ist die Gegend westlich von *Mégara* ziemlich abgeschieden. Eine Autobahn führt durch, ja, aber sonst ... Ich weiß nicht."

„Vielleicht kann man ja mit dem Bus nach *Mégara* fahren und dann zu Fuß weitergehen", schlug Lissy zaghaft vor.

„Ob da überhaupt ein Bus hinfährt?", bezweifelte Maria. „Nein, du ... Ich hab da eine viel bessere Idee ..."

„Welche denn?", fragten Lissy, Alex und ich gleichzeitig.

„Wir fahren morgen Nachmittag mit Michális' Jacht über den Saronischen Golf nach *Mégara*, docken dort im Hafen an und legen den restlichen Weg zu Fuß zurück. Genauso, wie es wohl auch Polyzalos und Emilia gemacht haben, als sie von Athen aus nach *Thólossos* gegangen sind. Was haltet ihr davon?"

Heliaia

Der Boden unter meinen Füßen gibt nach. Unter mir befindet sich nur gähnende Leere. Ich spüre, wie ich falle. Der Wind rauscht mir um die Ohren. Ich sehe nichts. Gar nichts. Und immer tiefer falle ich hinab. Es ist ein merkwürdiges Gefühl. Einerseits sträubt sich alles gegen den schier endlosen Fall, rüstet sich jede Faser, jeder Muskel, jedes Atom gegen den unvermeidlichen Aufprall, der jede Sekunde erfolgen wird. Andererseits ergebe ich mich aber völlig und ganz der Schwerkraft, der ich sowieso nichts entgegenzusetzen habe.

Ich kenne diese Art von Albträumen. Nie dauern sie besonders lange an, und wenn man sich kurz vor dem Aufprall befindet, wacht man normalerweise hektisch und mit laut pochendem Herzen auf, findet sich in der Realität wieder, schnauft ein-, zweimal tief durch und dann ist wieder alles in Ordnung. Mehr oder weniger zumindest. Je nachdem wie schnell man begreift, dass man lediglich kurz eingenickt ist und alles nur geträumt hat. Aber diesmal geht mein Fall nahezu ewig weiter und ich frage mich, was mich am Ende des Sturzes erwarten wird.

Katja, eine Freundin aus der Oberpfalz, hat mir einmal erklärt, was in dem Bewusstsein eines Menschen vor sich geht, wenn man einen derartigen Traum hat. Schläft man ein, so taucht man in eine andere Ebene des Bewusstseins hinab. Läuft dieses Einschlafen *langsam* ab, so betreten wir schrittweise uns unbekanntes Terrain, begeben wir uns nach und nach in die Tiefen unseres Selbst und das Eintreten in die Traumwelt läuft unbemerkt ab. Aus diesem Grund verstehen wir, während wir träumen, meist gar nicht, dass es sich eigentlich nur um einen Traum handelt. Denn im Traum ist alles möglich und wir akzeptieren das, was vor unseren geschlossenen Augen abläuft, ohne es zu hinterfragen, auch wenn wir uns im Wachleben sofort über die Unsinnigkeit des Traumes wundern, den wir des Nachts noch für bare Münze genommen haben; der uns vielleicht Angst gemacht oder fröhlich gestimmt hat – je nachdem. Schlafen wir allerdings *schnell* ein, fallen wir auch rasch in diese Tiefe, welche unser Unterbewusstsein ist. Dieses Eintauchen in die uns sonst verborgenen Bewusstseinsebenen, das wir so schön metaphorisch mit einem Fall in die Tiefe umschreiben, wird dann tatsächlich als ein solcher empfunden. Wir kennen dasjenige nicht, was in den Tiefen unseres Selbst liegt, da uns der Zugriff auf das Unterbewusstsein im Wachleben für gewöhnlich verwehrt wird. Was wir nicht kennen, macht uns jedoch Angst und daher schrecken wir aus solchen Träumen, in denen das Eintauchen in die tiefer liegenden Bewusstseinsebenen bildlich geträumt wird, häufig schweißgebadet und verängstigt auf.

Noch immer falle ich und wundere mich darüber, dass ich nicht aufwache. Ich habe aber seltsamerweise keine Angst. Ich rieche feuchtes, duftendes Laub und beginne, warme Sonnenstrahlen auf meiner Haut zu spüren. Ich wende mich in die Richtung, aus welcher alle diese Sinnesreize zu kommen scheinen, und werde sehr stark geblendet, sodass ich eine Weile gar nichts sehe, außer grellen gelben und roten Lichtpunkten hinter meinen geschlossenen Lidern.

 Auf weißen Schwingen schwebt sie herbei,
 Anmutig und schön, edel und frei.

Mit Hall und dennoch klar und deutlich vernehme ich die ersten beiden Verse des Gedichtes *Peristéri*. In Gedanken formuliere ich die folgenden Worte, bevor ich sie tatsächlich höre.

 Berge und Täler, Pfähle und Mauern –
 Kein Hindernis behindert sie jemals auf Dauer.

Ich genieße den Klang der Worte und ihre Botschaft und sauge sie mit all meinen Sinnen in mich auf.

 Unsere Liebe ist wie des Vogels Flug.
 Nur mit beiden Flügeln trägt der Wind gut.

Ein angenehm lauer Wind weht mir in das Gesicht und liebkost mich. Ich vernehme ein leises, vertrautes Flattern und atme die klare duftende Luft tief ein.

Wir fliegen im Einklang, direkt nebenher.
Nichts kann uns trennen, zu zweit sind wir eins.

Ich bin nun in derjenigen Bewusstseinsebene angelangt, die mir für jene Nacht vorherbestimmt gewesen ist und mich das erleben lässt, was nun vor meinen Augen abläuft. Ich vergesse völlig, dass ich eigentlich nur träume, und tauche voll und ganz in die Wirklichkeit ein, die mich nun umgibt.

Es ist ein Nachmittag im Frühherbst. Die Bäume haben noch einen Großteil ihres Laubes und die Farben an dem Hang des Berges erstrecken sich über ein Spektrum von glühendem Rostrot, über leuchtendes Gelb, bis hin zu einem tiefen Braun. Die Sonne sendet ihre wärmenden Strahlen auf die Erde herab und beleuchtet die eine Seite des Hanges in einem warmen orangefarbenen Ton. Der Himmel ist beinahe übernatürlich blau. Wenn ich nach oben schaue, kann ich in seine Tiefen eintauchen und ich fühle mich schwerelos. Keine einzige Wolke trübt den Himmel und kein Flugzeug hinterlässt seine Kondensstreifen in dem unbeschreiblich tiefen Blau. Erneut vernehme ich das leise Flattern und wende mich dem Geräusch zu. Neben mir fliegt eine blendend weiße Taube. *Jona*, denke ich, und ein wohliges Gefühl durchströmt meinen ganzen Körper und meine Seele. Ich fühle mich glücklich und frei, als hätte eine lange Zeit des Wartens zu guter Letzt ihr Ende genommen. *Wenn es so ist, wenn man stirbt*, denke ich mir, *dann ist es gar nicht so schlimm*. Die düsteren Mauern der Krypta sind nur noch eine ferne Erinnerung und ihre Präsenz verschwindet nach und nach vor meinen Augen, vor meinem Gefühl, und ich sehe nur noch diese bezaubernde Landschaft vor mir und die Taube, die mich auf meinem Flug begleitet und mir Zuversicht schenkt. Mir ist, als würde ich selber fliegen, als würde mir der Wind durch das Gefieder streichen und mich über die endlos weite Ebene hinwegtragen. Das Fliegen ist überhaupt nicht anstrengend. Ich bewege meine Flügel nur hin und wieder und lasse mich die meiste Zeit von den warmen Aufwinden tragen, die vor der Steilküste entstehen.

Ich fliege über einen grünen Hügel, auf welchem ein beeindruckender, blendend weißer Tempel thront. *Der Hermestempel*, begreife ich. Am Fuße eben jenes Hügels kann ich die Stelle ausmachen, an welcher der hier größtenteils unterirdisch verlaufende Fluss *Erídanos* ans Tageslicht zurücktritt, auf die Steilküste zufließt und sich dann in Form eines mächtig rauschenden Wasserfalls über die Klippe stürzt. Das Wasser sieht nahezu grün aus, wie Millionen feinster Smaragde, und donnert mit einem ohrenbetäubenden Lärm und doch anmutig und bezaubernd auf die Felsen herab, die in der Meerenge des Saronischen Golfs zwischen der Insel *Sálamis* und der Halbinsel *Mégaris* liegen. Das Wasser schäumt und sprüht von der Gischt. Es ist ein atemberaubender Anblick.

Dort, wo das Wort Gottes die Erde küsst und das grüne Wasser in den Felsen fließt, zitiere ich in Gedanken ein weiteres mir durch und durch vertrautes Gedicht.

Ich fliege über die verwinkelten Gassen der Stadt *Thólossos* hinweg, über die Pferdeställe, das flache, weitläufige Schwimmbad, das ausgedehnte Quadrat des Marktplatzes und die ihn umgebenden Gebäude und Tempel, und lasse die Stadtmauern hinter mir zurück. Ich bin glücklich darüber, dass ich diesem Ort nun den Rücken zuwenden kann. Unser Flug führt uns weiter nach Osten. Vor mir liegen die mächtigen Häuser von *Mégara*, der zweitwichtigsten Hafenstadt Griechenlands, die mir nahezu ebenso vertraut ist wie *Thólossos*. Jenseits von *Sálamis* läuft in den Hafen von Piräus gerade ein großes Segelschiff ein. Ich wundere mich darüber, wie deutlich und klar ich die Gebäude und die Konturen der Landschaft in der Ferne erkennen kann.

Wir fliegen über den Saronischen Golf hinweg, der in der Sonne wunderbar glitzert und funkelt, und schon bald befinden wir uns über Athen. Am Horizont entdecke ich die unverkennbaren Konturen der Akropolis: ihre festen Mauern, stark wie eh und je, gebaut für die Ewigkeit. Majestätisch und erhaben stehen die Tempel auf dem heiligen Berg. Ich sehe den Friedhof *Kerameikós;* das geschäftige Treiben auf dem antiken Marktplatz, der *Griechischen Agorá*; Pferdekutschen, welche über die gepflasterten Straßen und Gassen rumpeln; Menschen, die klein wie Ameisen von einem Ort zum anderen hetzen; einen breiten Fluss, der beständig und mit leicht gekräuselten Wellen westwärts fließt. Mehrere kleine und große Kanäle gehen von ihm aus und versorgen die verschiedenen Stadtgebiete mit Wasser. Der Fluss selbst verläuft außerhalb von Athen unterirdisch weiter und ich weiß auch genau wohin. Doch *Achernar*, das Omega des Flusses, liegt nun hinter uns zurück und ich bin froh darüber.

Unter uns befindet sich nun ein lang gestreckter Hügel. Nach und nach verlieren wir an Höhe und lassen uns schließlich nebeneinander auf dem Ast einer Zypresse nieder.

Und dann verändert sich die Situation mit einem Male. Ich fühle mich wieder als Mensch und allein gelassen. Ich stehe hinter einem Gebüsch und schaue durch die Äste hindurch auf einen großen Platz, auf dem sich viele Menschen versammelt haben. *Wo ist Jona?*, frage ich mich und blicke mich angstvoll um. Ich bin verwundert und verwirrt, denn ich möchte gar nicht hier sein. Es sind so viele Leute auf dem Hügel. So unglaublich viele. Aber niemand beachtet mich. Ihre Blicke sind alle von mir abgewandt. Ich wünsche mich wieder in die Lüfte zurück, zusammen mit *ihm*, aber irgendetwas hält mich davon ab und ich kann meinen Blick nicht von den anderen Menschen abwenden, so sehr mir mein Herz auch dazu rät, lieber wegzugehen, mich in Sicherheit zu bringen.

Ich fühle mich schwach und äußerst wackelig auf den Beinen. Ich habe Durst und mein Hals fühlt sich an, als stünde er in Flammen. In meinen Ohren höre ich ein dumpfes Summen und ich spüre, wie ich Kopfschmerzen bekomme. Meine Sinne sind wie benebelt und dennoch klar und deutlich. Es ist ein merkwürdiges Gefühl, das ich mir nach all den Jahren als Pythia immer noch nicht erklären kann, das mir aber sehr wohl vertraut und auch verhasst ist. Ich weiß, dass ich in Kürze wieder eine Zukunftsvision haben werde und dass ich bald etwas erfahren werde, von dem ich lieber nichts wissen möchte. Ich weiß aber auch, dass es vergebens ist, sich dagegen zu wehren, also lasse ich die Vision an mir vorüberziehen. Ich hoffe, dass sie möglichst bald vorbei sein wird.

Ich stehe hinter dem Gebüsch und blicke über die Schultern und Köpfe vieler wartender Menschen hinweg auf einen felsigen ebenen Platz. Mir fällt auf, dass alle Anwesenden ihre beste Kleidung angelegt haben. Dennoch kann man deutlich erkennen, welche unter ihnen den höheren Gesellschaftsschichten angehören und welche dagegen eher der breiten Masse von gewöhnlichen Bürgern zuzuordnen sind. Ich stelle fest, dass sich diesmal sogar erstaunlich viele gewöhnliche Bürger unter den Versammelten befinden. Das Publikum besteht ausschließlich aus Männern. Frauen ist es für gewöhnlich nicht erlaubt, an Volksgerichten teilzunehmen. Die Versammelten stehen in gewissem Abstand halbkreisförmig um steinerne Sitzbänke herum, auf denen wichtig aussehende Männer Platz genommen haben, die Geschworenen, begreife ich. Sie tragen gelbe Kleidung und ihre Blicke sind auf das Zentrum des Platzes gerichtet, in dem ein großer steinerner Felsklotz steht, zu dem eine Treppe hinaufführt: das Rednerpult. Auf diesem Podest hat sich ein beeindruckender Mann aufgebaut, der über seinem gelben Gewand eine purpurrote Schärpe trägt. Im Moment schweigt er, aber ich weiß, dass es bis zur Urteilsverkündung nicht mehr lange dauern wird. Urteile werden immer vor Sonnenuntergang gefällt. Dieser ist nur noch etwa eine Stunde entfernt. Die Volksversammlung hat sich bereits über mehrere Stunden hinweg erstreckt und den teilnehmenden Parteien ist die Anstrengung und Müdigkeit deutlich anzusehen.

Vor dem Rednerpult sind zwei sich gegenüberliegende Bänke aufgestellt. Auf der Anklagebank sitzt ein Mann mit grauen Haaren und einem auffällig gezwirbelten Schnurrbart. Sein Rücken ist vom Alter gebeugt und seine Augen sind ihm trüb geworden. Weiterhin haben zwei Jungen auf der Bank Platz genommen, die wohl kaum älter als 10 Jahre sind, wenn überhaupt. Ich wundere mich über diese beiden jungen Ankläger. Normalerweise dürfen nur volljährige Bürger an den Versammlungen teilnehmen. Aber noch mehr erstaunt bin ich über die zusätzlichen Personen auf der Anklagebank. Ich sehe eine eingeschüchterte Frau mit langem, welligem, schwarzem Haar und verquollenen Augen. Wahrscheinlich hat sie viel geweint im Laufe der letzten Stunden. Sie hat ihre Arme vor der Brust überkreuzt und reibt sich die Schultern, als wäre ihr kalt. Ich spüre, dass sie wohl am liebsten weggerannt wäre oder zumindest nervös auf und ab gewippt hätte, um sich wenigstens einigermaßen zu beruhigen, aber sie weiß, wie man sich vor Gericht benehmen muss und verharrt ruhig und nahezu regungslos. Neben ihr sitzt ein etwa fünfjähriges Mädchen, welches ein schlafendes Baby in den Armen hält.

Die Frau und das kleine Mädchen sind die einzigen weiblichen Anwesenden auf dem ganzen versammelten Platz.
Warum sind sie hier?, frage ich mich. *Wer sind sie? Worum geht es in dieser Verhandlung?*
Ich schaue hinüber zur Bank, welche den Anklägern gegenüberliegt und ich halte vor Schreck die Luft an. Dort sitzt angekettet und in Fesseln ein Mann, den ich kenne, ein Mann, den ich mehr als alles andere auf dieser Welt fürchte. Er sitzt mit nach vorne gebeugtem Oberkörper auf der Bank und hat die Arme vor seinem großen Bauch verschränkt. Er trägt Purpur und hat seinen teuersten Schmuck angelegt. Er schaut auf den Boden und ich sehe, wie sich sein Brustkorb schwerfällig hebt und senkt, als bereite ihm das Atmen ziemliche Schwierigkeiten. Es ist Polyzalos, mein Vater. Der Mann, der mich in die finstere Krypta gesperrt hat, damit ich nie mehr das Tageslicht erblicke und damit ich jämmerlich sterbe und niemand davon erfährt, was ich getan habe. Bei diesen Gedanken bemerke ich, wie die Vision schwächer zu werden droht und ich spüre die Präsenz der Krypta, in der ich noch immer eingeschlossen bin und in der ich auf den Tod warte. *Nein, jetzt will ich die Vision zu Ende sehen*, denke ich mir und zwinge mich dazu, mich mit all meiner Kraft auf die Vision von der Versammlung zu konzentrieren, was mir auch gelingt.

Deutlich tritt mir wieder das Bild von der Gerichtsverhandlung vor Augen. Als der Redner zu sprechen beginnt, geht ein kurzes Raunen durch die Anwesenden. Doch dann verstummen sie und die Stimme des Redners ist das einzige Geräusch, das zu vernehmen ist. Seine Stimme trägt weit und für alle Versammelten gut hörbar über den ausladenden Platz.

„Nach stundenlangen Verhandlungen und Anhörung mehrerer Zeugen ist die *Heliaia* auf der *Pnyx* einstimmig zu einem Urteil gelangt."

Mir kommt es so vor, als würde das Publikum vor Spannung die Luft anhalten. Polyzalos hebt seinen Kopf hoffnungsvoll, wagt es aber nicht, dem Redner oder den Anklägern in die Augen zu blicken. Er starrt Hilfe suchend in den Himmel, als erwarte er von dort eine rettende Antwort.

Reflexartig halte ich meine Hand an den Bauch und streichle abwesend über die kleine Wölbung.

„Die *Heliaia* von Athen klagt Polyzalos, den Tyrannen von Gela und einstigen Ehrenbürger Athens, des Hochverrats an, sowie der Vertuschung von Gewaltverbrechen. Ferner wirft ihm die Familie des Adrianós, des Diplomaten, Abgeordneten und einstigen Geschäftspartners Polyzalos', den Mord an drei Menschen vor, namentlich Cyrill, Sohn des Adrianós ..."

Warum sollte Polyzalos seinen treuesten Anhänger umbringen?, denke ich verwirrt. *Warum hat er Cyrill getötet?*

Die Stimme des Redners fährt fort: „Ferner Jona, Sohn des Sidoros und Phoiniker, und außerdem Emilia Deinomenesia Polyzalosa, die Pythia von Delphi und Tochter des Angeklagten."

Ich spüre, wie mich ein Anfall von Schwäche überkommt. Es überrollt mich mit einer Wucht, die mir regelrecht den Boden unter den Füßen wegreißt. *Jona ... hat es nicht geschafft? Das kann nicht sein! Das kann nicht ... Das darf einfach nicht sein! Mein Leben, meine Hoffnung, meine Seele ... Was hat es noch für einen Sinn, am Leben zu sein, wenn es Jona nicht mehr gibt? Oh Jona ...* Ich sehe nur noch verschwommen, weil unaufhörlich Tränen aus meinen Augen fließen und die Präsenz der Krypta drängt sich wieder stärker in den Vordergrund. Aber noch habe ich das Ende der Vision nicht hinter mir.

Teilnahmslos und resigniert verfolge ich den weiteren Verlauf der Gerichtsverhandlung. Ich sehe, wie sich der Mund des Redners bewegt und wie die Zuhörer ihm andächtig lauschen. Ich sehe, wie Polyzalos verzweifelt gen Himmel blickt und sich nervös durch die Haare fährt. Er sieht aus, wie ein in die Enge getriebenes Tier, gleichzeitig ist er sich aber der Ausweglosigkeit seiner Situation bewusst und zwingt sich dazu, würdig seinem Schicksal entgegenzutreten. Innerhalb der nächsten Sekunden wird der Urteilsspruch erfolgen. Würde das Gericht den Tyrannen von Gela für schuldig bekennen?

„Auf jedes einzelne dieser Verbrechen steht die Todesstrafe", fährt der Redner fort. „Die *Heliaia* auf der *Pnyx* erklärt Polyzalos, den Tyrannen von Gela und einstigen Ehrenbürger Athens, in folgenden Punkten für schuldig: des Hochverrats, der Vertuschung von Gewaltverbrechen sowie des Mordes an Cyrill, Sohn des Adrianós, und des Mordes an Jona, Sohn des Sidoros. Für den Mord an der Pythia von Delphi kann das Gericht Polyzalos nicht schuldig sprechen aus Mangel an Beweisen. Dennoch reichen die Anklagepunkte aus, die Todesstrafe über Polyzalos, den Tyrannen von Gela, zu verhängen. Er wird den Schierlingsbecher leer trinken und durch das Gift getötet werden. Polyzalos, der Tyrann von Gela, wird somit von der *Heliaia* auf der *Pnyx* zum Tode verurteilt."

Ich stelle fest, dass Polyzalos' Gesicht sich leichenblass verfärbt, doch ich empfinde keinerlei Genugtuung. Ich spüre, wie sich meine Vision dem Ende entgegenneigt und wie sich die Präsenz der kalten, dunklen Kryptagemäuer hartnäckig in mein Bewusstsein drängt. Ich kann bereits wieder die modrigen Mauern riechen und atme die schwere, abgestandene Luft. Ich lehne mich mit dem Rücken an eine Wand und rutsche langsam an ihr zu Boden.

Ungehört und doch ungebremst kommt ein Orakelspruch über meine Lippen. Meine Stimme klingt zerbrechlich und dumpf und mir scheint es, als schluckten die steinernen

Wände meines baldigen Grabes jedes einzelne Wort, kaum dass es ausgesprochen worden ist:
> Hinterlist und Tücke, bis ins Detail geplant,
> Zahlen sich für des Peinigers Wohl nicht aus.
> Eine Stimme aus dem Verborgenen wird laut
> Und verwandelt sich zu Gift in den Adern des Tyrannen.

⌘

„Was ist denn los mit dir, Emmy?", drang eine Stimme in mein Bewusstsein. Ich hörte diese Stimme seltsam verzerrt, wie mit einem Echo versehen und ich verstand im ersten Moment gar nicht, was um mich herum geschah. Die Worte des Orakelspruchs hallten in meinem Kopf wider und ich glaubte mich noch immer in den Tiefen der Krypta gefangen. Dass da plötzlich Menschen um mich herum waren und dann gleich drei, verwirrte mich vollkommen und ich wehrte mich halbherzig gegen die Hände, die an mir herumzerrten und mich schüttelten. „Komm wieder zu dir, Emmy, was ist denn los?" Die Stimme wurde langsam deutlicher. Ich schlug meine Augen auf und blickte in gleißend helles Licht. Es war so grell, dass ich meine Augen reflexartig wieder schloss und hinter meinen Lidern helle Farbtupfen zu tanzen begannen. Mir war übel und mir brummte der Schädel. Die Kopfschmerzen waren unerträglich und ich hörte ein leises Pfeifen in meinen Ohren, als hätte ich Tinnitus.

„Emmy, bitte hör auf damit. Du machst mir Angst", vernahm ich eine andere Stimme und ich spürte Finger an meinem Handgelenk. Jemand fühlte mir den Puls. „Er geht ganz schnell und flach", sagte die erste Stimme. „Soll ich einen Arzt holen?" – „Wie denn?", sprach eine männliche Stimme neben mir. „Es ist fünf Uhr früh, alles schläft und wir sprechen kein Griechisch, schon vergessen?" – „Das ist mir egal. Dann hole ich eben den Kerl von der Rezeption. Wir müssen doch etwas tun." – "Was sagt sie denn da andauernd?", fragte eine dritte Stimme. "Schreib's auf", verlangte die männliche Stimme, "schreib's auf. Vielleicht ist es wichtig. Vielleicht kann Yunus uns morgen weiterhelfen." *Yunus?* – Ich spürte, wie ich langsam aber sicher wieder zu mir kam, als ich diesen Namen hörte. *Yunus ... Wie gerne wäre ich jetzt bei ihm ...*

"Emmy, bitte", vernahm ich erneut die erste Stimme und ich bemerkte eine Hand an meiner Stirn und dann, wie man mich aufrecht hinsetzte. Ich spürte ein furchtbares Kratzen in meinem Hals und mein Mund war vollkommen trocken. Dann stellte ich fest, dass ich unaufhörlich redete. Was redete ich da überhaupt? Wo war ich? Ich blinzelte und langsam sah ich klarer. Ich saß in einem Bett. Genauer gesagt saß ich in dem Fakirbett in unserem Viererzimmer in Athen, das eigentlich ein Dreierzimmer war. Wir waren vom Olympiastadion mit der Metro zurückgefahren, hatten uns von Yunus verabschiedet. Ich hatte ihn noch umarmt, erinnerte ich mich. Die Umarmung war so unbeschreiblich schön gewesen und wir hatten uns für morgen verabredet, dann waren wir ins Hotel zurückgegangen: Maria, Alex, Lissy und ich. Auf einmal fiel mir alles wieder ein. Wir hatten nacheinander geduscht und waren ins Bett gegangen. Ich hatte geträumt. Ich *musste* geträumt haben! Eine andere Erklärung für dieses Chaos gab es nicht. Und dann fiel mir auch der Inhalt des Traumes wieder ein und ich bekam eine Gänsehaut. "Also, ich geh jetzt runter zur Rezeption und sag dem Adonis, er soll einen Arzt auf unser Zimmer schicken", beschloss Maria und sprang auf.

"Nein, bitte", hauchte ich mit schwacher Stimme und ich spürte, wie sich mir alle Blicke zuwandten, "ich brauche keinen Arzt. Wasser wäre mir lieber." Ich versuchte zu lachen, doch es kam nur ein Husten dabei heraus. Lissy klopfte mir hilfsbereit den Rücken. „Oh, Emmy. Du bist wieder da. Du bist wieder bei uns", brach es erleichtert aus ihr heraus. „Was war denn los mit dir? Was ist nur in dich gefahren? Das war total gruselig. Ich hab jetzt noch eine Gänsehaut. Schau!" Lissy zeigte mir ihre Arme, auf denen die feinen Härchen tatsächlich deutlich sichtbar senkrecht in die Höhe standen. Maria gab mir meine Wasserflasche und dankbar nahm ich einen großen Schluck. Ich setzte ab und versuchte zu sprechen, doch mein Mund war immer noch verdammt trocken und außer einem hilflosen Krächzen bekam ich nichts über die Lippen. Daher trank ich noch ein weiteres Mal und es dauerte lange, bis ich die Flasche wieder absetzte. Es tat unglaublich gut, wie das kühle Nass meinen Mund von innen befeuchtete, wie es meine Speiseröhre hinunterrann und die Lebensgeister in mir wiedererweckte.

„Mann, du trinkst ja, als wärst du kurz vor dem Verdursten gewesen", meinte Alex. Ich setzte die Flasche ab und hustete. „So hat es sich auch angefühlt", verkündete ich. „Mann!" Eine Weile konnte ich nichts weiter sagen. Ich schnaufte, als hätte ich gerade einen Marathon hinter mir und hielt mir die Hand an den Hals, um meinen eigenen Puls zu fühlen. Ich war überrascht davon, wie schnell er ging.

„Lass mich raten", begann Maria und hielt mir den Zettel unter die Nase, auf welchem Lissy meine Worte aufgeschrieben hatte: die Worte des Orakelspruchs. Ich musste sie wohl unbewusst im Schlaf mehrmals laut wiederholt haben. Kein Wunder, dass meine Freunde so durch den Wind waren. „Du hattest wieder einen Traum von Emilia." Es war keine Frage, sondern eine Feststellung. Ich nickte zustimmend, nahm den Zettel an mich und überflog die Worte. Sofort erinnerte ich mich wieder an alles. „Mmmmmmm", machte ich, „das kann mal wohl sagen." – „Nun ... es ist eh schon bald Morgen", begann Maria, „ich glaube, wir können jetzt sowieso alle nicht mehr schlafen, oder? Wie wär's, wenn du uns alles haarklein erzählst, was du in deinem Traum gesehen hast?" – „Ja klar", entgegnete ich und hielt mir die Stirn. „Aber vorher noch eine Bitte: Hat jemand eine Kopfschmerztablette für mich?" Während das Pfeifen in meinen Ohren inzwischen verschwunden war, verspürte ich noch immer diesen unangenehmen Druck in meinem Kopf. „Sicher", antwortete Lissy hilfsbereit und gab mir eine Aspirintablette. „Ist es so schlimm?" – „Geht schon", log ich, „also, wo soll ich anfangen …"

Meine Freunde lauschten gebannt meinen Ausführungen und stöhnten hin und wieder vor Entsetzen laut auf. „Am Anfang könnte man echt denken, dass du gesehen hast, wie Emilia gestorben ist. Das mit dem Flug und der Taube und so und die Landschaft", sinnierte Lissy, „aber dann kommt da diese komische Gerichtsverhandlung …" – „Jedenfalls wissen wir jetzt, wie das immer ungefähr abgelaufen ist, wenn Emilia einen Orakelspruch gemacht hat", fasste Maria zusammen. „Sie hat wohl jedes Mal vor dem eigentlichen Orakelspruch in die Zukunft gesehen. Sie sieht praktisch, was geschehen wird und dann hat sie die Worte im Kopf und macht daraufhin ihre Weissagungen." – „Hm … Wenn die Pythia die Zukunft dermaßen deutlich vor sich sieht", überlegte Alex weiter, „dann fragt man sich doch, warum sie nicht einfach ganz konkret erzählt, was sie gesehen hat. Das würde einiges an Missverständnissen verhindern." – „Aber dann wär's nicht das Orakel", betonte ich, „es ist ja bekannt für seine rätselhaften Weissagungen. Und außerdem … Vielleicht sind die Visionen ja auch nicht jedes Mal so deutlich. Das ist überhaupt die allererste davon, die ich je gesehen habe." – „Schon krass … Ich bin gespannt, was Yunus dazu sagen wird", meinte Lissy. „Und ich erst", überlegte ich weiter. Schweigen kehrte ein, doch es währte nicht lange.

„Es muss furchtbar für Emilia gewesen sein, als sie erfahren hat, dass Jona tot war", vermutete Maria und unmittelbar nach ihrer Äußerung spürte ich eine unglaublich tief greifende Trauer, als ich mich in den Traum zurückversetzt fühlte, in den Moment, in dem Emilia definitiv von Jonas Tod erfuhr. „Sie ist ja regelrecht zusammengebrochen", sagte Alex. „Das wäre ich an ihrer Stelle auch", dachte ich laut und erschauderte. Wenn ich mir vorstellte, dass Yunus ... *Nein! Gar nicht erst darüber nachdenken!*, beschloss ich und schüttelte mich hektisch.

„So, so. Ist Polyzalos also zum Tode verurteilt worden", sprach Lissy mit unglaublich kalter Stimme. „Wenn ich brutal wäre, würde ich jetzt sagen: geschieht ihm ganz recht." – „Ist doch auch so", bekräftigte Alex mit vor Zorn funkelnden Augen, „der hat bekommen, was er verdient. Drei Menschen hat er auf dem Gewissen! Wie hinterrücks sie alle durch ihn ermordet worden sind! Für den Mord an Emilia ist er ja nicht einmal schuldig gesprochen worden!" – „Mit der Todesstrafe ist das halt so eine Sache ...", begann Lissy zaghaft. „Dadurch werden Cyrill, Jona und Emilia auch nicht wieder lebendig", bekräftigte ich. „Ja klar, aber ..." Alex raufte sich die Haare. „Findet ihr, so jemand wie Polyzalos hat den Tod etwa nicht verdient? Hättet ihr gewollt, dass man ihn freiließ, damit er noch mehr Unheil hätte anrichten können?" – „Nein, das haben wir damit überhaupt nicht gemeint", widersprach Lissy, „wir finden nur, dass die Todesstrafe ein brutales Mittel der Rechtsprechung ist und dass damit auch nichts erreicht wird. Die Toten sind tot. Man kann sie, dadurch, dass man den Mörder umbringt, nicht wieder zum Leben erwecken." – „Aber man kann ihren Tod rächen. *Auge um Auge, Zahn um*

Zahn", zitierte Alex aus dem Alten Testament. „Und *wer* bringt den Mörder dann um? Wer hat das Recht dazu, so etwas zu tun? Wer darf Gott spielen? Wer? Wenn man einen Mörder ermordet ..., macht man sich damit nicht selber als Mörder schuldig? – *Du sollst nicht töten*", zitierte Lissy aus den Zehn Geboten. „Und als Nächstes kommst du noch mit: *Liebe deinen Nächsten wie dich selbst* und: *Wenn dich einer auf die linke Wange schlägt, halte ihm auch die rechte hin* oder was?", zitierte Alex aus dem Neuen Testament. Marias Augen wanderten alarmiert von einem zum anderen. „So einen Menschen kann man nicht lieben", behauptete Alex, „selbst wenn er unser Nächster wäre."

„Wir reden aneinander vorbei", stellte ich fest. „Was soll denn das jetzt?", kritisierte Maria. „Wollt ihr eine Abhandlung über das Für und Wider der Todesstrafe verfassen oder was?" – „Nein, das steht doch überhaupt nicht zur Debatte", brauste Alex auf, „ich bin generell nicht für die Todesstrafe." – „Ach nein?", argwöhnte Lissy. „Was redest du denn dann die ganze Zeit in diese Richtung?" – „Ich habe doch nur sagen wollen, dass es Polyzalos recht geschieht, dass er zum Tode verurteilt worden ist." – „Und ich habe nur sagen wollen, dass die Todesstrafe keine Lösung ist", entgegnete Lissy. „Na gut, dann wäre das ja geklärt", vermittelte Maria. „Können wir es damit belassen? Es ist nämlich nicht unsere Aufgabe, darüber zu diskutieren, ob Polyzalos zum Tode verurteilt werden soll oder nicht, weil das ja schon längst entschieden worden ist." – „Ja genau, vor zweitausendfünfhundert Jahren bereits", ergänzte ich. „Das Urteil haben die also ohne unser Zutun gefällt. Sind wir also froh, dass wir solche Entscheidungen nicht zu fällen haben, und reden wir lieber über etwas anderes."

„Was ist eigentlich der Schierlingsbecher?", wollte Lissy wissen. „Der Becher, den Polyzalos leer trinken musste?" – „Das ist ein Becher mit einer giftigen Flüssigkeit", erläuterte Maria wissend. „Soweit ich weiß, enthält diese Flüssigkeit den Saft einer Pflanze. Wenn man das Gift zu sich nimmt, kommt es zu einer Lähmung des Rückenmarks, was schließlich zum Tod durch Atemlähmung führt. Der Vergiftete erstickt also bei vollem Bewusstsein." – „Uh!", ächzte Lissy. „Wie furchtbar." Alex hustete, als hätte er sich verschluckt. Ich stöhnte auf diese Schilderung hin, wandte mich von Maria ab und stützte mir den Kopf mit den Armen. Eine Welle Übelkeit hatte mich überfallen. Zum Glück verschwand sie fast ebenso schnell, wie sie über mich gekommen war.

„Sokrates musste den Schierlingsbecher dereinst auch leer trinken", schilderte Maria, „er war damals wegen angeblicher Gottlosigkeit und Verführung der Jugend zum Tode verurteilt worden. Er hat den Schierlingsbecher leer getrunken und ist wenig später tot zusammengebrochen. Sokrates ist würdevoll in den Tod gegangen. Dabei hätte er sein Leben wahrscheinlich sogar retten können, wenn er den Tatbestand geleugnet hätte. Aber seine Wahrheit war ihm wichtiger als sein Leben. Er ist seinen Prinzipien bis in den Tod treu geblieben, womit er sich nur noch glaubhafter gemacht hat, wie ich finde." – „Mit Sokrates haben die Athener wohl einen der schlauesten Köpfe dieser Welt umgebracht", bedauerte ich. „Hinterher ist man immer schlauer", pflichtete Alex bei.

„Da siehst du es mal wieder: Die Todesstrafe ist vollkommen hirnrissig", sagte Lissy, „wie viele Unschuldige mussten wohl schon dran glauben ... Mit der Todesstrafe macht man es sich zu einfach. Ich denke auch, dass es für einen Verbrecher eine größere Strafe ist, wenn er ein Leben lang eingesperrt ist." – „Und uns Steuerzahlern einen Haufen

Geld kostet oder was?", fuhr Alex fort. „Oh Mann!", entrüstete sich Maria, „geht das denn schon wieder los? Diese Diskussion bringt doch nichts. Nun seht das doch endlich ein! Anstatt über Dinge entscheiden zu wollen, die eh nicht in unserer Hand liegen, sollten wir uns lieber über das Wesentliche Gedanken machen." – „Und was ist deiner Meinung nach das Wesentliche?", fragte Alex. „Nun ... Polyzalos ist tot", antwortete Maria. „Was du nicht sagst", kommentierte Alex skeptisch. „Ja, Polyzalos ist tot und damit weiß auch niemand, absolut niemand auf dieser ganzen weiten Welt, was mit Emilia geschehen ist und wo sie lebendig begraben worden ist", endete Maria. „Hm", erwog ich sorgfältig, „aber ... Polyzalos hat Emilia nicht alleine vergraben. Wenn nun einer seiner Soldaten, die dabei waren, gegen ihn ausgesagt hat ..." – „Glaubst du ernsthaft daran?", bezweifelte Maria. „Ich glaube nicht, dass ein Soldat sich dazu bekannt hätte, so einen grausigen Befehl ausgeführt zu haben. Er wäre doch genauso wie Polyzalos dazu verdammt worden, den Schierlingsbecher leer zu trinken. Außerdem ... Wenn dem so gewesen wäre, dann hätte das Gericht Polyzalos doch auch an Emilias Tod schuldig gesprochen. Ich meine, wenn ein Soldat bezeugt hätte, was Polyzalos mit ihr hat machen lassen, dann wäre er nicht aus Mangel an Beweisen von dem einen Mord freigesprochen worden, dem Mord an Emilia. Nein ..." Maria schüttelte betroffen den Kopf. „Die Soldaten haben dichtgehalten. In dieser Hinsicht hat Polyzalos also seinen Willen bekommen. Niemand fand heraus, was mit Emilia geschehen war. Sie starb ganz allein unten in der Krypta und niemand wusste davon. Alle, die Emilias Tod hätten verhindern können, waren aus dem Weg geräumt, waren tot." – „Was aber ist mit den Worten aus dem Orakelspruch?", gab Lissy zu bedenken. „Welche meinst du?", fragte Maria. „Das mit der Stimme aus dem Verborgenen, die laut wird", entgegnete Lissy. „*Eine Stimme aus dem Verborgenen wird laut und verwandelt sich zu Gift in den Adern des Tyrannen*", zitierte ich die betreffenden Zeilen. „Ja." Lissy nickte. „Krypta heißt auf Deutsch doch ‚das Verborgene'. Eine Stimme aus dem Verborgenen ... Vielleicht könnte damit die Stimme von Emilia, Jona oder Cyrill gemeint sein." – „Wie das denn?", entrüstete sich Alex. „Die sind doch alle tot." Lissy ließ resigniert die Schultern hängen. „Gib die Hoffnung auf, dass irgendeiner von denen es geschafft hat", forderte Alex, „denn es *hat* keiner von ihnen geschafft, so traurig das auch ist. Emilia ist definitiv *nicht* aus der Krypta herausgekommen. *Sie* kann nicht mit der Stimme aus dem Verborgenen gemeint sein." – „Wer aber dann?", fragte Lissy weiter. „Cyrills Familie", antwortete ich ruhig, „sie waren es, die auf der Anklagebank saßen und die die entscheidenden Beweise gegen Polyzalos vorgebracht haben." Ich dachte an die sechsköpfige Familie auf der Bank vor dem Rednerpult zurück. „Der alte Mann mit dem gezwirbelten Schnurrbart war Adrianós, jede Wette", redete ich weiter, „er war der Hauptkläger. Die Frau neben ihm war sicher Cyrills Ehefrau. Sie sah total verquollen und fertig aus. Sie trauerte sehr um ihren Mann. Das habe ich deutlich sehen können. Die beiden Jungen, das Mädchen und das Baby waren sicher Cyrills Kinder. Vier Kinder, und alle noch so klein ..." Ich spürte, wie mir die Tränen in die Augen stiegen. Auch Lissy neben mir schnäuzte sich ausgiebig und rieb sich die brennenden Augen. „Das waren die Vorfahren von Michális, auf der Anklagebank", sinnierte Alex. „Wenn Michális wüsste ... Er hat doch immer so große Stücke auf Polyzalos gehalten." – „Das dürfte damit wohl endgültig behoben sein", meinte Maria.

„Aber warum sollten die Stimmen von Cyrills Familie die *Stimme aus dem Verborgenen* sein?", bezweifelte Lissy. „Hm", entgegnete Maria ratlos. „Cyrills Familie stammt ja nicht gerade aus dem Hochadel", überlegte ich. „Ja, aber angesehen waren sie doch", warf Maria ein, „man bedenke Adrianós' Rolle als Diplomat und Kontaktmann zu anderen Staatsoberhäuptern – und nicht zuletzt Cyrills glorreichen Sieg in der Schlacht von *Sálamis*, und dass Cyrill nicht gerade ein Nobody war als der berühmte Wagenlenker des Polyzalos." – „Hm, ja", stimmte ich halb zu, „aber trotz allem ... Cyrills Familie kam wohl doch eher aus mittelständischen Verhältnissen. Jedenfalls waren sie in der Politik jetzt nicht sooo sehr aktiv, würde ich sagen, bis auf Adrianós vielleicht. Aber Cyrill, seine Frau und seine Kinder ... Ich glaube, die haben sich aus öffentlichen Ämtern und so eher herausgehalten, sodass man ihre Stimmen möglicherweise tatsächlich als Stimmen aus dem Verborgenen bezeichnen könnte." – „Vielleicht steht die Stimme aus dem Verborgenen auch nur symbolisch für die Stimme der Gerechtigkeit", schlug Alex vor, „vielleicht ist niemand Konkretes damit gemeint. Man kennt das ja aus so Indianerfilmen zum Beispiel. Da heißt es ja auch häufig, wenn unschuldiges Blut vergossen worden ist: ‚Und das Blut schreit nach Rache und Gerechtigkeit' oder so in der Art. Vielleicht ist es in dem Gedicht ähnlich gemeint." – „Hm, vielleicht", sagte Lissy, „weiß auch nicht."

„Kommen wir auf die Ortsbeschreibung zu sprechen, auf die Landschaft in deinem Traum, über die du hinweggeflogen bist", leitete schließlich Maria über. „Ach ja, genau!", brach es aus mir heraus, „jetzt ist es eindeutig, oder? Wir sind auf der richtigen Spur. Die Halbinsel *Mégaris muss* einfach die Schwester des Friedens sein. Ich bin mir ziemlich sicher, dass *Thólossos* westlich von *Mégara* liegt. Wir werden *Thólossos* morgen finden und dann wird es uns gelingen, Emilias Seele aus ihrem Jahrtausende alten Grab zu befreien. Wir werden es schaffen, unsere Mission zu erfüllen. Da bin ich mir sicher! Yunus wird Augen machen!" – „Ja, es sieht wirklich ganz danach aus, als lägen wir mit *Mégaris* richtig", pflichtete mir Maria bei.

„Der Anblick von *Thólossos* war einfach gewaltig", erinnerte ich mich an die Bilder aus dem Traum, „das Gedicht *Theologos* ergibt nun jedenfalls durch und durch Sinn: *Dort, wo das Wort Gottes die Erde küsst, das grüne Wasser in den Felsen fließt, die Festung schon seit Jahrtausenden stark steht, im Verborgenen ungesehen ein Unrecht geschieht*", wiederholte ich andächtig die Worte aus dem betreffenden Gedicht. „Der Ort, an dem das Unrecht, also der Mord an Emilia, geschehen ist, ist *Theologos* oder auch *Thólossos* genannt; das grüne Wasser ist der *Erídanos*, der früher, als er noch stark und groß war, durch Athen hindurch zur Halbinsel *Mégaris* geflossen ist, bis hin zum Hermestempel von *Theologos*; dort stürzte er in einem riesigen Wasserfall über die Steilküste hinweg in die Felsen, die aus dem Saronischen Golf direkt vor der Küste des griechischen Festlands herausragten ... Es passt einfach alles zusammen, findet ihr nicht auch?" Alex und Maria nickten zustimmend. „Sollte unser Ziel also tatsächlich erreicht sein?", überlegte Lissy, „einerseits sind das tolle Neuigkeiten, aber andererseits ist der Gedanke daran schon ein bisschen komisch", gab Lissy zu. „Ob wir es wirklich schaffen, Emilias Seele aus dem Grab zu befreien?" Eine Weile sprach keiner mehr ein Wort.

Die Stille wurde drückend, also beschloss ich, etwas zu unternehmen. „Hat mal jemand einen Zettel und einen Stift für mich?", wandte ich mich an meine Freunde. „Warum?", fragte Maria. „Ich muss Yunus einen Zettel schreiben." – „Wieso das denn?" – „Damit er errät, was unser nächstes

Reiseziel sein wird." – "Ach, du meinst, so einen kleinen quadratischen Zettel, wie wir sie immer am Anfang von ihm bekommen haben", begriff Alex schließlich, "und wie du vorgestern Nacht einen für Yunus geschrieben hast, für Lambda." – "Ja, genau", antwortete ich. Alex reichte mir bereitwillig Zettel und Stift und ich griff bereits nach der Landkarte, um mich zu orientieren. Außerdem holte ich die alten Zettel aus meinem Geldbeutel und breitete sie nebeneinander auf meinem Bett aus.

„Wozu machst du dir die Arbeit, Emmy?", fragte Maria, „Yunus weiß doch schon, wohin die Reise geht, nach *Mégaris*." – „Ich will ja auch nicht den Zettel für *Mégaris* schreiben, sondern den für die *Pnyx*", erläuterte ich. „Für die *Pnyx*?" Auch Lissy schaute mich leicht irritiert an. „Na, wir fahren doch frühestens Nachmittag nach *Mégaris* hinüber, wenn überhaupt. Das kommt ganz auf Michális an und ob er uns überhaupt mit seiner Jacht hinüberfahren wird." – „Er wird", behauptete Lissy. „Wie auch immer ...", fuhr ich fort, „jedenfalls sind wir vormittags noch ohne Michális unterwegs. Das heißt, dass wir erst etwas anderes besichtigen müssen. Und ich finde, wir sollten zur *Pnyx* gehen. Meint ihr nicht auch?" – „Zur *Pnyx*", grübelte Maria versonnen. „Ja, warum nicht? Das ist doch auch einer dieser Berge, den wir besteigen wollten. Ich finde, das ist eine richtig gute Idee." – „Aber das wird doch sicherlich verdammt gruselig, wenn wir an den Ort gehen, wo Polyzalos getötet worden ist", vermutete Lissy. „Er ist dort zum Tode *verurteilt* worden", korrigierte Maria, „soviel wissen wir. Aber er ist bestimmt nicht dort *umgebracht* worden. Den Schierlingsbecher hat er sicher woanders trinken müssen." – „Und wenn er ihn doch auf der *Pnyx* getrunken hat?", fragte Lissy. „Was, wenn Polyzalos auf der *Pnyx* gestorben ist?" – „Und was, wenn er hier in der *Geiasas*-Straße den Schierlingsbecher leer getrunken hat und hier gestorben ist, ja, genau hier, wo heute unser Hotel steht?", kam Maria mit einer Gegenfrage. Lissy starrte sie mit fassungslosen Augen an. „Lissy ... Es ist doch völlig egal, *wo* Polyzalos den Schierlingsbecher leer getrunken hat und gestorben ist. Es kann nahezu überall gewesen sein. Wir wissen es nicht und wir können es nicht ändern. Deswegen sollten wir uns aber nicht davon abhalten lassen, zur *Pnyx* zu gehen. Wer weiß, wie oft wir schon an Orten gewesen sind, wo Leute grausamst abgemurkst worden sind. Und wir haben auch keine Sekunde lang darüber nachgedacht, sondern sind unsere Wege gegangen. Im Urlaub, zu Hause und in der Uni. Ja, vielleicht ist Polyzalos tatsächlich auf der *Pnyx* umgebracht worden, vielleicht aber auch nicht. Was ich nicht weiß, macht mich nicht heiß", behauptete Maria schließlich. „Oh du, das finde ich nicht", lenkte ich ein, „bei mir sind es sogar meistens genau die Sachen, die ich eben *nicht* weiß, die mich heiß machen und mich nicht in Ruhe lassen." – „Ja, ist ja schon gut", willigte Maria ein, „aber ich finde, es macht echt keinen Unterschied, ob wir jetzt wissen, wo genau Polyzalos umgekommen ist oder nicht. Und wenn es tatsächlich auf der *Pnyx* gewesen ist, dann sollte uns das nicht davon abhalten, dorthin zu gehen. Vielleicht sollten wir gerade dann *erst recht* hingehen." – „Ist ja auch egal", meinte Alex schließlich, „wir werden da jedenfalls hingehen. Oder hat irgendjemand konkrete Einwände, die etwas logischer klingen als die, die Lissy eben vorgebracht hat?" Wir schauten Lissy erwartungsvoll an. „Nein, keine", beschloss sie schließlich. „Na gut, dann wäre das ja endlich geklärt."

„Also, dann schreibe ich jetzt diesen Zettel, der Nostalgie halber", verkündete ich und riss ein Blatt Papier aus dem

Block. „Mal sehen, ob Yunus von alleine draufkommt, wo die Reise hingehen wird."

Als Erstes zeichnete ich ein großes geschwungenes Pi auf die eine Seite des Zettels: π. Anschließend drehte ich das Papier um und legte es nach eingehendem Studium des Metro- und Stadtplans direkt unterhalb des Zettels mit dem Alpha an. Ich zog eine rote Linie vom oberen bis zum unteren Rand fast senkrecht nach unten und machte dann mehrere kurze schwarze Striche über die rote Linie hinweg. Links oben in die Ecke des Zettels schrieb ich etwas ungelenk und unter Zuhilfenahme der Tabelle mit den griechischen Buchstaben folgendes Wort: πνὑξ. „Ich habe zwar keine Ahnung, wie man *Pnyx* richtig schreibt, aber Yunus wird schon damit zurechtkommen", beteuerte ich, „außerdem ist das eh nur der Vollständigkeit halber." – „Uah!", gähnte Alex lautstark und streckte sich. Vorsichtig hob er den Vorhang an und linste aus dem Fenster. „Die Sonne geht auf. Ein neuer Tag beginnt und das Wetter ist wieder genauso herrlich wie gestern." – „Na optimal", freute sich Lissy, „ich glaube, das Licht brauchen wir jetzt auch nicht mehr." Sie stand auf und schaltete das Licht aus. „Sechs Uhr, ich pack's nicht. In einer Herrgottsfrüh stehen wir schon wieder auf. Was für ein Urlaub! Ich glaube, nach diesem Urlaub brauche ich erst mal drei Wochen Urlaub, um mich wieder zu erholen." Wir lachten amüsiert.

„Also, nun, da wir schon mal alle wach sind, können wir uns auch gleich fertigmachen", verkündete Lissy, „ich fang diesmal an, wenn keiner was dagegen hat." – „Nee, nee, mach du nur", winkte ich ab, kroch wieder unter die Bettdecke zurück und drehte mich auf die Seite. Ich musste gähnen. Mir steckte die Anspannung diesmal sehr in den Gliedern. Der Traum hatte mir den Rest gegeben. Noch immer spürte ich dessen Nachwirkungen in Form von abwechselndem Zittern und

Schwitzen. Ich wollte nur noch einmal kurz die Augen schließen, nicht schlafen, nur einmal kurz die Augen schließen und entspannen, aber anscheinend war ich trotz allem noch einmal eingenickt, denn als mich Maria sachte an der Schulter rüttelte und mich darauf hinwies, dass ich nun ins Bad gehen könne, fiel mir auf, dass alle meine Freunde bereits fix und fertig angezogen waren und sogar ihre Rucksäcke gepackt hatten. Zudem standen die Zeiger von Alex' Wecker schon auf halb acht. „Hei-ei-ei!", rief ich überrascht aus. „Hab ich jetzt eineinhalb Stunden gepennt?" – „Du hast geschlafen wie ein Murmeltier", verriet mir Lissy, „wir haben uns gewundert, wie du bei dem Tumult, den wir gemacht haben, überhaupt schlafen konntest. Aber wahrscheinlich hattest du das einfach bitter nötig, nach all den Träumen und fast schlaflosen Nächten und so." – „Diesmal hab ich auch gar nichts geträumt", stellte ich fest und rieb mir den Schlaf aus den Augen, „Gott sei Dank. War zur Abwechslung richtig angenehm und erholsam. Die Kopfschmerzen sind zum Glück auch vorbei." – „Schön zu wissen, dass wenigstens *eine* von uns erholt ist", murmelte Alex mit einem leichten Grinsen im Gesicht, „also, fort mit dir ins Bad. Ich hab Hunger." – „Du freust dich wohl schon auf das leckere Frühstück unten?", neckte Maria. „Und wie", gab Alex zurück und grinste breit.

Schatten

Wir hatten nach dem Frühstück noch ein wenig Zeit, bevor wir uns mit Yunus vor dem Hotel treffen würden, also gingen wir in den nahe gelegenen Supermarkt auf dem *Omonia*-Platz und versorgten uns mit Nachschub an Wasserflaschen und Äpfeln. Maria hatte uns außerdem mehrmals darauf hingewiesen, dass es unheimlich wichtig sei, jeden Tag eine angemessene Portion Obst zu essen, damit man keine Mangelerscheinungen und Krankheiten bekäme wie beispielsweise Skorbut. Daher bezeichneten wir unsere Äpfel fortan liebevoll als „Anti-Skorbut-Äpfel". „Mann, seid ihr doof", kommentierte Maria diese Namensgebung brummend, „ich hab das ernst gemeint und ihr macht euch bloß über mich lustig." – „Wir machen uns doch gar nicht über dich lustig", widersprach ich, „wir finden es nur süß, wie du dich um unsere Gesundheit sorgst. Skorbut ..." Ich konnte nicht anders. Ich musste einfach darüber lachen. „Wir sollten Yunus auch mal einen Apfel anbieten", schlug Lissy vor, „dagegen kann er doch nichts sagen. Immerhin ist das kein Fleisch. Wir wollen ja auch nicht, dass *Yunus* Skorbut bekommt." – „Dass ich *was* nicht bekomme?", hörten wir eine Stimme hinter uns, noch bevor wir wieder vor dem Hotel angekommen waren. „Yunus!", freute ich mich, stellte die Plastikflaschen auf dem Gehsteig ab, rannte zu ihm hin und umarmte ihn stürmisch. „Wie schön, dich wiederzusehen!" Alex lachte. „Na hör mal, ihr habt euch jetzt gerade mal zehn Stunden lang nicht gesehen", meinte er. „Eine Ewigkeit", beteuerte ich. „Tatsache, ja", ironisierte Alex, „das ist ja schon sooo lange her!" – „Ehrlich", entgegnete ich, „mir kommt es schon viel länger vor." Yunus und ich lösten uns langsam wieder voneinander. „Ich bin etwas zu früh dran?", vermutete Yunus. „Das macht nichts. Dann kannst du uns helfen, die Sachen mit hochzubringen, wenn du magst", schlug Maria vor. „Ihr ward einkaufen?", erkundigte sich der Araber. „Ja, wir haben Nachschub gekauft. Wasser und Obst." – „Magst du einen Anti-Skorbut-Apfel?", fragte Lissy scherzhaft. „Du kannst gerne einen abhaben." – „Einen Anti-Skorbut-Apfel?", wunderte sich Yunus und nahm mir hilfsbereit den Pack Wasserflaschen ab. „Was ist das denn?" Ich grinste und Alex lachte sich ins Fäustchen. „Wir nennen die so, weil sie Vitamine beinhalten, die verhindern, dass man Skorbut bekommt. Das hat uns Maria heute beigebracht. Stimmt's, Maria?" – „Ja-ha", gab Maria genervt zurück. „Also, *gegen* Skorbut, *Anti*-Skorbut. Verstehst du?", endete Lissy und hielt Yunus den Beutel mit den Äpfeln entgegen. „Ach so, ich dachte schon, es handelt sich dabei um eine neue Sorte Äpfel, die ich bisher noch nicht kenne." – „Nö, nö", entgegnete Lissy und schüttelte ihre dunklen Locken, „das sind ganz normale griechische Äpfel, die aus Südtirol importiert wurden, damit die Griechen kein Skorbut bekommen. – Also, magst du einen?" Auch Yunus lachte. „Danke für das Angebot. Später vielleicht. Jetzt noch nicht. Also, bringen wir eure Sachen nach oben, ja?" – „Hm." Maria nickte.

Wir erreichten das Hotel und kamen an der Rezeption vorbei. Am Schalter saß der nette Adonis, bei dem wir vor vier Tagen eingecheckt hatten. Er blickte verträumt auf, als wir an ihm vorüberschritten. „Hi!", begrüßten Lissy und ich ihn. „Good morning", sagten Maria und Alex, und Yunus meinte: „*Kaliméra!*" – „Errrrm ... *Kaliméra*, good morning", entgegnete der hübsche junge Mann verblüfft und starrte Yunus mit großen Augen an. „This is the man who gave me the letter for you four days ago", verkündete er eifrig und nickte in Yunus' Richtung. „We know", erwiderte ich und grinste glücklich. „Of course you know", begriff der Grieche, „otherwise you would probably not walk around with him." – „Yes, he's the best", behauptete ich. „He's the best?", flüsterte mir Yunus ungläubig ins Ohr. „Ich? Meinst du das ehrlich?" – „Klar doch", entgegnete ich, „hätte ich es sonst gesagt?" Yunus grinste bis über beide Ohren und drückte liebevoll meine Hand. „Ist doch so", bekräftigte ich, „lasst uns hochgehen." – „Till soon", sagte Alex zum Adonis und anschließend quetschten wir uns zu fünft in den engen Aufzug.

„Ja ... Das waren noch Zeiten, als Yunus uns noch Briefe geschrieben hat ...", sinnierte Alex grinsend. „Apropos Briefe!", brach es aus Yunus und mir gleichzeitig. Verdattert schauten wir einander an. „Ich ...", sagten wir beide zur selben Zeit und hielten auch prompt synchron inne, weil wir dachten, der jeweils andere wolle weiterreden. Da nun aber niemand weitersprach, begannen wir erneut gleichzeitig: „Du zuerst." Dann schwiegen wir abermals alle beide. Das brachte Alex, Lissy und Maria nur noch mehr zum Lachen. „Werdet ihr zwei euch endlich mal einig?", neckte Maria.

„Fang du an, Emily", bestimmte Yunus. „Was wolltest du sagen?" Unser Aufzug hielt und wir stiegen im fünften Stock aus. In Kürze hatten wir unser Zimmer erreicht und luden unsere Einkäufe auf dem kleinen Schränkchen neben dem Spiegel ab. „Ich wollte dir das hier geben", eröffnete ich schließlich und reichte Yunus den Zettel, den ich früh morgens für ihn geschrieben hatte. „Pi!", rief er erstaunt aus. „Ihr wisst, wie die Reise weitergeht?" – „Ja, wir haben zumindest eine sehr starke Vermutung. Warum ... das erzählen wir dir nachher. Ist eine etwas längere Geschichte", kündigte ich an. „Die *Pnyx* ...", grübelte Yunus, als er sich nachdenklich den Zettel betrachtete, „interessantes nächstes Reiseziel. Ich nehme an, du hattest wieder einen Traum, Emily?" – „Das kannst du laut sagen!", brach es aus Lissy. „Und was für einen! Aber das erzählt sie dir am besten auf dem Weg dorthin." – „Und was wolltest *du* sagen, Yunus?", bohrte Alex nach. Yunus lächelte amüsiert und wurde leicht rot. „Ich wollte euch die hier geben ..." Und er übergab mir vier weitere Zettel. „My, Ny, Xi und Omikron", stellte ich fest, „das ist ja nett." – „Ja ... Ich dachte ... im Sinne der Vollständigkeit und …", begann Yunus, doch das Lachen meiner Freunde kam ihm zuvor. „Das ist ja witzig", fand Maria, „Emmy malt einen Zettel für *dich* und *du* fertigst die restlichen für *uns* an." – „Schon krass", ergänzte Lissy mit einem breiten Grinsen im Gesicht, „ihr zwei … ihr passt schon gut zusammen. Habt die gleiche Idee … Ihr seid wie zwei Seelenverwandte. Das ist total niedlich." – „So? Niedlich findest du uns?", sprach Yunus verschmitzt. „Ja." Lissy nickte spitzbübisch. „Ich finde euch sogar *sehr* niedlich. – Da haben sich wirklich zwei Originale gesucht und gefunden …"

Maria, Lissy und Alex hockten sich nebeneinander auf Lissys Bett und begannen damit, ihre Wasserflaschen umzufüllen und in die Rucksäcke zu packen. Yunus und ich nahmen auf meinem Bett Platz und ich kramte aus meinem Geldbeutel alle Zettel hervor, die ich bereits hatte, und legte sie aneinander. Mittlerweile hatte ich in dieser Hinsicht Übung und es fiel mir nicht schwer, den richtigen Ort für die neuen Zettel zu finden.

Der Zettel mit dem Ny auf der Rückseite fügte sich nahtlos an den Kappazettel an. Eine grüne Linie verlief vom rechten Rand bis ungefähr zur Mitte des Papiers. Dort endete sie. „Die Endstation Piräus", verstand ich augenblicklich. Am linken Rand des Papiers befand sich eine blau ausgemalte Fläche. „Das ist der Saronische Golf", erkannte Lissy, als sie sich zu uns herüberbeugte, „und hier ist das *Neosoikoi*." Sie deutete auf folgenden Schriftzug: Νεοσόηκοη. „Ganz genau", pflichtete ihr Yunus bei.

Der Myzettel fand seinen Platz direkt unterhalb des Papiers mit dem Ny. Die Küstenlinie wurde dort bruchlos weitergeführt und ganz in der Nähe der blauen Linie hatte Yunus folgendes Wort aufgeschrieben: Μικρολήμανο. „Der Hafen *Mikrolímano*", stellte Alex fest. „Ich sehe schon, ihr kennt euch gut aus", kommentierte dies Yunus. „Klar doch, du hast uns in Sachen Schnitzeljagd gut trainiert", beteuerte Alex. „Und Xi muss hier oben drüber", stellte ich fest und legte das dritte Stück Papier oberhalb des Nyzettels an. Ξι stand innerhalb des blauen Feldes am linken Rand.

„Und für das Olympiastadion bleibt nur *ein* Ort übrig", redete ich weiter und platzierte das Stück Papier mit dem Schriftzug Ολυμπιακό Αθλητικό Κέντρο Αθήνας an das andere Ende der grünen Linie, welche der Omikronzettel weiterführte. Und Yunus platzierte grinsend den Pizettel an seiner richtigen Stelle, direkt unterhalb des Alphazettels. „Wow!", staunte Lissy. „Unsere Karte ist ja schon riesig! Ob wir die je komplett zusammenbekommen?" – „Sicher", meinte ich zuversichtlich. „Okay, dann pack ich die Zettel wieder weg, ja?" Als keiner widersprach, nahm ich die Karte auseinander, legte die einzelnen Zettel nach dem Alphabet sortiert übereinander und steckte sie an ihren alten Platz zurück: in meinen Geldbeutel, wo sie gut aufgehoben waren.

„Wie geht es überhaupt deinen geschundenen Knien, Alexander?", erkundigte sich Yunus besorgt. „Ach, schon wieder viel besser", verkündete Alex und berührte seine aufgeschürften Knie sachte mit seinen Fingerspitzen. „Maria hat mich gestern Nacht noch gesund gepflegt. Die Schürfwunden sind nicht der Rede wert. Da gibt es Schlimmeres."

Anschließend packten wir unsere Sachen zusammen und verließen das Hotel. Während wir zur Metrostation auf dem *Omonia*-Platz gingen, berichteten wir Yunus von dem Traum, den ich letzte Nacht gehabt hatte. Yunus hörte uns gebannt zu und ohne uns ein einziges Mal zu unterbrechen. Am Ende schüttelte er verständnislos den Kopf.

„*Eine Stimme aus dem Verborgenen wird laut und verwandelt sich zu Gift in den Adern des Tyrannen*", wiederholte er nachdenklich. „Und? Was meinst du dazu?", fragte Lissy. „Wer ist diese

Stimme aus dem Verborgenen?" – „Ganz klar, damit muss Cyrills Familie gemeint sein", antwortete Yunus wie aus der Pistole geschossen. Lissy kicherte. „Warum lachst du jetzt?", wollte Yunus wissen. „Weil es so ist, wie ich bereits gesagt habe: Emmy und du ... Ihr seid Seelenverwandte. Ihr macht dasselbe, ihr denkt dasselbe und ihr sagt dasselbe." – „Wieso? Hat sie wohl auch gesagt, dass die verborgene Stimme Cyrills Familie ist?", fragte Yunus. „Genau." Maria nickte. „Aber wer – wenn nicht Cyrills Familie – sollte denn sonst damit gemeint sein?", erkundigte sich Yunus verwirrt. „Emilia vielleicht?", schlug Lissy vor. „Emilia?" Yunus runzelte skeptisch die Stirn. „Sie war doch in der Krypta." – „Ja, eben drum", fuhr Lissy fort. „‚Krypta' ist doch griechisch und heißt ‚das Verborgene'. Daraus folgt meiner Meinung nach, dass *Emilia* die Stimme aus dem Verborgenen ist." Sie zuckte mit den Schultern. „Du hast Recht mit der Übersetzung", gab Yunus zu, „aber ich glaube nicht, dass Emilia die verborgene Stimme ist, die laut wird. Das geht ja gar nicht. Wie wir alle hier wissen, ist Emilia in der Krypta gestorben. Sie kann also gar nicht dazu beigetragen haben, dass Polyzalos' Verbrechen bestraft wurden. – Nein, damit muss Cyrills Familie gemeint sein. Immerhin waren *sie* dafür verantwortlich gewesen, dass Polyzalos seiner Verbrechen überführt worden ist." Yunus verstummte und strich sich nachdenklich über seine langen, schwarzen Haare, die er sich erneut zu einem beeindruckenden Zopf zusammengebunden hatte, sein Markenzeichen. „Jetzt wissen wir jedenfalls, warum Polyzalos kein Grab in Athen hat", fuhr Yunus fort. „So? Wissen wir das?", fragte Alex misstrauisch. „Ja, natürlich. Er wurde zum Tode verurteilt. Er war ein Schwerverbrecher vor dem Gesetz. Keinem Mörder, keinem zum Tode Verurteilten ist je eine Ruhestätte in *Kerameikós* zugestanden worden." – „Was geschah dann mit den Körpern der zum Tode Verurteilten?", erkundigte sich Lissy mit kaum hörbarer Stimme. „Entweder wurden sie verbrannt oder aber man hängte die Leichen auf und die Krähen fraßen ihnen das Fleisch von den Knochen", antwortete Yunus. „Ööööh", stöhnte Lissy, „das ist ja widerlich." – „Du wolltest es ja wissen", wurde sie von Alex zurechtgewiesen.

Mir sträubten sich die Haare, als ich mich unvermittelt an den Anblick der unheimlichen, schwarzen Krähe erinnert fühlte. – *Oder aber man hängte die Leichen auf und die Krähen fraßen ihnen das Fleisch von den Knochen ...*, hallten Yunus' Worte in meinem Kopf wider. Wie ein Blitz durchzuckte mich ein kurzer Kopfschmerz und mir war so, als wäre ein dunkler Schatten über mich hinweggezogen. „Autsch!", rief ich überrascht aus und hielt mich am Geländer der Treppe fest, welche hinunter zur Metro führte. Verwirrt fasste ich mir an die Stirn und wartete ab. Der Schmerz war intensiv, aber kurz gewesen, genauso wie am Abend zuvor, und vom Schatten war weit und breit keine Spur mehr zu sehen ... Merkwürdig.

„Was ist denn los?", fragte Yunus alarmiert und schaute zu mir hoch. Meine Freunde blieben ebenfalls mitten auf der Treppe stehen und drehten sich zu mir um. Als sich mehr und mehr Passanten an ihnen vorbeidrängten und sie anrempelten, kehrten meine Freunde zu mir zurück und wir stellten uns an den Rand der Treppe. „Hast du schon wieder Kopfschmerzen?", erkundigte sich Maria. „Das kommt aber zurzeit häufig vor." – „Es geht schon wieder", beteuerte ich und tatsächlich blieb der Kopfschmerz aus. „Ehrlich. Es ist nur ein ganz kurzer Stich gewesen. – Das ist ein Zeichen." – „Ein Zeichen?", fragte Alex unsicher. „Wofür?" – „Leute ...", eröffnete ich, „ich glaube, ich weiß, wo unser Kollege Polyzalos umgebracht worden ist oder sagen wir es anders: Ich glaube, ich weiß, wo er von den Krähen aufgefressen worden ist, als er tot war." – „Nee, oder?", fragte Lissy entgeistert und schüttelte den Kopf. „Das musst du uns jetzt aber genauer erklären", verlangte Maria und ich stellte fest, dass Yunus mich mit großen Augen anblickte. „Du weißt *noch* etwas Neues?", fragte er hoffnungsvoll. „Na ja, nicht so direkt, eigentlich habe ich den Hinweis gestern schon bekommen, aber ich habe ihn zu dem Zeitpunkt noch nicht verstanden ..." – „Jetzt mach's doch nicht so spannend", drängte Lissy. „Wo ist Polyzalos getötet worden – und woher weißt du das auf einmal?" – „Lasst uns doch erst mal in die Metro einsteigen", bat ich, „dann werde ich es euch erzählen, okay?" Ich brauchte dringend noch ein paar Momente, um mir das alles noch einmal gründlich durch den Kopf gehen zu lassen und um mir selber eine Meinung zu bilden. „Ach Mensch", maulte Lissy, „dann eben erst in der Metro." Während wir die Treppe hinunterstiegen, massierte ich mir die Schläfen und dachte nach. Ich bemerkte, dass mich Yunus erwartungsvoll anblickte. Doch er sagte erst einmal nichts dazu. Das rege Treiben in den unterirdischen Gängen der Metro überforderte mich in jenem Moment total. Alles schien viel zu schnell vor meinen Augen abzulaufen, nahezu wie bei einem Film im Suchlauf.

„Wohin müssen wir jetzt eigentlich?", erkundigte ich mich vollkommen planlos. „Rote Linie. Richtung *Aghios Dimitrios Alexandros Panagoulis*", antwortete Yunus, ohne zu zögern, „dritte Station nach *Omonia*." – „Aber das ist doch die Station bei der Akropolis", erkannte Maria schnell. „Ganz genau, von dort aus ist es nur ein kurzer Fußmarsch bis zur *Pnyx*", schilderte Yunus.

Kaum hatten wir das Gleis erreicht, ratterte auch schon eine Metro heran und wir stiegen ein. Maria, Lissy und Alex setzten sich auf einen freien Vierersitz und Yunus und ich nahmen auf der Zweierbank direkt dahinter Platz.

„Also, raus mit der Sprache", verlangte Maria und drehte sich zu mir um, „wo ist Polyzalos umgebracht worden?" – „Da, wo heute das Olympiastadion steht", entgegnete ich mit einer Sicherheit in der Stimme, die ich mir in dieser Situation selber nicht zugetraut hätte. Aber es musste einfach so sein. Je länger ich darüber nachdachte, desto sicherer wurde ich mir. „Da, wo heute das Olympiastadion steht?", entgegnete Lissy baff. „Besser gesagt, da, wo Michális das Toilettenhäuschen gebaut hat", präzisierte ich und bemerkte, wie Yunus neben mir ausholend zu nicken begann. Offensichtlich hatte ich mit meiner Aussage soeben etwas bestätigt, was er selbst vermutet hatte. „Hab ich's mir doch gleich gedacht", brach es aus ihm heraus, „der Schatten, von dem du gesprochen hast, nicht wahr? – Es war nicht der Schatten des Sportflugzeugs gewesen, den du gesehen hast. Du hast etwas ganz anderes gesehen." – „Hm." Ich nickte. „Gut möglich." – „Was heißt hier: gut möglich?", wollte Alex wissen. „Wovon redet ihr überhaupt?" – „Gestern", begann ich langsam, „als wir das Toilettenhäuschen verlassen haben … Wir waren kaum ein paar Schritte gegangen, als etwas Merkwürdiges mit mir geschehen ist." – „Hattest du wieder eine Vision?", wollte Lissy eifrig wissen. „Ja, ähm … Nein", entgegnete ich verwirrt, „das heißt … So genau weiß ich das auch nicht." – „Was jetzt?" Lissy ließ nicht locker. „Ja oder nein?" – „Es war anders als die bisherigen Male", gestand ich, „ich habe gestern gar nicht bemerkt, dass das, was ich erlebt habe, irgendetwas mit unserer Suche zu tun haben könnte. Deshalb habe ich euch davon auch nichts erzählt. Ich dachte, es wäre nicht von Bedeutung." – „Alles, was du siehst und was mit unserer Suche zu tun haben könnte, ist von Bedeutung", hob Yunus hervor und schaute mich mit seinen tiefgründigen Augen an. „Na dann", gab ich mich geschlagen, „ich werde euch alles erzählen. Aber ohne Garantie auf Verständlichkeit, ja?" Und während die Metro durch die Adern Athens ratterte wie ein rotes Blutkörperchen auf dem Weg von einem Organ zum anderen, berichtete ich meinen Freunden mit knappen Worten, was mir am Tag zuvor am Olympiastadion widerfahren war.

„... Und dann hat Yunus auf das Sportflugzeug gedeutet und ich habe den Schatten vom Flugzeug gesehen, der so ganz anders war als der zuvor, und auf einmal waren auch die Kopfschmerzen wie weggeblasen", endete ich meine Schilderung. „Merkwürdig", fand Maria, „äußerst merkwürdig." – „Und deshalb meinst du also, dass Polyzalos da getötet worden ist, wo heute dieses Toilettenhäuschen steht?", fragte Lissy misstrauisch nach. „Wie kommst du eigentlich darauf?" – „Ich glaube, dieser Schatten war ein Schwarm Krähen", eröffnete ich schließlich. „Das Geräusch, das die Erscheinung gemacht hat, klang so wie Flügelrauschen", erinnerte ich mich mit einem leichten Schaudern, „und dann das Krächzen dazu ... Das müssen einfach Krähen gewesen sein." – „Aber wir haben diese Krähen nicht gesehen", lenkte Lissy ein. „Doch, da war diese eine Krähe auf der Landkarte", fiel Alex ein. „Stimmt", pflichtete ihm Lissy bei. „Aber das war nur eine *einzelne* Krähe", betonte Maria, „und kein ganzer Schwarm." – „Hm ...", grübelte Lissy, „ich kann mich ehrlich gesagt nicht daran erinnern, noch andere Krähen gesehen zu haben." – „Da waren auch keine anderen Krähen", bestätigte Maria, „das wäre mir aufgefallen." – „Vielleicht hatte Emmy einfach wieder eine Vision", überlegte Lissy, „das würde jedenfalls erklären, warum *wir* die Krähen nicht gesehen haben, oder?" Ich nickte langsam. „Aber komisch ist es schon", urteilte Maria, „wenn das wirklich wieder so eine Vision gewesen sein sollte ... Was hast du schon großartig gesehen, Emmy? Einen Schatten, ja. Du weißt nicht einmal genau, ob es überhaupt Krähen gewesen sind. Du vermutest es nur. Es stimmt wahrscheinlich auch, aber trotzdem ... Diese Vision ist so unvollständig und was sagt sie überhaupt aus? – Dass dort mal ein Schwarm Krähen herumgeflogen ist?" – „Nein, dass Polyzalos dort umgebracht worden ist, beziehungsweise, dass die Krähen dort seine Leiche aufgefressen haben", widersprach ich. „Bäh", stöhnte Lissy. „Ich weiß nicht", zweifelte Maria, „dafür haben wir doch keine Beweise." – „Es ist auch mehr nur so ein Gefühl", gab ich zu, „aber ich finde, es würde Sinn ergeben." – „Inwiefern?", fragte Alex nach. „Na ja ... Die Sachen, die dort gefunden worden sind ... An dem Ort, wo Polyzalos getötet worden ist ..." – „Die Haarspange, das Medaillon und die Truhe?", fragte Maria nach. Ich nickte und instinktiv nahm ich das silberne Medaillon in meine Hand. „Aber das waren doch Jonas und Emilias Sachen", kritisierte Lissy. „Was haben die denn an dem Ort verloren, an dem Polyzalos umgebracht worden ist?" – „Nun, das Medaillon hat Polyzalos seiner Tochter abgenommen. Soviel ist sicher", erinnerte sich Yunus, „als er Emilia in der Krypta eingesperrt hat, hat er ihr die Kette gewaltsam vom Hals gerissen."

Mit einem klammen Gefühl fasste ich mir an den Hals und schluckte schwer. Fast war mir, als könne ich Polyzalos' kalte Finger spüren, die sich um meinen Hals schlossen und ich atmete erschrocken ein. „Ich denke, Polyzalos hat diese Sachen an sich genommen, bevor er verhaftet worden ist", überlegte ich. „Hm?" Maria runzelte nicht ganz überzeugt die Stirn. „Und die Athener haben die Sachen einfach so bei Polyzalos gelassen, als sie ihn den Krähen zum Fraß vorgeworfen haben, oder was?" Maria schüttelte den Kopf. „Das ergibt doch keinen Sinn. Warum haben sie ihm diese Gegenstände nicht einfach abgenommen?" – „Weil sie einem Hochverräter gehörten, einem Schwerverbrecher", schilderte Yunus mit überraschend überzeugender Stimme. „Niemand wollte mit dem Hab und Gut eines solchen Menschen zu tun haben. Ich schätze, die Athener haben Polyzalos' Sachen einfach verbrannt und die Sachen, die sich nicht verbrennen ließen, also das Medaillon aus Silber, die Kiste aus Kupfer und die metallene Haarspange, haben sie einfach in den *Erídanos* gekippt, damit sich nichts mehr von ihm im Inneren der Stadtmauern befand." – „Michális hat uns außerdem von seiner Vermutung erzählt, dass es an der Stelle, wo das Toilettenhäuschen gebaut worden ist, damals so etwas wie eine Kanalisation gegeben hat", fiel mir plötzlich wieder ein. „Wenn die Athener die Haarspange, die Kiste und das Medaillon also irgendwo in den *Erídanos* geworfen haben, könnte es doch sein, dass diese Gegenstände bis hierher getrieben worden sind und dann nicht mehr weiter, weil sie sich irgendwo verkeilt haben. Könnte doch sein." – „Hm, vielleicht ist da echt was Wahres dran", überlegte Maria, „aber trotzdem weiß ich nicht, ob wir dieser Vision trauen können ..." – „Wie meinst du das?", fragte ich verunsichert. „Überlegt doch mal", begann Maria, „was sieht Emmy in ihren Visionen normalerweise? – Sie sieht das, was Emilia erlebt hat, und zwar genauso, wie Emilia es auch gesehen hat. Aber Emilia war zu dem Zeitpunkt bereits in der Krypta gewesen. Sie kann also gar nicht gesehen haben, wie Polyzalos umgekommen ist." – „Stimmt", pflichtete ihr Alex nachdenklich bei. „Daher dürfte also auch Emmy nichts von Polyzalos' Tod gesehen haben", meinte Maria. „Wenn man es genau nimmt, dürfte Emily aber auch die Gerichtsverhandlung auf der *Pnyx* nicht gesehen haben", merkte Yunus kritisch an, „da war Emilia auch nicht dabei gewesen. Und doch hatte Emily einen Traum, in dem sie genau diese Gerichtsverhandlung durch die Augen von Emilia gesehen hat." – „Tja, schon ganz schön abgefahren, nicht wahr?", kommentierte Alex. „Die Gerichtsverhandlung war ja eine *Zukunftsvision* der Pythia gewesen", erinnerte sich Lissy. „Könnte man also daraus schließen, dass Emmy beim Olympiastadion wieder eine Zukunftsvision von Emilia gesehen hat?", überlegte Alex. „Kann schon sein", grübelte Maria weiter, „mal angenommen, dass so etwas möglich ist. Aber dennoch bleibt alles, was wir jetzt hier bereden, nichts weiter als wilde Spekulation. Wenn Emmy irgendetwas Konkreteres gesehen hätte, wäre das anders, aber so …" Maria zuckte resigniert mit den Schultern. „Was bleibt uns also anderes übrig als weiterzusuchen und darauf zu hoffen, dass uns ein neuer Hinweis zukommt, einer, der nicht nur aus einem dunklen Schatten besteht, sondern etwas aussagt, womit man auch etwas anfangen kann."

Pi

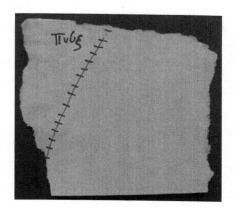

Am Horizont erblickten wir die uns mittlerweile vertraut gewordene Silhouette der Akropolis, welche sich mächtig und erhaben von dem wolkenlosen blauen Himmel abhob. Obwohl es noch sehr früh am Morgen war, tummelten sich schon etliche Touristen vor dem Eingang in die historische Gedenkstätte, und als ich an den majestätischen Mauern emporblickte, konnte ich die schemenhaften Umrisse unzähliger Menschen ausmachen, die bereits oben standen und die herrliche Aussicht genossen.

„Zur *Pnyx*, ja?", vergewisserte sich Yunus. Ich wandte mich von der Akropolis ab und nickte langsam. Entschlossen schritt Yunus voran und führte uns links an der Akropolis vorbei, direkt auf einen dunkelgrün bewaldeten Hügel zu. Dabei schreckten wir einen Schwarm Tauben auf. Routiniert suchte ich den wild flatternden Schwarm nach einer weißen Taube ab, aber es waren allesamt graue Tauben, die im heillosen Durcheinander vor uns flohen und in die verschiedensten Richtungen davonstoben. Ich seufzte enttäuscht. Ich sehnte mich regelrecht danach, diese weiße Taube einmal wieder zu sehen. So lange war sie schon nicht mehr aufgetaucht und ich fragte mich, weshalb.

Wir kamen an dem Kiosk vorbei, in dem Postkarten, Souvenirs, Poster, Bücher und vieles andere mehr verkauft wurden. Wir nutzten die Gelegenheit und suchten uns einige Postkarten für unsere Freunde und Verwandte aus, die wir dann irgendwann im Laufe des Tages schreiben wollten. Anschließend gingen wir entschlossen weiter, kamen an dem Felsen des *Areopags* vorbei und wenig später bogen wir in einen schmaleren Fußpfad ein, der in ein uriges Kiefernwäldchen führte.

„Sehr gut", fand Maria, „Schatten. Den hab ich jetzt bitter nötig." Die Sonne stach nämlich bereits sehr warm vom Himmel herunter und ich war mir sicher, dass es im Laufe des Tages noch viel, viel heißer werden würde. Eine Weile gingen wir schweigend nebeneinander her. Der Weg stieg sachte an und das Gehen wurde anstrengender. Es war ein hübscher Weg zum Spazierengehen, der von allen Seiten von Kiefern gerahmt wurde, die Schatten spendeten. Mehrere Male zweigte ein weiterer kleiner Weg ab. „Wo geht es lang?", erkundigte sich Alex dann jedes Mal. „Immer den Berg hinauf", verkündete Yunus, „immer den Berg hinauf." – „War ja klar." Lissy grinste. „Wie konnten wir auch annehmen, dass wir einmal einen einfachen Weg einschlagen würden?" – „Wer hoch hinauf will", kommentierte Yunus grinsend, „der muss erst einmal die Anstrengung unternehmen, den Berg zu erklimmen." – „Was du nicht sagst", gab Lissy zurück. „Es wird aber längst nicht so anstrengend wie der *Lykavittós*", beruhigte uns Yunus, „das verspreche ich euch." – „Na dann", schnaufte Lissy und grinste gequält.

Ich muss zugeben, dass mir diese Wanderung sehr gut gefiel. Ich atmete die nach Kiefernnadeln duftende Luft tief ein und ich genoss es, neben meinen Freunden herzugehen, ohne dabei ständig über irgendwelche Visionen, Schatten, Orakelsprüche und dergleichen nachdenken zu müssen. Diese Auszeit gönnte ich mir und auch meine Freunde zogen es vor, die ungeklärten Fragen für eine Weile ruhen zu lassen.

Der erste Aussichtspunkt war innerhalb kürzester Zeit erreicht. Wir stießen auf der anderen Seite des Kiefernwäldchens wieder in das pralle Sonnenlicht zurück. Wir blinzelten und als sich unsere Augen an das helle Licht gewöhnt hatten, fiel unser Blick auf das weiße Häusermeer Athens, das uns zu Füßen lag. Wir bewegten uns über glatte, abgerundete Felsen, zwischen denen hier und da Moos und verschiedene Gräser wuchsen. Wenn wir nach Osten blickten, sahen wir das Odeon des Herodes Attikus und dahinter den Hügel mit der Akropolis. Rechts neben der Akropolis reckte sich der grün bewachsene *Lykavittós* in die Höhe. Drehten wir uns in die andere Richtung und schauten nach Westen, erwartete uns eine unglaublich klare Aussicht über die Stadt. Wir konnten über die Häuser hinweg bis hinüber zum Saronischen Golf schauen. Das Meer war wunderbar hellblau und schien sich bis in die Unendlichkeit zu erstrecken, wo es irgendwo – nicht mehr deutlich für uns auszumachen – mit dem Horizont verschmolz und Himmel und Wasser eins wurden. Das war so schön, dass es mir regelrecht Tränen in die Augen trieb.

Yunus näherte sich mir von hinten und legte mir seine rechte Hand auf die Schulter. Ich neigte meinen Kopf und berührte mit meiner Wange seine Hand. Ich seufzte zufrieden. „Es ist wunderschön hier, nicht wahr?", wandte sich Yunus an uns. „Das ist es", beteuerte Maria. „Ich bin früher oft hierher gekommen und habe die Aussicht genossen", eröffnete Yunus.

„Wir befinden uns jetzt auf dem sogenannten Musenhügel." Yunus lächelte. „Der Hügel ist zwar nur 147 Meter hoch, aber dennoch hat man von hier aus eine herrliche Aussicht. Der Berg ist auch nicht von Touristen überlaufen, sodass es durchaus vorkommen kann, dass man hier von der Muse geküsst und inspiriert wird." Er grinste verschmitzt. „Falls ihr einmal eine Doktorarbeit über Delphi schreiben müsst und gerade eine kreative Blockade habt ...", begann Yunus mit einem breiten Lächeln im Gesicht, „... dann rate ich euch: kommt bei Sonnenaufgang hierher und der Knoten wird gelöst. Danach geht alles fast wie von selbst. Es ist faszinierend, wenn die Sonne hinter der Akropolis aufgeht und den Hang und die Stadt mit orange-rotem Licht flutet ..." – „Hast du deine Doktorarbeit etwa nicht in Nürnberg geschrieben?", wollte Lissy wissen. „Ich habe die Doktorarbeit in Nürnberg geschrieben, in Athen ... Wo ich gerade war", schilderte Yunus, „ich hatte meine Notizen fast immer dabei, weil ich nie genau wissen konnte, wann die richtigen Ideen kommen würden."

„Gehört das hier schon alles zur *Pnyx* dazu?", fragte ich. „Nein, noch nicht. Wir müssen noch ein Stück weiter nach Norden gehen", erwiderte Yunus. Eine Weile ließen wir die Aussicht auf uns wirken. Ich schoss auch noch das ein oder andere Foto, aber als dann zwei Touristen nachkamen, machten wir uns auf den Weiterweg. Schließlich erreichten wir ein beige-gräuliches Monument, um welches ein hoher stählerner Zaun verlief. Es handelte sich dabei um das Denkmal, das man von vielen Orten in Athen aus deutlich sehen konnte und das mir das erste Mal so richtig auf dem Weg hinauf zur Akropolis aufgefallen war. „Was ist das, Yunus?", richtete sich Maria an den Araber. „Das ist das Philopáppos-Denkmal", antwortete Yunus wissend, „es ist dem Gedenken an den syrischen Prinzen Philopáppos gewidmet, der damals viel für Athen getan hat. Als er um 115 nach Christus gestorben war, ließ seine Schwester Balbilla dieses Monument für ihn errichten." – „Das war aber lieb von ihr", fand Lissy, „diese Familie muss viel Geld gehabt haben. So ein Monument ist bestimmt nicht billig." – „Hm", grübelte Alex und schaute nachdenklich an dem Monument nach oben, „ich tippe mal auf sechs oder sieben Meter Höhe." – „Das könnte ungefähr hinkommen", stimmte ihm Yunus zu, „es war sicherlich noch größer, als es vollständig war." Fasziniert betrachtete ich mir die Reliefs von Pferden und Menschen. Etwas weiter oben gab es eine bogenförmige Nische, in welcher die Statue eines edel gekleideten Mannes auf einem Stuhl eingelassen war. „Philopáppos?", fragte ich und nickte nach oben. „Gut möglich", urteilte Maria. „Schade, dass ihm Kopf, Beine und Hände fehlen", bedauerte Lissy.

Nachdem wir uns das Monument eingehend betrachtet hatten, machten wir uns an den Weitermarsch. Da wir nun in der prallen Sonne unterwegs waren, holten wir unsere Sonnenbrillen hervor. Maria setzte sich ihren Strohhut auf und ich meine Schirmmütze. Wir schlenderten am Bergkamm entlang und genossen eine klare Rundumsicht. Ich deutete auf das blaue Meer hinaus und fragte: „Ist das da drüben die Insel *Sálamis*?" Ganz schemenhaft konnte man am Horizont einen dunklen Fleck ausmachen. „Nein, das ist die Insel *Ägina*", belehrte mich Yunus, „*Sálamis* liegt weiter da drüben." Er deutete mehr nach rechts, wo ich hinter den weißen Gebäuden Athens jenseits eines kurzen blauen Streifens einen weiteren dunklen Fleck ausmachen konnte, der dem Festland wesentlich näher zu sein schien als die Insel, auf welche ich zuerst gedeutet hatte. „*Eiríni*", hauchte ich und lächelte. Yunus nickte und drückte sachte meine Hand, woraufhin ein erneuter wohliger Schauer durch meinen Körper strömte. Die Aussicht und die Anwesenheit von Yunus und meinen Freunden waren so herrlich, dass ich alles andere um mich herum vergaß, allem voran den Grund, warum wir überhaupt hierher gekommen waren. Doch über kurz oder lang sollte ich wieder auf den Boden der Tatsachen zurückbefördert werden und es durchzuckte mich nahezu wie ein Blitz, als ich mich wenig später mit den anderen auf einem großen ebenen felsigen Platz wiederfand, auf dem ein erhöhter Sockel eine zentrale Position einnahm. Vier Stufen führten hinauf auf das Podest und ich riss meine Augen vor Erstaunen weit auf. Sicher, man sah deutlich die Spuren der Zeit, aber dennoch hatte sich die Gestalt der Rednertribüne auf dem Platz der Volksversammlungen der *Pnyx* so gut wie überhaupt nicht verändert. Es war immer wieder erstaunlich, wie präzise die Orte in meinen Träumen der Wahrheit entsprachen. Es sah wirklich genauso aus wie in meinem Traum. Nur die Jahreszeit war eine andere und der Zahn der Zeit hatte seine Spuren hinterlassen.

Wir blieben stehen und betrachteten uns für einen Moment stumm den Platz, der vor uns lag. Ein lauer Windzug strich mir durch das Haar und brachte das Laub des Baumes hinter mir zum Rascheln. Ich fröstelte kurz und rieb mir die Arme. Obwohl es nicht kalt war, hatte ich eine Gänsehaut. Ich schloss kurz meine Augen und sah für den Bruchteil einer Sekunde den Platz vor mir, wie er sich in meinem Traum präsentiert hatte. Er war gefüllt von Hunderten von Leuten in langen wogenden Gewändern. Alle Menschen blickten konzentriert nach vorne und lauschten dem Redner bei der Urteilsverkündung.

„Nach stundenlangen Verhandlungen und Anhörung mehrerer Zeugen ist die Heliaia *auf der* Pnyx *einstimmig zu einem Urteil gelangt"*, ver-

nahm ich die Stimme des Redners wie ein Echo meines Traumes, *„Polyzalos, der Tyrann von Gela, wird somit von der Heliaia auf der* Pnyx *zum Tode verurteilt* ..."

Ich atmete erschrocken ein und öffnete meine Augen. Der Platz war wieder leer gefegt und von Moos überwuchert, trotzdem stand das Rednerpult vor mir, wie ein verstummter Zeuge aus Stein. Langsam schritt ich näher an das Podest heran. Ich bemerkte, wie mich Yunus aufmerksam dabei beobachtete, aber er folgte mir vorerst noch nicht. Man konnte das Rednerpult selbst nicht betreten. Spannseile verhinderten dies. Aber ich hätte es sowieso nicht gewagt, mich auf den Sockel zu stellen. Ich wollte nur näher herangehen. Ein unbestimmter Impuls drängte mich dazu, dies zu tun, also tat ich es. Meine Freunde folgten mir in einigem Abstand.

Ein leises Rauschen ließ mich überrascht herumfahren. Es war eigentlich kaum hörbar gewesen. Ich war wohl nur darauf aufmerksam geworden, weil ein dunkler Schatten über mich hinweggeflogen war. Irritiert schaute ich mich um, doch ich konnte denjenigen, der das Geräusch hervorgerufen und den Schatten geworfen hatte, nicht ausmachen. Vielleicht war das wieder so eine Vision wie beim Olympiastadion gewesen, vermutete ich und versuchte, nicht zu sehr darüber nachzudenken. Wichtiger war es zunächst einmal herauszufinden, warum mich mein Gefühl dazu drängte, näher an das Rednerpult heranzugehen. Doch ich kam gar nicht näher als zehn Meter heran, denn auf einmal schoss irgendetwas Schwarzes pfeilschnell auf mich zu. Ich konnte gar nicht rasch genug in Deckung gehen. Ich vernahm ein Rauschen, das ungebremst immer näher kam, und einen lauten krächzenden Schrei, der sich anhörte, als wäre er übernatürlich in die Länge gezogen. Es war ein Schrei wie aus einer anderen Welt, ein Schrei, der mir die Haare zu Berge stehen ließ und nur einen Bruchteil von Sekunden später spürte ich auch schon einen harten Schlag gegen meinen Kopf, gefolgt von einem stechenden Schmerz, der mich hinter meinen reflexartig geschlossenen Augenlidern Sterne sehen ließ. Ich wirbelte herum, stolperte und stürzte mit meinen Knien und Händen voran auf den felsigen Untergrund. Dicht neben mir ging noch etwas zu Boden: etwas Schwarzes, Lebendiges, das sich schüttelte und aufplusterte, das wild flappende Geräusche machte, einen weiteren kehligen Laut ausstieß, daraufhin einen oder zwei Meter von mir weghopste, anschließend zwei große kohlrabenschwarze Schwingen aufspannte, sie schnell auf und ab bewegte, wodurch ein paar dünne Fasern Moos und eine Woge feinen Staubes aufgewirbelt wurden und alsbald flog das dunkle Etwas krächzend davon. Es ging alles so schnell, dass ich überhaupt nicht verstand, was eben geschehen war. Ich zog meine Beine unter mir nach vorne und ließ mich auf meinen Hintern plumpsen.

Fürs Erste fühlte ich mich nicht dazu imstande aufzustehen. Noch immer tanzten Lichtpunkte wie wild vor meinen Augen und ich fühlte mich durch den Schlag gegen meinen Kopf vollkommen benommen. „Emily!", hörte ich Yunus' aufgebrachte Stimme. „Emmy.", schrien auch die anderen und eilten mit großen Schritten zu mir herüber. Yunus kniete sich neben mir nieder und fasste mir behutsam an die Schulter. „Ist alles in Ordnung?", fragte er mich. „Ich weiß nicht", nuschelte ich hilflos. „Was war das?" – „Eine Krähe", antwortete Maria und mit einem Male erschauderte ich. Ich fasste mir reflexartig an den Kopf, dorthin, wo mich der Vogel mit seinen Krallen oder seinem Schnabel getroffen hatte. „Aaaaaaaaaaaah!", stöhnte ich laut auf, als ein stechender Schmerz mich durchzuckte. „Oooooooooooooh! Das tut sakrisch weh!" Ich nahm meine Hand von der Wunde und betrachtete sie mir. Meine Hand war voller Blut. „Was zum … Oh verdammt!", brach es aus mir heraus, als ich das Blut sah. Mir wurde schwindelig. Alles drehte sich vor meinen Augen. „Emily", hörte ich Yunus' Stimme wie aus weiter Ferne. Sein Gesicht verschwamm vor meinen Augen und tiefe Schwärze drängte sich von außen in mein Blickfeld. Ich spürte einen unglaublich starken Druck auf meinen Ohren und mir war, als stürze ich in ein bodenloses Loch.

--- Ich sehe eine dichte grüne Hecke. Zwischen ihren Ästen liegt ein kleines, zerbrechlich aussehendes Ei. Einsam und allein. Plötzlich entstehen Risse in der Schale, erst zaghaft und dünn wie Zwirnsfäden, doch bald durchstößt ein winziger Schnabel an einer Stelle die Kalkschale, die Risse werden größer, ein Kopf schiebt sich aus einem Loch heraus, ein Kopf mit großen schwarzen Augen und hellem Flaum an der Stirn. Die Federn sind ganz nass und liegen eng an der Haut an. Es sieht anstrengend aus, wie der kleine Vogel sich seinen Weg in die Freiheit erkämpft. Die Schale gibt nach und der Vogel schlüpft. Er streift die restlichen Schalenreste von seinem Körper und stellt sich auf seine noch ziemlich wackeligen Beine. Er piept leise und blickt genau in meine Richtung. Der Vogel schüttelt sich und watschelt unbeholfen auf mich zu. Ich bleibe fasziniert an dem Ort stehen, wo ich mich befinde und betrachte mir das Wunder der Natur. Je näher mir der Vogel kommt, desto größer wird er. Aber mit wechselnder Perspektive hat das nichts zu tun. Nein, der Vogel wächst. Mit jedem Schritt, den er auf mich zu macht, altert er. Im Zeitraffer entwickelt sich das Küken zu einem erwachsenen Vogel. Der helle Flaum wird abgelöst von echten Federn. Der Körper nimmt die Proportionen eines erwachsenen Vogels an, der Hals wird länger, die Flügel kräftiger, die Beine dicker. Das Gefieder wird reinweiß. Es ist eine weiße Taube! Vor Staunen halte ich den Atem an. Schließlich ist der Vogel erwachsen und flügge. Er bleibt stehen und öffnet seine anmutigen Schwingen. Zwei-, dreimal schlägt er seine Flügel auf und ab, dann schwingt er sich in die Lüfte und fliegt direkt in meine Richtung. *Jona?*, richte ich mich fragend an die weiße Taube. Ungebremst fliegt sie weiter auf mich zu. Mitten im Flug jedoch verfärbt sich das Gefieder der Taube. Zuerst wird es grau, dann schwarz, schwarz wie die Nacht. Die Taube verwandelt sich vor meinen Augen in eine Krähe und noch immer fliegt sie auf mich zu. Sie wird rasch größer und ich bekomme es mit der Angst zu tun. Ich will weglaufen, aber ich fühle mich wie an den Ort festgenagelt, an dem ich stehe. Die Krähe ist nur noch etwa einen Meter von mir entfernt. Sie reißt ihren großen Schnabel auf und ein lang gezogenes düster klingendes Krächzen entfleucht ihrer Kehle. ---

„NEEEEEEEEEIIIIIIIIIIIIIIIN!", schrie ich verzweifelt und riss meine Hände in die Höhe. Ich versuchte auszuweichen, doch es ging nicht. Ich wurde festgehalten. „Emmy", hörte ich eine Stimme, der ich momentan aber kein Gesicht zuordnen konnte. „Emily", vernahm ich eine weitere Stimme ganz in meiner Nähe. Ich öffnete meine Augen und schaute mich um. Doch im ersten Moment sah ich alles nur verschwommen und undeutlich vor mir und ich konnte mir weder erklären, wo ich mich befand, noch was gerade vorgefallen war.

Ich blinzelte mehrere Male und schließlich konnte ich wieder einigermaßen scharf sehen. Ich sah einen bärtigen Mann vor mir, mit dunklen Augen und langen Haaren, mit freundlichen Gesichtszügen und einem dicken Buch in der einen Hand, auf der ein Kreuz abgebildet war. Die andere Hand hatte er wie zu einem Gruß leicht erhoben und um den Kopf hatte er einen Heiligenschein. Als ich das alles mit meinem Blick erfasst hatte, wollte ich mich erschrocken aufrichten, doch eine Hand hielt mich sanft zurück und drückte mich wieder in eine liegende Position. Noch immer hatte ich das Bild von diesem bärtigen Mann vor mir. *Jesus?*, dachte ich. *Bin ich gestorben?* Ich atmete tief durch und schaute konzentriert den Mann an, den ich vor mir sah und schließlich erweiterte sich mein Blickfeld und ich sah hölzerne Balken, den Giebel eines Daches und einen Baum vor einem Gebäude, das wie eine Kirche aussah. Den Giebel des Daches zierte das Bild von Jesus, das ich gesehen hatte. Ich drehte meinen Kopf leicht zur Seite und sah meine Freunde, die um mich herumstanden und mich angstvoll anstarrten.

„Emily", hörte ich erneut eine mir vertraute Stimme und ich spürte ihn, der mich hielt: Yunus. Ich lag auf einer Bank, vor der Kirche, mein Oberkörper ruhte auf seinem Schoß. Yunus hielt mir sorgsam ein Papiertaschentuch an den Kopf, an der Stelle, wo mich die Krähe zuvor getroffen hatte, und tupfte das restliche Blut von der Haut. Mit der anderen Hand hielt er meinen Arm fest, mit dem ich wohl wild um mich geschlagen hatte, als ich wieder zu mir gekommen war.

„Oh", hauchte ich überrascht, als ich zu begreifen begann, was vorgefallen war, „Oh." – „Du bist ohnmächtig geworden", schilderte Maria mit besorgter Stimme. „Schon wieder", seufzte ich genervt und richtete mich langsam auf. „Das muss dir nicht peinlich sein", meinte Maria, „der Schlag, den du von der Krähe abbekommen hast, hätte wohl jeden ausgeknockt. Einfach unglaublich, was diese Krähe gemacht hat ..." – „Wie geht es dir?", fragte Lissy zaghaft. „Na ja", gab ich zu, „ehrlich gesagt ging es mir schon mal besser. Mein Kopf ..." Ich hob meine Hand an die Stirn und massierte mir die Schläfen. Yunus streichelte mir sachte über das Haar und hielt

aber gleichzeitig das Taschentuch weiterhin über die Wunde. „Wie bin ich hierher gekommen?", wollte ich wissen. „Yunus hat dich hierher getragen", erläuterte Alex, „er wusste, dass in der Nähe eine Bank war. Wir haben überlegt, ob wir einen Arzt holen sollen, aber gerade, als wir die Entscheidung treffen wollten, bist du wieder zu dir gekommen. Hoffentlich hast du keine Gehirnerschütterung." Ich neigte meinen Kopf vorsichtig einmal nach rechts, einmal nach links. „Nein, ich glaube nicht, dass ich eine Gehirnerschütterung habe", urteilte ich, „aber komisch ist es schon … Ich weiß nicht …"
„Wie konnte das bloß passieren?", fragte Maria. „Was ist nur in diese Krähe gefahren? So verhalten sich Krähen doch normalerweise nicht." – „Was war das bloß für ein verrückt gewordenes Viech?" Lissy schüttelte den Kopf. „Als ob die *Pnyx* nicht groß genug gewesen wäre … Was muss diese blöde Krähe ausgerechnet da fliegen, wo du läufst?" – „Frag mich was Leichteres", gab ich zurück und rückte mich mit schmerzverzerrtem Gesicht auf der Bank zurecht. „Und das Viech steht auf und fliegt einfach so davon, als ob gar nichts gewesen wäre", sprach Alex, „der Krähe ist gar nichts passiert, sie hat nicht mal eine Feder bei ihrem Kamikazeflug verloren." – „Oh Mann", seufzte ich erneut, „was für ein Tag …" – „Am besten, wir bleiben eine Weile hier", beschloss Maria, „bis Emmy einigermaßen wiederhergestellt ist." – „Gute Idee", fand ich und rieb mir die Augen, „ich muss euch sowieso noch etwas erzählen." – „Etwas erzählen?", fragte Alex nach. „Ja, von dem, was ich gesehen habe, während ich ohnmächtig war", gestand ich etwas zurückhaltend, „vielleicht war das mit der Krähe ja ein Zeichen." – „Was soll das denn bitte schön für ein Zeichen sein?", kritisierte Alex. „Ich meine … Hallo? Ein tollwütig gewordener Vogel, der Touristen rammt?" – „Jetzt lass sie doch erst mal erzählen, was sie gesehen hat",

verlangte Lissy. „Ja, na gut", gab sich Alex geschlagen und dann lauschten meine Freunde der seltsamen Vision, die ich von dem Ei, der Taube und der Krähe hatte.

„Irgendetwas will mir diese Vision sagen", behauptete ich überzeugt, „aber ich komme einfach nicht darauf, was."

Von Tauben und Krähen

„Krähen, Tauben; Tauben, Krähen", brabbelte Lissy vor sich hin, als handelte es sich dabei um eine Beschwörungsformel und sie fuhr sich nachdenklich durch ihre langen dunklen Locken. „Ich werde den Gedanken nicht los, dass das mit den Tauben und den Krähen irgendetwas zu bedeuten hat. Ich glaube fast, dass es bei den beiden Vogelarten um eine Art verschlüsselte Botschaft geht", eröffnete Lissy. „Hä?", machte Alex und riss seine Augen weit auf. „Wie meinst du das?"

„Sagen wir es so", begann Lissy nachdenklich, „in nahezu jeder Vision, in nahezu jedem Traum hat Emmy eine Taube gesehen; wir sind auch oft in Athen weißen Tauben begegnet; auf der Truhe von Yunus war eine Taube abgebildet und auf der Truhe von Jona, die Michális gefunden hat, war eine Taube; auf Jonas Grabstein ist eine Taube eingemeißelt … Und dann die Krähen … Seit wir beim Olympiastadion waren, tauchen auch oft Krähen auf: Da war dieser krächzende Schatten, von dem du erzählt hast, Emmy; dann die Krähe, die unsere Landkarte durchlöchert hat; dann die Tatsache, dass Polyzalos wahrscheinlich von Krähen aufgefressen worden ist; und nicht zu vergessen: die neue Vision und der Angriff der Krähe … Die, die dich einfach gerammt hat, Emmy. Das kann doch nicht alles nur Zufall sein, oder?"

„Hm", machte ich und rieb mir nachdenklich den Kopf. Dabei passte ich auf, die verletzte Stelle nicht aus Versehen zu berühren. Die Wunde hatte inzwischen aufgehört zu bluten und es ging mir bereits besser, als noch vor ein paar Minuten. Mein Blick fiel erneut auf das Gemälde von Jesus an der Wand.

„Vielleicht stehen die Tauben und Krähen in Emmys Träumen und Visionen gar nicht für richtige Tauben und Krähen, sondern für irgendetwas anderes", ergriff Lissy erneut das Wort. „Du meinst ... Mehr wie so eine Art Symbol?", fragte Maria nach. „Ja, genau." Lissy nickte ausholend. „Und wofür stehen diese Symbole dann?", wollte Maria wissen. Sofort wandten sich alle Blicke Yunus zu. Doch dieser schaute starr geradeaus und reagierte nicht; geradeso, als hätte er nicht zugehört. Noch immer stützte er mir den Rücken, auch wenn ich inzwischen längst aufrecht dasaß. Seine Hand hatte er mir zärtlich auf die Schulter gelegt, aber seit einiger Zeit hatte er sich nicht mehr an unserem Gespräch beteiligt. *Worüber er wohl gerade so intensiv nachdenkt?*, fragte ich mich.

„Zumindest zur Taube kann Yunus uns doch bestimmt einiges sagen", vermutete Lissy, „er heißt ja sogar Yunus, also Taube." – „Ähm, was?", fragte Yunus verwirrt, als er seinen Namen aufschnappte. Maria lachte. „Entschuldigt bitte, ich war gerade ganz in Gedanken", gab Yunus zu. „Das haben wir bemerkt", amüsierte sich Maria. „Tut mir leid, was habt ihr zuletzt gesagt?", wollte Yunus wissen. „Wir haben uns gerade gefragt, ob du uns etwas über die Symbolik der Taube erzählen kannst", richtete ich mich an ihn, „Lissy glaubt nämlich, dass die Taube und die Krähe in meinen Träumen und Visionen vielleicht symbolisch zu verstehen sind und uns einen versteckten Hinweis geben können." – „Kein schlechter

Gedankengang", gab Yunus anerkennend zu, „die weiße Taube ist tatsächlich als Symboltier in vielen Ländern bekannt." Er setzte sich aufrecht auf die Bank und blickte in die Ferne. „Zunächst einmal steht die weiße Taube für den Frieden. Ihr kennt als Christen natürlich die biblische Sintflut-Geschichte aus dem ersten Buch Mose. Eine weiße Taube wurde losgeschickt, um nach Land Ausschau zu halten und sie kam zurück mit einem Ölzweig im Schnabel. Das war der eindeutige Beweis dafür, dass die Taube mitten in den Wassermassen endlich Land gefunden hatte. Dadurch übernahm die Taube sozusagen die Rolle des frohen Botschafters. In der Ikonografie wird zudem der Heilige Geist in der Gestalt einer weißen Taube dargestellt." – „Können wir also sagen, dass die weiße Taube ein christliches Symbol ist?", fragte Alex. „Hm", machte Yunus, „nicht nur. – Im Judentum ..." Yunus fuhr sich nachdenklich über das Kinn. „Im Judentum zum Beispiel ist die weiße Taube das Symbol für die Liebe." – „Ooooooh", äußerte sich Lissy, „wie schön. Das passt doch zu unserer Liebesgeschichte zwischen Jona und Emilia – und Yunus und Emily", ergänzte Lissy lächelnd. „Und Jona hat ja auch *Brieftauben* benutzt, um Emilia Gedichte und Briefe zu schicken. Bestimmt hat er dazu auch eine *weiße* Taube genommen. Das würde zu ihm passen", fand Maria. „Das kann schon sein", stimmte ich ihr zu. „Bedeutet die weiße Taube auch im Islam etwas Bestimmtes, Yunus?", erkundigte sich Maria. „Kannst du uns darüber etwas erzählen?" – „Ja, tatsächlich." Yunus nickte. „Auch im Islam kennt man die Taube als Symbol." Er legte sich seinen langen schwarzen Zopf in den Nacken, bevor er fortfuhr: „Im Islam ist die weiße Taube das Symbol der Treue und des Vertrauens." – „Auch nicht schlecht", fand Alex.

„Anfang eines Vertrauens, das keinerlei Worte bedarf ...", sinnierte ich mehr für mich selbst und schüttelte mich, um wieder zu mir zu kommen.

„Und die Krähe?", fragte Lissy schließlich. „Krähen haben doch sicher auch Symbolkraft, oder?" – „Krähen gelten sogar in vielerlei Hinsicht als Symbol", eröffnete Yunus. „Krähen sind wegen ihres oft unheimlichen Aussehens, ihres rauen Rufes und ihres schwarzen Gefieders Vorboten des Bösen im Volksglauben oder in Märchen und im Aberglauben. Im Alten Testament der Bibel steht geschrieben, dass Noah zuallererst eine Krähe in die Lüfte steigen ließ, damit diese auskundschaftete, ob es irgendwo Land gäbe, aber der Vogel kam wieder zurück zur Arche, da seine Füße keinen Baum, keinen Boden fanden, auf dem sie hätten landen können. Der spätere christliche Glaube ging sogar noch weiter und verteufelte die Krähe und sah in ihr das Böse selbst. Krähen werden auch oft mit Hexen und Zauberern in Verbindung gebracht, also mit dem Übernatürlichen, das man sich nicht erklären kann, das vielen Menschen Angst bereitet."

„Kann man also sagen, dass Krähen der Gegenpol zu Tauben sind?", fragte Alex. „Das könnte man wohl so sagen, wenn man das wollte", überlegte Yunus, „vom Symbolischen her sicher. Aber wir wissen, dass es in der Realität kein einfaches Schwarz-Weiß-Schema gibt, welches man bestimmten Menschen, Tieren und so weiter überstülpen kann. Der eine ist gut, der andere ist böse ... So einfach geht es nicht."

„Schon klar", entgegnete Lissy, „aber wenn wir mal bei Emmys Visionen bleiben .. und dem, was Emmy gerade mit dieser einen verrückt gewordenen Krähe passiert ist ... Bisher steht die Krähe bei uns nicht gerade in einem guten Licht. In unserem Fall scheint sie doch tatsächlich für das Böse zu stehen, oder?" Alex und Maria nickten.

„Ich glaube nicht, dass wir uns das hier so einfach machen sollten", wandte ich ein. „Was!?", wunderte sich Lissy. „Gerade *du* verteidigst die Krähen? Ausgerechnet *du*, obwohl du soeben von einer angegriffen worden bist; obwohl dich eine so schwer verletzt hat, dass du davon sogar ohnmächtig geworden bist?" Lissy schüttelte ungläubig ihre dunkle Mähne. „Ich verteidige die Krähen doch gar nicht", widersprach ich, „ich meine bloß, dass wir bisher noch nicht genau wissen können, wofür die Krähe bei uns steht. Ihr Erscheinen könnte auch noch eine ganz andere Bedeutung haben." – „Welche zum Beispiel?", fragte Alex. „Weiß ich auch nicht", gab ich zu, „aber ich denke da zum Beispiel an die eine Krähe, die ein Loch in unsere Karte gepickt hat, an der Stelle, wo wahrscheinlich *Thólossos* gelegen hat und wo wir bald hingehen werden. Vielleicht wollte sie uns zeigen, wo wir suchen müssen?" – „Ja klar", meinte Alex skeptisch und rollte die Augen. „Diese Diskussion hatten wir schon mal", kommentierte Maria, „wir wissen immer noch nicht, ob da was dran ist." – „Ja, aber wieso sollte eine Krähe uns einerseits zeigen, wo wir suchen sollen und auf der anderen Seite hindert uns eine andere Krähe daran, unsere Suche fortzuführen, indem sie dich ausknockt, Emmy?", merkte Lissy kritisch an. „Vielleicht hat uns diese eine Krähe ja auch gar nicht an der Suche gehindert", redete ich weiter, „das Gegenteil könnte genauso gut der Fall sein." – „Das verstehe ich jetzt allerdings überhaupt nicht", bekannte Lissy und blickte mich erwartungsvoll an, sodass ich eine Erklärung nachlieferte: „Vielleicht hat uns die Krähe mit dieser Attacke auch einfach nur einen weiteren Hinweis gegeben." – „Hinweis worauf?", insistierte Alex ungeduldig. „Wenn ich das wüsste …", grübelte ich und schüttelte den Kopf.

„Was sagen denn die alten Griechen zu den Krähen?", fragte Maria weiter. „Darüber ist mir leider nicht viel bekannt", gestand Yunus, „aber ich weiß, dass dem griechischen Gott Apollon beispielsweise die Krähen als heilig galten. Er hielt sie für unglaublich intelligente und gewitzte Tiere." – „Das mag ja sein", kommentierte Lissy, „ich finde sie aber trotzdem unheimlich. – Rammt eine einfach unsere arme Emmy und fliegt dann davon, ohne dass sie sich dabei auch nur eine Feder gekrümmt hat ... Und dann diese eine Krähe, die wir im Olympiastadion gesehen haben ... Vielleicht war das ja sogar dieselbe wie die, die Emmy angegriffen hat?" Lissy schaute uns mit großen Augen an. „Jedenfalls ... Diese Krähe ... sie war so unglaublich riesig und so unbeeindruckt von uns, beinahe überheblich. Sie hat uns angeguckt, als wolle sie sagen: ‚Was wollt ihr unbedeutenden Flügellosen hier? Ihr habt doch gar nichts zu melden. Ihr habt keine Ahnung ...' Das klingt vielleicht komisch, aber ... dieser Blick ... Der Vogel sah wirklich so aus, als wüsste er irgendetwas, das wir nicht wussten. So geheimnisvoll und unergründlich." – „Jedes Lebewesen ist geheimnisvoll und unergründlich", betonte Yunus. Ich nickte zustimmend. „Ja, aber diese Krähe war ganz besonders geheimnisvoll und unergründlich", behauptete Lissy. „Und die von heute noch viel mehr", ergänzte Alex.

„Ich glaube, nach deinem Erlebnis heute kann es dir keiner verübeln, wenn du eine Krähenphobie bekommen würdest", sagte Maria zu mir. „Und ich habe auch noch diese blöde Feder mitgenommen, die die Krähe am Olympiastadion verloren hat ..." Lissy wühlte eine Weile in ihrer Handtasche herum und wenig später zog sie die lange schwarze Feder hervor, die sie so lange aufbewahrt hatte. „Wieso sollte diese Feder blöde sein?", wandte ich mich an Lissy. „Von mir aus kannst du sie gerne haben", meinte Lissy, „ich mag sie ehrlich gesagt nicht mehr." Sie hielt mir die kohlrabenschwarze Feder entgegen und ich nahm sie zögernd an mich. Sie fühlte sich warm an. Der gräuliche Stiel war elastisch und doch fest, die einzelnen schwarzen Fasern bildeten eine ebenmäßige, makellose Fläche, die glänzte, wenn man sie in einem bestimmten Winkel gegen das Sonnenlicht hielt. Ich strich mir mit der Feder langsam über den Handrücken und bekam eine Gänsehaut, an der Stelle, an welcher mich die Feder berührte. Ich roch an der Feder und atmete langsam wieder aus. Die Feder roch nach Freiheit. Es war ein Duft nach Kiefernnadeln, Abenddämmerung und Erde, nach Sonnenschein und Zweigen, nach Freiheit eben. Anders kann ich es nicht beschreiben und dazu kam noch ein anderer, ein markanter Duft, der nicht unangenehm war, aber den ich vorher zumindest noch nicht gekannt hatte. Es musste der Geruch der Krähe selbst sein, ihres Körpers. Die Krähe am Olympiastadion war jedenfalls nicht einer Vision entsprungen. Sie war echt gewesen, genauso echt wie die Krähe, die mich auf der *Pnyx* angegriffen hatte. An deren Echtheit hatte ich dank meiner schmerzenden Wunde keinerlei Zweifel mehr. Ich legte die Feder auf meine Handfläche und betrachtete sie mir eine Weile eingehend. Sie war etwa fünfzehn Zentimeter lang. Wahrscheinlich eine Schwanzfeder, vermutete ich. „Kann ich sie auch mal haben?", bat Alex. „Klar." Ich reichte ihm die Feder und beobachtete ihn bei seinen Experimenten. Alex fasste die Feder an ihrem Stiel an und hielt sie gegen den kaum spürbaren Wind. Die einzelnen feinen Fasern bewegten sich sachte in der Luft, gaben aber ihre Verbindung untereinander nicht auf. Alex bewegte die Feder langsam auf und ab, dann schneller und schneller und die so verursachten Luftwirbel bogen die eine Seite der Feder abwechselnd nach oben und nach unten. Dabei entstand ein leises Rauschen, wie das Schwirren beim Krähenflug, das so ganz anders klang als das peitschende Flattern von Taubenflügeln. Ich blinzelte und zuckte unwillkürlich zusammen, als ich mich an den durchdringenden Blick der Krähe aus meiner Vision erinnert fühlte, an den weit aufgerissenen Schnabel und an den Aufprall, als mir die echte Krähe gegen den Kopf geflogen war. Ich spürte, wie sich unvermittelt die feinen Härchen auf meinen Armen senkrecht aufstellten. „Hör bitte auf damit", bat ich Alex und sofort hielt er inne. Er legte die Feder vor sich auf den Tisch und beäugte sie aus der Distanz, fast so, als handelte es sich bei ihr um ein lebendiges Wesen, das jederzeit aus eigener Kraft einen Fluchtversuch starten könnte, wenn man es nicht davon abhielt.

Ich stöhnte erschöpft auf und wandte mich von der Feder auf dem Tisch ab. „Ich war jedenfalls heilfroh, als diese Krähe im Olympiastadion davongeflogen ist", gab ich zu, „bei der weißen Taube ist das immer ganz anders. Da denke ich mir jedes Mal: Schade, dass sie wieder weg ist. Sie ist so schön. Ich könnte sie mir nahezu ewig anschauen. Ihre Anwesenheit ist immer so beruhigend und mir kommt es so vor, als tauche sie immer gerade dann auf, wenn man sie am nötigsten braucht. Zum Beispiel als Michális mich zur Rede gestellt hat, warum ich ihn die ganze Zeit so hartnäckig verfolgte. Mir ging es richtig mies in dem Moment und da kam dann die Taube und ich fühlte mich für einen kurzen Moment besser, bis sie dann weggeflogen ist. Oder in Delphi ... Da war es mir fast, als hätte sie uns geführt, als hätte sie uns den Weg gewiesen und irgendwie hat sie das ja auch ..." Alex brach plötzlich in lautes Lachen aus. „Was ist?", fragte ich ihn irritiert. „Weißt du noch auf dem *Areopag* an unserem ersten Tag in Athen?" – „Oh nein, jetzt kommt er mit *der* alten Geschichte ...", entnervte sich Maria, „komm, lass es stecken, Alex." Doch Alex ließ sich nicht bremsen. „Emmy wollte uns doch tatsächlich weismachen, dass *du* dich in die Taube verwandelt hast,

Yunus, nahezu vor ihren Augen!" – „Das habe ich nie behauptet", brauste ich auf und lief rot an im Gesicht. „Du hast gesagt, dass der Araber ... tschuldige, damals hattest du für uns noch keinen Namen, Yunus ...", erklärte Alex und fuhr fort: „Du hast gesagt, Emmy, dass Yunus da war und mit dir geredet hat und dann hast du dich zu uns umgedreht und dann war da plötzlich diese Taube, die aufgeflattert ist, und von Yunus war weit und breit keine Spur mehr zu sehen." – „Ja, das war damals aber auch seltsam gewesen", betonte ich, „aber ich habe nie behauptet, dass Yunus sich in die Taube verwandelt hat." Ich stellte fest, dass Yunus amüsiert grinste. „Aber gedacht hast du's", behauptete Alex, „gib's ruhig zu." – „Ich sag dazu lieber gar nichts mehr", entgegnete ich frustriert. „Also, Yunus ist definitiv keine Taube", sagte Alex, „das hast du hoffentlich endlich begriffen." – „Mpf", machte ich bloß, anstatt eine Antwort zu geben und verschränkte missmutig meine Arme vor der Brust.

„Nein, ich bin definitiv keine Taube", sprach Yunus, „aber ich *heiße* ‚Taube'". Er grinste. „Das ist schon ein verrückter Zufall", fand Maria, „Jona heißt ja auch ‚Taube'." – „Genau, das ist derselbe Name wie meiner, nur eben in Hebräisch", bekräftigte Yunus. „Interessant, dass du genauso wie Jona heißt und Emily genauso wie Emilia ... Nur eben in unterschiedlichen Sprachen ...", grübelte Maria versonnen.

Abwesend betrachtete ich mir das Bild von Jesus an der Kirchenwand. „Was, wenn die Taube der Geist von Jona ...", kam plötzlich eine Idee über mich, doch mitten im Satz überlegte ich es mir anders und verstummte. Ich befürchtete, mich mit meiner Vermutung vor meinen Freunden lächerlich zu machen. Allerdings war es bereits zu spät, um die Worte wieder zurückzunehmen. Alex fing neben mir zu prusten an und hielt sich die Hand vor den Mund. Maria presste ihre Lippen zusammen, sodass sie nur noch wie feine Striche wirkten, und schüttelte den Kopf wie in Zeitlupe. „Du meinst ...", begann Lissy langsam, „dass die weiße Taube ..., dass sie ... – dass sie Jona ist?" Ich zuckte hilflos mit den Schultern und leckte nervös über meine Lippen. „Ähm", machte ich, doch stoppte sogleich wieder. Hilfe suchend blickte ich zu Yunus hinüber, doch der betrachtete sich lediglich seine Füße und strich sich über die langen Haare. „Ähm", machte ich erneut, aber ein weiteres Mal brachte ich keinen vernünftigen Satz heraus. Ich wusste selbst nicht genau, was ich mit meiner Aussage gemeint hatte. Es war mir spontan eingefallen. Eine Schnapsidee, etwas, das man auf keinen Fall ernst nehmen konnte. Dennoch, es würde erklären, warum die Taube immer an den entscheidenden Orten anzutreffen war, die etwas mit Emilia zu tun hatten und ebenso würde es erklären, warum mir die Taube gelegentlich im Traum erschienen war. Aber konnte die Seele eines Menschen nach dem Tod tatsächlich in einem Tier wiedergeboren werden?

„So blöd ist die Idee gar nicht, wie ihr tut", kam mir Lissy schließlich zur Hilfe. „Wäre dies ein Roman oder ein Film, würde ich sagen: Wow! Genial! Dass ich da nicht früher drauf gekommen bin ... Die Taube ist der wiedergeborene Jona, der versucht, uns mitzuteilen, wie wir Emilia aus ihrem Jahrtausende alten Grab befreien können, damit er endlich wieder mit ihr vereint werden kann. Das ist doch total romantisch", schwärmte Lissy und riss ihre Arme theatralisch weit auseinander, als wolle sie die ganze Welt umarmen. „Das ist überhaupt nicht romantisch", ging Alex dazwischen, „sondern total hirnrissig." – „Was hältst *du* denn davon?", richtete sich Lissy an Maria. „Ich halte davon auch nicht besonders viel, wenn ich ehrlich bin. Ich meine ... Hört euch doch einmal selbst an. Ich würde es jetzt nicht so drastisch sagen wie Alex, aber irgendwie … Das kommt mir nun doch etwas weit hergeholt vor. Wir wissen außerdem nicht einmal, ob das immer dieselbe weiße Taube gewesen ist, die wir gesehen haben." – „Doch, es war dieselbe", behauptete ich überzeugt und ärgerte mich gleichzeitig über mich selbst, noch während ich den Satz formulierte. „Wie kommst du darauf?", fragte Alex skeptisch, „die Taube hat doch jetzt nichts großartig Herausragendes an sich, das sie von anderen weißen Tauben unterscheidet. Ich meine, sie hat nicht irgendeinen krummen Flügel oder einen Clip am Fuß oder eine schwarze Schwanzfeder oder irgendetwas anderes Auffälliges, soweit ich weiß. – Oder? Es könnte genauso gut jedes Mal irgendeine andere Taube gewesen sein. Tauben sehen doch alle gleich aus." – „Das tun sie eben *nicht*", widersprach ich und stampfte missmutig mit meinem Fuß auf. „Was ist dann an dieser einen Taube so anders?", bohrte Maria nach. „So besonders, dass sie deiner Meinung nach aus den anderen weißen Tauben hervorsticht?" – „Ich weiß nicht", gab ich geknickt zu, als ich krampfhaft überlegte, wie ich meinen Freunden dieses Gefühl vermitteln könnte, das mich jedes Mal durchströmte, sobald ich die Taube erblickte. Wie könnte ich es meinen Freunden möglichst verständlich beibringen, dass es eben einfach so war, wie ich es sagte und nicht anders? Wie aber will man Gefühle kommunizieren, die man sich selbst nicht erklären kann? Es ging einfach nicht. „Wenn ich es könnte, würde ich es euch erklären. Es ist nur so ein Gefühl … Diese Taube, sie hat irgendwie eine Aura, einen Charakter … Sie ist nicht nur irgend so ein Vogel. Wenn man sie sieht, dann weiß man einfach, dass sie etwas Besonderes ist. Ihr habt sie doch auch schon gesehen. Jetzt tut doch nicht gar so verständnislos. Ihr müsst doch auch etwas gespürt haben. Irgendetwas. Oder etwa nicht? Sie ist so wunderschön anzusehen und elegant und sie scheint beinahe zu leuchten. Ich finde, irgendwie geht ein regelrechtes Strahlen von ihr aus. Findet ihr nicht auch?" – „Nun, das kommt daher, dass sie ein weißes Gefieder hat", meinte Alex, „das strahlt eben in der Sonne, weil es alles Licht reflektiert." – „Ach, ihr versteht nicht, was ich meine", erwiderte ich frustriert.

„Wäre schon eine krasse Vorstellung", grübelte Lissy weiter, „wenn die Taube der wiedergeborene Jona wäre ..." – „Aber ... Leute. Wir reden hier von Reinkarnation, Wiedergeburt", rüttelte uns Maria wach. „Ähm, ja?", wunderte sich Lissy. „Und? Sollen wir das etwa nicht tun?" – „Wiedergeburt im Sinne eines Lebens nach dem Tod, ja, gut", schilderte Maria, „daran glaube ich. Ich glaube, dass wir nach dem Tod auferstehen und dass es danach irgendwie weitergeht. Aber doch nicht hier auf der Erde. – Wiedergeburt im Körper eines Vogels? Ich bitte euch ... Das glaubt ihr doch nicht ernsthaft." Sie runzelte ihre Stirn. „Vielleicht bekommen die Verstorbenen, die noch Dinge auf der Erde zu klären haben, von Gott die Gelegenheit, dies zu tun", schlug Lissy vor. „Und wie?", fragte Alex nach. „Na zum Beispiel, indem sie im Körper einer Taube wiedergeboren werden", äußerte sich Lissy, als handele es sich bei ihrer Theorie um etwas dermaßen Selbstverständliches wie das Amen in der Kirche. Ich bemerkte, dass Yunus neben mir äußerst interessiert zuhörte, genauso wie damals, als wir uns über die Seelenatome unterhalten hatten.

„Ich glaube nicht, dass Menschen in den Körpern von Tieren wiedergeboren werden können", offenbarte Alex, „das ist doch Blödsinn." – „Aber wenn die Taube der wiedergeborene Jona ist, wer ist dann die Krähe?", fragte Lissy unbeirrt weiter. „Könnte es nicht sein, dass auch die Krähe jemand ist, den wir schon kennen?" – „Einmal lass mich raten", plapperte

Alex nicht ganz ernst gemeint dazwischen, „die Krähe ist Polyzalos?" Lissy schaute ihn verblüfft an. „Genau dasselbe habe ich mir auch gerade überlegt", offenbarte sie. „Hab ich's mir doch gleich gedacht", brach es aus Alex. „Meinst du das ernst mit Polyzalos, Alex?", wollte Lissy erstaunt wissen. „Natürlich meine ich das *nicht* ernst", sagte er. „Warum hast du dann aber ge…", begann Lissy. „Weil ich wusste, worauf du hinauswolltest und weil ich es Quatsch finde", unterbrach Alex. „Du findest immer alles Quatsch, was ich sage", beschwerte sich Lissy und verschränkte missmutig die Arme vor der Brust. „Das ist nicht wahr", widersprach Alex, „aber … Ich bitte dich. Das ist doch Irrsinn." Lissy öffnete ihren Mund, als wollte sie etwas sagen, doch sie schloss ihn unverrichteter Dinge wieder und drehte sich Hilfe suchend zu mir um. „Emmy?", fragte sie flehend und schaute mich an. „Na ja …", grübelte ich und fasste mir vorsichtig an den Kopf, „die Krähe … und Polyzalos? Einerseits würde es schon zu ihm passen. Aber andererseits … Polyzalos wurde von Krähen *aufgefressen*. Warum sollte er dann ausgerechnet als *Krähe* wieder auf die Erde zurückkehren?" – „Das wäre schon ein bisschen paradox", urteilte Maria, „außerdem, die Krähe hat uns wahrscheinlich gezeigt, wo *Thólossos* gelegen hat. Wieso um alles in der Welt sollte ausgerechnet *Polyzalos* uns zeigen, wo wir nach Emilias Grab suchen sollen?" – „Schlechtes Gewissen?", probierte Lissy. „Meinst du nachträgliche Reue im Jenseits oder so etwas in der Art?", fragte Alex skeptisch und neigte seinen Kopf. „Hm", machte ich. „Glaube ich nicht", sagte Lissy. „Also gut. Polyzalos ist *nicht* die Krähe. Wer aber dann?" – „Keine Ahnung." Ich zuckte mit den Schultern. „Vielleicht ist die Krähe ja auch einfach nur eine Krähe", redete Alex weiter, „und die Taube eine Taube und nix und niemand sonst."

„Wie auch immer", begann Maria, „ich fürchte, wir kommen mit der Unterhaltung an dieser Stelle nicht weiter. Wir sollten uns außerdem langsam auf den Weg machen. Es ist inzwischen halb elf", stellte sie nach einem prüfenden Blick auf ihre Armbanduhr fest. „Wenn wir uns um zwölf mit Michális am *Neosoikoi* treffen wollen, wird es höchste Zeit, dass wir gehen." – „Wow! Ist es tatsächlich schon so spät?", wunderte sich Lissy. „Sieht ganz danach aus", murmelte Alex. „Bist du überhaupt schon wieder fit?", erkundigte sich Maria bei mir. „Ja klar", entgegnete ich, „so leicht haut mich nichts um." – „Du vergisst, dass es dich bereits umgehauen *hat*", höhnte Alex und grinste hämisch.

Rho

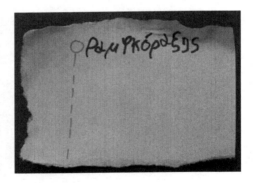

Ungeduldig blickte ich bereits zum fünften Mal auf meine Armbanduhr. Es war inzwischen zwanzig nach zwölf und noch immer war weit und breit kein Michális in Sicht. „Das gibt es doch nicht", ärgerte ich mich, „wo bleibt er denn? Er hat doch gesagt, dass er uns um zwölf am *Neosoikoi* treffen will." – „Vielleicht kommt er ja nicht", vermutete Alex. „Oder aber er hat es vergessen, dass wir uns treffen wollten", meinte Lissy. „Das glaube ich nicht", zweifelte ich, „er hat es doch versprochen." – „Wäre schade, wenn Michális nicht kommen würde", bedauerte Lissy. „Das wäre nicht nur schade", begann Maria, „das wäre sogar ziemlich blöd für unsere weitere Suche. Ohne Michális kommen wir unmöglich rüber nach *Mégaris*." – „So ein Mist!", fluchte Alex. „Er hat uns bestimmt absichtlich versetzt." – „Nein, das glaube ich nicht", verteidigte ich den Händler, „es gibt bestimmt einen Grund, warum er sich verspätet. Er kommt sicher bald." – „Dein Wort in Gottes Ohr", murmelte Alex und verschränkte genervt seine Arme vor der Brust. „Ich hab Hunger", offenbarte er dann und blickte sehnsüchtig zur offen stehenden Tür des *Neosoikoi* hinüber. „Wir hätten schon längst ohne ihn reingehen und bestellen sollen", sagte Maria, „wenn er denn irgendwann mal kommt ... Das dauert doch ewig, bis wir alle bestellt und gegessen haben. Das nervt mich. Wir verlieren nur wertvolle Zeit dadurch ..." – „Wollen wir nicht einfach schon mal reingehen?", fragte Lissy. „Falls Michális doch noch kommt, dann kann er sich ja dazusetzen." – „Das ist doof", fand ich, „lasst uns bitte noch ein bisschen draußen warten." – „Und dann ist der Tag vorbei und wir stehen immer noch in der Weltgeschichte herum wie bestellt und nicht abgeholt", beschwerte sich Maria. Alex scharrte ungeduldig mit seinem Fuß auf dem Boden. Die Stimmung war am Nullpunkt angelangt und ich verstand nicht, warum Michális uns dermaßen im Stich ließ. War ihm vielleicht etwas zugestoßen?

„Machen wir's so: Wenn Michális innerhalb der nächsten zehn Minuten nicht aufkreuzt, dann gehen wir zu einem Imbiss und nehmen uns was zu essen mit", schlug Maria vor, „ich hab keinen Bock, den ganzen Tag zu verwarten. Wir haben Besseres zu tun, als unsere Zeit dermaßen sinnlos zu vergammeln!" – „Und wie kommen wir dann nach *Mégaris*?", wollte Lissy wissen. „Wir finden schon einen Weg", meinte Maria und blickte ungeduldig ein weiteres Mal auf ihre Armbanduhr. „Er hat noch genau fünf Minuten", stellte Maria fest, „wenn er dann nicht da ist, hauen wir ab!"

Ich schaute Yunus an, doch dieser zuckte nur ratlos mit den Schultern. *Oh, Michális,* dachte ich fast schon verzweifelt, *wo bleibst du nur? Wir brauchen dich doch!*

In genau diesem Augenblick schoss ein kleiner Junge wie ein Wirbelwind um die Ecke eines Häuserblocks. Seine Schuhe klapperten in einem lauten Stakkato über die Hafenpromenade und alle Leute in *Mikrolímano* drehten sich instinktiv zu der Geräuschquelle um. Ich schätzte das Alter des Jungen auf vier oder fünf Jahre. Sein schulterlanges dunkles Haar wehte hinter ihm her wie eine Fahne im Wind. *Hey, Moment mal,* dachte ich, *ich kenne diesen Jungen!* „Sagt mal, das ist doch ...", begann Lissy ungläubig und blickte angespannt in die Richtung des rennenden Jungen, „das ist doch ..." – „Dimitri!", rief ich überrascht aus. Noch deutlich konnte ich mich an unseren ersten Abend in Athen erinnern, an dem wir dem Jungen begegnet waren. Er war damals mit einer etwas älteren Frau unterwegs gewesen, seiner Oma, wie ich vermutet hatte. Diesmal aber war er alleine und er rannte direkt auf uns zu. „Ihr habt Recht!", brach es aus Maria. „Das ist tatsächlich der kleine Dimitri! Was macht *der* denn hier? So alleine? Will der etwa zu uns?"

Ich drehte mich zu Yunus um und stellte fest, dass dieser ziemlich verwirrt aussah. „Das ist der Junge, der uns an unserem ersten Tag in Athen gezeigt hat, was eine *Váia* ist", klärte ich Yunus auf, „ohne seine Hilfe hätten wir damals wahrscheinlich nie das Restaurant gefunden, in dem dein

Bruder Aiman arbeitet." Irritiert stellte ich fest, dass etwas wie ein dunkler Schatten Yunus' Gesichtszüge für einen Moment verfinsterte, aber kurz darauf lächelte er zaghaft und ich beschloss daher, dass ich mich getäuscht hatte und dass Yunus zufrieden wie eh und je aussah und dass keine Spur von Traurigkeit oder dergleichen zu erkennen war. „Wenn Dimitri nicht gewesen wäre, hätte unsere Reise damals wohl schon vor Beta aufgehört", endete ich meine Erklärung. „Das wäre äußerst bedauerlich gewesen", gab Yunus verschmitzt zurück, „und ihr seid euch sicher, dass es dieser Junge ist, der jetzt hierher gerannt kommt?" – „Ja, daran gibt es gar keinen Zweifel", meinte Maria, „und er kommt tatsächlich zu uns!"

Völlig außer Atem kam der Junge direkt vor uns zu stehen. Er betrachtete sich zunächst das Schild oberhalb der Tür des *Neosoikoi*, dann schaute er uns abwechselnd mit seinen mandelfarbenen Augen an und schnaufte, als wäre er von der Metrostation Piräus aus ohne Pause direkt bis hierher gerannt. Vielleicht war er das sogar, durchfuhr es mich. Als sein Blick auf mich fiel, erstarrte er für einen kurzen Moment, fast so, als hätte er einen Geist gesehen. Doch dann schaute er die anderen an. Anschließend begann der Junge abgehackt und hektisch auf Griechisch zu reden. Er richtete seine Worte an Alex, doch dieser zuckte nur mit den Schultern. „Yunus?", fragte Alex hilflos, doch Yunus zögerte noch mit seiner Übersetzung. Vielleicht hatte er Dimitris unerwarteten Redeschwall selbst nicht verstehen können. Dimitri verschluckte sich und hustete. „Ganz langsam", wandte sich Maria an den Jungen und klopfte ihm zaghaft den Rücken. Dimitri pausierte, beugte sich vornüber und atmete ein paar Mal tief durch. Als er wieder einigermaßen zu Atem gekommen war, richtete er sich wieder auf und fragte: „Emmy, Lissy, Maria, Alex, Yunus?" – „Ja", entgegnete ich. „Dimitri?" Nun begann der

Junge erneut auf Griechisch zu reden. Yunus übersetzte rasch für uns: „Mein Opa Michális Adrianou hat mich darum gebeten, hierher zu kommen." Vor Überraschung hielten wir die Luft an. Michális war Dimitris Opa! Also hatte Michális doch Kinder! Ja, er hatte sogar schon ein Enkelkind! Ich grinste erfreut. „Ich soll euch sagen, dass es meinem Opa leidtut, dass, er nicht pünktlich am *Neosoikoi* sein kann. Opa sagt, ich soll euch abholen. Ihr müsst unbedingt mitkommen. Er sagt, er hat etwas gefunden, das euch ganz sicher interessiert. Er sagt, es ist wichtig. Ihr sollt sofort mitkommen. Ich werde euch den Weg zeigen." Mit vor Stolz geschwellter Brust richtete sich Dimitri vor uns auf. „Ich kenne den Weg und weiß, wo es lang geht." – „Seht ihr", trumpfte ich auf, „ich wusste, dass es einen Grund gibt, warum Michális nicht gekommen ist. Ich wusste, dass er uns nicht versetzt hat." – „Kommt mit!", verlangte der kleine Junge und setzte sich erneut rasch in Bewegung. „Ähm, hallo!? Nicht so schnell bitte", rief Alex dem übermotivierten Jungen hinterher. Dimitri drehte sich bereitwillig um und blickte Alex mit seinen klaren Augen ins Gesicht. „Wo geht die Reise denn überhaupt hin?", schob Alex eine Frage nach. Dimitri runzelte verwirrt die Stirn, doch als Yunus für ihn dolmetschte, grinste der Junge verschmitzt und antwortete über Yunus: „Lasst euch überraschen. Ihr werdet staunen." Ein weiteres Mal fiel Dimitris Blick für einen kurzen Moment auf mich. Es sah so aus, als wolle er etwas zu mir sagen, aber offensichtlich überlegte er es sich im nächsten Moment schon wieder anders. Dimitri kratzte sich die Nase und anschließend lief er vor uns her. Zwar rannte er nun nicht mehr, aber wir hatten dennoch große Mühe, mit ihm mitzuhalten. „Und was wird jetzt aus unserem Essen?", brummelte Alex etwas missmutig. „Später", beschwichtigte Maria ihren Freund mit einem breiten Grinsen im Gesicht, „später."

⌘

Dimitri führte uns zielsicher durch die Straßen und Gassen von Piräus. An keiner einzigen Weggabelung musste er überlegen, wohin wir zu gehen hatten. Ich kam aus dem Staunen gar nicht mehr heraus. Innerhalb kurzer Zeit hatten wir die Metroendstation erreicht und stiegen in den nächsten Zug ein. „Wie lange müssen wir fahren?", fragte Alex, doch Dimitri lächelte nur verheißungsvoll. Er wollte uns nicht verraten, wohin die Reise ging. Offensichtlich hatte er einen Heidenspaß dabei, unser Führer zu sein. Seine Füße, die vom Sitz aus nicht bis auf den Boden reichten, schaukelten vor und zurück, vor und zurück und gelegentlich trommelte der Junge mit den Händen auf seinen Oberschenkeln herum. Er grinste bis über beide Ohren. „Dass Michális ihn einfach so alleine losgeschickt hat", wunderte ich mich, „so ein kleiner Junge alleine in der Großstadt ..." – „Na, bei diesem Dreikäsehoch muss man sich keine Gedanken machen", meinte Alex, „der kennt sich aus – und auf den Kopf gefallen ist er auch nicht." – „Na ja, aber trotzdem", entgegnete ich, „man lässt ein Kind in diesem Alter doch nicht alleine in Athen rumlaufen ..." – „Ich frag mich bloß, wohin er uns führen wird", sprach Maria schließlich das aus, was wir uns alle dachten, doch niemand konnte uns zu jenem Zeitpunkt eine Antwort geben.

Als wir eine ganze Weile später in die Station *Evangelismos* einfuhren, verließ Dimitri sprunghaft seinen Sitzplatz und forderte uns dazu auf, ihm zu folgen. „Das ist die Station, an der ich Michális gestern zum ersten Mal gesehen habe", stellte ich fest, „da, wo ihr ohne mich weitergefahren seid." – „Stimmt", fiel Maria auf, „die Station beim *Lykavittós*." – „Wahrscheinlich gehen wir dahin, wo Michális gestern Vormittag auch schon gewesen ist", vermutete Lissy. „Gut möglich", pflichtete ihr Yunus bei, „das würde Sinn ergeben."

Wir folgten Dimitri die Treppe nach oben und traten ans Tageslicht zurück. Hinter den gräulich-beigefarbenen Häusern thronte der grün bewachsene Gipfel des *Lykavittós*. Doch Dimitri ließ uns keinen Augenblick verschnaufen. Er winkte uns ungeduldig zu sich heran, wandte dem *Lykavittós* seinen Rücken zu und hetzte eine Straße entlang. „Oh nein", ächzte Alex, „geht das schon wieder los ..." – „Der Kleine macht mich echt voll fertig", stöhnte auch Lissy, „wo hat der bloß die ganze Energie her?" Unser Weg führte uns mal nach links, mal nach rechts, mal geradeaus, dann wieder nach links. Gäbe es nicht den grünen Gipfel des *Lykavittós*, der von überall deutlich sichtbar war, hätte ich bestimmt schon längst die Orientierung verloren. Nach einiger Zeit wurden die Häuser kleiner und gemütlicher. Einige der Gebäude hatten sogar winzige Vorgärten. Wir waren in einem Wohngebiet angelangt.

„Gar keine schlechte Gegend", urteilte Maria, „wenn man das mit manch anderem Viertel hier in Athen vergleicht ..." Wir bogen in eine weitere Gasse ein. Auf einmal bemerkte ich, dass Yunus uns gar nicht mehr folgte. „Yunus?", fragte ich alarmiert. „Wo bist du?" Wir blieben stehen. Auch Dimitri blickte sich nervös um. „Hier bin ich", vernahm ich Yunus' Stimme und folgte ihrem Klang. Yunus war an der Kreuzung stehen geblieben. Verdattert starrte er das Schild mit dem Straßennamen an. „Was ist denn?", fragte Lissy. „Wieso kommst du nicht?" Yunus nickte wortlos in die Richtung des Straßenschildes, auf dem wir folgende Schriftzeichen sehen konnten: ραμφκόραξης. „*Ramphkóraxis*", las Maria schwerfällig vor. Yunus nickte langsam und mit einem Male fiel es mir wie Schuppen von den Augen. „Rho?", fragte ich verblüfft. „Unser nächster Buchstabe?" – „Könnte sein", erwiderte Yunus und fragte den kleinen Jungen etwas. Dieser antwortete mit einem weiteren Redeschwall auf Griechisch. „Ein Haus in dieser Straße ist unser Ziel", übersetzte Yunus, „das habe ich mir doch gleich gedacht, als ich dieses Schild gesehen habe …" – „Und ähm", begann Lissy, „heißt dieser Straßenname auch irgendetwas?" – „Und ob", erwiderte Yunus und befeuchtete sich aufgeregt die Lippen, „ein paar Buchstaben fehlen, um das Kompositum komplett zu machen, aber die einzelnen Wortbestandteile sind noch deutlich zu erkennen." – „Und was heißt das jetzt?", drängte Alex. „Der Krähenschnabel oder der Schnabel der Krähe", offenbarte Yunus. „Ui!", machte Lissy bloß und verstummte. „Hm", machte ich, „ich sagte doch, dass der Angriff der Krähe auf der *Pnyx* ein Hinweis war. Jetzt haben wir es schwarz auf weiß." – „In der Tat." Yunus nickte zustimmend.

Dimitri zog und zerrte ungeduldig an meinem Ärmel, und als ich mich ihm zuwandte, prasselte ein erneuter Redeschwall auf Griechisch auf mich ein. „Er will wissen, ob wir uns das Straßenschild noch ansehen wollen, bis es Nacht wird oder ob wir endlich mitkommen, um uns Michális' Fund anzuschauen", dolmetschte Yunus. „Natürlich", entgegnete Maria, „gehen wir. Lassen wir Michális nicht mehr länger warten."

Nachdem wir die Straße betreten hatten, mussten wir nicht mehr weit gehen. Es war das dritte Haus auf der rechten Straßenseite, ein niedliches Haus mit zwei Stockwerken. Es sah noch relativ neu aus und doch waren schon überall an den Fenstern hübsch bepflanzte Blumenkästen angebracht. Ich dachte, dass Dimitri mit uns in das Haus hineingehen würde, aber stattdessen führte er uns in einen Hof. Dort fiel unser Blick auf einen hohen Bretterhaufen. Eine Schubkarre stand davor sowie eine kleine Motorsäge und Hammer und Nägel in einem blauen Eimer. Wir konnten einen aufgeschütteten Hügel Erde sehen und den Anfang eines ausgehobenen

Lochs. Ein Sack Zement befand sich ebenfalls griffbereit. Dieser Anblick ließ nur einen Schluss zu: Da waren Heimwerker am Arbeiten und so, wie die Sache sich uns präsentierte, war *Michális* derjenige, der hier am Basteln und Bauen war.

Als wir näher herankamen, vernahmen wir ein Geräusch wie das Schaben eines Spatens über harte Erde und ab und zu ein feines Kratzen wie von Metall gegen Felsen. Dimitri rannte wie ein Derwisch an uns vorbei und verschwand hinter dem Bretterhaufen. Kurz darauf unterhielten sich zwei Stimmen ganz schnell auf Griechisch miteinander: Dimitri und Michális. Und nur wenig später tauchte hinter dem Holz Michális' vertrautes Gesicht auf. Der Händler wischte sich seine Hände an der Hose ab und grinste bis über beide Ohren, als er auf uns zukam.

„*Kaliméra!*", begrüßte er uns und reichte uns nacheinander seine Hand. „*Kaliméra!*" Yunus schlüpfte wie gewohnt in die Rolle des Dolmetschers. „Wie schön, euch wiederzusehen. Ich bin ja so froh, dass Dimitri euch gefunden hat. Ihr kennt euch?" – „Ja." Ich nickte eifrig und erzählte Michális knapp von der Begegnung mit Dimitri an unserem ersten Tag in Athen. Michális bestätigte meine Geschichte: „Das hat mir Dimitri auch schon erzählt." Dimitri fiel seinem Opa ein weiteres Mal um den Hals. „Verratet bitte niemandem, dass ich Dimitri geschickt habe, ja?", sprach Michális durch Yunus, „vor allem nicht seinen Eltern." Der Händler zwinkerte verschmitzt. „Wir wollen doch keinen Ärger, oder?" Daraufhin lachte Michális sein ansteckendes Lachen, wühlte dem Kleinen verspielt durch das dunkle Haar und strich Dimitri zärtlich über die Wange. Der Junge protestierte zunächst, doch dann schien er es sichtlich zu genießen, im Mittelpunkt zu stehen. Es gab einen kurzen Wortwechsel zwischen Dimitri und

Michális, der mit einem durchdringenden Gelächter des Händlers endete.

„Wie gesagt", fuhr Michális fort, „es tut mir aufrichtig leid, dass ich euch am *Neosoikoi* nicht wie versprochen treffen konnte. Normalerweise ist es nicht meine Art, meine Freunde warten zu lassen. Aber ich hatte einen guten Grund ..." Er fuhr sich durch die Haare und wirbelte dadurch jede Menge Staub auf, der langsam zu Boden rieselte und das Gras mit einer dünnen Schicht gräulichen Pulvers überzog. „Hoho", lachte er, „ich habe tiefer gegraben, als ich vorhatte, daher der Staub", rechtfertigte er sich, „normalerweise sehen meine Haare nicht so aus." – „Wer's glaubt", flüsterte Alex scherzhaft. Wir kicherten. Der Händler beugte sich vornüber und schüttelte den restlichen Staub aus seinem grauen Haar.

„Ich war dabei, das Fundament für eine Garage zu legen", schilderte Michális durch Yunus, „und beim Graben bin ich auf Widerstand gestoßen. Zuerst habe ich mich darüber geärgert, aber als ich weitergegraben habe, ist mir bewusst geworden, dass ich nicht auf einen Felsen gestoßen bin, sondern auf etwas anderes ..." Er zwinkerte verheißungsvoll. „Aber genug geredet. Jetzt ist es an der Zeit, dass ihr endlich zu sehen bekommt, was ich gefunden habe. Kommt mit. Ihr werdet es nicht für möglich halten." Der Händler führte uns um den hohen Bretterhaufen herum und unser Blick fiel auf das große rechteckige Loch, das Michális gegraben hatte. In dem Loch stand eine steinerne Statue, aufrecht und eindrucksvoll. Es war die Statue einer jungen Frau. Ich spürte, wie mein Herz unvermittelt einen Schlag aussetzte. Die Statue sah genauso aus wie ich!

„Das gibt's doch nicht", brach es aus Lissy. Sie schüttelte fassungslos den Kopf. „Krass", fand Alex. Maria und ich waren zu baff, um in dieser Situation etwas zu sagen. Dimitri drängte sich an uns vorbei nach vorne, sprang in das Loch hinab und deutete auf die Statue. Anschließend zeigte er mit seinem Finger auf mich und plapperte zugleich wie ein tosender Wasserfall auf Griechisch. Ich verstand kein Wort.

Völlig verblüfft betrachtete ich mir die lebensgroße Statue vor mir. Sie war erstaunlich gut erhalten, auch wenn man ihr deutlich ansehen konnte, dass sie sehr alt war. Sie zeigte eine aufrecht stehende Frau mit einem langen, Falten schlagenden Gewand, das von einem Gürtel um die Hüfte zusammengehalten wurde und das kurz oberhalb der Knöchel endete. Das Gewand hatte auch eine Kapuze, welche aber nach hinten umgeschlagen war. Die junge Frau war barfuß, schlank und hatte weiche Gesichtszüge. Die Augen waren groß, und obwohl die Augäpfel aus Stein waren, schienen sie beinahe lebendig zu sein. Sogar die Augenbrauen und Wimpern waren angedeutet. Die Nase war schmal und gerade, der Mund klein und leicht gerundet, geradeso, als würde die Statue mit jemandem reden. Die Mundwinkel waren zu einem ansteckenden Lächeln hochgezogen. Das ganze Gesicht schien zu lächeln, und wenn man sich die Statue anschaute, wurde man von dieser Fröhlichkeit regelrecht mitgerissen und musste ebenfalls lächeln. Die Statue hatte ein schmales Kinn, eine hohe Stirn und ein ovales Gesicht, genauso wie meines. Es war, als würde ich in einen Spiegel blicken und ich bekam unvermittelt eine Gänsehaut, die von oben bis unten über meinen Körper fuhr. Es war ein unwirklicher Moment. Die Haare der Statue waren etwa schulterlang und fielen in steinernen Wellen anmutig und eindrucksvoll über den schlanken Nacken der Statue. Mein steinernes Ebenbild trug genauso wie ich einen Seitenscheitel. Links oberhalb des Ohrs war sogar eine Haarspange in den Stein gemeißelt worden und natürlich trug diese Haarspange das Zeichen der Taube. Sie sah genauso aus wie die, die Yunus damals von Michális gekauft hatte. Nur eben aus Stein und nicht aus Metall. Das Gesicht der Statue war leicht nach unten geneigt. Die junge Frau sah zufrieden aus und sehr, sehr glücklich. Der linke Arm der Statue hatte dem Zahn der Zeit nicht standhalten können, war abgebrochen und wohl zu Staub zerfallen, aber der rechte Arm und die rechte Hand waren noch vorhanden. In der rechten Hand der Statue saß eine kleine Taube, die treuherzig nach oben schaute. Ich folgte dem Blick der Taube und stellte fest, dass der Vogel direkt in die Augen der Statue schaute und umgekehrt verhielt es sich genauso.

Ich atmete tief durch und machte irritiert einen Schritt nach hinten. Meine Knie wurden mir weich. Am liebsten hätte ich mich irgendwo hingesetzt, aber es war weit und breit keine Sitzgelegenheit in Sicht. Also stützte ich mich lediglich am Bretterhaufen neben dem ausgehobenen Loch ab und blinzelte, fast so, als könne ich dadurch den Anblick vor mir verschwinden lassen oder wenigstens feststellen, dass ich mich getäuscht hatte und dass die Statue mir gar nicht ähnlich sah. Aber die Statue sah mir nicht nur ähnlich, sondern vielmehr wie aus dem Gesicht geschnitten! Yunus suchte nach meiner Hand, und als er sie gefunden hatte, umschloss er sie sachte mit seinen Fingern und drückte sie vorsichtig. Ich schaute ihm kurz ins Gesicht, erschauderte, dann wandte ich mich wieder der Statue zu.

Michális stieg langsam in das Loch hinab und kratzte behutsam ein paar Brocken Erde von dem Armstumpf der Statue. Dann bückte er sich und hob einen flachen Gegenstand hoch, mit dem er dann zu uns zurückkehrte. Es sah aus wie ein Buch aus Stein. „Ich nehme an, die Statue hatte das Buch in der linken Hand, die abgebrochen ist, denn ich habe es direkt daneben in der Erde gefunden", sprach Michális durch

Yunus, „schaut mal, was darauf geschrieben steht ..." Der Händler reichte Yunus das Fundstück, welcher es vorsichtig in seiner Hand wog und dann so ins Licht hielt, dass er die verwitterten Schriftzeichen deutlich sehen konnte. *„Für Emilia, in ewiger Liebe, Jona",* las Yunus vor. Ich blinzelte eine kleine Träne aus meinen Wimpern und wischte mir verstohlen über die Augen.

„Diese Statue hat Jona gemacht", stellte Lissy fest, „Wahnsinn! Wie schön sie geworden ist!" – „Und sie sieht genauso aus wie Emmy", hob Maria erneut hervor, „Emilia muss dir sehr ähnlich gesehen haben, Emmy." Ich konnte darauf gar nichts erwidern und ich stellte fest, dass Yunus neben mir ergriffen einen Kloß in seinem Hals hinunterschluckte. Dann hielt er sich die Hand ans Herz und rieb sich die Brust. „Hm", sagte er nur und verstummte erneut. Michális unterdessen brabbelte unbeirrt weiter. Es dauerte eine Weile, bis Yunus nach einem tiefen Seufzer zu übersetzen begann: „Michális meint, dass Emily womöglich mit Emilia verwandt sein könnte. Das würde die große Ähnlichkeit erklären. – Aber wir haben uns doch schon vorher darauf geeinigt, dass das nicht sein kann, denn Emilia starb, bevor sie ihr Kind zur Welt bringen konnte, sodass es also keine Nachfahren von ihr gegeben hat. Jedenfalls ... Michális sagt, als er die Statue heute Morgen gefunden hatte, lag sie auf ihrer linken Seite. Vielleicht wurde die Statue ja einst absichtlich umgestoßen und vielleicht ist deshalb der linke Arm abgebrochen. Vielleicht hat es aber auch irgendwann ein Erdbeben gegeben und die Statue wurde dabei verschüttet. Michális ist ganz aufgeregt. Er meint, dass Jona vielleicht hier gelebt hat, dass er hier ein Haus gehabt und gewohnt hat, nachdem er sich dafür entschieden hatte, in Athen zu bleiben." – „Ja, das könnte sein", stimmte ihm Alex zu, „vielleicht liegen ja hier noch mehr Sachen von ihm begraben." – „Ja, das müsste man noch genauer untersuchen", pflichtete ihm Michális bei. „Das ist jedenfalls das Grundstück von Nikis Adrianou und seiner Frau Ioanna", erläuterte Michális, „Dimitris Eltern. Nikis ist mein Sohn. Ioanna, Nikis und Anna, meine Frau, müssten jeden Moment hier auftauchen. Sie sind einkaufen gegangen." – „Wissen sie, dass wir hier sind?", fragte Maria. „Ich habe zumindest ein paar Andeutungen gemacht, dass heute eventuell jemand auf einen kurzen Besuch vorbeikommen würde", offenbarte Michális und lächelte.

„Aber ich verstehe eines nicht so ganz …", begann Alex seine Zweifel kundzutun. „Was denn?", wollte Lissy wissen. „Warum sieht diese Statue von Emilia aus wie Emmy oder umgekehrt? Ich meine … Emmy hatte schon so oft Visionen und Träume von Emilia und nie hat sie gesagt, dass Emilia aussieht wie sie selbst. Das wäre ihr doch bestimmt aufgefallen, wenn Emilia genauso aussieht wie sie selbst, oder?" – „Schlaumeier! Wie sollte ihr das denn auffallen? In ihren Träumen und Visionen sieht Emmy doch immer durch die Augen von Emilia! Sie kann also gar nicht sehen, wie Emilia aussieht!", brauste Lissy auf. „Und was ist mit dieser einen Vision, die sie am Tempel des Apollon hatte? Da ist die Pythia an ihr vorbeigezogen und Emmy hat sie gesehen!", erinnerte sich Maria. „Wie hat Emilia da ausgesehen?" Ich zuckte ratlos mit den Schultern und dachte angestrengt nach. „Ich habe ehrlich gesagt nicht besonders viel von ihrem Gesicht gesehen", gab ich zu, „sie hatte ihre Kapuze tief in ihr Gesicht gezogen. Ich habe nur lange schwarze Haare gesehen, die unter der Kapuze herausschauten, und ein blasses Gesicht, aber nicht direkt ihre Gesichtszüge." – „Und du, Yunus?", bohrte Lissy nach. „Du hast doch auch von der Pythia geträumt. Wie sah sie aus?" – „Nun …" Yunus stockte und zuckte mit den

Schultern. „Das kann ich nicht so genau sagen …" – „Na komm! Wenn die Pythia wie Emmy ausgesehen hätte, dann wüsstest du es doch wohl, oder?", argwöhnte Alex. Mir kam es so vor, als würde uns Yunus an dieser Stelle etwas verschweigen. Warum wollte er es uns nicht verraten? *Weil er es von Anfang an wusste!*, begriff ich mit einem Male. Wie ein Blitz durchzuckte mich für einen kurzen Moment das Bild von einem ledergebundenen kleinen Buch, das auf einer bestimmten Stelle aufgeschlagen war. Inmitten von unzähligen arabischen Schriftzeichen stand ein rot unterstrichenes Wort oder besser gesagt ein Name – mein Name: Emily Ziegler. – Mitten in einem Text, den ich nicht verstehen konnte. Schon damals hatte ich mich merkwürdig gefühlt, als ich meinen Namen so geschrieben stehen sah. *Er wusste, dass Emilia so ausgesehen hat wie ich!*, dachte ich weiter. *Deshalb hat er sich ausgerechnet* mich *ausgesucht. Deshalb hat er damit angefangen, mir diese Zettel zu schreiben!* Ein weiteres Mal bekam ich eine Gänsehaut.

„Was ist jetzt, Yunus?" Lissy ließ nicht locker. „Sag schon!" Ich spürte, dass Yunus die Situation unangenehm war und dass er am liebsten nicht auf diese Frage geantwortet hätte. „Ich glaube nicht, dass Yunus Emilia in seinen Träumen deutlich gesehen hat", kam ich ihm zu Hilfe, „er hat Emilia im Tempel des Apollon gesehen, als sie ihren Orakelspruch machte. Da war überall wabernder Nebel gewesen. Wahrscheinlich hat er ihr Gesicht gar nicht erkennen können." – „Hm", murrte Lissy nicht ganz zufrieden, aber sie fragte nicht mehr weiter.

Yunus gab das steinerne Buch an mich weiter. Nur sehr zögerlich nahm ich es an mich. Überraschenderweise war es wesentlich leichter als ich angenommen hatte. Es wog sicherlich nicht einmal ein Kilogramm und das, obwohl es relativ groß war, wie ich fand. Nachdenklich fuhr ich mit meinen Fingern über die Gravuren. *Für Emilia, in ewiger Liebe, Jona,* wiederholte ich in Gedanken und erneut stiegen mir Tränen der Rührung in die Augen.

„So, jetzt habe ich euch gezeigt, was *ich* an Neuigkeiten habe", sprach Michális, „jetzt bin ich gespannt, ob *ihr* inzwischen etwas Neues zu berichten habt." – „Und ob", eröffnete Lissy freudestrahlend und begann damit, von unserem Abenteuer am Olympiastadion zu erzählen. Ich hörte nur mit halbem Ohr zu. Neben mir vernahm ich Yunus' Stimme, die synchron dolmetschte. Das wirkte vollkommen beruhigend auf mich. Noch immer betrachtete ich mir eingehend das steinerne Buch und überlegte, wie es ausgesehen haben mochte, als die Statue, das Ebenbild von Emilia – oder von mir –, das Buch in der jetzt allerdings fehlenden Hand gehalten hatte. Doch plötzlich gefror mir das Blut in den Adern, als ich hinter mir einen kehligen, krächzenden Schrei hörte. Instinktiv drehte ich mich zur Geräuschquelle um.

Ramphkóraxis, dachte ich unvermittelt, *der Schnabel der Krähe*. Mein Herz krampfte sich zusammen, als ich eine schwarze Krähe sah, die im Sturzflug auf mich zugeflogen kam und ich dachte nur noch an eines: an die Flucht. Ich hatte absolut keine Lust darauf, noch einmal Bekanntschaft mit dem harten Schnabel einer Krähe zu machen. Noch immer tat die Verletzung an meinem Kopf höllisch weh, wenn ich sie berührte, weshalb ich den Kontakt tunlichst vermieden hatte. Aber in diesem Moment pochte der Schmerz ganz besonders in der Wunde, auch ohne dass ich sie berührte. So stark der Wille zur Flucht aber auch gewesen war, es gelang mir nicht davonzurennen. Ich war wie versteinert und konnte nur in die Richtung der Krähe blicken, die immer näher auf mich zugeflogen kam. Schon bald hörte ich das leise Rauschen der Krähenflügel. Ich fing an zu schreien. Und plötzlich ging alles ganz schnell: Starke Hände packten mich an der Schulter und zogen mich zur Seite; ein Federknäuel rauschte ganz dicht an mir vorbei; andere Hände schlugen nach der Krähe, doch verfehlten sie; ich strauchelte, doch wurde wieder aufgerichtet und ich landete in Yunus' Armen, die mich fest umklammert hielten und gegen den Angriff schützten; ich spürte, wie mir das steinerne Buch entglitt und wie es mit einem dumpfen Geräusch auf dem Boden auftraf; dann ertönte ein ungewöhnliches Knirschen, als die Poren des Steins nachgaben und das Buch sauber in zwei Teile zerbrach, als hätte man es mit einer Diamantensäge glatt durchgeschnitten; ich ging in die Knie; meine Hände und Beine zitterten und ich konnte mich nicht beruhigen; die Krähe krächzte ein weiteres Mal und entschwand schließlich in Richtung des *Lykavittós*. Noch immer atmete ich schwer und fühlte mich schwach und erbärmlich.

„Diese verdammte Mistkrähe! Blödes Vieh!", hörte ich Lissys Stimme neben mir. „Das gibt's doch nicht! Sind denn alle Krähen hier tollwütig, oder was?" Dann verstummten die Anwesenden und ich bemerkte, dass alle Blicke auf den Boden gerichtet waren.

Verdammt, dachte ich, *in meiner Panik habe ich das Buch kaputt gemacht. Zweitausendfünfhundert Jahre hat es überdauert und ich mach es kaputt, kaum dass ich es zehn Minuten lang gesehen habe. Verdammt, verdammt, verdammt!* Ich war mir sicher, dass Michális bitterböse auf mich sein würde. Und die anderen höchstwahrscheinlich auch. Ich hatte ein möglicherweise sehr wertvolles Relikt aus der Vergangenheit unwiederbringlich zerstört. Ich hätte mich dafür selbst ohrfeigen können. Aber andererseits konnte ich nicht leugnen, dass ich auch jetzt noch wegen der Krähe wie Espenlaub zitterte und zu keinem vernünftigen Gedankengang fähig war.

Noch immer sprach keiner ein Wort. Schließlich senkte auch ich meinen Blick, nun, da ich mir sicher war, dass keine Krähe mehr in der Nähe war, und ich traute meinen Augen nicht, als ich erkannte, was auf dem Boden vor uns lag. Als der Stein in zwei Teile zerbrochen war, hatte er uns sein Geheimnis offenbart. Er war so leicht gewesen, weil er nicht durchgehend aus Stein bestand, sondern vielmehr einen Hohlraum hatte und dieser Hohlraum hatte einen silbern leuchtenden Gegenstand zum Inhalt gehabt, welcher nun herausgekullert war. „Was ist das denn?", wunderte sich Maria und wandte sich fragend Michális zu, welcher verblüfft auf den Boden schaute. Maria bückte sich und hob den mysteriösen Gegenstand auf. Sie drehte ihn in ihren Fingern. Neugierig gesellte sich Dimitri zu ihr und nahm mir die Sicht auf das, was Maria in den Händen hielt. Kurz darauf hörte ich Dimitris aufgeregte Stimme, in der jede Menge Begeisterung und Überraschung mitschwang. „Das sind zwei Ringe", übersetzte Yunus schließlich und versuchte, über die Schultern des Jungen hinweg selbst einen Blick auf den Gegenstand zu erhaschen. Auch Michális steuerte ein paar für mich unverständliche Kommentare dazu bei. „Das sind zwei Ringe, die wie zu einer Acht ineinander verschlungen sind", eröffnete Maria. Dimitri ging ein wenig zur Seite und wir stellten uns kreisförmig um Maria herum auf, sodass jeder die silbernen Ringe sehen konnte. „Auf dem einen steht *Emilia* geschrieben", verkündete Maria, „schaut." Sie deutete auf die griechischen Schriftzeichen. „Und jede Wette, dass das auf dem anderen Ring *Jona* heißt." Yunus nickte bestätigend. „Wahnsinn", staunte Lissy, „wenn die Krähe Emmy nicht angegriffen hätte, wäre der Stein nicht heruntergefallen." – „Und wenn der Stein nicht heruntergefallen wäre, hätten wir nie davon erfahren, dass diese beiden Ringe darin versteckt gewesen waren", vollendete Alex Lissys Überlegungen. „Wieder einmal hat uns eine Krähe einen Hinweis gegeben", meinte Maria. „Ja, aber müssen sie das immer auf diese aggressive Art und Weise tun?", murmelte ich noch immer aufgewühlt. Yunus strich mir aufmunternd über die Schulter. Nacheinander reichte Maria uns die Ringe, sodass jeder sie sich eingehend betrachten konnte. Zuletzt hielt mir Yunus seine rechte Hand entgegen, auf welcher die beiden Ringe ruhten. Erstaunt wanderte mein Blick von den Ringen hoch zu Yunus' Gesicht und wieder zurück zu den Ringen. Für einen kurzen Moment durchzuckte mich ein Bild vor meinem inneren Auge.

--- Ich stehe auf dem höchsten Punkt eines Hügels, oberhalb eines weiten Tals. Die untergehende Sonne ist ein orange-rot leuchtender Feuerball, der sein warmes Licht auf die Erde wirft und die Landschaft vor mir in eine orange-schimmernde Märchenwelt verwandelt. Der Wind weht mir leicht durch das lange dunkle Haar, welches von einer silbernen Spange aus meinem Gesicht gehalten wird, und ein wohliger Schauer durchströmt meinen Körper. Plötzlich spüre ich, wie mich zwei starke männliche Arme liebevoll von hinten umarmen und eng an einen muskulösen Körper heranziehen. Ich schließe genüsslich die Augen, lehne mich entspannt nach hinten zurück und atme tief durch. *Jona*, denke ich, *du machst mein Glück vollkommen.*

„Schau", spricht Jona und hält mir seine rechte Hand entgegen, auf welcher zwei ineinander verschlungene silberne Ringe ruhen. Erstaunt wandert mein Blick von den Ringen hoch zu Jonas' Gesicht und wieder zurück zu den Ringen. „Solange diese beiden Ringe miteinander vereint bleiben, kann uns nichts und niemand trennen, Emilia", spricht Jona mit sanfter Stimme. „Sie sind wunderschön", antworte ich und spüre, wie mir Tränen der Rührung in die Augen steigen. „Ich habe auch schon ein Versteck für die Ringe, wo sie niemand finden wird", sagt Jona. ---

Ich blinzelte und der Eindruck verschwand. Stattdessen fand ich mich mit meinen Freunden im Garten der Adrianous wieder. „Vielleicht sollten wir reingehen und uns ein wenig unterhalten", schlug Michális vor. Yunus reichte die Ringe an den Händler weiter. Ich blickte mich noch einmal nach der Statue von Emilia um, erschauderte kurz und folgte dann meinen Freunden, Michális und Dimitri in das Haus hinein.

⌘

Das Wohnzimmer der Adrianous war sehr gemütlich. Wir saßen um einen hölzernen Tisch herum. Dimitri spielte nebenan in seinem Zimmer. Michális hatte uns Kaffee und Tee gekocht, und während Lissy, Alex und Maria abwechselnd von unseren Erlebnissen seit gestern Abend erzählten, schaute ich mich aufmerksam in der Wohnung um. Die Wände waren cremefarben tapeziert, an der einen Wand, welche dem braunen Sofa direkt gegenüberlag, hing ein großes Ölgemälde von einem mächtigen Segelschiff mit dem Meeresgott Poseidon als Bugfigur. Das Schiff steuerte eine Insel mit hohen Felsen an. In meiner Vorstellung wurde dieses Schiff zu der Triere von Cyrill, die nach der erfolgreichen Schlacht zur Insel *Sálamis* zurückkehrte. Die Wellen des Meeres waren so eindrucksvoll gemalt, dass sie fast wie echt aussahen: auf der einen Seite die schimmernden Wellenberge und auf der anderen Seite die Wellentäler, in denen die weiße Gischt sprudelte und einzelne Wassertropfen davonstoben. Der Wind wurde durch das aufgeblähte Segel und eine flatternde Fahne am Heck sehr gut verdeutlicht und die Sonne blitzte hinter den Felsen der Insel auf. Am Horizont flog eine vereinzelte Möwe. Fast war es mir so, als könne ich ihren Ruf hören, der weit über das Meer trug.

Links neben dem Sofa stand ein hoher, breiter Wandschrank aus dunklem Kirschholz, in dem Porzellan und Weingläser fein säuberlich nebeneinander aufgereiht waren. Oberhalb der Tür in den Raum hing ein hölzernes Kruzifix, das aus zwei kleinen Ästen zusammengebunden war. Die Wand, welche der Tür gegenüberlag, hatte ein Fenster, von dem aus man in den Hof und daher auch auf die Statue schauen konnte, die Michális freigelegt hatte. Auf einem kleinen Schränkchen standen Bilderrahmen mit Fotos von Dimitri und seinem Opa Michális und Fotos von einer nett aussehenden Frau und einem sympathischen jungen Mann. Ich wusste, dass es sich dabei um Ioanna und Nikis handeln musste.

„... Und daher müssen wir am besten heute noch nach *Mégaris* hinüberfahren und nach *Thólossos* suchen", endete Lissy ihre Erzählung. Michális zwirbelte sich nachdenklich seinen grauen Schnurrbart. „Würdest du mit uns auf deinem Boot hinüberfahren?", richtete sich Maria an den Händler. Dieser überlegte nur kurz. „Natürlich", erwiderte er, „ihr könntet tatsächlich Recht haben mit eurer Vermutung. Ich kenne sogar einen Hügel ganz in der Nähe von der Hafenstadt *Mégara* ..." – „Ist nicht wahr!", brach es aus Alex. „Doch", erwiderte Michális, „ich habe den Hügel schon oft vom Meer aus gesehen." – „Vielleicht ist das ja der Hügel, auf dem der Hermestempel gestanden hat", überlegte Alex. „Dieser Hügel ist wild überwuchert und befindet sich in einem Vogelschutzgebiet", fuhr Michális fort. „Kann man dann überhaupt dorthin gehen?", fragte Maria besorgt. „Oder ist das Gebiet eingezäunt?" – „Ich bin mir nicht hundertprozentig sicher", gestand Michális, „aber ich glaube schon, dass man dorthin gelangen kann. Wir müssen es jedenfalls versuchen." – "Also fahren wir mit der *Emilia* rüber?", fragte ich hoffnungsvoll nach. "Ja", antwortete Michális, "finden wir den Hermestempel und retten wir Emilias Seele!" Ich lächelte zufrieden. Es war ein Leichtes gewesen, Michális von der Wichtigkeit unserer Mission zu überzeugen. "Wann können wir aufbrechen?", fragte Alex. "Am besten sofort", fand Michális, "aber wir müssen noch auf die Rückkehr von Ioanna, Nikis und Anna warten. Außerdem habt ihr sicher noch eine kleine Stärkung nötig, oder?" Ich musste lachen, als ich neben mir Alex' Magen wie auf Kommando knurren hörte. "Ioanna bringt ein paar kleine Snacks für uns mit", schilderte Michális, "ich glaube, das bin ich euch schuldig, nachdem ihr heute Mittag wegen mir nichts zu essen bekommen habt." – "Das ist ja das Mindeste", scherzte Alex und leckte sich erwartungsvoll über die Lippen. Auch ich musste zugeben, dass sich mein Magen meldete und ich mich auf eine Kleinigkeit zu essen freute.

"Warum heißt diese Straße eigentlich *der Schnabel der Krähe*?", fragte Lissy plötzlich. "Das ist doch ein eher ungewöhnlicher Name für eine Straße, oder?" Michális zuckte mit den Schultern. "Das weiß ich ehrlich gesagt auch nicht so genau", gab der Händler zu, "vielleicht gab es hier früher besonders viele Krähen." In diesem Moment kam Dimitri aufgeregt zu uns gelaufen und plapperte auf Griechisch mit uns. Offensichtlich hatte er auch einiges zu diesem Thema beizusteuern. Michális hob interessiert seine dichten, grauen Augenbrauen und kommentierte die Worte des Jungen hin und wieder. Gespannt warteten wir Nichtgriechen die Übersetzung Yunus' ab. "Unsere Vorschullehrerin hat uns eine Geschichte erzählt", berichtete Dimitri. "Es heißt, hier habe sich einmal ein böser Mann versteckt, in einem Haus, das eigentlich jemand anderem gehörte. Aber der andere Mann, der gute Mann, war nicht da. Ihm war nämlich etwas Schreckliches zugestoßen und daran war der böse Mann schuld gewesen. Der böse Mann dachte, er wäre hier sicher und niemand würde ihn hier finden. Die Wachen sind auch an dem Haus vorbeigegangen, ohne ihn zu sehen, aber dann ist eine Krähe durch das Fenster geflogen und direkt auf den bösen Mann zu. Der hat sich darüber so erschrocken, dass er laut aufgeschrien hat und dann haben ihn die Wachen doch gefunden und verhaftet. Unsere Vorschullehrerin hat uns gesagt: Böse sein zahlt sich nicht aus. Denn der Schnabel der Krähe findet immer den Bösewicht. Darum seid immer brav und macht keinen Unfug."

Wir mussten über Dimitris kleine Geschichte schmunzeln, aber insgeheim fragte ich mich, ob in dieser Legende nicht vielleicht doch ein wahrer Kern steckte. „Unser böser Mann war Polyzalos", schlussfolgerte Lissy, „vielleicht hat er sich ja hier versteckt. Vielleicht war hier Jonas Haus gewesen und Polyzalos wurde von einer Krähe überführt. Könnte doch sein." Sie zuckte mit den Schultern. Ich nickte zustimmend. „Danke, Dimitri, für deine Geschichte", sprach ich. Dimitri grinste und kehrte wieder in sein Zimmer zurück, wo er vergnügt weiterspielte. „Donnerwetter", merkte Michális an, „diese Geschichte kannte ich noch gar nicht. Vielleicht hätte ich damals als Kind doch ab und zu meiner Lehrerin zuhören sollen ..." Wir lachten vergnügt. „Ich frage mich bloß, was unsere Emmy verbrochen hat, dass auch sie von dem Schnabel der Krähe heimgesucht worden ist", merkte Alex an, „und das gleich zweimal ..."

⌘

Mit Ioanna, Nikis und Anna verstanden wir uns auf Anhieb und unterhielten uns gut. Anna Adrianou war tatsächlich die ältere Frau, mit der wir Dimitri an unserem ersten Abend auf dem *Monastiraki*-Platz getroffen hatten. Sie erkannte uns ebenfalls wieder und lachte, als sie an den Moment zurückdachte, in dem wir sie verzweifelt darum gebeten hatten, *Váia* für uns zu übersetzen.

Ioanna hatte jede Menge leckeres Gebäck mitgebracht: vom Mandelgebäck mit Honig, über mit Feta gefüllte Teigtaschen, bis hin zu deftig belegten Fladenbroten, die mir das Wasser im Mund zusammenlaufen ließen. Es war ein Genuss, diese Köstlichkeiten zu verspeisen und wir langten alle kräftig zu. Mit einem verschmitzten Grinsen im Gesicht stellte ich fest, dass sogar auf Yunus' Teller eines dieser köstlichen Mandelgebäcke gelandet war, auch wenn Yunus noch zögerte hineinzubeißen.

Bald war abgemacht, wie die folgende Tagesplanung aussah: Michális, seine Frau Anna, Alex, Yunus, Maria, Lissy und ich würden mit der *Emilia* zunächst nach *Sálamis* hinüberfahren, wo Michális seine Bauarbeiterkleidung gegen etwas Frisches austauschen würde. Anna würde dann zu Hause auf der Insel bleiben, während wir anderen nach einem kurzen Aufenthalt auf *Sálamis* schließlich nach *Mégara* hinüberfahren würden. Ioanna, Nikis, Anna und Dimitri wussten nichts Genaueres darüber, warum wir nach *Mégara* wollten. Auf die Schnelle wäre es wohl doch etwas zu kompliziert gewesen, alles haarklein zu erklären. Aber da wir sowieso als Touristen in Griechenland unterwegs waren, glaubten die anderen es uns gerne, dass wir uns die Landschaft, das Meer und die Häfen anschauen wollten. Wir halfen beim Abräumen alle zusammen, sodass dies sehr schnell vonstattenging. Während Michális, Anna, Nikis, Yunus, Maria, Alex, Lissy und Dimitri schon einmal nach draußen gingen, wandte ich mich an Ioanna. „Can I go to the bathroom?", bat ich sie. „Of course", entgegnete die junge Frau mit den mandelfarbenen Augen und wies mir den Weg.

Nachdem ich mir die Hände gewaschen hatte, schaute ich aus dem Fenster im Badezimmer auf den Hof hinaus. Mein Blick fiel direkt auf Michális und Yunus, die vor der Statue von Emilia standen und sich angeregt miteinander unterhielten. Meine Freunde befanden sich etwas abseits und waren ebenfalls in eine Unterhaltung vertieft. Erneut betrachtete ich mir Yunus, wie er im Gespräch hin und wieder mit seinen Armen gestikulierte, wie sein schwarzes, glänzendes Haar das Sonnenlicht fing und wie glühende Kohle Funken zu sprühen schien … Ein warmes Gefühl erfüllte mich von oben bis unten und ich seufzte aus tiefstem Herzen. *Yunus*, dachte ich zärtlich und ein wohliger Schauer zog durch meinen Körper, als die Erkenntnis kam, *ich liebe dich*. Ich wischte mir eine Träne der Rührung aus dem Augenwinkel, trocknete mir die Hände ab und ging schließlich nach draußen zu den anderen.

Peristéri

Ich konnte noch einen letzten Blick auf das lächelnde Gesicht der Statue von Emilia werfen, bevor die Männer mit vereinten Kräften eine blaue Bauplane darüber ausbreiteten. Michális beschwerte die Plane an den Enden sorgsam mit Pflastersteinen, damit sie nicht vom Wind erfasst werden und davonfliegen würde. Anna und Maria brachten derweil die drei schweren Einkaufstüten aus dem Haus, die wir ebenfalls nach *Sálamis* mitnehmen mussten. Dann war der Moment des Abschiednehmens gekommen. Wir bedankten uns bei Ioanna und Nikis für die Gastfreundschaft und das leckere Essen. Nacheinander umarmten uns Dimitri, Ioanna und Nikis, wir winkten und verließen schließlich das Grundstück der Adrianous.

„*Ramphkóraxis*", höhnte Alex, als wir an dem Straßenschild vorbeikamen, „ts ..."

Mit der Metro gelangten Michális, Anna, Alex, Maria, Lissy, Yunus und ich nach Piräus und nach einem kurzen Fußmarsch erreichten wir die *Emilia*, welche ordentlich vertäut und sanft schaukelnd auf uns und ihre große Reise wartete. Ich hatte ein mulmiges Gefühl, als ich an Bord ging, aber ich versuchte, lieber nicht weiter darüber nachzudenken. Womöglich standen wir kurz vor der Auflösung des großen Rätsels, da war es doch nur normal, dass man etwas nervös wurde, oder?

Zu siebt war es auf der Jacht ganz schön eng, aber wir kamen zurecht. Michális verschwand freudestrahlend in seiner Steuerkabine und wir anderen quetschten uns nebeneinander auf die Sitzbänke an der Reling. Die Einkaufstaschen störten ein wenig an den Füßen, aber wir schoben sie, so gut es uns eben möglich war, in eine Ecke und zogen die Beine eng an den Körper. Yunus saß mir so nah, dass ich spürte, wie sich sein Brustkorb beim Atmen hob und senkte und ich lächelte ihn zaghaft an. Yunus lächelte zurück und legte seine linke Hand auf mein Knie.

Während der Fahrt über den Saronischen Golf unterhielten wir uns mit Anna über Nikis sowie über dessen Frau und Sohn. Es war eine schöne Unterhaltung und die salzige Brise des Meeres tat unseren Lungen äußerst gut. Die Sonne brannte vom Himmel, sodass wir alle – bis auf Yunus – Sonnenbrillen und Hüte trugen, um uns zu schützen. Yunus schien als Einziger von uns gegen die Hitze immun zu sein, denn im Gegensatz zu uns schwitzte er nicht.

Lissy grinste, als zweimal kurz hintereinander ein lautes Piepsen aus ihrer Handtasche erklang. Lissy durchwühlte ihre

Tasche nach ihrem Handy und nur einen Moment später hielt sie es in der Hand. „Ivy?", vermutete Maria. „Wer sonst?", entgegnete Lissy schelmisch. „Was schreibt sie denn?" – „Ich les vor." Lissy traktierte ihr Handy und nur wenig später trug sie uns die SMS von unserer Freundin vor:

‚Hi, ihr Griechen! Was gibt's Neues? Ich dachte, ich meld mich mal, damit ihr mich nicht wieder vergesst!'

Alex lachte schallend. Eine Seemöwe, die seelenruhig in unserem Kielwasser getrieben hatte, flatterte erschrocken davon.

‚Ich fang auch schon an, verrückt zu träumen. Ich träumte von Emilia und am Schluss hat sich dann herausgestellt, dass Emmy Emilia ist und auch schon die ganze Zeit gewesen war. Verrückt, oder? LG, Ivy'

Yunus hätte sich beinahe verschluckt, als Lissy den letzten Satz der Nachricht vorlas. Hilfsbereit klopfte ich ihm den Rücken. „Na, na, Yunus", neckte Maria, „nicht so hastig." – „Geht's wieder?", fragte ich ihn. Yunus nickte nur und legte sich beschämt seinen langen schwarzen Zopf in den Nacken.

„Jetzt geht's los ..." Lissy lachte. „Ivy dreht auch schon durch. Träumt von Emilia ... Das muss anstecken sein! Oh weh!" – „Aber jetzt mal im Ernst", wandte ich mich an meine Freunde, „so blöd war Ivys Traum nicht einmal. Wenn man bedenkt, was wir heute gesehen haben ..." – „Die Statue", grübelte Maria, „ja ... Du hast Recht. Du scheinst ja wirklich so etwas wie Emilias Doppelgängerin zu sein." Entschlossen festigte Lissy ihren Griff um ihr Handy. „Ich schreibe ihr jetzt eine Antwort, okay?", verkündete sie. Wir nickten zustimmend. „Was soll ich denn schreiben?" Lissy rieb sich nachdenklich die Nase. „Schreib: *Hi Ivy! Wir waren heute schon auf der Pnyx, wo Emmy von einer Krähe angegriffen worden ist.*" Rasch betätigte Lissy die Tasten ihres Handys und tippte den Text, den Maria diktierte. „*Gerade fahren wir mit Michális' Jacht rüber nach Sálamis. Anschließend werden wir nach Mégaris …*" – „Halt, halt! Stopp!", verlangte Lissy, „nicht so schnell! – … *Jacht … rüber … nach … Sá … la … mis …*" – „*Anschließend werden wir nach Mégaris übersetzen, um dort nach Thólossos und dem Hügel zu suchen, auf dem früher der Hermestempel stand*", fuhr ich fort. „*Dein Traum war nicht so verrückt, wie du denkst*", diktierte Alex weiter. „*Denn Michális hat eine Statue von Emilia gefunden, die genauso wie Emmy aussieht*", führte Maria fort. „Wie viel Platz haben wir noch in der SMS?", schob sie die Frage nach. „Ist egal, sind eh schon zwei", sagte Lissy. „Okay, dann schreib weiter: *Wir haben Michális' Frau Anna, seinen Sohn Nikis, dessen Frau Ioanna und seinen Enkel kennengelernt: Dimitri. Rate mal, wer dieser Dimitri ist.*" – „Jetzt reicht's aber doch langsam", bat Lissy, „die SMS wird ja ewig lang." – „Ja, okay", willigte Maria ein, „schick sie fort, so wie sie ist. Ivy wird sowieso gleich darauf antworten." – „Meinst du?" – „Ja sicher." – „Na gut." Und ein leises Piepsen verkündete, dass die Nachricht übertragen worden war. „Noch darf gewettet werden", scherzte Alex, „wie lange wird es dauern, bis Ivy auf die SMS antwortet?" – „Acht Minuten", tippte ich beliebig. „So lang? Ich schätze fünf Minuten", wettete Alex. „Ach was", winkte Lissy ab, „so schnell schreibt doch kein Mensch!" Nach nur vier Minuten piepste Lissys Handy erneut. „Siehst du?", sagte Alex hämisch, „ich lag näher dran. Gewonnen!"

‚Wohl der Dimitri, der euch *Váia* gezeigt hat? Hoffentlich findet ihr *Thólossos*! Was heißt, eine Krähe hat Emmy angegriffen? Genauer bitte! Ganz schön unheimlich, das mit der Statue. Ob sie authentisch ist?'

Gemeinsam verfassten wir eine Antwort:

‚Genau dieser Dimitri! Die Krähe hat Emmy am Kopf getroffen und bei Nikis' Haus wäre ihr so etwas fast ein 2. Mal passiert. *grusel* Die Statue ist echt. *„Für Emilia, in ewiger Liebe, Jona"*, stand dabei. Zu viel, jetzt alles zu simsen. Sálamis in Sicht. Wir rufen dich gegen sechs an. HDGDL!'

Diesmal erreichte uns Ivys Antwort bereits drei Minuten, nachdem wir die Nachricht versendet hatten. „Wow!", staunte Alex, „ein neuer Sims-Rekord!"

‚Krähe: gruselig; Statue: romantisch – und mysteriös! Bin gespannt auf Thólossos! Wünschte, ich könnte mitkommen. Wehe ihr vergesst, mich heute Abend anzurufen. HEAGDL! Grüße an Michális und Yunus! Ivy'

⌘

„Where can I put the sugar?", fragte ich Anna, die neben mir gerade den Kühlschrank einräumte. „Left." Sie deutete auf einen Schrank direkt neben der Spüle und vor einem Fenster. „Okay", bestätigte ich und räumte das Kilo Zucker auf. Während ich mich freiwillig dazu bereit erklärt hatte, Anna beim Aufräumen der Einkäufe behilflich zu sein, waren die anderen Michális ins Wohnzimmer gefolgt, wo er ihnen stolz seine Modelle von griechischen Schlachtschiffen präsentierte. Ich konnte deutlich ihre Stimmen hören und Yunus, wie er dolmetschte und mir wurde erneut ganz warm ums Herz. Ab und zu kam auch ein schallendes Lachen aus dem Wohnzimmer und ich grinste zufrieden. „Bread?", fragte ich. „In the box", verriet Anna. Rasch fand ich, was sie gemeint hatte, packte das Brot in die Box und dann war meine Tüte auch schon leer. Ich faltete sie sorgsam zusammen und legte sie ordentlich auf den Schrank neben der Spüle. „Finished", verkündete ich. „Fine", entgegnete Anna, „thanks for the help." – „You're welcome."

Plötzlich vernahm ich einen dumpfen Schlag gegen die Fensterscheibe direkt vor mir.

Erschrocken drehte ich mich danach um und sah gerade noch rechtzeitig, wie draußen etwas Kleines, Weißes zu Boden stürzte. Mit einem Male schlug mir das Herz unkontrolliert bis in den Hals, fast so, als hätte ich eine düstere Vorahnung. Ich beugte mich über die Spüle und blickte aus dem Fenster. Schockiert musste ich feststellen, dass draußen auf dem Kiesweg eine weiße Taube lag – tot. *Warum nur ist sie gegen die Fensterscheibe geflogen?*, fragte ich mich. *Warum?* Blut floss ihr aus dem Kopf und die Flügel lagen seltsam verdreht unter ihrem geschundenen Körper. Diesen wunderschönen Vogel so zerstört auf dem Kies liegen zu sehen, erfüllte mich mit abgrundtiefer Traurigkeit. *Jona*, dachte ich, *oh, bitte nicht! Nein!* Ich drehte mich zu Anna um. Doch diese schien das Geräusch nicht gehört zu haben. Jedenfalls räumte sie noch immer seelenruhig den Kühlschrank ein und summte dabei leise eine zauberhafte, aber doch irgendwie melancholisch klingende Melodie. Eine kleine Träne bahnte sich ihren Weg über meine Wange und platschte auf die sauber zusammengefaltete Tüte. Ich atmete tief ein, hielt mit geschlossenen Augen für einen kurzen Moment die Luft an, um mich wieder einigermaßen zu beruhigen, und atmete anschließend ganz langsam aus. Ein weiteres Mal wagte ich einen Blick aus dem Fenster. Ich bereitete mich innerlich auf den schrecklichen Anblick der toten weißen Taube vor, doch irritiert musste ich erkennen, dass von der weißen Taube nichts mehr zu sehen war. *Wie kann das sein?*, fragte ich mich und schaute nach links, nach rechts, weiter in die Ferne ... Doch die Taube war spurlos verschwunden. *Oh, Gott sei Dank*, begriff ich schließlich, *das ist nicht wirklich geschehen. Ich muss mir das eingebildet haben ...* Aber so richtig erleichtert fühlte ich mich trotz allem nicht. *Und was, wenn es wieder so eine Vision gewesen ist?*, überlegte ich weiter, *eine Vision von einer toten Taube verheißt doch sicherlich nichts Gutes* …

Neben mir machte Anna gerade den Kühlschrank zu. Sie hielt eine Flasche Mineralwasser in der Hand. Vermutlich hatte sie mich schon eine ganze Weile beobachtet, dennoch fuhr ich erschrocken zusammen, als sie zu reden begann:
„Why are you so sad now?"
„It's errrrm … nothing. I'm fine", log ich.
„Really?"
„Yes."
„Want something to drink?", fragte Anna.
Auf einmal bemerkte ich, dass sich meine Kehle regelrecht ausgetrocknet anfühlte. Ich nickte.
„*Neró*?", fragte sie und deutete auf die Flasche, die sie in der Hand hielt.
„Yes, please." Erneut blickte ich aus dem Fenster, doch da war wirklich keine tote weiße Taube zu sehen.
„Sit down", bot mir Anna an und hielt mir ein Glas Wasser entgegen. Dankend nahm ich das Getränk an und setzte mich auf die Eckbank.
„Can I ask you a question?", fragte ich sie schließlich.
„Sure." Anna setzte sich neben mich an den Tisch. Ich hatte keine Ahnung, was mich dazu trieb, mit Michális' Frau über die tote Taube zu sprechen, aber was ich eben gesehen hatte, bedrückte mich zu sehr, als dass ich es einfach hätte verdrängen können. Zudem erschien es mir in jenem Moment richtig, das Gespräch mit Anna zu suchen.

Ich seufzte und rang nach den richtigen Worten. Schließlich richtete ich mich an Anna: „Do you know what it means when a white dove dies?"
„A white …"
„Dove", erwiderte ich, „*Peristéri*."

„Ah!", machte Anna und verstummte sogleich. Ihr Gesichtsausdruck wurde ernst. Sie blickte zu Boden. Ich war mir nicht sicher, was das zu bedeuten hatte. Wusste sie tatsächlich etwas oder hielt sie mich gerade für verrückt und wunderte sich darüber, warum ich ihr eine derartige Frage stellte? Womöglich hatte sie aber auch meine Frage nicht verstanden. Ich wusste ja, dass sie sich im Englischen nicht besonders sicher fühlte. Vielleicht hätte ich Yunus zu Hilfe ziehen müssen. Er hätte dolmetschen können. Aber ich wollte nicht, dass Yunus davon erfuhr, was ich soeben gesehen hatte. Ich wusste selbst nicht wieso, aber ich dachte mir, dass Yunus darüber furchtbar traurig sein würde, und da ich mir nicht sicher war, was ich überhaupt gesehen hatte und ob es vielleicht nicht doch nur Einbildung gewesen war, zog ich es vor, ihn lieber nicht damit zu belasten. Später vielleicht, ja, später würde ich es ihm sagen. Aber nicht jetzt. Noch nicht.

„Does it mean something?", fragte ich erneut.

„Did *you* see a white dove die?", kam überraschenderweise die Gegenfrage und ich bemerkte, dass Anna schwer schluckte.

„Mmmmm", brummte ich unsicher.

„I hope not here?" Anna blickte mich mit großen Augen an. Mir lief ein Schauer über den Rücken, ohne zu wissen wieso, und ich wusste nicht recht, was ich entgegnen sollte.

„I ... errrrm ..." Ich stockte.

„Well it's just a believe, you know ... a little story ... not really true ..., of course ..., but, well ... some of us Greeks believe in these little stories, and ..."

„So there *is* a story about dead doves ..."

„There is", bestätigte Anna und rückte näher zu mir heran, „when a white dove dies and you see it die, the death of a dear person is not far away."

Ich hielt vor Schreck die Luft an.

„People say that the death of a white dove indicates the death of a dear person", wiederholte Anna und nickte langsam, um ihrer Aussage noch mehr Ausdruckskraft zu verleihen. „That's what people here say ..." Wir verfielen in Schweigen.

„But why are you asking this?", wollte die alte Frau wissen.

„There's no real reason", log ich. „I just wanted to know. I was interested."

„Interested in Greek believes?" Anna schmunzelte.

„Yes." Ich nickte gequält. *Wenn es doch nur Aberglaube wäre*, dachte ich mir und senkte den Kopf.

Anna legte mir ihre Hand auf die Schulter und schaute mir ins Gesicht. „You are a good girl", sagte sie, dann folgten ein paar Worte auf Griechisch, die ich nicht verstand. „May I?" Sie deutete auf das Medaillon von Emilia, welches ich um meinen Hals trug. „Of course." Sie nahm den Anhänger in ihre Hand und fuhr mit ihren Fingern interessiert über die Gravuren. „It's a beautiful amulet for a beautiful girl. With you it found the right person. I still remember the day when Michális showed it to me for the first time. A pity to give it away, he said again and again. A pity. But he *gave* it away. And it came back into this house, together with you. I did not think that I would ever see it again." Sie lachte. „In former times amulets like these, with the goddess Athene, were made to guard over the souls of loving people. May it guard over you and your man. – Yunus is his name?"

„Yes." Ich nickte zaghaft.

„I hope that you are always happy and that your love will be strong and will not end. I wish you a good life. A good life for a good person."

Ich schaute gerührt zur Seite.

„Don't be shy", sagte Anna, „I *mean* what I say."

„Thanks", hauchte ich mit schwacher Stimme.

„And now ... No more talk about dead *peristéri*." Anna stand auf. „The sun is shining, the day is still young. Let's have a look at Michális' model ships and then I hope you enjoy yourselves at *Mégara*. It is a nice town. You will like it."

Ich leerte das Glas Mineralwasser und anschließend gesellten wir uns zu den anderen ins Wohnzimmer.

Sigma

When a white dove dies and you see it die, the death of a dear person is not far away ... Zugegeben, Annas Worte gingen mir nicht mehr aus dem Kopf, auch wenn ich krampfhaft versuchte, die Erinnerung an die tote weiße Taube zu verdrängen. Als wir das Haus Michális' verließen, fühlte sich alles so unwirklich an. Meine Freunde lachten und scherzten miteinander, aber ich beteiligte mich nicht an ihrer Unterhaltung. Orpheus schwänzelte fröhlich hechelnd um uns herum und gab ab und zu ein lautes Kläffen von sich. Wir gingen über den Kiesweg, der um das Haus herumführte, und ich suchte ihn unauffällig nach Spuren von der toten Taube ab. Ich konnte jedoch nichts finden. Da war weder eine Blutspur noch eine weiße Feder noch sonst irgendetwas zu sehen und ich seufzte. Vielleicht war das alles ja doch nichts weiter als Einbildung gewesen, hoffte ich, doch ich konnte mich selbst nicht so ganz davon überzeugen.

Anna und Orpheus begleiteten uns bis zur Anlegestelle der *Emilia*. Dann war der Moment des Abschieds gekommen. Anna drückte noch einmal jeden Einzelnen von uns fest an sich und wünschte uns einen wunderschönen Nachmittag. Mir strich sie zusätzlich sanft über die Wange und zwinkerte mir aufmunternd zu. Nacheinander gingen Michális, Alex, Maria, Lissy, Yunus und ich an Bord der Jacht. Michális löste die Taue, begab sich in seine kleine Steuerkabine und fragte uns, ob wir für das große Abenteuer bereit waren. „Jaaaaaaaa!", riefen Lissy, Alex und Maria wie aus einem Munde. Daraufhin ließ Michális den Motor an. Orpheus bellte schallend und lief schwanzwedelnd an dem Steg auf und ab. Anna winkte uns lachend hinterher und bald verließen wir den Hafen von *Sálamis*. Diesmal lenkte Michális sein Schiff allerdings nicht nach steuerbord, sondern nach backbord: direkt in die Meerenge zwischen der Insel *Sálamis* und dem griechischen Festland, der Halbinsel *Mégaris*.

Eine Weile tuckerten wir friedlich über den Saronischen Golf. Ab und zu kamen uns die Jachten von anderen Leuten entgegen, aber je weiter wir nach Westen kamen, desto weniger Schiffe waren unterwegs. Die Insel war an dieser Stelle sehr unregelmäßig geformt und mehrere Ausläufer von ihr zwangen Michális dazu, Kurven zu fahren und Felsen auszuweichen.

Plötzlich deutete Yunus nach vorne: „Das ist *Mégara*", verkündete er, „ich war zwar selbst noch nie dort, aber das muss die Stadt wohl sein." Ich nickte. Bereits aus der Entfernung konnte ich die hohen Masten der Segelschiffe ausmachen, die dort festgebunden waren und in den Wellen schaukelten. Viele Häuser und Straßen schmiegten sich in die natürliche Bucht. Die Stadt sah genauso aus, wie ich sie mir vorgestellt hatte.

„Wir werden also bei *Mégara* an Land gehen und von dort aus zu Fuß nach *Thólossos* suchen", erläuterte Yunus. „Hast du zufällig eine Ahnung, wie weit wir gehen müssen?", fragte Lissy. „Leider nicht", gab Yunus zu, „aber nach dem, was Michális erzählt hat, werden es wohl nicht mehr als fünf oder zehn Kilometer sein." – „Fünf oder zehn Kilometer?", empörte sich Lissy. „Das ist jetzt nicht dein Ernst, oder? Das sollen wir alles zu Fuß gehen?" – „Nun." Yunus zuckte mit den Schultern. „Da sind wir doch gut und gerne zwei Stunden unterwegs – einfach! Und zurück müssen wir ja auch, nachher", maulte Lissy. „Ich weiß, Luisa. Tut mir leid, aber ich kann dir bedauerlicherweise keine andere Antwort geben. Ich hoffe natürlich auch, dass es nicht ganz so weit ist", offenbarte Yunus, „schon allein wegen der Zeit, die vergeht, bis wir dort ankommen … Aber wir dürfen uns davon nicht abschrecken lassen." – „Natürlich nicht", bestätigte Maria, „wir sind jetzt schon so weit gekommen und nur noch ein paar Kilometer von unserem Ziel entfernt. Wir waren uns doch einig, nach *Thólossos* zu gehen, also machen wir das auch." – „Sieht ganz danach aus, als würde das heute ein langer Tag werden", argwöhnte Alex, „vielleicht hätten wir doch bis morgen warten sollen. Dann hätten wir gleich in der Früh aufbrechen können." – „Nein, nein. So hätten wir bloß noch einen Tag verloren", meinte Maria, „es ist schon gut, dass wir das heute machen. Wir haben noch sechs oder sieben Stunden, bis es dunkel wird. Da kann noch viel passieren." – „Na, hoffentlich finden wir *Thólossos* überhaupt", murrte Lissy leicht unzufrieden. Ich spürte deutlich, dass ihr die Aussicht auf die fünf oder zehn Kilometer Fußmarsch nicht wirklich zusagte.

Wir näherten uns rasch der Stadt *Mégara* und würden wohl in Kürze in den Hafen einlaufen. Plötzlich streckte Michális seinen Kopf aus der Steuerkabine und rief uns etwas zu, dann nickte er nach vorne in Richtung Festland. „Was ist?", fragte Alex nach. Yunus klärte uns auf: „Michális sagt, dass da vorne gleich der Hügel auftauchen wird. Der, auf dem seiner Meinung nach der Hermestempel gewesen ist." – „Ehrlich?"

Lissy beugte sich aufgeregt über die Reling. Sie schirmte sich die Augen gegen die Sonne ab und blickte auf das Meer hinaus. Ihre schlechte Laune von vorhin war mit einem Male wie weggeblasen. „Wenn der Hügel von hier aus zu sehen ist, dann kann es ja gar nicht so weit sein", vermutete sie. Es dauerte jedoch noch eine Weile, bis wir den Hügel in der Ferne ausmachen konnten. Er befand sich leicht versetzt hinter einer steil abfallenden Küste und war über und über mit dunklem Grün bewachsen. Die Gegend dort sah ziemlich verlassen und einsam aus. „Hm", machte Lissy leicht enttäuscht, „nicht gerade besonders beeindruckend." – „Was hast du erwartet?", fragte Maria, „Wenn der Hügel beeindruckend wäre, dann wäre sein Geheimnis sicher schon längst enthüllt worden." – „Auch wieder wahr", stimmte ich Maria zu.

„Hä? Was ist denn jetzt los?", fragte Lissy verwirrt. „Was meinst du?", wandte ich mich alarmiert an sie und ihre Worte jagten mir unerwartet einen Schauer über den Rücken. „Warum hat Michális den Motor ausgeschaltet? Wir sind doch noch ewig weit vom Hafen entfernt." Schließlich stellte ich fest, dass Lissy Recht hatte. Das kontinuierliche Tuckern des Schiffes war mit einem Male verstummt. Noch trieben wir zwar über das Wasser, aber ich bemerkte, dass wir bereits an Geschwindigkeit verloren. „Merkwürdig", murmelte Maria und blickte über ihre Schulter hinüber zu Michális' Steuerkabine. Ein gequältes Stottern erklang: dreimal, zweimal und ein letztes Mal. Dann wurde es wieder ruhig und kleine Wellen schwappten gegen den Bug. „Der Motor ist abgesoffen", stellte Alex fest, „na prima." Lissy stöhnte genervt. Yunus stand auf und ging zu Michális hinüber. Ich sah, wie die beiden sich aufgeregt miteinander unterhielten. Michális sah verärgert aus; verärgert und verwirrt. Er bahnte sich seinen Weg an Yunus vorbei nach hinten, wo sich der Motor befand. Wir machten ihm Platz und ließen ihn durch. Michális fuhr sich mehrere Male durch die grauen Locken. Sein Gesicht war knallrot angelaufen und Schweiß perlte ihm von der Stirn. Er öffnete eine Verdeckung beim Motor und besah sich die Maschine. Sein Gesichtsausdruck war aufs Tiefste konzentriert.

„Was ist los?", wandte sich Maria an Yunus. „Michális meint, der Motor hat einen Schaden. Er kann sich das selbst nicht erklären. Benzin ist genug vorhanden, Öl ist aufgefüllt … Er hat den Motor erst gestern Abend überprüft, und als wir *Sálamis* verlassen haben, ist schließlich auch noch alles in Ordnung gewesen", teilte uns Yunus mit, „er versteht es selbst nicht und ärgert sich gerade furchtbar." – „Also sprechen wir ihn lieber erst mal nicht an", meinte Alex. „Besser ist es." Yunus nickte und schaute bedrückt auf das Meer hinaus. Störte ihn die Verspätung, die wir unweigerlich haben würden, oder belastete ihn etwas anderes? Ich wusste es nicht.

Es war heiß. Die Sonne stach grell und unbarmherzig vom Himmel herunter und ich zog mir die Schirmmütze tiefer ins Gesicht. „Können wir irgendwie helfen?", fragte ich unsicher. „Wie denn?" Yunus schüttelte den Kopf. „Wenn einer den Motor wieder zum Laufen bringen kann, dann Michális." – „Na hoffentlich", äußerte sich Alex. „Und was, wenn nicht?", fragte Lissy zaghaft. „Dann bleibt uns keine andere Wahl: Wir müssen schwimmen", gab Alex zurück. „Ehrlich?", fragte Lissy irritiert, dann jedoch bemerkte sie Alex' spitzbübisches Grinsen und reagierte mit einem heftigen Boxen gegen Alex' Schulter. „Blödmann!", fauchte sie ihn an. „Du bist doch der idiotischste Saftsack, der auf dieser Erde herumgaukelt, oder?" – „Hey, hey, hey", warnte Alex sie, dann wandte er sich an Maria: „Warum verteidigst du mich nicht?" – „Weil sie

Recht hat", erwiderte Maria, „du verhältst dich gerade echt ziemlich bescheuert." – „Wieso das denn?", fragte Alex immer noch grinsend. „Früher hättet ihr über solch einen Kommentar gelacht. Ich meine ja bloß ... Irgendeiner muss doch dafür sorgen, dass der Humor nicht über Bord geht." – „Wenn du nicht endlich die Klappe hältst, wirst *du* gleich über Bord gehen!", blaffte Maria. Ich glaube, sie war in jenem Moment echt sauer auf Alex. „Und *ich* glaube, wenn nicht endlich etwas geschieht, werden wir bald *alle* über Bord gehen", sprach Lissy mit einem leichten Zittern in der Stimme. „W... wieso?", fragte ich und wusste selbst nicht, ob ich die Antwort auf diese Frage überhaupt hören wollte. Lissy deutete wortlos nach vorne und Yunus, Maria, Alex und ich drehten uns nahezu synchron in die Richtung, in welche Lissy zeigte. „Oh, oh, oh verdammt!", entfleuchte es Alex. „Yunus, Michális! MICHÁLIS!!! Oh, oh ... Das sieht gar nicht gut aus!"

Vor uns ragten spitze Felsen aus dem Wasser. Noch waren sie zwar eine gewisse Distanz von uns entfernt, aber wir trieben schnurstracks darauf zu. Wir waren in der Zwischenzeit am Hafen von *Mégara* vorbeigefahren und die *Emilia* steuerte von der Strömung angetrieben immer dichter an die Steilküste von *Mégaris* heran, direkt auf die Felsen zu. Wenn der Motor noch funktionieren würde, könnte man sicher gefahrlos links an den Felsen vorbeifahren, aber wäre das auch möglich ohne Motor? Ich kannte mich nicht aus und war gerade dabei, in Panik zu verfallen.

Wir kamen den Felsen immer näher. „MICHÁLIS!!!", brüllten Lissy, Maria und ich wie aus einem Munde. Wir sprangen auf und brachten dadurch das Schiff gewaltig zum Schaukeln. Schließlich schaute der Händler auf und ließ von dem Motor ab. Mit einem einzigen Blick erfasste er die gesamte Situation, riss seine Augen vor Schreck weit auf, fuhr sich durch die grauen Haare und fluchte unaufhörlich auf Griechisch. Dann erlangte er seine Fassung wieder und eilte in seine Steuerkabine zurück. Er versuchte erneut, den Motor einzuschalten. Es gelang ihm nicht. Er riss das Steuer nach links. Offenbar wollte er links an den Felsen vorbeifahren. Es tat sich nichts. Ein weiteres Mal zündete er. Der Motor gluckerte und ging wieder aus. „Verdammt noch mal!", brach es aus Alex. „Was wird das jetzt?"

Vollkommen apathisch stand ich an der Reling und betrachtete mir die bedrohlichen Felsen, die immer näher und näher kamen. Deutlich konnte ich jetzt schon einzelne Steine ausmachen. Ich blinzelte verwirrt, als es mir so vorkam, als würde sich einer dieser dunklen Steine bewegen. Das konnte doch nicht sein, oder? Ich schaute genauer hin. Doch, der Stein bewegte sich tatsächlich. – Merkwürdig. Und dann begriff ich: Das war gar kein Stein! Das war eine Krähe! Schon wieder eine Krähe und es schüttelte mich durch und durch, als ich den Vogel sah, wie er seine Flügel aufspannte, sie zweimal auf und ab schlug, aber nicht davonflog, sondern stattdessen wieder seine Flügel eng an den Körper faltete und abwartete.

„Was will diese verdammte Krähe hier?", hauchte ich mit schwächlicher Stimme. „Sie soll abhauen. Sie soll …" – „Ruhig, ruhig, Emily. Sch …", versuchte Yunus mich zu beruhigen, doch diesmal gelang es ihm nicht. Ich war kurz davor durchzudrehen. Es war eine regelrechte Panikattacke. „Mach, dass sie wegfliegt, Yunus. Mach, dass diese verdammte Krähe wegfliegt. Ich … ich halt das nicht aus …" – „Als ob wir jetzt keine anderen Probleme hätten, als so eine blöde Krähe!", fuhr mich Alex barsch an. „Wir rauschen gleich gegen diese Felsen! Wir werden an den Felsen zerschellen, verdammt noch mal!" – „Ich versteh das nicht", sagte Maria fassungslos,

„wieso fährt das Schiff so schnell? Es ist fast so, als würden wir durch eine unsichtbare Kraft angetrieben. Das kann doch nicht sein! Die Strömung kann doch nie und nimmer so stark sein!" – „Ich weiß, warum das alles hier passiert", begann ich auf einmal und konnte mir selbst nicht erklären, wie ich auf diese Gedanken kam, „weil wir nicht hier sein dürfen. Wir dürfen nicht erfahren, wo *Thólossos* gelegen hat. Wir dürfen nicht nach *Thólossos*. Es ist uns nicht vorherbestimmt. Polyzalos ist wütend auf uns. Er … Er wird uns töten. Er wird uns töten, wie er auch Emilia getötet hat. Niemand darf erfahren, wo Emilia begraben ist. Er will verhindern, dass jemand ihre Seele aus der Krypta befreit. Er … Er ist hier und wir … wir werden sterben. Ich weiß es! Ich weiß es! Ich weiß es einfach. Oh!" Meine Stimme versagte mir ihren Dienst. „Emily", redete Yunus auf mich ein, „Emily, beruhig dich bitte. Emily. Niemand wird sterben."

When a white dove dies and you see it die, the death of a dear person is not far away … – Der Anblick der toten weißen Taube drängte sich wieder in mein Bewusstsein und eine heiße Träne bahnte sich ihren Weg über meine Wange. Ich schluchzte und wippte nervös auf und ab. Yunus wollte mir seinen Arm um die Schulter legen und mich an sich ziehen, um mich zu beruhigen. Doch ich wollte es in diesem Moment nicht zulassen. Ich war zu aufgelöst, zu panisch. „Polyzalos ist nicht hier", widersprach Maria und legte mir ihrerseits ihre Hand auf die Schulter. Sie drückte mich sanft auf die Sitzbank zurück. Doch kaum hatte ich die Sitzbank berührt, sprang ich auch schon wieder auf und fuhr mir verzweifelt durch die Haare.

Wir kamen den Felsen immer näher. Ich hörte das unheimliche Krächzen der Krähe. Sie schien uns beinahe höhnend anzustarren und sich ins Fäustchen zu lachen. Ein weiteres Mal tuckerte der Motor dreimal, doch kurz darauf blubberte er und verstummte ein weiteres Mal. Wir konnten Michális' verzweifeltes Fluchen hören. Yunus ging zu Michális hinüber, wohl um zu fragen, ob er irgendwie helfen könnte, doch er kam unverrichteter Dinge wieder zu uns zurück. Wenig später hetzte Michális jedoch aus seiner Kabine und drückte Alex und Yunus jeweils ein langes Paddel in die Hand. Damit sollten die beiden uns wohl von den Felsen wegdrücken, wenn wir uns kurz vor ihnen befänden. Ich schüttelte den Kopf und starrte fassungslos auf die immer größer werdenden Felsen. Es würde sich nur noch um wenige Augenblicke handeln, bis wir gegen die Felsen prallen würden. Yunus und Alex hielten die langen Paddel bereit. Doch ich wusste, dass es aussichtslos war. Wie sollten diese mickrigen Paddel es gegen derart massive Felsen aufnehmen können? Die Strömung war außerdem viel zu stark und da war noch eine unbändige Kraft, der ich in meinem Wahn nur einen Namen geben konnte: Polyzalos' Geist. Diese Kraft verhinderte, dass Michális den Motor zum Laufen bringen konnte. Diese Kraft verhinderte, dass wir sicher um die Felsen herum steuern konnten. Diese Kraft wollte alles andere als unser Wohl! Bis heute weiß ich mir keinen Reim darauf zu machen, wie alles so weit kommen konnte. Ich weiß nur, dass es keinesfalls mit rechten Dingen zugegangen war.

Die Krähe saß noch immer unbeirrt auf dem obersten Felsen und spreizte ihre Flügel. *Sie* konnte einfach davonfliegen, wenn es kritisch wurde – *wir* nicht. Ich hielt das Medaillon von Emilia fest umklammert und schloss die Augen. *Jona*, dachte ich auf einmal, *Jona, hilf uns. Jona, bitte ...* Es kam keine Antwort. Ich öffnete die Augen. *Bald ist es so weit. Bald wird es krachen.* Wieder schloss ich die Augen und dann änderte sich die Situation mit einem Male.

--- Ich sehe den Ort, wie er vor 2.500 Jahren ausgesehen hat. Links von mir liegt die Insel *Sálamis*, rechts von mir die Steilküste *Mégaris'* und direkt vor mir die Felsen. Sie kommen näher, doch sie machen mir keine Angst mehr. Warum auch? Ich kann einfach über sie hinwegfliegen. Kurz vor den Felsen drehe ich nach rechts ab. Rechts rauscht ein gewaltiger Wasserfall über die Steilwand der Küste und ergießt sich über die bizarren Felsen, die vor mir liegen. *Wo das grüne Wasser in den Felsen fließt ... – Acher A 'Naherr,* hallt ein Wort in meinem Kopf wider, *das Ende des Flusses.* Ich fliege rechts am Wasserfall vorbei. Dort befindet sich eine versteckte Nische hinter einem Felsen. Sie ist geräumig und bietet Schutz vor der Strömung. Niemand weiß von diesem versteckten Zugang. Er ist gut verborgen. Lange feste Efeuranken hängen vom Kliff bis knapp über den Boden herab. In die Felsen sind behelfsmäßige Stufen eingehauen. Ein direkter Weg über die Steilküste hinauf nach *Thólossos*! Ich kann es nicht fassen. ---

Ich öffnete die Augen. „Nach rechts!", brüllte ich, „Michális, nach rechts, right! Bitte! Please, try right! Right! Right!" – „Drehst du jetzt total durch?", fragte mich Alex verständnislos. „Right, Michális. Trust me. There is a bay behind the rock. Right!" Michális stutzte. Yunus sagte gar nichts mehr. Sein Gesichtsausdruck wirkte wie versteinert und auch meine Freundinnen wussten nicht, was sie von all dem halten sollten. „Emmy", begann Maria zaghaft, doch brach ab. Michális warf einen prüfenden Blick nach rechts. Die Felsen waren nur noch wenige Meter von uns entfernt. Die *Emilia* würde in Kürze an ihnen zerschellen und wir würden ins Wasser stürzen, wenn nicht sofort etwas geschah. Man konnte von der Bucht, die ich erwähnt hatte, keine Spur sehen. Aber in meiner Vision hatte es anfangs auch keinen Hinweis auf diese

Bucht gegeben. Und doch war sie anschließend da gewesen. *Oh, bitte, lass es wahr sein*, flehte ich.

Michális seufzte aus tiefstem Herzen, zuckte anschließend mit den Schultern und schlug dann hart steuerbord ein. Der Motor sprang wieder an und die *Emilia* ließ sich lenken, als hätte es niemals zuvor Schwierigkeiten gegeben. Die Krähe flatterte laut krächzend davon und würdigte uns keines Blickes mehr. Die Jacht drehte nach rechts und nur wenig später stellten wir fest, dass es diese Bucht tatsächlich gab. Sie bot ausreichend Platz für die *Emilia*. Michális schüttelte ungläubig den Kopf, drosselte den Motor, sodass die *Emilia* langsam und kontrolliert in die verborgene Bucht einlaufen konnte. „Das gibt's nicht", staunte Maria, „das kann doch nicht wahr sein. Das ... Einfach unglaublich ..." – „How did you know?", fragte Michális ungläubig. „How did you *know*?" – „Jona told me", gab ich zurück und strahlte erleichtert übers ganze Gesicht. Die Anspannung fiel mit einem Schlag von mir ab und ich sank zitternd und heftig atmend auf die Sitzbank an der Reling.

Als meine Freunde begriffen hatten, dass wir gerettet waren, brachen sie in erlöstes Lachen aus und nacheinander fielen mir Lissy, Maria und Alex um den Hals. Michális schüttelte noch immer fassungslos den Kopf, als er den Motor der Emilia ausmachte. Der Händler fand einen Felsen, an dem er seine Jacht vertäuen konnte, und hockte sich schwerfällig auf die Sitzbank mir gegenüber. Er stützte seinen Kopf mit den Händen und rieb sich die Augen. Ich stellte amüsiert fest, dass sein Hemd ganz schön durchgeschwitzt war und ihm am Körper klebte wie eine zweite Haut.

Yunus setzte sich neben mich und nahm meine beiden Hände in die seinen. Ich wandte mich ihm zu, als mein Puls wieder halbwegs normal ging. „Du bist unbeschreiblich", äußerte er sich und ein zaghaftes Lächeln schlich sich in sein Gesicht. Er schaute mir ganz tief in die Augen und ich erwiderte seinen Blick. Ein wohliger Schauer zog über meinen Rücken. Ich schwebte wie auf Wolken und meinen Körper durchströmte so viel Freude und Wärme, dass ich dachte, ich würde vor Glückseligkeit zerplatzen, doch Alex' Stimme holte mich augenblicklich wieder in das Hier und Jetzt zurück.

„So, so", hallte Alex' Stimme an der steilen Felswand wider, „*Jona* hat dir also von dieser geheimen Bucht erzählt? Wie haben wir uns das vorzustellen?" – „Das würde mich allerdings auch interessieren", mischte sich Maria ein. Widerwillig lösten sich Yunus und ich voneinander. Ich atmete tief durch. „Okay, wenn ihr es genau wissen wollt ..." Und ich schilderte meinen Freunden, was ich gesehen hatte.

Die Stimmung in der Bucht war entspannend und äußerst angenehm. Das Gluckern des Wassers, das gegen den Bug der *Emilia* schwappte und wieder zurück an das Ufer floss, untermalte meine Erzählung akustisch und das dunkelgrüne Efeu, das in dicken Ranken von der steilen Felswand herunterhing, bildete einen würdigen optischen Rahmen dazu.

„Oh Mann", seufzte Lissy schließlich, „ich glaube, ich werde mich an diese Visionen nie gewöhnen." – „Ich auch nicht", schmunzelte ich, „aber sie fangen an, mir zu gefallen. Ich meine ... Wenn sie uns wie diese hier weiterhelfen ... Wahrscheinlich hat sie uns sogar das Leben gerettet." – „Ja, gut möglich", stimmte mir Maria andächtig zu, „das mit den Felsen hätte ganz schön ins Auge gehen können." – „Ich verstehe immer noch nicht, wie das passieren konnte", teilte uns Michális über Yunus mit, „der Motor war tot und plötzlich, als ich nach rechts abdrehte, sprang er wieder an, als hätte er nie Probleme gehabt. So etwas ist mir noch nie passiert." Er pausierte, dann fuhr er fort: „Man könnte wirklich denken, dass eine finstere Macht uns daran hindern wollte, wohlbehalten nach *Thólossos* zu kommen ..." – „Oh Michális, hör auf", bat Lissy, „du machst mir Angst." Der Händler zuckte mit den Schultern und zwirbelte betreten seinen Schnurrbart um seinen Finger.

„Und jetzt?", fragte Maria und schaute sich in der Bucht um. „Und jetzt ...", begann ich, „... gehen wir nach *Thólossos.*" Verwirrt blickten mich die anderen an. „Wie das denn?", brachte Alex seine Zweifel zum Ausdruck. Ich antwortete nicht, sondern nickte nur in Richtung Steilwand. „Wie ...?", begann Maria, doch brach wieder ab. „Diese Bucht ist noch längst nicht alles", offenbarte ich, „in meiner Vision habe ich noch etwas gesehen und das wird schätzungsweise vor allem Lissy gefallen." – „Mir gefallen?", stutzte Lissy. „Warum das denn? Wie kommst du darauf? Was sollte mir denn an einer *Steilwand* gefallen?" – „Die Tatsache, dass sie eine Abkürzung ist", erläuterte ich, „denn wenn das stimmt, was ich in meiner Vision gesehen habe, dann gelangen wir über diese Felswand hier direkt hinauf nach *Thólossos* und wir sparen uns diese fünf oder zehn Kilometer Fußmarsch von *Mégara* aus." – „Sag bloß ... das ist die Felswand, von der wir die ganze Zeit schon geredet haben?", begriff Maria auf einmal. „Die, die in Jonas Fluchtplan so eine große Rolle spielte?" Ich nickte nur. Maria fasste sich an die Stirn. „Na klar!", brach es aus ihr heraus. „Das Boot, das Cyrill bereitgestellt hat! Das Boot, mit dem Emilia und Jona über *Eiríni* flüchten sollten! Es muss damals hier festgebunden gewesen sein! Genau hier, wo jetzt *unser* Schiff vertäut ist! Und diese Felsen, an denen wir beinahe zerschellt wären ..." – „Das sind die Felsen, über die sich einst *Achernar*, das Ende des Flusses *Erídanos* ergossen hat", vollendete ich ihren Satz." – „Krass!", staunte Lissy. „Plötzlich fügt sich alles zusammen." – „Eine unheimliche

Vorstellung, dass wir jetzt an genau diesem Ort sind, an dem das alles stattgefunden hat", meinte Maria.

„Und ich dachte, der Buchstabe Sigma steht für *Sálamis*", überlegte Yunus. „Für was sollte er denn sonst stehen?", wollte Lissy wissen. „Zum Beispiel für *Skópelos*", schlug Yunus vor, „das heißt ‚Felswand' oder ‚Steilküste'." – „Hm, gut möglich", kommentierte Maria, „das würde erklären, warum uns unsere Reise hierher geführt hat." – „Ja. Vielleicht sollten wir von Anfang an über die Steilküste nach *Thólossos* gelangen", überlegte ich weiter, „und nicht über *Mégara*." – „Aber wie sollen wir überhaupt diese Steilwand hochkommen?", gab Lissy zu bedenken. „Genauso wie Jona und Cyrill früher auch hochgekommen sind", antwortete ich. „Hä?" Lissy runzelte verwirrt die Stirn. „Passt auf. Ich werde es euch zeigen", versprach ich und stand auf.

Die *Emilia* schwankte leicht in den kleinen Wellen, doch ich schaffte es, mein Gleichgewicht zu behalten, indem ich mit den Armen ausbalancierte, und vorsichtig verließ ich die Jacht. Das steinige Ufer war relativ schmal und glitschig. Die gespannten Blicke meiner Freunde verfolgten mich. Zielsicher ging ich an die steile Felswand heran. Ich fasste das Efeu an, suchte nach einem Stiel, an dem mehrere Blätter hingen, und als ich eine dicke Ranke in die Finger bekam, zog ich diese entschlossen beiseite. „Tatarata!", triumphierte ich und entblößte in den Fels gehauene Treppenstufen. Ich schaute an der Wand nach oben, so weit es mir der dichte Pflanzenbewuchs zuließ. Die Stufen sahen offen zugegeben nicht gerade besonders vertrauenerweckend aus, aber in jenem Moment wurde mir das gar nicht so bewusst. „Ui!", staunte Alex verblüfft. „Und da sollen wir hoch?" Er runzelte misstrauisch die Stirn. „Sieht nach einer großen Herausforderung aus." – „Vergiss es!", protestierte Lissy vehement und ver-

schränkte ihre Arme vor der Brust. „Ich geh da nie und nimmer hoch! Ich bin doch nicht lebensmüde!"
Alex stand ebenfalls auf und gesellte sich zu mir. Interessiert musterte er den Anstieg. „Das ist wahnsinnig steil", stellte Alex fest, „es geht fast senkrecht nach oben. Das sind bestimmt zwischen fünfzehn und zwanzig Meter ..." Er schüttelte den Kopf. „Ich weiß nicht recht ..." – „Wir könnten die Efeuranken als so eine Art Seil benutzen", schlug ich vor. Alex wollte gerade etwas kontern. Ich sah es ihm deutlich an, dass ihm etwas Sarkastisches auf den Lippen lag, aber er entschloss sich wohl dazu, es lieber für sich zu behalten oder aber er war durch das, was er im Folgenden sah, dermaßen abgelenkt, dass er seinen Kommentar schlichtweg vergaß. „Was ist denn das?", wunderte er sich und zog eine weitere Efeuranke beiseite und dann sah ich es auch. „Da steht etwas geschrieben", stellte Alex fest, „in den Fels eingehauen. Das sind so Schriftzeichen ... Die kommen mir irgendwie vertraut vor. – Ich glaube, das ist Arabisch. Yunus, komm doch mal bitte her." Alex rückte zur Seite und machte Yunus Platz. Der Araber vollführte einen großen Schritt zu uns herüber und stützte sich an der Felswand ab, die vor uns lag. Yunus war mir so nah, dass ich seinen Atem an meiner Haut spüren konnte. Für uns drei war das felsige Ufer vor der Steilwand ganz schön eng. Keine vierte Person hätte nun dazustoßen können. Maria, Lissy und Michális lehnten sich neugierig über die Reling der Jacht, um die Schriftzeichen so gut wie möglich sehen zu können. Yunus nahm die Efeuranke in die Hand, welche die Schriftzeichen im Felsen zuerst bedeckt gehalten hatte und fuhr mit seinem Finger andächtig einige der Buchstaben nach. Ich hörte, wie Yunus neben mir tief durchatmete und schluckte.

„Die Liebe findet immer einen Weg", übersetzte er mit Rührung in der Stimme. „Das ist von Jona", begriff Maria. „Definitiv", stimmte ihr Alex zu, „schaut." Er zog die Efeuranke noch ein wenig weiter nach oben. „Eine Taube." Tatsächlich waren schemenhaft die Konturen einer Taube mit geöffneten Flügeln in den Felsen eingraviert, direkt neben den arabischen Schriftzeichen. „Jona", flüsterte ich und berührte zärtlich die Gravuren der Taube. Eine Weile verfielen wir in tiefes Schweigen. *Die Liebe findet immer einen Weg …* Wir waren von der Klarheit und Zuversicht der Worte vollkommen ergriffen. Was mich betraf, ich konnte sehr gut nachvollziehen, was mit diesen Worten gemeint war. Ich fasste mir ans Herz und spürte, wie es voll und ganz für Yunus schlug und wie mich die Liebe zu ihm mit Hoffnung und Freude erfüllte.

Schließlich richtete sich Michális an uns. Zeitlich versetzt hörten wir durch Yunus, was Michális uns zu sagen hatte: „Es ist nun an der Zeit, an der Steilwand emporzusteigen. Ich habe ein Seil dabei. Ich schlage vor, dass ich vorausklettere, mich an den Efeuranken festhalte und dann das Seil zu euch herunterlasse, mit dem ihr euch sichern könnt." Irritiert wandte sich Maria an den Händler: „Wieso solltest ausgerechnet *du* zuerst gehen? Das ist doch viel zu gefährlich! Sollte nicht lieber jemand anderes …" – „Nein, nein." Michális schüttelte hektisch den Kopf. „Ich mache das nicht zum ersten Mal. Ich weiß, wie man sich sichert und ich werde dafür sorgen, dass wir alle wohlbehalten oben ankommen werden."

„Ähm, Michális, NEIN!", widersprach Lissy. „Das ist doch Irrsinn! Du wirst abstürzen!" – „Ich werde *nicht* abstürzen", beteuerte Michális, „ich habe Erfahrung im Bergsteigen. Ich bin auf *Kalymnos* geklettert und auf dem *Olymp* war ich auch schon. In letzter Zeit war ich zwar nicht mehr so oft klettern, weil es die Zeit und der Geldbeutel nicht zuließen, aber so etwas verlernt man nicht so schnell." Michális grinste. „Ich werde euch zeigen, wie's geht. Ihr werdet es lieben." Michális verschwand für einen kurzen Moment in der Steuerkabine seiner Jacht und kehrte mit einem leuchtend roten Rucksack zurück. Er öffnete den Reißverschluss und zog ein aufgerolltes, kräftiges Seil hervor. Er fummelte an einer Art Gurt mit Ösen und Haken herum, machte eine Schlaufe und legte sich das aufgerollte Seil über die Schulter. Er sah dabei richtig routiniert aus. Anschließend setzte er sich den Rucksack auf und warf einen prüfenden Blick die steile Felswand hoch.

„Das glaub ich jetzt nicht", murmelte Maria und schüttelte den Kopf, „Michális kann klettern!" – „Michális kann alles", bewunderte ich den Händler. „Außer Deutsch", sagte Alex und wir alle lachten. „What?", fragte Michális verwirrt. „Genau", amüsierte sich Maria. Alex, Lissy und ich lachten vergnügt.

„Hm ... Wie machen wir das jetzt am besten ...", überlegte Yunus. Dann entschied er sich dazu, wieder in die *Emilia* zurückzukehren, damit Michális ans Ufer gelangen konnte. Genauso machte es auch Alex. Ich blieb, wo ich war, da mir Michális durch Gesten zu verstehen gegeben hatte, dass ich ein paar Efeuranken auf Seite halten sollte, damit ihm das Klettern leichter fallen würde. Michális krempelte sich die Hosenbeine und Ärmel hoch, so weit es ging, damit sie ihm beim Klettern nicht hinderlich sein würden, dann setzte er seinen Fuß prüfend auf die erste Stufe und testete sie auf Standfestigkeit.

„Der will doch jetzt nicht tatsächlich da hochsteigen, oder?", fragte Lissy mit einem leichten Zittern in der Stimme. „Doch, sieht ganz danach aus", erwiderte Maria. „Den kannst du nicht mehr davon abbringen", meinte Alex, „keine Chance." – „Irgendwie wünschte ich mir jetzt fast, wir würden doch

lieber die fünf oder zehn Kilometer von *Mégara* aus zu Fuß gehen ... Wenn mir dafür das da erspart bleiben würde."
Lissy nickte in Richtung Felswand.

Der Händler rief uns etwas auf Griechisch zu, das Yunus rasch übersetzte: „Alles in Ordnung, sagt er. Die Stufen sind nicht besonders rutschig. Der Efeu hat sie größtenteils vor Verwitterung und Abtragung geschützt und dadurch, dass niemand von dieser Treppe weiß, ist sie auch dementsprechend nicht abgenutzt. Er meint, es wäre zu schaffen." – „Na, wenn Michális das sagt ...", kommentierte Alex und schaute dem Händler wie gebannt zu. Michális griff nach der stärksten Ranke Efeu und zog kräftig an. Dann hängte er sich mit seinem ganzen Gewicht daran und hüpfte mehrere Male auf und ab. Das sah urkomisch aus, aber von uns fünf war keinem zum Lachen zumute.

„Die Pflanze hält auch", verkündete Michális frohen Mutes, „ich bin der Schwerste von uns. Wenn sie mich hält, dann hält sie euch Federgewichte auch. Außerdem habt ihr dann das Seil, mit dem ihr gesichert seid ... Wir schaffen das."

Dann drehte sich Michális wieder zur Felswand und machte sich an den Aufstieg. Er erreichte die zweite Stufe und hielt sich dabei am Efeu fest. Die dritte Stufe. Noch schien alles ganz einfach zu sein. Doch die Höhe nahm langsam aber sicher zu, und wenn man bei so etwas nicht ganz schwindelfrei war ...

„Oh, oh ... Ich kann gar nicht hinsehen!", brach es aus Lissy und sie hielt sich die Augen zu. „Sagt mir Bescheid, wenn er oben ist, ja?"

Michális nahm die vierte Stufe, dann die fünfte. Drei Meter Höhenunterschied hatte er inzwischen sicherlich überwunden. Michális hielt sich mit der linken Hand an der Efeuranke fest, die rechte wischte er sich an seiner Hose ab. Vielleicht begann er nun doch zu schwitzen oder aber die Efeuranken waren glitschiger als erwartet. Gespannt schaute ich nach oben. Michális griff mit seiner zweiten Hand nach einer anderen Pflanze, sie gab nach und eine Woge schwarzer Erde und ein Stück Efeuranke fielen mir entgegen. Ich duckte mich und hielt vor Anspannung die Luft an. Doch Michális war nicht einmal ins Schwanken geraten, da er mit seiner linken Hand noch immer die erste Ranke festgehalten hatte. Ein erleichtertes Raunen ging durch meine Freunde und auch ich ließ die Atemluft langsam durch den Mund entweichen.

Und weiter ging es! Michális nahm die nächste Stufe, die übernächste und noch eine. Es sah gut aus. Michális befand sich inzwischen weit über mir und mir wurde schon ganz schwindelig, wenn ich nur nach oben schaute. Wie weit hatte er noch? Fünf Meter? Ich konnte das von da unten aus so schlecht einschätzen. Und in jenem Moment geschah es. Michális rutschte aus. Ich schrie vor Schreck laut auf und machte mich auf das Schlimmste gefasst. Doch Michális verlagerte instinktiv sein Gewicht nach vorne und bekam von unten die nächsthöhere Treppenstufe zu fassen. Außerdem schlang er sich schnell eine Efeuranke um sein Handgelenk und suchte mit seinem Fuß nach der Treppenstufe unter ihm. Er fand sie und richtete sich wieder auf. Er rief uns etwas zu und Yunus übersetzte, nachdem er sich einigermaßen von dem Schock erholt hatte: „Er sagt: alles in Ordnung. Wir müssen uns nur vor der verflixten zehnten Stufe in Acht nehmen. Sie ist leicht abschüssig. Aber der Rest ist einwandfrei." – „Öhö", quiekte Lissy noch immer unter Schock stehend. „Oh Mann", stöhnte Maria, „er macht es aber auch verdammt spannend!" – „Wer kann, der kann", kommentierte Alex und grinste breit, „ich freu mich schon darauf, selber da hochzuklettern." – „Also ich freu mich ehrlich gesagt überhaupt nicht darauf", gab ich zu. „Und ich mach's nicht", sagte Lissy, „das könnt ihr voll vergessen! Ich bleib hier unten." – „Dann bleibst du eben hier unten", gab Alex zurück, „und wartest, bis wir wieder zurückkommen. – Allein! Denn wir werden alle da hochsteigen, damit du's weißt!" – „Na schön", motzte Lissy, „dann lasst mich eben alleine hier! Das ist mir doch egal!"

Wenig später hatte Michális das Ende der Treppe erreicht und stieg über die Klippe hinweg. Für einen Moment war er aus unserem Blickfeld entschwunden, dann jedoch tauchte sein Gesicht oberhalb der Kante wieder auf. Michális lag auf dem Bauch und hatte sich an den Abhang herangerobbt, um zu uns herunterzuschauen. Er grinste zufrieden und rief uns etwas zu. „Alles halb so schlimm, sagt er", verkündete Yunus, „jetzt sind *wir* an der Reihe."

Michális warf das Ende des Seils über den Abgrund und ließ es anschließend langsam zu uns herab. „Wer ist der Nächste?", fragte Alex. „Du, Emmy? Du stehst schon so günstig. Ich halte dafür das Efeu von der Treppe weg." – „Na gut", erwiderte ich und atmete tief durch. Nun war es also so weit. Ich blickte zu meinen Freunden hinüber. Yunus sah ganz blass aus und hielt mit seinen Händen den Anhänger umklammert, den er um seinen Hals trug. Dann schaute ich zu Michális hoch, der auf das Seil deutete, das neben mir knapp über dem Boden baumelte. „Du musst hier in diesen Sicherungsgürtel hineinsteigen und das Seil festzurren", erläuterte Alex, „so. Dann kann dir nichts passieren, wenn du stürzt. Michális hat das Seil oben gesichert, sonst hätte er noch nicht grünes Licht gegeben." – „Okay", gab ich etwas eingeschüchtert zurück und ließ mir von Alex in den Sicherungsgürtel hineinhelfen. Es fühlte sich etwas ungewohnt an zwischen den Beinen und zwickte etwas, aber wenn es mir dafür garantierte, dass ich auch im Falle eines Sturzes am Leben bleiben würde, dann nahm ich das gerne in Kauf. Ich spürte, wie sich mein Puls unmittelbar beschleunigte. „Ich vertraue Michális", beschloss ich schließlich. „Das wird schon." Alex zwinkerte mir aufmunternd zu. Ich wandte mich noch einmal zu Yunus um. Dieser hielt seinen rechten Daumen nach oben und lächelte. Aber ich konnte ihm deutlich ansehen, dass ihm das Lächeln in diesem Moment schwerfiel. *Ach*, dachte ich mir schließlich, *so schwer kann das doch gar nicht sein. Ich wollte doch schon immer mal klettern*. Ich drehte mich entschlossen zur Felswand um und suchte Halt in den dunkelgrünen Efeuranken. *Aber trotzdem wäre es schöner gewesen, wenn ich vorher erst einmal über einer Matte hätte üben können*, dachte ich weiter, *egal jetzt! Los geht's!* Meine ganze Konzentration galt von nun an der Felswand.

Es kostete einiges an Überwindung, diese steile Treppe hinaufzuklettern. Aber ich muss sagen, wenn man sich nicht nach hinten umdrehte und wenn man nur immer von einer Stufe zur nächsten dachte und sich gut an den Efeuranken festhielt, dann ging es. Ja, vielleicht hatte es mir sogar ein wenig Spaß gemacht! Bei der zehnten Stufe passte ich besonders gut auf, damit mir nicht dasselbe passieren würde wie Michális. Die letzten paar Stufen waren ein Leichtes, und sobald ich über die Klippe hinwegschauen konnte, streckte mir Michális seine starken Arme entgegen und half mir nach oben. Schließlich lag ich mit dem Bauch auf dem Boden, nur die Beine baumelten noch über dem Abgrund. Ich lächelte zuversichtlich und zog auch noch meine Beine nach oben.

„Thanks", bedankte ich mich bei Michális. Der Händler half mir aus dem Sicherungsgürtel und kurz darauf ließ er das Seil ein weiteres Mal nach unten. Mit noch etwas zittrigen Beinen ging ich ein paar Schritte hin und her und schaute mich um. Vor uns lag eine dicht bewachsene, aber ansonsten recht verlassene Gegend. Weit und breit war kein Haus zu sehen. Nur Gras und Bäume und Büsche und jede Menge Vögel. Und ganz in der Nähe, etwas weiter landeinwärts, sah ich den breiten Hügel, der über und über mit Grün bewachsen war. Zwar stand auf ihm der Hermestempel schon längst nicht mehr, aber ich war mir vollkommen sicher, dass wir uns an dem richtigen Ort befanden, und alleine die Vorstellung, was sich hier vor 2.500 Jahren abgespielt hatte, ließ mir eine Gänsehaut aufkommen. Ich setzte mich neben Michális ins Gras und schaute nach unten. Der Anblick war überwältigend! *Bin ich wirklich so weit nach oben geklettert?*, fragte ich mich und staunte nicht schlecht. Von oben wirkte die Höhe noch wesentlich beeindruckender als von unten. Ganz mickrig und klein sahen meine Freunde aus. Ich winkte ihnen zu und hörte ihr erleichtertes Lachen, das zu uns emporstieg. „Das geht ganz leicht", rief ich ihnen entgegen, „ihr müsst keine Angst haben. Es macht sogar Spaß!" – „Haha! Wer's glaubt!", brüllte Lissy noch immer etwas missmutig zurück. „Der Nächste bitte!", verlangte ich.

Maria stieg mutig von der Jacht hinüber auf das felsige Ufer und ließ sich von Alex in den Sicherungsgürtel helfen. Wenig später machte sie sich an den Aufstieg. Michális stand neben mir und passte auf, dass das Seil nicht durchhing oder sich irgendwo verhakte. Er hatte es an einem Baum festgemacht, der in der Nähe des Abgrundes stand, aber er hielt es zusätzlich noch mit seinen beiden Händen fest, um zu vermeiden, dass das Seil direkt auf der scharfen Kante des Abhangs zum Liegen kam, zudem holte er kontinuierlich das Seil ein, als Maria Stück für Stück nach oben kletterte; wohl, damit sie stets durch das gespannte Seil gesichert war, vermutete ich.

Maria kämpfte sich rasch an der Felswand empor. Ich hatte keinerlei Zweifel daran, dass sie es ebenfalls bis nach oben schaffen würde, ohne dass das Sicherungsseil zum Einsatz kommen müsste. Ich ließ meinen Blick über den Saronischen Golf schweifen und blickte zur Insel *Sálamis* hinüber. Die Aussicht war herrlich und man konnte ganz weit sehen. Bis zum Horizont erstreckte sich das tiefe Blau des Meeres und verbündete sich in der Ferne mit dem etwas helleren Blau des Himmels. Die Luft war klar und angenehm frisch.

Wenige Minuten später hievte sich Maria mit unserer Hilfe über die Klippe. Ihr Gesicht war leicht gerötet, doch ihre Augen strahlten. „Wow! Das war genial", freute sie sich, „ich hätte nie gedacht, dass ich in diesem Urlaub das Klettern lernen würde." – „Das ist eben ein richtiger Abenteuerurlaub", bekräftigte ich. „Was du nicht sagst", stimmte mir Maria zu, „die Aussicht ist echt klasse hier." – „Hmmm", machte ich. Ich half Maria dabei, den Verschluss des Sicherungsgürtels zu lösen und kurz danach wurde das Seil ein drittes Mal nach unten gelassen.

Als wir vorsichtig an den Abhang heranrobbten, hörten wir, wie sich Alex und Lissy stritten. Offensichtlich weigerte sich Lissy noch immer vehement dagegen, nach oben zu klettern. Schließlich resignierte Alex und stieg selbst in den Sicherungsgürtel. Yunus hielt den Efeu für ihn zur Seite. Auch Alex hatte keine Probleme mit dem Klettern und kam etwas außer Atem, aber dennoch glücklich und zufrieden oben an.

„Was war denn los bei euch?", fragte Maria und wühlte ihrem Freund liebevoll durch das Haar. „Nichts, Lissy stellt sich nur mal wieder quer." – „Wird sie hochkommen?", fragte ich besorgt. „Ich weiß es ehrlich gesagt nicht", gab Alex zu und reichte Michális das Seil, „Yunus ist gerade dabei, auf sie einzureden." – „Er wird sie schon überzeugen", brachte ich meine Zuversicht zum Ausdruck. „Na ja ... Ich weiß nicht", zweifelte Alex. „Ihr wird nichts anderes übrig bleiben als hochzukommen", meinte Maria, „sie wird doch wohl kaum alleine da unten bleiben wollen, oder?" Alex zuckte ratlos mit den Schultern. „Wir werden sehen."

Zu viert lagen wir nebeneinander auf dem Bauch direkt vor dem steilen Abhang und schauten nach unten. Der Sicherungsgürtel war inzwischen bei Yunus angekommen. Der Araber nahm ihn in seine Hände und hielt ihn Lissy entgegen, die noch immer auf der Sitzbank an der Backbordseite der *Emilia* saß und missmutig ihre Arme vor der Brust verschränkt hatte. Von meinem Platz aus konnte ich deutlich erkennen, dass Yunus beruhigend auf Lissy einredete, auch wenn ich nicht deutlich verstehen konnte, was er ihr sagte. Lissy schüttelte den Kopf und entgegnete ebenfalls etwas, das ich auf diese Distanz nicht verstand.

„Dieser Sturkopf", maulte Alex und seufzte genervt, „die soll sich nicht so anstellen." – „Komm, sei nicht so fies", bat Maria, „wenn sie wirklich Angst hat …" – „Die hat keine Angst", behauptete Alex, „die hat bloß keine Lust." – „Da, sie ist schon aufgestanden", stellte ich fest, „Yunus hat es geschafft, sie zu überreden." – „Tatsächlich", sagte Maria, „na, seht ihr. Unsere tapfere Lissy …" Yunus reichte Lissy die Hand, als diese einen beherzten Schritt von der *Emilia* hinüber auf das felsige Ufer vollführte und anschließend half er ihr in den Sicherungsgürtel hinein. Die beiden diskutierten noch eine Weile miteinander, aber sie stritten sich nicht. Ich fand, das war ein gutes Zeichen. *Auf Yunus' Überredungskünste ist eben Verlass*, freute ich mich und ein wohliges Gefühl durchströmte meinen Körper.

Lissy stellte ihren rechten Fuß auf die erste Stufe und nach anfänglichem Zögern zog sie sich an der Efeuranke nach oben und überwand den ersten Höhenmeter. Kaum befand sie sich auf der zweiten Stufe, näherte sich Yunus der Felswand und kletterte direkt hinter Lissy nach oben. „Was machen die beiden denn da?", entsetzte sich Maria. „Wieso klettert Yunus ihr direkt hinterher? Er ist doch gar nicht gesichert!" Auch Michális neben mir fing zu fluchen an, aber da Yunus nicht bei uns war, verstand niemand von uns, was er sagte. Michális fuhr sich nervös durch die Haare und schaute angespannt von Lissy zu Yunus und wieder zu Lissy. Die Hände des Händlers hielten das Seil krampfhaft umklammert. Ich konnte in diesem Moment gar nichts sagen. War das Lissys Bedingung gewesen? – Dass Yunus ihr direkt hinterher klettern sollte? Aber das war doch lebensmüde! Was, wenn Yunus abstürzen sollte? *Ach*, versuchte ich mir selbst einzureden, *er wird nicht abstürzen. Yunus doch nicht!* Aber dann fiel mir auf einmal wieder die weiße Taube ein, die vor wenigen Stunden gegen die Fensterscheibe geflogen und dabei gestorben war. *The death of a white dove indicates the death of a dear person ...* Ob Vision oder nicht – beunruhigend war das Erlebnis auf *Sálamis* alle Male gewesen. Mir wurde ganz schlecht vor Anspannung. Am liebsten hätte ich die Augen zugemacht und gewartet, bis die zwei sicher und wohlbehalten oben ankamen, aber ich konnte mich einfach nicht von ihnen abwenden. Ich war wie gelähmt vor Furcht und drückte meine beiden Daumen ganz fest, damit Lissy und Yunus nichts zustoßen würde. Aber ich schien mir umsonst Sorgen gemacht zu haben. Lissys Schritte wurden von Mal zu Mal sicherer und sie machte auch sehr schnell Fortschritte. Nicht einmal die verflixte, abschüssige zehnte Stufe bereitete ihr Schwierigkeiten. Sie sah regelrecht routiniert aus. Womöglich machte ihr das Klettern inzwischen sogar Spaß.

Bald trennten sie nur noch wenige Meter von uns. Lissy lächelte zuversichtlich und Yunus kletterte entspannt hinterher. Seine weißen Hemdsärmel flatterten im Wind. Konzentriert hielt er stets nach sicherem Stand Ausschau und prüfte die folgende Stufe immer erst mit seinem Fuß, bevor er sein ganzes Gewicht darauf setzte. Inzwischen waren die beiden uns so nahe gekommen, dass man ihren angestrengten Atem hören konnte. Lissy befand sich nur noch etwa einen Meter unterhalb der Kante. Sie blieb kurz stehen und streckte Michális ihre Hand entgegen. Der Händler hielt seinerseits seine rechte Hand nach unten, mit der linken hatte er das Seil im Griff. Nur noch wenige Zentimeter trennten Lissys Finger von denen des Händlers. Lissy streckte sich und warf dabei gleichzeitig einen flüchtigen Blick nach hinten über ihre Schulter. – Und das war ihr großer Fehler gewesen! Sie geriet aus dem Gleichgewicht, wodurch sie eine unglückliche Kettenreaktion auslöste. Sie rutschte aus, verfehlte Michális' ausgestreckte Hand nur um wenige Millimeter und grapschte verzweifelt nach einer Efeuranke. Doch es kam, wie es kommen musste: Lissy erwischte die Efeuranke nicht richtig und riss dabei lediglich ein paar dunkelgrüne Blätter ab. Die Pflanze glitt durch ihre Finger und Lissy fand nirgends Halt. Sie schrie vor Schreck laut auf und stürzte rücklings von der Stufe, auf der sie eben noch gestanden hatte. Dadurch ging ein Ruck durch das Seil, das Michális in jenem Moment nur mit seiner linken Hand festgehalten hatte. Das Seil rann mit einem Irrsinnstempo durch die Hand Michális' und scheuerte ihm unbarmherzig die Handfläche auf. Michális fluchte und packte entschlossen mit beiden Händen nach dem Seil. Der Schweiß tropfte ihm von der Stirn und zwischen zusammengebissenen Zähnen schimpfte er auf Griechisch vor sich hin.

Yunus! Oh mein Gott, Yunus!, durchfuhr es mich. Er war nicht gesichert und er befand sich direkt unterhalb von Lissy! Ein Schock durchfuhr mich, der mich fast ohnmächtig werden ließ, als Lissy laut kreischend gegen Yunus krachte, der daraufhin ebenfalls den Halt verlor und nach hinten wegkippte. Deutlich konnte ich seinen Gesichtsausdruck sehen: die vor Überraschung weit aufgerissenen Augen, der leicht geöffnete Mund ... Doch kein Schrei entfleuchte seiner Kehle. Ein Schrei des Entsetzens ging stattdessen durch Alex, Maria, Michális und mich. Michális hielt das Seil inzwischen fest in beiden Händen. Das Seil spannte sich und stoppte Lissys Sturz. Michális wurde ein paar Zentimeter näher an die Klippe herangezogen. Reflexartig griffen auch Maria, Alex und ich nach dem Seil, um Michális zu helfen. Aber der Händler hatte das Seil ausreichend gesichert. Unser Eingreifen wäre gar nicht nötig gewesen. – Aber was war mit Yunus? Mein Herz klopfte wie ein Presslufthammer von innen gegen meinen Brustkorb. Mir war so schlecht, dass ich es gar nicht wagte, über die Klippe zu schauen. Aber dann ging ein erleichtertes Raunen durch meine Freunde und schließlich begriff ich, was vorgefallen war: Yunus hatte gerade noch rechtzeitig das Seil an Lissys Sicherungsgürtel zu fassen bekommen und hing nun neben Lissy an der Felswand. Beide baumelten an Michális' Seil etwa fünfzehn Meter über dem Abgrund. Yunus war zwar noch ein wenig blass um die Nase, aber es stahl sich bereits wieder ein zuversichtliches Grinsen in sein Gesicht. Lissy dagegen hing wie ein Häufchen Elend in ihrem Sicherungsgürtel und wagte es nicht, einem von uns ins Gesicht zu blicken. Andererseits wollte sie aber auch nicht nach unten schauen, sodass sie stattdessen nach oben in den Himmel blickte und hoffte, dass sie so bald wie möglich aus dieser misslichen Lage befreit werden würde.

Mit geeinten Kräften zogen Alex, Michális, Maria und ich an dem Seil. Als Yunus unter seinen Füßen eine Stufe fand, ließ er Lissy los, wartete, bis ihr von uns über die Klippe geholfen worden war, und dann kletterte er hinterher und hievte sich elegant über den Abgrund. Dort blieb er erst einmal laut schnaufend bäuchlings liegen. Dann drehte er sich auf den Rücken und blickte eine Weile bewegungslos in den Himmel. „Yunus!", rief ich erleichtert aus und fuhr mir zitternd durch die Haare. Noch immer pochte mein Herz laut und schnell. „Was machst du nur für Sachen? Du hast mich zu Tode erschreckt!" – „Huh!", machte Yunus und setzte sich auf. „Das war nicht meine Absicht gewesen." Er schaute an der Steilwand nach unten und befeuchtete sich seine Lippen mit der Zunge. „Eine beeindruckende Aussicht von hier oben!" – „Du bist ja verrückt!", kommentierte ich, „du bist total verrückt."

Ich drehte mich zu den anderen um. Michális besah sich die Wunde, die ihm das Seil zugefügt hatte. Sie war tief und blutete. *Das muss furchtbar wehtun*, vermutete ich, *brennt bestimmt total*. Alex zog ein weißes Stofftaschentuch hervor und reichte es dem Händler. Michális nickte ihm dankbar zu, nahm das Taschentuch entgegen und drückte es sich auf die Handfläche. Der Stoff färbte sich innerhalb weniger Sekunden dunkelrot. Michális fluchte wie ein Rohrspatz und beschimpfte Yunus aufs Übelste. Hin und wieder zuckte Yunus heftig zusammen. „Oh, oh", murmelte Yunus zerknirscht und rieb sich die Stirn, „seid froh, dass ihr ihn jetzt nicht versteht. Er ist ziemlich wütend auf mich, weil ich ungesichert nach oben geklettert bin." – „Da hat er Recht", gab ich zurück, „das war sehr leichtsinnig von dir. So etwas machst du gefälligst nie, nie wieder, verstanden?" Yunus lächelte. „Natürlich", entgegnete er, „einmal ist auch völlig ausreichend."

Dann ging ich zu Lissy hinüber. Die Arme! Sie sah richtig elend aus. Maria kümmerte sich bereits liebevoll um sie und hatte ihr beschwichtigend den Arm um die Schulter gelegt. „Geht's wieder?", fragte sie. Lissy nickte. „Das ist alles meine

Schuld", meinte sie zerknirscht und schniefte, „ich bin schuld daran, dass Yunus beinahe zu Tode gestürzt wäre." – „Lissy ...", begann Maria und strich Lissy sanft über die Schulter. „Doch, es ist so", beteuerte Lissy, „ich habe ihn darum gebeten, dass er mir direkt hinterher klettert, damit ich mich nicht so fürchten muss. Ich bin schuld daran ..." – „Nein, das bist du nicht", beschwichtigte Maria sie, „er hätte es ja nicht tun müssen." – „Doch, ich habe ihn dazu überredet. Und dann hab ich auch noch das Gleichgewicht verloren ..." – „Das hätte nun wirklich jedem passieren können", sagte ich und setzte mich neben Lissy ins Gras, „komm, mach dir nicht solche Vorwürfe. Es ist ja nichts Schlimmes passiert." – „Nichts Schlimmes passiert?", brach es aus Lissy und sie schüttelte meine Hand ab, die ich ihr auf die Schulter gelegt hatte. „Ich glaub, dass du spinnst! Nichts Schlimmes passiert!?! Wegen mir wäre Yunus fast gestorben! Während ich sicher an diesem Seil baumelte, gab es nichts, was Yunus von dem Sturz abgehalten hätte!" – „Doch", widersprach Yunus und gesellte sich zu uns, „mein Schutzengel hat auf mich aufgepasst." Er drehte sich lächelnd zu mir um. „Mein Schutzengel hat dafür gesorgt, dass mir nichts passiert. Dich trifft keine Schuld, Luisa. Ich bin dir nicht böse." – „Ehrlich?", hauchte Lissy mit einer kleinen Träne in den Augen. „Ehrlich", entgegnete Yunus, „mach dir keine Gedanken. Es geht mir gut. Und jetzt gräme dich nicht länger. Es ist ja alles noch einmal gut gegangen und ..." Er grinste verheißungsvoll. „... Wir sind jetzt in *Thólossos*!"

Tau

„Und? Ist es so, wie du es dir vorgestellt hast?", fragte mich Yunus und machte mit seinem Arm einen großen Schwenk über die Landschaft, die vor uns lag. Mein Blick schweifte aufmerksam über die große weite Ebene vor mir. Sie war über und über mit hohem Gras bewachsen. Hier und da erhob sich ein sperriger Busch zwischen den Halmen der Gräser und ein paar vereinzelte Bäume standen ebenfalls herum. „Na ja", gab ich zu, „eigentlich nicht so ganz. Es fehlen mir ein bisschen die Ruinen, verstehst du?" – „Mauerreste, Steinblöcke, Gebäudefundamente ...", ergänzte Yunus. „Ja." Ich nickte. „Mir geht es genauso", gab Yunus zu und er strich sich andächtig über das lange schwarze Haar, „dennoch glaube ich fest daran, dass wir uns am richtigen Ort befinden." – „Ich auch", besiegelte ich und betrachtete mir nachdenklich den breiten, grünen Hügel vor uns. „Ich finde, es sieht hier überhaupt nicht so aus, als wäre hier einmal eine bedeutende antike Stadt gewesen", offenbarte Maria. „Aber das heißt gar nichts", lenkte ich ein, „immerhin ist das schon zweitausendfünfhundert Jahre her. Das ist eine lange Zeit." – „Es ist alles zerfallen und verschwunden", meinte Yunus. „Aber das macht für uns die Sache nicht gerade einfach", bedauerte Maria, „wir müssen ab sofort jedes Detail, jede noch so kleine Auffälligkeit genauestens unter die Lupe nehmen." – „Das machen wir doch sowieso schon die ganze Zeit", beteuerte ich. „Und wo fangen wir an?", fragte Alex. „Ich bin dafür, dass wir uns gleich den Hügel vornehmen sollten, auf dem der Hermestempel gestanden hat", schlug Maria vor, „das ist eindeutig der auffälligste Orientierungspunkt oder was denkt ihr?" Ich schluckte. „Das schon, ja", gab ich kleinlaut zu. „Aber?", hakte Maria nach. Ich schüttelte den Kopf. „Nichts aber. Mir ist bloß gerade etwas mulmig zumute, wenn ich darüber nachdenke, was auf diesem Hügel stattgefunden hat." – „Ja, stimmt", pflichtete mir Maria bei, „es ist schon ein bisschen eine unheimliche Vorstellung. Aber andererseits … Vielleicht sieht man von da oben auch irgendetwas Auffälliges. Könnte doch sein." – „Okay", beschloss Alex, „dann schauen wir mal nach, was vom Hermestempel übrig geblieben ist. – *Falls* etwas von ihm übrig geblieben ist." Und entschlossen setzte er sich in Bewegung.

„Na komm schon, Lissy", wandte ich mich an meine Freundin, die noch immer niedergeschlagen auf dem Boden saß und sich nicht an der Unterhaltung beteiligte. Sie musterte still und völlig in sich gekehrt eine kleine Schürfwunde an ihrer Handfläche, doch dann wandte sie sich davon ab, seufzte und ließ sich von mir aufhelfen. Ich hakte mich bei ihr unter und gemeinsam bildeten wir das Schlusslicht unserer kleinen Prozession. Michális ging voraus, direkt gefolgt von Yunus und Alex. Maria wartete auf uns und hakte sich dann auf der anderen Seite von Lissy unter. „Ich bin ja gespannt, ob wir was finden werden", verkündete Maria. „Hm", machte ich bloß und richtete meinen Blick auf den Boden. Die Erde unterhalb des Grases war rostrot und sandig. Das Gehen fühlte sich seltsam weich abgefedert an, fast so, als würde man über eine Turnmatte schreiten oder über Watte. Fasziniert betrachtete ich mir die Pflanzen, die aus dem Boden wuchsen. Je weiter wir voranschritten, desto mehr schachtelhalmartige Stängel hoben sich aus der rötlichen Erde empor. Diese Pflanzen waren nahezu hüfthoch und bogen sich in der leichten Meeresbrise. Als ich mich nach hinten umblickte, stellte ich fest, dass meine Schuhe kleine Abdrücke hinterließen, die sich jedes Mal mit einer hauchdünnen Schicht Wasser füllten. „Die Erde ist hier sehr feucht", stellte Maria fest, „wahrscheinlich ist das Grundwasser ziemlich hoch." – „Vielleicht sind das die Überbleibsel vom *Erídanos*", überlegte ich, „er muss damals hier irgendwo entlang geflossen sein." Maria nickte zaghaft. „Es sieht echt so aus, als wären wir hier richtig", meinte Maria. „Glaube mir ... Wir *sind* hier richtig", behauptete ich überzeugt.

Eine Weile gingen wir schweigend nebeneinander her. Das Gras wurde immer höher und der Boden gab leise gluckernde Geräusche von sich, als wir unsere Füße wieder hochhoben. Ein Chor von peitschendem Flügelschlagen ließ mich erschrocken zusammenzucken. Direkt vor uns erhob sich majestätisch ein Schwarm schwarzer Vögel in die Lüfte. Aber erleichtert stellte ich fest, dass es sich dabei lediglich um Blesshühner handelte und nicht um Krähen. Deutlich konnte ich die weißen Schnäbel und den weißen Fleck auf der Stirn erkennen sowie die riesigen, mit Schwimmhäuten versehenen Füße. Mit viel Geschnatter flogen die Rallenvögel davon und ließen sich etwa hundert Meter links von uns erneut in dem Feuchtbiotop nieder. „Ein Paradies für Wasservögel", sinnierte Maria, „so viel Platz und keine Menschenseele weit und breit ..." – „Michális hat ja gesagt, dass das hier ein Vogelschutzgebiet ist", erinnerte ich mich. „Wer weiß, vielleicht ist das ganze Gebiet ja sogar von einem Zaun umgeben und wir haben den einzigen freien Zugang gefunden, den es gibt", überlegte Maria. „Das wär's ja", kommentierte ich. „Jedenfalls sind wir dann bei unserer Suche auch ungestört", folgerte Maria, „das ist gut so. Dann stellt uns auch keiner dumme Fragen und wir können uns überall systematisch umschauen."

Je näher wir an den Hügel herankamen, desto sumpfiger wurde der Boden. An manchen Stellen versanken unsere Schuhe regelrecht im Wasser. Es war aufgrund der besonderen

Bodenbeschaffenheit nicht matschig, aber wir konnten dafür auch nicht vermeiden, dass unsere Schuhe nass wurden. Meine weißen Stoffschuhe waren innerhalb kürzester Zeit durchtränkt und ich spürte das kühle Nass des Wassers und wie die Schuhe schwerer und schwerer wurden, je mehr sie sich mit Feuchtigkeit vollsaugten. Maria kicherte. „Die Socken sind schon ganz durchgeweicht", verkündete sie fröhlich. „Meine auch", verriet ich mit einem Schmunzeln, „nur gut, dass es so warm ist, so bekommen wir wenigstens keine kalten Füße." – „Am liebsten würde ich ja barfuß gehen", vertraute mir Maria an. „Na, dann tu's doch", ermunterte ich sie. „Ich weiß nicht", murmelte Maria. Plötzlich blieb Lissy unvermittelt stehen und bückte sich. Irritiert warteten wir neben ihr ab. Wortlos schlüpfte Lissy aus ihren Sandalen, nahm sie in die Hand und schritt langsam barfuß voran. Maria zuckte mit den Schultern und tat es Lissy gleich. Ich dagegen behielt meine Schuhe erst mal noch an.

Direkt am Fuße des kleinen Hügels befand sich ein etwa knöcheltiefer Tümpel, der sich – soweit wir das beurteilen konnten – um die gesamte Erhebung herum erstreckte. Wir Mädchen schlossen zu den Männern auf. „Und jetzt?", fragte Alex. „Was schon und jetzt?" Maria zuckte vergnügt mit den Schultern und begann damit, ihre Hosenbeine hochzukrempeln. „Wir marschieren durch das Wasser natürlich." Alex kicherte daraufhin und schnürte seine Turnschuhe auf. „Siehst du, Emmy. Du kommst doch nicht drum herum, deine Schuhe auszuziehen", amüsierte sich Maria. Ich schlüpfte aus meinen Schuhen und stellte sie neben einen kleinen Weidenbusch in die Sonne zum Trocknen. „Lassen wir unsere Galoschen fürs Erste hier", schlug ich vor, „die klaut uns eh keiner." – „Gute Idee, dann müssen wir sie nicht die ganze

Zeit mit herumschleppen", beschloss Alex, „wir kommen hier eh wieder vorbei."

Als wir alle unsere Schuhe und Socken losgeworden waren, stapften wir nebeneinander her durch das Wasser. Es war überraschend kalt und ab und zu quiekte einer von uns vor Vergnügen laut auf. Auch in Lissys Gesicht stahl sich wieder ein zaghaftes Lächeln. „Upps!", rief ich überrascht aus, als ich einmal bis zur Hälfte der Wade ins Wasser eintauchte, „eine kleine Untiefe." – „Haha", kicherte Maria, als es neben ihr quakte und ein winziger Frosch vor ihr her sprang, bis er schließlich hinter ein paar Schachtelhalmen verschwand und sich unserem Blick entzog.

Yunus erreichte das andere Ufer als Erster und nacheinander reichte er uns Mädchen die Hand und half uns aus dem Wasser heraus. Dann erklommen wir den grünen Hügel und nur wenige Minuten später fanden wir uns auf dem Gipfel wieder, wo wir zunächst eine Weile verschnauften. „Der *Temenos* von *Thólossos*", verkündete Yunus andächtig, „der Weihbezirk der Stadt." – „Und wohl unser Buchstabe Tau", ergänzte ich.

Vom Meer kam eine wunderbar salzige Brise, die meinen Lungen sehr guttat. Von unserem Standort aus konnte ich die *Emilia* nicht sehen, aber ich wusste genau, wo sie vertäut liegen musste. Die Insel *Sálamis* dagegen war deutlich sichtbar und sah aus dieser Perspektive wie der Panzer einer riesigen grün-braunen Schildkröte aus, die im Wasser schwamm. Maria, Alex, Lissy und Michális setzten sich nebeneinander ins Gras und genossen die Aussicht auf den Saronischen Golf. Ich dagegen drehte mich in die andere Richtung und blickte über eine weite grüne Landschaft hinweg, die sich bis in die Unendlichkeit zu erstrecken schien. Keine Straße war in Sicht, kein Auto, kein einziges Hochhaus weit und breit. Der wolkenlose Himmel färbte sich bereits langsam golden und tauchte die Landschaft vor mir in ein angenehm warmes Licht. Der Wind wehte mir leicht durch das offene Haar und streichelte mein Gesicht. Ich schloss für einen Moment die Augen und atmete tief ein und ganz langsam wieder aus. Dann spürte ich, wie mich zwei starke männliche Arme liebevoll von hinten umarmten und eng an einen muskulösen Körper heranzogen. Mein Herz begann unmittelbar schneller zu schlagen und ein wohliger Schauer durchzog meinen Körper. Ich öffnete die Augen und drehte mich langsam zu ihm um. Yunus lächelte mich an und strich mir liebevoll über das Haar. Er steckte mir vorsichtig eine metallene Spange ins Haar. Ich hob meine Hand an meinen Kopf und konnte deutlich die Gravuren der Taube auf Emilias Haarspange fühlen. Ich erwiderte sein Lächeln und legte meinen Arm um seine Schulter. Wir blickten uns tief in die Augen. Erneut war ich vollkommen überwältigt von der Tiefe seiner geheimnisvollen, dunklen Augen. Ich verlor mich in ihnen und fand mich wieder – in ihnen gespiegelt. Yunus nahm liebevoll mein Gesicht in seine beiden Hände. Ich spürte Yunus' Atem in meinem Nacken und die Wärme, die von ihm ausging. Er streichelte meine Wangen sanft mit seinen beiden Daumen. Unsere Gesichter näherten sich einander. Ich schloss genussvoll die Augen und dann berührten sich unsere Lippen für einen ersten innigen Kuss. Meinen Körper erfüllte ein nie gekanntes, elektrisierendes leichtes Zittern. Yunus zog mich näher an sich heran. Ich schlang meine beiden Arme um seinen Körper. Der Kuss war wie eine Explosion der Farben, die mich von oben bis unten durchzog. Ein unbeschreibliches Gefühl der Glückseligkeit, und ich wusste, dass es stimmte, dass es echt war mit Yunus und ich fühlte mich, als hätte ich mein ganzes Leben lang nur auf diesen Moment gewartet.

Yunus und ich – wir gehörten zusammen. Das war mir soeben klar geworden. *Yunus*, dachte ich, *du machst mein Glück vollkommen.* Eine Träne der Rührung floss mir über das Gesicht.

Als wir uns langsam wieder voneinander lösten, blickten wir uns noch immer verliebt in die Augen. Yunus spurte mit seinem Zeigefinger die Bahn der Träne auf meiner Wange nach und neigte seinen Kopf dabei leicht zur Seite. Er sah mich mit einem Gesichtsausdruck an, der so viel Liebe verriet, dass mir dabei ganz warm ums Herz wurde, und ich seufzte wohlig. Er schloss mich in seine Arme und streichelte mir über den Rücken. Dort, wo mich seine Hände berührten, bekam ich eine Gänsehaut. Ich legte vertrauensvoll meinen Kopf in seinen Nacken und roch den angenehmen Duft seiner schwarzen, glänzenden Haare. „Yunus ... ich ... ich liebe dich", flüsterte ich ihm ins Ohr. Er nahm mein Gesicht in seine Hände. „Emily, *ana ahabaki. Ja Habibi enta Hajati*", erwiderte Yunus, „*Allah Yahmek.*" Er seufzte. „Ich liebe dich auch, Emily. Wenn du nur wüsstest, wie sehr ..."

⌘

Als Yunus und ich wieder zu den anderen zurückkehrten, konnte ich ihnen allen ein deutliches Grinsen ins Gesicht geschrieben sehen. Aber niemand äußerte sich zu dem Kuss. Noch immer fühlte ich mich leicht und überglücklich. Die Situation war so unwirklich und dennoch zur gleichen Zeit so unglaublich intensiv und echt gewesen, dass es mir nahezu die Sprache verschlagen hatte. Yunus und ich hielten Händchen. Auch Yunus strahlte regelrecht und schaute mich immer wieder von der Seite her an, fast so, als müsse er sich hin und wieder davon überzeugen, dass ich auch tatsächlich an seiner Seite war und er sich das nicht nur einbildete.

Michális war derjenige, der das Schweigen brach und Yunus dolmetschte routiniert: „Nun, da wir hier oben sind, können wir das Gelände mit der Karte vergleichen, die wir in der Truhe von Jona gefunden haben." – „Das ist eine gute Idee", fand Alex, „dann sehen wir, wo welche Gebäude gewesen waren und vielleicht hilft uns das ja weiter, irgendetwas zu finden." – „Ja, ich glaube auch, dass wir von hier aus erst mal nichts weiter machen können", schätzte Maria, „auch wenn die Krypta womöglich irgendwo direkt unter unseren Füßen liegt … Es scheint hier keinen Zugang in den ehemaligen Tempel zu geben. Fundamente gibt es auch keine mehr …" – „Cyrill hat doch in seinem Gespräch mit Jona irgendetwas davon gesagt, dass es einen unterirdischen Kanal gibt, der unter der Stadt *Thólossos* verläuft", grübelte Lissy. Es war schön, dass sie wieder mit uns redete. Offenbar hatte sie den Schreck mit der Steilwand endlich einigermaßen verwunden. „Genau, und dieser Kanal sollte direkt unterhalb des Hermestempels enden", erinnerte ich mich, „kurz bevor der *Erídanos* wieder ans Tageslicht zurücktrat und als Wasserfall in das Meer floss." – „Vielleicht kommt man von dem Kanal aus irgendwie unter den ehemaligen Tempel", meinte Maria, „das ist jedenfalls eine Spur, der wir unbedingt nachgehen müssen." – „Ja, und wie kommen wir in diesen unterirdischen Kanal?", wollte Alex wissen. „Hm", machte ich. „Also …. Entweder wir stoßen irgendwie durch Zufall auf ihn und erwischen eine Stelle, an der man hinuntergelangen kann", begann Maria, „oder aber wir machen es genauso wie Cyrill geplant hat und benutzen den Eingang in die Kanalisation durch das Schwimmbad des Polyzalos'." – „Wenn es diesen Eingang überhaupt noch gibt", merkte Alex an. „Ja, *wenn* es ihn noch gibt …" Maria nickte. „Und was machen wir, wenn wir den Eingang *nicht* finden?", fragte Lissy. Maria zuckte mit den Schultern. „Wir *werden* ihn finden", behauptete ich. „Und was machen wir, *wenn wir* ihn finden?", hakte Lissy nach. „Dann gehen wir hinein natürlich", sagte Alex. „Das ist gefährlich", meinte Lissy. Wir seufzten und verfielen eine Weile in Schweigen. Inzwischen hatte Michális den Plan von *Thólossos* aus seinem knallroten Rucksack herausgezogen und aufgefaltet. Yunus schaute ihm aufmerksam über die Schulter und warf einen prüfenden Blick auf die Landschaft, die er vor sich hatte. Wir drehten uns so, dass wir die Klippe in unserem Rücken hatten und schauten auf die endlos erscheinende grüne Landschaft, die uns zu Füßen lag.

„Im Moment befinden wir uns also *hier*", stellte Yunus fest und deutete auf den unregelmäßig geformten Kreis mit den vielen Ausbuchtungen und Eindellungen, in dessen Inneren es noch drei weitere kleine Kreise zu sehen gab und in der Mitte ein rostrotes Rechteck, in dem das griechische Wort für *Hermes* geschrieben stand, die Markierung für den Standort des Hermestempels. Eine gestrichelte blaue Linie führte rechts neben der Darstellung des Tempelhügels auf ein verwirrendes Durcheinander von Rechtecken, Quadraten und Linien zu: das Armenviertel von *Thólossos*. Angestrengt schaute ich auf die grüne Ebene, welche vor mir lag. Tatsächlich ließ die Landschaft überhaupt nicht vermuten, dass sich genau an diesem Ort unheimlich viele große und kleine Gebäude aneinandergereiht hatten, eines neben dem anderen, die Gebäude einer großen Stadt.

Ich senkte meinen Blick ein weiteres Mal über die antike Karte, auf welcher jenseits des Armenviertels eine dicke doppelte Linie die Stadtmauer symbolisierte. Ich ließ meinen Blick über die Landschaft vor mir schweifen. *Wie weit entfernt müsste diese Stadtmauer von hier sein?*, überlegte ich. *Was ist der Maßstab dieser Karte?* Dann fiel mir auf einmal etwas auf. In der

Ferne reihten sich bizarr gewachsene Büsche aneinander. Nun ... Daran war vielleicht nichts wirklich Besonderes zu entdecken – auf den ersten Blick zumindest. Denn es war nicht das erste Mal, dass ich Gebüsch sah, das so eng nebeneinander auf einem bestimmten Gebiet wuchs, aber hier reihten sich die Sträucher wie an einer Perlenschnur aneinander, direkt sauber ein Busch neben dem anderen, und ich war mir sicher, dass in den letzten Jahren garantiert niemand sich die Mühe gemacht hatte, hierher zu kommen, um ein paar Büsche in einer perfekten geraden Linie anzupflanzen. Wozu auch? Es kam sowieso niemand hierher, der die angepflanzten Hecken bewundert hätte. Zudem waren das auch nicht gerade Hecken, die man in einem Ziergarten anpflanzen würde. So viel dazu. Es sah eher danach aus, als hätte man es hier mit endemischen Hecken zu tun, die einen bestimmten Standort bevorzugten und dieser Standort erstreckte sich äußerst geradlinig über eine weite Distanz, die direkt parallel zum Küstenverlauf lag und auf den wir gerade im rechten Winkel hinausschauten. – Zufall? Eine Laune der Natur? Ich glaubte nicht daran.

Aufgeregt deutete ich in die Ferne. „Seht ihr diese Hecken da drüben?" Maria nickte. „Ist das nicht seltsam?" – „Was?" – „Dass sie so sauber nebeneinander wachsen. In einer Linie." – „Wie meinst du das?" – „Nun ... ich glaube, sie folgen dem Lauf von etwas, das dort einmal gewesen ist", offenbarte ich, „Yunus hat uns das in Delphi schon einmal erklärt, mit dem Verlauf der Grasnarbe. Erinnert ihr euch?" Meine Freunde blickten mich interessiert an. Allen voran Yunus, dem langsam zu dämmern schien, was ich ihnen mitteilen wollte. Hastig übersetzte er für Michális, der ihn schon ganz ungeduldig angestarrt und mit seinen Armen herumgefuchtelt hatte, weil er ebenfalls an der Unterhaltung teilhaben wollte.

„Yunus hat uns erklärt, wie man alte Fundamente von Gebäuden erkennen kann, die eigentlich schon gar nicht mehr da sind, anhand der Grasnarbe, weil sie an den besagten Stellen anders verläuft." Maria nickte. „Und du meinst, diese Hecken sind wie die Grasnarbe in Delphi und markieren auch etwas?", erkundigte sich Maria. „Ja." Ich nickte eifrig. „Ich glaube, dass diese Hecken den ehemaligen Verlauf der Stadtmauer von *Thólossos* markieren." Aufgeregt wanderten die Blicke meiner Freunde zwischen der alten Karte und der Landschaft in natura hin und her. „Da könntest du Recht haben", meinte Alex, „das wäre ja fantastisch! Dann hätten wir einen weiteren Orientierungspunkt!" Michális hob nachdenklich seine Augenbrauen und murmelte etwas ganz leise vor sich hin. Ab und zu senkte er seinen Blick über die Karte, nahm Distanzen zwischen seine Finger und verglich sie mit der Realität. „Er rechnet", verkündete Yunus. Schließlich wandte sich Michális uns aufmerksam zu. „Wenn ich mich nicht täusche …", teilte er uns über Yunus mit, „… dann dürften das in etwa zweihundert Meter bis zur Hecke sein. Wenn das stimmt und man sich dann die restlichen Distanzen betrachtet, heißt das, dass die ehemaligen Pferdeställe in dieser Richtung liegen müssen und dahinter, noch etwa fünfhundert zusätzliche Meter nach da drüben …" Er illustrierte seine Erklärungen dadurch, dass er in die jeweilige Richtung deutete. „Etwa dort lag das große Quadrat des Marktplatzes mit seinen markanten Gebäuden." – „Und das Schwimmbad muss in unmittelbarer Nähe dazu gewesen sein, etwa da", vermutete Maria und deutete in die Ferne. Michális nickte freudig erregt. „Leute …", sagte er, „ich glaube, wir sind dem Geheimnis auf der Spur. Wir werden den Zugang in den Tempel finden und unsere Mission erfüllen."

Das Abenteuerfieber packte uns und wir beschlossen, uns sofort auf den Weg zu machen. „Wohin?", fragte Lissy. „Erst mal zurück zu den Schuhen", schlug Maria vor. Wie gesagt, so getan. Erst schritten wir vorsichtig über das rutschige Gras des Hügels, aber dann rannten wir übermütig den Abhang hinunter und jubelten vor Freude. Mit großen Schritten patschten wir barfüßig durch das knöcheltiefe Wasser am Fuße des Hügels, dass es nur so spritzte. Nicht selten glitschte einer von uns aus, aber fing sich gerade wieder rechtzeitig, ohne auf den Hintern zu fallen. Wir hatten so viel Schwung, dass wir auch noch eine gewisse Strecke weiter rannten, obwohl wir den Fuß des Hügels bereits erreicht hatten. Doch plötzlich sah ich rechts vor mir einen dunklen Schatten, der sich im Gras bewegte. Eine Krähe! Sie starrte mich an und schlug mehrere Male mit ihren Flügeln auf und ab. Reflexartig machte ich einen Satz nach links und trat dabei auf etwas Weiches, das sich unter meinem Fuß bewegte, und ich erschrak mich furchtbar darüber. Die Krähe erhob sich daraufhin flatternd in die Lüfte und flog davon. Ein stechender Schmerz durchzog mich, ich stolperte und fiel der Länge nach hin. Ich drehte mich nach hinten um und sah eine leuchtend-orangefarbene Schlange mit einem braunen Muster wie ein Schachbrett auf dem Rücken, die zischend und züngelnd davonglitt.

Lissy und Maria kreischten vor Schreck laut auf und ich hörte, wie Yunus neben mir schockiert tief einatmete. „Oh nein!", schrie Yunus und kickte die Schlange mit seinem Fuß weit weg. Das Tier protestierte mit einem lauten, gefährlich klingenden Zischen und verschwand dann kurze Zeit später im hohen Gras. Yunus kniete sich nervös zitternd neben mir nieder. Er schob mein Hosenbein vorsichtig nach oben und legte meinen linken Knöchel frei, in dem sich deutlich zwei ringförmige, gerötete Wunden abzeichneten, dort, wo die Zähne der Schlange meine Haut durchbohrt hatten. „Oh bitte nicht, nein!", rief Yunus ein weiteres Mal und hielt mich an den Schultern fest. „Wie geht es dir, Emily?" Inzwischen hatten mich die anderen auch erreicht und blickten alarmiert auf mich herab. „Was ... Was war das für eine Schlange?", fragte Lissy mit ziemlich zerbrechlich klingender Stimme. „Ich weiß nicht genau ... Wahrscheinlich eine Europäische Hornotter", antwortete Yunus und fuhr sich nervös über das Haar. „Ist die ... ist die giftig?", erkundigte sich Lissy. Yunus atmete schnell ein und aus. Dann nickte er.

„Mir ... mir geht's gut", verkündete ich, stützte mich mit meinen Armen ab und wollte gerade aufstehen. „Nein, Emily!", fuhr mich Yunus entsetzt an. „Bleib sitzen! Bleib um Himmels willen sitzen!" Noch nie zuvor hatte mich Yunus dermaßen angebrüllt. Das verunsicherte mich. „Mir geht es echt gut", beteuerte ich, „vielleicht war es doch nicht diese ... diese Horn... äh ... Horn... äh ..." Mir wurde mit einem Male total heiß. Ich schwitzte wie verrückt. Mein Herz raste wie noch nie zuvor und alles drehte sich um mich herum. „Oh Gott, Emmy!", hörte ich Lissys panische Stimme. Vor meinen Augen tanzten grelle Lichtpunkte. Dort, wo mich die Giftzähne der Schlange durchbohrt hatten, pochte ein nahezu unerträglich stechender Schmerz, der langsam aber sicher auf das angrenzende Gewebe strahlte.

„Verdammt!", fluchte Yunus, dann verfiel er in eine andere Sprache. – Arabisch? Griechisch? Das konnte ich in diesem Moment nicht beurteilen. „Hat jemand ein Messer dabei? Hat jemand ein Messer dabei!?!", hörte ich Yunus' Stimme dicht neben mir, doch der Sinn der Worte wurde mir in diesem Moment nicht bewusst. Ich spürte, wie ich langsam aber sicher abdriftete. Schwärze drängte sich von außen in mein

Gesichtsfeld. Bald darauf spürte ich, wie jemand sich an meinem Fuß zu schaffen machte. Ich spürte noch einen weiteren kleinen Schmerz und dann ein Gefühl, als würde mir jemand Blut abzapfen. Es wurde feucht an der verletzten Stelle an meinem Knöchel. Ich versuchte meinen Kopf in die Richtung zu drehen, doch es wollte mir nicht gelingen. Ich fing an zu fantasieren.

--- Ich falle, ich falle immer tiefer, um mich herum ist gähnende Leere, ein Meer aus Schatten und Finsternis und mir ist unglaublich schwindelig. Plötzlich finde ich mich auf kaltem hartem Boden wieder. Es ist immer noch dunkel um mich herum. Ich habe einen modrigen Geruch in meiner Nase und ich möchte eigentlich nur eines: mich dieser angenehmen Schwärze hingeben, über nichts mehr nachdenken müssen, die Schmerzen vergessen, die mich am ganzen Körper quälen.

„Emilia? Emilia? – *Emilia!*", höre ich.

„Yunus?", erwidere ich, „Yunus ... Wieso nennst du mich Emilia? – Yunus?" Eine weiße Taube flattert davon. Noch lange klingt das Peitschen ihrer Flügel in meinen Ohren wider.

„Yunus? Wo bist du?" ---

Anima immortalis

„Emily, komm wieder zu dir! Emily, bitte!" – „Emmy!", hörte ich noch eine weitere Stimme und dann ein lautes Schluchzen. „Oh Gott ..." – „Emily, komm wieder zu uns zurück!" Ich schlug meine Augen auf und sah einen Moment lang völlig verschwommen. Erst allmählich konnte ich meine Augen wieder fokussieren und sah Yunus' Gesicht vor mir, das sorgenvoll auf mich herabblickte. „Sie ist wieder da", sagte Yunus und die Anspannung fiel ihm vom Gesicht, „dann wird alles wieder gut." Mit seiner Hilfe richtete ich mich langsam, ganz, ganz langsam in eine sitzende Position auf. „Was ...?", begann ich. „Sch, sch ...", machte Yunus und strich mir über das Haar. Ich konnte deutlich sehen, dass Yunus geweint hatte. Sein Gesicht war ganz nass vor Tränen. Ein kontinuierliches Pochen ging von meinem linken Knöchel aus. Vorsichtig beugte ich mich über mein Bein und sah ein weißes Tuch, welches Yunus auf meinen Knöchel presste. Er hob es sachte an und ich sah flüchtig rotes wundes Fleisch, aus dem ein wenig Blut tropfte. Yunus presste das Tuch wieder auf die Wunde. Ich drehte mich zur Seite und übergab mich ins Gras. Yunus stützte mir dabei den Rücken. Ich würgte, als mich ein weiterer Brechreiz überkam und meinen ganzen Körper erbeben ließ. Tränen liefen mir dabei über das Gesicht und ich hatte einen üblen Geschmack im Mund wie von bitterer Galle.

„So ist es gut, Emily", redete Yunus auf mich ein, „lass es raus. Lass alles raus. Danach wird es dir besser gehen." Als nichts mehr nachkam, wischte ich mir erschöpft über die tränenden Augen. „Es wird alles gut, Emily. Alles wird wieder gut ..." Yunus zog mich zu sich heran und ich lehnte mich völlig entkräftet an seine Brust. Ich konnte deutlich spüren, wie sich sein Brustkorb hob und senkte. Ich hörte seinen beschleunigten Herzschlag und ergab mich ganz in seine Umarmung. Er streichelte mir über das Gesicht, die Oberarme, die Haare und während der ganzen Zeit redete er beschwichtigend auf mich ein. Ich verstand ihn nicht. Wahrscheinlich redete er gerade Arabisch. Ich war Yunus unheimlich dankbar für seine Nähe. Meine Freunde standen noch immer unter Schock und hatten sich dicht neben uns niedergelassen. Keiner wagte es vorerst, ein Wort zu sagen.

„Hast du Durst?", fragte mich Yunus schließlich. Ich nickte schwach und Yunus reichte mir eine Wasserflasche. Ich nahm einen großen Schluck und spülte den unangenehmen Geschmack den Rachen hinunter. Ich bekam Schluckauf, weil ich zu hastig getrunken hatte, doch er währte nicht lange und langsam aber sicher kehrten die Lebensgeister in mich zurück.

„Yunus …", begann ich. „Emily?" – „Du hast mir das Leben gerettet, stimmt's?" Yunus seufzte und widmete sich erneut der Wunde an meinem Fuß. „Emily …", begann Yunus nach einer Weile andächtig, „*du* hast *mein* Leben gerettet. Durch *dich* bin ich überhaupt am Leben …" *Wie meinst du das?*, dachte ich mir, doch ich war noch zu schwach, um die Frage zu formulieren.

„Das war beeindruckend, was du gemacht hast, Yunus", gab Maria anerkennend zu. „Woher wusstest du, wie man mit Schlangenbissen umgehen muss?" – „Das habe ich von …", begann Yunus und stockte. Für einen kurzen Moment wirkte er traurig und bedrückt. „Farid hat es mir erzählt", fuhr er fort, „damals, als er noch in Israel gelebt hat, wurde ein Freund von ihm von einer Schlange in den Fuß gebissen. Ein Kollege war rechtzeitig zur Stelle und hat Farids Freund auf diese Weise das Leben gerettet. Auch bei ihnen war weit und breit kein Arzt zugegen gewesen, wie heute bei uns, und wenn der Mann nicht so schnell reagiert hätte, dann …" Yunus zögerte. „Jedenfalls … Farid konnte sich noch ganz genau daran erinnern, wie der andere Mann vorgegangen ist, wie er das Gift aus der Wunde gesaugt hat und das betroffene Gewebe entfernt hat … Er hat mir die Geschichte mehrere Male begeistert bis ins Detail erzählt. Ich war sehr beeindruckt. Aber ich habe das selbst noch nie gemacht."

„Ist es das, was du gerade mit mir gemacht hast?", fragte ich nach. „Du hast das Gift aus meiner Wunde gesaugt und das betroffene Gewebe weg geschnitten?" Yunus nickte. „Es ist mir nicht leicht gefallen, dich zu verletzen, glaube mir."

Für einen kurzen Moment wurde mir erneut schwindelig, diesmal aber von der Vorstellung, was Yunus auf sich genommen hatte, um mich zu retten.

„Bei Schlangenbissen muss man sehr schnell handeln", sprach Yunus weiter. „Wenn das Gift nicht schnellstens aus dem Körper entfernt wird, breitet es sich in Windeseile aus und befällt Nerven und innere Organe. Wenn man ein Gegengift hat, ist das etwas anderes. Aber so …" – „Oh Yunus", hauchte ich schwach, „oh Yunus … Ich …" – „Schon gut, Emily." – „Du bist … Ohne dich … wäre ich jetzt bestimmt nicht mehr am Leben."

Lissy neben mir schluchzte ergriffen auf. „Komm her, Lissy", bat ich sie, „kommt alle her, bitte." Maria, Lissy und Alex kamen zu mir und ich umarmte sie alle herzlich. Tränen liefen uns über das Gesicht. Es war ein ergreifender Moment. Dann setzten wir uns nebeneinander ins Gras und verfielen eine Weile in Schweigen. Ich hörte meinen gleichmäßigen ruhigen Herzschlag und atmete langsam und tief ein. Es fühlte sich an wie eine zweite Geburt. Ich fühlte mich zwar noch immer etwas schwach, aber dennoch unglaublich lebendig und intensiv. Ich hörte das Zwitschern der Vögel, das Schnattern der Rallen und das Rauschen des Windes, der durch die Schachtelhalme zog. Sauerstoff füllte meine Lungen und mein Blut pulsierte durch meine Adern und versorgte meinen Körper mit dem Lebenselixier. Ich hatte mich noch nie so lebendig gefühlt wie in jenem Moment.

Plötzlich stand Michális auf, ging ein paar Schritte um uns herum und begann mit feierlicher Stimme etwas auswendig zu zitieren. Zuerst verstand ich ihn nicht, doch dann bemerkte ich, dass er Latein sprach!

"Inde per inmensum croceo velatus amictu aethera digreditur Ciconumque Hymenaeus ad oras tendit et Orphea nequiquam voce vocatur. Adfuit ille quidem, sed nec sollemnia verba nec laetos vultus nec felix attulit omen. Fax quoque, quam tenuit, lacrimoso stridula fumo usque fuit nullosque invenit motibus ignes. Exitus aspicio gravior. Nam nupta per herbas dum nova Naiadum turba comitata vagatur, occidit, in talum serpentis dente receptor."

Verblüfft schauten wir alle in Michális' Richtung. Dann verfiel der Händler zurück in die griechische Sprache und Yunus übersetzte: *"Von dort durcheilt, in einen safranfarbenen Mantel gehüllt, Hymäneus den unermesslichen Himmelsraum, eilt zu den Küsten der Kikonen und wird von der Stimme Orpheus' vergeblich gerufen. Der Hochzeitsgott Hymäneus war zwar anwesend, doch brachte er weder feierliche Worte noch ein fröhliches Antlitz noch ein glückliches Vorzeichen. Auch die Fackel, die er hielt, zischte unaufhörlich mit Tränen erregendem Rauch und ließ in keinem Schwung sich entzünden. Der Ausgang ist noch schlimmer als das Vorzeichen. Denn als die Neuvermählte, begleitet von einer Schar Najaden, durch das Gras schritt, starb sie, in den Knöchel vom Zahn einer Schlange tödlich getroffen."* (4)

„Ovid: Metamorphoseon libri, Orpheus et Eurydice", sagte Michális und zuckte mit den Schultern. „Während meiner Schulzeit haben wir die Metamorphosen gelesen. Das Buch über Orpheus und Eurydike hat mich schon immer sehr berührt." – „Heißt dein Hund deshalb auch Orpheus?", fragte Lissy. Michális nickte und verkündete: „Emmys Erlebnis erinnert mich ein bisschen an das, was mit Eurydike geschehen ist." – „Was genau ist denn mit ihr geschehen?", wollte Alex wissen. Und Michális erzählte uns durch Yunus von der traurigen Geschichte der zwei Verliebten Orpheus und Eurydike: „Orpheus war der Sohn der Muse Kalliope und des thrakischen Königs Oiagros. Von Apollon, dem Gott des Lichtes und der Musik, bekam Orpheus eine Lyra geschenkt, die dieser wiederum von seinem Halbbruder, dem Götterboten Hermes erhalten hatte. Orpheus war sehr musikalisch, sein Gesang rührte Menschen und Götter gleichermaßen; sogar die Bäume und Berge, so sagt man, kamen zu ihm und hörten ihm zu. Orpheus verliebte sich dereinst unsterblich in die wunderschöne Nymphe Eurydike. Sie entschlossen sich zu heiraten, aber während des Hochzeitsfestes, mitten in den Feierlichkeiten, nahm das Unheil seinen Lauf. Eurydike starb durch den Biss einer giftigen Schlange und fuhr in die Unterwelt hinab. Orpheus war zu Tode betrübt und beschloss, selbst in die Unterwelt hinabzusteigen, um durch seinen Gesang und sein Spiel auf der Lyra den Gott der Unterwelt, den Hades, dazu zu bewegen, ihm Eurydike zurückzugeben. Seine Musik rührte sogar die Götter der Unterwelt zu Tränen, sodass Hades und seine Frau Persephone ihm gewährten, seine Geliebte wieder mit in die Oberwelt zu nehmen."

„Eine unglaublich rührende Geschichte", kommentierte Maria. Ich seufzte aus tiefstem Herzen. Ich drehte mich zu Yunus um und schaute ihm eingehend in die Augen. „Wärst du mir auch in die Unterwelt gefolgt, wenn ich gestorben wäre?", fragte ich ihn. „Natürlich, aber ich hätte nicht die Lyra dabeigehabt", antwortete Yunus und lächelte. „Meinst du, Hades hätte auch der Klang der *Ud* gefallen?" – „Was ist denn eine *Ud*?", wunderte sich Lissy. „Das ist ein arabisches Saiteninstrument", erläuterte Yunus, „die *Ud* sieht in etwa so aus wie eine halbierte Birne und ist vollständig aus Holz gefertigt. Sie hat einen weichen, schmelzenden Klang. Sie klingt immer ein bisschen wehleidig." – „Spielst du die *Ud*?", fragte ich Yunus. „Ja, nicht besonders gut, aber wie ich finde, doch recht brauchbar." – „So wie ich dich kenne, bist du bestimmt ein Meister auf diesem Instrument", vermutete ich. Yunus lachte. „Hast du die *Ud* in Griechenland dabei?", erkundigte sich Maria interessiert. „Nicht *hier*, nein." – „Das ist mir klar", entgegnete Maria grinsend, „aber zu Hause vielleicht, bei Athina, Aiman und Farid?" Yunus nickte und schaute zu Boden. „Kannst du uns mal was auf dem Instrument vorspielen? Später irgendwann mal vielleicht?" – „Mal sehen." Yunus zuckte mit den Schultern.

„Die Geschichte von Orpheus und Eurydike ist noch nicht zu Ende erzählt", erinnerte uns Michális. „Okay, dann fahr fort", bat Alex und Michális berichtete weiter: „Orpheus bekam also die Erlaubnis, seine Geliebte wieder ins Leben zurückzuholen und war darüber natürlich unglaublich froh. Persephone stellte ihm jedoch eine kleine Bedingung, deren Einhaltung Orpheus den Göttern der Unterwelt schwor. Persephone verlangte, dass Orpheus beim Aufstieg in die Oberwelt der Eurydike vorangehen sollte und sich auf keinen Fall nach ihr umschauen dürfe. Also ging Orpheus voran. Eurydike berührte in freudiger Erwartung von hinten seine Hand und Orpheus konnte es nicht länger erwarten, seiner Geliebten endlich wieder in die Augen zu blicken. Er dachte nicht weiter über das Versprechen nach, welches er Persephone gegeben hatte, und drehte sich zu ihr um. Sofort wurde Eurydike von den Geistern und Göttern wieder in die Unterwelt zurückgezogen und entschwand Orpheus' Blick auf immer und ewig. Orpheus fand keinen Trost mehr. Er war unglaublich traurig und seine herzzerreißenden Lieder brachten den Himmel zum Weinen, aber Eurydike war verloren und Orpheus konnte sie nie wieder in seine Arme schließen. – Die Lyra, das Sternbild am nächtlichen Himmel, symbolisiert das Musikinstrument des Orpheus heute noch und erinnert an das tragische Unglück, welches zwei sich unendlich Liebende auf grausamste Art und Weise für immer und ewig voneinander trennte."

Wir verfielen eine Weile in nachdenkliches Schweigen. Dann jedoch rappelte sich Alex auf. „Und was machen wir jetzt?", fragte er. „Können wir unsere Suche fortsetzen oder sollten wir vielleicht doch lieber zurückgehen? Ich weiß ja nicht ... Vielleicht braucht Emmy ja doch einen Arzt ..."

Meine Freunde wandten sich mir besorgt zu. „Nein, nein", wehrte ich mich, „Yunus ist der einzige Arzt, den ich brauche. Es geht mir gut. Ich ... Wenn ihr mich nur noch eine Weile hier sitzen lasst ... Dann wird das schon." – „Aber vielleicht sollten wir wenigstens hinüber in den Schatten der Weide gehen. Es wird ja doch ziemlich heiß, wenn man längere Zeit in der Sonne sitzt", meinte Maria. „Kannst du aufstehen?", fragte mich Yunus. „Ich denke schon."

Entschlossen machte mir Yunus einen Verband um meinen verletzten Knöchel und reichte mir anschließend hilfsbereit seine Hand. Das erste Auftreten mit dem Fuß tat weh und ich hinkte etwas unbeholfen, weil ich den Fuß möglichst nicht belasten wollte. Yunus blickte mich besorgt an und schluckte schwer. „Es geht schon", beruhigte ich ihn, „ich komm klar. Es wird schon besser." – „Hoffentlich", flüsterte der Araber und ich hakte mich bei ihm unter. Gemeinsam gingen wir zu dem Baum hinüber, vor dem unsere Schuhe lagen. Dort setzten wir uns nebeneinander in den Schatten. Ich rupfte abwesend ein paar Grashalme aus und wickelte sie um meine Finger. Yunus schaute mir dabei nachdenklich zu.

„Die Vorstellung von einer Unterwelt, wie sie die alten Griechen hatten, ist schon ziemlich gruselig", überlegte Alex. „Ich weiß nicht. Irgendwie stelle ich mir die Unterwelt als ziemlich düsteren Ort vor, in dem der Schatten herrscht, überall Nebel ist und Furcht und Marter." Ich bekam eine Gänsehaut. „Aber Furcht und Marter gibt es doch nur für die

Menschen, die zu Lebzeiten Böses getan haben", erwiderte Maria, „auch bei den alten Griechen war das so, nicht wahr?"

Michális steuerte durch Yunus einen weiteren Kommentar bei: „Bei den alten Griechen war es auch so, dass die Toten vor ein Gericht gestellt wurden. Der Frevler wurde bestraft, wie zum Beispiel Sisyphos, der dazu verdammt wurde, immer wieder und wieder einen schweren Stein einen steilen Berg hinaufzurollen, doch jedes Mal, kurz bevor er den Gipfel erreichte, rollte der Stein den ganzen Hang wieder hinunter und Sisyphos musste von vorne anfangen." – „Daher der Ausdruck ‚Sisyphos-Arbeit'", begriff Alex. „Ja", redete Michális weiter, „oder Tantalos, der dazu verdammt wurde, dürstend auf ewig mitten in einem Teich zu stehen, doch jedes Mal, wenn der Bestrafte sich danach bückte, um zu trinken, versickerte das gesamte Wasser und er konnte seinen Durst nicht stillen ... Oder Oknos, der im Tartarus ein langes Seil aus Binsen flechten sollte, dessen fertiges Ende jedoch immer von einem Esel aufgefressen wurde, sodass er seine Arbeit nie vollenden konnte. Oder Tytios, dem zwei Geier seine jedes Mal wieder nachwachsende Leber aus dem Leib fraßen ... Immer und immer wieder, sodass er auf ewig Höllenqualen aushalten musste ... – Aber für die guten Menschen war das Los in der Unterwelt ein ganz anderes. Sie fanden ihren Frieden und waren bei den Göttern."

„Sag mal, Yunus", begann Maria unvermittelt und der Araber drehte sich aufmerksam zu ihr um, „wie ist das denn eigentlich im Islam mit dem Leben nach dem Tod?" Man konnte Yunus deutlich ansehen, dass er über diese Frage sehr überrascht gewesen war, aber Yunus wäre nicht Yunus, wenn er sich nicht um eine ausführliche Beantwortung der Frage bemüht hätte. Er atmete tief durch, dann begann er zu reden: „Im Islam ist es so, dass der Tod dem Leben gleichgestellt ist.

– Nein, man kann fast schon sagen, dass der Tod sogar bedeutender und wahrhafter ist als das Leben. Der Tod ist im Islam nicht das Ende, sondern im Gegenteil: Er ist der *Anfang*. Der Tod ist wie eine Befreiung und er führt von einer vergänglichen Welt, in der es Verpflichtungen zu erfüllen gibt, hinüber in eine Welt, in der man frei ist, in eine Welt, die unvergänglich ist. Oder wie es der islamische Denker Said Nursi dereinst so schön formulierte: *‚Der Tod ist keine Hinrichtung, er ist nicht das Nichts und auch kein Aufhören oder Verenden und auch kein Erlöschen. Er ist keine ewige Trennung, kein Nichtsein und weder Zufall noch das Verschwinden eines handelnden Subjekts. Der Tod ist vielmehr eine Entlassung vonseiten eines Tätigen-Barmherzig-Weisen und ein Ortswechsel. Er ist eine Reise in die ewige Glückseligkeit und zur ursprünglichen Heimat und auch ein Tor des Zusammenkommens mit neunundneunzig Prozent aller Freunde.'*

„Der Zusatz ist gut: neunundneunzig Prozent aller Freunde", kommentierte Alex. „Und was ist dann mit dem restlichen einen Prozent?" Yunus grinste verschmitzt und zuckte mit den Schultern. „Wahrscheinlich waren das einfach die falschen Freunde", meinte Alex und grinste ebenfalls. Yunus fuhr fort: „Wie im Christentum, so ist auch gemäß der islamischen Lehre die Seele unsterblich. Beim Tod stirbt nur der Körper. Es ist ein bisschen wie das Verlassen einer alten Wohnung, wenn die Seele den Körper verlässt. Sie lässt einen vergänglichen Körper hinter sich zurück und die Seele lebt losgelöst vom Körper weiter. Seele und Körper werden also voneinander getrennt." Er hielt kurz inne. „Bei euch ist das ja etwas anders mit dem Sterben und dem Auferstehen", sinnierte Yunus nachdenklich.

„Im Christentum ist es zunächst einmal so, dass die Seele vom Körper getrennt wird", schilderte Lissy, „der Körper verwest, während die Seele des Verstorbenen zu Gott heimkehrt und darauf wartet, dass sie einst mit ihrem Leib wiedervereint wird. Am Tag des Jüngsten Gerichts werden die Menschen wieder von Gott zum Leben erweckt. Das bezeichnen wir als Auferstehung. Es handelt sich dabei um eine Auferstehung im Fleische. Das heißt also, dass die Seele mit dem Körper wiedervereint wird."

Ich bemerkte, dass Michális sich aus unserer Unterhaltung über Religion vollständig ausgeklinkt hatte und stattdessen intensiv die Karte von Jona studierte. Er bestand auch nicht mehr auf die Übersetzung durch Yunus, sodass wir getrost mit unserer Unterhaltung fortfahren konnten.

„Wie im Christentum gibt es auch im Islam ein Jüngstes Gericht", erklärte Yunus, „Al-*Kiyama* sagen wir dazu. An jenem Tag entscheidet sich, wo die Seele die Ewigkeit verbringen wird, im Himmel oder in der Hölle."

„Das ist ja wie bei uns", brach es aus Lissy.

„Zu einem großen Teil ja", stimmte ihr Yunus zu. Ich atmete erleichtert aus. Glaube und Religion waren für mich schon immer unglaublich wichtig gewesen und ich hatte am Anfang dieser Unterhaltung ein unangenehmes Kribbeln unter der Haut verspürt, als Yunus vom Islam zu erzählen begann. Ich befürchtete unumgängliche Konflikte unserer beiden Religionen und hatte daher Themen solcher Art immer vermieden. Die junge Liebe zwischen Yunus und mir war einfach zu perfekt, als dass ich sie riskieren wollte. Ich war auch – und das muss ich zu meiner Schande gestehen – in Diskussionen solcher Art immer sehr schlecht und gab mich leicht geschlagen, weil ich Konfrontationen aus dem Weg gehen wollte und weil mir in dieser Hinsicht oft schlagkräftige Argumente fehlten. Ich wollte Yunus auch nicht verärgern. Das auf keinen Fall! Daher zog ich es vor, erst einmal in Ruhe zuzuhören und abzuwarten, in welche Richtung die Unterhaltung laufen würde.

„Im Islam geht man davon aus, dass die Seelen aller Toten auf ihrem Weg in das Jenseits über eine schmale Brücke gehen müssen, die über eine Feuergrube führt. Diese Feuergrube, die Hölle, heißt *Dschahannam*. Die Verdammten fallen in das Feuer hinein, wenn sie nicht durch die Gnade Allahs erlöst werden. In Sure 11 steht beispielsweise geschrieben: *‚Die Unseligen werden dann im Höllenfeuer sein, wo sie laut aufheulen und hinausschreien, und wo sie weilen, solange Himmel und Erde währen, – soweit es dein Herr nicht anders will. Dein Herr tut, was er will.'* – Das ist meiner Meinung nach eine ziemlich klare Aussage, nicht wahr?" Wir nickten. „Je nachdem, wie schlimm die Taten auf der Erde gewesen sind, fällt auch die Strafe schlimmer oder weniger schlimm aus. Das diesseitige Leben wird als Prüfung gesehen und der Himmel und die Hölle als deren Konsequenzen."

„Wie ist der Himmel im Islam?", erkundigte sich Alex.

„Der Himmel – *Dschanne* genannt, was soviel wie ‚Paradies' heißt – wird durch die Scheidewand *Barsach* von der Hölle abgetrennt. Es ist ein paradiesischer Ort, an den die Auserwählten und Guten gelangen. Den Himmel stellt man sich als Garten vor, in denen Bäche aus Milch, Wein und Honig fließen. In ihm herrscht der pure Luxus. Es gibt kostbare Möbel, erlesene Teppiche überall ... Es gibt exotische Früchte und Geflügel in Unmengen zu essen, die von jungen Männern und von den sogenannten *Huris* serviert werden ..."

„*Huris*?", wiederholte ich verwirrt.

„Jungfrauen von blendender Schönheit, wie Rubine und Perlen", erwiderte Yunus grinsend, „in immer frischen und reich bewässerten Gärten ruhen sie in Lauben auf grünen

Kissen und den schönsten Teppichen und warten darauf, den Seligen zur Belohnung zu dienen."

„Ja klar." Alex nickte amüsiert.

Yunus zuckte mit den Schultern. „Sure 55", sagte er nur und lachte.

„Und was muss man tun, um an diesen paradiesischen Ort zu gelangen?", erkundigte sich Alex.

„Du musst die Grundsätze des Islam beachten", antwortete Yunus, „die fünf Säulen. Jeder Muslim ist dazu verpflichtet, sich an diese fünf Säulen zu halten."

„Und welche sind das im Einzelnen?", fragte Maria.

„Erstens: das Glaubensbekenntnis *Schahada*. In ihm bekennen wir, dass es keinen anderen Gott außer Allah gibt und dass Mohammed sein Gesandter ist. Schon alleine das ehrlich gemeinte Aussprechen der *Schahada* ist in der Regel ausreichend, um Muslim zu werden. Sie ist das Erste, was einem Neugeborenen ins Ohr geflüstert wird und der letzte Gruß an einen Sterbenden. – Säule eins. Und nun die zweite Säule: das Gebet *Salāt*. Zu festgelegten Zeiten – in der Morgendämmerung, mittags, nachmittags, abends und unmittelbar nach Einbruch der Nacht – ruft der Muezzin zum Gebet – und wir beten."

„Ahaaaaa!", rief Alex aus. „Haben wir dich, Yunus. Säule 2! – Wo ist dein Gebetsteppich?" Yunus blickte ihn irritiert an, hob seinen Zeigefinger und öffnete seinen Mund, als wolle er etwas sagen, dann jedoch senkte er seine Hand wieder und redete unbeirrt weiter. Alex kicherte.

„Unter besonderen Umständen wie etwa auf Reisen oder bei Krankheit ist es auch erlaubt, das Gebet vorzuziehen, nachzuholen oder mit anderen Gebeten zusammenzulegen."

Alex hob vielsagend eine Augenbraue.

„Vor dem Gebet erfolgt eine rituelle Reinigung mit Wasser oder, wenn es nicht in ausreichender Menge zur Verfügung steht, tut es auch Sand oder Staub. – Säule drei: die Almosensteuer *Zakāt*."

„Hm", machte Alex.

„Je nach Einkommen zahlen die Muslime zwischen 2,5 und 10 Prozent Almosensteuer. Das Geld wird für Bedürftige, Kranke, für die Befreiung Gefangener, für den Aufbau von religiösen Schulen verwendet und für den *Dschihad*." Yunus pausierte kurzfristig. „Den Heiligen Krieg."

„Vierte Säule: das Fasten *Saum*. Es beginnt im Morgengrauen, am ersten Tag des Ramadan, des neunten Monats im islamischen Mondkalender, sobald man – wie Sure 2 so schön besagt – ‚*einen weißen von einem schwarzen Faden unterscheiden kann*' – also sobald es hell wird. Und es dauert an bis zum vollendeten Sonnenuntergang. Den ganzen Tag über wird nichts gegessen, nichts getrunken, nicht geraucht ... Zudem wird Enthaltsamkeit im Verhalten geübt und es findet natürlich auch kein ehelicher Verkehr statt."

„Ehelicher Verkehr ...", wiederholte Alex und kicherte. Yunus bedachte ihn mit einem leicht strengen Blick von der Seite.

„Während des Fastens wird nichts getrunken?", hakte ich nach. Yunus nickte. „Gar nichts? Auch kein Wasser?"

„Auch kein Wasser", entgegnete Yunus, „manche Muslime gehen sogar so weit, dass sie sich während dieser Zeit nicht einmal die Zähne putzen, denn dabei würde ja auch Wasser in den Mund gelangen und das ist nicht erlaubt."

„Kein Wasser ... Den ganzen Tag lang", murmelte ich und zog meine Füße näher an den Körper. „Wie hält man das bloß aus?"

„Alles nur eine Frage der Disziplin", betonte Yunus, „außerdem ist dieses Fasten nicht dafür gedacht, es aus gesundheitlichen Gründen zu vollführen. Nein, es ist dafür gedacht, Gottes Befehl zu genügen."

„Und sobald die Sonne untergegangen ist, stopfen die Muslime sich den Bauch voll?", merkte Alex kritisch an. „Ist das wirklich so sinnvoll?"

„Nun ...", begann Yunus nachdenklich, „das Fastenbrechen bei Nacht ist vielleicht nicht wirklich ideal, aber es verletzt zumindest nicht die religiöse Pflicht. Viele Muslime beenden das Fasten auch lediglich mit einer Dattel und einem Glas Milch, wie dies damals der Prophet getan haben soll. Der Fastenmonat Ramadan endet schließlich mit dem Fest des Fastenbrechens *Id al-fitr*."

„Und die letzte Säule?", fragte Maria.

„Die fünfte Säule ist die Pilgerfahrt *Haddsch*", redete Yunus weiter. „Es ist die Pflicht eines jeden Muslims, einmal im Leben nach Mekka zu pilgern, um dort die heilige Kaaba siebenmal zu umschreiten."

„Warst du schon einmal dort?", fragte Maria. Yunus schaute zu Boden und schüttelte den Kopf. „Ich hatte nicht die Gelegenheit dazu."

„Was heißt hier ‚hatte nicht die Gelegenheit dazu'?", brach es aus Maria. „Du kannst es doch immer noch tun, oder? Du bist doch nicht gestorben, meine Güte!" Yunus zuckte mit den Schultern. „Irgendwann kannst du sicher mal nach Mekka pilgern", meinte Maria. „Mal sehen", erwiderte Yunus, woraufhin Maria genervt mit den Augen rollte.

„So, und wenn ich all dies beachte", fuhr Alex fort, „dann komme ich in den Himmel, oder wie?"

Yunus nickte. „Der Weg ist lang und hart", hob er hervor, „nur die *Shahid* gelangen auf direktem Wege in den Himmel, sagt man."

„Wer sind die *Shahid*?", fragte ich.

„Märtyrer. Die für den Islam gefallenen Muslime."

„Ach, das sind die, die sich im Namen Allahs in die Luft sprengen und Tausende von sogenannten Ungläubigen bei ihren Selbstmordattentaten mit in den Tod reißen?", brach es aus Alex. Ich zuckte unwillkürlich zusammen und wandte mich nervös Yunus zu. Doch der ließ sich dadurch nicht aus der Ruhe bringen.

„Die *Shahid* sind in erster Linie Menschen, für die das Wohl ihrer Gemeinschaft mehr zählt als ihr eigenes. Sie treten für den Glauben ein und nehmen dabei in Kauf, dass ihnen Unrecht oder Schaden widerfährt. Damit müssen nicht gleich Selbstmordattentäter gemeint sein."

„Und doch gibt es sie, diese Selbstmordattentäter", hakte Lissy nach. „In den Nachrichten wird man zurzeit regelrecht überflutet mit Berichten über sie. Und meistens sind die Attentäter Muslime. – Was treibt diese Menschen zu solchen Taten? Wer sind diese Menschen, dass sie so etwas Furchtbares tun?"

„Das sind Fundamentalisten, die sich erhoffen, durch ihr Selbstopfer das Wohlgefallen Allahs zu erlangen und in den Himmel aufgenommen zu werden", antwortete Yunus. „Durch die Verteidigung des Glaubens glaubt sich der Selbstmordattentäter in eine lange Reihe von Märtyrern einordnen zu können, die für immer und ewig als Helden und tapfere Krieger erinnert werden, die alles dafür tun, um den Islam gegen Unglaube und Unterdrückung zu verteidigen und die davon überzeugt sind, im Jenseits über alle Maßen für ihre Taten belohnt zu werden."

„Aber … aber", widersprach ich, doch ich verstummte sogleich wieder. Maria kam mir schließlich zu Hilfe und formulierte das, was ich eigentlich auch zum Ausdruck bringen wollte: „Es ist unheimlich, dass etwas derartig Grausames wie Morde durch Religion gerechtfertigt wird. Meiner Meinung nach ist die Kombination von Religion und Gewalt sowieso vollkommen widersinnig. Alle Religionen – auch der Islam – betonen gewisse ethische Grundwerte wie Verzeihung, Toleranz, friedliches Zusammenleben, Schutz der Schwachen und Kranken und allem voran der Achtung vor dem Leben." Yunus nickte zustimmend. „Warum also gibt es diese Selbstmordattentate?", fragte Maria. „Was treibt diese Menschen dazu, Hunderte von Mitmenschen, darunter auch unschuldige kleine Kinder, in den Tod zu reißen – und sich selbst noch dazu! Ich meine, es geht ja nicht nur darum, eine Bombe aus einem Flugzeug abzuwerfen, also Leute umzubringen, die man nicht sieht. Die Selbstmordattentäter *sehen* ja ihre Opfer, sie können ihnen in die Augen blicken. Sie wissen genau, was sie ihnen antun werden, sobald sie den Sprengsatz zünden. Aber das scheint ihnen in diesem Moment völlig egal zu sein. Was denken solche Menschen? Erfüllen sie damit ihrer Meinung nach ihre religiöse Pflicht? Dadurch, dass sie das Leben Andersgläubiger vernichten? Wo im Koran steht denn bitte schön geschrieben: Bringe Andersgläubige um, indem du dich selbst mit ihnen in die Luft sprengst? Wie kann man so etwas tun? Was bewegt einen Menschen zu so einem Schritt? Da gehört weitaus mehr dazu, als jemandem im Zorn eine zu scheuern beispielsweise. Die meisten solchen Selbstmordattentate geschehen ja vollkommen unvermittelt und oftmals treffen sie Unschuldige und Ahnungslose. Sie geschehen unvorbereitet und auch ohne direkte Provokation durch die sogenannten Ungläubigen. – Und dann noch das emotionslose Hinnehmen des eigenen Todes! Ich meine: Diese Leute bringen nicht nur andere um, sondern auch sich selbst! Da gehört schon eine gewaltige Menge an Überwindung dazu. Aber diese Selbstmordattentäter gehen dem Tod mit offenen Armen entgegen. Ja, es scheint ihnen nichts daran zu liegen, dass sie selbst ihr Leben aushauchen werden. Und oft sind es gerade die jungen Leute, die zu Selbstmordattentätern werden."

„Wie in der HAMAS", steuerte Alex bei.

„Das will nicht in meinen Kopf hinein", fuhr Maria fort. „Wie kann das sein? Was treibt einen jungen Menschen dazu, sich selbst umzubringen, obwohl die Religion doch für die Achtung vor dem Leben eintritt?"

Yunus zögerte eine Weile mit seiner Antwort. Dann legte er uns seine Meinung offen dar: „Ich befürworte diese Selbstmordattentate keineswegs. Nichts rechtfertigt die Tötung von anderen von Gott geschaffenen Menschen. Allen Menschen ist das gemeinsame Recht auf Leben und Respekt zu eigen und das ist unantastbar. – Aber ich habe vielleicht einen etwas erweiterten Blickwinkel auf die Motive dieser Selbstmordattentäter, dadurch, dass ich eben nicht nur Europäer bin, sondern auch Araber und ich kann einige ihrer Motive nachvollziehen. – Ich kann sie nicht gutheißen, das nicht. Aber ich kann sie in gewissen Maßen nachvollziehen. Ihr müsst wissen … Im Moment fühlt sich der Islam durch die westliche Welt bedroht und unterdrückt. Märtyrer treten für das Wohl einer Gemeinschaft ein, in diesem Falle eben für den islamischen Glauben. Märtyrer sind dazu bereit, sich selbst hinzugeben, wenn es der Gemeinschaft dient. Märtyrer werden als Vorbild angesehen. Der Tod eines Märtyrers schweißt die Gemeinschaft zusammen und regt zur Nachfolge an. Dem Feind wird durch das Opfer des Märtyrers klar, dass es bei dem Kampf um Leben und Tod geht. Dementsprechend bekommt er Panik, ist entsetzt und fassungslos. Das sind die Gefühle, die wir empfinden, wenn wir von Selbstmordattentaten erfahren. – Ich stelle mich momentan gerade ganz auf die Seite der westlichen Welt, ja? – Wir reagieren mit Ohnmacht auf das Opfer des Selbstmordattentäters, mit Machtlosigkeit und großer Furcht. Denn wenn jemand für die Verfolgung eines Ziels sogar sein eigenes Leben hingibt, kann er sich über alles hinwegsetzen. – Wie will man jemandem beikommen, der sich nicht einmal davor fürchtet, im Kampf sein Leben zu lassen? Diese Furchtlosigkeit des Selbstmordattentäters macht ihn frei. Er ist losgelöst von gesellschaftlichen Zwängen, von Regeln und Vorschriften. Ja, es geht meiner Meinung nach sogar noch weiter: Dadurch, dass der Selbstmordattentäter dazu bereit ist, sich selbst hinzugeben, ist er eigentlich schon nicht mehr von dieser Welt. Er ist bereits Bestandteil einer anderen Welt, der Welt, an die er glaubt und für die er eintritt. Er ist Bestandteil einer Welt, in der Gerechtigkeit – *seine* Auffassung von Gerechtigkeit – herrscht und die besteht darin, dass derjenige, der mit allen Mitteln für seinen Glauben eintritt, über alle Maßen belohnt wird, in einem Paradies, in das andere Menschen – Ungläubige und seiner Meinung nach schwache Menschen – keinen Zutritt haben, weil denen das irdische Leben wichtiger ist als ihr Glauben." Yunus seufzte bedrückt. „*Bassamat al-farah*", sagte er, „so bezeichnet man das ‚Lächeln der Freude' auf den Gesichtern der jungen Menschen, die bereit sind, für ihren Glauben in den Tod zu gehen, die das Ziel verfolgen, die Erde von den ‚bösen' Menschen zu reinigen, und die mit der Erwartung in den Tod gehen, der Gemeinschaft, der sie angehören, einen Gefallen getan zu haben und als Belohnung ihres Selbstopfers in das himmlische Paradies aufgenommen zu werden."

„Oh Mann", seufzte Lissy, „was für ein Wahnsinn."

„Wir mögen es für Wahnsinn halten", sprach Yunus und strich sich über das lange schwarze Haar, „aber für diese jungen Menschen, die den Sprengsatz zünden, ist es die Wahrheit. Sie sind felsenfest davon überzeugt, das Richtige zu tun und für ehrwürdige Ziele einzutreten – und das macht es wiederum so gefährlich."

„Ich kann mir jedenfalls nicht vorstellen, dass solche Menschen in den Himmel kommen", sagte Lissy. „Menschen, die es einfach kaltschnäuzig hinnehmen, dass andere Menschen in den Tod gerissen werden. Ja, schlimmer sogar! Menschen, die es geradezu provozieren, dass andere zu Tode kommen. – Was wäre das denn für ein Gott, der solche grausamen Morde befürwortet und die Mörder dann auch noch mit dem Paradies belohnt?" Yunus schüttelte bedrückt den Kopf und schaute zu Boden. Ein weiteres Mal hüllten wir uns in nachdenkliches Schweigen.

Schon oft hatte ich über Selbstmordattentate nachgegrübelt, über die Grausamkeit, zu welcher die Menschen fähig waren, und nicht selten hatte ich Tränen in den Augen gehabt, als im Fernsehen ein weiterer Bericht über die Opfer derartiger Attentate ausgestrahlt worden war. Doch das Gespräch mit Yunus hatte mir einen völlig neuen Blickwinkel eröffnet und mir gezeigt, wie tief verwurzelt das Problem doch war und wie viel komplexer und schwieriger noch als bisher angenommen.

„Was sind denn nun die wesentlichsten Unterschiede zwischen dem Islam und dem Christentum?", fragte Alex schließlich. „Mal abgesehen vom *Dschihad*, den wir Gott sei Dank nicht haben."

„So?", entgegnete Yunus und hob die Augenbrauen. „Ihr hab keinen *Dschihad*?"

Alex wich irritiert vor Yunus zurück. „Äh ... nein?"

„Hm", machte Yunus, „tatsächlich? – Und was ist dann mit den Kreuzzügen?" Alex schnappte nach Luft, blickte dann jedoch geschlagen zu Boden.

„Ja, da hat sich die christliche Kirche auch nicht gerade mit Ruhm bekleckert", gab Maria zu, „da hast du Recht, Yunus. In dieser Hinsicht ähneln sich unsere beiden Religionen schon irgendwie. Aber wo würdest du jetzt die wesentlichsten Unterschiede sehen?"

„Nun ...", grübelte Yunus, „ich würde zwei Punkte für wesentlich halten: Auf der einen Seite ist es die Inkarnation, also die Menschwerdung Gottes, die der Islam nicht vertritt ..."

„Am Anfang war das Wort, und das Wort war bei Gott, und das Wort war Gott, und das Wort ist Fleisch geworden und hat unter uns gewohnt", sprach Lissy mit einem feierlichen Unterton in der Stimme und wir schauten sie verblüfft an. „Steht in der Bibel, Johannes-Evangelium, erstes Kapitel."

„Äh, ja", murmelte Yunus, „natürlich."

„Durch Jesus ist Gott Mensch geworden und hat unter uns Menschen gewohnt", fuhr Lissy fort, „das ist eine der Kernaussagen unseres Glaubens."

„Und der zweite wesentliche Punkt, in dem sich unsere beiden Religionen voneinander unterscheiden, ist das mit der Dreifaltigkeit des christlichen Gottes", fuhr Yunus fort.

„Gott Vater, Gott Sohn und Gott Heiliger Geist", ergänzte Lissy wissend.

„Genau." Yunus nickte. „Wie kann aber jemand, der *einer* ist, gleichzeitig *drei* verschiedene Personen sein? Das verstehe ich nicht."

„Jesus wurde vom allmächtigen Vater gezeugt. Er wurde dabei nicht in der herkömmlichen Weise gezeugt, wie das die Menschen machen." Lissy hob verschwörerisch ihre Augenbrauen. „Sondern Jesus ging auf geistige Weise aus Gott hervor. Ebenso ging auch der Heilige Geist aus der Liebe von Vater und Sohn auf geistige Weise hervor. – *Darum tauft sie im Namen des Vaters und des Sohnes und des Heiligen Geistes.*"

„Amen", gab Alex seinen Senf dazu.

„Bibel, Neues Testament, Matthäus, Kapitel 28, Vers 19", sagte Lissy.

„*Er, Gott, zeugt nicht und wurde nicht gezeugt.* – Koran, Sure 112, Vers 3", konterte Yunus. „Das ist doch eine ziemlich klare Aussage, nicht wahr?"

„Oh Mann!", stöhnte Lissy. „Du machst mich irre!"

„Wieso? Gehen dir wohl die Argumente aus?"

„Nö, das nicht, aber … Grrrrr!"

„Dann erklär mir doch mal genau, wie das gemeint ist mit der Dreifaltigkeit Gottes", verlangte Yunus.

„Dreifaltigkeit Gottes …", murmelte Lissy, „äh …"

„Ihr Christen sagt, ihr glaubt an den *einen* Gott, den einzigen, wahren Gott, neben dem ihr keine anderen Götter haben sollt. Aber irgendwie habt ihr dann doch drei Götter oder wie sehe ich das? Und dann ist da noch die Mutter Gottes, Maria, die ihr auch anbetet. Wie viele Götter habt ihr eigentlich?"

„*Einen* Gott", beteuerte Lissy, „einen *einzigen* Gott, der einen Sohn hat, in dem er zu Fleisch geworden ist, der vom Heiligen Geist empfangen und von der Muttergottes Maria geboren worden ist und, und …"

„Ich fürchte, du drehst dich mit deinen Erklärungen ganz schön im Kreis."

„Nein, das tue ich nicht. Bloß weil es schwierig zu erklären ist, heißt das noch lange nicht, dass es nicht stimmt, was in der Bibel steht", beteuerte Lissy, „und außerdem machst du mich mit deiner Fragerei ganz schön nervös." Yunus grinste amüsiert.

„Da gibt es doch diese eine Geschichte mit dem Elefanten", fiel mir ein. „Elefanten?" Yunus blickte ziemlich irritiert, aber doch interessiert. „Kennt ihr die etwa nicht?" Meine Freunde wandten sich mir neugierig zu. „Nee, erzähl doch mal", bat Lissy. „Was hat ein Elefant mit der Dreifaltigkeit eures Gottes zu tun?", wunderte sich Yunus. „Wart's ab", bat ich ihn, räusperte mich und fing an zu erzählen: „Also ... In der Geschichte kommen drei Blinde vor ..." – „Und ein Elefant", mischte sich Alex ein. „Genau. Die Blinden haben noch nie zuvor in ihrem Leben einen Elefanten gesehen, denn sie waren von Geburt an blind. Und sie wussten auch nicht, was ein Elefant ist, weil ihnen niemals jemand erzählt hat, wie ein Elefant aussieht und sie auch sonst keine Informationen darüber hatten. Eines Tages stellte man die drei Blinden neben einen Elefanten. Jeden an eine andere Stelle des Tieres. Einer der Blinden stand vor dem Rüssel, der andere neben einem der großen Ohren und der dritte saß auf dem Boden neben einem der Beine des Elefanten." Alex runzelte misstrauisch die Stirn, als ich fortfuhr: „Den Blinden wurde nun gesagt, sie sollten den Elefanten vor ihnen berühren, nur diese eine Stelle, vor der sie standen, und sie sollten anschließend beschreiben, was ein Elefant sei. Der Blinde, der den Rüssel des Elefanten berührte, sagte, ein Elefant sei wie eine Schlange: lang und dünn und beweglich. Der Blinde, der das Ohr anfasste, behauptete, ein Elefant sei wie eine Schaufel mit einer großen dünnen Fläche und einer Wölbung in der Mitte." – „Ah." Maria nickte langsam. „Jetzt, wo du's sagst ... Die Geschichte kommt mir doch irgendwie bekannt vor ..." Yunus neigte sich mir aufmerksam zu. „Und der dritte Blinde ...", sprach ich weiter, „... der, der neben einem der dicken Beine hockte, bekräftigte, dass ein Elefant wie eine starke Säule sei, dick und rund und durch nichts zu erschüttern." Ich ließ meine Worte erst eine Weile auf die anderen einwirken, bevor ich fortfuhr: „Der Elefant ist all das zugleich: Er ist wie eine Schlange, dort, wo sein Rüssel ist; er ist aber auch wie eine kräftige Säule, dort, wo seine Beine sind; und mit ein wenig Fantasie auch wie eine Schaufel, dort, wo seine Ohren sind. Er besteht aus mehreren Teilen: den Ohren, dem Rüssel, den Beinen, dem Schwanz, seinem Körper ... All das ist der Elefant: Er setzt sich aus seinen einzelnen Körperteilen zusammen, die aus ihm das machen, was er ist, nämlich einen Elefanten, und doch ist keines der einzelnen Körperteile alleine der Elefant. Erst in der Einheit von Rüssel, Ohren, Beinen und Körper ist der Elefant ein Elefant. Genauso ist es auch mit Gott. Er präsentiert sich als Gott Vater, Gott Sohn und Gott Heiliger Geist. Alle drei Personen sind Teile von dem einen Gott. Gott ist alle drei Personen zugleich. Er ist einer in drei Personen, dreifaltig einer." – „Ein hübscher Vergleich, das mit dem Elefanten", fand Lissy. Yunus sagte dazu erst einmal nichts.

„Gott ist unbegreiflich", beteuerte ich, „aber ich finde, das macht es doch gerade glaubhaft. Denn wenn Gott einfach zu begreifen wäre, dann wäre er ja nicht Gott, oder? Mit unserem Verstand können wir nie die Größe Gottes begreifen. Das geht nicht." Lissy nickte nachdenklich.

„Manchmal habe ich das Gefühl ...", begann Maria, „... dass einer der wesentlichsten Unterschiede zwischen dem Islam und dem Christentum der folgende ist: Im Islam *weiß* man immer alles oder aber man strebt zumindest danach, alles genau zu wissen. Man hinterfragt sämtliche strittige Themen und es gibt für *alles* eine Erklärung. Wenn es die einmal nicht gibt, breiten sich Zweifel aus, dann wird alles infrage gestellt. Im Christentum geht es aber vor allem auch um das *Glauben*, ohne alles hundertprozentig genau zu *wissen*."

„Es ist aber doch nichts verkehrt daran, alles wissen zu wollen, oder?", erkundigte sich Yunus.

„Nein, ganz und gar nicht", antwortete ich zu meiner eigenen Überraschung mit fester Stimme, „aber ich finde, das Schöne am Glauben ist es doch auch, *vertrauen* zu können. Sich auf etwas zu verlassen, das wir jetzt mit unserem Verstand noch gar nicht greifen können. Einfach ... ja ... *glauben* zu können, ohne zu *wissen*. Wozu brauche ich denn überhaupt an etwas zu glauben, wenn ich alles weiß?", fragte ich. „Glauben heißt, auf etwas vertrauen, auch wenn ich es *nicht* hundertprozentig weiß. Glauben heißt, sich sicher zu sein, dass etwas richtig ist, auch wenn es keine Beweise dafür gibt. Glauben heißt *Vertrauen*."

„Ein Vertrauen, das keinerlei Worte bedarf ...", murmelte Yunus kaum hörbar und seufzte. Anschließend gab er noch eine weitere Sache zu bedenken: „Und dann ist da immer noch das Problem mit der Auferstehung ..."

„Was meinst du?", fragte Maria nach.

„Ich meine das mit der Auferstehung im Fleische, also dass die Seele wieder mit dem Körper vereint wird. So sagt es doch die christliche Kirche."

„Was genau verstehst du daran nicht?"

„Nun ... Nehmen wir einmal an, ein Mensch ist gestorben."

„Okay." Maria nickte erwartungsvoll. „Soll hin und wieder vorkommen."

„Nehmen wir an, dieser Mensch ist durch einen Unfall gestorben."

„Wenn du das annehmen willst ... Von mir aus." Maria zuckte mit den Schultern. Ich verstand im Moment gar nicht, worauf Yunus hinauswollte.

„Nehmen wir an, dieser Mensch wurde auf grausamste Art und Weise verstümmelt, sodass vielleicht ein Arm abgetrennt wurde oder der Körper zerquetscht oder aber die Haut durch Säure verätzt wurde oder der Körper verbrannte oder was auch immer ..."

Ich erschauderte und fasste mir mit vor der Brust überkreuzten Armen an die Schultern, als ob mir kalt wäre.

„In welcher Form wird dieser Mensch dann auferstehen? Kehrt er mit seinem entstellten Körper in das Himmelreich ein?"

Maria widersprach an dieser Stelle vehement: „Nein, Yunus, ganz und gar nicht. Wenn ein Mensch in das Himmelreich einzieht, dann tut er das natürlich in einem *makellosen* Körper, ohne Blessuren, Verbrennungen und so weiter. So, wie der Körper war, als alles noch in Ordnung war, so, wie vor dem Unfall und jung und in voller Lebensblüte. – Menschen mit verätzter oder verbrannter Haut im Himmel ... Ich bitte dich! Mal doch nicht so ein Horrorszenario aus. Immerhin handelt es sich um den *Himmel* und nicht um eine Geisterbahn!"

Auf diese Aussage hin musste Yunus erst einmal kurz lachen, dann wurde sein Gesichtsausdruck jedoch wieder ernst und er fuhr fort: „Oder nehmen wir an, ein sehr schwer körperlich behinderter Mensch stirbt. Wenn er aufersteht, wird er dann mitsamt seinen Behinderungen auferstehen? Womöglich war er sein ganzes Leben lang behindert gewesen und es gab diesen Zustand gar nicht, dass alles in Ordnung war und er sich in voller Lebensblüte befunden hat, wie du das so schön formuliert hast. In welchem Körper wird dieser Mensch dann auferstehen?"

„Ach Yunus! Was stellst du für Fragen? Natürlich wird dieser Mensch *nicht* behindert in den Himmel einziehen. Es heißt in der Bibel, dass wir im *makellosen* Zustand auferstehen, in voller Gesundheit und Stärke. Auch ein behinderter Mensch wird im Himmel gesund sein und glücklich. Wer hat denn jemals von Rollstühlen im Himmel gehört?"

„Aber was *ist* dieser makellose Zustand?", ließ Yunus nicht locker. „Bezieht sich das jetzt nur auf Gesundheit? Was heißt makellos? Heißt das Schönheit? Was ist das Schönheitsideal im Himmel?"

Maria prustete, doch ließ Yunus erst einmal weiterreden.

„Schönheit liegt doch im Auge des Betrachters. Heißt makellos auch intelligent? Sind wir dann alle gleich intelligent und schön? Dadurch geht doch dann vollkommen die Identität der einzelnen Seele verloren. Dann sind wir doch nicht mehr *wir*. Dann sind wir doch einfach nur Roboter, alle gleich. – Wo ist denn da der Himmel?"

„Ach Yunus …" Maria fuhr sich nervös durch die Haare, „wie denkst du denn über den Himmel?"

„Wie denkst denn *du* über den Himmel?", erwiderte Yunus, und als er sah, dass Maria lachte, fügte er noch an: „Das ist eine vollkommen ernst gemeinte Frage, Maria. Der Himmel soll doch das Paradies sein. Wo aber bleibt das Paradies, wenn ich meine Identität aufgeben muss?"

„Das musst du doch gar nicht", widersprach Maria, „du wirst lediglich in einem makellosen Körper wiedergeboren und bleibst doch trotzdem *du*. Du wirst deshalb doch kein anderer. Was soll denn das?"

„Aber …", begann Yunus, doch verstummte sogleich wieder.

„Der Himmel ist etwas, das wir uns jetzt noch nicht vorstellen können. Wir haben zwar ein paar Informationen darüber", hörte ich mich selber reden, „aber wir wissen nicht hundertprozentig genau, wie es da ist. Wir vertrauen aber darauf, dass es wunderschön ist, dass es uns dort gut geht, dass wir mit unseren lieben Freunden und Verwandten wiedervereint werden, die vor uns gestorben sind. Wir sind dann bei Gott und wir glauben fest daran, dass alles gut wird. Wir glauben daran und der Glaube macht es wahr."

"Nun könnte einer fragen: Wie werden die Toten auferweckt, was für einen Leib werden sie haben? Was für eine törichte Frage!", sprach Lissy mit ernster Stimme.

„Hey!", empörte sich Yunus und wandte sich ihr überrascht zu.

„Steht in der Bibel. Paulusbriefe, Korinther 1, Kapitel 15, Vers 35", eröffnete Lissy und grinste breit. „Es geht noch weiter. Soll ich?"

„Spricht jetzt etwa das Theologiestudium aus dir?", neckte Alex.

„Ja klar." Lissy nickte und runzelte verschwörerisch die Stirn. „Für irgendetwas muss das Studium ja gut gewesen sein, oder?"

„Nur zu", ermunterte Yunus sie, „das interessiert mich."

Lissy räusperte sich, dann zitierte sie mit geschlossenen Augen aus dem Gedächtnis: *„Auch das, was du säst, wird nicht lebendig, wenn es nicht stirbt. Und was du säst, hat noch nicht die Gestalt, die entstehen wird; es ist nur ein nacktes Samenkorn, zum Beispiel ein Weizenkorn oder ein anderes. Gott gibt ihm die Gestalt, die er vorgesehen hat, jedem Samen eine andere. Auch die Lebewesen haben nicht alle die gleiche Gestalt. – So ist es auch mit der Auferstehung der Toten. Was gesät wird, ist verweslich, was auferweckt wird, unverweslich. Was gesät wird, ist armselig, was auferweckt wird, herrlich. Was gesät wird, ist schwach, was auferweckt wird, ist stark. Gesät wird ein irdischer Leib, auferweckt ein überirdischer Leib."*

„So etwas wie ein Astralleib oder so?", fragte Yunus.

„Womöglich." Lissy zuckte mit den Schultern. „Ein Leib, der jedenfalls wesentlich unverwüstlicher ist als der, den wir jetzt haben. – Weiter?"

„Da kommt *noch* mehr?", fragte Yunus ungläubig.

„Klar. Du wolltest eine Antwort. Die Bibel gibt dir eine Antwort."

„Warum werde ich jetzt das Gefühl nicht los, das Lissy Yunus unbedingt zum christlichen Glauben bekehren will?", amüsierte sich Maria.

„Will ich doch gar nicht", entgegnete Lissy.

„Das wirst du auch nicht schaffen", meinte Yunus, „ich konvertiere nämlich nicht."

„Das ist auch dein gutes Recht", gab Lissy zurück, „von mir aus kannst du glauben, woran du willst. Ich möchte nur das weitergeben, was ich gelernt habe. Vielleicht hilft es dir ja. Die Frage scheint dir ja schon länger auf der Seele zu brennen."

Mir auch, dachte ich. Zwar hatte ich die Bibel insgesamt schon dreimal komplett gelesen, aber mir war beim Lesen nie wirklich bewusst geworden, dass sie uns eine dermaßen direkte und deutliche Antwort auf eine der größten Menschheitsfragen überhaupt lieferte. Das musste ich bisher wohl überlesen haben.

Lissy fuhr fort: *„Seht, ich enthülle euch ein Geheimnis: Wir werden nicht alle entschlafen, aber wir werden alle verwandelt werden – plötzlich, in einem Augenblick, beim letzten Posaunenschall. Die Posaune wird erschallen, die Toten werden zur Unvergänglichkeit auferweckt, wir aber werden verwandelt werden. Denn dieses Vergängliche muss sich mit Unvergänglichkeit bekleiden und dieses Sterbliche mit Unsterblichkeit. Wenn sich aber dieses Vergängliche mit Unvergänglichkeit bekleidet und dieses Sterbliche mit Unsterblichkeit, dann erfüllt sich das Wort der Schrift: Verschlungen ist der Tod vom Sieg. Tod, wo ist dein Sieg? Tod, wo ist dein Stachel?"*

„Das ist doch eine ziemlich klare Aussage, nicht wahr?", wiederholte Alex neckisch die Worte, welche Yunus zuvor benutzt hatte, um die Aussagekraft des Korans zu untermalen.

„Weißt du, Yunus", ergriff Lissy ein weiteres Mal das Wort, „das mit der Auferstehung ist gar nicht so einfach zu erklären, vor allem, weil es auch nicht *die* Meinung *der* Kirche zu diesem Thema gibt. Ich habe einmal ziemlich lange über dieses Thema mit einer sehr guten Freundin von mir geredet, Monique. Sie hat auch Theologie studiert und sie vertritt die Meinung, dass es problematisch sei, den Menschen in zwei Bestandteile aufzutrennen: auf der einen Seite der sterbliche Leib und auf der anderen Seite die ewige Seele. Sie meint, eine solche komplett vom Körper losgelöste Seele würde zu etwas Unpersönlichem, etwas, das von außen kommt und nicht von innen. Aber das sei nicht das, was das Christentum mit Seele meint. Monique sagt, wenn man so an die ganze Sache herangehe, mit einer Seele, die komplett vom Körper getrennt ist, wirke der irdische Körper wie ein Gefängnis, in das die Seele zu Lebzeiten eingesperrt ist. Aber der Mensch *hat* nicht nur eine Seele, sondern er *ist* auch eine Seele. Dort, wo im Alten Testament und in den Psalmen heute die Übersetzung ‚Seele' steht, heißt es im hebräischen Original ursprünglich ‚*nephesch*', was den Menschen in seiner Gesamtheit meint und nicht nur die Seele allein. Vielleicht könnte man das Wort mit ‚Herz' übersetzen. – Damit ist aber nicht das organische Herz gemeint, sondern … Ja … Das, was den Menschen letztendlich ausmacht und unbedingt angeht. Sein ganzes Gefühl, sein Wesen, sein … einfach alles. Seele in diesem Sinne heißt also alles das, was den Menschen einzigartig macht, was ihn von anderen unterscheidet – seine guten Seiten und seine schlechten – alles das, wofür er lebt." Sie fuhr sich durch die dunklen Locken und schaute nachdenklich in den wolkenlosen Himmel. „Noch einmal: Der *ganze* Mensch ist Seele. Aber die Seele ist dabei nichts Materielles. Am Jüngsten Tag findet schließlich die Verwandlung statt. Nachdem der *alte*

Leib des Menschen zunächst zerfallen ist, wird es wieder einen Leib geben, einen *neuen* Leib, denn der Leib gehört zum Menschsein dazu. Dieser Leib wird allerdings andersgeartet sein, so wie es uns der Korintherbrief beschreibt. Der Leib ist auch wichtig für die Kontinuität. Es geht also weiter. Auch die Seele schafft Kontinuität zum Vorherigen. Da ist kein brutaler Bruch nach dem Motto: Holla, ich bin tot und jetzt bin ich auf einmal ein Supermensch mit einem unverwundbaren Körper und einer superintelligenten Seele. Nein, ich bleibe ganz der Alte und durch das reinigende Feuer hindurch gelange ich zu einer neuen Sichtweise. Sicherlich kann so ein Vorgang schmerzhaft sein, aber schließlich und letztendlich läuft es auf ein positives Ziel hinaus, auf das Zusammensein mit anderen Menschen, der Natur und Gott. Die Wunden bleiben also, aber es sind geheilte Wunden. – *Anima est unica forma corporis*: Die Seele ist das Formprinzip, die geistige Prägegestalt des Leibes, der Leib ist die Ausdrucksweise der Seele. Quaestio 75, Summa Theologica, Thomas von Aquin", endete Lissy und wir blickten sie erstaunt an. „So viel dazu", sagte Lissy und nahm einen großen Schluck aus ihrer Wasserflasche.

„Donnerwetter", staunte Alex, „ich wusste gar nicht, dass du so viel über Sterben, Tod und das ewige Leben weißt, Lissy." – „Persönliches Interesse", entgegnete Lissy einsilbig, „man muss doch wissen, was einmal auf einen zukommt, nicht wahr?" Yunus saß im Schneidersitz neben mir. Er war sichtlich beeindruckt von Lissys Ausführungen und war in nachdenkliches Schweigen gefallen.

Plötzlich begann Michális zu reden. Maria stupste Yunus von der Seite an, damit dieser die Übersetzung übernahm. „Wie geht es Emilys Fuß?", fragte der Händler. „Gut, wieso?", antwortete ich. „Weil ich jetzt endlich weiß, wo wir weitersuchen müssen. Das Schwimmbad muss da hinten liegen, jenseits dieser Gruppe von Weidebäumen. Wir sollten dort weitersuchen."

Entdeckung

Vergebens hatte ich versucht, mitsamt dem Verband an meinem Fuß in meine weißen Stoffschuhe hineinzukommen. Es ging beim besten Willen nicht! Und der Wunde tat es sicherlich auch nicht gut, wieder und wieder aufgerissen zu werden, bei dem Versuch, den Fuß mit aller Gewalt in den Schuh zu bekommen. Und prompt hatte die Wunde ein weiteres Mal zu bluten begonnen und färbte den weißen Stoff der Schuhe sowie den Verband dunkelrot. „Oh, äh", stöhnte ich und biss die Zähne zusammen, um nicht vor Schmerz laut loszubrüllen. „Emily", entsetzte sich Yunus, „es tut mir leid. Ich …" – „Das muss dir doch nicht leidtun, Yunus", entgegnete ich. „*Wer* war denn so blöd und ist auf die Schlange getreten? Doch wohl ich." – „Ich mache dir einen neuen Verband", beschloss Yunus, kniete sich neben mir nieder, hob meinen Fuß sachte an und legte die blutende Wunde frei. Ich stützte mich an Yunus' Schulter ab und schaute absichtlich in die andere Richtung. Ich war nicht scharf darauf, Blut zu sehen, vor allem nicht meines.

„Sieht übrigens gut aus", informierte mich Yunus. „Was? Mein Blut?", fragte ich und riskierte dennoch einen flüchtigen Blick. „Wäääääh", machte ich, als ich das blutige Tuch sah, und schaute umgehend in die andere Richtung. „Nein, die Wunde. Es sieht nicht so aus, als würde es eine Infektion geben. Das ist sehr gut." – „Das verdanke ich nur deinem gekonnten chirurgischen Eingriff, Yunus", entgegnete ich und hopste leicht auf und ab, um nicht das Gleichgewicht zu verlieren. „Hoffen wir, dass es gut verheilt", sagte Yunus. „Da bin ich mir sicher", beteuerte ich, „mir geht es auch schon wieder viel besser." – „Na, Gott sei Dank", meinte Maria.

Yunus ließ sich von Michális ein neues Tuch geben und knotete es oberhalb meines Knöchels fest. Dann stand Yunus auf und hielt mich an der Schulter ein Stück von sich weg. „Meine tapfere Emily", sagte er und strahlte mir ins Gesicht. Ich grinste zurück und versuchte es noch ein letztes Mal, meinen Fuß in den Schuh hineinzubekommen. „Hoooooo!", resignierte ich schließlich, als es wieder nicht funktionierte, und kickte den Schuh weg. „Ich geb's auf. Ich passe unmöglich in meinen Schuh. Die kann ich nicht anziehen." – „Was machen wir denn jetzt?", sorgte sich Maria. „Wir können unsere invalide Emmy doch nicht einfach ohne Schuhe herumlaufen lassen. Wenn sich ihre Wunde entzündet ..." – „Ich weiß was: Ich gebe ihr meine Sandalen", schlug Lissy vor, „die sind offen und dürften auch nicht auf den Verband drücken." – „Vielen Dank", entgegnete ich, „aber was ist dann mit dir? Du hast doch größere Füße als ich. Du passt doch gar nicht in meine Minischuhe rein." – „Stimmt, aber mir ist jetzt in erster Linie wichtig, dass du mit deinem kaputten Fuß nicht im Dreck herumläufst. Du hast die Schuhe nötiger als ich. Außerdem laufe ich gerne barfuß." – „Aber wenn du irgendwo reintrittst?" – „Ich muss eben einfach besser aufpassen." Rat suchend schaute ich zu Yunus hinüber. Dieser zuckte mit den Schultern. „Die beste Lösung wäre es", meinte auch Maria. „Ihr dürft halt nicht so schnell laufen", bat Lissy, „damit ich auch nachkomme." Ich deutete auf meinen Verband. „Wie sollte ich denn damit bitte schön schnell laufen?", gab ich zu bedenken und wir alle brachen in Lachen aus.

Wir ließen also meine weißen Stoffschuhe an dem Weidengestrüpp neben dem grünen Hügel zurück. Die würden wir wieder abholen, sobald wir die Rückreise antraten. So lautete der Plan. Mit Yunus' Hilfe schlüpfte ich in Lissys Sandalen und machte ein paar erste unbeholfene Probeschritte damit. „Wenn es nicht mehr geht, musst du nur Bescheid sagen, ja?", meinte Yunus. „Was willst du dann tun?", fragte ich verschmitzt. „Mich tragen?" – „Wenn es nicht anders geht …" Yunus grinste. „Ja, dann werde ich dich eben tragen." – „Mach ihr noch so ein Angebot, Yunus, und du musst sie schneller tragen, als es dir lieb ist", scherzte Alex. „Haha." Ich bleckte Alex die Zunge und dann marschierten wir schließlich gemächlich in die Richtung davon, die Michális zielstrebig einschlug.

Während des Fußmarsches waren wir größtenteils schweigsam, weil jeder damit beschäftigt war, auf den Boden zu achten. Niemand von uns hatte besonders große Lust darauf, Bekanntschaft mit einer weiteren Hornotter zu machen oder mit sonst einem unberechenbaren Vieh. Doch alle Tiere, denen wir fortan begegneten, waren Vögel oder Frösche, die einen großen Bogen um uns herum machten und uns mit Missachtung straften. „Wie weit ist es noch, Michális?", fragte Lissy. „Etwa einen halben Kilometer", vermutete der Händler. Nur wenige Schritte, nachdem er dies gesagt hatte, stießen wir auf eine vereinzelte flache steinerne Platte mitten im sumpfigen Gras. „Was ist das denn?", fragte Alex. „Sieht aus wie ein alter Pflasterstein", äußerte ich mich. „Könnte aber genauso gut auch ein natürlich geformter Stein sein", argwöhnte Maria. „Hm", gab ich zurück. Nach ein paar weiteren Schritten begegnete uns ein zweiter solcher Stein. Er war lang gestreckt und glatt poliert; ob nun von Menschenhand oder Verwitterung und Abtragung, sei mal dahingestellt.

„Schade, dass hier keine Gebäude mehr stehen", bedauerte Alex wieder und wieder. „Stünden welche hier, wären wir garantiert nicht die einzigen Touristen, die hier unterwegs sind", erwiderte Maria.

Wir erreichten die Stelle, an der die knorrig gewachsenen Hecken in Reih und Glied standen, als würden sie dem Verlauf einer nicht sichtbaren Markierung folgen. „Hier stand die alte Stadtmauer", verkündete ich und streckte meine Hand nach vorne aus, fast so, als erwartete ich, dass meine Hände auf steinernen Widerstand stoßen würden. Stattdessen raschelte lediglich das vertrocknete Laub der Hecken und kitzelte meine Haut. Ich stützte mich an dem Zweig eines Busches ab und entlastete kurzfristig meinen wunden Fuß. „Geht's?", fragte mich Yunus und schaute mich besorgt von der Seite her an. „Klar." – „Komm her", forderte er mich auf und hielt mir seinen Arm entgegen, sodass ich mich bei ihm unterhaken konnte. „Tut mir leid, dass du so eine Tortour auf dich nehmen musst", bedauerte er. „Solange *du* dabei bist, mache ich das doch gerne", gab ich zurück, „wenn ich dich sehe, verfliegt der Schmerz." – „Mei, wie kitschig", kommentierte Alex mit einem breiten Grinsen im Gesicht, „ich kotz gleich bei so viel Schmalz …" Yunus und ich belächelten seinen Kommentar und setzten unseren Weg Arm in Arm fort.

„Wie kommen wir eigentlich auf die andere Seite der Hecke?", überlegte Maria, als sie sich von der Undurchdringlichkeit des Gestrüpps überzeugt hatte. „Zum Drüberspringen zu hoch, zum Durchsteigen zu dicht, zum Außenherumgehen zu weit …" Ich dachte angestrengt nach.

– *„Wo kann sie denn nur stecken?"*, hörte ich das Echo der rauen Stimme des Soldaten aus meinem zweiten Traum und mein Körper wurde von einem kurzen Schütteln erfasst. Noch deutlich konnte ich mich daran erinnern, wie ich in jenem Traum unter Zuhilfenahme der Stallwand an der hohen Stadtmauer emporgeklettert war, wie mir dabei der Schweiß aus allen Poren gekrochen war, der Schmerz in der verletzten Schulter pochte, wie ich mich schließlich auf der Mauer aufgerichtet hatte und die zwei Meter in die Tiefe gesprungen war ...

– *„Da ist sie!"*, hallte die Stimme eines anderen Soldaten in meinem Kopf wider. Ich erinnerte mich daran, wie ich auf der anderen Seite der Mauer angekommen war und unvermittelt zu rennen begonnen hatte. Die Soldaten waren mir nicht über die Mauer gefolgt. Sie hatten einen anderen Weg eingeschlagen als ich. Noch deutlich hörte ich in meinem Kopf das laute Geschrei der Wachmänner, als sie um die gesamten Stallgebäude außen herumgelaufen waren, dorthin, wo es auch ein Tor in der Mauer gegeben hatte, von dem aus die Straße in die Stadt geführt hatte ...

Und mit einem Male wusste ich, weshalb mir diese Bilder in jenem Moment dermaßen deutlich ins Bewusstsein traten.

„Ich schätze, es wäre am besten, wenn wir dahin gehen, wo früher mal das große Tor gewesen ist, das in die Stadt geführt hat", vermutete ich, „dort, wo auch die Mauer unterbrochen gewesen war, als sie noch stand." – „Und wo war das?" Michális befragte die Karte von Jona, doch noch bevor er uns eine Auskunft geben konnte, hatte ich mich nach rechts gedreht und an der Hecke entlang nach Osten gedeutet. „Diese Richtung", verkündete ich frohen Mutes. „Woher weißt du das?", wollte Lissy wissen. Mit der Erinnerung an einen stechenden Schmerz rieb ich mir langsam die rechte Schulter. „Nur so ein Gefühl", entgegnete ich. Yunus bedachte mich mit einem interessierten Blick von der Seite, sagte aber nichts.

Schließlich fand Michális unseren Standort auf der Karte und konnte meine Vermutung nur bestätigen. „Also gehen wir nach rechts", beschloss Alex und folgte dem Händler mit ausholenden Schritten. Yunus, Lissy und ich bildeten das Schlusslicht.

Nach einer Weile blieben Maria, Michális und Alex stehen. Ich sah, dass sie aufgeregt miteinander debattierten und auf den Boden deuteten. Hatten sie womöglich etwas Interessantes gefunden? Wir schlossen, so schnell es mir mit meinem wunden Fuß möglich war, zu den anderen auf und kamen auf einer großen Steinplatte zu stehen, die komplett grasfrei war. Stattdessen wuchsen vermehrt Moos und Löwenzahn aus den Spalten und Rissen im Gestein. „Ob das eine der Straßen von *Thólossos* war?", wunderte sich Maria. „Garantiert." Ich nickte. „Und zwar die Hauptstraße, die direkt durch das große Tor in die Stadt hineingeführt hat!" Ich deutete auf eine etwa drei Meter breite Lücke in der Hecke. Dahinter befand sich noch mehr grüner, dicht bewachsener Boden. Die Ebene schien sich bis in die Unendlichkeit zu erstrecken. „Puh!", machte ich. „Wir sind tatsächlich da. Ich kann's immer noch nicht so wirklich glauben …"

Alex schritt zum Heckentor hinüber und mit einem albernen Armschwenk rief er aus: „Hereinspaziert, meine Herrschaften, in die bezaubernde Stadt *Thólossos*!" Maria schubste ihn leicht zur Seite und stolzierte kopfschüttelnd an ihm vorbei. Kichernd folgten wir ihr. Doch das Lachen sollte uns nur wenige Sekunden später vergehen. Wir hatten noch nicht einmal komplett das Heckentor durchschritten, als wir reflexartig alle miteinander in Deckung gingen. – Sie kamen wie aus dem Nichts: mit einem synchronen Flügelschlag, der in meinen Ohren so laut erschallte wie Donner. Ich erschrak mich so sehr über sie, dass mir die Beine ganz weich wurden und ich dachte, ich würde vor Schreck ohnmächtig werden. Doch bevor dies geschehen konnte, warf ich mich nebst meinen Freunden instinktiv bäuchlings auf die Erde nieder und hielt mir die Hände über die Ohren, damit ich nichts hören musste. Denn der Klang ihrer tiefen rauen Stimmen und das Rauschen ihrer mächtigen Schwingen machte mir Angst und erfüllte mich von oben bis unten mit dem allergrößten Grauen, das ich jemals empfunden hatte. Vielleicht hatte ich sogar geschrien. Das würde jedenfalls erklären, weshalb mir die Stimmbänder so unsagbar wehtaten.

Es waren Krähen – jede Menge davon, ein riesiger Schwarm. Wie eine lebendige Wolke aus kohlschwarzer Dunkelheit fuhren sie auf uns herab, eine unwirkliche und doch reale Bedrohung, die aus den Tiefen der Unterwelt emporgestiegen zu sein schien. Gesammelt und wie eins flogen die Krähen durch das Heckentor, gerade so, als gäbe es keinen anderen Weg nach *Thólossos* hinein und aus der Stadt heraus. Obwohl ich mir die Ohren zuhielt, vernahm ich das Rauschen ihrer Flügel, das Krächzen und Knarzen ihrer dunklen Stimmen. Erneut spürte ich das Pochen an der Stelle meines Kopfes, wo mich die Krähe auf der *Pnyx* schmerzhaft getroffen hatte. Würden diese Krähen uns angreifen? Würden sie uns mit ihren harten Schnäbeln attackieren? Ich spürte, dass ich zitterte wie Espenlaub und verzweifelt wälzte ich mich auf dem Boden hin und her.

Die Krähen griffen uns nicht an. Stattdessen flogen sie ganz dicht über uns hinweg. Ich konnte den Luftzug ihrer Flügel spüren. Die Härchen auf meinen Armen standen zu Berge. Ich fühlte mich wie elektrisiert. Wenn ich hochschaute, konnte ich individuelle Krähen ausmachen, die verächtlich und missbilligend auf uns herabblickten, als sie über unsere Köpfe hinwegzogen.

In meiner Vorstellung dauerte es unsagbar lange, bis der gesamte Schwarm an uns vorbei war. Es waren so viele, so unsagbar viele und ich dachte, es würde ewig so weitergehen. Doch plötzlich war es vorüber. Genauso schnell, wie es angefangen hatte, hörte es auch wieder auf. Die letzte Krähe flatterte über unsere Köpfe hinweg, stieß einen vereinzelten Schrei aus und verschmolz in der Ferne mit dem Schwarm, der sich noch lange Zeit später wie eine tief hängende dunkle Gewitterwolke vom hellen Blau des Himmels abhob. Noch eine ganze Weile konnten wir ihre Stimmen und das Flügelschlagen hören, bis es schließlich in der Ferne verstummte und bedrückende Stille die Oberhand nahm. Etwas Weiches, Leichtes fiel auf meinen Arm herab. Ich zuckte nervös zusammen und drehte mich danach um. Es war eine winzige flaumige schwarze Feder, die eine Krähe beim Überflug verloren hatte. In kleinen Spiralen war sie vom Himmel herabgefallen und hatte meine Haut berührt. Hektisch schüttelte ich sie von mir ab, als handelte es sich dabei um etwas Hochgiftiges. Ich zog meine Arme und Beine ganz eng an meinen Körper und die Feder schwebte langsam neben mir zu Boden, wo ich sie verängstigt anstarrte, fast so, als rechnete ich damit, dass sie mich angreifen und verletzen würde. Nervös wippte ich auf und ab und konnte mich lange Zeit nicht wieder beruhigen.

Neben mir rappelten sich nach und nach meine Freunde auf und blickten sich verwirrt um. „Oh Mann!", brach es aus Lissy. „Was war das denn? Hitchcock: ‚Die Vögel'?" – „Ich habe noch nie so viele tief fliegende Krähen auf einmal gesehen", beteuerte Maria. „Diese hier stammten jedenfalls aus keiner Vision", tat Alex kund, „die waren uns so nah, dass wir sie hätten berühren können, wenn wir es gewollt hätten!" Auch Michális äußerte sich dazu, doch sein Kommentar ging unübersetzt an uns verloren.

Yunus kam zu mir herüber und legte mir beschwichtigend seine Arme um die Schultern. Ich drehte mich zu ihm um und wollte etwas sagen, doch ich bekam kein einziges Wort über die Lippen. *Halt mich, Yunus,* dachte ich, *halt mich ganz fest.* Yunus verstand mich auch so und wusste genau, was ich brauchte, um wieder zur Ruhe zu kommen. *Ein Vertrauen, das keinerlei Worte bedarf* ... Er strich mir liebevoll eine Haarsträhne aus dem Gesicht und fuhr mir über die Wangen. Dann drückte er mich ganz fest an sich und rieb mir den Rücken. Ich stellte fest, dass ich geweint haben musste, auch wenn ich mich gar nicht mehr daran erinnern konnte. Noch immer zitternd und bebend lehnte ich mich an Yunus' Brust und schlang vertrauensvoll meine Arme um seinen Oberkörper. Ich spürte, wie sich sein Brustkorb gleichmäßig hob und senkte. Mein Atemrhythmus passte sich dem seinen an und langsam, ganz langsam beruhigte ich mich wieder einigermaßen und wischte mir die Tränen aus dem Gesicht. Noch immer an Yunus' Brust lehnend schaute ich unsicher auf die weite grüne Ebene hinaus, die vor mir lag, und dann wieder zurück zur Lücke in der Hecke. Ich hatte ein ungutes Gefühl und hätte am liebsten auf der Stelle kehrt gemacht und Yunus und meine Freunde mitgenommen.

„Gehen wir weiter?", fragte Maria, und als ihr niemand antwortete, machte sie ein paar entschlossene Schritte von der Hecke weg. Alex, Michális und Lissy folgten ihr träge. Yunus und ich lösten uns voneinander. Während Yunus einen zögerlichen Schritt auf die anderen zuging, blieb ich jedoch vorerst zurück und kaute nervös auf dem Fingernagel meines rechten Daumens herum, wie ein kleines Kind.

Yunus drehte sich zu mir um. „Kommst du?", fragte er. „Oder willst du etwa nicht weiter?" – „Ich bin mir nicht sicher", gab ich schließlich zerknirscht zu. „Wobei bist du dir nicht sicher?", fragte Yunus nach. „Diese Krähen ...", überlegte ich, „vielleicht war das ein Zeichen ..." – „Ein Zeichen wofür?", wollte Alex wissen. Ich schüttelte bedrückt den Kopf. „Ich weiß nicht, ob es so eine gute Idee ist, in die Stadt hineinzugehen", wich ich aus, „vielleicht ist es wirklich nicht vorgesehen, dass wir hier sind. Vielleicht sollten wir die Dinge ruhen lassen. Vielleicht ..." Ich zuckte mit den Schultern und ließ den Kopf hängen. „Aber wir sind jetzt schon so weit gekommen", meinte Maria, „wir sind so kurz davon entfernt, alles aufzuklären und Emilias Seele aus ihrem Grab zu befreien. Wirklich! Wir müssen nur noch irgendwie Zugang in die Krypta finden und dann ist unsere Mission erfüllt. Es wäre doch Blödsinn, jetzt alles abzubrechen, wegen so eines Gefühls ..."

„Hast du denn irgendeinen bestimmten Grund dazu, dich jetzt so zu fühlen, Emily?", erkundigte sich Yunus. „Wie meinst du das?", richtete ich mich an ihn. „Hattest du inzwischen eine weitere Vision, von der wir nichts wissen?", fragte Yunus. „Irgendeinen konkreten Hinweis, der es uns verbietet, die alte Stadt zu betreten?" Er wartete interessiert meine Antwort ab. Schließlich schüttelte ich langsam den Kopf. „Nein, eigentlich nicht", gab ich zu, „aber diese Krähen ..."

„Dies hier ist ein Vogelschutzgebiet", erläuterte Maria, „das hat uns Michális erzählt. Es ist nur normal, dass es hier Vögel gibt." – „Aber so viele?", gab ich zu bedenken. „Und dann ausgerechnet *Krähen*?" – „Ich glaube, dass diese Krähen hier nichts mit Polyzalos zu tun haben", offenbarte Maria. Bei der Nennung des Namens Polyzalos zuckte ich unwillkürlich zusammen. „Wie kannst du dir da so sicher sein?", fragte ich leise. „Sie haben uns nicht angegriffen", entgegnete Maria. „Aber viel hat nicht dazu gefehlt", meinte ich. „Sie haben uns nicht angegriffen", wiederholte Maria unbeirrt, „sie sind nur über uns hinweggeflogen." Ich erschauderte kurz. „Aber unheimlich waren sie schon, keine Frage", stützte Lissy mein Unbehagen. „Das stimmt allerdings", gab sich Maria geschlagen.

Nach einer Weile mischte sich Alex ein: „Und was gedenkt ihr jetzt zu tun? Sollen wir die ganze Sache etwa abblasen?" Yunus blickte ihn alarmiert an. Auch Maria und Lissy stemmten bestürzt ihre Hände in die Hüften. „Emmy?", wandte sich Maria entschlossen an mich. „Was? Ich soll entscheiden, ob wir weitergehen oder nicht?" – „*Du* bist diejenige mit den Visionen", besiegelte Maria, „wenn du nicht mehr weitermachen willst, dann machen wir eben nicht weiter." – „Aber …", widersprach ich, doch wusste nicht, was ich sonst noch hätte sagen sollen. „Also? Was ist?" Meine Freunde blickten mich abwartend an.

Ich weiß, ich werde niemals zur Ruhe kommen, wenn Emilias Seele nicht gerettet wird, hörte ich in meiner Erinnerung die Stimme Yunus', *helft mir dabei, ihre Seele zu befreien, sie aus der ewigen Finsternis zu erretten. Emilia hat es nicht verdient, die Ewigkeit im Dunkeln zu verbringen. Sie hat es vielmehr verdient, gerettet zu werden. Ich bitte euch darum: Helft mir dabei, den Weg von Alpha nach Omega zu beschreiten. Ihr seid ihn schon so weit mit mir gegangen. Werdet ihr mich auch auf dem Rest des Weges begleiten?*

Die nächsten Sätze kosteten mir einiges an Überwindung: „Wir haben uns geschworen, zusammenzuhalten und alles dafür zu tun, Emilias Seele aus ihrem Grab zu befreien. Wir haben es uns zur Aufgabe gemacht, den Mord aufzuklären und Emilias Seele zu retten. Wir haben uns geschworen, Polyzalos nicht gewinnen zu lassen. Wenn wir jetzt aufgeben, dann hat er gewonnen. Das dürfen wir nicht zulassen. Wir werden diesen geheimen Zugang suchen. Wir werden ihn finden und unsere Mission erfüllen." – „Sehr schön", fand Maria und klatschte begeistert in die Hände, „dann lasst uns gleich weitersuchen. Ich hab nämlich auch so ein Gefühl, und mein Gefühl sagt mir, dass wir da drüben gleich auf etwas Interessantes stoßen werden." Sie deutete in die Ferne. „Dort ungefähr muss doch damals der Marktplatz gewesen sein, nicht wahr?" – „That's the place to go", unterstrich Michális eifrig, als er sah, in welche Richtung Maria deutete, und er setzte sich frohen Mutes in Bewegung. Ich atmete tief durch und folgte den anderen mit einem unguten Kribbeln in der Magengegend. *Hoffentlich ist das kein Fehler*, dachte ich insgeheim und nahm das Medaillon von Emilia fest in meine Faust.

Eine Weile gingen wir schweigend nebeneinander her durch das hohe Gras. Es wurde wieder anstrengend, denn je weiter wir uns vom Meer entfernten, desto heißer wurde es um uns herum. Die Luft schien zu stehen und es war unglaublich schwül und drückend heiß. Ich krempelte die Ärmel meines T-Shirts noch weiter zurück und versuchte, eine widerspenstige Haarsträhne, die mir wieder und wieder ins Gesicht fiel, mithilfe von Emilias Haarspange zurückzustecken. Doch wenig später hing mir die Strähne erneut über die Augen. Ich pustete sie genervt aus meinem Gesicht und steckte sie hinter mein rechtes Ohr.

Nach etwa einem halben Kilometer blieb Michális mit extrem gerunzelter Stirn stehen und schaute sich konsterniert überall um. Er versuchte, irgendeinen Orientierungspunkt zu finden und studierte eingehend Jonas Karte von *Thólossos*. „Ich verstehe das nicht", teilte er uns über Yunus mit, „hier irgendwo müsste der Marktplatz doch sein … Warum gibt es nirgends einen Hinweis?" – „Hm", murrte auch Alex etwas enttäuscht. „Es ist wirklich gar nichts mehr von der Stadt erhalten geblieben", bedauerte Lissy. „Wie sollen wir da bloß den Eingang in den unterirdischen Kanal finden?" Maria ließ resigniert die Schultern hängen.

„Wartet mal", sagte ich plötzlich und alle Blicke wandten sich mir überrascht zu, „wir sind hier noch nicht ganz richtig. Wir müssen ..." Probehalber machte ich ein paar Schritte weiter nach rechts, dann wieder geradeaus und kehrte erneut zu meinen Freunden zurück. Ich fuhr mir nachdenklich über das Kinn und leckte mir angespannt über die Lippen. Dann trampelte ich links eine Weile durch das Gras. „Was wird das denn jetzt?", wunderte sich Alex. „Wartet mal noch", bat ich, „ich bin am Überlegen ..." Ich hatte ein merkwürdiges Gefühl in mir. Ein Gefühl, schon einmal hier gewesen zu sein. Das Gefühl war stark und es leitete meinen Weg. Es war eigenartig, denn dies war eine Wiese, wie es sie überall geben könnte. Eine Wiese, ohne irgendwelche besonders auffälligen Kennzeichen und doch ... Da war etwas in meinem Gefühl, das mir deutlich sagte, dass es hier noch etwas gab, das es wert war, gefunden zu werden, und ich wusste, dass wir nur noch wenige Augenblicke von einer wichtigen Entdeckung entfernt waren. Ich machte noch ein paar weitere Schritte und blieb dann nachdenklich stehen. „Emmy?", richtete sich Lissy fragend an mich. „Sch", bremste ich sie und hielt meinen rechten Zeigefinger in die Luft. Mir war gerade so, als hätte ich etwas gehört und ich lauschte angespannt. Ich vernahm das Zwitschern von Vögeln und das entfernte Rauschen des Meeres gegen die Felsenküste. *Nein, das war nicht das Geräusch gewesen, das ich gemeint hatte,* dachte ich etwas frustriert und strengte mich weiter an. Und dann vernahm ich es ein weiteres Mal. Es war zuerst nur ganz leise und kaum wahrnehmbar, aber ich hörte es wieder und ich ließ mich darauf ein, machte ein paar Schritte in die Richtung, aus der es zu kommen schien, und schließlich wurde das Geräusch lauter und klarer. Es klang wie ein gleichmäßiger Rhythmus, wie ein Stampfen, das an irgendetwas widerhallte. Ich ging noch ein paar Schritte weiter. Das Geräusch drohte zu verstummen. Sofort kehrte ich an meinen Ausgangspunkt zurück, woraufhin ich das Stampfen wieder klarer hören konnte. Angestrengt wandte ich mich in eine andere Richtung und machte probeweise ein paar weitere Schritte. Ja, das war es! Der stampfende Rhythmus wurde lauter. Rasch schlug ich die richtige Richtung ein. Jetzt konnte ich das Geräusch klar und deutlich hören. Ich blieb stehen und erkannte, dass der stampfende Rhythmus Schritte waren. Die Schritte kamen völlig gleichmäßig und doch konnte ich an ihrem Klang erkennen, dass es die Füße mehrerer Menschen waren, die dieses Stampfen verursachten. Es klang wie das Marschieren von Soldaten. Ihre Schritte wurden noch lauter und hallten an nicht vorhandenen Gebäudewänden wider. Ich drehte mich schwitzend mehrere Male um die eigene Achse. Die Wiesenlandschaft zog in grün-blauen Schlieren vor meinen Augen vorbei. Auch von meinen Freunden sah ich die Konturen nur noch schemenhaft und mein Herz schlug schneller. In meinem Kopf hörte ich das gleichmäßige Marschieren von Soldaten über gepflasterten Boden. Das Geräusch war inzwischen so laut geworden, dass es beinahe unerträglich wurde und ich mir am liebsten die Ohren zugehalten hätte. Ebenso verspürte ich den Drang, laut gegen den Lärm der stampfenden Füße anzuschreien, ihn zu übertönen, doch ich war nicht dazu imstande zu schreien. *„Gleich haben wir sie"*, vernahm ich eine Stimme. *„Da liegt sie."*

Verblüfft schaute ich mich um, als ich zu meinen Füßen einen gepflasterten Platz erkannte. Ich sah rautenförmige Pflastersteine unter meinen Füßen und ich begriff, dass sich gerade vor meinen Augen die Erinnerung an meinen zweiten

Traum abspielte, und zwar dermaßen lebendig und intensiv, dass ich nicht nur die Bilder vor mir sah, sondern auch wieder deutlich die Angst spüren konnte, die ich damals empfunden hatte, die Panik und Verzweiflung. Über den Anblick der schier unendlichen Wiesenlandschaft legte sich ein Bild von einem quadratischen Platz, mit mehreren hohen, wichtig aussehenden Gebäuden, die von beeindruckenden Zypressen gerahmt wurden. Aus einem der Häuser, das mir seltsam vertraut erschien, kamen fünf Soldaten herausmarschiert. Sie näherten sich mir rasch und sie waren bewaffnet. Ich erschauderte, als ich das Aufblitzen gefährlich scharfer Lanzen sah und ich verspürte den Drang davonzurennen, Hals über Kopf zu flüchten. Obwohl ich wusste, dass das, was ich sah, nur eine Erinnerung war und nicht dem entsprach, was sich momentan tatsächlich um mich herum abspielte, konnte ich nicht umhin, ein paar panische Schritte von dem Stampfen weg zu gehen.

Angespannt schaute ich mich überall um und stolperte. Ich schlug der Länge nach hin und landete unsanft auf dem Bauch. Mein Knie streifte etwas Hartes. Ich blinzelte und zog meine Beine näher an meinen Körper heran. Maria war schnell zur Stelle und half mir auf. „Alles okay?", fragte sie. „Ja klar."

Der kurzweilige Eindruck von der antiken Stadt *Thólossos* war verflogen. Stattdessen sah ich wieder nur grüne Wiese vor mir, so weit das Auge reichte. „Was war das, worüber ich gestolpert bin?", fragte ich und schaute mich um. Dann erblickte ich einen rautenförmigen Stein mit etwa zwanzig Zentimetern Durchmesser, der zu einem Großteil eingegraben beziehungsweise von Gras verdeckt war und zu einem anderen Teil entblößt dalag. Maria bückte sich, grub den Stein aus und hob ihn auf. Der Stein war zwar an den Kanten und Ecken abgeschliffen und an mehreren Stellen porös, aber er war noch deutlich als das zu erkennen, was er früher einmal gewesen war. „Das ist einer der Pflastersteine vom Marktplatz von *Thólossos*!", rief ich überrascht aus.

Alex war auch ganz in der Nähe. Aus dem Augenwinkel konnte ich erkennen, dass er sich bückte und kurz darauf etwas hochhob. „Und das hier?", fragte er. Interessiert näherte ich mich ihm. Er hielt etwas Weißes in der Hand. „Zeig mal her", bat ich. Bereitwillig reichte er mir den Gegenstand. Es war ein Stück weißer Marmor, der an der einen Seite rau und unregelmäßig, auf der anderen Seite jedoch abgerundet war und eine deutliche Wölbung aufwies, was nur eines bedeuten konnte: Der Stein war dereinst von Menschenhand bearbeitet worden! Auch konnte man ein Muster erkennen, wie von einem herausgemeißelten Band, das sich dereinst deutlich hervorgehoben haben musste und etwas geziert hatte, das einmal Bestandteil von etwas weitaus Größerem gewesen war.

„Das ist ein Stück von dem weißen Springbrunnen, der in der Mitte vom Marktplatz gewesen war!", brach es aus mir heraus. „Dieses Muster … Das zierte den Rand des Springbrunnens. Ich kann mich noch gut daran erinnern!" Mein Herz pochte lauter.

Alex ging wieder dorthin zurück, wo er seinen Fund gemacht hatte. Er war wohl auf der Suche nach weiteren Auffälligkeiten. „Pass auf!", warnte ihn Maria. „Da ist ein Graben." – „Ein Graben? Wo?" Ich hielt verblüfft inne und starrte angespannt auf den Boden. „Tatsächlich! Das muss der Kanal sein, der die Stadt durchflossen hat", triumphierte ich, „in dem das Wasser vom *Erídanos* geflossen ist!" Aufgeregt zerrte Michális die Karte Jonas' wieder aus seiner Tasche und faltete sie auf. Er deutete auf das Zentrum des alten Pergaments, in dem man ein rostrotes, verhältnismäßig großzügiges Quadrat ausmachen konnte – den Marktplatz von *Thólossos*! – und in dessen Mitte sich ein kleiner bläulicher Kreis befand – der Springbrunnen. Von diesem ging eine gestrichelte blaue Linie aus, die sich beinahe über das ganze Papier erstreckte, die an manchen Stellen durchgezogen war und an anderen wieder gestrichelt weiterverlief. Michális deutete auf diese blaue Linie und anschließend auf den Graben, welchen Maria gefunden hatte.

„Das ist der Kanal!" Maria nickte eifrig. „Ohne Zweifel!" Sicher war der Kanal längst nicht mehr befestigt und wirkte eher wie ein unauffälliger, natürlich entstandener Graben. Womöglich würde er einem gar nicht weiter auffallen, wenn man nicht explizit nach ihm suchte, vermutete ich. Michális spurte mit seinem Finger die blaue Linie auf dem Pergament nach. Seine Bewegung endete abrupt an einem dicken, leuchtend gelben Punkt. „Wenn wir dem Graben folgen, müssten wir direkt an den Ort gelangen, an dem damals das Schwimmbad gestanden hat", teilte uns der Händler über Yunus mit, „und wenn wir erst einmal dort sind, finden wir womöglich auch den Eingang in den unterirdischen Kanal."

Mit neuem Elan folgten wir dem Verlauf des kleinen Grabens. Hin und wieder war er so überwuchert, dass wir hingehen und das Gras platt drücken mussten, damit wir ihn überhaupt noch ausmachen konnten. Schließlich wurde der Graben noch flacher, als er ohnehin schon war, und innerhalb relativ kurzer Zeit hatten wir ihn vollständig verloren. Maria ging noch ein paar Schritte weiter in die Richtung der gedanklichen Verlängerung des Kanals, um zu überprüfen, ob er später nicht vielleicht doch wieder deutlicher werden würde, aber sie wurde nicht fündig.

„Das kann nur zweierlei bedeuten", begann Maria, als sie sich wieder zu uns gesellte, „entweder der Kanal wurde zerstört und geht deshalb hier nicht mehr weiter …" – „Oder?", hakte Alex nach. „Oder aber, wir sind an der Stelle angelangt, wo der Kanal unterirdisch weiter verlaufen ist." – „Beim Schwimmbad", ergänzte ich hoffnungsvoll. „Genau", bestätigte Maria.

Aufgeregt wuselte Lissy um uns herum und studierte eingehend den Boden. Sie bückte sich auch mehrere Male, weil sie dachte, sie hätte etwas Auffälliges gefunden, aber jedes Mal, wenn sie etwas hochhob, entpuppte es sich als Stöckchen oder Kieselstein und einmal sogar als tote Kröte. „Igitt!" Lissy schüttelte sich angewidert und legte das ausgetrocknete Tier zurück auf den Boden. Fortan machte sie einen großen Bogen um jene Stelle und schaute sich die Gegenstände immer genau an, bevor sie sie in die Hand nahm. „Hm", murrte sie schließlich etwas enttäuscht und gesellte sich niedergeschlagen zu uns. „Irgendwie ist das frustrierend." – „Wem sagst du das …", murmelte Maria und setzte sich ins Gras. Sie stützte sich mit ihren Händen das Kinn und dachte angestrengt nach. Abwesend blickte ich zu ihr hinüber und wollte mich gerade selbst neben ihr ins Gras setzen, als mir etwas auffiel. Dicht hinter Maria bewegten sich ein paar Grashalme. Die Bewegung war nur flüchtig und kaum auszumachen und doch irritierte sie mich. Das war doch hoffentlich nicht wieder eine Krähe oder eine giftige Schlange? Ich befürchtete schon das Schlimmste, aber als ich vorsichtig näher heranging und das Gras beiseiteschob, erhielt ein breites Grinsen Einzug in mein Gesicht. „Was …?", fragte Maria und drehte sich verunsichert um. Dann sahen auch sie und die anderen, was ich soeben entdeckt hatte. „Oh niedlich", brach es aus Lissy, „eine Landschildkröte!" Und tatsächlich marschierte ein orange-braunes schuppiges Reptil durch das hohe Gras. Unbeholfen, aber doch zielstrebig bahnte es sich seinen Weg und ließ sich durch nichts und niemanden stören. Auch von uns nicht. Es kam näher auf uns zu. Angst vor Menschen schien es nicht zu kennen. Einen Moment lang verharrte das Tier. Es hob seinen Kopf und blinzelte mit den Augen. Ich musste unvermittelt an die Schildkröte zurückdenken, die wir in der *Antiken Agorá* gesehen hatten, am Hephaistostempel, wo der Mord an Cyrill und Jona stattgefunden hatte, doch ich verdrängte den Gedanken daran. Das hier war etwas völlig anderes, redete ich mir ein. Diese Schildkröte hatte mit den schrecklichen Ereignissen im alten Athen nichts gemein.

Still beobachteten wir die Schildkröte. Sie senkte ihren Kopf, öffnete ihr Maul und schloss es wieder. Sie bewegte ihren Unterkiefer ein paar Mal auf und ab, als würde sie kauen und sah dabei gleichermaßen drollig und nachdenklich aus. Sie kratzte mit ihren schaufelförmigen Vorderbeinen in der Erde und wirbelte ein klein wenig Staub auf. Die braunen Schuppen glänzten in der Sonne. Dann setzte sich das Reptil wieder gemächlich in Bewegung und trottete langsam von uns davon. „Dass es der Schildkröte hier nicht zu heiß ist …", stutzte Maria, „Reptilien sind doch wechselwarm. Das heißt, sie brauchen gleichermaßen schattige und sonnige Plätze, um ihre Körperwärme regulieren zu können. – Hier gibt es aber keinen Schatten. Wie kann sie hier leben, ohne zu verenden wie die Kröte, die Lissy gefunden hat?" Ich zuckte ratlos mit den Schultern. „Vielleicht versteckt sie sich unter einer Hecke oder einem Baum, wenn es ihr zu heiß wird", überlegte Alex. „Oder aber sie hat ein wesentlich besseres Versteck", vermutete Yunus und nickte in die Richtung, in welche die Schildkröte unterwegs war.

Wir richteten uns alle auf und verfolgten gebannt mit unseren Augen den Weg der Schildkröte. Zielstrebig marschierte das Tier auf das Ende des Grabens zu, ging schnurstracks daran vorbei und folgte noch ein paar weitere Meter dem Verlauf des ehemaligen Kanals. Dann blieb es an einer bestimmten Stelle stockstill stellen und schaute sich um, fast so, als würde es sich davon vergewissern, dass ihm auch niemand folgte. Anschließend trottete es bis an den Rand des Kanals heran, duckte sich, zog seine Klauen und den Kopf in den Panzer zurück und rutschte langsam auf dem Bauch in den Graben hinab. Lissy kicherte leise. Das sah einfach zu putzig aus!

Wir schlichen schweigend und unauffällig näher an die Schildkröte heran, damit wir sie weiter beobachten konnten. Unten angekommen fuhr das Reptil seinen Kopf, seine Vorder- und Hinterbeine wieder aus, drehte sich um und steuerte die Wand des Grabens an. Es senkte seinen Kopf, fast so, als würde es an der Erde schnuppern. Eine kleine Woge rötlichen Staubs wurde aufgewirbelt, als die Schildkröte Luft aus ihren Nüstern ausstieß. Dann begann sie gemächlich damit, in der trockenen Erde zu wühlen. Mit ihren schuppigen, baggerschaufelähnlichen Vorderbeinen grub die Landschildkröte ein kleines Loch in die Wand des Grabens. Rötlicher Lehm bröckelte ab und feinkörniger Staub rieselte ins Gras. Das Loch wurde rasch größer und der Kopf der Schildkröte verschwand darin. Unermüdlich schaufelte sie weitere Erde beiseite und gelangte so immer tiefer in das Loch hinein. „Sie vergräbt sich, wenn es ihr zu heiß wird", erkannte Maria, „gar nicht dumm, diese Schildkröte." Nur wenig später war das Reptil vollständig in dem gegrabenen Loch verschwunden. Kurz darauf schaute der schuppige Kopf der Schildkröte aus dem Loch heraus und schob kleinere und größere Lehmbrocken vor sich her. „Sie schließt das Loch von innen!", staunte Lissy. „Das ist ja cool!" Es dauerte nicht lange und das Loch war vollständig geschlossen. „Ein echt geniales Versteck", fand Alex und ging näher an den Graben heran, „keine Spur mehr von der Schildkröte. Das Loch ist dicht. Niemand würde auf die Idee kommen, dass sich dahinter eine Schildkröte befindet." Wir gesellten uns zu ihm und gaben ihm Recht.

Michális nahm seinen Rucksack von der Schulter und wischte sich den Schweiß von der Stirn. Er holte seine Wasserflasche hervor und nahm einen kräftigen Schluck. Um die Flasche wieder zu verstauen, stellte er den Rucksack vorerst auf dem Boden ab. Ein dumpfes Geräusch erklang. Lissy amüsierte sich noch immer über die Schildkröte und kicherte. Michális hob beschwichtigend die Hände. „Pst!", verlangte er und sagte noch etwas. „Habt ihr das auch gehört?", übersetzte Yunus zeitlich verzögert. „Was?", wollte Maria wissen. Michális hob ein weiteres Mal seinen Rucksack hoch und stellte ihn abermals vor sich auf dem Boden direkt neben dem Graben ab. Ein weiteres Mal erklang das dumpfe Geräusch und dann ein leises Rieseln, wie von feinem Staub, der auf irgendetwas herabregnete. Michális hob den Zeigefinger und runzelte die Stirn. „Was ...", begann ich, doch verstummte wieder. „Unter uns muss sich ein Hohlraum befinden", teilte uns Michális über Yunus mit, „dort, wohin die Schildkröte verschwunden ist." – „Soll das heißen ...", begann Maria und fuhr sich aufgeregt über das Gesicht. „Michális!", rief sie plötzlich aus. „Das ist der Zugang in den unterirdischen Kanal!" Yunus dolmetschte und Michális grinste Maria zustimmend zu. „Die Schildkröte weiß, wo es langgeht!", triumphierte Michális. „Und wir werden ihr folgen." – „Wie?", fragte Lissy. „Wir graben", sagte Michális. „Mit den Händen?", fragte ich. „Ja. Wir werden nicht viel zu graben haben. Die Schildkröte musste auch nicht weit in das Erdreich hinein graben. Das haben wir ja gesehen." – „Meinst du denn, der Hohlraum ist groß genug für uns?", zweifelte Lissy. „Das werden wir gleich sehen", schmunzelte Michális mit einem abenteuerlustigen Grinsen im Gesicht. „Also los!"

Ypsilon

Maria, Alex und Michális knieten nebeneinander auf dem Boden und wühlten in der Erde. Yunus, Lissy und ich standen etwas abseits und schauten ihnen beim Graben zu. Alle sechs hätten wir an dieser Stelle des alten Kanals keinen Platz gehabt. Die erste Schicht Staub war schnell beseitigt. Rötliche Staubwolken stoben empor und Maria musste dreimal kräftig niesen. „Gesundheit!", rief Lissy ihr zu. „Danke", kam die geschniefte Antwort. Maria schnäuzte sich. Dann widmete sie sich wieder vollkommen den Grabungsarbeiten.

Die drei sahen witzig aus, wie sie so im Graben hockten und Dreck und Sand zwischen ihren Beinen nach hinten schleuderten. Rötlicher Staub haftete an ihrer Kleidung und in ihren Haaren und Michális klebte das nass geschwitzte T-Shirt eng an der Haut. Mehrere Male richtete sich der Händler auf, knackte mit den Schultern und fuhr sich über die tropfende Stirn, aber er ließ es sich nicht nehmen, weiter zu graben, obwohl Yunus ihm mehrere Male angeboten hatte, seinen Platz im alten Kanal einzunehmen und ihn beim Graben abzulösen. Aber der Händler war hartnäckig. „Selber schuld", entschied Lissy, „lass ihn doch, wenn er darauf besteht." Eine Weile buddelten die drei stumm weiter.

„Ah, jetzt wird der Boden allmählich etwas fester", informierte uns Alex schließlich, „Lehm oder so." – „Ja, aber an dieser Stelle ist er noch gelockert", verkündete Maria, „muss die Stelle sein, an welcher die Schildkröte durchgekommen ist." – „Die arme Schildkröte", bemitleidete ich das Reptil, „da denkt sie, sie hat ein sicheres Versteck gefunden und wir buddeln das Loch einfach wieder auf." – „Für Mitleid haben wir jetzt keine Zeit", meinte Alex schnaufend, „wir haben eine Entdeckung zu machen!"

„Hu! Wir sind durch!", triumphierte Maria im selben Augenblick. Sie wich ein wenig zurück und gab die Sicht auf ein kleines, dunkles Loch frei. „Echt? – Lass mich mal", bat Alex und drängte seine Freundin sachte beiseite. Er stützte seinen Ellenbogen auf den Boden und steckte tollkühn seine Hand in das Loch hinein, das etwa zehn Zentimeter breit war. „Tatsächlich, da ist ein Hohlraum!", freute er sich. Seine Hand kam wieder zum Vorschein und bröselte weitere Erde vom Rand des Lochs weg, wodurch der Eingang ein wenig vergrößert wurde. Alex legte sich auf den Bauch und steckte seinen Arm tiefer in das Loch hinein. Maria und Michális machten ihm umständlich Platz. „Spürst du eine Wand?", fragte Maria. „Ich ... äh ... Mpf", machte Alex und verschwand bis zur Schulter in dem Loch. „Was jetzt? Sag schon!" – „Ich kann die Decke oberhalb meiner Hand spüren und ja ... ähm ... Sie ist aus Lehm, soweit ich das beurteilen kann. Aber ..." – „Was aber?", drängelte Lissy. „Der Boden ... Ich kann den Boden auch spüren." – „Hm", seufzte Maria etwas enttäuscht. „Wie hoch ist der Hohlraum ungefähr?", wollte Michális durch Yunus wissen. „Nicht sehr hoch", erwiderte Alex. „Also, wir können definitiv nicht aufrecht in ihm stehen ... Er ist vielleicht dreißig Zentimeter hoch, wenn überhaupt." – „Mist", fluchte Maria, „vielleicht sind wir hier doch nicht richtig." – „Aber hier ist noch etwas", verkündete Alex aufgeregt und rutschte sich auf dem Boden zurecht. Sein

Kinn schürfte dabei über die Erde, doch das schien ihn in diesem Moment nicht zu stören. „Etwas konkreter bitte", verlangte Maria und Alex teilte uns seine Entdeckung mit: „Das fühlt sich an wie Gravuren oder so. Der Boden ist ja eigentlich aus Lehm, wie die Decke auch, aber hier, an der einen Stelle …" – „Wie ist es da?" – „Das ist auf jeden Fall Stein und der Stein ist eindeutig bearbeitet", schilderte Alex, „ich spüre Erhebungen, Rundungen und so ein Zeug. Ich …" Alex stockte kurz und hüstelte, nachdem er aus Versehen ein wenig Staub eingeatmet hatte. Er rückte noch näher an die Wand des Grabens heran.

„Und … – Was ist *das* denn?" Alex zögerte. „Was …?", fragte Yunus alarmiert. Durch Alex' Körper ging ein Ruck. „Autsch! Verdammt noch mal!" Wie elektrisiert zog Alex seine Hand hektisch aus dem Loch heraus, hockte sich hin und betrachtete sich mit schmerzverzerrtem Gesicht seine Finger. „Was war das?", erkundigte sich Maria und musterte Alex' Hand, auf der sich eine kleine Druckstelle abzeichnete, fast so, als hätte ihn etwas Spitziges gepiekst, aber nicht fest genug, sodass die Haut nicht durchstoßen worden war. „Ich glaube, das war unsere Schildkröte", vermutete Alex und schüttelte seine Hand, „zumindest habe ich etwas Hartes, Rundes berührt. Das muss wohl ihr Panzer gewesen sein und dann habe ich etwas Schuppiges gespürt und dann hat sie mich auch schon gebissen." – „Klar, ich würde dich auch beißen, wenn du Riese einfach so unaufgefordert deine Pranke in mein Haus stecken würdest …" Lissy hatte vollstes Verständnis für die Schildkröte. „Sie muss sich furchtbar erschrocken haben. Armes Ding …" – „Ja, hab du nur Mitleid mit der Schildkröte", maulte Alex, „und was ist mit mir?" – „Jetzt mach aber mal einen Punkt!", schnaubte Lissy. „Es blutet ja nicht einmal. Außerdem … Schildkröten haben gar keine Zähne." – „Aber einen spitzigen Schnabel, Madame!" – „Ach was! So weh kann's gar nicht tun, wie du dich hier aufführst." – „Ich führ mich doch gar nicht auf", protestierte Alex. „Und wie nennt man das dann, was du hier gerade abziehst, hä?" Alex öffnete seinen Mund, als wolle er darauf etwas erwidern, aber er entschied sich doch dafür, seinen Kommentar für sich zu behalten.

„Tut's denn weh?", erkundigte sich Maria und strich sanft über Alex' Handrücken. Alex zog seine Hand weg. „Ich werde es überleben", entgegnete er einsilbig und verbarg seine Hand, „wir haben jetzt weiß Gott Wichtigeres zu bereden." – „Okay, wieder zurück zu dem Hohlraum", beschloss Maria. „Was genau ist denn da drin, Alex?"

Wieder etwas versöhnlicher richtete sich Alex auf und schilderte, was er gespürt hatte: „Da ist eine Steinplatte mit Gravuren. Und daran ist etwas befestigt, irgendwas … vielleicht aus Metall oder so." – „Hä?", machte Lissy verständnislos. „Was soll denn das sein?" – „Tja", murmelte Maria, „um das herauszufinden, bleibt uns nur eines übrig: Wir müssen weiter graben." – „Und dabei vielleicht das Haus der armen Schildkröte zerstören?", gab Lissy zu bedenken. „Das Risiko müssen wir eingehen", meinte Alex, während er sich noch immer die schmerzende Hand rieb. „Wir müssen eben aufpassen, dass wir möglichst wenig von ihrer Höhle kaputtmachen", sagte Maria, „irgendwie wird das schon gehen."

Vorsichtig gruben die drei weiter und vergrößerten das Loch Schritt für Schritt. Bald fiel genügend Licht in den Hohlraum, sodass Maria, Alex und Michális die Steinplatte sehen konnten, auf die Alex zuvor gestoßen war. „Poh! Wahnsinn!", brach es wenig später begeistert aus Maria. „Ich glaub's nicht!" – „Na, wenn wir hier nicht richtig sind, dann fress ich einen Besen!", verkündete Alex frohgemut. Seine Stimme klang seltsam überdreht und ungewohnt. „Was? *Was?!* WAS!!??", nervte Lissy und versuchte, irgendwie über die Schultern der drei hinwegschauen zu können. Doch sie hatte keine Chance dazu. Die drei hielten ihre Köpfe so dicht über den Boden und rückten so nahe zusammen, dass wir nichts von dem sehen konnten, was für dermaßen viel Aufregung bei den dreien sorgte. Auch ich lief nervös auf und ab. Beinahe hätte ich dabei Yunus über den Haufen gerannt, der interessiert, aber dennoch ruhig und beherrscht dastand und abwartete.

Michális stieß vereinzelte Begeisterungsrufe auf Griechisch aus. „Wir wollen auch endlich was sehen!", verlangte Lissy zappelig. „Gleich", vertröstete uns Maria und grub andächtig weiter. Wenig später erregte etwas ihre Aufmerksamkeit. „Ach, da ist die Schildkröte wieder", verkündete sie. „Pass bloß auf, dass sie dich nicht auch noch beißt!", warnte Alex seine Freundin. „Sie wird mich schon nicht beißen", meinte Maria, „schau, sie läuft weg. Und da! Da ist noch eine Schildkröte!", stellte Maria fest. „Und noch eine. Das ist ja eine richtige Schildkrötenversammlung!" – „Sie gehen alle weg", teilte uns Alex mit. „Wo gehen sie denn hin?", wollte ich wissen. „Sie gehen nach hinten. Tiefer in den Hohlraum hinein", erkannte Alex, „jetzt kann ich sie nicht mehr sehen. Die Höhle ist zwar niedrig, aber offensichtlich auch ziemlich lang gestreckt." – „Die Schildkrötenhöhle …", schmunzelte Maria, „okay, ich denke, das müsste genügen." Sie warf noch einen etwas größeren Lehmbrocken von der Decke der Höhle hinter sich. Der Brocken plumpste Lissy direkt vor die Füße. Lissy machte mit ihren nackten Füßen einen großen Schritt über den Erdhügel, den unsere Freunde inzwischen aufgeschüttet hatten, und ging näher an den alten Kanal heran.

Maria richtete sich schwankend auf und stützte sich kurzfristig an dem Rand des Grabens ab. „Ui", stöhnte sie, „jetzt bin ich fast ein bisschen zu schnell aufgestanden ..." Sie strich sich mit dem Handrücken über die Stirn, klopfte sich den Staub aus ihrer hellen Hose und machte uns schließlich Platz. Auch Michális und Alex standen auf und stiegen aus dem Graben heraus.

Zu unseren Füßen lag nun eine Steinplatte, die ihresgleichen suchte. Sie war etwa zwei Quadratmeter groß und in die Erde eingelassen. Die Gravuren, Wölbungen und Rundungen, die Alex erwähnt hatte, waren noch immer deutlich zu erkennen. Nur an einigen Stellen bröckelte der Stein bereits. Auf der rechten Hälfte der Steinplatte befand sich das Bild von einer beeindruckenden, edlen griechischen Triere mit mächtigen quadratischen Segeln, die weit aufgebläht waren. Kunstvoll in den Stein eingravierte Wellen umspielten den Rumpf des Schiffes. Neben der Triere tauchten die Köpfe von Delfinen, Fischen und Seeschlangen aus dem Wasser, welche das Schiff begleiteten. In der linken oberen Ecke der Steinplatte war die Sonne eingraviert, deren stilisierte Strahlen sich diagonal über das gesamte Bild erstreckten. Links vor dem Schlachtschiff erhob sich eine nackte menschliche Gestalt halb aus dem Wasser. Obwohl sie sich zur Hälfte unter Wasser befand, war die Figur dennoch größer als die Triere. Die Gestalt trug einen langen gelockten Bart, der vom Wind auf die Seite geweht wurde. Der Mund der in den Stein eingemeißelten Figur stand offen, auch die Augen waren weit geöffnet und blickten direkt aus dem Bild zu uns heraus. In der rechten Hand hatte der Mann einen riesigen Dreizack, den er aus dem Wasser emporhielt. „Der Meeresgott Poseidon", erkannte Maria, „irgendwie passend für die Dekoration eines Schwimmbades." Der Dreizack Poseidons befand sich direkt im Zentrum der

Steinplatte. Ein dicker Strahl ging von ihm aus, der sich weiter oben gabelte, sodass er die Form eines Ypsilons annahm. Das Ypsilon war aus glänzendem Metall gefertigt und stand deutlich aus dem restlichen Bild hervor. Es war so gebogen, dass man daruntergreifen konnte. Das untere Ende und die beiden oberen waren mit kompliziert aussehenden Zapfen aus Kupfer oder einem anderen rötlichen Metall mit dem Stein verbunden worden. Das Metall war so gut erhalten geblieben, dass es nur an einigen wenigen Stellen Rost angesetzt hatte.

„Das sieht ja aus wie ein Griff!", fand Lissy. „Meinst du, man kann damit irgendetwas öffnen?", wandte ich mich verblüfft an sie. „Wer weiß?" Lissy schob Alex und Maria beiseite und näherte sich entschlossen der steinernen Platte. „Vielleicht ist das ja so was wie eine Tür im Boden", teilte uns Lissy ihre Vermutung mit. Sie deutete auf das obere Ende der Steinplatte, wo auch etwas Metall angebracht war. „Das könnte doch so etwas wie ein altes Scharnier sein, oder?" Alex runzelte überrascht die Stirn. Er sagte aber vorerst nichts. Lissy schob ihre Hand unter das lange Stück des metallenen Ypsilons und zog kräftig daran. Beim ersten Mal tat sich noch nichts. „War wohl nix", vermutete Alex und kratzte sich die Nase. „Wart's doch erst mal ab", verlangte Lissy und versuchte es ein weiteres Mal. Schweißtropfen perlten von ihrer Stirn und ihr Gesicht verfärbte sich vor Anstrengung leicht rötlich. „Oh Mann, geht das schwer", presste sie angestrengt zwischen ihren Lippen hervor. Ein kleiner Ruck ging durch die Steinplatte, welche sich an der unteren Seite minimal anhob, dann jedoch verließen Lissy die Kräfte und die schwere Platte fiel mit einem lauten Rumsen wieder in die Ausgangslage zurück. Ich hörte rieselnden Staub und so etwas wie ein verkümmertes Echo. „Habt ihr das auch gehört?", richtete ich mich an die anderen. Michális kommentierte dies übereifrig.

„Er vermutet, dass sich unter der Steinplatte ein weiterer Hohlraum verbirgt", dolmetschte Yunus, „vielleicht der, den wir suchen."

Vergebens mühte Lissy sich weiter ab. Sie wischte sich ihre inzwischen schwitzigen Hände an der kurzen Jeanshose ab. „Es könnte ja auch mal einer mit anpacken", schnaubte sie verärgert und plötzlich geriet Bewegung in Michális und Alex und die beiden Männer packten an den beiden kurzen Metallstücken des Ypsilons mit an. „Hau Ruck!", rief Alex und mit geeinten Kräften zogen die drei an dem Metallgriff. „Hoffentlich reißen sie den Griff nicht ab", meinte ich. Der Stein ächzte und geriet knarzend in Bewegung, aber das Metall hielt fest in seiner Verankerung. Letztendlich gelang es ihnen jedoch gemeinsam, den Stein nach hinten umzuklappen. Das alte Scharnier knirschte erbärmlich, erfüllte aber seine Funktion und vorsichtig ließen Alex, Lissy und Michális die Steinplatte los, sobald sie sicher zum Liegen gekommen war.

„Das ist tatsächlich eine Tür!", stellte Maria fest. „Sag ich doch", trumpfte Lissy auf und grinste breit. Neugierig linste ich über Lissys, Michális' und Alex' Schultern hinweg nach unten. Unterhalb der Steinplatte hatte sich eine Treppe verborgen, die noch weiter nach unten führte und sich in der Dunkelheit verlor. Ich spürte ein nervöses Kribbeln in der Magengegend, als ich in meiner Erinnerung eine Stimme reden hörte, Cyrills Stimme: *„… Treppe nach unten, den Gang bis ganz nach hinten gehen. Dort findet ihr die Tür, welche durch diesen Schlüssel hier geöffnet werden kann. Durch sie betretet ihr Polyzalos' privates Bad. Von dort aus gelangt ihr über eine weitere Treppe in die Kanalisation von Theologos."*

„Wenn wir dort hinuntergehen, gelangen wir in Polyzalos' privates Bad", teilte ich den anderen mit und schluckte. „Der Rest vom Schwimmbad muss dem Zahn der Zeit oder einem

Erdbeben zum Opfer gefallen sein", vermutete Michális, „offenbar sind nur die Räumlichkeiten erhalten geblieben, die sich unterhalb der Erde befunden haben."

„Es ist also die Wahrheit", murmelte Maria kaum hörbar, „alles was wir über *Thólossos* wissen, entspricht der Wahrheit." – „So ist es", bestätigte Yunus, und ein kaum wahrnehmbares Zittern zog durch seinen Körper. Mit der linken Hand hielt er das goldene Amulett umschlossen, das er um seinen Hals trug. Ich griff instinktiv nach seiner freien Hand und hielt sie ganz fest zwischen meinen beiden Händen.

„Jetzt wird's also ernst", meinte Lissy. „Wollen wir tatsächlich da runtergehen?" – „Klar, was denkst du denn?", sprach Alex. „Endlich sind wir an dem Ort, nach dem wir die ganze Zeit gesucht haben." – „Ihr wisst schon, dass es nicht ganz ungefährlich ist, da runterzugehen?" Lissy hob ihre Augenbrauen und bedachte uns alle mit einem ernsten Blick. „Sicher wissen wir das", beteuerte Maria, „aber wer nichts wagt, der nichts gewinnt." – „Da unten wird es allerdings furchtbar dunkel sein", gab Lissy zu bedenken, woraufhin Michális seinen Rucksack absetzte, den Reißverschluss öffnete und nach etwas Bestimmtem suchte. Wenig später hielt er uns zwei Taschenlampen entgegen, eine weitere behielt er für sich selbst. Zögerlich nahmen Maria und Lissy die Lampen an sich. „Äh, danke", sagte Maria zu Michális, „du hast aber auch an alles gedacht!" Michális zuckte grinsend mit den Schultern und Yunus dolmetschte: „Man muss auf alles vorbereitet sein, sagt Michális. Man kann ja nie wissen, was geschieht." – „Da hat er allerdings Recht", meinte Alex, „ein Glück, dass wir Michális dabei haben!"

Lissy näherte sich der Treppe in die Finsternis und knipste die Taschenlampe an. Sie leuchtete die Treppenstufen hinab. Schemenhaft tastete sich das Licht die Stufen hinunter und präsentierte uns eine lange, steile steinerne Treppe, deren Ende wir von unserem Standpunkt aus noch nicht sehen konnten, da sie in einiger Entfernung um eine Kurve führte. Lissy erschauderte unwillkürlich. „Oh Mann", stöhnte sie und schaltete die Taschenlampe wieder aus. Augenblicklich wurden die weiter unten liegenden Treppenstufen wieder in tiefste Dunkelheit gehüllt.

„Also gehen wir nach unten?", erkundigte ich mich mit einem leichten Zittern in der Stimme. Ich spürte, wie sich mein Puls unmittelbar beschleunigte. „Klar doch", sagte Maria und streckte ihre rechte Hand mit der Handfläche nach unten aus. „Klar doch", stimmte auch Alex zu und legte seine Hand über die seiner Freundin. „Na gut", pflichtete ich ihnen bei und platzierte meine Hand über der von Alex. „Wir werden weitergehen", sagte Yunus und ich spürte seine Hand über meiner. „Ich bin dabei", verkündete Michális über Yunus. Lissy zögerte noch eine Weile, dann nahm sie sich jedoch ein Herz, seufzte und legte ihre Hand über die von Michális. „Es ist zwar Wahnsinn, was wir vorhaben", begann Lissy, „aber irgendjemand muss Emilias Seele aus ihrem düsteren Gefängnis befreien. Warum sollten das nicht wir sein?" Yunus lächelte ihr zufrieden zu. „Und wir werden es schaffen", beteuerte er. „Wenn du da mal nur Recht behältst, Yunus", hoffte Lissy. Eine Weile verharrten wir so, dann lösten wir unsere Hände wieder voneinander und wandten uns der steilen Treppe zu.

Maria schritt mutig voran und beleuchtete mit ihrer Taschenlampe den düsteren Gang, der vor uns lag. Im Gänsemarsch folgten wir ihr. Unsere Schritte hallten seltsam dumpf an den unterirdischen Wänden wider. Alex klopfte prüfend an die Wand. „Mit Lehm verkleideter Stein", verkündete er. „Jahrtausendealte Qualitätsarbeit. Hut ab!"

Wir kamen nur langsam voran, da wir sehr, sehr vorsichtig waren und uns überall genauestens umschauten. An den Wänden verlief ein langes gewelltes Band, wie ein Muster aus graviertem Wasser, das die Wände anstatt einer Tapete zierte. Ich fuhr mit meinem Finger nachdenklich über die Gravuren. „Schon erstaunlich, dass etwas derartig Altes auch heute noch so gut erhalten ist", sprach Lissy schließlich das aus, was mir gerade selbst durch den Kopf ging.

Lissy richtete den Strahl ihrer Taschenlampe nach oben und beleuchtete ein halbrundes Gebilde an der Wand. „Was ist das denn?", fragte sie sich und bewegte den Lichtstrahl an der Wand des Treppenganges nach unten, wo es noch weitere solche Gebilde gab. „Halter für Fackeln, nehme ich an", antwortete Alex und deutete auf verrußte Stellen an den Wänden direkt oberhalb dieser halbrunden Gebilde. Lissy nickte und verstummte.

In dem unterirdischen Treppengang war es angenehm kühl, stellte ich fest. Ich empfand es als eine regelrechte Erholung nach der sengenden Hitze auf dem freien Gelände von *Thólossos* und ich atmete tief durch. Es roch nicht modrig. Stattdessen lag ein leicht salziger Duft in der Luft, wie von Sole. Ich fühlte mich entfernt an den Geruch im Salzbergwerk von Berchtesgaden erinnert. Hatten die alten Griechen etwa schon über die wohltuende Wirkung eines Bades im Salzwasser Bescheid gewusst?

Wir stiegen weiter in die Dunkelheit hinab. Das warme Licht unserer Taschenlampen tastete sich zaghaft tiefer in unbekanntes Terrain hervor. Wir waren wahrscheinlich die ersten Menschen, seit über 2.000 Jahren, die hier entlanggingen, dachte ich mit einem kurzen Schaudern. Würden wir auf unserer Suche fündig werden?

Wir erreichten die Stelle, an welcher der Treppengang eine steile Kurve nach links beschrieb. Ein letztes Mal drehte ich mich zu der Tür um, durch welche wir gekommen waren, und konnte dahinter helles Sonnenlicht und einen strahlend blauen Himmel ausmachen. Dann wandte ich mich entschlossen um und folgte meinen Freunden um die Kurve tiefer in das Erdreich hinunter. Ein paar Stufen hatten wir noch zu nehmen, dann ging der Gang eben weiter. Er war lang und schmal und verlor sich in der Dunkelheit.

Gerade als wir den Fuß der Treppe erreicht hatten, ließ uns ein lauter Schlag über uns vor Schreck zusammenfahren, der wie Donner klang und die Wände erzittern ließ. Feinster Staub rieselte auf uns herab. Der Schein unserer drei Taschenlampen flackerte kurz. Instinktiv waren wir in Deckung gegangen. Lissy und ich hatten uns sogar auf dem Boden zusammengekauert und schützend die Hände über den Kopf hochgerissen. Als kein weiteres Geräusch mehr erklang, richteten wir uns irritiert wieder auf und klopften uns abwesend den Staub aus der Kleidung. „Was war das?", fragte ich verwirrt und blickte in die schemenhaft angeleuchteten, ebenso ratlosen Gesichter der anderen. Alex zuckte hilflos mit den Schultern.

„Nein! Oh nein, bitte nicht!", hauchte Lissy entsetzt, als ihr etwas dämmerte. „Sagt, dass das nicht wahr ist." – „Was?", fragte Maria mit einer düsteren Vorahnung. „Bitte nicht", wiederholte Lissy. Dann setzte sie sich rasch in Bewegung. Aber sie ging nicht den langen dunklen Gang entlang, wie wir das eigentlich vorgehabt hatten, sondern sie machte schnurstracks kehrt und hetzte die steile Treppe hinauf. Ich sah den Lichtschein ihrer Taschenlampe, wie er hektisch hin und her tanzte, als er Lissy nach oben begleitete. Die Schritte ihrer nackten Füße patschten dumpf auf den kühlen Steinboden und wurden leiser, je weiter sie sich von uns entfernte. Bald war das Licht hinter der Kurve verschwunden. Noch immer hörten wir Lissys abgehackten Atem. Entschlossen folgten ihr Michális, Alex und Maria. Yunus und ich schauten uns einander vielsagend an, aber als die beiden anderen Taschenlampen das Licht von uns wegzutragen drohten, setzten auch wir uns in Bewegung und folgten unseren aufgebrachten Freunden.

„OH NEIN! NEIN, NEIN, NEIN!!!", hörten wir Lissys verzagten Schrei und kurz darauf ein lautes Hämmern wie von Fäusten gegen Stein. Alarmiert beschleunigten Yunus und ich unsere Schritte, und in dem Moment, als wir um die Kurve herumgegangen waren, erfassten wir mit einem Blick den Grund für Lissys Verzweiflung und mir stockte ebenfalls der Atem. Die Steinplatte, die Tür im Boden, durch die wir hindurchgegangen waren, war zugefallen. Kein Tageslicht drang mehr zu uns hervor. Hätten wir die Taschenlampen nicht, wären wir nun in absolute Finsternis gehüllt. Während Lissy auf einer der Stufen der Treppe hockte und mit dem Schicksal haderte, drückten Michális, Alex und Maria bereits mit vereinten Kräften von unten gegen die Steinplatte und versuchten sie hochzuhieven. Dem Ausdruck ihrer Gesichter nach zu urteilen, handelte es sich dabei um eine schier unmögliche Aufgabe. „Es ... es geht nicht", resignierte Alex, „irgendwas hat sich total verkeilt. Wir ... wir schaffen es einfach nicht, den Stein zu bewegen." – „Das kann doch gar nicht sein", entgegnete Yunus und stemmte sich neben Alex ebenfalls gegen die steinerne Tür in der Decke. Mit geeinten Kräften drückten Maria, Alex, Michális und Yunus gegen die Steinplatte. Sie rührte sich nicht. „Wir sind gefangen. Wir sind für immer und ewig hier unten gefangen", erklang Lissys hysterische Stimme, „und niemand weiß, dass wir hier unten sind. Wir werden hier unten verrecken, genauso wie Emilia hier unten verreckt ist!" – „Emilia ist nicht hier unten gestorben", widersprach ich, „sie ist im Hermestempel gestorben, in der Krypta. Das hier ist das Schwimmbad. Wir befinden uns auf dem Treppengang hinunter in Polyzalos' privates Bad. Das hier ist etwas völlig anderes als die Krypta." – „Nein, das ist eben überhaupt nichts anderes. Krypta oder Treppengang …", erwiderte Lissy weinerlich, „verrecken werden wir so oder so." – „Nein, das werden wir nicht!", behauptete ich mit fester Stimme und wusste selbst nicht, woher ich diese Sicherheit nahm. „Wir werden wieder herauskommen. Wir werden hier unten nicht sterben!" – „Ach ja?", schniefte Lissy. „Und wie wollen wir das anstellen?" – „Wir *werden* hier wieder herauskommen", wiederholte ich ruhig und stemmte mich entschlossen mit den anderen gegen die steinerne Platte. „Hau ruck!", rief ich und drückte mit all meiner Kraft gegen die Tür. Alex, Maria, Yunus und Michális halfen mir. „Mach auch mit, Lissy", verlangte ich, „gib uns nicht auf. Hilf bitte mit. Gemeinsam schaffen wir es vielleicht."

Lissy wischte sich nach kurzem Zögern die Tränen vom Gesicht, steckte sich die Taschenlampe in den Gürtel und drückte ebenfalls gegen die Steinplatte. Wir ächzten und prusteten. Der Schweiß kam uns aus allen Poren und wir verwendeten all unsere Kräfte darauf, den mächtigen Stein aus seiner Verankerung zu heben, doch unbarmherzig rührte er sich keinen Millimeter. „Ich gebe auf", keuchte Alex, „es ist aussichtslos." – „Nein, das ist es nicht!", wehrte ich mich gegen das Unausweichliche. „Das kann nicht sein! Es kann nicht sein, dass es so endet. Nicht hier, nicht so …" Ein weiteres Mal wuchtete ich mich gegen den Felsen, doch erneut tat sich nichts.

„Es geht nicht", erkannte schließlich auch Yunus, „es geht nicht, Emily. Auf diesem Weg gelangen wir nicht wieder an die Oberfläche zurück." – „Ich wusste es", heulte Lissy, „ich wusste es von Anfang an! Wir hätten niemals hier runtergehen dürfen. Wir werden alle sterben! Es ist vorbei!" Lissy ließ sich auf eine Treppenstufe plumpsen und verbarg ihr Gesicht hinter ihren Händen. Ihre Taschenlampe löste sich aus ihrem Gürtel und fiel scheppernd zu Boden. Sie rollte fünf Treppenstufen nach unten und verursachte klackende Geräusche, die an den Wänden widerhallten. Mit starrem Blick schauten meine Freunde dem hektisch aufzuckenden Lichtstrahl hinterher, der einmal die Wände, ein anderes Mal die Decke beleuchtete. Dann blieb die Taschenlampe schließlich reglos liegen. Sein Lichtstrahl leuchtete den Treppengang hinunter, als würde er uns den richtigen Weg weisen.

„Gar nichts ist vorbei", sprach ich mit Entschlossenheit in der Stimme, „wir werden nicht aufgeben! Dieser Ausgang hier ist uns verschlossen, ja. Die Steinplatte ist zugefallen – warum auch immer." Ich erschauderte kurz, aber verscheuchte den Gedanken an Polyzalos' Geist, wie man eine lästige Fliege verscheucht. „Aber – wir werden – hier unten – nicht – sterben!"

„Wir hätten die Steinplatte sichern sollen", meinte Alex. „Wie denn?", fragte Maria. „Weiß auch nicht. Mit einem Seil, einem Stock, Steinen oder was auch immer", resignierte Alex. „Ja, vielleicht", erwiderte ich, „aber dazu ist es jetzt zu spät. Wir müssen nach vorne schauen. Wir werden den Weg weitergehen wie geplant. Wir werden den Weg gehen, wie Cyrill es Jona geraten hat. Wir finden schon eine Lösung und ganz nebenbei werden wir auch Emilias Seele aus der Krypta befreien." – „Wie soll denn das gehen?", schluchzte Lissy herzzerreißend auf. „So genau weiß ich das auch noch nicht", gab ich zu und rieb ihr dabei sanft über die Schulter, „aber wir werden den richtigen Weg schon finden. Wir müssen nur zusammenhalten und dürfen die Hoffnung nicht verlieren. Unser Weg hat uns hierher geführt und er wird uns auch wieder hier herausführen. Da bin ich mir ganz sicher."

Ich ging hinunter zu Lissys Taschenlampe, hob sie auf und reichte sie ihr. Lissy nahm sie an sich und hielt ihren Strahl abwesend auf den Boden vor ihren Füßen, wo eine kleine Spinne entlang krabbelte. Lissy wich einen Schritt zur Seite. „Und jetzt?", fragte sie gequält und schluckte einen weiteren Seufzer hinunter. „Jetzt gehen wir noch einmal diese Treppe hinunter und schauen, was uns da unten erwartet", entgegnete ich mit erstaunlich ruhiger Stimme. „Wie kannst du da bloß so gelassen bleiben?", fragte Lissy zitternd. „Ich steh hier kurz vor dem Herzkasper vor lauter Angst und du stehst da wie ein Fels in der Brandung, unerschütterlich." – „Nun …", entgegnete ich, „es bringt ja nichts, wenn wir jetzt alle in Panik verfallen, oder?" Alex und Maria nickten. Michális zwirbelte sich nervös seinen Schnurrbart um die Finger und musterte noch immer ungläubig die glatte Unterseite der Steinplatte.

Ich konnte mir selbst nicht erklären, warum ich mich in jenem Moment nach außen hin so gefasst geben konnte, denn innerlich war ich ganz und gar nicht gefasst. Ich spürte ein unangenehmes Kribbeln in der Magengegend, das nicht besser wurde, als ich mich der Dunkelheit unter mir zuwandte. Im Gegenteil! Ein kurzer Schwindel überkam mich, als ich die erste Stufe hinunterging und ich musste mich an der Wand abstützen. *Nimm Abschied vom Tageslicht. Du wirst es nie wiedersehen! Nie wieder!* In meinem Kopf dröhnten die grausamen, kalten Worte Polyzalos' wider, die ich während meiner Ohnmacht im Nationalen Museum von Athen gehört hatte.

Lass mich in Ruhe, Polyzalos, rief ich in Gedanken, *du bist tot! Tot, tot, tot! Aber* wir *sind am Leben und wir werden hier unten* nicht *sterben! Ob dir das passt oder nicht!*

Ich spürte, wie mich Yunus nachdenklich von der Seite her beäugte. Er suchte nach meiner Hand und ich ließ sie von ihm finden. Er strich mir zärtlich über die Finger und seine Wärme durchströmte mich und gab mir Kraft. „*Wir schaffen das*", glaubte ich seine Stimme in meinem Kopf zu hören, „*wir schaffen das. Hab keine Angst, Emily.*" – „*Ich habe keine Angst, solange du bei mir bist, Yunus*", dachte ich mit all meinen Gedanken, meiner Seele und meinen Sinnen und ich blickte ihm dabei ganz tief in die Augen. „*Solange ich* dich *an meiner Seite weiß, ist alles gut.*" Ich hob seine Hand an mein Gesicht und berührte seine Haut ganz sachte mit meinen Lippen. Yunus erwiderte meinen Blick und mir war, als sah ich einen kurzen Ausdruck von Erstaunen in seinem Gesicht. Yunus fuhr sich mit seiner freien Hand überrascht über die Stirn. „*Ich habe keine Angst*", dachte ich ein weiteres Mal. Yunus lächelte zaghaft und nickte kaum sichtbar.

Danksagung

An dieser Stelle möchte ich mich bei meinen Freunden und Helden bedanken.

Ein ganz großes Dankeschön geht an Nadine Hermannsdörfer. Sie hat „Auf der Reise von Alpha nach Omega" als Allererste gelesen, häppchenweise, während ich noch am Schreiben war. Sie hat mich immer wieder ermutigt weiterzuschreiben und ihr Feedback kam stets zuverlässig und schnell. Nadine, durch dich habe ich wieder zum Schreiben zurückgefunden! Vielen Dank dafür. Ich wünsche dir, dass du selbst auch immer viel Freude am Schreiben haben wirst und dass dir die Fantasie nie ausgeht!

Als Nächstes möchte ich mich bei meinen Musen bedanken: Iris Volk, Maresa Zenk und Susanne Klemens, meine Freundinnen, die mir mit Rat und Tat immer zur Seite stehen. – Ich bin froh, dass es euch gibt!

Danke, Susi und Maresa, für den unvergesslichen Athen-Urlaub, der mich überhaupt erst zum Schreiben dieser Geschichte inspiriert hat.

Danke, Maresa und Iris, für das Korrekturlesen der Geschichte und für die hilfreichen Ratschläge.

Iris danke ich zudem für das Verfassen der Klappentexte und Maresa besonders für die konstruktive Kritik an dem Kapitel Anima Immortalis sowie für die Unterstützung bei der Entstehung von Yunus' Kette.

Nicole Hermannsdörfer gilt insbesondere mein Dank für die Informationen über theologische Ansichten zu den Themen Sterben, Tod, Auferstehung und Seele.

Danke, Hassan Al-Habal, für die „Rückübersetzung" des Spruchs auf Yunus' Medaillon und für das Beschriften mit arabischen Buchstaben sowie für das Korrekturlesen der arabischen Stellen im Text.

Weiterhin bedanke ich mich ganz herzlich bei Irene Sklavou für das Verbessern der griechischen Stellen in der Geschichte.

Bei meinem Bruder Marco Geßlein möchte ich mich dafür bedanken, dass er sich die Zeit genommen hat, mit mir zusammen die Entwürfe für das Titelbild des Buches zu gestalten.

Danke, Mama, Papa und Marina Holland, dass ihr mich dazu ermutigt habt, das Buch an den Wagner Verlag zu schicken. Ohne euch wäre dieser Roman wohl nie gedruckt worden.

Außerdem möchte ich mich noch bei meinen Lesern bedanken. Ich hoffe, dass euch die Reise von Alpha nach Ypsilon schon mal gefallen hat und dass ihr neugierig auf die Fortsetzung seid. Ich wünsche euch alles Gute!

Vielen Dank für die Unterstützung,

eure Daniela Geßlein

Literaturverzeichnis

(1) http://de.wikipedia.org/wiki/Polyzalos_von_Gela

(2) www.mlahanas.de/Greeks/Bios/Deinomenes.html

(3) http://de.wikipedia.org/wiki/Phaethon_(Mythologie)

(4) http://www.hausarbeiten.de/faecher/vorschau/95569.html
http://www.romanum.de/latein/uebersetzungen/ovid/metamorphosen/orpheus.xml